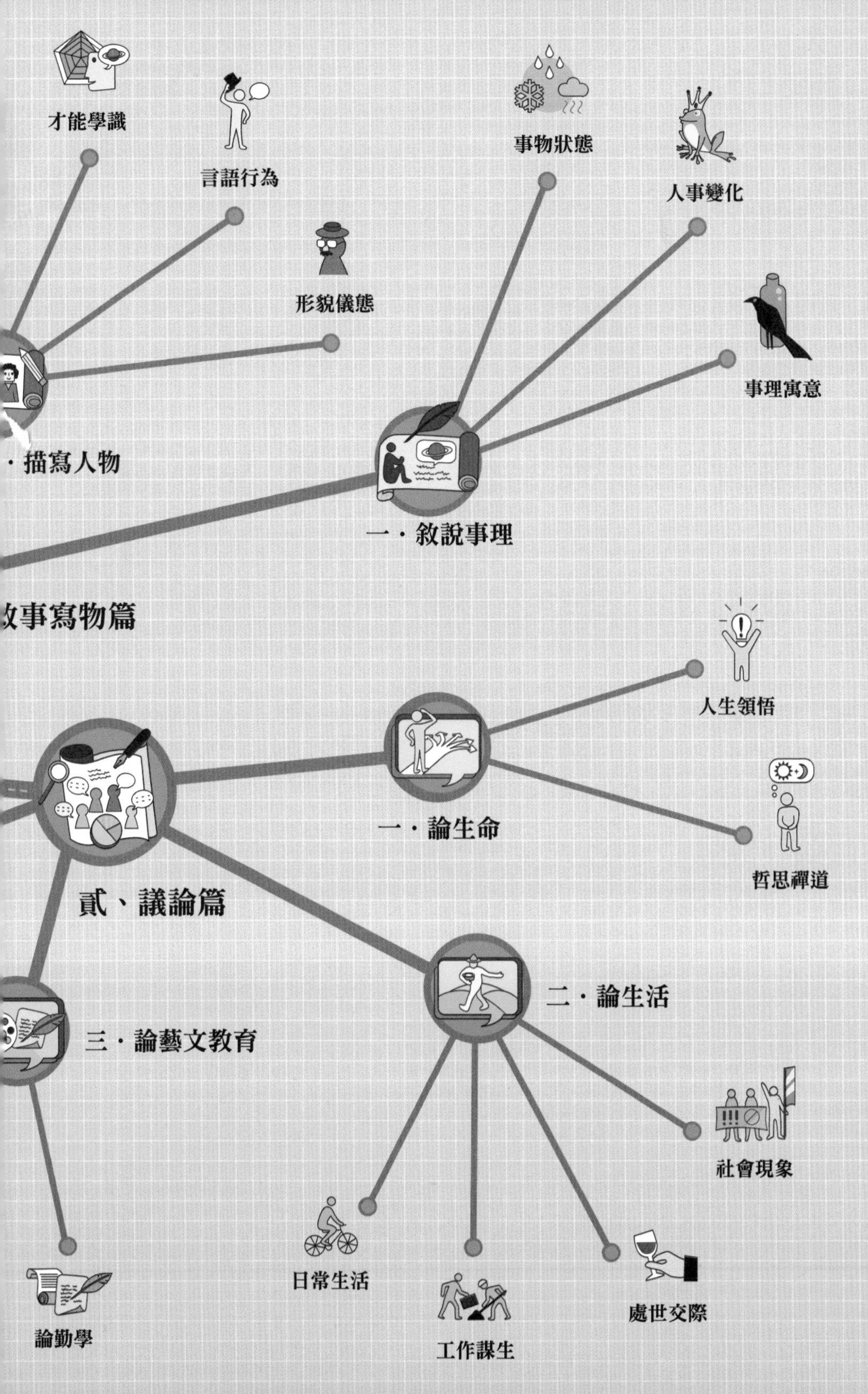
才能學識
言語行為
形貌儀態
·描寫人物
事物狀態
人事變化
事理寓意
一·敘說事理
敘事寫物篇
人生領悟
一·論生命
哲思禪道
貳、議論篇
二·論生活
三·論藝文教育
社會現象
日常生活
工作謀生
處世交際
論勸學

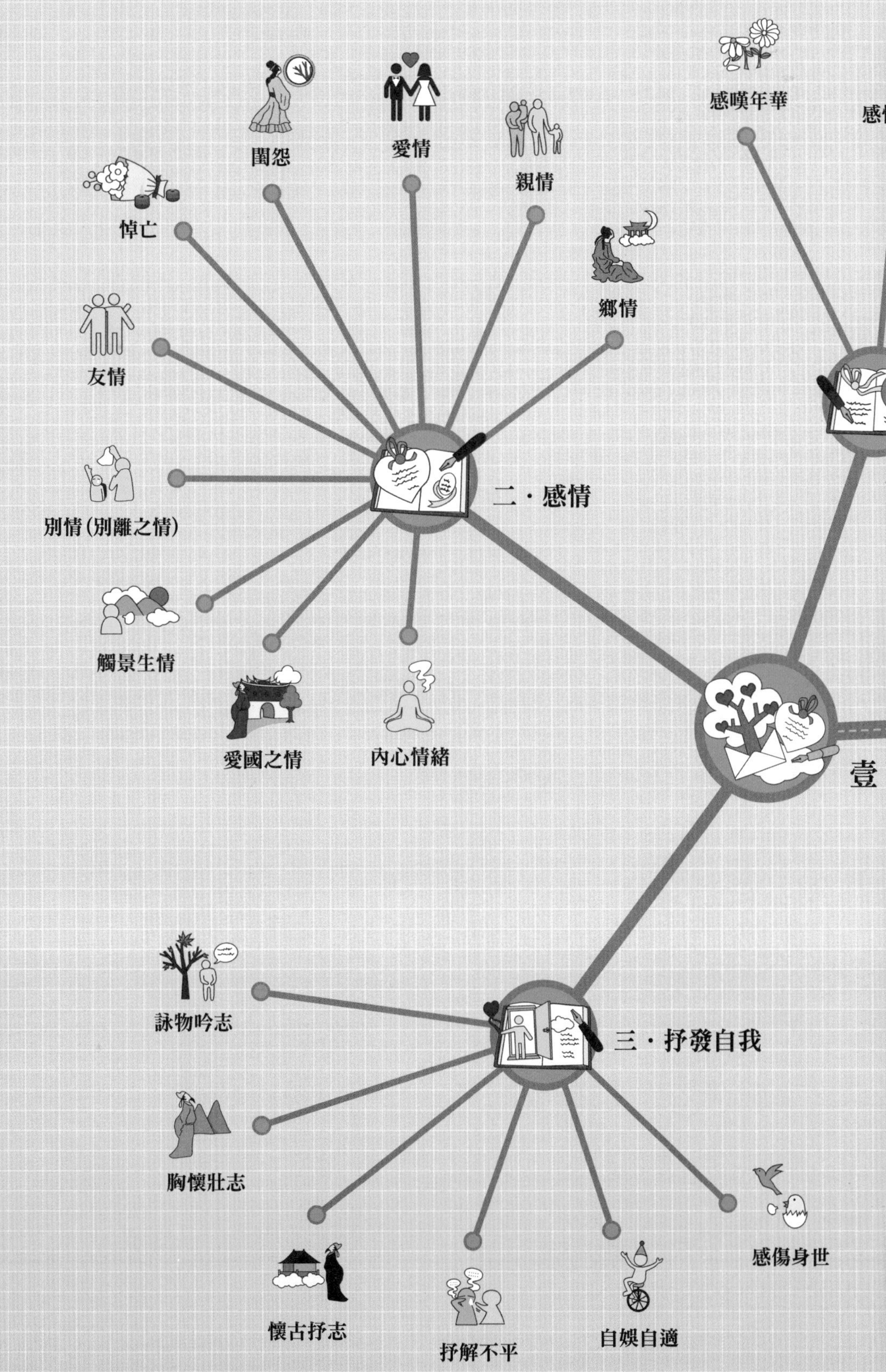

感嘆年華
感慨
悼亡
閨怨
愛情
親情
鄉情
友情
別情(別離之情)
二·感情
觸景生情
愛國之情
內心情緒
壹
詠物吟志
三·抒發自我
胸懷壯志
懷古抒志
抒解不平
自娛自適
感傷身世

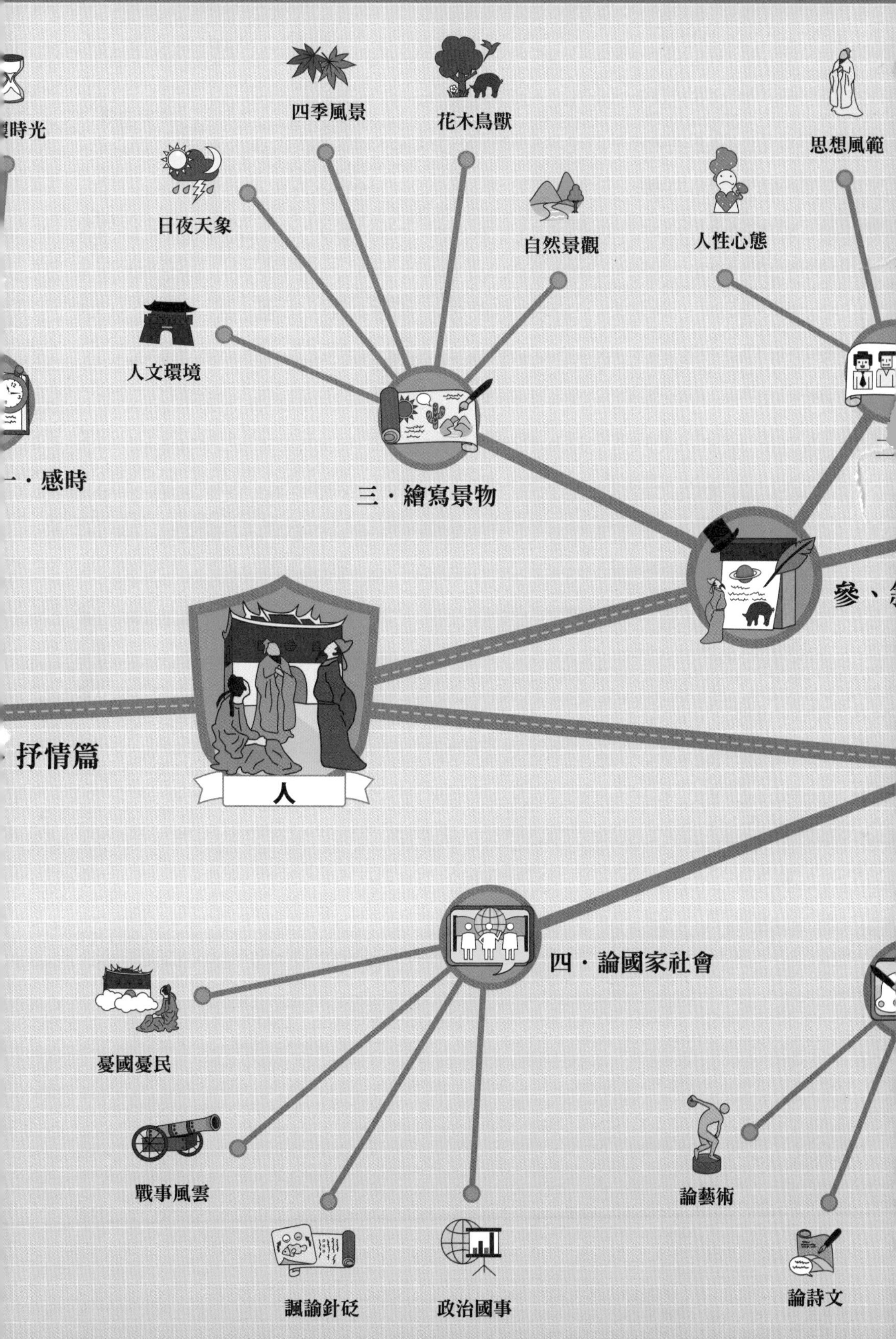

懷時光
四季風景
花木鳥獸
思想風範
日夜天象
自然景觀
人性心態
人文環境
一・感時
三・繪寫景物
參、
抒情篇
人
四・論國家社會
憂國憂民
戰事風雲
論藝術
諷諭針砭
政治國事
論詩文

歷代詩詞信手拈來

——吟誦鑑賞、領會感悟，讓詩詞之美走進你的生活

編輯說明

一、詩詞的重要性在於利用精簡凝鍊的文字，說出深厚、綿長的情感，反映現實，表述心靈的思考與無盡想像。讀詩的好處除卻體味情感，更能夠豐富生命、強化文字創作能力。中國詩歌發展歷程淵源流長，上起先秦，直至今日，每一個朝代與階段，都有足以代表其特色的詩歌體裁，先秦的《詩經》、《楚辭》、漢代與魏晉南北朝的古詩與樂府詩，甚至是一般民間傳唱的歌謠，都有著韻詩的美感。唐代可謂中國詩的創作頂峰，名家輩出，繼之而起的是宋詞與元曲。雖然今日古典文學介紹中，較少細談元曲，但它的創作更親近平民生活，也與音樂關係密不可分，深深反映當時人民生活與創作者的精神與思想。明清兩朝雖然較少提起詩詞創作，但小說、傳奇中，不乏詩詞佳作。清代詩人名家不少，清中葉之後，受到考據之風影響，清詩趨向復古，而晚清因有詩歌改革運動，又有創新之變。詩詞一脈，於中國文學中始終未衰，今日流行歌曲歌詞，也可謂是詩詞創作的延伸。

二、本書上從先秦，下至民初，蒐集歷代詩詞名家名作，擷取美妙精鍊的名句，輔以簡易的注釋，說明名句中的艱深字詞；加之精簡但翔實的解析，敘述詩詞的背景、內容與名句的意義和延伸使用的方法與變化，與歷代各方名家的評析與箋注；最後附以原文，以利讀者能透過從完整的詩詞原文，深刻理解、感受詩文的美感。

三、本書除了具有閱讀性，亦是極佳的寫作參考工具書，依照常見作文的三種型態，分為「抒情篇」、「議論篇」和「敘事寫物篇」等三大篇章，便於讀者依照寫作時的需求查詢詩詞。三大篇章之下，更依照事物的概念類別與實用原則，細分為十大類、四十四中類、六十三小類，以詳盡的路徑分類，確保讀者可以依照需

求尋找到切適的詩詞名句。

四、為加強讀者使用與查詢的便利性，本書內容排列，除了按照上述詩詞名句性質、實用原則分類之外，每一類中的詩詞名句，按四大朝代區塊區分（先秦至南北朝、隋唐、五代與兩宋、金朝至清末民初），於朝代以下，則按照句首筆畫由簡至繁，逐一排序。

五、閱讀和感受是增進文字使用、創作能力的不二法門。期望本書除了滿足查詢功能之外，更有助於讀者能夠從平日的閱讀中，體會詩文的美妙，加強使用詩詞的敏感度。

六、本書概念分類可參照彩色拉頁「詩詞名句心智圖」，並在目錄中有詳盡分類標示，可供參考，加速正確查詢。

編者黃淑貞與商周出版編輯部

Contents／目錄

070 世上功名，老來風味，春歸時候。
070 年少拋人容易去。
070 老去怕看新歷日，退歸擬學舊桃符。
071 行樂直須年少，尊前看取衰翁。
071 思往事，惜流芳，易成傷。
072 追往事，嘆今吾，春風不染白髭鬚。
072 莫等閑、白了少年頭，空悲切。
073 尋春須是先春早，看花莫待花枝老。
073 最關情、漏聲正永，暗斷腸、花影偷移。
073 無可奈何花落去，似曾相識燕歸來。
074 當時共我賞花人，點檢如今無一半。
074 樓外垂楊千萬縷，欲繫青春，少住春還去。
075 醉裡插花花莫笑，可憐春似人將老。
075 臨晚鏡，傷流景，往事後期空記省。
075 願春暫留，春歸如過翼，一去無跡。
076 人間只道黃金貴，不問天公買少年？
076 月過十五光明少，人到中年萬事休。
077 花有重開日，人無再少年。
077 歌舞尊前，繁華鏡裡，暗換青青髮。
077 老夫心與遊人異，不羨神仙羨少年。
078 最是秋風管閑事，紅他楓葉白人頭。
078 百金買駿馬，千金買美人。萬金買高爵，何處買青春？
079 驚節序，嘆沉浮，穠華如夢水東流。
079 最是人間留不住，朱顏辭鏡花辭樹。

080 二、感情

080 鄉情

080 思鄉

080 狐死歸首丘，故鄉安可忘？
080 征夫懷遠路，遊子戀故鄉。
081 胡馬依北風，越鳥巢南枝。
081 悲歌可以當泣，遠望可以當歸。
081 羈鳥戀舊林，池魚思故淵。
082 一年將盡夜，萬里未歸人。
082 九月九日望鄉臺，他席他鄉送客杯。
083 人歸落雁後，思發在花前。
083 不知何處吹蘆管，一夜征人盡望鄉。
083 今夜不知何處宿？平沙萬里絕人煙。
084 日暮鄉關何處是？煙波江上使人愁。
084 未老莫還鄉，還鄉須斷腸。
085 共看明月應垂淚，一夜鄉心五處同。
085 早秋驚落葉，飄零似客心。
085 此夜曲中聞〈折柳〉，何人不起故園情？
086 但使主人能醉客，不知何處是他鄉。
086 何處是歸程？長亭更短亭。
087 別離歲歲如流水，誰辨他鄉與故鄉？
087 君自故鄉來，應知故鄉事？
087 忽聞歌古調，歸思欲沾巾。
088 思悠悠，恨悠悠，恨到歸時方始休。
088 故鄉今夜思千里，霜鬢明朝又一年。
088 馬上相逢無紙筆，憑君傳語報平安。
089 停船暫借問，或恐是同鄉？

Contents／目錄

Contents／目錄

151 似此星辰非昨夜，為誰風露立中宵？

151 卻愁擁髻向燈前，說不盡、離人話。

152 **不渝**

152 死生契闊，與子成說。執子之手，與子偕老。

152 我心匪石，不可轉也。我心匪席，不可卷也。

152 我欲與君相知，長命無絕衰。

153 使君自有婦，羅敷自有夫。

153 生當復來歸，死當長相思。

154 君當作磐石，妾當作蒲葦。蒲葦韌如絲，磐石無轉移。

154 人事多錯迕，與君永相望。

155 在天願作比翼鳥，在地願為連理枝。天長地久有時盡，此恨綿綿無絕期。

155 春風不相識，何事入羅幃？

156 春蠶到死絲方盡，蠟炬成灰淚始乾。

156 深知身在情長在，悵望江頭江水聲。

156 曾經滄海難為水，除卻巫山不是雲。

157 一願郎君千歲，二願妾身常健，三願如同梁上燕，歲歲長相見。

157 有情不管別離久，情在相逢終有。

158 衣帶漸寬終不悔，為伊消得人憔悴。

158 兩情若是久長時，又豈在朝朝暮暮？

158 問世間，情是何物？直教生死相許。

159 我與你生同一個衾，死同一個槨。

160 **婚姻生活**

160 有女仳離，條其歗矣。條其歗矣，遇人之不淑矣。

160 妻子好合，如鼓瑟琴。

160 琴瑟在御，莫不靜好。

161 結髮為夫妻，恩愛兩不疑。

161 誠知此恨人人有，貧賤夫妻百事哀。

162 謝公最小偏憐女，自嫁黔婁百事乖。

162 忽聞河東獅子吼，拄杖落手心茫然。

163 直到起來由自殢，向道夜來真個醉。

163 等閑妨了繡功夫，笑問鴛鴦兩字怎生書？

164 夫妻本是同林鳥，巴到天明各自飛。

164 行囊羞澀都無恨，難得夫妻是少年。

165 **難捨**

165 衣不如新，人不如舊。

165 孔雀東南飛，五里一徘徊。

166 新人雖言好，未若故人姝。

166 七夕景迢迢，相逢只一宵。

167 多情只有春庭月，猶為離人照落花。

167 多情卻似總無情，唯覺尊前笑不成。

167 妾心藕中絲，雖斷猶牽連。

168 紅樓隔雨相望冷，珠箔飄燈獨自歸。

168 美人在時花滿堂，美人去後餘空床。

169 欲忘忘未得，欲去去無由。

169 章臺柳，章臺柳，昔日青青今在否？

169 縱使長條似舊垂，也應攀折他人手。

170 蠟燭有心還惜別，替人垂淚到天明。

170 人如風後入江雲，情似雨餘黏地絮。

171 奈心中事，眼中淚，意中人。

Contents／目錄

202 悼亡

Contents／目錄

Contents／目錄

274 青鳥不傳雲外信，丁香空結雨中愁。
274 昨夜西風凋碧樹，獨上高樓，望盡天涯路。
275 風乍起，吹皺一池春水。
275 淚眼問花花不語，亂紅飛過秋千去。
276 這次第，怎一個、愁字了得？
276 郴江幸自繞郴山，為誰流下瀟湘去？
277 無言獨上西樓，月如鉤。
277 菡萏香銷翠葉殘，西風愁起綠波間。
277 暖日晴風初破凍，柳眼梅腮，已覺春心動。
278 落花人獨立，微雨燕雙飛。
278 落絮無聲春墮淚，行雲有影月含羞。
279 試問閑愁都幾許？一川煙草，滿城風絮，梅子黃時雨。
279 綠楊芳草幾時休？淚眼愁腸先已斷。
280 誰道閑情拋棄久？每到春來，惆悵還依舊。
280 獨立小橋風滿袖，平林新月人歸後。
281 勸君莫上最高梯。
281 覽景想前歡，指神京，非霧非煙深處。
281 聽風聽雨過清明，愁草瘞花銘。
282 戀樹濕花飛不起，愁無際，和春付與東流水。
282 古道西風瘦馬。夕陽西下，斷腸人在天涯。
283 風飄飄，雨瀟瀟，便做陳摶也睡不著。
283 桃花吹盡，佳人何在？門掩殘紅。
284 愁心驚一聲鳥啼，薄命趁一春事已，香魂逐一片花飛。
284 良辰美景奈何天，賞心樂事誰家院？
285 一朝春盡紅顏老，花落人亡兩不知。
285 春愁難遣強看山，往事驚心淚欲潸。
286 悄立市橋人不識，一星如月看多時。
286 滴不盡相思血淚拋紅豆，開不完春柳春花滿畫樓。
287 儂今葬花人笑痴，他年葬儂知是誰？
287 天末同雲黯四垂，失行孤雁逆風飛。江湖寥落爾安歸？

288

愛國之情

288 風蕭蕭兮易水寒，壯士一去兮不復還。
289 生為百夫雄，死為壯士規。
289 捐軀赴國難，視死忽如歸。
290 不求生入塞，唯當死報君。
290 沙場磧路何為爾？重氣輕生知許國。
290 報君黃金臺上意，提攜玉龍為君死。
291 黃雲隴底白雲飛，未得報恩不得歸。
291 感時思報國，拔劍起蒿萊。
292 寧為百夫長，勝作一書生。
292 還君明珠雙淚垂，恨不相逢未嫁時。
293 願得此身長報國，何須身入玉門關？
293 了卻君王天下事，贏得生前身後名。
293 王師北定中原日，家祭無忘告乃翁。
294 未甘身世成虛老，待見天心卻太平。
294 臣心一片磁針石，不指南方不肯休。
295 壯志飢餐胡虜肉，笑談渴飲匈奴血。
295 斬除頑惡還車駕，不問登壇萬戶侯。
296 會挽雕弓如滿月，西北望，射天狼。

Contents／目錄

317 三、抒發自我

317 感傷身世

333 自娛自適

Contents／目錄

362 **抒解不平**

Contents／目錄

443 白頭縱作花園主，醉折花枝是別人。

444 百歲有涯頭上雪，萬般無染耳邊風。

444 身外何足言？人間本無事。

444 浮名浮利濃於酒，醉得人心死不醒。

445 假如三萬六千日，半是悲哀半是愁。

445 細推物理須行樂，何用浮名絆此身？

446 處世若大夢，胡為勞其生？

446 逢人不說人間事，便是人間無事人。

446 經事還諳事，閱人如閱川。

447 蝸牛角上爭何事？石火光中寄此身。

447 舉世盡從愁裡老，誰人肯向死前閑？

447 人生如逆旅，我亦是行人。

448 人生自是有情痴，此恨不關風與月。

448 人有悲歡離合，月有陰晴圓缺，此事古難全。

449 人間如夢，一樽還酹江月。

449 少年辛苦真食蓼，老景清閑如啖蔗。

450 心似已灰之木，身如不繫之舟。

450 世事相違每如此，好懷百歲幾回開？

451 世事漫隨流水，算來一夢浮生。

451 功名本是無憑事，不及寒江日兩潮。

451 生前富貴草頭露，身後風流陌上花。

452 休言萬事轉頭空，未轉頭時皆夢。

452 江頭未是風波惡，別有人間行路難。

453 而今識盡愁滋味，欲說還休。欲說還休，卻道天涼好個秋。

453 自是人生長恨水長東。

454 利牽名惹逡巡過，奈兩輪、玉走金飛。

454 兒孫自有兒孫計，莫與兒孫作馬牛。

454 浮生長恨歡娛少，肯愛千金輕一笑。

455 紫陌縱榮爭及睡，朱門雖貴不如貧。

455 達人自達酒何功？世間是非憂樂本來空。

456 蝸角虛名，蠅頭微利，算來著甚乾忙？

456 誰能役役塵中累？貪合魚龍搆強名。

457 縱有千年鐵門限，終須一箇土饅頭。

457 鬢底青春留不住，功名薄似風前絮。

458 人無百年人，枉作千年計。

458 人無千日好，花無百日紅。

458 正是執迷人難勸，今日臨危可自省。

459 百歲光陰一夢蝶，重回首往事堪嗟。

459 世事紛紛一局棋，輸贏未定兩爭持。

460 命裡有時終須有，命裡無時莫強求。

460 是非成敗轉頭空，青山依舊在，幾度夕陽紅？

461 莫怪世人容易老，青山也有白頭時。

461 人生只似風前絮，歡也零星，悲也零星，都作連江點點萍。

462 哲思禪道

462 此中有真意，欲辨已忘言。

462 借問蜉蝣輩，寧知龜鶴年？

463 人從橋上過，橋流水不流。

463 千尺絲綸直下垂，一波才動萬波隨。

464 大海從魚躍，長空任鳥飛。

464 不是一番寒徹骨，爭得梅花撲鼻香？

485 世事短如春夢，人情薄似秋雲。
485 世味年來薄似紗。
485 世情薄，人情惡，雨送黃昏花易落。
486 世態十年看爛熟。
486 冷暖舊雨今雨，是非一波萬波。
487 故人通貴絕相過，門外真堪置雀羅。
487 得志萬罪消，失志百醜生。
487 他得志笑閑人，他失腳閑人笑。
488 上山擒虎易，開口告人難。
488 人情旦暮有翻覆，平地倏忽成山溪。
489 自己跌倒自己爬，指望人扶都是假。
489 貧居鬧市無人問，富在深山有遠親。
489 笑他多病與長貧，不及諸公袞袞向風塵。

490 社會風氣

490 乃生女子，載寢之地。載衣之裼，載弄之瓦。
490 乃生男子，載寢之床。載衣之裳，載弄之璋。
491 世溷濁而不分兮，好蔽美而嫉妒。
491 蟬翼為重，千鈞為輕。黃鐘毀棄，瓦釜雷鳴。
492 文籍雖滿腹，不如一囊錢。
492 世胄躡高位，英俊沉下僚。
493 人生莫作婦人身，百年苦樂由他人。
493 世人結交須黃金，黃金不多交不深。
493 古調雖自愛，今人多不彈。
494 妝罷低聲問夫婿，畫眉深淺入時無？
494 近來時世輕先輩，好染髭鬚事後生。
495 商人重利輕別離。
495 遂令天下父母心，不重生男重生女。
495 誰憐越女顏如玉？貧賤江頭自浣紗。
496 驊騮拳跼不能食，蹇驢得志鳴春風。
496 市列珠璣，戶盈羅綺，競豪奢。
497 名利最為浮世重，古今能有幾人拋？
497 如今白黑渾休問，且作人間時世妝。
497 俗態重趨走，仕路饒險滑。
498 隋唐而下貴公卿，近世風波走利名。
498 人皆嫌命窘，誰不見錢親？
499 仗義半從屠狗輩，負心多是讀書人。
499 爭奈何人心不古，出落著馬牛襟裾。
499 堂上一呼，階下百諾。
500 避席畏聞文字獄，著書都為稻粱謀。

500 節日慶典

500 七夕景迢迢，相逢只一宵。
501 九月九日望鄉臺，他席他鄉送客杯。
501 三月三日天氣新，長安水邊多麗人。
502 天時人事日相催，冬至陽生春又來。
502 火樹銀花合，星橋鐵鎖開。
502 直到天頭無盡處，不曾私照一人家。
503 春城無處不飛花，寒食東風御柳斜。
503 桑柘影斜春社散，家家扶得醉人歸。
504 清明時節雨紛紛，路上行人欲斷魂。
504 普天皆滅焰，匝地盡藏煙。
505 節分端午自誰言？萬古傳聞為屈原。
505 萬里此情同皎潔，一年今日最分明。

Contents／目錄

526 勸君不用分明語，語得分明出轉難。
526 躋攀分寸不可上，失勢一落千丈強。
527 平生不作皺眉事，天下應無切齒人。
527 君知此意不可忘，慎勿苦愛高官職。

528 工作謀生

528 日出而作，日入而息。
528 衣食當須紀，力耕不吾欺。
529 晨興理荒穢，帶月荷鋤歸。
529 二月賣新絲，五月糶新穀。
530 只緣五斗米，辜負一魚竿。
530 本賣文為活，翻令室倒懸。
530 田家少閑月，五月人倍忙。
531 春種一粒粟，秋收萬顆子。
531 苦恨年年壓金線，為他人作嫁衣裳。
531 海人無家海裡住，採珠役象為歲賦。
532 採得百花成蜜後，為誰辛苦為誰甜？
532 虛懷事僚友，平步取公卿。
532 誰知盤中飧，粒粒皆辛苦。
533 擊劍夜深歸甚處？披星帶月折麒麟。
533 十指不沾泥，鱗鱗居大廈。
534 千首富，不救一生貧。
534 手把青秧插滿田，低頭便見水中天。
535 半衲遮背是生涯，以力受金飽兒女。
535 玉皇若問人間事，亂世文章不值錢。
535 君看一葉舟，出沒風波裡。
536 我生無田食破硯，爾來硯枯磨不出。
536 空收一束萁，無物充煎釜。
536 空腹有詩衣有結，濕薪如桂米如珠。
537 欲收禾黍善，先去蒿萊惡。
537 清詩咀嚼那得飽？瘦竹瀟灑令人飢。
538 遍身羅綺者，不是養蠶人。
538 管城子無肉食相，孔方兄有絕交書。
539 鰣魚出網蔽洲渚，荻筍肥甘勝牛乳。
539 肯嫌斗粟囊錢少？也濟先生一日窮。
539 畫家不識漁家苦，好作寒江釣雪圖。

540 日常生活

540 飲食

540 膾鯉臇胎鰕，炮鱉炙熊蹯。
540 淹留膳茶粥，共我飯蕨薇。
541 紫駝之峰出翠釜，水精之盤行素鱗。
541 盤飧市遠無兼味，樽酒家貧只舊醅。
542 人間有味是清歡。
542 日啖荔枝三百顆，不辭長作嶺南人。
542 并刀如水，吳鹽勝雪，纖指破新橙。
543 空庖煮寒菜，破灶燒濕葦。
543 待他自熟莫催他，火候足時他自美。
544 荒林春足雨，新筍迸龍雛。
544 早晨起來七件事，柴米油鹽醬醋茶。
545 螯封嫩玉雙雙滿，殼凸紅脂塊塊香。

545 茶酒

545 芳茶冠六清，溢味播九區。
546 對酒誠可樂，此酒復芳醇。

Contents／目錄

565 書當快意讀易盡。

565 紙上得來終覺淺，絕知此事要躬行。

566 退筆如山未足珍，讀書萬卷始通神。

566 問渠那得清如許？為有源頭活水來。

566 須知三絕韋編者，不是尋行數墨人。

567 舊書不厭百回讀，熟讀深思子自知。

567 舊學商量加邃密，新知培養轉深沉。

568 藏書萬卷可教子，遺金滿籯常作災。

569 藜羹麥飯冷不嘗，要足平生五車讀。

569 十年窗下無人問，一舉成名天下知。

569 好鳥枝頭亦朋友，落花水面皆文章。

570 坐對韋編燈動壁，高歌夜半雪壓廬。

570 一語不能踐，萬卷徒空虛。

571 明日復明日，明日何其多。我生待明日，萬事成蹉跎。

571 書卷多情似故人，晨昏憂樂每相親。

572 一日不讀書，胸臆無佳想。一月不讀書，耳目失精爽。

572 留得累人身外物，半肩行李半肩書。

572 雖然大器晚年成，卓犖全憑弱冠爭。

573 **論詩文**

573 奇文共欣賞，疑義相與析。

573 二句三年得，一吟雙淚流。

574 大海從魚躍，長空任鳥飛。

574 大雅久不作，吾衰竟誰陳？

574 不薄今人愛古人，清詞麗句必為鄰。

575 文章千古事，得失寸心知。

575 文章憎命達。

575 方流涵玉潤，圓折動珠光。

576 以文長會友，唯德自成鄰。

576 別裁偽體親風雅，轉益多師是汝師。

577 吟安一個字，撚斷數莖鬚。

577 李杜文章在，光燄萬丈長。

577 為人性僻耽佳句，語不驚人死不休。

578 若待上林花似錦，出門俱是看花人。

578 風清月冷水邊宿，詩好官高能幾人？

579 借問別來太瘦生？總為從前作詩苦。

579 庾信平生最蕭瑟，暮年詩賦動江關。

579 清詩句句盡堪傳。

580 童子解吟〈長恨〉曲，胡兒能唱〈琵琶〉篇。文章已滿行人耳，一度思卿一愴然。

580 筆落驚風雨，詩成泣鬼神。

580 詞源倒傾三峽水，筆陣獨掃千人軍。

581 新詩改罷自長吟。

581 爾曹身與名俱滅，不廢江河萬古流。

582 蓬萊文章建安骨，中間小謝又清發。

582 天機雲錦用在我，剪裁妙處非刀尺。

583 文章功用不經世，何異絲窠綴露珠？

583 文章本天成，妙手偶得之。

583 〈出師〉一表真名世，千載誰堪伯仲間？

584 本與樂天為後進，敢期子美是前身。

584 自古功名亦苦辛，行藏終欲付何人？

Contents／目錄

649 如何十二金人外，猶有民間鐵未銷？

649 常將冷眼看螃蟹，看你横行得幾時？

650 奪泥燕口，削鐵針頭，刮金佛面細搜求，無中覓有。

650 因嫌紗帽小，致使鎖枷扛。

651 宰相有權能割地，孤臣無力可回天。

651 慟哭六軍俱縞素，衝冠一怒為紅顏。

652 福王少小風流慣，不愛江山愛美人。

652 戰事風雲

652 謀略

652 和雪翻營一夜行，神旗凍定馬無聲。

653 射人先射馬，擒賊先擒王。

653 英雄多失守，制勝在人和。

653 想烏衣年少，芝蘭秀髮，戈戟雲横。

654 明修棧道，暗渡陳倉。

655 明槍好躲，暗箭難防。

655 自古驕兵多致敗，從來輕敵少成功。

656 博望相持用火攻，指揮如意笑談中。

656 邊防

656 一夫當關，萬夫莫開。

657 但使龍城飛將在，不教胡馬度陰山。

657 落日照大旗，馬鳴風蕭蕭。

658 八百里分麾下炙，五十絃翻塞外聲。

658 千嶂裡，長煙落日孤城閉。

659 塞上秋風鼓角，城頭落日旌旗。

659 城頭一片西山月，多少征人馬上看。

660 黃塵古渡迷飛挽，白月横空冷戰場。

660 英勇善戰

660 身既死兮神以靈，子魂魄兮為鬼雄。

660 萬里赴戎機，關山度若飛。

661 一身能擘兩雕弧，虜騎千重只似無。

661 一身轉戰三千里，一劍曾當百萬師。

662 少年十五二十時，步行奪得胡馬騎。

662 功名只向馬上取，真是英雄一丈夫。

662 孰知不向邊庭苦，縱死猶聞俠骨香。

663 黃沙百戰穿金甲，不破樓蘭終不還。

663 曈曈白日當南山，不立功名終不還。

663 壯歲旌旗擁萬夫，錦襜突騎渡江初。

664 佩刀一刺山為開，壯士大呼城為摧。

664 醉裡挑燈看劍，夢回吹角連營。

665 一年三百六十日，多是横戈馬上行。

665 馬騎赤兔行千里，刀偃青龍出五關。

666 征戰苦楚

666 十五從軍征，八十始得歸。

667 梟騎戰鬥死，駑馬徘徊鳴。

667 白骨露於野，千里無雞鳴。

667 將軍百戰死，壯士十年歸。

668 馬毛縮如蝟，角弓不可張。

668 大漠風塵日色昏，紅旗半捲出轅門。

669 可憐無定河邊骨，猶是春閨夢裡人。

669 生女猶得嫁比鄰，生男埋沒隨百草。

670 田園寥落干戈後，骨肉流離道路中。

692 匪面命之，言提其耳。
692 維鵲有巢，維鳩居之。
693 鳶飛戾天，魚躍于淵。
693 滄浪之水清兮，可以濯吾纓。滄浪之水濁兮，可以濯吾足。
694 瞻前而顧後兮，相觀民之計極。
694 豈甘井中泥？上出作埃塵。
695 客從遠方來，遺我雙鯉魚。
695 精衛銜微木，將以填滄海。
696 九曲黃河萬里沙，浪淘風簸自天涯。
696 人憐巧語情雖重，鳥憶高飛意不同。
696 丈夫蓋棺事始定，君今幸未成老翁。
697 千呼萬喚始出來，猶抱琵琶半遮面。
697 夕陽無限好，只是近黃昏。
698 大都好物不堅牢，彩雲易散琉璃脆。
698 女媧鍊石補天處，石破天驚逗秋雨。
698 山光物態弄春暉，莫為輕陰便擬歸。
699 手中十指有長短，截之痛惜皆相似。
699 只在此山中，雲深不知處。
700 可憐日暮嫣香落，嫁與春風不用媒。
700 向使當初身便死，一生真偽復誰知？
700 此曲只應天上有，人間能得幾回聞？
701 何必奔沖山下去，更添波浪向人間。
701 忽聞海上有仙山，山在虛無飄緲間。
702 抽刀斷水水更流，舉杯銷愁愁更愁。
702 東風不與周郎便，銅雀春深鎖二喬。

703 為愛好多心轉惑，遍將宜稱問傍人？
703 紅顏未老恩先斷。
703 淩煙功臣少顏色，將軍下筆開生面。
704 射人先射馬，擒賊先擒王。
704 時來天地皆同力，運去英雄不自由。
705 海日生殘夜，江春入舊年。
705 涇溪石險人兢慎，終歲不聞傾覆人。卻是平流無石處，時時聞說有沉淪。
705 草木有本心，何求美人折？
706 蚍蜉撼大樹，可笑不自量。
706 欲窮千里目，更上一層樓。
706 欲覺聞晨鐘，令人發深省。
707 野火燒不盡，春風吹又生。
707 曾經滄海難為水，除卻巫山不是雲。
708 無邊落木蕭蕭下，不盡長江滾滾來。
708 睫在眼前長不見，道非身外更何求？
708 蛺蝶紛紛過牆去，卻疑春色在鄰家。
709 過盡千帆皆不是。
709 嫦娥應悔偷靈藥，碧海青天夜夜心。
710 鳴聲相呼和，無理只取鬧。
710 憑君莫話封侯事，一將功成萬骨枯。
710 醜女來效顰，還家驚四鄰。
711 馨香歲欲晚，感嘆情何極。
711 一年好景君須記，最是橙黃橘綠時。
712 一派青山景色幽，前人田地後人收。後人收得休歡喜，還有收人在後頭。

Contents／目錄

734 山圍故國周遭在，潮打空城寂寞回。淮水東邊舊時
月，夜深還過女牆來。
735 天上浮雲如白衣，斯須改變如蒼狗。
735 天翻地覆誰可知，如今正南看北斗。
735 玄都觀裡桃千樹，盡是劉郎去後栽。
736 別來滄海事，語罷暮天鐘。
736 來如春夢幾多時，去似朝雲無覓處。
737 明年此會知誰健？醉把茱萸仔細看。
737 昔人已乘黃鶴去，此地空餘黃鶴樓。
737 宮女如花滿春殿，只今惟有鷓鴣飛。
738 庭樹不知人去盡，春來還發舊時花。
738 鳥去鳥來山色裡，人歌人哭水聲中。
739 閑雲潭影日悠悠，物換星移幾度秋。
739 詩侶酒徒消散盡，一場春夢越王城。
739 種桃道士歸何處？前度劉郎今又來。
740 鳳凰臺上鳳凰遊，鳳去臺空江自流。
740 繁華事散逐香塵，流水無情草自春。
741 舊時王謝堂前燕，飛入尋常百姓家。
741 離別家鄉歲月多，近來人事半消磨。
741 人似秋鴻來有信，事如春夢了無痕。
742 千古興亡多少事？悠悠。不盡長江滾滾流。
742 今年花勝去年紅，可惜明年花更好，知與誰同？
743 六朝舊事隨流水，但寒煙衰草凝綠。
743 年光似鳥翩翩過，世事如棋局局新。
744 空有姑蘇臺上月，如西子鏡，照江城。
744 長江後浪推前浪，浮世新人換舊人。
745 紛紛爭奪醉夢裡，豈信荊棘埋銅駝？
745 草頭秋露流珠滑，三五盈盈還二八。
745 梅英疏淡，冰澌溶洩，東風暗換年華。
746 新筍已成堂下竹，落花都上燕巢泥。
746 暗中偷負去，夜半真有力。
747 當時明月在，曾照彩雲歸。
747 燕子樓空，佳人何在？空鎖樓中燕。
748 雕闌玉砌應猶在，只是朱顏改。
748 長城萬里今猶在，不見當年秦始皇。
748 威赫赫爵祿高登，昏慘慘黃泉路近。
749 眼看他起朱樓，眼看他宴賓客，眼看他樓塌了。
750 舊巢共是銜泥燕，飛上枝頭變鳳凰。

750 事物狀態

750 人亦有言，進退維谷。
751 予室翹翹，風雨所漂搖。
751 多將熇熇，不可救藥。
751 我視謀猶，伊于胡厎？
752 漢兵已略地，四面楚歌聲。
752 雄兔腳撲朔，雌兔眼迷離。兩兔傍地走，安能辨我
是雄雌？
753 上窮碧落下黃泉，兩處茫茫皆不見。
753 川上風雨來，須臾滿城闕。
754 日暮酒醒人已遠，滿天風雨下西樓。
754 他生未卜此生休。
755 司空見慣渾閑事，斷盡江南刺史腸。
755 春潮帶雨晚來急，野渡無人舟自橫。

Contents／目錄

775 一點櫻桃啟絳脣，兩行碎玉噴〈陽春〉。
775 陳平般冠玉精神，何晏般風流面皮，潘安般俊俏容
儀。

776 **青春**

776 女兒年幾十五六，窈窕無雙顏如玉。
776 嫩竹猶含粉，初荷未聚塵。
777 娉娉嫋嫋十三餘，豆蔻梢頭二月初。
777 楊家有女初長成，養在深閨人未識。
777 隔戶楊柳弱嫋嫋，恰似十五女兒腰。
778 穠麗最宜新著雨，嬌嬈全在欲開時。
778 十指嫩抽春筍，纖纖玉軟紅柔。
779 眼波才動被人猜。

779 **含羞**

779 千呼萬喚始出來，猶抱琵琶半遮面。
779 妝罷低聲問夫婿，畫眉深淺入時無？
780 見羞容斂翠，嫩臉勻紅，素腰裊娜。
780 和羞走，倚門回首，卻把青梅嗅。
781 低頭羞見人，雙手結裙帶。
781 小暈紅潮，斜溜鬢心只鳳翹。

781 **妝扮**

781 娥娥紅粉妝，纖纖出素手。
782 濃朱衍丹脣，黃吻瀾漫赤。
782 當窗理雲鬢，對鏡帖花黃。
783 雲想衣裳花想容。
783 照花前後鏡，花面交相映。
783 學梳蟬鬢試新裙，消息佳期在此春。
784 懶起畫蛾眉，弄妝梳洗遲。
784 空見說、鬢怯瓊梳，容銷金鏡，漸懶趁時勻染。
785 都緣自有離恨，故畫作遠山長。
785 嗔人問，背燈偷揾，拭盡殘妝粉。
785 愁勻紅粉淚，眉剪春山翠。

786 **高雅**

786 君子至止，錦衣狐裘。顏如渥丹，其君也哉。
786 顧盼遺光彩，長嘯氣若蘭。
787 天寒翠袖薄，日暮倚修竹。
787 絕代有佳人，幽居在空谷。
787 羽扇綸巾，談笑間、檣櫓灰飛煙滅。
788 其奈風流、端正外，更別有、繫人心處。
788 雲一緺，玉一梭，澹澹衫兒薄薄羅，輕顰雙黛螺。
789 事事風風韻韻，嬌嬌嫩嫩，停停當當人人。

789 **矯捷**

789 仰手接飛猱，俯身散馬蹄。
790 連翩擊鞠壤，巧捷惟萬端。
790 身輕一鳥過，槍急萬人呼。
790 草枯鷹眼疾，雪盡馬蹄輕。
791 弄潮兒向濤頭立，手把紅旗旗不濕。
791 佳人自鞚玉花驄，翩如驚燕蹋飛龍。
792 碧眼胡兒三百騎，盡提金勒向雲看。
792 草偃雲低漸合圍，雕弓聲急馬如飛。

793 **衰醜**

793 多病多愁心自知，行年未老髮先衰。
793 醜女來效顰，還家驚四鄰。

812 不惜千金買寶刀，貂裘換酒也堪豪。
813 行為偏僻性乖張，那管世人誹謗？

813 揮霍

813 一擲千金渾是膽，家無四壁不知貧。
813 六博爭雄好彩來，金盤一擲萬人開。
814 黃金買歌笑，用錢不復數。
814 青錢換酒日無何，紅燭呼盧宵不寐。
815 揮金買笑紅塵市，老死不曉寒與饑。
815 黃金散盡博大官，騎馬歸來傲鄉故。
816 輕裘肥馬錦雕鞍，重裀列鼎珍羞饌。
816 嗟彼豪華子，素餐厭膏粱。

817 隨便

817 士也罔極，二三其德。
817 靡不有初，鮮克有終。
818 翻手作雲覆手雨，紛紛輕薄何須數？
818 顛狂柳絮隨風舞，輕薄桃花逐水流。
818 春風不解禁楊花，濛濛亂撲行人面。
819 錦衣鮮華手擎鶻，閑行氣貌多輕忽。

819 虛偽

819 白鷺之白非純真，外潔其色心匪仁。
820 晚將末契託年少，當面輸心背面笑。
820 巧偷豪奪古來有，一笑誰似痴虎頭。
821 佞倖惟苟且，巧言頗包藏。
821 豈知他有兩面三刀，向夫主廝搬調。
822 教那廝越粧模越作勢，盡場兒調刺。
823 笑藏著劍與槍，假慈悲論短說長。

823 才能學識

823 優秀

823 被褐懷珠玉，顏閔相與期。
824 翩翩我公子，機巧忽若神。
824 一夫當關，萬夫莫開。
824 三分割據紆籌策，萬古雲霄一羽毛。
825 天恐文章中道絕，再生賈島在人間。
825 天然一曲非凡響，萬顆明珠落玉盤。
825 世人皆欲殺，吾意獨憐才。
826 功蓋三分國，名成八陣圖。
826 白也詩無敵，飄然思不群。
827 兵法五十家，爾腹為篋笥。
827 宣父猶能畏後生，丈夫未可輕年少。
827 桐花萬里丹山路，雛鳳清於老鳳聲。
828 將略兵機命世雄，蒼黃鐘室嘆良弓。
828 敏捷詩千首，飄零酒一杯。
829 莫言馬上得天下，自古英雄盡解詩。
829 莫愁前路無知己，天下誰人不識君？
830 鳥啼花落人何在？竹死桐枯鳳不來。
830 搖落深知宋玉悲，風流儒雅亦吾師。
830 腹中貯書一萬卷，不肯低頭在草莽。
831 上馬擊狂胡，下馬草軍書。
831 天下英雄誰敵手？曹劉。生子當如孫仲謀。
832 好把袖間經濟手，如今去補天西北。
832 治病不蘄三折肱。
833 粗繒大布裹生涯，腹有詩書氣自華。

892 浪花有意千重雪，桃李無言一隊春。
892 章臺路，還見褪粉梅梢，試花桃樹。
892 殘雪壓枝猶有橘，凍雷驚筍欲抽芽。
893 等閑識得東風面，萬紫千紅總是春。
893 開到荼蘼花事了。
894 落盡梨花春又了。滿地殘陽，翠色和煙老。
894 遊人不管春將老，來往亭前踏落花。
894 綠楊煙外曉寒輕，紅杏枝頭春意鬧。
895 鴨頭春水濃如染，水面桃花弄春臉。
895 簾外雨潺潺，春意闌珊。
896 燕子不來花又落，一庭風雨自黃昏。
896 草長鶯飛二月天，拂堤楊柳醉春煙。

896 **夏**

896 嫩竹猶含粉，初荷未聚塵。
897 南州溽暑醉如酒，隱几熟眠開北牖。
897 荷風送香氣，竹露滴清響。
898 更無柳絮因風起，惟有葵花向日傾。
898 炙翻四海波，天地入烹煮。
898 芳菲歇去何須恨？夏木陰陰正可人。
899 風老鶯雛，雨肥梅子，午陰嘉樹清圓。
899 惟有南風舊相識，偷開門戶又翻書。
900 梅子留酸軟齒牙，芭蕉分綠與窗紗。
900 黃梅時節家家雨，青草池塘處處蛙。
900 清風破暑連三日，好雨依時抵萬金。

901 **秋**

901 悲哉，秋之為氣也。蕭瑟兮，草木搖落而變衰。
901 秋風起兮白雲飛，草木黃落兮雁南歸。
902 秋風蕭瑟天氣涼，草木搖落露為霜。
902 八尺龍鬚方錦褥，已涼天氣未寒時。
902 山明水淨夜來霜，數樹深紅出淺黃。
903 空山新雨後，天氣晚來秋。
903 青山隱隱水迢迢，秋盡江南草未凋。
903 秋色從西來，蒼然滿關中。
904 朔風吹海樹，蕭條邊已秋。
904 停車坐愛楓林晚，霜葉紅於二月花。
904 晚色霞千片，秋聲雁一行。
905 樹樹皆秋色，山山唯落暉。
905 秋容老盡芙蓉院，草上霜花勻似翦。
906 楚天千里清秋，水隨天去秋無際。
906 對瀟瀟暮雨灑江天，一番洗清秋。
906 碧雲天，黃葉地。秋色連波，波上寒煙翠。
907 十分秋色無人管，半屬蘆花半蓼花。
907 枯藤老樹昏鴉，小橋流水人家。古道西風瘦馬。

908 **冬**

908 明月照積雪，朔風勁且哀。
908 千山鳥飛絕，萬徑人蹤滅。
908 風吹雪片似花落，月照冰文如鏡破。
909 一年好景君須記，最是橙黃橘綠時。
909 北風吹樹急，西日照窗涼。
909 溪凍聲全滅，燈寒焰不高。
910 不知十月江寒重，陡覺三更布被輕。

910 日夜天象

Contents／目錄

929 忽如一夜春風來，千樹萬樹梨花開。
929 風頭如刀面如割。
930 溪雲初起日沉閣，山雨欲來風滿樓。
930 隨風潛入夜，潤物細無聲。
930 一夕輕雷落萬絲，霽光浮瓦碧參差。
931 小樓西角斷虹明，闌干倚處，待得月華生。
931 天外黑風吹海立，浙東飛雨過江來。
932 乍暖還寒時候，最難將息。
932 白曉慘成夜，瓦口生飛濤。
932 但覺衾裯如潑水，不知庭院已堆鹽。
933 春風如醇酒，著物物不知。
933 風不定，人初靜，明日落紅應滿徑。
934 風急花飛晝掩門，一簾殘雨滴黃昏。
934 風蒲獵獵弄輕柔，欲立蜻蜓不自由。
935 浮雲集，輕雷隱隱初驚蟄。
935 海壓竹枝低復舉，風吹山角晦還明。
935 清風明月無人管，併作南樓一味涼。
936 黑雲翻墨未遮山，白雨跳珠亂入船。
936 微風萬頃靴文細，斷霞半空魚尾赤。
397 雷驚天地龍蛇蟄，雨足郊原草木柔。
937 滿川風雨看潮生。
937 數峰清苦，商略黃昏雨。
938 修竹萬竿松影亂，山風吹作滿窗雲。

938 人文環境

938 城鄉

938 二十四橋明月夜，玉人何處教吹簫？
939 人人盡說江南好，遊人只合江南老。
939 人生只合揚州死，禪智山光好墓田。
939 天下三分明月夜，二分無賴是揚州。
940 初因避地去人間，及至成仙遂不還。
940 姑蘇城外寒山寺，夜半鐘聲到客船。
940 洛陽城裡春光好，洛陽才子他鄉老。
941 香稻啄餘鸚鵡粒，碧梧棲老鳳凰枝。
941 國破山河在，城春草木深。
942 九陌六街平，萬物充盈。
942 二十四橋仍在，波心蕩、冷月無聲。
942 山外青山樓外樓，西湖歌舞幾時休？
943 山河風景元無異，城郭人民半已非。
943 我本無家更安往，故鄉無此好湖山。
944 兩岸荔枝紅，萬家煙雨中。
944 長江繞郭知魚美，好竹連山覺筍香。
945 雨恨雲愁，江南依舊稱佳麗。
945 雲裡寒溪竹裡橋，野人居處絕塵囂。
945 煙柳畫橋，風簾翠幕，參差十萬人家。
946 嘆江山如故，千村寥落。
946 上有天堂，下有蘇杭。
947 荒村雨露宜眠早，野店風霜要起遲。

947 園林建築

947 如跂斯翼，如矢斯棘。如鳥斯革，如翬斯飛。
948 交疏結綺窗，阿閣三重階。
948 戶庭無塵雜，虛室有餘閑。
948 四戶八窗明，玲瓏逼上清。

968 何事春風容不得？和鶯吹折數枝花。

968 花開紅樹亂鶯啼，草長平湖白鷺飛。

968 砌下落梅如雪亂，拂了一身還滿。

969 面旋落花風蕩漾。柳重煙深，雪絮飛來往。

969 野鳧眠岸有閑意，老樹著花無醜枝。

970 黃昏風雨打園林，殘菊飄零滿地金。

970 葉上初陽乾宿雨，水面清圓，一一風荷舉。

970 鶯嘴啄花紅溜，燕尾點波綠皺。

971 沙邊細荇時吐吞，水底行雲遞來往。

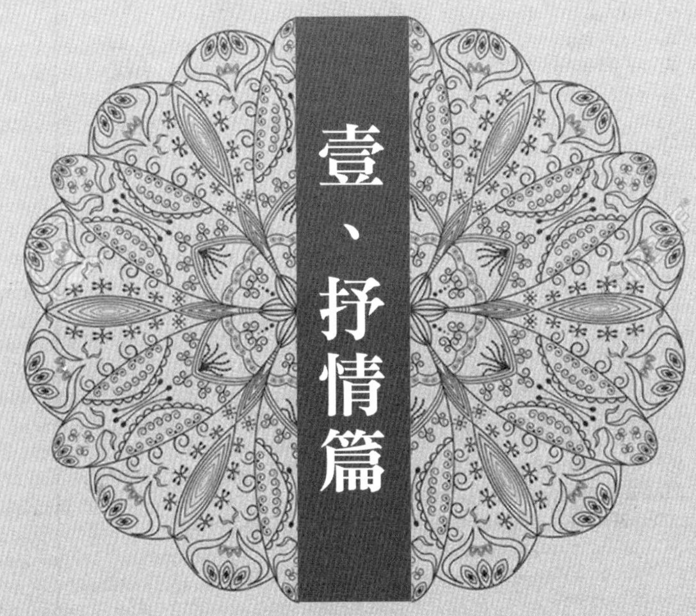

壹、抒情篇

一、感時

感懷時光

眷眷往昔時，憶此斷人腸。

依戀不捨過去的時光，回想這些往事使人心如腸斷。

【解析】陶淵明詩中回首過往，其見人間草木萎謝後猶可復生，天上日月的出沒也能隨著自然運行，循環不息，而人的生命卻無法如同草木日月，內心興起一股悲涼。可用來形容對韶華流逝的顧戀。

【出處】東晉．陶淵明〈雜詩〉詩十二首之三：「榮華難久居，盛衰不可量。昔為三春蕖，今作秋蓮房。嚴霜結野草，枯悴未遽央。日月環復周，我去不再陽。眷眷往昔時，憶此斷人腸。」

夕陽無限好，只是近黃昏。

夕陽的景色雖然美不勝收，可惜已臨近黃昏，很快便會消失。

【解析】傍晚時分，人在京城長安（位在今陝西西安市）的李商隱，本欲藉登上城內高原緩解心中不快，然見落日餘暉雖美而黃昏將至，夜幕隨即籠罩大地，有感好景無法常駐，進而對生命的美好時光平添無限感懷。可用來表達對人生晚景的留戀，只是來日不多，故要更加珍惜光陰。另可用來比喻人或事物由極盛轉衰。

【出處】唐．李商隱〈登樂遊原〉詩：「向晚意不適，驅車登古原。夕陽無限好，只是近黃昏。」

今年歡笑復明年，秋月春風等閑度。

年復一年，時間在歡笑中度過，多少個美好的年華也輕易地消磨過去。

【解析】白居易在詩中描寫琵琶女自述早年貪圖眼前

享樂的賣笑生涯，虛擲了人生最寶貴的青春時光，等到容顏衰去才恍然大悟，但已喚不回流逝的光陰。可用來形容在安逸歡樂中虛度年輕歲月。

【出處】唐・白居易〈琵琶行〉詩：「……自言本是京城女，家在蝦蟆陵下住。十三學得琵琶成，名屬教坊第一部。曲罷曾教善才伏，妝成每被秋娘妒。五陵年少爭纏頭，一曲紅綃不知數。鈿頭雲篦擊節碎，血色羅裙翻酒汙。今年歡笑復明年，秋月春風等閑度……」（節錄）

白頭宮女在，閑坐說玄宗。

滿頭白髮的宮女依然健在，正閑坐著在談論玄宗當年的舊事。

【解析】詩題〈行宮〉，指的是天子在京城之外的住所。從年少到年老一直幽居於深宮的宮女，親身經歷了玄宗在位期間的盛世繁華到衰頹破敗。作者借行宮內的白髮宮女閑談玄宗時代的美好過去，寄託人事盛衰如雲煙夢幻，青春轉眼即逝的感傷。可用來形容飽經風霜的老人緬懷陳年往事。

【出處】唐・元稹〈行宮〉詩：「寥落古行宮，宮花寂寞紅。白頭宮女在，閑坐說玄宗。」

春宵苦短日高起，從此君王不早朝。

埋怨春夜過於短暫，直到太陽高升才起身離床，此後君王早上也不按例到朝廷處理政事了。

【解析】白居易描寫唐玄宗迷戀楊貴妃的美色，兩人不僅夜晚共度春宵，連白日也沉溺於宴飲遊樂之中，形影難分，但荒廢國政的結果，造成社會日益動亂，國家一步步走向衰敗。詩中「春宵苦短」可用來比喻歡樂的時光總是過得很快。另也可以用來形容統治者耽溺女色而荒於國事。

【出處】唐・白居易〈長恨歌〉詩：「……春寒賜浴華清池，溫泉水滑洗凝脂。侍兒扶起嬌無力，始是新承恩澤時。雲鬢花顏金步搖，芙蓉帳暖度春宵。春宵苦短日高起，從此君王不早朝……」（節錄）

春欲暮，思無窮，

舊歡如夢中。

春天即將要過去了，留下的是無窮盡的思緒，回想往日的歡樂，彷彿身在夢中一樣。

【解析】溫庭筠藉由描寫春日將盡，示意那些曾經擁有的美好時光終將如夢幻般地消逝，不禁令其柔腸百轉，憂思無窮。可用來形容對逝去的歡愉時光感到無限懷念與惆悵。

【出處】唐．溫庭筠〈更漏子．星斗稀〉詞：「星斗稀，鐘鼓歇，簾外曉鶯殘月。蘭露重，柳風斜，滿庭堆落花。虛閣上，倚闌望，還似去年惆悵。春欲暮，思無窮，舊歡如夢中。」

欲並老容羞白髮，每看兒戲憶青春。

想要除去衰老的容顏，也為滿頭的白髮而感到羞慚，每當看著孩子們在嬉戲，便會回憶起年輕的歲月。

【解析】劉長卿望著小孩子天真玩耍的童稚神態，再回首對照如今自己的白首老態，不禁對過往青春時光湧上無比的感懷思念。可用來形容人年紀老大時回想年少往事，充滿欣羨與懷念之情。

【出處】唐．劉長卿〈戲題贈二小男〉詩：「異鄉流落頻生子，幾許悲歡併在身。欲並老容羞白髮，每看兒戲憶青春。未知門戶誰堪主，且免琴書別與人。何幸暮年方有後，舉家相對卻沾巾。」

當時年少春衫薄。騎馬倚斜橋，滿樓紅袖招。

回憶少年時的我，穿著單薄的春衫。騎馬倚靠在斜橋邊，整樓的女子都揮著紅袖向我招手。

【解析】韋莊追憶年少在江南生活時，騎馬倚橋，意氣風發，終日醉宿溫柔鄉的浪漫歲月。而這些繾綣歡愉的過往樂事，卻也讓他在年老時充滿時不我待的感傷。可用來形容人對年輕時風流倜儻歲月的懷念。

【出處】唐．韋莊〈菩薩蠻．如今卻憶江南樂〉詞：「如今卻憶江南樂，當時年少春衫薄。騎馬倚斜橋，滿樓紅袖招。翠屏金屈曲，醉入花叢宿。此度見花枝，白頭誓不歸。」

少年不識愁滋味，愛上層樓。愛上層樓，為賦新詞強說愁。

年輕時不理解憂愁是什麼感受，總喜歡登上高樓。喜歡登上高樓，是為了賦詩填詞，明明沒愁也要勉強說自己有許多的愁。

【解析】年老的辛棄疾，想起從前那段多愁善感的年少，雖然涉世未深，也還沒真正經歷人生的甘苦，就喜歡效法文人騷客登高遠望，感染自以為的萬千愁緒，只為了寫出充滿傷春悲秋情調的詩詞。可用來形容人在青少年時期，未經世事，想法單純，容易觸景生懷，無端發出牢騷或憂傷。

【出處】南宋．辛棄疾〈醜奴兒．少年不識愁滋味〉詞：「少年不識愁滋味，愛上層樓。愛上層樓，為賦新詞強說愁。而今識盡愁滋味，欲說還休。欲說還休，卻道天涼好個秋。」

少年聽雨歌樓上，紅燭昏羅帳。

年少時在歌樓上聽著雨聲，紅燭燈火昏暗，照映著床上輕薄的紗幔。

【解析】蔣捷晚年回顧自己的青春過往，當時成日耽溺歌樓之上，在紅燭羅帳裡與歌女作樂尋歡，對比今日兩鬢斑白，華年已老，蕭索淒冷的處境，抒發其對歲月無情的慨嘆。可用來形容人在暮年回想年輕放浪形骸、貪聲逐色的時光。

【出處】南宋．蔣捷〈虞美人．少年聽雨歌樓上〉詞：「少年聽雨歌樓上，紅燭昏羅帳。壯年聽雨客舟中，江闊雲低，斷雁叫西風。而今聽雨僧廬下，鬢已星星也。悲歡離合總無情，一任階前，點滴到天明。」

白髮無情侵老境，青燈有味似兒時。

頭上的白髮毫不留情地增長，彷彿逼得人漸漸衰老，在青藍色的微弱油燈火光下夜讀，仍像孩童時期那樣津津有味。

【解析】自幼好學的陸游，寫其邁入中年後，在秋夜裡讀書，發現自己頭上的青絲已成白髮，青春稍縱即逝，讓他懷想起幼年在燈下吟誦，那段充滿甜蜜和趣味的無憂歲月。可用來形容中老年人挑燈夜讀時，想起童年時的快樂記憶。

【出處】南宋．陸游〈秋夜讀書每以二鼓盡為節〉詩：「腐儒碌碌嘆無奇，獨喜遺編不我欺。白髮無情侵老境，青燈有味似兒時。高梧策策傳寒意，疊鼓鼕鼕迫睡期。秋夜漸長飢作祟，一杯山藥進瓊糜。」

往事已成空，還如一夢中。

過去的事情都已消失不見，彷彿一切是在夢中發生的。

【解析】李煜離開南唐故國，被囚居在北宋國都汴京（位在今河南開封市），他回顧以往貴為一國之主的風光，對比今日的窘蹙，興起了舊事如夢，醒來成空的喟嘆。可用來形容人對已逝往事的留戀。

【出處】五代．李煜〈子夜歌．人生愁恨何能免〉詞：「人生愁恨何能免？銷魂獨我情何限。故國夢重歸，覺來雙淚垂。高樓誰與上？長記秋晴望。往事已成空，還如一夢中。」

長溝流月去無聲，杏花疏影裡，吹笛到天明。

明月映照著長溝下的流水，時間隨著月光和流水悄悄而逝，回想當年情景，大家在那杏花稀疏的影子裡，吹奏笛子，直到天亮。

【解析】南渡後的陳與義，回顧他年輕時在家鄉洛陽午橋，與一群豪傑志士月下暢飲、花前吹笛的酣樂過往，而今洛陽淪陷，詞人的家園已破，而舊遊也同樣瓦解星散，那些意氣風發的豪情和吟風弄月的雅興，全都只能留在記憶當中。南宋人胡仔《苕溪漁隱叢話》評曰：「此數語奇麗。」可用來形容追想從前和故人一同遊賞的歡樂日子。

【出處】北宋末、南宋初．陳與義〈臨江仙．憶昔午橋橋上飲〉詞：「憶昔午橋橋上飲，座中多是豪英。長溝流月去無聲，杏花疏影裡，吹笛到天明。二十餘年如一夢，此身雖在堪驚。閑登小閣看新晴，古今多少事，漁唱起三更。」

春花秋月何時了？往事知多少？

春天的花、秋天的月，年年長有，哪裡有結束的時候？而那些美好過往，不知道還有多少？

【解析】每年綻放的嬌豔「春花」和空中的潔白「秋月」，都是長存人間美好事物的象徵，而李煜所歷經的歡樂「往事」卻是一去無回，前者代表的是自然永恆，後者揭示的是人事無常，兩相對比之下，更勾起詞人對其過往的思戀。可用來形容年年春去秋來，花月依舊，回憶往事，不勝唏噓。

【出處】五代．李煜〈虞美人．春花秋月何時了〉詞：「春花秋月何時了？往事知多少？小樓昨夜又東風，故國不堪回首月明中。雕闌玉砌應猶在，只是朱顏改。問君能有幾多愁？恰似一江春水向東流。」

春宵一刻值千金，花有清香月有陰。

春天的夜晚，縱使是短暫的一刻也抵得上千金，這個時候的花朵清新芳香，月亮的影子朦朧。

【解析】蘇軾描寫春夜是人間最美好的一段時光，縷縷清幽花香隨風撲鼻而來，月光投射，映照出花朵的朦朧陰影，此等良辰美景，可說是再多的金錢也買不到的啊！可用來形容春夜景色優美迷人，時間雖短卻彌足珍貴。

【出處】北宋．蘇軾〈春夜〉詩：「春宵一刻值千金，花有清香月有陰。歌管樓臺聲細細，鞦韆院落夜沉沉。」

流水落花春去也，天上人間。

過去的歡樂時光，就像落花隨著流水跟著春天的腳步一同離開，從此宛如天人永隔一樣。

【解析】南唐後主李煜借「流水落花」的暮春殘景，揭示他那段曾貴為君主的生活是回不來了，更以「天上人間」對比從前的如日中天和現今的落魄難堪，兩者相去懸殊。近人唐圭璋《唐宋詞簡釋》對這兩句詞的評論：「水流盡矣，花落盡矣，春歸去矣，而人亦將亡矣。將四種了語，并合一處作結，肝腸斷絕，遺恨千古。」意指李煜寫這闋詞時，早料到自己不容於北宋太宗，離死亡之期已不遠。可用來形容美妙往事流逝如水，永難尋覓。

【出處】五代．李煜〈浪淘沙．簾外雨潺潺〉詞：「簾外雨潺潺，春意闌珊。羅衾不耐五更寒。夢裡不知身是客，一晌貪歡。獨自莫憑闌，無限江山，別時容易見時難。流水落花春去也，天上人間。」

為君持酒勸斜陽，且向花間留晚照。

我為了你舉起酒杯，請求夕陽的餘暉停留花叢間再久一點。

【解析】一直忙於公務的宋祁，難得出外享受春遊的樂趣，但見天色即將轉暗，不忍紅日西沉，故端著酒杯挽留斜陽多向花間映照，希望綺麗的春光願意為了他稍作停歇，不要急著離去。可用來形容對美好時光的依戀。

【出處】北宋．宋祁〈玉樓春．東城漸覺風光好〉詞：「東城漸覺風光好，縠皺波紋迎客棹。綠楊煙外曉寒輕，紅杏枝頭春意鬧。浮生長恨歡娛少，肯愛千金輕一笑。為君持酒勸斜陽，且向花間留晚照。」

晚涼天淨月華開，想得玉樓瑤殿影，空照秦淮。

晚上天氣清涼，月色明淨，想起月光曾經照耀著在金陵宮殿裡的我，如今它只能映照著金陵城中的秦淮河。

【解析】成為北宋朝廷囚虜的的李煜，在秋月的映照下，想像著自己回到南唐金陵的舊時宮苑，緬懷當年的富麗華美，再對比今日人去樓空的清寂，抒發其對故國的眷戀。可用來形容對著月光，懷想愜意的過往。

【出處】五代．李煜〈浪淘沙．往事只堪哀〉詞：「往事只堪哀，對景難排。秋風庭院蘚侵階，一桁

（ㄏㄤˊ）珠簾閑不卷，終日誰來？金鎖已沉埋，壯氣蒿萊。晚涼天淨月華開，想得玉樓瑤殿影，空照秦淮。」

憑闌半日獨無言，依舊竹聲新月似當年。

獨自一人靜靜地靠著闌干許久，雖然吹奏笙的樂音和剛剛升起的彎月與往年相仿。

【解析】面對滿院綠意盎然的春景，還有悠揚的笙歌和一鉤新月相伴隨，李煜卻毫無心情欣賞，眼前的景物雖與往昔無異，但過去的歡樂時光卻早已形跡杳然，今昔對比，悲酸更加劇烈。可用來形容對舊時歲月的追憶。

【出處】五代．李煜〈虞美人．風回小院庭蕪綠〉詞：「風回小院庭蕪綠，柳眼春相續。憑闌半日獨無言，依舊竹聲新月似當年。笙歌未散尊罍在，池面冰初解。燭明香暗畫樓深，滿鬢清霜殘雪思難禁。」

碧湖湖上柳陰陰，人影澄波浸，常記年時歡花飲。

碧綠的湖面上籠罩著濃郁的柳蔭，澄澈的水波上映出人的倒影，經常想起我們當年對花飲酒的歡樂日子。

【解析】楊果在這首小令裡，藉由描寫碧光湖色、綠柳成蔭的美景，引出其與愛人以往在柳媚花明前的愜意酣飲，再對比他今日的孤形單影，湧上的落寞更為劇烈。可用來形容追憶曾經擁有的歡欣流光。

【出處】元．楊果〈小桃紅．碧湖湖上柳陰陰〉曲：「碧湖湖上柳陰陰，人影澄波浸，常記年時歡花飲。到如今，西風吹斷迴文錦。羨他一對，鴛鴦飛去，殘夢蓼花深。」

感嘆年華

日月[1]忽其不淹兮，春與秋其代序[2]。

時光飛速，不肯稍作停留啊！春天離開，秋天來到，時節依次遞換，轉眼又是一年。

【注釋】1.日月：此作時間，意指日落月升，輪轉不停。2.代序：時序更替。

【解析】在政治上屢遭小人讒害而被楚王疏遠的的屈原，眼看著分秒空流，春往秋來，四季更相交替，年復一年，而他卻始終有志難伸，為此感到憂思神傷。可用來形容光陰匆匆而逝，季節更替有常。

【出處】戰國楚．屈原〈離騷〉詩：「……日月忽其不淹兮，春與秋其代序。惟草木之零落兮，恐美人之遲暮……」（節錄）

少壯不努力，老大徒傷悲。

年輕力壯時不奮力學習，等到年老的時候就只能傷心悲嘆了。

【解析】作者詩中主在勸人珍惜青壯時期的燦爛歲月，人生有如東逝水，從來不曾回頭西流，若是不及時把握，任憑芳華虛度，日後縱有再多的悔恨也都是枉然。可用來說明人應趁著年少時發憤向上，避免晚年時徒留遺憾。

【出處】漢．佚名〈長歌行〉詩：「青青園中葵，朝露待日晞。陽春布德澤，萬物生光輝。常恐秋節至，焜黃華葉衰。百川東到海，何時復西歸？少壯不努力，老大徒傷悲。」

人生天地間，忽如遠行客。

人生存於天地之間，時間短暫，就像是寄居他鄉的遠行過客一樣。

【解析】這首詩的作者描寫其客居京城時，有感於人的一生，好比出了一趟遠門的旅人，匆忙一陣之後，最終還是要結束旅程，回到當初來時的所在，誰也不能久留。可用來形容人生短促。

【出處】東漢．佚名〈古詩十九首〉詩十九首之三：「青青陵上柏，磊磊澗中石。人生天地間，忽如遠行客。斗酒相娛樂，聊厚不為薄。驅車策駑馬，遊戲宛與洛。洛中何鬱鬱，冠帶自相索。長衢羅夾巷，王侯多第宅。兩宮遙相望，雙闕百餘尺。極宴娛心意，戚戚何所迫？」

天地無終極，人命若朝霜。

天地沒有窮盡，廣大浩瀚，而人的壽命好像晨間的霜露，短暫急促。

【解析】此為曹植設宴餞別好友應瑒、應璩兄弟而作的一首詩，內容除了抒發離情之外，也道出了生命脆弱而短促的事實，以慰勉好友珍視當下難得的聚首。可用來形容天地沒有極限，但人生卻是有限且極為迫促的。

【出處】三國魏．曹植〈送應氏〉詩二首之二：「清時難屢得，嘉會不可常。天地無終極，人命若朝霜。願得展嬿婉，我友之朔方。親昵並集送，置酒此河陽。中饋豈獨薄？賓飲不盡觴。愛至望苦深，豈不愧中腸？山川阻且遠，別促會日長。願為比翼鳥，施翮起高翔。」

盛年不重來，一日難再晨。

人的壯年一旦過去便不會再來，一天之中也不可能出現第二個早晨。

【解析】陶淵明詩中鼓勵人們要把握年富力強的青壯時期，盡情去做自己想要完成的事情，不要讓時間白白浪費掉，歲月可是不會等待人的。可用來形容青春無法再一次來過，故要及時有所作為。

【出處】東晉．陶淵明〈雜詩〉詩十二首之一：「……得歡當作樂，斗酒聚比鄰。盛年不重來，一日難再晨。及時當勉勵，歲月不待人。」（節錄）

少壯輕年月，遲暮惜光輝。

年輕力壯的時候不在乎時間，年老體衰的時候才知道珍惜光陰。

【解析】這是何遜寫給諸位舊識好友的一首詩，他因在仕途上遭到南梁武帝蕭衍的疏遠而萌生倦意，希望早日退隱，返鄉與久違舊遊相聚。詩中感嘆自己年少時輕狂無知，恣意揮霍光陰，而今暮年將至，來日無多，始理解到要趕緊把握住當下，切莫錯過了人生當中最值得去在乎的人與事。可用來形容人生易老，時光寶貴。

【出處】南朝梁．何遜〈贈諸舊遊〉詩：「弱操不能植，薄伎竟無依。淺智終已矣，令名安可希？擾擾從役倦，屑屑身事微。少壯輕年月，遲暮惜光輝。一塗今未是，萬緒昨如非……」（節錄）

一年又過一年春，百歲曾無百歲人。

一年即將過去，但馬上又是另一年的春天，人們總是嚮往活到百歲，但是卻不曾聽過有活到百歲的人。

【解析】作者一方面嘆惜春光轉瞬即逝，同時也興起了對生命短暫的感傷以及面對衰老的無奈。可用來感嘆人生在世，光陰有限，故要及早把握，不可輕易蹉跎。

【出處】唐．宋之問〈宴城東莊〉詩：「一年始有一年春，百歲曾無百歲人。能向花前幾回醉？十千沽酒莫辭貧。」（此詩一說作者為崔敏童）

人生代代無窮已，江月年年只相似。

人的生命因世代交替而沒有窮盡，江上的明月年復一年總是相像。

【解析】面對春江月色的美景，作者張若虛體悟到個人的生命雖短促無常，卻能藉由世代的傳承而綿延不已，正可與明月、江水恆常共存。由於張若虛在《全唐詩》僅存詩兩首，晚清學者王闓運稱張若虛〈春江花月夜〉詩是「孤篇橫絕，竟為大家」，意指其僅憑一詩便奠定了在詩史上的地位。可用在對比宇宙的永恆與生命的短暫上。

【出處】唐．張若虛〈春江花月夜〉詩：「……江畔何人初見月？江月何年初照人？人生代代無窮已，江月年年只相似。不知江月待何人，但見長江送流水……」（節錄）

今人不見古時月，今月曾經照古人。

現在的人不曾見過古時的月亮，但現在的人所看見的月光，卻曾經照耀過古時的人。

【解析】李白詩中運用回還往復的回文技巧，表現出古月、今月實為同一月，唯古人、今人不斷更迭替換，這也意味著人在永恆的明月之下顯得多麼渺小。可用來感慨宇宙無盡，而人的壽命卻是有限。

【出處】唐．李白〈把酒問月〉詩：「……今人不見古時月，今月曾經照古人。古人今人若流水，共看明月皆如此。唯願當歌對酒時，月光長照金樽裡……」（節錄）

今年花似去年好，去年人到今年老。

今年的花開得比去年的還要好，但去年的人到了今年卻更加衰老了。

【解析】本句出自岑參〈韋員外家花樹歌〉詩。員外，職官名，也稱員外郎，為吏、戶、禮、兵、刑、工六部下各司的副主管。此為岑參到一位任職員外郎的韋姓友人家中賞花時所作。其詩藉由每年的花開花落，表達花落尚可明年再開，而人老卻是永遠回不去年少，意在勸人珍惜有限的光陰。可用於感傷年華易逝，應及時把握青春時光。

【出處】唐．岑參〈韋員外家花樹歌〉詩：「今年花似去年好，去年人到今年老。始知人老不如花，可惜落花君莫掃。君家兄弟不可當，列卿御史尚書郎。朝回花底恆會客，花撲玉缸春酒香。」

公道世間唯白髮，貴人頭上不曾饒。

這世上唯一公平的只有白髮（時光），即使是達官貴人的頭頂也不會輕易放過。

【解析】杜牧認為世間最公平的唯有時間，任何人都躲不掉衰老，逐漸走向死亡的命運。這首詩表面上看似是在感嘆生命短暫，勸人凡事應要看開，但實際上則是在暗喻人世間除了時間之外，全無公道可言，藉此抒發其對當時政局的不滿。本句除可用來說明時間

流逝，不分貧賤富貴都無法逃避。另可用來形容世上除了時間以外，沒有一件事是公平合理的。

【出處】唐．杜牧〈送隱者一絕〉詩：「無媒徑路草蕭蕭，自古雲林遠市朝。公道世間唯白髮，貴人頭上不曾饒。」

天時人事日相催，冬至陽生春又來。

天地四時運轉，世間事物變化，每天都在催人，冬至之後白天漸長，而春天很快又要來臨了。

【解析】本句出於杜甫的〈小至〉詩。小至，即二十四節氣之一冬至的前一天，傳統習俗上家家戶戶會在這一天搗米作湯圓，以便冬至當日全家團圓時一起食用。杜甫主要是在詩中感嘆韶光似箭催人老，過了冬至，人就再老一歲了！可用來形容時令變化流轉，光陰流逝不復返。其中「冬至陽生春又來」一句，適切地描述了在傳統民俗中，冬至之後，人們迎接新春到來的生活方式。

【出處】唐．杜甫〈小至〉詩：「天時人事日相催，冬至陽生春又來。刺繡五紋添弱線，吹葭六琯動浮灰。岸容待臘將舒柳，山意衝寒欲放梅。雲物不殊鄉國異，教兒且覆掌中杯。」

年年歲歲花相似，歲歲年年人不同。

每一年的花開花謝，情況都很相像，但人卻是歲歲年年有著不同的變化。

【解析】劉希夷以年年歲歲的「花香似」和「人不同」作對比，意在提醒人們時光無情流逝、青春盛壯永難常駐。其詩題〈代悲白頭翁〉，表示此詩為代替白頭老翁而悲，也隱含有憐憫他日終將走入老病衰亡的意味。可用在對韶光流逝、生命有限的感慨上。

【出處】唐．劉希夷〈代悲白頭翁〉詩：「……已見松柏摧為薪，更聞桑田變成海。古人無復洛城東，今人還對落花風。年年歲歲花相似，歲歲年年人不同……」（節錄）

有花堪折直須折，

莫待無花空折枝。

把握時機在花朵盛開的時候折取花枝，不要等到花謝了以後只能攀折空花枝。

【解析】詩人以「有花」比喻青春年華，以「無花」比喻年華老去，旨在告誡人們應把握如花綻放的年少時光，切莫等到如花謝的垂暮之年再來悔恨，也已無濟於事了。清人蘅塘退士編《唐詩三百首》評曰：「即聖賢惜陰之意，言近旨遠。」可用來勸人珍惜年少青春或勇於把握機會，以免年老時追悔不及。

【出處】唐．杜秋娘〈金縷衣〉詩：「勸君莫惜金縷衣，勸君惜取少年時。有花堪折直須折，莫待無花空折枝。」（此詩一說是無名氏所作）

朱顏今日雖欺我，白髮他時不放君。

你們這些面容紅潤的年輕人們，雖然現在在青春年華上勝過我，但將來白髮也一樣不會放過你們的啊！

【解析】白居易於此詩中用詼諧戲謔的口吻告誡後生晚輩，意在提醒他們韶光似箭，朱顏轉眼變白頭，切莫蹉跎人生寶貴有限的青春時光。可用來抒發韶華如矢，過了青春無少年，故要及時把握。

【出處】唐．白居易〈戲答諸少年〉詩：「顧我長年頭似雪，饒君壯歲氣如雲。朱顏今日雖欺我，白髮他時不放君。」

君不見，高堂明鏡悲白髮，朝如青絲暮成雪。

你沒看見，年邁的父母對鏡自照時，為了滿頭白髮而悲傷，彷彿早上看時還是一頭烏黑髮絲，但到了晚上便成了花白一片。

【解析】李白在詩中運用誇飾的筆法，把人生從年少到年老的過程，比喻成一個人在朝暮之間，一頭黑髮轉瞬化為白頭，以強調時光的飛逝迅速。可用來感嘆青春歲月容易消逝。

【出處】唐．李白〈將進酒〉詩：「君不見，黃河之

水天上來，奔流到海不復回。君不見，高堂明鏡悲白髮，朝如青絲暮成雪……」（節錄）

昔別君未婚，兒女忽成行。

當初我和你分別的時候，你還沒有結婚，而我們再度相見時，你已經兒女成群了。

【解析】本句出自於杜甫〈贈衛八處士〉詩。處士，指有才學而隱居沒有做官的人。杜甫描寫他和衛姓好友別後的這一段歲月裡，世事變化的速度，快到令人無法想像。可用來形容時光倏忽流逝，使人興起歲月不待人之感。

【出處】唐・杜甫〈贈衛八處士〉詩：「……焉知二十載，重上君子堂。昔別君未婚，兒女忽成行……」（節錄）

雨中黃葉樹，燈下白頭人。

雨中，老樹上的葉子已經枯黃，而燈下，老人的頭上滿是白髮。

【解析】作者司空曙與表弟盧綸皆具詩名，皆評為「大曆十才子」之一。本詩為司空曙描寫盧綸到其荒僻住所探訪，並留下來過夜，讓孤貧又年老的他倍感兄弟之間的溫情。其借寫雨景中樹上的枯黃落葉，映襯昏燈下風燭殘年的白頭老翁，以抒發自己年邁衰朽的傷嗟。可用來形容青春一去不再的悲涼與辛酸。

【出處】唐・司空曙〈喜外弟盧綸見宿〉詩：「靜夜四無鄰，荒居舊業貧。雨中黃葉樹，燈下白頭人。以我獨沉久，愧君相見頻。平生自有分，況是蔡家親。」

浮生恰似冰底水，日夜東流人不知。

人生就彷彿冰層底下的流水，日夜不停地悄悄流逝，人們卻不曾知曉。

【解析】本句出自杜牧〈汴河阻凍〉詩。汴河，為通濟渠的一部分，主要位在今河南開封市境內。通濟渠，為隋煬帝時發動河南淮北民眾所開鑿的大運河。杜牧從汴河的冰底水聯想到人生，因為從河冰上看不出有什麼變化，但事實上，冰下的水卻是一直在流動著的，正如人生歲月也無聲無息消逝一般，人們往往沒有察覺，驀然回首才發現青春早已不在。可用於形容年華在不知不覺中流逝而去。

【出處】唐．杜牧〈汴河阻凍〉詩：「千里長河初凍時，玉珂瑤珮響參差。浮生恰似冰底水，日夜東流人不知。」

浮雲一別後，流水十年間。

自上次分別之後，我倆的行蹤就像浮雲一樣飄忽難定，十年歲月匆匆，如流水般地逝去。

【解析】本句出自韋應物〈淮上喜會梁川故人〉詩。淮上，指淮水邊。梁川，又作梁州，位在今陝西漢中市境內。韋應物詩中描寫他和故友闊別十年，重逢後的喜悅與感慨，以「浮雲」比喻別後的漂泊不定，以「流水」比喻光陰易逝，抒發其對世事滄桑以及年華老去的感傷。可用來感嘆相別多年，時光飛逝。

【出處】唐．韋應物〈淮上喜會梁川故人〉詩：「江漢曾為客，相逢每醉還。浮雲一別後，流水十年間。歡笑情如舊，蕭疏鬢已斑。何因北歸去？淮上對秋山。」

海日[1]生殘夜，江春入舊年。

黑夜還沒有消盡，太陽已從海面上升起，舊的一年還沒有過完，江上已顯現出春天的氣息。

【注釋】1.海日：海上的太陽。此指長江水面。

【解析】本句出自王灣〈次北固山下〉詩。詩題中的「次」字，指臨時住宿或駐紮之意，此用於指船隻停泊。北固山，位在今江蘇鎮江市境內。歲末泛舟夜行於長江之上的王灣，借寫朝日東升和春意初動，驅走了黑夜與舊歲，表達時序更迭而年華匆匆不再的心境。本句可用以抒發時光流逝，歲不我與的喟嘆。另可用來比喻新生的事物即將取代舊有的事物。還可用於形容歲暮早春前，天將破曉時的江海風光。

【出處】唐．王灣〈次北固山下〉詩：「……海日生

殘夜，江春入舊年。鄉書何處達？歸雁洛陽邊。」（節錄）

酒債尋常行處有，人生七十古來稀。

雖然到處欠了很多買酒的錢，但不過是尋常小事，畢竟人能活到七十歲已不常見了。

【解析】本句出自杜甫〈曲江〉詩。曲江，為唐代長安著名的遊覽勝地。杜甫因向唐肅宗提出諫言而遭到冷落，深感力不從心的他來到曲江醉酒賞春，寫成此詩。詩中感嘆人生短暫，來日已無多，縱使生活窮困不如意，他依然堅持要趁著有限的生命流連美好風景，更不惜典衣沽酒來買醉。可用來形容把握當下，及時行樂的心情。

【出處】唐．杜甫〈曲江〉詩二首之二：「朝回日日典春衣，每向江頭盡醉歸。酒債尋常行處有，人生七十古來稀……」（節錄）

傳語風光共流轉，暫時相賞莫相違。

我要轉告明媚的春光，請與我一同流連共樂，即使是短暫的停駐也好，千萬不要違背了我的這一點心願啊！

【解析】杜甫見春花、蝴蝶和蜻蜓等景物構成的美麗春景，興起了惜春的心念，渴望春日風光能為他暫住停留。可用來形容春光短暫易逝，人們應及時把握，用心欣賞。

【出處】唐．杜甫〈曲江〉詩二首之二：「……穿花蛺蝶深深見，點水蜻蜓款款飛。傳語風光共流轉，暫時相賞莫相違。」（節錄）

一年春事都來幾？早過了、三之二。

一年的春意能有多少呢？算來早已過了三分之二。

【解析】離鄉多時的歐陽脩對著春日暖風，以及滿庭的綠蔭紅花，卻是一副面容憔悴的模樣，他暗自盤算著，發覺今年的春天已快要結束了，詞中抒發自己無力留住明媚的春光，只能任憑年華在紅衰翠減中老去的感傷。可用來形容不論多麼美好的事物，都會隨著時間而逝。

【出處】北宋．歐陽脩〈青玉案．一年春事都來幾〉詞：「一年春事都來幾？早過了、三之二。綠暗紅嫣渾可事。綠楊庭院，暖風簾幕，有個人憔悴。買花載酒長安市，又爭似、家山見桃李？不枉東風吹客淚。相思難表，夢魂無據，惟有歸來是。」

不信芳春厭老人，老人幾度送餘春？

我不相信春天會討厭年老的人，因老人曾多次送走了每年春天最後的時光？（第二句的另一說法：老人還能擁有幾回送走春天的機會？）

【解析】詞中「幾度送餘春」可以有以下兩種詮釋，一是指過去自己年復一年陪伴了春天，另一是指往後不知還能領略春光幾度。但無論意思是前者還是後者，賀鑄所要強調的是，人到了垂暮之年，一定要懂得及時行樂，千萬不要推拒人間的賞心樂事。可用來形容老年人對有限生命的愛護珍惜。

【出處】北宋．賀鑄〈浣溪沙．不信芳春厭老人〉詞：「不信芳春厭老人，老人幾度送餘春？惜春行樂莫辭頻。巧笑豔歌皆我意，惱花顛酒拚君瞋。物情惟有醉中真。」

少年把酒逢春色，今日逢春頭已白。

記得年輕時，總喜歡在春天舉杯暢飲，而如今的我，只能以一頭白髮來面對春天了。

【解析】歐陽脩的友人謝伯初來信提到自己「多情未老已白髮」，歐陽脩寫這首詩回給對方，抒發同為白髮人的滄桑心境，遙想輕狂年少，縱情飲酒的萬丈豪情，早已隨著春光年年歸去而消散無蹤。可用來感傷韶華如駛，時不我待。

【出處】北宋．歐陽脩〈春日西湖寄謝法曹歌〉詩：「西湖春色歸，春水綠於染。群芳爛不收，東風落如糝。參軍春思亂如雲，白髮題詩愁送春。遙知湖上一

樽酒，能憶天涯萬里人。萬里思春尚有情，忽逢春至客心驚。雪消門外千山綠，花發江邊二月晴。少年把酒逢春色，今日逢春頭已白。異鄉物態與人殊，惟有東風舊相識。」

世上功名，老來風味，春歸時候。

世間上的功業名聲，人到了年老時的感受，都好像春天將要歸去一樣，已到了結束的時候。

【解析】晁補之詞中借寫不捨繁花凋零，春光來去匆匆，表達其對人間的功名利祿，以及青春年華老去，也正如眼前的暮春風景一樣，全都是過眼雲煙，轉眼不見。可用來形容傷悲老大無成，來日無多。

【出處】北宋．晁補之〈水龍吟．問春何苦匆匆〉詞：「……春恨十常八九，忍輕辜、芳醪經口。那知自是，桃花結子，不因春瘦。世上功名，老來風味，春歸時候。縱樽前痛飲，狂歌似舊，情難依舊。」（節錄）

年少拋人容易去。

年輕時的歲月或情感最容易拋下人們，然後飛速離去。

【解析】晏殊抒寫當年其與情人長亭話別後，發覺自己竟能如此輕易拋卻一段愛情，而如今年華老去，終於也嘗到了被青春狠狠拋棄的滋味。可以說，人在年少氣盛時，總以為離老年還很遠，凡事都不懂得愛惜，辜負了情人，也辜負了大好韶光。可用來形容光陰易逝，人生易老。另可用來形容年少時的情感，容易輕言別離，薄倖無情。

【出處】北宋．晏殊〈木蘭花．綠楊芳草長亭路〉詞：「綠楊芳草長亭路，年少拋人容易去。樓頭殘夢五更鐘，花底離愁三月雨。無情不似多情苦，一寸還成千萬縷。天涯地角有窮時，只有相思無盡處。」

老去怕看新歷日，退歸擬學舊桃符[1]。

年紀大了，很怕看到新的日曆，等到辭官歸鄉，準備學寫舊的桃符。

【注釋】1.桃符：古來傳說大桃樹上有神荼、鬱壘二神，能捉百鬼，故民間於農曆新年時，會在門的兩旁懸掛兩塊桃木板，寫上二神的名或畫上二神的圖像，作為避邪之用，後來演變成在桃木板上寫聯語，之後又改成寫在紙上，即今之春聯，通常一年一換。

【解析】除夕之夜，蘇軾寫其隨著年歲漸長，他愈來愈怕啟用新的日曆和更換門口的桃符，因為這也暗示著在世的時間逐年遞減，使其勾起對時光消逝的感傷。可用來形容除夕年夜，感慨歲月推移，年紀老大。

【出處】北宋．蘇軾〈除夜野宿常州城外〉詩二首之二：「南來三見歲云徂，直恐終身走道途。老去怕看新歷日，退歸擬學舊桃符。煙花已作青春意，霜雪偏尋病客鬚。但把窮愁博長健，不辭最後飲屠蘇。」

行樂直須年少，尊前看取衰翁。

享受歡樂就該趁著年輕的時候，不信你看看那個坐在酒杯前的老翁就知道了。

【解析】歐陽脩早年擔任過揚州太守，並在附近修建了一座平山堂，親手在堂前種下柳樹。之後，年紀比他小十二歲的友人劉敞準備出守揚州，已屆半百的歐陽脩作此詞以為贈別，詞中追憶他在揚州的點點滴滴，想像著堂前的楊柳，此時應該在春風底下舞動著撩人風姿，而如今的自己也已垂垂老矣，故奉勸即將到揚州赴任的劉敞把握當下，珍惜有限的寶貴時光。可用來形容人生易老，行樂須趁早。

【出處】北宋．歐陽脩〈朝中措．平山闌檻倚晴空〉詞：「平山闌檻倚晴空，山色有無中。手種堂前垂柳，別來幾度春風？文章太守，揮毫萬字，一飲千鍾。行樂直須年少，尊前看取衰翁。」

思往事，惜流芳，易成傷。

回想往事，惋惜芳華如流水，引起無限感傷。

【解析】歐陽脩描寫一名歌女追憶其與心上人的恩愛過往，只是對方離開她之後就杳無音信，歌女日日對鏡梳妝，怨嗟自己的芳華虛度，命運又無法自主，用盡心力投注的愛情，終究也是落得一場空，但即使如此，還是得收斂起愁容，繼續她強顏歡笑的歌唱生涯，內心的痛苦可想而知。可用來形容追思前塵舊事，感傷芳年流逝。

【出處】北宋．歐陽脩〈訴衷情．清晨簾幕卷輕霜〉詞：「清晨簾幕卷輕霜，呵手試梅妝。都緣自有離恨，故畫作遠山長。思往事，惜流芳，易成傷。擬先斂，欲笑還顰，最斷人腸。」

追往事，嘆今吾，春風不染白髭鬚。

追憶叱吒風雲的往事，悲嘆今日一事無成的自己，春風能使萬物滋長，大地回春，卻無法染黑我已發白的鬍鬚。

【解析】辛棄疾詞中回憶自己年輕時便擁軍上萬，指揮若定，還曾率領五十名騎兵，突襲金營，活捉叛將張安國的那段輝煌過往，感傷如今的他已鬍鬚發白，卻仍無法完成消滅金人的大業，深恐畢生的心志終將成空，語氣中充滿英雄失路又不甘年老的意味。可用來形容老人追念昔往的非凡偉業，傷嘆時光不再。

【出處】南宋．辛棄疾〈鷓鴣天．壯歲旌旗擁萬夫〉詞：「壯歲旌旗擁萬夫，錦襜突騎渡江初。燕兵夜娖（ㄔㄨㄛˋ）銀胡觮（ㄌㄨˋ），漢箭朝飛金僕姑。追往事，嘆今吾，春風不染白髭鬚。卻將萬字平戎策，換得東家種樹書。」

莫等閑、白了少年頭，空悲切。

年輕人切莫隨便浪費光陰，等到頭髮變白的那個時候，再悲傷青春虛度也是枉然。

【解析】此乃岳飛的自勉之詞，他希望趁著自己年輕體壯，積極進取，成就一番功業，否則等到兩鬢斑白，青春不再，縱使對自己辜負時光的行為感到懊悔恨也已於事無補。清人陳廷焯《白雨齋詞話》評曰：「當為千古箴銘。」可用來勸勉人奮發向上，不可虛度年華，以免晚年徒留憾恨。

【出處】北宋末、南宋初．岳飛〈滿江紅．怒髮衝冠〉詞：「怒髮衝冠，憑闌處、瀟瀟雨歇。抬望眼、仰天長嘯，壯懷激烈。三十功名塵與土，八千里路雲和月。莫等閑、白了少年頭，空悲切……」（節錄）

尋春須是先春早，看花莫待花枝老。

想要找尋春天，必須比春天來臨前更早動身，想要賞花，就不要等到枝頭的花枯萎時才來欣賞。

【解析】李煜描寫其在宮中林園飲酒賞花，同美人賦詩作樂的情景，詞中表達了賞花惜春要趁早，以免錯過了花時春色而抱憾無窮。可用來勸人及時行樂或把握有限的光陰。

【出處】五代．李煜〈子夜歌．尋春須是先春早〉詞：「尋春須是先春早，看花莫待花枝老。縹色玉柔擎，醅浮盞面清。何妨頻笑粲，禁苑春歸晚。同醉與閑評，詩隨羯鼓成。」

最關情、漏聲正永，暗斷腸、花影偷移。

最讓人感到傷情的是，正在不斷計時的滴水漏聲，暗自讓人感到悲愁的是，花的影子正隨著月光在偷偷地移動。

【解析】晁端禮寫其在中秋月夜懷念久別的佳人，想著對方此時應也和自己一樣共對明月，情思相繫。只不過，聽著計時的漏刻接連不斷的滴答聲響，彷彿聲聲都在催促著時間快點離去，看著花影跟著月光一步步地挪移，也像是在漸進增強人的斷腸悲情。可用來形容良辰美景當前，時間卻在悄悄流逝。

【出處】北宋．晁端禮〈綠頭鴨．晚雲收〉詞：「……念佳人、音塵別後，對此應解相思。最關情、漏聲正永，暗斷腸、花影偷移。料得來宵，清光未減，陰晴天氣又爭知。共凝戀、如今別後，還是隔年期。人強健，清尊素影，長願相隨。」（節錄）

無可奈何花落去，似曾相識燕歸來。

在莫可如何之下，只能任憑花朵凋落而去，那些去年似曾見過的燕子，今年又飛回來了。

【解析】在園林獨自徘徊沉思的晏殊，目睹了花謝花開、燕去燕來的情景，不由得感嘆一年的流光，匆匆即逝，同時也領悟到大自然有其固定時序，但年華的老去，世事的消長，卻是一去不返，而這也是人活在

世間無可遁逃的命運。明人楊慎《詞品》評論這兩句詞：「『無可奈何』兩語工麗，天然奇遇。」可用來說明從季節變化、景物更替中，察覺到時間正在無情地流失。另可用來比喻某些事物或人已不可挽回地衰殘或消逝，而某些曾經看過的事物或人又重現在眼前。

【出處】北宋．晏殊〈浣溪沙．一曲新詞酒一杯〉詞：「一曲新詞酒一杯，去年天氣舊亭臺。夕陽西下幾時回？無可奈何花落去，似曾相識燕歸來。小園香徑獨徘徊。」

當時共我賞花人，點檢如今無一半。

回想先前與我一同賞花的人，而今點算一下，還活在世上的已不到一半了。

【解析】步入人生晚境的晏殊，醉後追憶過去曾和自己同樂的遊伴多已離開人世，往日的歡鬧自是無可回復，然屈指算著逐漸凋零的舊友，忍不住悲從中來。清人張宗橚《詞林紀事》評論這兩句詞：「往事關心，人生如夢，每讀一過，不禁惘然。」可用來形容人的年紀漸老，撫今追昔，慨然無盡。

【出處】北宋．晏殊〈玉樓春．池塘水綠風微暖〉詞：「池塘水綠風微暖，記得玉真初見面。重頭歌韻響琤琮，入破舞腰紅亂旋。玉鉤闌下香階畔，醉後不知斜日晚。當時共我賞花人，點檢如今無一半。」

樓外垂楊千萬縷，欲繫青春，少住[1]春還去。

樓房外垂下的楊柳枝條千絲萬縷，想要把春光給繫住，但春天只是稍作停留，還是匆忙離去。

【注釋】1.少住：暫留。

【解析】朱淑真借絲絲柳條欲拴住春天的描寫，抒發自己其實也和楊柳一樣的惜春心意，可惜春天略微逗留了一下，終究不敵大自然的規律，還是拋下了多情的楊柳而去。詞中的「青春」一語雙關，除了是指青綠草木繁盛的春天，同時也是指作者想留卻又留不住的金色年華。可用來形容春日將盡，而人的青春也隨著春天的腳步離去。

【出處】南宋．朱淑真〈蝶戀花．樓外垂楊千萬縷〉

詞：「樓外垂楊千萬縷，欲繫青春，少住春還去。猶自風前飄柳絮，隨春且看歸何處？綠滿山川聞杜宇，便做無情，莫也愁人苦。把酒送春春不語，黃昏卻下瀟瀟雨。」

醉裡插花花莫笑，可憐春似人將老。

喝醉的時候，把花插在頭上，花可千萬不要笑我，可憐的春天也像人一樣，即將衰老而去了。

【解析】古人在每年的三月三日上巳日有修禊（ㄒㄧˋ）的習俗，本是為了去河邊洗濯，以驅除不祥，後來演變成人們相約到河邊春遊的日子。步入暮年的李清照，在上巳這天宴請親族，但面對國家動亂不安，朝廷被迫南遷，她根本無心過節，隨意飲食後便在斑白的髮上簪了花。作者在詞中把花擬人化，希望花莫要笑她年紀老大還在學年輕人簪花，畢竟自己此生還能簪花的時間也所剩不多了。可用來形容春光將逝，哀憐人的生命也如殘春一樣逐步走向衰暮。

【出處】北宋末、南宋初・李清照〈蝶戀花・永夜懨懨歡意少〉詞：「永夜懨懨歡意少，空夢長安，認取長安道。為報今年春色好，花光月影宜相照。隨意杯盤雖草草。酒美梅酸，恰稱人懷抱。醉裡插花花莫笑，可憐春似人將老。」

臨晚鏡，傷流景，往事後期空記省。

近傍晚時分，對著鏡子，感慨光陰像流水逝去，而今只能徒然從往事中去回憶。

【解析】張先寫這闋詞時已經五十多歲，詞中描述其攬鏡自照，發現鏡中人衰頹的樣貌，追憶起似水流光，嗟嘆他的青春終將不再，一股落寞湧上心頭。可用來形容人年近垂暮，更容易懷念過往，感傷衰老。

【出處】北宋・張先〈天仙子・水調數聲持酒聽〉詞：「〈水調〉數聲持酒聽，午醉醒來愁未醒。送春春去幾時回？臨晚鏡，傷流景，往事後期空記省。沙上並禽池上暝，雲破月來花弄影。重重簾幕密遮燈，風不定，人初靜，明日落紅應滿徑。」

願春暫留，春歸如過翼，

一去無跡。

希望春天暫且停駐片刻，偏偏春天離開就如飛鳥經過一樣，一去就不留任何痕跡。

【解析】正惆悵滯留他鄉多年仍一事無成的周邦彥，見薔薇花凋謝，興起了不忍春歸的念頭，渴盼春天此刻能稍作停留，撫慰一下他的羈愁，誰知春天不但不願停下腳步，甚至還無情的如鳥疾飛而去，絲毫不給人留餘地。清人周濟《宋四家詞選》評論這三句詞：「十三字千回百折，千錘百鍊。」意即這十三個字的詞意曲折回旋，一層推進一層，反映出詞人對光陰易逝的椎心痛惜。可用來形容花落春逝，時光不待。

【出處】北宋．周邦彥〈六醜．正單衣試酒〉詞：「正單衣試酒，恨客裡、光陰虛擲。願春暫留，春歸如過翼，一去無跡。為問花何在？夜來風雨，葬楚宮傾國。釵鈿墮處遺香澤，亂點桃蹊，輕翻柳陌。多情為誰追惜？但蜂媒蝶使，時叩窗槅……」（節錄）

人間只道黃金貴，不問天公買少年？

世上的人只會說黃金最為貴重，怎麼不用黃金去向上天買回自己的年輕歲月呢？

【解析】金人元好問於詩中感嘆世人的目光淺薄，只曉得黃金的價值不凡，卻不知比黃金更珍貴的是，縱使再多錢也買不回的青春，那些終日虛擲光陰的人，就算老來悔悟也挽回不了已失去的時間。可用來形容千金難買燦爛年少。

【出處】金．元好問〈無題〉詩：「七十鴛鴦五十絃，酒薰花柳動春煙。人間只道黃金貴，不問天公買少年？」

月過十五光明少，人到中年萬事休。

月亮一過了每個月的農曆十五，亮度一天比一天減弱，人一步入中年，任何事情都可以罷休了。

【解析】此乃古來常見的勸世熟語，元代雜劇家關漢卿在《蝴蝶夢．楔子》中援引這兩句詩，作為故事進入正文前的補充說明。詩中藉由月亮的盈虧明暗變化，示意人的一生也和月相周期一個月一樣，過了一半便逐漸黯淡衰微，難以完成光輝耀眼的大事。可用來比喻人到了中年，體衰力薄，欲有所成就，就要及時努力。

【出處】元．關漢卿《蝴蝶夢．楔子》之詩：「月過十五光明少，人到中年萬事休。兒孫自有兒孫福，莫為兒孫作遠憂。」

花有重開日，人無再少年。

花即使謝了，還有重新綻放的一天，人一旦老了，卻不可能再回到年輕時期了。

【解析】這兩句詩經常出現在元代各部雜劇中，為當時的流行語。詩中以花和人作為對比，先言花朵凋零仍有重開之時，反觀人就沒有花這樣幸運了，若是錯過風華年少，日後只能抱憾而終，而這也是誰都無法抗拒的自然規律。可用來說明人的青春年華一生僅有一次，一去便不會重來。

【出處】元．關漢卿《竇娥冤．楔子》之詩：「花有重開日，人無再少年。不須長富貴，安樂是神仙。」

歌舞尊前，繁華鏡裡，暗換青青髮。

在酒席上能歌善舞的女子們，她們在鏡子裡的盛裝美貌，不知不覺從青絲換成了白髮。

【解析】元人薩都剌寫其來到昔日六朝繁麗的金陵都城，懷想當時在此有多少的綺羅粉黛，日日夜夜，在酒綠燈紅下歡歌樂舞，體力衰減，時光消耗，明鏡裡原本映照出的是濃黑秀髮的娉婷佳人，竟悄悄地更換成了灰白鬢髮的滄桑婦女，不似往日容顏，藉此抒發生命由盛而衰的無奈。可用來形容紅顏漸老，青春易逝。

【出處】元．薩都剌〈念奴嬌．石頭城上〉詞：「……寂寞避暑離宮，東風輦路，芳草年年發。落日無人松徑裡，鬼火高低明滅。歌舞尊前，繁華鏡裡，暗換青青髮。傷心千古，秦淮一片明月。」（節錄）

老夫心與遊人異，不羨神仙羨少年。

年老的我，想法和出來遊樂的人不同，我一點

也不嚮往所謂的神明、仙人，只羨慕那些年紀尚輕的人。

【解析】清代文人袁枚詩中寫其老來清閑無事，春日出門遊湖的心得，他看著周遭男女老少，人群來往雜沓，大多都在訴說著成為神仙的想望，作者認為自己的心境與眾人迥異，對於像他這樣一個暮年之人而言，與其當個神仙，還不如讓他回到少年，畢竟那才是此時的他最熱切渴盼卻又不可得的。可用來形容老人對生命充滿依戀，冀望時間能夠回頭。

【出處】清．袁枚〈湖上雜詩〉詩：「葛嶺花開二月天，遊人來往說神仙。老夫心與遊人異，不羨神仙羨少年。」

最是秋風管閑事，紅他楓葉白人頭。

最氣惱的就是秋風很愛去插手管別人的事，不但把楓葉吹紅了，還把人的頭髮變白了。

【解析】此詩作於趙翼晚年，原本他只是想趁著涼爽秋意，拄著拐杖到野外散散步，卻見楓樹上的葉子轉成一片通紅，觸發詩人對萬物即將蕭索的悲秋愁思，竟無端怨怪起秋風催人老。詩中的「秋風」被作者擬人化，視其為一個愛管他人閑事的人，事實上，秋風不可能吹紅楓葉，更不會吹白人頭，能讓楓紅頭白的其實是不斷流逝的時間。可用來形容人在時序更迭中逐漸老去。

【出處】清．趙翼〈野步〉詩：「峭寒催換木棉裘，倚杖郊原作近遊。最是秋風管閑事，紅他楓葉白人頭。」

百金買駿馬，千金買美人。萬金買高爵，何處買青春？

一百兩黃金可以買到良馬，一千兩黃金可以買到美女。一萬兩黃金可以買到高官，但到哪裡可以買到年輕時光呢？

【解析】作者屈復詩中連用三個可以高價購得的例子作為鋪墊，意在強化這個世上唯有青春是用再多的金銀財寶也買不回的概念，勸人惜取少年光陰。可用來說明時間極為寶貴。

【出處】清．屈復〈偶然作〉詩：「百金買駿馬，千金買美人。萬金買高爵，何處買青春？」

驚節序，嘆沉浮，穠華[1]如夢水東流。

驚訝時令更替快速，感嘆人世起伏不定，曾有的繁花似錦如夢般隨著水東流而去。

【注釋】1.穠華：繁盛豔麗的花朵。也可代指公主和女子的青春美貌。

【解析】清代詞家納蘭性德寫其於秋日黃昏登樓時的感懷，心事重重的他，驚嘆四季節序的代謝之快，人事時有盛衰，美好的事物總是像夢一樣稍縱即逝，從來沒有例外，令人幻滅神傷。可用來形容因季節更替而傷逝青春。

【出處】清．納蘭性德〈鷓鴣天．獨背殘陽上小樓〉詞：「獨背殘陽上小樓，誰家玉笛韻偏幽？一行白雁遙天暮，幾點黃花滿地秋。驚節序，嘆沉浮，穠華如夢水東流。人間所事堪惆悵？莫向橫塘問舊遊。」

最是人間留不住，朱顏辭鏡花辭樹。

人世間最無法留住的就是，鏡子裡的紅顏褪去不再，以及樹上的花朵凋零飄落。

【解析】清末民初詞人兼詞評家王國維，寫其從外地返回家鄉，與故人（一說妻子）久別相見，腦海裡記得的仍然是上次臨別前對方的如花容顏，而今出現眼前的這人怎麼變得如此憔悴，前後變化之大，讓他忍不住怨嘆起時光的絕情。可用來形容芳春來去匆匆，年華不可長留。

【出處】清末民初．王國維〈蝶戀花．閱盡天涯離別苦〉詞：「閱盡天涯離別苦，不道歸來，零落花如許。花底相看無一語，綠窗春與天俱莫。待把相思燈下訴，一縷新歡，舊恨千千縷。最是人間留不住，朱顏辭鏡花辭樹。」

≫二、感情

鄉情

【思鄉】

狐死歸首丘，故鄉安可忘？

狐狸快要死的時候，會把頭朝向牠生活過的土丘，離家在外的人，又怎可遺忘自己的故鄉呢？

【解析】此詩相傳作於曹操晚年時期，連年的東征西戰，久役不歸，使其內心苦悶不已，詩中借狐狸死前尚且不忘牠住過的狐穴所在為喻，寄寓遠戍的將士即使離家再久，也絕不會忘記自己的故鄉。可用來形容異鄉人到了暮年，對家鄉眷戀難忘。

【出處】東漢．曹操〈卻東西門行〉詩：「鴻雁出塞北，乃在無人鄉。舉翅萬餘里，行止自成行。冬節食南稻，春日復北翔。田中有轉蓬，隨風遠飄揚。長與故根絕，萬歲不相當。奈何此征夫，安得驅四方？戎馬不解鞍，鎧甲不離傍。冉冉老將至，何時返故鄉？神龍藏深泉，猛獸步高岡。狐死歸首丘，故鄉安可忘？」

征夫懷遠路，遊子戀故鄉。

即將遠行的旅人心裡想的是遙遠的路途，離鄉在外的遊子顧戀的是自己的故鄉。

【解析】此組詩早先有一說作者乃西漢人蘇武，但經過後人的研究，多認為是東漢無名文人依託蘇武之作。詩中描寫客居他鄉的人，準備送別友人踏上遠途的複雜心情，表面上是他在為友餞行，但看著對方離開家園的不捨場面，勾起的卻是自己懷抱日久的鄉愁。可用來形容遠遊之人思念故鄉。

【出處】東漢．佚名〈別詩〉詩四首之四：「燭燭晨明月，馥馥秋蘭芳。芬馨良夜發，隨風聞我堂。征夫懷遠路，遊子戀故鄉。寒冬十二月，晨起踐嚴霜。俯觀江漢流，仰視浮雲翔。良友遠別離，各在天一方。山海隔中州，相去悠且長。嘉會難再遇，歡樂殊未央。願君崇令德，隨時愛景光。」

胡馬依北風，越鳥巢南枝。

生長在北方胡地的馬，到了南方後，仍然知道依戀北風，來自南方百越的鳥，飛到北方後，總是把巢築在向南的樹枝上。

【解析】東漢無名詩人描寫一名婦女思念其久別不歸的夫君的心情，借言不分南北的飛禽走獸，不管離家多遠，都具有不忘故土的天性，暗示人豈能比動物還要不如呢？藉此抒發對丈夫遲遲未有歸家念頭的怨恨。可用來說明萬物皆有戀鄉的秉性。

【出處】東漢．佚名〈古詩十九首〉詩十九首之一：「行行重行行，與君生別離。相去萬餘里，各在天一涯。道路阻且長，會面安可知？胡馬依北風，越鳥巢南枝。相去日已遠，衣帶日已緩。浮雲蔽白日，遊子不顧返。思君令人老，歲月忽已晚。棄捐勿復道，努力加餐飯。」

悲歌可以當泣，遠望可以當歸。

唱一曲悲傷的歌可以替代哭泣，登高望遠可以充當回到故鄉。

【解析】這首詩是描寫戰亂頻仍之下，異鄉遊子渴望回家卻又無家可歸的悲哀，此時嚎啕淚流，都不足以概括其肝腸如車輪軋壓而過的痛楚，唯有引吭高唱悲歌，遙望家鄉的方向，才能稍稍排解他懷鄉的憂思。清人李調元《雨村詩話》評曰：「人至傷心極處，不能泣而思以歌當之，較泣愈痛矣，此為加一倍法。」可用來形容遊子欲歸不得的至極悲慟。

【出處】東漢．佚名〈悲歌〉詩：「悲歌可以當泣，遠望可以當歸。思念故鄉，鬱鬱纍纍。欲歸家無人，欲渡河無船。心思不能言，腸中車輪轉。」

羈鳥戀舊林，池魚思故淵。

被關在籠子裡的鳥依戀往日的樹林，養在小池子裡的魚思念從前的深潭。

【解析】陶淵明抒寫其辭官返家後的愉悅心情，詩中以「羈鳥」和「池魚」比喻他在官場所受到的束縛，

「舊林」和「故淵」比喻他所眷戀的鄉土，強調其厭倦了出仕生涯，嚮往歸隱山水田園的生活。可用來說明動物和人不管身在何處，都不會忘記對故土的熱愛。

【出處】東晉．陶淵明〈歸園田居〉詩五首之一：「少無適俗韻，性本愛丘山。誤落塵網中，一去三十年。羈鳥戀舊林，池魚思故淵。開荒南野際，守拙歸園田。方宅十餘畝，草屋八九間。榆柳蔭後簷，桃李羅堂前。曖曖遠人村，依依墟里煙。狗吠深巷中，雞鳴桑樹顛。戶庭無塵雜，虛室有餘閑。久在樊籠裡，復得返自然。」

一年將盡夜，萬里未歸人。

在一年將盡的除夕夜裡，我卻身在離鄉萬里之地，無法歸家。

【解析】此詩為作者戴叔倫晚年之作，抒發除夕夜仍羈旅在外，無法返鄉和家人團聚的鬱悶落寞。可用來形容歲末年終，孤獨客夜他鄉的淒苦心情。

【出處】唐．戴叔倫〈除夕夜宿石頭驛〉詩：「旅館誰相問？寒燈獨可親。一年將盡夜，萬里未歸人。寥落悲前事，支離笑此身。愁顏與衰鬢，明日又逢春。」

九月九日望鄉臺，他席他鄉送客杯。

九月九日登上望鄉臺遠眺，身在異鄉的我為友人設宴送行，更添愁思滿懷。

【解析】農曆九月九日為重陽節，人們習慣在這一天登高、賞菊和飲酒。王勃描述他客居成都（位在今四川境內）時，於重陽節登上高臺為他人送行，感受自己身在異鄉，送客他人的心境，鄉愁更加濃郁強烈。本句除了可用於說明舊時重陽節，人們有相約登高以避凶厄的習俗之外，另可用來抒發外鄉遊子佳節思鄉的情懷。

【出處】唐．王勃〈蜀中九日〉詩：「九月九日望鄉臺，他席他鄉送客杯。人情已厭南中苦，鴻雁那從北地來？」

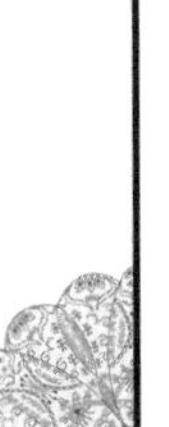

人歸落雁[1]後，
思發在花前。

我返家的歸期，還在雁群從南飛回北方之後，而我回家的念頭，卻是早在春花綻放之前就萌生的啊！

【注釋】 1.雁：一種季節性的候鳥，喜群居，飛行時自成行列，有一字形、人字形等等。每年春分後向北方飛，秋分後往南方飛。

【解析】 古來稱農曆正月初七為「人日」。作者薛道衡因事滯留南方，詩中抒發他羈旅在外歸心似箭以及度日如年的煎熬，也欣羨雁群能比自己更早回到家鄉。可用來形容思鄉心切，而現實卻必須再等待才能如願。

【出處】 隋．薛道衡〈人日思歸〉詩：「入春才七日，離家已二年。人歸落雁後，思發在花前。」

不知何處吹蘆管[1]，
一夜征人盡望鄉。

不知哪裡傳來了吹奏蘆管的樂音，令出征戰士們整夜忍不住遙望著家鄉的方向。

【注釋】 1.蘆管：樂器名。以蘆葦的莖部所製成，是胡人吹奏樂器的一種。

【解析】 本詩的前段，作者李益先用了「沙似雪」、「月如霜」營造出前線戰地蕭瑟淒寒的氛圍。而後段描寫忽然響起的笛聲幽怨悲涼，正好把征人的心境推向極致的孤寂，以致思念親人的情感濃烈到只能用徹夜望鄉來消解了。明代詩評家胡應麟《詩藪》云：「七言絕開元之下，便當以李益為第一。」可用來形容哀婉的樂曲或歌聲，觸動了在外戰士或出外人的思鄉情懷。

【出處】 唐．李益〈夜上受降城聞笛〉詩：「回樂烽前沙似雪，受降城下月如霜。不知何處吹蘆管，一夜征人盡望鄉。」

今夜不知何處宿？
平沙萬里絕人煙。

在這樣綿延萬里、荒無人煙的沙漠中，今天晚上哪裡才是我的歸宿呢？

【解析】岑參描寫將士行軍在廣袤無垠的沙漠上所見的蒼茫荒涼景致，藉此表達軍旅生涯的艱苦及其思鄉的情懷。可用來抒發夜晚面對廣闊且無人煙的沙漠時，心中興起一股淒清哀婉的鄉愁。

【出處】唐．岑參〈磧中作〉詩：「走馬西來欲到天，辭家見月兩回圓。今夜不知何處宿？平沙萬里絕人煙。」

日暮鄉關何處是？煙波江上使人愁。

天色已近黃昏，卻還看不到家鄉在何處？望著煙波江景，心中更添幾許惆悵。

【解析】黃鶴樓的故址，在今湖北武漢市武昌蛇山的黃鵠磯頭，相傳有古人在此地飛升成仙，騎黃鶴離去。作者崔顥登上黃鶴樓後，被雲煙瀰漫的江上景象所感染，進而勾起遊子的思鄉愁緒，於是撰寫此詩。南宋詩評家嚴羽於《滄浪詩話》云：「唐人七言律詩，當以崔顥〈黃鶴樓〉為第一。」可用來形容遊子身在遠方，心生思念故鄉之情。

【出處】唐．崔顥〈黃鶴樓〉詩：「……晴川歷歷漢陽樹，芳草萋萋鸚鵡洲。日暮鄉關何處是？煙波江上使人愁。」（節錄）

未老莫還鄉，還鄉須斷腸。

年紀未老不要太早返回故鄉，此時回鄉，必會悲傷得痛斷肝腸。

【解析】人在江南避亂的韋莊，心裡明明很想回鄉，但卻因中原戰亂而有家歸不得。他也知道此時若回鄉目睹家園滿目瘡痍的場面，必定會愁腸寸斷，所以用反語安慰自己，年紀尚未老大，還能在外多漂泊一些日子，等年邁時再還鄉。可用來抒發長久離家或有家難歸的人對家鄉的深切思念。

【出處】唐．韋莊〈菩薩蠻．人人盡說江南好〉詞：「……壚邊人似月，皓腕凝雙雪。未老莫還鄉，還鄉須斷腸。」（節錄）

共看明月應垂淚，一夜鄉心五處同。

今夜大家共同仰望著一輪明月時，應該都會掉下淚來，縱使我們分處在五個不同的地方，但思念家鄉的心卻是一樣的。

【解析】白居易在詩中傾訴戰事蔓延不止，又遇上饑荒，手足分散各地的悲傷，在一個月圓之夜，想起了那些離散在五處的兄長弟妹們，勾引出對家鄉的思念情感。可用來形容離散的親人，即使身處異地不得相見，但心中對家園的思念是一樣的深切。

【出處】唐．白居易〈自河南經亂，關內阻饑，兄弟離散，各在一處。因望月有感，聊書所懷，寄上浮梁大兄、於潛七兄、烏江十五兄，兼示符離及下邽弟妹〉詩：「……弔影分為千里雁，辭根散作九秋蓬。共看明月應垂淚，一夜鄉心五處同。」（節錄）

早秋驚落葉，飄零似客心。

初秋時分，樹葉飄落，令人感到心驚，飄零的落葉就像是旅人漂泊無依的心情。

【解析】作者孔紹安在初秋時節見到葉子從樹上翻飛飄落，便聯想到此時離鄉在外的自己，處境正和從空中飄落的樹葉一樣，雖然萬般不情願，卻也身不由己，充滿無奈淒涼之感。可用來形容異鄉遊子思歸的心情。

【出處】隋．孔紹安〈落葉〉詩：「早秋驚落葉，飄零似客心。翻飛未肯下，猶言惜故林。」

此夜曲中聞〈折柳〉[1]，何人不起故園情？

在這樣的夜晚，聽到有人以笛吹奏哀傷的〈折楊柳〉曲，誰會不因而興起鄉思情懷呢？

【注釋】1.折柳：樂曲名，也稱〈折楊柳〉。曲調憂傷悲涼，充滿傷春惜別，思念征人之意。

【解析】古人離別時有折柳相送之習，因「柳」諧音「留」之故，以表不捨的離情別緒，而〈折楊柳〉曲

就是一首抒發別離之苦的曲子。李白描寫客居洛陽（位在今河南境內）的遊子聽見〈折楊柳〉曲淒婉的笛聲，不禁勾起內心濃烈的懷鄉之情。可用來形容羈旅他鄉的人在夜裡聽到哀傷的樂音，觸動對故鄉的心切思念。

【出處】唐．李白〈春夜洛城聞笛〉詩：「誰家玉笛暗飛聲？散入春風滿洛城。此夜曲中聞〈折柳〉，何人不起故園情？」

但使主人能醉客，不知何處是他鄉。

只要主人能夠讓作為客人的我喝得酩酊大醉，我就不會記起自己仍然身在異鄉了！

【解析】作者李白表面上說，若受到主人的殷勤款待，貪杯的他便足以忘記自己到底是身在何方，實則藉此抒發其思鄉的苦悶情懷。唯有醉倒一途，方能暫時拋卻其對故鄉縈繞不去的想念。可用來形容以酒消愁，淡化思鄉情緒。

【出處】唐．李白〈客中作〉詩：「蘭陵美酒鬱金香，玉碗盛來琥珀光。但使主人能醉客，不知何處是他鄉。」

何處是歸程？長亭更短亭。

哪裡是回家的道路呢？放眼望去，只見十里一設的長亭，連接著五里一設的短亭。

【解析】長亭和短亭是古代設於路邊，供行人休息的亭子，十里設一長亭，五里設一短亭。此詞一說李白主在描寫遊子羈旅他鄉，從高處俯望遠方，不禁感嘆自身前途茫茫，不知未來何去何從的悵然。另一說認為是寫思婦久候心上人回家，卻只見長亭短亭而不見人影的失落情懷。可用來形容歸途或其他目標十分遙遠，令人心生悵惘。另可用來形容女子痴心期盼丈夫或情人歸來。

【出處】唐．李白〈菩薩蠻．平林漠漠煙如織〉詞：「……玉階空佇立，宿鳥歸飛急。何處是歸程？長亭更短亭。」（節錄）

別離歲歲如流水，誰辨他鄉與故鄉？

離開故鄉已經很多年了，光陰如流水般地逝去，到了現在，哪還能夠分辨出何處是異鄉、何處是故鄉呢？

【解析】作者李頎在外漂泊多年，於詩中抒發其濃郁的思鄉情愁，描寫遊子離鄉太久，甚至有反認他鄉是故鄉的哀傷。可用來形容遊子離鄉多年，內心深切懷念故土的思鄉之情。

【出處】唐．李頎〈失題〉詩：「紫極殿前朝伏奏，龍華會裡日相望。別離歲歲如流水，誰辨他鄉與故鄉？」

君自故鄉來，應知故鄉事？

你從家鄉出來，應該了解鄉裡最近發生的事情吧？

【解析】離鄉在外的王維偶遇同鄉人，熱切地向對方打探故園近況，流露出他對家鄉的熱切關心以及他鄉遇故知的雀躍之情。清人王士禎編《唐人萬首絕句選》中引述清代文人宋顧樂之說：「此亦以微物懸念，傳出件件關心，思家之切。」可用來形容遊子對家鄉的殷切思念。

【出處】唐．王維〈雜詩〉詩三首之二：「君自故鄉來，應知故鄉事？來日綺窗前，寒梅著花未？」

忽聞歌古調，歸思欲沾巾。

忽然收到你寄來風格高雅古樸的詩作，勾起我想要返鄉回家的念頭，淚水因而沾濕了衣巾。

【解析】本句出自於杜審言的〈和晉陵陸丞早春遊望〉詩。晉陵，位在今江蘇常州市。陸丞，指的是姓陸的縣丞，名字不詳。縣丞，是職官名，為輔佐縣令的官員。作者敘寫他遠別家鄉，宦遊江南，在早春時節收到陸姓友人寄來一篇名為〈早春遊望〉的詩。詩句風格古典素樸，深深撩動了詩人壓抑在心中的濃濃鄉愁，忍不住淚如雨下。後來詩人依原詩格律酬答對方一首詩，便是本詩的來源。可用來形容遊子在外，

聽到古調或懷舊樂音，內心湧起歸鄉情思。

【出處】唐．杜審言〈和晉陵陸丞早春遊望〉詩：「獨有宦遊人，偏驚物候新。雲霞出海曙，梅柳渡江春。淑氣催黃鳥，晴光轉綠蘋。忽聞歌古調，歸思欲沾巾。」（此詩一說作者為韋應物）

思悠悠，恨悠悠，恨到歸時方始休。

思念和怨恨悠長綿延，這種恨意一定要等到歸鄉時才能夠罷休。

【解析】此詞一說白居易意在抒發遊子渴盼賦歸，卻遲遲無法如願的愁苦。另一說認為，白居易是在描寫閨中婦女悲傷地倚樓思念著遠別的丈夫，唯有等到丈夫回家，方能化解心中的愁恨。因此本句除了可以可用來形容長年羈旅在外的遊子，因歸家不易而心生無限惆悵哀傷之外，另可用來形容滿懷思念愁怨的女子，渴盼出遠門的丈夫早日返家團聚。

【出處】唐．白居易〈長相思．汴水流〉詞：「汴水流，泗水流，流到瓜洲古渡頭。吳山點點愁。思悠悠，恨悠悠，恨到歸時方始休。月明人倚樓。」

故鄉今夜思千里，霜鬢明朝又一年。

除夕夜裡，遊子在千里之外思念著故鄉，兩鬢的頭髮早已皓白如霜，而無論如何思念，到了明早，又是新一年的開始。

【解析】除夕本應是全家團聚守歲的節日，作者高適卻在離家千里之外的旅館寒燈下，徹夜難眠。一想到自己長年在外蹉跎歲月，如今白髮斑駁，遠離故土，看著除夕佳節家家戶戶歡聚一堂過年，而自己只能隻身客居他鄉，兩相對比，內心更覺淒苦。可用來形容除夕旅居外地的人，深深思念故鄉與親人。

【出處】唐．高適〈除夜作〉詩：「旅館寒燈獨不眠，客心何事轉淒然？故鄉今夜思千里，霜鬢明朝又一年。」

馬上相逢無紙筆，憑君傳語報平安。

在路上和你偶然相遇，一時之間找不到紙筆寫信，只能請你幫我轉告家人，說我一切平安。

【解析】岑參告別了在長安的家人，遠赴安西（唐朝管理天山以南西域地區所設立的都護府）擔任節度使（唐代設立的地方軍政長官）高仙芝幕僚的途中，巧遇了正準備入長安城的使者。然而匆忙中，兩人身上都沒有帶紙筆，他急切地希望對方傳話給在長安的家人，表示自己一切都好，希望親人不要擔心，語氣中流露出強烈的思念。明末學者唐汝詢《唐詩解》評曰：「敘事真切，自是客中絕唱。」可用來形容異鄉遊子思念家鄉親人，卻又不能返家的無奈。

【出處】唐．岑參〈逢入京使〉詩：「故園東望路漫漫，雙袖龍鍾淚不乾。馬上相逢無紙筆，憑君傳語報平安。」

停船暫借問，或恐是同鄉？

停下船來暫且請問你一聲，或許我們還是同一鄉里的人呢？

【解析】崔顥在詩中描寫女子乘舟，忽聽聞鄰船男子熟悉的鄉音，便停船詢問對方是否與自己來自同鄉，表現出同鄉青年男女在異地萍水相逢的喜悅之情。可用來形容離鄉遊子遭遇同鄉時，倍感驚喜與親切的心境。

【出處】唐．崔顥〈長干曲〉詩四首之一：「君家何處住？妾住在橫塘。停船暫借問，或恐是同鄉？」

清明時節雨紛紛，路上行人欲斷魂。

清明節這天落雨紛飛，無法返家的人走在路上心情格外哀傷，顯出失魂落魄的神情。

【解析】清明，是二十四節氣之一，通常在國曆四月初。傳統習俗中，清明節通常要祭祖掃墓或是結伴踏青。歷來清明前後，也多是有雨的天氣。杜牧在詩中除了描述清明節這天春雨綿綿，也道出了本該和家人團聚的遊子仍奔走在外，心中無限感傷。可用來抒發孤身異鄉之人，逢清明時節的思鄉心情。另也可用來形容清明時節瀟瀟細雨的氣候特徵。

【出處】唐・杜牧〈清明〉詩：「清明時節雨紛紛，路上行人欲斷魂。借問酒家何處有？牧童遙指杏花村。」

莫向尊前惜沉醉，與君俱是異鄉人。

面對酒杯，不必害怕喝醉，我與你都是漂泊在外的異鄉遊子啊！

【解析】本句出自於韋莊的〈江上別李秀才〉詩。所謂秀才，為讀書人的泛稱。韋莊與一位李姓友人原都住在長安，後來為了走避戰亂，各奔東西。偶然的機會下，兩人在異地重逢卻又要匆匆道別，臨行之際，彼此相互勸酒，藉由酣暢大醉來化解流離外地的沉痛傷懷。可用來形容同在異鄉為異客，無法回鄉的慨嘆。

【出處】唐・韋莊〈江上別李秀才〉詩：「前年相送灞陵春，今日天涯各避秦。莫向尊前惜沉醉，與君俱是異鄉人。」

鄉心新歲切，天畔獨潸然。

思念家鄉的心情到了新年就更加急迫，人在天涯一方只能獨自流淚。

【解析】新年本該是全家團聚的日子，作者卻因貶謫到荒遠之地而不得返家，不禁感傷自己淪落天涯的悲慘境遇而潸然淚下。清人顧安《唐律消夏錄》評曰：「句句從『切』字說出，便覺沉著。」可用來抒發逢年過節，孤身異鄉的人思鄉情切。

【出處】唐・劉長卿〈新年作〉詩：「鄉心新歲切，天畔獨潸然。老至居人下，春歸在客先。嶺猿同旦暮，江柳共風煙。已似長沙傅，從今又幾年？」（此詩一說作者為宋之問）

亂山殘雪夜，孤獨異鄉人。

山峰重疊參差，被未融化的雪給片片覆蓋著，這樣寂寥的夜晚，孤單的我，一個人留滯在外地。

【解析】本句出自於崔塗〈巴山道中除夜有懷〉詩。巴山，一般泛指位在今四川、陝西、湖北邊境的諸山，這裡指位在四川一帶的山，是崔塗客寓巴蜀時所作。詩中描寫他在除夕夜晚，身在巴山道途中，離家鄉江南無比遙遠，路程又極為艱辛，於是以詩抒發難以和家人團聚的落寞。可用來形容寒冬中異鄉之人的孤獨與思鄉情懷。

【出處】唐．崔塗〈巴山道中除夜有懷〉詩：「迢遞三巴路，羈危萬里身。亂山殘雪夜，孤燭異鄉人。漸與骨肉遠，轉於僮僕親。那堪正漂泊，明日歲華新。」

落葉他鄉樹，寒燈獨夜人。

異鄉的樹葉片片飄落，寒夜燈下，只照著我一人的孤獨身影。

【解析】作者馬戴在詩中描寫自己寓居京城長安郊外的灞上時，見秋葉紛飛，寒夜獨對燈影幢幢，內心深感孤寂無依，愈發思念家鄉的親友。可用來形容在蕭瑟秋夜，隻身他鄉的悲涼心境。

【出處】唐．馬戴〈灞上秋居〉詩：「灞原風雨定，晚見雁行頻。落葉他鄉樹，寒燈獨夜人。空園白露滴，孤壁野僧鄰。寄臥郊扉久，何門致此身？」

舉頭望明月，低頭思故鄉。

抬頭仰望天上的一輪明月，低頭不禁想念起自己的家鄉。

【解析】客居在外的李白，凝望著夜空中清冷如霜的秋月，進而觸發其內心深切的思鄉情懷。清人吳烶《唐詩選勝直解》評曰：「舉頭低頭，同此月也，一俯一仰間多少情懷。題云〈靜夜思〉，淡而有味。」本句膾炙人口，為唐詩中的經典名句，可用來形容異鄉遊子的思鄉之情。

【出處】唐．李白〈靜夜思〉詩：「床前明月光，疑是地上霜。舉頭望明月，低頭思故鄉。」

露從今夜白，月是故鄉明。

從今夜起進入白露的節氣，露水將愈加發白，而故鄉的月色是最為明亮的。

【解析】作者杜甫在二十四節氣中的白露這一天，寫下這首詩。創作此詩時，他和幾位弟弟因戰亂而分散逃難，家早已不復存在。望著天上清冷的明月，詩人不僅憂心家人的安危，也勾起了心中濃郁的懷鄉之情。可用來形容遊子思念家鄉。

【出處】唐．杜甫〈月夜憶舍弟〉詩：「戍鼓斷人行，秋邊一雁聲。露從今夜白，月是故鄉明。有弟皆分散，無家問死生。寄書長不達，況乃未休兵。」

人言落日是天涯，望極天涯不見家。

人們都說，太陽西沉的地方就是天的盡頭，可是我已望到天的盡頭，卻還是看不到我的家。

【解析】李覯詩中先道出落日處即天涯，再言極目四望時，也望不見他繫念的家，給人一種家比天涯還要遙不可及的感受，畢竟落日和天涯再遠，仍是可見又可望，但他的家園卻是想看都看不到的。可用來形容距離家鄉遙遠，欲歸卻不得的無奈。

【出處】北宋．李覯〈鄉思〉詩：「人言落日是天涯，望極天涯不見家。已恨碧山相阻隔，碧山還被暮雲遮。」

不忍登高臨遠，望故鄉渺邈，歸思難收。

不忍心登上高樓，縱目遠方，因故鄉離我是那麼遙遠渺茫，渴望回家的心思難以抑制。

【解析】柳永一生仕途失意，久客他鄉的他，登樓臨江，遠眺故鄉的方向，抒發其急欲返家的心情。可用來形容遊子思歸心切，但因某些因素而無法如願的愁思。

【出處】北宋．柳永〈八聲甘州．對瀟瀟暮雨灑江天〉詞：「……不忍登高臨遠，望故鄉渺邈，歸思難收。嘆年來蹤跡，何事苦淹留？想佳人妝樓顒（ㄩㄥˊ）望，誤幾回天際識歸舟。爭知我，倚闌干處，正恁凝愁。」（節錄）

何事吟餘忽惆悵？村橋原樹似吾鄉。

是什麼事情讓我在吟詩之後忽然覺得感傷？原來是村莊小橋、原野與樹木和家鄉的景色太相像了！

【解析】被貶謫外地的王禹偁，描寫其秋日村行時，一邊看著夕陽遠山，一邊閑情賦詩，忽然望見了村莊橋梁、平野與樹木，近似自己家鄉的風景，觸動了詩人的思鄉情緒，原本悠哉的心情，頓時變得悵然若失。可用來形容在外目睹和故鄉大致相似的景物，湧上了一抹鄉思。

【出處】北宋．王禹偁〈村行〉詩：「馬穿山徑菊初黃，信馬悠悠野興長。萬壑有聲含晚籟，數峰無語立斜陽。棠梨葉落胭脂色，蕎麥花開白雪香。何事吟餘忽惆悵？村橋原樹似吾鄉。」

春風又綠江南岸，明月何時照我還？

和暖的春風，又一次吹綠了長江的南岸，天空的明月，何時才能映照著我返回家鄉？

【解析】王安石準備前往京城汴京任職，他所搭乘的船隻途經瓜洲（位在今江蘇揚州市，長江北岸），而他的家鄉江寧（位在今江蘇南京市，長江南岸）附近的鍾山，就在瓜洲對岸京口（位在今江蘇鎮江市，長江南岸）的不遠處。作者遠眺江南家鄉的方向，看著被春風吹成一片蔥綠的岸草，以及高掛天上的皓月，期待自己此去京城，成就一番功業後便儘快歸返江寧。可用來形容遊子見春風明月而興起思鄉之情。另可用來比喻對未來時局充滿信心與希望，待抱負實現後退隱。

【出處】北宋．王安石〈泊船瓜洲〉詩：「京口瓜洲一水間，鍾山只隔數重山。春風又綠江南岸，明月何時照我還？」

病身最覺風露早，歸夢不知山水長。

生病的身體，總能最早感受到風霜雨露的寒

意，夢裡回到家鄉，從來不覺得山高水遠。

【解析】王安石寫其客旅在外期間，不幸罹病，途中經葛溪（位在今江西境內）驛站過夜休息，此時他的身體已經很虛弱了，再加上早秋的寒氣逼襲，又獨宿驛站，心緒格外煩亂，不禁萌生鄉愁。無奈返家之路迢遙，詩人於是突發奇想，希望能早入夢鄉，讓夢魂飛越山水，完成回家的願望，好排遣他漂泊異鄉的孤寂心情。可用來形容旅人在病弱時，更容易引發思鄉情懷。

【出處】北宋・王安石〈葛溪驛〉詩：「缺月昏昏漏未央，一燈明滅照秋床。病身最覺風露早，歸夢不知山水長。坐感歲時歌慷慨，起看天地色淒涼。鳴蟬更亂行人耳，正抱疏桐葉半黃。」

異鄉物態與人殊，惟有東風舊相識。

他鄉的景物和事態，對我來說都相當陌生，只有春天的風是我的舊時相識。

【解析】來到貶地夷陵（位在今湖北境內）的歐陽脩，對於當地的風土習俗並不熟悉，唯獨那拂面而來的輕柔春風，感覺就和家鄉的一樣親切，也溫暖了他這個異鄉遠人的心。可用來形容還不適應異地他鄉的生活環境，故特別想念家鄉。

【出處】北宋・歐陽脩〈春日西湖寄謝法曹歌〉詩：「西湖春色歸，春水綠於染。群芳爛不收，東風落如糝。參軍春思亂如雲，白髮題詩愁送春。遙知湖上一樽酒，能憶天涯萬里人。萬里思春尚有情，忽逢春至客心驚。雪消門外千山綠，花發江邊二月晴。少年把酒逢春色，今日逢春頭已白。異鄉物態與人殊，惟有東風舊相識。」

棋罷不知人換世，酒闌無奈客思家。

專心下完棋局，發現世上的人早已更換，酒宴快要結束，遊子無可如何的思念起家鄉。

【解析】人在潁州（位在今安徽境內）擔任知州（管理一州的行政長官）的歐陽脩，記錄其夢裡所見情事。由於沉迷於對弈當下，渾然不知身旁人事的變化，不過一局棋的光景，發現早已物換星移，想要藉由醉酒來忘卻想家的念頭，結果還是擋不住濃烈的鄉愁。其中「棋罷不知人換世」一句，歐陽脩化用了南朝梁人任昉《述異記》中的一則故事，記敘晉人王質入山採樵，見數名童子在下棋，就把斧頭放下，在一旁觀看，這時童子給了王質一個像棗核的東西含在嘴裡，使其不覺得飢餓。等到棋局結束，童子催促王質回去，他俯身拿起斧頭，想不到斧柄已經腐爛，到家後才得知親人已去世很久了。歐陽脩詩中表達一種渴望超脫人世的思想，但回歸到現實時，他仍無法忘情在人間的這個故鄉。可用來形容世事變換飛逝，令遊子對家鄉親人的掛念更深，唯恐一轉眼便失去與家人相聚的時光。

【出處】北宋．歐陽脩〈夢中作〉詩：「夜涼吹笛千山月，路暗迷人百種花。棋罷不知人換世，酒闌無奈客思家。」

登臨望故國，誰識、京華倦客？

登上高處，眺望故鄉的方向，有誰理解我這個厭倦了在京城生活的旅客？

【解析】來自錢塘（杭州的古稱）的周邦彥，寫其在汴京客居日久，也經常在柳色如煙的隋堤（也稱汴堤，為隋煬帝開通濟渠時所築的河堤，並植柳於其上，有「隋堤煙柳」之美譽）目睹人們迎歸和送別的喜悲情景，因而撩動了他潛伏心中的鄉愁。可用來形容遊子想家卻又不得歸去的苦悶。

【出處】北宋．周邦彥〈蘭陵王．柳陰直〉詞：「柳陰直，煙裡絲絲弄碧。隋堤上、曾見幾番，拂水飄綿送行色。登臨望故國，誰識、京華倦客？長亭路、年去歲來，應折柔條過千尺……」（節錄）

試登絕頂望鄉國，江南江北青山多。

嘗試登上山頂，遙望故鄉，卻被長江南北重疊的青山給遮住視線。

【解析】蘇軾從京城要到杭州任職，途經鎮江著名景點金山寺，由於金山寺位在長江下游，而蘇軾的家鄉眉州（位在今四川境內）眉山則位於長江上游，雖然明知眼前的江水是從故鄉那頭流過來的，但想要從金山寺遠眺到眉山根本是痴人說夢，只是更突顯他的鄉

思難耐。可用來形容遊子登高遠望家鄉的方向，聊解鄉愁。

【出處】北宋．蘇軾〈遊金山寺〉詩：「我家江水初發源，宦遊直送江入海。聞道潮頭一丈高，天寒尚有沙痕在。中泠南畔石盤陀，古來出沒隨濤波。試登絕頂望鄉國，江南江北青山多……」（節錄）

濁酒一杯家萬里，燕然[1]未勒[2]歸無計。

喝下一杯混濁的酒，想起遠在萬里之外的家鄉，只是還沒有建立破敵的功績，想要回去也是沒有辦法的事。

【注釋】1.燕然：山名，即位在今蒙古國境內的杭愛山。東漢竇憲大破北單于時，曾登燕然山，班固作〈燕然山銘〉，刻石記功而返。2.未勒：還沒刻上勝利的碑銘。此指功業尚未完成。

【解析】北宋仁宗在位期間，西夏經常入侵西北邊境，范仲淹奉命出鎮邊塞數年，由於軍紀嚴明，為西夏所忌憚，不敢任意犯境，朝廷和百姓也獲得了一段安寧的日子。長年離家的范仲淹，雖心繫親人，但一想到自己身負保衛國家的重任，即使歸心似箭也不敢還鄉。可用來形容軍人遠征或人在遠方，思鄉情切。

【出處】北宋．范仲淹〈漁家傲．塞下秋來風景異〉詞：「塞下秋來風景異，衡陽雁去無留意。四面邊聲連角起。千嶂裡，長煙落日孤城閉。濁酒一杯家萬里，燕然未勒歸無計。羌管悠悠霜滿地。人不寐，將軍白髮征夫淚。」

黯鄉魂，追旅思，夜夜除非，好夢留人睡。

因想念家鄉而心神頹喪，羈旅的愁思又緊追而來，揮之不去，除非每晚都有好夢，才能安然入睡。

【解析】范仲淹詞中抒發其鄉思難耐的痛苦，他不直言自己夜不能寐，而是說除非夜來有好夢才能睡去，可見其所謂的「好夢」，指的是回到故鄉同家人團聚的美夢，除此之外，便沒有一日能夠睡得安穩。然仔細思索，夢境又豈是人可以掌控的，換言之，作者的苦楚實無計可以消除。清人許昂霄《詞綜偶評》寫道：「鐵石心腸人，亦作此消魂語。」意即以剛直不阿聞名的范仲淹，也有柔腸纏綿、情感豐富的一面。可用來形容思念家鄉而輾轉難眠。

【出處】北宋・范仲淹〈蘇幕遮・碧雲天〉詞：「碧雲天，黃葉地。秋色連波，波上寒煙翠。山映斜陽天接水，芳草無情，更在斜陽外。黯鄉魂，追旅思，夜夜除非，好夢留人睡。明月樓高休獨倚。酒入愁腸，化作相思淚。」

今夕為何夕？他鄉說故鄉。

今晚是怎樣的一個夜晚啊？我只能在異鄉談論著自己的家鄉。

【解析】此詩的詩題〈客中除夕〉，是明初詩人袁凱抒發其於除夕夜客居他鄉的沮喪心情。除夕，歷來就是人們相當重視的一個傳統節日，尤其對長期旅外的人來說，無不希望能在這天與久違的家人團聚，詩人在此表達的就是這份事與願違的難過無奈，以及對他家鄉親友的殷切惦念。可用來形容人在除夕仍滯留外地，因無法回家過節而湧上的鄉思情愁。

【出處】明・袁凱〈客中除夕〉詩：「今夕為何夕？他鄉說故鄉。看人兒女大，為客歲年長。戎馬無休歇，關山正渺茫。一杯椒葉酒，未敵淚千行。」

風一更，雪一更，聒碎鄉心夢不成，故園無此聲。

夜裡，在颳風下雪聲中度過一更又一更，被吵到思鄉的心都快要碎了，讓人難以入夢，我的家鄉可沒有這樣惱人的聲音啊！

【解析】清聖祖康熙年間，擔任扈從侍衛的納蘭性德陪同聖祖出關東巡，途中風雪交加，氣候苦寒，撩撥起詞人的思鄉情感，忍不住在行帳中寫詞抱怨，直指家鄉絕不會有和塞外同樣聒噪的風雪聲；其實作者想要表達的是，他的家鄉縱使有風雪聲，人若是在家聽來也是溫馨而非嘈雜的，與此時的心煩意亂迥別。可用來形容深夜風狂雪驟，遊子輾轉難眠，更加想家。

【出處】清・納蘭性德〈長相思・山一程〉詞：「山一程，水一程，身向榆關那畔行，夜深千帳燈。風一

更，雪一更，聒碎鄉心夢不成，故園無此聲。」

【歸鄉】

昔我往矣，楊柳依依。
今我來思，雨雪霏霏。

回想我離開的時候，是柳絲迎風搖曳的春天。如今我回來了，已經是雨雪紛飛的冬季。

【解析】詩中以一名征夫的口吻，敘述其於返家的途中，回憶當初從軍時，眼前垂楊青青，春意爛漫，而今戰罷賦歸，只見雪花漫天，朔風嚴寒，在同樣的一條路上，歷經了春去冬歸，看著周遭景物隨著不同節令而變化，想起了自他離去到歸來的這一大段時日，身心所承受的苦勞辛酸，撫今追昔，淒愴無限。明末清初人王夫之《薑齋詩話》評論這四句詩：「以樂景寫哀，以哀景寫樂，一倍增其哀樂。」可用來形容正踏上歸途的遊子，回首往時離鄉與今日所見風景的今昔之感。

【出處】先秦．《詩經．小雅．采薇》：「……昔我往矣，楊柳依依。今我來思，雨雪霏霏。行道遲遲，載渴載飢。我心傷悲，莫知我哀。」（節錄）

鳥飛反故鄉兮，
狐死必首丘。

鳥飛得太遠，最後也要返回舊巢啊！狐狸死的時候，頭一定會朝向自己生長的山丘。

【解析】戰國時楚人屈原，寫此詩哀悼楚國郢都（位在今湖北荊州市境內）被秦國攻陷後，百姓離散相失，他日夜思念家國的悲憤，故取名〈哀郢〉。詩中以古來傳有「鳥飛反鄉，兔死歸窟，狐死首丘」俗語為喻，表明自己此生至死，都不會忘記歸返故鄉的這個心願。可用來形容人不管離家遠久，最後都會想回到家鄉終老。

【出處】戰國楚．屈原〈九章．哀郢〉詩：「……曼余目以流觀兮，冀壹反之何時。鳥飛反故鄉兮，狐死必首丘。信非吾罪而棄逐兮，何日夜而忘之？」（節錄）

少小離家老大回，鄉音無改鬢毛衰。

年輕時離開家鄉，直到年老時才返家，雖然家鄉的口音沒有改變，但兩鬢的毛髮已經稀疏了。

【解析】此詩為賀知章晚年之作，詩中回首其當年離家時年歲尚小，而今相隔多年後才得以返回故里，縱使口音未改，但容顏卻早已滿布風霜。明人唐汝詢《唐詩解》評曰：「摹寫久客之感，最為真切。」可用來形容遊子久居外地，重返故園時喜悅又陌生的忐忑心情，同時也抒發了歲月催人老的感慨。

【出處】唐．賀知章〈回鄉偶書〉詩二首之一：「少小離家老大回，鄉音無改鬢毛衰。兒童相見不相識，笑問客從何處來？」

白日放歌須縱酒，青春作伴好還鄉。

我要白天放聲歌唱、暢快痛飲，眼下風和日麗，正好伴我一路返回故鄉。

【解析】本詩描寫安史之亂到了尾聲，唐軍終於收復了洛陽一帶的失土。在外漂泊多年的杜甫聽聞捷報，忍不住激動落淚。他準備趁著明麗春光當前，攜著妻兒一同返回故鄉。清人浦起龍《讀杜心解》稱此乃杜甫「生平第一首快詩也」。可用來形容帶著欣喜欲狂的心情返回家鄉。

【出處】唐．杜甫〈聞官軍收河南河北〉詩：「……白日放歌須縱酒，青春作伴好還鄉。即從巴峽穿巫峽，便下襄陽向洛陽。」（節錄）

近鄉情更怯，不敢問來人。

離鄉越近越感到緊張害怕，不敢詢問旁人有關家鄉的近況。

【解析】詩中主在描寫久居在外的遊子重返家園前，一方面想要提早知道家鄉的情況，另一方面卻又憂慮消息不佳，陷入矛盾兩難。可用來形容離家很久的人，快要回家時的複雜心情。

【出處】唐．李頻〈渡漢江〉詩：「嶺外音書絕，經

冬復歷春。近鄉情更怯，不敢問來人。」（此詩一說作者為宋之問）

君知否？亂鴉啼後，歸興濃如酒。

你知道嗎？在一陣烏鴉聒噪啼叫後，我準備返家的開懷情致比醇厚的酒還要濃烈。

【解析】早已厭倦了官場表面上應酬不暇，私底下卻是爾虞我詐的汪藻，慶幸自己即將就要踏上盼望已久的歸家之路，遠離擾攘是非，從此不用再被如啼噪烏鴉的小人所中傷。可用來形容返鄉之情極為迫切。

【出處】北宋末、南宋初．汪藻〈點絳脣．新月娟娟〉詞：「新月娟娟，夜寒江靜山銜鬥。起來搔首，梅影橫窗瘦。好個霜天，閑卻傳杯手。君知否？亂鴉啼後，歸興濃如酒。」

重到故鄉交舊少，淒涼，卻恐他鄉勝故鄉。

離鄉多年後，再回到家鄉，想著原有交往的舊友肯定變少了，心中一陣淒楚，反而擔心在外地的感受比回到家鄉更好些。

【解析】此詞寫於陸游久別返鄉的途中，由於長期客居異地，獨自忍受悲寂，一心繫念著家鄉的親友，恨不得馬上飛奔到家，而今如願踏上歸途，卻開始憂心鄉里故友可能所剩無幾，此時的心情竟比還未回鄉之前更加難受。可用來形容外出許久的人終於盼到回家的日子，但又害怕即將面對親戚故舊離散或死亡的矛盾情結。

【出處】南宋．陸游〈南鄉子．歸夢寄吳檣〉詞：「歸夢寄吳檣，水驛江程去路長。想見芳洲初繫纜，斜陽，煙樹參差認武昌。愁鬢點新霜。曾是朝衣染御香。重到故鄉交舊少，淒涼，卻恐他鄉勝故鄉。」

家在千山古溪上，先應喜鵲噪門扉。

你的家就住在有千座山旁的古溪邊，相信喜鵲會很快到你家的門口喧鬧著。

【解析】民間向來流傳家門前若出現喜鵲鳴叫，便表示該戶人家將有喜事臨門或賓客到來。此詩乃梅堯臣送友人返鄉時所作，意在寬慰好友雖無法立刻安抵家門，但負責報佳音的喜鵲，必定會先飛去和遠方家人通報這個天大的好消息。可用在對正準備歸鄉的遊子表達慶賀與祝福心意。

【出處】北宋．梅堯臣〈送葛都官南歸〉詩：「不羨新為赤縣尹，惟羨暫向江南歸。江南冪冪（ㄇㄧˋ）梅雨時，風帆差差並鳥飛。罾竿夾岸長若桅，水籠畜魚鮮且肥。家在千山古溪上，先應喜鵲噪門扉。」

愛子心無盡，
歸家喜及辰。

對母親而言，疼愛孩子的心是沒有止境的，我趕在過年前回到家，母親有多麼歡喜啊！

【解析】清人蔣士銓於年終歲末之際返回家鄉，準備和家人一同團圓過節，當他一踏進家門，與久別的母親四目相對，看著慈母臉上驚喜的表情，內心感動莫名，寫詩頌揚母親對子女的摯情關懷，是不會分彼此距離的遠近和別離時間的短長。可用來形容子女久居外地回到家中，父母溢於言表的欣喜情狀。

【出處】清．蔣士銓〈歲暮到家〉詩：「愛子心無盡，歸家喜及辰。寒衣針線密，家信墨痕新。見面憐清瘦，呼兒問苦辛。低徊愧人子，不敢嘆風塵。」

親情

【父母】

哀哀父母，
生我劬勞。

可憐的父親母親啊！為了生養我受盡了辛勞。

【解析】先秦無名詩人寫詩抒發父母去世後，身為人子不得終養的悲恨，回想往日父母拉拔自己長大所承受的操勞，如今本該是反哺奉養雙親的時候，父母卻已亡故，此生再也沒有盡孝的機會，沉痛備極。清人方玉潤《詩經原始》評曰：「此詩為千古孝思絕作，盡人能識。」可用來形容子女悼念父母的養育恩情。

【出處】先秦．《詩經．小雅．蓼莪》：「蓼蓼者莪，匪莪伊蒿。哀哀父母，生我劬勞。蓼蓼者莪，匪莪伊蔚。哀哀父母，生我勞瘁……」（節錄）

欲報之德，昊天罔極。

我想要報答父母和蒼天一樣廣大無邊的恩德，卻實是無以回報的啊！

【解析】詩中抒寫父母打從自己出生之後，一路養育愛護，關懷備至，期間付出的心力難以算計，如今等到自己有能力報恩時，無奈父母已經離開人世，令詩人痛徹心脾。清人姚際恆《詩經通論》評曰：「而孝子之情，感傷痛極，則千古為昭也。」可用來說明親恩如天浩蕩，為人子女都應該克盡孝道。

【出處】先秦．《詩經．小雅．蓼莪》：「……父兮生我，母兮鞠我。拊我畜我，長我育我，顧我復我，出入腹我。欲報之德，昊天罔極……」（節錄）

一間茅屋何所值？父母之鄉去不得。

一間茅屋能值多少錢呢？只因為這裡是父母生養我的地方，如何忍心離開呢！

【解析】本句出自唐代王建的〈水夫謠〉詩。水夫謠，意為拉縴人的歌。縴，指的是拉船前進的繩子。王建詩中描寫水夫雖然工作艱苦，卻如何也不願離開家鄉，另謀出路，原因在於他對家中至親情感的牽絆。可用來形容子女眷戀父母，不捨離開家鄉。

【出處】唐．王建〈水夫謠〉詩：「……一間茅屋何所值？父母之鄉去不得。我願此水作平田，長使水夫不怨天。」（節錄）

手中十指有長短，截之痛惜皆相似。

手上的十根手指頭長短不一，無論截斷哪一根的痛楚也都是一樣的。

【解析】東漢才女蔡琰因戰亂而身陷胡地十二年，其後曹操雖將其贖歸，但返回中原的蔡琰仍日夜思念在胡地的子女，作有〈胡笳十八拍〉、〈悲憤詩〉等。唐人劉商在詩中仿蔡琰的口吻，抒發其迫於現實而與子女分隔兩地的無奈。本句形容同出的子女性情雖各有不同，但父母對他們的疼愛都是一樣的，根本無法取捨。另可用來比喻事物有所差別本是一種必然的現象。

【出處】唐・劉商〈胡笳十八拍〉詩十八首之十四：「莫以胡兒可羞恥，恩情亦各言其子。手中十指有長短，截之痛惜皆相似。還鄉豈不見親族，念此飄零隔生死。南風萬里吹我心，心亦隨風渡遼水。」

慈烏失其母，啞啞吐哀音。

慈烏失去了母烏，發出啞啞悲痛的聲音。

【解析】慈烏，是烏鴉的一種，體型較小，相傳其長大後會啣食哺養母烏。白居易詩中透過慈烏知恩反哺的行為，來諷刺世間不孝順父母的人，連禽鳥都不如。可用於形容失去父母後，為人子女的痛苦悲傷。

【出處】唐・白居易〈慈烏夜啼〉詩：「慈烏失其母，啞啞吐哀音。晝夜不飛去，經年守故林。夜夜夜半啼，聞者為沾襟。聲中如告訴，未盡反哺心。百鳥豈無母，爾獨哀怨深？應是母慈重，使爾悲不任。昔有吳起者，母歿喪不臨。嗟哉斯徒輩，其心不如禽。慈烏復慈烏，鳥中之曾參。」

誰言寸草心，報得三春[1]暉。

子女的孝心有如小草一般，哪能報答得了母親彷彿春天陽光般溫暖慈愛的養育之情呢！

【注釋】1.三春：指春季三個月。

【解析】本句出自於孟郊的〈遊子吟〉詩。孟郊在詩中以「寸草心」比喻子女的孝心，以「三春暉」比喻慈母養育成人的浩瀚恩澤，藉此來頌揚母愛的偉大。可用於表現母愛昊天罔極，子女無以為報。

【出處】唐・孟郊〈遊子吟〉詩：「慈母手中線，遊子身上衣。臨行密密縫，意恐遲遲歸。誰言寸草心，報得三春暉。」

五更[1]歸夢三百里，一日思親十二時[2]。

夜晚做夢，回到三百里外的家裡，一整天有十二個時辰，都在思念家中的母親。

【注釋】1.五更：此指一整夜。更，為古代夜間計時的用語，一夜分為五更，每更約兩小時，時間約指現在的下午七時到隔日的清晨五時。2.十二時：此指一整天。古時將一天依十二地支的順序分成十二個時辰，如子時、丑時、寅時等。

【解析】黃庭堅奉母至孝的事蹟被後人編入《二十四孝》之中。由於父親早逝，母親獨力拉把他們手足長大，黃庭堅後來考取進士，長年宦遊在外，他唯恐母親擔憂，經常寫信回家報平安，又顧慮到信寄達的時間曠日彌久，所以一顆心日夜都懸掛在母親的身上，不僅夜晚做了返家探望的夢，連白晝也是一直惦記著母親。可用來形容遊子身在外地，整天都在牽掛著家裡的雙親或親人。

【出處】北宋・黃庭堅〈思親汝州作〉詩：「歲晚寒侵遊子衣，拘留幕府報官移。五更歸夢三百里，一日思親十二時。車上吐茵元不逐，市中有虎竟成疑。秋毫得失關何事？總為平安書到遲。」

月明聞杜宇，南北總關心。

月亮升起的時候，聽聞杜鵑鳥的悲鳴，雖與母親分隔南北兩地，總是彼此關心著。

【解析】王安石未受宋神宗重用之前，在外擔任地方官多年，行蹤遍布大江南北，詩中寫其在邗溝（時稱揚州運河，位在今江蘇境內）送別母親，將母親安置在白紵山（位在今安徽境內）北邊當時的家，自己則繼續為公務奔走繁忙。然每當月明之夜，聽聞杜鵑哀淒的叫聲時，倍加思念遠方的母親，同時想像著母親也正心懸著他這個兒子。可用來形容母子即使南北一方，還是彼此牽腸掛肚。

【出處】北宋・王安石〈將母〉詩：「將母邗溝上，留家白紵陰。月明聞杜宇，南北總關心。」

且說家懷舊話，教學也曾菽水[1]，

親意盡欣欣。

父母先和我敘舊家常，教導我即使以粗茶淡飯作為奉養，他們也會感到極為欣慰。

【注釋】1.菽水：本指豆子和水，引指粗劣、普通的食物。後多用來比喻貧寒家庭對父母的孝養。

【解析】江萬里是南宋末著名的忠臣孝子，為政廉勤，事親至孝，後元兵渡江，竟赴止水殉國而死。此詞為其早年任吉州（位在今江西境內）知州時寫給母親的祝壽詞，敘述雙親不時提醒他盡孝不必端上美饌佳餚，而是要生活簡樸，勤政愛民，認真做一個讓千萬百姓和樂的好官，如此便能帶給他們莫大的寬慰。可用來形容子女孝順父母，飲食雖粗淡簡單，也能使父母欣悅。

【出處】南宋．江萬里〈水調歌頭．生日重重見〉詞：「生日重重見，餘閏有新春。為吾母壽，富貴外物總休論。且說家懷舊話，教學也曾菽水，親意盡欣欣。只此是真樂，樂豈在邦君？吾二老，常說與，要廉勤。廬陵幾千萬戶，休戚屬兒身。三瑞堂中綠醑，釀就滿城和氣，端又屬人倫。吾亦老吾老，誰不敬其親？」

霜殞蘆花淚濕衣，白頭無復倚柴扉。

寒霜摧殘著蘆花，我的眼淚濕了衣衫，再也看不見白髮母親斜靠著柴門等候我回來的身影。

【解析】這首詩的作者與恭是餘姚（位在今浙江境內）九功寺的一名僧人，生卒年和俗姓均不可考，僅知約活動於南宋末年。與恭出家不久後，父親過世，他的生活雖然清貧，仍盡其所能撫養母親，即使身無分文，也不惜典當袈裟買米回家給母親煮食。後來母親離開人世，詩人的一片孝心無所寄託，經常哭到衣襟盡濕，畢竟先前日子儘管艱苦，至少母親還健在，如今門扉冷冷清清，子欲養而親已不待。可用來形容母親離世，子女返家不見有人倚門等候的失落悲慟。

【出處】南宋．與恭〈思母〉詩：「霜殞蘆花淚濕衣，白頭無復倚柴扉。去年五月黃梅雨，曾典袈裟糴（ㄉㄧ）米歸。」

慈母倚門情，遊子行路苦。

慈祥的母親倚在門口盼望著，想著她那遠行的孩子一路上的辛苦。

【解析】此詩的詩題〈墨萱圖〉，是一首題畫詩，作者為元末畫家王冕，這幅墨畫的主題是萱草，也就是金針花，古來傳有忘憂的功效，故又稱「忘憂草」。據說母親會在孩子出遠門時，在家種植萱草，想要讓自己稍稍忘記憂愁，以減輕對子女的思念，也因而被視為是象徵母愛的花。詩中描寫一名母親的居室外頭，萱草花海芬芳燦爛，她倚著門企盼愛子在外一切平順、早日回家的情景。可用來形容母親終日目盼心思，等候離家的孩子平安歸來。

【出處】元．王冕〈墨萱圖〉詩二首之一：「燦燦萱草花，羅生北堂下。南風吹其心，搖搖為誰吐？慈母倚門情，遊子行路苦。甘旨日以疏，音問日以阻。舉頭望雲林，愧聽慧鳥語。」

只覺當初歡侍日，千金一刻總蹉跎。

只覺得當初那段在雙親身邊承歡侍奉的日子，一刻有如千金一樣珍貴，但我卻總是讓它虛度過去。

【解析】清人袁枚是史上著名的孝子，他在父親死去後，便決定辭官返家，奉養母親長達三十年之久。這首詩是六十三歲的袁枚，寫其在家家團圓的除夕夜，痛悼他剛剛去世的母親，回憶往日那些承歡膝下的時光，如今想起來是多麼可貴美好，埋怨自己當初怎麼不懂得及時珍惜。可用來形容子女在父母離世後，才懊悔自己對父母做得不夠，卻也已無法挽回。

【出處】清．袁枚〈傷心〉詩：「傷心六十三除夕，都在慈親膝下過。今日慈親成永訣，又逢除夕恨如何？素琴將鼓光陰速，椒酒虛供涕淚多。只覺當初歡侍日，千金一刻總蹉跎。」

低徊愧人子，不敢嘆風塵。

我低下頭來，心思縈繞迴盪，感到十分慚愧，不敢向母親說出漂泊在外的境況。

【解析】長年在外地謀生的蔣士銓，寫其匆忙於年前返家時，母親看見他的樣貌比以往更顯瘦弱疲累，心疼地聲聲問候著，讓作者不忍對慈母直言一路上所遭遇的艱辛，唯恐母親更加憂心。詩中感嘆自己平時無法承歡膝下，已未盡到人子的責任，卻還要連累母親為他掛心，為此愧疚難安。可用來形容終年在外的子女返家，對不能長伴在父母的身邊深感內疚。

【出處】清．蔣士銓〈歲暮到家〉詩：「愛子心無盡，歸家喜及辰。寒衣針線密，家信墨痕新。見面憐清瘦，呼兒問苦辛。低徊愧人子，不敢嘆風塵。」

暗中時滴思親淚，只恐思兒淚更多。

我經常暗地裡因思念母親而不時落淚，只怕母親思念我時所流的淚水，比我流的還要多啊！

【解析】這首詩的作者倪瑞璿是清代才女，出身書香門第，由於父親早逝，她隨著母親寄居舅父家，從小學習詩文書畫，精通音律。詩中描寫她出嫁後在婆家因思念母親而時常偷偷掉淚的情景，忍不住設想家中的母親，此時牽掛自己的情感肯定更深，流下的老淚勢必比自己的更多也更悲傷。清人沈德潛《清詩別裁集》評曰：「因憶母而轉出母之憶女，其情備深。」可用來形容子女和父母各在一方想念彼此。

【出處】清．倪瑞璿〈憶母〉詩：「河廣難航莫我過，未知安否近如何？暗中時滴思親淚，只恐思兒淚更多。」

慘慘柴門風雪夜，此時有子不如無。

母親倚靠著昏暗的柴門，在風雪交加的夜晚目送著我遠去，此情此景，有孩子還不如沒有啊！

【解析】清人黃景仁為北宋文學家黃庭堅的後裔，此詩寫其於天昏地暗的風雪之夜啟程，準備赴他處謀生，他在向家中白髮蒼蒼的母親辭別時，看著母親老弱的身軀，哭乾的雙眼，挨在簡陋的木門旁為他送行的慘然面容，這一幕讓作者肝腸崩裂，不禁自責地想著，母親若沒有生出像他這樣不成材的兒子，是否今日就不用承受如此巨大的痛苦，言下之意，不忍老母因他而沮喪悲傷，但又怨恨自己無能為力改變現實的複雜心情。可用來形容兒女離家時，父母難捨卻也無奈的情狀。也可用來形容因生活所迫而不得不外出的

子女，表達無法陪伴在父母身邊的歉疚感。

【出處】清・黃景仁〈別老母〉詩：「搴（ㄑㄧㄢ）帷拜母河梁去，白髮愁看淚眼枯。慘慘柴門風雪夜，此時有子不如無。」

【親人】

兄弟鬩[1]于牆，外禦其務[2]。

兄弟之間在家裡爭吵，面對外來的侵侮總會一同抵禦。

【注釋】1.鬩：相互爭鬥、不合。2.務：此通「侮」字，欺侮。

【解析】這是一首宴請兄弟時所作的詩，意在強調親密無間的手足情誼。詩人認為兄弟之間，雖然在家難免會發生口角爭執，但只要遇到外人欺凌，便會立刻放下個人恩怨，相互扶助，共禦外侮。可用來勸人友愛兄弟，切莫因意見分歧而吵鬧不休。

【出處】先秦・《詩經・小雅・常棣》：「……兄弟鬩于牆，外禦其務。每有良朋，烝也無戎。喪亂既平，既安且寧。雖有兄弟，不如友生。儐爾籩豆，飲酒之飫。兄弟既具，和樂且孺……」（節錄）

此令兄弟，綽綽有裕。不令兄弟，交相為瘉[1]。

兄弟和諧，相處就會寬容謙讓。兄弟反目，彼此就會互相傷害。

【注釋】1.瘉：音ㄩˋ，生病。此引申為詬病、中傷。

【解析】這首詩主在勸導上位者要與兄弟的關係友愛和善，如此一來，天下蒼生也會跟著效法；反之，上位者與兄弟的關係疏遠，百姓也一樣會上行下效，人與人之間自然充滿怨怒之氣，行為蠻橫無禮，這也正是詩人所憂心的狀況。其中「綽綽有裕」一詞後來也成了「綽綽有餘」成語的典故由來，意指各方面都非常寬裕，足夠應付所需。可用來形容兄弟間的恩義深厚，度量寬大。

【出處】先秦・《詩經・小雅・角弓》：「騂騂角

弓，翩其反矣。兄弟昏姻，無胥遠矣。爾之遠矣，民胥然矣。爾之教矣，民胥傚矣。此令兄弟，綽綽有裕。不令兄弟，交相為瘉……」（節錄）

本是同根生，相煎何太急？

（鍋子裡的豆子和鍋子下的豆萁）本來是從相同的根長出來的，現在（豆萁）為何要急迫地煎熬（豆子）呢？

【解析】此詩詩題〈七步詩〉，相傳是曹丕在代漢即帝位後，命其弟曹植必須於七步之內吟成一詩，否則就要處以重罪。被後人讚譽「才高八斗」的曹植，便脫口念出此詩，詩中借燃燒豆萁烹煮鍋中的豆子，豆子在鍋子內哭泣的比喻，表達自己和兄長曹丕就如同豆子與豆萁的關係一樣，本是同根而生，如今卻演變成苦苦相逼的局面。可用來形容對手足相殘現象的痛心不平。

【出處】三國魏．曹植〈七步詩〉詩：「煮豆持作羹，漉菽以為汁，萁在釜底然，豆在釜中泣，本是同根生，相煎何太急？」

洛陽城裡見秋風，欲作家書意萬重。復恐匆匆說不盡，行人臨發又開封。

洛陽城裡秋風乍起，想寫一封信寄給家人，表達思念的深重，寫好後擔心匆忙之間很多話來不及寫出來，於是在送信的人出發前又急忙拆開信封，看看還要補上哪些文字。

【解析】客居洛陽的張籍見秋風起而想念故鄉的家人，寫好一封家書後卻在信寄出前感到言猶未盡，眼見送信人馬上就要上路了，他連忙拆開信來仔細端看，希望不要遺漏了什麼重要內容，細膩描繪出羈旅遊子對家鄉親人牽纏不斷的掛念。可用來形容寫信給遠方的家人，然思念情深實是千言萬語都難以盡述的。

【出處】唐．張籍〈秋思〉詩：「洛陽城裡見秋風，欲作家書意萬重。復恐匆匆說不盡，行人臨發又開封。」

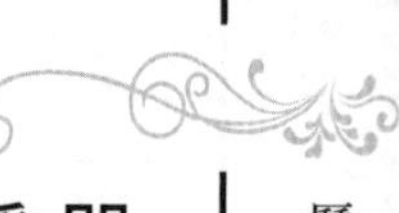

問姓驚初見，稱名憶舊容。

初次見面時，詢問你的姓氏就感到吃驚，等你說出名字，我才回憶起你以前的模樣。

【解析】作者李益的童年到青少年時期，唐王朝發生了一場歷時九年、動搖國本的「安史之亂」。詩中描寫他和表弟自小因動亂而分開，兩人長大後再相見時已是成人，即使相逢也認不出對方，直到互報姓名，才激動地相認。由於兩人從初見不識到驚喜相認的轉折，充滿戲劇性，更彰顯出亂世兄弟的濃厚至情。清人賀裳《載酒園詩話．又編》中，對這兩句詩的評論為：「則情尤深，語尤愴，讀之幾於淚不能收。」可用來表達久別重逢時驚喜交集的複雜情緒。

【出處】唐．李益〈喜見外弟又言別〉詩：「十年離亂後，長大一相逢。問姓驚初見，稱名憶舊容……」（節錄）

烽火連三月，家書抵萬金。

戰火已經連續了好幾個月，如果這時候能收到家人寫來的書信，真是足以抵得上萬兩黃金的價值。

【解析】安史之亂爆發後，戰火延續不斷，造成對外音訊隔絕，杜甫因不知離散家人的生死安危，故渴盼能獲得家人捎來報平安的消息。清人紀昀《瀛奎律髓刊誤》評曰：「語語沉著，無一毫做作，而自然深至。」可用來形容兵荒馬亂中，能夠收到家人的音訊是一件極其珍貴的事。

【出處】唐．杜甫〈春望〉詩：「……烽火連三月，家書抵萬金。白頭搔更短，渾欲不勝簪。」（節錄）

遙知兄弟登高處，遍插茱萸少一人。

遙想我的兄弟們按照重陽舊例，應登上高山，他們全都佩帶著茱萸，唯獨少了我這個人。

【解析】此詩為王維十七歲時，獨自在長安過重陽節時所作。詩中他運用側筆，想像著故鄉的兄弟們對自己的思念，流露出彼此相憶的手足深情。可用來形容親友佳節團聚，卻身在遠方的思念。另可用以說明重陽節有登高、佩帶茱萸等避邪的風俗。

【出處】唐・王維〈九月九日憶山東兄弟〉詩：「獨在異鄉為異客，每逢佳節倍思親。遙知兄弟登高處，遍插茱萸少一人。」

兄弟燈前家萬里，相看如夢寐。

今夜我們兄弟在離家萬里外的燈前相聚，對坐互看著像是在夢中一樣。

【解析】黃庭堅被貶謫黔州（約位在今四川、貴州境內），其弟黃叔達跋山涉水來到貶所探望兄長，此舉出乎詞人的意料之外，兄弟燈前相對，讓他一度懷疑自己是否還在做夢，又驚又喜。即使仕途遭逢困厄，仍有不遠萬里前來給他送暖的至親手足，這也正是所謂的患難見真情。可用來形容兄弟或親人久別重逢，燈下談心的景象。

【出處】北宋・黃庭堅〈謁金門・山又水〉詞：「山又水，行盡吳頭楚尾。兄弟燈前家萬里，相看如夢寐。君似成蹊桃李，入我草堂松桂。莫厭歲寒無氣味，餘生今已矣。」

好把音書憑過雁，東萊不似蓬萊遠。

請把書信託付過往的雁子傳來給我，我所在的萊州並沒有像神仙住的蓬萊山那麼遠。

【解析】此為李清照離開青州（位在今山東境內）後，準備赴萊州（位在今山東境內）丈夫的任所途中，夜宿驛館時寫給青州姊妹們的信。她回憶起程前，眾姊妹置酒為其餞別，無不泣涕滿面，而現在的她獨自在淒清的驛館裡，對著瀟淅雨聲傷心離別。詞中以「東萊」和「蓬萊」兩個都有「萊」字的地名作對比，意在安慰姊妹們，萊州和蓬萊仙山的距離相比還算是近的，只要常寄音書，保持聯繫，就能稍微沖淡姊妹不在身邊的寂寞。可用來形容人在外地，期待經常收到親友捎來的音信。

【出處】北宋末、南宋初・李清照〈蝶戀花・淚濕羅衣脂粉滿〉詞：「淚濕羅衣脂粉滿，四疊陽關，唱到千千遍。人道山長山又斷，瀟瀟微雨聞孤館。惜別傷

離方寸亂，忘了臨行，酒盞深和淺。好把音書憑過雁，東萊不似蓬萊遠。」

但知家裡俱無恙，不用書來細作行。

只要讓我知道家人一切平安就好，不必在來信中用細小的字寫下每一行。

【解析】此詩的詩題為〈新喻道中寄元明〉，是黃庭堅回鄉探親後，準備返回貶所，途中經過新喻（位在今江西境內）寫給兄長黃大臨（字元明）的詩。詩人在外最掛心的就是家人的身體健康與否，故囑咐兄長不必為了他細寫瑣碎家事，只要讓他得知全家大小無憂無疾就好，看似平淡的家常話語，更顯露出手足間的溫情。可用來形容出外的人最希望收到報平安的家書。

【出處】北宋．黃庭堅〈新喻道中寄元明〉詩：「中年畏病不舉酒，孤負東來數百觴。喚客煎茶山店遠，看人秧稻午風凉。但知家裡俱無恙，不用書來細作行。一百八盤攜手上，至今猶夢遶羊腸。」

但願人長久，千里共嬋娟。

只希望我們長保平安，即使相隔千里，仍能共享同樣美好的月色。

【解析】遠調至密州（位在今山東境內）的蘇軾，與弟弟蘇轍已多年未見面，在中秋月夜下，讓他更加思念這個至親手足，原本情緒十分低落，甚至埋怨起明月只顧著自己圓亮，而他卻無法和弟弟團圓。但很快蘇軾就找到自我化解的方法，理解到月亮其實和人一樣，都逃不過大自然運行的法則，正如月有圓缺而人有聚散，於是他祈願世上所有的人與其親人都能身體康健，情誼長存，即便天各一方，也能靈犀相通。可用來形容在明月之下，對於住在遠方的親友發出深摯的祝願與惦念。

【出處】北宋．蘇軾〈水調歌頭．明月幾時有〉詞：「……轉朱閣，低綺戶，照無眠。不應有恨，何事長向別時圓？人有悲歡離合，月有陰晴圓缺，此事古難全。但願人長久，千里共嬋娟。」（節錄）

弟兄華髮，遠山修水，異日同歸處。

我們兄弟都已經滿頭白髮，此後山遙水長，阻隔重重，看來只能等到兩人都死了以後，魂魄才能夠在同一處相見。

【解析】此詞作者黃大臨為黃庭堅的兄長。五十八歲的黃庭堅遭人構陷，被除名編管於宜州（位在今廣西壯族自治區境內）。所謂「除名」，即除去官籍。「編管」，就是將獲罪的官吏或罪犯流放遠方州郡，編入該地戶籍，並令地方官員加以管束。黃大臨一想到家族中以學問德行見重的弟弟，到了垂老之年，命運仍乖蹇多難，恐懼黃庭堅此次遠赴宜州，他日兩人重逢應該是在九泉之下。果不其然，黃庭堅至宜州不過一年多便客死異鄉，黃大臨詞中「異日同歸處」一語成讖，兄弟今世無緣再見一面。可用來形容年紀老大，與至親生離死別的沉痛絕望。

【出處】北宋・黃大臨〈青玉案・千峰百嶂宜州路〉詞：「千峰百嶂宜州路，天黯淡、知人去。曉別吾家黃叔度。弟兄華髮，遠山修水，異日同歸處。樽罍飲散長亭暮，別語纏綿不成句。已斷離腸能幾許？水村山館，夜闌無寐，聽盡空階雨。」

草草杯盤供笑語，昏昏燈火話平生。

隨意準備一些簡單的酒菜，一同邊吃邊聊著，在昏暗的燈光下，敘說著我們的生活經歷。

【解析】北宋仁宗命王安石出使契丹，臨行前王安石寫了這首詩給受封「長安君」的大妹王文淑，表面上看似書寫兄妹間的家常話語，實是在抒發離情的感傷。詩中「草草杯盤」道出了這場家聚飲食雖然簡單，卻一點也不影響彼此暢敘的氣氛，從「昏昏燈火」可知兩人整夜想講的話都說不完，足見兄妹情感深厚。可用來形容親人間的聚會溫馨和樂。

【出處】北宋・王安石〈示長安君〉詩：「少年離別意非輕，老去相逢亦愴情。草草杯盤供笑語，昏昏燈火話平生。自憐湖海三年隔，又作塵沙萬里行。欲問後期何日是？寄書應見雁南征。」

惟願孩兒愚且魯，

無災無難到公卿。

只希望兒子天資愚笨而且遲鈍，一生沒有災禍，不要遭遇困難，一直做到公卿的高官。

【解析】這首詩的詩題為〈洗兒戲作〉，是蘇軾在妾王朝雲生子蘇遯時所作，古來有嬰兒出生三天或滿月時聚集親友，給嬰兒洗身的習俗。歷來對這兩句詩有兩種說法，一說是蘇軾藉此諷刺當朝得勢公卿皆愚魯之輩，只會排擠和陷害比自己聰明的人。另一說是祝願新生的孩兒蘇遯大智若愚，不要像自己一樣鋒芒畢露而不斷招來災禍。從蘇軾以含有隱遁意思的「遯」字來替孩子命名，應是不忍愛兒日後承受如自己這般因自恃聰明而吃過的苦，寧願孩子深藏若虛，讓人看起來以為平庸，實是智慧不凡，懂得趨吉避凶，仕途得以步步高升。不幸的是，蘇遯來到世上的時間，僅短短十個月左右即因病夭折。可用來形容希望兒女平凡長大，安樂一生。

【出處】北宋．蘇軾〈洗兒戲作〉詩：「人皆養子望聰明，我被聰明誤一生。惟願孩兒愚且魯，無災無難到公卿。」

與君今世為兄弟，又結來生未了因。

與你今生成為兄弟，希望我們來生再來完結今生未了的因緣。

【解析】北宋神宗在位時期，被調往湖州的蘇軾，一到任所，便依往常慣例向朝廷上謝表，卻被政敵說表中寫有謗訕朝政的文字，必須回京接受審訊。蘇軾因此從湖州被押進京城的御史臺（負責彈劾、審判官員的監察機構），這是北宋著名的一場文字獄，史稱「烏臺詩案」，因御史臺內古柏參天，柏樹上常有烏鴉棲息築巢而得名。審理結束，御史們仍多堅持蘇軾當論死罪，蘇軾也自認會被判死，於是寫詩交給獄卒，請其轉交弟弟蘇轍作為訣別，希望下一輩子還能與蘇轍結為兄弟，再續未了的手足情緣。之後詩文上奏至朝廷，曹太皇太后（仁宗皇后）看了心生憐憫，病中還不忘交代神宗應赦免蘇軾；蘇轍更冒死上書神宗，表明願捨棄自己的官職來為兄長贖罪。歷經數月的牢獄折磨，神宗最後決定免除蘇軾的死罪，責貶黃州（位在今湖北境內），蘇轍也因此事受到牽連而降職。《宋史．蘇轍傳》稱美蘇軾兄弟兩人的情誼，云：「患難之中，友愛彌篤，無少怨尤，近古罕見。」可用來形容手足情深。

【出處】北宋．蘇軾〈予以事繫御史臺獄，獄吏稍見侵，自度不能堪，死獄中，不得一別子由，故作二詩授獄卒梁成，以遺子由〉詩二首之一：「聖主如天萬物春，小臣愚暗自亡身。百年未滿先償債，十口無歸更累人。是處青山可埋骨，他時夜雨獨傷神。與君今世為兄弟，又結來生未了因。」

遙想獨遊佳味少，無言騅馬但鳴嘶。

想著你現在獨自一人在路上，必定相當寂寞，連不會說話的馬兒，走累了都還能發出嘶鳴的聲音。

【解析】此詩的詩題為〈懷澠池寄子瞻兄〉。蘇軾準備前往鳳翔（位在今陝西境內）就任，弟弟蘇轍知道蘇軾途中必會經過澠池（位在今河南境內），他回憶起兩人先前赴京應舉曾一同路過澠池，並在寄宿僧房牆壁題詩的過往，又想到蘇軾這次遠行，路上少了自己的陪伴，無人可以訴說心語，為此感到不捨。連馬兒走到疲累時，都可以發生嘶鳴，表達牠不滿的心聲，人一旦踏上仕途便從此身不由己，不得不與親人聚少離多，再多的苦也只能默默往肚子裡吞。可用來形容想念在外踽踽獨行的親友。

【出處】北宋．蘇轍〈懷澠池寄子瞻兄〉詩：「相攜話別鄭原上，共道長途怕雪泥。歸騎還尋大梁陌，行人已度古崤西。曾為縣吏民知否？舊宿僧房壁共題。遙想獨遊佳味少，無言騅馬但鳴嘶。」

寫得家書空滿紙，流清淚，書回已是明年事。

把整張空白的紙寫得滿滿的，淚水直流，想著收到你回信的那個時候，恐怕已是明年的事了。

【解析】離開家鄉山陰（位在今浙江境內），遠赴蜀地任參議官（協助主管處理軍政事務）的陸游，寫信給堂兄陸升之，抒發自己對家鄉親人的久別思情，雖說有音信往返可以稍解愁悶，但路途遙遠，盼到對方的來信至少得等上一年，內心酸楚油然而生，淚流不已。可用來形容與親人兩地阻隔，家書難達，思家情切。

【出處】南宋．陸游〈漁家傲．東望山陰何處是〉詞：「東望山陰何處是？往來一萬三千里。寫得家書空滿紙，流清淚，書回已是明年事。寄語紅橋橋下水，扁舟何日尋兄弟？行遍天涯真老矣。愁無寐，鬢絲幾縷茶煙裡。」

鴻雁飛南北，關河隔弟兄。

大雁可以飛往南方和北方，我們兄弟想要見上一面，卻是被關山河阻給隔絕。

【解析】元代詩人薩都剌思念其在遠方的弟弟，不由得欣羨天上的飛雁猶可隨著季節變化，在春天北飛，到了秋天則往南方飛，而他和弟弟卻因山河險阻，行路困難，相見著實不易，故寫詩抒發自己比雁子的際遇都還不如的怨嘆。可用來形容與手足相隔兩地，掛念極深。

【出處】元．薩都剌〈寄舍弟天與〉詩：「鴻雁飛南北，關河隔弟兄。水通郢子國，舟泊漢陽城。落木風霜下，高秋鼓角清。故人如有意，為我道鄉情。」

靜憶家人皆萬里，獨看簾月到三更。

靜靜地想念萬里之外的家人，獨自看著簾外的月亮，直到半夜三更。

【解析】這首詩的作者張問陶是清朝著名的書畫家兼詩論家，詩中描寫其在清寒的秋夜，仰望天邊的月色，懷想他遙遠家鄉的至親而不能成眠，想起了鄰家老人曾經對他說過，闔家團圓的快樂勝過擁有高官爵位啊！如今身歷其境，方能體悟到鄰老當初的叮囑可謂人生箴言啊！可用來形容客居外地，因思念家人而無法入睡。

【出處】清．張問陶〈月夜書懷〉詩：「軒窗遇雨嫩寒生，枕簟迎秋夜氣清。靜憶家人皆萬里，獨看簾月到三更。雲山歷歷誰無夢，風笛遙遙倍有情。記取南鄰田父語，團圞（ㄌㄨㄢˊ）真樂勝公卿。」

愛情

【期盼】

未見君子，惄[1]如調[2]飢。

沒有看見我的丈夫，我的憂愁就像清早忍受飢餓的感覺一樣。

【注釋】 1.惄：音ㄋㄧˋ，憂思。2.調：此指早晨。

【解析】 這首詩是以一名女子的口吻，述說其對丈夫行役未歸的焦慮渴念，其中最令人稱道的是「惄如調飢」句，詩人想像著一個人經過整夜沒有進食，清晨起來後那種飢火燒腸的感覺，正如女子此刻所在承受「未見君子」的煎熬。清人方玉潤《詩經原始》評曰：「『調飢』寫出無限渴想意。」可用來形容想要見到心上人的念頭如飢似渴，至為迫切。

【出處】 先秦．《詩經．周南．汝墳》：「遵彼汝墳，伐其條枚。未見君子，惄如調飢。遵彼汝墳，伐其條肄。既見君子，不我遐棄。魴魚赬（ㄔㄥ）尾，王室如燬。雖則如燬，父母孔邇。」

有女懷春，吉士[1]誘之。

有位少女春心萌動，年輕的男子便去引逗她。

【注釋】 1.吉士：男子的美稱。

【解析】 詩中描寫一名少女正值情竇初開的年紀，對愛情充滿嚮往，就在這時，她的眼前出現了一位俊秀青年，先於野外把獐打死之後，再用潔淨的茅草包裹，作為禮物獻與少女，希望藉此打動少女的芳心。清人姚際恆《詩經通論》評曰：「女懷、士誘，言及時也。吉士、玉女，言相當也。」意即這對男女剛好都到了婚配的年齡，且兩人各方面條件都是合宜相配的。可用來形容男子對剛剛萌生情思的少女展開熱烈追求。

【出處】 先秦．《詩經．召南．野有死麕》：「野有死麕（ㄐㄩㄣ），白茅包之。有女懷春，吉士誘之。林有樸樕，野有死鹿。白茅純束，有女如玉。舒而脫脫兮，無感我帨（ㄕㄨㄟˋ）兮，無使尨也吠。」

求之不得，寤寐思服。
悠哉悠哉，輾轉反側。

想要追求卻又追求不到，無論醒來或睡著都心繫著那個人。想念啊！想念啊！躺在床上，翻過來又覆過去，整夜無法入睡。

【解析】這首詩描寫一名男子喜歡上在河邊採集荇菜的美麗女子，從此對她朝思暮想，念念不忘，雖也思索著如何展開熱烈追求，但又擔心遭到拒絕，為此焦灼煩躁，寢不安席。可用來形容因單戀某人而日夜思念，臥不安枕。

【出處】先秦．《詩經．周南．關雎》：「……參差荇菜，左右流之。窈窕淑女，寤寐求之。求之不得，寤寐思服。悠哉悠哉，輾轉反側……」（節錄）

愛[1]而不見，
搔首踟躕。

（約我到城上角樓見面的女孩）故意躲藏著不肯出現，讓人急到不停抓著頭，來回徘徊。

【注釋】1.愛：此通「薆」字，隱蔽。

【解析】這首詩的篇名〈靜女〉，從字面上看女主人翁應是一名個性文靜的女孩，但詩中卻寫其做出「愛而不見」的調皮舉止，可知這位靜美女子面對自己喜歡的人，也會不自覺地顯露其活潑的一面，當她看見男子「搔首踟躕」的焦躁模樣，剛好藉此驗證自己在對方的內心所占據的分量。可用來形容與情人相約見面，等待過程中急切難安的情緒。

【出處】先秦．《詩經．邶風．靜女》：「靜女其姝，俟我於城隅。愛而不見，搔首踟躕。靜女其孌（ㄌㄨㄢˇ），貽我彤管。彤管有煒，說懌女美。自牧歸荑，洵美且異。匪女之為美，美人之貽。」

摽[1]有梅，其實七兮。
求我庶士[2]，迨其吉兮。

樹上剛剛成熟的梅子落了下來，還有七成掛在枝頭上，想要追求我的男子們，趕快趁著良辰吉日來提親啊！

【注釋】1.摽：音ㄆㄧㄠˇ，落下。2.庶士：眾人。

【解析】詩人藉由梅子成熟後落地三成，猶有七成在樹上的景象作為起興，暗喻未婚女子欲趁其青春正盛，完成終身大事，以免再蹉跎下去，想要找到合意的對象就更加不容易了，因為到了那個時候，她的風華已過，就像是梅子過熟，全都墜落一地，樹上再也沒有梅子可以讓人採擷了。可用來形容適婚年齡的女子，急於嫁人的心態。

【出處】先秦．《詩經．召南．摽有梅》：「摽有梅，其實七兮。求我庶士，迨其吉兮。摽有梅，其實三兮。求我庶士，迨其今兮。摽有梅，頃筐塈之。求我庶士，迨其謂之。」

東邊日出西邊雨，道是無晴卻有晴。

東邊出著太陽，西邊卻正下著雨，這樣到底算是無晴（情）還是有晴（情）呢？

【解析】劉禹錫描摹少女的口吻，寫她愛上了船上唱歌的男子，但對男子的心意沒有把握，便以天氣的晴雨變化，比喻她還捉摸不定對方的情意，其中「晴」字諧音雙關「情」字。近代學者俞陛雲《詩境淺說》云：「後二句言東西晴雨不同，以晴字借作情字，無情而有情，言郎踏歌之情費人猜想。雙關巧語，妙手偶得之。」可用於形容愛情在曖昧不明時，不確定對方感情意向時的矛盾心情。

【出處】唐．劉禹錫〈竹枝詞〉詩二首之一：「楊柳青青江水平，聞郎江上踏歌聲。東邊日出西邊雨，道是無晴卻有晴。」

待月西廂[1]下，迎風戶半開。

等待十五日那個月上西廂的夜晚，迎著夜風，廂房的門戶半掩半開著。

【注釋】1.廂：正房兩側的房間。

【解析】這是著名唐傳奇《鶯鶯傳》中，千金小姐崔鶯鶯回給書生張生的情詩，約定在農曆十五日的月圓之夜，於西廂房相會。詩意表露了沉浸在愛戀中的人既期待又焦慮的複雜心情。可用來形容等待夜晚與心上人約會。

【出處】唐．元稹〈鶯鶯傳〉之〈明月三五夜〉詩：

「待月西廂下，迎風戶半開。拂牆花影動，疑是玉人來。」

洛陽城東桃李花，飛來飛去落誰家？

洛陽城東邊的桃花和李花，落花隨著風飛舞，不知飛落到哪一戶人家？

【解析】作者在詩中透過描寫洛陽的紅顏少女目睹滿城春花漫天紛飛，不知最後花落誰家，進而衍生出對自己未來婚配對象的期待，以及婚姻無法自主的感傷情懷。可用來比喻未婚女子對於終身歸宿的憧憬與惶恐。另可以用來形容暮春落花隨風輕柔飄動的景象。

【出處】唐・劉希夷〈代悲白頭翁〉詩：「洛陽城東桃李花，飛來飛去落誰家？洛陽女兒惜顏色，坐見落花長嘆息。今年花落顏色改，明年花開復誰在……」（節錄）

為愛好多心轉惑，遍將宜稱問傍人？

因為愛好太多，內心反而更加困惑，只好到處請教旁人，詢問自己的妝扮是否合宜？

【解析】在這首詩中，作者韓偓描寫一名待嫁女子，眼看婚期將近，一心希望在婚禮上穿著打扮表現完美，又擔心私心喜愛過多，反而分辨不出哪種妝扮才真正適合自己，於是緊張得四處詢問旁人的意見。這段詩可用來形容女子期待成婚，在婚前興奮不安的情緒。而其中「為愛好多心轉惑」一句，也可用來比喻一個人心意不專，興趣廣泛龐雜，結果無一專精，一事無成。

【出處】唐・韓偓〈新上頭〉詩：「學梳蟬鬢試新裙，消息佳期在此春。為愛好多心轉惑，遍將宜稱問傍人？」

神女[1]生涯原是夢，小姑居處本無郎。

巫山神女的生活原來不過是一場夢罷了，未嫁的女兒仍然獨處閨中，還沒有情郎。

【注釋】1.神女：指巫山神女。相傳楚王遊高唐時，曾夢見與巫山神女與之相會。後人多用以指娼妓。

【解析】李商隱描寫一名女子幽居深閨，夜裡輾轉難眠時，回顧起過往，儘管也有過像巫山神女一樣對愛情充滿幻想與追求，不過到頭來還是孤單一人，終究沒有美好的結局，因此希望值得託付終身的人能趕緊出現。可用以形容未婚女子的孤獨寂寞以及對愛情的渴盼。

【出處】唐．李商隱〈無題〉詩二首之二：「重帷深下莫愁堂，臥後清宵細細長。神女生涯原是夢，小姑居處本無郎……」（節錄）

得成比目何辭死，願作鴛鴦不羨仙。

如果能夠和心愛的人像比目魚一樣成雙成對，就算是死了也甘願，寧願當形影不離的鴛鴦，也不去羨慕神仙般的生活。

【解析】作者盧照鄰描寫京城豪門府中的的歌姬舞女們對愛情的勇敢追求與強烈渴望，詩中以「比目」和「鴛鴦」兩物，來比喻情人愛侶之間相伴相愛的情感。可用來形容對美滿愛情的熱烈嚮往。

【出處】唐．盧照鄰〈長安古意〉詩：「……借問吹簫向紫煙，曾經學舞度芳年。得成比目何辭死，願作鴛鴦不羨仙。比目鴛鴦真可羨，雙去雙來君不見……」（節錄）

莊生曉夢迷蝴蝶，望帝[1]春心託杜鵑。

莊子在拂曉時夢見自己幻化成蝴蝶，醒來後茫茫然不知是自己變成蝴蝶，還是蝴蝶變成了自己。我的情感和蜀王望帝一樣，寄託杜鵑鳥的啼聲來傳達我期待春天的一片心意。

【注釋】1.望帝：指古代蜀王杜宇，號望帝。相傳他死後的靈魂化為杜鵑，日夜悲啼，淚盡繼以血而亡。

【解析】作者李商隱晚年回顧自己一生的遭遇，借用「莊周夢蝶」的典故，寄託人生如夢之感，又借「望帝啼鵑」的故事，抒發他心中的悲傷就像是杜鵑哀鳴般，直到泣血也仍執著不悔。可用於表達浮生若夢，短暫易逝，縱使內心哀傷至極，也難以割捨對生命中

美好情感的殷切渴盼。

【出處】唐．李商隱〈錦瑟〉詩：「錦瑟無端五十絃，一絃一柱思華年。莊生曉夢迷蝴蝶，望帝春心託杜鵑……」（節錄）

與君別後淚痕在，年年著衣心莫改。

與你分別後，我當時流淚的痕跡應該還留在你的衣襟上，希望你每年穿著這件衣服時，看見我的淚痕，牢記我對你的深情而不變心。

【解析】元稹透過這首詩，描寫女子擔心即將遠別的情人喜新厭舊，希望對方日後目睹留有她淚痕的衣裳時，可以顧念兩人的繾綣舊情，不要見異思遷。可用於形容期盼愛人真心不變。

【出處】唐．元稹〈夜別筵〉詩：「夜長酒闌燈花長，燈花落地復落床。似我別淚三四行，滴君滿坐之衣裳。與君別後淚痕在，年年著衣心莫改。」

月上柳梢頭，人約黃昏後。

月亮悄悄地爬上柳樹的枝頭，與心愛的人約定在傍晚之後見面。

【解析】作者在農曆正月十五日元宵佳節這天，回憶去年此時曾與情人相約出來觀燈賞月，詞中僅寫出兩人約會的時間是在黃昏之後，完全沒有交代見面地點或情話內容，但從下闋「不見去年人，淚濕春衫袖」兩句可知，去年的元宵之約兩人當時的感情是溫柔甜蜜的，才會造成今日月燈依舊，卻不見去年情人影蹤的苦痛。可用來形容期待與情人約會的歡愉心情。

【出處】北宋．歐陽脩〈生查子．去年元月時〉詞：「去年元夜時，花市燈如晝。月上柳梢頭，人約黃昏後。今年元夜時，月與燈依舊。不見去年人，淚濕春衫袖。」（此詞一說作者為朱淑真）

眾裡尋他千百度，驀然回首，那人卻在，燈火闌珊處。

在眾多人群之中，尋找了千百遍，都找不著對方的身影。突然回頭一看，那個人就在燈火零落的一處。

【解析】辛棄疾寫其在元宵之夜的一場浪漫邂逅，那天滿城星光燦爛，燈火如畫，街道遊人如織，一位讓他心儀的女子也盛裝出來遊賞花燈，還和一旁的友伴笑語盈盈地走過去，散發著一縷幽香，令作者神魂飄蕩，回神後雖急欲追上女子的腳步，卻已是遍尋不著，正懊惱之際，忽然看到了女子就佇立在燈光幽暗的僻靜處，乍見時的那股欣喜感動，不可言喻。可用來形容苦尋意中人而不可得，之後卻是在無意間找到對方。另可用來比喻想要成就任何事情，都必須經過熱切的追尋，而在不經意之際，事情便成功了。

【出處】南宋．辛棄疾〈青玉案．東風夜放花千樹〉詞：「東風夜放花千樹，更吹落、星如雨。寶馬雕車香滿路。鳳簫聲動，玉壺光轉，一夜魚龍舞。蛾兒雪柳黃金縷，笑語盈盈暗香去。眾裡尋他千百度，驀然回首，那人卻在，燈火闌珊處。」

最恨細風搖幕，誤人幾度迎門。

最氣惱的是微風吹搖門簾，讓人誤以為是丈夫回來，好幾次都趕到門口去迎接。

【解析】晁端禮抒寫一名女子在月色朦朧的午夜，遲遲無法入睡，她一聽見房間門簾搖晃的聲音，便以為是丈夫歸來，連忙起身跑到房門去迎候，結果卻是一再地讓她失望，原來門簾搖動是因為微風輕吹的緣故，氣得她只好把一股腦兒的怨恨全算到風的頭上。可用來形容痴情女子巴望心上人或丈夫回來。

【出處】北宋．晁端禮〈清平樂．朦朧月午〉詞：「朦朧月午，點滴梨花雨。青翼欺人多謾語，消息知他真否？獸爐鴛被重熏，故將燈火挑昏。最恨細風搖幕，誤人幾度迎門。」

雲中誰寄錦書來？雁字回時，月滿西樓。

排成人（或一）字隊伍的雁群從雲空掠過，準備南歸，誰會託牠們給我捎來書信呢？月光灑滿了西邊的樓閣。

【解析】此為李清照牽記遠方的丈夫而作，詞中作者以帶有書信往返意涵的「錦書」和「雁字」，表達其渴望收到丈夫家書的急切心情。可用來形容對心上人或親人傳來音信的盼望。

【出處】北宋末、南宋初．李清照〈一剪梅．紅藕香殘玉簟秋〉詞：「紅藕香殘玉簟秋，輕解羅裳，獨上蘭舟。雲中誰寄錦書來？雁字回時，月滿西樓。花自飄零水自流，一種相思，兩處閑愁。此情無計可消除，才下眉頭，卻上心頭。」

照人無奈月華明，潛身卻恨花深淺[1]。

月光明亮，照著準備幽會情人的我，想要躲入花叢裡，偏偏花枝太淺，藏不住身體。

【注釋】1.深淺：偏義複詞，此指淺。

【解析】歐陽脩描寫一名男子躡手躡腳穿過迴廊，本欲趁著暗夜，前去赴與戀人的約會，誰知那個夜晚月色澄清，光明如畫，男子擔心被人發現，想把自己藏身於花叢間，無奈花枝太過短淺，根本無法遮住全身，讓他緊張不已，但又不願就此放棄和戀人的會晤。可用來形容熱戀中的情侶，相約於深夜祕密見面的情景。

【出處】北宋．歐陽脩〈踏莎行．碧蘚迴廊〉詞：「碧蘚迴廊，綠楊深院，偷期夜入簾猶卷。照人無奈月華明，潛身卻恨花深淺。密約如沉，前歡未便，看看擲盡金壺箭。闌干敲遍不應人，分明簾下聞裁剪。」

夢魂慣得無拘檢，又踏楊花過謝橋[1]。

夢境裡，我的魂魄習慣了無拘無束，又踩著滿地的柳絮去和意中人相會。

【注釋】1.謝橋：唐代有名妓謝秋娘，謝橋本指謝秋娘家的橋，後多來代稱女子的住所或妓院。

【解析】晏幾道寫其在宴會上被一名嬌媚女子的美貌和歌聲所吸引，可惜對方是貴家的歌姬，他只好轉念想著，既然在現實生活無法一親芳澤，便渴望入夢後到女子的居處幽會，慰情勝無。可用來形容迷戀某人，期待能在夢中相見。

【出處】北宋・晏幾道〈鷓鴣天・小令尊前見玉簫〉詞：「小令尊前見玉簫，銀燈一曲太妖嬈。歌中醉倒誰能恨？唱罷歸來酒未消。春悄悄，夜迢迢。碧雲天共楚宮遙。夢魂慣得無拘檢，又踏楊花過謝橋。」

漸行漸遠漸無書，水闊魚沉[1]何處問？

你愈走愈遠，漸漸地連書信都斷了，江水如此遼闊，魚也沉入水中，我該去何處詢問你的訊息？

【注釋】1.魚沉：此指音訊杳然。古代有魚、雁傳遞書信之說。

【解析】歐陽脩描寫一女子與情人或丈夫別離甚久，由於對方行蹤不定，捎來書信的頻率也逐漸遞減，最後音訊全無，讓人一天比一天更焦慮難安，但又礙於山高水遠，故不知該向誰詢問或傾訴愁苦。可用來形容祈望得到心上人的消息。

【出處】北宋・歐陽脩〈玉樓春・別後不知君遠近〉詞：「別後不知君遠近，觸目淒涼多少悶。漸行漸遠漸無書，水闊魚沉何處問？夜深風竹敲秋韻，萬葉千聲皆是恨。故攲單枕夢中尋，夢又不成燈又燼。」

瘦影自臨春水照，卿須憐我我憐卿。

看著自己在一池春水中消瘦的倒影，不禁想著，你應當要憐惜我，而我也會憐惜你啊！

【解析】這首詩的作者馮小青，本為世家之女，自幼好學，工詩詞，才貌出眾，因家門遇禍而不得不寄人籬下，後嫁與馮姓商賈為妾，經常遭到正室夫人的妒忌與欺凌，甚至命其獨居於山中佛寺。某日，馮小青特別請來了畫師為自己作畫，看著畫中那個纖瘦的形影，忍不住悲憐自己的命運，原先期待婚後可以得到丈夫的愛憐，結果還是只有她孤伶伶的一個人生活著，整日憂愁抑鬱，過了不久便香消玉殞。可用來形容女子顧影自憐，渴望能與心上人珍愛彼此。

【出處】明・馮小青〈春水照影〉詩：「新妝竟與畫圖爭，知是昭陽第幾名？瘦影自臨春水照，卿須憐我我憐卿。」

愛慕

一日不見，如三秋[1]兮。

雖然只有一天沒有見到你，卻好像是隔了三個季節（三個秋天或無窮個季節）那麼長啊！

【注釋】1.三秋：一說三季，即九個月。另一說指三年。古來「三」字含有多數或多次的意涵，故也可用來表達時間的無限長久。

【解析】詩人採用誇張的手法，描寫一名男子對其心上人的愛戀至深，即使只是一天未見，對他而言，等待的時間彷彿無盡漫長，分分秒秒都讓他感到寂寞難耐，後來「一日三秋」成語就是由這兩句詩演變而出。清人方玉潤《詩經原始》評曰：「雅韻欲流，遂成千古佳語。」可用來形容對戀人的愛意深長，才剛剛分開便思念殷切，希望能與對方朝夕相處。

【出處】先秦．《詩經．王風．采葛》：「彼采葛兮，一日不見，如三月兮。彼采蕭兮，一日不見，如三秋兮。彼采艾兮，一日不見，如三歲兮。」

中心藏之，何日忘之？

把我的愛意深深藏於心底，要等到哪一天才能忘記啊？

【解析】詩中描寫女子暗戀著一位翩翩君子，卻又羞於直接表白，當她與對方一有機會碰面時，心情雀躍開懷，周遭樹木在她看來無不枝葉盛茂，綠意盎然，景色美好，猶如她所戀慕的那個人一樣，令她神怡心醉。其中「何日忘之」為一句反語，表達出女子對其心上人的愛悅，無時或忘。清人牛運震《詩志》評曰：「分明是思不能忘，卻說『何日忘之』。搖曳含蓄，雋永纏綿。」可用來形容對某人的用情執著深刻，永難忘懷。

【出處】先秦．《詩經．小雅．隰桑》：「隰桑有阿，其葉有難。既見君子，其樂如何？隰桑有阿，其葉有沃。既見君子，云何不樂？隰桑有阿，其葉有幽。既見君子，德音孔膠。心乎愛矣，遐不謂矣？中心藏之，何日忘之？」

有美一人，清揚[1]婉[2]兮。邂逅相遇，適我願兮。

有一個美人，眉目清秀明亮，看起來真是漂亮啊！與我在偶然間相遇，就是我所喜歡的女孩啊！

【注釋】1.清揚：此指眉目靈活有神。2.婉：美。

【解析】這首詩描寫男子走在田野間，與一名長相秀麗的女子不期而遇，兩人四目相對，看著對方一雙晶瑩如水的眼眸，令男子為之驚豔，進而萌生出愛情降臨在自己身上的一股悸動。可用來形容女子的目光流盼嬌媚，讓人一見傾心。

【出處】先秦．《詩經．鄭風．野有蔓草》：「野有蔓草，零露漙兮。有美一人，清揚婉兮。邂逅相遇，適我願兮。野有蔓草，零露瀼瀼。有美一人，婉如清揚。邂逅相遇，與子偕臧。」

投我以木桃，報之以瓊瑤。

你送給我桃子，我回謝你美玉。

【解析】自古有未婚女子為了引起心儀男子的注意，可以對其拋擲瓜果示愛的風俗，男子若對女子也有意，可解下自己身上的玉當成謝禮或定情物，而這首詩就是在描寫男女相互投贈禮物，希望日後能夠締結美好的緣分，永遠相愛。可用來形容情人之間互贈東西，表達情意。

【出處】先秦．《詩經．衛風．木瓜》：「投我以木瓜，報之以瓊琚。匪報也，永以為好也。投我以木桃，報之以瓊瑤。匪報也，永以為好也。投我以木李，報之以瓊玖。匪報也，永以為好也。」

青青子衿[1]，悠悠我心。

你的青色衣領，讓我一直思念著啊！

【注釋】1.衿：音ㄐㄧㄣ，衣襟。

【解析】這首詩描寫女子登上城樓等候愛人多時，卻始終不見人影，氣惱對方為何不主動前來相會或捎個音訊給自己，原本一腔濃郁的情思，逐漸轉換成煩亂的心緒。詩中以「青青子衿」代指女子的戀人，可以

看出即使她的愛意縈懷，也不敢直呼對方，努力維持其表面上的矜持。清人牛運震《詩志》評曰：「婉諷入妙，勝於疾呼痛責。」可用來形容對情人的思慕綿長。

【出處】先秦．《詩經．鄭風．子衿》：「青青子衿，悠悠我心。縱我不往，子寧不嗣音？青青子佩，悠悠我思。縱我不往，子寧不來？挑兮達兮，在城闕兮。一日不見，如三月兮。」

窈窕淑女，君子好逑。

體態美好又個性賢淑的女子，是才德兼備的男子想要追求的對象。

【解析】此詩詩題〈關雎〉，意即詩的首句「關關雎鳩」，其中「關關」形容鳥鳴聲，而「雎鳩」相傳是一種配偶固定、情感專一的水鳥。在這首詩中，上古無名詩人寄託河洲上雌雄水鳥鳴聲相和的景象，傳達出歷來彬彬君子無不對賢慧淑女心存慕戀，希望能與對方成為佳偶，猶如雌雄水鳥相依相偎，長伴左右。可用來形容美麗良善的女子是男人心目中的理想配偶。

【出處】先秦．《詩經．周南．關雎》：「關關雎鳩，在河之洲。窈窕淑女，君子好逑……」（節錄）

東飛伯勞西飛燕，黃姑[1]織女時相見。

伯勞鳥匆匆東去，燕子急著飛往西方，牽牛星和織女星隔著銀河，時時相互遠望。

【注釋】1.黃姑：星名，牽牛星。

【解析】南朝梁武帝蕭衍描寫一名男子仰慕住在對門的少女，自初見後便念念不忘，他雖因近水樓臺而能經常目睹少女的美麗倩影，卻不知如何與對方親近，心情就像是東飛的伯勞鳥在天空遇見西飛的燕子般，在雙方交會的那一瞬間，男子已把少女的一顰一笑深印腦海，永難抹滅，而他對少女的魂縈夢牽，也好比每年七夕才能見面的牛郎織女星一樣，平時只能隔著一條銀河遠遠對看著，難以靠近。詩的首句「東飛伯勞西飛燕」後來演變成「勞燕分飛」這句成語，多用來比喻夫妻或情人分手離別。全句可用來形容與愛慕

的人雖得以相見，但出於某些原因而無法接近的莫可奈何。

【出處】南朝梁．梁武帝蕭衍〈東飛伯勞歌〉詩：「東飛伯勞西飛燕，黃姑織女時相見。誰家女兒對門居？開顏發豔照里閭。南窗北牖掛明光，羅帷綺箔脂粉香。女兒年幾十五六，窈窕無雙顏如玉。三春已暮花從風，空留可憐與誰同？」

妾擬將身嫁與，一生休。縱被無情棄，不能羞。

我想要將一生的情感全都託付給這個人，縱使最後遭到無情拋棄，也不因受人嘲笑而感到羞愧。

【解析】韋莊描寫一名感情奔放的女子，在春遊時愛上了一風流少年。她義無反顧地決意以身相許，並奉獻自己一生一世的愛，若日後得不到對方的真心相待，甚至將她給拋棄，亦無怨無悔。只要能和自己選擇的人共結連理，她甘心拿一生的幸福來冒險。可用來形容女子追求愛情的決心。

【出處】唐．韋莊〈思帝鄉．春日遊〉詞：「春日遊，杏花吹滿頭。陌上誰家年少，足風流。妾擬將身嫁與，一生休。縱被無情棄，不能羞。」

後宮佳麗三千人，三千寵愛在一身。

後宮中貌美的妃嬪不下三千人，但皇帝卻把對所有人的愛都集中在楊貴妃一人身上。

【解析】白居易在此描寫楊貴妃因麗質天生而得寵於唐玄宗，從此玄宗便不把後宮其他美貌如花的妃嬪放在眼裡了。可用來形容在眾人之中，一人獨受寵愛或被器重。

【出處】唐．白居易〈長恨歌〉詩：「……承歡侍宴無閑暇，春從春遊夜專夜。後宮佳麗三千人，三千寵愛在一身。金屋妝成嬌侍夜，玉樓宴罷醉和春……」（節錄）

春風十里揚州[1]路，卷上珠簾總不如。

在春風中走過了揚州十里路，沿路上一家家的珠簾捲起，但裡頭沒有一個女子比妳更美麗動人。

【注釋】 1.揚州：位在今江蘇境內，是唐朝商業往來的運輸中心以及海內外交通的重要港口，相當繁盛熱鬧。

【解析】 早已心有所屬的杜牧走在繁鬧的揚州路面上，看著珠簾裡那些打扮得花枝招展的美女，全都不如自己心儀的那名女子來得標緻可人。可用來形容對自己意中人的痴心戀慕，另可用來形容女子的面貌姣好出眾。

【出處】 唐．杜牧〈贈別〉詩二首之一：「娉娉嫋嫋十三餘，豆蔻梢頭二月初。春風十里揚州路，卷上珠簾總不如。」

美人如花隔雲端。

佳人美麗如花，只是與我之間的距離，如似在遙遠的雲端。

【解析】 李白描寫其思念一位遠方的美人，無奈兩人相隔之遠，如在天空中的雲朵一般，可望而不可及。可用來形容難以接近意中人，只能痴心遠望對方。也可用來形容和心上人彼此遠隔，相見困難重重。

【出處】 唐．李白〈長相思〉詩：「長相思，在長安，絡緯秋啼金井闌。微霜淒淒簟色寒，孤燈不明思欲絕。卷帷望月空長嘆，美人如花隔雲端……」（節錄）

落花如有意，來去逐船流。

飄落在水面上的花朵彷彿對小舟懷有情意一般，一直緊隨著船隻漂流。

【解析】 作者儲光羲在詩中描寫青年男女於日暮時分結伴回家的歡樂情景，並借寫落花飄動，隨船而流，反映出彼此間想要坦露情愫卻又不敢直說的微妙心理。可用於形容對某人或某事的執著與眷戀。

【出處】 唐．儲光羲〈江南曲〉詩四首之三：「日暮長江裡，相邀歸渡頭。落花如有意，來去逐船流。」

奴為出來難，教君恣意憐。

我為了出來見你一面是如此的困難，今晚請你盡情地愛憐我。

【解析】李煜詞中描寫一女子悄悄地出來幽會，由於和情人見面的機會極為不易，故當她緊偎到對方懷裡時，便露骨地表達自己熾熱的愛意。向來人們認為此詞當是李煜寫他和大周后之妹小周后狎暱的情景，大周后逝後的三年，小周后被立為國后，據傳兩人未成婚之前，這闋詞早已流傳於外。可用來形容女子對意中人大膽示愛。

【出處】：五代．李煜〈菩薩蠻．花明月暗籠輕霧〉詞：「花明月暗籠輕霧，今宵好向郎邊去。剗襪步香階，手提金縷鞋。畫堂南畔見，一向偎人顫。奴為出來難，教君恣意憐。」

多情卻被無情惱。

多情的人被無情的人所困惱。

【解析】蘇軾詞中描寫一名女子在圍牆裡，一邊盪著鞦韆，一邊開懷笑著，殊不知此時牆外的行人正停下腳步，聽著女子的笑聲，心醉神往，渴望能見到牆裡的佳人一面，無奈笑聲逐漸遠去不聞。多情的行人頓時心生悵惘，而他為女子所平添的煩惱，對方並不知曉，兩人隔著圍牆，一笑一惱，對比鮮明，刻畫出單戀者的失落心情。可用來形容一廂情願地喜愛某一個人，對方卻毫不知情，徒生苦惱。

【出處】北宋．蘇軾〈蝶戀花．花褪殘紅青杏小〉詞：「花褪殘紅青杏小。燕子飛時，綠水人家繞。枝上柳綿吹又少，天涯何處無芳草。牆裡秋千牆外道。牆外行人，牆裡佳人笑。笑漸不聞聲漸悄，多情卻被無情惱。」

但願暫成人繾綣，不妨常任月朦朧。

只希望我們能好好享受這短暫的纏綿時光，任憑月色一直昏暗不明也無所謂。

【解析】朱淑真描寫一對難得見面的戀人趁著元宵燈節出來約會，京城的美好月色和燦爛花燈，都不是他

們所關心的，只想緊緊把握兩人當下的幸福感受，珍惜眼前的分分秒秒，生怕分離的時刻很快就會到來，而下回的相見又不知得等到何時。可用來形容與情人在月下幽會時，捨不得分開的戀慕情意。

【出處】南宋・朱淑真〈元夜〉詩三首之三：「火獨銀花觸目紅，揭天鼓吹鬧春風。新歡入手愁忙裡，舊事驚心憶夢中。但願暫成人繾綣，不妨常任月朦朧。賞燈那得工夫醉？未必明年此會同。」

知我意，感君憐，此情須問天。

你懂我對你的心意，我也很感謝你對我的憐愛，對於這段感情能否長久只能去問蒼天了！

【解析】李煜詞中描寫一名女子經過精心妝扮後，來到花前月下與情人短暫相會，可見他們的愛情遭到了某種阻力，縱使如此，女子仍堅信兩人的情意是可以通過上天的考驗，證明彼此終是真心相待的。可用來形容女子對愛情的一往情深。

【出處】五代・李煜〈更漏子・金雀釵〉詞：「金雀釵，紅粉面，花裡暫時相見。知我意，感君憐，此情須問天。香作穗，蠟成淚，還似兩人心意。山枕膩，錦衾寒，覺來更漏殘。」（此詞一說作者為唐末人溫庭筠）

花明月暗籠輕霧，今宵好向郎邊去。

繁花似錦，月色昏暗，薄霧籠罩，今晚我要偷偷地過去和你見面。

【解析】李煜詞中借一女子的口吻，寫其趁著朦朧月光、輕霧瀰漫的夜晚，躡手躡腳地往情郎的住處幽會，傳神刻畫出女子對這段隱晦戀情的大膽告白。可用來形容女子在花開月下，準備前去和愛人幽期密約。

【出處】五代・李煜〈菩薩蠻・花明月暗籠輕霧〉詞：「花明月暗籠輕霧，今宵好向郎邊去。剗襪步香階，手提金縷鞋。畫堂南畔見，一向偎人顫。奴為出來難，教君恣意憐。」

相見爭[1]如不見，
有情何似無情。

見了面怎麼如同不見，有情還不如無情。

【注釋】1.爭：怎麼。

【解析】司馬光描寫其在一場歌舞宴會上，看著一位女子的舞姿倩影而忍不住動情，但又不知如何向對方表達自己的心意，整個人患得患失，於是在曲終人散後，想著若是不與對方見面的話就不會惹來縈牽掛念，不曾自作多情便不會受到情思的百般折騰。可用來形容心儀某人時，容易出現焦慮失措的矛盾情結。

【出處】北宋．司馬光〈西江月．寶髻鬆鬆挽就〉詞：「寶髻鬆鬆挽就，鉛華淡淡妝成。青煙翠霧罩輕盈，飛絮游絲無定。相見爭如不見，有情何似無情。笙歌散后酒初醒，深院月斜人靜。」

重願郎為花底浪，無隔障，
隨風逐雨長來往。

更希望郎君是紅蓮花底下的波浪，我們之間沒有障礙，任隨風吹雨打，也要長久往來。

【解析】歐陽脩借一名心有所屬的女子口吻，抒發其對情人的熱烈愛意，她自比是江水上因波浪搖曳生姿的紅蓮花，而情人則是花下的波浪，彼此親密相依，縱使外界又是風又是雨，也阻止不了她要與對方廝守一生的堅定信念。可用來形容女子對意中人一片深情，絕不因困阻而改變心意。

【出處】北宋．歐陽脩〈漁家傲．近日門前溪水漲〉詞：「近日門前溪水漲，郎船幾度偷相訪。船小難開紅斗帳，無計向，合歡影裡空惆悵。願妾身為紅菡萏，年年生在秋江上。重願郎為花底浪，無隔障，隨風逐雨長來往。」

剗[1]襪步香階，
手提金縷鞋[2]。

手裡提著脫下來的金縷鞋，腳上只穿著襪子，一步步地爬上飄滿香氣的階梯。

【注釋】1.剗：音ㄔㄢˇ，原作削平之意。此作只、僅。2.金縷鞋：以金色絲線繡成的鞋子。

【解析】李煜詞中描寫一名女子夜裡準備去找情人幽會，她擔心走路時發出的聲響會驚動別人，把原本穿在腳上的繡鞋提在手裡，雙腳只剩襪子貼地，希望兩人的暗中相會不要被他人發現。可用來形容女子脫下鞋子，放輕腳步，奔向情人處祕密約會。

【出處】五代．李煜〈菩薩蠻．花明月暗籠輕霧〉詞：「花明月暗籠輕霧，今宵好向郎邊去。剗襪步香階，手提金縷鞋。畫堂南畔見，一向偎人顫。奴為出來難，教君恣意憐。」

馬滑霜濃，不如休去，直是少人行。

外頭的寒霜太濃重，馬蹄容易打滑，不如就別回去了，反正街上已沒什麼人在行走。

【解析】周邦彥描寫一名女子欲挽留情人過夜所展現的心機，她先是用其纖指切澄，滿室薰香，然後與情人相對調笙，神態柔情萬千，等到更闌人靜，才以戶外寒霜路滑，擔心情人的安全為藉口，勸其切莫離開，時間點和裡外情境全都在女子的算計當中，明明是希望對方留下來陪伴自己，卻故意以替對方設想的體貼口吻，婉轉表達心意。清人譚獻《復堂詞話》評曰：「麗極而清，清極而婉，然不可忽過『馬滑霜濃』四字。」可用來形容夜深風寒霜重，女子溫婉留宿意中人。

【出處】北宋．周邦彥〈少年遊．并刀如水〉詞：「并刀如水，吳鹽勝雪，纖指破新橙。錦幄初溫，獸香不斷，相對坐調笙。低聲問，向誰行宿？城上已三更。馬滑霜濃，不如休去，直是少人行。」

莫謂無情即無語，春風傳意水傳愁。

不要以為默默無語是沒有情意的，春風正在傳達我的戀慕，春水正在遞送我的情愁。

【解析】張耒寫其與一名女子在一座橋頭上偶遇，橋旁的春花就如同女子的秀媚風姿，春柳就如同女子的纖柔體態，兩人雖然沒有言語上的互動，但對詩人來說，無語並非是無情的表徵，而是盡在不言中，此時的春風和春水也沒閑著，一個緩緩吹拂人面，一個發出淙淙水聲，都像是在替自己向對方傳遞款款深情。可用來形容傾慕某人，卻又不敢對其表白愛意的心情。

【出處】北宋·張耒〈偶題〉詩二首之一：「相逢記得畫橋頭，花似精神柳似柔。莫謂無情即無語，春風傳意水傳愁。」

須作一生拚，盡君今日歡。

我願意拚卻一生的所有，換得與你今日盡情的歡愉。

【解析】牛嶠描寫一女子為愛瘋狂，只要能和所愛的人纏綿相守一日，不惜付出任何代價，縱使必須傾其所有，她也甘心安受。近人王國維《人間詞話》對這二句詞的評語：「其專作情語而絕妙者。」可用來形容愛戀深刻，無怨無悔。

【出處】五代·牛嶠〈菩薩蠻·玉樓冰簟鴛鴦錦〉詞：「玉爐冰簟鴛鴦錦，粉融香汗流山枕。簾外轆轤聲，斂眉含笑驚。柳陰煙漠漠，低鬢蟬釵落。須作一生拚，盡君今日歡。」

嬌痴不怕人猜，和衣睡倒人懷。

少女一副嬌憨天真的模樣，不避嫌疑，穿著衣服躺倒在情人的懷抱中。

【解析】朱淑真詞中描寫一名少女與戀人攜手遊湖時，天空忽然飄起黃梅細雨，他們連忙找到一處地方躲雨，此時少女全然不忌諱旁人的目光，嬌羞地擁著戀人，享受眼底只有彼此的甜蜜世界。清人吳衡照《蓮子居詞話》評曰：「放誕得妙。」可用來形容年輕女子主動向情人示愛，展現其對愛情的熱烈渴望。

【出處】南宋·朱淑真〈清平樂·惱煙撩露〉詞：「惱煙撩露，留我須臾住。攜手藕花湖上路，一霎黃梅細雨。嬌痴不怕人猜，和衣睡倒人懷。最是分攜時候，歸來懶傍妝臺。」

撩亂春愁如柳絮，悠悠夢裡無尋處。

春日煩亂的愁思如似漫天紛飛的柳絮，即使在

飄忽悠蕩的夢裡，也無處尋找妳（你）的蹤跡。

【解析】詞中「悠悠」一說作「依依」。馮延巳抒發自己（或女子）久候戀人歸來的煎熬心情，其以有形的「柳絮」比喻無形的「春愁」，兩者共同的基礎在於「撩亂」二字。即便一場等待終是成空，還是寄望能與對方在夢中相會，稍稍緩解心中的苦楚，但就連這樣微小的期盼也都難以如願，當事人的痴情由此可見。可用來形容極為思念或愛戀某人而愁緒迷亂，心志飄搖。

【出處】五代．馮延巳〈鵲踏枝．幾日行雲何處去〉詞：「幾日行雲何處去？忘了歸來，不道春將暮。百草千花寒食路，香車繫在誰家樹？淚眼倚樓頻獨語，雙燕來時，陌上相逢否？撩亂春愁如柳絮，悠悠夢裡無尋處。」（此詞一說作者為歐陽脩）

繡床斜憑嬌無那，爛嚼紅茸[1]，笑向檀郎[2]唾。

斜靠在鋪著織繡的床邊，全身嬌弱無力，抽出織繡裡的紅線，放在口中細細咬碎，笑著向心愛的人身上吐去。

【注釋】1.紅茸：紅色的絨線。2.檀郎：西文人潘岳，小字檀奴，因其容貌美好，為當時婦人心儀的對象，後來婦女便以「檀郎」稱呼自己所喜歡的男子。

【解析】李煜描寫一名女子剛赴酒宴時微露香舌、含笑不語的嬌媚模樣，接著在席上清歌一曲，開啟櫻桃小口，隨著宴飲的熱烈氣氛，女子的酒興也愈來愈濃，直到不勝酒力，竟做出嚼紅線吐向意中人的失常舉止，足見兩人早已情意相悅，女子也是緣於恃寵才有這般任性的行徑。可用來形容女子酒醉時對著心愛的人調笑撒嬌的模樣。也可以用來形容情人或夫妻之間恩愛甜蜜。

【出處】五代．李煜〈一斛珠．曉妝初過〉詞：「曉妝初過，沉檀輕注些兒箇，向人微露丁香顆。一曲清歌，暫引櫻桃破。羅袖裛（ㄧˋ）殘殷色可，杯深旋被香醪涴（ㄨㄛˋ），繡床斜憑嬌無那，爛嚼紅茸，笑向檀郎唾。」

華嚴[1]瀑布高千尺，未及卿卿愛我情。

佛家華嚴宗的教義博奧精深，有如千尺高的瀑布般，但還是比不上妳對我的情意。

【注釋】 1.華嚴：指華嚴宗，佛教宗派之一，以《華嚴經》為其教義的依據。

【解析】 清末民初詩僧蘇曼殊，除了精通英、日、梵文之外，也擅長書畫與文學創作，留有多部翻譯與小說作品，可謂多才多藝。蘇曼殊雖選擇落髮為僧，遁入空門，卻又生性多情，始終擺脫不了對塵俗情愛的依戀，詩中借佛家華嚴宗的義理廣博深遠，來比擬女子對自己的用情至深，即使他也明白兩人的這段感情，走到最後亦是不會有任何結果的。可用來形容對某人的愛戀深長。

【出處】 清末民初．蘇曼殊〈本事詩〉詩十首之六：「春水難量舊恨盈，桃腮檀口坐吹笙。華嚴瀑布高千尺，未及卿卿愛我情。」

■相思■

青青河邊草，綿綿思遠道。

河畔邊的草茂盛翠綠，連綿不斷，就像是我對出遠門的那個人纏綿不絕的思念。

【解析】 這首詩的詩題〈飲馬長城窟行〉，是漢代的樂府曲名，相傳古長城下有泉窟，可供戰馬飲水，是當時遠役征人會路過的地點，而在家中的婦人，因懷想其良人在長城下使馬飲水的情景，心生傷悲，故作此詩。詩中「綿綿」兩字為雙關語，既可指眼前綿延無邊的青草，也可指對遠方丈夫的情思深長。可用來形容對久出未歸的心上人深情掛念。

【出處】 東漢．佚名〈飲馬長城窟行〉詩：「青青河邊草，綿綿思遠道。遠道不可思，宿昔夢見之。夢見在我傍，忽覺在他鄉。他鄉各異縣，輾轉不可見。枯桑知天風，海水知天寒。入門各自媚，誰肯相為言……」（節錄）（此詩一說作者為蔡邕）

盈盈一水間，脈脈不得語。

（牛郎和織女）相隔僅一條清淺的河流，只能含情凝視著，不能互相傾訴心裡的話。

【解析】這首詩借牛郎織女隔阻銀河的傳說故事，表現出兩個相愛的人，礙於現實生活的問題而無法親近，為此飽受望眼欲穿的折磨。清人沈德潛《古詩源》評曰：「相近而不能達情，彌復可傷，此亦託興之詞。」可用來比喻出於某種原因而使得有情人不能相聚的愁苦。

【出處】東漢．佚名〈古詩十九首〉詩十九首之十：「迢迢牽牛星，皎皎河漢女。纖纖擢素手，札札弄機杼。終日不成章，泣涕零如雨。河漢清且淺，相去復幾許？盈盈一水間，脈脈不得語。」

一行書信千行淚，寒到君邊衣到無？

在書信中每寫下一行字，就流盡了我千行的淚水，你那裡的天氣已轉寒冷，寄給你的衣服，不知你收到了沒？

【解析】作者透過這首詩，抒發一位妻子對駐守邊疆的丈夫的關懷與思念之情。以「一行書信」對比「千行淚」，表達出妻子對丈夫的真摯深情。可用來形容妻子或情人極為掛心、思念遠方的丈夫或愛人。

【出處】唐．陳玉蘭〈寄夫〉詩：「夫戍邊關妾在吳，西風吹妾妾憂夫。一行書信千行淚，寒到君邊衣到無？」（此詩一說為陳玉蘭的丈夫王駕所作）

天長路遠魂飛苦，夢魂不到關山難。

天那麼高曠，路那麼遙遠，即使在夢中，魂魄也難以飛越那重重阻隔的關塞與山嶺啊！

【解析】作者為唐代著名大詩人李白。他為了深化心中濃烈的相思之苦，以「關山」代指與其想念之人相隔路遙，即使是在夢中，也同樣跨不過迢遞重山，與心上人見上一面，藉此表示這份相思之情終究難解。可用來形容極為思念遠方之人。

【出處】唐．李白〈長相思〉詩：「……上有青冥之高天，下有淥水之波瀾。天長路遠魂飛苦，夢魂不到關山難。長相思，摧心肝。」（節錄）

何當共剪西窗燭[1]，卻話巴山夜雨時。

何時能夠與妳共坐在西窗下，一邊剪著燭芯，一面追述今晚我在巴山看著窗外夜雨時思念妳的心情呢！

【注釋】1.剪西窗燭：坐在西邊窗戶下，剪去已燒殘的燭芯，使燭火更明亮。今多作思念妻子而盼望聚首，亦可指在夜晚與親友聚談。

【解析】李商隱羈旅在外，難定歸期，夜裡看著窗外淅瀝落雨，深切思念在家鄉的妻子，內心憂悶寂寞。隨後他心念一轉，想像今宵的雨中愁思，不也可以成為日後夫妻重聚時的話題嗎？於是將當下的相思之苦，化為未來剪燭夜談時的美好憧憬。可用來形容期盼與妻子歡聚，共話衷腸的思念之情。亦可用於形容期待與友聚首的思念之情。

【出處】唐·李商隱〈夜雨寄北〉詩：「君問歸期未有期，巴山夜雨漲秋池。何當共剪西窗燭，卻話巴山夜雨時。」

身無綵鳳雙飛翼，心有靈犀[1]一點通。

我倆身上雖沒有長出如五彩鳳凰一樣可以比翼雙飛的翅膀，但彼此的心靈卻能夠像犀角一樣兩頭相通。

【注釋】1.靈犀：相傳犀牛是一種靈異的獸類，犀牛角中有一條白線相通兩端。後來經常以靈犀用來比喻兩人意念相契，情意相投。

【解析】李商隱在詩中抒發了對意中人的思念，縱使兩人前一晚才相見，今日卻已迫不急待渴望再見到對方，即使一時無法如願，詩人仍堅信兩人的情意是息息相通的。可用來比喻兩人的默契十足，只是現實環境中暫時無法長相廝守。

【出處】唐·李商隱〈無題〉詩二首之一：「昨夜星辰昨夜風，畫樓西畔桂堂東。身無綵鳳雙飛翼，心有靈犀一點通。隔座送鉤春酒暖，分曹射覆蠟燈紅。嗟余聽鼓應官去，走馬蘭臺類斷蓬。」

直道相思了無益，未妨惆悵是清狂。

明明知道相思是一件沒有益處的事，不妨把這滿懷的愁緒化為灑脫和狂放呢！

【解析】這首詩描寫一名女子在歷經情感上的挫敗後，仍衷心渴望真愛的到來，即便斷不了的情思讓她心煩意亂，但她強忍住失意愁緒，故作瀟灑來撫慰自己度過痴情所帶來的煎熬。可用來安撫身陷情網的人，以灑脫的態度來面對感情的難題。

【出處】唐・李商隱〈無題〉詩二首之二：「……風波不信菱枝弱，月露誰教桂葉香。直道相思了無益，未妨惆悵是清狂。」（節錄）

春心莫共花爭發，一寸相思一寸灰。

兩情相悅的心意，最好不要和春天花朵一起競相開放，因為寸寸相思時常換來的是寸寸灰燼啊！

【解析】李商隱詩中描寫一幽居深閨的女子期望和心上人長相廝守的心願落空，她便不希望愛戀的心與絢麗的春花一同爭榮競發，因為對愛情的渴望越濃只會讓她的失望更深。清人屈復《玉谿生詩意》評曰：「故七八（句）以春心莫發自解自嘆，而情更深矣。」可用來形容相思或戀情難以圓滿的強烈痛苦。

【出處】唐・李商隱〈無題〉詩四首之二：「颯颯東風細雨來，芙蓉塘外有輕雷。金蟾齧鎖燒香入，玉虎牽絲汲井迴。賈氏窺簾韓掾（ㄩㄢˋ）少，宓妃留枕魏王才。春心莫共花爭發，一寸相思一寸灰。」

香霧[1]雲鬟[2]濕，清輝玉臂寒。

頭髮被滲著花香的霧氣沾濕，雙臂在皎潔的月光下忍受寒涼。

【注釋】1.香霧：指夜霧滲著花的香氣。2.雲鬟：指女子盤捲如雲的秀髮。

【解析】此詩為杜甫在長安時繫念鄜州（位在今陝西境內）的妻小而作。詩中他不明寫自己對妻子的思念，而是懸想妻子在清冷的月夜下，任由鬟濕臂寒地思憶自己的深情神態，如此一來，兩人相互掛念的心情也就不言可喻了。可用來形容女子深夜不寐，思念心上人的景象。

【出處】唐．杜甫〈月夜〉詩：「今夜鄜州月，閨中只獨看。遙憐小兒女，未解憶長安。香霧雲鬟濕，清輝玉臂寒。何時倚虛幌？雙照淚痕乾。」

海上生明月，天涯共此時。

月亮從海面上冉冉升起，我們雖然各在天涯，卻可以同時共看明月來想念對方。

【解析】作者張九齡描寫在月夜下遙想著遠方的情人或親人，此時此刻正與自己一樣同望著皎潔的明月，借月互傳彼此心中的相思之情。可用來表達對遠方的親友或情人的思念之情。

【出處】唐．張九齡〈望月懷遠〉詩：「海上生明月，天涯共此時。情人怨遙夜，竟夕起相思。滅燭憐光滿，披衣覺露滋。不堪盈手贈，還寢夢佳期。」

除卻天邊月，沒人知。

我的一片深情，除了天邊的明月，又有誰知道呢？

【解析】韋莊透過詞作，描寫一女子與情人相別正好屆滿周年。期間女子飽受相思苦楚，承受的煎熬無人可講，難以排遣的情思只好對著天上的明月傾訴。可用來形容用情至深，但對方毫不知情或無處可訴。另可用來比喻事情極為隱密，不敢讓人知道。

【出處】唐．韋莊〈女冠子．四月十七〉詞：「四月十七，正是去年今日。別君時。忍淚佯低面，含羞半斂眉。不知魂已斷，空有夢相隨。除卻天邊月，沒人知。」

願君多採擷，此物最相思。

希望你經過時多加採摘（紅豆），因為它最能寄託人們的相思之情了。

【解析】紅豆，又名相思子，古人常用來比喻愛情或相思。王維詩中借紅豆來抒發對遠方情人或友人的思念，希望對方也同樣珍惜彼此的這段情誼。清末民初學者王文濡《唐詩評注讀本》評曰：「睹物思人，恆情所有，況紅豆本名相思，『願君多採擷』者，即諄囑無忘故人之意。」可用來表達對心上人或友人的想念與深厚情意。

【出處】唐．王維〈相思〉詩：「紅豆生南國，春來發幾枝？願君多採擷，此物最相思。」

覺來知是夢，不勝悲。

一覺醒來，驚覺方才與情人相見只是一場夢，更感到無限悲傷。

【解析】韋莊描寫日夜思念心愛的女子，女子的神情樣貌早已烙印在他的腦海中，進而在夜裡成夢。能在夢中和心上人相會固然甜蜜，但醒後的失落實比未夢見時更令人傷悲。可用來形容思念成夢，醒來卻美夢成空。

【出處】唐．韋莊〈女冠子．昨夜夜半〉詞：「昨夜夜半，枕上分明夢見。語多時。依舊桃花面，頻低柳葉眉。半羞還半喜，欲去又依依。覺來知是夢，不勝悲。」

一日不思量，也攢眉千度。

如果一天沒有想念他，眉頭也都要皺緊一千次了。

【解析】柳永詞中不直言這位女主人公，如何思念遠人或追懷已逝的感情，而是借用反語，故意說自己才不過一日不想對方，眉頭都已緊蹙上千回了，更何況每天都一直掛念著，攢眉的次數根本是無以算計，顯見其憂思之沉重。可用來形容非常想念不在身旁的愛人，終日愁眉深鎖。

【出處】北宋．柳永〈晝夜樂．洞房記得初相遇〉詞：「……一場寂寞憑誰訴。算前言、總輕負。早知恁地難拚，悔不當時留住。其奈風流、端正外，更別有、繫人心處。一日不思量，也攢眉千度。」（節錄）

一片芳心千萬緒，
人間沒箇安排處。

內心的情感，有如千絲萬縷的愁緒，在偌大的人間竟然找不到一處地方可以寄託。

【解析】李煜詞中描寫一名多愁善感的年輕女子，她的芳心早已暗許了某人，卻無法探詢到對方是否也和自己同樣用情深摯且專一，為此徬徨不安。可用來形容對意中人的情思濃烈，以致心神不寧。

【出處】五代．李煜〈蝶戀花．遙夜亭皋閑信步〉詞：「遙夜亭皋閑信步，才過清明，漸覺傷春暮。數點雨聲風約住，朦朧澹月雲來去。桃李依依香暗度，誰在鞦韆笑裡輕輕語？一片芳心千萬緒，人間沒箇安排處。」

不見又思量，見了還依舊。
為問頻相見，何似長相守。

見不到人時又經常想念，見了人後還是難免要別離。要問這樣是否還希望頻頻見面，我說倒不如從此長相廝守好了。

【解析】李之儀詞中用淺白的語言，敘說沒見到情人時飽受思念的苦楚，但見面之後，又要面對離別時刻的到來，於是動起了不如相守一生的念頭。既然見或不見都讓人痛苦萬分，索性兩人共結連理，從此不用再承受相思的折磨。可用來形容熱戀中的人，渴望情人隨時相伴左右的心情。

【出處】北宋．李之儀〈謝池春慢．殘寒消盡〉詞：「……頻移帶眼，空只恁、厭厭瘦。不見又思量，見了還依舊。為問頻相見，何似長相守。天不老，人未偶。且將此恨，分付庭前柳。」（節錄）

天明又作人間別，
洞口春深道路賒[1]。

天亮了，與愛人相會的夢也醒了，我的魂魄又要告別仙界回到人間，無奈仙人居住的洞口是如此深邃與遙遠啊！

【注釋】1.賒：遙遠。

【解析】徐鉉詩中描寫其與心上人在夢境裡歡聚的情景，等到黎明來臨，夢醒時分，他又只能孤獨地回憶著夢中人的琴聲倩影。作者以「洞口春深」暗喻自己和對方的距離之遠，猶如仙境與人間，表達出現實世界中的兩人後會難期。可用來形容對某人朝思夕想，以致睡夢中也都是對方的身影。

【出處】五代．徐鉉〈夢游〉詩三首之一：「魂夢悠揚不奈何，夜來還在故人家。香濛蠟燭時時暗，戶映屏風故故斜。檀的慢調銀字管，雲鬟低綴折枝花。天明又作人間別，洞口春深道路賒。」

天涯地角有窮時，只有相思無盡處。

天和地雖然遼闊，都有它們窮盡的終點，唯有思念的情感，永遠沒有盡頭。

【解析】為情所苦的晏殊，詞中以天地的「有窮時」，對比自己情意的「無盡處」，意在突顯天地如何浩瀚廣漠，都不足以和他綿長不絕的柔情作比較。可用來形容情愁深長，漫無止境。

【出處】北宋．晏殊〈木蘭花．綠楊芳草長亭路〉詞：「綠楊芳草長亭路，年少拋人容易去。樓頭殘夢五更鐘，花底離愁三月雨。無情不似多情苦，一寸還成千萬縷。天涯地角有窮時，只有相思無盡處。」

心似雙絲網，中有千千結。

我們的心猶似成雙的絲網，中間有數千個誰也打不開的結。

【解析】張先詞中借「絲」與「思」諧音雙關，暗示其與意中人的情思相繫，有如難分難解的兩張絲網，之間又纏繞著無數個結頭，任誰也無法將他們拆散。可用來形容兩人心思相連，牢牢難分。

【出處】北宋．張先〈千秋歲．數聲鶗鴂〉詞：「數聲鶗（ㄊㄧˊ）鴂，又報芳菲歇。惜春更選殘紅折。雨輕風色暴，梅子青時節。永豐柳，無人盡日花飛雪。莫把么絃撥，怨極絃能說。天不老，情難絕。心似雙絲網，中有千千結。夜過也，東窗未白孤燈滅。」

日日思君不見君，共飲長江水。

每天都思念著你卻又見不到你，而我們飲用的都是來自長江的水。

【解析】李之儀詞中以一女子的口吻，抒發其對情人的深情想念，這位住在長江上游的女子，日夜心繫住在長江下游的情人，延續不斷的江水雖造成兩人的距離遙遠，卻又是他們各自飲水的共同源頭，長江也就成了彼此情思聯繫的紐帶，如此一想，才稍稍慰藉了女子無法見到情人的怨尤。可用來形容對住在同一沿岸上下游的意中人之想念。也可用來形容綿延思念如江水般長流不息。

【出處】北宋．李之儀〈卜算子．我住長江頭〉詞：「我住長江頭，君住長江尾。日日思君不見君，共飲長江水。此水幾時休？此恨何時已？只願君心似我心，定不負相思意。」

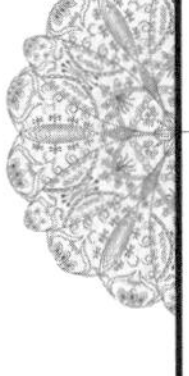

只願君心似我心，定不負相思意。

只希望你的心能夠像我的一樣，絕對不要辜負彼此相思的情意。

【解析】李之儀詞中抒發女主人公對愛情的堅貞誓言，期待遠方的情人也能同自己一樣鍾情執著，不會受到距離的阻隔而變心。可用來形容希望自己所愛的人用情專一，矢志不移。

【出處】北宋．李之儀〈卜算子．我住長江頭〉詞：「……此水幾時休？此恨何時已？只願君心似我心，定不負相思意。」（節錄）

年年今夜，月華如練，長是人千里。

每年到了這個夜晚，月光如絲綢般的潔白明亮，而我心中思念的人，卻是與我相隔千里。

【解析】范仲淹長年和家人分隔兩地，秋夜月下，讓他分外想念遠在千里之外的親人，故寄情明月，抒發無法返家團聚的落寞感傷。可用來形容月夜懷人的心情。

【出處】北宋．范仲淹〈御街行．紛紛墜葉飄香砌〉詞：「紛紛墜葉飄香砌，夜寂靜，寒聲碎。真珠簾捲玉樓空，天淡銀河垂地。年年今夜，月華如練，長是人千里……」（節錄）

此情無計可消除，才下眉頭，卻上心頭。

這份思念的情感是沒有辦法可以排遣的，緊鎖的眉頭才剛剛舒展開來，煩亂又立刻湧上了心中。

【解析】李清照寫其懷念遠遊的丈夫，她因相思過度而眉頭終日不展，好不容易才勉強自己把眉尖放開，想要從痛苦中抽身而出，內心又被濃重的情愁給侵襲，等同前面為了解愁所做的努力，全是徒費心力。可用來形容與遠行的丈夫或心上人情感深厚，以致無法擺脫思念的苦楚。

【出處】北宋末、南宋初．李清照〈一剪梅．紅藕香殘玉簟秋〉詞：「……花自飄零水自流，一種相思，兩處閑愁。此情無計可消除，才下眉頭，卻上心頭。」（節錄）

夜月一簾幽夢，春風十里柔情。

（回想當時）我們在明月映著珠簾的夜晚，一同進入幽美迷人的夢境，就像是沐浴在吹過十里長路的輕柔春風之中。

【解析】此詞為秦觀思念曾經愛戀的女子而作，他先是怨怪上天無緣無故把對方生得太過標致出眾，使其神魂顛倒，接著追憶起月色簾下兩人的繾綣柔情，猶如做了一場幽然美夢，可惜一切的溫存往事如今只能回味。可用來形容想念過去和意中人歡聚時的柔情蜜意。

【出處】北宋．秦觀〈八六子．倚危亭〉詞：「倚危亭，恨如芳草，萋萋剗盡還生。念柳外青驄別後，水邊紅袂分時，愴然暗驚。無端天與娉婷，夜月一簾幽夢，春風十里柔情。怎奈向、歡娛漸隨流水，素絃聲斷，翠綃香減，那堪片片飛花弄晚，濛濛殘雨籠晴。正銷凝，黃鸝又啼數聲。」

花自飄零水自流，

一種相思，兩處閑愁。

花任意地凋謝飄落，水逕自地奔流，同樣的相思，引發兩個地方的人莫名的愁情。

【解析】李清照借落花流水的寥落景象，寄寓丈夫離開自己後的寂寞心緒，詞中「一種相思，兩處閑愁」，抒發夫妻雖然分隔兩地，但深信丈夫思念她的心也和她的一樣，彼此心心相印，情意互通。可用來形容夫妻或情人分別許久，兩人互相想念，平添愁懷。

【出處】北宋末、南宋初．李清照〈一剪梅．紅藕香殘玉簟秋〉詞：「……花自飄零水自流，一種相思，兩處閑愁。此情無計可消除，才下眉頭，卻上心頭。」（節錄）

便縱有、千種風情，更與何人說？

縱然有千種風流情意，又能去和誰訴說呢？

【解析】柳永與情人在江邊長亭話別，他不禁聯想到此去一別，從此孤身天涯一方，再也沒人可以同往常一樣，和自己攜手共度良辰美景，互道知心情話。作者要表達的是，沒有佳人相伴的人生，世間的美好時光和風景，全都如同虛設，縱有滿懷情思，他也找不到那個真正了解自己的人傾訴。可用來形容與心上人分隔兩地，無處表達情意。也可用來形容有很多話想和思慕的人傾吐，卻找不到對方的蹤影。

【出處】北宋．柳永〈雨霖鈴．寒蟬淒切〉詞：「……多情自古傷離別，更那堪、冷落清秋節。今宵酒醒何處？楊柳岸、曉風殘月。此去經年，應是良辰好景虛設。便縱有、千種風情，更與何人說？」（節錄）

相思難表，夢魂無據，惟有歸來是。

思念的情思難以表達，夢境的魂魄飄渺無依，只有回去才是最好的決定。

【解析】行旅在外的歐陽脩，對著春風涕淚滿襟，一想到自己形單影隻，忍受著長時間的孤寂，眼前的春花即使百媚千嬌，在他看來，還是比不上在家賞花來得悵意，即使能夠入夢和愛人相會，也填補不了空虛的心靈，左思右想，只有儘早返家，才是化解其痛苦的唯一辦法。可用來形容相思情切，渴望早日歸返相聚。

【出處】北宋．歐陽脩〈青玉案．一年春事都來幾〉詞：「一年春事都來幾？早過了、三之二。綠暗紅嫣渾可事。綠楊庭院，暖風簾幕，有個人憔悴。買花載酒長安市，又爭似、家山見桃李？不枉東風吹客淚。相思難表，夢魂無據，惟有歸來是。」

若教眼底無離恨，不信人間有白頭。

倘若不是眼下遭遇離別的苦恨，根本不相信人世間會有人是因傷心而生出白髮來。

【解析】辛棄疾詞中寫一名女子自送別意中人之後，經常登上高樓，痴心遙望，卻始終不見對方的人影，傷心欲絕的她，這時方才明白，若不是親身嘗過此番煎熬，今生絕對不信有所謂的相思白頭。也就是說，正是因為人間存有離恨，而白頭也是必然的；反之，若沒有離恨，人便能長相廝守，青春永駐，但很顯然，後者是不可能出現的結果。可用來形容與心上人離別日久，苦悶糾結，令人變得衰老。

【出處】南宋．辛棄疾〈鷓鴣天．晚日寒鴉一片愁〉詞：「晚日寒鴉一片愁，柳塘新綠卻溫柔。若教眼底無離恨，不信人間有白頭。腸已斷，淚難收。相思重上小紅樓。情知已被山遮斷，頻倚闌干不自由。」

若寫幽懷一段愁，應用天為紙。

若要寫下藏在心懷幽微的一段愁思，應該要以偌大的天當成紙才能寫得盡。

【解析】北宋末詞人呂渭老（一說作呂濱老）抒發其對戀人的極度思念，詞中訴說兩人不過分開一日，已抵得上三年的時間，離別半個月，便彷彿隔了千年未曾見面。更誇張的是，若要寫出自己的情思，竟要有一張像天那樣無邊無際的紙才寫得完，意即他的牽念已多到非筆墨所能盡訴了。可用來形容相思難熬，情意深長。

【出處】北宋．呂渭老〈卜算子．一日抵三秋〉詞：

「一日抵三秋，半月如千歲。自夏經秋到雪飛，一向都無計。續續說相思，不盡無窮意。若寫幽懷一段愁，應用天為紙。」

酒入愁腸，化作相思淚。

頻頻將酒注入憂愁滿腹的腸子裡，只是喝下去的酒，竟全都化成了從眼中湧出的相思淚水。

【解析】由於思念遠人的愁情無法排遣，長夜難眠的范仲淹，登高倚樓，本欲借酒消解愁悶，誰知愁還未消，淚已先流。詞中「酒」化成「淚」的說法，看似不合常情，實是反常合道，貼切地傳達作者當下鬱結悲苦的心境。可用來形容醉飲欲化解愁懷，卻反而使情思更深。

【出處】北宋．范仲淹〈蘇幕遮．碧雲天〉詞：「碧雲天，黃葉地。秋色連波，波上寒煙翠。山映斜陽天接水，芳草無情，更在斜陽外。黯鄉魂，追旅思，夜夜除非，好夢留人睡。明月樓高休獨倚。酒入愁腸，化作相思淚。」

欲寄彩箋[1]兼尺素[2]，山長水闊知何處？

想要用彩色的箋紙和白絹來寫信，但山路漫長，江水深闊，不知心中思念的那人究竟在哪裡？

【注釋】1.彩箋：古人用來題詩或寫信的彩色紙張。
2.尺素：古人用來寫字作畫的素絹，通常約長一尺，故稱之。後多作為書信的代稱。

【解析】晏殊詞中寫其遠望天涯，不見他目盼心思的人，便想要藉由書信來傳遞情意，無奈的是，他連對方目前身在何方都不知道，音書自是無處可寄，這比起兩人距離千里迢遙，但總有一天可以投信到目的地的情況，更令人感到無助與悲涼。可用來形容對意中人滿懷深情，欲寄書信，卻不知其確切下落。

【出處】北宋．晏殊〈蝶戀花．檻菊愁煙蘭泣露〉詞：「檻菊愁煙蘭泣露，羅幕輕寒，燕子雙飛去。明月不諳離恨苦，斜光到曉穿朱戶。昨夜西風凋碧樹，獨上高樓，望盡天涯路。欲寄彩箋兼尺素，山長水闊知何處？」

都來此事，眉間心上，無計相迴避。

算來這份積聚在眉間心上縈繞的思念，實在沒有辦法可以躲避。

【解析】范仲淹詞中描寫其受離情所苦，寢不能寐，愁腸九轉，情思的煎熬，不斷地在他的眉頭心頭間來回奔竄著根本無處可逃。可用來形容心中因思念遠人而愁眉鎖眼。

【出處】北宋．范仲淹〈御街行．紛紛墜葉飄香砌〉詞：「……愁腸已斷無由醉，酒未到，先成淚。殘燈明滅枕頭攲，諳盡孤眠滋味。都來此事，眉間心上，無計相迴避。」（節錄）

無情不似多情苦，一寸還成千萬縷。

無情的人不會像多情的人那樣痛苦，多情的人只要有一寸的心，就能衍生出千萬縷的情思。

【解析】晏殊詞中故意用反語說「無情」便不會為情所困，以襯托出「多情」的自己，正在飽受煎心的相思之苦。接著又用誇飾的語法，說其短小的寸心，早已化成千絲萬縷的情意，縈繞心頭，揮之不散。可用來形容極為想念心上人，苦痛到無法自已。也可用來勸慰多情人不必為了無情人的寡情而感到難過。

【出處】北宋．晏殊〈木蘭花．綠楊芳草長亭路〉詞：「綠楊芳草長亭路，年少拋人容易去。樓頭殘夢五更鐘，花底離愁三月雨。無情不似多情苦，一寸還成千萬縷。天涯地角有窮時，只有相思無盡處。」

身似浮雲，心如飛絮，氣若游絲。

身子像是飄浮的雲朵，心思如似紛飛的柳絮，氣息宛若微弱的蛛絲。

【解析】這首小令的作者是元代散曲家徐再思，因喜吃甘甜食物，故號「甜齋」。曲中連續使用三個比喻，傳神描繪出一名痴心少女沒有看見她的愛人時，整個人魂不守舍、坐立難安的恍惚情態，儼然是害了相思病般。清人褚人獲《堅瓠集》評曰：「其得相思三昧者歟。」可用來形容人因過於思念情人而導致身心俱疲，奄奄無力。

【出處】元．徐再思〈折桂令．平生不會相思〉曲：「平生不會相思，才會相思，便害相思。身似浮雲，心如飛絮，氣若游絲。空一縷、餘香在此，盼千金遊子何之。證候來時，正是何時？燈半昏時，月半明時。」

似此星辰非昨夜，為誰風露立中宵？

今夜的星星依舊，但畢竟不是昨晚的了，我究竟為了哪個人在寒風冷露中佇立到半夜呢？

【解析】清代文人黃景仁回憶其與舊日情人曾在月下花前，一同吹簫談心的美好往事，即使明知這段繾綣的情愛已難再重現，但他的內心仍止不住揚起思念伊人的漣漪，直至夜深露重，足見作者的情意之深。可用來形容靜夜遙望星月，想念意中人。

【出處】清．黃景仁〈綺懷〉詩十六首之十五：「幾回花下坐吹簫？銀漢紅牆入望遙。似此星辰非昨夜，為誰風露立中宵？纏綿思盡抽殘繭，宛轉心傷剝後蕉。三五年時三五月，可憐杯酒不曾消。」

卻愁擁髻向燈前，說不盡、離人話。

只煩惱著我返家那天，妳會捧著髮髻，坐在燈前，對我說著那些自分別後怎麼講也講不完的話。

【解析】人在征途上的納蘭性德，對家中的愛妻充滿牽掛，詞中故意使用反面筆法，懸想日後歸家時，如何承擔得起妻子的柔情絮語，為此又讓他平添幾分憂愁。這闋詞有趣的是，明明是作者思念妻子，卻設想成是妻子一等到他回去，肯定有許多話急著要和自己傾吐，表現出兩人其實是時時惦記彼此的。可用來形容離家之人，渴望早日與心上人團聚，共話衷腸。

【出處】清．納蘭性德〈一絡索．過盡遙山如畫〉詞：「過盡遙山如畫。短衣匹馬。蕭蕭落木不勝秋，莫回首、斜陽下。別是柔腸縈掛。待歸才罷。卻愁擁髻向燈前，說不盡、離人話。」

【不渝】

死生契闊[1]，與子成說[2]。執子之手，與子偕老。

無論是生是死、是聚是散，此情永遠不變，是我和妳約定好的誓言。（回想當時）緊握著妳的手，說好要與妳一同到老。

【注釋】 1.契闊：聚合離散。2.成說：成言、成約，意即成立誓約。

【解析】 這首詩描寫士卒從軍在外，回憶起臨行前夫妻話別時宛如生離死別的情景，兩人更立下今世永不相棄的誓言，抒發其久留戰場，面對生死難以預料的未來，唯恐日後沒有機會再與妻子相見的怨憤之詞。清人牛運震《詩志》評曰：「陡下『死生契闊』四字，悲酸異常。」可用來形容信守愛情或婚姻的盟誓，至死不移。也可用來祝福夫妻恩愛，白頭相守。

【出處】 先秦．《詩經．邶風．擊鼓》：「……死生契闊，與子成說。執子之手，與子偕老。于嗟闊兮，不我活兮。于嗟洵兮，不我信兮。」（節錄）

我心匪[1]石，不可轉也。我心匪席，不可卷也。

我的心不是石頭，是不可以隨意轉動的。我的心不是蓆子，是不可任人捲起的。

【注釋】 1.匪：此通「非」字。表示否定的意思。

【解析】 此詩描寫一名飽受流言蜚語的傷心婦女，夜夜悲怨難眠，委屈無處可訴，感覺身子如同漂浮在水上的木舟，徬徨無定，其借石頭可轉、蓆子可捲的特性，反襯出自己對情感堅執的態度與石頭、蓆子迥異，即使承受再多的讒言侮辱，也絕不改變心志。可用來比喻愛情專一，堅貞不屈。

【出處】 先秦．《詩經．邶風．柏舟》：「……我心匪石，不可轉也。我心匪席，不可卷也。威儀棣棣，不可選也……」（節錄）

我欲與君相知，長命無絕衰。

我想要與你相知相愛，這一輩子永遠不會斷

絕、衰減。

【解析】這首詩的詩題〈上邪〉，是古代呼天之詞，即指天為誓的意思。詩中的女主人公為了向上天證明自己對愛情的堅決信念，提出了唯有世上出現高山夷為平地、江水乾涸、冬天雷聲震響、夏天雨雪紛飛，以及天地合為一體等五種不合理的現象，才得以斷開她的愛。由於女子所設想的事情，是當時的人們認為根本不可能發生的自然巨變，更彰顯出她的一片痴心，也意味著無論人生情路如何艱難，她絕對不會背離愛人而去。可用來形容忠於愛情，誓死不二。

【出處】漢．佚名〈上邪〉詩：「上邪！我欲與君相知，長命無絕衰。山無陵，江水為竭。冬雷震震，夏雨雪。天地合，乃敢與君絕。」

使君自有婦，羅敷自有夫。

太守你已經有妻子了，而羅敷我也有了丈夫。

【解析】這首詩的詩題〈陌上桑〉，意指大路邊的桑林。內容敘述一名太守乘坐馬車出行，看見路旁採桑美婦羅敷的容貌秀麗，心生愛慕，想要邀請其共乘一輛馬車。羅敷峻拒太守的邀約，除了表明兩人皆是已婚的身分之外，她還故意在太守面前誇耀自己的丈夫從基層小吏一路升遷，如今已是朝廷顯官，尊貴出眾，藉此奚落貪圖美色的太守根本配不上自己，唯有丰神秀異的丈夫與自己般配。詩中這位機智聰慧的女子「羅敷」，她的名字後來也成了美女的代名詞。可用來形容女子與丈夫的感情堅定深厚，其他追求者都不能拆散他們。

【出處】漢．佚名〈陌上桑〉詩：「……使君自有婦，羅敷自有夫。東方千餘騎，夫婿居上頭。何用識夫婿？白馬從驪駒。青絲繫馬尾，黃金絡馬頭。腰中鹿盧劍，可值千萬餘。十五府小吏，二十朝大夫，三十侍中郎，四十專城居。為人潔白皙，鬑鬑（ㄌㄧㄢ）頗有鬚。盈盈公府步，冉冉府中趨。坐中數千人，皆言夫婿殊。」（節錄）

生當復來歸，死當長相思。

（這次出征遠行）我若能活下來，就一定會回到妳的身邊，如果我不幸死去，也會永遠想念著妳。

【解析】這是一名征夫臨行前對家中妻子的囑託之言，他希望妻子牢記兩人昔日的纏綣恩愛，即使知道此行生還歸來的機率微乎其微，仍不免對未來返家團聚抱持一絲絲的希望，但最後的結果若真的不幸戰死在沙場，其魂魄也會把對妻子的愛深深印記著，永不抹滅。清人沈德潛《古詩源》評曰：「寫情款款，淡而彌悲。」可用來形容離家的人對心上人的濃情眷念，生死不移。

【出處】東漢．佚名〈別詩〉詩四首之二：「……征夫懷往路，起視夜何其？參辰皆已沒，去去從此辭。行役在戰場，相見未有期。握手一長嘆，淚為生別滋。努力愛春華，莫忘歡樂時。生當復來歸，死當長相思。」（節錄）

君當作磐石，妾當作蒲葦。
蒲葦韌如絲，磐石無轉移。

你就像是磐石，我就像是蒲草和蘆葦。蒲草和蘆葦如同絲一樣柔韌，磐石則是穩固到無法移動的。

【解析】此詩的詩題〈孔雀東南飛〉，是一首長篇敘事詩，全詩共一千七百餘字，描寫一對恩愛夫妻先後遭雙方家長強迫拆散的悲劇，最後妻子選擇投水自盡，丈夫聽聞噩耗，也在自家庭樹上吊身亡，雙雙殉情。這四句詩即是妻子生前對丈夫宣達的愛情誓言，其以柔軟又充滿韌性的「蒲葦」比喻自己，以堅穩如山的「磐石」比喻丈夫，她深信再大的阻礙都不能折斷或撼動他們對彼此的愛。可用來形容兩人的情意堅定，永久不變。

【出處】東漢．佚名〈孔雀東南飛〉詩：「……新婦謂府吏，感君區區懷。君既若見錄，不久望君來。君當作磐石，妾當作蒲葦。蒲葦韌如絲，磐石無轉移……」（節錄）

人事多錯迕，
與君永相望。

人世間的事情本來就有很多的不如意，雖然和夫君你相隔遙遠，但願彼此能一直相對互望。

【解析】杜甫詩中描寫一位新嫁娘向戍守戰地的丈夫信心喊話，期盼丈夫在前方英勇殺敵後，盡快返家相聚，而她也會一直等待丈夫的凱旋歸來。可用來表達男女之間的情感堅貞。

【出處】唐．杜甫〈新婚別〉詩：「……君今往死地，沉痛迫中腸。誓欲隨君去，形勢反蒼黃。勿為新婚念，努力事戎行。婦人在軍中，兵氣恐不揚。自嗟貧家女，久致羅襦裳。羅襦不復施，對君洗紅妝。仰視百鳥飛，大小必雙翔。人事多錯迕，與君永相望。」（節錄）

在天願作比翼鳥，在地願為連理枝。天長地久有時盡，此恨綿綿無絕期。

相愛的兩個人，在天上願意成為並翅齊飛的雙鳥，在地上願意成為不同根但枝葉相連的相思樹。天地雖然長久，也有窮盡的一天，但這段無法圓滿的遺恨，卻永遠沒有終止的時候。

【解析】白居易〈長恨歌〉是一首長篇敘事詩，內容刻畫唐玄宗和楊貴妃的愛情悲劇。白居易借用部分史實，結合神話與民間傳說，重新詮釋楊貴妃和唐玄宗之間的至情至愛，與恃寵而驕、荒廢國事和安史之亂等等歷史故事。這兩段詩句可用來形容夫妻或情人之間恩愛永不改變。也可用來表達彼此永遠相愛的誓言。

【出處】唐．白居易〈長恨歌〉詩：「……臨別殷勤重寄詞，詞中有誓兩心知。七月七日長生殿，夜半無人私語時。在天願作比翼鳥，在地願為連理枝。天長地久有時盡，此恨綿綿無絕期。」（節錄）

春風不相識，何事入羅幃？

春風和我並不相識，為何要吹入我的羅帳裡呢？

【解析】李白在詩中以女性的口吻描寫她對遠行在外的丈夫或情人的專一情感。以春風吹入臥房床榻上的羅帳，隱含生活中闖進了不相關的人或事物，而不為所動之喻。可用來形容忠於自己思念或愛戀的人，心無旁騖。

【出處】唐．李白〈春思〉詩：「燕草如碧絲，秦桑低綠枝。當君懷歸日，是妾斷腸時。春風不相識，何事入羅幃？」

春蠶到死絲方盡，蠟炬成灰淚始乾。

春天的蠶到臨死前還在吐絲，蠟燭燒成灰的時候蠟淚才會流乾。

【解析】李商隱詩中借蠶絲的「絲」雙關相思的「思」，借蠟燭燃燒時所滴下的蠟淚暗喻相思的「淚」，表現出對愛情的執著無悔，至死方休。可用來形容忠誠堅貞的愛情。另可用於形容品格高尚的人為了追求某種理想而奉獻終生，死而後止。

【出處】唐．李商隱〈無題〉詩：「相見時難別亦難，東風無力百花殘。春蠶到死絲方盡，蠟炬成灰淚始乾。曉鏡但愁雲鬢改，夜吟應覺月光寒。蓬山此去無多路，青鳥殷勤為探看。」

深知身在情長在，悵望江頭江水聲。

我很清楚地知道，只要此身還在人世，情意就會永遠長存，但卻只能惆悵地看著江頭潺潺的流水聲。

【解析】歷來多認為此詩乃李商隱追悼亡妻王氏，但也有人主張，這是一首懷念已逝戀人之作。詩人於暮秋時分，獨自漫步在長安遊覽勝地曲江畔，縱使美景在前，也難以排遣其想念伊人的悵惘深情。詩中以「身在情長在」來昭示他的生命只要一日不死，情感便一日不會改變，又以「望」代替「聽」江水聲，更能反映其哀痛到心神恍惚的情狀，導致視覺、聽覺錯亂交融。可用來形容人的感情深長而執著，至死都不會動搖。

【出處】唐．李商隱〈暮秋獨遊曲江〉詩：「荷葉生時春恨生，荷葉枯時秋恨成。深知身在情長在，悵望江頭江水聲。」

曾經滄海難為水，除卻巫山不是雲。

曾經見過大海的壯闊，就覺得其他地方的水都不能稱作是水，看過了巫山的雲後，就覺得別處的雲也不能算是雲了。

【解析】此詩為元稹為亡妻韋叢而作，詩中表達其對已逝妻子的無限追懷，即便眾多美貌的女子出現眼前也不為所動，因為在他的心目中，韋叢永遠是獨一無二，更是其他女子所無可取代的。可用來形容對愛情的專一。另可用來比喻人的見識愈廣，眼界就愈開闊，追求的目標自然也就更高。

【出處】唐・元稹〈離思〉詩五首之四：「曾經滄海難為水，除卻巫山不是雲。取次花叢懶回顧，半緣修道半緣君。」

一願郎君千歲，二願妾身常健，三願如同梁上燕，歲歲長相見。

第一個願望是希望上蒼保佑郎君長壽，第二是希望自己身體健康，第三是希望可以像梁上的燕子，雙宿雙棲，永不分離。

【解析】馮延巳詞中描寫一名女子在春日酒宴上，獻上其對心上人的美好祝願，除了希望兩人長壽健康之外，她更盼望的是，能和對方出雙入對，恩愛終老。可用來表達對愛情天久地長的誓言。

【出處】五代・馮延巳〈長命女・春日宴〉詞：「春日宴，綠酒一杯歌一遍，再拜陳三願。一願郎君千歲，二願妾身常健，三願如同梁上燕，歲歲長相見。」

有情不管別離久，情在相逢終有。

若是彼此存有情意，無論分開的時間再久，只要情感還在，總會等到相聚那天的到來。

【解析】晏幾道走過以前和情人攜手同遊的地方，往日的開懷歡笑已不復見，但他深信只要兩人的心意始終沒有改變，就不必去計較別離的短長，有朝一日重逢，肯定會更加珍惜這份得來不易的情感，相守一生。可用來形容情愛若是彌堅，即使當前分隔兩地，也終有相依相隨之時。

【出處】北宋・晏幾道〈秋蕊香・池苑清陰欲就〉

詞：「池苑清陰欲就，還傍送春時候。眼中人去難歡偶，誰共一杯芳酒。朱闌碧砌皆如舊，記攜手。有情不管別離久，情在相逢終有。」

衣帶漸寬終不悔，為伊消得人憔悴。

看著我衣服上的腰帶逐漸寬鬆，但我始終沒有後悔，為了思念我所愛的人而消瘦憔悴也是值得的。

【解析】柳永詞中敘說自己的身形逐日枯瘦，以致原本合身的衣帶越來越寬鬆，然探究瘦損的原因，正是他朝思暮想著遠方伊人，心神受盡折磨，面容自然跟著憔悴，但縱使如此，他也毫無怨尤，足見用情至深。可用來形容對愛情的痴心執著。另可用來比喻對事業或理想的艱苦追尋，勇往無悔的探索。

【出處】北宋．柳永〈蝶戀花．佇倚危樓風細細〉詞：「佇倚危樓風細細，望極春愁，黯黯生天際。草色煙光殘照裡，無言誰會憑闌意？擬把疏狂圖一醉，對酒當歌，強樂還無味。衣帶漸寬終不悔，為伊消得人憔悴。」

兩情若是久長時，又豈在朝朝暮暮？

兩人的感情若是長久不變，又怎麼會在乎早晚都要廝守一起呢？

【解析】秦觀借織女和牛郎一年七夕相見一次的神話傳說，表達雙方情感若是真心，即使天各一方，會面不易，也會恆久長存；反之，縱然朝夕偎倚，寸步不離，還是會走向分手的路。可用來形容真誠的情愛，無論距離遠近，彼此的心都不會動搖，經得起時間和空間的考驗。

【出處】北宋．秦觀〈鵲橋仙．纖雲弄巧〉詞：「纖雲弄巧，飛星傳恨，銀漢迢迢暗度。金風玉露一相逢，便勝卻人間無數。柔情似水，佳期如夢，忍顧鵲橋歸路。兩情若是久長時，又豈在朝朝暮暮？」

問世間，情是何物？直教生死相許。

想要問這個世上，情到底是什麼？竟使得雙方用生命來相互許諾。

【解析】詞中「問世間」一說作「恨人間」。年僅十六歲的元好問於應試途中，見獵人射死一隻大雁，獵人告訴元好問說，另外還有一隻大雁，一直在空中哀鳴，遲遲不肯離開，最後竟朝地撞死。元好問聽了震撼不已，他向獵人買了這對死雁，並將牠們葬於水岸旁，作詞以為紀念。作者揣想著這一對從南到北、雙棲雙宿的雁子，在確定伴侶死去後便不肯獨活的激烈舉動，究竟是出於怎樣的情感，讓牠們願意生死相隨，死而無悔呢？藉此對比人間的至情至愛，同樣也是可以為了心愛的人出生入死，任何外力都無法將其分開。可用來形容愛情的巨大力量，值得相愛的人休戚與共，生死相依。

【出處】金．元好問〈摸魚兒．問世間〉詞：「問世間，情是何物？直教生死相許。天南地北雙飛客，老翅幾回寒暑。歡樂趣，離別苦，就中更有痴兒女。君應有語。渺萬里層雲，千山暮雪，隻影為誰去……」

（節錄）

我與你生同一個衾，死同一個槨[1]。

我和你活著的時候蓋同一張被子，死的時候也要用同一口棺材。

【注釋】1.槨：音ㄍㄨㄛˇ，棺材外面的套棺。

【解析】此詩的作者管道昇，乃元代書畫家趙孟頫的妻子，世稱「管夫人」，她在書畫界的名聲並不亞於丈夫，除了工於書法，也擅長墨竹，其子趙雍也傳承了父母的書香畫藝，成了當時藝壇的佳話。相傳步入中年後的趙孟頫有意納妾，但他不敢直接對管道昇說出，便寫了一段詞給妻子，表明其元配的地位是不會有所動搖的，希望獲得首肯。管道昇則以這首詩作為回覆，她把兩人比喻成「泥」，不管經歷了多少回的捻塑、打破、調和，再重新捻塑成形，各自的身上早已存在著彼此，也因此，這一輩子無論生死，他們都是離不開對方的。趙孟頫讀完之後，終是打消納妾的念頭。可用來形容夫妻情感深厚，始終不易。

【出處】元．管道昇〈我儂詞〉詩：「你儂我儂，忒煞情多，情多處，熱如火。把一塊泥，捻一個你，塑

一個我。將咱兩個，一齊打破，用水調合。再捻一個你，再塑一個我。我泥中有你，你泥中有我。我與你生同一個衾，死同一個槨。」

【婚姻生活】

有女仳[1]離，條[2]其歗[3]矣。條其歗矣，遇人之不淑矣。

有個女子被丈夫休離，她長聲嘆息著。她長聲嘆息著，埋怨自己嫁了不好的丈夫。

【注釋】1.仳：音ㄆㄧˇ，分別。2.條：此作長的。3.歗：音ㄒㄧㄠˋ，通「嘯」字，本指撮口吹出聲音。此作深長的嘆息聲。

【解析】本該是相互扶持、分甘共苦的夫妻，丈夫卻因荒年而將妻子狠心拋離，走投無路的可憐婦人，只能望天長嘯，痛苦呼號，詩人目睹這一幕，悲憫婦人無可依靠的處境，寫詩記錄其被薄倖丈夫拋棄後的憂傷情狀。可用來形容女子擇偶不慎，自嘆所嫁非人。

【出處】先秦．《詩經．王風．中谷有蓷》：「……中谷有蓷，暵（ㄏㄢˋ）其脩矣。有女仳離，條其歗矣。條其歗矣，遇人之不淑矣……」（節錄）

妻子好合，如鼓瑟琴。

夫妻之間的感情和睦，就好比彈奏瑟和琴一樣，兩者聲調和諧。

【解析】詩中以「瑟」和「琴」這兩種古代樂器合奏的聲音調和，比況夫妻關係協調圓滿，相親相愛。詩人認為一個人與妻子的相處融洽，情感篤厚，是維持家庭安定團結、歡樂美好的重要關鍵。可用來形容夫妻恩愛。

【出處】先秦．《詩經．小雅．常棣》：「……妻子好合，如鼓瑟琴。兄弟既翕，和樂且湛。宜爾室家，樂爾妻帑。是究是圖，亶（ㄉㄢˇ）其然乎。」（節錄）

琴瑟在御[1]，莫不靜好。

我們兩人一人彈琴，另一人鼓瑟，氣氛是這樣安靜和樂。

【注釋】1.御：用，此指彈奏。

【解析】一般認為這首詩是在描寫一對年輕夫妻的新婚起居情況，從妻子清晨聽到雞鳴便催促丈夫出門打獵，再將丈夫帶回的獵物烹煮成佳餚，兩人舉杯共飲，彈奏琴瑟，道出了夫妻之間的默契十足。清人牛運震《詩志》評曰：「閨房瑣事，寫來正自雅妙。」可用來形容夫婦的家庭生活諧樂美滿。

【出處】先秦．《詩經．鄭風．女曰雞鳴》：「女曰雞鳴，士曰昧旦。子興視夜，明星有爛。將翱將翔，弋鳧與雁。弋言加之，與子宜之。宜言飲酒，與子偕老。琴瑟在御，莫不靜好。知子之來之，雜佩以贈之。知子之順之，雜佩以問之。知子之好之，雜佩以報之。」

結髮[1]為夫妻，恩愛兩不疑。

與妳結髮成為夫婦至今，我們的感情親密相愛，從來不曾猜疑對方。

【注釋】1.結髮：本指束髮，後用來比喻元配夫妻。古代男子有二十歲束髮加冠、女子十五歲束髮為笄的儀式，表示成年的意思。此外，古禮的洞房之夜，新人會各剪下一綹頭髮，合而作一結，象徵夫妻和睦，永結同心。

【解析】這是一名即將遠赴戰場的丈夫寫給妻子的告別詩，詩裡訴說著他與妻子剛剛新婚的時候，兩情融洽歡好的過往，流露出其對妻子的愛意與珍惜。可用來形容伉儷情深，琴瑟和諧。

【出處】東漢．佚名〈別詩〉詩四首之二：「結髮為夫妻，恩愛兩不疑。歡娛在今夕，嬿婉及良時……」（節錄）

誠知此恨人人有，貧賤夫妻百事哀。

我確實明白死別的遺憾是難免的，然而發生在貧賤夫妻的身上，更顯得所有的事情都如此悲哀啊！

【解析】元稹在詩中追憶與妻子生前艱苦相依的過往。雖然他也瞭解死別乃世間常有之事，但任何事情發生在像他們這樣貧窮的夫妻身上，都會令人感到處境更為悲憐。其中「貧賤夫妻百事哀」一句，可用來形容夫妻在貧賤之時，容易遭遇苦難挫折，凡事皆不順遂。另可用來形容共患難的夫妻，生死相隔時悲傷慟絕。

【出處】唐．元稹〈遣悲懷〉詩三首之二：「……尚想舊情憐婢僕，也曾因夢送錢財。誠知此恨人人有，貧賤夫妻百事哀。」（節錄）

謝公最小偏憐女，自嫁黔婁百事乖。

東晉宰相謝安最偏愛姪女謝道韞，我出身名門的妻子韋叢就如她一樣的身分高貴，只是韋叢自從嫁給了有如春秋時代齊國黔婁一般貧困的我之後，便開始諸事不順心。

【解析】元稹借寫東晉名相謝安的職務以及其對姪女謝道韞的賞愛，來類比妻子韋叢其實也和謝道韞同樣出身名門望族。只是如此賢慧多才的女子，在嫁給和春秋貧士黔婁一樣窮困的自己後，百事不順，足見婚後生活艱難困苦。可用來形容在家受寵的女孩嫁至貧窮人家後生活艱辛。

【出處】唐．元稹〈遣悲懷〉詩三首之一：「謝公最小偏憐女，自嫁黔婁百事乖。顧我無衣搜藎篋，泥他沽酒拔金釵。野蔬充膳甘長藿，落葉添薪仰古槐。今日俸錢過十萬，與君營奠復營齋。」

忽聞河東獅子吼[1]，拄杖落手心茫然。

忽然聽見妻子如獅吼般的叫聲，嚇得手上的枴杖都掉了下來，慌張到不知如何是好。

【注釋】1.河東獅子吼：此指蘇軾好友陳慥之妻柳氏的怒吼聲。河東，本指黃河以東山西一帶，亦是柳姓人家的世居地，蘇軾此代稱柳氏。獅子吼，本是佛家比喻佛說法時發出很大的聲音，也可比喻佛法的威嚴，蘇軾此指柳氏發怒。

【解析】蘇軾寫其好友陳慥（字季常，自號龍丘居士）對佛學很有研究，也很愛跟人談論「虛空」與「存有」的精微義理，甚至可以講到整夜不睡還意猶未盡，但只要聽到妻子柳氏如獅吼般的聲音，立刻驚慌到六神無主，故蘇軾借佛家語「獅子吼」喻比柳氏大發雌威，來取笑他這位懼內的友人。可用來形容妻子凶悍發威，丈夫懼怕不已。

【出處】北宋．蘇軾〈寄吳德仁兼簡陳季常〉詩：「……龍丘居士亦可憐，談空說有夜不眠。忽聞河東獅子吼，拄杖落手心茫然……」（節錄）

直到起來由自殢[1]，向道夜來真個醉。

直到今早醒來，看見妻子還自個兒在喋喋不已，於是走過來賠不是，說昨晚真的喝醉了！

【注釋】1.殢：音ㄊㄧˋ，本為糾纏之意，此作抱怨。

【解析】歐陽脩詞中敘述一對夫妻就寢時，為了一點小事起了爭執，丈夫竟然氣到把房內的屏風給推倒，然後拉起被子走向窗下一角獨睡，妻子在旁好言相勸他也置之不理。隔日一早，丈夫聽見妻子還在自顧自的說個沒完沒了，顯然委屈滿腹，他便主動去和妻子道歉，表明自己昨晚是喝醉了才會發那樣大的脾氣，妻子聽了立刻轉悲為喜，兩人和好如初。歐陽脩在此要表達的是，夫妻之間，難免都會出現意見不合的時候，實在不必為了爭誰是誰非而相持不下，多些包容和尊重，就能度過家庭失和的危機。可用來說明夫妻相處之道，是互相體諒和禮讓，避免意氣之爭。

【出處】北宋．歐陽脩〈玉樓春．夜來枕上爭閑事〉詞：「夜來枕上爭閑事。推倒屏山褰繡被。盡人求守不應人，走向碧紗窗下睡。直到起來由自殢，向道夜來真個醉。大家惡發大家休，畢竟到頭誰不是？」

等閑妨了繡功夫，笑問鴛鴦兩字怎生書？

一不留意就耽擱了刺繡的工作，笑著問丈夫「鴛鴦」這兩個字怎麼寫呢？

【解析】歐陽脩描寫一名新婚女子依偎在丈夫身邊，不停地撥弄著筆，初次嘗試畫出刺繡的圖案，由於她的心神一直陶醉在丈夫的溫柔情意之中，導致耽誤了刺繡的時間，便嬌憨地要丈夫教她書寫「鴛鴦」兩字，正是所謂的一語雙關，寓意夫妻恩愛宛如鴛鴦般。可用來形容夫妻閨中關係親密，兩情篤愛。

【出處】北宋．歐陽脩〈南歌子．鳳髻金泥帶〉詞：「鳳髻金泥帶，龍紋玉掌梳。走來窗下笑相扶，愛道畫眉深淺入時無？弄筆偎人久，描花試手初。等閑妨了繡功夫，笑問鴛鴦兩字怎生書？」

夫妻本是同林鳥，巴到天明各自飛。

男女結為夫妻後，本來就像是夜晚住在同一林子的鳥，接近天亮時，便各自飛走。

【解析】這兩句詩是自古流傳下來的諺語，意指夫妻的結合不過是人生的一場偶遇罷了！一般人總以為夫妻理應恩愛一世，無論苦樂病老都會不離不棄，但事實上並不全然如此，許多人有了新歡或發生危急事件時，或許是出於蓄意，或許是自顧不暇，也或許是迫於現實無奈，結局都是與伴侶分開。可用來形容夫妻之間的聚合離散其實是很輕易的。也可用來比喻夫妻一遇到關鍵時刻，便會將以往的情分捨棄，從此各走各的路。

【出處】明．馮夢龍《警世通言．卷二．莊子休鼓盆成大道》之詩：「夫妻本是同林鳥，巴到天明各自飛。」

行囊羞澀都無恨，難得夫妻是少年。

出門在外許久，仍背著空空的行李回來，內心卻毫無怨尤，慶幸我們夫妻現在都還算年輕啊！

【解析】作者吳芳吉是清末民初的著名學者兼詩人，在外打拚多年的他，於返家前先寄了這首詩給家中的妻子，強調自己此時身上的財物雖然還相當匱乏，不過他相信來日方長，只要夫妻同心，一定可以等到脫離困境的一天。果不其然，吳芳吉日後成為重慶大學的創始人之一，在學界和詩界的名聲響亮；但不幸的是，他因早年家庭貧困之故，體質孱弱，僅三十六歲便英年早逝。可用來形容年輕夫妻經濟拮据，生活困乏，仍對未來充滿無窮希望。

【出處】清末民初．吳芳吉〈將自永寧歸家先寄內〉詩：「萬樹梅花月正圓，蓑衣灘畔繫歸船。行囊羞澀都無恨，難得夫妻是少年。」

【難捨】

衣不如新，人不如舊。

衣裳是舊的不如新的，人卻是新的不如舊的。

【解析】詩中「人不如舊」一說作「人不如故」。作者先是以孤單無依、腳步踟躕的兔子，比喻遭到丈夫遺棄婦人的徬徨心境，然後再將有形的衣服和無形的人心感情互作比較，表達出大多數的人雖喜歡新衣勝過舊衣，但對於重感情的人而言，卻無法像對待衣服的態度一樣，始終對其愛過或深交的人念念不忘。明顯可以看出，這名棄婦仍對前夫懷有舊情，也盼望對方能夠回心轉意，記取兩人曾經相處的點滴過往。可用來形容對前伴侶的顧戀。也可用來說明人應當念舊，不可見異思遷。

【出處】漢．佚名〈古豔歌〉詩：「煢煢（ㄑㄩㄥˊ）白兔，東走西顧。衣不如新，人不如舊。」

孔雀東南飛，五里一徘徊。

孔雀往東南方飛去，飛了五里路便停下來繞來繞去，來回流連。

【解析】這是東漢無名詩人所寫的長篇敘事詩〈孔雀東南飛〉之開頭兩句，藉由一隻獨飛的孔雀在空中盤桓逗留的景象，表現出禽鳥不忍離開伴侶的心情其實與人類無異，也為其後展開的情節奠定了悲劇的基調。全詩敘述小吏焦仲卿與妻子劉蘭芝兩人情感深篤，平民出身的劉蘭芝嫁入焦家三年，個性賢淑，手藝靈巧，卻一直無法見容於婆婆，生活中對其百般刁難，不斷催逼孝順的焦仲卿休妻，另攀高門，以光耀門楣。不料劉蘭芝被遣送回娘家後，重視門第榮祿的兄長隨即強迫其改嫁官位比焦仲卿更顯貴的太守之子，孤立無援的劉蘭芝只能假意應和，她在對方前來迎親的當天，縱身往水池跳下而死，焦仲卿聞訊後，先是在庭院徘徊一陣，便自縊於東南邊的樹枝上，兩人都用自己的生命向當時的封建禮教制度發出不平之鳴，展現出他們對婚戀自主的熱烈渴望。明人王世貞《藝苑卮言》對這首詩的評論：「敘事如畫，敘情若訴，長篇之聖也。」可用來比喻不捨與心愛的人分離，不時頻頻回顧的痛苦情態。

【出處】東漢·佚名〈孔雀東南飛〉詩：「孔雀東南飛，五里一徘徊。十三能織素，十四學裁衣。十五彈箜篌，十六誦詩書。十七為君婦，心中常悲苦。君既為府吏，守節情不移。賤妾留空房，相見長日稀。雞鳴入機織，夜夜不得息……」（節錄）

新人雖言好，未若故人姝[1]。

新娶的妻子雖然也不錯，卻比不上妳的美好。

【注釋】1.姝：音ㄕㄨ，容貌美麗。此不止指外表，也指品格清高。

【解析】此詩詩題〈上山采蘼蕪〉。蘼蕪，是一種香草，葉子風乾後可作成香料，相傳可使婦女多子。全詩透過一名棄婦上山採集蘼蕪，下山時偶然與前夫重逢的場面對話，表露出前夫對眼前這個結髮妻子仍是存有情意和愧意的。另外，從詩中提到「蘼蕪」，可以推測棄婦當初被夫家休離的原因，應是婚後未生子嗣的緣故，詩人沒有明白說出，而是借蘼蕪暗示之。可用來形容懷念已經仳離或分手的前伴侶。

【出處】東漢·佚名〈上山采蘼蕪〉詩：「上山采蘼蕪，下山逢故夫。長跪問故夫，新人復何如？新人雖言好，未若故人姝。顏色類相似，手爪不相如……」（節錄）

七夕景迢迢，相逢只一宵。

（牛郎與織女）等了漫長的一年，終於等到七月七日的夜晚，但能相守一起的時光，也只有這一個晚上。

【解析】七夕，指農曆七月七日晚上。相傳織女為天帝孫女，長年織造雲錦天衣，但與牽牛郎結為夫婦後，荒廢織事。天帝大為震怒，令兩人分隔於銀河兩岸，終年只能遙遙相對，每年七夕才得以相會。唐朝詩僧清江，描寫牽牛郎和織女好不容易盼到七夕的短暫相聚，卻又要馬上面臨隔日一早的分離，語氣充滿無限悲戚。可用來形容期盼已久的相會，卻又要匆匆離別的不捨。另可用來說明七夕本為傳說中的牛郎織女相聚的日子，後世即以此日為「情人節」。

【出處】唐．清江〈七夕〉詩：「七夕景迢迢，相逢只一宵。月為開帳燭，雲作渡河橋。映水金冠動，當風玉珮搖。惟愁更漏促，離別在明朝。」

多情只有春庭月，猶為離人照落花。

只有庭院前的春月如此多情，還為正處於離情的我照映著一地落花。

【解析】張泌描寫他在春月落花前追憶舊日情人，詩中把本是無情的明月，說得如人一般的有情，寄寓自己始終忘不了對方的繾綣深情，而被月光照映滿地的花朵，就像是詩人失落寂寞的情感，再也回不去昔時的歡愛時光。明人敖英《唐詩絕句類選》評曰：「末兩句無情翻出有情。」可用來形容對曾經相戀之人的牽記與思念。

【出處】唐．張泌〈寄人〉詩：「別夢依依到謝家，小廊迴合曲闌斜。多情只有春庭月，猶為離人照落花。」

多情卻似總無情，唯覺尊前笑不成。

本是一個多情的人，在離別前夕卻像是無情之人般，在餞別的筵席上對著酒杯，怎麼也無法展露笑顏。

【解析】作者杜牧表面上是在描寫他與心愛的女子在別離的酒席上，有別於平日相處時的深情款款，彼此相對無言，甚至難以強顏歡笑，感情似乎相當冷淡。然而事實上，詩人筆下的「無情」，實是在表達多情人面對即將到來的分離時，縱有千言萬語，一時也不知從何說起的矛盾心緒。可用來形容人情到深處，無法表露，外表顯得冷漠無情的樣子。

【出處】唐．杜牧〈贈別〉詩二首之二：「多情卻似總無情，唯覺尊前笑不成。蠟燭有心還惜別，替人垂淚到天明。」

妾心藕[1]中絲，雖斷猶牽連。

我對你的情感就如同藕中的絲一樣，雖然藕已經折斷，但藕絲卻仍然相連。

【注釋】1.藕：蓮的地下莖，是一種可食的植物，切開後中間有細絲相連。

【解析】孟郊在此詩中描寫婦人被丈夫拋棄後的哀怨不捨。詩中以「匣中鏡」和「藕中絲」作對比，意指丈夫的心有如破鏡，絕不可能修復重圓，而自己的心卻有如藕絲一般，遲遲無法恩斷情絕。後來「藕斷絲連」這句成語，也是由此演變而出。可用來形容在情愛中情意未絕的樣子。

【出處】唐．孟郊〈去婦〉詩：「君心匣中鏡，一破不復全。妾心藕中絲，雖斷猶牽連。安知御輪士，今日翻回轅。一女事一夫，安可再移天？君聽去鶴言，哀哀七絲弦。」

紅樓隔雨相望冷，珠箔[1]飄燈獨自歸。

隔著雨絲與妳曾住過的紅樓遙遙對望，心中淒涼，細雨在燈火下如珠簾般飄搖，而孤單的我，只能黯然地踏上歸途。

【注釋】1.珠箔：本指珠簾，此指細雨密布如簾。

【解析】李商隱描寫他在春雨之中，來到昔日戀人住過的紅樓前徘徊。隔著迷濛細雨悵然遙望，內心孤寒寂寥，深知自己對伊人的情意依然綿長且難以忘懷。可用以形容重遊舊地，懷念舊人的心情。

【出處】唐．李商隱〈春雨〉詩：「悵臥新春白袷（ㄐㄧㄚˊ）衣，白門寥落意多違。紅樓隔雨相望冷，珠箔飄燈獨自歸。遠路應悲春晼晚，殘宵猶得夢依稀。玉璫緘札何由達？萬里雲羅一雁飛。」

美人在時花滿堂，美人去後餘空床。

美人還在的時候，滿間屋子都是芬芳的花香，美人離去之後，僅剩下一張空蕩蕩的床了！

【解析】本詩的詩題一作〈贈遠〉。李白在詩中描寫美人雖然已經離開三年，但他仍無法忘記對方陪伴身旁時滿室的芬芳，如今卻只能空對冷清的床，足見其對這位佳人的痴心眷戀，久久難以忘情。可用來抒發對心上人或分手情人的深刻懷念。

【出處】唐．李白〈閨情〉詩：「美人在時花滿堂，美人去後餘空床。床中繡被卷不寢，至今三載猶聞香。香亦竟不滅，人亦竟不來。相思黃葉盡，白露濕青苔。」

欲忘忘未得，欲去去無由。

想要忘掉你是如何也忘不了，想要離開你卻也找不到任何能走的理由。

【解析】由詩題〈寄遠〉可知，此詩的收信者是一位令白居易刻骨牽記的遠方心上人。由於繫戀過於深重，使他萌生了亟欲遺忘和離去的念頭，但卻無論如何也難以忘情。可用來形容對意中人思念深切、愛恨交織的矛盾心緒。

【出處】唐．白居易〈寄遠〉詩：「欲忘忘未得，欲去去無由。兩腋不生翅，二毛空滿頭。坐看新落葉，行上最高樓。暝色無邊際，茫茫盡眼愁。」

章臺[1]柳，章臺柳，昔日青青今在否？

章臺的柳樹啊，章臺的柳樹啊，以往那株青色美麗的垂柳如今還在嗎？

【注釋】1.章臺：指長安城內的一條街。一說章臺為漢代妓院的所在地，後稱妓女聚集的地方。

【解析】詩題一作〈寄柳氏〉，為韓翃（ㄧˋ）於安史亂後，寄贈昔日寵姬柳氏之作。詩中的「柳」為雙關語，以柳枝喻指柳氏，寄託他對柳氏的想念，後來人們也用「章臺楊柳」來比喻離別。可用來表達對舊時情人的懷念與問候。

【出處】唐．韓翃〈章臺柳〉詩：「章臺柳，章臺柳，往日青青今在否？縱使長條似舊垂，也應攀折他人手。」

縱使長條似舊垂，也應攀折他人手。

即使楊柳條垂垂依舊，也應該已被別人給攀折了吧！

【解析】韓翃與其寵姬柳氏因安史之亂而被迫離散，詩中借柳枝來比喻柳氏。由於兩人分開甚久，加之戰亂，韓翃認為即便佳人如今仍貌美如花，恐怕也早就被他人垂涎而奪去了，語氣充滿無限的哀怨。可用來表達對舊日情人的眷戀不捨。

【出處】唐·韓翃〈章臺柳〉詩：「章臺柳，章臺柳，往日青青今在否？縱使長條似舊垂，也應攀折他人手。」

蠟燭有心還惜別，替人垂淚到天明。

蠟燭好像有心似地不忍人們分別，替我們的別離流淚到天亮。

【解析】蠟燭內有燭芯，杜牧在詩中運用諧音雙關「蠟燭有心」賦予蠟燭和人一樣的情感，以及蠟燭燃燒時所滴下來如淚的蠟油，也被其擬人化成人的眼淚，借蠟燭的垂淚，託寄內心的哀傷與惜別之情。可用來形容燭光夜裡不忍和心上人離別的淒涼心情。

【出處】唐·杜牧〈贈別〉詩二首之二：「多情卻似總無情，唯覺尊前笑不成。蠟燭有心還惜別，替人垂淚到天明。」

人如風後入江雲，情似雨餘黏地絮。

過去的情人，有如被風吹入江水中的雲朵，杳無蹤影，而我的情感，卻似雨後黏在地上的柳絮，牢固不移。

【解析】周邦彥詞中抒發其對昔日愛人仍耿耿於懷，無奈對方已把自己給拋諸腦後，不見人影。一個痴心，一個絕情，兩相對比，更彰顯出詞人對這段舊情的執著。可用來形容與情人分離之後，一方毫不留戀，一方卻是依戀不放。

【出處】北宋·周邦彥〈玉樓春·桃溪不作從容住〉詞：「桃溪不作從容住，秋藕絕來無續處。當時相候赤闌橋，今日獨尋黃葉路。煙中列岫青無數，雁背夕陽紅欲暮。人如風後入江雲，情似雨餘黏地絮。」

奈心中事，眼中淚，意中人。

怎奈心事滿懷，眼淚直流，還是忘不了心中思念的那個人。

【解析】這三句詞出現了三個「中」字，張先的外號「張三中」亦是因這闋詞而得名。張先在詞中描寫一名女子終日心事重重，不時傷心淚流，她不知自己仍深愛的那個人，是否也和自己一樣，始終前情難忘。可用來形容期盼情人回心轉意，因憂傷而淚流不止。

【出處】北宋．張先〈行香子．舞雪歌雲〉詞：「舞雪歌雲，閑淡妝勻，藍溪水、身染輕裙。酒香醺臉，粉色生春，更巧談話，美情性，好精神。江空無畔，凌波何處？月橋邊，青柳朱門。斷鐘殘角，又送黃昏，奈心中事，眼中淚，意中人。」

拚則而今已拚了，忘則怎生便忘得？

已經拚命捨棄如今還是捨棄不了，想要忘掉又怎能輕易地忘得掉？

【解析】李甲回想當年他在京城和伊人攜手春遊的往事，心中紛亂如麻，偷偷地拭淚，又忍不住地頻頻淚流，表現出亟欲擺脫這段過往情愛的糾葛，偏偏又無法拋卻的矛盾心情。明人潘遊龍《古今詩餘醉》評曰：「『拚則』二句，詞意極淺，正未許淺人解得。」意即這兩句詞看似極為淺白，實則意蘊深刻，一般人未必真能理解詞人的情思。可用來形容不願再為舊情黯然神傷，反而更忘懷不了。

【出處】北宋．李甲〈帝臺春．芳草碧色〉詞：「……愁旋釋，還似織。淚暗拭，又偷滴。漫佇立、遍倚危闌，儘黃昏，也只是、暮雲凝碧。拚則而今已拚了，忘則怎生便忘得？又還問鱗鴻，試重尋消息。」（節錄）

東風惡，歡情薄。一懷愁緒，幾年離索。錯！錯！錯！

可惡的春風，把我們在一起時的歡樂吹得那樣稀薄，懷抱著憂愁的情緒，離異已經多年了。回顧這段往事，是多麼嚴重的錯誤啊！

【解析】陸游詞中抒發其與前妻唐琬在江南名勝沈園（位在今浙江紹興市境內）意外重逢的感慨。陸游本與妻子唐琬百般恩愛，但陸母不喜歡唐琬，千方百計逼迫陸游休妻，兩人之後各自嫁娶。某年，陸游在一次的春遊中，與唐琬偶然相遇於沈園，他看著唐琬纖瘦憔悴的身影，不禁想起過去伉儷情深的那段歡娛時光，他不敢公然苛責自己母親的不是，只能借「東風惡」來表現心中難以向人道出的悔怨。可用來形容被迫與心愛的人或伴侶分離後的痛悔。

【出處】南宋・陸游〈釵頭鳳・紅酥手〉詞：「紅酥手，黃縢酒，滿城春色宮牆柳。東風惡，歡情薄。一懷愁緒，幾年離索。錯！錯！錯……」（節錄）

柔情似水，佳期如夢，
忍顧鵲橋[1]歸路。

溫柔的情意像水一樣長，相聚的日子像夢一樣短，不忍回頭去看那喜鵲在銀河搭起回去之路的長橋。

【注釋】1.鵲橋：喜鵲搭的橋。傳說中每年七夕天帝為了讓織女度過銀河與牛郎相見，命喜鵲飛聚架起一座跨越銀河的橋道。後人多以此比喻夫妻或情人久別團聚的地方或機緣。

【解析】秦觀借寫神話故事中織女和牛郎被迫每年只能在七夕相會，傳達夫妻或戀人好不容易盼到甜蜜的相聚時光，卻立刻又要分離，所以不敢轉頭望看對方心碎腸斷的面容。可用來形容與心上人匆促相會後，捨不得離去的心情。

【出處】北宋・秦觀〈鵲橋仙・纖雲弄巧〉詞：「纖雲弄巧，飛星傳恨，銀漢迢迢暗度。金風玉露一相逢，便勝卻人間無數。柔情似水，佳期如夢，忍顧鵲橋歸路。兩情若是久長時，又豈在朝朝暮暮？」

桃花落，閑池閣。
山盟雖在，錦書難託。
莫！莫！莫！

桃花凋落，池塘冷清，從前的盟誓雖然還在，但書信已沒人可以寄託。一切只能說算了吧！

【解析】孝順的陸游因不敢拂逆母命而與妻子唐琬仳離，兩人隨後各自婚嫁。某年春遊，陸游與唐琬夫妻不巧在沈園偶遇，勾起了他的悲傷回憶，即使自認對唐琬的情感仍然銘心刻骨，但當初確實是緣於自己個性上的懦弱，提不起勇氣向母親爭取婚姻自主，才會讓事情演變成今日無法挽回的局面，而他也只能將心中無處宣洩的悔恨化為詞，題寫在沈園的牆壁上。可用來形容不能與所愛的人聯繫或長相廝守的痛心失落。

【出處】南宋．陸游〈釵頭鳳．紅酥手〉詞：「……春如舊，人空瘦，淚痕紅浥鮫綃透。桃花落，閑池閣。山盟雖在，錦書難託。莫！莫！莫！」（節錄）

豈知聚散難期，翻成雨恨雲愁。

哪裡知道聚合離散從來不是人可以預期的，過去幽會時的歡樂，反而變成了今日無法相聚的愁苦怨恨。

【解析】羈旅他鄉的柳永，回想起昔日在京城與一名女子交往相處的情景，兩人自別後雖不曾再見，但歡聚時的美好卻一直縈繞在詞人的腦海裡，時時翻攪他的心頭。可用來形容追憶舊情，充滿悔恨哀怨。

【出處】北宋．柳永〈曲玉管．隴首雲飛〉詞：「隴首雲飛，江邊日晚，煙波滿目憑闌久。立望關河蕭索，千里清秋，忍凝眸。杳杳神京，盈盈仙子，別來錦字終難偶。斷雁無憑，冉冉飛下汀洲，思悠悠。暗想當初，有多少、幽歡佳會，豈知聚散難期，翻成雨恨雲愁。阻追遊，每登山臨水，惹起平生心事，一場消黯，永日無言，卻下層樓。」

傷心橋下春波綠，曾是驚鴻[1]照影來。

看到沈園橋下的水波碧綠，想到這裡曾經映照過她那輕盈的倩影。

【注釋】1.驚鴻：本指鴻鳥受到驚嚇後輕快飛起。後多用來比喻女子的體態輕盈柔美。

【解析】陸游因難違母命而休離了元配唐琬，之後卻在沈園和已改嫁的唐琬不期而遇，兩人舊情仍在，但也只能接受現實命運對彼此的捉弄。陸游把其無以言說的悲憤寫成〈釵頭鳳〉詞於沈園壁上，不久唐琬即抱恨而卒。這首詩是陸游在四十多年後重遊沈園之作，他看著橋下春水，想著唐琬的身影也曾出現在水中，如今水在而人已不在，睹景傷情。近人陳衍《宋詩精華錄》評曰：「無此絕等傷心之事，亦無此絕等傷心之詩。」可用來形容舊地重遊時，對往日戀情的追懷。

【出處】南宋．陸游〈沈園〉詩二首之一：「城上斜陽畫角哀，沈園非復舊池臺。傷心橋下春波綠，曾是驚鴻照影來。」

當時輕別意中人，山高水遠知何處？

那個時候，輕易就離開自己心愛的人，如今山水迢遙，不知心愛的人究竟在哪裡？

【解析】晏殊憶起一段曾經情投意合的愛情，原本兩人有雙宿雙飛的機會，但當時的他，卻魯莽地選擇拋下對方，等到分手之後，才發現自己對這段感情的牽念，只是已遍尋不著舊日情人的芳蹤，心裡滿是懊悔。可用來形容對過去的戀情始終無法忘懷，後悔當初輕言別離。

【出處】北宋．晏殊〈踏莎行．碧海無波〉詞：「碧海無波，瑤臺有路。思量便合雙飛去。當時輕別意中人，山長水遠知何處？綺席凝塵，香閨掩霧。紅箋小字憑誰附？高樓目盡欲黃昏，梧桐葉上蕭蕭雨。」

繫我一生心，負你千行淚。

我此生一顆心已牽掛在你一人身上，卻還是不得不辜負你的千行淚水。

【解析】面對與心上人不得不的分離，柳永詞中雖已明確表達了今生永遠都會把對方放在心上，但也無奈道出即使兩人情意深厚，若是無法長相廝守，他也只能愧歉這段感情了，痴情話語中帶了些許的決絕，而這正是造成他心如刀攪的緣由。可用來形容相愛的兩人，迫於某些原因而不得相守，雖心繫彼此，卻也料到終將走向分手一途。

【出處】北宋．柳永〈憶帝京．薄衾小枕涼天氣〉詞：「薄衾小枕涼天氣。乍覺別離滋味。展轉數寒更，起了還重睡。畢竟不成眠，一夜長如歲。也擬待、卻回征轡。又爭奈、已成行計。萬種思量，多方開解，只恁寂寞厭厭地。繫我一生心，負你千行淚。」

【變心】

信誓旦旦，不思其反。

當初你立下誓言的時候誠懇真切，沒有料到之後竟然違反信諾。

【解析】這是通過一名女子的血淚控訴，抒發她在婚姻中所託非人的怨憤心情。詩中敘述她與丈夫本是兩小無猜，在歡樂談笑聲中成長，逐漸萌生戀情，求婚時丈夫的神情懇切可靠，誓願一輩子相守，誰知婚後女子每日操持家務，早起晚睡，丈夫卻狠心對她施予暴力，完全不顧念昔往恩愛，更把婚前的盟約拋諸腦後，讓女子傷透了心，悔之莫及。北宋歐陽脩《詩本義》評論此詩：「據詩所述，是女被棄逐怨悔，而追序與男相得之初，殷勤之篤，而責其終始棄背之辭。」可用來形容追求某人時，說的盡是海誓山盟這類動人的話語，一旦感情逝去便翻臉無情。

【出處】先秦．《詩經．衛風．氓》：「……及爾偕老，老使我怨。淇則有岸，隰則有泮。總角之宴，言笑晏晏。信誓旦旦，不思其反。反是不思，亦已焉哉。」（節錄）

棄捐篋笥中，恩情中道絕。

（擔憂涼爽的秋天到來，為你驅散炎熱的團扇）將被你扔棄到竹箱子裡，你給予（團扇）的恩德也就中途斷絕。

【解析】相傳這首詩的作者是西漢成帝嬪妃班婕妤（名不詳，婕妤是漢朝女官的名號），入宮為成帝所寵幸，後因趙飛燕姊妹奪寵而遭到冷落，故詩中借秋天即將被主人棄置不用的扇子自喻，抒發她從恩寵之盛到情義中絕的嗟嘆，成語「秋扇見捐」即是出自此

詩。可用來說明以色事人的感情是難以維持長久的。

【出處】西漢．班婕妤〈怨歌行〉詩：「新裂齊紈素，皎潔如霜雪。裁為合歡扇，團團似明月。出入君懷袖，動搖微風發。常恐秋節至，涼風奪炎熱。棄捐篋笥中，恩情中道絕。」

新人從門入，故人從閤去。

看著你新娶的妻子從大門迎進來，而被休離的我從旁邊小門走出去。

【解析】這兩句詩是以一名在路上巧遇前夫的棄婦之口吻寫出的，其因聽到前夫向她抱怨家中再娶的妻子，不管是在相貌還是手藝上，樣樣都不如自己，她便鼓起勇氣，向前夫訴說起當初自己被逐出家門時所受到的傷害與羞辱，一吐先前隱忍未發的怨氣。可用來形容薄情人拋棄舊愛，另結新歡。

【出處】東漢．佚名〈上山采蘼蕪〉詩：「……新人從門入，故人從閤去。新人工織縑，故人工織素。織縑日一匹，織素五丈餘。將縑來比素，新人不如故。」（節錄）

昔君視我，如掌中珠。何意一朝，棄我溝渠。

過去你看待我，如同捧在你手掌的寶珠。想不到有那樣的一天，你會把我丟到水溝裡。

【解析】西晉文學家傅玄詩中模仿一女子的口吻，敘說其與情人今昔關係的疏親對比。這名住在長安高樓的女子，過去備受情人的愛寵，對方視她猶如價值不菲的寶珠般，如今對她卻是不屑一顧。成語「掌上明珠」就是由此詩演變而出，比喻珍貴的人或物，後來多用來比喻愛女。可用來形容女子從受到心上人的百般呵護到之後失寵的痛苦心聲。

【出處】西晉．傅玄〈短歌行〉詩：「……昔君視我，如掌中珠。何意一朝，棄我溝渠。昔君與我，如影如形，何意一去，心如流星。昔君與我，兩心相結。何意今日，忽然兩絕。」（節錄）

但見新人笑，

那聞舊人哭？

只看見新人的歡笑，哪裡聽得到舊人的哭泣呢？

【解析】作者杜甫在此詩中描寫一名出身良好的佳人，因娘家失勢，遭到個性輕薄的丈夫毫不留情地拋棄，另娶新婦。在丈夫的眼中，只看得到年輕新人的笑語，哪裡在乎被休棄的前妻內心悲憤欲絕。可用來指責人薄倖，另結新歡，無情無義。

【出處】唐．杜甫〈佳人〉詩：「……世情惡衰歇，萬事隨轉燭。夫婿輕薄兒，新人美如玉。合昏尚知時，鴛鴦不獨宿。但見新人笑，那聞舊人哭……」（節錄）

易求無價寶，難得有心郎。

獲得無價的金銀財寶很容易，但想要遇到一位有心相待的情郎卻非常困難。

【解析】本詩作者為著名的詩人女道士魚玄機。詩題一作〈寄李億員外〉。魚玄機曾為李億的妾，甚得寵愛，後因李妻的讒言而受到冷落，遂入咸宜觀成為女道士。魚玄機詩中以「無價寶」對比「有心郎」，說明世上能夠忠於愛情的男子極少，對女人大多是喜新厭舊的，藉此抒發自己慘遭薄倖人拋棄的激憤。可用來形容女子對專一愛情的渴望或絕望。

【出處】唐．魚玄機〈贈鄰女〉詩：「羞日遮羅袖，愁春懶起妝。易求無價寶，難得有心郎。枕上潛垂淚，花間暗斷腸。自能窺宋玉，何必恨王昌。」

花紅易衰似郎意，水流無限似儂愁。

紅豔的花容易凋謝，就彷彿你對我的情意一樣，而水奔流不止，恰似我心中無盡的愁緒。

【解析】作者劉禹錫描寫女子唯恐失去情人的愛，致使內心生出無限的愁思，以「花紅易衰」來比喻愛情雖然甜美，但不久情感便會逐漸轉淡，可見其所鍾情的男子對於愛情並非始終相待。可用來說明男子容易變心，而女子為情所苦。

【出處】唐·劉禹錫〈竹枝詞〉詩九首之二：「山桃紅花滿上頭，蜀江春水拍江流。花紅易衰似郎意，水流無限似儂愁。」

一春猶有數行書，秋來書更疏。

春天的時候，還收到了幾行字的書信，到了秋天，來信就更少了。

【解析】晏幾道詞中以一女子的口吻，抒發情人離去後，春天尚有書信寄來，裡頭雖只寫了寥寥幾行，但還是能給她帶來情感上的一點安慰，等到入秋後就連信都很少收到，表示對方在春天情意就轉淡了，故用「數行書」敷衍搪塞，半年後的秋天，差不多已快把女子給忘了，自然是「書更疏」的下場。可用來形容戀人因相隔很遠，感情逐漸淡薄而生變。

【出處】北宋·晏幾道〈阮郎歸·舊香殘粉似當初〉詞：「舊香殘粉似當初，人情恨不如。一春猶有數行書，秋來書更疏。衾鳳冷，枕鴛孤，愁腸待酒舒。夢魂縱有也成虛。那堪和夢無。」

年少拋人容易去。

年輕時的歲月或情感最容易拋下人們，飛速地離去。

【解析】晏殊詞中回顧年輕時，還不能理解離情之苦，因而把與情人的分手看得很淡薄，等到年歲漸長，才驚覺青春時光原來也和不經事少年對待戀情的態度一樣，輕率就可以把人給拋棄。可用來形容年少時的情感，容易輕言別離，薄倖無情。另可用來形容光陰易逝，人生易老。

【出處】北宋·晏殊〈木蘭花·綠楊芳草長亭路〉詞：「綠楊芳草長亭路，年少拋人容易去。樓頭殘夢五更鐘，花底離愁三月雨。無情不似多情苦，一寸還成千萬縷。天涯地角有窮時，只有相思無盡處。」

百草千花寒食路，香車繫在誰家樹？

寒食節時，整條道路上各式各樣的花草盛開，妳（你）那輛華麗的車子究竟是停在誰家的樹旁呢？

【解析】大約清明節前的一、兩日為寒食節。馮延巳描寫春日將盡，其所朝思暮想的戀人到了寒食節時仍未出現，興起一股對方究竟情歸何處的擔憂？語意中流露出他對女子的迷戀。另有一說，認為詞中「百草千花」指的是風情萬種的青樓妓女，主在描寫女子埋怨她的丈夫或情人成日在風月場所冶遊，樂不思歸的苦痛。可用來形容因思念久未見面的心上人，懷疑對方已然變心。

【出處】五代．馮延巳〈鵲踏枝．幾日行雲何處去〉詞：「幾日行雲何處去？忘了歸來，不道春將暮。百草千花寒食路，香車繫在誰家樹？淚眼倚樓頻獨語，雙燕來時，陌上相逢否？撩亂春愁如柳絮，悠悠夢裡無尋處。」（此詞一說作者為歐陽脩）

最恨多才情太淺。

最遺憾的事情，就是一個人的才華出眾，情感卻是極為淺薄。

【解析】趙令時將唐人元稹所寫的傳奇小說〈鶯鶯傳〉原文分成十章，並針對各章的故事內容填寫一詞，此詞即為十首中的第一首。作者在詞中暗諷〈鶯鶯傳〉中的男主人翁張生縱然文采風流，卻以追求功名為藉口，與戀人鶯鶯遠別後便從此恩斷情絕。可用來形容有才而薄情的負心人。

【出處】北宋．趙令時〈蝶戀花．麗質仙娥生月殿〉詞：「麗質仙娥生月殿，謫向人間，未免凡情亂。宋玉牆東流美盼，亂花深處曾相見。密意濃歡方有便，不奈浮雲，旋遣輕分散。最恨多才情太淺，等閑不念離人怨。」

嫁時羅衣羞更著，如今始悟君難託。

我羞於再穿上出嫁時的絲質衣裳，直到現在才醒悟，像你這樣的人是難以託付終身的。

【解析】王安石詩中描寫一名遭到丈夫拋棄的女子，回憶其與丈夫新婚時的纏綿相愛，婚後自己辛苦操持家計，然而隨著年歲漸增，丈夫竟然聽信讒言，狠心將她離棄，女子這時才猛然大悟，原來當初嫁的不過是個背棄恩義之人，心中悔之莫及。可用來形容女子對婚姻所託非人的悔怨。

【出處】北宋·王安石〈君難託〉詩：「槿花朝開暮還墜，妾身與花寧獨異。憶昔相逢俱少年，兩情未許誰最先。感君綢繆逐君去，成君家計良辛苦。人事反復那能知？讒言入耳須臾離。嫁時羅衣羞更著，如今始悟君難託。君難託，妾亦不忘舊時約。」

輕別離，甘拋擲，江上滿帆風疾。

把離別的事看得很輕，甘願拋棄愛情，乘著鼓滿風帆的船，在江上疾駛而去。

【解析】孫光憲描寫一名讀書人在江岸與情人道別後的心聲，為了追求功名，他決意離開情人，還不忘提醒自己縱使留了下來，對未來前程也毫無助益，等同賦予自己一個冠冕堂皇的薄情理由，他更恨不得搭乘的船隻再開快一些，示意其對這份情感已無所眷戀。可用來形容辜負戀人，絕情離去。

【出處】五代·孫光憲〈謁金門·留不得〉詞：「留不得，留得也應無益。白紵春衫如雪色，揚州初去日。輕別離，甘拋擲，江上滿帆風疾。卻羨綵鴛三十六，孤鸞還一隻。」

人生若只如初見，何事秋風悲畫扇？

人與人之間若只像剛認識的時候那樣，又怎麼會出現秋扇被拋棄的悲哀呢？

【解析】清人納蘭性德寫詞抒發一名女子與其意中人情變後的幽怨，女子回想兩人一開始認識時的交往，甜蜜真切，只是隨著相處的時間日久，對方的愛意逐漸淡去，視自己為秋風起時，已不需要再拿來搧風的畫扇，這也意味著他們的這段感情終走向決裂的命運。詞中「秋風悲畫扇」化用了西漢班婕妤〈怨歌行〉中「秋扇見捐」的典故，比喻女子遭到丈夫或情人拋棄。可用來說明相戀時看待愛人的一切都是美好的，之後一方冷淡了就輕易地離棄另一方。

【出處】清·納蘭性德〈玉樓春·人生若只如初見〉詞：「人生若只如初見，何事秋風悲畫扇？等閑變卻故人心，卻道故人心易變。驪山語罷清宵半，淚雨霖鈴終不怨。何如薄倖錦衣郎？比翼連枝當日願。」

■無緣■

如今俱是異鄉人，相見更無因。

如今我們都流落他鄉，想要再次相見，恐怕是沒有機會了。

【解析】韋莊回憶昔日曾在花前月下，與一女子徹夜談心，相約日後再見，無奈天明道別後卻從此音訊全無。事隔多年，心想彼此皆在異鄉漂泊，韋莊雖有渴盼與女子重逢的願望，但也只能擱在心裡，畢竟在戰亂的年代，想要得知親人舊友的下落，極為困難。可用來形容與情人離散，相見遙遙無期。

【出處】唐．韋莊〈荷葉杯．記得那年花下〉詞：「記得那年花下，深夜，初識謝娘時。水堂西面畫簾垂，攜手暗相期。惆悵曉鶯殘月，相別，從此隔音塵。如今俱是異鄉人，相見更無因。」

此情可待成追憶，只是當時已惘然。

這份感情何必等到事後才來追思回憶，當時已經令人迷惘悵然了。

【解析】李商隱回憶逝去的戀情，認為當初自己早已深陷失落茫然的情境，隨著年歲增長，那份失去的痛楚一直如影隨形，從來不曾消褪過。可用來表達對過往戀情的念念不忘及深深遺恨。

【出處】唐．李商隱〈錦瑟〉詩：「……滄海月明珠有淚，藍田日暖玉生煙。此情可待成追憶，只是當時已惘然。」（節錄）

狂風落盡深紅色，綠葉成陰[1]子滿枝。

強風吹落了一地的紅花，樹上的綠葉繁盛，覆蓋成蔭，結滿了滿枝的果實。

【注釋】1.陰：音ㄧㄣˋ，通「蔭」字，覆蔭、遮蔽。

【解析】據南宋人計有功編《唐詩紀事》記載，作者杜牧早年遊湖州（位在今浙江境內）時，曾邂逅一名十餘歲的小女孩，因見其年幼而未娶。十四年後，他來到湖州擔任刺史，想要迎娶當年那位一見傾心的女子，卻得知對方早已嫁人生子，只能惆悵地寫下此詩。其中「子滿枝」的「子」便是雙關果子和子女。可用來比喻心儀女子或往日情人已嫁人生子。

【出處】唐．杜牧〈悵詩〉詩：「自是尋春去較遲，不須惆悵怨芳時。狂風落盡深紅色，綠葉成陰子滿枝。」

侯門一入深如海，從此蕭郎[1]是路人。

一旦進入了深幽似海的官宦顯貴人家的大門，從此即使是有情人也形同路人。

【注釋】1.蕭郎：本指未稱帝前的梁武帝蕭衍，後常為女子對所愛男子的借稱。

【解析】崔郊詩中描寫他和姑母家的一名婢女相戀，後來婢女被賣入門禁森嚴的官宦人家，兩人難得見上一面，也不得交談，只能作詩抒發心中的無奈。可用來形容因門第懸殊而被迫與相愛的人分開。另外可用來諷刺某些因故得勢的人，不再與親人舊朋往來的勢利現實。

【出處】唐．崔郊〈贈婢〉詩：「公子王孫逐後塵，綠珠垂淚滴羅巾。侯門一入深如海，從此蕭郎是路人。」

從此無心愛良夜，任他明月下西樓。

自佳期落空後，從此沒有心思欣賞良宵美景，任憑明月獨自落到西樓邊。

【解析】相傳唐人蔣防的傳奇小說〈霍小玉傳〉，是描寫李益創作這首詩的緣由。李益早年赴長安應試時認識名妓霍小玉，兩人相愛且約定白首，但李益返家後，母親卻命其迎娶表妹，李益不敢忤逆母命而從之。霍小玉知道婚約生變，積思成疾，最終憂憤而死。李益在詩中抒發其對景懷人的感傷，更深信此後人間任何好風好景都不會再讓他心生漣漪，表達其內心悔怨至深。清人宋顧樂《唐人萬首絕句選》評曰：「極直極盡，正復情味無窮。」可用來形容失戀或戀人失約後，對一切美好事物全都興味索然的痛苦心情。

【出處】唐·李益〈寫情〉詩：「水紋珍簟思悠悠，千里佳期一夕休。從此無心愛良夜，任他明月下西樓。」

雲雨巫山[1]枉斷腸。

戰國時楚王夢見與巫山神女相會這般虛妄的故事，聽了只是叫人徒增傷感罷了！

【注釋】1.雲雨巫山：相傳戰國時楚懷王遊高唐時，曾夢見巫山神女自願獻身侍寢。臨別前，神女說自己旦為朝雲，暮為行雨，懷王若想再相見，就來巫山找她。後人便把雲雨巫山比喻為男女合歡。

【解析】李白在〈清平調〉詩中利用描寫戰國楚王和巫山神女在夢中幽會的傳說，突顯出唐玄宗與楊貴妃兩人的恩愛。可用來形容戀情如夢似幻，不切實際，令人惆悵。

【出處】唐·李白〈清平調〉詩三首之二：「一枝紅豔露凝香，雲雨巫山枉斷腸。借問漢宮誰得似？可憐飛燕倚新妝。」

劉郎[1]已恨蓬山[2]遠，更隔蓬山一萬重。

劉郎的處境，都怨恨蓬萊山離他相當遙遠了，更何況我與蓬萊山的距離還隔著萬重山呢！

【注釋】1.劉郎：一說指西漢武帝，因信方士之言，曾派人到蓬萊仙島求仙藥。另一說指東漢人劉晨，曾與阮肇入天台山採藥遇兩仙女，至仙女家裡留宿半載，後返家時子孫已歷七代，欲再返仙境已不復得。2.蓬山：即蓬萊山，為神話傳說中的仙山。後泛指仙境。

【解析】李商隱久候一女子而對方遲遲未至，便借用傳說中東漢人劉晨與仙女結緣的典故，表達自己與女子之間的阻隔如萬重山之遙，也暗喻兩人今後想要見面是難以實現的願望了。可用來形容對遠別情人或與心上人不得相見的怨恨與思念。

【出處】唐·李商隱〈無題〉詩四首之一：「來是空言去絕蹤，月斜樓上五更鐘。夢為遠別啼難喚，書被催成墨未濃。蠟照半籠金翡翠，麝熏微度繡芙蓉。劉郎已恨蓬山遠，更隔蓬山一萬重。」

還君明珠雙淚垂，恨不相逢未嫁時。

將寶貴的珍珠還給你時，眼淚忍不住流了下來，多麼遺憾我不是在未嫁人前與你相遇。

【解析】此詩表面上是描述一已婚婦人婉拒男子的追求，並表達對兩人相見恨晚的無奈之情，然而背後的深意實是作者張籍為拒絕淄青平盧節度使（中唐時轄區主要位在今山東一帶）兼檢校司空李師道的籠絡而作。唐朝在安史之亂後，朝廷疲弱，各地藩鎮擁兵自重，這些節度使多以利誘拉攏文人，擴張勢力。詩中張籍自比是有夫之婦的「妾」，把李師道比作「君」，其給與的厚利比成「明珠」，暗喻自己對朝廷的忠誠正如節婦忠於丈夫一樣。可用來形容女子雖為某人所愛，但不願背叛丈夫而回絕了對方。另可用來比喻對國家忠心不貳，絕不與叛亂者同流合汙。

【出處】唐．張籍〈節婦吟，寄東平李司空師道〉詩：「君知妾有夫，贈妾雙明珠。感君纏綿意，繫在紅羅襦。妾家高樓連苑起，良人執戟明光裡。知君用心如日月，事夫誓擬同生死。還君明珠雙淚垂，恨不相逢未嫁時。」

留人不住，醉解蘭舟去。

畢竟還是無法把人留下來，他就這樣帶著幾分醉意，解開纜繩，乘舟遠去。

【解析】晏幾道描寫一名女子在渡船頭設宴送別情人，即使她仍不死心的苦苦挽留，無奈情人的去意堅定，還是只能眼睜睜地看著對方登舟離開，這也注定了兩人的情緣，至此終止。可用來形容自己和心愛的人緣分已盡，對方絕情而去。

【出處】北宋．晏幾道〈清平樂．留人不住〉詞：「留人不住，醉解蘭舟去。一棹碧濤春水路，過盡曉鶯啼處。渡頭楊柳青青，枝枝葉葉離情。此後錦書休寄，畫樓雲雨無憑。」

縱妙手、能解連環，似風散雨收，霧輕雲薄。

縱然擁有高妙的手藝，連難解的連環套索都能解開，如似我們的感情已如風雨般地過去，雲霧一樣淡薄，再也回不去從前的時光了。

【解析】周邦彥與情人分手後，對方從此音信全無，情斷恩絕，於是他寫詞抒發怨懷情傷，暗諷對方有一雙妙手能解開難解的連環，瀟灑地擺脫與他的情感糾葛，而始終無法忘情的自己，卻一直陷在無盡的絕望中，難以自拔。可用來形容往日情人狠心斷絕一切往來聯繫。

【出處】北宋．周邦彥〈解連環．怨懷無託〉詞：「怨懷無託，嗟情人斷絕，信音遼邈。縱妙手、能解連環，似風散雨收，霧輕雲薄。燕子樓空，暗塵鎖、一床絃索。想移根換葉，盡是舊時，手種紅藥……」（節錄）

羅帶同心結未成，江頭潮已平。

我想要用絲綢腰帶打一個心形的結，可是還沒來得及打成，潮水已經漲到和岸邊一樣齊平，你的船已經要離開了。

【解析】古代有女子用羅帶打成結，送給男方作定情物的習俗，象徵同心相愛，永不分離。林逋詞中以一女子的口吻，描寫其與情人在江岸分手的情景，女子以「結未成」示意他們的愛情遭遇到嚴重的阻擾，心心相印的兩人，終究來不及結為同心，當男子的船隻一離開女子所在的江頭，便是他們不得不被迫分離的時刻。可用來形容有情人終難成眷屬，含淚訣別。

【出處】北宋．林逋〈相思令．吳山青〉詞：「吳山青，越山青。兩岸青山相送迎，誰知離別情？君淚盈，妾淚盈。羅帶同心結未成，江頭潮已平。」

盼天涯，芳訊絕，莫是故情全歇？

總是盼不到你從遠方捎來的消息，難道說我們以前的感情全都消歇了嗎？

【解析】清人納蘭性德詞中描寫女子因久久等不到戀人的隻言片語，每日糾結愁苦，長夜不寐，怨恨對方的心比天上寒月還要冰冷寡情，全然忘記昔日的歡愛親密。可用來形容情感消逝，音訊斷絕。

【出處】清．納蘭性德〈滿宮花．盼天涯〉詞：「盼

天涯，芳訊絕，莫是故情全歇？朦朧寒月影微黃，情更薄於寒月。麝煙銷，蘭燼滅，多少怨眉愁睫。芙蓉蓮子待分明，莫向暗中磨折。」

情知此後來無計，強說歡期。

心裡清楚，以後沒有辦法再見面了，但還是勉強說出下次相會歡聚的日期。

【解析】 此為納蘭性德回憶其人生一段注定無法終成眷屬的戀情，明知日後難有再見的機會，卻仍在兩人最後一次的會面，約定將來一定還會聚首，寧可自欺欺人，也不忍當面揭穿從此便是永別的殘酷事實。可用來形容戀人出於某些原因而必須分手，離別前仍強作鎮定狀，內心實是一片悵惘。

【出處】 清．納蘭性德〈采桑子．而今才道當時錯〉詞：「而今才道當時錯，心緒淒迷。紅淚偷垂，滿眼春風百事非。情知此後來無計，強說歡期。一別如斯，落盡梨花月又西。」

還卿一缽[1]無情淚，恨不相逢未剃時。

把我一缽無情的淚水還給妳，只能埋怨沒能在我尚未剃度前，就先與妳相逢。

【注釋】 1.缽：音ㄅㄛ，出家人盛食物的器皿。

【解析】 這首詩的作者蘇曼殊，是民初時期的才子文人，但他的另一個身分是剃髮修行的僧侶，當時有女子對其情有獨鍾，他在經過一番猶疑掙扎之後，也只能婉拒對方的一片深情。詩中「恨不相逢未剃時」乃脫胎於唐人張籍〈節婦吟，寄東平李司空師道〉詩之「恨不相逢未嫁時」句，表達出蘇曼殊對這名女子其實也是存有情意的，無奈造化弄人，兩人終是不能結為連理。可用來形容動了凡心的出家人，面對情事的矛盾苦痛，最後仍堅持遵守戒律。

【出處】 清末民初．蘇曼殊〈本事詩〉詩十首之七：「烏舍凌波肌似雪，親持紅葉索題詩。還卿一缽無情淚，恨不相逢未剃時。」

閨怨

自伯[1]之東，首如飛蓬。豈無膏沐？誰適[2]為容？

自從丈夫到東方出征，我的頭髮散亂如被風吹到飄飛的蓬草般，怎麼會沒有洗滌、潤澤頭髮的油膏呢？只是不知道為了誰來打扮自己？

【注釋】1.伯：一般指家中兄弟長幼排序的最長者。此為妻子對自己丈夫的稱呼。2.適：音ㄉㄧˊ，此作動詞，指專意去做某一件事。

【解析】詩中描寫一名婦人雖稱許其在前線為天子作戰的丈夫氣概英勇，但這也導致在家中的她，因過於專注等待丈夫的歸來而懶於打理自己的妝容，突顯其對丈夫的用情深固。清人牛運震《詩志》評曰：「女為悅己者容，翻得新妙，『適』字意深，正自媚極。」可形容女子因心上人不在身邊而無心妝扮。

【出處】先秦．《詩經．衛風．伯兮》：「……自伯之東，首如飛蓬。豈無膏沐？誰適為容……」（節錄）

男兒重意氣，何用錢刀[1]為？

男人要重視的應當是情投意合，怎麼可以想要用錢財換取真誠的感情呢？

【注釋】1.錢刀：古代一種鑄成刀形的錢幣。此泛指金錢。

【解析】這首詩可以說是一個女子對其懷有異心的丈夫所發出的警告聲明，詩中敘說丈夫自事業發達之後，便喜歡在外炫耀財富，想要藉此吸引新歡的傾心注目（一說準備納妾），但女子只希望丈夫對自己的情意專一，白首不離。丈夫若再繼續漠視她的痛苦感受，到處惹草沾風，她寧可從此兩人分道揚鑣，也絕不會在接受新歡（或同意納妾）的事情上做任何妥協。可用來奉勸男子因多金而風流成性，不但會傷害到真正在乎自己的人，也不可能得到真情。

【出處】漢．佚名〈白頭吟〉詩：「皚如山上雪，皎若雲間月。聞君有兩意，故來相決絕。今日斗酒會，明旦溝水頭。躞蹀御溝上，溝水東西流。淒淒復淒淒，嫁娶不須啼。願得一心人，白頭不相離。竹竿何

嫋嫋，魚尾何簁簁（ㄕㄞ）。男兒重意氣，何用錢刀為？」

棄捐勿復道，努力加餐飯。

把什麼心思都先拋捨放下，什麼都不必再說了，還是竭盡力氣多吃一些飯吧！

【解析】此詩主在描述思婦對遠人的相思之苦，有一說認為這兩句是思婦的自我寬慰之辭，期許自己珍重身體，不要再因傷心而荒廢飲食了，待來日與對方見面時，才不致過於消瘦憔悴，更顯得衰老。另一說認為這兩句是思婦對遠人的叮囑，即使明白對方一直樂不思返，也希望心上人能把自己的身體照顧好，每餐也要記得多吃些飯，表現出女子對遊子怨而不怒的溫淑性情。明末人陸時雍《古詩鏡》評曰：「前為廢食，今乃加餐，亦無奈而自寬云耳。」可用來勸解為情所困的人拋卻苦痛，好好善待自身。

【出處】東漢．佚名〈古詩十九首〉詩十九首之一：「……相去日已遠，衣帶日已緩。浮雲蔽白日，遊子不顧返。思君令人老，歲月忽已晚。棄捐勿復道，努力加餐飯。」（節錄）

蕩子[1]行不歸，空床難獨守。

丈夫長期羈旅他鄉，遲遲不見歸返，妻子實在難以獨自守著一張空蕩蕩的床。

【注釋】1.蕩子：此指辭家遠行的人，而不是指貪戀玩樂、行為放蕩的人。

【解析】這首詩描寫一名容光照人、體態姣好的少婦，因丈夫經常遠遊，致使她深閨獨守，終日引頸翹望，期待丈夫回家與其相伴，然日復一日，卻是不斷在希望中一再失望，深感自己已快要捱不住巨大寂寞的吞噬，不覺心酸起來。可用來形容女子苦等心上人歸來，孤淒難耐。

【出處】東漢．佚名〈古詩十九首〉詩十九首之二：「青青河畔草，鬱鬱園中柳。盈盈樓上女，皎皎當窗牖。娥娥紅粉妝，纖纖出素手。昔為倡家女，今為蕩子婦。蕩子行不歸，空床難獨守。」

人生富貴何所望？恨不嫁與東家王[1]。

人生擁有如此的財富地位，還有什麼是想要而得不到的呢？就是遺憾自己沒能嫁與東鄰那個心中愛慕的男子。

【注釋】1.東家王：本指三國曹魏末年、西晉初期人王昌，為東平相散騎，姿儀俊美。後來也成了女子傾慕對象的代稱。

【解析】這首詩描寫一個名叫莫愁的女子嫁入豪門，她在夫家的住屋寬敞優雅，室內花朵珍奇繽紛，起居出入都有眾多奴婢張羅伺候，全身上下的妝飾斑斕絢麗，但莫愁還是怏怏不樂，她的生活雖然豐裕無虞，精神卻陷於孤獨的深淵，恨不得當初嫁的是鄰家的俊俏男兒，便可以隨時陪伴在自己的身旁。可用來形容嫁入富家的女子，婚後雖榮華享盡，卻悔恨得不到真正的感情。

【出處】南朝梁．梁武帝蕭衍〈河中水之歌〉詩：「河中之水向東流，洛陽女兒名莫愁。莫愁十三能織綺，十四采桑南陌頭。十五嫁為盧家婦，十六生兒字阿侯。盧家蘭室桂為梁，中有鬱金蘇合香。頭上金釵十二行，足下絲履五文章。珊瑚掛鏡爛生光，平頭奴子提履箱。人生富貴何所望？恨不嫁與東家王。」

山月不知心裡事，水風空落眼前花。

山中的明月不能理解我的心事，水面上的輕風無端吹落了眼前的花朵。

【解析】作者溫庭筠於詞中描寫一女子夜深不寐，因渴盼遠在天涯的丈夫或情人歸來的希望一再落空，內心積怨益深，故見到山月、水風落花都覺得了然無趣，甚至覺得這一切都像是在和自己作對一般。可用來形容期望戀人早歸而不可得時，心中的失望與哀愁。

【出處】唐．溫庭筠〈夢江南．千萬恨〉詞：「千萬恨，恨極在天涯。山月不知心裡事，水風空落眼前花。搖曳碧雲斜。」

玉顏不及寒鴉色，猶帶昭陽[1]日影來。

容顏再美也比不上寒秋烏鴉的顏色，烏鴉尚可自由飛入昭陽殿，身上彷彿沐浴著昭陽殿中溫暖的日光。

【注釋】1.昭陽：宮殿名，為西漢成帝寵妃趙昭儀的住所。趙昭儀，為成帝皇后趙飛燕之妹趙合德。

【解析】王昌齡借寫西漢班婕妤幽居於長信宮的史實，抒發後宮妃妾失寵的悲哀。班婕妤因賢才而為成帝所幸，後來趙飛燕姊妹得寵，班婕妤恐譖言招來禍事，便退侍太后於長信宮。詩中以「玉顏」比喻班婕妤的韶美姿容，以「寒鴉」比喻趙家姊妹，以「日影」暗喻君恩，感嘆玉顏不如寒鴉能獲得日影的青睞，委婉地表達宮廷婦女的積怨憤恨。清人朱庭珍《筱園詩話》評曰：「寓人不如物之感，而措詞委婉，渾然不露。」可用來形容女子失去恩寵或愛情的苦悶幽怨。

【出處】唐．王昌齡〈長信秋詞〉詩五首之三：「奉帚平明金殿開，且將團扇共徘徊。玉顏不及寒鴉色，猶帶昭陽日影來。」

早知潮有信，嫁與弄潮兒。

早知道潮水漲落有一定的時間，我應該嫁給隨潮來去的船夫。

【解析】李益在詩中描寫一名商人婦抱怨丈夫久出未歸且言而無信，她天真地想像，若是當初嫁與弄潮的男兒，或許就不會像現在一樣飽受獨守空閨的痛苦。明人鍾惺、譚元春編《唐詩歸》評曰：「荒唐之想，寫怨情卻真切。」可用來形容女子渴盼丈夫或愛人歸來，期待團聚的心情。

【出處】唐．李益〈江南曲〉詩：「嫁得瞿塘賈，朝朝誤妾期。早知潮有信，嫁與弄潮兒。」

何處是歸程？長亭更短亭。

哪裡是回家的道路呢？放眼望去，只見十里一設的長亭，連接著五里一設的短亭。

【解析】此詞一說李白描寫遊子羈旅他鄉，眼見一路上供人休息的驛站與亭子相接，感嘆前途茫茫，不知未來何去何從的悵然。另一說認為是描寫思婦久候心上人回家，卻不見人影的失落情懷。可用來形容女子期盼丈夫或情人歸來。另可用來形容歸途或目標遙遠，心生悵惘。

【出處】唐．李白〈菩薩蠻．平林漠漠煙如織〉詞：「……玉階空佇立，宿鳥歸飛急。何處是歸程？長亭更短亭。」（節錄）

妾身未分明，何以拜姑嫜？

新婚才一天，還來不及去祭拜祖先，丈夫便被迫去當兵，在夫家的媳婦連名分都還不確定，不知怎麼拜見公婆？

【解析】姑嫜是稱謂，舊稱丈夫的父母。古代習俗，女子嫁到夫家三日後，要先告家廟、上祖墳，然後拜見公婆，才算成婚。詩中描述新嫁娘剛過門一天，丈夫便被派去出征，按當時禮法，等同婚禮尚未完成，造成女子不知如何面對夫家長輩的難堪境地。可用來形容女子名分地位未獲認可，內心矛盾難安。

【出處】唐．杜甫〈新婚別〉詩：「兔絲附蓬麻，引蔓故不長。嫁女與征夫，不如棄路旁。結髮為妻子，席不暖君床。暮婚晨告別，無乃太怱忙。君行雖不遠，守邊赴河陽。妾身未分明，何以拜姑嫜……」（節錄）

忽見陌頭楊柳色，悔教夫婿覓封侯。

忽然看見路旁楊柳的色澤青翠鮮豔，不禁後悔過去讓丈夫出外尋求立功封爵的決定。

【解析】王昌齡描寫深閨少婦登樓遠望時，見春色一片，綠意盎然，卻只能獨自欣賞美景，不免怨悔當初鼓勵丈夫遠行去求取富貴功名，導致如今自己獨守空閨、青春虛度。可用來形容妻子對丈夫熱中名利，長期不在家的悔恨。

【出處】唐．王昌齡〈閨怨〉詩：「閨中少婦不曾

愁，春日凝妝上翠樓。忽見陌頭楊柳色，悔教夫婿覓封侯。」

昔時橫波目，今成流淚泉。

往日眼波流動的美麗眼睛，今日卻淚如泉水般地流個不止。

【解析】李白描述一名從前眼神顧盼有情的女子，因長期盼不到心上人歸來而終日以淚洗面的情景，足見其對心上人思戀至深。可用來形容女子相思成空的悲傷。

【出處】唐．李白〈長相思〉詩：「日色已盡花含煙，月明欲素愁不眠。趙瑟初停鳳凰柱，蜀琴欲奏鴛鴦弦。此曲有意無人傳，願隨春風寄燕然，憶君迢迢隔青天。昔時橫波目，今成流淚泉。不信妾腸斷，歸來看取明鏡前。」

長安一片月，萬戶擣衣[1]聲。秋風吹不盡，總是玉關[2]情。

月光映照著長安城，耳邊傳來家家戶戶捶打征衣的聲音。

【注釋】1.擣衣：一說指把衣物放在石砧上，再用木杵反覆捶擊以去汙。另一說指用杵捶打生絲以去蠟，使生絲柔白綿軟，以便織成衣物。2.玉關：即玉門關，位在今甘肅敦煌市之西北，為古來通西域之要道。

【解析】李白描寫銀色月光下的長安城，婦女們正忙著替玉門關外的丈夫洗衣或趕製冬季征衣，此起彼落的擣衣聲中蘊含著妻子對丈夫的深情惦念。接著描寫秋風不止，更撩撥著擣衣婦人心中無盡的情愁。明末清初學者王夫之在《唐詩評選》評曰：「前四句是天壤間生成好句，被太白拾得。」可用來形容女子對出征遠方的丈夫的思念之情。

【出處】唐．李白〈子夜吳歌．秋歌〉詩：「長安一片月，萬戶擣衣聲。秋風吹不盡，總是玉關情。何日平胡虜?良人罷遠征。」

門鎖簾垂月影斜，翠華[1]咫尺隔天涯。

在門戶深鎖、簾幕垂下的房間裡，獨自望著西斜的月影，皇帝雖然就在不遠的宮殿中，但感覺相隔得非常遙遠。

【注釋】 1.翠華：用翠羽作的旗飾，為古代帝王出行時所用。此喻指皇帝。

【解析】 李中描寫宮廷女子雖和皇帝都同住宮中，卻一直不得親見皇帝，心中的寂寞憂思在更深夜靜時愈加強烈。可用來形容女子與心上人近在咫尺但無緣相見。也可用來形容女子失寵或遭遇冷落後所發出的幽怨之情。

【出處】 唐．李中〈宮詞〉詩二首之一：「門鎖簾垂月影斜，翠華咫尺隔天涯。香鋪羅幌不成夢，背壁銀釭落盡花。」

思君如滿月，夜夜減清輝。

因為極度思念你，我日漸消瘦，就像十五日的滿月一樣，每夜都在減損它的光輝。

【解析】 作者張九齡於詩中描寫婦人的丈夫遠行未歸，借皎潔圓月夜夜減退光輝而成了缺月為喻，抒發她期待丈夫歸來，到希望落空的反覆煎熬。這也讓她無心打理、照顧自己，一天比一天消瘦。清人李鍈《詩法易簡錄》評曰：「借滿月以寫之，新穎絕倫，其思路之巧，全在一『滿』字。」可用來形容思念至深，容顏憔悴的樣子。

【出處】 唐．張九齡〈賦得自君之出矣〉詩：「自君之出矣，不復理殘機。思君如滿月，夜夜減清輝。」

思悠悠，恨悠悠，恨到歸時方始休。

思念和怨恨悠長綿延，這種恨意一定要等到歸鄉時才能夠罷休。

【解析】 此詞一說白居易意在抒發遊子渴盼賦歸，卻遲遲無法如願的愁苦。另一說認為，白居易是在描寫閨中婦女悲傷地倚樓思念著遠別的丈夫，唯有等到丈夫回家，方能化解心中的愁恨。可用來形容滿懷思念愁怨的女子，渴盼出遠門的丈夫早日返家團聚。另可以用於形容長年羈旅在外的遊子，因歸家不易而心生

無限惆悵哀傷。

【出處】唐·白居易〈長相思·汴水流〉詞：「汴水流，泗水流，流到瓜洲古渡頭。吳山點點愁。思悠悠，恨悠悠，恨到歸時方始休。月明人倚樓。」

相恨不如潮有信，相思始覺海非深。

恨你不如潮水漲退那般定時，想念你才發覺大海並沒有人們說得那樣深。

【解析】白居易詩中描寫一深閨女子苦候心上人未返的複雜情緒，其借「潮有信」以抱怨對方久出不歸，言而無信，遠不如潮水漲落有時，又借「海非深」表明自己的用情實比大海更深，海水浩瀚也不如自己的情深。可用來形容怨恨戀人薄情無信，但又對其思念日益熾烈的矛盾心情。

【出處】唐·白居易〈浪淘沙〉詩：「借問江潮與海水，何似君情與妾心？相恨不如潮有信，相思始覺海非深。」

紅顏未老恩先斷。

容貌還沒有衰老，恩情便先斷絕。

【解析】白居易在詩中描述一名後宮女子深夜不寐，苦盼君王親臨而未能如願，不禁心想，如果是容顏衰老也就罷了，偏偏姿色未衰就失去了君王的恩寵，不禁傷心欲絕。其詩意也隱約流露出作者在政治上被皇帝疏離的失望之情。可用來形容女子美色仍在，卻遭心上人厭棄的幽怨。另可用來比喻人還未老或事物尚未過時，就被疏遠棄用。

【出處】唐·白居易〈後宮詞〉詩：「淚濕羅巾夢不成，夜深前殿按歌聲。紅顏未老恩先斷，斜倚薰籠坐到明。」

啼時驚妾夢，不得到遼西[1]。

（樹上的黃鶯）啼叫聲會驚擾到我的夢，使我無法在夢裡到遼西與丈夫相會。

【注釋】1.遼西：位在今遼寧遼河以西一帶，為唐代東北邊境的軍事重鎮。

【解析】作者金昌緒在詩中描寫女子埋怨樹梢上黃鶯，啼叫聲打斷了她的夢境，驚醒她在夢中相會久戍遼西的丈夫。詩中語氣中流露出女子殷切期望丈夫早歸。清人李鍈《詩法易簡錄》評曰：「不怨在遼西者之不得歸，而但怨黃鶯之驚夢，乃深於怨者。」可用來抒發女子獨守空閨的哀怨。

【出處】唐．金昌緒〈春怨〉詩：「打起黃鶯兒，莫教枝上啼。啼時驚妾夢，不得到遼西。」

暗牖[1]懸蛛網，空梁落燕泥。

房內窗戶緊閉而昏暗，四處結掛著蜘蛛網，空廢的屋梁上，落下剝落的燕巢泥。

【注釋】1.牖：音一ㄡˇ，窗戶。

【解析】作者薛道衡在詩中描寫婦人的丈夫遠行未歸，她終日神魂不定，連自己的住屋都懶得打掃，任其破敗蕭條，看起來就好像是沒有人住的荒廢空屋一樣，足見內心的哀怨至深。可用來形容女子過度思念丈夫或情人，失魂落魄，無心料理家事的情況。

【出處】隋．薛道衡〈昔昔鹽〉詩：「……飛魂同夜鵲，倦寢憶晨雞。暗牖懸蛛網，空梁落燕泥。前年過代北，今歲往遼西。一去無消息，那能惜馬蹄？」（節錄）

當君懷歸日，是妾斷腸時。

當你開始想起要回家時，我早已因思念而肝腸痛斷了。

【解析】李白在詩中描摹獨守空閨的女子思念丈夫或情人的心情，想像女子在遠方的丈夫或情人萌發歸鄉的心志時，她本應欣喜的情緒卻因為激動到不能自已而深感痛苦，畢竟經過了漫長時日的等待，內心情感壓抑了太深也太久了。可用來形容女性等待丈夫或情人歸來的苦楚。

【出處】唐．李白〈春思〉詩：「燕草如碧絲，秦桑低綠枝。當君懷歸日，是妾斷腸時。春風不相識，何事入羅幃？」

過盡千帆皆不是。

眼前駛過了無數的船隻，卻都不是你所搭乘的那艘船。

【解析】溫庭筠在詞中描寫一女子倚樓眺望歸船，從船隻來來去去看到船盡江空，仍然不見思念之人的失落心情。可用來形容女子渴盼情人或丈夫返家，卻久等不至的失望哀傷。另可用來比喻殷切期待某人、某事或某物的出現，但最後事與願違，希望落空。

【出處】唐．溫庭筠〈夢江南．梳洗罷〉詞：「梳洗罷，獨倚望江樓。過盡千帆皆不是，斜暉脈脈水悠悠，腸斷白蘋洲。」

翡翠為樓金作梯，誰人獨宿倚門啼？

住在以翠玉和黃金裝飾的樓房中，是誰夜夜獨眠，倚靠靠房門哭泣？

【解析】李白晚年仍懷抱濟世救國之心，決定投靠屯兵於江陵（位在今湖北荊州市）的永王李璘，準備出征討伐安史叛軍。臨行前寫詩別妻，想像著兩人分開後妻子獨自住在富麗的屋宇，以反襯寂寞之苦。可用來形容女子因孤獨與思念而痛苦悲傷。

【出處】唐．李白〈別內赴征〉詩三首之三：「翡翠為樓金作梯，誰人獨宿倚門啼？夜坐寒燈連曉月，行行淚盡楚關西。」

月滿西樓憑闌久，依舊歸期未定。

月光灑滿西邊的樓房，我靠在闌干旁已有一段很長的時間，仍是盼不到他確定回來的日子。

【解析】李玉詞中描寫一名痴情女子，悄悄登上西樓，憑闌久佇，由於心上人音訊杳然，她便想像著對方可能還在估算著回來的時間，所以才一直沒有捎來書信，語氣中透露其長守深閨的寂寞情懷。南宋人黃昇《花庵詞選》評曰：「然風流蘊藉，盡此篇矣。」《全宋詞》雖僅收錄李玉這一闋詞，但在詞人的筆下，把思婦的閨情表現得含蓄雅致，別有韻味，遂得以孤篇而流芳後世。可用來形容女子久候丈夫或意中人歸來，只是希望一再落空，悵然若失。

【出處】北宋・李玉〈賀新郎・篆縷消金鼎〉詞：「……江南舊事休重省，遍天涯、尋消問息，斷鴻難情。月滿西樓憑闌久，依舊歸期未定。又只恐、瓶沉金井。嘶騎不來銀燭暗，枉教人、立盡梧桐影。誰伴我，對鸞鏡？」（節錄）

如今但暮雨，蜂愁蝶恨，小窗閑對芭蕉展。

現在只能望著傍晚的細雨，似乎蜜蜂和蝴蝶都感到憂愁，唯獨窗前舒展的芭蕉葉對著閑來無事的我。

【解析】呂渭老（一說作呂濱老）詞中抒寫一名住在深閨高樓的女子，春日百無聊賴，回憶起過去和戀人酌酒對飲、攜手同遊的繾綣情景，如今卻只見暮雨綿綿，窗前形隻影單，陪伴她的只有飛來舞去的蜂蝶和綠意盎然的芭蕉樹。可用來形容心上人久未歸來或戀情已逝的落寞怨抑。

【出處】北宋・呂渭老〈薄倖・青樓春晚〉詞：「……怎忘得、迴廊下，攜手處、花明月滿。如今但暮雨，蜂愁蝶恨，小窗閑對芭蕉展。卻誰拘管？盡無言、閑品秦箏，淚滿參差雁。腰肢漸小，心與楊花共遠。」（節錄）

沉恨細思，不如桃杏，猶解嫁東風。

懷著幽恨，細細沉思，覺得自己的命運還不如桃花、杏花，它們都能嫁給東風，並且隨風而去。

【解析】張先詞中寫一名閨中女子久待情人歸來，希望卻是一再落空，不禁抱怨春花猶能與東風自在飛揚，風吹花隨，一路作伴，恨自己竟然連花都不如，情感孤寂空虛，日子過得百無聊賴。言外之意，就是懊惱當初沒有追隨情人的行蹤，才造成了今日任由青春消損的後果。明末清初人賀裳《皺水軒詞筌》對三句詞的評語為：「無理而妙。」可用來形容女子獨守深閨，渴望心上人陪伴在身旁。

【出處】北宋・張先〈一叢花・傷高懷遠幾時窮〉詞：「傷高懷遠幾時窮？無物似情濃。離愁正引千絲亂，更東陌、飛絮濛濛。嘶騎漸遙，征塵不斷，何處認郎蹤？雙鴛池沼水溶溶，南北小橈通。梯橫畫閣黃

昏後，又還是、斜月簾櫳。沉恨細思，不如桃杏，猶解嫁東風。」

妾有容華君不省，花無恩愛猶相並。花卻有情人薄倖。

我有美麗的容顏，你卻不加理會，花與花之間沒有愛意，仍舊依偎一起。花反而可以有情，人竟能這般無情。

【解析】歐陽脩抒寫一名貌美怨婦的自嗟自嘆，她望著水上的紅色蓮花，明明就是無情之物，彼此尚能並蒂開放，弄影雙雙，叫人羨慕不已。回過頭來看自己，空有豔美姿色，丈夫卻無動於衷，處境可說是比花還不如。可用來形容女子獨守空寂的閨房，怨恨情人或丈夫薄情。

【出處】北宋．歐陽脩〈漁家傲．為愛蓮房都一柄〉詞：「為愛蓮房都一柄，雙苞雙蕊雙紅影。雨勢斷來風色定。秋水靜，仙郎彩女臨鸞鏡。妾有容華君不省，花無恩愛猶相並。花卻有情人薄倖。心耿耿，因花又染相思病。」

故攲[1]單枕夢中尋，夢又不成燈又燼。

故意斜靠著孤枕，要到夢中去尋找你，誰知道夢還沒成，燈芯已經燒成了灰燼。

【注釋】1.攲：音ㄑㄧ，傾斜。

【解析】歐陽脩描寫一名女子思念久別的情人或丈夫，她想要入夢後去尋找對方，以化解白日孤單一人所承受的鬱悶，偏偏斜臥床上又久久不能睡去，而此時油燈已滅，天也快要亮了，渴望夢中相見的願望，終究落空。可用來形容女子空閨獨睡，因心中有事而徹夜難眠。

【出處】北宋．歐陽脩〈玉樓春．別後不知君遠近〉詞：「別後不知君遠近，觸目淒涼多少悶。漸行漸遠漸無書，水闊魚沉何處問？夜深風竹敲秋韻，萬葉千聲皆是恨。故攲單枕夢中尋，夢又不成燈又燼。」

細雨夢回雞塞[1]遠，小樓吹徹玉笙寒。

一覺醒來，屋外濛濛細雨，想念的人遠在邊塞。在小樓吹起玉笙，吹奏完一整套曲子後，心裡更覺得淒寒。

【注釋】1.雞塞：古邊塞名，即雞鹿塞，為古代貫通陰山南北的交通要衝，大約位在今內蒙古自治區一帶。此泛指邊塞。

【解析】南唐中主李璟描寫一名女子在飄飛細雨中醒來，夢裡與心上人會面的情節猶在眼前，然夢醒之後冷清如故，思念如雨綿綿不斷，於是想要借吹笙遣懷，卻反被自己嗚咽低沉的樂聲平添更多的哀愁。可用來形容雨夜思念遠人的淒苦心情。

【出處】五代．李璟〈攤破浣溪沙．菡萏香銷翠葉殘〉詞：「菡萏香銷翠葉殘，西風愁起綠波間。還與韶光共憔悴，不堪看。細雨夢回雞塞遠，小樓吹徹玉笙寒。多少淚珠何限恨，倚闌干。」

莫道不消魂，簾捲西風，人比黃花瘦。

別說心中不傷神，看那秋風捲起窗簾，才發現窗內的人比菊花還要消瘦。

【解析】李清照的丈夫趙明誠因事遠遊，重陽節這天，李清照獨自一人賞菊飲酒，更覺孤單惆悵，宛如魂魄離開了軀體般。詞中她以纖細秀氣的黃菊，比擬自己因思念遠人而日漸憔悴的清瘦體態，委婉表達其極度煩悶的情緒。可用來形容與心上人分隔兩地而黯然神傷，導致身形瘦損。

【出處】北宋末、南宋初．李清照〈醉花陰．薄霧濃雲愁永晝〉詞：「薄霧濃雲愁永晝，瑞腦消金獸。佳節又重陽，玉枕紗廚，半夜涼初透。東籬把酒黃昏後，有暗香盈袖。莫道不消魂，簾捲西風，人比黃花瘦。」

換我心，為你心，始知相憶深。

若能把我的心，換成是你的心，那時你就會明白我對你的思念有多深。

【解析】顧敻（ㄒㄩㄥˋ）抒寫一名獨守空閨女子的突發奇想，盼望能將自己的一顆心移入久候未歸的人身

上，好讓對方切身體會她為情所苦的怨憤。清人王士禛《花草蒙拾》評論這三句詞：「自是透骨情語。」可用來形容希望意中人理解自己的用情至深。

【出處】五代．顧敻〈訴衷情．永夜拋人何處去〉詞：「永夜拋人何處去？絕來音。香閣掩，眉斂，月將沉。爭忍不相尋？怨孤衾。換我心，為你心，始知相憶深。」

傷高懷遠幾時窮？無物似情濃。

站在高樓上，想念遠方的心上人，這樣的傷痛幾時可以結束呢？世間沒有任何東西比情感還有濃烈了。

【解析】張先詞中抒寫一名女子，歷經了長時間與情人或丈夫的分離，於春日登上高樓，遙想遠人，從中體悟到這個世上唯有「情」，能讓人心生如此強烈的悲傷。可用來形容登高念遠，甚是傷情。

【出處】北宋．張先〈一叢花．傷高懷遠幾時窮〉詞：「傷高懷遠幾時窮？無物似情濃。離愁正引千絲亂，更東陌、飛絮濛濛。嘶騎漸遙，征塵不斷，何處認郎蹤？雙鴛池沼水溶溶，南北小橈通。梯橫畫閣黃昏後，又還是、斜月簾櫳。沉恨細思，不如桃杏，猶解嫁東風。」

新來瘦，非干病酒，不是悲秋。

近來日漸消瘦，不是因為喝了太多的酒而生病，也不為因為蕭瑟秋氣而感到悲傷。

【解析】李清照想念遠行的丈夫，但詞中她並不明白道出，而是用消去法，說自己形貌變得比以往憔悴瘦弱，而原因其實與病酒無關，也絕非是悲秋的緣故，除了以上所說的之外，即是導致她身形消損的答案，藉此突顯離懷別苦正是折磨她的唯一因由。清人陳廷焯《白雨齋詞話》評論這三句詞：「新來瘦三語，婉轉曲折，煞是妙絕。」可用來形容女子為情茶飯不思，心神迷亂。

【出處】北宋末、南宋初．李清照〈鳳凰臺上憶吹簫．香冷金猊〉詞：「香冷金猊，被翻紅浪，起來慵自梳頭。任寶奩塵滿，日上簾鉤。生怕離懷別苦，多

少事、欲說還休。新來瘦，非干病酒，不是悲秋……」（節錄）

獨抱濃愁無好夢，夜闌猶剪燈花[1]弄。

一人懷抱過多的愁思是做不成美夢的，到了深夜還在剪弄著油燈上的燈花。

【注釋】 1.燈花：燈芯燃燒時所結成的花形，習俗上認為是吉祥的徵兆。

【解析】 李清照寫其因思念丈夫而愁懷濃重，始終無法入睡，夜裡寂寞無聊，便把剪弄燈花來消解愁悶，期待傳說中會帶來喜兆的燈花，能讓她日夜企盼的人儘早歸來。清人賀裳《皺水軒詞筌》對這兩句詞的評論為：「入神之句。」可用來形容女子徹夜難眠，深情等待離人返家。

【出處】 北宋末、南宋初．李清照〈蝶戀花．暖日晴風初破凍〉詞：「暖日晴風初破凍，柳眼梅腮，已覺春心動。酒意詩情誰與共？淚融殘粉花鈿重。乍試夾衫金縷縫，山枕斜欹，枕損釵頭鳳。獨抱濃愁無好夢，夜闌猶剪燈花弄。」

鎮相隨、莫拋躲，針線閑拈伴伊坐。

整日跟隨著他，不再躲躲閃閃，手裡拿著針線，悠閑地坐靠在他的身旁。

【解析】 柳永詞中以一名女子的口吻，抒發其後悔當初讓她的心上人離開，以致生活從此變得了無生趣，如果時間能夠倒轉的話，她一定要成日輕偎低傍在對方的身邊，一人吟詩寫字，一人拈著針線在旁陪伴，也就不會像如今這般，讓光陰白白虛度。可用來形容情人或丈夫遠去不歸，女子渴望能和對方形影不離，永遠相伴。

【出處】 北宋．柳永〈定風波．自春來慘綠愁紅〉詞：「……早知恁麼，悔當初、不把雕鞍鎖。向雞窗，只與蠻箋象管，拘束教吟課。鎮相隨、莫拋躲，針線閑拈伴伊坐。和我，免使年少，光陰虛過。」（節錄）

妾身悔作商人婦，
妾命當逢薄倖夫。

我真的很後悔嫁給商人當妻子，命運不濟，遇到的是薄情的夫君。

【解析】此曲為一女子抒發其對婚姻的埋怨心聲，由於丈夫長年在外地經商，上回和她道別時才說是要前往東吳（元、明時期蘇州的別稱）一帶，怎料三年過去，女子收到丈夫寄來的書信竟是來自更南方的廣州，讓她對自己當初的選擇懊悔不已。不過持平而言，古代礙於交通不便，音訊難以及時傳達，男人到遠地工作，妻子因焦慮不安便直指丈夫薄倖，似乎也是有失公允的。可用來形容女子與從商的丈夫長期離別，因而怨恨丈夫重利寡情。

【出處】元．徐再思〈陽春曲．妾身悔作商人婦〉曲：「妾身悔作商人婦，妾命當逢薄倖夫。別時只說到東吳。三載餘，卻得廣州書。」

欲寄君衣君不還，
不寄君衣君又寒。

想要給你寄冬衣，就怕你收到後就不回來了，不給你寄冬衣的話，又擔心你天冷時受到風寒。

【解析】此曲描寫一位妻子對於自己是否該為外出的丈夫寄禦寒衣物的矛盾心態，她一方面憂慮丈夫有了冬衣後更不可能回家了，但另一方面又生怕丈夫的身邊沒有冬衣，等到天氣轉寒時，不免得挨冷受凍，寄或不寄這兩個念頭，不斷在腦海裡拉扯著，叫她左右為難。事實上，丈夫最後決定回不回家，跟妻子有沒有寄衣並無絕對的關聯，但妻子的心還是為此糾結不開，因為她當前最大的心願就是丈夫早點返家與其團圓。可用來形容女子記掛遠行的丈夫，唯恐對方流連忘返。

【出處】元．姚燧〈憑闌人．欲寄君衣君不還〉曲：「欲寄君衣君不還，不寄君衣君又寒。寄與不寄間，妾身千萬難。」

悼亡

我思古人，

實獲我心。

我思念的那個故人，實在是深得我的心啊！

【解析】歷來多認定這是文學史上最早的一首悼亡詩，抒寫一名鰥居的男子把妻子生前親手縫製的衣服拿出來輕輕撫摸著，回想妻子活著的時候，都會幫他張羅一年換季時所需要的暖寒衣物，而現在妻子已經離世，即使外頭冷風淒淒，但他的身上卻還穿著夏天的葛布衣（絺綌），一點也抵擋不了沁骨寒意，讓他更深刻地體會到，世上再也找不到像妻子這般關心他的人了。可用來形容緬懷死去的妻子或親友的生平事蹟，彼此心意相合。

【出處】先秦．《詩經．邶風．綠衣》：「……絺（ㄔ）兮綌（ㄒㄧˋ）兮，淒其以風。我思古人，實獲我心。」（節錄）

望廬思其人，入室想所歷。

看著房子，思念著跟我曾在這裡生活過的那個人，進入室內，回憶著我們在這裡發生的經歷。

【解析】西晉人潘岳是史上著名的美男子，相傳他出門時，街上的婦女們無不為之傾倒，爭相把果子投擲到他的車上，每次都是滿載而歸。頗得女人緣的潘岳，其實也是一個義重情深的人，這首詩就是其追思亡妻之作，從此開啟了文人祭悼妻子便以〈悼亡〉為題。詩中潘岳寫其看著與愛妻同住過的屋室，回想一起經歷過的點滴往事，而今物是人非，即使他繼續沉浸於哀傷之中，也無法改變妻子已經離世的事實。清初人陳祚明《采菽堂古詩選》評論此詩：「情至淒慘，『望廬』六句，千古悼亡至情。」可用來形容目睹與死去妻子或故人有關的事物，引發懷念。

【出處】西晉．潘岳〈悼亡詩〉詩三首之一：「荏苒冬春謝，寒暑忽流易。之子歸窮泉，重壤永幽隔。私懷誰克從？淹留亦何益？僶（ㄇㄧㄣˇ）俛恭朝命，迴心反初役。望廬思其人，入室想所歷。幃屏無髣髴，翰墨有餘跡。流芳未及歇，遺掛猶在壁……」（節錄）

寢興目存形，遺音猶在耳。

不論是睡臥或起身的時候，我的眼裡一直有著妳的身影，妳生前所說的話，至今好像還留在我的耳邊。

【解析】潘岳寫其為結縭二十多年的妻子楊氏服喪一年後，準備返回朝廷赴任，但他仍經常嘆息淚流，腦海裡總是出現亡妻的一言一動，音容盈盈在目，彷彿妻子從不曾離開過般，此時才明白古聖先賢對生死的超然達觀，終是凡俗的自己無法企及的境地。可用來形容對亡妻或至親的追念，隨著時間消逝卻依然記憶猶新。

【出處】西晉．潘岳〈悼亡詩〉詩三首之二：「……撫衿長嘆息，不覺涕霑胸。霑胸安能已？悲懷從中起。寢興目存形，遺音猶在耳。上慚東門吳，下愧蒙莊子。賦詩欲言志，此志難具紀。命也可奈何，長戚自令鄙。」（節錄）

取次花叢懶回顧，半緣修道半緣君。

信步經過萬紫千紅的花叢，也懶得回頭多看一眼，我這樣做，一半是為了潛心修行，一半是因為心裡只有妳啊！

【解析】元稹詩中描寫其因愛妻韋叢亡故後萬念俱灰，縱使遊走於紅塵俗世當中，也無心留戀其他女子，只想專心修道，以回報對亡妻無盡的感懷。可用來形容思念情人或伴侶，心如死灰。

【出處】唐．元稹〈離思〉詩五首之四：「曾經滄海難為水，除卻巫山不是雲。取次花叢懶回顧，半緣修道半緣君。」

昔日戲言身後意，今朝都到眼前來。

以前我們曾開玩笑地說過死後的安排，如今竟真的應驗在眼前了。

【解析】此詩為元稹悼念亡妻韋叢而作，他回顧過去與妻子閑聊起有關死後的玩笑話，想不到居然一語成讖，果如是言。可用來形容過去曾預想死後的情況，如今都已成為事實。

【出處】唐・元稹〈遣悲懷〉詩三首之二：「昔日戲言身後意，今朝都到眼前來。衣裳已施行看盡，針線猶存未忍開……」（節錄）

唯將終夜長開眼，報答平生未展眉。

我唯有用徹夜難眠來思念著妳，以報答妳一生不曾展眉歡笑的恩情。

【解析】元稹因思念亡妻而整夜失眠，他回想妻子婚後隨自己受盡辛苦，同時為了家計操勞不已，至死都未能舒展眉頭，露出歡顏，深感對妻子的愧疚與不捨。可用來表達對已逝妻子的想念與感激。

【出處】唐・元稹〈遣悲懷〉詩三首之三：「閑坐悲君亦自悲，百年多是幾多時。鄧攸無子尋知命，潘岳悼亡猶費詞。同穴窅冥何所望，他生緣會更難期。唯將終夜長開眼，報答平生未展眉。」

悠悠生死別經年，魂魄不曾來入夢。

生死相隔已經過了許多年，但你的魂魄卻始終不曾到我夢中相會。

【解析】白居易在詩中描寫唐玄宗自安史之亂平定後返回宮中，因日夜思念貴妃而傷心不已。可用來形容懷念亡者，盼望能在夢裡與其相見。

【出處】唐・白居易〈長恨歌〉詩：「……夕殿螢飛思悄然，孤燈挑盡未成眠。遲遲鐘鼓初長夜，耿耿星河欲曙天。鴛鴦瓦冷霜華重，翡翠衾寒誰與共？悠悠生死別經年，魂魄不曾來入夢……」（節錄）

清夜妝臺月，空想畫眉愁。

清涼的夜晚，明月映照著妝臺，想像著為妳畫眉的情景，心中愁悵不已。

【解析】畫眉，向來有夫妻恩愛情深的喻意。詩人唐晅在夜深人靜時，回憶起與妻子在閨房裡的點滴，看著從前曾為妻子畫眉的妝臺，不禁悲嘆自己將永遠無法重拾那些歡愉時光。可用來形容遙想亡妻昔日與自己的親密相愛。

【出處】唐・唐晅〈還渭南感舊〉詩二首之二：「常時華堂靜，笑語度更籌。恍惚人事改，冥寞委荒丘。陽原歌〈薤露〉，陰壑惜藏舟。清夜妝臺月，空想畫眉愁。」

誠知此恨人人有，貧賤夫妻百事哀。

我確實明白死別的遺憾是難免的，然而發生在一對貧賤夫妻的身上，更顯得所有的事情都是悲哀的啊！

【解析】元稹在詩中追憶與妻子生前艱苦相依的過往，雖然他也瞭解死別乃世間常有之事，但任何事情發生在像他們這樣貧窮的夫妻身上，都會令人感到處境更為悲憐。本段詩可用來形容共患難的夫妻，生死相隔時悲傷慟絕。其中「貧賤夫妻百事哀」一句，另可用來形容夫妻在貧賤之時，容易遭遇苦難挫折，凡事皆不順遂。

【出處】唐・元稹〈遣悲懷〉詩三首之二：「……尚想舊情憐婢僕，也曾因夢送錢財。誠知此恨人人有，貧賤夫妻百事哀。」（節錄）

十年生死兩茫茫，不思量，自難忘。

十年來一生一死，音訊阻絕，茫然不知對方現在的景況，其實也不用刻意想念，自然而然就是無法忘懷。

【解析】蘇軾寫此詞悼念去世十年的亡妻王弗，由於王弗葬於家鄉眉州，離蘇軾當時任官的密州相隔甚遠，即使想要到墳地憑弔，訴說衷腸，也是空想，只能任憑愛妻的孤墳在千里之外。但十年過去，蘇軾對王弗的情感始終存在，他根本用不著認真回想，而是從來不曾遺忘。可用來形容無時無刻不掛念死去的伴侶。

【出處】北宋・蘇軾〈江城子・十年生死兩茫茫〉詞：「十年生死兩茫茫，不思量，自難忘。千里孤墳，無處話淒涼。縱使相逢應不識，塵滿面，鬢如霜。夜來幽夢忽還鄉，小軒窗，正梳妝。相顧無言，惟有淚千行。料得年年斷腸處，明月夜，短松岡。」

玉骨久成泉下土，墨痕猶鎖壁間塵。

妳的骸骨如今早已化為黃泉下的泥土，而我當時在沈園牆壁題寫〈釵頭鳳〉詞的墨跡上，也滿布塵埃。

【解析】這一首詩是年老的陸游，為悼念去世許久的元配唐琬而作。原本相愛的兩人，被陸母強迫分離，陸游後來另娶王氏，唐琬則改嫁皇族後輩趙士程。某年春天，唐琬與丈夫同遊名園沈園時巧遇陸游，陸、唐兩人當下無不百感交集，事後陸游在沈園壁間題寫著名的〈釵頭鳳〉詞，記敘他與唐琬在沈園相遇的悲傷記憶。孰料，詞寫成後不久，便獲知唐琬抑鬱而終的消息，陸游為此痛苦萬分，即使到他年紀老邁，對唐琬的懷念與日俱增，情感歷久彌堅，而當年在沈園題寫的〈釵頭鳳〉詞，至今也仍然深植人心。可用來形容對亡妻的追憶思念。

【出處】南宋·陸游〈十二月二日夜夢遊沈氏園亭〉詩二首之二：「城南小陌又逢春，只見梅花不見人。玉骨久成泉下土，墨痕猶鎖壁間塵。」

忍此連城寶，沉埋向九泉。

不忍心我這個價值連城的寶物，就這樣沉埋於九泉之下。

【解析】梅堯臣結髮十七年的妻子謝氏過世，詩人回憶兩人過往相處的情形，自認世間女子無人能和妻子的美麗賢慧相比，可惜如此良善美好的人已撒手離他而去，令人不勝悲慟。可用來形容不忍愛妻離世，視妻如無價之珍寶。

【出處】北宋·梅堯臣〈悼亡〉詩三首之三：「從來有脩短，豈敢問蒼天？見盡人間婦，無如美且賢。譬令愚者壽，何不假其年。忍此連城寶，沉埋向九泉。」

空床臥聽南窗雨，誰復挑燈[1]夜補衣？

一個人臥躺在空蕩蕩的床上，聽著雨敲打南面窗子的聲音，想著今後還有誰會挑亮油燈，連夜為我縫補衣裳呢？

【注釋】1.挑燈：挑起油燈的燈芯，使燈更加明亮。

【解析】賀鑄寫其回到多年前和亡妻的舊寓，夫妻曾經共眠的床上，如今空蕩冷清，腦海裡浮現出妻子在世時挑燈為其補衣的畫面，生活即使清貧，只要兩人能夠廝守一起便溫馨無比，可惜這些都已成了煙雲往事。可用來形容感念已故妻子的辛勞付出，難忘兩人幸福恩愛的過往。

【出處】北宋．賀鑄〈鷓鴣天．重過閶門萬事非〉詞：「……原上草，露初晞，舊棲新壟兩依依。空床臥聽南窗雨，誰復挑燈夜補衣？」（節錄）

珠碎眼前珍，花凋世外春。

眼前珍愛的寶珠破碎了，遠離人煙的春花也凋謝了。

【解析】此為李煜為大周后及其幼子所寫的輓歌。李煜的次子李仲宣在四歲時因受到驚嚇後病卒，原本正在養病的大周后，無法承受愛子突然夭折的打擊，病情更加惡化，不久也離開了人世。李煜詩中以「珠碎」和「花凋」抒發其同時失去摯愛妻兒的椎心傷痛。可用來形容對愛妻或妻兒逝去的極度哀痛。

【出處】五代．李煜〈輓辭〉詩二首之一：「珠碎眼前珍，花凋世外春。未銷心裡恨，又失掌中身。玉笥猶殘藥，香奩已染塵。前哀將後感，無淚可沾巾。」

梧桐半死清霜後，頭白鴛鴦失伴飛。

我像是秋天降霜之後半死的梧桐樹，枝葉零落，也像是到了白頭失去伴侶的鴛鴦，孤獨單飛。

【解析】賀鑄一生官運不濟，沉淪下僚，妻子趙氏雖出身皇族，卻始終無怨無悔，甘願與丈夫貧賤相守，情感篤厚。賀鑄近五十歲時，趙氏亡故，若干年後，賀鑄回到兩人當年居住的寓所，睹物思人，其借雌雄同株的梧桐如今半死不活，總是形影不離的鴛鴦，到了年老才變得影隻形單，刻畫出自己形貌衰頹，心情孤淒。可用來形容中、老年喪偶，無法與伴侶白頭偕老的苦痛。

【出處】北宋．賀鑄〈鷓鴣天．重過閶門萬事非〉詞：「重過閶門萬事非，同來何事不同歸？梧桐半死清霜後，頭白鴛鴦失伴飛……」（節錄）

絕筆無〈求凰〉曲[1]，痴心有返魂香[2]。

從妳去世後，我再也沒有寫過向人求愛的〈求凰〉曲子，痴心期盼得到傳說中返魂樹的香氣。

【注釋】1.〈求凰〉曲：樂曲名，即〈鳳求凰〉曲。為西漢司馬相如在卓王孫家為追求其女卓文君所奏之曲，後卓文君與司馬相如私奔。2.返魂香：神話傳說中一種取材自返魂樹的薰香類藥物，香氣極為濃郁，具有起死回生或召喚亡靈與生者再見的功效而得名。

【解析】劉克莊與妻子林氏感情甚篤，林氏逝世十五年後，他回到妻子的家鄉，佇立在妻子曾經居住的院落門前，感嘆如今已尋覓不到妻子的身影。而這麼多年下來，也不再對其他女子萌生追求的情意，靜若死水，一心期待著妻子的芳魂能夠重返人間與之相聚。可用來形容對亡妻的悼念追懷。

【出處】南宋．劉克莊〈風入松．殘更難睚抵年長〉詞：「殘更難睚抵年長，曉月淒涼。芙蓉院落深深閉，嘆芳卿、今在今亡。絕筆無〈求凰〉曲，痴心有返魂香。起來休鑷鬢邊霜，半被堆床。定歸兜率蓬萊去，奈人間、無路茫茫。緣斷漫三彈指，憂來欲九回腸。」

人到情多情轉薄，而今真個悔多情。

人太看重感情時，情感反而會轉為淡薄，如今看來，真是後悔當初投入太多感情了。

【解析】清代詞家納蘭性德於妻子死後寫詞抒發心中的懊悔，他怨恨自己用情過於執著，惹來了上天的忌妒與捉弄，導致他們夫妻的緣分來去匆匆，無法長久廝守，如果時間得以重來的話，他寧可選擇當個薄情的人，看能否換取妻子留在人世的機會，那麼他今日的痛苦，或許就可以稍稍減輕一些。可用來形容面對深愛的人死別或離去的悔恨悲痛。

【出處】清．納蘭性德〈攤破浣溪沙．風絮飄殘已化萍〉詞：「風絮飄殘已化萍，泥蓮剛倩藕絲縈。珍重

別拈香一瓣，記前生。人到情多情轉薄，而今真個悔多情。又到斷腸回首處，淚偷零。」

唱罷秋墳愁未歇，春叢認取雙棲蝶。

秋日到妻子的墳旁吟唱弔歌，愁情仍然不能獲得排解，只有等到春天來臨，去花叢裡看那雙被認定永遠相隨不離的蝴蝶吧！

【解析】納蘭性德寫其到妻子的墳墓前引吭高歌，然一想到妻子的幽魂在此荒涼之地孤獨無依的景況，心中的哀愁反而更深，欣羨圍繞著春花成雙成對飛舞的蝴蝶，祈願自己他日亡故能與妻子一同化為雙蝶，從此雙宿雙飛，生死不離。可用來形容與妻子或心上人的情感至深，死後也不願分開。

【出處】清．納蘭性德〈蝶戀花．辛苦最憐天上月〉詞：「辛苦最憐天上月，一夕如環，夕夕都成玦。若似月輪終皎潔，不辭冰雪為卿熱。無那塵緣容易絕，燕子依然，軟踏簾鉤說。唱罷秋墳愁未歇，春叢認取雙棲蝶。」

被酒[1]莫驚春睡重，賭書[2]消得[3]潑茶香。當時只道是尋常。

（回想以前妳在世的時候）在使人容易疲倦的春日，妳酒後睡去，一旁的我總怕把妳驚醒，以及我們曾一起對賭書中的典故出自何處，體會到古人把茶灑滿一身、香氣四溢的感受。從前以為那些事情都是那麼平常啊！

【注釋】1.被酒：酒醉。2.賭書潑茶：本指宋代詞家李清照與其夫趙明誠，兩人為了比賽讀書的記憶力，而對賭某典出現在某一本書的某卷中的第幾頁第幾行，說中的人因可先飲茶，經常樂到大笑，不小心便把茶給打翻。納蘭性德在此借喻，用來說明他與妻子同前人一樣充滿風雅逸趣，也暗指妻子與李清照一樣才情並茂。3.消得：消受、享受。

【解析】納蘭性德詞中回想其先前與亡妻發生醉酒春睡、賭書潑茶的往事，當時覺得那些不過是一般夫妻的生活家常，如今和妻子天人永隔，往日的細瑣小事，全成了他人生中永不可能重現的恩愛美好，悔恨當初不懂得好好珍惜。可用來比喻妻子或心愛的人去世後，才發覺過去看似日常的互動，竟是如此幸福與不平凡。

【出處】清．納蘭性德〈浣溪沙．誰念西風獨自涼〉詞：「誰念西風獨自涼？蕭蕭黃葉閉疏窗。沉思往事立殘陽。被酒莫驚春睡重，賭書消得潑茶香。當時只道是尋常。」

魂若有靈當入夢，涕如不下亦傷神。

妳的魂魄如果有靈力的話，應該進入我的夢裡，我的涕淚雖像是沒有流出來，然而心裡也是非常傷感的。

【解析】此詩的作者是清代小說家蒲松齡，《聊齋誌異》為其代表作，故事內容多與鬼怪狐魅、社會黑暗等主題相關。蒲松齡在高齡七十四歲時，與其結髮五十六載的妻子劉氏去世，享年七十一歲，詩中感嘆想要和亡妻到夢裡相逢竟是如此困難，縱使沒有潸然淚下，但滯悶於心底的哀傷已非流淚就可以排遣的，發現活著原來是比先走一步的人還要更加痛苦。可用來形容祈盼夢見死去的妻子或至親，慰藉現實人生無法再見的遺憾。

【出處】清．蒲松齡〈悼內〉詩六首之六：「浮世原同鬼作鄰，況當歲過七餘旬。寧知杯酒傾談夕，便是閨房訣絕辰。魂若有靈當入夢，涕如不下亦傷神。邇來倍覺無生趣，死者方為快活人。」

憶生來、小膽怯空房。到而今、獨伴梨花影，冷冥冥、盡意淒涼。

回想妳生來膽量很小，不敢一個人待在屋子裡。到了如今，妳的亡魂獨自陪伴著梨花的影子，冷清昏暗，受盡了淒滄寒涼。

【解析】納蘭性德與妻子盧氏婚後三年，盧氏不幸因難產夭亡，納蘭性德每天以淚洗面，任淚水濕透了他的青衫，即使妻子臨終前，再三叮囑自己不可過於傷心，但他還是無法面對這樣遽然而來的打擊，妻子逝世後的半個月內，寫下此詞以為悼念。詞中他想起盧氏向來生性膽小，害怕獨處，孰料現在卻得孤零零地

躺在冰冷的棺木內，忍受周遭無盡的淒寒荒涼，而他希望能在夢裡為妻子的亡靈指點回家的路，好讓妻子不再擔驚受怕，語氣中流露出對妻子的愛護與一片真情。可用來形容喪妻之人，不忍妻子的靈魂在另一世界伶仃孤單，悲愴哀慟。

【出處】清．納蘭性德〈青衫濕遍．青衫濕遍〉詞：「青衫濕遍，憑伊慰我，忍便相忘？半月前頭扶病，剪刀聲、猶在銀釭。憶生來、小膽怯空房。到而今、獨伴梨花影，冷冥冥、盡意淒涼。願指魂兮識路，教尋夢也迴廊……」（節錄）

友情

嚶其鳴矣，求其友聲。

鳥兒發出嚶嚶的鳴聲，那聲音是為了尋找同伴啊！

【解析】相傳此乃西周宣王宴請朝臣的一首樂歌，詩題〈伐木〉本意是砍伐樹木，在此引申為只有靠著眾人的通力合作，方能完成伐樹這樣吃重的事。此外，詩中還借寫從幽谷飛向高木棲息的鳥，為了尋找友伴而嚶嚶叫喚著，暗喻連禽鳥都懂得聲聲相求，人的身邊又怎麼可以缺少氣誼相投的友朋呢？那豈不是比鳥還要不如嗎？詩人想要藉此表達一位有德的天子，理當視王室宗親、輔政臣子為良伴，和睦相處，才不致演變成上下離心，彼此猜忌爭鬥，讓國家陷入動盪不安。可用來比喻尋求與自己志趣相合的朋友。也可用來比喻向友人請求援助。

【出處】先秦．《詩經．小雅．伐木》：「伐木丁丁（ㄓㄥ），鳥鳴嚶嚶。出自幽谷，遷於喬木。嚶其鳴矣，求其友聲。相彼鳥矣，猶求友聲。矧（ㄕㄣˇ）伊人矣，不求友生？神之聽之，終和且平……」（節錄）

樂莫樂兮新相知。

快樂中最令人感到快樂的，莫過於新結交了一位知心朋友。

【解析】這首詩的詩題〈少司命〉出自〈九歌〉中的

一篇，傳說中的少司命指的是掌管人的命運之神，而〈九歌〉為戰國楚人屈原根據楚地祭神祈福的歌詞所改編而成的。詩中描寫在楚人的祭典上，少司命降臨祭壇時的情景，一名女子看著少司命無視於滿堂的美人，唯獨與自己眉目傳情，讓她感覺到這個世上，再也沒有比才新識一人，而對方便能與自己心意互通來得更開懷的事了。可用來形容與剛結交的朋友默契十足，相互了解，為此感到歡欣無比。

【出處】戰國楚．屈原〈九歌．少司命〉詩：「……秋蘭兮青青，綠葉兮紫莖。滿堂兮美人，忽獨與余兮目成。入不言兮出不辭，乘回風兮載雲旗。悲莫悲兮生別離，樂莫樂兮新相知……」（節錄）

結交在相知，骨肉何必親？

與朋友結識交往在於理解，為什麼一定要有血緣關係才算是親近呢？

【解析】這首詩是漢代時期的一首歌謠，強調人的一生若有幸結交到知情識趣的好友，那種密切信任的關係絲毫不輸給自己的骨肉之親。由此可見，一個人擇友的眼光相當重要，故詩中也提到了識人之道，像是經常把話說得很流利動聽的，肯定為人就不可能誠懇實在，根本不值得與其往來。可用來說明交友貴在真心相待，至交契友往往比親人還要親密可靠。

【出處】漢．佚名〈箜篌謠〉詩：「結交在相知，骨肉何必親？甘言無忠實，世薄多蘇秦。從風暫靡草，富貴上升天。不見山巔樹，摧杌下為薪。豈甘井中泥？上出作埃塵。」

君子交有義，不必常相從。

有德行的人與朋友的往來是以情義為基礎的，沒有必要經常在一起相處。

【解析】此為三國魏人郭遐叔寫給「竹林七賢」之一嵇康的一首贈詩，作者認為君子之間的交友是重視誠信義理，即使平時不常聯繫或相距很遠，但只要雙方志同道合，不謀求私利，心懷坦蕩，就是一輩子的朋友了。反過來說，雖然每天都聚在一起，說的全是虛應交際的話，性情志趣也合不來，如此便談不上是君子之交了。可用來說明真正的朋友是重情重義，而非

形影不離。

【出處】三國魏．郭遐叔〈贈嵇康〉詩二首之二：「君子交有義，不必常相從。天地有明理，遠近無異同。三仁不齊跡，貴在等賢蹤。眾鳥群相追，鶖鳥獨無雙。何必相呴（ㄒㄩˇ）濡？江海自可容。願各保遐心，有緣復來東。」

相知何必舊？傾蓋[1]定前言。

成為知心的朋友哪裡需要認識很久呢？兩個人乘車相遇，車蓋傾斜靠近交談，就證明了我前面說的那句話（相知何必舊）是對的。

【注釋】1.傾蓋：本指途中偶遇朋友，停車並車說話時，兩車如傘狀的車蓋傾斜擠在一起。後用來比喻朋友言談投機，相互契合。

【解析】詩題〈答龐參軍〉，陶淵明與一位擔任參軍的龐姓友人因住所鄰近而結識，在互動的過程中無話不談，經常舉杯共酌，一同探究聖賢詩書。兩年之後，龐參軍準備出使外地，寫詩與陶淵明道別，作者有感而發回贈了這首詩，提及兩人相處的時間雖然不長，但因興趣相近，故交情特別投契。可用來形容初識的朋友也可能一見如故而成為摯交。

【出處】東晉．陶淵明〈答龐參軍〉詩：「相知何必舊？傾蓋定前言。有客賞我趣，每每顧林園。談諧無俗調，所說聖人篇。或有數斗酒，閑飲自歡然。我實幽居士，無復東西緣。物新人唯舊，弱毫多所宣。情通萬里外，形跡滯江山。君其愛體素，來會在何年？」

一生大笑能幾回？斗酒相逢須醉倒。

人的一生當中，能夠幾次開懷大笑？朋友們端著酒杯歡聚一起，就應當喝到爛醉才行。

【解析】本句出自岑參的〈涼州館中與諸判官夜集〉詩。判官，職官名，為唐朝輔佐節度使、觀察使的官員。岑參途經涼州（位在今甘肅境內）時與友人們宴飲，席間不時發出此起彼落的爽朗笑聲，也讓詩人體悟到人要把握難得的美好時光，珍惜能夠一同暢飲言歡的好友。可用來形容知己相聚，理當盡情行樂。

【出處】唐．岑參〈涼州館中與諸判官夜集〉詩：「……河西幕中多故人，故人別來三五春。花門樓前見秋草，豈能貧賤相看老？一生大笑能幾回？斗酒相逢須醉倒。」（節錄）

一願世清平，二願身強健，三願臨老頭，數與君相見。

一願天下太平安定，二願身體強壯健康，三願到了年老的時候，仍能和你經常相見。

【解析】白居易寫此詩贈好友劉禹錫，訴說自己心中的三個願望，除盼求時世太平、身體康健之外，最希望的就是年老時能和劉禹錫常聚首，把酒話舊，充分表達其對知交故友的情深義重。可用來抒發除了世局平和、身體健朗的心願之外，也祈望至交好友能與自己長相左右，安享餘年。

【出處】唐．白居易〈贈夢得〉詩：「前日君家飲，昨日王家宴。今日過我廬，三日三會面。當歌聊自放，對酒交相勸。為我盡一杯，與君發三願。一願世清平，二願身強健，三願臨老頭，數與君相見。」

人生不相見，動如參與商[1]。

人生在世不容易相見，就像天上的參、商兩星一樣，總是彼出此沒，難以相見。

【注釋】1.參與商：指二十八宿中的參星和商星。參星永遠居西，商星永遠居東，絕不會同時出現在天空，故被用來比喻彼此隔絕而無法相見。

【解析】杜甫與好友闊別二十載後重逢，詩中以參、商兩星作比喻，意謂著人們分離後想再碰面，非常不易，藉此顯示出兩人此一相見多麼難能可貴。可用來形容聚少離多，會面遙遙無期。

【出處】唐．杜甫〈贈衛八處士〉詩：「人生不相見，動如參與商。今夕復何夕？共此燈燭光……」（節錄）

十觴亦不醉，感子故意長。

連續喝了十杯酒都沒有醉意，是因為感念你對

我的深長情意。

【解析】杜甫描寫其與好友相見，連喝十杯亦不醉倒，並非緣於自己的過人酒量，而是珍惜對方的盛情美意，不忍心酩酊醉去，如此才能充分把握兩人短暫的相聚時光。可用來形容老友重逢，把酒言歡。

【出處】唐．杜甫〈贈衛八處士〉詩：「……怡然敬父執，問我來何方？問答乃未已，驅兒羅酒漿。夜雨剪春韭，新炊間黃粱。主稱會面難，一舉累十觴。十觴亦不醉，感子故意長。明日隔山岳，世事兩茫茫。」（節錄）

山空松子落，幽人應未眠。

寂靜的山林裡傳來松子落地的聲響，想來幽居在山中的你，應該還沒有入睡吧！

【解析】此詩出自韋應物的〈秋夜寄丘二十二員外〉詩。丘二十二員外，指丘丹，因他家中排行第二十二，又曾任員外郎，故得稱。丘丹辭官後歸隱於杭州的臨平山。秋涼之夜，韋應物出門散步，遙想起幽居山中的好友，此刻可能正聆聽著松子落地的聲音，感受秋夜的寧靜。秋季是松子脫落的時節，古代隱士常以松子為食，丘丹又住在山中，故詩中除了表達詩人對遠方好友的思念之外，也含有對丘丹安處僻靜、不慕名利之推崇。可用來形容懷念友人的心情。

【出處】唐．韋應物〈秋夜寄丘二十二員外〉詩：「懷君屬秋夜，散步詠涼天。山空松子落，幽人應未眠。」

今夕復何夕？共此燈燭光。

今夜是怎麼樣特別的夜晚呢？我竟然能與你相聚，秉燭夜談。

【解析】杜甫深刻體會人生相見不易，因此格外珍惜與好友在一燭之下，把酒敘舊的難得機會。可用來形容與友人久別相逢的驚喜之情。

【出處】唐．杜甫〈贈衛八處士〉詩：「人生不相見，動如參與商。今夕復何夕？共此燈燭光……」（節錄）

今日聽君歌一曲，
暫憑杯酒長精神。

今天在宴席上聽你高歌一曲，心中感慨萬千，且讓我藉著這杯酒來振奮精神。

【解析】劉禹錫在永貞革新（為唐順宗即位後一場士大夫抗衡宦官勢力，主張中央集權的改革運動）失敗後，貶謫在外二十餘年。唐敬宗即位後隔年，他和好友白居易在揚州相會，兩人在宴席上舉杯暢飲。白居易吟詩一首，表達對劉禹錫坎坷仕途的不平與同情，劉禹錫於是作此詩答謝白居易多年來的相知相惜，人生有友如此，他必須努力打起精神，用樂觀豁達的態度來面對各種逆境。可用來形容不順心時，好友獻上關懷與鼓勵。

【出處】唐・劉禹錫〈酬樂天揚州初逢席上見贈〉詩：「巴山楚水淒涼地，二十三年棄置身。懷舊空吟聞笛賦，到鄉翻似爛柯人。沉舟側畔千帆過，病樹前頭萬木春。今日聽君歌一曲，暫憑杯酒長精神。」

少年樂新知，
衰暮思故友。

人在年輕時樂於結交新朋友，到了年老時則會經常懷念老朋友。

【解析】韓愈寄這首詩給當時擔任鄂州（位在今湖北境內）刺史兼鄂岳觀察使（治所在鄂州，觀察使為唐朝後期設立的地方軍政長官）的好友李程，表示兩人都已年過半百，餘生無多，心中更加思念舊交老友。可用來形容看重相交已久的好友。也可用來說明人生無論在任何階段，都不能缺少友誼。

【出處】唐・韓愈〈除官赴闕至江州寄鄂岳李大夫〉詩：「……別來已三歲，望望長迢遞。咫尺不相聞，平生那可計？我齒落且盡，君鬢白幾何？年皆過半百，來日苦無多。少年樂新知，衰暮思故友。譬如親骨肉，寧免相可不……」（節錄）

世人遇我同眾人，
唯君於我最相親。

世上的人都認為我不過是個平庸的人，與眾人相同，唯有你覺得我與眾不同，和我最親近。

【解析】此詩詩題為〈別韋參軍〉。參軍，職官名，掌參謀軍務，至隋、唐時兼任郡官。高適在人生遭逢失意之際，宋州（位在今河南境內）刺史張九皋有一位姓韋的下屬官員，不但在生活上經常接濟他，甚至還很看重高適的才能，相信他有朝一日必定不同凡響，高適作此詩表達了對這位韋姓官員的感激之情。可用來形容有人慧眼識珠，表達友好之情。

【出處】唐．高適〈別韋參軍〉詩：「……世人遇我同眾人，唯君於我最相親。且喜百年有交態，未嘗一日辭家貧……」（節錄）

乍見翻疑夢，相悲各問年。

闊別多年，如今突然和你相逢，反而懷疑是在夢中，相對悲嘆後才各自問起彼此的年齡。

【解析】作者司空曙與友人韓紳久別偶遇，先是不信，還以為是在作夢，又因分開日久，無法確定對方年齡，於是開口互問年紀。由此可見，兩人的面貌比上回見面時更顯老態。近人高步瀛《唐宋詩舉要》引學者吳北江對這兩句詩的品評：「三、四千古名句，能傳久別初見之神。」可用來形容與友重逢，驚喜感傷的複雜情緒。

【出處】唐．司空曙〈雲陽館與韓紳宿別〉詩：「故人江海別，幾度隔山川。乍見翻疑夢，相悲各問年。孤燈寒照雨，濕竹暗浮煙。更有明朝恨，離杯惜共傳。」

四海齊名白與劉，百年交分兩綢繆。

白居易和劉禹錫的聲名同樣流傳遠播，長久下來的交情親密深長。

【解析】本句出自白居易〈哭劉尚書夢得〉詩。尚書，職官名，唐代為吏、戶、禮、兵、刑、工六部的長官。生前任檢校禮部尚書的劉禹錫去世，白居易寫詩悼念故友，道出兩人不僅是志同道合的好友，也有著終生不渝的堅定情誼。可用來形容朋友之間交情深厚，友誼綿長。

【出處】唐．白居易〈哭劉尚書夢得〉詩二首之一：「四海齊名白與劉，百年交分兩綢繆。同貧同病退閑日，一死一生臨老頭。杯酒英雄君與操，文章微婉我知丘。賢豪雖歿精靈在，應共微之地下遊。」

平生風義兼師友。

平時對待我的情誼，就像是師長，也像是朋友。

【解析】李商隱由衷佩服好友劉蕡的正直敢言，縱使被貶官也不改氣節風骨，亦十分感念劉蕡在交往過程中的情義相待，故得知劉蕡的死訊時，悲慟萬分，作此詩表達其對友人的崇敬與悼念。可用來形容平輩友人之間的情分深厚，也可用來表達對年長友人的尊敬與感謝。

【出處】唐．李商隱〈哭劉蕡〉詩：「上帝深宮閉九閽，巫咸不下問銜冤。黃陵別後春濤隔，湓浦書來秋雨翻。只有安仁能作誄，何曾宋玉解招魂？平生風義兼師友，不敢同君哭寢門。」

別來何限意，相見卻無辭。

與你分別後，有許多的離情別緒想要對你傾訴，可是如今見到面，很多話卻說不出口了。

【解析】作者描寫他與友人分別後，一直迫切期待盡快再相見，互訴別後心情，孰知等到兩人再見時，卻因百感交集而不知如何言語。可用來形容友人重逢，雖有千言萬語卻不知從何說起的紛雜心緒。

【出處】唐．項斯〈荊州夜與友親相遇〉詩：「山海兩分歧，停舟偶似期。別來何限意，相見卻無辭。坐永神凝夢，愁繁鬢欲絲。趨名易遲晚，此去莫經時。」（此詩一說作者為許彬，詩題則作〈荊山夜泊與親友遇〉）

我寄愁心與明月，隨風直到夜郎[1]西。

我將為你憂愁的心思寄託給天上的明月，讓它隨風伴隨著你，一直到夜郎的西邊。

【注釋】1.夜郎：本指漢代西南邊境的夷族部落，約位在今貴州遵義市附近。此指唐代的夜郎縣，約位在今湖南懷化市西南，與王昌齡遭到貶官的地點龍標相

近。

【解析】這是詩人李白的詩作，詩題為〈聞王昌齡左遷龍標遙有此寄〉。龍標，是唐代設制的縣名，位在今湖南懷化市境內。古人尊右而卑左，故稱官吏被貶、降職為「左遷」。李白在詩中以「夜郎」代指好友王昌齡遠謫之地龍標，希望明月清風能代為傳遞自己的掛念與憂心。可用來表達對遠方摯友的慰問與思念。

【出處】唐．李白〈聞王昌齡左遷龍標遙有此寄〉詩：「楊花落盡子規啼，聞道龍標過五溪。我寄愁心與明月，隨風直到夜郎西。」

花徑不曾緣客掃，蓬門今始為君開。

長滿野花的小路不曾為客人的到來而打掃過，簡陋的柴門始至今日才為您敞開。

【解析】本詩詩題之下注有「喜崔明府相過」。明府，是唐人對縣令（職官名，負責管理一縣的長官）的美稱。此詩作於杜甫閑居成都浣花草堂期間，詩中點出他平時少與人往來，終日和山水鷗鳥為伴，為了迎接友人的到訪，趕緊將久未打掃的凌亂庭院整理一番。可用於形容迎接友人到訪，也可用來表達對訪客的真摯歡迎情意。

【出處】唐．杜甫〈客至〉詩：「舍南舍北皆春水，但見群鷗日日來。花徑不曾緣客掃，蓬門今始為君開……」（節錄）

垂死病中驚坐起，暗風吹雨入寒窗。

我雖重病臥床，但聞訊震驚起身，只覺得陰冷的風雨破窗而入。

【解析】本詩詩題為〈聞白樂天左降江州司馬〉。江州，位在今江西境內。司馬，職官名，唐代為地方刺史的佐官，但多以貶斥官員任之，徒具虛銜，沒有實際職權。唐憲宗元和年間，白居易因得罪當權者而遭貶為江州司馬，此時正臥病在床的元稹聽聞消息，顧不得病弱的身軀，抱病寫下這一首詩，表達對好友遭貶的不捨之情，也足見兩人的交誼非比尋常。可用來形容得知好友不幸消息時的悲憤不平。

【出處】唐·元稹〈聞白樂天左降江州司馬〉詩：「殘燈無焰影幢幢，此夕聞君謫九江。垂死病中驚坐起，暗風吹雨入寒窗。」

故人入我夢，明我長相憶。

老友來到我的夢中，知道我日夜都在思念著你。

【解析】李白晚年曾因事獲罪入獄，由於和杜甫相隔遙遠，消息受到阻絕，杜甫日夜掛心，終在長期思念下而夢見對方，足見杜甫對李白的真摯情誼。可用來表達對深交摯友的篤念厚誼。

【出處】唐·杜甫〈夢李白〉詩二首之一：「……故人入我夢，明我長相憶。恐非平生魂，路遠不可測。魂來楓葉青，魂返關塞黑。君今在羅網，何以有羽翼。落月滿屋梁，猶疑照顏色。水深波浪闊，無使蛟龍得。」（節錄）

能來同宿否？聽雨對床眠。

能請你過來同住一晚嗎？我們聽著雨聲，同床面對面閒談，直到沉沉睡去。

【解析】本詩詩題為〈雨中招張司業宿〉。司業，職官名，為隋、唐時全國最高教育行政機關國子監的副主管。白居易在詩中描寫他在陰雨的夜裡，招請好友張籍前來與之秉燭夜談，一同對床聽雨而眠。可用於形容與好友或兄弟同宿，傾心交談的歡樂情境。

【出處】唐·白居易〈雨中招張司業宿〉詩：「過夏衣香潤，迎秋簟色鮮。斜支花石枕，臥詠蕊珠篇。泥濘非遊日，陰沉好睡天。能來同宿否？聽雨對床眠。」

晚來天欲雪，能飲一杯無？

夜裡看來應該會下雪，可否來與我共飲一杯酒呢？

【解析】本詩詩題為〈問劉十九〉。劉十九，一說指劉禹錫，另一說指某位在家族中排行十九的劉姓隱士。作者白居易在詩中描寫暮雪將至，在家準備了新釀好的酒和一爐暖火，欲邀友人劉十九前來舉杯言歡。想像屋外雪花紛飛，反襯出屋內爐火熾熱以及主客之間的溫馨情誼。可用來邀請好友，敘話家常。

【出處】唐・白居易〈問劉十九〉詩：「綠螘（ㄧˇ）新醅酒，紅泥小火爐。晚來天欲雪，能飲一杯無？」

欲取鳴琴彈，恨無知音賞。

想要取琴彈奏，遺憾的是沒有知音能欣賞。

【解析】孟浩然在詩中描寫他欲鳴琴卻苦無知音聆聽，藉此抒發對精通音律的朋友辛大之懷念，同時也暗喻自己雖有滿腹才學卻不受朝廷賞識的落寞心情。可用來形容知音不在。另可用來形容懷才不遇的痛苦。

【出處】唐・孟浩然〈夏日南亭懷辛大〉詩：「山光忽西落，池月漸東上。散髮乘夕涼，開軒臥閑敞。荷風送香氣，竹露滴清響。欲取鳴琴彈，恨無知音賞。感此懷故人，中宵勞夢想。」

渭北春天樹，江東日暮雲。

我在渭水北方看著春天的樹，遙想人在長江東邊的你，此時眼中所見的是落日的浮雲。

【解析】正在長安一帶的杜甫，想念先前曾一起同遊的李白，故借寫兩人當時各自所在的「渭北」和「江東」之風景，傳遞對遠方友人的深切思念。清人沈德潛《唐詩別裁集》評曰：「少陵在渭北，太白在江東，寫景而離情自見。」可用來形容距離遙遠的兩人彼此相互掛念。

【出處】唐・杜甫〈春日憶李白〉詩：「……渭北春天樹，江東日暮雲。何時一尊酒，重與細論文。」（節錄）

嵩雲秦樹[1]久離居，雙鯉[2]迢迢一紙書。

我們兩人相距遙遠，就像是嵩山上的雲朵和秦嶺上的樹木一樣，但卻收到了你千里迢迢寄來的一封書信。

【注釋】 1.嵩雲秦樹：比喻距離遙遠。原指嵩山上的雲朵和秦嶺上的樹木。嵩山，位在今河南境內。秦嶺，主峰位在今陝西境內。2.雙鯉：書信的代稱。古人常將書信結成雙鯉形，或將書信夾在鯉魚形的木板中寄出。

【解析】 本句出自李商隱〈寄令狐郎中〉詩。郎中，職官名，唐時在尚書省下設左、右司郎中，各掌付尚書左、右丞所管諸司事。此外，吏、戶、禮、兵、刑、工六部下各司的主管，也稱郎中。此詩為閑居洛陽養病的李商隱，回信給在長安擔任右司郎中的友人令狐綯，其中「嵩」指的是自己所在的洛陽，因附近有嵩山，「秦」則指的是令狐綯所在的長安，因附近有秦嶺，以此喻比兩人的距離，如嵩山、秦嶺般各在一方。詩中表達了自己與令狐綯雖久別未見，但收到對方迢迢寄來的一封慰問書信，備感暖暖溫情。可用來形容與友人遠隔兩地，收到音訊時的喜悅之情。

【出處】 唐．李商隱〈寄令狐郎中〉詩：「嵩雲秦樹久離居，雙鯉迢迢一紙書。休問梁園舊賓客，茂陵秋雨病相如。」

萬里此情同皎潔，一年今日最分明。

雖然相隔萬里之遠，我們的情誼仍如同明月一樣光潔，一年當中只有中秋的月亮是最明淨的。

【解析】 此詩出自戎昱的〈中秋夜登樓望月寄人〉詩。中秋，為農曆八月十五日，又稱仲秋，歷來人們認為這一天的月亮最為澄澈正圓，於是寄託了月圓人團圓的意義。戎昱在中秋夜登上高樓倚欄賞月，望著清朗的一輪明月，懷念遠方的舊交故友，希望悠悠思念能透過月光傳遞給對方。可用來形容懷念遠方友人的心情。另可用來說明中秋節日的月亮圓滿潔淨，故有親友團聚賞月的風俗。

【出處】 唐．戎昱〈中秋夜登樓望月寄人〉詩：「西樓見月似江城，脈脈悠悠倚檻情。萬里此情同皎潔，一年今日最分明。初驚桂子從天落，稍誤蘆花帶雪平。知稱玉人臨水見，可憐光彩有餘清。」

落葉滿空山，何處尋行跡？

空寂的山中滿是掉落的樹葉，我要到哪裡去尋找你的行蹤呢？

【解析】時逢秋寒天涼，作者韋應物欲攜酒去探望一位在山裡苦行修練的道士友人，但山路崎嶇難行，再加上路徑被紛紛落葉給掩藏，很難找到友人的蹤影，詩人為此感到萬分悵惋。可用來形容懷念至交好友，或苦於相尋不易的失落。

【出處】唐．韋應物〈寄全椒山中道士〉詩：「今朝郡齋冷，忽念山中客。澗底束荊薪，歸來煮白石。欲持一瓢酒，遠慰風雨夕。落葉滿空山，何處尋行跡？」

還將兩行淚，遙寄海西頭[1]。

把我思念好友所流下的兩行淚水，寄到遙遠的揚州去。

【注釋】1.海西頭：指揚州，位在今江蘇境內。因揚州在東海之西，故稱之。

【解析】孟浩然在旅途中夜宿杭州桐廬江邊，想著自己在外失意漂泊，不禁懷念起在廣陵（揚州的舊稱）的故友，恨不得將奪眶而出的眼淚寄託江水交付對方。詩意除了向友人表達殷切思念之外，也藉此傾訴自己內心飽嘗的苦痛。可用來形容極為想念故友而愴然淚下。

【出處】唐．孟浩然〈宿桐廬江寄廣陵舊遊〉詩：「……建德非吾土，維揚憶舊遊。還將兩行淚，遙寄海西頭。」（節錄）

五更千里夢，殘月一城雞。

五更時分，從穿越千里的夢裡醒來，看見了將要落下的月亮，聽到了整座城的雞啼。

【解析】人在家鄉的梅堯臣，寄這一首詩給遠在京城的歐陽脩，敘說自己在夢裡走過杳千里，前來與其話舊，等到夢醒時，窗外殘月斜照，滿城雞鳴，而夢中兩人促膝談心的話語，仍深印在他的腦海，讓人不願相信剛才的相談甚歡只是夢一場。可用來表達對遠方友人的想念，連做夢都是夢見對方。

【出處】北宋．梅堯臣〈夢後寄歐陽永叔〉詩：「不趁常參久，安眠向舊溪。五更千里夢，殘月一城雞。適往言猶是，浮生理可齊。山王今已貴，肯聽竹禽啼。」

且待淵明賦歸去，共將詩酒趁流年。

請你暫且等我，他日我將效法東晉詩人陶淵明吟賦歸官返鄉的詩，到時與你一同寫詩喝酒，趁著我們如水般流逝的光陰還在的時候。

【解析】蘇軾在密州擔任知州期間，遙寄此詩給在自己家鄉眉州擔任知州的好友黎錞，除了表達對已逝的共同恩師歐陽脩之緬懷，也期待兩人有朝一日辭官引退後，可以把握人生有限的年光，再像過去一樣對酒賦詩。可用來表達對遠方友人的思念以及歸隱的心志。

【出處】北宋．蘇軾〈寄黎眉州〉詩：「膠西高處望西川，應在孤雲落照邊。瓦屋寒堆春後雪，峨眉翠掃雨餘天。治經方笑《春秋》學，好士今無六一賢。且待淵明賦歸去，共將詩酒趁流年。」

行樂及時雖有酒，出門無侶漫看書。

享受歡樂要趁早，雖然身邊有酒可喝，想要出外走走，卻找不到人陪伴，就在家裡閑散地看看書。

【解析】此為蘇軾回給友人柳瑾（字子玉）寄來的一首詩作，柳瑾是蘇軾兄弟的共同好友，善行草書，其子柳仲遠還娶了蘇軾的堂妹，原本交好的兩家，又多了一層姻親的關係。蘇軾詩中抒發自己沒有知心好友相伴，即使有酒有閑，卻顯得漫不經心，無論做什麼事都提不起勁，藉此傳達對柳瑾的想念。可用來形容在家散漫隨意地看書，期待及早見到友人的寂寞心情。

【出處】北宋．蘇軾〈次韻柳子玉見寄〉詩：「薄雷

輕雨曉晴初，陌上春泥未濺裾。行樂及時雖有酒，出門無侶漫看書。遙知寒食催歸騎，定把鵶夷載後車。他日見邀須強起，不應辭病似相如。」

把酒祝東風，且共從容。

舉起酒杯，向春風祈願，請它陪我再逗留久一點的時間。

【解析】歐陽脩早年在洛陽任職時，與尹洙、梅堯臣等志同道合的友人經常四處遊樂，之後，梅堯臣遠調他地，仍在隔年春天抽空回來與好友相聚。歐陽脩詞中寫其與梅堯臣等人重遊洛陽，一同賞花暢飲的歡情，也抒發他對好友隨即又將離去的不捨。可用來形容希望春光不要走得太快，才能和友人多享受一下春遊的樂趣。

【出處】北宋．歐陽脩〈浪淘沙令．把酒祝東風〉詞：「把酒祝東風，且共從容。垂楊紫陌洛城東，總是當時攜手處，遊遍芳叢。聚散苦匆匆，此恨無窮。今年花勝去年紅，可惜明年花更好，知與誰同？」

依然一笑作春溫。

見面的時候，彼此仍像過去一樣露出笑容，便覺得像春天般的溫暖。

【解析】蘇軾與先前同在朝中為官的錢勰，氣義相投，即使後來兩人都離開了京城，交誼依舊深厚。蘇軾此詞寫於錢勰再度被朝廷調至遠地，途中經過杭州，在此擔任知州的蘇軾為其餞行，兩人雖已分別多年，再度相會，對視而笑，如有陣陣暖流注入彼此的心頭。可用來形容與好友久別重逢，相見歡笑如故。

【出處】北宋．蘇軾〈臨江仙．一別都門三改火〉詞：「一別都門三改火，天涯踏盡紅塵。依然一笑作春溫。無波真古井，有節是秋筠。惆悵孤帆連夜發，送行淡月微雲。尊前不用翠眉顰。人生如逆旅，我亦是行人。」

秋雨晴時淚不晴。

秋天的雨雖然停了，但我的淚水如雨還是不能停住。

【解析】在杭州任通判（負責與地方知州共同處理政務並監督知州行動的官職）的蘇軾於秋日送別好友陳襄離開之後，一路伴隨著淒清晚風回到家中，對著屋內殘燈，不覺輾轉難眠，內心倍感孤寂，當窗外的秋雨直落時，他淚水潸潸，等到雨停時，他依然眼淚盈眶，也就是說，不管秋雨「晴」或「不晴」，蘇軾的眼眶都是「不晴」的，足見其與陳襄的情誼非比尋常。可用來形容因思念遠行的友人而淚流不止。

【出處】北宋．蘇軾〈南鄉子．回首亂山橫〉詞：「回首亂山橫，不見居人只見城。誰似臨平山上塔？亭亭。迎客西來送客行。歸路晚風清，一枕初寒夢不成。今夜殘燈斜照處，熒熒。秋雨晴時淚不晴。」

桃李春風一杯酒，江湖夜雨十年燈。

想當年，我們在桃花、李花和春風的陪伴下，舉杯歡飲，而如今，各自浪跡江湖十年，經常在飄雨的夜晚，獨自對著孤燈想著你。

【解析】這首詩的詩題〈寄黃幾復〉，作者黃庭堅寫此詩給他的少年好友黃介（字幾復）。詩中借追憶兩人過去在明媚春景下暢快痛飲，再回頭對照自己今日在夜雨孤燈下飽嘗漂泊淒苦，突顯出歡聚之短促而離別之久長，兩人的交情不言可喻。可用來形容夜晚不寐，回想昔時與友人共處的快樂，感觸良深。

【出處】北宋．黃庭堅〈寄黃幾復〉詩：「我居北海君南海，寄雁傳書謝不能。桃李春風一杯酒，江湖夜雨十年燈。持家但有四立壁，治病不蘄三折肱。想見讀書頭已白，隔溪猿哭瘴溪藤。」

陳跡可憐隨手盡，欲歡無復似當時。

令人傷感的是，過去歷經的所有事情，只能隨著你的離世而散去，想要重拾以往的歡笑，卻是如何也尋不回舊日的時光。

【解析】王安石的好友王令（字逢原），不幸英年早逝。王安石在王令逝世後的一年寫下這首詩，對於昔日兩人交遊時投契相知的情景，仍然深念在心，無法忘記。可用來形容對喪逝友人的無限悼念。

【出處】北宋．王安石〈思王逢原〉詩三首之二：「蓬蒿今日想紛披，冢上秋風又一吹。妙質不為平世得，微言唯有故人知。廬山南墮當書案，湓水東來入酒卮。陳跡可憐隨手盡，欲歡無復似當時。」

遙知湖上一樽酒，能憶天涯萬里人。

知道遠方的你，在湖上喝酒的時候，還沒有忘記身在萬里之外的友人。

【解析】被朝廷貶到夷陵的歐陽脩，收到於許州（位在今河南境內）任職司法參軍（從事司法工作的官員）的友人謝伯初來信問候，人在患難當頭，還有人願意伸出友誼的手，表達其對自己的惦念，讓歐陽脩感動莫名，便想著遠在天涯的謝伯初，此時應該在許州風景勝地西湖的船上，一邊飲酒，一邊牽掛著自己。可用來形容朋友之間雖相隔遙遠，但彼此都一直縈繫著對方。

【出處】北宋．歐陽脩〈春日西湖寄謝法曹歌〉詩：「西湖春色歸，春水綠於染。群芳爛不收，東風落如糝。參軍春思亂如雲，白髮題詩愁送春。遙知湖上一樽酒，能憶天涯萬里人。萬里思春尚有情，忽逢春至客心驚。雪消門外千山綠，花發江邊二月晴。少年把酒逢春色，今日逢春頭已白。異鄉物態與人殊，惟有東風舊相識。」

誰教風鑒[1]在塵埃？醞造一場煩惱、送人來。

誰叫我在眾多人群中賞識了你的人品風采？釀成了這場惹人煩惱的風波來。

【注釋】1.風鑒：指以風貌品評人物。也可指相人之術。

【解析】蘇軾年長秦觀十餘歲，兩人有著亦師亦友的情誼，他屢次向朝廷舉薦，相當器重秦觀的才情。之後，蘇軾歷經了「烏臺詩案」，被貶至黃州，過去曾與其交往的人多受到牽連，秦觀也是其中之一。蘇軾多年後離開黃州，去找當時賦閑在高郵（位在今江蘇境內）家中的秦觀，兩人四處遊樂，然還是不免一別。此詞便是蘇軾回憶他與秦觀這段時間的相聚，他一方面相信自己看人的眼光，一方面也為秦觀的際遇深深自責，畢竟秦觀是緣於自己先前的提拔，才無法在政治上出頭。可用來形容雖有知人之明，彼此珍惜，卻也造成了對方的一些麻煩或困惱。

【出處】北宋．蘇軾〈虞美人．波聲拍枕長淮曉〉詞：「波聲拍枕長淮曉，隙月窺人小。無情汴水自東流，只載一船離恨、向西州。竹溪花浦曾同醉，酒味多於淚。誰教風鑒在塵埃？醞造一場煩惱、送人來。」

別情

瞻望弗及，泣涕如雨。

如何遠望也望不到她的身影，眼淚像雨般地落下。

【解析】歷來學者多認定此詩描寫春秋衛國國君送妹遠嫁的情景，詩中借燕子展翅高飛的景象，喻比妹妹將嫁至遠方，又因燕子經常成雙飛翔，所以也含有祝福妹妹婚姻和諧、從此夫唱婦隨的寓意。即使載著妹妹的馬車早已不在視線之內，衛君還是頻頻遙望，淚如雨下，不忍離開，畢竟下次兄妹再見，不知得等到何時。清人陳震《讀詩識小錄》評曰：「以『瞻望弗及』的動作情境，傳達惜別哀傷之情，不言悵別而悵別之意溢於言外，這確為會心之言。」可用來形容與親朋離別時的惆悵悲傷。

【出處】先秦．《詩經．邶風．燕燕》：「燕燕于飛，差池其羽。之子于歸，遠送于野。瞻望弗及，泣涕如雨……」（節錄）

悲莫悲兮生別離。

悲傷中最讓人感到悲傷的，莫過於要與心愛的人活生生地分別。

【解析】這是一首古代祭祀楚地神祇少司命的樂歌，描寫命運之神少司命翩然降臨祭壇，風姿俊雅，人人為之傾倒，可是他當著眾多美麗的女子面前，只和其中一女子四目相對，那深情而專注的眼神打動了女子的心，即使兩人沒有一句言語，女子已認定了少司命是自己新交的莫逆知己，正當她期待著少司命進一步的表示時，卻發現少司命一句話也不說就迅速地乘風離去，留下她一臉的錯愕，感慨還有什麼事情比新認識一個不用言語便能靈犀相通的人，又立刻要與其分開來得更悲傷的呢？「悲莫悲兮生別離」表達的就是女子難以形容的絕望悲戚，不知何時才能再與少司命相見。清初人周拱辰《離騷草木史》評曰：「『悲莫悲』二語，千古言情都向此中索摸。」可用來形容與親人好友無法相聚一起，或被迫拆散，是人生最令人感到悲哀的事。

【出處】戰國楚．屈原〈九歌．少司命〉詩：「……入不言兮出不辭，乘回風兮載雲旗。悲莫悲兮生別離，樂莫樂兮新相知……」（節錄）

風流雲散，一別如雨。

風吹過，雲散去，分別就像是從雲層降下的雨，再也回不到雲裡去了。

【解析】詩題〈贈蔡子篤詩〉，作者是東漢末年、三國魏初「建安七子」之一的王粲。蔡睦（字子篤），曾與王粲一同避居荊州，投靠州牧（東漢時為一州的最高軍事、行政長官）劉表，但兩人並未受到劉表的重用，後蔡睦決定還鄉，王粲作此詩贈別，內容除了感嘆友人即將離去，再次見面遙遙無期之外，也表達了自己與好友生於亂世，仕途一路艱難，才志無處發揮的慨然。特別的是，王粲詩中借風、雲、雨等大自然中的氣象，作為人與人分別的譬喻，如以「風流雲散」比喻人生的飄零離散，又以「一別如雨」比喻分離之後難再相見的悲懷。可用來形容與原本時常相聚的人一分開後便不易重逢，為此感到傷嗟。

【出處】三國魏．王粲〈贈蔡子篤詩〉詩：「翼翼飛鸞，載飛載東。我友云徂，言戾舊邦。舫舟翩翩，以泝大江。蔚矣荒塗，時行靡通。慨我懷慕，君子所同。悠悠世路，亂離多阻。濟岱江行，邈焉異處。風流雲散，一別如雨。人生實難，願其弗與……」（節錄）

昔去雪如花，今來花似雪。

上次離開時，雪像花般飛揚飄落，如今回來，花似雪般遍地盛開。

【解析】這首詩的詩題為〈別詩〉，作者是南朝梁人范雲，詩中通過對物候變換的描寫，點明了當初離去時正值嚴冬，紛紛揚揚的大雪，宛若漫天飛舞的落花，而今歸來已是暖春，眼前繁花錦簇，彷彿是一片閃耀的雪海，表達出自己與親朋分開的時間之久，導致所見的節物風光完全不同。其中最令人玩味的是將「雪如花」、「花似雪」兩詞顛倒，如此便道盡了冬去春來、四季循環往復的過程，同時「雪」和「花」予人一冷一暖的意象，間接暗示作者歷經了昔日離別之苦以及期待今日重逢之樂的複雜心情。清人沈德潛《古詩源》評論此詩：「自然得之，故佳。後人學步，便覺有意。」可用來形容離別的時日太長。

【出處】南朝梁・范雲〈別詩〉詩二首之一：「洛陽城東西，長作經時別。昔去雪如花，今來花似雪。」

一曲離歌兩行淚，不知何地再逢君？

聽著離別的歌曲，兩行淚水忍不住地奪眶而出，不知未來在何處能與您重逢？

【解析】晚唐國家動盪，兵荒馬亂，生在亂世的韋莊，設宴與友人把酒話別時，聽著感傷的離別歌曲，想到日後兩人不知何時何地才能再相見，不禁聲淚俱下。可用來形容分別時，唯恐相逢無期的悲傷心境。

【出處】唐・韋莊〈衢州江上別李秀才〉詩：「千山紅樹萬山雲，把酒相看日又曛。一曲離歌兩行淚，不知何地再逢君？」

一看腸一斷，好去莫回頭。

每回頭看一次，就感覺承受一次肝腸寸斷的痛苦。還是好好離開吧，別再回顧了。

【解析】本詩詩題〈南浦別〉。南浦，本指南邊的水岸，後泛指送別之地。作者白居易在詩中抒發他不忍與人分別的離情愁緒，唯有控制自己不再頻頻回首，才能稍稍壓抑那早已充塞滿懷的哀傷。近人俞陛雲《詩境淺說續編》評曰：「一言行者好去莫回頭，一言送行者屢回頭，皆情至之語。」可用來形容別離時的感傷與哀戚。

【出處】唐・白居易〈南浦別〉詩：「南浦淒淒別，西風嫋嫋秋。一看腸一斷，好去莫回頭。」

二十年來萬事同，今朝歧路忽西東。

二十年來我們一同面對了許多的事情，然而今天在這條岔路上，轉眼間就要各分西東。

【解析】柳宗元和劉禹錫早年同時踏入仕途，後因捲入政爭，不斷遭到貶謫荒遠之地。此詩為柳宗元、劉禹錫分別赴任柳州（位在今廣西壯族自治區境內）和連州（位在今廣東境內）刺史前的臨歧惜別之作，詩中道盡了他們一同歷經了多年宦海沉浮的患難情誼。可用來形容與好友分別時的難捨之情。

【出處】唐．柳宗元〈重別夢得〉詩：「二十年來萬事同，今朝歧路忽西東。皇恩若許歸田去，晚歲當為鄰舍翁。」

人分千里外，興在一杯中。

此去一別，我們將要相隔千里之遙，趁著豪興當前，就先喝下這一杯酒吧！

【解析】本句出自於詩人李白的〈江夏別宋之悌〉詩。宋之悌，是詩人宋之問的弟弟，在前往貶地途中路過江夏（位在今湖北境內），李白特地前來送行。兩人表面上把酒言歡，強作曠達，但彼此都知道來日再見並不容易，難掩眷眷之心。可用來形容與即將遠行的親友飲酒作別的情狀。

【出處】唐．李白〈江夏別宋之悌〉詩：「楚水清若空，遙將碧海通。人分千里外，興在一杯中。谷鳥吟晴日，江猿嘯晚風。平生不下淚，於此泣無窮。」

丈夫不作兒女別，臨歧涕淚沾衣巾。

男人不會像小兒女分別那樣牽戀不捨，在分手的岔路口哭得淚水沾濕衣巾。

【解析】作者高適於詩中描寫他與一位韋姓好友道別時的情景，縱使心中萬般難捨，個性豪邁的他也絕不輕易在人前流下男兒淚。可用來形容性格堅強的男子，與友離別時的情狀。

【出處】唐．高適〈別韋參軍〉詩：「……彈棋擊筑

白日晚，縱酒高歌楊柳春。歡娛未盡分散去，使我惆悵驚心神。丈夫不作兒女別，臨歧涕淚沾衣巾。」（節錄）

丈夫非無淚，不灑離別間。

堂堂男子漢不是沒有眼淚，只是不願意在別離的當下流出來而已。

【解析】作者陸龜蒙認為大丈夫應志在遠方，個性勇敢堅強，即便面臨離別依依，也要先拋開個人情感，為了更遠大的功業去奮鬥努力。可用來形容性情剛毅之人，臨別之際，強忍悲傷的情狀。

【出處】唐．陸龜蒙〈別離〉詩：「丈夫非無淚，不灑離別間。杖劍對樽酒，恥為遊子顏。蝮蛇一螫手，壯士即解腕。所志在功名，離別何足嘆？」

山迴路轉不見君，雪上空留馬行處。

山路迂迴環繞，不久便看不見你了，僅雪地上留下你騎馬走過的印跡。

【解析】岑參詩中描寫他於塞外送別好友武判官返回京城長安時的情景，即使山路曲折，大雪紛飛，早已不見友人的身影，他仍久久佇足在雪地上不忍離去，足見兩人情誼深厚。可用來形容與好友遠別，內心惆悵難捨之情。

【出處】唐．岑參〈白雪歌送武判官歸京〉詩：「……輪臺東門送君去，去時雪滿天山路。山迴路轉不見君，雪上空留馬行處。」（節錄）

今日送君須盡醉，明朝相憶路漫漫。

今天為你送別，你一定要喝得大醉，因為明日一早我們就要分開，從此長路漫漫，只能互相想念對方了。

【解析】本詩詩題為〈送李侍郎赴常州〉。侍郎，職官名，唐時為輔佐中書、門下、尚書三省長官處理國家政務的官員。作者賈至描寫他為友人送行，今日兩人近在咫尺，還能互訴衷腸，等到明日天各一方，相見不知何時，故今日的不醉不休就成了詩人抒發不捨離情的方式。可用來形容與友人餞別的依依別緒。

【出處】唐．賈至〈送李侍郎赴常州〉詩：「雪晴雲散北風寒，楚水吳山道路難。今日送君須盡醉，明朝相憶路漫漫。」

分手脫相贈，平生一片心。

即將分別的時候，把寶劍解下來送給你，表達我對你的一片心意。

【解析】本句出自孟浩然的〈送朱大入秦〉詩。朱大，是孟浩然的好友，因家中排行老大，故稱之。朱大即將遠行，孟浩然為他餞行，平日好行俠仗義的朱大竟把向來珍愛的寶劍送與孟浩然，兩人的深厚交情不言可喻。可用來形容將自己珍視之物贈與分別之人，以表心中誠摯的情意。

【出處】唐．孟浩然〈送朱大入秦〉詩：「遊人五陵去，寶劍值千金。分手脫相贈，平生一片心。」

日暮酒醒人已遠，滿天風雨下西樓。

黃昏酒醒時，離人已遠，在風雨中，我獨自走下了西樓。

【解析】此詩詩題為〈謝亭送別〉。謝亭，又名謝公亭，故址位在今安徽宣城市北郊，為紀念南齊時曾在此擔任宣州太守的謝朓而得名。作者許渾在謝亭送別友人乘舟離去，自己則因不勝酒力而睡去，醒後早已不見行舟的蹤影，在暮色蒼茫、風雨淒迷中，黯然孤寂地步下樓來。詩中不直抒滿懷離愁，而是借淒涼迷濛的景色來襯托離情。本句可用來形容與友人別後情緒低落的愁緒。而其中「滿天風雨下西樓」一句，另可用來形容重要人士在紛亂擾攘的局勢中辭職下臺。

【出處】唐．許渾〈謝亭送別〉詩：「勞歌一曲解行舟，紅葉青山水急流。日暮酒醒人已遠，滿天風雨下西樓。」

世情已逐浮雲散，離恨空隨江水長。

世俗人情已跟著浮雲飄散而去，離別的苦楚卻隨著流水綿延無盡。

【解析】謫守巴陵（岳州的別稱，位在今湖南境內）的賈至，為遭到貶官的好友送行。在政治上同是天涯淪落人的兩人，更能深切感受人生的離合無常以及人情的冷暖厚薄。臨別之際，兩人格外相惜。可用來抒發與好友別離時的感傷。同時也可用於對世態炎涼不勝唏噓的心境。

【出處】唐．賈至〈巴陵夜別王八員外〉詩：「柳絮飛時別洛陽，梅花發後到三湘。世情已逐浮雲散，離恨空隨江水長。」

正當今夕斷腸處，黃鸝愁絕不忍聽。

今晚我們就要在這裡悲傷地道別，黃鸝鳥那充滿悲愁的叫聲讓人不忍聆聽。

【解析】本詩詩題為〈灞陵行送別〉。灞陵，在長安東南，原有一條灞水，是漢文帝陵墓所在地，故稱之。當時附近有灞陵橋，是人們離開長安到各地去的必經路徑，因此灞陵也就成了送別之地。詩中「黃鸝」，一說作「驪歌」，意指離別時所唱的歌曲。李白詩中描述他和友人在灞陵惜別的場景，及其不忍友人離去的悲痛哀傷。可用來形容臨別時不捨分手的惆悵。

【出處】唐．李白〈灞陵行送別〉詩：「送君灞陵亭，灞水流浩浩。上有無花之古樹，下有傷心之春草。我向秦人問路歧，云是王粲登樓之古道。古道連綿走西京，紫闕落日浮雲生。正當今夕斷腸處，黃鸝愁絕不忍聽。」

同作逐臣君更遠，青山萬里一孤舟。

作為臣子，我們同時被貶，而你要去的貶地比我的還要偏遠，青山延綿萬里，只見你那艘孤舟漸行漸遠。

【解析】作者劉長卿與一位姓裴的友人同時遭到朝廷貶官，而友人的貶地位於吉州，比他要去的地方更為荒遠。兩人在前往各自貶地途中分手話別，不免互相

同情彼此的遭遇而感到無奈悲傷。可用來形容與同病相憐之人的惜別情意。

【出處】唐·劉長卿〈重送裴郎中貶吉州〉詩：「猿啼客散暮江頭，人自傷心水自流。同作逐臣君更遠，青山萬里一孤舟。」

死別已吞聲，生別常惻惻。

與親友的生死永別，必然會令人痛哭失聲，但與親友的分隔兩地，也會讓人悲戚不已。

【解析】杜甫得知李白獲罪入獄的消息後，時刻掛記著李白的安危，唯恐好友遭遇不測。長期的憂慮思念，使杜甫體認到與親友生別所帶來的傷悲，實與死別予人的巨大哀痛是一樣的。可用來形容面對生離死別的莫大慟絕。

【出處】唐·杜甫〈夢李白〉詩二首之一：「死別已吞聲，生別常惻惻。江南瘴癘地，逐客無消息……」（節錄）

孤帆遠影碧空盡，唯見長江天際流。

船帆已經消失在青天的盡頭，只見滔滔長江水往天邊流去。

【解析】李白在黃鶴樓送別好友孟浩然回廣陵，詩中描寫孟浩然所搭的船早已消失在眼前，詩人仍佇立在原地翹首悵望，久久不忍離去，足見其與孟浩然的情誼極為深厚。可用來形容送別親友的依依之情。

【出處】唐·李白〈黃鶴樓送孟浩然之廣陵〉詩：「故人西辭黃鶴樓，煙花三月下揚州。孤帆遠影碧空盡，唯見長江天際流。」

明日巴陵道，秋山又幾重？

明天你要前往巴陵的路上，此去一別，不知要相隔幾重的山嶺了？

【解析】作者李益在詩中描寫其與離散多年的表弟在旅途中偶然相遇，短暫聚首又馬上要面臨分開的情景，他一想到天明之後，表弟將出發通往巴陵的道路，從此兩人山高水遠，阻隔重重，下回再度聚晤不知該是多久以後的事呢？不禁湧上滿懷的感傷。可用來表達聚散匆匆，再見不易的別情愁緒。

【出處】唐．李益〈喜見外弟又言別〉詩：「……別來滄海事，語罷暮天鐘。明日巴陵道，秋山又幾重？」（節錄）

明日隔山岳，世事兩茫茫。

明天分別後，我們就要隔著高山遠阻，各自的音訊又將茫茫不得知了。

【解析】杜甫與故交老友二十年後再度相見，夜晚兩人燭下共飲，互訴心聲，只是一想到明日之後，彼此遠隔數重山嶺，下一次的聚首恐怕又是遙遙無期。可用來形容與人道別時，有感世事無常，他日相逢不知何時的沉重心情。

【出處】唐．杜甫〈贈衛八處士〉詩：「……怡然敬父執，問我來何方？問答乃未已，驅兒羅酒漿。夜雨剪春韭，新炊間黃粱。主稱會面難，一舉累十觴。十觴亦不醉，感子故意長。明日隔山岳，世事兩茫茫。」（節錄）

松間明月長如此，君再遊兮復何時？

松林間的明月，永遠如此皎潔清亮，只是不知何時才能再與你在此重遊呢？

【解析】宋之問詩中描寫他於松林明月下，牽著一位佳人緩緩走下山來，面對佳人即將遠行，詩人不禁想著，何時兩人才能再次舊地重遊？表達他渴望對方早日歸來的心情。可用來形容與情人或友人離別，期盼能早日聚首同遊的心情。

【出處】唐．宋之問〈下山歌〉詩：「下嵩山兮多所思，攜佳人兮步遲遲。松間明月長如此，君再遊兮復何時？」

長安陌上無窮樹，唯有垂楊管別離。

長安的街道上栽種無數樹木，只有楊柳樹管人與人之間的離別。

【解析】由於柳樹的「柳」諧音雙關留戀的「留」，故古來有折柳贈別的習俗。劉禹錫詩中「垂楊管別離」之說，意即楊柳最懂得人間別離的感情，藉此表達其與人餞別時的留連不捨。可用來形容不忍離別的綿綿情意。

【出處】唐．劉禹錫〈楊柳枝詞〉詩九首之八：「城外春風吹酒旗，行人揮袂日西時。長安陌上無窮樹，唯有垂楊管別離。」

春風知別苦，不遣柳條青。

春風一定知道離別的痛苦，所以不願讓柳條變青。

【解析】本詩詩題為〈勞勞亭〉。勞勞亭，故址位在今江蘇南京市西南，亭旁栽有柳樹，為古時送別之地。李白因與人送別時正值初春，見柳條尚未轉青，無枝可折，便想像春風有著一顆多愁善感的心，因不忍見人折柳送別的場面，所以故意不讓柳條轉青，足見離別帶給人們的傷痛程度有多麼深。可用來形容不忍惜別的心緒。

【出處】唐．李白〈勞勞亭〉詩：「天下傷心處，勞勞送客亭。春風知別苦，不遣柳條青。」

柳條折盡花飛盡，借問行人歸不歸？

柳條折盡了，楊花也已飛盡，想要借問一聲，遠行的人何時要回來呢？

【解析】古人取「柳」和「留」的諧音，有折柳餞別友朋的習俗，藉此表達彼此依依情意。這首詩中藉著柳條折盡、柳絮飛盡等等情狀，寄寓不忍與之分別的深情，又借送行者之口，詢問遠行者的歸返日期，表達盼望能和友人早日相逢的心情。可用來形容與送別時的離情愁緒。

【出處】隋．佚名〈送別詩〉詩：「楊柳青青著地垂，楊花漫漫攪天飛。柳條折盡花飛盡，借問行人歸不歸？」

相知無遠近，萬里尚為鄰。

朋友之間相互交心，不分遠近距離，縱使相隔萬里也像比鄰一般的親近。

【解析】本名句出自張九齡的〈送韋城李少府〉詩。少府，職官名，在唐代多指縣尉，為輔佐縣令的官員。這是張九齡送別友人之作，意在寬慰對方不要為了別離而感到傷悲，只要彼此心意相通，情意真切，不管實際距離有多麼遙遠，也必能感受到好友如在身邊一樣。可用於與親友惜別時的安慰語，強調知己相交不會在乎距離的遠近。

【出處】唐．張九齡〈送韋城李少府〉詩：「送客南昌尉，離亭西候春。野花看欲盡，林鳥聽猶新。別酒青門路，歸軒白馬津。相知無遠近，萬里尚為鄰。」

相望知不見，終是屢回頭。

明知已經離得很遠，無論如何也看不見對方了，卻還是忍不住一次又一次回首相望。

【解析】船行在淮水上的皇甫曾，途中暫停在漁仔溝（即漁溝，位在今江蘇淮安市境內），內心仍懸掛著早已遠行的友人。雖說人生聚散乃不得已，也知道再也望不見對方的身影，卻仍不死心頻頻回顧，足見情誼之深。可用來形容依依不捨的離情。

【出處】唐．皇甫曾〈淮口寄趙員外〉詩：「欲逐淮潮上，暫停漁子溝。相望知不見，終是屢回頭。」

桃花潭水深千尺，不及汪倫送我情。

桃花潭裡的水深達千尺，也比不上汪倫為我送別的這番情意深。

【解析】李白準備要乘船離開桃花潭，好友汪倫到船邊為他送行。李白借用桃花潭的水深千尺來對比汪倫對自己的濃厚情誼。可用來形容與送別者之間的深情厚意。

【出處】唐．李白〈贈汪倫〉詩：「李白乘舟將欲

行，忽聞岸上踏歌聲。桃花潭水深千尺，不及汪倫送我情。」

浮雲遊子意，落日故人情。

天上飄浮的雲，就像遊子的行蹤一樣無所定處。夕陽緩緩地落下，就彷彿送別好友的心情一樣不忍離去。

【解析】 這是李白為送別友人而作。他在詩中以往來無定跡的浮雲，喻比遊子的漂泊不定，又以依戀天際的落日餘暉，暗喻送行親友的不捨心情。可用來表達對即將遠遊之人的惜別之情。

【出處】 唐．李白〈送友人〉詩：「青山橫北郭，白水遶東城。此地一為別，孤蓬萬里征。浮雲遊子意，落日故人情。揮手自茲去，蕭蕭班馬鳴。」

海內存知己，天涯若比鄰。

只要視彼此為知己，縱使相隔天涯也像是近在比鄰。

【解析】 王勃在長安為即將到蜀州（位在今四川境內）上任縣尉的友人送行，勸慰好友不要傷悲，深信真摯的情誼不會因距離遙遠而轉淡。清代女學者陳婉俊在《唐詩三百首補注》評曰：「贈別不作悲酸語，魄力自異。」可用在別離時的寬慰語。

【出處】 唐．王勃〈送杜少府之任蜀州〉詩：「城闕輔三秦，風煙望五津。與君離別意，同是宦遊人。海內存知己，天涯若比鄰。無為在歧路，兒女共沾巾。」

衰蘭送客咸陽道[1]，天若有情天亦老。

長安城外的道路旁，蘭花因為送別（金銅仙人）都傷心到枯萎了，假若上天有感情的話，也會為此悲傷到衰老。

【注釋】 1. 咸陽道：此指長安城外的道路。咸陽，為秦朝國都，因離長安不遠，此代指長安。

【解析】本句出於李賀的〈金銅仙人辭漢歌〉詩。金銅仙人本為漢武帝所鑄造以為求仙之用，到了三國魏明帝時將它們從長安遷至洛陽。李賀在詩中把金銅仙人擬人化，形塑它們對漢宮的不捨眷戀以及被迫離去前的滿懷愁恨。可用來抒發不忍離別的悲痛。

【出處】唐．李賀〈金銅仙人辭漢歌〉詩：「茂陵劉郎秋風客，夜聞馬嘶曉無跡。畫欄桂樹懸秋香，三十六宮土花碧。魏官牽車指千里，東關酸風射眸子。空將漢月出宮門，憶君清淚如鉛水。衰蘭送客咸陽道，天若有情天亦老。攜盤獨出月荒涼，渭城已遠波聲小。」

荷笠帶夕陽，青山獨歸遠。

看著你肩負著斗笠，彷彿帶著夕陽的餘暉，獨自回到那遙遠的青山。

【解析】詩中「夕陽」一說作「斜陽」。劉長卿描寫其於黃昏目送靈澈上人漸行漸遠的背影返回寺院時的情景，一方面表達了兩人之間的真摯友誼，一方面也展現出靈澈這位方外之士瀟灑出塵的神情意態。可用來形容送別友人在落日夕照下獨自遠去。

【出處】唐．劉長卿〈送靈澈上人〉詩：「蒼蒼竹林寺，杳杳鐘聲晚。荷笠帶夕陽，青山獨歸遠。」

莫愁前路無知己，天下誰人不識君？

請不必擔憂日後找不到知心好友，天底下有哪個人不認識您呢？

【解析】本詩詩題為〈別董大〉。董大，一般認為是唐玄宗時的著名樂師董庭蘭，因在兄弟中排行第一，故稱之。此為詩人高適為董庭蘭送別之作，詩中安慰好友不要為離別而感到憂傷，相信憑藉著董大的卓越才情和美好名聲，不管到哪裡都會為人所識。明末清初人徐增《而庵說唐詩》評曰：「此詩妙在粗豪。」可用來勸勉即將遠行的人勇敢前行，並祝福未來前程似錦。另可用來讚美某人的才氣和聲譽天下皆知。

【出處】唐．高適〈別董大〉詩二首之一：「千里黃雲白日曛，北風吹雁雪紛紛。莫愁前路無知己，天下誰人不識君？」

數聲風笛離亭晚，君向瀟湘[1]我向秦[2]。

離亭中隨風傳來陣陣笛聲，天色漸漸昏暗，你要向瀟湘的方向遠行，而我將前往秦地。

【注釋】1.瀟湘：此代指湖南一帶。瀟，指的是湖南境內的瀟水。湘，指的是湖南境內的湘江。2.秦：此代指京城長安。秦指陝西一帶。

【解析】作者鄭谷在揚州淮水邊與友人道別，對方準備啟程往南到瀟湘，而詩人即將北行至秦地，兩人在臨歧路上的離亭餞別，之後就要天涯異途，席間笛聲悠揚淒婉，更添離情依依。可用來形容宴餞友人，從此各奔前程。

【出處】唐．鄭谷〈淮上與友人別〉詩：「揚子江頭楊柳春，楊花愁殺渡江人。數聲風笛離亭晚，君向瀟湘我向秦。」

請君試問東流水，別意與之誰短長？

問問東流的江水，比起你我這番離別之情，到底是誰短誰長呢？

【解析】李白即將離開金陵（位在今江蘇南京市），這裡的青年朋友設宴為他餞別，時光在痛快暢飲中無情地逝去，詩人縱使心中不捨也終要踏上旅程，於是便藉著奔流無盡的江水為喻，以表達對朋友的惜別離情。清人沈德潛《唐詩別裁集》評曰：「語不必深，寫情已足。」可用來形容離別時的情意深遠綿長。

【出處】唐．李白〈金陵酒肆留別〉詩：「風吹柳花滿店香，吳姬壓酒喚客嘗。金陵子弟來相送，欲行不行各盡觴。請君試問東流水，別意與之誰短長？」

勸君更盡一杯酒，西出陽關[1]無故人。

勸你多喝完這杯酒，因為向西走出了陽關後，便很難再遇見老朋友了！

【注釋】1.陽關：故址位在今甘肅敦煌市西南，為中原通往西域的要道。

【解析】詩題一作〈渭城曲〉。渭城，位在今陝西咸陽市。此為王維在渭城客舍為友人出使安西前的餞別之作。由於此行一去，路程遙遠艱辛，王維生怕他日相逢不易，故勸友人飲盡杯中的酒，表達其不忍離別之情。明人陸時雍《唐詩鏡》云：「語老情深，遂為千古絕調。」可用來形容餞行時的離情依依。

【出處】唐・王維〈送元二使安西〉詩：「渭城朝雨浥輕塵，客舍青青柳舍青。勸君更盡一杯酒，西出陽關無故人。」

人生無物比多情，江水不深山不重。

人生中沒有任何事物，能與看重感情相互比較，江裡的水若是不深，便無法顯現出山的沉重。

【解析】張先與友人互道別離，他深知今日一別，日後兩人再見的機會將困難重重，故借詞抒發離愁，強調這個世上最動人的，唯有人與人之間的真摯情感，即使是分量深重的山水，也不足以和人的多情相比。可用來形容送別友人時，真切地感受到對方的深情厚意。

【出處】北宋・張先〈木蘭花・相離徒有相逢夢〉詞：「相離徒有相逢夢，門外馬蹄塵已動。怨歌留待醉時聽，遠目不堪空際送。今宵風月知誰共？聲咽琵琶槽上鳳。人生無物比多情，江水不深山不重。」

不管煙波與風雨，載將離恨過江南。

（畫船）不管水面雲煙瀰漫和風雨飄搖，它將載著人們對離別的恨意駛向江南。

【解析】作者描寫送行者與行人在潭邊對飲話別，正當酒興正濃之際，華美的大船準備啟航，此時不禁讓人怨怪船隻的無情，竟可漠視眼前的煙波風雨，自顧自的，滿載人的離愁別恨，瀟灑而去。值得一提的是，詩中將無形的離恨，化為有具體分量的物質，更顯現出離恨的沉重。可用來形容送人遠行時離情依依的景象。

【出處】北宋・鄭文寶〈柳枝詞〉詩：「亭亭畫舸（ㄍㄜˇ）繫春潭，直待行人酒半酣。不管煙波與風雨，載將離恨過江南。」（此詩一說作者為張耒，詩題則作〈絕句〉）

今古柳橋多送別，
見人分袂亦愁生，何況自關情。

自古至今，人們多柳橋上送行，即使是看見他人離別的場面，心裡也會湧上一股愁情，況且現在是自己牽涉在這場離情當中。

【解析】古人常折柳贈別，柳橋也成了送別處的代稱。張先詞中描寫一名女子在長堤上折柳送別戀人，她回想過去看別人在此話別時，也會牽動她的愁思，沒想到如今主角竟換成了自己，離情別緒已是無法算計。可用來形容送人遠行令人悲愁。

【出處】北宋．張先〈江南柳．隋堤遠〉詞：「隋堤遠，波急路塵輕。今古柳橋多送別，見人分袂亦愁生，何況自關情。斜照後，新月上西城。城上樓高重倚望，願身能似月亭亭，千里伴君行。」

少年離別意非輕，
老去相逢亦愴情。

年少時面對分離，心情已是沉重不輕了，如今年老，卻連相見都讓人分外悲傷。

【解析】王安石與受封「長安君」的大妹王文淑從小感情親近，只是自王文淑嫁人後，兩人見面的機會更不容易。詩中抒發兄妹相隔了三年才見上一面，知心話都還沒說夠，卻又要匆匆道別的不捨。自認年輕時就很重視感情的王安石，步入中老年以後，才發現原來一次次的久別短聚後隨之而來的，竟是一次次的各奔東西，難得會面的歡喜，瞬間就被離情給取代了。可用來形容人的一生總是在面對聚少離多的無奈。

【出處】北宋．王安石〈示長安君〉詩：「少年離別意非輕，老去相逢亦愴情。草草杯盤供笑語，昏昏燈火話平生。自憐湖海三年隔，又作塵沙萬里行。欲問後期何日是？寄書應見雁南征。」

平蕪盡處是春山，
行人更在春山外。

平曠草原的盡頭，只看得見春山，遠遊的人，更在春山之外的更遠處。

【解析】歐陽脩詞中設想送行的女子自知登樓憑闌，

望斷春山，終究也望不見那個已走遠的心上人，因為對方和自己的距離愈來愈遠，更何況前方又有重重春山阻擋，忍不住柔腸粉淚，滿心蒼涼。明人王世貞《藝苑卮言》評論這兩句詞：「此淡語之有情者也。」意即文字看似平淡，卻蘊含了深婉的情意。可用來形容送人遠行，而人漸走漸遠，難掩失落傷悲。

【出處】北宋．歐陽脩〈踏莎行．候館梅殘〉詞：「候館梅殘，溪橋柳細，草薰風暖搖征轡。離愁漸遠漸無窮，迢迢不斷如春水。寸寸柔腸，盈盈粉淚，樓高莫近危闌倚。平蕪盡處是春山，行人更在春山外。」

亦知人生要有別，但恐歲月去飄忽。

也知道人生必然會有別離，只是擔心時間流逝得太快。

【解析】時年二十六歲的蘇軾，準備前往鳳翔擔任判官（地方長官的輔吏），弟弟蘇轍自京城一路相送，直至鄭州西門外才告別，然後再折返京城陪伴父親蘇洵。蘇軾從高處看著戴著黑帽、衣衫單薄的蘇轍，在寒天雪地中騎著瘦馬、踏著殘月遠去的孤單身影，作詩抒發心中的淒苦離情。可用來形容面對與至親好友的分別，唯恐聚少離多而心神不安。

【出處】北宋．蘇軾〈辛丑十一月十九日，既與子由別於鄭州西門之外，馬上賦詩一篇寄之〉詩：「不飲胡為醉兀兀，此心已逐歸鞍發。歸人猶自念庭闈，今我何以慰寂寞？登高回首坡隴隔，但見烏帽出復沒。苦寒念爾衣裘薄，獨騎瘦馬踏殘月。路人行歌居人樂，童僕怪我苦悽惻。亦知人生要有別，但恐歲月去飄忽。寒燈相對記疇昔，夜雨何時聽蕭瑟？君知此意不可忘，慎勿苦愛高官職。」

多情自古傷離別。

自古以來，情感豐富的人最傷心的就是面對離別。

【解析】柳永在蕭瑟的秋天與戀人在岸邊餞別，眼看著開船的時間分秒逼近，很快就要與情人分開，下次再見不知何時，縱使萬般不捨也只能無奈面對，於是他思索著，這世上所有像他一樣重情又無法承受離情的人，必定比其他人來得更容易心碎腸斷。可用來形

容分離給人的傷痛至深。

【出處】北宋．柳永〈雨霖鈴．寒蟬淒切〉詞：「……多情自古傷離別，更那堪、冷落清秋節。今宵酒醒何處？楊柳岸、曉風殘月。此去經年，應是良辰好景虛設。便縱有、千種風情，更與何人說？」（節錄）

此去還知苦相憶，歸時快馬亦須鞭。

這次離去，莫忘了有人還在苦苦思念著你，回來的時候，就算已經騎著快馬，仍要不斷鞭策馬要跑得再快一點。

【解析】王安石的同母弟弟王安上（字純甫），即將遠赴江南迎娶新婦，王安石在汴京為其送行，再三叮囑胞弟，回程時務必要快馬加鞭，儘早歸來。可用來形容和親友道別時，希望能和對方早日再見。

【出處】北宋．王安石〈送純甫如江南〉詩：「青溪看汝始蹁躚（ㄒㄧㄢ），兄弟追隨各少年。壯爾有行今納婦，老吾無用亦求田。初來淮北心常折，卻望江南眼更穿。此去還知苦相憶，歸時快馬亦須鞭。」

別時容易見時難。

別離是那樣的容易，想要再見上一面，卻是那樣的困難。

【解析】南唐後主李煜認為，人的一生當中，發生別離的這個事實是經常可見的，然而希望能在分開後的再見，卻是相對不易的。也可以說，在情感上，每個人要與心愛的人或事物分離必然是百般不願的，但這也是人生的無可奈何且不得不面對的。可用來抒發對眷戀的人或事物離開或逝去的傷感。

【出處】五代．李煜〈浪淘沙．簾外雨潺潺〉詞：「簾外雨潺潺，春意闌珊。羅衾不耐五更寒。夢裡不知身是客，一晌貪歡。獨自莫憑闌，無限江山，別時容易見時難。流水落花春去也，天上人間。」

念去去、千里煙波，暮靄沉沉楚天闊。

想到此行遠去，路程一程又一程，千里江水煙霧瀰漫，南方遼闊的天空，籠罩著傍晚深沉的雲霧。

【解析】柳永即將離開京城，遠赴江南，他的情人在江邊長亭為其餞行。詞中描述離別的當下，江上煙靄茫茫，天空雲霧低沉，彷彿天地也感染了他心中的悲楚。可用來形容準備遠行的人，面對煙波浩蕩、雲天廣漠的景色，離愁也隨之無盡。

【出處】北宋．柳永〈雨霖鈴．寒蟬淒切〉詞：「寒蟬淒切，對長亭晚，驟雨初歇。都門帳飲無緒，留戀處，蘭舟催發。執手相看淚眼，竟無語凝噎。念去去、千里煙波，暮靄沉沉楚天闊……」（節錄）

直須看盡洛城花，始共春風容易別。

就該賞遍整座洛陽城的花朵，我才能放心地跟春風道別。

【解析】歐陽脩準備離開洛陽，當地一名女子為其設宴惜別，此時耳邊奏起哀哀離歌，光聽一曲，就足以讓人肝腸寸結。詞人提出解決痛苦的方法是「看盡洛城花」，意即生命中若曾擁有過一段最美好的情事，人生便不致留下遺憾。近人王國維《人間詞話》評曰：「於豪放之中有沉著之致，所以尤高。」意思是說，詞句看似瀟灑豪邁，實含有作者深沉執著的情意。可用來形容捨不得與人分離的場景。

【出處】北宋．歐陽脩〈玉樓春．尊前擬把歸期說〉詞：「尊前擬把歸期說，欲語春容先慘咽。人生自是有情痴，此恨不關風與月。離歌且莫翻新闋，一曲能教腸寸結。直須看盡洛城花，始共春風容易別。」

記得綠羅裙，處處憐芳草。

請記得我今天穿的絲綢綠裙，日後不管身在何地，都要憐惜你所見到的芳草。

【解析】牛希濟描寫一名女子在臨別前與愛人的對話，她擔心對方離開的日子久了就會忘了自己，但又不願明說，便把今日穿著綠羅裙的自己，和天涯隨處可見的芳草聯想在一起，希望對方在外看見芳草之綠時，心生憐愛，當下也會憶起今日穿著綠裙的自己。

近人俞陛雲《唐五代兩宋詞選釋》認為這兩句詞所要表達的是：「長勿相忘之意。」可用來叮囑即將遠行的人切莫相忘。另可用來比喻愛一個人，也連帶著喜歡與其有關的人或事物。

【出處】五代．牛希濟〈生查子．春山煙欲收〉詞：「春山煙欲收，天淡星稀小。殘月臉邊明，別淚臨清曉。語已多，情未了，回首猶重道。記得綠羅裙，處處憐芳草。」

執手相看淚眼，竟無語凝噎。

我們緊緊握住彼此的手，流著眼淚相互凝望著，竟然一句話都說不出來，全部都哽塞在喉頭。

【解析】柳永告別京城的情人，準備乘舟南下，臨別在即，他緊握對方的手，兩人淚眼婆娑，本有千言萬語想要訴說，卻因極度悲傷而氣塞，終是什麼話都沒有說出口，然無言之中，更見離情之苦。可用來形容惜別之際，哽噎難言，握住對方的手，不忍放開的情狀。

【出處】北宋．柳永〈雨霖鈴．寒蟬淒切〉詞：「寒蟬淒切，對長亭晚，驟雨初歇。都門帳飲無緒，留戀處，蘭舟催發。執手相看淚眼，竟無語凝噎。念去去、千里煙波，暮靄沉沉楚天闊……」（節錄）

最是倉皇辭廟[1]日，教坊[2]猶奏別離歌，垂淚對宮娥。

最讓我痛苦的是，在慌亂中辭別了祖廟，宮廷樂隊這時還在演奏著別離的樂曲，我對著身邊的宮女流下淚來。

【注釋】1.辭廟：辭別祖先，離開了祖先創建的國家。廟，指宗廟，古代帝王把自己的祖先供奉在宗廟裡。2.教坊：此指古代管理宮廷音樂的官署。另一說指妓院。

【解析】淪為北宋臣虜的李煜，回憶南唐亡國，他在宗廟拜別祖先的那個慘痛景象，眼睜睜看著祖父打下近四十年的基業，壯麗江山，就要斷送在自己的手上，偏偏耳邊此時傳來令人不忍聽聞的驪歌，更添悲痛。可用來形容面臨國家覆亡或自身大難臨頭，準備匆忙離開前的慟哭哀傷。

【出處】五代・李煜〈破陣子・四十年來家國〉詞：「四十年來家國，三千里地山河。鳳閣龍樓連霄漢，玉樹瓊枝作煙蘿，幾曾識干戈？一旦歸為臣虜，沈腰潘鬢銷磨。最是倉皇辭廟日，教坊猶奏別離歌，垂淚對宮娥。」

聚散苦匆匆，此恨無窮。

人生的聚合與離散，實在太過匆忙，不但令人痛苦，更留下沒有盡頭的遺憾。

【解析】曾與歐陽脩同在洛陽擔任官職的梅堯臣，被調離洛陽後的隔年春天，又回來探望好友，和歐陽脩一同重遊滿城的奼紫嫣紅。無奈的是，歡樂痛快的時光總是來去匆匆，讓詞人不禁感嘆世間的聚散難期，只能抱著憾恨送離摯友。可用來形容與人相逢後又要立刻作別，悵恨不盡。

【出處】北宋・歐陽脩〈浪淘沙令・把酒祝東風〉詞：「把酒祝東風，且共從容。垂楊紫陌洛城東，總是當時攜手處，遊遍芳叢。聚散苦匆匆，此恨無窮。今年花勝去年紅，可惜明年花更好，知與誰同？」

語已多，情未了，回首猶重道。

已說了很多的話，還是無法把心中的感情訴盡，離開之前，仍回過頭來頻頻囑咐。

【解析】牛希濟詞中描寫情人在話別時的難分難捨，即使送行者已說了萬語千言，依然覺得有很多話都還沒有說，眼見時間迫臨，遠行者準備動身啟程了，送行者轉身離去後，又忍不住回首叮嚀對方一些話語，足見其用情之深。可用來形容與人道別時，能述說的言語雖然有限，但情意卻是深長無限。

【出處】五代・牛希濟〈生查子・春山煙欲收〉詞：「春山煙欲收，天淡星稀小。殘月臉邊明，別淚臨清曉。語已多，情未了，回首猶重道。記得綠羅裙，處處憐芳草。」

樽罍飲散長亭暮，

別語纏綿不成句。

天色黃昏，送別的酒席就要散去了，想要說的話綿長宛轉，卻又無法說出一句完整的話來。

【解析】黃大臨寫其餞別即將遠赴貶地宜州的弟弟黃庭堅，這場酒宴從清晨喝到了傍晚，最終還是不得不面對離別時刻。黃大臨想對弟弟叮囑的話很多，卻全都哽噎在喉頭，一句話都無法完整地說出來，顯見心中的哀痛至極。可用來形容與親人或愛人分手在即，悲傷到難以用言語表達。

【出處】北宋．黃大臨〈青玉案．千峰百嶂宜州路〉詞：「千峰百嶂宜州路，天黯淡、知人去。曉別吾家黃叔度。弟兄華髮，遠山修水，異日同歸處。樽罍飲散長亭暮，別語纏綿不成句。已斷離腸能幾許？水村山館，夜闌無寐，聽盡空階雨。」

離恨恰如春草，更行更遠還生。

離別的恨意，就像是春天叢生的野草，愈走愈遠，愈是蔓延滋長。

【解析】李煜心繫遠人，他借寫春天隨處而生的茂盛野草，喻比他心中的離愁別恨，無論走得多遠，也不管身在何處，都一直如影隨形，且日增月益。可用來形容離恨悠悠，永難消歇。

【出處】五代．李煜〈清平樂．別來春半〉詞：「別來春半，觸目愁腸斷。砌下落梅如雪亂，拂了一身還滿。雁來音信無憑，路遙歸夢難成。離恨恰如春草，更行更遠還生。」

離愁漸遠漸無窮，迢迢不斷如春水。

人走得愈遠，心中的愁緒愈濃，就像那綿延不止的春水一樣。

【解析】歐陽脩描寫一位旅人，在初春時節告別心上人後，信馬徐行，沿途梅殘柳細，草薰風暖，春水迢迢，面對如畫般的春色風景，旅人卻抑制不住內心強烈的離愁，猶如眼前無盡不休的春水般。詞人在此以實寫虛，也就是用有形的春水，比喻無形的離愁。可用來形容行人隨著離家或離心上人愈遠，憂愁也愈多。

【出處】北宋・歐陽脩〈踏莎行・候館梅殘〉詞：「候館梅殘，溪橋柳細，草薰風暖搖征轡。離愁漸遠漸無窮，迢迢不斷如春水。寸寸柔腸，盈盈粉淚，樓高莫近危闌倚。平蕪盡處是春山，行人更在春山外。」

曉來誰染霜林醉？總是離人淚。

天才剛亮，是誰來把這帶霜的樹林醺染成一片如酒醉般的紅呢？那都是即將面臨離別的人所流出的眼淚啊！

【解析】這是出自元代雜劇家王實甫在《西廂記》中以〈端正好〉曲牌譜寫成的一首曲子。《西廂記》這部雜劇改編自唐人元稹傳奇小說〈鶯鶯傳〉，不過故事情節比前人更為曲折，人物刻畫更為立體，男女主人翁的戀情結局，也從元稹筆下的悲劇收場，改寫成幾經波折，終還是突破了傳統門第觀念的重圍，爭取到兩人的婚戀自主權。劇中的主要人物為書生張君瑞以及相國之女崔鶯鶯，而此曲是崔鶯鶯於秋日清晨，在長亭送別張君瑞赴京趕考前的唱詞，本是楓林樹葉因秋來而由綠轉紅的自然變化，但看在離人的眼裡，覺得這一切全是緣於自己哭了一夜的淚水，以致大地都深受感動而染紅了整片樹林，藉此表現出崔鶯鶯不捨離別愛人的至極悲苦。可用來形容離情濃烈，人因而傷心過度，血淚不盡。

【出處】元・王實甫《西廂記・第四本・第三折》之〈端正好〉曲：「碧雲天，黃花地，西風緊，北雁南飛。曉來誰染霜林醉？總是離人淚。」

自是浮生無可說，人間第一耽離別。

從此這個飄浮不定的人生，已沒有什麼好說的，在這個塵世上，最令人感到沉重傷感的莫過於分離了。

【解析】這闋詞寫於王國維為奔父喪返家後不久，才剛剛經歷親人辭世的他，接著就在清冷霜雪、蕭索西風的場景下與親友話別，內心怎能不生傷痛？再加上詞人天生性情憂鬱，態度悲觀，對於人世虛幻如寄、聚散無常的感受自是比一般人更為強烈，使其滿腔的離恨難以排解。可用來形容有感於人生虛浮短暫，面對離情，悲傷無可言喻。

【出處】 清末民初．王國維〈蝶戀花．滿地霜華濃似雪〉詞：「滿地霜華濃似雪，人語西風，瘦馬嘶殘月。一曲〈陽關〉渾未徹，車聲漸共歌聲咽。換盡天涯芳草色，陌上深深，依舊年時轍。自是浮生無可說，人間第一耽離別。」

觸景生情

月出皎兮，佼人僚兮。舒窈糾兮，勞心悄兮。

月亮升起，月光皎潔，照亮了月下的美人啊！美人的身姿輕盈，思念她讓我憂愁不安啊！

【解析】 這首詩描寫一個多情男子在清朗幽靜的月夜下，想念其心儀女子的姣麗姿顏，當時月明如水，宛若佳人的柔情綽態，看起來是那樣的雍容嫻雅，內外兼美。詩中的男子借月寄情，抒發其對女子的傾慕已到了不可自拔的地步，但又苦於無處表白，導致情思為之牽動而心煩意亂。清人方玉潤《詩經原始》評曰：「且從男意虛想，活現出一月下美人，並非實有所遇，蓋巫山、洛水之濫觴也。」可用來形容月下懷人，心神不寧。

【出處】 先秦．《詩經．陳風．月出》：「月出皎兮，佼人僚兮。舒窈糾兮，勞心悄兮……」（節錄）

蒹葭蒼蒼，白露為霜。所謂伊人，在水一方。

蘆葦茂盛蒼茫，秋露凝結成霜。所說的那個人啊！在水的另一方。

【解析】 這首詩的作者寫其於蘆葦叢生、露水結霜的深秋時節，站在煙水茫茫的岸邊，想念著遠在彼岸的那位心上人。其中「在水一方」並不一定是實指「伊人」之所在，而是詩人借一水相隔的意象，暗喻他和他所思慕的那個女子之間受到了阻礙，使其可望而不可即，求之而不可得。近人王國維《人間詞話》評論此詩：「最得風人深致。」意謂作者雖然只能從遠處遙望意中人，無法接近對方，內心縱有萬般失落，也不會因此心生怨懟，展現出溫柔敦厚的詩人本色。可用來比喻和心愛的人相見困難，懷思無限。

【出處】先秦．《詩經．秦風．蒹葭》：「蒹葭蒼蒼，白露為霜。所謂伊人，在水一方。遡洄從之，道阻且長。遡游從之，宛在水中央……」（節錄）

惟草木之零落兮，恐美人之遲暮。

那草會衰黃、樹木會落葉飄零啊！我害怕美人也會有年老的時候。

【解析】屈原藉由描寫草木在秋來時凋敗的景象，發出其對人生短促、年華轉瞬即逝的哀嘆，就好比再貌美如花的人，也會有紅顏老去的一天，任誰也逃脫不了大自然的規律，提醒自己應該把握有限的生命，堅持理想並全力以赴，才不致抱憾而終。可用來說明歲月無幾，故應趁盛壯時有所作為，莫讓流年輕度。

【出處】戰國楚．屈原〈離騷〉詩：「……日月忽其不淹兮，春與秋其代序。惟草木之零落兮，恐美人之遲暮……」（節錄）

明月皎皎照我床，星漢西流夜未央。

皎潔明亮的月光，映照我的床，星河向西方流轉，夜已經很深了。

【解析】三國魏文帝曹丕詩中寫一名女子心繫長年行役不歸的丈夫，夜深未眠，她藉由觀看天上星月的移動變化，捱過那漫漫難熬的長夜，想著星空中隔著銀河遙遙相對的牽牛、織女星，就好像是丈夫和自己相會不易的情況一樣。可用來形容人望著皎白月色、燦爛銀河，寄託無人可訴的寂寞哀怨。

【出處】三國魏．魏文帝曹丕〈燕歌行〉詩二首之一：「……賤妾煢煢守空房，憂來思君不敢忘，不覺淚下沾衣裳。援琴鳴弦發清商，短歌微吟不能長。明月皎皎照我床，星漢西流夜未央。牽牛織女遙相望，爾獨何辜限河梁？」（節錄）

大江流日夜，客心悲未央。

滔滔江水日夜奔流不息，客居他鄉的我，心中的悲傷也如江流一樣，無法停歇。

【解析】南朝齊人謝朓以文才受到齊武帝之子隨王蕭子隆的賞識，蕭子隆任荊州刺史時，謝朓也跟著前往，後因遭人忌妒而向齊武帝蕭賾造言詆毀，謝朓遂被召回京都建康，這首詩就是他在途中寫給隨王府同僚的告別詩，敘說自己對於舊情的戀眷，以及返京後可能面臨讒害的懼怯，此時橫在謝朓眼前氣勢雄渾的湯湯川流，一如他內心望不見盡頭的悲愁，語意隱微透露出對自身前途的惶然不定。清人沈德潛《說詩晬語》評論這兩句詩：「極蒼蒼莽莽之致。」可用來形容江水浩茫，人心的愁戚亦無休無止。

【出處】南朝齊．謝朓〈暫使下都夜發新林至京邑，贈西府同僚〉詩：「大江流日夜，客心悲未央。徒念關山近，終知返路長。秋河曙耿耿，寒渚夜蒼蒼。引領見京室，宮雉正相望。金波麗鳷鵲，玉繩低建章。驅車鼎門外，思見昭丘陽。馳暉不可接，何況隔兩鄉？風雲有鳥路，江漢限無梁。常恐鷹隼擊，時菊委嚴霜。寄言罻羅者，寥廓已高翔。」

天際識歸舟，雲中辨江樹。

遠眺水天相接處，大約可看見正駛向京城的船隻，雲遮霧繞之中，依稀可辨識出江岸的樹木。

【解析】南朝齊明帝蕭鸞在位期間，謝朓奉命出任宣城太守，這首詩為其從京城建康赴宣城途中所作，抒寫他乘船所見的江上風光，無論是遠在天際的歸舟或朦朧雲中的江樹，作者都得極目遠望才能隱約辨別出來，表達其專注心神，欲牢牢記取京城物景的眷念用情。明末清初人王夫之《古詩評選》對謝朓這兩句詩的評價相當高，其言：「隱然一含情凝眺之人，呼之欲出。從此寫景，乃為活景，故人胸中無丘壑，眼底無性情，雖讀盡天下書，不能道一句。」可用來形容水天一色，雲霧迷茫，引發旅人的千愁萬緒。

【出處】南朝齊．謝朓〈之宣城出新林浦向板橋〉詩：「江路西南永，歸流東北騖。天際識歸舟，雲中辨江樹。旅思倦搖搖，孤遊昔已屢。既懽懷祿情，復協滄洲趣。囂塵自茲隔，賞心於此遇。雖無玄豹姿，終隱南山霧。」

一片花飛減卻春，風飄萬點正愁人。

花瓣一片片飛落，春色也漸漸褪去，看著風吹下萬點落花的情景，使人不自覺地憂愁了起來。

【解析】杜甫從眼前落花凋零的景象感受到春日將盡的氛圍，他看著那些曾在今春盛開的絢麗花朵隨風飛去，不禁對萬物的興衰消長感慨萬千。明末學者陸時雍在《唐詩鏡》評曰：「首四語情法俱勝，既怕看花飛，又欲看飛花之盡，傷春惜春，流連無已。」可用來形容見到春盡花殘之景，引發內心的傷感愁緒。

【出處】唐．杜甫〈曲江〉詩二首之一：「一片花飛減卻春，風飄萬點正愁人。且看欲盡花經眼，莫厭傷多酒入脣……」（節錄）

人面不知何處去？桃花依舊笑春風。

如今那位可與桃花爭豔的女子已不知身在哪裡？只留下桃花依然在春風裡含笑盛開著。

【解析】崔護在相隔一年重遊長安城南，但去年同日在此地偶遇的那位心儀女子卻已不見芳蹤。他心中悵然若失，只好在深鎖的門扉上題詩，抒發這段重訪未遇的落寞心情。可用來形容景物依舊，人事已非的感傷。詩中兩句合成「人面桃花」一語，另可用來形容女子容貌美麗，可與桃花爭豔。

【出處】唐．崔護〈題都城南莊〉詩：「去年今日此門中，人面桃花相映紅。人面不知何處去？桃花依舊笑春風。」

山川滿目淚沾衣，富貴榮華能幾時？

山岳川河滿眼盡是荒蕪，哭得衣服都被淚水給沾濕了，人生的財富地位究竟能夠榮顯多久呢？

【解析】本詩詩題〈汾陰行〉。汾陰，位在今山西運城市境內。作者李嶠先是描寫西漢武帝巡幸河東，祭祀汾陰后土時的浩大盛況，之後筆鋒一轉，寫到漢朝國力衰微、江山易主，山河滿目瘡痍，昔日榮景不再，兩相對比，讓詩人為之潸然涕下。可來用抒發目睹世事滄桑多變，引發盛衰無常的慨嘆。

【出處】唐．李嶠〈汾陰行〉詩：「……昔時青樓對歌舞，今日黃埃聚荊棘。山川滿目淚沾衣，富貴榮華能幾時？不見只今汾水上，唯有年年秋雁飛。」（節錄）

山暝聽猿愁，滄江急夜流。

山色暗淡，耳邊傳來猿猴發出悲鳴，勾起內心無限愁緒，江水蒼茫，在夜裡奔騰急流。

【解析】夜宿江邊的孟浩然借寫山中猿猴悲傷的鳴聲，以及蒼茫江水奔流的淒冷景象，激盪出異鄉遊子的悲愁情緒。可用來形容旅人在行旅途中因所聞所見而興起哀傷之情。

【出處】唐．孟浩然〈宿桐廬江寄廣陵舊遊〉詩：「山暝聽猿愁，滄江急夜流。風鳴兩岸葉，月照一孤舟……」（節錄）

今夜月明人盡望，不知秋思在誰家？

今晚圓月明亮，人人都在仰望天上明月，但不知望月引起的秋思會落在誰的家裡呢？

【解析】王建描寫秋夜裡仰望天上一輪明月，不禁勾起內心無限的愁思，使其更加懷想在遠方的親友。可用來形容因望月而興起的思念之情。

【出處】唐．王建〈十五夜望月寄杜郎中〉詩：「中庭地白樹棲鴉，冷露無聲濕桂花。今夜月明人盡望，不知秋思在誰家？」

天階夜色涼如水，坐看牽牛織女星。

皇宮中的石階前，月色清涼如水，坐臥著仰望天上的牽牛星和織女星。

【解析】詩中「坐看」一說作「臥看」。本詩一說描寫少女秋夜觀星的情狀，另一說描寫宮女長年深居宮中，內心孤獨寂寞，秋夜見天上的牽牛、織女星而產生了對愛情的嚮往。清人蘅塘退士《唐詩三百首》評曰：「層層布景，是一幅著色人物畫。只『坐看』兩字，逗出情思，便通身靈動。」可用來形容深夜觀星，仰看牽牛、織女星時萌生對愛情的渴盼。

【出處】唐．杜牧〈秋夕〉詩：「銀燭秋光冷畫屏，輕羅小扇撲流螢。天階夜色涼如水，坐看牽牛織女星。」

天意憐幽草，人間重晚晴。

上天愛憐長在幽暗處的小草，人們看重的是黃昏時的晴朗天光。

【解析】李商隱於初夏傍晚時分登高遠眺，其見生長在幽僻處的小草沐浴在晴朗的天光下，不禁有感而發，體悟到上天和人世間的情感一樣，分外珍惜那些匆匆即逝的美好事物。可用來形容景色短暫匆促，更易引起人們的關愛重視。

【出處】唐．李商隱〈晚晴〉詩：「深居俯夾城，春去夏猶清。天意憐幽草，人間重晚晴。並添高閣迥，微注小窗明。越鳥巢乾後，歸飛體更輕。」

日出遠岫[1]明，鳥散空林寂。

太陽出來，照亮了遠方層層的山巒，鳥群散去，山林更加空曠寂靜。

【注釋】1.岫：音ㄒㄧㄡˋ，峰巒。

【解析】本詩為隋代重臣楊素所作的〈山齋獨坐贈薛內史〉詩。內史，職官名，隋代將掌理國家機要大事的中書省，改名為內史省，稱長官為內史令，副官為內史侍郎。此為幽居深山的楊素寄與官拜內史侍郎的好友薛道衡之作，詩中描寫旭日初升，照進樹林裡的陽光驚動了原本在棲息的小鳥，待群鳥紛紛飛離後，山林比先前更為闃靜，藉此抒發他山居生活的寂寞情懷，進而表達期待好友上山互訴衷情的願望。可用來形容山中人的孤寂心情。

【出處】隋．楊素〈山齋獨坐贈薛內史〉詩：「居山四望阻，風雲竟朝夕。深溪橫古樹，空岩臥幽石。日出遠岫明，鳥散空林寂。蘭庭動幽氣，竹室生虛白。落花入戶飛，細草當階積。桂酒徒盈樽，故人不在席。日落山之幽，臨風望羽客。」

月落烏啼霜滿天，江楓漁火對愁眠。

月亮落下，烏鴉啼叫，寒霜滿天，客居船上的我，對著江邊的楓樹、漁舟的燈火，伴著憂愁入眠。

【解析】張繼主在描寫羈旅在外的遊子，客船夜晚停泊在楓橋時所見所聞的景致以及對寒意的感受，藉此抒發其心中的愁思。可用來形容秋夜江邊瀰漫著一股幽寂清冷的氛圍，引發旅人的孤寂離愁。

【出處】唐．張繼〈楓橋夜泊〉詩：「月落烏啼霜滿天，江楓漁火對愁眠。姑蘇城外寒山寺，夜半鐘聲到客船。」

世間無限丹青手，一片傷心畫不成。

即使世間無數技藝高超的畫師，也無法描繪出我此刻的悲傷心境。

【解析】身處在國勢衰微、政局動亂的晚唐王朝，高蟾於秋日傍晚登上金陵遠望。他看著浮雲落日映照著這座昔日繁華的舊朝帝都，撫今追昔，懷想如今國家走向了衰落傾崩之途，心頭湧上一股筆墨難以描繪出的沉鬱傷悲。清人黃叔燦《唐詩箋注》評曰：「『畫不成』三字，是『傷心』二字之神。」可用來形容人傷心到了極點時的切膚痛楚。

【出處】唐．高蟾〈金陵晚望〉詩：「曾伴浮雲歸晚翠，猶陪落日泛秋聲。世間無限丹青手，一片傷心畫不成。」

同來玩月人何在？風景依稀似去年。

曾經和我一起同來賞月的人如今在哪裡呢？只有風景彷彿還和去年一樣啊！

【解析】詩中「何在」一說作「何處」。趙嘏重返去年曾和友人同遊的江邊高樓，見周遭景色和去年來時大致相同，想著那位陪同自己共賞江月的友人，今年不知身在何方，故寫此詩抒發心中的惆悵。可用來形容重遊舊地時興起風景依舊，人事已非的感慨。

【出處】唐・趙嘏〈江樓感舊〉詩：「獨上江樓思渺然，月光如水水如天。同來玩月人何在？風景依稀似去年。」

江雨霏霏江草齊，六朝[1]如夢鳥空啼。

江河上下著綿綿細雨，江岸上的草挺秀整齊，繁華六朝如似夢幻一場，如今只留下鳥兒空自悲啼。

【注釋】1.六朝：由於三國吳、東晉和南朝宋、齊、梁、陳六個朝代相繼建都於建康，故稱之。建康，也稱金陵，位在今江蘇南京市。

【解析】詩題一作〈臺城〉。臺城，為六朝時期中央政府及皇宮所在地，舊址位在今江蘇南京市玄武湖畔，亦稱「苑城」。韋莊詩中描寫臺城江邊煙雨濛濛，草綠鳥啼，不禁讓他遙想起六朝曾建都在此地時那些紙醉金迷的往事，如今物換星移，春景猶在，皇城早已殘敗不堪。可用來形容在春日霪雨中懷想如煙過往，抒發物是人非的哀思。

【出處】唐・韋莊〈金陵圖〉詩：「江雨霏霏江草齊，六朝如夢鳥空啼。無情最是臺城柳，依舊煙籠十里堤。」

西風殘照，漢家陵闕。

秋風中，夕陽餘暉映照著漢代帝王留下的荒涼陵墓。

【解析】李白因目睹京城長安歷經動亂後的破敗荒蕪，故詞中借蕭颯秋風和落日餘暉照耀古代漢家帝王陵墓的悲涼景象，抒發其對歷代盛衰興替的慨嘆。近人王國維《人間詞話》評曰：「太白純以氣象勝。『西風殘照，漢家陵闕』寥寥八字，遂關千古登臨之口。」可用來形容因見滄桑古事古物而興起追思與感喟。

【出處】唐・李白〈憶秦娥・簫聲咽〉詞：「簫聲咽，秦娥夢斷秦樓月。秦樓月，年年柳色，灞陵傷別。樂遊原上清秋節，咸陽古道音塵絕。音塵絕，西風殘照，漢家陵闕。」

念天地之悠悠，獨愴然而涕下。

想到天地的恆久與寬廣，止不住獨自感到悲傷而流下淚來。

【解析】本句出自著名〈登幽州臺歌〉詩。幽州臺，相傳是戰國燕昭王築以用來招納賢士的樓臺，故址一說位在今北京市境內。另一說位在今河北保定市境內。一直不為武后所用的陳子昂，登上這座曾有明君禮賢好士的樓臺，遠望廣漠無垠的天地，再回頭看著正苦於報國無門的自己，兩相對比，不禁興起天地之大竟無人可以理解自己的悲寂。可用來形容天地悠久無窮無盡，有感於人的渺小與心的孤獨。

【出處】唐．陳子昂〈登幽州臺歌〉詩：「前不見古人，後不見來者。念天地之悠悠，獨愴然而涕下。」

花明柳暗繞天愁，上盡重城更上樓。

明豔的百花和深色的綠柳相互對映，愁緒有如天際一樣無限高遠，就像盡力登上一層層的城樓後，才發現更高的樓還在前方。

【解析】本詩詩題〈夕陽樓〉。夕陽樓，故址位在今河南鄭州市境內，為古時鄭州名勝之一。李商隱描寫他費盡心力登上高樓，縱使滿目繁花綠柳，他卻愁比天高，心中生出一股不管如何努力，距離人生目標仍是非常遙遠的無奈。可用來形容心情鬱悶有心事，精神壓力沉重，難以解脫的心境。

【出處】唐．李商隱〈夕陽樓〉詩：「花明柳暗繞天愁，上盡重城更上樓。欲問孤鴻向何處？不知身世自悠悠。」

花近高樓傷客心，萬方多難此登臨。

在這個遍地烽火的亂世，我登上高樓，看見群花圍樓的優美景致，反令流離他鄉的人感到傷心。

【解析】面對國家屯難多事之秋，滿懷憂憤的杜甫登臨高樓，此時縱有春花美景當前，內心卻仍是愁緒萬千，眼前的盛景反而更襯出詩人的一腔哀情。清人浦起龍《讀杜心解》評曰：「聲宏勢闊，自然傑作。」可用來抒發憂國傷時的遊子在外見繁花錦簇的景象，心情卻是更加沉痛悲傷。

【出處】唐．杜甫〈登樓〉詩：「花近高樓傷客心，萬方多難此登臨。錦江春色來天地，玉壘浮雲變古今。北極朝廷終不改，西山寇盜莫相侵。可憐後主還祠廟，日暮聊為梁甫吟。」

芳心向春盡，所得是沾衣。

多情的花朵只為春天而盛開，等到春天走了，只留下凋零的花瓣沾滿了人的衣衫。

【解析】李商隱透過描寫春盡花落的景象，表達了自己愛惜春花的執著情意，不捨看見花朵殘敗飄零。詩意隱含悲憐自己的處境如同落花一樣，一片芳心深情，卻躲不過無情命運的摧殘。可用來形容傷春自憐的心境。

【出處】唐．李商隱〈落花〉詩：「高閣客竟去，小園花亂飛。參差連曲陌，迢遞送斜暉。腸斷未忍掃，眼穿仍欲歸。芳心向春盡，所得是沾衣。」

芳樹無人花自落，春山一路鳥空啼。

開滿芬芳花朵的樹木，無人前來欣賞，任花自行零落，春天的山上鳥兒空自啼唱，也無人前來傾聽。

【解析】安史之亂後，李華經過昔日風光明媚、遊客眾多的宜陽（位在今河南洛陽市境內）城下，但此時看來卻是杳無人煙，滿目荒涼。詩中以「花自落」、「鳥空啼」抒發眼前景物除大自然的花鳥之外，其餘盡是荒寞淒涼，表達了戰爭帶給人們生活莫大影響的悵惋。明人李攀龍編選《唐詩訓解》評曰：「『自』與『空』字，益見淒景。」可用來形容大地寂靜荒涼的景象。

【出處】唐．李華〈春行寄興〉詩：「宜陽城下草萋萋，澗水東流復向西。芳樹無人花自落，春山一路鳥空啼。」

春水船如天上坐，老年花似霧中看。

春天的水漲高，坐船有如在天上飛一樣，年紀已老，兩岸的春花看來就像在霧中一般朦朧不清。

【解析】本句出自杜甫的〈小寒食舟中作〉詩。小寒食，指的是寒食日的前一天或後一天。晚年的杜甫乘著小舟，在浩漫江河上過寒食節，此時的他已老眼昏花，眼前嬌美的春花也猶如迷霧般模糊，故詩中隱含一股時光不再、興致索然的意味。可用來形容人老眼花，縱使美景當前也無法看清的感傷。

【出處】唐．杜甫〈小寒食舟中作〉詩：「佳辰強飲食猶寒，隱几蕭條帶鶡冠。春水船如天上坐，老年花似霧中看……」（節錄）

春來遍是桃花水，不辨仙源何處尋？

春天來時，到處都是桃花春水，根本分辨不出要去哪裡尋找桃花源了？

【解析】桃花源故事起於晉朝的陶淵明，敘述一漁夫捕魚時，誤入桃花源，那是一個沒有戰爭、民風純樸、自給自足的環境。故事膾炙人口，流傳極廣。王維借用這個故事而成此詩。描寫故事裡漁夫駕舟逐水，進入桃花源，漁夫雖對此境心存嚮往，但因塵心未盡，打算先返鄉辭別家人，孰知再回來時，只見桃花春水，但已遍尋不著桃源。可用來形容舊地難尋，只能追憶過往美好的悵然。

【出處】唐．王維〈桃源行〉詩：「……當時只記入山深，青溪幾曲到雲林？春來遍是桃花水，不辨仙源何處尋？」（節錄）

相見時難別亦難，東風無力百花殘。

相見不容易，分離也是同樣痛苦難堪，更何況在這暮春時節，東風已逐漸無力，百花也紛紛凋零。

【解析】李商隱詩中借景抒情，描寫在東風漸收、百卉凋謝的春天尾聲中，飽受情思煎熬的人不禁被眼前淒清氛圍所感染，更添心中傷感。可用來形容聚首不易，別離時難捨難分的悲傷心情。

【出處】唐．李商隱〈無題〉詩：「相見時難別亦難，東風無力百花殘。春蠶到死絲方盡，蠟炬成灰淚始乾。曉鏡但愁雲鬢改，夜吟應覺月光寒。蓬山此去無多路，青鳥殷勤為探看。」

相思相見知何日？此時此夜難為情。

想念你，想見你，不知等到何日才能見到你？這樣的時間，這樣的夜晚，實在難以壓抑對你的情感。

【解析】李白在秋夜裡見月色分外明亮，勾起他想起心中思念卻不易相見之人，不禁愁緒滿懷，不能自已。可用來形容對戀人或友人的滿心思念。

【出處】唐．李白〈三五七言詩〉詩：「秋風清，秋月明。落葉聚還散，寒鴉棲復驚。相思相見知何日？此時此夜難為情。」

秋陰不散霜飛晚，留得枯荷聽雨聲。

秋空的陰雲連日不散，霜期也來得晚，留下滿池枯殘的荷葉，夜裡只聽到雨點打在荷葉上的聲音。

【解析】秋天的夜晚，李商隱寄宿在長安郊外灞陵一位駱姓人家的亭館，在寂寥中懷念遠方的從表兄弟（指堂姑、堂舅、堂姨、表姑、表舅、表姨、表伯、表叔的兒子）崔雍、崔袞而作此詩。詩中透過描寫屋外陰雨綿綿，聽著淅瀝小雨敲打殘荷的聲響，委婉表達徹夜不眠，聽雨懷人及隻身在外的寂寞心聲。可用來形容雨夜難眠，思念親友的心情。

【出處】唐．李商隱〈宿駱氏亭寄懷崔雍、崔袞〉詩：「竹塢無塵水檻清，相思迢遞隔重城。秋陰不散霜飛晚，留得枯荷聽雨聲。」

野曠天低樹，江清月近人。

曠野無邊，遠方的天空看起來比近處的樹木還要低，江水清澈，月影倒映水面上，月亮看起來與人極為親近。

【解析】本詩詩題〈宿建德江〉。建德江，指的是新安江流經建德（位在今浙江杭州市境內）的一段江水。孟浩然漫遊越地時，夜泊建德江邊，本是愁腸百結的詩人，見到天地遼闊，原野蒼茫，江水清澄，月影可人的情景，便將滿懷寂寞愁緒寄託於眼前風景，壓抑在心頭的苦悶也因而得到了慰藉。可用來形容原野清曠，水月伴人的自然美景。

【出處】唐．孟浩然〈宿建德江〉詩：「移舟泊煙渚，日暮客愁新。野曠天低樹，江清月近人。」

鳥聲爭勸酒，梅花笑殺[1]人。

鳥兒的鳴聲像是在勸人喝酒，梅花的神情彷彿在取笑我的樣子。

【注釋】1.笑殺：大笑；可笑到極點。

【解析】隋煬帝楊廣曾多次耗費巨資行船巡幸江都（即揚州），此詩為某年春日親臨江都時所作。詩中將大自然的花鳥擬人化，唧唧鳥聲如在勸自己狂飲無妨，嬌豔春花宛若在譏笑他的的醉酒失態。巧合的是，數年後的三月，煬帝在江都為部下所弒，後人直指煬帝的下場是春神予以的報應，詩句「梅花笑殺人」好似預識了煬帝日後的命運。可用來形容醉酒時，周遭自然景觀看起來就像在與人心意交流。

【出處】隋．隋煬帝楊廣〈幸江都作詩〉詩：「求歸不得去，真成遭箇春。鳥聲爭勸酒，梅花笑殺人。」

寒鴉飛數點，流水遶孤村。

斜陽暮色照著烏鴉在天空翻飛的身影，流水靜靜地環繞著孤寂的村莊。

【解析】隋煬帝楊廣借寫「寒鴉」、「孤村」等眼前所見寂寥荒寒的景狀，抒發心中惆悵低落的心境。可用來形容落日荒村蕭瑟冷清的景象。

【出處】隋．隋煬帝楊廣〈詩〉詩：「寒鴉飛數點，流水遶孤村。斜陽欲落處，一望黯消魂。」

殘星幾點雁橫塞，長笛一聲人倚樓。

天空依稀殘餘幾點星光，群雁橫越關塞，耳邊傳來了有人正倚樓吹笛的樂音。

【解析】寓居長安的趙嘏在晚秋時分，天快拂曉前，仰看星空下雁陣歸返南方，此時忽然聽到有人斜靠高樓吹奏出淒婉的笛聲，使其頓生思歸之情。因詩中「長笛一聲人倚樓」一句為人傳誦，趙嘏聲名大噪，而有了「趙倚樓」的雅號。可用來形容因景生情，思念家鄉的情感。

【出處】唐．趙嘏〈長安秋望〉詩：「雲物淒涼拂曙流，漢家宮闕動高秋。殘星幾點雁橫塞，長笛一聲人倚樓。紫豔半開籬菊靜，紅衣落盡渚蓮愁。鱸魚正美不歸去，空戴南冠學楚囚。」

無情最是臺城柳，依舊煙籠十里堤。

最無情的就是臺城的楊柳，（無論世事如何滄桑變化）它們依舊像輕煙般籠罩在十里長堤上。

【解析】詩題一作〈臺城〉。此為韋莊憑弔六朝古都臺城之作，表面上雖言臺城的柳樹最為無情，實是借楊柳堆煙、茂盛如昔之美景，昭示臺城昔往的榮景早已不復存在，僅存一城破敗遺址，以反襯心中對朝代興衰、人世滄桑的沉重傷痛。可用來抒發不論世事變化，景物依舊如故的慨嘆。其中「依舊煙籠十里堤」一句，另可用來比喻某些事物長久以來興盛不衰。

【出處】唐．韋莊〈金陵圖〉詩：「江雨霏霏江草齊，六朝如夢鳥空啼。無情最是臺城柳，依舊煙籠十里堤。」

蛺蝶紛紛過牆去，卻疑春色在鄰家。

蝴蝶一隻隻飛過牆去，讓人疑心春天的景色是不是只在隔壁鄰居的家裡。

【解析】作者王駕在雨後漫步庭園時，發現雨前所見的花朵多已殘敗零落，又見蝴蝶翩翩飛過牆壁，不由

得興起美好的春光被鄰人悄悄偷去的念頭，語氣中流露出對滿園殘春景象的嘆息不捨。可用來形容見景生情，心生尋春、惜春之意。其中「卻疑春色在鄰家」一句，另可用來比喻懷疑自己的心愛事物為他人所占據。

【出處】唐・王駕〈雨晴〉詩：「雨前初見花間蕊，雨後兼無葉裡花。蛺蝶紛紛過牆去，卻疑春色在鄰家。」

鴻雁不堪愁裡聽，雲山況是客中過。

心中懷抱愁苦的人，最不忍聽聞大雁的鳴聲，更何況冷寂雲山是你旅途必定經過的地方啊！

【解析】魏萬是作者李頎的忘年之交，魏萬入京前，李頎作詩為他送別，詩中想像好友旅程中聽著天空傳來鴻雁哀鳴，獨自一人對著冷寂的雲山，內心的落寞神傷可想而知。可用來形容出外遊子因景傷懷，心境淒涼。

【出處】唐・李頎〈送魏萬之京〉詩：「朝聞遊子唱離歌，昨夜微霜初渡河。鴻雁不堪愁裡聽，雲山況是客中過。關城樹色催寒近，御苑砧聲向晚多。莫見長安行樂處，空令歲月易蹉跎。」

馨香歲欲晚，感嘆情何極。

花期就要結束，芳草的香氣也快要消失，心中感慨無窮無盡。

【解析】張九齡貶謫外地時，眼看時序即將邁入秋天，不忍空谷幽蘭轉眼就要被露水摧殘而逐漸凋零，芳香也隨著花謝而消逝，因而興起憐花悲秋的喟嘆。可用來形容芳草逢秋，花季已晚的悲嘆。另可用來比喻人或事物雖然美好，但仍躲不過歲月催促而衰老或消歇的遺憾。

【出處】唐・張九齡〈感遇〉詩十二首之十：「漢上有遊女，求思安可得。袖中一札書，欲寄雙飛翼。冥冥愁不見，耿耿徒緘憶。紫蘭秀空蹊，皓露奪幽色。馨香歲欲晚，感嘆情何極。白雲在南山，日暮長太息。」

蘭浦蒼蒼春欲暮，
落花流水怨離琴。

蘭草茂盛地在水邊生長，今年的春天就快要過去了，落下的花瓣隨著流水而去，耳邊傳來離別的琴聲，讓人平添幾許的怨尤。

【解析】作者李群玉描寫其在暮春送別友人時，看著凋零的落花被水流帶走的情景，聽著哀怨的樂音，心中的別情愁緒更為甚烈。可用來形容見暮春殘敗蕭瑟之景，進而勾起內心的感傷情緒。

【出處】唐．李群玉〈奉和張舍人送秦鍊師歸岑公山〉詩：「仙翁歸臥翠微岑，一夜西風月峽深。松逕定知芳草合，玉書應念素塵侵。閑雲不繫東西影，野鶴寧知去住心。蘭浦蒼蒼春欲暮，落花流水怨離琴。」

三分春色二分愁，
更一分風雨。

把春色分成三等分，其中的兩等分是愁情，另外的一等分是風又是雨。

【解析】此詞為葉清臣在汴京設宴留別友人之作，其借風雨交加的春日氣候，傾訴內心的不捨離情一如淒淒風雨，設想春色共有三分的話，二分是愁，一分為風雨，將情和景交織融合，表達出詞人的愁思何止二分，其實剩下一分的風雨也都是愁。可用來形容春日風雨時節，容易讓人湧上千愁萬緒。

【出處】北宋．葉清臣〈賀聖朝．滿斟綠醑留君住〉詞：「滿斟綠醑留君住，莫匆匆歸去。三分春色二分愁，更一分風雨。花開花謝，都來幾許？且高歌休訴。不知來歲牡丹時，再相逢何處？」

千里江山寒色遠，
蘆花深處泊孤舟。

連綿千里的山河國土，在寒涼秋色裡更顯得遙遠，河邊瑟瑟蘆花的深處停泊著一艘小船。

【解析】被囚禁在汴京的李煜，借夢境抒發他對故國山水風光的追慕與懷念，感慨南唐大好河山已離他如此遙遠，唯有到夢裡才能相見。詞中「寒色」點出作者的內心如同清秋一樣淒寒，「孤舟」則是暗喻其漂泊異地的孤獨感受。近人唐圭璋《唐宋詞簡釋》評曰：「此首寫江南秋景，如一幅絕妙圖畫。」可用來形容秋寒時節，追懷家鄉故土的美好景物。

【出處】五代．李煜〈望江南．閑夢遠〉詞：「閑夢遠，南國正清秋。千里江山寒色遠，蘆花深處泊孤舟。笛在月明樓。」

夕陽芳草本無恨，才子佳人空自悲。

將要西下的太陽，芳香的青草，本來就不會懷有任何愁恨，只是文士美人自己寄託了情意於景物之上，徒自感到悲傷罷了！

【解析】晁補之認為大自然的風花雪月本來就是無情物，日升日落，花開花謝，都是天地根據四時運轉的法則，根本不會受到人的情感影響而有所改變，只是歷來不少品貌不凡的男女，多把自己的悲痛移情到景物之中，沉湎於傷春悲秋而無法自拔。可用來形容人們因眼前的景物而興起傷懷。

【出處】北宋．晁補之〈鷓鴣天．繡幕低低拂地垂〉詞：「繡幕低低拂地垂，春風何事入羅幃？胡麻好種無人種，正是歸時君未歸。臨晚景，憶當時，愁心一動亂如絲。夕陽芳草本無恨，才子佳人空自悲。」

山映斜陽天接水，芳草無情，更在斜陽外。

夕陽餘暉映照著群山，水天相接，不諳人情的芳草，還延伸到夕陽照不到的更遠處。

【解析】羈旅在外的范仲淹，於傍晚時分極目遠方，面對遠山秋水，以及芳草連天的蒼茫景色，從而觸發了他的愁思。草木原本就是無情物，詞中「芳草無情」一語，正反襯作者為情所苦的心境，斜陽已是遠在天邊，而芳草竟然蔓延得比天邊的斜陽還遠，再看看自己，卻是連歸鄉的道路都望不到，讓人更生悲愁。可用來形容夕陽西下，天水一色，芳草無邊的景致，興起遊子的懷思愁情。

【出處】北宋．范仲淹〈蘇幕遮．碧雲天〉詞：「碧雲天，黃葉地。秋色連波，波上寒煙翠。山映斜陽天接水，芳草無情，更在斜陽外。黯鄉魂，追旅思，夜夜除非，好夢留人睡。明月樓高休獨倚。酒入愁腸，化作相思淚。」

今宵酒醒何處？楊柳岸、曉風殘月。

今晚醉酒醒來時，我將會在何處呢？大概是在楊柳岸邊，迎著拂曉的風和即將落下的月亮。

【解析】柳永寫其與心上人在長亭餞別，他想像著登舟離岸後的夜晚，除了在舟上醉到不省人事之外，還能做什麼來忘記離情的悲傷呢？等到快要天明時醒來，他所乘坐的小舟，應該行駛到了柳條依依的岸邊，料想此時陪伴自己的，只有淒寒的曉風和斜掛的殘月，而伊人的蹤影已無處尋覓。明末清初人賀裳《皺水軒詞筌》對這三句詞的評語：「自是古今俊句。」可用來形容歷經一場離別，酒醒後滿目清冷的景色，更添悲情。

【出處】北宋．柳永〈雨霖鈴．寒蟬淒切〉詞：「……多情自古傷離別，更那堪、冷落清秋節。今宵酒醒何處？楊柳岸、曉風殘月。此去經年，應是良辰好景虛設。便縱有、千種風情，更與何人說？」（節錄）

出門一笑大江橫。

走出門去，露出開懷的笑容，見那浩蕩江水橫於眼前。

【解析】作者黃庭堅寫其因太過專注欣賞水仙花的美姿，不自覺被花給撩亂了心緒，於是他起身出門，近在眼前的是氣勢盛大的滔滔江水，讓他心念一轉，原本的煩擾也隨之拋除。可用來形容見壯盛的大江大水，胸懷也為之開闊而痛快大笑。

【出處】北宋．黃庭堅〈王充道送水仙花五十枝，欣然會心，為之作詠〉詩：「凌波仙子生塵襪，水上輕盈步微月。是誰招此斷腸魂？種作寒花寄愁絕。含香體素欲傾城，山礬是弟梅是兄。坐對真成被花惱，出門一笑大江橫。」

只恐雙溪[1]舴艋舟，載不動、許多愁。

唯恐在雙溪上像是蚱蜢的小船，承載不了我沉重的哀愁。

【注釋】1.雙溪：水名，位在今浙江金華市境內。

【解析】每天淚眼愁眉的李清照，本有意泛舟出遊，希望藉由雙溪的佳麗風光，讓自己脫離愁苦的情境，然而，她又擔心小舟根本負荷不了她心靈深處的愁悶。詞人通過想像，以客觀具體的「舟」，載不動主觀抽象的「愁」，突顯其心中的愁不僅具有實質重量，甚至比舟還要更重。可用來形容愁思深切到讓人無法承受。

【出處】北宋末、南宋初．李清照〈武陵春．風住塵香花已盡〉詞：「風住塵香花已盡，日晚倦梳頭。物是人非事事休，欲語淚先流。聞說雙溪春尚好，也擬泛輕舟。只恐雙溪舴艋舟，載不動、許多愁。」

可堪孤館閉春寒，
杜鵑聲裡斜陽暮。

怎能孤獨一人，在幽閉的旅館中忍受春日寒涼，聽著杜鵑鳥的啼鳴，直到夕陽斜照。

【解析】秦觀寫其流放貶途中，孤身住在渡口一家冷清的旅店，日暮黃昏，他的耳邊一直傳來杜鵑鳥發出「不如歸去」的淒厲叫聲，但在現實生活中，貶謫之人毫無人身自由可言，即使想要歸去，也終是無謂的空想。可用來形容春寒冷峭，杜鵑淒鳴，人心痛苦難熬。

【出處】北宋．秦觀〈踏莎行．霧失樓臺〉詞：「霧失樓臺，月迷津渡，桃源望斷無尋處。可堪孤館閉春寒，杜鵑聲裡斜陽暮。驛寄梅花，魚傳尺素，砌成此恨無重數。郴江幸自繞郴山，為誰流下瀟湘去？」

可憐新月為誰好？
無數晚山相對愁。

可愛的一彎細月，是為了誰而如此美好呢？整個夜晚，都面對著群山發愁。

【解析】愁緒如麻的王安石，寫其遠望如眉新月，不禁質疑月亮何以如此不近人情，完全不理解他的憂傷，猶在天空綻放討人喜愛的皎潔光芒，幸好還有連綿的山巒願意與其對看互望，陪著他一同煩惱。在詩人的筆下，彷彿「新月」、「晚山」也和人一樣充滿著悲喜情緒。可用來形容月夜下心事滿腹，難以排遣。

【出處】北宋・王安石〈北望〉詩：「欲望淮南更白頭，杖藜蕭颯倚滄洲。可憐新月為誰好？無數晚山相對愁。」

自在飛花輕似夢，無邊絲雨細如愁。

自由飛舞的花瓣，輕得像夢一樣飄忽，濛濛綿密的雨絲，細得像我心中的憂愁。

【解析】秦觀詞中摹寫暮春飛花飄颺、細雨綿綿的景象，如似無憑無據的輕柔夢境，為此生出像絲雨般的縷縷輕愁。可用來形容滿天輕花細雨，迷漫如夢，引發人的無盡愁思。

【出處】北宋・秦觀〈浣溪沙・漠漠輕寒上小樓〉詞：「漠漠輕寒上小樓，曉陰無賴似窮秋。淡煙流水畫屏幽。自在飛花輕似夢，無邊絲雨細如愁。寶簾閑挂小銀鉤。」

把酒送春春不語，黃昏卻下瀟瀟雨。

舉起酒杯，送走春天，春天默默無語，只是在黃昏時分，下起了瀟瀟細雨。

【解析】留春不得的朱淑真，端起她手中的酒杯，表達其送春的赤忱心意，無奈春天不但沒有回應她的一片痴情，還在傍晚送來了瀟瀟雨聲，勾起詞人更多的寂寞與悲涼情緒。可用來形容殘春時節，暮雨瀟瀟，令人黯然神傷。

【出處】南宋・朱淑真〈蝶戀花・樓外垂楊千萬縷〉詞：「樓外垂楊千萬縷，欲繫青春，少住春還去。猶自風前飄柳絮，隨春且看歸何處？綠滿山川聞杜宇，便做無情，莫也愁人苦。把酒送春春不語，黃昏卻下瀟瀟雨。」

往事只堪哀，對景難排。

想起過去的事情就感到悲哀，對著眼前的景

色，愁苦難以排解。

【解析】李煜回想他在南唐故都金陵的歡樂過往，對照現今被囚禁在長滿苔蘚的冷清庭院內，周遭靜寂無聲，沒人可以傾訴心懷，倍感孤獨。可用來形容追憶往事，對景傷情。

【出處】五代．李煜〈浪淘沙．往事只堪哀〉詞：「往事只堪哀，對景難排。秋風庭院蘚侵階，一桁珠簾閑不卷，終日誰來？金鎖已沉埋，壯氣蒿萊。晚涼天淨月華開，想得玉樓瑤殿影，空照秦淮。」

明月卻多情，隨人處處行。

皎潔的月亮卻是那麼的多情，不管人走到哪裡，都一路跟隨著。

【解析】天上的明月映照人間萬物，地上的行人四處走動，兩者本是互不相干，但在感情豐富的作者張先眼中，就看成了是多情月對行人的不離不棄，無論人心是喜或是悲，當空皓月都會緊緊相隨。可用來形容月隨人行，人因月的陪伴，心靈得到莫大的撫慰。

【出處】北宋．張先〈菩薩蠻．玉人又是匆匆去〉詞：「玉人又是匆匆去，馬蹄何處垂楊路？殘日倚樓時，斷魂郎未知。闌干移倚遍，薄倖教人怨。明月卻多情，隨人處處行。」

林花謝了春紅，太匆匆。無奈朝來寒雨晚來風。

春天的紅花在林中凋謝，實在是走得太匆忙了。朝朝暮暮都有冷雨寒風吹打著，紅花的凋殘也是無可奈何的事啊！

【解析】李煜描寫春日紅花，在早晚風雨的打擊下，呈現一片落紅滿地的景象，感嘆人間美好的事物和時光，也如紅花一樣來去匆匆且不長久，心中百般無奈卻也無力挽救或改變。近人唐圭璋《唐宋詞簡釋》評曰：「『無奈』二字，且見無力護花、無計回天之意，一片珍惜憐愛之情，躍然紙上。」可用來形容傷春惜花的情懷。

【出處】五代．李煜〈相見歡．林花謝了春紅〉詞：「林花謝了春紅，太匆匆。無奈朝來寒雨晚來風。胭胭淚，相留醉，幾時重？自是人生長恨水常東。」

物是人非事事休，欲語淚先流。

景物依然如故，但人已和原先不同，所有的事情都結束了，想要訴說什麼，話都還沒說出口，淚水就先流了下來。

【解析】北宋滅亡，李清照舉家南渡避難，丈夫趙明誠卻在調任的途中去世。數年之後，已是半百婦人的她，輾轉流落到了金華，眼前塵香花盡的殘春景色，觸動她興起了國破家亡、物是人非的悲痛，人間的一切風物，此時在她看來，彷彿都不具任何的意義。明人李攀龍《草堂詩餘雋》評曰：「景物尚如舊，人情不似初。言之於邑，不覺淚下。」可用來形容睹物懷人，心灰意冷而哽咽淚流。

【出處】北宋末、南宋初．李清照〈武陵春．風住塵香花已盡〉詞：「風住塵香花已盡，日晚倦梳頭。物是人非事事休，欲語淚先流。聞說雙溪春尚好，也擬泛輕舟。只恐雙溪舴艋舟，載不動、許多愁。」

知否？知否？應是綠肥紅瘦。

知道嗎？知道嗎？應該是綠葉變得更肥壯繁茂，而紅花變得更消瘦枯萎了。

【解析】春夜下了一場風雨，李清照清早醒來，她顧不得還未完全消褪的醉意，趕緊問正在捲簾的侍女，庭院外面的海棠是否有什麼改變？侍女回答「海棠依舊」，但顯然這個答案讓詞人不太滿意，向來心思細巧的她，知道經過了一夜的風急雨潤，海棠的模樣怎麼可能沒有變化呢？詞中最令人稱道的就是「綠肥紅瘦」一語，作者除了以顏色「綠」、「紅」來代稱葉和花，還將本是用來形容體態的「肥」、「瘦」兩字，轉化成形容綠葉茂盛以及紅花殘敗的樣子，使葉和花的特點更加突出。清人黃蘇《蓼園詞選》對這四字的評語為：「無限淒婉，卻又妙在含蓄。」可用來形容面對枝葉繁茂而花朵稀疏的暮春景色，引發人的惜花深情。

【出處】北宋末、南宋初．李清照〈如夢令．昨夜雨疏風驟〉詞：「昨夜雨疏風驟，濃睡不消殘酒。試問捲簾人？卻道海棠依舊。知否？知否？應是綠肥紅瘦。」

雨橫風狂三月暮，門掩黃昏，無計留春住。

暮春三月，風大雨驟，黃昏來臨，即使把門關上，也無法留住春天。

【解析】歐陽脩詞中抒寫一名住在深院女子的幽怨寂寞。晚春傍晚，門外風雨交加，然而在傷心女子的眼中，無情的風雨就像是在催促春天快點離開似的，她關緊門戶，想擋住的豈止是風雨，更渴望能留住殘春的腳步，但顯然一切都是徒勞。可用來形容春歸時的一場狂風暴雨，興起人們的憐春之情。

【出處】北宋．歐陽脩〈蝶戀花．庭院深深深幾許〉詞：「庭院深深深幾許？楊柳堆煙，簾幕無重數。玉勒雕鞍遊冶處，樓高不見章臺路。雨橫風狂三月暮，門掩黃昏，無計留春住。淚眼問花花不語，亂紅飛過秋千去。」

青鳥[1]不傳雲外信，丁香空結[2]雨中愁。

不見信使捎來遠方的消息，卻見丁香花空自在雨中含苞未放，心中的愁苦更加難解。

【注釋】1.青鳥：傳說中西王母欲出訪西漢武帝時，先命青鳥去報信。後多用來比喻傳遞信息的人。2.丁香結：即丁香的花蕾。由於丁香簇生莖頂，經常含苞不放，後多被用來比喻愁思鬱結。

【解析】李璟詞中借有信使寓意的「青鳥」，以及含有愁腸百結之意的「丁香結」，抒發其等不到迢遙千里之外，心上人傳來隻字片語的痛苦與糾結。清人黃蘇《蓼園詞選》評曰：「清和宛轉，詞旨秀穎。」可用來形容因失去某人的音訊而悲傷悵惘。

【出處】：五代．李璟〈攤破浣溪沙．手卷真珠上玉鉤〉詞：「手卷真珠上玉鉤，依前春恨鎖重樓。風裡落花誰是主？思悠悠。青鳥不傳雲外信，丁香空結雨中愁。回首淥波三峽暮，接天流。」

昨夜西風凋碧樹，獨上高樓，望盡天涯路。

昨天夜裡，西風吹落了綠樹上的葉子，我獨自登上高樓，遠眺那條通往天邊的道路。

【解析】晏殊詞中描寫主人公於秋夜難眠而登樓，凝視著一夜寒風吹殘落葉，綠樹凋零，暗示自己的心靈也同樣飽受思念的摧折，縱使望眼欲穿，始終不見心上人的身影，更添落寞。可用來形容在蕭索秋色下，懷想遠人。另可用來比喻學習過程中，立志向上的階段，必然歷經的孤獨感受。

【出處】北宋．晏殊〈蝶戀花．檻菊愁煙蘭泣露〉詞：「檻菊愁煙蘭泣露，羅幕輕寒，燕子雙飛去。明月不諳離恨苦，斜光到曉穿朱戶。昨夜西風凋碧樹，獨上高樓，望盡天涯路。欲寄彩箋兼尺素，山長水闊知何處？」

風乍起，吹皺一池春水。

忽然起風，一池的春水泛起了粼粼波紋。

【解析】馮延巳詞中藉由描寫春風輕拂，使得原本平靜的池水因而掀起了陣陣漣漪，暗喻風吹的不僅是一池春水而已，其實也攪動了女主人公的寂寞芳心。可用來形容春風吹拂水面，人的情思也隨著水波震動起伏。另可用來說明某一事物擾亂了人的心境或引起生活上的變化。

【出處】五代．馮延巳〈謁金門．風乍起〉詞：「風乍起，吹皺一池春水。閑引鴛鴦芳徑裡，手挼（ㄋㄨㄛ）紅杏蕊。鬥鴨闌干獨倚，碧玉搔頭斜墜。終日望君君不至，舉頭聞鵲喜。」

淚眼問花花不語，亂紅飛過秋千去。

我流著淚水問花朵，但花朵沒有回答我，而是隨風散亂的往鞦韆的方向飛過去。

【解析】歐陽脩描寫一名幽居深院的女子，滿懷悲傷心事，但又無人可以訴說，淚眼盈盈，本欲對滿庭花朵傾吐苦水，卻見花遭風雨吹打，自顧紛飛，哪裡還有餘力寬慰她的苦痛心靈，此情此景，讓人不禁悲憐花的命運，也暗傷自己與花的處境並無別異。可用來形容看見落花隨風亂舞，心生惜花與自傷之情。

【出處】北宋．歐陽脩〈蝶戀花．庭院深深深幾許〉詞：「庭院深深深幾許？楊柳堆煙，簾幕無重數。玉勒雕鞍遊冶處，樓高不見章臺路。雨橫風狂三月暮，門掩黃昏，無計留春住。淚眼問花花不語，亂紅飛過秋千去。」

這次第，怎一個、愁字了得？

（聽著雨打梧桐葉的聲響）這般光景，怎麼是一個愁字可以道盡的呢？

【解析】李清照通過秋日黃昏時的梧桐細雨聲，來表現她心中的悽愴愁苦，詞中一聲聲的秋雨，敲打著一葉葉的梧桐，其實也在叩擊著詞人冷寒絕望的心，僅是一個「愁」字，根本容納不了她那早已滿溢、卻又無處傾瀉的怨意。可用來形容人在痛苦至極時，所見所聞都能使其悲愁更深。

【出處】北宋末、南宋初．李清照〈聲聲慢．尋尋覓覓〉詞：「……滿地黃花堆積。憔悴損，如今有誰堪摘？守著窗兒，獨自怎生得黑？梧桐更兼細雨，到黃昏、點點滴滴。這次第，怎一個、愁字了得？」（節錄）

郴[1]江幸自繞郴山，為誰流下瀟湘去？

郴江本來就是圍繞著郴山，是為了誰才流向瀟水、湘水而去？

【注釋】1.郴：音ㄔㄣ，郴江、郴山皆位在今湖南境內。

【解析】秦觀緣於和蘇軾關係密切而捲入了新舊黨爭，被新黨人士冠上不實罪名後遷謫郴州，詞中他借郴州山水「郴江」、「郴山」、「瀟水」、「湘水」的地理位置和水流方向，賦予無情山水擬人化的情感，並融入了自己在政治上遭到誣陷的滿腔怨艾。作者的情緒可作以下兩種解釋，一種是責備郴江的語氣，怪怨郴江的自私，怎不也帶著自己一起離開呢？另一種是替郴江感到慶幸，欣羨郴江可以流出去，自己卻只能坐困郴州而出不去。據北宋僧人惠洪《冷齋夜話》記載，蘇軾絕愛秦觀這兩句詞，還題寫在扇子上。可用來形容見山中的水自在奔流，憂傷人反而無法選擇自己人生的去向。

【出處】北宋．秦觀〈踏莎行．霧失樓臺〉詞：「霧失樓臺，月迷津渡，桃源望斷無尋處。可堪孤館閉春寒，杜鵑聲裡斜陽暮。驛寄梅花，魚傳尺素，砌成此恨無重數。郴江幸自繞郴山，為誰流下瀟湘去？」

無言獨上西樓，月如鉤。

夜裡一個人默默走上西邊的樓閣，抬頭望見月亮如彎曲的鉤子一樣。

【解析】南唐亡國後，李煜被幽禁在北宋京都汴京的小樓，內心縱有滿腔痛苦也無處傾訴，只能在夜深人靜時，登樓望月，把當空的一彎新月當成消解憂愁的媒介，孰料消憂不成，反而湧上更多難以言喻的哀傷。近人唐圭璋《唐宋詞簡釋》評曰：「此種無言之哀，更勝於痛哭流涕之哀。」可用來形容人的心事重重，月夜下睹物興悲。

【出處】五代．李煜〈相見歡．無言獨上西樓〉詞：「無言獨上西樓，月如鉤。寂寞梧桐深院鎖清秋。剪不斷，理還亂，是離愁。別是一般滋味在心頭。」

菡萏[1]香銷翠葉殘，西風愁起綠波間。

荷花的香氣消失，荷葉凋零，秋風吹拂碧綠的水波，也撩起了人的愁情。

【注釋】1.菡萏：音ㄏㄢˋ ㄉㄢˋ，荷花的別名。

【解析】李璟詞中描寫一女子見秋風吹水、荷花殘敗的景象，興起了人不也同花一樣逐漸邁向衰暮的憂傷。近人王國維《人間詞話》評論這兩句詞：「大有眾芳蕪穢，美人遲暮之感。」意即讓人讀來有百花枯萎、青春易逝的感覺。可用來形容因淒清秋色而心生惆悵。

【出處】五代．李璟〈攤破浣溪沙．菡萏香銷翠葉殘〉詞：「菡萏香銷翠葉殘，西風愁起綠波間。還與韶光共憔悴，不堪看。細雨夢回雞塞遠，小樓吹徹玉笙寒。多少淚珠何限恨，倚闌干。」

暖日晴風初破凍，柳眼梅腮，已覺春心動。

溫暖的陽光，晴朗的微風，使冰封的大地開始解凍，初生的柳葉，盛開的梅花，已讓人感受到春意的萌動。

【解析】李清照描寫風和日暖、冰雪將融的早春景色，詞中「柳眼梅腮」一語以人的眼和腮，來比擬細長如眼的柳葉，以及嬌紅如少女香腮的梅花瓣兒，柳和梅彷彿不止具備了人的神態，也富有了人的情感。可用來形容目睹春光融融，花木宜人，使人萌生蕩漾的春心。

【出處】北宋末、南宋初．李清照〈蝶戀花．暖日晴風初破凍〉詞：「暖日晴風初破凍，柳眼梅腮，已覺春心動。酒意詩情誰與共？淚融殘粉花鈿重。乍試夾衫金縷縫，山枕斜欹，枕損釵頭鳳。獨抱濃愁無好夢，夜闌猶剪燈花弄。」

落花人獨立，
微雨燕雙飛。

我一個人，在花落紛飛中佇立著，看著一雙燕子，在細雨中飛舞。

【解析】晏幾道寫其醉酒後醒來，站在落花微雨之下，思念一位久別不見的歌女小蘋，詞中借燕子比翼雙飛的幸福情景，反襯自己形隻影單的寂涼。有趣的是，這兩句美詞並非晏幾道原創，而是出自五代詩人翁宏在〈春殘〉中的詩句，只是翁宏的詩名沒沒無聞，直到晏幾道將這十字填入〈臨江仙〉詞，才成為千古傳誦的名句。可用來形容暮春花雨飄飛，欣羨雙燕形影不離，自己卻是孤立無伴。

【出處】北宋．晏幾道〈臨江仙．夢後樓臺高鎖〉詞：「夢後樓臺高鎖，酒醒簾幕低垂。去年春恨卻來時。落花人獨立，微雨燕雙飛。記得小蘋初見，兩重心字羅衣。琵琶絃上說相思。當時明月在，曾照彩雲歸。」

落絮無聲春墮淚，
行雲有影月含羞。

落花柳絮飛落，無聲無聲，連春天也流下了淚水，天空雲影浮動，月亮害羞般地躲在雲後，不好意思露臉。

【解析】吳文英詞中借景抒懷，對舊情依然魂牽夢繫的他，看見暮春的漫天花絮，夜晚的浮雲遮月，都像是在為自己的情傷悲泣般。「含羞」兩字在此隱含有以手掩飾淚水的委屈貌，顯然是作者不願被人發現自己正在哭泣的模樣。可用來形容春夜花絮紛飛，月影朦朧，引發人的盈盈愁思。

【出處】南宋．吳文英〈浣溪沙．門隔花深夢舊遊〉詞：「門隔花深夢舊遊，夕陽無語燕歸愁。玉纖香動小簾鉤。落絮無聲春墮淚，行雲有影月含羞。東風臨夜冷於秋。」

試問閑愁都幾許？一川煙草，滿城風絮，梅子黃時雨。

想要問我無端而來的愁緒到底有多少？就像是一望無垠的煙霧和蔓草，整座城飄飛的柳絮，以及梅子變黃時連續不斷的雨。

【解析】晚年寓居蘇州的賀鑄，詞中寫其對一位美人殷切思念，卻難以與其再次相遇的苦悶，但該如何表達出他所承受的閑愁呢？若只寄託一物，實在撐不起詞人的沉重落寞，故借眼前的煙嵐、芳草、輕風、柳絮、梅子和細雨等江南景色，來抒發他的淒涼傷懷，賀鑄也因這闋詞得到了「賀梅子」的雅號。南宋人羅大經《鶴林玉露》評論這三句詞：「蓋以三者比愁之多也，尤為新奇，兼興中有比，意味更長。」意即詞人為了寫其無所算計的深愁，託物寓情之中，也運用了博喻的表現手法。可用來形容煩愁盛多，如似迷濛煙雨，風中柳絮，無邊蔓草。

【出處】北宋．賀鑄〈青玉案．凌波不過橫塘路〉詞：「凌波不過橫塘路，但目送、芳塵去。錦瑟華年誰與度？月橋花院，瑣窗朱戶，只有春知處。飛雲冉冉蘅皋暮，彩筆新題斷腸句。試問閑愁都幾許？一川煙草，滿城風絮，梅子黃時雨。」

綠楊芳草幾時休？淚眼愁腸先已斷。

這些翠綠的楊柳、芳美的青草，幾時才會消失呢？淚水盈眶，愁緒湧上，肝腸早已寸斷。

【解析】此詞為錢惟演晚年之作，一般人面對明麗春光總會陶醉其中，他卻一反常態，寫其對著婉轉鳥

語、芬芳花草，生起愁情而淚眼矇矓，恨不得眼前美景儘早消失。作者早年仕途得意，權重一時，晚年遭貶，再加上年老體衰，美好春色會讓他更眷戀過往的榮光，故希望春天快點結束，詞中以樂景寫哀情，反襯人心的悲戚。可用來形容春色惱人，對景傷懷。

【出處】北宋．錢惟演〈木蘭花．城上風光鶯語亂〉詞：「城上風光鶯語亂，城下煙波春拍岸。綠楊芳草幾時休？淚眼愁腸先已斷。情懷漸覺成衰晚，鸞鏡朱顏驚暗換。昔年多病厭芳尊，今日芳尊惟恐淺。」

誰道閑情拋棄久？每到春來，惆悵還依舊。

是誰說那份無由來的感情是可以拋卻的？每逢春天到來時，還是讓人感到同樣的憂傷。

【解析】作者詞中描寫一股無法言說又難以擺脫的煩亂情緒，每每到了繁花盛開的春日，自然會湧上他的心頭，感傷失意的情懷年年仍舊，足見其愁苦之沉重，以及盤旋時間之長久。可用來形容多愁善感的傷春心情。

【出處】五代．馮延巳〈鵲踏枝．誰道閑情拋棄久〉詞：「誰道閑情拋棄久？每到春來，惆悵還依舊。日日花前常病酒，不辭鏡裡朱顏瘦……」（節錄）（此詞一說作者為歐陽脩）

獨立小橋風滿袖，平林新月人歸後。

獨自在小橋上佇立，任憑風灌入整個衣袖，直到黃昏，所有的行人都回家之後，細彎的月牙在平曠的樹林間升起。

【解析】馮延巳詞中描寫自己孤伶一人，站立橋上風中不知有多長的時間，直到新月爬上林梢，行人歸盡。其中「風滿袖」象徵著他正在面對一股不可明說的強大壓力，以致他心神煩亂。可用來用以形容久立風寒之中，靜觀周遭景物，心中冷然淒涼。

【出處】五代．馮延巳〈鵲踏枝．誰道閑情拋棄久〉詞：「……河畔青蕪堤上柳，為問新愁，何事年年有？獨立小橋風滿袖，平林新月人歸後。」（節錄）（此詞一說作者為歐陽脩）

勸君莫上最高梯。

（為了避免引起感傷）勸你千萬不要登上那最高層的樓梯。

【解析】悒悒不樂的周邦彥，明知登樓望遠，更容易觸景生懷，故詞中用反語「莫上最高梯」，暗示他內心的積鬱早已深不見底，從樓上高處遙望晴空芳草，視野開闊無邊，同時也讓他勾引起莫大的哀戚。可用來形容憑高眺遠，眼前天遼地闊，使人心中的悲思更加強烈。

【出處】北宋．周邦彥〈浣溪沙．樓上晴天碧四垂〉詞：「樓上晴天碧四垂，樓前芳草接天涯。勸君莫上最高梯。新筍已成堂下竹，落花都上燕巢泥。忍聽林表杜鵑啼。」

覽景想前歡，指神京，非霧非煙深處。

覽遍眼前的風光景物，想起從前的歡樂，手指京都汴京的方向，它不在霧裡，也不在煙裡，而是在比煙霧更深邃的遠方。

【解析】柳永漫遊江南期間，登樓覽景，滿目盡是古戰場留下的殘壁廢壘，一片荒蕪，讓詞人的心情無比沉重，不由得追憶起他和情人那段在京城共處的時光，想要指出女子所在的方位，姑且撫慰一下自己的寂寞心靈，卻只見煙霧迷濛，原來京城比煙霧還要更遠更遙不可及。可用來形容因觀覽風景，進而追想故人或往事。

【出處】北宋．柳永〈竹馬子．登孤壘荒涼〉詞：「登孤壘荒涼，危亭曠望，靜臨煙渚。對雌霓掛雨，雄風拂檻，微收殘暑。漸覺一葉驚秋，殘蟬噪晚，素商時序。覽景想前歡，指神京，非霧非煙深處。向此成追感，新愁易積，故人難聚。憑高盡日凝佇，贏得消魂無語。極目霽靄霏微，暝鴉零亂，蕭索江城暮。南樓畫角，又送殘陽去。」

聽風聽雨過清明，愁草瘞[1]花銘。

在聽著風聲、聽著雨聲中送走了清明節，掩埋了落花，悲傷的我，想要草擬一篇葬花的銘文。

【注釋】1.瘞：音ㄧˋ，掩埋。

【解析】清明前後，風雨不歇，吳文英回首和昔日情人的點滴往事，思愁難抑，待風雨新停，他走到過去兩人同遊的花園，把零落一地的花瓣親手埋入土中，葬花的同時，也像是在埋葬他那段已逝不回的愛情，當下不止是為花而悲，也是在為自己的痴情感到哀哀欲絕。清人許昂霄《詞綜偶評》中對「愁草瘞花銘」五字的評語為「琢句險麗」，意指詞句工於雕琢，奇峭華麗。可用來形容暮春風雨後，見落花遍地的惜花傷春情緒。

【出處】南宋．吳文英〈風入松．聽風聽雨過清明〉詞：「聽風聽雨過清明，愁草瘞花銘。樓前綠暗分攜路，一絲柳、一寸柔情。料峭春寒中酒，交加曉夢啼鶯……」（節錄）

戀樹濕花飛不起，愁無際，和春付與東流水。

被春雨淋濕的花朵依戀著樹枝，無法飛起，而心中無窮的愁恨，只能連同著春光，交付江水東流而去。

【解析】暮春時節，細雨紛飛，朱服詞中用擬人筆法寫沾著雨水的花朵，是緣於眷戀春色而不忍離開樹枝，寄寓自己面對春天將逝，卻又留春不住的傷懷。可用來形容人因惜春而心生愁怨。

【出處】北宋．朱服〈漁家傲．小雨纖纖風細細〉詞：「小雨纖纖風細細，萬家楊柳青煙裡。戀樹濕花飛不起，愁無際，和春付與東流水。九十光陰能有幾？金龜解盡留無計。寄語東陽沽酒市，拚一醉，而今樂事他年淚。」

古道西風瘦馬。夕陽西下，斷腸人在天涯。

秋風瑟瑟，一匹羸弱的馬兒在古老荒涼的道路上踽踽前行。傍晚時，太陽即將從西方落下，一個愁腸欲斷的人，還在離家很遠的地方流浪。

【解析】元曲家馬致遠在這首小令中，描寫一名漂泊異鄉的遊子，於秋日黃昏，騎著疲憊瘦馬，頂著蕭索寒風，走在夕陽餘暉映照的僻靜小道上，不知自己的歸宿到底在何處？作者把他在旅途中所見的景物寫入曲中，並沒有作多餘的文字描述，便勾勒出一幅充滿蕭瑟、寂寥意象的秋景圖。與馬致遠同一時代的文人周德清在《中原音韻》稱譽此曲為：「秋思之祖。」近人王國維《宋元戲曲考》給予的評語則是：「純是天籟，彷彿唐人絕句。」可用來形容旅人僕僕道途中的離思羈愁。

【出處】元・馬致遠〈天淨沙・枯藤老樹昏鴉〉曲：「枯藤老樹昏鴉，小橋流水人家。古道西風瘦馬。夕陽西下，斷腸人在天涯。」

風飄飄，雨瀟瀟，便做陳摶也睡不著。

風飄飄地吹著，雨淅瀝地下著，就算變成很能睡的陳摶也是無法睡得著覺。

【解析】元曲家關漢卿藉由秋夜瀟瀟颯颯的風雨聲，觸動人的萬千悲緒，以致整夜覆去翻來，難以成眠。作者為了強調愁懷之深，還援引了五代末、北宋初一位著名的嗜睡道士陳摶為例，意即當下縱使是陳摶再世，面對這樣的淒風苦雨，同樣也是無法安睡的。可用來形容在風雨飄搖的夜晚，人受憂慮煎熬而輾轉不寐。

【出處】元・關漢卿〈大德歌・風飄飄〉曲：「風飄飄，雨瀟瀟，便做陳摶也睡不著。懊惱傷懷抱，撲簌簌淚點拋。秋蟬兒噪罷寒蛩兒叫，淅零零細雨打芭蕉。」

桃花吹盡，佳人何在？門掩殘紅。

枝頭上的桃花全被昨夜的風雨吹落，我心儀的那個美人如今在哪裡呢？只見門扉深掩，殘花一地。

【解析】張可久曲中寫其在春草叢生、殘陽晚照下，回想起曾與一女子在此地餞別的情景，如今時序又到了暮春，忍不住睹物興懷，勾起了往事的記憶，讓他意緒愁亂不已。經過一夜的雨橫風狂，看著桃花落盡，芳蹤依然杳然，他只能孤獨孑立於女子過去住處的大門外，更感失落惆悵。可用來形容在春雨花落之時，思憶離人，徒添情傷。

【出處】元・張可久〈人月圓・萋萋芳草春雲亂〉

曲：「萋萋芳草春雲亂，愁在夕陽中。短亭別酒，平湖畫舫，垂柳驕驄。一聲啼鳥，一番夜雨，一陣東風。桃花吹盡，佳人何在？門掩殘紅。」

愁心驚一聲鳥啼，薄命趁一春事已，香魂逐一片花飛。

空中傳來一聲鳥鳴，讓我哀愁的心不由得驚惶起來，春天就要結束，我這個苦命人也將隨著春天一同離去，見一片花瓣在風中飛揚，宛如我的魂魄也追逐著這片飛花飄舞，最後消逝無蹤。

【解析】此曲為元代雜劇家鄭光祖在《倩女離魂》中以〈普天樂〉曲牌所寫成的，是故事中女主人公張倩女的唱詞。《倩女離魂》雜劇取材自唐人傳奇小說陳玄祐〈離魂記〉，內容描述王文舉和張倩女是從小指腹為婚的未婚夫妻，但因王文舉父母雙亡，且功名未就，張倩女的母親嫌貧愛富，不許他們完婚。王文舉赴京應試前，張倩女在折柳亭為其送別，之後便憂思成疾，魂魄竟然離開了身軀，一路追上了王文舉，同赴京城。等到科舉放榜，王文舉高中狀元，帶著張倩女的魂魄返家，魂魄與臥病在床的身體合而為一，兩人才正式結為連理。這一首曲寫張倩女久病家中，不知自己的神魂早隨王文舉而去，在盼不到對方的音訊下，身子日漸虛弱，只能寄託大自然的鳥啼花飛，抒發哀怨絕望的心情。可用來形容晚春殘敗的景象，讓心懷悲傷的人更低迷不振，恍惚不寧。

【出處】元．鄭光祖《倩女離魂．第三折》之〈普天樂〉曲：「想鬼病最關心，似宿酒迷春睡。繞晴雪楊花陌上，趁東風燕子樓西。拋閃殺我年少人，辜負了這韶華日。早是離愁添縈繫，更那堪景物狼藉。愁心驚一聲鳥啼，薄命趁一春事已，香魂逐一片花飛。」

良辰美景奈何天，賞心樂事誰家院？

這樣美好的時光和宜人的景色，真是叫人無可奈何啊！讓人心情愉悅又歡樂的事，究竟是落到誰家的庭院？

【解析】此為明代雜劇家湯顯祖在《牡丹亭》中以〈皂羅袍〉曲牌寫成的一段曲文，也是故事女主人公杜麗娘敘述其生平第一次遊園的唱詞，當她發現庭園裡繁花似錦，春光絢爛，但整座園子卻荒涼如廢墟般，根本無人整理和欣賞時，不禁由物及人，聯想到自身的處境，雖正值璀璨年華卻被禁錮在深閨，對外界事物都不瞭解，更沒有自主的權力，只能任憑青春隨春景流逝，為此感到憂悶不樂。這一首曲向來為後人所傳誦，但湯顯祖並不能算是原創，而是脫化自南朝宋人謝靈運〈擬魏太子鄴中集詩序〉之「天下良辰、美景、賞心、樂事，四者難并」句，也就是說，前人早已洞察人生這四件美事，實在是難以同時享有的啊！可用來形容春色滿園，引發人的一腔春愁。

【出處】明．湯顯祖《牡丹亭．第十齣》之〈皂羅袍〉曲：「原來奼紫嫣紅開遍，似這般都付與斷井頹垣。良辰美景奈何天，賞心樂事誰家院？朝飛暮捲，雲霞翠軒，雨絲風片，煙波畫船。錦屏人忒看的這韶光賤。」

一朝春盡紅顏老，花落人亡兩不知。

有一天春天會結束，美麗的容顏會衰老，無論是花朵凋零或是人死去，都再也無法知道彼此了。

【解析】此詩出自清代小說家曹雪芹《紅樓夢》中的主要人物林黛玉之口，通常被稱作〈葬花吟〉或〈葬花詞〉。小說中的林黛玉從小體弱多病，自母親賈敏死後，外祖母史太君將其接到榮國府照料，與舅舅賈政之子賈寶玉感情親密，後父親林如海病死，林黛玉便在榮國府長住下來。這段章節敘述多愁善感的林黛玉因事與賈寶玉嘔氣，正好見滿地的落花，她一邊掩埋殘花落瓣，一邊想著自己父母雙亡，孤身寄人籬下，情思又不被心上人所理解，忍不住感花傷己，哭著吟出了這首詩，抒發春去花盡，人縱有花顏月貌，也會跟著衰老、消逝的哀愁。可用來感嘆繁華過後，一切美好終將成空，無可尋覓。

【出處】清．曹雪芹《紅樓夢．第二十七回》之〈葬花吟〉詩：「……試看春殘花漸落，便是紅顏老死時。一朝春盡紅顏老，花落人亡兩不知。」（節錄）

春愁難遣強看山，往事驚心淚欲潸。

滿懷春愁難以排解，卻又強打起精神來眺望遠山，想起過去的事而感到驚恐，忍不住讓人想要落

淚。

【解析】清德宗光緒年間，中、日兩國發生甲午之戰，結果中國戰敗，由李鴻章代表清廷在日本的馬關與日本政府簽訂割讓臺灣的「馬關條約」。此詩的作者丘逢甲一得知消息，便在臺灣組織義軍，抵抗日軍的侵略，後失敗回到廣東；隔年，丘逢甲回顧這件令臺灣四百萬居民齊聲大哭、動魄驚心的大事，眼前即使春景明媚，他也沒有閑情觀賞，內心無限悲痛。可用來形容美景當前，想起國仇家恨或傷心往事而泫然欲泣。

【出處】清．丘逢甲〈春愁〉詩：「春愁難遣強看山，往事驚心淚欲潸。四百萬人同一哭，去年今日割臺灣。」

悄立市橋人不識，一星如月看多時。

我悄悄地佇立在市鎮的一座橋上，人群熙來攘往，沒有人認識我，靜靜一人，久久仰望著天空裡那顆像明月般的星子。

【解析】清高宗乾隆中期，正是大清王朝由盛轉衰的關鍵時刻，此詩為黃景仁寫其於除夕從外地返鄉過年時的感觸，他看著街道上趕著回家團圓的人潮，內心卻絲毫沒有過節的歡樂，出身下層社會的他，對於現實生活的感受較其他人更為真切，此時他已預感不久的將來，國家必然發生動盪，但這股隱微的憂患意識又不知與誰說起，只能獨自凝視著星空。詩中「人不識」並非在寫人們與自己的素不相識，而是要表達無人理解自己的憂悶不安。可用來形容一個人默然觀看周遭景物的寂寞心情。

【出處】清．黃景仁〈癸巳除夕偶成〉詩二首之一：「千家笑語漏遲遲，憂患潛從物外知。悄立市橋人不識，一星如月看多時。」

滴不盡相思血淚拋紅豆，開不完春柳春花滿畫樓。

想念你的淚水，如紅豆般地拋灑，好像怎麼也滴流不盡，春天的柳絮和花朵，開滿雕飾華麗的樓閣，好像怎樣也綻放不完。

【解析】這是《紅樓夢》小說中的男主人公賈寶玉在酒席上所唱的一首歌詞，其以有象徵相思意涵的「紅豆」代指眼淚，表現出熱戀中的人為了自己所愛而苦惱灑淚的情景；又以「春柳春花」的明媚景色，反襯人心的春愁濃重，藉此說明賈寶玉對心上人林黛玉的用情也同樣刻骨。可用來形容因思慕愛戀某人而淚流不止，縱有花紅柳綠的春景當前，更添相思悲感。

【出處】清．曹雪芹《紅樓夢．第二十八回》之〈紅豆詞〉詩：「滴不盡相思血淚拋紅豆，開不完春柳春花滿畫樓。睡不穩紗窗風雨黃昏後，忘不了新愁與舊愁。咽不下玉粒金蓴噎滿喉，照不見菱花鏡裡形容瘦。展不開的眉頭，捱不明的更漏。呀！恰便似遮不住的青山隱隱，流不斷的綠水悠悠。」

儂今葬花人笑痴，他年葬儂知是誰？

我今天埋了這些落花，人們都笑我痴傻，但等到將來我死的時候，埋葬我的又會是誰呢？

【解析】清人曹雪芹《紅樓夢》寫其小說裡的女主人公林黛玉，因不忍看見暮春花飛滿天的景象，她荷起花鋤，親手掩埋園內的花瓣，想著春殘花落雖令人萬般不捨，但猶有她這個痴情人來埋了它們，焉知他日自己離開人世時，會是哪個有情人對其心生憐憫而來葬埋她呢？把花的命運和自己的哀憐身世緊密相連，語氣透露出其對未來的憂慮。作者故意借林黛玉之口吟出此詩，暗射林黛玉的多舛命途，就像紅消香斷的落花一樣，禁不起殘酷現實的各種磨耗，最終不幸夭亡。也正如清人富察明義〈題《紅樓夢》〉詩所云：「傷心一首〈葬花詞〉，似讖成真不自知。」可用來形容憐惜落花無主，嗟悼人生無常，生命有限。

【出處】清．曹雪芹《紅樓夢．第二十七回》之〈葬花吟〉詩：「……爾今死去儂收葬，未卜儂身何日喪？儂今葬花人笑痴，他年葬儂知是誰……」（節錄）

天末同雲[1]黯四垂，失行孤雁逆風飛。江湖寥落爾安歸？

天色黯淡，層層同一顏色的低雲籠罩四野，預示著大雪將至，一隻離群的雁子，正逆著風飛翔。

四周冷清寂靜，不知雁子你要歸往何處？

【注釋】1.同雲：同一色的雲，也指將要降雪的雲層。

【解析】近人王國維詞中描寫同雲密布，一場風雪即將到來，此時天邊出現一隻逆風而飛的孤雁，讓他不禁想問雁子，何以天候環境如此惡劣，仍然堅持逆向飛行？全然不顧慮自己的生命安危。事實上，詞裡的「失行孤雁」便如同作者自身的寫照，抒發其明知前方阻難重重，身邊又無可依靠，也要奮力一搏，即使早已料到自己的人生不免以悲劇收場（作者最後選擇投湖自盡）。在詞的下半闋，王國維筆下這隻獨飛的雁子慘遭獵人打落，成了獵人妻子手裡加醋烹調的一盤珍饈，全詞借寫孤雁的固執與死亡，對比獵人一家人朵頤大嚼美味的雁肉，更顯得雁一生之可悲。可用來形容天昏雲暗，雁子孤飛，大地清寂，人也被這股落寞無奈的氣氛所感染。

【出處】清末民初．王國維〈浣溪沙．天末同雲黯四垂〉詞：「天末同雲黯四垂，失行孤雁逆風飛。江湖寥落爾安歸？陌上金丸看落羽，閨中素手試調醯（ㄒ一）。今朝歡宴勝平時。」

愛國之情

風蕭蕭兮易水寒，壯士一去兮不復還。

風聲蕭蕭，易水寒洌，豪壯勇敢的人啊！一離去就不會再回來。

【解析】相傳這兩句是戰國時期壯士荊軻所唱的歌詞，也有一說是後人託名之作。據西漢人司馬遷《史記．刺客列傳》以及劉向《戰國策．燕策》記載，燕國太子丹派遣荊軻赴秦去謀刺秦王嬴政，其與賓客全都穿戴了白衣白帽，在國境南方邊界易水旁設宴為荊軻餞別，滿座衣冠潔白如雪，知道荊軻此次入秦，前途艱險，生還不易。荊軻當場放聲高歌，歌聲慷慨激昂，所有的人聽了無不垂淚涕泣，唱完之後，荊軻便頭也不回地登車離開。這次的刺殺行動，最後雖以失敗告終，但荊軻的俠義精神卻不斷被後人傳述播揚，千古永存。歌詞通過對易水河畔的蕭瑟寒意的描寫，大地充塞一股蒼涼肅殺的氣息，表現出歌者義無反顧的悲壯胸懷。明人胡應麟《詩藪》評曰：「僅十數言，而淒婉激烈，風骨情景，種種具備。亙古載下，復欲二語，不可得。」可用來形容仁人志士不完成任務誓不回返，或戰士出征前視死如歸的豪邁氣概。

【出處】西漢．司馬遷《史記．刺客列傳》之〈易水歌〉詩：「風蕭蕭兮易水寒，壯士一去兮不復還。」

生為百夫雄，死為壯士規。

活著的時候是眾男兒中的英雄，死了也要當豪壯勇士的榜樣。

【解析】三國魏人王粲詩中主在頌揚春秋時期秦穆公身邊的三位賢臣，他們是大臣子車氏的三個兒子奄息、仲行和鍼虎，三人從年輕時就盡心盡力輔佐秦穆公，國人稱之為「三良」。秦穆公在世時，與群臣一同飲酒，席間說道：「生共此樂，死共此哀。」意即要臣子與其同生共死，死後也要陪自己下葬，三良應允。等秦穆公死，三良遵從諾言殉死，舉國上下哀悼，並譴責秦穆公的殘暴行徑。王粲對三良為秦穆公殉葬的行為，深感痛惜，一想到他們生前曾為秦國立下汗馬勛勞，但為了報答國君的恩惠，即便承受劇痛而死也在所不辭，這種超乎常人的勇氣，使其成為人們心目中的典範。可用來形容人中豪傑的愛國情操，無論生前死後都足為後人的楷模。

【出處】三國魏．王粲〈詠史詩〉詩：「自古無殉死，達人共所知。秦穆殺三良，惜哉空爾為。結髮事明君，受恩良不訾。臨歿要之死，焉得不相隨？妻子當門泣，兄弟哭路垂。臨穴呼蒼天，涕下如綆縻。人生各有志，終不為此移。同知埋身劇，心亦有所施。生為百夫雄，死為壯士規。黃鳥作悲詩，至今聲不虧。」

捐軀赴國難，視死忽如歸。

國家有危難時，不惜奮勇獻身，把死亡看得就像是回家一樣坦然。

【解析】此詩詩題〈白馬篇〉，又名〈游俠篇〉，作者曹植詩中記述一個騎著駿馬、箭不離身的翩翩少年，從小勤練騎射，機智勇悍，一聽聞邊疆有緊急軍情，便策馬疾馳，長驅直入，英勇擊敗胡騎，時時以社稷為念而忘記私人親情，生動刻畫出其任俠好義的形象，寄託自己素來對立功邊塞的渴望。可用來形容

國家發生危難時，勇於挺身而出，死生無懼。

【出處】三國魏．曹植〈白馬篇〉詩：「……邊城多警急，虜騎數遷移。羽檄從北來，厲馬登高堤。長驅蹈匈奴，左顧凌鮮卑。棄身鋒刃端，性命安可懷？父母且不顧，何言子與妻？名編壯士籍，不得中顧私。捐軀赴國難，視死忽如歸。」（節錄）

不求生入塞，唯當死報君。

不奢求有生之年能從邊塞活著返回，唯有以死報答君王才是戰士理當盡的責任。

【解析】駱賓王詩中表達從軍乃是為了保衛國家、盡忠君王，縱使最後必須犧牲自己的生命也在所不惜。可用來形容戰士視死如歸的愛國情操。

【出處】唐．駱賓王〈從軍行〉詩：「平生一顧重，意氣溢三軍。野日分戈影，天星合劍文。弓弦抱漢月，馬足踐胡塵。不求生入塞，唯當死報君。」

沙場磧路何為爾？重氣輕生知許國。

為什麼要奔走在前往戰場的沙漠道路上？那是因為重視義氣而輕忽生命，決心以身報效國家的緣故。

【解析】本句出自唐人張說的〈巡邊在河北作〉詩。河北，指的是唐朝的河北道，位在今北京市、河北以及周邊部分地區，因位在黃河以北，故稱之。唐玄宗開元年間，官拜兵部尚書的張說受命到北方巡邊，他作此詩表達了自己看重氣節，不惜生命也要報效朝廷。可用來形容重視義氣節操，矢志盡忠報國。

【出處】唐．張說〈巡邊在河北作〉詩：「去年六月西河西，今年六月北河北。沙場磧路何為爾？重氣輕生知許國。人生在世能幾時？壯年征戰髮如絲。會待安邊報明主，作頌封山也未遲。」

報君黃金臺[1]上意，提攜玉龍為君死。

為報答君王的知遇恩情，手提著寶劍願意為君王而死。

【注釋】1.黃金臺：相傳戰國燕昭王在易水附近築黃金臺，臺上放了很多黃金，以招致四方豪傑。後也用來指招攬天下賢良的地方。此以黃金臺代指君王的賞識提攜之情。

【解析】本句出自李賀的〈雁門太守行〉詩。雁門，為古郡名，位在今山西境內，為唐朝和北方突厥部族的邊境地帶。〈雁門太守行〉，為古樂府的曲調名，多以邊地戰事為主題。李賀在詩中先是描寫守衛邊防的唐軍將士與敵人浴血奮戰時的緊迫情勢，詩末援引戰國燕昭王築黃金臺，不惜重金招攬賢士一事，表達出戰場將士為了報答君王的恩遇，縱使犧牲生命也在所不辭。可用來形容軍人將士為感謝國家的栽培和重用，誓死報效的精神。

【出處】唐．李賀〈雁門太守行〉詩：「黑雲壓城城欲摧，甲光向日金鱗開。角聲滿天秋色裡，塞上燕脂凝夜紫。半卷紅旗臨易水，霜重鼓寒聲不起。報君黃金臺上意，提攜玉龍為君死。」

黃雲隴底白雲飛，未得報恩不得歸。

大風在山下揚起滾滾黃沙，白雲在天上飄飛，沒有立功報效國恩便不打算回家。

【解析】作者李頎描寫從軍男兒在塞外見到狂沙捲雲、風沙瀰漫連天的壯麗景色，興起了他思念親人的情懷，但大敵當前，國恩未報，無論如何都要打勝仗，光榮返回故鄉。可用來形容戰士誓言在戰場上立功的決心。

【出處】唐．李頎〈古意〉詩：「男兒事長征，少小幽燕客。賭勝馬蹄下，由來輕七尺。殺人莫敢前，鬚如蝟毛磔。黃雲隴底白雲飛，未得報恩不得歸……」（節錄）

感時思報國，拔劍起蒿萊[1]。

有感於時局動亂，有志者即使出身民間，也拔劍而起，報效國家。

【注釋】 1.蒿萊：草野。此比喻民間。

【解析】 面對當時國家局勢動盪不安，陳子昂深感每個人都應在國家需要時挺身而出，奔赴前線貢獻一己之力。可用來表達國難當頭，出身平民也要保衛國家的信念。

【出處】 唐．陳子昂〈感遇〉詩三十八首之三十五：「本為貴公子，平生實愛才。感時思報國，拔劍起蒿萊。西馳丁零塞，北上單于臺。登山見千里，懷古心悠哉。誰言未忘禍，磨滅成塵埃。」

寧為百夫長，勝作一書生。

寧願做一個管轄百名士兵的的低階軍官，也好過當一個只會讀書的人。

【解析】 作者楊炯詩中表達為了保衛國家，願意棄筆從戎，親赴前線殺敵的決心，一腔報國熱血，躍然紙上。清人沈德潛《唐詩別裁集》評曰：「此泛言用武效力，勝於一經自守。」可用來形容讀書人投身軍旅的報國熱忱。

【出處】 唐．楊炯〈從軍行〉詩：「烽火照西京，心中自不平。牙璋辭鳳闕，鐵騎繞龍城。雪暗凋旗畫，風多雜鼓聲。寧為百夫長，勝作一書生。」

還君明珠雙淚垂，恨不相逢未嫁時。

將寶貴的珍珠還給你的時候，眼淚忍不住流了下來，遺憾我不是在未嫁人前與你相遇。

【解析】 此詩表面上是描述一已婚婦人婉拒某男子的追求，並表達對兩人相見恨晚的無奈之情，然背後的深意實是張籍為拒絕淄青平盧節度使兼檢校司空李師道的籠絡而作。在朝廷疲弱，各地藩鎮擁兵自重的時期，這些節度使多會用利誘來拉攏文人以擴張勢力。詩中張籍自比是有夫之婦的「妾」，把李師道比作「君」，其給與的厚利比成「明珠」，暗喻自己對朝廷的忠誠正如節婦忠於丈夫是一樣的態度。可用來比喻對國家忠心不貳，絕不與叛亂者同流合汙。另可用來形容已婚女人雖為某人所愛，終是不願背叛丈夫而回絕了對方。

【出處】 唐．張籍〈節婦吟，寄東平李司空師道〉

詩：「君知妾有夫，贈妾雙明珠。感君纏綿意，繫在紅羅襦。妾家高樓連苑起，良人執戟明光裡。知君用心如日月，事夫誓擬同生死。還君明珠雙淚垂，恨不相逢未嫁時。」

願得此身長報國，何須生入玉門關？

我願意以自己的身軀報效國家，又何必一定要活著回去玉門關內呢？

【解析】玉門關是兩漢時期通往西域的關隘。東漢班超出使西域三十餘年，年老時上疏皇帝「臣不敢望到九泉郡，但願生入玉門關」，表達其告老歸鄉的心願。戴叔倫在此反用班超的語意，描寫戰士戍守邊疆，縱使最後戰死沙場也不足惜。可用來形容愛國將士誓死捍衛家園的忠勇情操。

【出處】唐．戴叔倫〈塞上曲〉詩二首之二：「漢家旌幟滿陰山，不遣胡兒匹馬還。願得此身長報國，何須生入玉門關？」

了卻君王天下事，贏得生前身後名。

等待我們替陛下完成統一天下的大事，為我們的生前身後留下不朽的美名。

【解析】此為辛棄疾寫給好友陳亮的一闋詞，兩人因主戰的立場而氣誼相投，政治生命卻也因此屢遭當政者的打壓，陳亮甚至多次遭人誣陷入獄。詞中辛棄疾與友人相互激勵，深信總有一天，他們還有機會能夠替君上效忠，上陣殺敵，收復中原，完成統一大宋國土的事業，英名永留青史。可用來形容心懷忠君報國之志，期待建立功勛，揚名後世。

【出處】南宋．辛棄疾〈破陣子．醉裡挑燈看劍〉詞：「醉裡挑燈看劍，夢回吹角連營。八百里分麾下炙，五十絃翻塞外聲。沙場秋點兵。馬作的盧飛快，弓如霹靂弦驚。了卻君王天下事，贏得生前身後名。可憐白髮生。」

王師北定中原日，家祭無忘告乃翁。

當朝廷的軍隊北上收復中原國土的那天，家祭祀的時候，千萬不要忘記告訴我這個喜訊。

【解析】此詩是陸游臨終之前，對他的兒子所交代的遺言。已高齡八十多歲的陸游，畢生以抗金復國為志業，知道自己來日無多，希望到了九泉之下，家中後輩在祭祀祖先時，能告知他北方失地已經光復的消息，傳達出詩人對於有生之年無法看見北伐成功的遺憾，但對於宋軍日後的勝利仍充滿信心。清初文人賀詒孫《詩筏》評曰：「率意直書，悲壯沉痛，孤忠至性，可泣鬼神。」可用來形容人在死去之前，都還在憂心國家大事。

【出處】南宋．陸游〈示兒〉詩：「死去元知萬事空，但悲不見九州同。王師北定中原日，家祭無忘告乃翁。」

未甘身世成虛老，待見天心卻[1]太平。

我不甘心因為出身貧困，從此虛度到老，希望能看見皇帝實現心願，讓天下重回太平盛世。

【注釋】1.卻：此作返回之意。

【解析】二十來歲的王令，自詡才情不凡，卻因身世貧寒，以致際遇窘迫，後來得到了王安石的賞識，詩名才開始為世人所重。王令在詩中直抒懷抱，他不願自己的生命受限於屯蹇而一事無成，期待有朝一日，能替當時正在煩心遼國、西夏侵略的皇帝分憂解勞，殺敵立功，名揚天下。可惜的是，王令終究沒有機會完成理想，在他二十八歲那年便因病去世。可用來形容人雖身處困頓，仍不忘報國的心願。

【出處】北宋．王令〈感憤〉詩：「二十男兒面似冰，出門噓氣玉蜺橫。未甘身世成虛老，待見天心卻太平。狂去詩渾誇俗句，醉餘歌有過人聲。燕然未勒胡雛在，不信吾無萬古名。」

臣心一片磁針石，不指南方不肯休。

身為人臣的我，對大宋皇帝的忠心就像是指南針一樣，沒有指向南方是不肯罷休的。

【解析】文天祥出使元營談判時遭到拘留，之後他設法逃脫出來，此詩抒發其脫險後來到揚子江（即長江）頭，準備南奔在福州（位在今福建境內）被擁立的端宗趙昰之心境，表達其永遠一心向著南方宋帝的堅貞信念，他將自己後期的詩作命名為《指南錄》，正是由這兩句詩而來。可用來形容人誓死不二的愛國情操。

【出處】南宋・文天祥〈揚子江〉詩：「幾日隨風北海游，回從揚子大江頭。臣心一片磁針石，不指南方不肯休。」

壯志飢餐胡虜肉，笑談渴飲匈奴血。

我立下消滅金兵的雄壯心志，餓了就吃他們的肉，笑談之間，渴了就喝他們的血。

【解析】岳飛詞中以誇飾的筆法，表達他對金人侵略中原，展開燒殺擄掠之舉的極端憎恨，恨不得以牙還牙，以血償血，語氣中也展現其對戰勝敵人，收復失地的滿滿自信。可用來形容對凶殘敵人充滿仇恨，立志殲滅對方。

【出處】北宋末、南宋初・岳飛〈滿江紅・怒髮衝冠〉詞：「……靖康恥，猶未雪。臣子恨，何時滅。駕長車、踏破賀蘭山缺。壯志飢餐胡虜肉，笑談渴飲匈奴血。待從頭、收拾舊山河，朝天闕。」（節錄）

斬除頑惡還車駕，不問登壇萬戶侯。

剿除愚妄凶狠的金人後，迎回兩位君王的車駕，不用去問有關拜將封侯的事。

【解析】此為岳飛於南宋高宗紹興年間，駐軍新淦（位在今江西境內）時題寫在寺壁上的一首詩。作者一心繫念「靖康之難」被金人俘虜北去的宋徽宗和欽宗，詩中表達其對國家蒙受此等奇恥大辱的恨怒，他誓死也要殺入敵軍的陣營，迎接二帝還朝，洗雪前恥，但對於可以因而獲得高官厚祿的事則毫不關心。可用來形容戰士出生入死，只為殺敵報國，不為一己私利。

【出處】北宋末、南宋初・岳飛〈駐兵新淦題伏魔寺壁〉詩：「雄氣堂堂貫斗牛，誓將直節報君仇。斬除頑惡還車駕，不問登壇萬戶侯。」

會挽雕弓如滿月，西北望，射天狼[1]。

我可以把那雕花的弓箭，拉得像十五日的月亮一樣圓，朝向西北方，射下那暴虐的天狼星。

【注釋】1.天狼：星名。古代相傳天狼星出現時，將會發生災難或疾病等事，被視為不吉祥或侵略者的象徵。此暗指經常侵犯北宋邊境的遼國與西夏。

【解析】在密州的蘇軾，通過出外打獵場面的描寫，抒發其渴望朝廷對自己委以重任，他願意親赴西北邊境，拚盡他的全部力氣，抗擊不時侵擾北宋的遼國和西夏，替國家解除邊患。可用來表達自請赴戰場殺敵的心願。

【出處】北宋・蘇軾〈江城子・老夫聊發少年狂〉詞：「老夫聊發少年狂，左牽黃，右擎蒼。錦帽貂裘，千騎卷平岡。為報傾城隨太守，親射虎，看孫郎。酒酣胸膽尚開張，鬢微霜，又何妨。持節雲中，何日遣馮唐？會挽雕弓如滿月，西北望，射天狼。」

當官避事平生恥，視死如歸社稷心。

做了官卻只會逃避事情，一生都該感到羞恥，把赴死當成是回家一樣才是真正的愛國。

【解析】詩題為〈四哀詩・李欽叔〉，〈四哀詩〉是金末詩人元好問為憑弔其四位相繼死於國難的好友而作的四首組詩，其中這一首是寫給李獻能（字欽叔）。李獻能是金朝狀元，曾入翰林多年，後轉入軍職，因兵變而被殺。作者寫詩的當時，正值蒙古大軍入侵，金軍節節敗潰，國祚岌岌可危，無以算計的生民死於戰亂，元好問詩中除了抒發其失去摯友的惋惜悲痛，也大力稱揚李獻能面對國家動盪的時刻，也不會為了苟全性命而畏縮怕事，不愧是一位賢良的好官。可用來形容擔任官職者，凡事以國家和人民的利益為重，赴險如夷，絕不退縮。

【出處】金・元好問〈四哀詩・李欽叔〉詩：「赤縣神州坐陸沉，金湯非粟禍侵尋。當官避事平生恥，視死如歸社稷心。文采是人知子重，交朋無我與君深。悲來不待山陽笛，一憶同衾淚滿襟。」

裹屍馬革[1]英雄事，縱死終令汗竹香[2]。

死在疆場，本就是英雄應該做到的事，即使是死，也要讓自己的名字留在青史上。

【注釋】1.裹屍馬革：典出東漢劉珍等人編撰《東漢觀記》記載，馬援是東漢光武帝劉秀所重用的一名將軍，立下了無數的戰功，然年屆花甲，依然不肯退休，繼續領兵出戰，還發下豪語，說道：「男兒要當死於邊野，以馬革裹屍還葬耳。」最終馬援病死在前線上，如其生前所願。本指戰士身死戰場，沒有棺槨，就用馬皮把屍體包裹起來以歸葬。後用來比喻為國效命，戰死沙場。2.汗竹香：史冊留下美名。汗竹，古人把字刻在竹簡上，烤製時水氣蒸發，好像人出汗的樣子，故稱之。

【解析】這首詩的作者張家玉是著名的抗清烈士，其於明朝滅亡後，仍不斷在各地起義，多次拒絕清廷的誘降，最後戰敗自盡，以死殉國。詩中援引東漢老將馬援「以馬革裹屍還葬耳」的名言，表現其獻身救國的大無畏精神。可用來形容為了捍衛國家而犧牲生命的英勇行為，名聲傳垂千古。

【出處】明．張家玉〈軍中夜感〉詩：「慘澹天昏與地荒，西風殘月冷沙場。裹屍馬革英雄事，縱死終令汗竹香。」

休言女子非英物，夜夜龍泉[1]壁上鳴。

別說女人不能成為優秀而傑出的人物，掛在我牆壁上的寶劍每晚都發出響聲。

【注釋】1.龍泉：相傳是春秋時期越國的一種名劍。後泛指寶劍。

【解析】這是革命烈士秋瑾於清德宗光緒年間，準備前往日本留學時作的一首詞，詩中抒發其對當時朝政腐敗，疆土遭列強瓜分的痛心，並希望社會破除封建傳統男權至上的陳舊觀念，即使身為女性，也是可以和男人一樣奉獻心力與性命，挽救國家免於危亡之禍，由此可看出其男女平權的先進思想。秋瑾到了日本，便投身革命事業，返國提倡女學，後起義失敗而被捕，她堅不吐供，僅留下「秋風秋雨愁煞人」七字從容就義。可用來說明女子報國殺敵的心志與膽識，絲毫不讓鬚眉。

【出處】清．秋瑾〈鷓鴣天．祖國沉淪感不禁〉詞：「祖國沉淪感不禁，閑來海外覓知音。金甌已缺總須補，為國犧牲敢惜身。嗟險阻，嘆飄零。關山萬里作雄行。休言女子非英物，夜夜龍泉壁上鳴。」

苟利國家生死以，豈因禍福避趨之？

如果有利於國家，無論是生還是死我都會去做，怎麼可以因禍就避開、有福就迎上前去呢？

【解析】清宣宗道光年間，林則徐受命為欽差大臣，赴廣東查禁鴉片，引發中英戰爭，後被革職，充軍伊犁（位在今新疆維吾爾自治區境內）。他在登程前寫下此詩與家人告別，詩中直抒胸臆，認為因嚴辦販運鴉片而遭到朝廷重懲，始終捫心無愧，只要做的事情對國家和人民有益處的，便不必考慮禍福得失，表現其剛直公正、忠貞不移的愛國情操。即使被遣戍到遠地伊犁期間，林則徐仍辛勤開墾荒地，興修水利，大力推動邊疆地區的經濟發展，獲得當地居民的愛戴，可見其不管身處高位或貶逐邊荒，心心念念的都只有國家和人民。可用來形容凡事以國事為重，不顧個人安危。

【出處】清．林則徐〈赴戍登程口占示家人〉詩二首之二：「力微任重久神疲，再竭衰庸定不支。苟利國家生死以，豈因禍福避趨之？謫居正是君恩厚，養拙剛於戍卒宜。戲與山妻談故事，試吟斷送老頭皮。」

內心情緒

歡喜

既見君子，云胡不喜？

既然看見了一直讓我掛心的你，教我如何能不歡喜呢？

【解析】這是一首描寫在風雨交加、天色晦暗的早晨，公雞才剛剛啼鳴，女子乍見自己日日巴望相見的丈夫或心上人回家，讓她原本沉寂低落的情緒，霎時提振起來，大喜過望。詩中生動摹狀出其內心情感的起伏變化。清人方玉潤《詩經原始》評曰：「此詩人善於言情，又善於即景以抒懷，故為千秋絕調也。」可用來形容喜見丈夫或情人歸來。

【出處】先秦．《詩經．鄭風．風雨》：「風雨淒淒，雞鳴喈喈。既見君子，云胡不夷？風雨瀟瀟，雞鳴膠膠。既見君子，云胡不瘳（ㄔㄡ）？風雨如晦，雞鳴不已。既見君子，云胡不喜？」

卻看妻子愁何在，漫卷詩書喜欲狂。

回頭看妻兒原本的愁容早已不在，胡亂地收拾書本，高興到快要發狂。

【解析】寓居在梓州（位在今四川境內）一帶的杜甫，聽聞唐軍擊敗安史之亂的叛軍，收復薊北（位在今河北境內）失土的消息，激動得喜極而泣，轉身看見家人臉上多年愁苦全都消散，連忙整理行李，帶著歡快的心情，準備返回因戰亂而長期未歸的故鄉。可用來形容聽聞喜訊後愁顏盡掃、笑逐顏開，興奮得不能自已。

【出處】唐．杜甫〈聞官軍收河南河北〉詩：「劍外忽傳收薊北，初聞涕淚滿衣裳。卻看妻子愁何在，漫卷詩書喜欲狂……」（節錄）

春風得意馬蹄疾，一日看盡長安花。

在春風吹拂中，得意洋洋地騎馬疾馳，一日便賞盡了長安城的花景。

【解析】孟郊連年參加科舉卻屢次落第，終於在四十多歲時考取進士。當時士子登科後，朝廷便舉行曲江杏園初宴、慈恩寺雁塔題名以及走馬遊街賞花等一連串慶祝活動。本詩便是描寫及第後的孟郊騎馬賞花，擺脫過去長處困躓的狼狽不堪，神采飛揚。可用來形容考試或事業升遷順利的興奮感受。也可用於形容事情如願以償而心情快意歡暢。

【出處】唐．孟郊〈登科後〉詩：「昔日齷齪不足誇，今朝放蕩思無涯。春風得意馬蹄疾，一日看盡長安花。」

雁引愁心去，
山銜好月來。

雁鳥帶走了憂愁的心緒，青山銜來了美好的明月。

【解析】本詩詩題為〈與夏十二登岳陽樓〉。岳陽樓，位在今湖南岳陽市境內。李白於肅宗乾元年間在流放的途中遇赦，準備返回江陵前，與友人夏十二郎齊遊洞庭湖，同登岳陽樓，兩人痛飲大醉，迴旋亂舞。此時在詩人的眼中，天空成群的飛雁，就像是專程前來帶走他的陰霾，月升山頭，彷彿是青山特地為他銜來了一輪清輝，人間景物，無不有情重義，烘托出其歷經大難後又遇赦的開懷情緒。可用來形容苦盡甘來的喜悅之情。另可用來形容秋雁高飛，山月相伴的景色。

【出處】唐・李白〈與夏十二登岳陽樓〉詩：「樓觀岳陽盡，川迴洞庭開。雁引愁心去，山銜好月來。雲間連下榻，天上接行杯。醉後涼風起，吹人舞袖迴。」

久旱逢甘雨，他鄉遇故知。
洞房花燭夜，金榜挂名時。

長久旱災後天降甘甜的雨水，在異鄉遇見舊日的知交。新婚房間內點著花燭的夜晚，殿試榜單上有自己姓名的時候。

【解析】一般認為這四句詩是出自北宋有神童之譽的汪洙之手，寫的是人生四件大喜之事，簡單來說，指的就是「水」、「友」、「妻」、「名」四字。第一件，天降甘霖，人自是無法離開水而生存；第二件，異鄉遇友，頓時撫慰遊子孤獨的心靈；第三件，新婚之夜，從此肩上多了成家後的負荷卻也甜蜜歡喜；第四件，殿試中試，代表的是科舉時代讀書人至高無上的榮譽。可用來形容生活中令人開懷的四件快事。也可用來比喻人的欲望得到實現後，欣喜若狂。

【出處】北宋・汪洙〈神童詩〉詩：「……久旱逢甘雨，他鄉遇故知。洞房花燭夜，金榜挂名時……」（節錄）（此詩一說作者為南宋人洪邁，詩題則作〈得意失意詩〉）

今宵賸[1]把銀釭[2]照，猶恐相逢是夢中。

今晚我只管舉起銀燈把妳一再細看，還在擔心著我們這次的相逢只是在夢裡。

【注釋】1.賸：音ㄕㄥˋ，此作只管之意。2.釭：音ㄍㄤ，指燈。

【解析】晏幾道寫其與心愛的女子久別重逢的驚喜心情，由於中間歷經了長時間相思的煎熬，不知夢過多少次兩人歡聚的情景，但等到心上人在眼前出現時，反而讓他疑惑是否仍置身在過去的夢境當中，遲遲無法相信美夢果然成真。可用來形容與愛人別後再次相見的歡快喜悅。

【出處】北宋．晏幾道〈鷓鴣天．彩袖殷勤捧玉鍾〉詞：「彩袖殷勤捧玉鍾。當年拚卻醉顏紅。舞低楊柳樓心月，歌盡桃花扇底風。從別後，憶相逢，幾回魂夢與君同。今宵賸把銀釭照，猶恐相逢是夢中。」

喜極不得語，淚盡方一哂。

高興到了極點，竟然什麼話都說不出來，眼淚一直流下，哭到沒淚了才露出笑容。

【解析】陳師道因家貧的緣故，忍痛先把妻子和年幼的兒女寄養在岳父家中，四年後才將他們接回身邊，一家人得以團聚。由於分別的時日久長，他幾乎認不出眼前孩子們的容貌，情緒激動到不知該說什麼才好，只能任憑淚水迸出，待心情稍微平撫，確定一切不是夢，方才喜笑顏開。可用來形容人高興到了極點時，反而無法言語，感動到流下開心的淚水。

【出處】北宋．陳師道〈示三子〉詩：「去遠即相忘，歸近不可忍。兒女已在眼，眉目略不省。喜極不得語，淚盡方一哂。了知不是夢，忽忽心未穩。」

人逢喜事精神爽，那病平去了幾分。

人遇到了喜慶的事情，精神爽朗，病痛也會感到和緩而痊癒了不少。

【解析】明代文學家馮夢龍纂輯《醒世恆言》中有一篇〈喬太守亂點鴛鴦譜〉，故事描寫北宋仁宗景祐年間，杭州府有劉、孫、裴、徐四戶人家，從小都給自己的兒女訂了親，劉家因兒子得了重病，希望孫家的女兒提早入門沖喜，孫家擔心女兒婚後守寡，便要兒子男扮女裝，代替姊姊上了花轎。新婚之夜，劉家要求新郎的妹妹在洞房花燭夜陪伴嫂嫂安寢，結果卻陰錯陽差，導致孫家的兒子和劉家的女兒一見鍾情，兩人竟完成洞房。事情傳開了以後，引起原本與劉家女兒和孫家兒子有婚約的裴、徐兩家的不滿，一狀告到了官府，負責這件官司的喬太守，向來有「喬青天」的美譽，他聽完了各方的陳述，巧點鴛鴦，成功調解了這四戶人家裡三對兒女的婚配，終以皆大歡喜收場。其中「人逢喜事精神爽」是一句諺語，意即人一旦置身歡喜的情緒當中，心頭少了煩憂，神采更顯奕奕。可用來形容人逢婚嫁或值得慶賀的事，心情格外舒暢，身上的疾病自然好得快。

【出處】明．馮夢龍《醒世恆言．卷八．喬太守亂點鴛鴦譜》之詩：「人逢喜事精神爽，那病平去了幾分。」

曲闌深處重相見，勻淚偎人顫。

我們在曲折的闌干深處再度見面，妳顫抖地依偎在我的懷裡揩淚。

【解析】清代詞家納蘭性德，詞中追憶其與心上人久別重逢的景象，兩人因日夜思念著彼此，好不容易才見到了對方，壓抑已久的相思苦楚瞬間傾洩而出，女子激動到全身發抖，依靠在作者的身上，止不住欣喜的淚水而頻頻拭淚。可用來形容與情人長久分離後，再次聚首的喜悅。

【出處】清．納蘭性德〈虞美人．曲闌深處重相見〉詞：「曲闌深處重相見，勻淚偎人顫。淒涼別後兩應同，最是不勝清怨月明中。半生已分孤眠過，山枕檀痕涴。憶來何事最銷魂？第一折枝花樣畫羅裙。」

【悲愁】

如可贖兮，人百其身。

如果可以贖回他們（指秦穆公的三位賢臣奄息、仲行、鍼虎，人稱三良）的性命，人人願以自身死一百次來換取他們的復生（此句一說有一百個人不惜代替三良而死）。

【解析】 這首詩以黃鳥交交的悲鳴起興，抒寫秦人為國內三位賢臣送葬時的哀傷氣氛，此三人深受秦國全民的愛戴，卻在秦穆公死後為了陪葬而白白犧牲，詩中除了諷刺秦穆公以人殉葬的不人道行為，也表達其甘願捨身救人，不希望秦國因殉葬惡習而痛失優秀的人才。清人陳繼揆《讀風臆補》評曰：「惻愴悲號，哀辭之祖。」可用來表示對景仰之人辭世的沉痛哀悼。

【出處】 先秦．《詩經．秦風．黃鳥》：「交交黃鳥，止于棘。誰從穆公？子車奄息。維此奄息，百夫之特。臨其穴，惴惴（ㄓㄨㄟˋ）其慄。彼蒼者天，殲我良人。如可贖兮，人百其身……」（節錄）

誰謂荼苦？其甘如薺。

是誰說荼菜的味道是苦的呢？我覺得它甘甜的滋味就像是薺菜一樣。

【解析】 此詩寫一名棄婦見前夫喜迎新人的痛苦心聲，詩中的「荼」是苦菜，「薺」是甜菜，婦人卻說她吃的荼菜和薺菜的味道一樣甜，乍聽之下，實在太不合理，但詩人運用反襯筆法，正好表現出婦人承受無辜見棄的苦，已到了無以復加的程度，遠遠超過甚苦的荼菜，清人牛運震《詩志》評曰：「不說中心之苦，卻說荼苦之甘。不說故夫相待之薄，卻說待新婚之厚。言外隱照，筆底含蓄。」可用來形容內心或生活實在痛苦無比。也可用來形容只要是心甘情願，便不會以某事或某物為苦，即使承受再大的痛苦也覺得很甜美。

【出處】 先秦．《詩經．邶風．谷風》：「習習谷風，以陰以雨。黽（ㄇㄧㄣˇ）勉同心，不宜有怒。采葑采菲，無以下體？德音莫違，及爾同死。行道遲遲，中心有違。不遠伊邇，薄送我畿。誰謂荼苦？其甘如薺。宴爾新昏，如兄如弟……」（節錄）

何以解憂？唯有杜康[1]。

怎樣才能消解我心中的憂愁呢？只能借助酒而

已。

【注釋】1.杜康：人名，相傳是古代最早發明釀酒的人。此代指酒。

【解析】東漢獻帝建安年間，曹操進位丞相，已經平定北方的他，本欲乘勝追擊，率軍南下，孰料孫權與劉備聯合抵禦，曹操的軍隊敗於赤壁，自此形成三國鼎立的局面。曹操為此大受打擊，擔心統一大業受阻，內心抑鬱難平，只能藉由飲酒高歌來排遣愁悶。可用來形容借酒澆愁。

【出處】東漢．曹操〈短歌行〉詩：「對酒當歌，人生幾何？譬如朝露，去日苦多。慨當以慷，憂思難忘。何以解憂？唯有杜康……」（節錄）

一葉葉，一聲聲，空階滴到明。

雨不停下著，一聲接著一聲拍打一葉又一葉的梧桐，滴落在空盪盪的石階上，一直到天明。

【解析】溫庭筠在此借景抒情，描寫一名正為離情而傷心不已的女子，整夜聽著滴答的雨聲直到天亮，可見她內心懷抱的淒苦有多麼深，才導致其徹夜難眠。清人陳廷焯在《白雨齋詞話》寫道：「飛卿〈更漏子〉三章，自是絕唱，而後人獨賞其末章梧桐樹數語。」給予這闋詞極高的評價。飛卿，即溫庭筠的字。可用來形容雨夜冷清寂寥，心生悲愁。另可用來形容雨久下不停，敲打著樹葉。

【出處】唐．溫庭筠〈更漏子．玉爐香〉詞：「玉爐香，紅燭淚，偏對畫堂秋思。眉翠薄，鬢雲殘，夜長衾枕寒。梧桐樹，三更雨，不道離情最苦。一葉葉，一聲聲，空階滴到明。」

一聲〈何滿子〉[1]，雙淚落君前。

聽聞一聲〈何滿子〉的樂聲，忍不住在君王的面前傷心落淚。

【注釋】1.何滿子：詞牌名，唐代的教坊曲，或作〈斷腸詞〉。何滿子本是人名，為唐玄宗時的歌者，後因故遭玄宗處死，臨刑前曾進此曲贖死，終不得赦免。

【解析】詩人張祜（ㄏㄨˋ）描寫宮女幽閉深宮多年，因一曲悲戚的樂歌，直接當著君王面前涕淚橫流，完全壓抑不住情緒，可見其埋藏在內心的積怨有多深。可用來形容聽到或發出某種歌聲、樂曲後，產生強烈共鳴而悲傷到流下淚來。

【出處】唐．張祜〈宮詞〉詩二首之一：「故國三千里，深宮二十年。一聲〈何滿子〉，雙淚落君前。」

人生有情淚沾臆，江水江花豈終極？

人因心中悲傷而落下淚水沾濕衣襟，就如同江裡的水、江邊的花一樣哪裡會有終止的時候？

【解析】此詩乃杜甫作於安史之亂後首都長安淪陷時，當他來到京城昔日繁華行樂之地曲江邊，目睹了叛軍胡人的騎兵橫行而過，掀起了滿天的塵埃風沙，即使心中哀慟萬分卻也莫可奈何。可用來形容人因重情而淚流不止。

【出處】唐．杜甫〈哀江頭〉詩：「……明眸皓齒今何在？血汙遊魂歸不得。清渭東流劍閣深，去住彼此無消息。人生有情淚沾臆，江水江花豈終極？黃昏胡騎塵滿城，欲往城南望城北。」（節錄）

世事茫茫難自料，春愁黯黯獨成眠。

世上的事情渺渺茫茫，難以預測，在這春天的夜晚，懷抱著黯然愁緒獨自睡去。

【解析】此詩為韋應物向好友李儋、元錫傾訴失意心情的書信，內容除敘述了和友人別後的思念之外，也對世局的紛沓雜亂以及個人的命運前途深感愁悶不安。可用來形容人對未來的茫然與憂心忡忡。

【出處】唐．韋應物〈寄李儋、元錫〉詩：「去年花裡逢君別，今日花開已一年。世事茫茫難自料，春愁黯黯獨成眠。身多疾病思田里，邑有流亡愧俸錢。聞道欲來相問訊，西樓望月幾回圓？」

白髮三千丈，緣愁似箇[1]長。

頭上的白髮長到三千丈的長度，只因為心中的愁思也像白髮這樣長。

【注釋】1.箇：音ㄍㄜˋ，通「個」字。此作代詞，這、那。

【解析】人們因憂愁而生出白髮，李白在詩中用誇飾的筆法，寫他長出了三千丈的白髮，以表達心中沉重且深長的愁緒。可用來形容內心的愁苦極深，使頭上平添白髮。

【出處】唐・李白〈秋浦歌〉詩十七首之十五：「白髮三千丈，緣愁似箇長。不知明鏡裡，何處得秋霜？」

抽刀斷水水更流，舉杯銷愁愁更愁。

想要抽出刀子來切斷水流，水卻更加奔流不止，想要舉起酒杯來解除愁緒，愁緒卻是愈益增多。

【解析】本句出自於李白〈宣州謝朓樓餞別校書叔雲〉詩。宣州，位在今安徽境內。謝朓樓，為南齊詩人謝朓任宣城太守時修建的一座樓閣，唐時為紀念謝朓又重建此樓。校書是職官名，負責典校書籍的官員。李白在詩中表達他力圖擺脫一切煩惱苦悶，但結果憂憤的情緒更加劇烈。可用來比喻想要阻止某種事物的發展，或試圖運用手法來消除某種現象，但結果卻是適得其反。

【出處】唐・李白〈宣州謝朓樓餞別校書叔雲〉詩：「……抽刀斷水水更流，舉杯銷愁愁更愁。人生在世不稱意，明朝散髮弄扁舟。」（節錄）

座中泣下誰最多？江州司馬[1]青衫濕。

在座當中，眼淚流得最多的人是誰呢？我這個江州司馬的青衫都被淚水給浸濕了。

【注釋】1.江州司馬：詩人白居易的自稱。白居易因曾被貶為江州司馬，其名作〈琵琶行〉中有「江州司馬青衫濕」句，後人遂以此代稱之。

【解析】白居易在聽聞琵琶女的深湛琴藝和不幸際遇

後，進而聯想到自己不也滿懷才能和抱負卻遭到貶謫江州的不平對待，內心因感同身受而垂淚不止。可用來形容在場所有人裡面，某人哭得最傷心。

【出處】唐・白居易〈琵琶行〉詩：「……感我此言良久立，卻坐促絃絃轉急。淒淒不似向前聲，滿座重聞皆掩泣。座中泣下誰最多？江州司馬青衫濕。」（節錄）

棄我去者，昨日之日不可留。
亂我心者，今日之日多煩憂。

離我而去的，是不可挽留的昨日時光。擾亂我心緒的，是令我煩惱的今日時光。

【解析】李白借在宣州謝朓樓餞別其族叔（年紀小於父親的從堂叔伯，亦泛指同宗族中與父親同輩而年紀較小的人）李雲的場合，直抒其深感歲月煩憂苦多的鬱鬱心結。可用來感嘆逝者難追，現實人生又愁悶難解的心緒。

【出處】唐・李白〈宣州謝朓樓餞別校書叔雲〉詩：「棄我去者，昨日之日不可留。亂我心者，今日之日多煩憂。長風萬里送秋雁，對此可以酣高樓……」（節錄）

訪舊半為鬼，
驚呼熱中腸。

拜訪昔時老友，已經大半都死去了，不禁令人驚訝難過。

【解析】杜甫舊地重遊，得悉過去的朋友多已不在人世，因而感嘆世事變化劇烈，以及人生離合無常，內心傷痛萬分。可用來形容得知舊友同輩去世，震驚嘆惋之情。

【出處】唐・杜甫〈贈衛八處士〉詩：「……少壯能幾時？鬢髮各已蒼。訪舊半為鬼，驚呼熱中腸……」（節錄）

感時花濺淚，
恨別鳥驚心。

感慨時局變化，看著花朵也會掉下眼淚來，怨

恨至親別離，聽到鳥鳴也會感到心驚不已。

【解析】此詩作於安史之亂期間，杜甫有感於與親人之間飽嘗戰亂流離之苦，故眼前出現的春花鳥鳴，反而更觸動他內心的悲傷情緒。北宋司馬光《續詩話》評論這兩句詩：「花鳥，平時可娛之物，見之而泣，聞之而悲，則時可知矣。」可用來形容感傷國事家事，驚心悲泣。

【出處】唐．杜甫〈春望〉詩：「國破山河在，城春草木深。感時花濺淚，恨別鳥驚心……」（節錄）

暝色入高樓，有人樓上愁。

黃昏的餘暉照進了高樓，有人正在樓中憂愁不已。

【解析】此詞一說描寫孤身漂泊客鄉的人，在暮色籠罩下登樓，極目遠望，因思念家鄉而發愁。另一說認為是寫閨中女子望遠懷人，衷心渴盼滯留遠方的心上人早日歸返。可用來形容人因心事重重而愁情萬千。

【出處】唐．李白〈菩薩蠻．平林漠漠煙如織〉詞：「平林漠漠煙如織，寒山一帶傷心碧。暝色入高樓，有人樓上愁……」（節錄）

舊好腸堪斷，新愁眼欲穿。

想念舊時好友的痛苦，彷彿腸子幾乎要斷了一樣，為了期待相見而愁苦，眼睛彷彿都要望穿了。

【解析】本詩詩題為〈寄岳州賈司馬六丈、巴州嚴八使君兩閣老五十韻〉。岳州，位在今湖南境內。巴州，位在今四川境內。使君，本指奉命出使的人，也可用來尊稱郡太守或州刺史。這是杜甫寄給好友賈至和嚴武的一首詩，內容除了表達對兩人不幸分別被貶為岳州司馬和巴州刺史的惋惜外，也抒發了久別後的思念情誼，衷心渴望能早日與好友重逢話舊。可用來形容傷心欲絕，內心的盼望也極為深切。

【出處】唐．杜甫〈寄岳州賈司馬六丈、巴州嚴八使君兩閣老五十韻〉詩：「……舊好腸堪斷，新愁眼欲穿。翠乾危棧竹，紅膩小湖蓮。賈筆論孤憤，嚴詩賦幾篇？定知深意苦，莫使眾人傳……」（節錄）

懶起畫蛾眉，弄妝梳洗遲。

睡醒後，懶洋洋地起身描畫自己的眉毛，慢吞吞地整理自己的妝容。

【解析】溫庭筠描寫一女子早晨醒來，意興闌珊梳理妝容的情態，抒發其不知要為誰而裝扮的寂寞感傷。清人陳廷焯《白雨齋詞話》評曰：「飛卿詞『懶起畫蛾眉，弄妝梳洗遲』，無限傷心，溢於言表。」可用來形容女子心情低落，意態懶散。另可用來形容女子梳妝時嬌慵柔美的神態。

【出處】唐．溫庭筠〈菩薩蠻．小山重疊金明滅〉詞：「小山重疊金明滅，鬢雲欲度香腮雪。懶起畫蛾眉，弄妝梳洗遲。照花前後鏡，花面交相映。新帖繡羅襦，雙雙金鷓鴣。」

人生愁恨何能免？銷魂獨我情何限。

人生的愁與恨哪裡有可能避免？然舉世卻只有我的心神恍惚，好像靈魂離開肉體一樣，痛苦綿長無限。

【解析】離開南唐故都金陵，來到北宋都城汴京成為俘虜的李煜，詞中抒發其雖能理解人的一生不免生愁存恨，但他個人承受國破家亡的苦楚卻是無邊無際，其他人的愁恨根本無法與之比擬。近人俞陛雲《南唐二主詞集述評》評論這兩句詞：「起句用翻筆，明知難免而自我銷魂，愈覺埋愁之無地。」所謂的翻筆，即是作者為了表達感情先設一案，再把一案推翻來成立此一感情。可用來形容極度傷心。

【出處】五代．李煜〈子夜歌．人生愁恨何能免〉詞：「人生愁恨何能免？銷魂獨我情何限。故國夢重歸，覺來雙淚垂。高樓誰與上？長記秋晴望。往事已成空，還如一夢中。」

人到愁來無處會，不關情處總傷心。

人在憂愁來襲時，是沒有辦法控制的，連一些與感情無關的事物都會讓人感到傷心。

【解析】此為黃庭堅寫其在讀了史官樂史講述楊貴妃事跡的《太真外傳》後，以站在唐玄宗的角度所發出的喟嘆。一場安史之亂，被六軍脅持必須賜死楊貴妃的唐玄宗，在逃難的途中，失去愛人的悲傷無處可訴，再加上連日陰雨，道路難行，夜雨中聽到從遠山傳來鈴聲，於是作〈雨霖鈴〉曲悼念貴妃，對於傷心的人來說，任何的風吹草動或觸目所見，都足以令其痛裂肺腸，黃庭堅詩中即是描述唐太宗作曲前的靈感來源和淒涼心情。可用來形容人在愁緒湧上時，很容易出現移情的現象，即使與情感不相干的事物，也能撩撥人悲痛的心弦。

【出處】北宋·黃庭堅〈和陳君儀讀太真外傳〉詩五首之二：「扶風喬木夏陰合，斜谷鈴聲秋夜深。人到愁來無處會，不關情處總傷心。」

分明一覺華胥夢[1]，
回首東風淚滿衣。

過去一切是那樣的祥和安樂，而今回首像是做了一場夢般，春風吹在我的臉上，眼淚已濕透了衣衫。

【注釋】1.華胥夢：相傳黃帝曾夢遊華胥氏之國，醒來後便效法其崇尚自然的治國方式，天下從此太平。後多用來比喻理想安樂之境，或代稱仙境、夢境。

【解析】隨高宗南渡的趙鼎，是南宋初期著名的中興名臣，他回憶起靖康之變前，國家鼎盛時的美好風貌，就像是一場「華胥夢」，只是自金人入侵後，瞬間風雲變色，景物全非，而從夢中驚醒過來的詞人，仔細思量今昔變化，不覺潸然淚流。清人況周頤《蕙風詞話》評曰：「故君故國之思，流溢行間句裡。」可用來形容人追思昔時的榮盛，對比今日的蒼涼，不禁悲從中來。

【出處】北宋末、南宋初·趙鼎〈鷓鴣天·客路那知歲序移〉詞：「客路那知歲序移，忽驚春到小桃枝。天涯海角悲涼地，記得當年全盛時。花弄影，月流輝，水精宮殿五雲飛。分明一覺華胥夢，回首東風淚滿衣。」

日日花前常病酒，
不辭鏡裡朱顏瘦。

每日都到花前縱飲直到醉倒，即使紅潤的容顏日益消損，也毫無怨尤。

【解析】馮延巳抒寫其終日到花前醉酒，宿醉醒來後又繼續狂飲，或許是出於對短暫春花的惜護，或許是有感於人間生命的無常，他寧可傷害自己的身體，也堅持要投入自己全部的情意，伴隨花開與花落。清人陳廷焯《白雨齋詞話》評曰：「可謂沉著痛快之極，然卻是從沉鬱頓挫來，淺人何足知之？」可用來形容人心情苦悶，飲酒解愁，容貌逐日憔悴。

【出處】五代．馮延巳〈鵲踏枝．誰道閑情拋棄久〉詞：「誰道閑情拋棄久？每到春來，惆悵還依舊。日日花前常病酒，不辭鏡裡朱顏瘦……」（節錄）（此詞一說作者為歐陽脩）

多少恨，昨夜夢魂中。

昨天夜裡做的那個夢，勾起我心中太多太深的恨啊！

【解析】李煜降宋之後，一直被囚居在汴京，詞中抒寫其於睡夢時，靈魂離開了肉身，飛回南唐舊時宮苑，遊走在金陵昔往車水馬龍的路上，看著花月春風共舞，景色綺麗迷人，只是夢醒之後，發覺自己依然逃不開現實的殘酷不仁，悲恨更甚。可用來形容沉湎於美夢，不堪面對真實人生的慘境。

【出處】五代．李煜〈望江南．多少恨〉詞：「多少恨，昨夜夢魂中。還似舊時遊上苑，車如流水馬如龍。花月正春風。」

多少淚珠何限恨，倚闌干。

獨自倚著闌干，已流下了太多的淚水，因為心中有無限的愁苦啊！

【解析】李璟描寫一女子午夜夢回，無法再入睡，她在樓閣上憑闌遠望，憶起了與情人昔往的恩愛點滴，卻不知對方何時才能歸來，不禁潸然淚下。可用來形容滿懷幽怨無處宣洩，只能淚流不止。

【出處】五代．李璟〈攤破浣溪沙．菡萏香銷翠葉殘〉詞：「菡萏香銷翠葉殘，西風愁起綠波間。還與韶光共憔悴，不堪看。細雨夢回雞塞遠，小樓吹徹玉笙寒。多少淚珠何限恨，倚闌干。」

守著窗兒，獨自怎生得黑？

我守在窗邊，孤單一個人怎麼熬到天黑呢？

【解析】李清照寫其獨守寒窗，百無聊賴，好不容易從清早挨到了傍晚，她不解時間為何過得如此緩慢，天色竟然還沒有變暗，表現出詞人晚年的生活失去了重心，無依無靠，一分一秒對她而言都極其難熬。可用來形容憂悶欲絕，懨懨度日。

【出處】北宋末、南宋初・李清照〈聲聲慢・尋尋覓覓〉詞：「……滿地黃花堆積。憔悴損，如今有誰堪摘？守著窗兒，獨自怎生得黑？梧桐更兼細雨，到黃昏、點點滴滴。這次第，怎一個、愁字了得？」（節錄）

衣上酒痕詩裡字，點點行行，總是淒涼意。

衣服上的酒漬和詩裡頭的字句，每一點、每一行，無不含著一股淒涼的意味。

【解析】晏幾道詞中追述他在一場宴飲上，因不敢面對離別而故意醉到不省人事，醒來時，感覺席間所發生的事如雲似夢，而人生的聚合和離散，竟然可以這般的輕易，當時留有汙痕的衣衫以及所寫的詩詞，皆是這場筵席真實存在的見證，只是如今撫觸衣上一點一點的酒痕，看著一行一行的墨跡，讓他悲不可抑。可用來形容憶舊懷人，引起愁傷意緒。

【出處】北宋・晏幾道〈蝶戀花・醉別西樓醒不記〉詞：「醉別西樓醒不記，春夢秋雲，聚散真容易。斜月半窗還少睡，畫屏閑展吳山翠。衣上酒痕詩裡字，點點行行，總是淒涼意。紅燭自憐無好計。夜寒空替人垂淚。」

何處合成愁？離人心上秋。

怎樣合成一個「愁」字呢？就是在一個離家的人「心」上，加了一個「秋」字。

【解析】秋雨初停的夜晚，客居外地的吳文英原本打算登樓賞月，但他又擔心自己在高處望月之後，擾人的愁情更難撫平，愁上更添愁，詞中他先試問「愁」

從何而來，答案正是他這個異鄉人的「秋心」所拼成的，一語雙關「愁」字的寫法以及他的悲秋心緒。可用來形容人面對秋思離愁的傷懷。

【出處】南宋・吳文英〈唐多令・何處合成愁〉詞：「何處合成愁？離人心上秋。縱芭蕉、不雨也颼颼。都道晚涼天氣好，有明月、怕登樓。年事夢中休，花空煙水流。燕辭歸、客尚淹留。垂柳不縈裙帶住，漫長是、繫行舟。」

酒濃春入夢，窗破月尋人。

只有在濃濃的醉意下，才能伴著春夢入睡，月光穿過窗戶的縫隙進來尋找我。

【解析】北宋詞人毛滂一生鬱鬱不得志，詞中寫其羈旅江南時正逢元宵燈夜，遙想著京城此時該是花燈似海、燈火如畫的景象，自己卻淹留異鄉，忍受著淒冷孤寂，若不將自己給灌醉，實在無法感受春意的美好，幸好還有月亮悲憫他的處境，願意破窗來和他這個潦倒失意人作伴。可用來形容心中苦悶難眠，只能借酒澆愁。

【出處】北宋・毛滂〈臨江仙・聞道長安燈夜好〉詞：「聞道長安燈夜好，雕輪寶馬如雲。蓬萊清淺對觚稜。玉皇開碧落，銀界失黃昏。誰見江南憔悴客，端憂懶步芳塵。小屏風畔冷香凝。酒濃春入夢，窗破月尋人。」

剪不斷，理還亂，是離愁。別是一般滋味在心頭。

萬縷千絲的離愁想剪又剪不斷，想理卻理得更亂，一種說不出的複雜感受在心裡頭。

【解析】承受南唐亡國之痛，同時又遭到北宋拘禁的李煜，詞中抒發其心亂如麻又無人可以傾訴或理解的愁苦，由於他的離愁並非源於一般人的離情別緒，而是身為亡國之君，面對國破家亡的愁恨，自是無法向人道破而沉痛更甚。近人俞陛雲《唐五代兩宋詞選釋》評論這四句詞：「後闋僅十八字，而腸回心倒，一片淒異之音，傷心人固別有懷抱。」可用來形容難以名狀的煩亂愁緒。

【出處】五代・李煜〈相見歡・無言獨上西樓〉詞：「無言獨上西樓，月如鉤。寂寞梧桐深院鎖清秋。剪

不斷，理還亂，是離愁。別是一般滋味在心頭。」

問君能有幾多愁？恰似一江春水向東流。

想要問你的心中到底有多少的哀愁？就好像春天滔滔不盡的流水向東流去。

【解析】李煜回首過去那段貴為國主時錦衣玉食、美人隨伺的生活，而今繁華消逝，故國不堪回首，苦恨無以言喻，故借長流不斷的「一江春水」，喻比他積壓內心已久且永難泯滅的「愁」。近人俞陛雲《唐五代兩宋詞選釋》評論這闋詞的最末一句：「真傷心人語也。」可用來形容愁思翻騰如奔騰無盡的流水。

【出處】五代．李煜〈虞美人．春花秋月何時了〉詞：「春花秋月何時了？往事知多少？小樓昨夜又東風，故國不堪回首月明中。雕闌玉砌應猶在，只是朱顏改。問君能有幾多愁？恰似一江春水向東流。」

尋尋覓覓，冷冷清清，悽悽慘慘戚戚。

想要尋找失去的東西，周遭一片冷清，什麼也找不到，只感到內心悲慘哀戚。

【解析】李清照晚年流落江南，由於中原為金人所攻占，與其志同道合的丈夫在兵荒馬亂中因病過世，詞人接連遭逢國破、家變的重大打擊，讓她感到萬念俱灰，一開篇便連下了十四個疊字，大力渲染她當時茫然若失又難說難言的寂寞愁苦。南宋張端義《貴耳集》評曰：「此乃公孫大娘舞劍手。」稱頌讀這三句詞，就像是在看唐代舞蹈家公孫大娘舞劍一樣，具有節奏美感。可用來形容人心孤獨空虛，悲涼無奈。

【出處】北宋末、南宋初．李清照〈聲聲慢．尋尋覓覓〉詞：「尋尋覓覓，冷冷清清，悽悽慘慘戚戚。乍暖還寒時候，最難將息。三盃兩盞淡酒，怎敵他、晚來風急。雁過也，正傷心，卻是舊時相識……」（節錄）

殘燈明滅枕頭攲，諳盡孤眠滋味。

房內的燈火閃閃將滅，床上的枕頭傾斜側臥，早已習慣了獨眠的滋味。

【解析】范仲淹詞中寫其深夜獨自斜倚著枕頭，凝望著室內的一盞燈火，直到火光即將殘盡，接近拂曉時分，藉此抒發自己心事重重，以致長期以來，飽嘗睡臥不寧之苦，經常徹夜失眠。可用來形容愁思滿懷，孤寂難眠。

【出處】北宋．范仲淹〈御街行．紛紛墜葉飄香砌〉詞：「……愁腸已斷無由醉，酒未到，先成淚。殘燈明滅枕頭攲，諳盡孤眠滋味。都來此事，眉間心上，無計相迴避。」（節錄）

愁病相仍，剔盡寒燈夢不成。

愁病交加，在這寒冷的夜裡，把燈芯都挑盡了，還是無法入睡，連夢也做不成。

【解析】朱淑真詞中描寫一名女子壓抑內心極度的鬱悶悲苦，導致積憂成疾，天黑之後，對著油燈，重複做著挑著燈芯的動作，終夜不能成眠。其中「盡」字，道出了女子在漫長淒冷寒夜下的憂慮煎熬。可用來形容多愁多病，耿耿不寐。

【出處】南宋．朱淑真〈減字木蘭花．獨行獨坐〉詞：「獨行獨坐，獨唱獨酬還獨臥。佇立傷神，無奈輕寒著摸人。此情誰見？淚洗殘妝無一半。愁病相仍，剔盡寒燈夢不成。」

愁腸已斷無由醉，酒未到、先成淚。

因愁苦而使腸子斷裂，酒已無法入腸使人醉了，即使是酒還沒有喝，眼淚已先流下。

【解析】人們常言借酒澆愁，范仲淹詞中主在抒發其所承受的羈愁，已經到了醉酒也無以消除的程度，因為他的腸早被愁所斷，縱使勉強喝下了酒，也無法入腸，為其解開心中深沉的鬱結，只好化成兩行淚水，撲簌簌地掉了下來。明人李攀龍《草堂詩餘雋》評曰：「月光如晝，淚深於酒，情景兩到。」點出了「淚」與「酒」的重要關聯。可用來形容心情極為憂愁苦悶。

【出處】北宋．范仲淹〈御街行．紛紛墜葉飄香砌〉

詞：「……愁腸已斷無由醉，酒未到，先成淚。殘燈明滅枕頭攲，諳盡孤眠滋味。都來此事，眉間心上，無計相迴避。」（節錄）

舊愁新恨知多少？目斷遙天。

極目遠望天邊，過去放在心頭的憂愁以及近來新生的怨恨交融相和，不知已經累積了多少？

【解析】春天黃昏時分的河岸旁，柳綠花紅，酒旗飄揚，人聲雜沓，然而面對眼前爛漫春色，馮延巳卻是興致索然，因為長期下來，他的內心早已負荷了太多的悒鬱，再加上新增的憾事不斷，精神承受極大的壓力，讓他只能無語望蒼天。可用來形容不愉快的事情接踵而來，憂苦難言。

【出處】五代．馮延巳〈采桑子．馬嘶人語春風岸〉詞：「馬嘶人語春風岸，芳草綿綿，楊柳橋邊，落日高樓酒旆（ㄆㄟˋ）懸。舊愁新恨知多少？目斷遙天，獨立花前，更聽笙歌滿畫船。」

丈夫有淚不輕彈，只因未到傷心處。

男人也是有眼淚的，只是不會輕易地流出眼眶，原因是還沒有到讓他真正傷心的時候。

【解析】此詩出自明代戲曲家李開先《寶劍記》，是根據元末明初施耐庵《水滸傳》改編而成的一部傳奇。詩中抒發故事人物林沖遭權臣謀害而被逼上梁山的複雜心理，意即若不是悲憤至極，他堂堂一個男子漢也懂得強抑自己的情感，不願在外向人示弱；換言之，當一個堅強的男人落淚之時，可知其內心的苦痛已到了無以復加的程度。可用來形容男人較能克制情感，除非極度悲傷，才會流下男兒淚。

【出處】明．李開先《寶劍記．第三十七齣》之詩：「登高欲窮千里目，愁雲低鎖衡陽路。魚書不至雁無憑，幾番空作悲愁賦。回首西山月又斜，天涯孤客真難渡。丈夫有淚不輕彈，只因未到傷心處。」

試上高峰窺皓月，偶開天眼[1]覷[2]紅塵。可憐身是眼中人。

嘗試登上峰頂，想要更近地窺視明月，偶然打開慧眼，便可看清這塵世間的一切。可憐的是，此時見自己也不過是塵世裡的其中一人。

【**注釋**】1.天眼：佛教用語，一種能透視眾生萬物苦樂、內外、未來等各種狀況的神通能力。2.覷：音ㄑㄩˋ，看。

【**解析**】王國維詞中寫其欲攀上高峰，就近窺探天上的明月，俯瞰人間的芸芸眾生，但讓他感到無比悲哀的是，如此費盡艱辛努力才登上高處，看見的卻是自己其實一直都身在擾攘紅塵之中，始終無所遁逃。可用來表達渴慕超越塵俗，擺脫勞苦憂患，最後還是落空的惋嘆。

【**出處**】清末民初．王國維〈浣溪沙．山寺微茫背夕曛〉詞：「山寺微茫背夕曛，鳥飛不到半山昏。上方孤磬定行雲。試上高峰窺皓月，偶開天眼覷紅塵。可憐身是眼中人。」

三、抒發自我

感傷身世

我生不辰，逢天僤[1]怒。自西徂東，靡所定處。

我出生的時間不對，剛好遭遇上天盛怒。從國境的西邊走到東邊，竟然找不到一處安身的地方。

【**注釋**】1.僤：音ㄉㄢˋ，厚。

【**解析**】這首詩描述西周厲王執政期間禍亂不斷，百姓流離失所，讓作者感嘆自己不幸生於亂世的坎坷命運，遭逢上天降下災禍，天下之大，卻找不到一塊寧土可供人民安居，藉此反映了當時君王無道、生靈塗炭的景況。成語「生不逢辰」、「生不遇時」就是由此演變而出。可用來比喻命運乖舛，時運不濟。

【**出處**】先秦．《詩經．大雅．桑柔》：「……憂心慇慇，念我土宇。我生不辰，逢天僤怒。自西徂東，靡所定處。多我覯痻（ㄇㄧㄣˊ），孔棘我圉（ㄩˇ）

……」（節錄）

人生無根蒂[1]，飄如陌上塵。

人活在這個世上，原本就沒有根底，四處漂泊，猶如路上的塵土般。

【注釋】1.根蒂：本指植物的根與瓜果的柄，後多用來比喻事物的根基。

【解析】陶淵明生活在政治黑暗、戰事頻仍的時代，曾經為了家計而出仕，也因而讓他看盡了官場各種醜陋百態。此組〈雜詩〉寫於其棄官歸田之後，詩中將人的一生比作沒有根蒂的植物，又如隨風飛轉的塵埃，沒有一定的歸處，抒發其飄零無依的淒涼心境。可用來形容人浪跡天涯，流離無定。

【出處】東晉．陶淵明〈雜詩〉詩十二首之一：「人生無根蒂，飄如陌上塵。分散逐風轉，此已非常身。落地為兄弟，何必骨肉親……」（節錄）

萬族各有託，孤雲獨無依。

世上有萬種的族類，各有所依託，唯有天上一朵孤獨的雲，沒有任何的依靠。

【解析】此詩詩題為〈詠貧士〉，陶淵明借天邊一抹孤雲比喻有如貧士的自己，意味著世上所有的人都有託身之所在，唯獨自己無所依傍，表現其寧可忍受飢寒冷落，也要安貧守節，絕不趨炎附勢，同流合汙。可用來形容為了堅守崇高的理想或信念，而與眾人難以相合，無可依賴。

【出處】東晉．陶淵明〈詠貧士〉詩七首之一：「萬族各有託，孤雲獨無依。曖曖空中滅，何時見餘暉？朝霞開宿霧，眾鳥相與飛。遲遲出林翮，未夕復來歸。量力守故轍，豈不寒與飢？知音苟不存，已矣何所悲？」

自古聖賢盡貧賤，何況我輩孤[1]且直？

自古以來，聖人賢者都是生活貧苦，地位低

微，更何況像我這樣出身寒微又性情耿直的人呢？

【注釋】1.孤：此指家世貧困卑賤。

【解析】南朝宋人鮑照所處的時代門閥制度盛行，世家大族壟斷政權，致使出身寒素的他，即使才華出眾，文名遠播，一生也只能沉淪下僚，很難獲得升遷的機會。詩中鮑照以「自古聖賢盡貧賤」來寬慰自己，如果連才能非凡、德行高尚的聖賢都免不了際遇坎坷，那他一個寒門士子懷才不遇又有什麼好抱怨的呢？抒發其仕途備受壓抑的痛苦。可用來說明貧寒人家的志士才人，人生道路往往充滿艱難，困頓失意。

【出處】南朝宋．鮑照〈擬行路難〉詩十八首之六：「對案不能食，拔劍擊柱長嘆息。丈夫生世會幾時？安能蹀躞垂羽翼？棄置罷官去，還家自休息。朝出與親辭，暮還在親側。弄兒床前戲，看婦機中織。自古聖賢盡貧賤，何況我輩孤且直？」

一臥東山三十春，豈知書劍[1]老風塵。

早年隱居鄉野，一轉眼就過了三十年，此時出來做官，哪裡知道辜負了一身的文武才能，在紛擾的官宦生涯逐漸老去。

【注釋】1.書劍：本指書籍與寶劍，後多用來代稱讀書為官和仗劍從軍。

【解析】本詩詩題〈人日寄杜二拾遺〉。人日，指的是農曆正月七日。拾遺，職官名，負責規諫君王朝政缺失的官員。高適晚年於蜀州刺史任上，寄詩給曾任左拾遺後棄官輾轉來到成都定居的杜甫，向他抒發自己早年隱居不仕，之後決心出來為國獻力卻苦無作為的遭遇，語氣中含有滿懷匡時濟世的才幹卻不受重用的遺憾。可用來形容懷才不遇無所作為的哀嘆。

【出處】唐．高適〈人日寄杜二拾遺〉詩：「人日題詩寄草堂，遙憐故人思故鄉。柳條弄色不忍見，梅花滿枝空斷腸。身在遠藩無所預，心懷百憂復千慮。今年人日空相憶，明年人日知何處？一臥東山三十春，豈知書劍老風塵？龍鍾還忝二千石，愧爾東西南北人。」

千秋萬歲名，寂寞身後事。

盛名雖可以流傳千萬年，但那也是寂寞潦倒一生結束之後的事了。

【解析】杜甫得知李白入獄的消息，日夜擔憂掛念，終而成夢。醒來後他回想起才華絕世的李白，人生際遇卻屢遭乖舛，不禁要替其發出深切的同情與不平之鳴。可用於形容成就雖足以名揚後世，但生前卻落寞不得志。

【出處】唐．杜甫〈夢李白〉詩二首之二：「……孰云網恢恢，將老身反累。千秋萬歲名，寂寞身後事。」（節錄）

中路因循我所長，古來才命兩相妨。

半途蹉跎實是我所擅長的，從古以來一個人的才能和命運是相互妨礙的。

【解析】李商隱有感於造化總是捉弄像他這樣負有才識之人，現實人生對他殘酷無情，使其有志難伸。「中路因循我所長」實為詩人的自我解嘲。可用來感嘆有才能本事的人，命運總是多舛坎坷。

【出處】唐．李商隱〈有感〉詩：「中路因循我所長，古來才命兩相妨。勸君莫強安蛇足，一盞芳醪（ㄌㄠˊ）不得嘗。」

正是江南好風景，落花時節又逢君。

現在正值江南風景最美的時候，沒想到會在這樣的落花時節與你重逢。

【解析】這是杜甫晚年與李龜年於江南再遇時所創作的一首詩。李龜年，唐玄宗開元時期著名的音樂家，昔日備受王公貴族的尊崇。年輕時的杜甫當年在長安常出入皇親國戚家中，得以欣賞李龜年的精湛演出。安史之亂後，李龜年流落江南，賣藝為生，杜甫也遭遇顛沛流離，兩個處境淒涼的老人在落花紛飛下偶遇，回首承平時代的風光過往，不勝唏噓。可用來形容久別相逢，興起繁華不再、歲月已逝的感傷。

【出處】唐．杜甫〈江南逢李龜年〉詩：「岐王宅裡尋常見，崔九堂前幾度聞。正是江南好風景，落花時節又逢君。」

白髮悲花落，青雲羨鳥飛。

悲嘆自己滿頭白髮，就像花朵凋零飄落，羨慕鳥兒在高空中任意飛翔。

【解析】這首詩是詩人岑參寫給當時擔任左拾遺的杜甫，一方面感傷人生易逝，年華老去，一方面欣羨飛鳥平步青雲，感嘆自己仕途鬱鬱不得志。可用來抒發年紀老大，苦無機會立下一番功業的喟嘆。

【出處】唐．岑參〈寄左省杜拾遺〉詩：「聯步趨丹陛，分曹限紫微。曉隨天仗入，暮惹御香歸。白髮悲花落，青雲羨鳥飛。聖朝無闕事，自覺諫書稀。」

同是天涯淪落人，相逢何必曾相識？

同樣都是流落在異鄉的人，既然相遇又何必在乎要曾經相識呢？

【解析】這段名句出自於詩人白居易著名的〈琵琶行〉詩。詩中敘述意外認識琵琶女，得知她年輕時曾歷經風光的歌妓生活，如今年老色衰，遭經商的丈夫冷落的悲涼身世，聯想到自己得罪朝中權貴而被貶謫江州的委屈遭遇，內心不由得興起同病相憐的情感。可用來形容同是漂泊他鄉之人，慨嘆彼此遭遇的落寞心境。

【出處】唐．白居易〈琵琶行〉詩：「……我聞琵琶已嘆息，又聞此語重唧唧。同是天涯淪落人，相逢何必曾相識……」（節錄）

但看古來盛名下，終日坎壈[1]纏其身。

看看那些自古以來負有盛名的人，終生都為窮困潦倒所糾纏著。

【注釋】1.坎壈：不得志。壈，音ㄌㄢˇ。

【解析】曹霸是唐玄宗時代名滿天下的畫家，杜甫綜觀他的一生，從早期的畫名顯赫，曾獲唐玄宗重用，到後來因戰亂而淪落到街頭替人作畫為生，不時遭人白眼。對比自己的時運不濟，失意落魄，不也同一代畫師曹霸的境遇一樣坎坷嗎？清人金聖歎在《杜詩

解》評論此詩：「波瀾疊出，分外爭奇，卻一氣渾成，真乃匠心獨運之筆。」可用來形容具有才華能力的人，命運往往多舛不順。

【出處】唐·杜甫〈丹青引贈曹將軍霸〉詩：「……將軍善畫蓋有神，必逢佳士亦寫真。即今漂泊干戈際，屢貌尋常行路人。途窮反遭俗眼白，世上未有如公貧。但看古來盛名下，終日坎壈纏其身。」（節錄）

門前冷落鞍馬稀，老大嫁作商人婦。

門前冷冷清清的，連車馬都很少經過這裡，眼看年紀大了，於是嫁給了一個商人。

【解析】白居易描寫琵琶女回憶歌妓生涯的過往，從紅顏青春時人人爭相求愛的得意光景，到姿色衰退後，來客冷清稀落，最末只能將後半生託付給一個經常不在家的生意人，卻也從此展開了自己淒涼孤獨的後半生。詩中「鞍馬」一說作「車馬」。本句可用來形容女子衰老後風光不再，落魄嫁人的遭遇。其中「門前冷落鞍馬稀」一句，另可用來形容家道中落後門戶冷清，往來稀少，揭露社會現實與人心的勢利冷漠。

【出處】唐·白居易〈琵琶行〉詩：「……弟走從軍阿姨死，暮去朝來顏色故。門前冷落鞍馬稀，老大嫁作商人婦……」（節錄）

悵望千秋一灑淚，蕭條異代不同時。

千年之後，我惆悵地來到戰國楚人宋玉的故居，忍不住落下淚水，雖然我和他生長在不同的時代，但身世遭遇都是同樣寂寥淒涼。

【解析】此詩為杜甫為憑弔宋玉而作，他不捨像宋玉這樣文采風流的前輩，生前際遇卻是如此失意潦倒，只是杜甫再回頭看看自己多舛的命運時，發現自己竟也和宋玉一樣，不禁悲從中來。可用來表達對聖賢前人不平境況的憐惜，同時也感傷自己與聖賢前人際遇無異。

【出處】唐·杜甫〈詠懷古跡〉詩五首之二：「搖落深知宋玉悲，風流儒雅亦吾師。悵望千秋一灑淚，蕭條異代不同時。江山故宅空文藻，雲雨荒臺豈夢思？最是楚宮俱泯滅，舟人指點到今疑。」

朝扣富兒門，暮隨肥馬塵。

為謀生計，早上我敲開那些富貴人家的大門，直到黃昏，才風塵僕僕地尾隨著富人們所乘的好馬歸返。

【解析】杜甫詩中描述他旅居京城長安十三年間，終日為了謀求前程與生計奔走，從早到晚得看富人的冷漠臉色，換來人家吃剩的酒菜圖個溫飽。可用來形容依附權貴，受盡屈辱的心情。

【出處】唐．杜甫〈奉贈韋左丞丈二十二韻〉詩：「……騎驢十三載，旅食京華春。朝扣富兒門，暮隨肥馬塵。殘杯與冷炙，到處潛悲辛……」（節錄）

萬里悲秋常作客，百年多病獨登臺。

長久在外地生活，離家千里之遠，每到秋天便會格外悲傷。人生最多不過活上一百年，還經常為疾病所苦，趁著尚有機會，獨自登上高臺。

【解析】古人在農曆九月九日有登高的習俗，相傳可以避開禍事。這是杜甫晚年在九月九日獨上登臺時所作，他回想自己一生乖舛，如今老邁多病卻還寄寓在異鄉，深感晚景淒涼。可用來形容客居他鄉的人老病衰殘、內心孤寂的情況。

【出處】唐．杜甫〈登高〉詩：「……萬里悲秋常作客，百年多病獨登臺。艱難苦恨繁霜鬢，潦倒新停濁酒杯。」（節錄）

蓬門未識綺羅香，擬託良媒益自傷。

窮苦人家的女兒不知道綾羅綢緞的芳香，想要請媒人說親，又擔心無人欣賞自己，為此暗自悲傷著。

【解析】秦韜玉透過詩中一女子傾訴家境清寒，從小衣著裝扮簡單樸素，到了出嫁的年紀，不敢央人來家裡說媒，唯恐自己的清寒出身遭到對方的嫌棄，語氣中流露出既期待又怕受傷害的無奈，可見當時的婚姻匹配相當重視雙方的門第。可用來形容適婚女子盼望姻緣，卻又自嘆家境清貧，難得良配。

【出處】唐．秦韜玉〈貧女〉詩：「蓬門未識綺羅香，擬託良媒益自傷。誰愛風流高格調，共憐時世儉梳妝……」（節錄）

親朋無一字，老病有孤舟。

親人朋友們全無音訊，陪伴在年老生病的我身旁的只有一葉孤舟。

【解析】杜甫詩中描述自己年老多病卻仍天涯漂泊，生活無依無靠的窘迫處境。可用來形容年老家貧、無親無友的處境。

【出處】唐．杜甫〈登岳陽樓〉詩：「……親朋無一字，老病有孤舟。戎馬關山北，憑軒涕泗流。」（節錄）

雞聲茅店月，人跡板橋霜。

公雞報曉，茅舍上空猶見一片殘月，滿是銀霜的木橋上印著行人的足跡。

【解析】溫庭筠描寫旅人住在用茅草蓋搭的山村小客店裡，即使天色未亮，一聽見雞鳴便起身趕路，走過的足印都清晰地留在結滿寒霜的木橋上。「雞聲」、「茅店」、「月」、「人跡」、「板橋」、「霜」全是名詞，連綴成一幅遊子早行的圖景，意在表現旅人因羈留他鄉所引發的離思愁緒。清人趙翼《甌北詩話》對這兩句詩的評語為：「不著一虛字，而曉行景色，都在目前，此真傑作也。」可用來形容離家遠遊之人，清早趕路的淒冷情景。

【出處】唐．溫庭筠〈商山早行〉詩：「晨起動征鐸，客行悲故鄉。雞聲茅店月，人跡板橋霜。槲（ㄏㄨˊ）葉落山路，枳花明驛牆。因思杜陵夢，鳧（ㄈㄨˊ）雁滿回塘。」

飄飄何所似？天地一沙鷗[1]。

我這樣漂泊不定像是什麼呢？就像是天地間的一隻沙鷗。

【注釋】1.沙鷗：一種常飛翔水岸沙地上的鷗鳥。

【解析】杜甫晚年離開成都後，攜家乘舟東下，展開一段以舟為家的漫長旅程。詩中以「沙鷗」自喻，抒發自己飄零天涯、隨舟顛簸的淒涼境遇，以及心中深沉無奈的孤寂。可形容生活無依，孤獨自傷的遭遇。

【出處】唐．杜甫〈旅夜書懷〉詩：「……名豈文章著，官應老病休。飄飄何所似？天地一沙鷗。」（節錄）

人生到處知何似？應似飛鴻踏雪泥。

人生到處奔走，所到之處知道像是什麼嗎？應該就像那飛雁停踏在雪泥上的爪痕一樣。

【解析】年僅二十六歲的蘇軾，回憶他和弟弟蘇轍當年進京應試時，經過澠池所歷經的一段艱辛崎嶇路程，其後兄弟雖同時考中進士而入仕，但為了宦途東奔西走，不得不和親人分離，行蹤漂泊不定。這個情形在蘇軾看來，就如似那南來北往的雁子，偶然在雪泥上留下指爪的痕跡，但轉眼又要飛走了，而雪泥上的爪印很快地就會隨著融雪消失。可用來形容人生來去匆匆，居無定所，猶如飛鴻踏雪，蹤跡倏忽即逝。

【出處】北宋．蘇軾〈和子由澠池懷舊〉詩：「人生到處知何似？應似飛鴻踏雪泥。泥上偶然留指爪，鴻飛那復計東西？老僧已死成新塔，壞壁無由見舊題。往日崎嶇還記否？路長人困蹇驢嘶。」

山河破碎風飄絮，身世浮沉雨打萍。

國土破碎有如被狂風吹散的柳絮，一生動盪不安，像是被暴雨打的水上浮萍。

【解析】此詩的詩題為〈過零丁洋〉，為文天祥兵敗被元軍俘虜後，搭船經過零丁洋時所寫的。零丁洋，位在今廣東境內，作者借地名「零丁」雙關當時處境

之孤苦艱難。文天祥不幸生在國力衰頹的南宋末世，目睹了山河變色，即使他拚命與元軍奮戰，多年以來幾度出生入死，而今身陷敵人手中，命運完全由不得自己。可用來形容國家危亡之際，百姓身家飄搖無定，個人生命禍在旦夕。

【出處】南宋．文天祥〈過零丁洋〉詩：「辛苦遭逢起一經，干戈寥落四周星。山河破碎風飄絮，身世浮沉雨打萍。惶恐灘頭說惶恐，零丁洋裡歎零丁。人生自古誰無死，留取丹心照汗青。」

不是愛風塵，似被前緣誤。

並非是我生性喜好墜入風塵，成為妓女應該是被前生的因緣所耽誤。

【解析】此詞的作者嚴蕊是南宋時期台州（位在今浙江境內）的一名官妓，當時官府嚴格規定官妓不得與官員私下往來，嚴蕊遭人檢舉，說她與知州唐仲友的關係曖昧，有傷風化。當時擔任浙東常平茶鹽公事（掌管平常稅收和茶鹽稅收的長官）的朱熹，剛好與唐仲友結怨，其將嚴蕊逮捕入獄，杖打到幾乎死去，嚴蕊仍堅持自己絕無罪責。之後朱熹改官，岳飛之子岳霖任浙東提點刑獄公事（簡稱提刑官，負責監督所轄州、府、軍的刑獄、訴訟、平反冤案等事），他命嚴蕊自陳，嚴蕊於是寫了這闋詞，訴說自己因命運的捉弄才淪落風塵，俯仰隨人，希望有機會恢復自由之身，過著尋常人家的生活。岳霖憐憫她病容滿面，神形憔悴，而且始終找不到她犯法的證據，便將嚴蕊釋放，判令從良，從此脫離官妓生涯。可用來形容風塵女子自傷身世，悲嘆人生不由自主的心情。

【出處】南宋．嚴蕊〈卜算子．不是愛風塵〉詞：「不是愛風塵，似被前緣誤。花落花開自有時，總賴東君主。去也終須去，住也如何住？若得山花插滿頭，莫問奴歸處。」

天涯流落思無窮，既相逢，卻匆匆。

淪落在外，內心愁思無盡，人與人之間既然相遇，卻又要猝然分別。

【解析】此詞為蘇軾準備離開徐州至湖州赴任前所作，抒發自己的官宦生涯，四方流離，如無根浮萍般，好不容易在當地結交了新知好友，過不了多久，又被調往他處，不得不與友人別離。可用來形容遊子漂泊天涯，萍蹤無定，不斷歷經與人邂逅又與人告別，心中痛惜悲傷。

【出處】北宋．蘇軾〈江城子．天涯流落思無窮〉詞：「天涯流落思無窮，既相逢，卻匆匆。攜手佳人，和淚折殘紅。為問東風餘幾許？春縱在，與誰同……」（節錄）

日典春衣非為酒，家貧食粥已多時。

每天典當春衣，並不是為了買酒，而是因為家裡貧窮，只靠喝粥果腹，已有好長的一段時間了。

【解析】本詩詩題〈春日偶題呈上尚書丈丈〉，為秦觀寫給錢勰這位曾任尚書的長輩，「丈丈」即是對尊長的稱呼。秦觀詩中向錢勰訴說其來到京城擔任國史院編修官（負責編修國史、會要、實錄的官吏）三年，經濟仍然拮据，迫使他天天都要拿著春衣去當鋪典押，以換取家用。其中「日典春衣非為酒」化用了唐人杜甫〈曲江〉詩「朝回日日典春衣，每日江頭盡醉歸」兩句，秦觀暗示他出入當鋪可不是像前人杜甫是為了給自己買醉，而是一家老小窮到只能食粥的境地，日子過得比當年杜甫還要艱難。可用來抒發生活困乏潦倒的悲哀。

【出處】北宋．秦觀〈春日偶題呈上尚書丈丈〉詩：「三年京國鬢如絲，又見新花發故枝。日典春衣非為酒，家貧食粥已多時。」

此生此夜不長好，明月明年何處看？

我這一生的中秋夜經常過得不好，很少能見到像今夜如此美好的明月，明年的中秋夜，我又會在哪裡看月呢？

【解析】北宋神宗在位期間，蘇軾因與王安石變法的理念不合，自請出任地方官，七年下來，從杭州至密州，之後又被改派到徐州，此詩即是他赴徐州上任那年的中秋所作，尤其難得的是，弟弟蘇轍特地留在徐州陪他共度中秋後才離去。蘇軾詩中回想自己之前東奔西走的官宦生涯，也很珍惜能與手足在中秋團聚賞月，但一想到過了今夜，良宵佳節不在，兄弟分離在即，而不知明年此時此夜，自己將會在何處仰望明月？湧上傷感無限。可用來形容人的行跡無定，縱使良辰美景當前，卻也是短暫不常有的，感慨人生樂少而苦多。

【出處】北宋．蘇軾〈中秋月〉詩：「暮雲收盡溢清寒，銀漢無聲轉玉盤。此生此夜不長好，明月明年何處看？」

此生誰料？心在天山[1]，身老滄洲[2]。

這一生有誰能料想得到呢？我的心一直繫在遙遠的邊疆，身子卻只能在水邊等老。

【注釋】1.天山：位在今新疆維吾爾自治區內，為唐朝時的邊域。此借指邊塞前線。2.滄洲：本指水濱之地，後多來代指隱者的居處。此指陸游晚年閑居山陰的鏡湖水畔。

【解析】陸游中年曾赴南宋西北邊境南鄭，晚年退隱江湖時，仍然對那段戎馬生涯念念不忘，他的畢生心志就是抗金復國，卻受到主和派的排擠，理想抱負未成，而今兩鬢斑白，金人還是未滅，忍不住在詞中抒發年老仍無所作為的怨憤。可用來形容雖懷有報國的一腔熱血，命運卻安排自己在江湖終老的悲愴。

【出處】南宋．陸游〈訴衷情．當年萬里覓封侯〉詞：「當年萬里覓封侯，匹馬戍梁州。關河夢斷何處？塵暗舊貂裘。胡未滅，鬢先秋，淚空流。此生誰料？心在天山，身老滄洲。」

長恨此身非我有，何時忘卻營營？

我經常怨恨身子並不屬於自己所有，什麼時候才能擺脫為功名事業汲營奔逐的生活？

【解析】貶謫至黃州的蘇軾，詞中除了感傷身不由己，也對自幼立下經世濟民的志向，是否還要堅持下去興起了懷疑思考，畢竟當時的學子日夜苦讀，全心致力於科舉，無不是為了光耀門楣和成就個人功業，只不過蘇軾在中第之後，宦海沉浮了二十餘載，竟還落得罪人的身分，不免對功名這個世俗枷鎖感到厭煩，嚮往過著從心所欲的日子。可用來形容無法掌握人身命運的苦悶，欲脫離塵俗紛擾卻又脫離不了。

【出處】北宋．蘇軾〈臨江仙．夜飲東坡醒復醉〉詞：「夜飲東坡醒復醉，歸來彷彿三更。家童鼻息已雷鳴。敲門都不應，倚杖聽江聲。長恨此身非我有，何時忘卻營營？夜闌風靜縠紋平。小舟從此逝，江海寄餘生。」

塵埃[1]落魄誰如我？一事無成白髮生。

這世上沉淪潦倒的境遇，有誰能和我相比呢？如今已生出白髮，卻還是什麼事情都沒能做成。

【注釋】1. 塵埃：此指社會的低層。

【解析】張耒雖為「蘇門四學士」之一，但一生仕途蹭蹬，偃蹇困窮，他寫此詩給曾向自己問學的晁應之，一方面自嘆身世落魄，命途坎坷，白首無成，一方面激勵晁應之要承襲家風，畢竟晁氏家族在宋朝累代考取進士者達數十人，除了在官場上備受歷任皇帝重用，更讓人稱道的是他們在文學上的成就，如晁端友、晁端禮、晁補之、晁沖之、晁說之等，皆一時名士，可謂人才濟濟，連一代文豪蘇軾都對晁氏家族發出「信乎其家多異材也」的讚賞之詞。由此不難看出，張耒刻意對比兩人懸殊的家世門第，提醒晁應之應當珍惜先人留給後輩優越的學習環境，更加上進努力才是。可用來形容家境清貧，見年華老去又毫無成就，所生出的悲苦情懷。

【出處】北宋．張耒〈寄晁應之〉詩二首之二：「瑜珥瑤環豁眼明，碧梧翠竹照人清。同車汲黯今難忮，挾彈潘郎舊有名。自是風流襲家世，行看談笑取公卿。塵埃落魄誰如我？一事無成白髮生。」

夢裡不知身是客，一晌貪歡。

只有在睡夢中，才能忘記自己身不由主的事實，貪戀那片刻的歡樂時光。

【解析】李煜從南唐一國之主，被俘虜到汴京成為北宋朝廷的階下囚，起居作息全無人身自由，唯有在夢境之中，才得以獲得短暫的解脫，可見在現實生活中，他沒有絲毫的快樂可言。可用來形容人的處境苦不堪言，睡夢中的美好情事，成了唯一的心靈寄託。

【出處】五代．李煜〈浪淘沙．簾外雨潺潺〉詞：「簾外雨潺潺，春意闌珊。羅衾不耐五更寒。夢裡不知身是客，一晌貪歡。獨自莫憑闌，無限江山，別時容易見時難。流水落花春去也，天上人間。」

獨行獨坐，獨唱獨酬還獨臥。

一個人走著，一個人坐著，一個人吟歌，一個人唱和，乃至躺臥在床上，也都只有我一個人。

【解析】朱淑真詞中描寫一名女子從白天開始，無論坐立都是孤形單影，並且同時扮演著相互唱和詩詞的兩個角色，到了夜晚就寢，依然孤零零地獨自挨過那漫漫長夜。作者連續用了五個「獨」字，充分表現出女子在現實生活中無人可說或難以向人提及的孤立無助景況。可用來形容人處在煢煢孑立的獨居狀態。

【出處】南宋．朱淑真〈減字木蘭花．獨行獨坐〉詞：「獨行獨坐，獨唱獨酬還獨臥。佇立傷神，無奈輕寒著摸人。此情誰見？淚洗殘妝無一半。愁病相仍，剔盡寒燈夢不成。」

恨天涯流落客孤寒，嘆英雄半世虛幻。

怨恨自己漂泊天涯，如過客般孤單無依，感嘆空有英雄般的才志，大半輩子卻過得如此空幻不實。

【解析】這兩句曲詞出自元代雜劇家金仁傑《追韓信》劇作，此劇以楚、漢相爭的故事為題材，描述秦、漢之際名將韓信的生平遭遇。曲詞是劇中人物韓信的唱詞，發洩其決心離開漢營時，充塞胸臆那股託足無門、英雄失路的憤慨。韓信因出身貧困，成長過程飽受欺凌，但他心懷遠大的抱負，故含羞忍辱，等待別具慧眼的伯樂出現；先是投靠項羽，後轉奔劉邦，兩人卻都沒有發現他的軍事長才，不得已憤而出走。蕭何一聽聞消息，立刻月下策馬追回韓信，使其成為劉邦麾下的一員大將，最後協助劉邦擊敗項羽。可用來形容人才遭受冷落，大半生在外地漂泊，歷經憂患。

【出處】元．金仁傑《追韓信．第二折》之〈新水令〉曲：「恨天涯流落客孤寒，嘆英雄半世虛幻。坐下馬空踏遍山水雄，背上劍枉射得斗牛寒，恨塞於天地之間。雲遮斷玉砌雕欄，按不住浩然氣透霄漢。」

一卷〈離騷〉一卷經，十年心事十年燈。

每天陪伴我的是一卷又一卷的〈離騷〉和佛經，十年下來的重重心事，只能夜夜對著青燈獨自傷感。

【解析】此詞為清朝中葉女詞人吳藻婚後所作，寫其在秋風冷雨、古卷燈下回首歷歷往事的沉重哀傷。作者將其心思寄託在戰國屈原抒發別愁憤恨的〈離騷〉以及佛家經典，前者是她浪漫青春時期所鍾愛的文學作品，當時的她「著男裝，痛飲酒，讀〈離騷〉」，神采煥發；後者是她面對現實苦痛而選擇皈依佛門後的精神慰藉，暗示其婚姻生活充溢著苦悶與無奈。可用來形容人的心緒哀愁憂苦，無人理解，故藉由讀書消磨孤獨時光。

【出處】清．吳藻〈浣溪沙．一卷離騷一卷經〉詞：「一卷〈離騷〉一卷經，十年心事十年燈。芭蕉葉上聽秋聲。欲哭不成還強笑，諱愁無奈學忘情。誤人猶

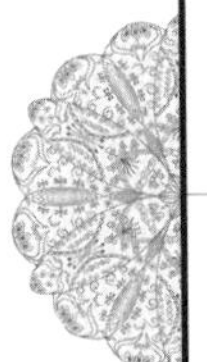

是說聰明。」

才自精明志自高，生於末世運偏消。

（賈探春）本來就是一個精幹聰明的才女，志向也很高遠，卻生在家道衰落的時候，運氣偏偏愈來愈不濟。

【解析】此為《紅樓夢》故事主人公賈寶玉夢遊太虛幻境時所見〈金陵十二釵正冊〉裡對賈探春的判詞，預示其性格與運命結局。賈探春是賈寶玉同父異母的妹妹，母親是賈政的妾趙姨娘，她天資精敏，才高意廣，可惜的是，她出生在賈府由鼎盛邁向衰敗的年代，以及在當時封建傳統思想下，非正妻所生的庶出子女，是不會被家族重視的，尤其她的母親趙姨娘和同母弟賈環，兩人言語粗俗，品性卑劣，令賈府長輩史太君與賈政正妻王夫人十分惡嫌，這也是賈探春的青雲志難以伸展的因由之一，作者最後安排賈探春乘船遠嫁沿海地區，與家族的關係如似斷了線的風箏。可用來形容人的才思敏捷，志在千里，卻不幸生於亂世或遭逢家道中落，運氣不佳，以致才志被埋沒。

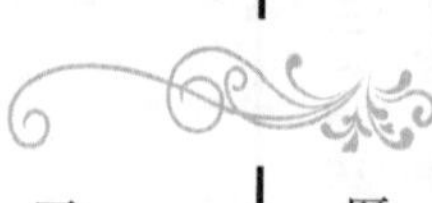

【出處】清・曹雪芹《紅樓夢・第五回》之〈金陵十二釵正冊判詞〉詩十一首之三：「才自精明志自高，生於末世運偏消。清明涕送江邊望，千里東風一夢遙。」

全家都在風聲裡，九月衣裳未剪裁。

一家大小都蜷縮在屋內，聽著那淒冷的風聲，凍到發抖，時序已經九月了，理當是要準備冬天禦寒衣服的時候，卻至今都還沒有能力來裁製呢！

【解析】清代詩人黃景仁，雖生活於乾隆盛世，但他短暫的一生幾乎都在貧病交迫中度過，去世時年僅三十五歲。此詩寫其家徒四壁，冷風從住處的各個縫隙間吹入，全家在寒秋已受盡風寒，保暖的衣物都還不知去哪裡籌錢來縫製，這也意味著冬天來臨時，一家人的處境將更慘不忍睹。可用來形容窮苦人家飽受飢寒，衣不蔽體。

【出處】清・黃景仁〈都門秋思〉詩四首之三：「五劇車聲隱若雷，北邙惟見塚千堆。夕陽勸客登樓去，山色將秋繞郭來。寒甚更無脩竹倚，愁多思買白楊栽。全家都在風聲裡，九月衣裳未剪裁。」

兩腳踏翻塵世路，一肩擔盡古今愁。

兩隻腳把世間的道路都踏遍，一肩扛起古今人們所有的愁苦。

【解析】清仁宗嘉慶年間，通州（位在今北京市境內）郊外一間破廟裡死了一名來自永嘉的（位在今浙江溫州市境內）乞丐，州官接到報案後來到現場，發現乞丐身旁留有這一首詩，抒寫其長期漂泊無定，雙腳走遍了大江南北，一路奔波勞累，所到的每一處，看見人民生活疾苦，便會心生哀憐，恨不得能為眾生承擔憂愁。令人感佩的是，這名乞丐即使淪落江湖，嘗盡人間冷暖，臨死前依然心存慈悲，願意代替所有的世人受苦，可見其胸襟之偉大。州官後來命人將乞丐埋葬，碑上寫著「永嘉詩丐之墓」，故其有「通州詩丐」和「永嘉詩丐」兩種稱呼。可用來形容人的一生窮愁潦倒，飽經風霜，備嘗辛苦。

【出處】清・通州詩丐〈絕命詩〉詩：「賦性生來是

野流，手持竹杖過通州。飯籃向曉迎殘月，歌板臨風唱晚秋。兩腳踏翻塵世路，一肩擔盡古今愁。而今不受嗟來食，村犬何須吠未休？」

芒鞋破缽無人識，踏過櫻花第幾橋？

腳下穿著草鞋，手上托著破缽，走在沒有人認識我的地方，路上滿是櫻花，就這樣不知經過了多少座的橋？

【解析】一代詩僧蘇曼殊寫其隻身來到日本，任憑春雨吹拂臉上，腳底踩著紛飛一地的櫻花，沿路托缽化緣，當下讓他湧上一股天涯飄零的孤獨感觸。可用來形容人在異地踽踽獨行，身邊無可依靠的淒涼處境。

【出處】清末民初．蘇曼殊〈本事詩〉詩十首之九：「春雨樓頭尺八簫，何時歸看浙江潮？芒鞋破缽無人識，踏過櫻花第幾橋？」

自娛自適

晝短苦夜長，何不秉燭遊？

與其煩惱白天太短而黑夜太長，那為什麼不拿著燭火，整夜不停地遊樂呢？

【解析】東漢末年，戰亂不斷，整個社會動盪不安，人們滿腔的苦悶無處宣洩，終日抑鬱寡歡。這首詩所要強調的是，既然人生如此短促，煩憂的問題一時之間又無法解決，何不拋開一切的顧慮，盡情地去享受快樂或做自己真心想做的事情，不要再被現實生活的壓力給束縛住，讓精神得以自由。清人方東樹《昭昧詹言》評曰：「起四句奇情奇想，筆勢崢嶸飛動。」可用來勉人應當及時為樂或抓緊時間以完成願望。

【出處】東漢．佚名〈古詩十九首〉詩十九首之十五：「生年不滿百，常懷千歲憂。晝短苦夜長，何不秉燭遊？為樂當及時，何能待來茲？愚者愛惜費，但為後世嗤。仙人王子喬，難可與等期。」

久在樊籠裡，復得返自然。

長久被困在囚籠裡面，到現在終於可以重返大自然。

【解析】陶淵明詩中抒發其長期承受極大的社會現實壓力，不得不讓他違背自己的情志走入仕途，但最終還是選擇順應自己的本性，勇敢擺脫世俗的藩籬，辭官歸隱田野鄉間。明末學者黃文煥《陶詩析義》評曰：「『返自然』三字，是歸園田大本領，諸首之總綱。」意味著陶淵明這五首〈歸園田居〉組詩所要表達的重點，就是擺脫塵俗的桎梏，回歸他所熱愛的自然之懷抱。可用來形容久受俗世束縛的人，寄身山水，心靈舒暢快慰。

【出處】東晉．陶淵明〈歸園田居〉詩五首之一：「……戶庭無塵雜，虛室有餘閑。久在樊籠裡，復得返自然。」（節錄）

少無適俗韻，性本愛丘山。

從小就沒有投合世俗的氣韻，生性本來就喜愛山林風光。

【解析】陶淵明在詩中說明自己的個性與官場的風氣格格不入，不懂得逢迎拍馬，難以融入當時的世態人情，內心真正想要過的是閑適無爭的郊居生活，經過一段時間的思索，他決定拋棄官職，返鄉種田，做回原本的自己，不願再為了區區俸祿而讓自己鬱鬱不樂。可用來形容人天生不善於和塵俗世事往來，愛好與自然山野為伍，寧靜自得。

【出處】東晉．陶淵明〈歸園田居〉詩五首之一：「少無適俗韻，性本愛丘山。誤落塵網中，一去三十年……」（節錄）

忽與一觴酒，日夕歡相持。

趕快送上一杯酒來，讓我們從早到晚酣暢淋漓地歡飲吧！

【解析】這兩句詩是陶淵明抒寫其對人世間的衰榮無定、禍福相倚的體會後，心境豁然開朗，不再為了變遷無常的世事而感到患得患失，便與好友日以繼夜開懷飲酒，不醉不歸，表現其淡然自若的生活態度。可用來形容日夜盡興暢飲，心情歡欣無比。

【出處】東晉．陶淵明〈飲酒〉詩二十首之一：「衰榮無定在，彼此更共之。邵生瓜田中，寧似東陵時。寒暑有代謝，人道每如茲。達人解其會，逝將不復疑。忽與一觴酒，日夕歡相持。」

採菊東籬下，悠然見南山。

在東邊的籬笆下摘採菊花，無意間抬起頭來望見南邊的山。

【解析】辭官耕隱後的陶淵明，寫其在竹籬下隨意採菊時，並未想到山，偶然間舉頭卻見遠山就在眼前的景象，表現其隱居生活沉浸在一種悠然忘情的閑趣之中。北宋蘇軾在〈題淵明〈飲酒〉詩後〉寫道：「因採菊而見山，境與意會，此句最有妙處。」另近人王國維《人間詞話》評論這兩句詩：「無我之境，以物觀物，故不知何者為我，何者為物。」可用來形容徜徉田園山野間，陶然自得。

【出處】東晉．陶淵明〈飲酒〉詩二十首之五：「……採菊東籬下，悠然見南山。山氣日夕佳，飛鳥相與還。此中有真意，欲辨已忘言。」（節錄）

結廬在人境，而無車馬喧。問君何能爾？心遠地自偏。

我把房屋建造在人群聚居的地方，卻一點都沒有感受到車馬的喧囂聲，我問自己為什麼能夠做到呢？那是因為心遠離了塵俗，自然就覺得住的地方僻靜了。

【解析】陶淵明在詩中自問自答，表明自己的心境閑寂淡泊，寧靜致遠，即使置身大街鬧市也像是處於荒鄉僻壤，完全不為凡塵俗世的熱鬧繁華所動搖。可用來形容人心閑逸高遠，無論身處何地都不會因外在紛擾而煩惱。

【出處】東晉．陶淵明〈飲酒〉詩二十首之五：「結廬在人境，而無車馬喧。問君何能爾？心遠地自偏……」（節錄）

試酌百情遠，重觴忽忘天。

這酒初飲一杯，感覺各種情感紛紛離我遠去，連續飲了數杯，一下子就忘了天的存在。

【解析】此詩詩題為〈連雨獨飲〉。有故交老友送來好酒給陶淵明，說飲了之後可以成為神仙，詩人便在連日下雨的天氣，一個人獨自飲酒，發覺果然達到了忘情忘天的境界，體認到人與天地萬物本為一體，而人應當順應自然運化，樂天知命，就不會覺得自己與天地萬物有何不同，也不會再心存成仙的幻想，無端讓精神受到百般情欲的牽累。想想，他那位贈酒老友口中所謂的「飲得仙」指的就是這樣美妙的感受吧！可用來形容喝酒後感到飄然忘我的率真情態。

【出處】東晉．陶淵明〈連雨獨飲〉詩：「運生會歸盡，終古謂之然。世間有松喬，於今定何間？故老贈余酒，乃言飲得仙。試酌百情遠，重觴忽忘天。天豈去此哉？任真無所先……」（節錄）

此處不留人，自有留人處。

這裡不願意留我下來，自然有別的地方願意留住我。

【解析】這首詩的作者是南朝陳後主陳叔寶，在位期間，荒淫無度，不理政事，隋大軍南下進攻時，他依恃長江天險，毫無防備，終導致陳亡國。陳叔寶的後宮佳麗無數，又對張貴妃特別寵愛，未亡國之前，往往大半年才會出現在沈皇后的住處，去了又馬上想要離開，還怪罪沈皇后不挽留他而寫下此詩。本是心早就不在沈皇后身上的陳後主寫來推卸責任的詩，後來卻被人們用來自我解嘲，若不被某人接納或在某處不受歡迎，就用此詩來勸慰自己，畢竟世界之大，一定找得到一處屬於自己的棲身立足之所。可用來安慰自己或失意人，因某人或在某處遭受挫折，可往他人或他處另謀發展，樂觀以對。

【出處】南朝陳．陳後主陳叔寶〈戲贈沈后〉詩：「留人不留人，不留人也去。此處不留人，自有留人處。」

一船明月一竿竹，家住五湖[1]歸去來。

撐著一竿竹篙，船舟上載滿明亮的月光，回到我位於太湖一帶的故鄉。

【注釋】1.五湖：此指太湖。作者羅隱為浙江餘杭人，太湖橫跨江蘇、浙江兩省，故借五湖喻指家鄉。

【解析】羅隱到京城長安求取功名失利，心灰意冷之餘來到附近的遊覽勝地曲江排解鬱悶，進而產生了不如歸去的念頭。可用來形容歸鄉隱居的生活情境。

【出處】唐．羅隱〈曲江春感〉詩：「江頭日暖花又開，江東行客心悠哉。高陽酒徒半凋落，終南山色空崔嵬。聖代也知無棄物，侯門未必用非才。一船明月一竿竹，家住五湖歸去來。」

人生如此自可樂，豈必局束為人鞿[1]？

（登山遊寺，放情山水）這樣的人生自然可以獲得快樂，又何必受人牽制，像被套上馬韁一樣呢？

【注釋】1.鞿：音ㄐㄧ，馬口中的韁繩。

【解析】韓愈的官宦生涯沉浮起落，經常讓他有身不由己之感，此次藉由和幾位同好漫遊山水風光，從中領悟出人生實不必作繭自縛，成日為官場上的紛擾而煩惱不已。可用來抒發渴望回歸自然，享受清閑，不受拘束的生活。

【出處】唐．韓愈〈山石〉詩：「……人生如此自可樂，豈必局束為人鞿？嗟哉吾黨二三子，安得至老不更歸。」（節錄）

山中無曆日，寒盡不知年。

住在山裡，沒有曆書可看，等到寒冷的日子過去，還不知道一年已經過完了。

【解析】作者太上隱者的生平來歷無人知曉，有好事者人問其姓名，他都不回答，只留下此一詩作，描寫自己隱居幽靜山林，與世隔絕，而不知年歲的流逝。

可用來形容隱逸生活的逍遙自在。

【出處】唐．太上隱者〈答人〉詩：「偶來松樹下，高枕石頭眠。山中無曆日，寒盡不知年。」

山光悅鳥性，潭影空人心。

山色風光，使鳥兒顯出欣悅的本性而輕快地鳴叫，清澈的潭水倒映出山的景色，使人心淨化到空靈的境界。

【解析】詩人常建在清晨遊禪寺後院時，見大自然的山光潭影、花林鳥鳴等幽靜景色，領悟到人不該被塵俗雜念所困惱，從而遮蔽了本應怡然純淨的心靈。可用來形容自然風景能使人心獲得平靜安寧。

【出處】唐．常建〈題破山寺後禪院〉詩：「清晨入古寺，初日照高林。竹徑通幽處，禪房花木深。山光悅鳥性，潭影空人心。萬籟此都寂，但餘鐘磬音。」

山寺鳴鐘晝已昏，漁梁[1]渡頭爭渡喧。

山裡的寺院傳來了鐘聲，天色已近黃昏，在漁梁渡口處，人們爭著上船過河，急著趕要回家，場面熱鬧喧嘩。

【注釋】1.漁梁：一種築堰阻水捕魚的設施。

【解析】本詩詩題為〈夜歸鹿門歌〉。鹿門，即鹿門山，位在今湖北襄陽市境內，古來因有高士隱居於此，故被後人視為隱逸聖地。赴京求仕不順的孟浩然，經過數年的遊歷後，決心效法先人的步履，也在鹿門山闢一寓所，從他原本的住家渡船過河，幾個小時便可到達。詩中即是描寫其傍晚在渡船口搭船時的所見所聞，表現出詩人優游於俗世喧囂與歸隱山林之間，閑適自得的灑脫情懷。可用來形容不受外在環境干擾，心境恬淡平和，超然自逸。

【出處】唐．孟浩然〈夜歸鹿門歌〉詩：「山寺鐘鳴晝已昏，漁梁渡頭爭渡喧。人隨沙路向江村，余亦乘舟歸鹿門。鹿門月照開煙樹，忽到龐公棲隱處。巖扉松徑長寂寥，惟有幽人夜來去。」

五嶽[1]尋仙不辭遠，一生好入名山遊。

為了尋訪仙人，攀登五嶽也不在意路途遙遠，一生最熱愛的便是遨遊名山。

【注釋】1.五嶽：指中嶽嵩山、東嶽泰山、西嶽華山、南嶽衡山以及北嶽恆山。

【解析】本句出自李白〈廬山謠寄盧侍御虛舟〉詩。廬山，位在今江西九江市境內。侍御，職官名，也稱侍御史，負責糾察彈劾百官。李白寫此詩給擔任殿中侍御史的盧虛舟，抒發自己寄情山水的情懷，以及渴望隱居山中學道成仙，從此身心得以自在逍遙。可用來形容愛好遊歷，不畏路遙艱險。也可用來表達縱情山林奇景，嚮往隱退避世的生活。

【出處】唐．李白〈廬山謠寄盧侍御虛舟〉詩：「……五嶽尋仙不辭遠，一生好入名山遊。廬山秀出南斗傍，屏風九疊雲錦張，影落明湖青黛光。金闕前開二峰長，銀河倒掛三石梁。香爐瀑布遙相望，迴崖沓嶂凌蒼蒼……」（節錄）

今朝有酒今朝醉，明日愁來明日愁。

今天有酒就今天喝醉，明天的憂愁留到明天再來愁煩吧！

【解析】本詩詩題為〈自遣〉。自遣，意即自己排遣心中愁悶的情緒。詩人羅隱一生仕途坎坷，屢試不第。他在詩中告誡自己應暫時拋卻所有的煩憂，把握當下的歡樂，表面上看似自在灑脫，實是在抒發對乖舛命運的無可奈何。可用來形容及時行樂，不錯過人生難得的歡愉時光。

【出處】唐．羅隱〈自遣〉詩：「得即高歌失即休，多愁多恨亦悠悠。今朝有酒今朝醉，明日愁來明日愁。」

天生我材必有用，千金散盡還復來。

上天生下像我這樣材質的人，一定有我的可用之處，縱使花光了鉅額的金錢，也會有再賺回來的

時候。

【解析】李白認為人人都有其天賦的才能，也正因如此，他不執著於錢財等身外之物，相信上天早已賜與每一個人存活在世的本事。可用來表示任何人都有自己的長處，只要不自我放棄，一定會找到適合自己的出路。

【出處】唐．李白〈將進酒〉詩：「……人生得意須盡歡，莫使金樽空對月。天生我材必有用，千金散盡還復來……」（節錄）

且樂生前一杯酒，何須身後千載名？

且享受活著時候的一杯酒吧！哪裡需要死後流傳千年的名聲呢？

【解析】西晉人張翰因見秋風起而思念家鄉吳中（位在今江蘇蘇州市）的菰菜、蓴羹、鱸膾，於是棄官歸鄉，留下「使我有身後名，不如即時一杯酒」的名言。李白詩中也表達他渴望能像張翰一樣心胸曠達，放下對名位的追求，終老醉鄉。可用來形容縱情適性，活在當下的心境。

【出處】唐．李白〈行路難〉詩三首之三：「……君不見吳中張翰稱達生，秋風忽憶江東行。且樂生前一杯酒，何須身後千載名？」（節錄）

出入唯山鳥，幽深無世人。

在如此幽寂深邃的地方，出入的只有山鳥，沒有一般世俗的人。

【解析】王維在長安藍田輞川別業附近有一處勝景，名為「竹里館」，因房屋周遭都是竹林，故名之。裴迪乃王維的摯友，他前來王維的別墅小住一段時間後，發現自己的心靈日益與大自然相互貼近，精神超然物外，不為物欲所牽絆。可用來形容久居山林，遠離人群，心境澹泊曠達，超然自得。

【出處】唐．裴迪〈竹里館〉詩：「來過竹里館，日與道相親。出入唯山鳥，幽深無世人。」

田夫荷鋤至，相見語依依。

農夫荷著鋤頭站著，大家見面談天，彷彿不捨得離開的樣子。

【解析】王維詩中描寫農夫們在夕陽西照下結束工作歸來，彼此開懷地互道家常的和樂情景，表現出鄉村人家恬然自得的人情和趣味。可用來抒發對田園閑逸平靜生活的想望。

【出處】唐．王維〈渭川田家〉詩：「斜光照墟落，窮巷牛羊歸。野老念牧童，倚杖候荊扉。雉雊麥苗秀，蠶眠桑葉稀。田夫荷鋤至，相見語依依。即此羨閑逸，悵然吟式微。」

多病所須唯藥物，微軀此外更何求？

身體多有病痛，所需要的只有藥物而已，除此之外，這微不足道的身軀哪還有什麼要求？

【解析】此詩為杜甫晚年閑居成都浣花草堂時所作，詩中敘寫江村的山水幽情以及生活逸趣，也表明當前所需除減緩病痛的藥品之外，其他外物皆一無所求。清人黃生《杜詩說》評曰：「杜律不難於老健，而難於輕鬆。此詩見瀟灑流逸之致。」可用來形容雖年老多病，但一切自給自足的恬適心境。

【出處】唐．杜甫〈江村〉詩：「……老妻畫紙為棋局，稚子敲針作釣鉤。多病所須唯藥物，微軀此外更何求？」（節錄）

行到水窮處，坐看雲起時。

沿著水岸邊漫步，走到盡頭時便坐下來看雲霧冉冉升起。

【解析】王維描述置身大自然中，隨時都可停下來欣賞山林美景，領略水窮雲起的機趣，充分表現其心靈自足圓滿、行止自在從容之境界。清人黃生《唐詩摘鈔》云：「水窮雲起，盡是禪機。林叟閑談，無非妙諦矣。」可用來形容人隨遇而安的閑適情懷。

【出處】唐．王維〈終南別業〉詩：「中歲頗好道，

晚家南山陲。興來每獨往，勝事空自知。行到水窮處，坐看雲起時。偶然值鄰叟，談笑無還期。」

我醉君復樂，陶然共忘機。

我與你共飲酒，我喝到醉了，而你也感覺非常快樂，兩人陶醉歡喜地忘記俗世的機巧算計。

【解析】李白詩中描寫他從終南山下山時，尋訪一位複姓斛斯的隱士，兩人一同乾杯暢飲，歡樂高歌，直到夜深星稀，詩人早已醉得渾然忘我，同時也讓其忘卻了人世間一切的爭名奪利、巧詐機心。可用來形容與好友知己開懷暢飲、酣醉自得的心情。

【出處】唐．李白〈下終南山過斛斯山人宿置酒〉詩：「暮從碧山下，山月隨人歸。卻顧所來徑，蒼蒼橫翠微。相攜及田家，童稚開荊扉。綠竹入幽徑，青蘿拂行衣。歡言得所憩，美酒聊共揮。長歌吟松風，曲盡河星稀。我醉君復樂，陶然共忘機。」

我醉欲眠卿且去，明朝有意抱琴來。

我已喝醉想睡了，你先離開吧！如果明天還有興致的話，請你抱琴過來再與我相會。

【解析】李白詩中描寫其與隱居山中的友人開懷暢飲，兩人因意氣相投，不拘泥客套禮節，喝到酩酊欲睡便直言謝客，並請友人明日攜琴再來痛飲作樂。可用來形容快意酣飲，態度率真灑脫。

【出處】唐．李白〈山中與幽人對酌〉詩：「兩人對酌山花開，一杯一杯復一杯。我醉欲眠卿且去，明朝有意抱琴來。」

松風吹解帶，山月照彈琴。

松林間的風吹開了我的衣帶，山上的明月映照著正在彈琴的我。

【解析】王維藉由描寫其於松林月下解帶彈琴的生活情景，表達其厭倦了世俗紛擾，嚮往不受拘束且與大自然交融的超然心境。可用來形容隱逸山林，擺脫塵世羈絆的閑放心情。

【出處】唐．王維〈酬張少府〉詩：「……松風吹解帶，山月照彈琴。君問窮通理，漁歌入浦深。」（節錄）

青篛笠[1]，綠蓑衣[2]，斜風細雨不須歸。

頭上戴著青色的笠帽，身上披著綠色的蓑衣，此時風斜斜地吹，雨細細地飄，而釣魚的人卻一點都不想回去。

【注釋】1.篛笠：指篛葉製成的笠帽。2.蓑衣：蓑草編成的雨衣。

【解析】張志和久居江湖之中，自稱「煙波釣徒」。他每每釣魚，都不設餌，志不在魚，而是樂在享受那份閑適的意趣。詞中描寫漁人徜徉於風雨中垂釣的情景，縱使雨飄打在身上，他依然顯得從容瀟灑、自得其樂的模樣。可用來形容人在風雨中悠然自若的樣子。

【出處】唐．張志和〈漁歌子．西塞山前白鷺飛〉詞：「西塞山前白鷺飛，桃花流水鱖魚肥。青篛笠，綠蓑衣，斜風細雨不須歸。」

春水碧於天，畫船聽雨眠。

春來時，江水比天空還要清澈碧綠，下雨時，人們在彩繪的船隻上聽著雨聲沉沉睡去。

【解析】韋莊藉由描寫春天長江以南一帶，江水澄湛翠綠，人臥在畫船中，聽著雨聲入眠的情景，說明江南景色如畫，人們生活愜意逍遙。可用來形容春日泛舟聽雨的閑適情趣。

【出處】唐．韋莊〈菩薩蠻．人人盡說江南好〉詞：「人人盡說江南好，遊人只合江南老。春水碧於天，畫船聽雨眠……」（節錄）

春潮帶雨晚來急，野渡無人舟自橫。

春天的傍晚，一場驟雨使潮水急遽升高，水勢湍急，郊野的渡口毫無人煙，只有一艘小船橫在水面上，隨意漂盪著。

【解析】此為韋應物擔任滁州（位在今安徽境內）刺史期間所作，寫其春遊城西郊外的一條溪澗，突然暮雨奔騰，潮水上漲，而此時整個村野渡口只見一葉孤舟在雨中飄移晃盪，在如此惡劣天氣的當下，表現出一種任舟漂泛遨遊的恬適情懷。可用來形容人在風雨危急時，仍能保持閑適淡泊的心境。其中「春潮帶雨晚來急」一句，另可用來比喻事情的狀況急速變化到難以掌控的趨勢，或一股來勢洶洶到無法抵擋的社會潮流。還可用來形容春日晚潮，大雨淅瀝，小船任流水自在搖晃的景象。

【出處】唐．韋應物〈滁州西澗〉詩：「獨憐幽草澗邊生，上有黃鸝深樹鳴。春潮帶雨晚來急，野渡無人舟自橫。」

相看兩不厭，
只有敬亭山[1]。

能夠和我對看著彼此而不感到厭煩的，只剩下敬亭山了！

【注釋】1.敬亭山：位在今安徽宣城市北部。

【解析】李白詩中將敬亭山擬人化，藉由描寫其與敬亭山凝視對望而互不厭倦，表達其對敬亭山的深厚情感。可用來形容遠離世俗的紛擾喧鬧，走進大自然的悠閑情趣。

【出處】唐．李白〈獨坐敬亭山〉詩：「眾鳥高飛盡，孤雲獨去閑。相看兩不厭，只有敬亭山。」

若不休官去，
人間到老忙。

若不辭官離去，活在世間就等同是從年輕忙碌到年老。

【解析】白居易詩中表達的是其對官場生涯的倦怠，希望能夠趁早辭去官職，餘生回歸為平凡百姓，直到終老。可用來抒發對眼下的官名利祿無所眷戀，渴望安逸自在的閑居生活。

【出處】唐・白居易〈錢侍郎使君以題廬山草堂詩見寄因酬之〉詩：「殷勤江郡守，悵望掖垣郎。慚見新瓊什，思歸舊草堂。事隨心未得，名與道相妨。若不休官去，人間到老忙。」

倚杖柴門外，臨風聽暮蟬。

拄著手杖，佇立在柴門外，迎著晚風，細聽蟬的鳴聲。

【解析】此詩詩題〈輞川閑居贈裴秀才迪〉。輞川，位在今陝西西安藍田縣南終南山下，宋之問原有別業在此，後被王維購得。王維晚年寫此詩贈好友裴迪，敘述其幽居山林，倚門迎風，聆聽蟬鳴的閑適生活。近人高步瀛《唐宋詩舉要》評曰：「自然流轉，而氣象又極闊大。」可用來抒發人閑居山間鄉野時悠然自得的心境。

【出處】唐・王維〈輞川閑居贈裴秀才迪〉詩：「寒山轉蒼翠，秋水日潺湲。倚杖柴門外，臨風聽暮蟬……」（節錄）

迴看天際下中流，巖上無心雲相逐。

回身一看，水流從遙遠的天邊直奔而下，巖石上的白雲，正自在地相互追逐。

【解析】此詩為柳宗元遭貶謫永州（位在今湖南境內）期間遊城外西山時所作，詩中描寫一名倘佯在青山綠水間的漁翁與大自然的相契之情。其中「巖上無心雲相逐」乃東晉陶淵明〈歸去來兮辭〉之「雲無心以出岫」句脫化而來，表現出詩人對不受羈束、自由安適生活的嚮往。可用來形容寄情山水白雲，抒發孤清飄逸的情懷。

【出處】唐・柳宗元〈漁翁〉詩：「漁翁夜傍西巖宿，曉汲清湘燃楚竹。煙銷日出不見人，欸乃一聲山水綠。迴看天際下中流，巖上無心雲相逐。」

晚年唯好靜，萬事不關心。

年老的我只愛好清靜，對於所有的事情都不放在心上。

【解析】此詩為王維寫與一名張姓縣尉的回信，表達自己到了晚年，渴望寧靜平和，只想優游於山林之間，一切塵事已不入於耳也不著於心。可用來形容心境恬靜淡泊，超脫塵外，不為世俗所束縛。

【出處】唐・王維〈酬張少府〉詩：「晚年唯好靜，萬事不關心。自顧無長策，空知返舊林……」（節錄）

晚風吹行舟，花路入溪口。

傍晚的陣陣輕風，吹拂著正在行進中的小船，兩岸春花開遍，一路直到溪口。

【解析】本詩詩題為〈春泛若耶溪〉。若耶溪，位在今浙江紹興市東南。綦（ㄑㄧˊ）毋潛描寫其懷抱著尋幽探奇的情致，駕舟出遊，沿途任輕舟隨風吹送，穿行過春花夾岸的溪口。詩意流露出一種安然自在的閑適情懷。可用來形容臨溪泛舟，景色幽美，心境隨遇而安。

【出處】唐・綦毋潛〈春泛若耶溪〉詩：「幽意無斷絕，此去隨所偶。晚風吹行舟，花路入溪口。際夜轉西壑，隔山望南斗。潭煙飛溶溶，林月低向後。生事且瀰漫，願為持竿叟。」

深林人不知，明月來相照。

住在這幽深山林中並沒有人知道，只有天上明月前來照耀我。

【解析】王維詩中描寫其晚年隱居在幽深山林，遠離喧囂人群，過著終日與琴聲、長嘯聲以及大自然為伴的閑逸生活。明末學者唐汝詢《唐詩解》評曰：「林間之趣，人不易知，明月相照，似若會意。」可用來形容在月夜竹林下，享受著清幽靜謐的獨處樂趣。

【出處】唐・王維〈竹里館〉詩：「獨坐幽篁裡，彈琴復長嘯。深林人不知，明月來相照。」

清時有味是無能，閑愛孤雲靜愛僧。

在清平時期，像我這樣無能的人卻玩得很盡興，閑暇時喜歡如孤雲般的逍遙自在，安靜時喜歡像僧人一樣的泰然平和。

【解析】此為杜牧即將離開長安，前往湖州（古稱吳興）擔任刺史時所作。表面上是說天下太平而自己才學平庸，故能如孤雲老僧般的隨性淡泊，實際上是藉由反話來抒發對現實的不滿。也就是說，當時的政治並不太平，杜牧也自知非無能之輩，只是迫於朝政腐敗，宦官專權，唯有離開長安才能躲開政治風暴。可用來形容喜愛自在灑脫、寧靜平淡的閑適生活。

【出處】唐．杜牧〈將赴吳興登樂遊原一絕〉詩：「清時有味是無能，閑愛孤雲靜愛僧。欲把一麾江海去，樂遊原上望昭陵。」

羞將短髮還吹帽，笑倩旁人為正冠。

風吹來時，不想讓人看見自己愈來愈稀疏的短髮，笑著請旁人替自己把帽子戴正。

【解析】本詩詩題為〈九日藍田崔氏莊〉。藍田，位在今陝西西安境內。頭髮早已發白稀疏到無法用簪綰髮的杜甫，詩中描寫其因擔心在重陽登高時帽子被風吹落而失態，於是靦腆地笑請他人幫自己先把帽子戴好。可用來形容人年老髮疏時，用幽默自嘲的態度看待自己的衰貌。

【出處】唐．杜甫〈九日藍田崔氏莊〉詩：「老去悲秋強自寬，興來今日盡君歡。羞將短髮還吹帽，笑倩旁人為正冠……」（節錄）

脫卻朝衣獨歸去，青雲不及白雲高。

脫下上朝的冠服獨自離開，官場顯要的名位比不上在山中白雲間隱居來得重要。

【解析】本詩詩題〈送李給事〉。給事，職官名，也稱給事中，唐、宋以來掌管侍從規諫等事務。趙嘏寫此詩贈與一位在朝擔任給事中的李姓官員，表達自己對官宦生涯的厭倦以及對悠閑生活的想望。詩中「青雲」比喻官位，「白雲」比喻退居山野，不問世事。可用來形容辭退官職，歸隱山林，對功名利祿無所戀眷。

【出處】唐．趙嘏〈送李給事〉詩：「眼前軒冕是鴻毛，天上人間漫自勞。脫卻朝衣獨歸去，青雲不及白雲高。」（此詩一說為薛逢所作）

莫思身外無窮事，且盡生前有限杯。

不要去想自身以外的那些數不清的事情，還是先飲盡有生之年眼前的這幾杯酒吧！

【解析】杜甫意在表達人的生命有限而煩惱無盡，既然如此，倒不如先盡情眼前之樂，把那些憂心不完的事情全都拋卻開來。可用來抒發人生稍縱即逝，故應把握機會及時行樂。

【出處】唐．杜甫〈絕句漫興〉詩九首之四：「二月已破三月來，漸老逢春能幾回？莫思身外無窮事，且盡生前有限杯。」

朝鐘暮鼓不到耳，明月孤雲長挂[1]情。

佛寺早晨的鐘聲和傍晚的鼓聲都傳不到耳裡，唯寄情於皎潔的月和孤高的雲。

【注釋】1.挂：音ㄍㄨㄚˋ，通「掛」字。懸掛。

【解析】佛寺中在朝課和熄燈之前都會敲擊鐘鼓，除了報時之外，也具有警醒或自勵的作用。李咸用描寫他隱居山中，對於佛寺早晚定時敲打的鐘鼓聲皆已聽而不聞，將生命情感全寄託在空中的明月和孤雲上，表達其置身塵囂之外的淡泊心境。可用來抒發內心平靜淡定，外在的一切動靜都難以造成干擾。

【出處】唐．李咸用〈山中〉詩：「一簇煙霞榮辱外，秋山留得傍簷楹。朝鐘暮鼓不到耳，明月孤雲長挂情。世上路歧何繚繞，水邊蓑笠稱平生。尋思阮籍當時意，豈是途窮泣利名。」

與老無期約，到來如等閑。

和老年沒有事先約定日期，它來時我還是過著與平常一樣的生活。

【解析】這是劉禹錫回覆給好友白居易的一首詩，詩中提到自己對年歲逐漸衰老、時日不多的看法，就是保持和日常生活一樣的心態，沒有特別的憂慮或恐懼。可用來形容以平常心對待晚年歲月。

【出處】唐．劉禹錫〈答樂天見憶〉詩：「與老無期約，到來如等閑。偏傷朋友盡，移興子孫間。筆底心無毒，杯前膽不豩（ㄅㄧㄣ）。唯餘憶君夢，飛過武牢關。」

澗戶寂無人，紛紛開且落。

山谷中的溪水口空寂無人，任由花朵接連開放又逐漸凋落。

【解析】本詩詩題為〈辛夷塢〉。辛夷，即木筆樹，初春時花先葉而開，香味濃郁。辛夷塢，意即遍植辛夷的山谷。王維在詩中描寫辛夷花生長在無人的山谷溪澗，花萼火紅，隨著每年的花期亮麗綻開又逐漸凋謝，表面上是在寫辛夷花寂靜悠閑的自然本性，實際上也寄寓了另一層面的意涵，即人應該學習辛夷花自在從容地來與去，不必在乎紅塵紛擾與他人目光。清人劉宏煦《唐詩真趣編》評曰：「摩詰深於禪，此是心無掛礙境界。」可用來抒發隱居山中，與世無爭，且對生死一事看得很淡泊。另可用來形容花在無人山澗自開自落的景象。

【出處】唐．王維〈辛夷塢〉詩：「木末芙蓉花，山中發紅萼。澗戶寂無人，紛紛開且落。」

隨富隨貧且歡樂，不開口笑是痴人。

一個人無論是富有或貧窮，都應該要快樂地過日子，不肯展顏歡笑的可說是痴傻之人。

【解析】白居易認為人生不論生活富裕或貧困，都不必過於錙銖計較，而是要經常敞開胸懷，張嘴大笑，保持心情愉悅。可用來形容心境坦然歡暢，無所牽掛。

【出處】唐．白居易〈對酒〉詩五首之二：「蝸牛角上爭何事？石火光中寄此身。隨富隨貧且歡樂，不開口笑是痴人。」

一壺酒，一竿綸，世上如儂有幾人？

身邊帶著一壺酒，手裡拿著一根釣竿，獨自在江上喝酒釣魚，世上像我這樣的能有幾個人呢？

【解析】在歷來文人的眼中，漁父總是給人一種怡然自足、與世無爭的隱士形象。李煜詞中描寫一名漁父遠離塵囂，在江上一邊釣魚、一邊自酌的悠哉情景，抒發其對自由逍遙生活的憧憬，畢竟對出身帝王之家的李煜來說，想要效法漁父從心所欲、灑脫自在的過日子，根本就是遙不可及的事。可用來形容徜徉山水、不受拘束的愜意情懷。

【出處】五代．李煜〈漁父．浪花有意千重雪〉詞：「浪花有意千重雪，桃李無言一隊春。一壺酒，一竿綸，世上如儂有幾人？」

九死南荒吾不恨，茲遊奇絕冠平生。

被貶到南方荒遠之地，多次瀕臨死亡險境，我並沒有怨恨，因為這次極其神奇的遊歷，可說是一生從來都沒有過的。

【解析】蘇軾在六十二歲高齡來到流放地儋州（位在今海南境內），隔年被逐出官舍，只能在城南修築茅屋，作為遮蔽風雨的克難住所。在蠻荒之地整整三年，生活條件極為惡劣，直到哲宗過世，朝廷大赦，蘇軾才得以從儋州返回中原。此詩便是他在船上夜渡北歸時所作，將其在海外九死一生的坎坷際遇，視為生平最驚奇絕妙的一段經驗，也讓他見識到一般人無法體會的精彩人生。可用來形容屢經波折，仍樂觀看待自己所處的艱難環境。

【出處】北宋．蘇軾〈六月二十日夜渡海〉詩：「參橫斗轉欲三更，苦雨終風也解晴。雲散月明誰點綴？天容海色本澄清。空餘魯叟乘桴意，粗識軒轅奏樂聲。九死南荒吾不恨，茲遊奇絕冠平生。」

小舟從此逝，江海寄餘生。

駕著小船自此離開，到江湖大海去度過我的下半生。

【解析】人在黃州的蘇軾，詞中抒發其急欲離開世俗這個名利是非之地，隱逸江湖。據南宋初人葉夢得《避暑錄話》記載，蘇軾填完此詞後，又與朋友高歌狂飲數回而散，隔日「小舟從此逝，江海寄餘生」兩句喧傳鄉里，大家都以為蘇軾早已乘舟而去。由於蘇軾在黃州仍是罪人身分，不得擅離貶所，當地郡守聽聞消息後，驚懼萬分，連忙派人到蘇軾家裡探察，發現蘇軾正躺在床上呼呼大睡呢！從這裡也可得之，想要遠離熙攘塵世，寄託餘生於湖光水色，終是蘇軾遙不可及的想望。可用來形容放浪形骸於江海之間，遁世離群。

【出處】北宋．蘇軾〈臨江仙．夜飲東坡醒復醉〉詞：「夜飲東坡醒復醉，歸來彷彿三更。家童鼻息已雷鳴。敲門都不應，倚杖聽江聲。長恨此身非我有，何時忘卻營營？夜闌風靜縠紋平。小舟從此逝，江海寄餘生。」

山靜似太古，日長如小年。

山中靜寂，彷彿回到了遠古時代似的，清閑度日，感覺一天像是一年一樣漫長。

【解析】來到貶地惠州的唐庚，寫其住在僻遠惠州的山中，長日漫漫，陪伴其消磨時光的只有花和鳥，醉酒後便在竹蓆上沉沉睡去，日子過得和遙遠年代的古人一樣單純無憂。可用來形容遠離塵囂的寧靜悠閑生活。

【出處】北宋．唐庚〈醉眠〉詩：「山靜似太古，日長如小年。餘花猶可醉，好鳥不妨眠。世味門常掩，時光簟已便。夢中頻得句，拈筆又忘筌。」

日長睡起無情思，閑看兒童捉柳花。

白天漸漸變長，剛剛午睡醒來，什麼情緒也沒有，悠閑地看著孩童捕捉飄飛在空中的柳絮。

【解析】楊萬里詩中描寫時序進入夏季後，白晝變長，他午睡初醒，睏意還未消褪，整個人顯得無精打采的，閑看著小孩子開懷地隨風追逐柳花的情狀，讓他也從中感染到一份天真童趣。可用來形容人剛睡醒

時慵懶閑散的樣子。

【出處】南宋・楊萬里〈閑居初夏午睡起〉詩二首之一：「梅子留酸軟齒牙，芭蕉分綠與窗紗。日長睡起無情思，閑看兒童捉柳花。」

世路如今已慣，此心到處悠然。

世間道路的坎坷艱辛，現在都已經走習慣了，無論身在何處，我的心都能保持怡然自得。

【解析】走過政治上風風雨雨的張孝祥，看盡了官場的爭吵惡鬥，讓他了解到面對世事的成敗得失，根本不必太過耿耿於懷，如此一來，眼前所見的大小風景，都能讓自己平下心來，靜靜欣賞，詞意流露出一種安恬悠閑的人生態度。可用來形容人在歷經一番磨練後，心胸豁達坦然，無所牽掛。

【出處】南宋・張孝祥〈西江月・問訊湖邊春色〉詞：「問訊湖邊春色，重來又是三年。東風吹我過湖船，楊柳絲絲拂面。世路如今已慣，此心到處悠然。寒光亭下水如天，飛起沙鷗一片。」

半記不記夢覺後，似愁無愁情倦時。

夢醒之後，好像還記得夢中情景，又似乎什麼都不記得了，只覺得意興闌珊，彷彿有股淡淡的愁思，又宛如什麼都沒有的樣子。

【解析】邵雍抒寫其在房內床上酣睡初醒，腦海裡仍是一片朦朧恍惚，心中頓時揚起一股淡淡的懶散情緒，於是繼續裹在被子裡躺著，靜靜地看窗外的落花亂舞。有趣的是，行事向來一絲不苟且自律甚嚴的司馬光，竟然對此詩情有獨鍾，還特意抄下來貼在簾上，隨時吟詠玩味。用來形容生活慵懶恬靜，心境閑逸淡泊。

【出處】北宋・邵雍〈懶起吟〉詩：「半記不記夢覺後，似愁無愁情倦時。擁衾側臥未欲起，簾外落花撩亂飛。」

有約不來過夜半，閑敲棋子落燈花。

過了半夜，已約好的朋友還沒有到來，我無聊的輕敲棋子，不小心令燒殘的燈芯灰燼落了下來。

【解析】趙師秀寫其約了朋友前來家裡作客，一直等到深夜，還是不見朋友光臨，他獨自坐在油燈前，靜靜聽著黃梅時節的雨聲蛙鳴，百無聊賴敲打著棋盤上的棋子，表現出不焦不躁的閑適心境。可用來形容等人久候未至時，安然自若的神態。

【出處】南宋．趙師秀〈約客〉詩：「黃梅時節家家雨，青草池塘處處蛙。有約不來過夜半，閑敲棋子落燈花。」

此心安處是吾鄉。

能讓我心安的地方，就是我的家鄉。

【解析】蘇軾因烏臺詩案而入獄，獲釋後貶謫至黃州，先前與他友好的人也大多受到牽連，其中貴為駙馬的王鞏，因此被放逐到蠻荒的嶺南（此泛指五嶺以南地區）一帶，當時身邊許多家奴歌女紛紛求去，有一歌妓柔奴，無畏艱辛，仍一路隨行相伴。過了幾年，王鞏奉旨北歸，蘇軾特地問柔奴：「廣南風土，應是不好？」沒想到柔奴回說：「此心安處，便是吾鄉。」令蘇軾大受感動，此詞即是歌頌柔奴視險若夷、安恬隨緣的態度。可用來形容心若淡定祥和，無論身在何處，都能隨遇而安。

【出處】北宋．蘇軾〈定風波．長羨人間琢玉郎〉詞：「常羨人間琢玉郎，天應乞與點酥娘。自作清歌傳皓齒。風起，雪飛炎海變清涼。萬里歸來年愈少，微笑，笑時猶帶嶺梅香。試問嶺南應不好？卻道，此心安處是吾鄉。」

竹杖芒鞋輕勝馬，誰怕？一蓑煙雨任平生。

手裡一根竹杖，腳下一雙草鞋，走得比騎馬還要快，有什麼好怕的呢？身上披著一件蓑衣，任憑煙霧迷漫、風雨吹打，我照樣過自己的一生。

【解析】蘇軾寫其謫居黃州的某日外出，中途遇雨，同行的人都因淋了一身濕而感到狼狽不已，他卻若無其事的繼續吟嘯徐行，步調輕鬆愉快，心境坦然平和，視無來由的風雨為人生本就會遭遇的常態。可用

來形容面對人生不測風雨，態度從容豁達，無所畏懼。

【出處】北宋．蘇軾〈定風波．莫聽穿林打葉聲〉詞：「莫聽穿林打葉聲，何妨吟嘯且徐行。竹杖芒鞋輕勝馬，誰怕？一蓑煙雨任平生。料峭春風吹酒醒，微冷，山頭斜照卻相迎。回首向來蕭瑟處，歸去，也無風雨也無晴。」

我見青山多嫵媚，料青山、見我應如是。

我看青山是那樣可愛動人，料想青山看我時也應該是一樣的感覺。

【解析】謫居江湖多年的辛棄疾，慨嘆自己白首無成，友朋稀疏，於是將情思投注在山水風光上。詞中作者以擬人的筆法，寫其遠望青山的優美景致，便覺得青山和自己對望時，也抱持著和自己同樣的美好感受，彼此情義相挺，互為對方的知音。可用來形容人對自然景物的喜愛，已達到物我合一、兩兩相悅的境界。

【出處】南宋．辛棄疾〈賀新郎．甚矣我衰矣〉詞：「甚矣吾衰矣，悵平生、交游零落，只今餘幾？白髮空垂三千丈，一笑人間萬事。問何物、能令公喜？我見青山多嫵媚，料青山、見我應如是。情與貌，略相似……」（節錄）

求田問舍笑豪英，自愛湖邊沙路、免泥行。

只想著購田置產，必會受到豪傑英雄的嘲笑。但我就是喜歡在沒有泥濘的湖畔沙路上，隨意散步。

【解析】蘇軾詞中抒發他渴望早日置產安居，從此過著漫步於自然山水間的閑適日子，即使因此被懷有雄心壯志的人取笑也毫不在意，語氣中流露出對仕途的倦怠，對世俗功名亦已不忮不求。可用來形容胸無大志，一心尋求安定的生活，不願再勞碌奔走。

【出處】北宋．蘇軾〈南歌子．帶酒衝山雨〉詞：「帶酒衝山雨，和衣睡晚晴。不知鐘鼓報天明。夢裡栩然蝴蝶、一身輕。老去才都盡，歸來計未成。求田問舍笑豪英。自愛湖邊沙路、免泥行。」

垂下簾櫳，雙燕歸來細雨中。

窗戶簾子低垂，窗外有一雙燕子正冒著濛濛細雨，飛回牠們的燕巢。

【解析】歐陽脩深愛潁州西湖的秀麗景色，詞中描寫暮春黃昏，笙歌唱罷，遊人盡歸，白日湖畔熱鬧的場景，已隨著天光將盡而逐漸歸於寧靜，此時卻見雙燕從迷濛小雨中比翼歸來，讓作者剛沉澱下來的心，頓時又揚起一股親切又愉悅的情愫。可用來形容春日雨中，見到燕子雙飛雙宿的閑適心情。

【出處】北宋．歐陽脩〈采桑子．群芳過後西湖好〉詞：「群芳過後西湖好，狼藉殘紅。飛絮濛濛，垂柳闌干盡日風。笙歌散盡遊人去，始覺春空。垂下簾櫳，雙燕歸來細雨中。」

客子光陰詩卷裡，杏花消息雨聲中。

客居他鄉的時間，都是在讀詩作詩中度過的，從雨聲中得知杏花開放的消息。

【解析】金兵攻陷開封後，隨著朝廷南遷的陳與義，有一段時間寓居在杭州苕溪附近的僧舍養病，詩中寫其每日沉浸在詩的世界裡怡然自得，聽著雨聲，準備迎接冬去春來的杏花時節。可用來形容平淡度日，以詩娛心。

【出處】北宋末、南宋初．陳與義〈懷天經、智老因以訪之〉詩：「今年二月凍初融，睡起苕溪綠向東。客子光陰詩卷裡，杏花消息雨聲中。西菴禪伯還多病，北柵儒先只固窮。忽憶輕舟尋二子，綸巾鶴氅試春風。」

茅簷相對坐終日，一鳥不鳴山更幽。

坐在茅屋的房簷下一整天，沒有聽見一聲鳥鳴，山顯得格外幽靜。

【解析】此詩為王安石罷相後，晚年寓居金陵鍾山附近時所作，抒發其終日面對幽深山林的淡泊情懷。詩

中「一鳥不鳴山更幽」是改寫南朝梁人王籍〈入若耶溪〉詩之「鳥鳴山更幽」一句，同樣都是要表現出山林的幽靜，前人王籍採用的是反襯筆法，以動寫靜，而王安石在此則是以直筆書之。可用來形容幽居靜寂山中的閑適心情。

【出處】北宋．王安石〈鍾山即事〉詩：「澗水無聲繞竹流，竹西花草弄春柔。茅簷相對坐終日，一鳥不鳴山更幽。」

時人不識余心樂，將謂偷閑學少年。

當時一旁的人，根本不理解我內心的快樂，還以為我是在學年輕人，喜歡抽出空暇來娛樂一下。

【解析】未滿三十歲的程顥，寫其趁著公務閑暇之餘出來春遊，欣賞沿途浮雲微風、紅花綠柳的景色，心情歡快愉悅，但也察覺到周遭人們看待他的異樣眼光，認為他的年紀已不小了，卻還在模仿不務正業、到處遊蕩的年輕人，完全不懂他接受大自然洗禮後的快意滿足。可用來形容中、老年人的舉止一派輕鬆自在，即使被誤解成不夠端莊嚴肅也無妨的樂觀心境。

【出處】北宋．程顥〈偶成〉詩：「雲淡風輕近午天，傍花隨柳過前川。時人不識余心樂，將謂偷閑學少年。」

情如落絮無高下，心似游絲自往還。

情感如柳絮隨風上下，任意飛舞，心思像飄蕩在空中的細絲，自在往返。

【解析】邵雍詩中主在抒發其對閑適生活的深刻體會，他認為歷來標榜要過返璞歸真而回歸山林的文人隱士並不少，但長久下來，竟沒有見到一個真正內心閑適的人。在邵雍看來，所謂的閑適，是感情不為外在事物所拘泥，心境脫離世俗的利害得失，否則就只是落入了形式上的閑適而已，心靈仍然受著欲望的箝制而不得自由。可用來形容情感超然灑脫，心不執著於外境，一切順應自然。

【出處】北宋．邵雍〈閑適吟〉詩：「南窗睡起望春山，山中霏微煙靄間。千里難逃兩眼淨，百年未見一人閑。情如落絮無高下，心似游絲自往還。又恐幽禽知此意，故來枝上語綿蠻。」

細數落花因坐久，緩尋芳草得歸遲。

仔細數著地上的落花，因而坐了很久，慢慢地尋找芳草的蹤跡，所以回家的時間晚了些。

【解析】這首詩的詩題為〈北山〉，即是王安石晚年寓居江寧附近的鍾山。作者詩中寫其不問政事之後，終日流連於山光水色，靜心欣賞芳美花草的閑適心懷。可用來形容平靜悠閑的生活與心境。

【出處】北宋．王安石〈北山〉詩：「北山輸綠漲橫陂，直塹回塘灩灩時。細數落花因坐久，緩尋芳草得歸遲。」

閑來無事不從容，睡覺[1]東窗日已紅。

日子閑暇的時候，沒有一件事情不是慢條斯理的，東邊的窗子都已被太陽照紅了才睡醒起床。

【注釋】1.睡覺：此作剛睡醒之意。

【解析】程顥寫其閑來無所事事，經常是睡到紅日高照才緩緩起身，精神飽滿，態度優游自若，不疾不徐，彷彿人間沒有一件事情足以讓他掛牽羈絆。可用來形容心境安然恬靜，與世無爭。

【出處】北宋．程顥〈秋日偶成〉詩二首其二：「閑來無事不從容，睡覺東窗日已紅。萬物靜觀皆自得，四時佳興與人同。道通天地有形外，思入風雲變態中。富貴不淫貧賤樂，男兒到此是豪雄。」

煙雨微微，一片笙歌醉裡歸。

煙霧中夾帶著毛毛細雨，船上的人在熱鬧的奏樂聲、歌唱聲中暢飲而醉，船隻正準備歸航。

【解析】歐陽脩詞中描寫其搭乘畫船，在潁州西湖賞荷的情景，滿眼盡是湖上朵朵出水荷花，不時還傳來陣陣撲鼻的荷香，當時的天氣雖然煙雨迷茫，卻完全不減遊人的高昂興致，船中笙歌鼎沸，杯觥交錯，氣氛熱絡非凡。可用來形容在綿綿細雨下，乘船遊覽湖景，飲酒聽歌，愜意開懷。

【出處】北宋·歐陽脩〈采桑子·荷花開過西湖好〉詞：「荷花開後西湖好，載酒來時。不用旌旗，前後紅幢綠蓋隨。畫船撐入花深處，香泛金卮。煙雨微微，一片笙歌醉裡歸。」

薄薄酒，勝茶湯。粗粗布，勝無裳。醜妻惡妾勝空房。

有味道淡薄的酒可喝，勝過平淡無味的茶湯。有粗糙的布製成的衣服可穿，勝過沒有衣裳。有相貌醜惡的妻妾陪伴，勝過一個人守在空房裡。

【解析】蘇軾詩中通過層層「有」和「無」的對比，勸人不必為了基本生活之外的過多欲求而勞神費力，無端自尋煩惱，語氣中含有「比上不足，比下有餘」、「聊勝於無」的意思。可用來形容知足才能常保喜樂。

【出處】北宋·蘇軾〈薄薄酒〉詩二首之一：「薄薄酒，勝茶湯。粗粗布，勝無裳。醜妻惡妾勝空房。五更待漏靴滿霜，不如三伏日高睡足北窗涼。珠襦玉柙萬人祖送歸北邙，不如懸鶉百結獨坐負朝陽。生前富貴，死後文章，百年瞬息萬世忙。夷齊、盜跖俱亡羊，不如眼前一醉是非憂樂兩都忘。」

歸時休放燭花紅，待踏馬蹄清夜月。

回去的路上，不要點上紅色的蠟燭，我要騎著馬，任由馬蹄去踏那清夜的一片月色。

【解析】李煜描寫其在一場歌舞酒宴結束後，仍興致不減，他命令部下熄滅回去沿路的所有燭火，只要靜夜的清明月色和踢躂的馬蹄聲相伴就好，享受宴會聲色娛樂之外的另一種意趣。明人王世貞在《藝苑卮言》中評論這兩句詞：「致語也。」意即雅趣興致之語。可用來形容踏月歸來的風雅逸興。

【出處】五代·李煜〈玉樓春·晚妝初了明肌雪〉詞：「晚妝初了明肌雪，春殿嬪娥魚貫列。鳳簫吹斷水雲閑，重按霓裳歌遍徹。臨風誰更飄香屑？醉拍闌干情味切。歸時休放燭花紅，待踏馬蹄清夜月。」

千古是非心，
一夕漁樵話。

千古歷代的豪傑們用心分辨是非對錯，都成了後來漁人樵夫夜來閑聊的話題。

【解析】元代戲曲家白樸，有感於功名利祿不過是一場空幻，根本不值得戀棧，故在曲中援舉多位歷史人物作為例證，像是善於辯論的西漢政治家陸賈、足智多謀的周初賢臣姜子牙，以及豪氣干雲、博學多聞的西晉文人張華，全都是風雲一時的俊傑，他們當初懷抱經世濟民之心，對事情的是非曲直，甘冒虎口據理力爭，但如今也不過成了漁樵人家茶餘飯後的閑談罷了！意味著像漁人樵夫這樣的普通百姓，一生淡泊名利、與世無爭，才是真正的智者。可用來形容自在自得、閑適逍遙的生活，勝過是非不斷的名利場。

【出處】元．白樸〈慶東原．忘憂草〉曲：「忘憂草，含笑花，勸君聞早冠宜掛。那裡也能言陸賈？那裡也良謀子牙？那裡也豪氣張華？千古是非心，一夕漁樵話。」

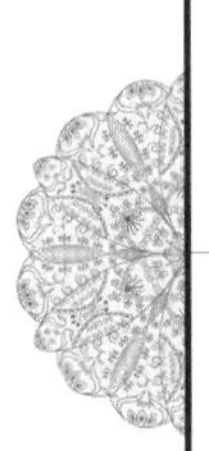

賢的是他，
愚的是我，爭什麼？

賢能的是他人，愚笨的都是我，又有什麼好爭的呢？

【解析】元代戲曲家關漢卿對於當時的社會充斥著賢愚不分、是非顛倒的現象深惡痛絕，人們可以為了區區小利引發各種爭端，曾經也懷抱以社稷蒼生為己任的他，在認清政治的寫實黑暗後，經過一番思量，渴望過著如前人陶淵明罷官歸田、謝安東山高臥的隱居生活，從此不再過問世俗的紛擾。可用來形容人在看破紅塵百態後，選擇遠離是非波瀾，放下一切的牽掛。

【出處】元．關漢卿〈四塊玉．南畝耕〉曲：「南畝耕，東山臥。世態人情經歷多，閑將往事思過。賢的是他，愚的是我，爭什麼？」

雖無刎頸交，
卻有忘機友。

（終日與大自然為伍）雖然沒有同生共死的知

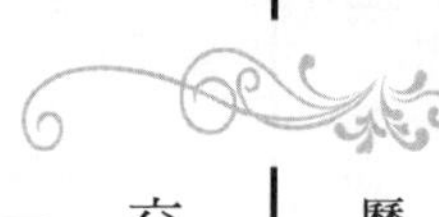

交，但是有從不機巧算計的朋友（白鷺、沙鷗）。

【解析】元曲家白樸描寫一名老漁夫經常出沒在布滿金黃蘆葦的岸邊、白蘋花的渡口、綠楊柳的堤防，或是紅豔蓼花的灘口垂釣著，景色絢麗優美，江上還有白鷺、沙鷗與其作伴，牠們也成了其精神上的「忘機友」，從來不會對誰耍弄心計，即使是享有萬戶食邑的侯爵，也比不上漁夫每天接觸的事物來得愜意啊！作者透過對漁夫生活的讚美，抒發自己寄情山水、淡泊名利的情懷。可用來形容人對世俗榮利無所求，心情怡然自足。

【出處】元．白樸〈沉醉東風．黃蘆岸白蘋渡口〉曲：「黃蘆岸白蘋渡口，綠楊堤紅蓼灘頭。雖無刎頸交，卻有忘機友。點秋江白鷺沙鷗，傲殺人間萬戶侯。不識字煙波釣叟。」

一壺濁酒喜相逢，古今多少事，都付談笑中。

老友歡喜碰面，暢飲一壺混濁的酒，古來今來，發生過多少的歷史事件，都成了酒後聊天說笑的話題。

【解析】在明代有才子之譽的楊慎，早年仕途得意，曾是殿試第一的狀元郎，後來因事被貶，在荒遠邊地待了三十多年，餘生終老都不得歸返。詞中描寫終日與秋月春風為伴的漁夫樵子，輕描淡寫地聊起古今英雄的事蹟，世俗眼中的是非成敗、得失榮辱，在其看來不過是佐酒配食的談資。即使請客人喝的是低等的「濁酒」，彼此還是心滿意足，笑談自若，展現其對世情的洞悉通達。可用來形容與人握杯把酒，邊笑邊論說古今，態度灑脫曠達。

【出處】明．楊慎〈臨江仙．滾滾長江東逝水〉詞：「滾滾長江東逝水，浪花淘盡英雄。是非成敗轉頭空，青山依舊在，幾度夕陽紅？白髮漁樵江渚上，慣看秋月春風。一壺濁酒喜相逢，古今多少事，都付笑談中。」

倒省了我開東道[1]，免終朝報曉，直睡到日頭高。

（雞被偷了以後）反倒讓我省了殺雞請客的花費，以免雞在天亮時一直發出報曉的啼鳴，從此我可以睡到太陽高掛。

【注釋】1.東道：接待或宴請賓客。語出《左傳．僖公三十年》記載春秋時期，晉、秦聯軍攻打鄭國，鄭國大夫燭之武見秦穆公，成功說服秦國退兵，他直指鄭國若滅亡了，只有圖利晉國；若秦國願意停戰，日後位在秦國東面的鄭國將成為東道的主人招待出入秦國的使者，這對秦國而言只有利而無害。後來「東道主」就用來稱請客的主人。

【解析】明代散曲家王磐，一生鍾情山水詩酒，不喜受到拘牽，曲中描述童僕不小心把雞給弄丟了，焦急著四處尋找，他則是不慌不忙地寬慰童僕，說明雞不見了之後，除了可以替自己省下一筆當東道主的開銷之外，此後也不用擔心一早就被雞啼聲給吵醒，睡得比往常更安穩呢！作者要表達的其實是一種遇事處之泰然的生活哲學，畢竟東西丟失了已是不可改變的事實，無論多麼著急也無法解決問題，不如轉換念頭，輕鬆看待一切。可用來形容面對利害得失，樂觀豁達。

【出處】明．王磐〈滿庭芳．平生淡薄〉曲：「平生淡薄，雞兒不見，童子休焦。家家都有閑鍋灶，任意烹炮。煮湯的貼他三枚火燒，穿炒的助他一把胡椒。倒省了我開東道，免終朝報曉，直睡到日頭高。」

平生自想無官樂，第一驕人六月天。

一生最盼望的就是可以享受卸下官職的快樂，如今的我，最值得驕傲的事，即是在這樣炎熱的六月天裡，終於不用再穿著官服出門了。

【解析】清代文人袁枚，向來主張詩歌是抒發個人性靈，表現生活中的真實感受和情趣，他是清高宗乾隆年間的進士，但短短九年便棄官，從此不再出仕，築隨園於江寧，世稱其「隨園先生」。這首詩寫於袁枚辭官後的半年，當時正值暑氣灼人的六月，詩人一想到自己可以不用如以往在炎熱天氣下揮汗辦公，得以終日遊山玩水，累了便可直接臥倒在花叢間，擁抱花香而眠，人生是何等快活寫意。可用來形容無官一身輕的快樂心情。

【出處】清．袁枚〈消夏詩〉詩十二首之一：「不著

衣冠近半年，水雲深處抱花眠。平生自想無官樂，第一驕人六月天。」

抒解不平

知我者，謂我心憂。不知我者，謂我何求？

了解我的人，說我心中懷有憂傷。不了解我的人，說我為何還要苦苦追求？

【解析】此詩的詩題為〈黍離〉，是東周大夫行經已覆亡的西周都城鎬京（位在今陝西西安市），見當年的繁華舊都，如今盡為一片禾黍，讓他徬徨不忍離去而寫下這首詩。由於西周幽王荒淫無道，終導致西周滅亡，其子周平王將王室東遷至雒邑（位在今河南洛陽市），是為東周之始，但此後各國諸侯再也不把周王室放在眼裡，面對王室衰微，列國勢力逐漸強大，令詩人滿腹憂憤，有苦難言。「黍離」兩字，本是充滿蒼涼荒蕪意象的詞，後來也成了用來感嘆亡國時觸景傷情的代稱。可形容苦惱人們不理解自己的憂思。

【出處】先秦．《詩經．王風．黍離》：「彼黍離離，彼稷之苗。行邁靡靡，中心搖搖。知我者，謂我心憂。不知我者，謂我何求？悠悠蒼天，此何人哉……」（節錄）

老冉冉其將至兮，恐脩名[1]之不立。

時光漸漸流逝，人很快就要邁入老年了啊！我擔心的是美名還沒有樹立。

【注釋】1.脩名：美好的名聲。

【解析】遭群小離間而被楚王放逐的屈原，詩中說明自己與楚國奸佞周旋的經過，披露這些人成日競相追逐、索求權勢財利的貪婪嘴臉，更不惜用誣陷他人的卑劣手段來排除異己。但面對小人的迫害，並不是屈原所心急的事情，最讓他感到憂心的是，看著自己日漸疲困枯槁的衰貌，苦於已沒有多餘的時間來實踐政治理想，以顯揚自己如香草般的芬芳清譽。可用來形容憂懼年紀老大，卻還是一事無成，不能成就美好的名譽。

【出處】戰國楚．屈原〈離騷〉詩：「……眾皆競進以貪婪兮，憑不猒（ㄧㄢˋ）乎求索。羌內恕己以量人兮，各興心而嫉妒。忽馳騖以追逐兮，非余心之所急。老冉冉其將至兮，恐脩名之不立……」（節錄）

圜鑿[1]而方枘[2]兮，吾固知其鉏鋙[3]而難入。

（這世上根本容不下我）就好像圓形的卯眼對上方形的榫頭，我本來就知道二者是互相牴觸而且是難以接合的。

【注釋】1.圜鑿：器物上可鑲嵌東西的圓形下凹部分。圜，音ㄩㄢˊ，此作圓形。2.枘：音ㄖㄨㄟˋ，一端削成方形的短木頭。3.鉏鋙：音ㄐㄩˇ ㄩˇ，同「齟齬」，互不相容。

【解析】戰國楚人宋玉作〈九辯〉抒發其不能為世所用的牢騷心聲，他自認才華出色，卻始終遇不到相投合的人賞識，追究原因，實是世人善於取巧，寧可選擇庸碌之才而捨棄人傑，就好比駕馬的人技術不佳，自然駕馭不了千里馬；又如野鴨在水中吃米吃草，鳳凰則是在高空飛翔；以及方形的枘和圓形的鑿是不可能相容的。作者藉由物與物之間的懸殊差異，暗喻自己與他人的格格不入，縱有雄心才略也沒有人願意給其機會。可用來比喻自己與眾人扞格不合，以致才能不被重視。

【出處】戰國楚．宋玉〈九辯〉詩：「……當世豈無騏驥兮？誠莫之能善御。見執轡者非其人兮，故駶跳而遠去。鳧雁皆唼（ㄕㄚˋ）夫粱藻兮，鳳愈飄翔而高舉。圜鑿而方枘兮，吾固知其鉏鋙而難入……」（節錄）

力拔山兮氣蓋世，時不利兮騅不逝。

我的力氣大到可以拔起一座山，氣勢能壓倒世上所有的人，可惜時機於我不利，我的馬兒也不肯前進啊！

【解析】這首名為〈垓下歌〉的作者是項籍，字羽，後人多稱其項羽，他在秦亡後自立為西楚霸王，楚漢相爭時，被漢軍圍困至垓下（位在今安徽宿州市境

內），自知大勢已去，對著愛人虞姬唱此歌。西漢史家司馬遷《史記．項羽本紀》提到項羽死前曾語出「此天之亡我，非戰之罪也」，他在詩中怨嘆自己空有舉世無雙的威猛氣魄，最後卻是敗在天時不濟，語氣充滿不甘卻又莫可奈何。事實上，項羽在政治上不善於用人，與劉邦交手的過程中又屢屢錯估情勢，才是他兵敗的主因。可用來形容雖勇武過人，才氣超群，可惜時乖運蹇，英雄還是走向了末路。

【出處】秦．項籍〈垓下歌〉詩：「力拔山兮氣蓋世，時不利兮騅不逝。騅不逝兮可奈何？虞兮虞兮奈若何？」

不惜歌者苦，但傷知音稀。

我不是憐惜歌者奏琴聲裡所流露出的悲苦，只是感傷能聽得懂歌者痛楚的人實在太少了。

【解析】作者先是描寫歌者奏琴的地點是從一處尊顯華麗的高樓上傳來，再細摹歌者的樂音曲調悲切，旋律徘徊，藉以刻畫其內心深沉的憂傷，最後抒寫幽怨的歌聲絃韻與自己的失意徬徨產生共鳴，彼此雖互不相識，聽者卻能夠理解歌者樂音中的積鬱愁悶，更視其為人生難覓的知音。可用來比喻無人賞識的苦悶與悲酸。

【出處】東漢．佚名〈古詩十九首〉詩十九首之五：「西北有高樓，上與浮雲齊。交疏結綺窗，阿閣三重階。上有絃歌聲，音響一何悲。誰能為此曲？無乃杞梁妻。清商隨風發，中曲正徘徊。一彈再三歎，慷慨有餘哀。不惜歌者苦，但傷知音稀。願為雙鴻鵠，奮翅起高飛。」

何世無奇才？遺之在草澤。

哪一個時代沒有優秀的人才？只不過都被拋棄在草野鄉間。

【解析】西晉文學家左思詩中先是描寫四位西漢賢人早年的坎坷遭遇，如主父偃未成名時，全家人都看不起他；朱買臣窮困時靠打柴為生，妻子覺得羞恥便離他而去；陳平家無產業，住在背靠城牆的破屋蔽身；司馬相如返回成都時，家徒四壁。接著直指這四人的才智出眾，事蹟都被載入了史冊，但在未發達之時，也曾擔心一生窮困而死，世上便永遠沒有人知道自己的才幹。作者一方面感嘆自古英雄都免不了經歷一番磨難，另一方面針對社會扼殺人才的事實宣洩忿恨不平。可用來說明每個時代都有才氣不凡的人，但也容易遭到埋沒。

【出處】西晉·左思〈詠史〉詩八首之七：「主父宦不達。骨肉還相薄。買臣困樵采。伉儷不安宅。陳平無產業。歸來翳負郭。長卿還成都。壁立何寥廓？四賢豈不偉？遺烈光篇籍。當其未遇時。憂在填溝壑。英雄有屯邅。由來自古昔。何世無奇才？遺之在草澤。」

何意百鍊剛，化為繞指柔？

怎能料到經過千錘百鍊的剛堅之物，如今會柔軟到可以在指頭上旋繞呢？

【解析】這首詩的作者劉琨是西晉、東晉之際的大將，青年時與祖逖為友，兩人曾一同聞雞起舞而傳為佳話。劉琨因與人結嫌隙而遭到囚禁，寫詩與舊日部屬盧諶，抒發自己一生馳騁戰場，勇猛殺敵，最後竟然淪為無力反抗的階下囚，他自知死劫難逃，在生命即將走向盡頭之前，向好友傾吐其對功勳未建、時不我待的萬般遺恨。清人施潤章《蠖齋詩話》評論這兩句詩：「非英雄失志，身經多難之人，不知此語酸鼻。」可用來比喻鐵血英雄經過時間的消磨或某事件的打擊，變得意志軟弱。

【出處】西晉·劉琨〈重贈盧諶〉詩：「……功業未及建，夕陽忽西流。時哉不我與，去乎若雲浮。朱實隕勁風，繁英落素秋。狹路傾華蓋，駭駟摧雙輈。何意百鍊剛，化為繞指柔？」（節錄）

日月擲人去，有志不獲騁[1]。

光陰飛馳，棄人而去，我空有志向，卻得不到發揮才能的機會。

【注釋】1.騁：此作施展。

【解析】東晉文人陶淵明這首詩寫於季節由夏入秋的夜晚，明顯感受到氣候的變化的他，回想起年少曾經立下匡時濟世的抱負，而今時光流轉，對於自我價值仍未能實現不免有所遺憾，但也知道個性不善於官場上的奔走逢迎，更不願用虛偽的面貌去欺騙自己的良心，以致到頭來事業無成，為此心情激動不平，長夜不眠。可用來形容時不再來，志業未成。

【出處】東晉．陶淵明〈雜詩〉詩十二首之二：「白日淪西阿，素月出東嶺。遙遙萬里輝，蕩蕩空中景。風來入房戶，夜中枕席冷。氣變悟時易，不眠知夕永。欲言無予和，揮杯勸孤影。日月擲人去，有志不獲騁。念此懷悲淒，終曉不能靜。」

故山日已遠，風波豈還時？

故鄉的山巒不過一天的時間，就已經離我很遠了，世途的風波又急又險，哪裡還有讓我歸返的時候？

【解析】謝靈運的祖父是東晉名將謝玄，然處於改朝換代迅速的時代，他的不凡家世反而更容易招來禍事。南朝宋文帝元嘉年間，一向才高氣傲、行事肆意而為的謝靈運，屢次遭人進讒言誣告，宦途一路荊棘，風波不斷。這首詩為謝靈運離開京都，即將赴臨川（位在今江西撫州市境內）就任內史一職前所寫，當時的他已預感此行遠仕凶多吉少，歸家之路恐是遙遙無期，心中怨憤忐忑。果然不出其所料，兩年後他又被告發謀亂，一時沉不住氣便興兵反抗，流放廣州後被殺。可用來形容人遠行在外，知前途充滿艱險，憂懼歸來無期。

【出處】南朝宋．謝靈運〈初發石首城〉詩：「……出宿薄京畿，晨裝摶魯颸。重經平生別，再與朋知辭。故山日已遠，風波豈還時？苕苕萬里帆，茫茫終何之……」（節錄）

人生由命非由他，有酒不飲奈明何？

人生一切皆是命中注定，不是他人可以安排的，眼前有酒若是不喝，豈不是辜負這一輪明月呢？

【解析】本詩詩題為〈八月十五夜贈張功曹〉。功曹，職官名，即功曹參軍，負責人事任用、考察勛勞等事宜。張功曹，此指張署。貶謫在外地的韓愈，本期待天子大赦天下時，得以被朝廷召回，可惜結果終是事與願違，他只好和同病相憐的友人張署在中秋月圓之夜一同借酒消愁，抒發對自己人生命運難以掌握的無奈。可用在遭逢困逆卻又無法作主時的自我安慰語。

【出處】唐・韓愈〈八月十五夜贈張功曹〉詩：「……君歌且休聽我歌，我歌今與君殊科。一年明月今宵多，人生由命非由他，有酒不飲奈明何？」（節錄）

人生在世不稱意，明朝散髮弄扁舟。

人活在世上，既然無法稱心如意，倒不如明天解下冠簪，散開頭髮，駕著小船四處去遨遊。

【解析】李白面對殘酷現實與高遠理想的衝突矛盾，所能尋求的出口便是放浪形骸，隱逸於山水之間，也不願讓心靈再受到汙濁世俗的束縛。可用來表達人生遭遇不如意時，選擇歸隱避世。

【出處】唐・李白〈宣州謝朓樓餞別校書叔雲〉詩：「……抽刀斷水水更流，舉杯銷愁愁更愁。人生在世不稱意，明朝散髮弄扁舟。」（節錄）

大道如青天，我獨不得出。

大路有如藍天一樣寬闊，唯獨我無法走出。

【解析】李白不屑效法那些街頭小兒一樣的人，憑著雜耍小技去取得君王的寵信，因而在仕途上一路受到輕蔑與排擠，最後被賜金放還。詩中表達他欲有一番作為，卻遭小人阻擋而不得出頭的憤慨。可用來抒發時運不濟、命運乖蹇時的不平。

【出處】唐・李白〈行路難〉詩三首之二：「大道如青天，我獨不得出。羞逐長安社中兒，赤雞白雉賭梨栗。彈劍作歌奏苦聲，曳裾王門不稱情。淮陰市井笑韓信，漢朝公卿忌賈生……」（節錄）

不才明主棄，多病故人疏。

我沒有什麼才能，自然被聖明的君主所捨棄。又因為經常生病，過去的友人也逐漸與我疏離。

【解析】本詩詩題為〈歲暮歸南山〉。南山，一說指長安附近的終南山。另一說指孟浩然家鄉襄陽附近的峴（ㄒㄧㄢˋ）山。詩歌中的南山常含有歸隱之意，孟浩然藉此詩抒發仕途失意的情緒以及對世態炎涼的哀嘆，因而不得不回到南山歸隱。相傳唐玄宗後來看了這首詩，認為自己從來沒有捨棄過孟浩然，氣惱孟浩然何以寫詩誣賴，便真的不願晉用孟浩然了。可用來表達無人賞識的落寞憂悶。

【出處】唐．孟浩然〈歲暮歸南山〉詩：「北闕休上書，南山歸敝廬。不才明主棄，多病故人疏。白髮催年老，青陽逼歲除。永懷愁不寐，松月夜窗虛。」

不見年年遼海上，文章何處哭秋風？

你難道沒有看見遼海上的戰亂年年不止，文士寫的那些抒發秋天感傷的文章又有什麼作用呢？

【解析】由於藩鎮據地，各自擁兵自重，迫使唐朝廷不得不連年出兵討伐，政令自然趨向重武輕文，李賀詩中表達的便是當時文人無用以及自己懷才見棄的憤慨。可用來抒發國家爭亂終年不休，文人不受重用。

【出處】唐．李賀〈南園〉詩十三首之六：「尋章摘句老雕蟲，曉月當簾挂玉弓。不見年年遼海上，文章何處哭秋風？」

五花馬，千金裘，呼兒將出換美酒，與爾同銷萬古愁。

五色花紋的昂貴名馬，價值千金的貴重皮衣，快叫孩子都拿去換取美酒來，和你們一起痛飲美酒，以消除人世間無窮無盡的憂愁。

【解析】李白在詩中勸人痛快地飲酒，甚至不惜叫人把名貴的馬和皮衣都拿去買酒，為了就是要消解其內心巨大的痛苦及深沉的哀愁。可用來形容借酒宣洩心中的不滿與悲憤。

【出處】李白〈將進酒〉詩：「……陳王昔時宴平樂，斗酒十千恣歡謔。主人何為言少錢？徑須酤取對

君酌。五花馬，千金裘，呼兒將出換美酒，與爾同銷萬古愁。」（節錄）

公道世間唯白髮，貴人頭上不曾饒。

這世上唯一公平的事只有白髮，即使是達官貴人的頭上也不會輕易放過。

【解析】杜牧認為世間最公平的唯有時間，因為任何人都躲不掉逐漸衰老而走向死亡的命運。這首詩表面上看似是在感嘆生命短暫，勸人凡事應要看開些，實際上是在暗喻人世間除了時間之外，全無公道可言，藉此抒發其對當時政局的不滿。可用來形容世上除了時間以外，沒有一件事是公平合理的了。另可用來說明人不分貧賤富貴都會漸漸衰老。

【出處】唐．杜牧〈送隱者一絕〉詩：「無媒徑路草蕭蕭，自古雲林遠市朝。公道世間唯白髮，貴人頭上不曾饒。」

世人聞此皆掉頭，有如東風射馬耳。

世人聽到這些詩賦後轉頭就走，好像春風從馬耳邊吹過一樣，風飄瞬間即逝，馬也不加以理會。

【解析】李白於詩中感慨才人志士往往不能為世所用，文章寫得再好竟然抵不上一杯水的價值，人們就算聽到了也是充耳不聞，無動於衷。可用來形容有才學的人不為世人所重，提出的言論主張也不受到認同。

【出處】唐．李白〈答王十二寒夜獨酌有懷〉詩：「……人生飄忽百年內，且須酣暢萬古情。君不能狸膏金距學鬥雞，坐令鼻息吹虹霓。君不能學哥舒橫行青海夜帶刀，西屠石堡取紫袍。吟詩作賦北窗裡，萬言不值一杯水。世人聞此皆掉頭，有如東風射馬耳……」（節錄）

古來聖賢皆寂寞，惟有飲者留其名。

自古以來，聖人賢者終其一生都落寞孤單，只

有愛喝酒的人方能千載留名。

【解析】向來自視甚高的李白，在與諸多友人宴飲時，面對仕途上的失意、有志難伸的窘境，縱使激憤萬千，也只能以痛飲來澆胸中塊磊。可用來形容才學出眾又行為獨特之人，因不為現實人世所理解與接受，故借酒來自放不平。

【出處】唐．李白〈將進酒〉詩：「……與君歌一曲，請君為我側耳聽。鐘鼓饌玉不足貴，但願長醉不復醒。古來聖賢皆寂寞，惟有飲者留其名……」（節錄）

白日不照吾精誠，杞國無事憂天傾。

白天的陽光照不到我對國家的赤誠，反而說我像是杞國人一樣，沒有事情卻憂慮著天地將要崩墜的危險。

【解析】李白奉詔入京，本想大展才華，但不久後即遭唐玄宗賜金放還，詩中「白日」含有隱喻君主之意，他自認胸懷治國大略卻因皇帝受到蒙蔽而無處施展，對國家前途充滿擔憂，卻反被當成是杞人憂天，令他悲憤不平。可用來形容赤誠的心意不被上位者理解，反被視為無謂的憂慮。

【出處】唐．李白〈梁甫吟〉詩：「……我欲攀龍見明主，雷公砰訇（ㄏㄨㄥ）震天鼓。帝傍投壺多玉女，三時大笑開電光，倏爍晦冥起風雨。閶闔九門不可通，以額扣關閽者怒。白日不照吾精誠，杞國無事憂天傾……」（節錄）

同學少年多不賤，五陵[1]裘馬自輕肥。

年少時一起學習的同學大多已經發達顯赫，他們在京城長安穿輕暖的皮衣、乘坐肥馬拉的車子，過著富貴的生活。

【注釋】1.五陵：本指長陵、安陵、陽陵、茂陵、平陵五個漢代帝王的陵寢，因都位在長安，是當時高官富豪聚集之地。後多用來代指豪門之家。

【解析】此為年過半百的杜甫，因生活無所憑依而被迫離開成都後，滯留於夔州（位在今重慶市境內）期間所作。詩中他嘆慨少年時代的同儕多已飛黃騰達，反觀自己不但報國無路，還淪落到生計無以為繼的地步。可用來抒發年少舊識或同學成就非凡，而自身落魄失意的處境。

【出處】唐・杜甫〈秋興〉詩八首之三：「千家山郭靜朝暉，日日江樓坐翠微。信宿漁人還泛泛，清秋燕子故飛飛。匡衡抗疏功名薄，劉向傳經心事違。同學少年多不賤，五陵裘馬自輕肥。」

安能摧眉折腰事權貴？使我不得開心顏。

怎麼能要我低下眉頭、彎下腰來去侍奉那些得勢的權貴呢？這使得我無法開懷地展露歡顏。

【解析】李白原本對政治懷抱極大的理想與熱情，但現實卻逼迫他必須卑躬屈膝地服侍朝中掌握權勢的人，他最終不願違背自己的心志，過起雲遊四方的日子。可用來形容不甘屈服於權貴勢力的憤恨不平。

【出處】唐・李白〈夢遊天姥吟留別〉詩：「……世間行樂亦如此，古來萬事東流水。別君去時何時還？且放白鹿青崖間，須行即騎訪名山。安能摧眉折腰事權貴？使我不得開心顏。」（節錄）

但是詩人多薄命，就中淪落不過君。

歷來的詩人雖多命運不佳，但在所有失意詩人當中，沒有一個人比你更落魄的了。

【解析】白居易路過李白葬於當塗（位在今安徽馬鞍山市境內）青山下的墓地，想著這位曾被稱譽「謫仙人」的絕世天才，不僅生前鬱鬱不得志，四處漂泊，死後墓地竟也如此簡陋荒涼，忍不住為其發出不平。可用來表達對懷才不遇者的感慨。

【出處】唐・白居易〈李白墓〉詩：「采石江邊李白墳，繞田無限草連雲。可憐荒壟窮泉骨，曾有驚天動地文。但是詩人多薄命，就中淪落不過君。」

我未成名君未嫁，可能俱是不如人。

十多年過去了，至今的我仍然榜上無名，而妳也還未尋覓到好人家出嫁，大概是我們的才能都不如別人吧！

【解析】詩題一作〈贈妓雲英〉。作者羅隱在鍾陵（位在今江西南昌市境內）偶遇十多年前認識的妓女雲英，回首自己工詩善文，但在求取功名的路上卻數度落第，有志也無處伸展，而今見到才貌雙全的雲英猶未從良嫁人，不禁感慨兩人的命途同樣坎坷，語氣中含有同病相憐的意味。可用來表現失意人的自我解嘲，以抒發心中的鬱抑難平。

【出處】唐・羅隱〈偶題〉詩：「鍾陵醉別十餘春，重見雲英掌上身。我未成名君未嫁，可能俱是不如人。」

青蠅[1]易相點，〈白雪〉[2]難同調。

要被青蠅沾汙到是很容易的，但要和〈陽春白雪〉這樣高雅樂曲同調卻很困難了。

【注釋】1.青繩：因青繩的排泄物最容易玷汙東西，故可用來比喻喜進讒言的小人。2.白雪：即樂曲〈陽春白雪〉，多被用來比喻高雅不俗的音樂。

【解析】本詩詩題為〈翰林讀書言懷，呈集賢諸學士〉。翰林，即翰林院，朝廷遴選擅長文詞的朝臣入居翰林，自唐玄宗後，翰林分為兩種，一種稱翰林學士，負責起草詔制，一種初稱翰林待詔，後改稱翰林供奉，則無實權。此為李白擔任翰林待詔時所作，他本以為奉詔入京後就可以一展長才，但現實情況卻事與願違，宮廷裡充斥了許多如青蠅般的勢利之徒，經常對不願與他們同流合汙的李白加以讒毀，使玄宗日益疏離。李白自認情操如〈陽春白雪〉樂曲般的高潔，根本不屑與小人為伍，故作詩抒發心中的愁悶。可用來形容自命品格超群脫俗，蔑視人格低下者的卑劣行徑。

【出處】唐・李白〈翰林讀書言懷，呈集賢諸學士〉詩：「晨趨紫禁中，夕待金門詔。觀書散遺帙，探古窮至妙。片言苟會心，掩卷忽而笑。青蠅易相點，〈白雪〉難同調……」（節錄）

前不見古人，

後不見來者。

回首看不見古代的先人，向未來望不到後世的來者。

【解析】此詩為仕途屢遭挫折的陳子昂登樓感懷之作，意在抒發古來賢君與今之明主皆難以和自己相遇的不平情緒。可用來形容天下之大卻知音難覓的孤獨感。也可用來形容懷才不遇、生不逢時的苦悶情懷。

【出處】唐．陳子昂〈登幽州臺歌〉詩：「前不見古人，後不見來者。念天地之悠悠，獨愴然而涕下。」

洛陽城裡春光好，洛陽才子[1]他鄉老。

此時的洛陽城裡正春光明媚，而我這個洛陽才子卻流落他鄉，隨著時間逐漸衰老。

【注釋】1.洛陽才子：此為韋莊的自稱，因其成名作〈秦婦吟〉便是在洛陽寫成的，還贏得了「秦婦吟秀才」之美譽，故對洛陽有著深厚的情感。

【解析】身在江南的韋莊，縱使眼前風景秀麗如畫，他仍心繫昔往在洛陽時的春日美景，此時的他欲歸不得，只能空嘆自己滿腹才學與年華終將在異鄉虛耗老去。可用來形容自恃才華出色卻落拓失意，感傷歲月流逝卻一無所成。另可用來形容洛陽春色優美，住過的人即使到了外地仍會對洛陽懷念不已。

【出處】唐．韋莊〈菩薩蠻．洛陽城裡春光好〉詞：「洛陽城裡春光好，洛陽才子他鄉老。柳暗魏王堤，此時心轉迷。桃花春水淥，水上鴛鴦浴。凝恨對殘暉，憶君君不知。」

紈褲不餓死，儒冠多誤身。

富貴人家的子弟不會餓死，讀書人卻經常受困於貧苦環境而耽誤了自身前程。

【解析】本詩詩題為〈奉贈韋左丞丈二十二韻〉。左丞，職官名，即尚書左丞。尚書省為執行國家政令的機構，下設左、右丞分管吏、戶、禮、兵、刑、工六部。韋左丞丈，為杜甫對時任尚書左丞韋濟的尊稱。杜甫在此詩中直抒胸臆，表達心中的強烈不平，直指社會上那些才智平庸的權貴子弟，一輩子錦衣玉食，不知人間疾苦，反觀像自己這樣躊躇滿志的讀書人，卻永遠都在貧困中掙扎而無力翻身。可用來抒發讀書人窮困失意的心情。

【出處】唐．杜甫〈奉贈韋左丞丈二十二韻〉詩：「紈褲不餓死，儒冠多誤身。丈人試靜聽，賤子請具陳……」（節錄）

停杯投箸不能食，拔劍四顧心茫然。

我放下酒杯、丟下筷子，無法下嚥，拔出劍來環顧四周，心中一片茫然。

【解析】李白在詩中感嘆世道艱難，縱使美酒佳餚當前也不為所動，又舉劍四顧，抒發其實踐人生理想的路上受到阻礙的失意落寞。可用來形容心思苦悶煩亂而無心於飲食上。

【出處】唐．李白〈行路難〉詩三首之一：「金樽清酒斗十千，玉盤珍羞值萬錢。停杯投箸不能食，拔劍四顧心茫然……」（節錄）

將略兵機命世雄，蒼黃[1]鐘室[2]嘆良弓[3]。

韓信擁有將帥善於用兵的謀略與機智，是聞名於世的英雄人物，可惜世事變化太快，最後在漢宮鐘室被殺，不禁讓人發出人才來不及避禍的感嘆。

【注釋】1.蒼黃：本指青色和黃色，後比喻事情變化不定。2.鐘室：此指韓信被處死的長樂宮懸鐘之室。3.良弓：本指好弓，此指有功勞的人。韓信曾言「高鳥盡，良弓藏」，原意是獵人用強弓射殺獵物後就把它擱置一邊，後多引申功臣輔助上位者滅敵後，就要盡快隱遁，否則功高震主必會遭來災禍。

【解析】劉禹錫途經祭祀韓信的廟宇時，慨嘆這位深通韜略、善曉兵機的將才，曾為西漢建國立下豐偉功業，下場卻慘遭高祖的皇后呂后誅殺。他認為韓信若當時能把握時機，急流勇退，或許就可以避開被殺戮的厄運。可用來感嘆英雄人物遭猜忌或被殺的怨憤與無奈。其中「將略兵機命世雄」一句，另可用來形容人的軍事才能高超，用兵如神，機謀遠慮，堪稱一代豪傑。

【出處】唐·劉禹錫〈韓信廟〉詩：「將略兵機命世雄，蒼黃鐘室嘆良弓。遂令後代登壇者，每一尋思怕立功。」

欲取鳴琴彈，恨無知音賞。

想要取琴來彈奏，遺憾的是沒有知音能懂得欣賞。

【解析】孟浩然詩中描寫其欲鳴琴卻無知音聆聽，抒發他對精通音律的好友辛大之懷念，同時也暗喻自己雖有滿腹才學，卻不受朝廷重用的落寞心情。可用來形容懷才不遇的痛苦。另可用來形容知音好友不在身旁，琴聲再動人也無人理解。

【出處】唐·孟浩然〈夏日南亭懷辛大〉詩：「山光忽西落，池月漸東上。散髮乘夕涼，開軒臥閑敞。荷風送香氣，竹露滴清響。欲取鳴琴彈，恨無知音賞。感此懷故人，中宵勞夢想。」

野夫怒見不平處，磨損胸中萬古刀。

像我這樣的草野莽夫，最憤怒的是看到世上到處充斥著不公不義，彷彿把胸口中那把萬古刀都快要磨耗殆盡了。

【解析】據元人辛文房《唐才子傳》記載，劉叉曾因仗義行俠、好打不平而殺了人，後遇大赦才免於牢獄之災，從此一直沒有參加科舉，過著浪跡天涯的生活。詩中抒發其對周遭不平事物的憤慨，但他又不得不壓抑自己胸中的熊熊怒火，避免人生再一次重蹈覆轍。可用來形容人雖富有正義感，但面對不平人事也只能強忍下來。

【出處】唐·劉叉〈偶書〉詩：「日出扶桑一丈高，人間萬事細如毛。野夫怒見不平處，磨損胸中萬古刀。」

歲華盡搖落，芳意竟何成。

蘭花和杜若一年來的豐華即將消逝，但它們所散發的芳香卻始終無人欣賞。

【解析】陳子昂於詩中借用蘭花和杜若這兩種香草寄寓自身際遇，表面上是在寫蘭若姿風姿超群，但因生於山林，只能孤芳自賞，等到秋風乍起，花葉便逐漸凋零。事實上，詩人是借蘭若表達自己空有才情抱負卻在政治上屢遭打壓，眼看著年華流逝而實現理想的機會也將要幻滅的苦痛。可用來形容空懷理想卻難遇伯樂，任憑光陰虛度的悲嘆。

【出處】唐．陳子昂〈感遇〉詩三十八首之二：「蘭若生春夏，芊蔚何青青。幽獨空林色，朱蕤冒紫莖。遲遲白日晚，嫋嫋秋風生。歲華盡搖落，芳意竟何成。」

當路誰相假？知音世所稀。

身居要職的當權者，有誰願意幫助我？懂我的人在這個世上實在太稀少了。

【解析】仕途失意的孟浩然，準備離開長安前作詩贈別王維。詩中感嘆自己空有用世之心，卻苦於無人引薦，心灰意冷下決定返鄉歸去，這一路上他看盡了世態炎涼，人情淡漠，唯有王維與自己交心，理解他的心事，看重他的才能，故不忍與其遠別。可用來抒發壯志難酬、知音難遇的嗟嘆。

【出處】唐．孟浩然〈留別王侍御維〉詩：「寂寂竟何待？朝朝空自歸。欲尋芳草去，惜與故人違。當路誰相假？知音世所稀。只應守索寞，還掩故園扉。」

嫦娥應悔偷靈藥，碧海青天夜夜心。

想必嫦娥應該後悔當初偷吃了靈藥，如今在月宮中對著碧海般的天空，孤獨度過每一個夜晚。

【解析】嫦娥是神話傳說中后羿之妻，因偷吃了西王母送給后羿的靈藥而飛上月宮。李商隱借寫嫦娥奔月後，日夜飽嘗孤寂，暗喻自己對已經無法挽回的感情或事物的追悔。可用來形容生活與世隔絕，導致寂寞難耐而後悔不已。另可用來比喻對於自己過去已成定局的決定感到悔不當初。

【出處】唐．李商隱〈嫦娥〉詩：「雲母屏風燭影深，長河漸落曉星沉。嫦娥應悔偷靈藥，碧海青天夜夜心。」

寧為宇宙閑吟客，怕作乾坤[1]竊祿人。

寧願做一個在天地間賦閑吟詩的過客，也不願成為拿著國家俸祿卻不認真做事的官吏。

【注釋】1.乾坤：此指國家、天下。本是《易》上的兩個卦名，後借稱天地、陰陽、男女、夫婦、日月等。

【解析】年老又貧病交加的杜荀鶴，感嘆官場上充斥了許多領取國家俸祿卻又沒有作為，甚至是胡作非為的人，他自認雖有匡時濟世的心志，無奈時世容不下像他這樣勇於說真話的正直之士，所以寧可當個吟詩作賦的江湖閑人，也不希望自己成為尸位素餐的利祿小人，詩意表現出其對世局不滿的悲憤激情。可用來抒發世道黑暗，有志之士難以伸展抱負而閑居吟詩度日的心境。

【出處】唐．杜荀鶴〈自敘〉詩：「酒甕琴書伴病身，熟諳時事樂於貧。寧為宇宙閑吟客，怕作乾坤竊祿人。詩旨未能忘救物，世情奈值不容真。平生肺腑無言處，白髮吾唐一逸人。」

縱飲久判人共棄，懶朝真與世相違。

整日縱情飲酒，早就被人們所嫌棄，懶惰於上朝參政，確實是有違背世俗常情。

【解析】安史之亂後，杜甫被肅宗任命為左拾遺，滿懷報國之心的杜甫，原以為能在國家危難之際一展長才，誰知他的施政理念遭人厭棄，抱負難伸，於是來到了長安著名的遊覽勝地曲江縱酒狂飲，久坐不歸，詩中抒發其不受朝廷重用的牢騷苦悶。可用來形容仕途失意，借酒澆愁的沮喪心情。

【出處】唐．杜甫〈曲江對酒〉詩：「苑外江頭坐不歸，水精春殿轉霏微。桃花細逐楊花落，黃鳥時兼白鳥飛。縱飲久判人共棄，懶朝真與世相違。吏情更覺滄洲遠，老大悲傷未拂衣。」

鬢毛不覺白毿毿[1]，一事無成百不堪。

兩鬢上的毛髮在不知不覺間發白又細長，人生

至今連一件事情都沒有做成，真是令人痛苦得難以忍受。

【注釋】1.毿毿：音ㄙㄢ，毛髮細長的樣子。

【解析】白居易在除夕夜寄給好友元稹這一首詩，他感嘆自己早已年過半百，卻是庸庸碌碌，白首無成，虛度了人生寶貴的光陰。可用來抒發年歲徒增，卻毫無建樹的傷心嗟嘆。

【出處】唐·白居易〈除夜寄微之〉詩：「鬢毛不覺白毿毿，一事無成百不堪。共惜盛時辭闕下，同嗟除夜在江南。家山泉石尋常憶，世路風波子細諳。老校於君合先退，明年半百又加三。」

人生識字憂患始，姓名粗記可以休。

人一旦識了字，就是一生憂愁苦難的開始，所以只要粗略地記得姓名就可以了。

【解析】蘇軾表面上看似在講識字的壞處，實是在感嘆人因對知識的理解愈多，思考問題的層次也愈深沉，尤其置身在複雜的官場，日夜承受極大的壓力，煩惱自是無可避免的。可用來形容書讀得愈多，對人生各種事物的領略也會愈多，但隨之而來的愁苦也更深。也可用在文人對自己乖舛境遇的牢騷語。

【出處】北宋·蘇軾〈石蒼舒醉墨堂〉詩：「人生識字憂患始，姓名粗記可以休。何用草書誇神速？開卷惝怳（ㄏㄨㄤˇ）令人愁……」（節錄）

人皆養子望聰明，我被聰明誤一生。

每個人養孩子都希望孩子聰穎，我卻是被聰穎耽誤了一生。

【解析】蘇軾借寫他對剛出生的么兒蘇遯不必太過聰明的期望，抒發自己官宦生涯的牢騷不平。蘇軾在貶地黃州期間，妾王朝雲生下兒子蘇遯，一向自恃聰明絕頂的蘇軾，仕途卻失意不順，甚至先前還遭到當朝權貴誣陷，險些被處死。詩中他用帶詼諧的口吻，嘲弄自己以為聰明便率性逞能，不管是與人說話還是書寫文章皆無所顧憚，從未想過會因此得罪了多少人，導致如今流落偏鄉，連累家人陪同受罪。可用來形容雖聰慧過人，但不知藏鋒，故屢遭打壓，際遇坎坷。

【出處】北宋・蘇軾〈洗兒戲作〉詩：「人皆養子望聰明，我被聰明誤一生。惟願孩兒愚且魯，無災無難到公卿。」

才子詞人，自是白衣卿相[1]。

有才學的詞人，也算得上民間沒有科舉功名的公卿宰相。

【注釋】1.白衣卿相：指有卿相的才幹，而無功名的人。

【解析】柳永參加科舉考試落第，寫詞抒發牢騷，他自認才華洋溢，只是時運不濟，才會金榜失意，於是便用「白衣卿相」之說，聊以自慰，可見其自視甚高。可用來形容才學兼優，足堪重任，卻苦無機會施展。

【出處】北宋・柳永〈鶴沖天・黃金榜上〉詞：「黃金榜上，偶失龍頭望。明代暫遺賢，如何向？未遂風雲便，爭不恣狂蕩？何須論得喪。才子詞人，自是白衣卿相……」（節錄）

有道難行不如醉，有口難言不如睡。

有路卻行走困難，還不如喝醉不走，有嘴卻不敢說話，還不如臥睡不語。

【解析】蘇軾詩中寫其欲借酩酊大醉和沉沉昏睡，好讓自己忘卻舉步維艱的惡劣處境，以及難以向人吐露肺腑之言的痛苦，但事實上，無論是醉或睡，都會有醒來的時候，那時的落寞與無力感，應是比醉或睡之前更加劇烈。可用來形容環境困厄，只能把真話藏在心中不便說出。

【出處】北宋・蘇軾〈醉睡者〉詩：「有道難行不如醉，有口難言不如睡。先生醉臥此石間，萬古無人知此意。」

自古蛾眉嫉者多，須防按劍向隨和[1]。

從古以來，美麗的女子容易招引多數人的嫉妒，對身懷寶物的人，也會一直按住劍小心提防著。

【注釋】1.隨和：此指貴重的寶物。為古時隨侯珠、和氏璧兩種寶物的合稱。隨侯珠，相傳是春秋隨侯出遊時救了一條受傷的大蛇，蛇在痊癒後，由江中銜來一顆會在黑夜發光的寶珠，自稱是龍王之子，以珠作為對隨侯的報答。和氏璧，為春秋楚人卞和所得的一塊璞玉，後經琢磨後成為寶玉。

【解析】一心欲收復中原失土的辛棄疾，因主張與南宋當政者迥異，使其不斷遭人構陷，理想一再受挫，報國無路。詩中以「蛾眉」比喻自己的美好節操猶如美人，無奈圍繞皇帝身邊的盡是忌妒自己的小人；又以「隨和」比喻自己的本領有如隨侯珠、和氏璧一樣光輝耀眼，以致他人覬覦，而必須隨時防備著，語氣中難掩憂憤激動。可用來形容人因容貌俊美或才能出眾，而遭人嫉恨的不滿情緒。

【出處】南宋・辛棄疾〈再用韻〉詩：「自古蛾眉嫉者多，須防按劍向隨和。此身更似滄浪水，聽取當年孺子歌。」

自笑平生為口忙，老來事業轉荒唐。

可笑的是，我一生為了餬口而忙碌，到年老時，事業變得比以前更加荒誕。

【解析】蘇軾詩中以「平生為口忙」的自嘲之詞，表達自己遭到朝廷貶逐黃州，是因為言語和詩文得罪了當權者，導致如今年紀老大，還是一事無成，前途一片茫然，故借詩發發牢騷，苦中作樂一番。其中「口」字，一語雙關，可以作養家餬口，也可以解釋為禍從口出。可用來形容因口快而得罪人，導致處境窘迫。也可用來形容為了生計拚命努力，但結果還是不盡人意。

【出處】北宋・蘇軾〈初到黃州〉詩：「自笑平生為口忙，老來事業轉荒唐。長江繞郭知魚美，好竹連山覺筍香。逐客不妨員外置，詩人例作水曹郎。只慚無補絲毫事，尚費官家壓酒囊。」

忍把浮名，換了淺斟低唱。

還是忍著辛酸，把對虛浮功名的追求，換成飲酒吟唱的享樂時光。

【解析】柳永從年輕到中年不斷地參加科舉考試，卻是一次又一次地鎩羽而歸，他雖自恃才學不凡，然因喜作豔詞，在文人圈中風評不佳，甚至連北宋仁宗皇帝都對他的負面傳聞頗為反感。也因此，柳永為了忘卻落第的感憤，成日流連狎邪，與歌妓們喝酒唱和，更強言人生不該執著於浮名而虛擲青春。但事實上，柳永並未真的就此放棄科舉，考場上還是會出現他的身影，終於在他接近半百之齡考取了進士，這一闋詞不過是抒發當下落榜的怨尤而已，他依然擺脫不掉對登科中試的憧憬。可用來形容不願為了虛名而捨棄悠閑的生活。也可用來形容追求的人生目標已經沒有指望，退而享受及時的歡樂。

【出處】北宋．柳永〈鶴沖天．黃金榜上〉詞：「……煙花巷陌，依約丹青屏障。幸有意中人，堪尋訪。且恁偎紅倚翠，風流事，平生暢。青春都一餉。忍把浮名，換了淺斟低唱。」（節錄）

把吳鉤[1]看了，闌干拍遍，無人會，登臨意。

把我佩帶在身上的寶刀一看再看，一遍又一遍拍打著闌干，沒人懂我此時登樓的心情。

【注釋】1.吳鉤：刀名。相傳是春秋吳王闔閭所鑄造的一種彎形寶刀。後泛指鋒利的寶刀。

【解析】辛棄疾自詡負有治軍濟世的才略，卻一直沉於下僚，不受到當政者的重用，使其報國壯志無處施展。詞中寫他登高撫劍，不斷怒拍闌干，宣洩滿腔的悲憤，並以名刀「吳鉤」喻比自己作戰殺敵的能力，如同銳利的寶刀一樣，只可惜英雄終究是無用武之地。可用來形容空有一身膽識才華，卻無人賞識的苦悶。

【出處】南宋．辛棄疾〈水龍吟．楚天千里清秋〉詞：「楚天千里清秋，水隨天去秋無際。遙岑遠目，獻愁供恨，玉簪螺髻。落日樓頭，斷鴻聲裡，江南游子。把吳鉤看了，闌干拍遍，無人會，登臨意……」（節錄）

卻將萬字平戎策，

換得東家種樹書。

當時向朝廷提出上萬字平定外患策略的策論，如今只能拿去和鄰居換回一本教人栽植花木的書籍。

【解析】辛棄疾曾多次向朝廷上疏抗金對策的奏章，只是他的建議不但沒有被採納，還遭到政敵的疑忌而落得被免職的下場。詞中他故意用反語，自嘲他所寫的那些論述治軍用兵的洋洋灑灑萬言書，還比不上鄰居一本有關種樹技能的書來得實用。可用來形容向上位者提出與敵人的作戰計畫，卻受到漠視。

【出處】南宋．辛棄疾〈鷓鴣天．壯歲旌旗擁萬夫〉詞：「壯歲旌旗擁萬夫，錦襜突騎渡江初。燕兵夜娖銀胡簶，漢箭朝飛金僕姑。追往事，嘆今吾，春風不染白髭鬚。卻將萬字平戎策，換得東家種樹書。」

怒髮衝冠，憑闌處、瀟瀟雨歇。

我憤怒到頭髮都豎立起來，直衝帽冠，靠著闌干，急驟的風雨剛剛停歇。

【解析】岳飛寫其雨後倚闌遠望，他一想到北方國土慘遭金人蹂躪摧殘，百姓生活陷入水火之中，實在按捺不住心中的熊熊怒火，激憤至極，矢志殺敵救國，收復山河。可用來形容對某人或某事感到痛恨難平，怒不可遏。

【出處】北宋末、南宋初．岳飛〈滿江紅．怒髮衝冠〉詞：「怒髮衝冠，憑闌處、瀟瀟雨歇。抬望眼、仰天長嘯，壯懷激烈。三十功名塵與土，八千里路雲和月。莫等閑、白了少年頭，空悲切……」（節錄）

若有知音見採，不辭遍唱〈陽春〉[1]。

假使能夠得到知音的接納，我不會拒絕為他唱盡像〈陽春白雪〉那樣艱難又典雅的曲子。

【注釋】1.陽春：即〈陽春白雪〉曲，相傳為春秋晉人師曠所作，到了戰國成了楚國一種藝術性、難度都較高的樂曲。後多用來比喻高雅精深的音樂或文藝作品。

【解析】晏殊詞中借一名歌女的口吻，述說自身的不幸遭遇，她雖曾因歌藝精湛，紅遍一時，獲得客人的賞賜無數，但後來歷經流離，姿色漸衰，生意每況愈下，經常吃著人家剩餘的飯菜，歌女希望此時還能遇見聽得懂她歌聲的人，縱使為對方一遍又一遍地唱〈陽春白雪〉這類高難度的樂曲，也是心甘情願的，語氣中充滿知音難覓的悲嘆。可用來形容才藝超群，卻苦於無人欣賞。

【出處】北宋．晏殊〈山亭柳．家住西秦〉詞：「家住西秦，賭博藝隨身。花柳上，鬥尖新。偶學念奴聲調，有時高遏行雲。蜀錦纏頭無數，不負辛勤。數年來往咸京道，殘杯冷炙謾消魂。衷腸事，託何人？若有知音見採，不辭遍唱〈陽春〉。一曲當筵落淚，重淹羅巾。」

躬耕本是英雄事，老死南陽[1]未必非。

親自耕種本來就是英雄該做的事，（諸葛亮）即便最後是老死在南陽，也未必是錯的。

【注釋】1.南陽：位在今河南境內，為三國蜀相諸葛亮未出山前居住的地方。

【解析】陸游在成都任官時遭彈劾而被罷職，那段閑來無事的日子裡，他經常到附近的鄉間走走，打算日後在此終老。當他一想到曾在這裡為蜀漢鞠躬盡瘁的丞相諸葛亮，原本隱居南陽，之後才被劉備三顧茅廬請出山來，詩中一方面感佩諸葛亮對國家的忠心付出，但一方面又嚮往歸耕的生活，顯而易見，陸游還是不能忘懷國家的安危，只是現實環境中，找不到一處可以讓他揮灑軍事長才的舞臺。可用來形容渴望為國效勞的心志一再落空，在不得已的情況下，產生歸隱田園的想法。

【出處】南宋．陸游〈過野人家有感〉詩：「縱轡江皋送夕暉，誰家井臼映荊扉？隔籬犬吠窺人過，滿箔蠶饑待葉歸。世態十年看爛熟，家山萬里夢依稀。躬耕本是英雄事，老死南陽未必非。」

欲將心事付瑤琴，知音少，絃斷有誰聽？

想要借助琴聲來訴說心裡的話，但無奈知心的人太少，即使把絃給彈斷了，又有誰來聽呢？

【解析】岳飛一心欲收復北方失土，主張舉兵抗敵，

但朝廷權臣卻計畫和金人進行議和，並大力排擠堅持抗金的文武官員。詞人見北伐受阻，報國的心志難以實現，不禁痛恨這世上豺狼當道，知音寥寥，無人理解他的一腔憂憤。其中「絃斷」出自春秋時期俞伯牙和鍾子期的典故，善鼓琴的俞伯牙，自從知音鍾子期過世後便絕絃不彈，因為再也沒人能像鍾子期一樣聽得懂自己的音樂。可用來形容心事重重，卻又苦於找不到可以傾訴和體會的人。

【出處】北宋末、南宋初．岳飛〈小重山．昨夜寒蛩不住鳴〉詞：「昨夜寒蛩不住鳴，驚回千里夢，已三更。起來獨自繞階行，人悄悄，簾外月朧明。白首為功名。舊山松竹老，阻歸程。欲將心事付瑤琴，知音少，絃斷有誰聽？」

堪笑翰林陶學士，年年依樣畫葫蘆。

可笑的是，翰林院裡我這個陶學士，年復一年，只會照著葫蘆的樣子畫葫蘆。

【解析】據北宋人魏泰《東軒筆錄》記載，宋太祖未登基前發動陳橋兵變，脅迫後周恭帝禪位，在如此重大的關鍵時刻，竟然忘記派人書寫禪文，熟料陶穀早已把寫好的禪文放在身上，協助太祖順利完成了受禪儀式。陶穀自認是大宋的開國功臣，並在翰林院盡心任職多年，卻遲遲沒有升官，便託人在太祖面前推薦自己，怎知太祖認為翰林學士不過是負責草擬典章制度，內容多依前人的版本稍作修改，也就是依樣葫蘆罷了，根本稱不上辛勞。陶穀得知此事後，心裡悶悶不樂，便在翰林院的牆上寫下此詩自嘲。可用來形容凡事只能沿襲前例去做，無法創新，難以展露自己的學識才華。

【出處】北宋．陶穀〈題玉堂壁〉詩：「官職須由生處有，才能不管用時無。堪笑翰林陶學士，年年依樣畫葫蘆。」

經世才難就，田園路欲迷。

治理天下的才能難以施展，歸隱田園的路又感到十分迷惘。

【解析】這首詩的詩題為〈秣陵道中口占〉。秣陵，古縣名，屬江寧府，即今之南京。口占，意指隨口吟成的詩文。推行變法失敗的王安石，罷相後從京城回到江寧住所，他自許懷有經世之才，縱使退居江湖，對於新法遭到保守派反對而無法成功，始終耿耿於心，也因而失去了鄉村生活的恬淡樂趣，詩中寄寓其在出仕和隱遁之間的矛盾情結。可用來形容因政治抱負無法實現的挫折與失落。

【出處】北宋．王安石〈秣陵道中口占〉詩二首之一：「經世才難就，田園路欲迷。殷勤將白髮，下馬照青溪。」

賢愚千載知誰是？滿眼蓬蒿共一丘。

過了千年，賢能或是愚昧有誰可以知道呢？放眼望去，不過都是滿目野草裡的一堆土丘。

【解析】黃庭堅在清明這天，看著長滿野草的丘墳，想起了《孟子．離婁》中的寓言，講述有一妻一妾的齊人，經常到墳地去向人乞討祭品，回家還和妻妾誇耀是到富貴人家吃飯的醜態；以及西漢人劉向《新序．節士》記載春秋高士介之推在助晉文公回國即位後，隱居山中，晉文公為逼其出仕而燒山，介之推寧願被燒死也不要公侯高位的氣節。作者在此要表達的是，無論是齊人或是介之推，到頭來都是「共一丘」，而後世的人們，又有誰能夠分辨得出長眠黃土下的是賢者還是愚人呢？可用來抒發對世人賢愚不分、是非不明的憤慨與無奈。

【出處】北宋．黃庭堅〈清明〉詩：「佳節清明桃李笑，野田荒壟只生愁。雷驚天地龍蛇蟄，雨足郊原草木柔。人乞祭餘驕妾婦，士甘焚死不公侯。賢愚千載知誰是？滿眼蓬蒿共一丘。」

醉鄉路穩宜頻到，此外不堪行。

只有在喝醉的時候，走路是穩的，可以經常去，除此之外，哪裡都是不能去的啊！

【解析】人在醉酒的時候，明明就是處在走路最不穩的狀態，李煜卻故意說成「醉鄉路穩」，意即酒醒之後，對他而言更是舉步維艱，所以寧可頻頻爛醉，才能從困厄的現實處境中，獲得暫時的解脫。可用來形容利用縱酒來麻醉自己，求得忘卻愁苦。

【出處】五代．李煜〈烏夜啼．昨夜風兼雨〉詞：「昨夜風兼雨，簾幃颯颯秋聲。燭殘漏斷頻欹枕，起坐不能平。世事漫隨流水，算來一夢浮生。醉鄉路穩宜頻到，此外不堪行。」

憑誰問，廉頗老矣，尚能飯否？

誰會來詢問，廉頗如今老了，還能和過去一樣吃很多飯嗎？

【解析】辛棄疾作此詞時已高齡六十六歲，詞中他以戰國時期的趙國名將廉頗自比，表達其渴望受到朝廷重用的心志。據《史記．廉頗藺相如列傳》記載，趙悼襄王面對秦軍來勢洶洶，想要再度起用投奔魏國的舊將廉頗，便派使臣前去探望廉頗的身體狀況，廉頗也很想回去為趙國效力，當著使者的面前吃了一斗米，十斤肉，披甲上馬奔馳，顯示自己仍大有可為，只不過使臣早已被趙國的權臣郭開給收買，回來後便在趙王面前謊稱廉頗吃一頓飯，就跑了三趟廁所，使趙王誤認廉頗已老不堪用，遂不召回。辛棄疾雖自認與廉頗一樣老當益壯，然而他的際遇可說是比廉頗還不如，因為連前來探詢他的使者都不曾出現，一生懷抱雪恥復國的心志最後還是落空。可用來形容人雖老而雄心遠大，但終是不獲重用。

【出處】南宋．辛棄疾〈永遇樂．千古江山〉詞：「……元嘉草草，封狼居胥，贏得倉皇北顧。四十三年，望中猶記，烽火揚州路。可堪回首，佛狸祠下，一片神鴉社鼓。憑誰問，廉頗老矣，尚能飯否？」（節錄）

磨穿鐵硯非吾事，繡折金針卻有功。

勤奮向學，把鐵鑄的硯臺都磨穿了，並不是身為女子的我該做的事，擅長於刺繡針線等方面的技藝，才是女子的本分工作。

【解析】此詩的詩題為〈自責〉，表面上看似是朱淑真對於自己只愛舞文弄墨之事的懺悔，自責不該違背傳統禮教，以致荒廢了時下女子必須具備的婦功。然事實上，朱淑真是故意用反諷的筆法，表達其對封建制度下，普遍認為「女子無才便是德」觀念的藐視，發出她勇於追求自我的聲音。可用來形容女子雖具有文藝才情，卻不為當時社會主流或思想保守人士所見容，為此氣憤難平。

【出處】南宋．朱淑真〈自責〉詩二首之一：「女子弄文誠可罪，那堪詠月更吟風？磨穿鐵硯非吾事，繡折金針卻有功。」

勸君莫作獨醒人，爛醉花間應有數。

奉勸你不要孤獨地做一個保持清醒的人，還是在花叢裡痛飲爛醉才是最好的。

【解析】此乃晏殊在酣醉下對紅塵如夢的感悟，體認到既然青春與愛情皆無法長駐，不如把握「有花堪折直須折」的歡愉時光，即時爛醉在花叢脂粉堆裡也是無妨的，畢竟要效法前人「眾人皆醉我獨醒」，可是得承受極大的精神痛苦，實在不是他所能負荷的。可用來形容借痛飲大醉以消愁。

【出處】北宋．晏殊〈木蘭花．燕鴻過後鶯歸去〉詞：「燕鴻過後鶯歸去，細算浮生千萬緒。長於春夢幾多時，散似秋雲無覓處。聞琴解佩神仙侶，挽斷羅衣留不住。勸君莫作獨醒人，爛醉花間應有數。」

地也，你不分好歹何為地？天也，你錯勘賢愚枉做天。

地啊！你不能分辨善惡好壞，還算是地嗎？天啊！你無法判斷誰是賢能、誰是愚昧，真是枉費做天啊！

【解析】這兩句曲詞是出自元雜劇家關漢卿《竇娥冤》，故事中的竇娥自幼母親去世，父親是個落魄秀才，準備上京赴試前把竇娥賣給蔡家當童養媳，長大後竇娥嫁與蔡家為媳，不久丈夫便夭亡，與婆婆相依為命。之後出現一地痞流氓張驢兒脅迫竇娥與其成親，竇娥堅決不從，張驢兒設計想要毒死竇娥的婆婆，逼竇娥就範，沒想到卻意外毒死了自己的父親，於是把殺人罪名推到竇娥的身上。官府用酷刑逼訊竇娥不成，改打婆婆，竇娥為救護婆婆，便承認了所有的罪狀，被判了死刑。臨刑前，竇娥發下三個願誓，一是斬首後她的血只會濺在白練上，一滴也不會落地，二是炎熱的六月天會降下三尺白雪，掩蓋她的屍

骸，三是當地將會大旱三年，這聽起來不可思議的三件事竟然全都一一應驗。三年後，竇娥的父親做了官，竇娥託夢求父親主持公道，才洗刷了冤屈。曲詞抒發了竇娥行刑前的滿腔憤怒，怨恨天地是非不明，對不公不義的社會充滿了絕望。可用來形容負屈含冤，無處申訴而埋怨天地無情。

【出處】元．關漢卿《竇娥冤．第三折》之〈滾繡球〉曲：「有日月朝暮懸，有鬼神掌著生死權。天地也只合把清濁分辨，可怎生糊突了盜跖顏淵。為善的受貧窮更命短，造惡的享富貴又壽延。天地也，做得個怕硬欺軟，卻原來也這般順水推船。地也，你不分好歹何為地？天也，你錯勘賢愚枉做天。哎，只落得兩淚漣漣。」

我本將心托明月，誰知明月照溝渠？

我本來希望把我的真心真意託付給明月，哪裡知道明月寧可把月光都照向路旁的水溝？

【解析】這兩句詩是古來流傳的俗語，詩人借物抒懷，表達滿心期待落空的委屈與不平，其自認懷著一片赤誠之心對待某人，奈何對方不但毫不領情，甚至還存心踐踏自己的盛情美意，讓人覺得沒有得到應有的尊重或回報而失望不已。可用來比喻自己的一番好意，遭到曲解或不被接納的隱痛。

【出處】元末明初．高明《琵琶記．第三十一齣》之詩：「我本將心托明月，誰知明月照溝渠？」

一簫一劍平生意，負盡狂名十五年。

身上帶著一管簫、一把劍，隨時吟詩舞劍，本是我此生最大的志願，然而時隔十五年後來看，我完全辜負了當初狂士的名聲啊！

【解析】清代文人龔自珍將近四十歲才考取進士，這首詩是其於三十出頭時所寫的，當時正值清宣宗道光年間，鴉片氾濫，東南沿海經常有外敵入侵，詩中言其欲以平生自恃的文才武略「一簫一劍」來補偏救弊，實現他關心社會和改革政治的理想，可惜的是，自鄉試中舉後，龔自珍參加會試一再失利，自嘆徒具狂士的虛名，故寫詩抒發滿腔的幽恨。可用來形容懷抱經世濟民的心志，卻苦無發揮長才的舞臺，曾有的凌雲豪情早被時間消磨殆盡。

【出處】清．龔自珍〈漫感〉詩：「絕域從軍計惘然，東南幽恨滿詞箋。一簫一劍平生意，負盡狂名十五年。」

十有九人堪白眼，百無一用是書生。

文人當中十個就有九個是讓人瞧不起的，世上有眾多的行業，唯一對社會沒有用處的就是讀書人。

【解析】此為清代詩人黃景仁的自嘲之作，他一生落魄窮困，喜作愁苦之詩，朋友多勸其改變詩風，擔心其感傷低沉的風格成了自己未來命運的不幸讖語，但他仍堅持不平而鳴。詩中抒發其對當時儒林文士的鄙惡輕視，氣惱知識分子為了追求爵祿，早已忘卻了讀書的初衷，任由官場弊病叢生而毫不作為，可悲的是，自己其實也是「十有九人」、「百無一用」裡的其中一人。可用來形容不滿文人漠視政治社會的各種亂象，心情苦悶。也可用來感傷自己地位卑下，人微言輕，無力改變現實社會的困境。

【出處】清．黃景仁〈雜感〉詩：「仙佛茫茫兩未成，只知獨夜不平鳴。風蓬飄盡悲歌泣，泥絮招來薄倖名。十有九人堪白眼，百無一用是書生。莫因詩卷愁成讖，春鳥秋蟲自作聲。」

莫嫌舉世無知己，未有庸人不忌才。

不要嫌怨世上沒有了解自己的人，從來沒有平庸的人不忌妒有才能的人。

【解析】詩題〈三閭祠〉，三閭，是春秋戰國時期楚國宗室昭、屈、景三姓聚居之所，楚國置有三閭大夫一職，掌管宗族事務和教育貴族子弟，由於屈原曾任此職，後世也用「三閭」代指之。此詩為清人查慎行經過「三閭祠」憑弔屈原而作，除了表達其對屈原遭小人中傷而被楚王疏離的無限同情，也抒發自己同屈原一樣，深感舉世之大，知音難尋，渴望用世，不料又招來妒嫉他的人對其詆毀，為此激憤不已。可用來形容才士受到庸人妒賢嫉能，委屈無處可訴。

【出處】清．查慎行〈三閭祠〉詩：「平遠江山極目回，古祠漠漠背城開。莫嫌舉世無知己，未有庸人不忌才。放逐肯消亡國恨？歲時猶動楚人哀。湘蘭沅芷年年綠，想見吟魂自往來。」

胸懷壯志

鴻鵠高飛，一舉千里。

大鳥展翅飛向高空，一飛就有一千里之遠。

【解析】相傳此歌為西漢高祖劉邦所作。據司馬遷《史記．留侯世家》記載，漢高祖雖立了呂后之子劉盈為太子，但嫌其個性過於懦弱，又因寵愛戚夫人之故，想改立戚夫人之子劉如意，呂后聽從張良（被封為留侯）的建議，讓劉盈請出了名揚天下的四位隱居賢士出山輔佐自己，劉邦見劉盈的羽翼已豐，有如鴻鵠可一飛千里，翱翔四海，便對戚夫人唱這首歌，說明自己已無力廢太子。可用來比喻人的志向遠大。

【出處】西漢．司馬遷《史記．留侯世家》之〈鴻鵠歌〉詩：「鴻鵠高飛，一舉千里。羽翮已就，橫絕四海。橫絕四海，當可奈何？雖有矰繳，尚安所施？」

山不厭高，海不厭深。

山不會嫌棄土石的堆積而讓自己更為高大，海不會厭惡水的積聚而讓自己更為深廣。

【解析】心懷統一大業的曹操，詩中表達自己的胸襟廣闊，一如高山大海，因為山不辭土石和海不辭水，具有廣納包容的特性，故能成就其高度和深度。他希望能有更多各地的英雄好漢都前來歸附，以實現其建功立業的宏圖大志。可用來比喻聖明的當政者可以容納各方賢士，希望身邊的人才越多越好。

【出處】東漢．曹操〈短歌行〉詩：「……山不厭高，海不厭深。周公吐哺，天下歸心。」（節錄）

老驥伏櫪，志在千里。烈士暮年，壯心不已。

伏在馬槽邊的千里馬雖然老了，仍有馳騁千里的志向。懷有遠大抱負的人即使年近垂暮，雄壯豪邁的心依然不減。

【解析】曹操除了在文學的成就亮眼之外，也堪稱是史上著名的一位軍事家、政治家，詩中其以「老驥」自喻，他知道形貌終究敵不過自然規律而老化，但仍然鬥志高昂，豪情不減，展現其不服老的進取精神。可用來比喻年紀老大仍雄心未泯，老當益壯。

【出處】東漢．曹操〈步出夏門行．龜雖壽〉詩：「神龜雖壽，猶有竟時。騰蛇乘霧，終為土灰。老驥伏櫪，志在千里。烈士暮年，壯心不已。盈縮之期，不但在天。養怡之福，可得永年。幸甚至哉，歌以詠志。」

何不策高足？先據要路津。

為何不趕快鞭策上等快馬？先占據重要的交通路口。

【解析】這首詩的作者抒寫其在歡宴上聽到美妙樂音的感慨，表達有志青年應把握人生有限的時光，快馬加鞭，驅使自我不斷前進，勇敢替自己爭取高官要職，千萬不要安貧固窮，永遠都擺脫不了坎坷辛苦的生活。可用來鼓勵人們宜行動快速，捷足先登，奮力謀取高位。

【出處】東漢．佚名〈古詩十九首〉詩十九首之四：「……人生寄一世，奄忽若飆塵。何不策高足？先據要路津。無為守窮賤，轗（ㄎㄢˇ）軻長苦辛。」（節錄）

丈夫志四海，萬里猶比鄰。

男兒應有遠行四方，立下一番功業的心志，縱然與人相隔萬里之遙，也當成像是隔壁的鄰居般一樣親近。

【解析】詩題〈贈白馬王彪〉，是三國魏人曹植贈別封白馬王的異母弟曹彪之作，詩中勸慰曹彪莫因兄弟遠別而過度傷神，他認為大丈夫應該胸懷廣大，志向高遠，如果彼此的情誼深厚，即使相距萬里，也能心

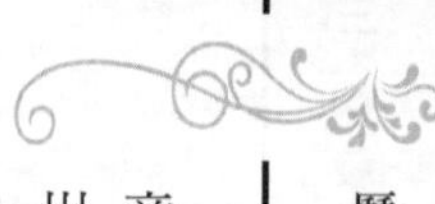

意相通，毫無阻礙。後來唐人王勃〈送杜少府之任蜀州〉之「海內存知己，天涯若比鄰」便是由曹植這兩句詩脫化而出。可用來形容男子理想崇高，眼界開闊，四海在其看來猶如近鄰。

【出處】三國魏．曹植〈贈白馬王彪〉詩：「……心悲動我神，棄置莫復陳。丈夫志四海，萬里猶比鄰。恩愛苟不虧，在遠分日親……」（節錄）

閑居非吾志，甘心赴國憂。

安居無事的日子並非我的心志，情願奔赴戰場，為國解除憂患。

【解析】此為曹植準備離開京都洛陽、前往封地鄄城（位在今山東荷澤市境內。鄄，音ㄐㄩㄢˋ）前所寫的一首詩，他在詩中委婉的向兄長魏文帝曹丕表明其有意馳騁萬里，遠征孫吳，寧可戰死在沙場上，也不願在封地內安逸度日。可惜的是，曹植的報國宏願並未能實現，心性多疑的曹丕，終究不放心讓自己的手足參與政事。可用來形容甘願放棄悠閑的生活，勇赴國難的大志。

【出處】三國魏．曹植〈雜詩〉詩六首之五：「僕夫早嚴駕，吾將遠行遊。遠遊欲何之？吳國為我仇。將騁萬里塗，東路安足由？江介多悲風，淮泗馳急流。願欲一輕濟，惜哉無方舟。閑居非吾志。甘心赴國憂。」

猛志逸四海，騫翮思遠翥[1]。

猛進豪邁的心志，超越四海，就像鳥兒一樣，舉翅飛向遠方。

【注釋】1.翥：音ㄓㄨˋ，高飛。

【解析】東晉詩人陶淵明回憶年少時期，即使沒有發生任何值得快樂的事，他的心裡也覺得欣悅無比，總是精神抖擻，志氣高揚，想像著自己有如飛鳥振翅飄翔天空，傲視一切，無所畏懼。而如今的他，年老志衰，縱使遇到值得歡喜的事，不但開心不起來，甚至還會感到憂懼，心境與過去完全迥異。可用來形容壯志飛揚，一心勇猛奮進，不甘後人。

【出處】東晉．陶淵明〈雜詩〉詩十二首之五：「憶

我少壯時，無樂自欣豫。猛志逸四海，騫翮思遠翥。荏苒歲月頹，此心稍已去。值歡無復娛，每每多憂慮……」（節錄）

丈夫生世能幾時？安能蹀躞[1]垂羽翼？

有志氣的男兒活在世上能有多長的時間？怎麼可以像小鳥一樣小步行走、垂翼不飛呢？

【注釋】 1.蹀躞：音ㄉㄧㄝˊ ㄒㄧㄝˋ，小步走路的樣子。

【解析】 南朝宋時期的文人鮑照因出身貧寒，雖才高意廣，在政治上卻飽受打壓，始終抑鬱不得意，即使美食當前他也難以下嚥，激憤得拔出長劍，對著柱子揮舞，不斷發出短嘆長吁，他一想到時光易逝，實在不甘一直屈於下位，希望儘快獲得大展身手的機會。可用來說明英武勇敢的男子不該浪費有限的光陰而畏縮不前，應當積極抓緊時機，施展長才。

【出處】 南朝宋・鮑照〈擬行路難〉詩十八首之六：「對案不能食，拔劍擊柱長嘆息。丈夫生世會幾時？安能蹀躞垂羽翼……」（節錄）

十年磨一劍，霜刃未曾試。

花費十年的工夫才磨出了一把劍，劍刃白亮有如寒霜，至今還沒試過它的鋒芒到底有多麼銳利。

【解析】 此詩詩題〈劍客〉。劍客，乃詩人賈島之自喻，其中「十年磨一劍」是指自己十年寒窗苦學所練就的出眾本領，「霜刃未曾試」表達其學成之後渴望獲得施展政治長才的機會，語氣滿懷無比的自信。清人李鍈《詩法易簡錄》評曰：「豪爽之氣，溢於行間。」可用來比喻長期努力鑽研，期待能夠得到肯定進而實現個人的理想抱負。

【出處】 唐・賈島〈劍客〉詩：「十年磨一劍，霜刃未曾試。今日把示君，誰為不平事？」

不知腐鼠成滋味，猜意鵷雛[1]竟未休。

不料腐敗的鼠肉被鴟當成了美味，竟對挑食的鵷雛也猜忌不休。

【注釋】1.鵷雛：傳說中一種像鳳凰的鳥。

【解析】李商隱一心嚮往在建立一番功業後退隱江湖，而他所懷抱的凌雲壯志，卻遭到朝廷裡小人的猜疑和恐懼，故詩中援引《莊子．秋水》之典故，自比是「非梧桐不止，非練食不食，非醴泉不飲」的鵷雛，從不會把鴟得到的腐肉當成是美味看待。可用來抒發心志高尚遠大，而貪權慕祿之輩只能用小人狹隘之心揣度之。

【出處】唐．李商隱〈安定城樓〉詩：「迢遞高城百尺樓，綠楊枝外盡汀洲。賈生年少虛垂涕，王粲春來更遠遊。永憶江湖歸白髮，欲迴天地入扁舟。不知腐鼠成滋味，猜意鵷雛竟未休。」

少小雖非投筆吏，論功還欲請長纓。

年輕時雖沒有像班超一樣投筆從戎，但現在我想效法西漢的終軍，向君王自願請纓去戰場上建立功名。

【解析】一生漂泊不得志的祖詠，登上燕臺遠眺塞外，即被眼前萬里荒原與戰鼓喧天的場景所深深震撼，內心不禁澎湃激昂。他在詩中援引東漢戰將班超棄文從軍以及西漢終軍自願出使南越，請求漢武帝賜其一條長繩來捕縛南越王之史例，表達自己同兩位前人一樣的報國心願。清人屈復《唐詩成法》評曰：「通首雄麗，讀之生人壯心。」可用來抒發心懷衛國建功的遠大志向。

【出處】唐．祖詠〈望薊門〉詩：「燕臺一去客心驚，簫鼓喧喧漢將營。萬里寒光生積雪，三邊曙色動危旌。沙場烽火連胡月，海畔雲山擁薊城。少小雖非投筆吏，論功還欲請長纓。」

少年心事當拏雲[1]，誰念幽寒坐嗚呃？

年少時應當懷有摘下天上白雲的心志，誰會去憐惜遇到困境時總是坐著哀嘆的人呢？

【注釋】1.拏雲：比喻志向遠大。拏，音ㄋㄚˊ，通

「拿」字。

【解析】面對困頓處境，落魄的李賀期勉自己不要再自怨自哀，坐困愁城，而是更加積極進取，日後方能成就一番驚天動地的事業。可用來說明少年應該志向豪邁遠大，不要遇到困難挫敗便悲觀喪志。

【出處】唐・李賀〈致酒行〉詩：「零落棲遲一杯酒，主人奉觴客長壽。主父西遊困不歸，家人折斷門前柳。吾聞馬周昔作新豐客，天荒地老無人識。空將箋上兩行書，直犯龍顏請恩澤。我有迷魂招不得，雄雞一聲天下白。少年心事當拏雲，誰念幽寒坐嗚呃？」

少年負壯氣，奮烈自有時。

年少時懷抱著豪壯的志氣，一定會有振作奮起的時機出現。

【解析】李白詩中表現出一名少年懷抱著激昂高亢的豪情與雄心勃勃的壯志，並堅信自己日後必能成就一番不凡的功業。可用來抒發年輕人滿懷奮發向上的熱情，以及對人生信念的堅定不移。

【出處】唐・李白〈少年行〉詩三首之一：「擊筑飲美酒，劍歌易水湄。經過燕太子，結託并州兒。少年負壯氣，奮烈自有時。因聲魯句踐，爭情勿相欺。」

古來存老馬，不必取長途。

自古以來養老馬是為了取牠的耐力和智力，而不是為了要牠來跋涉長途。

【解析】杜甫詩中藉由老馬識途的典故，展現自己老當益壯的情懷，強調自己的年紀雖大，但壯志猶在，渴盼有機會能回到朝廷一展抱負。可用來形容年長者期待發揮自己的智慧和經驗，做一番對國家社會有貢獻的事。

【出處】唐・杜甫〈江漢〉詩：「江漢思歸客，乾坤一腐儒。片雲天共遠，永夜月同孤。落日心猶壯，秋風病欲疏。古來存老馬，不必取長途。」

永憶江湖歸白髮，欲迴天地入扁舟。

總想著要在年老白髮蒼蒼時歸隱，但在駕一葉扁舟泛遊江湖之前，希望能夠扭轉乾坤，建立一番功業。

【解析】李商隱詩中表達其希望在有生之年，能有機會從事一番轉變朝廷局勢的大事業，之後便會選擇功成身退，就好比春秋越國的范蠡一樣，在盡心佐助越王句踐滅吳後遂棄官歸隱，對權位毫不戀棧。可用來形容一心嚮往為國建功立業，等到展現政治抱負後告老引退。

【出處】唐．李商隱〈安定城樓〉詩：「迢遞高城百尺樓，綠楊枝外盡汀洲。賈生年少虛垂涕，王粲春來更遠遊。永憶江湖歸白髮，欲迴天地入扁舟。不知腐鼠成滋味，猜意鵷雛竟未休。」

仰天大笑出門去，我輩豈是蓬蒿人？

抬頭仰望青天，高聲大笑著走出門去，像我這樣的人怎會是一輩子困居草野或民間的人呢？

【解析】李白在得到唐玄宗召他入京的詔書後，便返回南陵（位在今安徽境內）和子女們告別，詩中表達對即將入京大展政治抱負的狂喜心情。可用來形容自詡才識過人，對施展長才躊躇滿志，自信滿滿。

【出處】唐．李白〈南陵別兒童入京〉詩：「白酒新熟山中歸，黃雞啄黍秋正肥。呼童烹雞酌白酒，兒女嬉笑牽人衣。高歌取醉欲自慰，起舞落日爭光輝。遊說萬乘苦不早，著鞭跨馬涉遠道。會稽愚婦輕買臣，余亦辭家西入秦。仰天大笑出門去，我輩豈是蓬蒿人？」

自謂頗挺出，立登要路津。

自認為才華卓越出眾，踏上仕途，就足以擔當國家的棟梁。

【解析】這是杜甫寫給在天寶年間於朝廷擔任尚書左丞韋濟的詩，主要是希望能獲得韋濟的引薦而入仕。

詩中杜甫向韋濟介紹自己的詩文堪與東漢揚雄、三國曹植媲比，也曾得到當代名家李邕、王翰的賞識，所抱持的政治理想是要致力於回到像堯舜時的純樸風俗。本詩堪稱是一封古代版的自我推薦書，使對方更了解自己的所學與志向抱負。可用來形容自認才華挺秀絕倫，可賦予國家重要的職務。

【出處】唐．杜甫〈奉贈韋左丞丈二十二韻〉詩：「……賦料揚雄敵，詩看子建親。李邕求識面，王翰願卜鄰。自謂頗挺出，立登要路津。致君堯舜上，再使風俗淳……」（節錄）

坐觀垂釣者，空有羨魚情。

坐著觀看湖邊垂竿釣魚的人，自己卻只能空有羨慕的心情。

【解析】孟浩然呈詩贈給張九齡，冀求得到對方的提拔以進入仕途。詩中描述自己面對盛大浩淼的洞庭湖卻賦閑家中，未能在聖明時代為國效力感到慚愧；其後又借《淮南子．說林訓》中「臨河羨魚，不如歸家織網」的典故，表達羨慕他人也無濟於事，理當親身力行，為朝廷盡展一己之長。可用來暗喻渴望成就一番事業，只是苦於無人引薦。

【出處】唐．孟浩然〈望洞庭湖贈張丞相〉詩：「……欲濟無舟楫，端居恥聖明。坐觀垂釣者，空有羨魚情。」（節錄）

長風破浪會有時，直挂雲帆濟滄海。

總是會遇到乘著長風破浪萬里的機會，那時就可以掛起高聳入雲的船帆橫渡大海。

【解析】這是李白因得罪朝廷權貴而遭人排擠時所寫的詩作，主在抒發其在政治上的不如意與激憤情感，但即便人生道路如此崎嶇難行，天性樂觀豪爽的他仍然相信，終有一天還是能受到重用，一展自己的遠大理想與長才。可用來比喻只要不畏艱難，奮勇向前，壯志一定會有伸展和實現的機會。

【出處】唐．李白〈行路難〉詩三首之一：「……行路難，行路難。多歧路，今安在？長風破浪會有時，直挂雲帆濟滄海。」（節錄）

俱懷逸興壯思飛，欲上青天攬明月。

我們都懷抱著超脫世俗的意興和雄心壯志奮然欲飛，想要飛到天上去摘取明月。

【解析】李白詩中表達其與族叔李雲都懷有不同於世俗的才思和壯志，甚至他還發下想要上天攬月的率真豪語，由此也可看出李白對高尚目標的嚮往與追求。可用來形容人的壯志不凡，豪情萬千。

【出處】唐・李白〈宣州謝朓樓餞別校書叔雲〉詩：「……蓬萊文章建安骨，中間小謝又清發。俱懷逸興壯思飛，欲上青天攬明月……」（節錄）

雄雞一聲天下白。

公雞宏聲一叫，天地豁然大亮。

【解析】李賀詩中借漫漫長夜後公雞啼叫，普天大放光明之喻，抒發其當下雖懷才不遇，仕途失意，但仍期待有朝一日突破困境，迎接人生的曙光來到，從此一鳴驚人。可用來表達只要堅持理想，永不氣餒，黑暗遠去後，光明總會到來，屆時理想必能實現。

【出處】唐・李賀〈致酒行〉詩：「零落棲遲一杯酒，主人奉觴客長壽。主父西遊困不歸，家人折斷門前柳。吾聞馬周昔作新豐客，天荒地老無人識。空將箋上兩行書，直犯龍顏請恩澤。我有迷魂招不得，雄雞一聲天下白。少年心事當拏雲，誰念幽寒坐嗚呃？」

會當凌絕頂，一覽眾山小。

登上泰山的最高峰，俯看四周，只覺得群山渺小。

【解析】杜甫描寫東遊魯地時仰望著高聳雄偉的泰山，進而興起了登上峰頂的強烈願望，詩中主在抒發其不怕險阻、勇攀高峰的雄心壯志。清人浦起龍《讀杜心解》評曰：「杜子心胸氣魄，於斯可觀，取為壓卷，屹然作鎮。」可用來表達不畏艱險、勇往向上的遠大志向和抱負。

【出處】唐・杜甫〈望嶽〉詩：「……盪胸生層雲，

決眥入歸鳥。會當凌絕頂，一覽眾山小。」（節錄）

一點浩然氣，千里快哉風。

胸中懷有一點剛直正氣，就像是千里涼風吹拂身上，讓人感到心神暢快。

【解析】蘇軾謫居黃州時，好友張懷民亦貶至黃州，在長江邊建造了一座亭子，蘇軾替張懷民給亭子命名為「快哉亭」。蘇軾詞中先是描寫快哉亭周遭的壯觀山水，之後借寫江面興起狂風，一名漁夫在風中與江浪搏鬥的驚險景象，引出其對戰國宋玉〈風賦〉把風分為「大王之雄風」和「庶民之雌風」乃可笑之說的議論。蘇軾認為宋玉根本不理解《莊子．齊物論》所言的「天籟」是大自然的聲音，本無貴賤之分；又引《孟子．公孫丑上》中「我善養吾浩然之氣」來加以發揮，意即江上的漁夫因心中存有一股浩然氣，故能無畏風浪，逆境中仍快意自適，精神昂揚。可用來形容心懷正氣，自然胸襟坦蕩，氣勢豪壯。

【出處】北宋．蘇軾〈水調歌頭．落日繡簾卷〉詞：「……一千頃，都鏡淨，倒碧峰。忽然浪起，掀舞一葉白頭翁。堪笑蘭臺公子，未解莊生天籟，剛道有雌雄。一點浩然氣，千里快哉風。」（節錄）

不畏浮雲遮望眼，自緣身在最高層。

不必擔心飄浮的雲會遮住我遠望的視線，只因我站在山峰的頂處。

【解析】剛步入政壇的王安石，登上杭州的飛來峰，此時正意氣飛揚的他從山的高處極目遠眺，體悟出一個人唯有爬得愈高，才可以看得愈遠，不會被遮蔽物擋住眼前美好的景色。可用來形容人立志遠大，不畏險阻。另可用來說明立場客觀，才不會被眼前一時的現象或不實的假象所迷惑。

【出處】北宋．王安石〈登飛來峰〉詩：「飛來山上千尋塔，聞說雞鳴見日昇。不畏浮雲遮望眼，自緣身在最高層。」

有筆頭千字，胸中萬卷，致君堯舜，此事何難？

想當年，我們兄弟文思敏捷，也讀了很多的書，實現輔佐國君成就堯、舜之治的心志，又有什麼困難呢？

【解析】蘇軾準備由杭州通判調任密州知州，途中寫了此詞寄給弟弟蘇轍，回憶兄弟兩人年少同登進士，意氣風發，詩書萬卷在胸，自信滿滿認為實踐經世濟民的抱負，必然是一件輕而易舉的事。詩中化用了唐人杜甫〈奉贈韋左丞丈二十二韻〉之「讀書破萬卷、下筆如有神」與「致君堯舜上，再使風俗淳」詩句，展現出蘇軾年輕時躊躇滿志的豪情。可用來形容文采飛揚，學問淵博，滿懷治世抱負。

【出處】北宋．蘇軾〈沁園春．孤館燈青〉詞：「……當時共客長安。似二陸初來俱少年。有筆頭千字，胸中萬卷，致君堯舜，此事何難？用舍由時，行藏在我，袖手何妨閑處看。身長健，但優游卒歲，且鬥尊前。」（節錄）

何日請纓提銳旅？一鞭直渡清河洛。

等到哪天，皇上同意了我帶領精銳部隊出兵殺敵的請求？我要揮鞭渡過黃河和洛水，徹底掃清敵人的蹤跡。

【解析】已為南宋朝廷收復部分失土的岳飛，迫切期待高宗批准他率領精英戰士繼續北伐的奏章，認為此乃乘勝追擊金兵的大好時機，他要揮鞭渡河，直搗中原，收復宋朝舊有疆土。可惜的是，岳飛的這個心願並未能實現，便被命令班師回朝，事敗垂成。可用來形容人一心渴望得到領軍殺敵、報效國家的機會。

【出處】北宋末、南宋初．岳飛〈滿江紅．遙望中原〉詞：「……兵安在？膏鋒鍔。民安在？填溝壑。嘆江山如故，千村寥落。何日請纓提銳旅？一鞭直渡清河洛。卻歸來、再續漢陽遊，騎黃鶴。」（節錄）

夜闌臥聽風吹雨，鐵馬冰河入夢來。

夜裡躺在床上，聽著風吹雨打聲，到了夢中，風雨聲便化成了披上鐵甲的戰馬行進於冰凍河流上的聲音。

【解析】年老退居山村的陸游，報國心志至老而未衰，詩中寫其在風雨大作的夜晚沉沉入睡，而出現在他夢境的是，由風雨聲轉化成萬馬奔騰聲的征戰場景，意在突顯作者在現實中難以實現的心願，只能寄託到夢裡完成。可用來形容人日夜思盼投身戰場，保國安民。

【出處】南宋．陸游〈十一月四日風雨大作〉詩二首之二：「僵臥孤村不自哀，尚思為國戍輪臺。夜闌臥聽風吹雨，鐵馬冰河入夢來。」

當年萬里覓封侯，匹馬戍梁州[1]。

我回想當年離家萬里，為了尋找建功立業的機會，獨自一人騎馬到邊境梁州防守。

【注釋】1.梁州：古九州之一，位在今陝西、四川境內。此指陸游當時戍守所在南鄭，位在今陝西漢中市境內，為南宋朝廷的西北邊防重鎮。

【解析】陸游詞中回憶其壯年時期，曾奔赴西北邊境南鄭從軍，當時他懷抱著高昂的鬥志，渴望上陣殺敵，收復中原失地，可惜不到一年的時間就被召回，報國宏願雖未能了，但那段戍衛邊疆的歲月，讓他到老都一直牢記在心。可用來形容志在效命疆場，立功封侯。

【出處】南宋．陸游〈訴衷情．當年萬里覓封侯〉詞：「當年萬里覓封侯，匹馬戍梁州。關河夢斷何處？塵暗舊貂裘。胡未滅，鬢先秋，淚空流。此生誰料？心在天山，身老滄洲。」

調鼎[1]為霖，登壇作將[2]，燕然[3]即須平掃。

我若為宰相，必先拯救百姓脫離痛苦，我若為將領，必定即刻出兵，橫掃金國，收復失土。

【注釋】1.調鼎：本指處理國家大事，就如同在鼎中調味一樣。後多比喻宰相治理天下。2.登壇作將：古代任命將帥的隆重儀式。3.燕然：即杭愛山，位在今蒙古國境內。此代指金國土地。

【解析】金人攻陷北宋國都，朝廷被迫南遷，一度被南宋高宗拜為宰相的李綱，因力主抗敵而與高宗的心

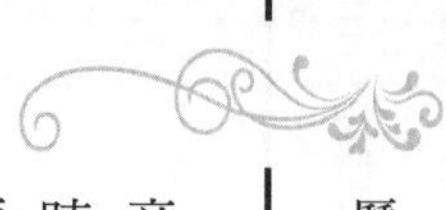

意不符，隨後即被罷相，這時的他，深感自己空有匡時濟世的能力以及對敵作戰的策略，只是上位者卻不願給他施展的機會。可用來形容一個人自認具備文武全才，無論是入相或出將都當仁不讓。

【出處】北宋末、南宋初．李綱〈蘇武令．塞上風高〉詞：「塞上風高，漁陽秋早。惆悵翠華音杳，驛使空馳，征鴻歸盡，不寄雙龍消耗。念白衣、金殿除恩，歸黃閣、未成圖報。誰信我、致主丹衷，傷時多故，未作救民方召。調鼎為霖，登壇作將，燕然即須平掃。擁精兵十萬，橫行沙漠，奉迎天表。」

戲馬臺[1]南追兩謝，馳射，風流猶拍古人肩。

我要在戲馬臺的南邊，追尋謝瞻、謝靈運族兄弟當時作詩的風采，騎馬射箭，意氣昂揚，足以和古人並肩而立。

【注釋】1.戲馬臺：為秦末項羽在徐州所築的高臺。東晉末年，時為宋公的劉裕北征至此，於重陽節大宴僚屬於戲馬臺，詩人謝瞻、謝靈運族兄弟兩人皆有作詩。

【解析】滿頭白髮的黃庭堅，寫其在貶地黔州過重陽節，適逢久雨的天氣難得放晴，他把黃菊插在蒼蒼白髮上，來到蜀江前暢快飲酒，想起了文采風流的謝瞻、謝靈運族兄弟，當年曾在戲馬臺前賦詩，神色飛揚，而今自己不止要寫出好詩，還要馳馬射箭，豪情絲毫不比謝家子弟來得遜色。可用來形容人的氣勢豪壯，堪與古代的風流人物媲美。

【出處】北宋．黃庭堅〈定風波．萬里黔中一漏天〉詞：「萬里黔中一漏天，屋居終日似乘船。及至重陽天也霽，催醉，鬼門關外蜀江前。莫笑老翁猶氣岸，君看，幾人黃菊上華顛？戲馬臺南追兩謝，馳射，風流猶拍古人肩。」

鬢華雖改心無改。

兩鬢的頭髮已變得花白，但我的心志始終沒有改變。

【解析】歐陽脩詞中抒發其十年來歷經宦海浮沉，一同共患難的老友相繼凋零，對著鏡子時，又發現自己面容老化的速度快到令人吃驚的地步，但即使如此，已是一頭白髮的他，依然懷著勃勃雄心，豪邁意氣完全不減壯盛當年。可用來形容一個人老當益壯，充滿不服老的精神。

【出處】北宋・歐陽脩〈采桑子・十年前是尊前客〉詞：「十年前是尊前客，月白風清。憂患凋零，老去光陰速可驚。鬢華雖改心無改，試把金觥。舊曲重聽，猶似當年醉裡聲。」

懷古抒志

振衣千仞岡，濯足萬里流。

到高岡上抖去我衣服上的塵埃，到長流中洗去我腳下的汙垢。

【解析】西晉文人左思借歌詠古代高人許由，抒發自己對朝中攀龍附鳳之徒的鄙視，嚮往遁世隱居的生活。相傳堯帝欲禪位給當時的賢士許由，許由逃到箕山下躬耕自居，後堯帝又召其任官，許由覺得耳朵被汙染便至潁水邊洗耳，堅決不仕。作者表達其願追隨前人的腳步，高山振衣，臨水濯足，永保自身一塵不染，高潔脫俗。可用來比喻潔身自好，不屑與塵俗之物為伍。

【出處】西晉・左思〈詠史〉詩八首之五：「皓天舒白日，靈景耀神州。列宅紫宮裡，飛宇若雲浮。峨峨高門內，藹藹皆王侯。自非攀龍客，何為欻（ㄏㄨ）來遊？被褐出閶闔，高步追許由。振衣千仞岡，濯足萬里流。」

雄髮指危冠，猛氣衝長纓。

（荊軻）充滿怒氣的頭髮，撐起了高高的帽子，那股威猛的氣勢，衝擊著繫帽的長絲帶。

【解析】此詩詩題為〈詠荊軻〉，是東晉詩人陶淵明針對戰國末年荊軻刺秦王這一事件，表達其對荊軻俠義精神的詠懷。當時燕國太子丹為了刺殺秦王嬴政，招集天下勇士良才，荊軻便是其中一人，從此他視太子丹為知己，明知自己此行將一去不歸，也願意提劍

赴秦，為知己而死。作者詩中以誇張的筆法，生動描繪荊軻在易水與眾人飲餞時，展現出怒髮衝冠、氣概豪猛的英雄形象，令人動容。可用來形容壯士、俠客面對強橫勢力，義憤填膺，誓死與之抗爭到底。

【出處】東晉．陶淵明〈詠荊軻〉詩：「燕丹善養士，志在報強嬴。招集百夫良，歲暮得荊卿。君子死知己，提劍出燕京。素驥鳴廣陌，慷慨送我行。雄髮指危冠，猛氣衝長纓。飲餞易水上，四座列群英……」（節錄）

一去紫臺連朔漠，獨留青塚向黃昏。

（王昭君）離開皇宮就一路前往北方遙遠的沙漠，最後僅留下青色的墳塚對著荒蕪沙漠裡的黃昏。

【解析】此詩為杜甫經過昭君村（位在今湖北宜昌市境內）時所作。他回想西漢元帝時，宮人王昭君因不肯賄賂畫師而被故意畫醜，以致得不到元帝的青睞，後遠嫁匈奴而終死在塞外的史事。詩中借寫王昭君一生寂寞淒涼的際遇，寄寓自身實和王昭君一樣有著被埋沒的感慨。可用來表達對西漢王昭君雖然美貌卻不幸遭埋沒的同情，抒發自己空懷美好的才思卻不受重用的傷嘆。

【出處】唐．杜甫〈詠懷古跡〉詩五首之三：「群山萬壑赴荊門，生長明妃尚有村。一去紫臺連朔漠，獨留青塚向黃昏。畫圖省識春風面，環佩空歸月夜魂。千載琵琶作胡語，分明怨恨曲中論。」

出師未捷身先死，長使英雄淚滿襟。

三國蜀相諸葛亮帶兵北伐魏國，可惜在還未得勝前便先死去，古往今來多少英雄們為他的壯志未酬而淚滿衣襟。

【解析】此為杜甫遊歷武侯祠（位在今四川成都市境內）時所寫下的一首憑弔詩，詩中除表達對先人諸葛亮的敬仰與惋惜之情外，也寄寓自己和諸葛亮一樣有著滿腔的報國忠誠，只是抱負無以施展的悲慨。明末學者王嗣奭《杜臆》評論此詩：「蓋不止為諸葛悲之，而千古英雄有才無命者，皆括於此，言有盡而意無窮也。」可用來形容仁人志士尚未建立豐功偉績便已逝世的遺恨。也可用來形容空有雄才大略卻有志難伸的哀嘆。

【出處】唐．杜甫〈蜀相〉詩：「丞相祠堂何處尋？錦官城外柏森森。映堦碧草自春色，隔葉黃鸝空好音。三顧頻煩天下計，兩朝開濟老臣心。出師未捷身先死，長使英雄淚滿襟。」

江東子弟多才俊，卷土重來未可知？

在項羽帶領的江東的子弟裡，不乏傑出優秀的年輕人，若有機會一切重新來過，最後項羽和劉邦之間的爭霸，到底誰勝誰負還說不定呢？

【解析】此詩為杜牧經過項羽當年自刎的烏江亭（位在今安徽馬鞍山市境內）時所作，抒發對楚漢相爭史事的看法。杜牧認為勝敗乃兵家常事，垓下一戰項羽雖然大敗，但他本可選擇先行渡江，日後借助江東才俊再次來過，可惜的是，項羽卻以無顏見江東父老為由，自刎於烏江岸邊，如此不智之舉，也等同斷送了他日轉敗為勝的可能機會。可用來勉勵人們遭遇失敗後，不可自暴自棄，應重新整頓力量，再接受挑戰。

【出處】唐．杜牧〈題烏江亭〉詩：「勝敗兵家事不期，包羞忍恥是男兒。江東子弟多才俊，卷土重來未可知？」

昔時人已沒，今日水猶寒。

過去的人如今都已不在了，而易水依舊在，河水還是那麼冰冷。

【解析】一生仕途坎坷的駱賓王在易水（位在今河北境內）邊送行友人，憶起戰國末年荊軻行刺秦王前，燕國太子丹也曾在此地為其餞別。作者借史事暗喻自己空懷荊軻的大志，卻苦無機會施展，難掩激憤之情。可用來抒發心懷報國或遠大的志向，卻難有一番作為的不滿情緒。

【出處】唐．駱賓王〈於易水送人〉詩：「此地別燕丹，壯士髮衝冠。昔時人已沒，今日水猶寒。」

東風[1]不與周郎便，銅雀[2]春深鎖二喬[3]。

倘若當時東風不給孫吳大將周瑜提供方便的話，恐怕孫吳的兩大美人大喬、小喬，都會被曹操擄去，將她們鎖在春色幽深的銅雀臺中。

【注釋】1.東風：春風。此指赤壁戰時，孫吳與蜀漢聯軍，蜀相諸葛亮借東風，燒毀曹魏的戰船，大敗曹魏於赤壁一事。2.銅雀：為曹操築於魏都鄴城之高臺，故址位在今河北邯鄲市境內。3.二喬：指大喬、小喬姊妹，兩人皆貌美。孫策納大喬、周瑜納小喬。

【解析】此詩詩題〈赤壁〉。赤壁，山名，一說位在今湖北咸寧市嘉魚縣東北。另一說位在今湖北咸寧市赤壁市西北。此為杜牧回顧赤壁之戰這段史實，興起成敗之慨嘆。他認為當時吳、蜀兩國若不得東風之便，風又助火勢烈焰，或許後來孫吳的兩大美人早成了銅雀臺裡曹操的戰利品，這也意味著孫吳將為曹魏所滅。可用來說明赤壁之戰的勝利，並非全靠吳、蜀兩國的英雄人物便可以達成，若非外在條件因素的影響，歷史極有可能改寫。另可用來說明某一必要的客觀條件，對於事情的成敗具有非常關鍵的作用。

【出處】唐．杜牧〈赤壁〉詩：「折戟沉沙鐵未銷，自將磨洗認前朝。東風不與周郎便，銅雀春深鎖二喬。」

寂寂寥寥揚子居，年年歲歲一床書。

想當年，揚雄居住的地方既孤單又冷清，年復一年只有滿床的書與他相伴。

【解析】作者盧照鄰在細摹長安都城顯貴人家的奢華生活後，詩末以長年窮居著書的西漢文學家揚雄自比，抒發其雖置身於紙醉金迷的長安，卻始終和耽於享樂的上流社會格格不入。可用來形容讀書人效法前人揚雄長期與書為伴的清苦生活。

【出處】唐．盧照鄰〈長安古意〉詩：「……昔時金階白玉堂，即今唯見青松在。寂寂寥寥揚子居，年年歲歲一床書。獨有南山桂花發，飛來飛去襲人裾。」（節錄）

衛青不敗由天幸，李廣無功緣數奇[1]。

漢朝的衛青屢次討伐匈奴，不曾打過敗仗，這是由於上天的寵幸，勇猛過人的李廣卻無法建立戰功，這是因為他的命數不好。

【注釋】1.數奇：古人認為偶數吉利，奇數不吉利，故做事無法偶合者稱之數奇，以表時運不濟。

【解析】西漢名將衛青乃皇親貴戚，深得漢武帝的寵信，立功封爵，官拜大將軍；反觀戰將李廣先前與匈奴對戰皆獲得勝利，卻始終未能封侯，其後隨衛青出征，因迷失道路而受到責罰，最終選擇刎頸自盡。王維詩中援引了衛青、李廣之例，意在表達兩人的成敗並非才能懸殊之故，而是緣於命運好壞的不同。本句借西漢衛青有功封爵，而李廣有功無賞、無功受罰的史實，抒發自己與李廣一樣失意不得志的感慨。

【出處】唐・王維〈老將行〉詩：「……一身轉戰三千里，一劍曾當百萬師。漢兵奮迅如霹靂，虜騎崩騰畏蒺藜。衛青不敗由天幸，李廣無功緣數奇……」（節錄）

大江東去，浪淘盡、千古風流人物。

長江的水浩蕩東流而去，千百年來，波濤巨浪，淘洗出無數的傑出人才。

【解析】蘇軾在黃州與友人遊長江岸邊的赤鼻磯（非赤壁之戰的發生地），面對翻滾江水東去，讓他想起了當年孫吳大將周瑜，在赤壁破曹操軍隊的壯闊場面，不禁讚嘆那個時代，產生了多少個豪傑英雄，即使時間如江流一樣無情，不論才能多麼出眾的人物，終究都抵不過生命有限的自然規律，但他們留在史冊上的超凡風采，至今仍留給後人景仰。南宋人胡仔《苕溪漁隱叢話》評曰：「語意高妙，真古今絕唱。」可用來形容面對大江大海，抒發懷古幽情。

【出處】北宋・蘇軾〈念奴嬌・大江東去〉詞：「大江東去，浪淘盡、千古風流人物。故壘西邊，人道是、三國周郎赤壁。亂石崩雲，驚濤裂岸，捲起千堆雪。江山如畫，一時多少豪傑……」（節錄）

王霸謾[1]分心與跡，到成功處一般難。

從史書中，不易分辨出古人的思想與行為是王業還是霸業，但無論如何，他們能夠取得成功，必然歷經了超乎常人的艱辛過程。

【注釋】1.謾：空、徒然。

【解析】此詩的詩題〈讀史〉，意即作者朱淑真抒發其閱讀史書的感觸。在宋朝那樣封建保守的年代，朱淑真堪稱是一位勇於擺脫傳統束縛的女性，她為了與個性不合的丈夫離婚，無視於社會輿論的壓力，其後為了與自己喜愛的人幽會，明知難以長久廝守，她也要把握住當下的相處。更難得的是，朱淑真並不是只會寫吟風弄月或抒發個人情愛的詩文，從這首詩就可看出她異於一般人的穎悟力，深感自古流傳下來的史書，大多是後一朝代的統治者（亦是打敗前朝的勝利者）下令史家撰寫，史家再將史料進行主觀性的取捨，呈現出來的內容自然失去了客觀平衡。也因此，朱淑真認為讀史書時，必須保有自己的獨立見解，仔細辨別那些所謂王業或霸業人物的心態和手段，千萬不要被書中偏頗的文字給欺瞞，進而對某些被醜化的歷史人物造成誤解。可用來說明對於書上記載的古人古事，應進行多方面的思考和研究。

【出處】南宋・朱淑真〈讀史〉詩：「筆頭去取萬千端，後世遭它恣意瞞。王霸謾分心與跡，到成功處一般難。」

生當作人傑，死亦為鬼雄。

活著要當人中的豪傑，死了也要成為鬼中的英雄。

【解析】李清照借憑弔西楚霸王項羽，雖敗退烏江，卻不肯苟安江東、愧對父老子弟，寧可自刎而死，這段至今還讓後人追思的壯烈史實，諷刺被金兵打到退至南方的南宋朝廷，只圖眼前的安逸，情願活在金人的威嚇下，忍辱偷生，也沒有勇氣來和敵人拚命一搏。可用來形容人生在世，理當效法英豪雄傑，立下一番功業，縱死也要保持氣節，英烈成仁。

【出處】北宋末、南宋初・李清照〈絕句〉詩：「生當作人傑，死亦為鬼雄。至今思項羽，不肯過江東。」

多少六朝興廢事，盡入漁樵閑話。

那些六朝興盛衰亡的往事，如今都成了漁人、樵夫閑談的話語。

【解析】史上稱先後建都於南京（舊稱建康、金陵）的三國東吳、東晉、南朝宋、齊、梁、陳為六朝。張昪（ㄅㄧㄢˋ）來到六朝的舊都，望著江南如畫般的山水美景，遙想昔時此地的金粉風華、文士風流雖已不復，但仍是現今尋常百姓喜愛在茶餘酒後當成聊天的話題，讓他興起一股世事滄桑的感傷。可用來表達看到歷史陳跡景物，湧上對古人古事的追思。

【出處】北宋．張昪〈離亭燕．一帶江山如畫〉詞：「一帶江山如畫，風物向秋瀟灑。水浸碧天何處斷？霽色冷光相射。蓼嶼荻花洲，掩映竹籬茅舍。雲際客帆高掛，煙外酒旗低亞。多少六朝興廢事，盡入漁樵閑話。悵望倚層樓，寒日無言西下。」（此詞一說作者為孫浩然）

江山如畫，一時多少豪傑？

江河山岳如似一幅壯麗的圖畫，一時之間，出現了多少的優秀才士？

【解析】蘇軾所遊的赤鼻磯，雖非東漢末年赤壁之戰的所在，仍讓詞人對過往那段風雲際會，各路英雄競相湧現的歷史心馳神往，期盼自己也能像歷代豪傑一樣，立下不朽的豐功偉績。可用來形容大好河山，俊傑輩出。

【出處】北宋．蘇軾〈念奴嬌．大江東去〉詞：「大江東去，浪淘盡、千古風流人物。故壘西邊，人道是、三國周郎赤壁。亂石崩雲，驚濤裂岸，捲起千堆雪。江山如畫，一時多少豪傑……」（節錄）

君不見咫尺長門閉阿嬌，人生失意無南北。

你難道沒有看見，西漢武帝皇后陳阿嬌距離君王極近，但被幽閉在長門宮中，當人遭遇不如意的時候，是不分身處南方或北方的。

【解析】此詩詩題〈明妃曲〉。明妃，指的是西漢元帝的宮女王昭君，西晉時因避司馬昭諱，改稱之。作者王安石借寫西漢武帝皇后陳阿嬌失寵後，被幽禁冷宮的史實，以及西漢時因不肯賄賂畫工而無緣被元帝召幸，之後遠嫁匈奴的王昭君作南北對比，認為仍一心惦記著漢帝的王昭君，應在匈奴國展開新的生活，若是連在皇帝身旁的陳阿嬌都受到如此無情的對待，那麼距離的遠近和情感的厚薄實在沒有絕對的關聯，暗喻自己的心志如出塞的王昭君，縱使離朝廷再遠，他也不會忘記君恩。可用來形容人生無論身在何處，都有可能陷入低潮或遭遇不幸。

【出處】北宋．王安石〈明妃曲〉詩二首之一：「……一去心知更不歸，可憐著盡漢宮衣。寄聲欲問塞南事，只有年年鴻雁飛。家人萬里傳消息，好在氈城莫相憶。君不見咫尺長門閉阿嬌，人生失意無南北。」（節錄）

紅顏勝人多薄命，莫怨春風當自嗟。

世上擁有出眾美貌的女子，大多命運不太好，但也不要埋怨春風無情，只能自己嗟嘆。

【解析】西漢宮人王昭君因自恃貌美而未賄賂畫工，以致無法留在元帝身邊，最後自願嫁到匈奴，成為兩國和親政策下的犧牲品。作者歐陽脩借寫此事，抒發古來紅顏多命薄的感喟，縱使心中充滿怨尤，也無法改變不濟的時運。可用來說明才貌過人者，大都命途坎坷，經常遭受各種磨難。

【出處】北宋．歐陽脩〈再和明妃曲〉詩：「漢宮有佳人，天子初未識。一朝隨漢使，遠嫁單于國。絕色天下無，一失難再得。雖能殺畫工，於事竟何益。耳目所及尚如此，萬里安能制夷狄？漢計誠已拙，女色難自誇。明妃去時淚，灑向枝上花。狂風日暮起，飄泊落誰家？紅顏勝人多薄命，莫怨春風當自嗟。」

想當年，金戈鐵馬，氣吞萬里如虎。

回想當年，劉裕手持金戈，身跨披著鐵甲的戰馬，氣勢有如猛虎般，長征萬里以外的敵人。

【解析】此詞作於辛棄疾鎮守京口期間，他遙想東晉末年曾住在此地的劉裕（日後篡晉，改國號宋，史稱劉宋或南朝宋），率領精銳的晉軍兩度北伐，先後滅南燕、後秦，收復洛陽、長安等大片失土，立下赫赫偉業的這段史實，藉此暗批當時的南宋朝廷懦弱怯戰，只圖偏安一方，以致其懷抱恢復中原的壯志，到老都難以實現。可用來形容對昔日帶兵殺敵、所向披靡的風雲人物之仰慕追懷。

【出處】南宋．辛棄疾〈永遇樂．千古江山〉詞：「千古江山，英雄無覓，孫仲謀處。舞榭歌臺，風流總被，雨打風吹去。斜陽草樹，尋常巷陌，人道寄奴曾住。想當年，金戈鐵馬，氣吞萬里如虎……」（節錄）

漢恩自淺胡自深，人生樂在相知心。

漢朝對妳的恩情淺薄，胡人對妳的情誼卻很深，人生最快樂的事情，是在於有人與自己相互知心。

【解析】王安石詩中敘述王昭君剛要嫁與匈奴時，前來迎娶的華麗車子達上百輛，載的全是為了專門侍奉她的匈奴女子，足見匈奴單于對王昭君的重視。只是王昭君一直無法忘情漢朝，經常一邊彈著琵琶，一邊仰視飛鴻、飲著胡酒，將心事寄託琵琶曲聲中。一名在大漠上經過的行人，聽了王昭君的哀戚絃音後，遂以胡恩比漢恩更深作為勸慰語，希望王昭君珍惜理解她且真正對她好的人，別再留戀對她情義淡薄的人。

王安石寫這首詩，意在讚美王昭君的為人忠厚，即使漢朝情薄，她仍不忘舊恩。可用來抒發人對知己的渴求。也可用來形容期待自己在乎的人，終會明瞭自己的心意並珍視自己。

【出處】北宋．王安石〈明妃曲〉詩二首之二：「明妃初嫁與胡兒，氈車百兩皆胡姬。含情欲說獨無處，傳與琵琶心自知。黃金捍撥春風手，彈看飛鴻勸胡酒。漢宮侍女暗垂淚，沙上行人卻回首。漢恩自淺胡自深，人生樂在相知心。可憐青冢已蕪沒，尚有哀絃留至今。」

成也蕭何，敗也蕭何，醉了由他。

（韓信）成功是因為蕭何，失敗也是因為蕭何，還不如喝醉，世事一切都由他去吧！

【解析】元代曲家馬致遠回顧楚漢相爭這段史事，結果項羽兵敗，劉邦建立漢朝，開國功臣韓信卻被當初引薦給劉邦的蕭何獻計殺害，道出了所謂「功名」兩字不過就是南柯一夢，無論成或敗，都是轉頭即空，實在不值得人們苦苦追求，就像韓信一定料想不到，那個成就他的人之後竟然會陷害他致死。其中「成也蕭何，敗也蕭何」這句俗諺，是民間對韓信一生興衰的概括，後多用來比喻事情的好壞或成敗都是由一人所造成的，馬致遠將其套入曲詞，表達其對世事無常的慨嘆，勸人不如醉酒逍遙，及早遠離是非之地。可用來抒發功名不可憑信，不問世事才是保全之道。

【出處】元．馬致遠〈蟾宮曲．咸陽百二山河〉曲：「咸陽百二山河，兩字功名，幾陣干戈？項廢東吳，劉興西蜀，夢說南柯。韓信功兀的般證果，蒯（ㄎㄨㄞˇ）通言那裡是風魔？成也蕭何，敗也蕭何，醉了由他。」

一面東風百萬軍，當年此處定三分。

（赤壁之戰，孫吳和蜀漢聯軍）憑藉著由東方吹來的風勢，設計大破曹魏的百萬大軍，在這裡決定了三分天下的局面。

【解析】清人袁枚詩中描寫發生在東漢獻帝建安年間的赤壁之戰，孫權、劉備合力抵禦曹操的軍隊，當時在劉備軍師諸葛亮的謀劃下，用計燒毀曹操的連環船，並利用東風以助火攻，使火勢延及岸上營寨，曹軍死傷眾多，此戰役也為蜀漢、孫吳、曹魏三方鼎立奠定了基礎。作者回顧這段叱吒風雲的過往，表達其對當年英雄人物的仰慕。可用來緬懷前人諸葛亮足智多謀，以赤壁之戰成就了三國鼎足之勢。

【出處】清．袁枚〈赤壁〉詩：「一面東風百萬軍，當年此處定三分。漢家火德終燒賊，池上蛟龍竟得雲。江水自流秋渺渺，漁燈猶照荻紛紛。我來不共吹簫客，烏鵲寒聲靜夜聞。」

千古艱難惟一死，傷心豈獨息夫人？

千百年來，讓人最難以面對的就是死亡這一件事，因悲傷卻又沒有勇氣赴死的豈止只有春秋的息夫人呢？

【解析】此詩詩題為〈題息夫人廟〉，息夫人，指的是春秋息國國君的夫人息媯（ㄍㄨㄟ），相傳其姿色美豔，又被稱為「桃花夫人」。據《左傳．莊公十四年》記載，楚文王因聽聞息媯的美貌若仙，便出兵滅了息國，強占息媯為妾，並與其生下兩子，息媯認為自己一生嫁了兩個丈夫而鬱鬱寡歡，從此不願開口與楚文王說話，以無言表達內心的不從。後來有文人對於息媯委身於楚王，未能守節而死的做法頗不以為然。這首詩的作者鄧漢儀身處在明末清初的複雜環境，深刻感受當時的知識分子在改朝換代之際，面臨政治抉擇的兩難，很容易就會被人貼上失節或貪生怕死的標籤，故藉由息夫人的故事，抒發自己對息夫人矛盾心境的理解與同情。可用來說明人多眷戀生存，畏懼死亡，非到萬不得已，是不會輕易犧牲生命的。也可用來形容面對生死關頭時，人被迫必須做出選擇的掙扎與痛苦。

【出處】清．鄧漢儀〈題息夫人廟〉詩：「楚宮慵掃黛眉新，只自無言對暮春。千古艱難惟一死，傷心豈獨息夫人？」

殘月曉風仙掌路，何人為弔柳屯田[1]？

寫了「楊柳岸、曉風殘月」這樣膾炙人口詞句的北宋詞人柳永，他的墓地就在這條仙掌路上，如今有誰來弔祭他呢？

【注釋】1.屯田：職官名，主要掌管戶口墾田方面的事務。北宋詞人柳永官至屯田員外郎，故有「柳屯田」之稱。

【解析】此乃清人王士禎路過真州（位在今江蘇境內）憑弔北宋詞人柳永墓時所作的一首詩，其中「殘月曉風」出自柳永名作〈雨霖鈴〉之「今宵酒醒何處？楊柳岸、曉風殘月」句，而「仙掌路」指的是通往柳永埋葬地的一條路。王士禎回顧柳永生前潦倒，仕途失意，終日流連於風月場所，相傳其死後的每年清明，曾經受過他關照的妓女都會相約前來祭奠，人群熙熙攘攘。如今隔了數百年後，柳永的墳前清清冷冷，讓作者不禁感嘆世人是否已忘了這位才情不凡的一代詞家？清人趙翼《甌北詩話》中提到王士禎的作品「專以神韻為主」，並援引這兩句詩為例，評曰：「醞藉含蓄，實是千古絕調。」可用來形容對北宋詞人柳永的追念之情。

【出處】清．王世禎〈真州絕句．弔柳永墓〉詩：「江鄉春事最堪憐，寒食清明欲禁煙。殘月曉風仙掌路，何人為弔柳屯田？」

詠物吟志

詠動物

鳳皇鳴矣，于彼高岡。
梧桐生矣，于彼朝陽。

在那高高的山岡上，傳來鳳凰的鳴叫聲。牠們面向早上的太陽，棲息在山岡枝葉茂盛的梧桐樹上。

【解析】詩中的「鳳皇」即鳳凰，雄的稱為「鳳」，雌的稱為「凰」，相傳鳳凰的習性是非梧桐不棲，被譽為百鳥之王。作者借寫居處高岡、鳴聲悅耳的鳳凰，以歌詠周朝天子的身分尊貴，品德高尚，自然得到群臣的擁護，就如同百鳥朝見鳳凰之和鳴的景象。後來人們以「鳳鳴朝陽」一語，比喻有才能的人遇到了好的時機或是賢臣擇明主而事。可用來比喻臣子對君主的擁戴。也可用來比喻君臣相處和諧的美好氣氛。

【出處】先秦．《詩經．大雅．卷阿》：「……鳳皇鳴矣，于彼高岡。梧桐生矣，于彼朝陽。菶菶（ㄅㄥˇ）萋萋，雝雝喈喈……」（節錄）

一朝溝隴出，
看取拂雲飛。

有朝一日駿馬會從山溝田隴跳躍而出，人們可以看著牠掠過天上白雲，快速飛馳。

【解析】李賀詩中運用誇飾手法描寫一匹良馬擺脫韁繩的羈絆後，跨越了田野的溝隴，直上雲霄的非凡神姿。作者藉由對馬的讚美，暗喻自己和這匹良馬一樣智勇兼備，只是懷才不遇，伏處於田野鄉間，一旦得到機會奮起，受到君上重用，他日必能樹功立業，一飛沖天。可用來表達賢才志士渴望建立一番宏偉的事業。

【出處】唐．李賀〈馬詩〉詩二十三首之十五：「不從桓公獵，何能伏虎威？一朝溝隴出，看取拂雲飛。」

何當[1]擊凡鳥，毛血灑平蕪。

應當讓不凡的蒼鷹展翅搏擊那些平凡的鳥，將牠們的毛血灑在平原上。

【注釋】1.何當：此通「合當」。猶應該、應當。

【解析】此為杜甫早年所作的題畫詩，他將畫中的蒼鷹的神態描繪得矯健不凡，靈氣飛舞，表面上看似歌詠畫中鷹，實是表達其當時凌雲壯志、嫉惡如仇以及不甘平庸的心境寫照。可用來比喻人的雄心壯志，有如蒼鷹一樣英勇猛烈。

【出處】唐．杜甫〈畫鷹〉詩：「素練風霜起，蒼鷹畫作殊。㩳（ㄙㄨㄥˇ）身思狡兔，側目似愁胡。絛（ㄊㄠ）旋光堪摘，軒楹勢可呼。何當擊凡鳥，毛血灑平蕪。」

居高聲自遠，非是藉秋風。

蟬棲在高處，聲音自然遠播，並非憑藉秋風的助力。

【解析】蟬棲高飲露，古來被視為高潔的象徵。虞世南通過對蟬的形象描寫，寓意人應立身高處，廉潔自持，格調若能像蟬一樣清明高遠，即使不依附任何的外力，自然也能聲名遠傳。可用來比喻擁有高尚的品德，比去費心想要如何攀附權勢更能獲得眾人的認同。

【出處】唐．虞世南〈蟬〉詩：「垂緌（ㄖㄨㄟˊ）飲清露，流響出疏桐。居高聲自遠，非是藉秋風。」

採得百花成蜜後，為誰辛苦為誰甜？

蜜蜂採花成蜜之後，卻是被人們享用，這到底是為誰辛苦、為誰釀成蜜的甜呢？

【解析】羅隱借歌詠蜜蜂採蜜的辛勞，暗喻世上很多人勞累奔波一生，到頭來卻是得不到任何的回報。可用來讚美蜜蜂辛勤釀蜜，成果終為人們享用的無私奉獻。另可用來比喻認真工作，最後辛苦所得卻遭他人剝削或占有的不平現象。

【出處】唐·羅隱〈蜂〉詩：「不論平地與山尖，無限風光盡被占。採得百花成蜜後，為誰辛苦為誰甜？」

深山月黑風雨夜，欲近曉天啼一聲。

山中的夜晚月色昏暗，風雨交加，等到快要天亮時啼叫一聲就可以了。

【解析】崔道融詩中描寫其與雄雞的對話，他希望自己飼養的公雞平日不要隨便鳴叫，只要在風雨如晦的破曉前發出一聲長啼，以喚醒沉睡的人們，迎接黎明的到來，藉此砥礪自己平時行事不可肆意聲張，力求表現，而是要等到關鍵或危急時刻才一鳴驚人，匡救危難。可用來比喻人在平日宜養精蓄銳，等待適當時機再一展真才實學。

【出處】唐·崔道融〈雞〉詩：「買得晨雞共雞語，常時不用等閑鳴。深山月黑風雨夜，欲近曉天啼一聲。」

莫道無心畏雷電，海龍王處也橫行。

不要說螃蟹沒有心腸，所以不害怕雷電，就算到了海龍王的住所也敢橫行無忌。

【解析】皮日休借寫螃蟹沒有心腸，到處橫行無忌，即使在天上的雷電、海底的海龍王面前也毫不畏懼的神態，寄寓自己其實也和螃蟹的性格一樣狂傲叛逆，不管面對多麼強大的威勢也絕不卑躬屈膝。可用來形容膽量氣魄非凡，一身傲骨，無畏強權。

【出處】唐·皮日休〈詠蟹〉詩：「未遊滄海早知名，有骨還從肉上生。莫道無心畏雷電，海龍王處也橫行。」

露重飛難進，風多響易沉。

露水沉重，蟬有翅膀也難以飛起。風聲響亮，蓋過了蟬的鳴叫聲。

【解析】不幸遭人誣陷入獄的駱賓王，藉蟬的潔身自愛以自喻，詩中宣洩其在官場遭受的打壓與不得志的痛苦。可用來比喻志節雖高，卻遭逢困厄的怨懟不滿。

【出處】唐．駱賓王〈在獄詠蟬〉詩：「西陸蟬聲唱，南冠客思侵。那堪玄鬢影，來對白頭吟。露重飛難進，風多響易沉。無人信高潔，誰為表予心？」

老牛粗了耕耘債，齧草坡頭臥夕陽。

年老的牛剛忙完耕耘的粗活，卸下沉重的負荷，在夕陽餘暉下，橫臥山坡上啃著草。

【解析】孔平仲描寫秋收後禾香撲鼻，穀場收成豐足，而促成豐收的功勞，非辛勤耕耘近一年的老牛莫屬，此時卻見牠如釋重負地靜臥在坡頭嚼著草，一派悠閑滿足，完全沒有居功自恃的樣子。可用來讚賞耕牛勤勞務實的精神。

【出處】北宋．孔平仲〈禾熟〉詩：「百里西風禾黍香，鳴泉落竇穀登場。老牛粗了耕耘債，齧草坡頭臥夕陽。」

但得眾生皆得飽，不辭羸病臥殘陽。

只要所有的人都能夠吃得飽，我（這頭病牛）即使疲累到病倒在夕陽下也在所不辭。

【解析】宋朝南渡之初，曾任南宋高宗宰相的李綱，因支持主戰而和朝廷主和的立場不同，很快就遭到罷職，詩中他借歌詠為人耕田到又弱又病的牛隻，暗喻自己憂國愛民的心也同牛一樣，只要天下蒼生得以飽食，情願終生辛勞，甚至奉獻生命，亦是無怨無悔。可用來比喻為了大眾利益而不惜犧牲自己的情操。

【出處】北宋末、南宋初．李綱〈病牛〉詩：「耕犁千畝實千箱，力盡筋疲誰復傷？但得眾生皆得飽，不

辭羸病臥殘陽。」

揀盡寒枝不肯棲，寂寞沙洲冷。

孤雁在寒天中，挑遍了所有的樹枝，仍然不肯棲息枝上，寧願停留在那荒冷的沙洲間。

【解析】此詞為蘇軾貶居黃州時所作，其借月夜下的孤雁，不肯棲息樹枝而甘願獨宿於沙洲，寄託自己同孤雁一樣，寧可忍受孤寂淒冷，也不願苟合取容的心境，亦含有良禽擇木而棲的意思。清人黃蘇《蓼園詞選》評論這闋詞的下片：「下專就鴻說，語語雙關，格奇而語雋，斯為超詣神品。」可用來比喻人孤高自許，即使飽受淒苦，也不肯俯仰由人，始終堅持原則。

【出處】北宋．蘇軾〈卜算子．缺月挂疏桐〉詞：「缺月挂疏桐，漏斷人初靜。誰見幽人獨往來？縹緲孤鴻影。驚起卻回頭，有恨無人省，揀盡寒枝不肯棲，寂寞沙洲冷。」

但願賣牛心莫起，老牛不死耕不已。

但願主人你不要起了賣牛的念頭，老牛我只要還要一口氣在，就會努力辛勤耕作，絕不休息。

【解析】此詩的詩題為〈老牛嘆〉，是清代詩人葉士鑒用擬人的口吻描述替主人耕了一輩子田的老牛，儘管力氣已大不如前，仍然日日辛勞不輟，奉獻自己所有的心力，唯一的願望就是主人能夠惦念牠過去的貢獻，切莫將其變賣而走向遭人宰殺一途。作者詩中以牛喻人，老牛的感嘆其實就和社會上廣大受雇於人的勞動者一樣，無怨無悔地付出一生，到了晚年，還是難逃被棄嫌而驅逐的悲慘命運。可用來比喻人年老仍忠於職守，任勞任怨，死而後已。

【出處】清．葉士鑒〈老牛嘆〉詩：「老牛代耕年已久，自問此生亦無負。但願賣牛心莫起，老牛不死耕不已。」

眼前道路無經緯[1]，皮裡春秋[2]空黑黃。

（螃蟹）不管眼前道路的縱橫，一味旁行，外表看不出什麼，但腹中其實只有黑的膏膜和黃的蟹黃而已。

【注釋】1.經緯：此指常規、法度。2.皮裡春秋：本指一個人的表面上不露好惡，但心中自有褒貶，如藏有一部《春秋》典籍。此借蟹的肚子裡只有黑的膏膜或黃的蟹黃，比喻人的內在充斥各種花樣、壞點子。

【解析】這首詩是《紅樓夢》小說人物薛寶釵在大觀園看了賈寶玉、林黛玉的〈螃蟹詠〉後，緊接著提筆寫出來的一首和作，故事裡的薛寶釵可說是傳統禮教的護衛者，她向來看不慣賈寶玉像螃蟹一樣不循正道而行，一肚子的異端邪說，對仕途經濟的學問毫無進取心，她藉由描寫螃蟹橫著走路的習性，以及腹內有黑色膏膜和黃色蟹黃的生理結構，用來譏斥賈寶玉總是做出違背禮法、不合世俗的歪偏行為。可用來比喻橫行無忌，凡事我行我素的人。

【出處】清·曹雪芹《紅樓夢·第三十八回》之〈螃蟹詠〉詩：「桂靄桐陰坐舉觴，長安涎口盼重陽。眼前道路無經緯，皮裡春秋空黑黃。酒未敵腥還用菊，性防積冷定須姜。於今落釜成何益？月浦空餘禾黍香。」

■詠植物■

不是花中偏愛菊，
此花開盡更無花。

並不是我在所有的花中特別厚愛菊花，而是因為等到菊花開過之後，就再也沒有別的花開了。

【解析】此為元稹讚揚菊花之作，他認為並不是自己對晚秋傲然獨放的菊花偏心，而是一旦菊花謝盡便是百花凋零，無處尋花，自然會把全部情感寄託於菊花上了。可用來讚頌菊花不畏凌寒的堅貞品格，同時也借菊花來象徵有志之士的不屈傲骨。

【出處】唐·元稹〈菊花〉詩：「秋叢繞舍似陶家，遍繞籬邊日漸斜。不是花中偏愛菊，此花開盡更無花。」

志士幽人莫怨嗟，
古來材大難為用。

有志之士和隱逸高人不要再怨嘆了，自古以來，有才幹的人都很難受到重用的啊！

【解析】杜甫在此詠物言志，借諸葛亮廟前的孤高蒼勁的古柏，一方面比喻諸葛亮的忠貞情操，一方面暗喻自己的心志堪與諸葛亮相比，同時也感嘆像古柏這樣高大的木材很難為世人所利用，就正如宏材大略的諸葛亮曾不被重用一樣。詩中「材大」既是指古柏，也兼指材大之人。可用來形容有才能的人多曲高和寡、生不逢時而不獲重視。

【出處】唐．杜甫〈古柏行〉詩：「……大廈如傾要梁棟，萬牛回首丘山重。不露文章世已驚，未辭剪伐誰能送？苦心豈免容螻蟻，香葉終經宿鸞鳳。志士幽人莫怨嗟，古來材大難為用。」（節錄）

松柏本孤直，難為桃李顏。

松樹柏樹的本性是孤高挺直的，難以表現出像桃花李花那樣嬌豔的容顏。

【解析】李白借松柏孤傲耿直的性情自比，再借桃李招蜂引蝶的媚態比喻那些為達目的而竭力取悅他人的人，表達其不願屈身獻媚於權貴的氣概。可用來比喻人的氣骨猶如松柏堅貞挺拔，縱使遭逢逆境或面對誘惑也不為所動。

【出處】唐．李白〈古風〉詩五十九首之十二：「松柏本孤直，難為桃李顏。昭昭嚴子陵，垂釣滄波間。身將客星隱，心與浮雲閑。長揖萬乘君，還歸富春山。清風灑六合，邈然不可攀。使我長嘆息，冥棲巖石間。」

高節人相重，虛心世所知。

高尚的節操會受到人們的尊重，謙虛的情懷會被世人所知曉。

【解析】本詩詩題為〈和黃門盧侍御詠竹〉。黃門，唐玄宗時稱門下省為黃門省，門下省為審查國家詔令內容的機構。盧侍御，指曾官拜黃門侍郎的盧懷慎，為官清廉謹慎。張九齡藉由描寫竹子具有竹節與中空的特徵，意在讚美君子的高尚節操和虛懷若谷的美好品德。可用來形容具備氣節操守以及態度虛心謙和的人，必然會得到大家的敬重和肯定。

【出處】唐・張九齡〈和黃門盧侍御詠竹〉詩：「清切紫庭垂，葳蕤防露枝。色無玄月變，聲有惠風吹。高節人相重，虛心世所知。鳳皇佳可食，一去一來儀。」

唯有牡丹真國色，花開時節動京城。

只有牡丹堪稱是國中最美麗的花，在花開的季節驚動了整個京城。

【解析】花的種類無數，但在劉禹錫的眼中，芍藥過於妖嬈，荷花過於素雅，唯有牡丹才符合傾國傾城的豔美姿色，足以在花開時吸引眾人前來欣賞，語氣中含有對牡丹豔冠群芳、氣質高雅的傾慕。可用來歌詠牡丹雍容華貴，氣質高雅，花品絕倫。另可用來形容春天牡丹盛開時，人們爭相觀賞，造成轟動喧騰。

【出處】唐・劉禹錫〈賞牡丹〉詩：「庭前芍藥妖無格，池上芙蕖淨少情。唯有牡丹真國色，花開時節動京城。」

數萼初含雪，孤標畫本難。

梅花剛剛綻放時，花萼略帶白雪的色澤，孤傲脫俗，想要畫出梅花的神韻都很困難。

【解析】崔道融詩中藉著歌詠在寒冷氣候下綻開的梅花，花萼潔白如雪，素雅高潔，寄寓人的品德應如梅花般的傲世絕俗。可用來比喻人的品格如梅花一樣高尚清雅，不隨流俗。

【出處】唐・崔道融〈梅花〉詩：「數萼初含雪，孤標畫本難。香中別有韻，清極不知寒。橫笛和愁聽，斜枝倚病看。朔風如解意，容易莫摧殘。」

穠麗最宜新著雨，嬌嬈全在欲開時。

被雨淋過的海棠看起來格外豔麗，含苞待放的海棠則最為嬌媚。

【解析】鄭谷詩中讚美春風微雨後的海棠色澤妍麗，姿態嬌美，花瓣上的晶瑩水珠，使花朵更顯得豔光四射，含苞將要開放的花，神采耀眼奪目。可用來形容細雨後的海棠亮麗嫵媚，令人傾慕不已。另可用來比喻少女俏麗動人的豔容和嬌姿。

【出處】唐．鄭谷〈海棠〉詩：「春風用意勻顏色，銷得攜觴與賦詩。穠麗最宜新著雨，嬌嬈全在欲開時。莫愁粉黛臨窗懶，梁廣丹青點筆遲。朝醉暮吟看不足，羨他蝴蝶宿深枝。」

一塵不染香到骨，姑射仙人[1]風露身。

（雪後的梅花）沒有沾惹絲毫的塵汙，綻放出沁入骨髓的寒香，就像是姑射山上的仙女，亭亭立於風雪露霜之中。

【注釋】1.姑射仙人：古來傳說姑射山上住有仙女，後多代稱美人。姑射，山名，位在今山西臨汾市境內。

【解析】張耒歌詠臘月雪後的梅花淨潔無瑕，寒香徹骨，宛若住在仙山的冰霜美人。詩中「一塵不染」的「塵」本指塵垢、汙染，後被佛家引申作塵俗欲念，認為修行者應當保持心地明淨，不為世俗塵埃所沾染。可用來形容梅花純淨脫俗，如同人的品格清高廉潔，不受流俗惡習的影響。

【出處】北宋．張耒〈臘初小雪後梅開〉詩二首之二：「晨起千林臘雪新，數枝雲夢澤南春。一塵不染香到骨，姑射仙人風露身。」

也知造物有深意，故遣佳人在空谷。

也知道這是出自上天深刻的用意，故意遣派絕代佳人住在山谷中。

【解析】蘇軾在黃州看到一株本應長在故鄉蜀地的名貴海棠，竟然流落到偏僻閉塞的黃州山谷，認為這一切必定是造物者刻意的安排，好讓這株盛開繁茂的海棠花在此陪伴孤獨的他。作者在詩中託物遣興，抒發海棠和自己同為天涯淪落人，命運相仿。清人紀昀評點《蘇文忠公詩集》寫道：「純以海棠自寓，風姿高秀，興象微深。」可用來形容天姿雍容華貴的海棠，即使生長在惡劣的環境，仍保持其高潔清雅的姿容。

【出處】北宋・蘇軾〈寓居定惠院之東，雜花滿山，有海棠一株，土人不知貴也〉詩：「江城地瘴蕃草木，只有名花苦幽獨。嫣然一笑竹籬間，桃李漫山總粗俗。也知造物有深意，故遣佳人在空谷。自然富貴出天姿，不待金盤薦華屋……」（節錄）

只恐夜深花睡去，故燒高燭照紅妝。

只怕夜深海棠要入睡了，所以點燃長燭，映照著海棠鮮豔盛麗的妝容。

【解析】蘇軾詩中將月色籠罩下的海棠花，比喻成夜深欲睡的美人，當月光轉過迴廊，以致照不到海棠時，其不忍海棠的芳容被黑夜給掩蓋，竟想到以高燭相照，足見蘇軾愛花的執著深情。據唐人鄭處誨《明皇雜錄》記載，唐玄宗某日欲召見醉酒未醒的楊貴妃，侍女只好扶著貴妃前來拜見，玄宗見狀便說：「豈是妃子醉耶？真海棠睡未足耳。」花草本無知無情，怎會知睡，有情的是惜花的痴心人，蘇軾在此借用前人典故，表現對海棠的一片愛憐情意，可用來形容春夜點上燈火，欣賞海棠花如美人般的明豔風姿。

【出處】北宋・蘇軾〈海棠〉詩：「東風嫋嫋泛崇光，香霧空濛月轉廊。只恐夜深花睡去，故燒高燭照紅妝。」

朱脣得酒暈生臉，翠袖卷紗紅映肉。

紅色的嘴脣沾了酒，臉頰泛起紅暈，捲起翠綠薄紗的衣袖，露出紅潤的肌膚。

【解析】人在貶地黃州的蘇軾，詩中借歌詠一株風姿高貴、色豔絕倫的海棠，本是家鄉蜀地盛產的名花，竟然長在偏僻的黃州與雜花野草為伍，寄寓自己同海棠一樣流落異鄉的感懷。可用來形容海棠花色澤嬌豔，葉綠花紅，足以和天姿國色相媲美。另可用來比喻美人微醺的姿色情態。

【出處】北宋・蘇軾〈寓居定惠院之東，雜花滿山，有海棠一株，土人不知貴也〉詩：「……朱脣得酒暈生臉，翠袖卷紗紅映肉。林深霧暗曉光遲，日暖風輕春睡足。雨中有淚亦淒愴，月下無人更清淑……」（節錄）

似花還似非花，也無人惜從教墜。

楊花像花又不像是花，也沒有人會惋惜它，總是任它飄散墜落。

【解析】一般人對別名柳絮的楊花多充滿鄙薄之意，蘇軾卻一反常情，在此借花抒情，說楊花空有花名，卻沒有花的妍麗形態，且不帶怡人的香氣，自是不會惹人憐惜，表達其對楊花長期遭到人們輕視的遺憾。可用來形容楊花隨風飄零，故不被人愛憐，就像四處漂泊的人生一樣，也不會受到注目。

【出處】北宋・蘇軾〈水龍吟・似花還似非花〉詞：「似花還似非花，也無人惜從教墜。拋家傍路，思量卻是，無情有思。縈損柔腸，困酣嬌眼，欲開還閉。夢隨風萬里，尋郎去處，又還被、鶯呼起……」（節錄）

何須淺碧深紅色？自是花中第一流。

（桂花）為什麼一定要有淺綠和深紅的美麗色澤呢？它本來就是花界中最上等的。

【解析】李清照詞中讚美桂花的花色輕淡淺黃，體積細小，外表也沒有其他名花來得豔麗，但是香味純真，即使得不到眾人的注目和喜愛，但在詞人的眼底，桂花的柔美姿態和秀雅風韻，絕對稱得上是一等一的花。可用來形容桂花不以嬌媚顏色取悅於人，而是散發出馥郁芬芳，表現其內在美好，韻味高雅。

【出處】北宋末、南宋初・李清照〈鷓鴣天・暗淡輕黃體性柔〉詞：「暗淡輕黃體性柔，情疏跡遠只香留。何須淺碧深紅色？自是花中第一流。梅定妒，菊應羞。畫闌開處冠中秋。騷人可煞無情思，何事當年不見收？」

更無柳絮因風起，惟有葵花向日傾。

此時再也沒有柳絮隨風飄舞了，只有看見葵花向著太陽生長。

【解析】北宋神宗時期，司馬光因反對王安石的新法而離開京城，在洛陽閑居十多年，期間他見柳絮紛飛的暮春已過，正值初夏葵花盛開，作詩寄寓自己絕不會像因風起舞的柳絮，輕薄隨便，而是和有向日性的葵花一樣，一心朝著太陽，磊落光明。可用來形容心志忠誠如一，如葵花向陽。另可用來形容初夏時節，葵花向日傾長。

【出處】北宋．司馬光〈客中初夏〉詩：「四月清和雨乍晴，南山當戶轉分明。更無柳絮因風起，惟有葵花向日傾。」

待浮花浪蕊都盡，伴君幽獨。

等到所有輕浮浪蕩的花朵都凋謝時，石榴花才會綻開，陪伴幽居孤獨的妳。

【解析】蘇軾詞中主在歌詠石榴花不在春天與百花爭妍鬥豔，而是待繁花落盡之後的初夏時節才盛開，以彰顯石榴花卓然孤高的特質，後人也多以「浮花浪蕊」一詞來比喻舉止輕浮、妝扮豔冶的女子。可用來形容人的品格如初夏開放的石榴花一樣獨立不群。

【出處】北宋．蘇軾〈賀新郎．乳燕飛華屋〉詞：「……石榴半吐紅巾蹙，待浮花浪蕊都盡，伴君幽獨。穠豔一枝細看取，芳心千重似束。又恐被、西風驚綠。若待得君來向此，花前對酒不忍觸。共粉淚，兩簌簌。」（節錄）

根到九泉無曲處，世間惟有蟄龍知。

檜樹的根，即使到了九泉之下也不曾盤曲，但人們看不見，只有潛伏於地下等待時機飛天的龍才能了解。

【解析】蘇軾的友人王復，家門外種有兩棵聳入雲天的檜樹，詩中借歌詠檜樹不僅樹幹挺立高大，連扎在地底下的樹根也是又深又直，讚美王復的品格一如檜樹正直不屈，不論是在明處或暗處都不改其志。古來「蟄龍」常被用來比喻隱匿於民間的有志之士，蘇軾在此暗指王復剛正耿介卻懷才不遇。值得一提的是，

這首詠檜詩，後來竟遭到有心人士的操弄，誣陷蘇軾無視有如飛龍在天的皇帝，卻說要去地下尋求蟄龍，根本是在嘲諷神宗識人不明，給蘇軾扣上「不臣」的罪名，隨即逮捕入獄，欲治其死罪，最後是在各方人士的奔走與求情下，蘇軾才結束一百多天的文字獄。可用來頌揚檜樹挺直磊落，表裡如一。

【出處】北宋．蘇軾〈王復秀才所居雙檜〉詩二首之二：「凜然相對敢相欺，直幹凌空未要奇。根到九泉無曲處，世間惟有蟄龍知。」

將飛更作〈迴風〉舞[1]，已落猶成半面妝[2]。

掉落的花朵，彷彿隨著〈迴風〉曲子在風中翻飛起舞，落到地面時，猶如美人化了半面的粉妝。

【注釋】1.〈迴風〉舞：相傳西漢武帝有一位名叫麗娟的宮人，在宮中唱〈迴風〉曲，庭中花皆翻落。此指花落隨風而舞。2.半面妝：南朝梁元帝因獨眼，其妃子徐昭佩每知帝至，必在臉上化半面妝，故意惱怒元帝。後多用來比喻僅得到事物的片面而未得全貌。此指花雖落地，卻仍堅持如美人一樣猶帶妝容。

【解析】年少時的宋祁，與兄長宋庠以布衣遊學，某日在宴席上賦此〈落花〉詩，一時膾炙人口，聲名鵲起。詩中他以美人快舞比喻隨風飛動的落花，以美人殘妝比喻一地的落花，即使著地非花所自願，花也執意要為自己保留美麗高貴的身影，暗喻人在落難或生命低潮時，也要像花一樣奮力振作，愛惜自己。近人吳闓生《古今詩範》評論這兩句詩：「此聯興會飆舉，能盡落花之神態。」可用來說明落花帶妝飄舞，其自珍自重的精神，值得人們學習。

【出處】北宋．宋祁〈落花〉詩二首之一：「墜素翻紅各自傷，青樓煙雨忍相忘？將飛更作〈迴風〉舞，已落猶成半面妝。滄海客歸珠迸淚，章臺人去骨遺香。可能無意傳雙蝶？盡付芳心與蜜房。」

疏影橫斜水清淺，暗香浮動月黃昏。

梅枝的影子錯落有致，斜映在清澈低淺的水邊，淡雅的幽香，在黃昏月色下隨處飄散。

【解析】隱居於杭州西湖的林逋，以種梅養鶴自娛，因其無妻無子，而得有「梅妻鶴子」之稱，詩中描寫梅花的容態和神韻，彰顯出梅花的高潔幽雅，寄託人的品格同梅花一樣拔俗超塵。可用來形容梅樹或梅花清幽脫俗的風姿，令人神往。

【出處】北宋．林逋〈山園小梅〉詩：「眾芳搖落獨暄妍，占盡風情向小園。疏影橫斜水清淺，暗香浮動月黃昏。霜禽欲下先偷眼，粉蝶如知合斷魂。幸有微吟可相狎，不須檀板共金尊。」

無肉令人瘦，無竹令人俗。

飲食中沒有肉會使人消瘦，居住處沒有竹會讓人變得庸俗。

【解析】蘇軾借詩讚美於潛（位在今浙江杭州市）寂照寺的僧人孜（字惠覺），長期住在種植很多竹子的綠筠軒中，情操有如竹子一樣高節清芬，其以「肉」的美味對比「竹」的美德，更彰顯出這位愛竹僧人的不同凡俗。可用來稱頌竹子高雅脫俗，風骨剛直。

【出處】北宋．蘇軾〈於潛僧綠筠軒〉詩：「可使食無肉，不可使居無竹。無肉令人瘦，無竹令人俗。人瘦尚可肥，俗士不可醫。旁人笑此言，似高還似痴？若對此君仍大嚼，世間那有揚州鶴？」

菊殘猶有傲霜枝。

菊花雖已凋殘，但菊枝仍傲立在風霜之中。

【解析】此詩是蘇軾為其好友劉季孫（字景文）而作，借寫秋末初冬菊花謝了之後，菊枝猶在寒霜中傲然挺立的神態，喻比好友的人品風範正如耐寒的殘菊一樣，意志堅強，節操高尚，絕不為惡劣環境所屈撓。可用來讚美殘菊不畏嚴霜的勁節風骨。

【出處】北宋．蘇軾〈贈劉景文〉詩：「荷盡已無擎雨蓋，菊殘猶有傲霜枝。一年好景君須記，最是橙黃橘綠時。」

當年不肯嫁春風，無端卻被秋風誤。

（荷花）回想當時不肯與百花一樣，跟隨春風綻放，如今卻無緣無故被秋風給耽誤了。

【解析】賀鑄詞中歌詠荷花不與春花爭奇鬥妍，獨自選擇在夏季盛開，不幸的是，秋天一來，荷花紅衣脫盡，飽受冷風摧殘，處境淒涼。作者借荷花的自開又自落，無人理睬，寄寓自己過去不肯附勢趨時，如今年華老去，仍孑然落魄。可用來形容夏季開的荷花幽潔孤傲，不願媚俗的倔強品格。

【出處】北宋．賀鑄〈踏莎行．楊柳回塘〉詞：「楊柳回塘，鴛鴦別浦，綠萍漲斷蓮舟路。斷無蜂蝶慕幽香，紅衣脫盡芳心苦。返照迎潮，行雲帶雨，依依似與騷人語。當年不肯嫁春風，無端卻被秋風誤。」

嫣然搖動，冷香飛上詩句。

（荷花）微笑輕搖身子，一陣幽冷的清香飛來，讓我寫下了詠荷的詩句。

【解析】姜夔與友人蕩舟賞荷，在微雨涼風下，整片火紅盛開的荷花在水波上婀娜搖曳，幽香撲鼻，在詞人的眼裡，彷彿看見了一個個巧笑倩兮的輕盈美人，散發出縷縷襲人的冷香，讓他忍不住妙發靈機，信筆寫成了這闋詠荷的美詞。可用來形容出水荷花清麗娉婷的高雅風韻，令人心儀神往。

【出處】南宋．姜夔〈念奴嬌．鬧紅一舸〉詞：「鬧紅一舸，記來時、嘗與鴛鴦為侶。三十六陂人未到，水佩風裳無數。翠葉吹涼，玉容銷酒，更灑菰蒲雨。嫣然搖動，冷香飛上詩句……」（節錄）

寧可抱香枝上老，不隨黃葉舞秋風。

（菊花）寧可懷抱著香氣，在枝頭上老去，也不想跟著枯黃的葉子，在秋風裡飄舞著。

【解析】此詩的詩題為〈黃花〉，指的就是菊花。朱淑真詩中借寫菊花一般都是在枝頭上枯萎，並不會墜落後隨風飛舞的物性，來比喻一個人自始至終對於自我的堅持，即使快要走到生命的盡頭，也不會跟從世俗而改變自己的原則。可用來說明菊花抱枝而謝，正如人堅守自己的獨立特性和處事準則，至死也不妥協。

【出處】南宋．朱淑真〈黃花〉詩：「土花能白又能紅，晚節由能愛此工。寧可抱香枝上老，不隨黃葉舞秋風。」

遙知不是雪，為有暗香來。

遠遠看過去就知道那不是雪，因為有陣陣清幽的香氣飄過來。

【解析】王安石詩中描寫嚴寒中獨自怒放的梅花，遠看潔白如雪，卻又散發出一股白雪所沒有的淡淡幽香，借喻人的品格也應效法梅花的淨潔無瑕，面對惡劣的環境也從不屈服。可用來形容梅花清香高潔的神韻。

【出處】北宋．王安石〈梅花〉詩：「牆角數枝梅，凌寒獨自開。遙知不是雪，為有暗香來。」

濃綠萬枝紅一點，動人春色不須多。

在濃密的綠葉和樹枝中，露出一朵紅花，能讓人心動的春景，實在不用過多。

【解析】王安石寫其漫步於庭園，發現茂密綠叢中的一朵紅石榴花，頓時眼睛為之一亮，原本滿園濃綠的畫面，因這一點紅的綴飾，倍增明媚春色。可用來形容紅花有了茂盛綠葉的陪襯，更顯花的妍麗光采。另可用來比喻掌握了事物的關鍵，就能用最少的力氣，發揮最大的效果。

【出處】北宋．王安石〈詠石榴花〉詩：「濃綠萬枝紅一點，動人春色不須多。」

蕭然風雪意，可折不可辱。

竹子生長在冷落蕭條的風雪中，雖可折斷卻是不可以侮辱的。

【解析】蘇軾因詩文惹禍，從湖州被抓來京城，關押在御史臺監獄，陷害他的人說蘇軾的詩文充滿怨謗神宗的意涵，欲定其死罪。蘇軾此時雖身在囹圄，風骨依舊凜然，這首描寫御史臺前竹子的詩，表面上是在詠竹可受摧折，但絕不接受被玷汙羞辱，實是寄寓自己的心志和竹子一樣寧折不彎，剛毅正直。可用來形容人的氣節崇高挺直如長竹，不可凌辱侵犯。

【出處】北宋・蘇軾〈御史臺榆、槐、竹、柏〉詩四首之三：「今日南風來，吹亂庭前竹。低昂中音會，甲刃紛相觸。蕭然風雪意，可折不可辱。風霽竹已回，猗猗散青玉……」（節錄）

縱被春風吹作雪，絕勝南陌碾成塵。

即使水邊的杏花被春風吹落，如雪花般地飄入清澈的水中，也絕對勝過長在南邊路上的杏花，被往來的車輛碾作塵土。

【解析】晚年退隱江寧的王安石，藉由描寫臨水杏花與路旁杏花，兩者最終命運的截然不同，抒發自己寧可選擇遠離塵囂，清白一世，也不願處於喧囂道路，任由人車踐踏，沾滿了一身汙穢。近人陳衍《宋詩精華錄》評曰：「末二語恰似自己身分。」意即王安石借花喻己。可用來比喻人的品格雅潔，不落凡俗。

【出處】北宋・王安石〈北陂杏花〉詩：「一陂春水繞花身，花影妖嬈各占春。縱被春風吹作雪，絕勝南陌碾成塵。」

露痕輕綴，疑淨洗鉛華，無限佳麗。

花瓣上還隱約留著露珠的痕跡，疑似是一位美人把臉上的脂粉都洗淨了，無比清新美麗。

【解析】周邦彥詞中主在歌詠梅花的氣質素淨淡雅，與百花喜好鬥巧爭奇，盡情向世人展現嬌媚姿態的風格迴然不同，宛如是不染纖塵的麗質佳人，令人傾心。可用來讚賞梅花高雅絕俗，風采自然生成。

【出處】北宋・周邦彥〈花犯・粉牆低〉詞：「粉牆低，梅花照眼，依然舊風味。露痕輕綴，疑淨洗鉛華，無限佳麗。去年勝賞曾孤倚，冰盤同燕喜。更可惜、雪中高樹，香篝熏素被……」（節錄）

為國為民皆是汝，卻教桃李聽笙歌。

（桑樹）你一生都是在做造福國家和人民的事情，最後卻是讓毫無作為的桃樹、李樹逍遙地欣賞樂歌，享受現成的福利。

【解析】此為明代書法家解縉寫來讚美桑樹的一首詩。自古以來，桑樹便具有相當高的經濟價值，除了樹皮可以造紙，樹根可以入藥之外，桑葉可供人們養蠶，所結的果實桑椹也可以食用。作者詩中以擬人的手法替桑樹抱屈，認為桑樹為了人們的各種需求而屢遭砍伐，堪稱是所有樹木中承受的苦難最多的，但博得人們喜愛的卻是外表亮麗的桃樹、李樹，藉此諷刺人世間同樣充斥著不公不義，真正為國為民犧牲與付出的人，永遠比不上虛有其表的人來得受歡迎或得到重用。可用來比喻竭盡心力，奉獻己身，到頭來卻是由他人坐享其成。

【出處】明．解縉〈桑〉詩：「一年兩度伐枝柯，萬木叢中苦最多。為國為民皆是汝，卻教桃李聽笙歌。」

一生膏血供人盡，涓滴還留自潤無？

（漆樹）畢生的漆汁全被人們用砍刀取出用盡，僅存一點點的漆汁能否留下來讓它滋潤自身？

【解析】此詩詩題〈漆樹嘆〉。清人施潤章藉由描寫用刀割開漆樹的樹皮，取出的汁液可製成生漆，當作塗料的特性，暗喻漆樹猶如遭人剝削的底層百姓，勞苦終身，流血流汗，遍體鱗傷，拚命所得竟然不屬於自己，甚至工作到生命氣力都快要耗盡，仍無法為自己和家人攢下極微少的財物，表達其對當時統治者橫徵暴斂，壓榨民脂民膏之惡行的憤恨不滿。可用來比喻經過辛勤勞力後所獲得的利益，全被搜刮一空，以致生計無法維繫。

【出處】清．施潤章〈漆樹嘆〉詩：「斫取凝脂似淚珠，青柯才好葉先枯。一生膏血供人盡，涓滴還留自潤無？」

不逢大匠材難用，肯住深山壽更長。

（大樹）沒有遇到手藝高明的木匠，便難以被人善用，如果願意留在山林深處，還更能延長壽命。

【解析】清人袁枚詩中以大樹自喻，抒發自己的才識與深山裡長得高大的樹一樣質地美好，卻始終沒有遇

見眼光遠大的良匠賞識，只能湮沒無聞。但另一方面，作者也為自己的低落情緒找到一處出口，正因他深悉樹木材大難用的緣故，隱身山中，遠離喧囂紛擾，反而常保延年益壽。可用來比喻有才能的人不遇其時，很難受到重用。

【出處】清．袁枚〈大樹〉詩：「繁枝高拂九霄霜，蔭屋常生夏日涼。葉落每橫千畝雪，花開曾作六朝香。不逢大匠材難用，肯住深山壽更長。奇樹有人問名字，為言南國老甘棠。」

好風頻借力，送我上青雲。

（柳絮我）不斷借助春風這樣好的風力，直上青色的雲空。

【解析】這是《紅樓夢》小說人物薛寶釵所作的一闋〈臨江仙〉詞，時逢暮春，柳花繁亂飄舞，故事裡的賈寶玉與大觀園裡的幾個姊妹心血來潮，便相約以柳絮為題填詞。薛寶釵見史湘雲、林黛玉等人寫的詠絮詞作都顯得過於喪敗，內容多著重在悼逝春光或感傷飄零，她便想要翻出新意，賦予柳絮一股積極向上的力量，其借柳絮「無根無絆」的特性，隨風衝上高空的情狀，表現出人也理當力爭上游的昂揚心志。此外，詞中「青雲」兩字，本就含有顯要地位的意思，暗喻薛寶釵對於名位的熱中以及志在必得的決心。可用來比喻人希望憑藉某種外力而得以迅速高升。

【出處】清．曹雪芹《紅樓夢．第七十回》之〈臨江仙．白玉堂前春解舞〉詞：「白玉堂前春解舞，東風捲得均勻。蜂團蝶陣亂紛紛。幾曾隨逝水？豈必委芳塵？萬縷千絲終不改，任他隨聚隨分。韶華休笑本無根，好風頻借力，送我上青雲。」

孤標傲世偕誰隱？一樣花開為底遲？

（菊花）你的花枝挺立，孤傲出眾，到底是想和誰一起歸隱？同樣都是開花，為什麼你開得這樣晚呢？

【解析】這是《紅樓夢》小說人物林黛玉所寫的〈問菊〉詩，此一章節描寫初秋時節，賈府眾人聚在大觀園內作詩，吟詠的主題為應時的秋菊。向來心思細膩的林黛玉，她在詩中以擬人手法探問菊花何以如此孤高自許，挺拔不群，明明春天才是花卉競開的季節，菊花卻執意遲至秋天才綻放，明顯和百花扞格不入。與其說林黛玉寫這首詩是為了和菊花對話，倒不如說，她是刻意借有花中隱者之譽的菊花，寄託自己寧可忍受孤寂，也不肯隨俗的清高風操。可用來比喻人的品格有如高潔的菊花，只能孤芳自賞，難求知音。

【出處】清．曹雪芹《紅樓夢．第三十八回》之〈問菊〉詩：「欲訊秋情眾莫知，喃喃負手叩東籬。孤標傲世偕誰隱？一樣花開為底遲？圃露庭霜何寂寞，鴻歸蛩病可相思？休言舉世無談者，解語何妨話片時？」

咬定青山不放鬆，立根原在破巖中。千磨萬擊還堅勁，任爾東西南北風。

（畫中的竹子）像是緊緊咬住青山，一點都不肯鬆口的樣子，它的根一直牢牢地扎在有縫隙的巖石中。歷經千萬次的磨難，仍然堅韌強勁，任憑你颳的是東西南北各種方向的風。

【解析】此為清代著名書畫家鄭燮（號板橋）題寫在竹石畫上的一首詩，描繪深深扎根在石縫中的竹子，毫不畏懼自然界的風雨打擊，姿態依舊剛勁挺拔，藉以歌詠人的品格風骨一如竹子般挺立高潔。可用來比喻人的品性堅毅，執著不屈。

【出處】清．鄭燮〈題竹石〉詩：「咬定青山不放鬆，立根原在破巖中。千磨萬擊還堅勁，任爾東西南北風。」

落紅不是無情物，化作春泥更護花。

那凋落的花朵，並不是沒有情意的物品，它將化成春天肥沃的土壤，反而更能護育新開的花朵。

【解析】詩題〈己亥雜詩〉，己亥，為干支紀年六十年中的其中一年，此指清宣宗道光十九年。作者龔自珍在這一年辭官離京，一共寫了三百多首的七言絕句，內容主在抒發其在旅途中的見聞或生平的經歷感受，即為組詩〈己亥雜詩〉。詩人見落花一地，不是感傷衰謝的景象，而是想到落花日後將成為滋養春花的珍貴養分，就好像自己雖然離開了官場，政治生涯

看似告一段落，但他曾經堅持的那份理想與熱情，也會感染給新生的力量，不斷延續下去。可用來比喻人或事物雖已衰敗，但卻為其他人或事物提供了有助益的資源或無形的精神感召。

【出處】清．龔自珍〈己亥雜詩〉詩三百一十五首之五：「浩蕩離愁白日斜，吟鞭東指即天涯。落紅不是無情物，化作春泥更護花。」

■詠物質■

方流涵玉潤，圓折動珠光。

水流如玉石般溫潤光滑，水花如珍珠般渾圓閃亮。

【解析】張文琮在詩中藉由歌詠水具有溫潤如玉、渾圓如珠的特質，暗喻人也該向水學習如玉石般溫和柔順的言行，如珍珠般華貴優美的儀態。可用來形容人的品格美好耀眼。另可用來比喻文詞豐美圓熟或歌聲圓滑清潤。

【出處】唐．張文琮〈詠水〉詩：「標名資上善，流派表靈長。地圖羅四瀆，天文載五潢。方流涵玉潤，圓折動珠光。獨有蒙園吏，棲偃玩濠梁。」

日落山水靜，為君起松聲。

太陽下山，山水間一片靜寂，風自松林間吹起，為你響起美妙的樂音。

【解析】王勃詩中以風喻人，借讚美習習涼風在日落西山，萬籟靜寂時吹動松樹，發出像波濤般的聲音，同時驅散炎熱，帶給萬物涼爽快意，正如人高尚清雅的品格，慷慨無私地遍施恩惠。明人鍾惺、譚元春《唐詩歸》評曰：「『為君』二妙字，待物如人矣。」可用來比喻人普濟眾生又勤奮不懈的美好品德。

【出處】唐．王勃〈詠風〉詩：「肅肅涼風生，加我林壑清。驅煙尋澗戶，卷霧出山楹。去來固無跡，動息如有情。日落山水靜，為君起松聲。」

古調雖自愛，今人多不彈。

我雖然很喜愛古老的曲調，但現今的人大多已不彈奏了。

【解析】劉長卿表面上是在書寫自己所偏愛的古調，早已被世人冷落的遺憾，實是借詠古調以明志，抒發世上知音難遇，只能孤芳自賞的孤獨感。可用來形容自己孤高自重的心志以及絕不追求俗尚的堅持。另可用來比喻人們多喜歡新鮮而厭倦老舊的人或事物。

【出處】唐．劉長卿〈聽彈琴〉詩：「泠泠七絃上，靜聽松風寒。古調雖自愛，今人多不彈。」

直到天頭無盡處，不曾私照一人家。

月光普照，月光未曾偏照某一戶人家。

【解析】中秋節歷來有賞月、吃月餅的習俗，象徵闔家團圓之意。曹松在中秋節這天，不能免俗的也與眾人共賞皎潔圓月，當他望著月亮從海平面上冉冉升起時，不禁讚嘆這天底下最公正無私的就是月亮了，因為它不會只映照所偏愛的某一家人，語意中含有對當時社會充斥各種徇私廢公現象的不滿。可用來歌詠月亮光明磊落，普照人間每一角落，也反映人渴望生活在平等大同的理想國度。另可用來說明中秋節日夜空淨澄，更襯托出一輪明月的光潔，人們爭相賞月的景象。

【出處】唐．曹松〈中秋對月〉詩：「無雲世界秋三五，共看蟾盤上海涯。直到天頭無盡處，不曾私照一人家。」

朝爭暮競歸何處？盡入權門與倖門。

（錢）日以繼夜爭逐最後歸屬在哪裡呢？全部都進入了權貴以及君王親信的家中。

【解析】徐夤（ㄧㄣˊ）詩中藉由歌詠金錢，諷諭古往今來，金錢一直都離不開握有權勢的顯貴望族以及皇帝寵愛的佞臣之家，縱有前人因追逐金錢而家財萬貫，最後也給自己招來了無窮禍患，但後人還是前仆後起，難以拋卻金錢的誘惑，也可以說，擁有愈多財

富的人愈無法對錢忘情。可用來形容權貴豪門和特權階級，為了獲得更多的錢財朝思夕計，甚至無所不用其極。

【出處】唐・徐夤〈詠錢〉詩：「多蓄多藏豈足論，有誰還議濟王孫？能於禍處翻為福，解向讎家買得恩。幾怪鄧通難免餓，須知夷甫不曾言。朝爭暮競歸何處？盡入權門與倖門。」

雕琢為世器，真性一朝傷。

經過雕刻琢磨的玉成了世間人們玩賞的器物，玉的本性便被破壞了。

【解析】韋應物詩中讚美玉乃天地之間的靈物，可惜的是玉經過工匠的精心雕琢後反而失去了本來的靈性，成為一般世俗的玩物，詩人藉此表達自己崇尚自然率真，不喜粉飾偽裝的性情。可用來形容做人應當保持純真質樸，不流世俗。

【出處】唐・韋應物〈詠玉〉詩：「乾坤有精物，至寶無文章。雕琢為世器，真性一朝傷。」

勸君覓得須知足，錢解[1]榮人也辱人。

勸你覓得了錢財之後要知道滿足，畢竟錢能夠帶給人榮華，也會帶給人恥辱。

【注釋】1.解：會，能夠。

【解析】古來就有把錢視為神明的說法，認為錢有通神的力量，任誰都難以抗拒，故李嶠詩中先是頌讚錢不只是世上的珍寶，更具有令人崇拜的神力，但之後話鋒一轉，他勸誡世人若是對錢貪得無厭，通神的金錢可以給人顯榮地位，也可以讓人身敗名裂。可用來規勸人們不要執著於錢財的追求，知足常樂，以免為錢而招致禍害。

【出處】唐・李嶠〈錢〉詩：「九府五銖世上珍，魯褒曾詠道通神。勸君覓得須知足，錢解榮人也辱人。」

太陽初出光赫赫，千山萬山如火發。

初升的旭日光芒耀眼，群山被它照得好像在噴火一樣。

【解析】北宋開國君王宋太祖趙匡胤，借歌詠初日的火紅熱烈，抒發自己的聲勢，正處於和太陽一樣朝氣蓬勃的鼎盛狀態。可用來比喻心志遠大，如熾盛顯赫的朝陽。另可用來形容太陽升起時光輝燦爛，紅光照耀群山的景象。

【出處】北宋．宋太祖趙匡胤〈詠初日〉詩：「太陽初出光赫赫，千山萬山如火發。一輪頃刻上天衢，逐退群星與殘月。」

幾人平地上？看我碧霄中。

有多少人在平地上？仰望著在碧空中飛舞的我（風箏）。

【解析】相傳此詞作者侯蒙其貌不揚，到了三十歲科舉仍一再失利，經常遭人譏笑，有人為了奚落他，故意把他的容貌畫在風箏上，再乘風升到空中。侯蒙見狀不但沒有被激怒，反而哈哈大笑，還在風箏上題了這闋詠風箏的詞。詞中表示他深信自己終將大器晚成，到那個時候，人們看著他施展抱負，就像此時身在平地，抬頭望見繪有他畫像的風箏登上雲霄一樣，只是態度會從現在的嘲弄，轉變成羨慕與崇拜。侯蒙不久後果然高中進士，仕途平步青雲，真應驗了他詞中所言。可用來比喻人的心志遠大不凡，有如飛翔在高空的風箏。

【出處】北宋．侯蒙〈臨江仙．未遇行藏誰肯信〉詞：「未遇行藏誰肯信？如今方表名蹤。無端良匠畫形容。當風輕借力，一舉入高空。才得吹噓身漸穩，只疑遠赴蟾宮。雨餘時候夕陽紅。幾人平地上？看我碧霄中。」

爛銀盤、來從海底，皓色千里澄輝。

一輪圓月如一個燦爛的銀盤，從海底升起，皓白月色傳遍了千里人間。

【解析】這闋詞的詞題為〈詠月〉。晁端禮描寫晚霞收盡時，天空出現一片琉璃般的彩光，預示著皓月將要從海底冉冉躍出，為天地綻放其晶瑩無塵的清輝，人們沉浸在如此靜謐的月色下，久久不忍離開。可用來形容明月皎潔佳美，使人的心胸豁然清朗。

【出處】北宋．晁端禮〈綠頭鴨．晚雲收〉詞：「晚雲收，淡天一片琉璃。爛銀盤、來從海底，皓色千里澄輝。瑩無塵、素娥淡佇，靜可數、丹桂參差。玉露初零，金風未凜，一年無似此佳時。露坐久，疏螢時度，烏鵲正南飛。瑤臺冷，闌干憑暖，欲下遲遲……」（節錄）

但願蒼生俱飽暖，不辭辛苦出山林。

（煤炭）只希望天下的百姓都能夠吃飽穿暖，所以不會推卻辛勞困苦，願意從埋藏所在的荒僻山林出來，進入人群的生活。

【解析】這首詩的作者是明代軍事家于謙，他一生自奉儉約，憂國憂民，詩中其借物詠懷，表面上是在讚頌煤炭寧願燃燒自己，也要造福廣大眾生的美德，實際上也是詩人表達其關懷民生疾苦、義不辭難的無私精神。可用來形容為大眾的利益，甘於奉獻己身，濟世安人。

【出處】明．于謙〈詠煤炭〉詩：「鑿開混沌得烏金，蓄藏陽和意最深。爝火燃回春浩浩，洪爐照破夜沉沉。鼎彝元賴生成力，鐵石猶存死後心。但願蒼生俱飽暖，不辭辛苦出山林。」

粉身碎骨全不怕，要留清白在人間。

（石灰石）縱使被燒成粉也沒有絲毫的畏懼，一定要在人世間永遠保持清白的樣子。

【解析】一代名將于謙在詩中託物明志，其以經過「千錘萬擊」、「烈火焚燒」等嚴酷考驗、質地堅硬的石灰石自喻，縱使最後「粉身碎骨」成了石灰粉，呈現在世人眼前的依然是潔淨的白色，藉此勉勵自己理當效法石灰石的精神，不但經得起任何艱苦的磨難，自始至終都能清廉自持，絕不會因外力的介入而改變其操守。可用來比喻為了堅守清高的志節，無畏艱難，甚至不惜犧牲生命。

【出處】明．于謙〈詠石灰〉詩：「千錘萬擊出深山，烈火焚燒若等閑。粉身碎骨全不怕，要留清白在人間。」

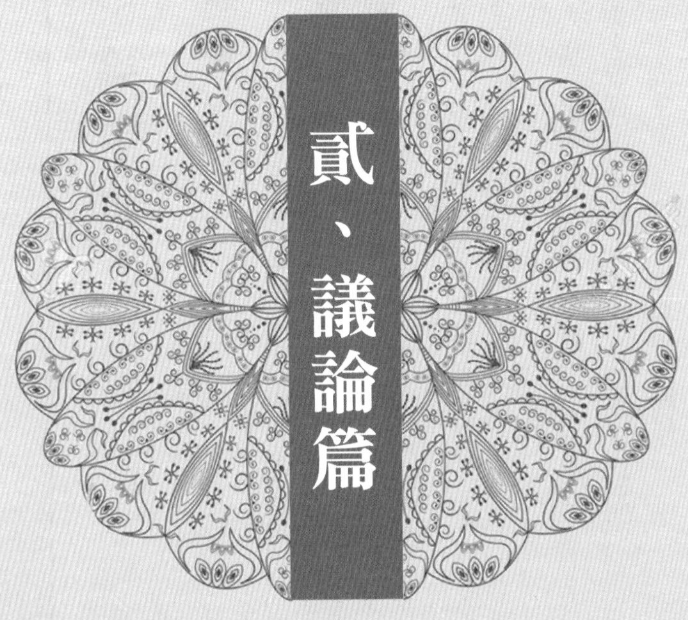

貳、議論篇

一、論生命

人生領悟

人生非金石，豈能長壽考？

人活在世上，並不像金屬或石頭一樣堅固，怎麼能夠長久存在而永不衰老、死亡？

【解析】詩人在駕車遠行的途中，有感於生活日夜奔波勞頓，功業名聲卻還尚未建立，而人的盛年轉眼即逝，很快就要步向生命的盡頭，故寫詩勉勵自己，應該趁早立身揚名，不要等到行將就木時，再來悔恨死後名聲不能顯榮於後世。可用來形容人生短促，壽命再長也是有其時限。

【出處】東漢．佚名〈古詩十九首〉詩十九首之十一：「回車駕言邁，悠悠涉長道。四顧何茫茫，東風搖百草。所遇無故物，焉得不速老？盛衰各有時，立身苦不早。人生非金石，豈能長壽考？奄忽隨物化，榮名以為寶。」

生年不滿百，常懷千歲憂。

人活在世上通常不超過百歲年紀，卻常常為了身後千年的各種事情在發愁。

【解析】這首詩的作者直指世人明知生命有其年限，長不過百年，短則數十載，卻時時懷抱深刻沉重的憂慮，將生活重心寄託在長遠未知的種種事物上，諸如吝惜錢財、企慕成為神仙等，都是沒有意義的事情，而且還會被後人譏笑。換句話說，人應該考慮的是如何讓短暫的人生活得更精彩充實，而不是去煩惱那些遙不可及的事物。可用來說明人的壽命有限，卻窮盡一生在擔憂未來，經常深陷其中而無法跳脫出來。

【出處】東漢．佚名〈古詩十九首〉詩十九首之十五：「生年不滿百，常懷千歲憂。晝短苦夜長，何不秉燭遊？為樂當及時，何能待來茲？愚者愛惜費，但為後世嗤。仙人王子喬，難可與等期。」

對酒當歌，人生幾何？譬如朝露，去日苦多。

對著眼前的美酒應當痛飲高歌，在人世的歲月還有多少呢？好像是太陽一出來就消失的晨露般，苦於逝去的日子實在是太多了！

【解析】年紀已過半百的曹操，在朝廷雖然位高權重，但他胸懷立下不朽功業的大志，故面對時光無情流失，人壽長短分定，唯恐自己來日無多，雄志難酬，因而寫下此詩，一方面抒發年光易老的嘆惋，一方面勸人享受當下的歡樂，以免日後悔之莫及。可用來形容人生短促，應把握有限的光陰，及時有所作為。

【出處】東漢．曹操〈短歌行〉詩：「對酒當歌，人生幾何？譬如朝露，去日苦多。慨當以慷，憂思難忘。何以解憂？唯有杜康……」（節錄）

衰榮無定在，彼此更共之。

人生的衰落、榮盛變化不定，兩者本來就是分不開的。

【解析】陶淵明寫此詩時，已辭去了官職，歸田隱居，由於當時正值東晉、南朝宋易代之際，讓他對盛衰無常的世事有更深的體會，明白所謂的榮華與衰敗從來不會固定恆久，就如同寒暑自然的往復交替一樣，故無須為了一時的得或失而開心或消沉。可用來說明世間的盛衰、榮辱都是彼此依靠，相互消長，人應以平常心看待，榮時勿驕，衰時勿餒。

【出處】東晉．陶淵明〈飲酒〉詩二十首之一：「衰榮無定在，彼此更共之。邵生瓜田中，寧似東陵時。寒暑有代謝，人道每如茲。達人解其會，逝將不復疑。忽與一觴酒，日夕歡相持。」

一裘暖過冬，一飯飽終日。

一件毛皮衣服就可以溫暖地度過寒冬，一碗飯便可以填飽肚子一整天。

【解析】此乃白居易晚年寫來勸勉姪子們要節制物質欲望之作。他擔心晚輩生活奢華無度，而人心欲望又是無窮無限，所以提醒他們要懂得知足常樂的道理，並以自身的言行舉止為例，希望姪子們可以從他的人生經驗得到啟發。可用來說明人知道滿足，不貪求多

餘無用的物質，就能保持身心愉悅。

【出處】唐．白居易〈狂言示諸姪〉詩：「……松柏本孤直，況當垂老歲，所要無多物。一裘暖過冬，一飯飽終日。勿言舍宅小，不過寢一室。何用鞍馬多？不能騎兩匹。如我優幸身，人中十有七。如我知足心，人中百無一。傍觀愚亦見，當己賢多失。不敢論他人，狂言示諸姪。」（節錄）

人生直作百歲翁，亦是萬古一瞬中。

就算活到成了百歲老翁，在萬年的歷史裡也不過是一瞬間而已。

【解析】本詩詩題為〈池州送孟遲先輩〉。先輩，是對年長者或輩分較高者的尊稱。杜牧擔任池州（位在今安徽境內）刺史期間，好友孟遲前來探望，離去前特作此詩相贈。杜牧詩中抒發其對人生短暫的慨嘆，他認為一個人縱使在世間活得再久，頂多也就是百年歲月，完全無法和亙古的歷史長流相比，也不可能超越時空的限制而長存於人間。可用來表達人壽有盡而世代無窮無盡的感觸。

【出處】唐．杜牧〈池州送孟遲先輩〉詩：「……人生直作百歲翁，亦是萬古一瞬中。我欲東召龍伯翁，上天揭取北斗柄。蓬萊頂上斡海水，水盡到底看海空……」（節錄）

十年一覺揚州夢，贏得青樓薄倖名。

在揚州放蕩了十年，如今看來彷若是夢一場，只贏得了我對青樓女子們薄情負心的名聲。

【解析】杜牧在揚州做官期間，經常流連歌樓妓院，十年過去，他追憶起自己在揚州的荒唐沉淪，有種不堪回首的自責意味。可用來形容長期縱情酒色生活後的醒覺與悔恨。

【出處】唐．杜牧〈遣懷〉詩：「落魄江南載酒行，楚腰纖細掌中輕。十年一覺揚州夢，贏得青樓薄倖名。」

他人騎大馬，我獨跨驢子。回顧擔柴漢，心下較些子。

看別人騎著大馬，我獨自坐在驢子上。回頭看見擔著柴的男人，心理就比較好些。

【解析】作者王梵志是唐初一位僧人，其詩淺白易懂，多含有勸善戒惡的意味。這首詩主在表達人不要只羨慕著別人擁有自己所沒有的，因為還有很多人是連自己擁有的都沒有，提醒人們應該知足常樂，不要一味地妄想和他人攀比，徒增無謂的煩惱。可用來說明比上不足，比下有餘，保持怡然自得的心境。

【出處】唐．王梵志〈他人騎大馬〉詩：「他人騎大馬，我獨跨驢子。回顧擔柴漢，心下較些子。」

功名富貴若長在，漢水[1]亦應西北流。

如果世上的官位與財富能夠永遠保持下去的話，那麼漢水就要從東南往西北倒流了！

【注釋】1.漢水：亦稱漢江，為長江最長的支流，流經陝西、湖北兩省。

【解析】李白詩中不正面說功名富貴不長在，而是借自然現象中的漢水不可能倒流之事實，來對人一生致力追求的名利權勢予以否定。可用來形容功業名望和錢財全是一場虛幻，如同煙雲過眼。

【出處】唐．李白〈江上吟〉詩：「……屈平詞賦懸日月，楚王臺榭空山丘。興酣落筆搖五嶽，詩成笑傲凌滄洲。功名富貴若長在，漢水亦應西北流。」（節錄）

白頭縱作花園主，醉折花枝是別人。

終日忙碌為了購置田產，等到了年老，縱使成了花園的主人，但最後在花園裡喝醉折花的卻是別人！

【解析】詩人雍陶看見許多人直到頭髮發白，都還辛苦奔波，追求豐裕的物質生活，但是人的青春有限，等到生命消逝，那時在花園內的亭臺樓閣遊樂的人就不是打拚一輩子的自己了，意在提醒人們不要只顧著努力掙錢，而忽略了生命的意義是要認真體會人生的美好。可用來勸人把握青春，及時享受生活。

【出處】唐．雍陶〈勸行樂〉詩：「老去風光不屬身，黃金莫惜買青春。白頭縱作花園主，醉折花枝是別人。」

百歲有涯頭上雪，萬般無染耳邊風。

人的壽命是有盡頭的，活到百歲時，頭髮早已白得像霜雪般，看待塵世間的所有事情，就像吹過耳邊的風一樣，無所掛心。

【解析】此乃詩人杜荀鶴稱讚兜率寺中的老僧清靜無為，不沾染塵囂是非的修持工夫。可用來說明人經過了漫長歲月的歷練，到年老時，對於所聽到的事情都不會放在心上。

【出處】唐．杜荀鶴〈贈題兜率寺閑上人院〉詩：「人間寺應諸天號，真行僧禪此寺中。百歲有涯頭上雪，萬般無染耳邊風。挂帆波浪驚心白，上馬塵埃翳眼紅。畢竟浮生謾勞役，算來何事不成空？」

身外何足言？人間本無事。

身體之外的事物又有什麼好說的呢？人世間本來就沒有什麼大事啊！

【解析】白居易見滿庭幽致春色，想著自己雖已年老，身體卻少有病痛，每日飽食安睡，還能沉浸於美酒之中，因而體會到世間煩惱多是人們自找的，才會導致病痛纏身，故作詩勸人拋下無謂的執著掛念，常保知足之心。可用來說明心情樂觀開朗，毋須為世俗雜事自尋煩惱。

【出處】唐．白居易〈日長〉詩：「日長晝加餐，夜短朝餘睡。春來寢食間，雖老猶有味。林塘得芳景，園曲生幽致。愛水多棹舟，惜花不掃地。幸無眼下病，且向尊前醉。身外何足言？人間本無事。」

浮名浮利濃於酒，醉得人心死不醒。

虛浮的名利比酒還要濃烈，致使人心醉到死時仍無法清醒過來。

【解析】作者體悟人終其一生汲汲營營，致力於追求身外的名聲和利益，就好像是醉酒的人一樣，到死都渾然不識自己原來本心的模樣。可用來表達世俗的名利過於誘人，人們深陷後便難以自拔。

【出處】唐·杜光庭〈傷時〉詩：「帆力劈開滄海浪，馬蹄踏破亂山青。浮名浮利濃於酒，醉得人心死不醒。」（此詩一說為鄭遨所作，詩題則作〈偶題〉）

假如三萬六千日，半是悲哀半是愁。

假若人的一生有百年的壽命，共計大約三萬六千個日子，其中一半是生活在悲苦哀傷中，一半是在愁煩心緒中度過的。

【解析】杜牧有感於人生實是終日活在悲傷與愁悵的情緒中，因而提醒人們珍惜當下難得的美好，像是有酒喝時，就該不加思索地喝到酣醉，有花看時，理當停下腳步來盡情欣賞，不要怕耽誤了時間而覺得可惜，畢竟機會錯過了便不復遇。可用來形容生命充滿著哀愁感傷，少有令人值得快樂的事。

【出處】唐·杜牧〈寓題〉詩：「把酒直須判酩酊，逢花莫惜暫淹留。假如三萬六千日，半是悲哀半是愁。」

細推物理須行樂，何用浮名絆此身？

仔細推敲宇宙萬物間的道理，體悟出人生應要及時行樂，何必要讓虛名來束縛自己這個人身呢？

【解析】杜甫從春花漫天飄落中體認到不僅萬物皆有盡時，人一生所致力追求的功名也同樣是有盡頭的，與其為了如浮雲般的名聲而勞累奔波，倒不如在有限的年華裡認真享受人生的樂趣。可用來表達因理解人事物發展變化的道理，故能不再執著於浮華不實的功業名位，好好把握人生有限的光陰。

【出處】唐·杜甫〈曲江〉詩二首之一：「……江上小堂巢翡翠，苑邊高塚臥麒麟。細推物理須行樂，何用浮名絆此身？」（節錄）

處世若大夢，胡為勞其生？

人生在世就像是做了一場很長的夢，何必要過得如此操心勞苦呢？

【解析】李白於春日醉酒醒來，看見庭院前的花香鳥語，突然省悟到浮生若夢，做人實不必過於操勞而讓自己不得安寧，也無法真正感受大自然的風月景色。可用來說明人生好像一場虛幻的夢境，不應作繭自縛而忽略了生活中的美好風情和趣味。

【出處】唐．李白〈春日醉起言志〉詩：「處世若大夢，胡為勞其生？所以終日醉，頹然臥前楹。覺來盼庭前，一鳥花間鳴。借問此何時？春風語流鶯。感之欲嘆息，對酒還自傾。浩歌待明月，曲盡已忘情。」

逢人不說人間事，便是人間無事人。

碰到人不談人世間的是非，便是可以脫離人世間是非的人。

【解析】本詩詩題為〈贈質上人〉。上人，多用來尊稱修行、智慧卓越的高僧。此詩為杜荀鶴贈送給一位名叫「質」的出家人，由衷讚美質上人能夠擺脫俗塵、心中無所罣礙的不凡修行。可用來說明不去談論世上的是非恩怨，自然不會招惹煩惱痛苦。

【出處】唐．杜荀鶴〈贈質上人〉詩：「枿（ㄋㄧㄝˋ）坐雲遊出世塵，兼無瓶缽可隨身。逢人不說人間事，便是人間無事人。」

經事還諳事，閱人如閱川。

經歷的事情多了，自然更加熟悉事物的道理，見過的人多了，就如同水匯聚成川河一樣，看待人世更加清澈了然。

【解析】此為劉禹錫回給好友白居易的一首詩，他認為人實在不必悲嘆年老，因為老人的閱歷豐富，見識廣博，對人生有深刻的體悟，所以一個人能夠活到老可說是一件值得驕傲的事。可用來說明經驗豐富的可貴。

【出處】唐·劉禹錫〈酬樂天詠老見示〉詩：「人誰不願老，老去有誰憐。身瘦帶頻減，髮稀冠自偏。廢書緣惜眼，多炙為隨年。經事還諳事，閱人如閱川。細思皆幸矣，下此便翛然。莫道桑榆晚，為霞尚滿天。」

蝸牛角上爭何事？石火光中寄此身。

人活在世上，就像是寄住在蝸牛的觸角上，空間是如此狹小，還有什麼好爭的呢？人的生命短暫，就像是石頭相擊時所發出的剎那火光一般。

【解析】晚年的白居易，領悟到人終其一生經常為了功名私利，你爭我奪，縱使最後爭贏了，也不過局限在像蝸牛觸角的窄小範圍裡，如何能與天地之大相爭？而人的生命猶如火石擊發的火光，轉瞬即逝，故勸人不必枉費心機，徒增煩憂。可用來表現生命渺小短暫，不應把時間耗費無謂的爭鬥上。

【出處】唐·白居易〈對酒〉詩五首之二：「蝸牛角上爭何事？石火光中寄此身。隨富隨貧且歡樂，不開口笑是痴人。」

舉世盡從愁裡老，誰人肯向死前閑？

世上所有的人都在愁苦中逐漸老去，有誰願意在死前讓自己好好休息呢？

【解析】杜荀鶴從年輕時期便致力於科舉考試的準備，直到四十多歲才中舉。詩中他感嘆人的一生為了追求理想而奔波勞苦，過程辛酸無限，眼看來日無多，卻仍然還是放不下手，最後愁苦而終。可用來說明人們寧願為了基本生存或功名利祿而愁煩忙碌到終老，也不願讓自己靜下心來，享受清閑生活的樂趣。

【出處】唐·杜荀鶴〈秋宿臨江驛〉詩：「南來北去二三年，年去年來兩鬢斑。舉世盡從愁裡老，誰人肯向死前閑？漁舟火影寒歸浦，驛路鈴聲夜過山。身事未成歸未得，聽猿鞭馬入長安。」

人生如逆旅，我亦是行人。

人生在世，猶如住在旅館，我也和你一樣，都只是個過客。

【解析】此詞為蘇軾寫給遭到朝廷一貶再貶的友人錢勰，他深感於人生就像是一場旅行，每個人不過是停留在這個世上的短暫旅人，和廣漠天地比起來實在極為渺小，以此慰勉錢勰莫因仕途受挫而沮喪不振，也無須為眼前的別離而不捨感傷。可用來說明人生匆促如寄，得或失皆無須掛懷。

【出處】北宋・蘇軾〈臨江仙・一別都門三改火〉詞：「一別都門三改火，天涯踏盡紅塵。依然一笑作春溫。無波真古井，有節是秋筠。惆悵孤帆連夜發，送行淡月微雲。尊前不用翠眉顰。人生如逆旅，我亦是行人。」

人生自是有情痴，此恨不關風與月。

人生中離別的苦恨，本來就會引發人們的痴迷多情，這和風花雪月等外在環境是沒有關係的。

【解析】人們常會目睹了自然界的風月景物，進而觸動內心的愁情恨意，但歐陽脩個人的體悟是，痴情是人與生俱來的，縱使眼前沒有任何令人傷感的景物，多情人還是免不了會因別離而湧上萬千情愁。可用來說明情感豐富是人的本性，故也容易為情苦惱。

【出處】北宋・歐陽脩〈玉樓春・尊前擬把歸期說〉詞：「尊前擬把歸期說，欲語春容先慘咽。人生自是有情痴，此恨不關風與月。離歌且莫翻新闋，一曲能教腸寸結。直須看盡洛城花，始共春風容易別。」

人有悲歡離合，月有陰晴圓缺，此事古難全。

人生難免有悲傷歡樂、分離聚合，月亮也一定會有陰暗晴朗、盈滿虧損的時候，這種事情從古至今，就是難以兩全其美的。

【解析】蘇軾於中秋月夜下，感嘆月圓而人卻無法團圓，然他心念一轉，想著月亮其實也常被烏雲遮擋或殘缺不圓，不也和人無法常聚一起是相同的道理嗎？無論是天上或是人間，狀況都是時好時壞，不應事事求取周全，以此化解他的失落哀情。晚清學者王闓運

《湘綺樓詞選》評論這三句詞：「大開大合之筆，他人所不能。」可用來形容月盈月虧，人聚人散，本是自古而然之常態，故不必為聚散無常而感到憾恨。

【出處】北宋．蘇軾〈水調歌頭．明月幾時有〉詞：「……轉朱閣，低綺戶，照無眠。不應有恨，何事長向別時圓？人有悲歡離合，月有陰晴圓缺，此事古難全。但願人長久，千里共嬋娟。」（節錄）

人間如夢，一樽還酹[1]江月。

人世間就像夢境一樣，我還是舉杯灑酒，祭奠江水和明月。

【注釋】1.酹：音ㄌㄟˋ，以酒澆地，表示祭奠。

【解析】蘇軾寫其神遊東漢末年奠定三國鼎立的赤壁戰場，遙想起風起雲湧於那個時代的豪俊之士，再回頭看看一頭白髮的自己，至今仍一事無成，於是拿起酒杯，祭奠江月，縱使無法完成一直潛伏於心中的英雄夢，他也不會再為其執著苦惱。可用來形容浮生若夢，一生無論功過成敗，終將成為未來人們的歷史。

【出處】北宋．蘇軾〈念奴嬌．大江東去〉詞：「……遙想公瑾當年，小喬初嫁了，雄姿英發。羽扇綸巾，談笑間、檣櫓灰飛煙滅。故國神遊，多情應笑我，早生華髮。人間如夢，一樽還酹江月。」（節錄）

少年辛苦真食蓼，老景清閑如啖蔗。

年輕時備嘗辛苦，真像是在吃苦辣的蓼草一樣，年老時生活清閑，有如在吃香甜的甘蔗一樣。

【解析】人在貶地黃州的蘇軾，對先前在京城御史臺遭遇的禍患仍心有餘悸，詩中寬慰自己年少為了追求功名，歷經勞累艱苦，老來能在鄉野安閑度日，何嘗不是一件很有興味的事呢？可用來勉勵人趁著年輕辛勤耕耘，年紀大時安享閑適的日子。

【出處】北宋．蘇軾〈次韻前篇〉詩：「……少年辛苦真食蓼，老景清閑如啖蔗。飢寒未至且安居，憂患已空猶夢怕。穿花踏月飲村酒，免使醉歸官長罵。」（節錄）

心似已灰之木，身如不繫之舟。

心如已燒成灰的枯木，身體像是沒有繫纜而到處飄盪的小船。

【解析】北宋哲宗過世，徽宗即位，被放逐到海外儋州的蘇軾得以獲赦，北返中原。途中經過鎮江金山寺，看到了寺內留有好友李公麟過去為他畫的畫像，不禁讓六十六歲的他，回顧起自己的平生，寫下了這一首詩。詩中化用了《莊子．齊物論》中「形固可使如槁木，而心固可使如死灰乎」，以及《莊子．列禦寇》中「飽食而遨遊，泛若不繫之舟」兩段文字，抒發他的心已如槁木死灰，不為外物所動，身軀像是沒有纜繩拴繫的舟船，任其自由飄流。兩個月後，蘇軾病逝，人生歷經幾度起落浮沉，走到生命盡頭之前，他總結自己的畢生功業，竟是在飽嘗困頓的三處貶地黃州、惠州、儋州，而非早年在朝或地方任官的顯達時期。表面上看，「已灰之木」和「不繫之舟」都像是在自嘆身世飄零，但細細思索，不管是面對羈旅漂泊、困厄羞辱，甚至是瀕臨危亡險境，蘇軾總是習於用曠達、幽默、自我解嘲的基調，來化解無比沉重的失意哀愁。可用來形容身心不受任何事物的干擾，飄然自由。

【出處】北宋．蘇軾〈自題金山畫像〉詩：「心似已灰之木，身如不繫之舟。問汝平生功業？黃州、惠州、儋州。」

世事相違每如此，好懷百歲幾回開？

世間的事情，往往與人的願望相互違背，人生一世不過百年，開懷歡笑的日子算起來有幾次呢？

【解析】陳師道寫其讀書往往讀到意猶未盡時，便發現這本書已快要讀完了，一心期待與知己好友會面，但希望總是一再落空，藉由這些親身的失望經歷，讓他理解到人一生的歲月，遂心如意的事其實屈指可數，背離自己意願的事倒是經常發生。可用來說明人活在世上的時間，大多都是事與願違，很難從心所欲。

【出處】北宋．陳師道〈絕句〉詩四首之四：「書當快意讀易盡，客有可人期不來。世事相違每如此，好

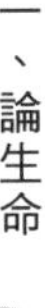

懷百歲幾回開？」

世事漫[1]隨流水，
算來一夢浮生。

世上所有的事情皆是徒然，最後都會隨著水流而逝，算來人的一生就像是做了一場短暫的夢一樣。

【注釋】1.漫：此作枉然、白費。

【解析】經歷亡國之痛的李煜，回首前塵往事，宛若流逝而過的水，一去便不再復返，進而領悟到人生猶如夢幻泡影，虛浮而不定。可用來形容人生短促無常，虛幻若夢。

【出處】五代．李煜〈烏夜啼．昨夜風兼雨〉詞：「昨夜風兼雨，簾幃颯颯秋聲。燭殘漏斷頻欹枕，起坐不能平。世事漫隨流水，算來一夢浮生。醉鄉路穩宜頻到，此外不堪行。」

功名本是無憑事，
不及寒江日兩潮。

所謂的功績名聲，本來就是虛幻又毫無憑據的事，還比不上寒天裡的江水，每天固定的漲潮和退潮來得有規律。

【解析】仕途一再遭受流言毀謗打壓的陸游，乘舟於寒江中，趁著酒意漸漸消退時寫信給友人，抒發在官場上的深刻體悟，歷經了世事起伏，看盡了人間冷暖，他發現過去自己所致力追求的功名，其實是很空泛而不實際的，大海漲退有時的潮汐比功名還要可靠多了。可用來形容人世間的功業名望，變幻無憑，任誰都難以捉摸。

【出處】南宋．陸游〈舟中感懷三絕句，呈太傅相公兼簡岳大用郎中〉詩三首之二：「雨打孤篷酒漸消，昏燈與我共無聊。功名本是無憑事，不及寒江日兩潮。」

生前富貴草頭露，
身後風流陌上花。

人在生前的金錢地位，有如草上的露水，只會

留下片刻的晶瑩，很快就會蒸發散去，人在死後的風雅名聲，有如路邊的花朵，只會綻放短暫的芳香，很快就會枯萎謝去。

【解析】蘇軾詩中以「草頭露」和「陌上花」兩語，比喻人間的富貴和死後的名聲其實都難以持久，有如雲煙過眼，人實在不必苦心企求，耗盡了畢生心血卻只是白忙一場。可用來說明人生的富貴、名氣，轉瞬成空。

【出處】北宋．蘇軾〈陌上花〉詩三首之三：「生前富貴草頭露，身後風流陌上花。已作遲遲君去魯，猶教緩緩妾回家。」

休言萬事轉頭空，
未轉頭時皆夢。

不要說所有的事情死後都是空的，即使活著的時候也全是在做夢啊！

【解析】蘇軾有感於人生大半輩子，在彈指聲間就過去了，昔往提攜自己的恩師歐陽脩離開人世也已八年多了，撫今追昔，想起人們常言「萬事轉頭空」，但蘇軾認為不止死後一切成空，連活著也不過就是一場夢罷了，意味著世事終歸虛無，故面對各種打壓與挫折不妨泰然處之。可用來形容人生如夢，因而心無須為虛幻的是非有無而執著煩惱。

【出處】北宋．蘇軾〈西江月．三過平山堂下〉詞：「三過平山堂下，半生彈指聲中。十年不見老仙翁，壁上龍蛇飛動。欲弔文章太守，仍歌楊柳春風。休言萬事轉頭空，未轉頭時皆夢。」

江頭未是風波惡，
別有人間行路難。

船隻行駛在大風大浪的江頭，都不算是真正的險惡，人間的道路比起江頭的風波，還要更加難行。

【解析】辛棄疾在江頭送別準備搭船離去的友人，仕途屢遭打擊的他，望著眼前風高浪急的江水，不禁聯想到自己一路走來，歷經的曲折險阻，遠遠勝過江水所能興起的起伏波瀾，故以自然界的「風波惡」，突顯出人世間的「行路難」。可用來說明世途充滿凶險艱苦，坎坷難行。

【出處】南宋．辛棄疾〈鷓鴣天．唱徹陽關淚未乾〉詞：「唱徹〈陽關〉淚未乾，功名餘事且加餐。浮天水送無窮樹，帶雨雲埋一半山。今古恨，幾千般，只應離合是悲歡。江頭未是風波惡，別有人間行路難。」

而今識盡愁滋味，欲說還休。欲說還休，卻道天涼好個秋。

如今已理解了憂愁的感受，很想要說出什麼，卻說不出口。很想要說出什麼，終是說不出口，只好說「好一個涼爽的秋天啊」！

【解析】因讒言而被迫罷官的辛棄疾，閑居信州（位在今江西境內）期間，登覽住家附近的博山，他的滿腔憤懣無處宣洩，題寫此詞在博山途中的石壁上。詞中抒發自己早已飽經風霜，備嘗憂患，抑鬱的心事即便想說也不知從何道起，最後只好顧左右而言他，隨口說眼前氣候清爽宜人，表達其面對世事的無能為力與萬般無奈的複雜心情。可用來形容歷經辛酸，卻不想找人傾訴，因明白說出來也是無濟於事的心境。

【出處】南宋．辛棄疾〈醜奴兒．少年不識愁滋味〉詞：「少年不識愁滋味，愛上層樓。愛上層樓，為賦新詞強說愁。而今識盡愁滋味，欲說還休。欲說還休，卻道天涼好個秋。」

自是人生長恨水長東。

人生本來就是恨事不斷，就好像那東流水一樣，無止無休。

【解析】李煜透過對春花匆匆逝去的哀感，體會到人只要活在世上，必然存有永恆的痛苦，以及無力挽回的遺恨，而這樣的苦恨，宛如無情流水般，綿延不盡，誰都無所遁逃，道盡了做人的悲哀與無奈。近人王國維《人間詞話》評曰：「詞至李後主而眼界始大，感慨遂深。」意味著李煜的詞作，由個人遭遇，悟出人生之理，足以引起所有人的共鳴。可用來說明人生的惆悵惱恨，永無絕期。

【出處】五代．李煜〈相見歡．林花謝了春紅〉詞：「林花謝了春紅，太匆匆。無奈朝來寒雨晚來風。胭

脂淚，相留醉，幾時重？自是人生長恨水常東。」

利牽名惹逡巡過，奈兩輪、玉走金飛[1]。

人總是被名與利所牽絆著，但一生的時間過得極快，就好像日和月這兩個如飛的圓輪子一樣。

【注釋】 1.玉走金飛：日月如飛，比喻時光飛逝。玉，即玉兔，相傳月中有兔，故以玉兔代指月亮。金，即金烏，相傳日中有三足烏，故以金烏代指太陽。

【解析】 柳永看見人們為了奔名競利，汲營不休，等到身心勞累不堪時，才猛然發現已是一頭白髮，此時縱使擁有再多的財物或了不起的功業，也換不回青春年華。可用來形容韶光轉瞬即逝，不值得為名利所羈縛而勞苦終生。

【出處】 北宋．柳永〈看花回．屈指勞生百歲期〉詞：「屈指勞生百歲期，榮瘁相隨。利牽名惹逡巡過，奈兩輪、玉走金飛。紅顏成白髮，極品何為？塵事常多雅會稀，忍不開眉。畫堂歌管深深處，難忘酒盞花枝。醉鄉風景好，攜手同歸。」

兒孫自有兒孫計，莫與兒孫作馬牛。

兒子、孫子們自有他們的打算，當父母的切莫為了他們去做馬做牛。

【解析】 這首詩的作者為徐守信，乃北宋著名道士，人稱「徐神翁」。他認為父母對子孫不可溺愛，如果凡事都要替晚輩去費心代勞，反而會讓他們失去了學習和歷練的機會，一生只知坐享其成，這樣不但苦了自己，也等同害了子孫。可用來說明父母無須為兒孫事事操心擔憂，每個人都得為自己的人生負責。

【出處】 北宋．徐守信〈絕句〉詩三首之一：「遙望南莊景色幽，前人田土後人收。兒孫自有兒孫計，莫與兒孫作馬牛。」

浮生長恨歡娛少，肯愛千金輕一笑。

人生只恨歡樂的時光太少，何必為了獲得更多的錢財而輕視難得的歡笑。

【解析】終日忙於公務的宋祁，難得抽空出來春遊，在爛漫春光的感召下，體悟到人生匆匆如夢，值得歡樂的事情已經很少了，實不必為了金錢而放棄難得的開懷時光。可用來形容人生苦多樂少，應把握時機，盡情享受生命的美好瞬間。

【出處】北宋．宋祁〈玉樓春．東城漸覺風光好〉詞：「東城漸覺風光好，縠皺波紋迎客棹。綠楊煙外曉寒輕，紅杏枝頭春意鬧。浮生長恨歡娛少，肯愛千金輕一笑。為君持酒勸斜陽，且向花間留晚照。」

紫陌縱榮爭及睡，朱門雖貴不如貧。

通往繁華京城的道路上，縱使光耀尊榮，還比不上大睡一場，顯貴人家的紅色大門，雖然富麗堂皇，還不如住在清貧人家裡坦然自在。

【解析】這首詩的作者陳摶，是五代末、北宋初隱居華山（位在今陝西境內）的高人，自號「扶搖子」。相傳後周世宗和北宋太宗都曾召見過陳摶，希望他出來做官，陳摶勉強赴京，但大部分的時間都在睡覺，短則十來天，長則數月不起，對仕途毫無興趣，最後朝廷不得已只好放他歸山，對陳摶而言，豪門生活顯然不如每天安穩睡覺、簡樸過日來得舒適。可用來形容對世俗名利無欲無求，心中了無牽掛。

【出處】北宋．陳摶〈歸隱〉詩：「十年蹤跡走紅塵，回首青山入夢頻。紫陌縱榮爭及睡，朱門雖貴不如貧。愁聞劍戟扶危主，悶聽笙歌聒醉人。攜取舊書歸舊隱，野花啼鳥一般春。」

達人自達酒何功？世間是非憂樂本來空。

澹泊曠達的人是出自其達觀的本性，酒對他來說哪有什麼功用呢？世上所謂的對或錯、憂傷或快樂，本來就是空的。

【解析】此詩為蘇軾飲酒時的領悟，人們總以為借酒可以忘憂，但在蘇軾看來，一個人的憂樂與否，根本和酒毫無關係，他認為世上無論貧富，任誰最後都不

免一死，縱有再多的珠玉錢財也沒人可以帶走，所有的是非憂樂，皆是人心無法勘透而生出的苦痛。可用來說明心胸豁達的人，能安於命運，不為物欲所牽絆，逍遙自得。

【出處】北宋．蘇軾〈薄薄酒〉詩二首之二：「薄薄酒，飲兩鍾。粗粗布，著兩重。美惡雖異醉暖同，醜妻惡妾壽乃公。隱居求志義之從，本不計較東華塵土北窗風。百年雖長要有終，富死未必輸生窮。但恐珠玉留君容，千載不朽遭樊崇。文章自足欺盲聾，誰使一朝富貴面發紅。達人自達酒何功？世間是非憂樂本來空。」

蝸角虛名，蠅頭微利，算來著甚乾忙？

（追求）像蝸牛的角一樣的虛浮名聲，像蒼蠅的頭一樣的微薄利益，算起來是為了什麼在空忙呢？

【解析】蘇軾遭朝中小人陷害而入獄，歷劫歸來後被貶官至黃州，詞中他感嘆人們常為了微不足道的浮名薄利，窮其一生苦心爭逐，有些人甚至不惜做出構陷他人入罪的行徑，機關用盡，到頭來卻什麼也帶不走，正可謂白忙一場。可用來說明世俗的名和利都是極為虛幻渺小的，大好生命不值得為其奔波不止。

【出處】北宋．蘇軾〈滿庭芳．蝸角虛名〉詞：「蝸角虛名，蠅頭微利，算來著甚乾忙？事皆前定，誰弱又誰強？且趁閑身未老，須放我、些子疏狂。百年裡，渾教是醉，三萬六千場……」（節錄）

誰能役役[1]塵中累？貪合魚龍[2]構強名。

有誰願意在塵俗中奔逐，讓自己如此疲累不堪呢？（人們總是）貪圖著有朝一日魚化成龍的幻想，強求那些沒有意義的虛名。

【注釋】1.役役：勞苦不息的樣子。2.魚龍：即鯉魚躍入龍門後化成龍。後多用來比喻人飛黃騰達或登上顯位。

【解析】此為李煜到山中隱居時題在牆上的一首詩，身心早已被塵世俗務給牽累的李煜，在大病初癒後，體悟到人何以要耗費有限的生命，竭力去營求不可企及又虛無縹緲的名聲地位呢？這樣的人生實在是徒勞無益。可用來形容追逐虛榮名利使人身心勞頓，終是白忙一場。

【出處】五代．李煜〈病起題山舍壁〉詩：「山舍初成病乍輕，杖藜巾褐稱閑情。爐開小火深回暖，溝引新流幾曲聲。暫約彭涓安朽質，終期宗遠問無生。誰能役役塵中累？貪合魚龍搆強名。」

縱有千年鐵門限，終須一箇土饅頭。

縱使有上千年的鐵製的門檻，家世顯赫不凡，最後用得到的，不過是一座形似土饅頭的墳墓而已。

【解析】此詩為范成大寫其於重陽節這天，看見路上有人正在預先替自己建造墓地的感觸，他認為即使是富貴人家，能把家裡的大門做得堅固宏偉，讓人從外觀上，一眼就可以感受到門第的威嚴氣派，但到頭來仍不免一死，那時真正需要的，也不過就是一坏黃土來埋葬肉體軀殼罷了！可用來說明儘管生前家道興盛，財富豐厚，死後卻任何東西都帶不走。

【出處】南宋．范成大〈重九日行營壽藏之地〉詩：「家山隨處可行楸，荷鍤攜壺似醉劉。縱有千年鐵門限，終須一箇土饅頭。三輪世界猶灰劫，四大形骸首丘。螻蟻烏鳶何厚薄？臨風拊掌菊花秋。」

鬢底青春留不住，功名薄似風前絮。

耳旁的毛髮發白，年輕時光已經無法挽回，功業名聲薄得像是在風前飄飛的輕盈柳絮。

【解析】毛滂發現雙鬢長出白髮，察覺自己的容貌日漸衰老，他回首過往，即使竭力在宦海追逐，功績祿位卻還是升沉無定，不禁感慨人生忙了大半輩子，到頭來只是一場空。可用來形容年華易逝，功名難取也難以久存。

【出處】北宋．毛滂〈漁家傲．鬢底青春留不住〉詞：「鬢底青春留不住，功名薄似風前絮。何似瓮頭春沒數。都占取，只消一紙長門賦。寒日半窗桑柘

暮，倚闌目送繁雲去。卻欲載書尋舊路。煙深處，杏花菖葉耕春雨。」

人無百年人，枉作千年計。

人的壽命很難出現超過一百歲的人，卻枉費有限的生命去盤算千年內的事情。

【解析】金人元好問詞中明白點出世上從來不會有人能夠長生不老，但人卻常常為了追求理想或滿足欲望而不斷做長計遠慮，為此也耗費了人生的寶貴光陰，而其實很多都是在自己活著的時候無法實現的，既然如此，那麼把死後的事情想得再長遠、計畫得再周全又有什麼意義呢？可用來說明死亡乃不可避免的事實，勸人毋須把生命浪費在渺茫的未來上，而忽略了眼前真正重要的人、事和生活。

【出處】金．元好問〈思仙會．人無百年人〉詞：「人無百年人，枉作千年計。傀儡棚頭，看過幾場興廢。朱顏易改，可惜歡娛地。勸君酒，唱君歌，為君醉。滄溟一葉，正在橫流際。阮籍途窮，啼得血流何濟？天公老大，不管人間世。莫莫休休，莫問甚底。」

人無千日好，花無百日紅。

人生在世，很難有一千個日子都事事順心，就像花也不可能長達一百天都紅豔盛開。

【解析】此為古來相傳的諺語，詩人藉由描寫花無不凋的事實，表達世事一如花開花謝，盛衰有時，福禍無常，沒有任何人或事物可以恆久不變，永保美好，提醒人們青春易逝，好景不常，切莫為了一時的成敗而耿耿於懷。可用來說明人世變化無常，不會一直處於順遂的境遇。

【出處】元．楊文奎《兒女團圓．楔子》之詩：「人無千日好，花無百日紅。早時不算計，過後一場空。」

正是執迷人難勸，今日臨危可自省。

人在固執迷失的當下，很難聽進任何人的勸阻，如今面臨危難，才懂得自我反省。

【解析】這兩句詩為元代雜劇家秦簡夫《東堂老》中一名富家子弟敗光家產、淪為乞丐後，吃盡苦頭的醒悟之詞。故事描述人稱「東堂老」的李實，受好友揚州富商趙國器臨終囑託，多方教導其揮霍無度的兒子，但趙子根本不理會李實的諄諄告誡，整日和地方無賴吃喝嫖賭，終於把父親留下的田產全數典當，成了流落揚州街頭的乞丐。當所有的親友都避之唯恐不及時，只有李實願意對趙子伸出援手，給了他一點點的資金，沿街賣炭、賣菜。等到確定趙子浪子回頭後，李實才向趙子坦言其所變賣出去的家產，自己已用趙國器生前所交付的錢暗中買回了。趙子這時才明白父親的用心良苦，以及李實為人的重信重義，也對先前胡作非為的行為感到悔恨。可用來說明人在危險急迫時，方能省察自己以往的困惑與過失，不再執著己見。

【出處】元．秦簡夫《東堂老．第三折》之詩：「正是執迷人難勸，今日臨危可自省。」

百歲光陰一夢蝶，重回首往事堪嗟。

人生最多百年的歲月，就像是一場夢，重新回想過去的事，足以讓人慨嘆。

【解析】此為元代曲家馬致遠使用同一宮調、數支不同曲牌聯綴而成一套首尾完整的曲子，稱之「套曲」，是散曲中小令之外的另一種體裁，又稱「散套」、「套數」。作者在曲中援引《莊子．齊物論》莊周夢見自己化成蝴蝶後，醒來思考著到底是自己夢蝶、還是蝶在夢見自己之事，抒發人生恍然如夢般虛幻短暫的感嘆，回憶前塵舊事，不勝唏噓。元人周德清《中原音韻》給予這首曲子很高的評價，譽其「萬中無一」。可用來形容人生若夢，往事不堪回首。

【出處】元．馬致遠〈夜行船．百歲光陰一夢蝶套〉曲：「百歲光陰一夢蝶，重回首往事堪嗟。今日春來，明朝花謝。急罰盞、夜闌燈滅。」

世事紛紛一局棋，輸贏未定兩爭持。

人世間的事情紛紛擾擾，就像一盤棋局，在還不知道輸贏是誰的時候，雙方爭執對峙，相持不下。

【解析】作者在詩中以「弈棋」比喻變化多端的世局，棋者在勝負未定之前，彼此往來鬥智，拚得你死我活，就是希望成為這場棋戰的贏家，猶如人生過程中，也會經常遇到不同的競爭對手，互相較量鬥勁，不到最後關頭，誰也不肯認輸。然而，等到局散棋收，誰輸或是誰贏又有什麼重要呢？這首詩所要表達的是，真正的弈棋高手，不過是把下棋當成是寄託生活情趣的一種消遣，反觀那些跳脫不出棋局的人，因為太過於計較利害得失，何嘗不是在自尋煩惱呢？可用來形容人生如一場棋局，紛亂不定，變化莫測。

【出處】明．馮夢龍《醒世恆言．卷九．陳多壽生死夫妻》之詩：「世事紛紛一局棋，輸贏未定兩爭持。須臾局罷棋收去，畢竟誰贏誰是輸？」

命裡有時終須有，
命裡無時莫強求。

命運中註定有的終究會擁有，命運中註定沒有的切勿硬要求得。

【解析】這兩句詩表面上看似是在強調宿命思想，認為人間的福禍榮辱、事物的發展變化，早已在冥冥之中決定好了，絕非人力可以扭轉改變，讓人聽起來以為人生不必再做任何的努力，把一切都歸咎於命定。事實上，詩中意在勸人凡事順其自然，不必費盡心思汲汲營求，縱使結果不如人意，也無須過於執著與悲觀。可用來形容隨遇而安的人生態度，得失無介於懷。

【出處】明．蘭陵笑笑生《金瓶梅．第十四回》之詩：「富貴自是福來投，利名還有利名憂。命裡有時終須有，命裡無時莫強求。」

是非成敗轉頭空，
青山依舊在，幾度夕陽紅？

（歷史上英雄人物的功名成就）不管做的是對或錯，最後是成功還是失敗，所有的一切，在轉頭的瞬間就全部消逝，不變的是，那屹立在原處的青山依然存在，將大地染成一片紅的殘陽，不知已經日落了多少回？

【解析】這闋詞是明代文人楊慎所寫，其為明武宗正德年間的狀元，任翰林院修撰，世宗即位，由於一場政治爭鬥，他遭到廷杖（在朝廷上當眾杖打大臣）與削籍（革除官職），貶至雲南三十多年，最終死在戍所。曾經是意氣風發，前途不可限量的青年，只因拂逆帝王的心意，本握在手裡的榮華，轉眼化為烏有。楊慎回顧史上古今英雄的生平，再轉身看看自己的親身遭遇，感觸自是良深，所謂的榮耀名聲不過是不可捉摸的浮光掠影，唯大自然的青山夕陽可亙古久遠。清初文評家毛綸、毛宗崗父子編修羅貫中《三國演義》時，將楊慎此詞作為小說的開卷，傳世至今，仍震撼人心。可用來形容人事的功過與朝代的興亡，總是往復循環，從來不會維持長久。

【出處】明．楊慎〈臨江仙．滾滾長江東逝水〉詞：「滾滾長江東逝水，浪花淘盡英雄。是非成敗轉頭空，青山依舊在，幾度夕陽紅……」（節錄）

莫怪世人容易老，青山也有白頭時。

（對著雪白的山頭）不要埋怨世上的人那麼容易衰老，連蒼翠的山也會有白頭的時候。

【解析】此詩詩題為〈對雪〉，作者駱綺蘭是活動於清代嘉慶年間的一位女詩人兼畫家，擅長畫蘭。詩中寫其登樓倚闌，望著遠方山頭覆蓋著皚皚白雪，興起了人不也和山一樣都有髮白之時的聯想，藉此表達青春不可能永駐，邁向老化乃人生必然的過程，人實在不必因為皓首蒼顏而感到嘆惋。可用來提醒人們，隨著年齡逐漸衰老是生命的自然規律，不妨樂觀以對。

【出處】清．駱綺蘭〈對雪〉詩：「登樓對雪懶吟詩，閑倚闌干有所思。莫怪世人容易老，青山也有白頭時。」

人生只似風前絮，歡也零星，悲也零星，都作連江點點萍。

人的一生只不過像是隨風飄散的飛絮，縱然有歡喜，也是零散稀落的，即使有悲傷，也一樣是零散稀落的，全都化作滿江一點一點的浮萍。

【解析】近人王國維詞中抒發其對人生虛無飄渺的感嘆，面對人間的悲歡離合，就像是風中飛絮般，來去無蹤，難以捉摸，亦似江上的浮萍，載浮載沉，時進時退，仔細想來，無論遭逢悲欣得失，都是生命中的零星點綴，人實在無能為力去改變任何，只能任由命運擺布。可用來說明人生的悲歡聚散飄忽無常。

【出處】清末民初．王國維〈采桑子．高城鼓動蘭釭灺〉詞：「高城鼓動蘭釭灺（ㄒㄧㄝˋ），睡也還醒，醉也還醒，忽聽孤鴻三兩聲。人生只似風前絮，歡也零星，悲也零星，都作連江點點萍。」

哲思禪道

此中有真意，欲辨已忘言。

此時從大自然的情境中領悟到生命真正的意趣，想要進一步來分辨述說，卻又不知該如何說起。

【解析】這兩句詩是陶淵明在東籬採菊，悠然見山之後，望著夕陽晚景、飛鳥歸巢時的心情感觸，當時的他內心安然平靜，不受外物干擾，臻於物我兩忘之境，也因而體會到人生的真諦是只可意會而不可言傳，世上任何有形的言語，都無法如實傳達其當下領略的妙趣。可用來說明大自然中的各種事物皆蘊含其趣味妙理，可以心領神會，卻難以用言語表述出來。

【出處】東晉．陶淵明〈飲酒〉詩二十首之五：「……採菊東籬下，悠然見南山。山氣日夕佳，飛鳥相與還。此中有真意，欲辨已忘言。」（節錄）

借問蜉蝣輩，寧知龜鶴年？

請問朝生暮死的蜉蝣小蟲啊！憑你們又哪裡能夠理解長壽的龜、鶴呢？

【解析】東晉詩人郭璞描寫隱士棲身幽僻山林，撫琴長嘯，與仙人為友，日子過得逍遙自在，暗喻那些終日為了功名爭逐的世俗庸人，根本無法體會這種宛如生活在仙境的樂趣。詩中以生命極短的蜉蝣和能享高壽的龜鶴作對比，前者好比是執著於蠅頭小利、眼光狹窄的一般人，後者就像是忘情塵世、善於養生的達人逸士，兩者的心志相去懸殊，高下立判。可用來比喻目光短淺的庸俗之輩，只知道汲營眼前的利益，永遠不能領會高識遠見者超拔思慮和脫俗胸懷。

【出處】東晉．郭璞〈遊仙詩〉十四首之三：「翡翠戲蘭苕，容色更相鮮。綠蘿結高林，蒙籠蓋一山。中有冥寂士，靜嘯撫清絃。放情陵霄外，嚼蕊挹飛泉。赤松臨上遊，駕鴻乘紫煙。左挹浮丘袖，右拍洪崖肩。借問蜉蝣輩，寧知龜鶴年？」

人從橋上過，橋流水不流。

人從橋上走過去，看見的是橋在流，而不是水在流。

【解析】這首禪詩的作者傅翕是南朝梁武帝時期的一位在家居士，人稱「善慧大士」或「傅大士」，他因善於講解佛經，很多人都慕名前來聽其說法。其中「橋流水不流」一語，與一般人認知「水流橋不動」的現象剛好相反，但這矛盾荒誕的詩句，實則蘊涵著深刻的禪機妙理，仔細想想，人在過橋的時候，橋不也正在腳下移動著嗎？而水始終都存在於橋下，只是人們習於被自己的主觀意識所桎梏，並對自己所認定的堅信不疑，以致無法輕易改變觀察事物的角度。事實上，當人放下心中的成見，不再為事物的表象所遮蔽時，動的也可以是「橋」，也可以是「水」，心不會受到任何的束縛，寬闊坦然，動靜皆宜。可用來說明看待世間萬物，不要執著於自以為是的想法當中，因為先入為主的觀念，很有可能是偏頗或片面的，而非事物的全貌或事情的真相。

【出處】南朝梁．傅翕〈頌〉偈：「空手把鋤頭，步行騎水牛。人從橋上過，橋流水不流。」

千尺絲綸[1]直下垂，一波才動萬波隨。

長長的釣絲筆直地垂入江中，每當江面上一個水波興起時，便會牽引出無數的波紋。

【注釋】1.綸：釣魚用的絲線。

【解析】這首詩是船子和尚撰寫的一道偈。偈，即梵語中的「頌」義，也可以說是佛教文學的詩歌。船子

和尚，原名德誠，因經常在江上為人擺渡，泛舟隨緣度化四方往來之人，故稱之。這首偈表面上是寫月夜釣者居高臨下垂釣，釣線入水後激起層層波紋的景象，實是暗喻人來到世上心靈逐漸受到塵世的汙染，罪惡的種子就像是「千尺絲綸」一樣「直下垂」到我們的身上，一旦受到了「一波才動」的外緣誘惑，這些潛伏在身上的罪惡種子便會「萬波隨」。換言之，人只要一個念頭生起，萬念便會相隨相生，煩惱從此無邊無際，若不生念頭，就什麼都沒有，如要立一個念頭來破除，那這個想要破除的念頭也是「一波」，終究還是禍害的根源。可用來比喻人心無念無著，便不會被世間的聲色欲念所牽動而苦惱。

【出處】唐．船子和尚〈撥棹歌〉偈：「千尺絲綸直下垂，一波才動萬波隨。夜靜水寒魚不食，滿船空載月明歸。」

大海從魚躍，長空任鳥飛。

寬闊的大海讓魚兒可以騰躍，遼遠的天空讓鳥兒可以任意飛翔。

【解析】此為禪僧玄覽題於竹子上的一首詩，表達其自由自在的寬闊胸襟，就像大海中的魚、天上的飛鳥般優游於廣大天地間，這正是他所奉行的順應自然、不違背事物情理的道。這段名句可用來比喻人的心胸開闊，灑脫自如。另可用來形容寫文章時思路順暢通達。

【出處】唐．玄覽〈題竹〉詩：「欲知吾道廓，不與物情違。大海從魚躍，長空任鳥飛。」

不是一番寒徹骨，爭得梅花撲鼻香？

梅花要是沒有經過刺骨寒冬的考驗，怎麼會生出如此撲鼻的香氣呢？

【解析】本詩的作者希運是禪宗高僧，因在黃蘗（ㄅㄛˋ）山（位在今江西南昌市境內）傳法，世稱黃蘗希運。此偈是作者對門下子弟上課時所講述的道理，其借寒冬才綻放清幽芳香的梅花為喻，勉勵門人要有堅定不移的信念，才能克服修行路上的艱苦磨練，方能達到對禪機妙理的領悟。可用來比喻只有經過一番嚴格的鍛鍊，才會有苦盡甘來的成就或對人生哲理更參透的體悟。

【出處】唐．黃蘗希運〈上堂開示頌〉偈：「塵勞迥脫事非常，緊把繩頭做一場。不是一番寒徹骨，爭得梅花撲鼻香？」

本來無一物，何處惹塵埃？

人的身心本來就是虛幻沒有實相，從何沾惹塵埃呢？

【解析】禪宗六祖慧能本在五祖弘忍門下擔任雜工，不識字的他在聽到師兄神秀寫的偈後，便央請一旁的人代筆寫出他所作的偈。慧能認為人的身軀不過是虛幻假相，人心苦樂也是經過外在意念所形成的虛妄感受，一切現象既然沒有真實的存在過，自然也就沒有所謂的垢淨、生滅。慧能的偈中表達的是一種「頓悟」的思想，也就是證悟一切現象都無真實的生滅變化，只要洞明心性的本源，眾生皆可見性成佛。可用來說明事物本來就不存在，故由其引起的事物或現象自然也就不存在。

【出處】唐．慧能《六祖壇經．行由品第一》之偈：「菩提本無樹，明鏡亦非臺。本來無一物，何處惹塵埃？」

因過竹院逢僧話，又得浮生半日閑。

因經過了一處有竹林的庭院，剛巧聽了僧人的一席話，於是在這個浮沉紛擾的人世中，又多得到了半日的悠閑。

【解析】原本日子過得昏昏沉沉的李涉，在春天快要結束前決定去登山，經過鎮江鶴林寺時無意間與一位僧人閑聊了許久，從中獲得了不少的啟示。作者在詩中雖沒有明講其和僧人的聊天內容，但從他的心態由消沉鬱悶轉為寧靜祥和，可知僧人的提點使其突然醒悟，重新看見自己的本來面目。可用來形容與某人相談，彷彿在奔波繁忙生活中得到一段難得的清閑。

【出處】唐．李涉〈題鶴林寺僧舍〉詩：「終日昏昏醉夢間，忽聞春盡強登山。因過竹院逢僧話，又得浮生半日閑。」

吾心似秋月，碧潭清皎潔。

我的心好像秋天朗朗的明月，映在碧綠潭水中更顯得清澈純淨。

【解析】詩僧寒山在詩中以「秋月」比喻人心自性本是空明清淨，不染世俗塵埃，且世上也找不到任何物質可以堪比，更是任何言語都無法表達出來的。其意在強調人若能拋開對外物的鑽營追求，精神自在爽朗，內心無所罣礙，自然煩惱不生。可用來說明人若能回歸淨潔無瑕的初始本心，便能洞悉人間一切事理，不再為擾攘的人情世事所困惑。

【出處】唐．寒山〈吾心似秋月〉詩：「吾心似秋月，碧潭清皎潔。無物堪比倫，教我如何說？」

改頭換面孔，不離舊時人。

在輪迴當中，眾生的容貌不斷改變，但內在本質並不曾離開過去的那個自己。

【解析】詩僧寒山認為六道輪迴的痛苦是非常可怕的，人的表相雖在每一次的輪迴後轉化成不同的樣貌，但實質上還是相同的靈魂，故詩中勸人要盡早修行，方能脫離輪迴不休的苦海。可用來說明即使面孔變換，但本性仍未有改變。

【出處】唐．寒山〈可畏輪迴苦〉詩：「可畏輪迴苦，往復似翻塵。蟻巡環未息，六道亂紛紛。改頭換面孔，不離舊時人。速了黑暗獄，無令心性昏。」

男兒大丈夫，一刀兩段截。

有志氣、有原則的男子，遇到紛擾心思的事情時，會毫不遲疑將其立刻斷絕。

【解析】詩僧寒山認為世間有三種人，一是智慧過人者，其心思敏銳，容易領悟佛法中的意境；二是智慧中等者，其心思清靜，審慎思慮周詳；三是智慧低下者，其心思愚昧，等到大難來臨時，才知道人生被自己給毀滅了。也因此，他提醒大丈夫徘徊歧路時，必須當下一刀兩斷，才不會空有人的面目而行同禽獸。可用來比喻面對煩惱或誘惑時，果斷屏絕。

【出處】唐・寒山〈上人心猛利〉詩：「上人心猛利，一聞便知妙。中流心清淨，審思云甚要。下士鈍暗痴，頑皮最難裂。直待血淋頭，始知自摧滅。看取開眼賊，鬧市集人決。死屍棄如塵，此時向誰說？男兒大丈夫，一刀兩段截。人面禽獸心，造作何時歇？」

時時勤拂拭，勿使惹塵埃。

時時刻刻勤加擦拭，不要使身心沾惹世俗的塵埃。

【解析】禪宗五祖弘忍為了挑選衣缽傳人，吩咐弟子作偈寫下對佛性的體悟。弘忍門下弟子地位最高的便推神秀，其經過一番苦思後作成此偈。弘忍認為神秀的偈「未見本性，只到門外」，但也告訴眾人「依此偈修，免墮惡道」，後因慧能另作一偈而得弘忍的衣缽，成為禪宗六祖。事實上，神秀偈中表達的是一種「漸悟」的思想，也就是漸進提升心性修為的工夫。可用來說明人要隨時提醒自己斷除雜想妄念，使身心常保清淨無垢。

【出處】唐・神秀《六祖壇經・行由品第一》之偈：「身是菩提樹，心如明鏡臺。時時勤拂拭，勿使惹塵埃。」

睫在眼前長不見，道非身外更何求？

眼睫毛就長在眼睛的前方，人卻長期看不見，真理從來不在身體之外，人還要到何處去尋求呢？

【解析】杜牧在池州擔任刺史期間，仕途不順的友人張祜前來探訪，兩人同遊當地名勝九峰樓。杜牧在詩中一方面肯定張祜的才能，諷刺握有權位者識人不明，竟對如此優秀人才視而不見，但一方面也勸慰張祜，既有無形的品格操守在身上，又何必去追求有形的仕途名利呢？可用來說明真理本來就存在每個人的心中，離開人的本心，真理便不存在。另可用來比喻人只能見遠而不能見近。

【出處】唐・杜牧〈登池州九峰樓寄張祜〉詩：「百感衷來不自由，角聲孤起夕陽樓。碧山終日思無盡，芳草何年恨即休。睫在眼前長不見，道非身外更何求？誰人得似張公子，千首詩輕萬戶侯。」

詩思禪心共竹閑，任他流水向人間。

吟詩和修禪的心思猶如山林裡的竹子一樣自在悠閑，任憑那匆匆流水奔向塵世間。

【解析】李嘉祐題寫這首詩在高僧禪房的牆壁上，意在讚美其深湛的修行工夫，早已參透自身與天地萬物融合為一的道理，不論是留在山林門前的竹子或是流向紅塵俗世的江水，都與自己毫無隔閡，完全不著於心。可用來表達修行高深之人超脫塵俗的高逸情懷。

【出處】唐．李嘉祐〈題虔上人壁〉詩：「詩思禪心共竹閑，任他流水向人間。手持如意高窗裡，斜日沿江千萬山。」

慚愧情人遠相訪，此身雖異性長存。

很感動有你這位重情義的朋友遠道來探望我，雖然我這個身軀已和過去不同，本性卻是永久存在。

【解析】此詩源於袁郊〈甘澤謠〉傳奇，故事描述唐代高僧圓觀與官宦子弟李源情誼深厚，圓觀在圓寂前和李源約定三世輪迴再相見，李源也果然信守承諾前來赴約，此時已投胎為牧童的圓觀，即對著李源吟唱這一首詩，不僅意味著兩人的緣分早已註定，也表明了肉身易壞，而本性卻能永恆長存。可用來說明人世的因緣前定，本性歷久不滅。

【出處】唐．袁郊〈甘澤謠〉詩：「三生石上舊精魂，賞月吟風不要論。慚愧情人遠相訪，此身雖異性長存。」

豐衣足食處莫住，聖跡靈蹤好遍尋。

不要住在衣食充足的地方，才容易找尋到聖人仙靈的蹤跡。

【解析】詩僧齊己在病中勉勵即將前往清涼山禮佛的小師父，應避免和世俗人一樣致力於生活富裕的追求，保持心境清澄安寧，才能真正體悟潛藏於內心的佛性。可用來提醒修行者應恬淡清心，去除對外物的欲求。

【出處】唐·齊己〈病中勉送小師往清涼山禮大聖〉詩：「豐衣足食處莫住，聖跡靈蹤好遍尋。忽遇文殊開慧眼，他年應記老師心。」

千江有水千江月，萬里無雲萬里天。

江河只要有水，不分大小的江河水面都能映出明月，無邊無際的天空只要沒有雲朵，整片天空都是晴朗的天。

【解析】這是一首佛家借物喻理的偈，以「月」比喻佛性，「千江有水」比喻芸芸眾生，亦即眾生不分貴賤高低，人人與生俱來皆有佛性；以「雲」比喻欲念煩惱，「萬里無雲」比喻清淨無垢的佛心，亦即眾生若不受塵俗雜念的干擾，佛心本性自然顯現而悟道。可用來說明佛性本然存於人心，明心即能見性，了悟生死。

【出處】南宋·雷庵正受《嘉泰普燈錄》之偈：「千山同一月，萬戶盡皆春。千江有水千江月，萬里無雲萬里天。」

手把青秧插滿田，低頭便見水中天。

農夫手裡拿著秧苗插滿了稻田，低頭便看見映在水中的天空。

【解析】布袋和尚詩中描寫農人在田裡低頭插秧的動作，表面上看似是在強調人活在世上必須務實工作，切莫好高騖遠。然若由詩的後兩句「心地清淨方為道，退步原來是向前」往前推論，「水中天」在這裡實是喻指人的心地，意即人唯有懷抱謙讓胸懷，才能見到自己的本來面目，洞明自己心性的本源。也就是說，一個自恃甚高而從不反省的人，遇事便橫衝直撞，只知前進而不知先退一步，心自然苦不堪言。可用來說明謙和修持，才能明心見性，認識真實的自己。另可用來形容農夫務實耕作，腳踏實地。

【出處】五代·布袋和尚〈插秧〉詩：「手把青秧插滿田，低頭便見水中天。心地清淨方為道，退步原來是向前。」

回首向來蕭瑟處，歸去，

也無風雨也無晴。

回頭看了剛剛走來遇到風雨的地方，還是回去吧！也無所謂風雨也無所謂天晴。

【解析】蘇軾寫其路上偶遇一陣大雨，他披著一件蓑衣，嘯然閑行，完全無視穿林打葉的風雨聲。過了一會兒，天氣轉晴，落日在山頭相迎，不禁領悟到自然氣候的風雨不定，正如社會人生中的禍福無常，當人心從世俗的得或失中解脫，面對無端來去的榮辱勝敗，無喜亦無悲，詞中「也無風雨也無晴」，意即心若無風雨，晴日又從何而來？一切苦痛皆是起於心對外物的依賴，化解了依賴，心便得到了自由。可用來表達對人生命運順任自然的態度，心沒有預期或欲求，就不致患得患失。

【出處】北宋．蘇軾〈定風波．莫聽穿林打葉聲〉詞：「莫聽穿林打葉聲，何妨吟嘯且徐行。竹杖芒鞋輕勝馬，誰怕？一蓑煙雨任平生。料峭春風吹酒醒，微冷，山頭斜照卻相迎。回首向來蕭瑟處，歸去，也無風雨也無晴。」

我有一布袋，虛空無罣[1]礙。

我有一個布袋，裡頭空蕩蕩的，來去無所牽掛。

【注釋】1.罣：音ㄍㄨㄚˋ，牽絆、阻礙。

【解析】這首詩的作者是五代高僧布袋和尚，法名契此，號長汀子，他經常用一根長杖背負著一只布袋，笑口常開的到處去化緣，稱號也是由此而來。相傳布袋和尚圓寂前作了一首詩：「彌勒真彌勒，分身千百億。時時示時人，時人自不識。」人們便認為其乃佛教彌勒菩薩的化身。詩中布袋和尚借自己隨身攜帶的布袋為喻，開示世人，所有的東西都是帶不走的，也不曾屬於過自己，看似存在，實是虛無，故不必執著追逐而痛苦不堪。可用來說明人的心境虛懷若谷，大度包容，便能不生煩惱。

【出處】五代．布袋和尚〈我有一布袋〉詩：「我有一布袋，虛空無罣礙。展開遍十方，入時觀自在。」

忽然性命隨煙焰，

始覺從前被眼瞞。

（飛蛾誤把燭火當成燈光）突然性命就這樣隨著火焰而逝，才發現從以前就一直被自己的眼睛給欺瞞。

【解析】僧人惠洪描寫飛蛾具趨光的特性，把燭火當成是燈光而飛撲過去，直到被燒死的那一瞬間，方才醒悟，藉此警示人也常犯下和飛蛾一樣的錯誤，難以割捨自己所珍愛的事物，對於假象深信不疑，最後就是自取其禍。可用來說明人常被自以為是的認知所矇騙，以假為真，蒙昧無知。

【出處】北宋．惠洪〈鷓鴣天．蜜燭花光清夜闌〉詞：「蜜燭花光清夜闌，粉衣香翅繞團團。人猶認假為真實，蛾豈將燈作火看？方歎息，為遮攔，也知愛處實難拚。忽然性命隨煙焰，始覺從前被眼瞞。」

明月幾時有？把酒問青天。

明月是何時開始有的呢？我拿起酒杯詢問青天。

【解析】在密州任知州的蘇軾，於中秋佳節乘醉望月，寫下了這闋千古名篇。面對皓月當空，詞人大膽把酒問天有關月的起源，反映其對人間秩序的懷疑與焦慮，以及對天上仙境的嚮往，想要進一步探究上天如何看待，發生在世上這麼多的不公不幸之事。可用來表達因關懷人間生命的挫折失意，進而對自然宇宙充滿探索的欲望，從中尋求可以安頓身心的力量。

【出處】北宋．蘇軾〈水調歌頭．明月幾時有〉詞：「明月幾時有？把酒問青天。不知天上宮闕，今夕是何年？我欲乘風歸去，又恐瓊樓玉宇，高處不勝寒。起舞弄清影，何似在人間……」（節錄）

若無閑事掛心頭，便是人間好時節。

假若沒有一些雜事掛記心上，每一天都是人世間的美好時光。

【解析】無門慧開禪師藉由四季的風景變化，表達大自然的規律更替，正如人生的老病生死、盛衰榮辱、是非恩怨等，其實都是每個人活在凡塵的必經常態，人無須為了這些「閑事」而煩心，甚至迷失了自我，

應該認真活在當下，從容看待出現在自己生命中的每一段不同風景。可用來勸勉世人凡事隨緣，面對得失成敗無所掛慮，自然過得心安理得。

【出處】南宋．無門慧開〈頌古〉詩四十八首之十九：「春有百花秋有月，夏有涼風冬有雪。若無閑事掛心頭，便是人間好時節。」

袈裟未著愁多事，著了袈裟事更多。

還沒穿上出家人的袈裟前，總煩惱著人生有太多的事情，等到穿上了出家人的袈裟後，煩惱的事情比未出家前更多。

【解析】此為楊萬里寫給一位苦行僧人的詩。他認為人若因苦惱不斷而選擇出家，渴望從此遠離俗緣的紛擾，之後將會發現困惑自己的事情，竟然還比出家前更甚。詩人所要表達的是，逃避現實是沒有意義的，人心煩惱的生滅，跟是否穿上這件袈裟並無關聯，勸人不必執著於外相，而是要重視心的修為。可用來說明不涵養內在心性，無論身處於空門或俗世，都無法獲得心靈的平靜。

【出處】南宋．楊萬里〈送德輪行者〉詩：「瀝血抄經奈若何？十年依舊一頭陀。袈裟未著愁多事，著了袈裟事更多。」

溪聲便是廣長舌[1]，山色豈非清淨身？

潺潺溪聲，就像是佛陀在講經說法的聲音，山巒景色，不正是佛陀清淨的法身？

【注釋】1.廣長舌：本指佛的舌頭，據說佛的舌葉廣長，覆蓋至髮際。後多用來比喻善說教法。

【解析】九江廬山東林寺的常總禪師與蘇軾交情友好，蘇軾夜宿東林寺時與常總禪師徹夜暢談佛法，讓他體悟到所謂的佛法其實無所不在，遍布虛空，甚至大自然中的水聲山色，也都是佛現身在對眾生說法，人們只須用心體會，便能感受到佛隨時都在我們的身邊，有所覺悟，就可以從世間一切色相洞見人生。可用來形容生活中處處充滿佛理禪機。

【出處】北宋．蘇軾〈贈東林總長老〉詩：「溪聲便是廣長舌，山色豈非清淨身？夜來八萬四千偈，他日如何舉似人？」

萬物靜觀皆自得，四時佳興與人同。

靜下心來，仔細觀察世間所有物類，都能從中獲得樂趣，欣賞四季不同風光的美好興致，你也可以和任何人一樣。

【解析】理學家程顥透過其靜心觀照秋天景物的心得和意趣，表現其對宇宙萬物的省思和體悟。坦言之，一個人能夠達到「靜觀」之境，已是一種不凡的修持工夫，心思沉靜平和，便能發現以往煩擾生活下，所看不見天地造化的悠然妙趣。可用來說明以平靜從容的心看待一切事物，體會其中千變萬化的不同趣味。

【出處】北宋．程顥〈秋日偶成〉詩二首之二：「閑來無事不從容，睡覺東窗日已紅。萬物靜觀皆自得，四時佳興與人同……」（節錄）

道通天地有形外，思入風雲變態中。

真理貫通宇宙天地，超乎有形物體之外，思想滲透在變化莫測的風雲之中。

【解析】程顥透過靜觀自得，進一步體認到「道」乃天地萬物的本源，直通有形可見的世界，以及凡夫俗子所看不見卻真實存在的無形境界。而人的思緒也和變幻不定的風雲一樣，隨時隨地都會出現不同的領悟。人若能用更高的層次去思考宇宙義理時，就會感知世間遭遇的順逆，不過都是有形有限的人身所帶來的苦樂，生命中實存在著可以超越有形的無形主宰，從此便能精神自由，了無罣礙。可用來說明道不隨有形萬物的生滅而有所增減，心思可以超越有形和無形，無所不能，無所不在。

【出處】北宋．程顥〈秋日偶成〉詩二首之二：「……道通天地有形外，思入風雲變態中。富貴不淫貧賤樂，男兒到此是豪雄。」（節錄）

賴[1]問空門知氣味[2]，不然煩惱萬塗侵。

幸虧對於佛家諸法皆空的義理有所領悟，生活才有了趣味，不然便會讓無盡的煩惱從各方侵襲而來。

【注釋】1.賴：幸而。2.氣味：此指意趣或情調。

【解析】面對人生的憂患艱辛，李煜藉由皈依佛門，參透佛家經典來獲得精神寄託，理解世間所有的煩惱皆是虛相，從來不曾真實存在，人又何必為了虛空妄相而使自己深陷茫茫苦海。可用來說明潛心修行佛法，憂煩不生，以求達到解脫之境。

【出處】五代．李煜〈病中書事〉詩：「病身堅固道情深，宴坐清香思自任。月照靜居唯擣藥，門扃（ㄐㄩㄥ）幽院只來禽。庸醫懶聽詞何取，小婢將行力未禁。賴問空門知氣味，不然煩惱萬塗侵。」

禪心已作沾泥絮，肯逐春風上下狂？

心境靜寂，就像飄落在泥土上的柳絮，哪裡願意跟隨著春風上下翻飛？

【解析】據南宋人初人朱弁（ㄅㄧㄢˋ）在《風月堂詩話》記錄了關於這首詩的軼事。和蘇軾交情友好的詩僧道潛，特地前去拜訪蘇軾，蘇軾在宴席上為了捉弄道潛，故意派一名歌妓持紙筆向道潛求詩，道潛當場寫下此詩，表達他的心已擺脫塵俗欲念，猶如沾泥的柳絮，不會隨風輕狂飛舞。蘇軾見詩後大喜，說自己過去見柳絮落泥，就構思著如何寫入詩裡，誰知還沒想到，卻讓道潛給捷足先登了。可用來說明心無雜念，不因外物而有所動搖。

【出處】北宋．道潛〈子瞻席上令歌舞者求詩，戲以此贈〉詩：「底事東山窈窕娘，不將幽夢囑襄王。禪心已作沾泥絮，肯逐春風上下狂？」

歸來笑拈梅花嗅，春在枝頭已十分。

回來的時候，笑著用手拈起梅花聞了又聞，發現春意已經縈繞在梅花的枝頭上。

【解析】南宋人羅大經在《鶴林玉露》中收錄了這首詩，相傳是一名女尼寫其悟道的經歷。詩中描述有人為了尋找春天，踏遍了雲間山頭也不可得，回來時卻在自家開滿梅花的樹下，感受到春的氣息。作者意在提醒世人，所謂的道根本不必向外遠求，當人的心執著不放，一味捨本逐末，永遠不可能啟悟禪機妙道，一旦放下執念，心境自然豁然通曉。可用來比喻追尋真理的過程中，忽然受到某事的啟發，了悟真理原來就在自己身上。

【出處】南宋．羅大經《鶴林玉露》某尼〈悟道詩〉詩：「盡日尋春不見春，芒鞋踏遍隴頭雲。歸來笑拈梅花嗅，春在枝頭已十分。」

盧山煙雨浙江潮，未到千般恨不消。到得還來別無事，盧山煙雨浙江潮。

沒有看過盧山的煙雨和錢塘江的浪潮之前，總覺得遺恨萬千，內心難以平撫。終於親臨目睹了之後，並沒有什麼特別的感受，盧山的煙雨還是盧山的煙雨，錢塘江的浪潮還是錢塘江的浪潮。

【解析】蘇軾對九江盧山的迷濛煙雨和杭州錢塘江的壯觀潮水慕名已久，一直嚮往著有朝一日能夠親歷盧山和錢塘江，才不致此生遺憾。可是後來有機會登上了盧山，以及觀覽了錢塘江潮，他發現過去朝思暮想的目標如願以償時，內心卻是平靜如水，盧山的煙雨和錢塘江潮依然如故，改變的其實是自己過去的心境和現在的心境，已不再為外物的得或失而起漣漪，無喜無悲。可用來比喻人歷經妄念而執著苦痛的過程，等到認清一切妄念不過是源於心的紊亂浮動，便爽心豁目，神清氣和。

【出處】北宋．蘇軾〈觀潮〉詩：「盧山煙雨浙江潮，未到千般恨不消。到得還來別無事，盧山煙雨浙江潮。」

勸君不用鐫[1]頑石，路上行人口似碑。

奉勸你不必在石碑上刻寫自己的功德，路上行人的輿論就像是一座碑。

【注釋】1.鐫：音ㄐㄩㄢ，雕刻。

【解析】大約活動在北宋徽宗大觀年間的道寧禪師，是潭州（位在今湖南境內）開福寺的住持，其語錄中收有這兩句詩，意在勸勉人們無須張揚自己的功勞，

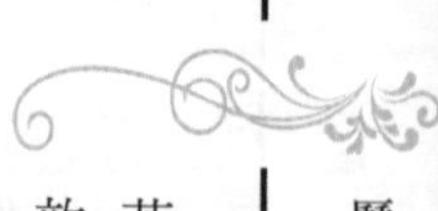

若言行值得被肯定，自然就會受到眾人的口頭傳頌，效果和刻石記功是一樣的；反之，若名不副實，徒有歌功頌德的碑文，也是枉費心機和氣力而已。可用來說明人的德行若名實相符，不用樹碑立傳也會廣受好評。

【出處】北宋．道寧《開福道寧禪師語錄》之詩：「勸君不用鐫頑石，路上行人口似碑。」

到頭來善惡終須報，只爭個早到和遲到。

到了最後，不管是為善的或是作惡的，都會得到報應的，只差別在報應是早來或是晚來罷了！

【解析】元代曲家鄧玉賓的作品充滿天理昭昭，報應不爽的觀念，其認為所謂的上天堂或是入地獄皆是人在世間的善惡行為所造成的結果，種善因可得善果，反之，種惡因必得惡果，意在提醒人們莫作惡事，應多加行善，日後才會得到福報，避免災禍降臨己身。可用來說明因果循環，善惡有報，好壞命運都是人自己造就而成的。

【出處】元．鄧玉賓〈叨叨令．天堂地獄由人造〉曲：「天堂地獄由人造，古人不肯分明道。到頭來善惡終須報，只爭個早到和遲到。您省的也麼哥？您省的也麼哥？休向輪迴路上隨他鬧。」

苦海無邊，回頭是岸。

世間的生來死去，循環不斷，痛苦如同大海一樣無窮無盡，唯有及時回心轉意，才能不再受到輪迴的折磨，登上解脫的岸邊。

【解析】詩中「苦海」乃佛家用語，用來比喻生死輪迴是無窮盡的。佛家認為人只要看到自我清淨的本性，便能擺脫輪迴之苦，到達解脫的彼岸，也就是修行者所嚮往的終極理想之境或稱極樂淨土。之後也被引申為做壞事的人將招來無邊無際的痛苦，但只要痛改前非，就能走向正途。可用來勸人悔過向善，迷途知返。

【出處】元．佚名《度柳翠．第一折》之詩：「苦海無邊，回頭是岸。」

山近月遠覺月小，便道此山大於月。若人有眼大如天，當見山高月更闊。

離山很近，離月很遠，覺得月看起來比山還要小，於是就說出山比月還要大的話。假若有人的眼界寬闊如天一樣，自然會看見山很高而月更為廣大。

【解析】這首詩的作者是明代思想家王守仁，學者稱其「陽明先生」。相傳他寫此詩時年僅十餘歲，小小年紀的他便已觀察到，從地面上看山與月，山相對是近的，而月相對是遠的，假使人有辦法跳脫人間，改以站在宇宙的高度來看山月，山固然還是很高，但月比起山來還要更大。意即所謂的大小、遠近等概念，其實都和自己所處位置的視角有關，如果站得不夠高、眼界不夠遠，很容易就會把眼前所見的表象誤認為是事情的真相。可用來說明看待事物不要只侷限於一隅之見，眼光宜開闊高遠。

【出處】明．王守仁〈蔽月山房〉詩：「山近月遠覺月小，便道此山大於月。若人有眼大如天，當見山高月更闊。」

佛在靈山[1]莫遠求，靈山只在汝心頭。

不要想著要到遠方的靈鷲山去尋找佛陀，佛陀所在的靈鷲山其實就在你的心中。

【注釋】1.靈山：古印度靈鷲山的簡稱，相傳釋迦牟尼曾在此地說法，後用於泛稱佛教聖地。

【解析】這兩句詩出現在明代小說家吳承恩《西遊記》裡的一段章節，描述唐僧師徒四人在西行取經的途中，忽逢高山阻斷去路，唐僧頓時覺得心神不安，孫悟空便引烏巢禪師《多心經》中的偈子來安撫唐僧，提醒其保持心靈志誠，就能感受到佛陀說法的雷鳴之音，如果遇到阻礙即心驚膽顫，大道只會遠離，自然也聽不見佛陀說法的聲音。唐僧對孫悟空的此番言論頗為認同，才會語出「千經萬典，也只是修心」的體悟，先前的焦慮便一掃而空。可用來說明眾生皆具有悟道、成佛的潛能，不洞明自性而一味向外遠求都是徒費無益的。

【出處】明．吳承恩《西遊記．第八十五回》之偈：「佛在靈山莫遠求，靈山只在汝心頭。人人有個靈山

塔，好向靈山塔下修。」

金也空，銀也空，死後何曾在手中？

金子也是空的，銀子也是空的，有誰死了以後，手上還擁有金子和銀子的呢？

【解析】明人悟空和尚寫這首〈萬空歌〉，意在告誡世人，不要為了貪著於浮華名利，而把自己弄得身心俱疲，甚至到了面目可憎的地步。人一出生，本來就是空手而來，離世之時，金銀財富絲毫也帶不走，既然如此，凡事不妨看開一些，保持清心寡欲，知足才能常樂。可用來說明生不帶來，死不帶去，勸人看淡世俗財利。

【出處】明．悟空〈萬空歌〉詩：「天也空，地也空，人生渺渺在其中。日也空，月也空，東昇西墜為誰功？金也空，銀也空，死後何曾在手中？妻也空，子也空，黃泉路上不相逢。權也空，名也空，轉眼荒郊土一封。」

真人不露相，露相非真人。

得道的人，不會隨意暴露自己的本相，會顯露出來給人看的，就不會是得道的人。

【解析】此為古來流傳的諺語，「真人」本指道家修真得道的人，後也用來比喻有本事、才能的人。詩中運用修辭中的回文手法，表現出各方的真正高手，絕對不會在人前顯露其真實身分或不凡技能，反之，喜歡炫耀自己是得道高人、神仙轉世，或是自詡滿腹才學的人，所言都是不可信的。可用來說明有智慧、修養的人善於韜光養晦，實力不輕易對外展露。

【出處】明．吳承恩《西遊記．第九十九回》之詩：「真人不露相，露相非真人。」

萬事不由人計較，一生都是命安排。

所有的事情都由不得人去算計比較，人的一生都是命運的安置鋪排。

【解析】這兩句古來流傳的俗語充滿佛家宿命的思想，認為一個人今生的命運皆是緣於前世行為所造成的，而非人力所能改變或抗衡的。當人經過了努力之後，結果仍不如預期，面對這般無可奈何的事實，也只能勸慰自己轉換心境，將一切歸於天命時運，避免情緒一直陷入低潮。相反的，如果人生總是順遂得意，也要感恩惜福，慶幸自己命運兩濟。可用來說明人的好壞運氣、福禍際遇命中早有定數，不由自主。

【出處】明．馮夢龍《醒世恆言．卷三十二．黃秀才徼靈玉馬墜》之詩：「人有逆天之時，天無絕人之路。萬事不由人計較，一生都是命安排。」

世人都曉神仙好，惟有功名忘不了。

世上的人都知道當神仙比做人好，卻始終對人世的功名爵祿無法忘情。

【解析】這是《紅樓夢》中的小說人物甄士隱出來街上散心時，忽見前面走來一個跛足道人，口裡念的一首詩，名為〈好了歌〉。甄士隱本具宿慧，他發現跛足道人的穿著破爛，行止瘋癲，但念出這首取兩句詩最末一字命名的〈好了歌〉，文淺而意深，道破了世人一生痴迷不悟，為追求富貴情愛而奔苦，計較利害得失，到頭來究竟是白忙一場。剛好他的生活經歷了骨肉離散、家業敗落等驟變，投靠岳父家又經常遭其冷言奚落，身體本來就累積不少病痛，再加上這一連串的打擊，更覺意興闌珊，身心交瘁。既然看出眼前這位跛足道人絕非泛泛之輩，甄士隱當下決定同其飄飄而去，從此不再為紅塵俗事煩憂，他經由〈好了歌〉澈悟到一個人想要「好」，就必須趁早「了」去一切塵念，若拋不「了」，便不可能「好」。可用來說明人們都明白名利榮華皆為塵累，卻還是割捨不下，甘願蒙蔽本心，徒增無謂的困擾。

【出處】清．曹雪芹《紅樓夢．第一回》之〈好了歌〉詩：「世人都曉神仙好，惟有功名忘不了。古今將相在何方？荒塚一堆草沒了。世人都曉神仙好，只有金銀忘不了。終朝只恨聚無多，及到多時眼閉了。世人都曉神仙好，只有姣妻忘不了。君生日日說恩情，君死又隨人去了。世人都曉神仙好，只有兒孫忘不了。痴心父母古來多，孝順兒孫誰見了？」

》二、論生活

社會現象

▍世情冷暖▍

勢家多所宜，
咳唾自成珠。

擁有權勢的人家，無論做什麼事情都被認為是合宜的，口中咳出的唾液，也會被成是珍珠般看待。

【解析】此為東漢辭賦家趙壹在〈刺世疾邪賦〉中借魯生之口所吟出的詩句，意在揭露當時權貴豪門囂張跋扈的氣焰，以及顛倒是非的能力，但社會大眾對於他們所做的惡行惡狀卻不敢有任何的微詞，甚至想要攀高接貴的人，還得對其甘言美語，諂媚令色。可用來說明人們對於位高權重者都是滿口恭維，以致其左右逢源，無往不利。

【出處】東漢．趙壹〈魯生歌〉詩：「勢家多所宜，咳唾自成珠。被褐懷金玉，蘭蕙化為芻。賢者雖獨悟，所困在群愚。且各守爾分，勿復空馳驅。哀哉復哀哉，此是命矣夫。」

富貴他人合，
貧賤親戚離。

當人富有顯貴的時候，即便是非親非故的人也要奔來趨附，當人貧窮又沒有地位的時候，縱使是有血緣關係的親人也急著要躲開。

【解析】西晉人曹攄（ㄕㄨ）詩中直指社會勢利現實的情態，富貴時人人爭相巴攀親近，貧賤時連自家親人都瞧不起，讓他感嘆人情澆薄，人與人之間的親疏關係，居然可以用身家財富的高下來衡量。可用來形容世態炎涼，凡事以權勢利益為重。

【出處】西晉．曹攄〈感舊詩〉詩：「富貴他人合，貧賤親戚離。廉藺門易軌，田竇相奪移。晨風集茂林，棲鳥去枯枝。今我唯困蒙，郡士所背馳。鄉人敦懿義，濟濟蔭光儀。對賓頌〈有客〉，舉觴詠露斯。臨樂何所歎？素絲與路歧。」

人情翻覆似波瀾。

人世間的常情就像那水上的波浪一樣，翻來覆去，變幻不定。

【解析】此詩為王維與好友裴迪一同飲酒時所作，可說是王維對人性現實的深切體悟。官場沉浮多年，詩人有感於世道人情翻覆無常，人們經常隨著對方地位的高低而表現出親熱或冷漠的對待。可用來感嘆世態炎涼，人心多變。

【出處】唐・王維〈酌酒與裴迪〉詩：「酌酒與君君自寬，人情翻覆似波瀾。白首相知猶按劍，朱門先達笑彈冠。草色全經細雨濕，花枝欲動春風寒。世事浮雲何足問？不如高臥且加餐。」

白首相知猶按劍，朱門先達笑彈冠[1]。

從年輕相交到老的知己，都有可能要按著劍提防對方，有的朋友一旦成為達官顯宦，便會嘲笑後來才入仕的人。

【注釋】1.彈冠：整理衣帽。此用來比喻準備出來做官。

【解析】王維詩中主在表達其對世態無常、人情善變的深刻感悟，他認為朋友相交本貴在真心，後來卻要演變成相互猜疑，甚至反目成仇的地步。他也見識過有朋友早先一步做了官，竟對後進友人加以嘲辱排擠，讓人不禁感嘆，如果連知心好友都尚且如此，更遑論其他毫無交情的人了。可用來說明世人往往為了個人名利而忽略了彼此的情誼。

【出處】唐・王維〈酌酒與裴迪〉詩：「酌酒與君君自寬，人情翻覆似波瀾。白首相知猶按劍，朱門先達笑彈冠……」（節錄）

朱門酒肉臭，路有凍死骨。

富貴人家的酒肉多到吃不完而任其腐臭，路邊卻有許多受凍而死的屍骨。

【解析】這首詩作於安史之亂發生的前夕，杜甫從長安前往奉先（位在今陝西渭南市境內）的途中，看見

達官顯貴們極盡豪奢浪費，尋常百姓卻窮困到凍死在街頭，兩者不過咫尺之隔，境遇竟是天壤之別，詩人無奈之餘，只能藉詩抒發其對社會不公不義的憤怒。可用來形容貧富差距懸殊的社會現象。

【出處】唐．杜甫〈自京赴奉先縣詠懷五百字〉詩：「……中堂舞神仙，煙霧蒙玉質。煖客貂鼠裘，悲管逐清瑟。勸客駝蹄羹，霜橙壓香橘。朱門酒肉臭，路有凍死骨。榮枯咫尺異，惆悵難再述……」（節錄）

君不見床頭黃金盡，壯士無顏色。

你沒有看見床頭的黃金用完了，縱使再豪壯勇敢的人都感到面上無光而羞愧萬分。

【解析】張籍在詩中描寫一旦錢財耗盡，人在社會上便會寸步難行，世人對於身無分文的窮人多半嗤之以鼻，就算是名聞天下的英雄好漢，也會被貧窮給逼迫到無路可走。可用來形容英勇志士手頭上的金錢用盡，生活陷入貧困之境。

【出處】唐．張籍〈行路難〉詩：「湘東行人長嘆息，十年離家歸未得。弊裘羸馬苦難行，僮僕饑寒少筋力。君不見床頭黃金盡，壯士無顏色。龍蟠泥中未有雲，不能生彼升天翼。」

門前冷落鞍馬稀，老大嫁作商人婦。

門前冷冷清清的，連車馬都很少經過這裡，眼看年紀大了，於是嫁給了一個商人。

【解析】詩中「鞍馬」一說作「車馬」。白居易描寫琵琶女回憶歌妓生涯的過往，從其紅顏青春時人人爭相求愛的得意光景，到姿色衰退後來客的冷清稀落，最末只能將後半生託付給一個經常不在家的生意人，卻也從此展開了自己淒涼孤獨的中晚年人生。其中「門前冷落鞍馬稀」一句，可用來形容家道中落後門戶冷清，往來稀少，揭露社會現實與人心的勢利冷漠。另可用來形容女子衰老後風光不再而落魄嫁人。

【出處】唐．白居易〈琵琶行〉詩：「……弟走從軍阿姨死，暮去朝來顏色故。門前冷落鞍馬稀，老大嫁作商人婦……」（節錄）

侯門一入深如海，從此蕭郎[1]是路人。

一旦進入了深幽似海的官宦顯貴人家的大門，從此情人便像是路人般的陌生。

【注釋】1.蕭郎：本指未稱帝前的梁武帝蕭衍，後常為女子對所愛男子的借稱。

【解析】崔郊詩中描寫其和姑母家的一名婢女相戀，後婢女被賣入門禁森嚴的官宦人家，兩人即使難得見上一面，也不得機會交談，故作詩抒發心中的無奈。可用來諷刺某些後來因故得勢的人，不再與親人舊朋往來的勢利現實。另可用來形容因門第懸殊而被迫與相愛的人分開，兩人只能形同陌路。

【出處】唐．崔郊〈贈婢〉詩：「公子王孫逐後塵，綠珠垂淚滴羅巾。侯門一入深如海，從此蕭郎是路人。」

冠蓋滿京華，斯人獨憔悴。

達官顯貴遍布京城，唯獨這個人如此困頓不得志。

【解析】杜甫為好友李白的坎坷遭遇打抱不平，認為京城裡到處充斥戴著官帽、坐在裝飾豪華座車的高官權貴，卻容不下一位才高氣昂的李白。可用來形容有才能者不受重用，能力不足的人卻坐享權勢名位。

【出處】唐．杜甫〈夢李白〉詩二首之二：「浮雲終日行，遊子久不至。三夜頻夢君，情親見君意。告歸常局促，苦道來不易。江湖多風波，舟楫恐失墜。出門搔白首，若負平生志。冠蓋滿京華，斯人獨憔悴……」（節錄）

時人莫小池中水，淺處無妨有臥龍。

世人切莫小看池塘裡的水，池水的高度雖然不深，但很可能藏有睡臥中的龍。

【解析】此詩詩題〈醉中贈符載〉。符載，是作者竇庠（ㄒㄧㄤˊ）的好友，早年隱居山中，後入仕途卻不甚順遂，飽受世人輕蔑的眼光。竇庠深信符載只是還沒有機會嶄露頭角而已，有朝一日必會讓所有的人刮目相看。可用來說明世人眼光多勢利短淺，經常鄙視眼下潦倒失意之士，而對方將來說不定就是一位卓傑顯達的人才。

【出處】唐．竇庠〈醉中贈符載〉詩：「白社會中嘗共醉，青雲路上未相逢。時人莫小池中水，淺處無妨有臥龍。」

樓前相望不相知，陌上相逢詎[1]相識？

樓前相互看著，尚且都不知道對方是誰，走在路上相逢，又怎麼會認得出來呢？

【注釋】1.詎：怎麼、難道，表示反問的語氣。

【解析】盧照鄰描寫長安城內的大街小巷終日車水馬龍，豪門貴族成群川流於富麗堂皇的宅邸間，人多到站在樓閣前都互相不認識，更不用說到了熙熙攘攘的熱鬧街道上。可用來感嘆人與人之間縱使比鄰而居也是互不交往，情感疏離陌生。

【出處】唐．盧照鄰〈長安古意〉詩：「……複道交窗作合歡，雙闕連甍垂鳳翼。梁家畫閣天中起，漢帝金莖雲外直。樓前相望不相知，陌上相逢詎相識……」（節錄）

翻手作雲覆手雨，紛紛輕薄何須數？

掌心向上時是雲，掌心向下時又變成了雨，如此翻覆無常、輕薄無行的人比比皆是，哪裡用得著細數呢？

【解析】飽受貧困所苦的杜甫，觀察到人在富貴得勢時，交遊熱絡頻繁，反之在失意潦倒時，身邊的人便隨即散去，兩者之間的變化，就好比翻手覆手一樣快速容易。清人浦起龍《讀杜心解》評曰：「只起一語，盡千古世態。」可用來形容人際關係勢利多變，情誼無常。另可用來形容人的行止輕浮，喜好玩弄手段，興風作浪。

【出處】唐．杜甫〈貧交行〉詩：「翻手作雲覆手雨，紛紛輕薄何須數？君不見管鮑貧時交，此道今人棄如土。」

世事短如春夢，人情薄似秋雲。

世上的事情短暫有如春天的美夢，人與人之間的情誼淡漠到像是秋天的薄雲。

【解析】朱敦儒生長在國家動亂之際，使其看盡世態炎涼，進而體悟到人間美好的事物往往虛幻且不長久，世風日下，人情早已澆薄。可用來形容世事易杳，人情淺薄。

【出處】北宋末、南宋初・朱敦儒〈西江月・世事短如春夢〉詞：「世事短如春夢，人情薄似秋雲。不須計較苦勞心，萬事原來有命。幸遇三杯酒好，況逢一朵花新。片時歡笑且相親，明日陰晴未定。」

世味年來薄似紗。

世俗人情的興味，近來薄得像透明的紗一樣。

【解析】六十二歲的陸游，在家賦閑五年之久，某年春天，他奉召到京城臨安覲見孝宗皇帝前，先住在西湖附近的客棧等候召見，期間有感而發寫了此詩，抒發其對當時社會上人與人之間的往來日益疏離的感觸。可用來形容世情淡薄如紗，互動冷漠。

【出處】南宋・陸游〈臨安春雨初霽〉詩：「世味年來薄似紗，誰令騎馬客京華？小樓一夜聽春雨，深巷明朝賣杏花。矮紙斜行閑作草，晴窗細乳戲分茶。素衣莫起風塵嘆，猶及清明可到家。」

世情薄，人情惡，雨送黃昏花易落。

世間的情態如紙般薄，人與人之間的感情如此險惡，雨中黃昏的花朵更容易凋落。

【解析】這闋詞的作者唐琬是陸游的元配，原本琴瑟和諧的兩人，因故被陸母強迫拆散，陸游隨即在母親的安排下另娶，唐琬也在離開陸家後改嫁他人。經過了多年，陸游到沈園春遊時竟與唐琬不期而遇，彼此雖都沒有忘情，但也知道今生即使有緣也已無分，為此悵然許久的陸游，便在沈園壁間填寫〈釵頭鳳〉一詞，抒發心中無處言說的悲楚。唐琬見後也回寫了這闋〈釵頭鳳〉，表達其對人間世情的痛斥與控訴，然沒有選擇婚姻自由的她，根本無力對抗封建禮教的冷酷壓迫，當時的社會體制也不會站在她這一邊。相傳經過沈園會面後，唐琬不久就抑鬱而死。可用來形容世情薄惡，使人因而遭受摧殘折磨。

【出處】南宋．唐琬〈釵頭鳳．世情薄〉詞：「世情薄，人情惡，雨送黃昏花易落。曉風乾，淚痕殘。欲箋心事，獨語斜闌。難！難！難！人成各，今非昨，病魂常似秋千索。角聲寒，夜闌珊。怕人尋問，咽淚裝歡。瞞！瞞！瞞！」

世態十年看爛熟。

這十年來，已把世間的人情百態看得極為透熟。

【解析】原本在成都擔任參議官的陸游，因不拘官場禮數而引起同僚的譏笑議論，認為他成日酗酒，態度頹放，於是再度遭到彈劾而被免除官職，這次距離他上回因力主抗金而被冠上「鼓唱是非」的罪名剛好過了十年。陸游在詩中抒發其在宦海浮沉十載的心路歷程，也讓他因此見識到官場上各種醜陋的情事。可用來形容人飽經世務，通達人情。

【出處】南宋．陸游〈過野人家有感〉詩：「縱轡江皋送夕暉，誰家井臼映荊扉？隔籬犬吠窺人過，滿箔蠶饑待葉歸。世態十年看爛熟，家山萬里夢依稀。躬耕本是英雄事，老死南陽未必非。」

冷暖舊雨今雨，是非一波萬波。

人情的冷暖，就好像朋友以前會在下雨天來探望你，但現在遇到雨天就不來了，事理的對錯，就好像水面一波才剛剛掀起，萬波隨即起伏。

【解析】范成大詩中抒發其對世態炎涼的感嘆，他發現當人在得意風光時，即使是雨天，朋友仍趕著前來親近，一旦失意時，朋友的態度便轉趨冷淡，天氣陰雨就成了不方便見面的理由。此外，在群體當中，只要有一人蓄意挑撥，興起波瀾，接著就會免不了有其他人跟著議論附和，輾轉相傳，不但引發無謂的糾紛，被謠言無辜中傷的人，更是飽受輿論壓力，苦不堪言。可用來說明世間的人情涼薄多變，口舌是非不休。

【出處】南宋．范成大〈題請息齋六言〉詩十首之八：「冷暖舊雨今雨，是非一波萬波。壁下禪枯達磨，室中病著維摩。」

故人通貴絕相過，門外真堪置雀羅。

老友都去顯貴人家的大門，不再和我往來，我家門前冷冷清清，真的可以張網來捕雀了。

【解析】北宋神宗重用主張變法的王安石，與反對變法的司馬光意見不合，司馬光為此離開京城，閑居洛陽，全心撰寫史書《資治通鑑》。詩中抒發他遠離朝政核心後，故友們紛紛趨炎附勢，奔向支持新法的當朝權貴，對賦閑在家的自己不相聞問，使其看盡人情翻覆。可用來說明人在失意之時，門庭乏人造訪。

【出處】北宋．司馬光〈閑居〉詩：「故人通貴絕相過，門外真堪置雀羅。我已幽慵僮更懶，雨來春草一番多。」

得志萬罪消，失志百醜生。

人一旦得勢，所有的罪惡都消除了，人一旦失勢，各種的醜陋罪名都出現了。

【解析】李覯詩中表達其對當時社會盛行一股勢利習氣的不滿，比如一個人有朝一日獲得了權勢地位，曾經做過的壞事即刻被人們給遺忘；反之，一個人失去了權勢地位，所有的罪名便莫名加諸於他的身上。換言之，得勢的人，容易受人逢迎和美化，而失勢的人，容易遭人輕視和醜化。可用來說明人們習慣以權位財利的多寡來衡量人的品行優劣。

【出處】北宋．李覯〈感嘆〉詩二首之二：「得志萬罪消，失志百醜生。誰云王路寬？枯槁不敢行。出言到口角，縮舌悔恨并。自省猶若此，況乃蚩蚩氓。故知當今賢，未有非簪纓。」

他得志笑閑人，他失腳閑人笑。

人在得意的時候笑看別人，失意的時候就換成別人來笑他了！

【解析】此曲為元代曲家張可久寫給文壇前輩馬致遠的一首和作，曲中描繪一位性格豪爽、允文允武的狂士形象，不論時運亨通或潦倒窮困，都不會去在乎他人的眼光，藉此表達其對理想中的英雄人物闊達氣度之嚮往，同時抒發其對世態炎涼的喟嘆。可用來說明人生際遇窮通無定，時得時失，坦然面對人情的寵耀或冷淡。

【出處】元．張可久〈慶東原．詩情放〉曲：「詩情放，劍氣豪，英雄不把窮通較。江中斬蛟，雲間射鵰，席上揮毫。他得志笑閑人，他失腳閑人笑。」

上山擒虎易，開口告人難。

到山上捉老虎是一件容易的事，向人開口請求幫助卻是一件困難的事。

【解析】這兩句熟語是作者借擒虎一事來襯托出求人之難。平心而論，上山捉拿老虎理當算是極為困難的，也絕非一般人能夠辦得到，但在作者的眼中，進山捉老虎和向人求告兩兩相比，竟然成了相對容易達成的事，突顯出大部分的人對於向他人請求援助是羞於啟齒的，因為求人者除了必須放下自尊、身段之外，還要有看人臉色和被拒絕的心理準備。可用來比喻人情淡薄，求人艱難。

【出處】元末明初．高明《琵琶記．第二十五齣》之詩：「上山擒虎易，開口告人難。」

人情旦暮有翻覆，平地倏忽成山溪。

人與人之間的情誼，早晚便產生了變化，就好像平面的土地忽然就形成了山峰和溪谷一樣。

【解析】此詩的作者劉基（字伯溫），是明代的開國功臣，也是著名的軍事家。詩中表達其對世人寡情薄義，翻臉就不認人的態度感到心寒，並援引了歷史上多位的明主，如春秋齊桓公、秦穆公，以及戰國燕太子丹、東漢光武帝、唐太宗等人，也曾因誤信讒言而疏遠忠良，更遑論昏庸的君王或是一般人了！可用來形容人情反覆無常，說變就變，前後落差極大。

【出處】明．劉基〈梁甫吟〉詩：「誰謂秋月明？蔽之不必一尺翳。誰謂江水清？淆之不必一斗泥。人情旦暮有翻覆，平地倏忽成山溪。君不見桓公相仲父，豎刁終亂齊？秦穆信逢孫，遂違百里奚。赤符天子明見萬里外，乃以薏苡為文犀。停婚仆碑何震怒？青天白日生虹霓。明良際會有如此，而況童角不辨粟與稊……」（節錄）

自己跌倒自己爬，指望人扶都是假。

自己摔跤就要自己爬起來，期望別人扶起自己都是不真實的幻想。

【解析】這首曲子出自明代皇族朱載堉之手，他的父親因直言規勸明世宗不要沉迷於道教而被貶為庶人，剎時他便從衣食無缺的天之驕子，成了眾人唯恐受到牽連、紛紛避而遠之的落魄平民，這也讓他看盡了顯貴時大家爭相錦上添花，遇難時無人願意雪中送炭的景況，從中體悟到求人不如求己的道理。可用來形容世態現實，陷入困境時坐等他人予以幫助，不如自己勇敢克服難關。

【出處】明．朱載堉〈黃鶯兒．自己跌倒自己爬〉曲：「自己跌倒自己爬，指望人扶都是假。至親人說的是隔山話，虛情兒哄咱，假意兒待咱，還將冷眼觀……」（節錄）

貧居鬧市無人問，富在深山有遠親。

貧窮的人即使住在繁華的鬧區，也不會有人前來探問，富有的人就算住在偏僻的山林裡，也會有人登門認親。

【解析】這兩句詩是古來流傳的俗語，生動描繪出世俗人們喜歡結交權貴人士，縱使對方住得再遠，也要想盡辦法與其攀親託熟，曲意奉承；相反地，對於家境貧寒的人，即便彼此碰面的管道極為便利，也沒有人理會過問，人情世態充斥著趨炎而疏貧的風氣。可用來說明社會上習以一個人的財富多寡來衡量交情冷熱的勢利作風。

【出處】明．羅貫中《平妖傳．第十八回》之詩：「貧居鬧市無人問，富在深山有遠親。」

笑他多病與長貧，

不及諸公袞袞[1]向風塵。

那些人嘲笑我的身體病痛很多又生活窮困，我確實比不上他們在名利場上顯赫得意。

【注釋】1.諸公袞袞：稱身居高位的官員。

【解析】這是清人納蘭性德寫給好友顧貞觀的一闋詞，感謝其為自己的詞作《飲水詞》結集出版，詞中他故意從旁人的角度看貧病交加的自己，儘管不時遭受人們的譏笑，但依然樂道安貧，絕不會為了得到榮華富貴而隨俗浮沉。可用來形容失意之人經常為志滿意得者所看不起。

【出處】清・納蘭性德〈虞美人・憑君料理花間課〉詞：「憑君料理《花間》課，莫負當初我。眼看雞犬上天梯，黃九自招秦七共泥犁。瘦狂那似痴肥好，判任痴肥笑。笑他多病與長貧，不及諸公袞袞向風塵。」

■社會風氣■

乃生女子，載寢之地。載衣之裼，載弄之瓦。

要是生下女孩，就讓她睡在地上。用小被子給她蓋上，拿一個陶製的紡錘給她玩。

【解析】這首詩中生動描寫古人對於生女兒的風俗，包括睡地上、蓋小被子和玩紡織機上的小零件，目的是希望襁褓中的女嬰長大後，能夠擅長針線、紡織等女紅方面的工作，治內持家，除了家中飲食的事情之外，其他都不必有意見，只希望不要成為一個讓父母擔憂的人便可。後來人們就用「弄瓦之喜」來恭喜人生女孩。可用來說明古來有生女兒弄瓦的習俗。

【出處】先秦・《詩經・小雅・斯干》：「……乃生女子，載寢之地。載衣之裼，載弄之瓦。無非無儀，唯酒食是議，無父母詒罹……」（節錄）

乃生男子，載寢之床。載衣之裳，載弄之璋。

如果生下兒子，就讓他睡在床上。為他穿著衣裳，給他一塊形如半圭的玉器玩耍。

【解析】這首詩描寫古人對於生兒子的風俗，像是睡在床上，穿小衣裳和玩玉器，目的是希望小男嬰長大後的品德如玉般高潔；由於古代諸侯貴族在祭祀典禮的場合也要手持玉製的禮器，故讓小男嬰玩玉器之舉，顯示出家長衷心期許孩子日後官爵顯貴，地位不凡。後來人們就用「弄璋之喜」來慶賀人生男孩。可用來說明古來有生兒子弄璋的習俗。

【出處】先秦．《詩經．小雅．斯干》：「……乃生男子，載寢之床。載衣之裳，載弄之璋。其泣喤喤，朱芾斯皇，室家君王……」（節錄）

世溷[1]濁而不分兮，好蔽美而嫉妒。

感嘆這個世道混濁不分明啊！總是喜歡遮掩別人美好的本質，且對人心生妒忌。

【注釋】1.溷：音ㄏㄨㄣˋ，混亂。

【解析】屈原在詩中發揮想像，先是寫其欲見天帝卻被守門人給擋住，儘管他不斷大聲疾呼，替天帝守門的人就是不肯開門，甚至對他冷眼以對，看著天色即將昏暗，身上佩帶著幽香蘭花的他，依然久佇不離。這時詩人方才明白，原來，天上也和人間的狀況一樣混沌不清，奸邪得勢，像他這樣人品高潔、不願隨波逐流的人，無論置身於何處，都是會受人妒恨，有志難酬。可用來形容世路衰亂黑暗，是非不明，好人難以出頭。

【出處】戰國楚．屈原〈離騷〉詩：「……吾令帝閽開關兮，倚閶闔而望予。時曖曖其將罷兮，結幽蘭而延佇。世溷濁而不分兮，好蔽美而嫉妒……」（節錄）

蟬翼為重，千鈞[1]為輕。黃鐘[2]毀棄，瓦釜[3]雷鳴。

世人竟然把蟬的翅膀說成是重的，把一千鈞說成是輕的。將可以校正音律的黃鐘給毀壞棄置，還讓粗劣的陶鍋發出如雷的巨響。

【注釋】1.鈞：量詞，古代秤量的單位，三十斤為一鈞。2.黃鐘：古代樂律的名稱之一，聲調宏大響亮。此比喻賢士。3.瓦釜：陶製的鍋具。此比喻讒人。

【解析】此為遭戰國楚王流放後的屈原所作，他想藉由占卜來解答心中的疑惑，詢問太卜何以社會如此汙濁不堪，可以公然歪曲事實，混淆是非，看著那些無才無德的人不斷步步高升，而自己這樣的廉潔志士卻無端被棄逐遠地，寂寂無名，讓他困惑不已。可用來說明奸人當道，賢人不被重用。

【出處】戰國楚．屈原〈卜居〉詩：「……世溷濁而不清，蟬翼為重，千鈞為輕。黃鐘毀棄，瓦釜雷鳴。讒人高張，賢士無名。吁嗟默默兮，誰知吾之廉貞……」（節錄）

文籍雖滿腹，不如一囊錢。

文章典籍雖然都在肚子裡，價值卻不值一袋錢。

【解析】此為東漢人趙壹代表作〈刺世疾邪賦〉中援引某客居秦地人士之詩，其以學問和金錢作對比，抒發生活在亂世之下，姦邪當道，政治腐敗黑暗，耿直清高的讀書人飽受壓抑、苦無出路的憤慨心聲。可用來形容世道人心只看重錢財，真才實學不受到重視。

【出處】東漢．趙壹〈秦客詩〉詩：「河清不可恃，人命不可延。順風激靡草，富貴者稱賢。文籍雖滿腹，不如一囊錢。伊優北堂上，骯髒倚門邊。」

世胄躡[1]高位，英俊沉下僚。

世家子弟輕易地登上高階的官位，英才俊傑卻是埋沒在低微的職務中。

【注釋】1.躡：此作登。

【解析】魏、晉是歷史上門閥制度相當盛行的時代，選拔與任用官吏多按照門第的高下來決定，這也意味著一個人從出生開始，便註定了其一生的社會地位。出身微寒的左思，縱然寫成了「洛陽紙貴」的〈三都賦〉，名震一時，仕途卻依然不順，詩中他揭露貴胄的後裔無論賢愚，得以占據朝中的高官顯位，在政治、經濟上享有特權，反之，不是名門士族的俊材卻只能屈抑下位，永難出頭。可用來說明在封建世襲、門第制度下，人才容易遭到限制與壓抑。

【出處】西晉．左思〈詠史〉詩八首之二：「鬱鬱澗底松，離離山上苗。以彼徑寸莖，蔭此百尺條。世胄躡高位，英俊沉下僚。地勢使之然，由來非一朝。金張藉舊業，七葉珥漢貂。馮公豈不偉？白首不見招。」

人生莫作婦人身，百年苦樂由他人。

切勿生為女人之身，否則一生的痛苦和快樂都受他人來決定。

【解析】歷來封建傳統社會男尊女卑，白居易詩中為女子一輩子的命運全操縱在他人手上深表同情與不平。可用來說明古來婦女地位低下，毫無追求自我的權利。

【出處】唐．白居易〈太行路〉詩：「……為君薰衣裳，君聞蘭麝不馨香。為君盛容飾，君看珠翠無顏色。行路難，難重陳，人生莫作婦人身，百年苦樂由他人……」（節錄）

世人結交須黃金，黃金不多交不深。

世間之人結交朋友不可缺少黃金，黃金的數量若是不多，交情必定不會深厚。

【解析】此為作者張謂在京城長安一戶人家牆壁上的題詩，詩中道出了當時社會人與人的交情深淺，多是憑藉個人身家和錢財的多寡來衡量的，換言之，出身低微的窮人是很難交到朋友的。可用來形容人情現實而重利。

【出處】唐．張謂〈題長安壁主人〉詩：「世人結交須黃金，黃金不多交不深。縱令然諾暫相許，終是悠悠行路心。」

古調雖自愛，今人多不彈。

我雖然很喜愛古老的曲調，但現今的人大多已不彈奏了。

【解析】劉長卿表面上是在書寫自己所偏愛的古調，早已被世人冷落的遺憾，實是借詠古調以明志，抒發

世上知音難遇，只能孤芳自賞的孤獨感。可用來比喻人們多喜歡新鮮而厭倦老舊的人或事物。另可用來形容孤高自重的心志以及不追求俗尚的堅持。

【出處】唐．劉長卿〈聽彈琴〉詩：「泠泠七絃上，靜聽松風寒。古調雖自愛，今人多不彈。」

妝罷低聲問夫婿，畫眉深淺[1]入時無？

梳妝打扮後輕聲地問夫婿，畫成這樣深淺濃度的眉毛是否迎合現在的時尚？

【注釋】1.畫眉深淺：此比喻自己的寫作方式。

【解析】本詩詩題為〈近試上張籍水部〉。從「近試」二字判斷，可知這是作者朱慶餘在考前寫來獻給張籍的詩。唐代的科舉考試盛行「行卷」的風氣，即是在考前會將自己的詩文寫於卷軸內，呈給名人冀求賞識介紹。朱慶餘詩中自比為新嫁婦，把時任水部（即六部之一工部所屬的水部司）員外郎的張籍和主考官比成新郎和公婆，藉此向張籍探詢自己的寫作方式能否投主考官的喜好，也道出了他心中的不安忐忑和新嫁婦拜見公婆的緊張心情是一樣的。可用來比喻做完某事後徵求他人的意見，或期待結果是他人所滿意的。另可用來形容女子在丈夫面前刻意裝扮後的嬌羞情態。

【出處】唐．朱慶餘〈近試上張籍水部〉詩：「洞房昨夜停紅燭，待曉堂前拜舅姑。妝罷低聲問夫婿，畫眉深淺入時無？」

近來時世輕先輩，好染髭鬚事後生。

近來社會的風氣日益輕視前輩長者，既然世風如此，也只好把白鬍子染黑來伺候後進晚輩吧！

【解析】本詩詩題為〈與歌者米嘉榮〉。米嘉榮是活動於中唐時期的著名歌唱家，因歌藝超群，在當時名氣不小，之後社會習尚流行追捧年輕的歌者，米嘉榮便受到大眾的冷落與輕視。作者劉禹錫詩中採用反諷筆法，表達其對米嘉榮今昔待遇天差地遠的無限感慨。可用來形容社會只重視年輕人而輕視或忽視老年人的現象。也可用來形容老人家遭到後輩的漠視而感到失落。

【出處】唐．劉禹錫〈與歌者米嘉榮〉詩：「唱得〈涼州〉意外聲，舊人唯數米嘉榮。近來時世輕先輩，好染髭鬚事後生。」

商人重利輕別離。

商人重視利益，把夫妻分離一事看得相當淡然。

【解析】白居易詩中的琵琶女自敘丈夫時常為了做生意而必須離家，一出門便要經過很長的時間才會返家，對於夫妻之情並不太在意。可用來形容商人以金錢財利為重，故商人婦多要承受夫妻久別的寂寞。

【出處】唐．白居易〈琵琶行〉詩：「……商人重利輕別離，前月浮梁買茶去。去來江口守空船，繞船月明江水寒。夜深忽夢少年事，夢啼妝淚紅闌干……」（節錄）

遂令天下父母心，不重生男重生女。

（楊貴妃的受寵）讓全天下父母的心思，開始不重視生男孩子而希望生的是女孩子。

【解析】傳統的封建社會向來是重男輕女的，但白居易筆下的玄宗時期，卻因楊貴妃深獲君王的寵愛，使其兄弟姊妹皆受封官爵，光耀門楣，這也讓當時的父母轉變原本的觀念，寧可生女兒也不再像以往一樣期待生的是兒子。可用來說明君王因重女色而橫恩濫賞，致使父母改變原本重視生男的心態，反而渴望生女以光宗耀祖。

【出處】唐．白居易〈長恨歌〉詩：「……姊妹弟兄皆列土，可憐光彩生門戶。遂令天下父母心，不重生男重生女……」（節錄）

誰憐越女顏如玉？貧賤江頭自浣紗。

有誰憐惜像越國西施那樣美貌如玉的女子呢？因為出身貧賤，只能在溪邊浣紗。

【解析】王維詩中借寫春秋越國美女西施貧賤時無人憐惜，獨自在溪邊浣紗一事，與一名洛陽女子嫁入豪門夫家後，過著極盡奢華的生活作對比，以諷喻當時社會貧富懸殊的現象。可用來暗諷社會重視家世背景，有才寒士難以得到實現抱負的機遇。另可用來形容女子貌美卻出身貧寒，故無人憐愛。

【出處】唐．王維〈洛陽女兒行〉詩：「……狂夫富貴在青春，意氣驕奢劇季倫。自憐碧玉親教舞，不惜珊瑚持與人。春窗曙滅九微火，九微片片飛花瑣。戲罷曾無理曲時，妝成祇是薰香坐。城中相識盡繁華，日夜經過趙李家。誰憐越女顏如玉？貧賤江頭自浣紗。」（節錄）

驊騮拳跼不能食，蹇驢得志鳴春風。

赤色的駿馬蜷曲在馬槽底下難以舒展軀體，因而得不到食物，跛腳的驢子卻能在外躊躇滿志，迎著春風得意嘶鳴。

【解析】李白詩中以「驊騮」比喻良才，以「蹇驢」比喻庸才，暗指統治者識人不明，遠賢近佞，導致良才有志難伸而庸才卻能得意春風。可用來比喻才能出眾的人在社會上經常受到壓抑，反倒是毫無才幹的人容易獲得重用。

【出處】唐．李白〈答王十二寒夜獨酌有懷〉詩：「……魚目亦笑我，謂與明月同。驊騮拳跼不能食，蹇驢得志鳴春風……」（節錄）

市列珠璣，戶盈羅綺，競豪奢。

市集上陳列著琳瑯滿目的珍貴珠寶，家家戶戶都存滿了綾羅綢緞，爭相比較誰家比較奢華。

【解析】柳永描寫杭州街道上的各家商鋪，陳設華麗，擺滿了閃亮耀眼的珍珠寶石，以及杭州市民家中的婦女們，人人不缺羅綺華服，彼此爭妍鬥豔，藉此反映當時杭州的市場繁榮，百姓殷富，進而衍生出一股追求奢靡華麗的風氣。可用來形容居住在同一地區的人們，因財物豐實，生活富裕，形成眾人爭競炫耀的習慣。

【出處】北宋．柳永〈望海潮．東南形勝〉詞：「東南形勝，三吳都會，錢塘自古繁華。煙柳畫橋，風簾

翠幕，參差十萬人家。雲樹繞堤沙，怒濤卷霜雪，天塹無涯。市列珠璣，戶盈羅綺，競豪奢……」（節錄）

名利最為浮世重，古今能有幾人拋？

名聲和金錢是最被世上人們所看重的，自古至今，能有幾個人可以將名聲和金錢給拋開呢？

【解析】 廖匡圖認為世人多貪戀名聲地位與錢財利益，為了達到目的，不惜耗盡人生大半心力與時間去拚命追逐，其後還會洋洋得意自誇成就，實在是一件很不值得的事。可用來形容大多數的人很難抗拒名利的誘惑。

【出處】 五代．廖匡圖〈和人贈沈彬〉詩：「冥鴻跡在煙霞上，燕雀休誇大廈巢。名利最為浮世重，古今能有幾人拋？逼真但使心無著，混俗何妨手強抄。深喜卜居連岳色，水邊竹下得論交。」

如今白黑渾休問，且作人間時世妝。

現在白色的梅花成了畫中的墨梅，其實也不用再多問什麼了，姑且當是人世間最入時的妝扮。

【解析】 這是一首題畫詩，詩題〈墨梅〉。墨畫中勾勒出枝幹清逸疏瘦的梅花，忍受著冰寒風霜，屹立在清澈的河畔。作者朱熹扣緊了現實世界裡純白的梅花，在畫家的筆下已為黑色的顏料所塗染，藉此諷喻世上充斥著一股黑白不分、善惡錯亂的歪風。最後他還不忘自我解嘲，說梅花到底是白是黑都無須多作解釋，因為一般人也難以分辨清楚，就當混淆黑白、顛倒是非已成了當下最時髦的打扮吧！可用來諷刺世道昏亂，是非善惡不明。

【出處】 南宋．朱熹〈墨梅〉詩：「夢裡清江醉墨香，蕊寒枝瘦凜冰霜。如今白黑渾休問，且作人間時世妝。」

俗態重趨走，仕路饒險滑。

當今世俗的情態，看重的是一個人奔走逢迎的能力，做官的路上，儘管還是會遭逢許多艱險不順的事情。

【解析】本詩的詩題為〈與蒲宗孟傳正察推〉，蒲宗孟（字傳正），考取進士後便到夔州擔任觀察推官（觀察使的屬吏）。作者馮山寫此詩給蒲宗孟，表達其對當時的世態趨時捧勢，宦途充滿不測風險的看法，但還是勉勵彼此，日後的為官之道，必須從低處逐漸往上高飛，不要跟時下人們一樣，只想著平步青雲，迅速躋身高位，而不求循序漸進，到頭來終是一場徒勞。可用來說明世情崇尚趨附權門，官場上的升遷貶謫無常。

【出處】北宋．馮山〈與蒲宗孟傳正察推〉詩：「……俗態重趨走，仕路饒險滑。且當學鴻漸，不能助苗揠……」（節錄）

隋唐而下貴公卿，近世風波走利名。

自隋、唐兩代以後，社會上就開始重視擁有高官爵位的人，近來的習氣更走向貪圖利益和名聲。

【解析】終身不仕的思想家邵雍，詩中抒發其對社會上長期瀰漫一股對名聲利祿的嚮往風潮，莘莘學子苦讀全是為了科舉功名，成就個人勛業，為此勞役身心，苦惱不斷，也因而失去了安閑自在的生活樂趣。可用來說明社會上特別看重人的身分地位和權勢財利。

【出處】北宋．邵雍〈天津感事〉詩二十六首之二十二：「隋唐而下貴公卿，近世風波走利名。借問天津橋下水，當時湍急作何聲？」

人皆嫌命窘，誰不見錢親？

每一個人都嫌惡命運窘困，哪一個人不是見了錢便覺得親近？

【解析】元人張可久曲中揭露了當時的社會人人莫不嫌貧愛富，誰都想要飛黃騰達，就連讀書人也把寫文章視為升官發財的途徑，清廉的人根本無法在官場上立足，藉此嘲諷世風混濁，人們熱中追逐名利的醜態。可用來形容社會上充斥著見錢眼開、是非不分的人。

【出處】元・張可久〈醉太平・人皆嫌命窘〉曲：「人皆嫌命窘，誰不見錢親？水晶環入麵糊盆，才沾粘便滾。文章糊了盛錢囤，門庭改做迷魂陣，清廉貶入睡餛飩。葫蘆提倒穩。」

仗義半從屠狗輩，負心多是讀書人。

憑藉義理行事的多半是從事殺狗為業的粗人，背棄恩義的往往是讀過很多書的知識分子。

【解析】據清人梁章鉅編《楹聯叢話》記載，相傳明人曹學佺辭官歸鄉後，路過一間陋屋，他進門見廳上寫著這一副對聯，得知屋主徐英的職業是屠夫。曹學佺回想起自己過去官宦生涯審理各式的案件，經常遇到從事卑賤工作的百姓很講義氣，反倒是飽讀詩書的文人相當虛偽無情，讓他印象深刻，故把詩句抄錄下來，流傳至今。可用來說明處於社會底層的市井小民，大都熱心助人，急公好義；而處於社會上層的博學之士，卻多只顧著計算個人得失，相對而言比較自私自利。

【出處】明・佚名〈曹學佺見屠戶徐英家之對聯〉詩：「仗義半從屠狗輩，負心多是讀書人。」

爭奈何人心不古，出落著馬牛襟裾。

對於現在的人不及古人淳樸是怎麼也沒有辦法啊！他們長得就好像是穿著衣服的禽獸一樣。

【解析】元曲作家劉時中在這首套曲中，揭發了當時社會充斥著官商勾結的腐敗現象，到處趁火打劫，玩法亂紀，底層百姓的正義無法得到伸張，讓他不禁感嘆人心早已喪失了舊時代忠厚老實的風尚，其以「馬牛襟裾」一詞來比喻人行事有如衣冠禽獸般，可說是相當嚴厲的批判。可用來形容世道淪喪，小人得志。

【出處】元・劉時中〈端正好・既官府甚清明套・十二月〉曲：「不是我論黃數黑，怎禁他惡紫奪朱？爭奈何人心不古，出落著馬牛襟裾。口將言而囁嚅，足欲進而趑趄。」

堂上一呼，階下百諾。

坐在大堂之上的人，不過呼喊了一聲口號，臺階下方，立刻出現眾多附和的聲音。

【解析】這兩句諺語所要表達的是，身居高位的人不管說了什麼，除了底下的隨從齊聲應諾之外，許多急於攀結的人也會迎合奉承，投其所好，進而助長了權貴的威勢，氣焰熏天，使其更具有社會的影響力。可用來說明握有權勢之人所說的話，比較容易獲得群起響應。

【出處】元．佚名《舉案齊眉．第二折》之詩：「堂上一呼，階下百諾。」

避席畏聞文字獄，著書都為稻粱謀。

（文人）紛紛離席躲避，是害怕聽到因文字的關係而引發牢獄之災的消息，他們寫書全都是為了謀求生計而已。

【解析】清人龔自珍來到東南沿海一帶，看著當地富庶繁華，名流雅士匯集，但他發現每個人都不太敢直抒胸臆，無不謹言慎行，唯恐言語或文章被拿來羅織罪名。畢竟處在文字獄盛行的年代，學者即使有著述面世，也多與個人思想無關，而是偏向研究字音、字形和考據方面的學問，並將其當作是衣食之謀罷了！可用來形容生活在高壓統治之下的社會，知識分子怯於大鳴大放，只圖溫飽度日，以保全自身。

【出處】清．龔自珍〈詠史〉詩：「金粉東南十五州，萬重恩怨屬名流。牢盆狎客操全算，團扇才人踞上游。避席畏聞文字獄，著書都為稻粱謀。田橫五百人安在？難道歸來盡列侯？」

■節日慶典■

七夕景迢迢，相逢只一宵。

等了漫長的一年，終於等到七月七日這個夜晚，但（牛郎與織女）能在一起的時間也只有這一個晚上。

【解析】七夕，指農曆七月七日晚上。相傳織女為天帝孫女，長年織造雲錦天衣，但與牽牛郎結為夫婦後，逐漸荒廢織事。天帝大為震怒，令兩人分隔於銀河兩岸，終年只能遙遙相對，每年七夕才得以相會。詩僧清江描寫牽牛郎和織女好不容易盼到了七夕的短暫相聚，卻又要馬上面臨隔日一早的分離，語氣充滿無限的悲戚。可用來說明七夕本為傳說中的牛郎織女一年一度相聚的日子，後世以此日為情人節。另可用來形容期盼日久的會面，卻又要匆匆離別的不捨。

【出處】唐．清江〈七夕〉詩：「七夕景迢迢，相逢只一宵。月為開帳燭，雲作渡河橋。映水金冠動，當風玉珮搖。惟愁更漏促，離別在明朝。」

九月九日望鄉臺，他席他鄉送客杯。

在九月九日重陽節這天登上望鄉臺遠眺，身在異鄉為友人設宴飲酒送行，更添愁思滿懷。

【解析】農曆九月九日為重陽節，人們習慣在這一天從事登高、賞菊和飲酒等活動。王勃描述客居成都時，於重陽節登上高臺為他人送行，詩人看著自己在客鄉送客的情景，心中的鄉愁更加地濃郁強烈。可用來說明重陽節人們有相約登高以避凶厄的習俗。另可用來抒發外鄉遊子佳節思鄉的情懷。

【出處】唐．王勃〈蜀中九日〉詩：「九月九日望鄉臺，他席他鄉送客杯。人情已厭南中苦，鴻雁那從北地來？」

三月三日天氣新，長安水邊多麗人。

三月三日天氣晴朗，空氣清新，長安東南的曲江水邊聚集很多的美麗佳人。

【解析】古代稱農曆三月三日為上巳日，人們在這一天會到水邊洗濯祈福，藉以除去不祥，後來逐漸演變成結伴到水邊春遊宴飲的重要節日。杜甫詩中描寫楊國忠族兄妹於上巳日在曲江邊宴游時奢華無度的情景，意在諷刺唐玄宗的昏庸與時政的腐敗。可用來說明人們在上巳日有盛裝打扮到水邊遊樂的習俗。

【出處】唐．杜甫〈麗人行〉詩：「三月三日天氣新，長安水邊多麗人。態濃意遠淑且真，肌理細膩骨肉勻。繡羅衣裳照暮春，蹙金孔雀銀麒麟……」（節錄）

天時人事日相催，冬至陽生春又來。

天地四時運轉，世間事物變化，每天都在催促著人，冬至之後白天漸長，而春天很快又要來臨了。

【解析】小至，即二十四節氣之一冬至的前一天，傳統習俗上家家戶戶會在這一天搗米作湯圓，以便冬至當日全家團圓時一起食用。杜甫詩中主在感嘆韶光似箭般地催人老，過了冬至，就要再年老一歲了！其中「冬至陽生春又來」一句，可用來說明過了傳統節慶冬至後，即將迎接新春的到來。另可用來形容時令變化流轉，光陰流逝不復返。

【出處】唐．杜甫〈小至〉詩：「天時人事日相催，冬至陽生春又來。刺繡五紋添弱線，吹葭六琯動浮灰。岸容待臘將舒柳，山意衝寒欲放梅。雲物不殊鄉國異，教兒且覆掌中杯。」

火樹銀花合，星橋鐵鎖開。

四處燈火通明，就像火一般燦爛的樹，開著銀色的絢麗花朵，裝飾著花燈的橋閃爍照耀，有如天上的星橋銀河，京城為慶祝上元節而取消了宵禁，城橋也打開了鐵鎖任由百姓通行。

【解析】農曆正月十五為上元節，又稱元宵節或燈節。蘇味道詩中描寫正月十五日上元節的夜晚，京城花燈繁多華麗，人群出遊過節的熱鬧情景。可用來形容元宵節處處掛著燈籠，燈火輝煌，遊人絡繹不絕的景象。

【出處】唐．蘇味道〈正月十五夜〉詩：「火樹銀花合，星橋鐵鎖開。暗塵隨馬去，明月逐人來。遊妓皆穠李，行歌盡落梅。金吾不禁夜，玉漏莫相催。」

直到天頭無盡處，不曾私照一人家。

月光普照，月光未曾偏照某一戶人家。

【解析】中秋節歷來有賞月、吃月餅的習俗，象徵闔家團圓之意。曹松在中秋節這天，不能免俗的也與眾人共賞皎潔圓月，當他望著月亮從海平面上冉冉升起時，不禁讚嘆這天底下最公正無私的就是月亮了，因為它不會只映照所偏愛的某一家人，語意中含有對當時社會充斥各種徇私廢公現象的不滿。可用來說明中秋節日夜空淨澄，更襯托出一輪明月的光潔，人們爭相賞月的景象。另可用來歌詠月亮光明磊落，普照人間每一角落，也反映人渴望生活在平等大同的理想國度。

【出處】唐．曹松〈中秋對月〉詩：「無雲世界秋三五，共看蟾盤上海涯。直到天頭無盡處，不曾私照一人家。」

春城無處不飛花，寒食東風御柳斜。

春天的京城裡，沒有一處不飄著落花，寒食節這天，宮廷花園裡的楊柳樹隨春風吹拂而斜舞。

【解析】寒食節為古代傳統節日，一般在每年冬至後的一百零五日，約清明節前的一、二日。相傳是春秋時期晉文公為求介之推出仕而焚林，介之推抱木而死，全國哀悼，於是這一天家家戶戶禁火，只吃冷食。韓翃詩中描述了寒食節時長安城內花柳隨風飛舞的迷人春光，而「柳」也是寒食節的象徵之物，人們會在寒食節折柳插門，以懷念介之推不慕名利的行止。可用來說明寒食節時正逢柳樹盛開，同時也是紀念隱士介之推的日子。另可用來形容正值暮春的寒食節日，一片花木繁盛，柳絮飛舞的繽紛景象。

【出處】唐．韓翃〈寒食〉詩：「春城無處不飛花，寒食東風御柳斜。日暮漢宮傳蠟燭，輕煙散入五侯家。」

桑柘[1]影斜春社散，家家扶得醉人歸。

春社慶典結束，太陽下山，桑樹、柘樹的影子傾斜，家家戶戶扶著喝醉的人回家。

【注釋】1.桑柘：指桑樹和柘樹，這兩種樹木的葉子都可用來養蠶。柘，音ㄓㄜˋ。

【解析】社日，分春社、秋社兩種，古時農家為祈求豐年，會在立春（國曆二月三日、四日或五日）、立秋（國曆八月七日、八日或九日）過後各舉辦一場祭祀土神的儀式習俗，民眾也會在春社、秋社這兩天集

會宴飲並進行各種娛樂表演。詩中透過描寫參加春社的人們在酒足飯飽後酣醉快樂地準備返家的場景，表達了農民豐收富足，因而在過節時全都顯露出歡暢的心情。清人李鍈《詩法易簡錄》評曰：「畫出山村社日風景。」可用來形容農村人家在春社節慶後喝到酩酊大醉的情景。

【出處】唐・王駕〈社日〉詩：「鵝湖山下稻粱肥，豚柵雞棲半掩扉。桑柘影斜春社散，家家扶得醉人歸。」（此詩一說作者為張演）

清明時節雨紛紛，路上行人欲斷魂。

清明節這天落雨紛飛，無法返家的人走在路上心情格外哀傷，顯出失魂落魄的神情。

【解析】清明，是二十四節氣之一，在國曆四月五日或六日，民間一直流傳著在清明節祭祖掃墓或是結伴踏青的習俗，歷來清明的前後也多是有雨的天氣。杜牧在詩中除了描述清明節這天春雨綿綿，也道出了本該和家人團聚的人卻仍奔走在外，心中無限感傷。可用來說明瀟瀟細雨是清明節典型的天氣特徵。另可用來抒發孤身在異鄉的人於清明節時的思鄉心情。

【出處】唐・杜牧〈清明〉詩：「清明時節雨紛紛，路上行人欲斷魂。借問酒家何處有？牧童遙指杏花村。」

普天皆滅焰，匝[1]地盡藏煙。

全天下都熄滅了火焰，遍地盡把煙藏了起來。

【注釋】1.匝：音ㄗㄚ，滿、整。

【解析】唐代有嚴禁在寒食節生火煮飯的命令，故無論朝野貴賤皆絕火食，如果違反這項規定是會遭到懲處的，詩中便是描寫寒食節時全國上下因吃冷食而沒有炊煙的景況。可用來說明寒食節日有斷火禁炊，一概冷食的習俗。

【出處】唐・沈佺期〈寒食〉詩：「普天皆滅焰，匝地盡藏煙。不知何處火？來就客心然。」（此詩一說作者為李崇嗣）

節分端午自誰言？萬古傳聞為屈原。

端午節日是從何人開始說起的呢？自古以來傳說是為了紀念戰國時楚國臣子屈原。

【解析】端午，為農曆五月五日，相傳戰國時代，遭流言詆毀而被放逐的楚臣屈原，就是在這天懷石自沉於汨羅江，人們不捨其含冤而死，便以粽子投江祭祀並划舟撈救，相沿成端午食粽和賽龍舟的習俗。詩僧文秀面對遼闊茫茫的江水，抒發他對一代耿介直臣的懷念與追思，同時也對屈原生前飽受冤屈的境遇表達憤恨不平。可用來說明端午乃是紀念愛國詩人屈原而來的節日。

【出處】唐．文秀〈端午〉詩：「節分端午自誰言？萬古傳聞為屈原。堪笑楚江空渺渺，不能洗得直臣冤。」

萬里此情同皎潔，一年今日最分明。

雖然相隔萬里之遠，我們的情誼如同今夜的明月一樣光潔，一年當中只有今天中秋的月亮是最明淨的。

【解析】中秋，為農曆八月十五日，又稱仲秋，歷來人們認為這天的月亮最為澄澈正圓，便寄託了月圓人團圓的意義。詩人戎昱在中秋登上高樓倚欄賞月，他望著清朗的一輪明月，懷念其遠方的舊交故友，希望自己的悠悠思念能透過月光傳遞與對方。可用來說明中秋節日的月亮圓滿潔淨，故有親友團聚賞月的風俗。另可用來形容中秋夜在月下懷念遠方友人。

【出處】唐．戎昱〈中秋夜登樓望月寄人〉詩：「西樓見月似江城，脈脈悠悠倚檻情。萬里此情同皎潔，一年今日最分明。初驚桂子從天落，稍誤蘆花帶雪平。知稱玉人臨水見，可憐光彩有餘清。」

誰家見月能閑坐？何處聞燈不看來？

有哪戶人家看見月亮還能悠閑地坐著？有誰聽到元宵放燈卻不去觀賞的呢？

【解析】崔液於詩中描寫農曆正月十五日上元節（元

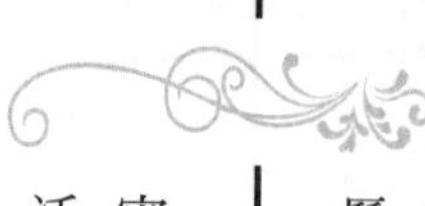

宵節）的夜晚，京城長安解除了宵禁，舉行放燈慶祝活動，人們在這一天爭先恐後地湧上街頭，通宵達旦，盡情歡樂，造成燈市人聲鼎沸的熱鬧景象。可用來形容在元宵節迫不急待出門賞燈的盛況。

【出處】唐．崔液〈上元夜〉詩六首之一：「玉漏銀壺且莫催，鐵關金鎖徹明開。誰家見月能閑坐？何處聞燈不看來？」

獨在異鄉為異客，每逢佳節倍思親。

獨自客居他鄉，每到過節時更加思念親人。

【解析】此詩為王維十七歲獨自一人在長安過重陽節時所作，詩中他運用側筆，轉以兄弟的角度書寫，想像著故鄉的兄弟思念著在佳節缺席的自己，流露出彼此相憶的手足深情。可用來說明重陽節有家人團圓、登高、佩帶茱萸以避邪的風俗。另可用來形容親友佳節團聚，卻獨缺一人羈旅在外，心中格外想念親人。

【出處】唐．王維〈九月九日憶山東兄弟〉詩：「獨在異鄉為異客，每逢佳節倍思親。遙知兄弟登高處，遍插茱萸少一人。」

六街[1]燈市，爭圓鬥小，玉碗頻供。

京城熱鬧的街上，到處張燈結綵，商店爭相製作出又圓又小的元宵，裝盛在精緻的瓷碗中，一碗接著一碗端上客人的桌前。

【注釋】1.六街：本指唐朝長安宮門外的六條中心大街，後泛指京都的大街和鬧市。此指南宋京城臨安的繁華街市。

【解析】作者史浩詞中描寫農曆正月十五日元宵燈節這天，繁鬧京城臨安的街上，店家忙著販賣應時的食品湯圓（又名元宵），來自四面八方的遊客，在出外欣賞華麗花燈的同時，也不忘在寒天裡犒賞自己一碗熱呼呼又香氣四溢的湯圓，而販售湯圓的這些店家，也因來客接連不斷而眉開眼笑，詞意洋溢著一股人人歡喜過節的熱鬧氣氛。可用來說明元宵節有吃象徵闔家團圓的湯圓之習俗。

【出處】南宋．史浩〈人月圓．驕雲不向天邊聚〉

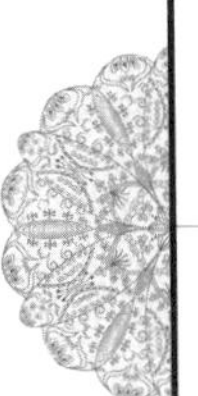

詞：「驕雲不向天邊聚，密雪自飛空。佳人纖手，霎時造化，珠走盤中。六街燈市，爭圓鬥小，玉碗頻供。香浮蘭麝，寒消齒頰，粉臉生紅。」

平分秋色[1]一輪滿，長伴雲衢千里明。

中秋月夜，正好對半均分秋季的景色，一輪圓月長夜相伴，將雲河大道照亮千里。

【注釋】1.平分秋色：本指農曆八月十五日，因居於秋季三個月的中間，故有各得一半秋色之意。後多用來比喻兩者一樣出色，不分上下。

【解析】作者李朴描寫中秋時分的月亮，明淨圓滿，上至廣袤雲天，下至千萬家戶，無不領受它的燦爛清輝。也由於中秋正好是在秋季的中間，故以「平分秋色」來形容中秋這天月映千里的壯麗景象。可用來形容中秋時節，皓月明亮如鏡，天地一片通明。

【出處】北宋．李朴〈中秋〉詩：「皓魄當空曉鏡升，雲間仙籟寂無聲。平分秋色一輪滿，長伴雲衢千里明。狡兔空從弦外落，妖蟆休向眼前生。靈槎擬約同攜手，更待銀河澈底清。」

目窮淮海滿如銀，萬道虹光育蚌珍。

極目遠望，淮海上的月色，像是灑滿銀色般的亮白，千萬道如彩虹般的光芒，有如珠蚌孕育著珍珠。

【解析】北宋著名畫家米芾，在農曆八月十五日中秋夜登樓賞月，當他望著淮海上被月光映照得閃亮如銀的水波，不禁想起了古來傳說只有在月圓時分，珠蚌才能育出又亮又白的珍珠。可用來歌詠中秋月色如銀，月圓如珠。

【出處】北宋．米芾〈中秋登樓望月〉詩：「目窮淮海滿如銀，萬道虹光育蚌珍。天上若無修月戶，桂枝撐損向西輪。」

年年此夜，華燈盛照，人月圓時。

每年的這一個夜晚，遍地都是華麗的燈火，也是人間團圓以及月圓高照的日子。

【解析】人們對每年農曆正月十五日的元宵月夜，向來寄予美好的憧憬。王詵（ㄕㄣ）詩中描寫其在元宵節這天，卸下了厚重的冬裝，換上了輕薄的春衫，開懷和心愛的人共賞火樹銀花的燦爛街景，此時月是圓的，人也是圓滿的，天上人間充塞一片祥和歡喜氣氛。可用來說明元宵節是人們賞月團圓的節日。

【出處】北宋．王詵〈人月圓．小桃枝上春來早〉詞：「小桃枝上春來早，初試薄羅衣。年年此夜，華燈盛照，人月圓時。禁街簫鼓，寒輕夜永，纖手同攜。更闌人靜，千門笑語，聲在簾幃。」

東風夜放花千樹，更吹落、星如雨。

元宵節的夜晚，滿城的燈火，像東風吹開了千樹繁花，更像是如雨點般的星星飄落人間。

【解析】辛棄疾詞中描寫元宵之夜，京城臨安到處點亮燈籠，整座城市猶如火樹銀花，又似滿天星雨灑落人間，盛況空前。其中「花千樹」、「星如雨」都是在比喻燈火繁盛，夜空閃耀。可用來形容元宵燈會或晚會的場合，燈火炫目輝煌的熱鬧景象。

【出處】南宋．辛棄疾〈青玉案．東風夜放花千樹〉詞：「東風夜放花千樹，更吹落、星如雨。寶馬雕車香滿路。鳳簫聲動，玉壺光轉，一夜魚龍舞。蛾兒雪柳黃金縷，笑語盈盈暗香去。眾裡尋他千百度，驀然回首，那人卻在，燈火闌珊處。」

金風[1]玉露[2]一相逢，便勝卻人間無數。

織女和牛郎每年雖只能在秋風白露的七夕相會，就已勝過人世間的夫妻無數次的相聚。

【注釋】1.金風：指秋風。古代以陰陽五行解釋季節演變，秋天屬五行當中的金，故稱之。2.玉露：指秋天瑩潔如玉的露水。

【解析】每年農曆七月七日的夜晚是傳統節日七夕，相傳天上的織女和牛郎每年的這天在鵲橋相會一晚。由於正逢秋季，作者秦觀便以象徵秋天景物的「金風玉露」來代稱七夕，同時歌詠織女牛郎平時雖不得相見，但兩人的情感堅若金石，如玉露般潔白純淨，比起許多早晚相依卻感情貌合神離的夫妻更難能可貴。可用來說明在秋日的七夕，是神話中織女牛郎一年一度的相會時刻，雖是久別一會，仍親密恩愛。

【出處】北宋．秦觀〈鵲橋仙．纖雲弄巧〉詞：「纖雲弄巧，飛星傳恨，銀漢迢迢暗度。金風玉露一相逢，便勝卻人間無數。柔情似水，佳期如夢，忍顧鵲橋歸路。兩情若是久長時，又豈在朝朝暮暮？」

風銷絳蠟，露浥紅蓮，燈市光相射。

紅色蠟燭在風中燃燒，夜露浸濕了蓮花樣式的彩燈，街道上的燈光相互映射。

【解析】周邦彥描寫元月十五日上元節之夜，繁華街市上燈火燦爛耀眼，詞中以「風銷」和「露浥」烘托出人們通宵慶祝燈節的熱鬧景象。可用來說明元宵節日的夜晚燈燭輝煌，徹夜通明。

【出處】北宋．周邦彥〈解語花．風銷絳蠟〉詞：「風銷絳蠟，露浥紅蓮，燈市光相射。桂華流瓦，纖雲散、耿耿素娥欲下。衣裳淡雅，看楚女、纖腰一把。簫鼓喧，人影參差，滿路飄香麝……」（節錄）

雪沫乳花[1]浮午盞，蓼茸蒿筍[2]試春盤。

午後，啜飲著茶杯上泛著像雪一樣的乳白色泡沫，品嘗著準備在立春到來那天拿來裝盤的鮮嫩蔬菜。

【注釋】1.雪沫乳花：此指烹煮茶葉時水面上浮現的白色泡沫。2.蓼茸蒿筍：泛指碧綠色的菜餚。蓼茸，蓼菜的嫩芽。

【解析】古來人們習於在立春這天，以蔬菜、水果、糕餅等裝盤，用來餽贈親友，稱之「春盤」。蘇軾與友人遊山時，嘗到了山村人家的煎茶與野蔬料理，茶湯雪白，蔬菜嫩綠，由於時間正好臨近立春，直道自己是在試吃應時節物春盤上的佳餚。可用來說明舊時民間在節氣立春時，有以當令鮮蔬裝盤互相餽贈的風俗。

【出處】北宋．蘇軾〈浣溪沙．細雨斜風作曉寒〉詞：「細雨斜風作曉寒，淡煙疏柳媚晴灘。入淮清洛漸漫漫。雪沫乳花浮午盞，蓼茸蒿筍試春盤。人間有味是清歡。」

雪消春淺，聽爆竹送窮，椒花[1]待旦。

積雪融化，此時春意還很淺，聽著爆竹聲送走窮神，飲著椒花酒，等待元旦的到來。

【注釋】1.椒花：酒名，用椒花浸製的酒。古時有在除夕這天，子孫向家長敬獻椒花酒的習俗。

【解析】這闋詞的作者史浩曾任南宋孝宗時期的宰相，地位相當顯赫。詞中描寫一個富貴家族在除夕守歲的情景，大家聽著轟隆隆的爆竹聲，送走了過去一年不好的運勢，迎接嶄新年度的到來，親友們歡聚一起，邊吃邊聊著，晚輩們向家中的長輩敬酒，祝禱大家都能健康長壽。可用來說明民間傳統於歲末的夜晚，有闔家設宴慶賀、通宵不眠的守歲風俗。

【出處】南宋．史浩〈喜遷鶯．雪消春淺〉詞：「雪消春淺，聽爆竹送窮，椒花待旦。繫馬合簪，鳴鴉列炬，幾處玳筵開宴。介我百千眉壽，齊捧玉壺金盞。最奇絕，是小桃新坼，爭妍粉面……」（節錄）

輕汗微微透碧紈，明朝端午浴芳蘭。

輕微的汗水，濕透了青綠色的細薄綢絹，明天是端午節，將要沐浴在芳香的蘭湯中。

【解析】農曆五月五日端午節是民間傳統的節日，蘇軾詞中描寫婦女準備歡度端午佳節的情景，由於時序正值炎夏，身體容易流汗，人們為了驅除盛暑熱氣（一說袪除體內的邪氣或毒氣），多會在端午這天用相傳能辟穢的蘭花來煎湯洗浴，以求潔淨和保平安，故端午節又有「浴蘭節」之稱。可用來說明端午節有沐蘭浴芳的習俗。

【出處】北宋．蘇軾〈浣溪沙．輕汗微微透碧紈〉詞：「輕汗微微透碧紈，明朝端午浴芳蘭。流香漲膩滿晴川。綵線輕纏紅玉臂，小符斜挂綠雲鬟。佳人相見一千年。」

爆竹聲中一歲除，春風送暖入屠蘇[1]。

在陣陣的鞭炮聲中，宣告舊的一年已經過去，春天送來的暖意也融入了屠蘇酒中。

【注釋】1.屠蘇：酒名，以屠蘇、山椒、白朮等多種藥草調製而成，古來有農曆正月初一全家飲用屠蘇酒的風俗，相傳可以避邪和除瘟疫。

【解析】王安石詩中描寫人們在春節大年初一這天，點燃鞭炮，送走舊年，一家人迎著和煦的春風，飲用屠蘇酒的熱鬧情景。可用來形容家家戶戶放鞭炮、喝美酒，迎接新年的到來。另可用來比喻新生的事物即將取代過時的事物。

【出處】北宋．王安石〈元日〉詩：「爆竹聲中一歲除，春風送暖入屠蘇。千門萬戶曈曈日，總把新桃換舊符。」

艤[1]彩舫，看龍舟兩兩，波心齊發。

把有彩飾的小舟停靠岸邊，觀看湖上雕刻成龍形的船隻，成雙成對的從水中央齊整前進。

【注釋】1.艤：音ㄧˇ，使船靠岸。

【解析】端午節這一天，原本泛舟於湖上的黃裳，先把自己的彩船停泊靠岸，然後在一旁欣賞龍舟競賽的盛況，看著選手們為了替隊伍奪取勝利的錦旗，齊心協力地划動手上的船槳，水面激起如雪般的浪花，龍舟上的鼓聲喧天如雷，氣氛緊張，場面熱鬧。可用來說明端午節自古以來便有龍舟競渡的習俗。

【出處】北宋．黃裳〈喜遷鶯．梅霖初歇〉詞：「梅霖初歇。乍絳蕊海榴，爭開時節。角黍包金，香蒲切玉，是處玳筵羅列。鬥巧盡輸少年，玉腕彩絲雙結。艤彩舫，看龍舟兩兩，波心齊發。奇絕。難畫處，激起浪花，飛作湖間雪。畫鼓喧雷，紅旗閃電，奪罷錦標方徹。望中水天日暮，猶見朱簾高揭。歸棹晚，載荷花十里，一鉤新月。」

纖雲弄巧，飛星傳恨，銀漢迢迢暗度。

纖薄的雲彩，因織女星的巧手而幻化出各種花樣，天上的牽牛星傳遞著久別不見的愁恨，悄悄地度過迢迢漫長的銀河。

【解析】秦觀借寫七夕節日的由來，歌詠傳說中織女星和牛郎星的美好愛情。據說織女乃天帝的女兒，善於織造雲錦天衣，但自從和牛郎結為夫婦後就荒廢織事，天帝因而大怒，懲罰兩人分隔於銀河的兩岸，只准許在每年農曆七月七日相會，後人便把這天訂為七夕情人節。詞中以「纖雲弄巧」描寫織女編織雲錦的巧藝，以「飛星傳恨」比喻牛郎這顆飛星強忍一年的思念苦楚，方能與妻子短暫一見的恨意，巧妙刻畫出神話人物的形象、性情。可用來說明七夕是天上手藝靈巧的織女星和深情不渝的牛郎星年度相會的日子。

【出處】北宋．秦觀〈鵲橋仙．纖雲弄巧〉詞：「纖雲弄巧，飛星傳恨，銀漢迢迢暗度。金風玉露一相逢，便勝卻人間無數。柔情似水，佳期如夢，忍顧鵲橋歸路。兩情若是久長時，又豈在朝朝暮暮？」

村村榆火[1]碧煙新，拜掃歸來第四辰[2]。

（在清明這一天）每一個村落都用榆木取火，家家戶戶升起青綠色的新煙，掃墓回來已經是卯時了。

【注釋】1.榆火：古人習於在春天用榆、柳木取得火種以生火，故稱之。2.第四辰：指卯時，也就是早晨五點到七點。古人將一天按照十二地支的順序，分成十二個時段，每個時段是現在的兩個小時。

【解析】由於清明之前的一、兩日為寒食節，在古代寒食是全國禁火的日子，僅能吃冷的食物。金人麻九疇詩中描寫清明當天，每戶人家除了一早要忙著祭拜祖先、祭掃墳墓，還要把先前熄滅的火種重新點燃，原本的冷灶，緩緩升起了蒼蒼炊煙，所以清明的火又有「新火」之稱。可用來說明清明節有祭祖、掃墓的習俗，以及把因應寒食而禁火的火種再行生起。

【出處】金．麻九疇〈清明〉詩：「村村榆火碧煙新，拜掃歸來第四辰。城裡看家多白髮，遊春總是少年人。」

袨服華妝著處逢，六街燈火鬧兒童。

（元宵節時）走在路上，到處都能遇到精心打扮自己衣飾妝容的女子，京城的街道燈火輝煌，洋溢著小孩子歡樂的笑聲。

【解析】此詩詩題〈京都元夕〉，是金人元好問寫於金朝從中都（即今北京市）遷都汴京之後的作品。當時的金朝國力衰弱，北方有強敵蒙古，又與西邊的西夏不和，加上和南邊的南宋興戰，在腹背受敵的情況下，國內仍然歌舞昇平。作者表面上描寫京城元宵燈會的絢麗繁華，走在路上，隨處可見女子錦衣靚妝，以及兒童嘻戲笑鬧，就連自己身為讀書人，也不能免俗的出來賞燈和猜燈謎，隱微點出了人們希求安逸，不願面對國家的潛在危機。可用來說明每年農曆正月十五日元宵節有懸掛花燈的慶祝活動，吸引大批遊人前往觀賞。

【出處】金．元好問〈京都元夕〉詩：「袨服華妝著處逢，六街燈火鬧兒童。長衫我亦何為者？也在遊人笑語中。」

香橙肥蟹家家酒，紅葉黃花處處秋。

（重陽節這天）正值橙子香甜，蟹子肥美，每戶人家拿出釀好的酒，此時葉子紅了，菊花遍地，到處散發出秋天的氣息。

【解析】元代無名作家用曲的形式，描寫民間在過九九重陽節時的應景食物「香橙肥蟹」以「紅葉黃花」的晚秋風光，人們在這個清朗涼爽的日子裡，大啖當季美食，把酒登高，欣賞宜人的秋景。可用來說明重陽節有品橙食蟹、飲酒賞花的風俗。

【出處】元．佚名〈喜春來．香橙肥蟹家家酒〉曲：「香橙肥蟹家家酒，紅葉黃花處處秋。極追尋，高眺望，絕風流。九月九，莫負少年遊。」

碧艾香蒲處處忙，誰家兒共女，慶端陽？

每戶人家忙著採擷青綠的艾草和帶有香氣的菖蒲，把它們懸插在門上，哪一個家庭不是在這一天準備著和兒女團圓，等著一同慶祝端午節啊？

【解析】元朝作家舒頔（ㄉㄧˊ）詞中描寫人們為了迎接民間傳統節日端午的到來，除了趕著出門摘取傳有驅除瘟疫、避開妖邪功效的艾草和菖蒲之外，也急著四處張羅打點，籌備闔家歡聚所需物品，共享天倫之樂。可用來說明端午節有在門前插艾草、菖蒲，以除瘟避邪的習俗。

【出處】元．舒頔〈小重山．碧艾香蒲處處忙〉詞：「碧艾香蒲處處忙，誰家兒共女，慶端陽？細纏五色臂絲長，空惆悵，誰復吊沅湘？往事莫論量，千年忠義氣，日星光。離騷讀罷總堪傷，無人解，樹轉午陰涼。」

處世交際

【眞誠】

君乘車，我戴笠，它日相逢下車揖。

如果將來你乘坐著車子，我戴著斗笠，某日我們在路上相逢，想必你會下車，與我拱手作揖。

【解析】這是一首源於古越地的民謠，詩中「乘車」象徵一個人榮貴顯達，出入皆有車馬相隨，而「戴笠」則是形容清貧人家，在路上步行的克難裝扮，意在強調自己與友人之間，無論日後任何一方的地位如何變化，兩人再度相逢時，必定不忘相揖行禮，情誼一如昔往，後來成語「車笠之盟」、「乘車戴笠」便是由此而出。可用來比喻不會因為彼此貧富懸殊而改變原本的深厚交情，始終以誠相待。

【出處】漢．佚名〈越謠歌〉詩：「君乘車，我戴笠，他日相逢下車揖。君擔簦，我跨馬，他日相逢為君下。」

主人解余意，遺贈豈虛來？

屋主理解我說不出口的來意，拿出家中的食物贈送給我，心裡想著，豈能讓我白來一趟？

【解析】此詩詩題〈乞食〉。陶淵明寫其因飢餓難耐，迫使他走出家門，來到了某一村里的人家敲門，等對方開門之後，其又對自己的困窘羞於啟齒，所幸善解人意的屋主，立即察覺作者的難言之隱，不但餽贈糧食，還盛情留他下來喝酒，才剛認識的兩人，便彷彿舊識般，談諧賦詩，氣氛融洽，直至黃昏才罷。主人如此貼心的舉動，化解了初見時的尷尬場面，令詩人點滴在心頭。可用來形容熱心幫助人解決急難問題。

【出處】東晉．陶淵明〈乞食〉詩：「飢來驅我去，不知竟何之？行行至斯里，叩門拙言辭。主人解余意，遺贈豈虛來？談諧終日夕，觴至輒傾杯。情欣新知歡，言詠遂賦詩。感子漂母惠，愧我非韓才。銜戢知何謝？冥報以相貽。」

人生交契無老少，論交何必先同調？

人生在世交朋友，不必有老年或少年的分別，只要是坦誠相交，又何必在乎對方是否與自己年齡或志趣相投呢？

【解析】這是杜甫贈詩給曾助朝廷平定亂事的友人李嗣業，詩中除力讚李嗣業乃戡亂不可多得之英才，也道出了兩人雖在年齡、身分、地位上迥異，卻絲毫不影響他們這段忘年的友好情誼。可用來說明交友貴在真心，而不是著重外在條件。

【出處】唐．杜甫〈徒步歸行〉詩：「明公壯年值時危，經濟實藉英雄姿。國之社稷今若是，武定禍亂非公誰。鳳翔千官且飽飯，衣馬不復能輕肥。青袍朝士最困者，白頭拾遺徒步歸。人生交契無老少，論交何必先同調？妻子山中哭向天，須公櫪上追風驃。」

珍重主人心，酒深情亦深。

珍惜主人熱情款待的一片用心，酒的顏色如此深，主人的情意也和酒的顏色一樣濃厚。

【解析】韋莊詞中描寫其出外作客時，主人殷勤設筵接待，濃厚真摯的情意就如同筵席上醇醲的酒一樣，令人動容。可用來形容宴會上切莫辜負設宴者對待賓客的真心誠意。

【出處】唐．韋莊〈菩薩蠻．勸君今夜須沉醉〉詞：「勸君今夜須沉醉，尊前莫話明朝事。珍重主人心，酒深情亦深。須愁春漏短，莫訴金杯滿。遇酒且呵

呵，人生能幾何？」

山中友，雞豚社酒[1]，相勸老東坡。

山村的朋友們，都拿出了過節用的酒肉，勸我不要離開。

【注釋】1.社酒：古代民間於春、秋兩季用來祭祀土神的酒。

【解析】蘇軾貶居黃州五年，接到朝廷調任他至汝州（位在今河南境內）的命令，臨行前，黃州父老們端出了家裡準備過節用的酒食，前來和自號「東坡居士」的蘇軾話別，這些全是他們平時自家捨不得吃的食物，足見蘇軾多麼受到當地百姓的愛戴。雖說蘇軾在黃州的職稱名義上為團練副使（掌管地方軍事的副職），但這其實是朝廷專門用來安置貶謫官員的職位，不得簽署公事，沒有行政實權，形同軟禁，也正因如此，蘇軾還能贏得人心，讓人不捨他的離開，更顯現出他和百姓之間純樸真摯的感情。可用來形容人與人之間純真無私的情誼。

【出處】北宋．蘇軾〈滿江紅．歸去來兮〉詞：「歸去來兮，吾歸何處？萬里家在岷峨。百年強半，來日苦無多。坐見黃州再閏，兒童盡、楚語吳歌。山中友，雞豚社酒，相勸老東坡……」（節錄）

事可語人酬對易，面無慚色去留輕。

如果做的事情，都是可以對人說出口的，與人應酬時說話，就會變得十分容易，臉上不帶羞慚，對於職務的離開或留下，都不會放在心上。

【解析】劉過的友人辭官準備返鄉，他作此詩相送，詩中稱許友人為官清廉，生平行止都可以接受公開檢視，沒有一件事情是不可告人的，也因而在與人交際時，態度自然輕鬆，對答無所畏忌。可用來形容行事光明坦蕩，無論是面對人或事物都誠懇無欺，忘懷得失。

【出處】南宋．劉過〈送王東鄉歸天台〉詩二首之二：「千岩萬壑天台路，一日分為兩日程。事可語人酬對易，面無慚色去留輕。放開筆下閑風月，收斂胸

中舊甲兵。世事看來忙不得，百年到手是功名。」

莫笑農家臘酒渾，豐年留客足雞豚。

不要取笑農人在臘月裡釀製的酒渾濁，他們會在豐收之年，端出滿桌的雞肉和豬肉來招待客人。

【解析】陸游詩中描寫民風淳厚的農家，在收成豐足的那個年頭，全村歡欣鼓舞，見有客人到訪，即使家裡沒有上等的好酒，村民也會盡其所有，擺出豐盛的酒肉宴席，慷慨款待來客。可用來形容鄉野人家熱情好客。

【出處】南宋．陸游〈遊山西村〉詩：「莫笑農家臘酒渾，豐年留客足雞豚。山重水複疑無路，柳暗花明又一村。簫鼓追隨春社近，衣冠簡樸古風存。從今若許閑乘月，拄杖無時夜叩門。」

寒夜客來茶當酒，竹爐[1]湯沸火初紅。

寒冷的夜晚有客人前來探訪，我以茶當酒作為招待，竹爐上的熱水沸騰，爐中的炭火燒到剛呈現紅色。

【注釋】1.竹爐：一種燒炭煮水的爐灶，內部是泥土材質，外殼是用竹子編成。

【解析】杜耒敘寫友人於寒夜登門拜訪，他生火沏茶接待對方，滾燙的熱水在壺裡翻騰著，爐火越來越旺，主客圍著火焰，一邊品味清茶，一邊閑話家常，湧上心頭的一股暖流，讓人幾乎忘卻了天候的冷寒，由此也可看出詩人對來客的欣喜與熱情。可用來形容有客人來訪，主人烹茶與客人對飲談天，賓主盡歡的情景。

【出處】南宋．杜耒〈寒夜〉詩：「寒夜客來茶當酒，竹爐湯沸火初紅。尋常一樣窗前月，才有梅花便不同。」

鵝毛贈千里，所重以其人。

從千里之外送來輕微的鵝毛，其中懷有送禮的

人對我的一片珍重情誼。

【解析】歐陽脩收到好友梅聖俞從家鄉寄來一包其親自摘採的銀杏，他便寫了這首詩作為答謝，詩中以「鵝毛」比喻銀杏，意即銀杏的價值雖如鵝毛一樣輕，卻包含了好友的一番深摯情意，故可說是一份彌足珍貴的禮物。可用來比喻禮物雖然微薄，但情意深重。

【出處】北宋．歐陽脩〈梅聖俞寄銀杏〉詩：「鵝毛贈千里，所重以其人。鴨腳雖百個，得之誠可珍。問予得之誰？詩老遠且貧。霜野摘林實，京師寄時新。封包雖甚微，採掇皆躬親。物賤以人貴，人賢棄而淪。開緘重嗟惜，詩以報殷勤。」

寶劍贈烈士，紅粉贈佳人。

珍貴的劍，必須贈與有壯志的剛烈男子，紅色的胭脂，就要送給姿容出色的美麗女子。

【解析】這兩句是自古以來日常流行的口頭語，其中以「寶劍」比配「烈士」，「紅粉」相襯「佳人」，表達出餽贈他人財物禮品，其實是一門頗為高深的學問，因為送人禮物必須用心體察收禮者的人品與需要，才能讓對方感到窩心。此外，送出去的物品，還要符合雙方交情的厚薄濃淡，以免發生一方表錯情而另一方會錯意的現象，反而造成彼此的困惱。可用來比喻送禮要讓人物盡其用，以顯示其心意誠摯。

【出處】元．鄭光祖《王粲登樓．第一折》之詩：「寶劍贈烈士，紅粉贈佳人。」

酒逢知己千鍾少，話不投機半句多。

與知心朋友一同喝酒，喝了一千杯也覺得不夠，但碰上意見相左的人，縱使才講半句話都嫌太多了。

【解析】這兩句詩是古來相傳的諺語，傳神表達出和意氣相投的朋友相逢，喝起酒來，酒興特濃，話匣子一開，更是無所不談；反之，若與不投契的人相處，即使只是聊個半句都感到索然無味，恨不得趕緊避開。作者藉由飲酒和說話這兩件事，強調朋友之間往來，貴在彼此坦誠，畢竟茫茫人海，能夠遇見和自己理念相契又談得來的人實非易事，理當好好珍惜。可用來形容與知交好友相聚，時間再長也不厭倦，乃人生一大樂事。

【出處】元末明初．高明《琵琶記．第三十一齣》之詩：「酒逢知己千鍾少，話不投機半句多。」

惺惺惜惺惺，好漢識好漢。

聰明的人珍惜與自己同樣機智靈巧的人，豪傑志士賞識與自己同樣義氣深重的漢子。

【解析】這兩句從古流傳下來的通俗熟語，說明了人們總是對於和自己性格、才能或遭遇相仿的人，容易產生珍重敬慕的情感，由於各自的資質相當，見解也大致相同，不用三言兩語便結成心意相投的至交好友。可用來比喻才智、性情相似的人相互欣賞對方。

【出處】元末明初．施耐庵《水滸傳．第二回》之詩：「惺惺惜惺惺，好漢識好漢。」

圓融

投我以桃，報之以李。

人家送給我桃子，我就回贈李子作為報答。

【解析】此詩一說是東周春秋衛武公自勉之作，另一說是西周末年的老臣告誡君主或貴族子弟，提醒其涵養德性，遵守禮法，不可逾越本分，更不可做出傷天害理的事，自然就會成為人民的表率。這兩句詩原是作者寫來說明修德足以使人信服並效法之，也是人們對施行美德者的酬報，猶如與人交往時，惠及他人，對方也會有所回報是一樣的道理；但到了後來，詩意演變成朋友之間的相互贈與，表示處事周到、成熟。可用來比喻禮尚往來，以示關係之友好。

【出處】先秦．《詩經．大雅．抑》：「……辟爾為德，俾臧俾嘉。淑慎爾止，不愆于儀。不僭不賊，鮮不為則。投我以桃，報之以李。彼童而角，實虹小子……」（節錄）

四戶八窗明，
玲瓏[1]逼上清[2]。

屋內四面八方都有窗戶，光線明亮充足，直逼神仙居住的環境。

【注釋】1.玲瓏：明亮的樣子。2.上清：仙境。

【解析】盧綸描寫彭祖樓（位在今江蘇徐州市境內）內的環境因四面八方都有窗戶，所以室內光線顯得通明透亮，宛如置身在仙境般。由於詩句提及屋子的八個面向都能透光，也稱作「八面玲瓏」，此語後來演變成形容人的手段巧妙圓滑，應付世情面面俱到。可用來比喻待人處世圓融周到。另可用來形容房屋透光明亮。

【出處】唐．盧綸〈賦得彭祖樓送楊宗德歸徐州幕〉詩：「四戶八窗明，玲瓏逼上清。外欄黃鵠下，中柱紫芝生。每帶雲霞色，時聞簫管聲。望君兼有月，幢蓋儼層城。」

寄言處世者，
不可苦剛強。

奉勸那些在社會上與人交際的人們，行事不可太過於剛烈逞強。

【解析】白居易作此詩的目的是為了教育家中的晚輩，規諫他們在面對世間的各種情態以及自己的待人接物方面，千萬不可固執己見，剛愎自用，但也不能過於軟弱畏怯，而是要在強弱剛柔之間找到平衡點，方能長保順遂，免於受人欺凌。可用來說明為人行事宜圓活通達，剛柔相濟。

【出處】唐．白居易〈遇物感興因示子弟〉詩：「……寄言處世者，不可苦剛強。龜性愚且善，鳩心鈍無惡。人賤拾支床，鶻欺擒暖腳。寄言立身者，不得全柔弱。彼固羅禍難，此未免憂患。於何保終吉？強弱剛柔間……」（節錄）

自出洞來無敵手，
得饒人處且饒人。

自從與人下棋以來，從來沒人可以贏過我，但能夠寬恕人的地方，姑且就寬恕人。

【解析】此詩作者為蔡州一名精於棋藝的道士，相傳他每次與人對弈時，都會先讓子一步，只是對方最終還是落敗，無人可以與其匹敵，但即使如此，這位道士仍秉持著做人必須寬厚的原則，並不會因為自己的棋藝了得，便瞧不起那些輸棋的人。可用來說明與人往來或處理事情，要給人留餘地，切莫仗恃理直而苛薄他人。

【出處】南宋．蔡州道人〈絕句〉詩：「爛柯真訣妙通神，一局曾經幾度春？自出洞來無敵手，得饒人處且饒人。」

能斟時事高抬手，善酌人情略撥頭。

既能審度當時的情況，把手舉高起來，又善於顧及常情事理，稍微轉過頭去。

【解析】邵雍詩中意在強調，說話或處理事情千萬不可盛氣凌人，縱使自己得理，也要考慮人情，適時的「抬手」和「撥頭」，也就是給人留情面和退路的意思，可見其為人敦厚。可用來形容做人處事不可逼人太甚，多一點寬容和諒解，退一步海闊天空。

【出處】北宋．邵雍〈謝甯寺丞惠希夷樽〉詩：「仙掌峰巒峭不收，希夷去後遂無儔。能斟時事高抬手，善酌人情略撥頭。畫虎不成心尚在，悲麟無應淚橫流。悟來不必多言語，贏得清閑第一籌。」

人面不看看佛面。

（大多數的人）不願顧及人的面子，卻願意顧及佛的面子。

【解析】此詩原是在暗諷世人多樂於對修佛的人布施，卻吝於對一般百姓施捨分毫，於是有人便看準了人性心態，進入佛門並不是為了修行，而是為了可以不勞而獲，行欺世釣名之實。不過後來這句詩也出現了新意，表達即使不想要救助或原諒某人，也得看在另外一人的面子上，而對某人伸出援手或給予寬恕，以求事情的和諧。可用來比喻給人留些情面，不使人感到難堪。

【出處】明．馮夢龍《醒世恆言．卷三十九．汪大尹火焚寶蓮寺》之詩：「人面不看看佛面，平人不施施僧人。若念慈悲分緩急，不如濟苦與憐貧。」

世事洞明皆學問，人情練達即文章。

洞察明白世間的各種事情就是學問，熟練通達人的各種常情即是文章。

【解析】此為《紅樓夢》小說中的主要人物賈寶玉與榮國府一行人受邀到寧國府賞梅時，在一間鋪陳華麗的上房所見的門聯。賈寶玉向來憎恨儒家搬弄那套經世濟民、世故人情的道理來束縛人心，片刻也待不下去，吵著趕緊離開那間屋室。作者借賈寶玉看見這兩句詩的反應，表達其對社會世俗所認可的常態規則極度不耐煩，突顯其與眾人想法的格格不入。不過，換個角度想，大多數的人活在世上，本來就很難逃離與人的相處，因而熟悉世理，善於應對，通情達理，也可以稱得上是學問豐富、文章滿腹啊！可用來說明通曉世態人情，講究待人接物，對一個人的立身處世有很重要的作用。

【出處】清．曹雪芹《紅樓夢．第五回》之詩：「世事洞明皆學問，人情練達即文章。」

謹慎

他人有心，予忖度之。

別人有什麼心思，我可以揣測出來。

【解析】詩人認為真正有智慧的人，對於他人的想法或心懷不軌，都是能料想得到的，根本不用刻意去追查探究，只要仔細體察對方的外貌眼神、言行舉止，便可推測其是否包藏禍心，好讓自己洞察機先，不會為其所迷惑。可用來形容揣度別人的心事或意圖，事先做好防範的準備。

【出處】先秦．《詩經．小雅．巧言》：「……奕奕寢廟，君子作之。秩秩大猷，聖人莫之。他人有心，予忖度之。躍躍（ㄊㄧˋ）毚兔，遇犬獲之……」（節錄）

令[1]儀令色，小心翼翼。

他的儀態美好，面容和善，行事慎重恭謹。

【注釋】1.令：此指美的、善的。

【解析】此詩詩題〈烝民〉，作者乃西周宣王的重臣尹吉甫，亦是《詩經》中極少數確知作者的篇章。尹吉甫寫詩為準備赴齊地築城的仲山甫送行，稱許其對宣王竭智盡忠，不僅儀容柔和美善，舉止端莊穩重，而且態度兢兢業業，對於君王交辦的重責大任，不敢草率將事。其中「令色」原是指和悅的容貌，後來因孔子《論語．學而》中「巧言令色」而衍生出諂媚、取悅他人臉色之貶義。可用來形容面色和藹，處事細心敬慎。

【出處】先秦．《詩經．大雅．烝民》：「……仲山甫之德，柔嘉維則。令儀令色，小心翼翼。古訓是式，威儀是力。天子是若，明命使賦……」（節錄）

白圭之玷，尚可磨也。斯言之玷，不可為也。

白玉上的汙點，還可以把它給磨掉。但人要是講錯了話，一切都無法改變了！

【解析】此詩展現出一位長者對青年諸侯的循循善誘，教導其待人必須謙恭有禮，時時謹言慎行，保持容貌威儀，防備意想不到的憂患。詩中借「白圭之玷」之喻，表示物品若出現瑕疵，猶有彌補的方法，然而說出去的話，卻如同撥出去的水般，完全沒有挽回的餘地。可用來說明說話行事宜謹肅小心，切勿輕言恣行。

【出處】先秦．《詩經．大雅．抑》：「……質爾人民，謹爾侯度，用戒不虞。慎爾出話，敬爾威儀，無不柔嘉。白圭之玷，尚可磨也。斯言之玷，不可為也……」（節錄）

既明且哲，以保其身。

明察事理，聰明理智，才能保全自身。

【解析】此詩作者是西周宣王的大臣尹吉甫，其在詩中稱頌另一位臣子仲山甫全力推行宣王的命令，仔細觀察國政的優劣得失，明事慎行，潔身自愛，唯恐品德操守受到傷害。這也是後來成語「明哲保身」的典故由來，只是原義是在讚美一個人心明如鏡，善於洞

察時勢，守住自身的清白；之後發展出的語義則是偏向保護個人安全為優先考量，不使自己涉入危險之境。可用來形容智識通達，去危就安。

【出處】先秦．《詩經．大雅．烝民》：「……肅肅王命，仲山甫將之。邦國若否，仲山甫明之。既明且哲，以保其身。夙夜匪解，以事一人……」（節錄）

戰戰兢兢，如臨深淵，如履薄冰。

懷抱著驚惶恐懼的態度，就好像站在深水潭的邊緣，又好像行走在薄冰上面。

【解析】相傳這首詩的作者是西周王朝的官員，詩中借喻說理，表達其對君王只願聽信小人的邪謀詭計，不肯採納忠臣的善謀良言，以致朝政敗壞，國家災難頻仍，詩人生怕一不經意，便讓自己身臨險境，招來禍害，故行事極為審慎小心。清人方玉潤《詩經原始》評曰：「若無遠慮，必有近憂。是以戰兢自惕。」可用來比喻隨時存有戒備、警惕之心，防範事情於未然。

【出處】先秦．《詩經．小雅．小旻》：「……不敢暴虎，不敢馮河。人知其一，莫知其他。戰戰兢兢，如臨深淵，如履薄冰。」（節錄）

瓜田不納履，李下不整冠。

路過別人家的瓜田時，不要彎下身來穿鞋，經過別人家的李樹下，不要舉起手來整理帽子。

【解析】此詩詩題〈君子行〉。詩人借「瓜田李下」之喻，說明君子即使自認行事光明磊落，於心無愧，也絕不會在他人的瓜田旁彎腰穿鞋，或是在李子樹下舉手整理冠，因為這樣很容易讓人誤會是為了掩飾偷摘瓜果而做出的動作。由此可知，明智的人懂得避嫌，以免引發不必要的麻煩。可用來說明處事行止宜步步留心，不讓自己置身在引人嫌疑的場合。

【出處】漢．佚名〈君子行〉詩：「君子防未然，不處嫌疑間。瓜田不納履，李下不整冠。嫂叔不親授，長幼不比肩。勞謙得其柄，和光甚獨難。周公下白屋，吐哺不及餐。一沐三握髮，後世稱聖賢。」（此詩一說作者為三國魏人曹植）

未諳姑食性，先遣小姑嘗。

因還不瞭解婆婆的口味，所以先請小姑來嘗一嘗我做的羹湯。

【解析】古代有女子新婚後三天要下廚做飯侍奉公婆的習俗。王建在詩中描寫一位剛嫁入夫家的新娘，唯恐廚藝不合婆婆的口味，故先讓熟悉婆婆食性的小姑來試嘗看看，藉此反映其聰慧機敏的細膩心思。可用來形容新嫁娘為討婆家歡心的謹慎態度以及善於心計的行事手腕。也可用來比喻初到陌生的環境，必須先請教經驗老練的前輩，做事才不容易出差錯。

【出處】唐・王建〈新嫁娘詞〉詩三首之三：「三日入廚下，洗手作羹湯。未諳姑食性，先遣小姑嘗。」

君子忌苟合，擇交如求師。

品行端正的人結交朋友最忌諱苟且湊合，選擇朋友就如同尋求好的老師一樣。

【解析】此為賈島寫給科舉落第的沈姓友人之忠告，希望其東歸返鄉後，不可因考試失敗而自暴自棄，更應該謹慎擇交良朋益友，經常和品德美好的人往來，就如同遇到良師的指導一樣，對自己的思想行為將會有莫大的影響。可用來說明交友宜慎重，不可輕率將就。

【出處】唐・賈島〈送沈秀才下第東歸〉詩：「曲言惡者誰？悅耳如彈絲。直言好者誰？刺耳如長錐。沈生才俊秀，心腸無邪欺。君子忌苟合，擇交如求師……」（節錄）

處世忌太潔，至人貴藏暉。

做人處世的道理忌諱過於高潔，品德修養完美的人要懂得遮掩自己閃耀的光彩。

【解析】古代高潔之士，剛洗淨後必會彈去帽子上的灰塵，抖落衣服上的塵埃，意即不願自己的清白之身受到世俗的汙染。李白則是認為做人應該要與世推移，對人不要過於苛求，對自己應要避免鋒芒外露而惹禍上身。可用來說明立身處世要善於韜光養晦，深

藏不露。

【出處】唐·李白〈沐浴子〉詩：「沐芳莫彈冠，浴蘭莫振衣。處世忌太潔，至人貴藏暉。滄浪有釣叟，吾與爾同歸。」

結交須擇善，非識莫與心。

結交朋友要選擇品行好的人，不瞭解對方就不要把心交出去。

【解析】詩僧王梵志認為朋友之間若認識不深就毫不設防地坦露自己的心跡，極可能因交友不慎而惹禍上身。換言之，真正的好友是必須經過交往後，確定對方的人品良善方能建立情誼。可用來說明擇善交友是一個人立身處世的根本。

【出處】唐·王梵志〈勸誡詩〉詩：「結交須擇善，非識莫與心。若知管鮑志，還共不分金。」

勸君不用分明語，語得分明出轉難。

勸（鸚鵡）你不要說太過明白的言語，話說得太透澈是很難出得了籠子啊！

【解析】鸚鵡的特點是善於學人言語。羅隱在詩中藉由告誡鸚鵡不要隨便說話，以免永遠被困在鳥籠中，暗喻人與人之間的相處，說話也要謹慎小心，才能避免惹禍上身。可用來說明言語不慎，足以招禍。

【出處】唐·羅隱〈鸚鵡〉詩：「莫恨雕籠翠羽殘，江南地暖隴西寒。勸君不用分明語，語得分明出轉難。」

躋攀分寸不可上，失勢一落千丈強。

琴聲的高音越彈越高，當高到不能再高時，突然從高音處降到比千丈深還要更低。

【解析】本詩詩題為〈聽穎師談琴〉。穎師，指的是唐憲宗元和年間一位善於彈奏古琴的僧人。韓愈在聆聽了穎師的精湛琴藝後，想像琴音的起落變化就宛如鳳凰昂揚激越的鳴聲瞬間轉成悄聲低吟，把聽覺感受變得具體形象化。可用來暗喻擁有權勢地位的人，行事要更加小心謹慎，否則很容易便會跌入深淵谷底。另可用來形容音調由極高驟然降到很低。

【出處】唐．韓愈〈聽穎師彈琴〉詩：「昵昵兒女語，恩怨相爾汝。劃然變軒昂，勇士赴敵場。浮雲柳絮無根蒂，天地闊遠隨飛揚。喧啾百鳥群，忽見孤鳳凰。躋攀分寸不可上，失勢一落千丈強……」（節錄）

平生不作皺眉事，天下應無切齒人。

一輩子不做讓人皺起眉頭的事，天底下應該不會有對你咬牙切齒的人。

【解析】邵雍一生安貧樂道，他認為一個人的心術正當，潔身自好，不貪戀名利便不會與人結怨，如此就不會讓自己陷入險境，以致遭來禍事。可用來說明保持自身清白，不做引人側目又憤恨的事，方能明哲保身。

【出處】北宋．邵雍〈詔三下答鄉人不起之意〉詩：「平生不作皺眉事，天下應無切齒人。斷送落花安用雨？裝添舊物豈須春？幸逢堯舜為真主，且放巢由作外臣。六十病夫宜揣分，監司何用苦開陳？」

君知此意不可忘，慎忽苦愛高官職。

你不要忘記我們相偕隱退的約定，切莫執意貪戀官場上的顯赫高位。

【解析】此詩為蘇軾前往鳳翔赴任時所作，人生宦途正要蓄勢待發的他，回想起過去和弟弟蘇轍在寒燈下共讀詩文，曾經相約日後要及早歸隱，一同聆聽蕭瑟夜雨的聲音。詩中蘇軾特別叮囑蘇轍千萬不可忘記兄弟之間的誓約，他擔心在宦海浮沉日久，人心很容易被崇高官爵下的權力與厚祿給迷惑，語氣中除了含有對兄弟閑居之樂的渴望，也表達其對官場升遷貶謫變化莫測的想法，提醒蘇轍與自己皆務必小心慎重。可用來說明不可執意戀棧高官顯爵而迷失自我，若一步走錯，極可能就會惹禍上身。

【出處】北宋．蘇軾〈辛丑十一月十九日，既與子由

別於鄭州西門之外，馬上賦詩一篇寄之〉詩：「不飲胡為醉兀兀，此心已逐歸鞍發。歸人猶自念庭闈，今我何以慰寂寞？登高回首坡隴隔，但見烏帽出復沒。苦寒念爾衣裘薄，獨騎瘦馬踏殘月。路人行歌居人樂，童僕怪我苦悽惻。亦知人生要有別，但恐歲月去飄忽。寒燈相對記疇昔，夜雨何時聽蕭瑟？君知此意不可忘，慎勿苦愛高官職。」

工作謀生

日出而作，日入而息。

當太陽升起，就起身外出做事，當太陽落下，就回家休息。

【解析】此詩詩題〈擊壤歌〉。擊壤，是一種古代的投擲類遊戲，用兩塊木板製成，玩時將一塊放在遠處，然後用另一塊扔過去打它，擊中者為勝。相傳堯帝時期，有老人在路上玩擊壤遊戲，有人看了便說百姓有閑情玩樂，天下安寧和平，是因為堯帝行德政的緣故。老人聽了很不以為然，便唱起了這首歌，認為自己每天早出晚歸，辛勤勞動，必須鑿井才有水可以飲用，耕種才有食物可以飽腹，一切日常所需皆自給自足，實在不解付出了一整天勞力之餘，抽個空暇玩個遊戲，和堯帝又有什麼關係呢？後來「擊壤」也成了太平盛世的代名詞，而歌詠〈擊壤歌〉的老人，也被視為是蒙受堯帝恩澤而不自知的純樸百姓。可用來形容農業社會人民作息規律，每日勤勞工作。

【出處】先秦．佚名〈擊壤歌〉詩：「日出而作，日入而息。鑿井而飲，耕田而食。帝力於我何有哉？」

衣食當須紀，力耕不吾欺。

日常穿的和吃的，都應當靠自己去經營，努力耕作，才是不欺騙自己的人生。

【解析】陶淵明寫其搬至南村新家後，與鄰居相處融洽，閑暇時大家相約登高賦詩，過門互相招呼飲酒，等到農忙時便各自回去耕種，想念對方時就披衣上門拜訪，談天說地，從來沒有厭倦的時候。雖說與鄰人的往來如此歡樂愜意，但詩人仍時刻提醒著自己，絕對不可耽溺於享樂而荒廢了農事，他深信唯有自食其力，才能不枉此生。可用來形容不依靠他人而存活，凡事自力更生。

【出處】東晉．陶淵明〈移居〉二首之二：「春秋多佳日，登高賦新詩。過門更相呼，有酒斟酌之。農務各自歸，閑暇輒相思。相思則披衣，言笑無厭時。此理將不勝，無為忽去茲。衣食當須紀，力耕不吾欺。」

晨興理荒穢，帶月荷鋤歸。

早晨起來，就到田裡清理雜草，直到月亮出來，才扛著鋤頭回家。

【解析】陶淵明辭官返家後，為了一家的溫飽，他勤力耕種，夙興夜寐，身體雖然辛苦勞累，但他仍然樂在其中，畢竟和先前的宦途相比，他不用再為微薄的俸祿，而強迫自己隱藏真實性情，歸耕的生活讓他感到輕鬆自在，完全與自己的心願相符。可用來形容勤於農務，早起晚歸。

【出處】東晉．陶淵明〈歸園田居〉詩五首之三：「種豆南山下，草盛豆苗稀。晨興理荒穢，帶月荷鋤歸。道狹草木長，夕露沾我衣。衣沾不足惜，但使願無違。」

二月賣新絲，五月糶[1]新穀。

二月賣了還沒生產出的蠶絲，五月賣了還沒長成的稻穀。

【注釋】1.糶：ㄊㄧㄠˋ，出售穀物。

【解析】聶夷中描寫農夫迫於生計，不得不把尚未產出的農產品預先抵押出去，表面上看似解決了當下的急難，實際上就像是挖肉補瘡一樣，不但於事無補，甚至經濟狀況每況愈下。可用來形容農家受到不公平的剝削，過著寅吃卯糧的生活，處境窮困悽慘。

【出處】唐．聶夷中〈詠田家〉詩：「二月賣新絲，五月糶新穀。醫得眼前瘡，剜卻心頭肉。我願君王心，化作光明燭。不照綺羅筵，只照逃亡屋。」

只緣五斗米，
辜負一魚竿。

只為了五斗米的微少俸祿，便違背了自己對持著魚竿、悠閑釣魚生活的鍾愛。

【解析】岑參詩中抒發其為了現實所迫而出來做官的無奈，不得不割捨了原本閑適自在的隱居生活。可用來表達為了生計而出仕，內心仍對原本隱逸生活的依戀與不捨。

【出處】唐．岑參〈初授官題高冠草堂〉詩：「三十始一命，宦情多欲闌。自憐無舊業，不敢恥微官。澗水吞樵路，山花醉藥欄。只緣五斗米，辜負一魚竿。」

本賣文為活，
翻令室倒懸[1]。

本來以寫文章賣錢來維持生計，反而使家裡的生活更加窮困。

【注釋】1.倒懸：頭向下、腳向上的懸掛著。比喻處境極為困難。

【解析】此詩詩題〈聞斛斯六官未歸〉。官，為對人的尊稱。杜甫詩中描述一個和自己同樣貧寒的文人斛斯融，原本是靠著寫文章的酬勞來過生活，結果卻連給家人基本的溫飽都做不到，只好出遠門去追討以前幫人寫碑文的潤筆錢。可用來形容依賴寫文稿所賺取的收入，根本不足以維持家計。

【出處】唐．杜甫〈聞斛斯六官未歸〉詩：「故人南郡去，去索作碑錢。本賣文為活，翻令室倒懸。荊扉深蔓草，土銼冷疏煙。老罷休無賴，歸來省醉眠。」

田家少閑月，
五月人倍忙。

農事很少有清閑的時光，到了五月比平日更加繁忙。

【解析】白居易詩中藉由描寫觀看農民割麥的情景，點出了農民終年辛勤不休，到了農忙季節尤其繁碌的事實，以表達他對農民的深切關心與同情。可用來形容務農生活的辛苦。

【出處】唐．白居易〈觀刈麥〉詩：「田家少閑月，五月人倍忙。夜來南風起，小麥覆隴黃。婦姑荷簞食，童稚攜壺漿。相隨餉田去，丁壯在南岡。足蒸暑土氣，背灼炎天光。力盡不知熱，但惜夏日長……」（節錄）

春種一粒粟，秋收萬顆子。

春天播下一粒穀種，秋天收成萬顆稻穀。

【解析】李紳先是描寫農民春耕後秋收，呈現辛勤工作後豐收的太平氣象，最後才一語道破在豐年竟出現了許多受餓而死的農人，前後對比強烈，反映農夫遭到有權位者極度不合理的剝削，語意中流露出對農民處境的無限憐憫。可用來形容農民終年辛苦，收成全被刮削，連養活自己的能力都沒有。

【出處】唐．李紳〈憫農〉詩二首之一：「春種一粒粟，秋收萬顆子。四海無閑田，農夫猶餓死。」

苦恨年年壓金線，為他人作嫁衣裳。

深恨年復一年手拈金線刺繡的生活，全是在替別人縫製出嫁時所穿的嫁衣。

【解析】秦韜玉表面是在描寫一個貧女對長期辛勞工作的怨恨，實際上是借貧女的處境以自喻，抒發其因出身寒門而在仕途上不受重視的苦悶心結。可用來形容為他人賣命工作，最終只成就了別人。

【出處】唐．秦韜玉〈貧女〉詩：「……敢將十指誇針巧，不把雙眉鬥畫長。苦恨年年壓金線，為他人作嫁衣裳。」（節錄）

海人無家海裡住，採珠役象為歲賦。

靠海維生的人沒有家，天天在海裡生活，他們潛入海底採擷珍珠，驅使大象運出珍珠來繳納一年的徵稅。

【解析】王建於詩中描寫採珠人冒著生命危險在海底工作，其後再利用大象作為交通工具將珍珠運出來，

年復一年的辛苦所得竟全成了國家的賦稅，足見當時統治者對底層百姓的剝削與壓迫。可用來說明當時漁人或行船人終年在海上討生活，收入又遭上位者橫徵暴斂的悲慘處境。

【出處】唐．王建〈海人謠〉詩：「海人無家海裡住，採珠役象為歲賦。惡波橫天山塞路，未央宮中常滿庫。」

採得百花成蜜後，為誰辛苦為誰甜？

蜜蜂採花成蜜之後，卻是被人們享用。這到底是為誰辛苦、為誰釀成蜜的甜呢？

【解析】羅隱借歌詠蜜蜂採蜜的辛勞，暗喻世上很多人勞累奔波一生，卻始終得不到任何的回報。可用來比喻認真工作，最後辛苦所得卻遭他人剝削或占有的不平現象。另可用來讚美蜜蜂辛勤釀蜜，成果終為人們享用的無私奉獻。

【出處】唐．羅隱〈蜂〉詩：「不論平地與山尖，無限風光盡被占。採得百花成蜜後，為誰辛苦為誰甜？」

虛懷事僚友，平步取公卿。

持以謙虛心懷來做事的同僚友人，已經平穩順利地升到公卿的高位。

【解析】白居易貶謫江州期間，得知過去一同共事的友人，由於行事謙遜、言語謹慎，所以宦途一帆風順，反觀自己卻因直言不諱而遭遷謫外地，兩相對比，不禁感慨無限。可用來比喻為人虛心謙和，較能平順獲取升職的機會。

【出處】唐．白居易〈潯陽歲晚寄元八郎中、庾三十二員外〉詩：「……封事頻聞奏，除書數見名。虛懷事僚友，平步取公卿。漏盡雞人報，朝回幼女迎。可憐白司馬，老大在湓城。」（節錄）

誰知盤中飧，粒粒皆辛苦。

有誰知道盤碗中的粒粒米飯，都是農夫的辛勞汗水所換來的。

【解析】李紳於詩中描寫烈日當空的正午，農民仍在稻田裡辛勤耕耘的景象，不禁讓他感嘆那些飽食終日又不事生產的人，怎能體會每天吃進嘴裡的食物是他人付出汗水勞力所取得的。可用來表達糧食得來不易，全是農夫勤勞耕作而來，當飲水思源，避免浪費。

【出處】唐．李紳〈憫農〉詩二首之二：「鋤禾當日午，汗滴禾下土。誰知盤中飧，粒粒皆辛苦。」

擊劍夜深歸甚處？披星帶月折麒麟[1]。

在深夜揮劍擊刺，不知哪裡是歸處？為了降伏神獸，即使身披星星，頭頂月亮，早出晚歸，也還在奔走不歇。

【注釋】1.麒麟：一種傳說中的罕見神獸。

【解析】此詩的作者呂巖（字洞賓，號純陽子），道教全真道派奉其為祖師，世稱呂祖。相傳其手持劍器，可斬斷嗔愛煩惱、度化眾生，後來修道成仙。詩中他提出所謂命運的造化實是人本身的修為足以扭轉，相較於世上多是汲汲名利的人，更顯得自己選擇這條濟弱扶傾、慈悲度世的路分外孤獨，但即便如此，他還是會不辭勞苦地堅持下去。可用來形容工作勤奮勞苦、早出晚歸或連夜趕路。

【出處】唐．呂巖〈七言〉詩其四十四：「向身方始出埃塵，造化功夫只在人。早使亢龍拋地網，豈知白虎出天真。綿綿有路誰留我，默默忘言自合神。擊劍夜深歸甚處？披星帶月折麒麟。」

十指不沾泥，鱗鱗居大廈。

有些人十根手指頭都不必沾到泥巴，就可以住在瓦片如魚鱗般密集的高樓大廈裡。

【解析】這首詩的詩題為〈陶者〉，指的是燒製磚瓦的工人。梅堯臣詩中描寫陶工挖盡家門前的土來製作磚瓦，但自家屋頂上卻是連一片瓦也看不到，可見住的房屋極為簡陋。反觀那些雙手從不勞動的富貴人

家，竟都住在有瓦密如魚鱗層層排列的豪華樓房裡，意在揭露當時社會勞動者和使用者貧富不均的現象。可用來說明從事生產的人辛勤工作，獲得的報酬相當微薄，但權貴之家卻可以不勞而獲。

【出處】北宋．梅堯臣〈陶者〉詩：「陶盡門前土，屋上無片瓦。十指不沾泥，鱗鱗居大廈。」

千首富，不救一生貧。

即使寫了上千首富有精神內涵的詩篇，也無法補救現實人生的貧困不足。

【解析】作者戴復古對於自己一生致力寫詩，因而被稱為「詩人」的名號感到相當自豪，但不管他寫了多少首的好詩，事實上都是不值一文的，也改變不了他窮愁潦倒的命運，詞中借作詩的「富」對比生活的「貧」，更突顯出當時的世道對詩文作家的輕蔑貶抑。可用來形容文筆富麗，卻無法靠文藝創作來養家活口。

【出處】南宋．戴復古〈望江南．石屏老〉詞：「石屏老，家住海東雲。本是尋常田舍子，如何呼喚作詩人？無益費精神。千首富，不救一生貧。賈島形模元自瘦，杜陵言語不妨村。誰解學西崑？」

手把青秧插滿田，低頭便見水中天。

農夫手裡拿著秧苗插滿了稻田，低頭便看見映在水中的天空。

【解析】布袋和尚描寫農人在彎腰低頭插秧的當下，因而看見了倒映在田中的淨明天空，藉此表達做人做事必須埋首苦幹，認真切實，若是好高騖遠，不切實際，肯定是不會有所成的。詩中「水中天」也可引申為人的心地，意謂著人唯有在低頭時，才可觀照到自己的本來面目，洞明自己心性的本源。換言之，只會仰看高處的人，永遠體悟不到自己本心的所在。可用來形容農夫務實耕作，腳踏實地。另可用來說明謙和修持，才能明心見性，認識真實的自己。

【出處】五代．布袋和尚〈插秧〉詩：「手把青秧插滿田，低頭便見水中天。心地清淨方為道，退步原來是向前。」

半衲[1]遮背是生涯，以力受金飽兒女。

一輩子靠著就是只夠遮住背部的破衣服，付出體力賺錢養育兒女。

【注釋】1.衲：此指縫補過的破衣服。

【解析】張耒詩中描寫從事苦力的勞工，在炎夏烈陽的曝晒下，彎腰背負重物，身上衣不蔽體，揮汗如雨，勞累不堪，只為了換取微薄的報酬來勉強維持家庭的生計，表達其對底層勞工的命運充滿悲憫同情。可用來形容工人出賣苦力，掙錢養家。

【出處】北宋．張耒〈勞歌〉詩：「暑天三月元無雨，雲頭不合唯飛土。深堂無人午睡餘，欲動身先汗如雨。忽憐長街負重民，筋骸長彀十石弩。半衲遮背是生涯，以力受金飽兒女。人家牛馬繫高木，惟恐牛軀犯炎酷。天工作民良久艱，誰知不如牛馬福？」

玉皇若問人間事，亂世文章不值錢。

玉皇大帝若問起人間的事情，請告訴祂如今正逢亂世，縱使能寫出一手好文章也是不值錢的。

【解析】這首詩的詩題為〈祭灶詩〉，古來民間於每年臘月二十三或二十四日有祭灶的習俗。灶，即灶君，又稱灶神，乃神話傳說中主管飲食的神祇。生活正處於窘困境地的呂蒙正，藉由祭祀灶君的日子，抒發自己不幸生逢亂世，滿腹才情無處伸展的委屈，希望灶君喝了他祭拜的清湯又讀了他的詩後，回到天庭，可以替他在玉皇大帝的面前吐一吐苦水，好讓玉皇大帝知道在世間煮字實在難以療飢。可用來說明文人僅靠寫文章是無法維持生計的。

【出處】北宋．呂蒙正〈祭灶詩〉詩：「一碗清湯詩一篇，灶君今日上青天。玉皇若問人間事，亂世文章不值錢。」

君看一葉舟，出沒風波裡。

請你看看那些小船，船上的捕魚人正在風浪裡飄搖裡起起伏伏。

【解析】鱸魚肉味鮮美，是許多人心目中的一道美食，但在范仲淹的眼裡，看到的卻是正因人們喜愛鱸魚的美味，漁人們才會駕著小船，冒著澎湃浪濤來進行捕撈，滿足了人們的口腹，同時換得一家生計的溫飽，反映出作者對漁民辛勤工作的體恤與同情。可用來說明漁民的勞作艱辛和危險。

【出處】北宋．范仲淹〈江上漁者〉詩：「江上往來人，但愛鱸魚美。君看一葉舟，出沒風波裡。」

我生無田食破硯，爾來硯枯磨不出。

我一生沒有田產，只靠著破舊的硯臺賴以維生，但近來連硯臺都已乾到磨不出墨來了。

【解析】蘇軾詩中述說自己一生沒有購置田產，只憑著寫作謀食營生，但仕途一路不順，讓他的處境日益艱辛。可用來形容讀書人生活窘困，只靠筆耕墨耘無法維持生活。

【出處】北宋．蘇軾〈次韻孔毅父久旱已而甚雨〉詩三首之一：「飢人忽夢飯甑（ㄗㄥˋ）溢，夢中一飽百憂失。只知夢飽本來空，未悟真飢定何物。我生無田食破硯，爾來硯枯磨不出……」（節錄）

空收一束萁，無物充煎釜。

辛苦耕作一場，收到的卻只有一把豆莖，根本沒有食物可以放進鍋子裡煮。

【解析】梅堯臣描寫農人種豆，等到快要收成時，農田竟遭風雨襲擊，把豆子打得七零八落，導致歉收而無糧可食，詩中表達其對田家艱難處境的憂慮與憐憫。可用來說明農人辛勞工作，卻敵不過無情的天災，最終一無所獲。

【出處】北宋．梅堯臣〈田家〉詩：「南山嘗種豆，碎莢落風雨。空收一束萁，無物充煎釜。」

空腹有詩衣有結，濕薪如桂米如珠。

肚子裡沒有食物只有詩，衣服上滿是補丁，如今潮濕的柴木貴到有如桂花樹，米價也和珍珠一樣高不可攀。

【解析】蘇軾描寫其在黃州生活貧寒窘困的景況，由於當時的日常用品價格昂貴，經常是食不果腹，衣衫破爛，故在詞中嘲弄自己一肚子只剩下詩文學問，除此之外一無所有。可用來說明物價增漲時，文人空有生花妙筆，也無法維持家計。

【出處】北宋．蘇軾〈浣溪沙．半夜銀山上積蘇〉詞：「半夜銀山上積蘇，朝來九陌帶隨車。濤江煙渚一時無。空腹有詩衣有結，濕薪如桂米如珠。凍吟誰伴撚髭鬚？」

欲收禾黍善，先去蒿萊[1]惡。

想要穀物收成好，就要用鋤頭把危害穀物生長的雜草鋤去。

【注釋】1.蒿萊：泛指雜草。

【解析】王安石作了一系列和農具有關的組詩，希望藉此提高農作物的生產效能，其中這一首詩是針對農人用來翻土、鋤草的鋤頭，強調農田裡的雜草若不剷除，日後收成便不可能豐足。可用來說明從事農耕或其他行業，想要獲得好的結果，一定要先去除不利的因素。

【出處】北宋．王安石〈和聖俞農具詩〉詩十五首之十一：「於易見耒耜，於詩聞錢鎛。百工聖人為，此最功不薄。欲收禾黍善，先去蒿萊惡。願同敔器悟，更使臣工作。」

清詩咀嚼那得飽？瘦竹瀟灑令人飢。

成日玩味那些清新的詩篇，如何得到溫飽呢？沉浸在那些脫俗的竹畫裡，使人感到飢餓。

【解析】蘇軾寫其門下弟子晁補之不善於謀生之道，卻又喜詩愛竹，經常讓自己處於忍飢挨餓的窘狀，故詩中用戲謔的口吻，說晁補之與其要當那非竹不食的高貴鳳凰，還不如去當得以飽食蔬菜的駑馬就好。表面上蘇軾好像是在調侃晁補之不務實際，但從「清詩」和「瘦竹」都含有清風勁節的寓意來看，蘇軾其實對晁補之寧可物質生活匱乏，也不容許自己的精神生活裡無詩無竹，這種堅持理想而甘於清貧的勇氣是深感佩服的。可用來說明從事和熱愛文藝工作，容易食不餬口。

【出處】北宋．蘇軾〈戲用晁補之韻〉詩：「昔我嘗陪醉翁醉，今君但吟詩老詩。清詩咀嚼那得飽？瘦竹瀟灑令人飢。試問鳳凰飢食竹？何如駑馬肥苜蓿？知君忍飢空誦詩，口頰瀾翻如布穀。」

遍身羅綺者，不是養蠶人。

那些全身穿著綾羅綢緞的人們，都不是養蠶的人。

【解析】作者張俞借寫一名養蠶婦人進到城裡賣絲的遭遇，道出了當時社會認真工作的人，卻沒有能力享受自己勤奮的成果，反倒是那些從不養蠶的富人可以坐享其成。一身華麗的絲綢衣裳，正是養蠶人家費心製成的，兩相對比之下，前後境遇懸殊。可用來說明勞動者生活窮苦，不勞而獲者錦衣紈褲。

【出處】北宋．張俞〈蠶婦〉詩：「昨日入城市，歸來淚滿巾。遍身羅綺者，不是養蠶人。」

管城子[1]無肉食相，孔方兄[2]有絕交書。

僅靠著筆墨工作為生，難以有富貴人家有肉可食的面相，連金錢也給我發出了絕交的書信。

【注釋】1.管城子：毛筆的代稱，後多指寫作的人。
2.孔方兄：金錢的代稱，因古代錢幣中有方形的孔，故稱之。

【解析】這是黃庭堅寫給同鄉友人孔平仲（字毅父）的一首自嘲詩，提到自己以筆耕維持生計，不僅無法加官進祿，甚至與財富絕緣，自然是糧不繼日，這道出了作者當時的生活極為困蹇，周遭友朋也與其疏離。可用來說明文人想要靠著寫文章餬口已十分困難，更遑論升官發財。

【出處】北宋．黃庭堅〈戲呈孔毅父〉詩：「管城子無肉食相，孔方兄有絕交書。文章功用不經世，何異絲窠綴露珠？校書著作頻詔除，猶能上車問何如？忽憶僧床同野飯，夢隨秋雁到東湖。」

鮒魚出網蔽洲渚，荻筍肥甘勝牛乳。

鮒魚從漁網中倒出的時候，數量多到蓋過水中的沙洲，初生的荻芽味道甘甜，比牛奶還要美味。

【解析】王安石藉由描寫北宋神宗元豐年間，江岸一帶，漁夫捕撈的漁獲量豐富，農人耕種的菜蔬滋味甜美，民間充滿一片喜慶豐收的氣氛，歌詠當時的政局安定，國家富強，人民才能擁有太平富庶的生活。可用來形容農漁業收穫豐饒，量大且品質美好。

【出處】北宋．王安石〈後元豐行〉詩：「……鮒魚出網蔽洲渚，荻筍肥甘勝牛乳。百錢可得酒鬥許，雖非社日長聞鼓，吳兒蹋歌女起舞，但道快樂無所苦……」（節錄）

肯嫌斗粟囊錢少？也濟先生一日窮。

怎麼會嫌棄一斗小米或一袋錢幣是很少的呢？也足夠救助我這個文人一天的窮困啊！

【解析】明代書畫家唐寅（字伯虎），其風流倜儻的故事在民間廣為流傳，然現實生活中的他卻是過得窘迫狼狽，家中經常斷炊，平時以賣字畫維繫生計的他，儘管名氣不小，但真正上門求畫的人並不多，故寫詩給好友訴苦，希望人們快來買他的字畫，因為收取到的那筆錢，正好是他全家老小一天的開銷，足以讓他們暫時不用再忍飢挨餓。可用來說明文藝作家光靠銷售字畫或藝術創作品的收入，無以為生。

【出處】明．唐寅〈風雨浹旬，廚煙不繼，滌硯吮筆，蕭條若僧，因題絕句八首，奉寄孫思和〉詩八首之二：「書畫詩文總不工，偶然生計寓其中。肯嫌斗粟囊錢少？也濟先生一日窮。」

畫家不識漁家苦，好作寒江釣雪圖。

畫家不懂得捕魚人家的辛苦，偏好以漁人在下著雪的寒冷江面上釣魚為題材來作畫。

【解析】此詩作者是明末將軍孫承宗，他一改前人常在書畫作品中賦予了漁夫寒天垂釣的閑逸形象，而是體察到漁夫忍受著天寒地凍，冒著江波浪險，實是為了養家活口，即使握著竹篙的手早已凍僵，口中頻頻呵出熱氣，想要幫手取暖，卻依然無法舒緩侵肌透骨的寒意，抒發其對漁家的體恤與憐憫，也藉此諷刺那些文人畫家根本不解他人生活的真實苦況。可用來說明靠打魚為生的人，迫於生計才會在嚴寒氣候下出來工作，卻被外人想像成是怡然自娛，無憂無慮。

【出處】明．孫承宗〈漁家〉詩：「呵凍提篙手未蘇，滿船涼月雪模糊。畫家不識漁家苦，好作寒江釣雪圖。」

日常生活

【飲食】

膾鯉臇[1]胎鰕[2]，炮鱉炙熊蹯。

把鯉魚的肉切得很細，用斑魚製成少汁的羹，還有燒烤甲魚和熊掌。

【注釋】1.臇：音ㄐㄩㄢˇ，本指汁液不多的肉羹。此作動詞，即做成較乾的羹。2.胎鰕：一說指有子的斑魚。另一說指有子的蝦。

【解析】此為曹植早期的一首作品，描寫京都的貴族子弟才剛剛結束城外騎馬打獵的行程，一回到城內，已有一場華麗的盛宴在等著他們，排成長列的席位，頃刻便座無虛席，眾人一邊暢飲名貴的美酒，一邊品嘗高檔的山珍海味，像是鯉魚、斑魚、甲魚和熊掌等，突顯出這些富貴公子的平常生活，就是日復一日，盡情縱放享樂。可用來形容製作費工的珍饈佳餚。

【出處】三國魏．曹植〈名都篇〉詩：「……歸來宴平樂，美酒斗十千。膾鯉臇胎鰕，炮鱉炙熊蹯。鳴儔嘯匹侶，列坐竟長筵……」（節錄）

淹留膳茶粥，共我飯蕨薇。

主人留我吃茶粥，和我一起分食野蕨與野薇。

【解析】儲光羲描寫其於炎炎夏日來到朋友家中作客，直到太陽快要下山時，朋友請他留下來用餐，招待他的食物就是以茶汁或茶粉煮成的稀飯，以及摘取山野的蕨、薇嫩葉來配粥。蕨與薇是以前貧窮人家常吃的山蔬，可見這位主人雖不富有卻相當好客，希望作者飽餐一頓後再回去。可用來說明古來有用茶熬粥煮飯的飲食習俗。

【出處】唐．儲光羲〈喫茗粥作〉詩：「當晝暑氣盛，鳥雀靜不飛。念君高梧陰，復解山中衣。數片遠雲度，曾不蔽炎暉。淹留膳茶粥，共我飯蕨薇。敞廬既不遠，日暮徐徐歸。」

紫駝之峰出翠釜，水精之盤行素鱗。

紫駱駝背上的峰肉是用色澤鮮豔的鍋具來盛裝的，新鮮肥美的白魚擺置在精緻的水晶盤上。

【解析】杜甫詩中描寫楊貴妃的家族宴請當朝顯要，場面闊綽，餐桌上全都是平民百姓吃不起的名貴食材，連放置食物的餐具也都非常講究，旨在突顯楊氏家族的餚饌珍美，排場豪奢。可用來形容盛宴招待客人。也可用來形容飲食奢華侈靡。

【出處】唐．杜甫〈麗人行〉詩：「……紫駝之峰出翠釜，水精之盤行素鱗。犀箸厭飫久未下，鸞刀縷切空紛綸。黃門飛鞚（ㄎㄨㄥ）不動塵，御廚絡繹送八珍。簫鼓哀吟感鬼神，賓從雜遝實要津……」（節錄）

盤飧市遠無兼味，樽酒家貧只舊醅。

離市場太遠，所以盤子裡沒有幾樣菜餚，由於家裡貧窮，杯中只有過去家裡釀的濁酒。

【解析】此詩乃杜甫向遠來稀客表明自己雖有滿懷的款待熱情，卻因離市集太遠而來不及準備豐盛的菜餚，同時也因家貧而買不起高貴的酒來招待對方。可用來說明平日飲食的酒菜簡單粗糙。

【出處】唐．杜甫〈客至〉詩：「……盤飧市遠無兼味，樽酒家貧只舊醅。肯與鄰翁相對飲，隔籬呼取盡

餘杯。」（節錄）

人間有味是清歡。

人世間最有味道的，就是吃起來可以讓人感受到清新喜悅的食物。

【解析】蘇軾詞中寫其與友人遊覽泗州（位在今安徽境內）南山，一同品嘗了當地的清茶野蔬，發覺看起來尋常的時鮮，滋味竟是如此美好，從中體會到鄉野人家清淡簡單的飲食，才稱得上是人間美味。可用來說明吃食物自然樸實的本味，心情歡快滿足。

【出處】北宋．蘇軾〈浣溪沙．細雨斜風作曉寒〉詞：「細雨斜風作曉寒，淡煙疏柳媚晴灘。入淮清洛漸漫漫。雪沫乳花浮午盞，蓼茸蒿筍試春盤。人間有味是清歡。」

日啖荔枝三百顆，不辭長作嶺南[1]人。

只要能夠每天吃上荔枝三百顆，我不會拒絕長久留下來當個嶺南人。

【注釋】1.嶺南：泛指五嶺以南的地區，此指今之廣東。

【解析】年邁的蘇軾被朝廷貶到嶺南一帶的惠州（位在今廣東境內），正巧嶺南地區盛產多汁甘美的荔枝，蘇軾來此之後，仍不忘在逆境中找尋生活的樂趣，竟道出若要他一輩子當個嶺南人也無妨，只要每天有鮮美荔枝可以大啖一番便足矣，詩中也反映了他隨遇而安的樂觀天性。可用來形容荔枝的滋味美好，令人饞涎不已。

【出處】北宋．蘇軾〈食荔枝〉詩二首之二：「羅浮山下四時春，盧橘楊梅次第新。日啖荔枝三百顆，不辭長作嶺南人。」

并刀[1]如水，吳鹽[2]勝雪，纖指破新橙。

并州的刀子光亮如水，吳地的海鹽潔白勝過雪，纖細的手指剖開新熟的橙子。

【注釋】1.并刀：指并州的剪刀，以鋒刃銳利聞名。并州位在今山西境內。2.吳鹽：指吳地的鹽巴，以精細潔白著稱。吳地位在今江蘇境內。

【解析】相傳這闋詞是周邦彥在名妓李師師處時，宋徽宗突然臨時到訪，周邦彥連忙躲進床下，目睹了李師師切橙與宋徽宗一同品嘗的情景而寫成的。詞中描述一名女子以其纖纖玉指，拿起了鋒利無比的并州刀，劃開了新橙，飽滿的橙汁隨刀流溢而出，接著蘸上最高級的吳鹽，使橙的口感更添香甜美味。可用來說明柑橙類或其他帶有甜味的水果蘸鹽食用，別有風味。

【出處】北宋．周邦彥〈少年遊．并刀如水〉詞：「并刀如水，吳鹽勝雪，纖指破新橙。錦幄初溫，獸香不斷，相對坐調笙。低聲問，向誰行宿？城上已三更。馬滑霜濃，不如休去，直是少人行。」

空庖煮寒菜，破灶燒濕葦。

廚房裡空蕩蕩的，找不到什麼可煮的食物，只好煮些蔬菜，破舊的爐灶下，燒著是潮濕的蘆葦。

【解析】蘇軾寫其謫居黃州時，面對冷冷清清的廚房，勉強要煮些蔬菜來果腹，破灶下燒的還是潮濕的細蘆葦，等灶上的菜煮熟，不知得耗費多久的時間，道出了自己當時常處於飢餓的窘況。可用來形容食物匱乏，生活清苦。

【出處】北宋．蘇軾〈寒食雨〉詩二首之二：「春江欲入戶，雨勢來不已。小屋如漁舟，濛濛水雲裡。空庖煮寒菜，破灶燒濕葦。那知是寒食，但見烏銜紙。君門深九重，墳墓在萬里。也擬哭途窮，死灰吹不起。」

待他自熟莫催他，火候足時他自美。

要等豬肉在鍋子裡自然而然煮熟，不要心急催促，等到火候足夠了，自然滋味鮮美。

【解析】相傳「東坡肉」這道著名菜餚就是蘇軾在黃州時所創，烹調方法是用慢火把豬肉燜煮到爛熟。由於黃州豬肉的價錢低賤到和泥土一樣，富貴人家不願意吃，貧困人家又不會煮，蘇軾便想到用文火慢慢煨燉，過程中切莫急躁，等時間到了，自然生成一鍋滋

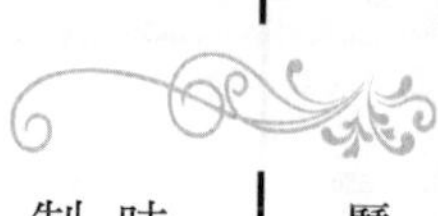

味醇厚的美食。可用來說明烹煮東坡肉的訣竅就是控制火候不可過旺，心態從容不迫。

【出處】北宋．蘇軾〈豬肉頌〉詩：「淨洗鐺（ㄔㄥ），少著水，柴頭灶煙焰不起。待他自熟莫催他，火候足時他自美。黃州好豬肉，價錢如泥土。貴者不肯吃，貧者不解煮。早晨起來打兩碗，飽得自家君莫管。」

荒林春足雨，新筍迸龍雛[1]。

荒涼的山林裡春雨充裕，新發芽的竹筍生長茂盛。

【注釋】1.龍雛：此指剛發芽的筍子。古來有以「龍孫」稱筍。

【解析】此詩的詩題為〈食筍〉。張耒描寫春天的雨後，山林裡的竹筍迅速從泥土中冒出頭來，展現其旺盛的生命力，由於數量實在多到驚人，鄰居經常上門餽贈，詩人也樂得享受這等美味爽口的山珍佳餚。可用來形容春雨過後，春筍怒發，味道嫩脆鮮美。另可用來比喻事物在某一時期大量湧現，發展快速。

【出處】北宋．張耒〈食筍〉詩：「荒林春足雨，新筍迸龍雛。鄰叟勤致饋，老人欣付廚。朝餐甘飽美，放箸為嗟吁。惜取葛陂杖，猶堪代我駒。」

早晨起來七件事，柴米油鹽醬醋茶。

每天早上起床要考慮的七件事情，就是柴、米、油、鹽、醬、醋和茶。

【解析】這兩句詩自宋代開始流傳至今，又被稱作「開門七件事」，意即每戶人家都離不開這七樣維持日常生活的必需品，也意味著主持家務的人每天一覺睡來，便得為了籌劃全家一整日的餐飲而忙碌辛勞。其中「米、油、鹽、醬、醋」五樣，可算是傳統飲食中不可或缺的糧食和調味品，而「柴」能生火煮熟食物，在農業社會階段，被視為民生重要物資亦是合情合理；唯有「茶」在古時價格高昂，並非一般百姓能負擔得起的，大多是不愁吃穿的名人雅士才擁有品茗的權利。可用來說明民以食為天，人必須為了自身口腹或一家飲食而辛苦操勞。

【出處】元・武漢臣《玉壺春・第一折》之詩：「早晨起來七件事，柴米油鹽醬醋茶。」

螯[1]封嫩玉雙雙滿，殼凸紅脂[2]塊塊香。

螃蟹的一雙大螯裡藏有飽滿的白色嫩肉，螃蟹鼓脹的殼內堆有一塊塊香噴噴的蟹黃。

【注釋】1.螯：螃蟹等節足動物變形的第一對腳，形狀像鉗子。2.紅脂：此指母蟹蒸熟後，腹內呈橙紅色的脂狀物，俗稱蟹黃。

【解析】這是《紅樓夢》中小說人物林黛玉在大觀園內與眾人吃蟹、賞桂後所作的〈螃蟹詠〉，詩中大讚蟹螯裡的肉質嫩白如玉，蟹腹內的脂膏厚膩，香味濃郁誘人，正是螃蟹最美味的部位。可用來形容蟹肉肥美，蟹黃香濃。

【出處】清・曹雪芹《紅樓夢・第三十八回》之〈螃蟹詠〉詩：「鐵甲長戈死未忘，堆盤色相喜先嘗。螯封嫩玉雙雙滿，殼凸紅脂塊塊香。多肉更憐卿八足，助情誰勸我千觴。對斯佳品酬佳節，桂拂清風菊帶霜。」

■茶酒■

芳茶冠六清[1]，溢味播九區[2]。

（蜀地生產的）香茗超越所有的飲料，漫溢開來的氣味流播全國。

【注釋】1.六清：又稱六飲，據《周禮》記載，古代天子用的六種飲料，分別為水、漿（有醋味的酒）、醴（甜酒）、涼（薄酒）、醫（粥和酒混合後釀成的飲料）和酏（薄粥）。後泛指飲料。2.九區：即九州，據《尚書・禹貢》記載，古代將全國土地分成九個區域，分別是冀、兗、青、徐、揚、荊、豫、梁、雍。後泛指天下。

【解析】西晉文人張載寫其來到成都，親眼見識了當地山川壯闊、物產豐饒的景象，詩中更大力推崇成都一帶栽種的茶葉，芳香遍布大江南北，堪稱是全天下首屈一指的好茶。可用來形容茶品冠蓋天下，美味四

溢。

【出處】西晉・張載〈登成都白菟樓〉詩：「……披林采秋橘，臨江釣春魚。黑子過龍醢（ㄏㄞˇ），果饌逾蟹蝑。芳茶冠六清，溢味播九區。人生苟安樂，茲土聊可娛。」（節錄）

對酒誠可樂，此酒復芳醇。

面對著酒，確實是一件令人快樂的事，尤其是眼前的酒，又是如此芳香濃郁。

【解析】南朝梁人張率向來不諱言其嗜酒如命，也正因他愛酒成痴，才能在詩中直抒其對酒的芳華香氣和甘醇口感，完全無力抗拒，更希望自己的有生之年，都能和酒相對相惜。可用來形容以飲美酒為樂。

【出處】南朝梁・張率〈對酒〉詩：「對酒誠可樂，此酒復芳醇。如華良可貴，似乳更堪珍。何當留上客，為寄掌中人。金樽清復滿，玉碗亟來親。誰能共遲暮？對酒惜芳辰。君歌尚未罷，卻坐避梁塵。」

人生得意須盡歡，莫使金樽空對月。

人生得意時應當縱情歡樂，千萬別讓金杯空著對著天上的明月。

【解析】李白認為人的一生既然朝暮即逝，生命消亡快速，所以更要把握良辰美景，盡情痛飲，及時行樂。可用在宴飲聚會時，勸人飲酒作樂的話語。

【出處】唐・李白〈將進酒〉詩：「……人生得意須盡歡，莫使金樽空對月。天生我材必有用，千金散盡還復來……」（節錄）

三杯通大道，一斗合自然。

只要三杯酒喝下去，便能通往美好人生的大道，要是飲盡一斗的酒，便可和天地萬物合而為一。

【解析】好酒的李白，把飲酒的趣味和理解人生、自然的道理相提並論，等同替天下所有的嗜酒者找到了喝酒的絕佳藉口。可用來形容以酒領悟人生的真諦，進而達到和自然合一的超然境界。

【出處】唐．李白〈月下獨酌〉詩四首之二：「天若不愛酒，酒星不在天。地若不愛酒，地應無酒泉。天地既愛酒，愛酒不愧天。已聞清比聖，復道濁如賢。賢聖既已飲，何必求神仙？三杯通大道，一斗合自然。但得酒中趣，勿為醒者傳。」

五碗肌骨清，六碗通仙靈。七碗喫不得也，唯覺兩腋習習清風生。

五碗茶喝下後，感覺全身的肌骨清爽無比，六碗茶喝下後，感覺自己與神仙相通。七碗茶簡直是吃不得了，只覺得兩腋好像有清風吹拂著。

【解析】本詩詩題為〈走筆謝孟諫議寄新茶〉。諫議，職官名，即諫議大夫，負責規諫朝政得失。盧仝（ㄊㄨㄥˊ）愛茶成癖，此詩為其感謝好友孟簡寄來珍貴新茶而作，詩中生動地描述飲茶的多種妙處，若是一碗接著一碗品嘗下去，甚至可以達到飄飄欲仙、兩腋生風的境界。可用來形容茶葉甘美醇香，飲後帶給人們美好滿足的感受。

【出處】唐．盧仝〈走筆謝孟諫議寄新茶〉詩：「……一碗喉吻潤，兩碗破孤悶。三碗搜枯腸，唯有文字五千卷。四碗發輕汗，平生不平事，盡向毛孔散。五碗肌骨清，六碗通仙靈。七碗喫不得也，唯覺兩腋習習清風生……」（節錄）

是時連夕雨，酩酊無所知。

這時已連續下了好幾個晚上的雨，我醉得什麼事情都不知道。

【解析】白居易因傾慕東晉詩人陶潛棄官歸返田園的隱逸情志，刻意仿效其詩歌風格，詩中描述美酒一杯飲盡後，便一發不可收拾地狂飲不止，終喝到物我兩忘，誰是誰非都已經分不清了。可用來形容酣醉到不省人事。

【出處】唐．白居易〈效陶潛體詩〉詩十六首之四：「……是時連夕雨，酩酊無所知。人心苦顛倒，反為憂者嗤。」（節錄）

借問酒家何處有？牧童遙指杏花村。

向人詢問哪裡有賣酒的店家，牧童指著遠方那座開滿杏花的村莊。

【解析】杜牧在詩中描寫了清明節仍孤身在異鄉趕路的人，情緒被紛亂春雨煩擾到低落的境地，向人打聽酒家的所在，欲飲酒來排遣內心的淒迷惆悵，而報路的牧童所指的「杏花村」，後來也成了酒店的代稱。可用來形容尋找特定事物時，幸運得到了他人的指點。

【出處】唐．杜牧〈清明〉詩：「清明時節雨紛紛，路上行人欲斷魂。借問酒家何處有？牧童遙指杏花村。」

舉杯邀明月，對影成三人。

舉起酒杯，邀請天上的明月，明月、自己以及影子，彷彿三個人一同共飲。

【解析】李白原本只是一人在月下花間喝酒，他卻能把天上的明月和自己的影子都拉在一起，想像成三人同歡的熱鬧畫面，但月、影本為無情無知之物，如此筆法，反襯出詩人內心的淒清寂靜。清人蘅塘退士《唐詩三百首》評曰：「題本獨酌，詩偏幻出三人，月影伴說，反復推勘，愈形其獨。」可用來形容月下獨自飲酒，形影相弔的情狀。

【出處】唐．李白〈月下獨酌〉詩四首之一：「花間一壺酒，獨酌無相親。舉杯邀明月，對影成三人。月既不解飲，影徒隨我身。暫伴月將影，行樂須及春。我歌月徘徊，我舞影凌亂。醒時同交歡，醉後各分散。永結無情遊，相期邈雲漢。」

勸君今夜須沉醉，尊前莫話明朝事。

今晚勸你務必要喝到大醉，在酒杯之前就不要說明天的事了！

【解析】韋莊詞中描寫酒席上主人勸客痛快暢飲，並請客人不要談論明日的事情，可見將要面臨的必定是令人相當苦惱的事，故欲藉由酒醉來暫且忘卻煩憂。

可用來形容宴席上勸人縱情飲酒，及時行樂。

【出處】唐．韋莊〈菩薩蠻．勸君今夜須沉醉〉詞：「勸君今夜須沉醉，尊前莫話明朝事。珍重主人心，酒深情亦深。須愁春漏短，莫訴金杯滿。遇酒且呵呵，人生能幾何？」

勸君終日酩酊醉，酒不到劉伶墳上土。

勸你還是每天喝到爛醉吧！一滴酒也別灑落到劉伶的墳土上。

【解析】劉伶，西晉竹林七賢之一，以嗜酒聞名。李賀在飲宴上欣賞著歡歌妙舞，品嘗著珍饈異饌的當下，感受到自己的生命即將消亡，遙想起即便是嗜酒如命的劉伶，到了九泉之下也喝不到後人灑在其墳上的一滴酒，故奉勸人們生前盡情縱酒，有樂且樂，才不致死後孤寂於地下時後悔莫及。可用來形容勸人把握有限生命，痛飲作樂。

【出處】唐．李賀〈將進酒〉詩：「琉璃鍾，琥珀濃，小槽酒滴真珠紅。烹龍炮鳳玉脂泣，羅屏繡幕圍香風。吹龍笛，擊鼉（ㄊㄨㄛˊ）鼓，皓齒歌，細腰舞。況是青春日將暮，桃花亂落如紅雨。勸君終日酩酊醉，酒不到劉伶墳上土。」

蘭陵美酒鬱金香，玉碗盛來琥珀光。

蘭陵出產的美酒，聞起來有著鬱金香的芬芳香氣，盛在精美的玉碗裡，泛出琥珀般的晶瑩光澤。

【解析】蘭陵以產鬱金香浸泡的酒而聞名，酒色金黃如琥珀，醇香撲鼻。李白來此作客，主人便盛情地拿出蘭陵美酒招待，讓嗜酒的詩人嘗到濃郁的酒香與深厚的人情。可用來形容美酒的天然香味及其盛於透明碗裡所呈現的透亮光澤。

【出處】唐．李白〈客中作〉詩：「蘭陵美酒鬱金香，玉碗盛來琥珀光。但使主人能醉客，不知何處是他鄉。」

世間絕品人難識，閑對《茶經》憶古人。

建茶堪稱是世上最絕等的茶，只是人們對建茶的了解不深，我閑來無事，對著唐人陸羽寫的《茶經》一書，回憶這位愛茶的前輩。

【解析】林逋詩中指的世間絕品為建茶，因產於建溪流域（位在今福建境內）而得名。詩人寫其先拿出建茶茶餅，用石碾碾出茶粉，再加水烹煮，直到茶粉形成乳狀的泡沫，然後細細品嘗茶的香氣與滋味。可惜的是，歷來有茶聖美譽的唐人陸羽《茶經》中，竟然未對如此人間極品予以品評與讚賞，語氣中帶有一股替建茶打抱不平的意味。可用來形容品味好茶的同時，也遺憾此茶得不到古人和今人的賞識。

【出處】北宋．林逋〈茶〉詩：「石碾輕飛瑟瑟塵，乳香烹出建溪春。世間絕品人難識，閑對《茶經》憶古人。」

活水還須活火烹，自臨釣石取深清。

煮茶最好是用流動的水還有猛烈的火，所以親自去釣磯石邊提回深澈澄清的江水。

【解析】蘇軾詩中解說茶湯要好喝，煮茶的過程也不得馬虎，包括水的來源必須是有源頭且經常流動的活水，火候當控制在有起熾熱烈焰的狀態。可用來說明古人烹煮茶葉十分重視水質和火候。

【出處】北宋．蘇軾〈汲江煎茶〉詩：「活水還須活火烹，自臨釣石取深清。大瓢貯月歸春甕，小杓分江入夜瓶。雪乳已翻煎處腳，松風忽作瀉時聲。枯腸未易禁三碗，坐聽荒城長短更。」

香於九畹[1]芳蘭氣，圓如三秋皓月輪。

普洱茶的香氣，勝過了一整片蘭園的芳香，茶餅的形狀，圓得好似秋天的一輪明月。

【注釋】1.九畹：此指種植很多的蘭花。畹，音ㄨㄢˇ，量詞，古代計算土地面積的單位，一說三十畝地為一畹。另一說十二畝地等同一畹。

【解析】王禹偁詩中描寫普洱茶餅的外形像是秋天又圓又大的月亮，盛讚普洱茶的香氣更勝過蘭花，如此人間極品，除非是至親長輩要喝時才捨得拿出來，否則只想自己好好珍藏，不忍享用。可用來形容茶形如皓月圓明，茶香勝幽雅芳蘭。

【出處】北宋．王禹偁〈龍鳳茶〉詩：「樣標龍鳳號題新，賜得還因作近臣。烹處豈期商嶺外，碾時空想建溪春。香於九畹芳蘭氣，圓如三秋皓月輪。愛惜不嘗惟恐盡，除將供養白頭親。」

消滯思，解塵煩，金甌雪浪翻。

（喝茶）可以消除思想凝滯，化解人世間的煩憂，茶水在金色杯子裡如白浪般地翻滾著。

【解析】愛好品茶的黃庭堅，詞中提到飲茶的具體功效，原本思緒阻滯且精神困倦的人，只要喝上一杯茶後，立刻感到神清氣爽，煩惱全部消散，尤其是當熱水注入茶杯時，看著茶葉在杯內上下翻飛的美妙姿態，更讓人想要把杯中尤物一飲再飲，縱使為此失眠也無怨無悔。可用來形容喝茶帶給人們怡情養性的感受。

【出處】北宋．黃庭堅〈阮郎歸．摘山初制小龍團〉詞：「摘山初制小龍團，色和香味全。碾聲初斷夜將闌。烹時鶴避煙。消滯思，解塵煩，金甌雪浪翻。只愁啜罷水流天，餘清攪夜眠。」

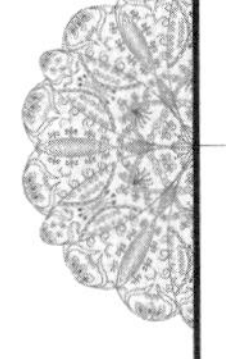

鬥茶味兮輕醍醐[1]，鬥茶香兮薄蘭芷。

評比茶的滋味時，連醇美的醍醐味也無法相比，評比茶的香氣時，連蘭芷這類的香草都顯得香味薄弱。

【注釋】1.醍醐：從牛奶中精煉出來的一種乳酪，性甘美溫潤，氣味清涼。後多用來形容純一無雜的上味。

【解析】北宋時期，文人雅士之間盛行鬥茶的風俗，也就是以比賽的形式來評定茶葉的品質和烹茶技術的優劣，優勝的茶將會作為貢茶獻給天子飲用。范仲淹詩中描寫鬥茶時，茶的甘醇更勝過醍醐味，現場茶香四溢，比香草的氣味還要芬芳。可用來形容品茶時，對茶的甘美與香氣讚譽不已。

【出處】北宋．范仲淹〈和章岷從事鬥茶歌〉詩：

「……北苑將期獻天子，林下雄豪先鬥美。鼎磨雲外首山銅，瓶攜江上中泠水。黃金碾畔綠塵飛，碧玉甌心翠濤起。鬥茶味兮輕醍醐，鬥茶香兮薄蘭芷。其間品第胡能欺？十目視而十手指。勝若登仙不可攀，輸同降將無窮恥……」（節錄）

溪邊奇茗冠天下，武夷仙人從古栽。

生長在溪畔的奇特茶葉堪稱是全天下最優良的，武夷山的仙人從古時候便開始栽種。

【解析】武夷山（位在今福建境內）生產的武夷茶歷史十分悠久，自古以來即享有美譽，到了北宋更是雄霸茶壇，成為進貢天子茶品的首選。范仲淹詩中極力讚揚武夷茶的品質絕佳，風靡全國。可用來說明武夷山的茶品極享盛譽。

【出處】北宋．范仲淹〈和章岷從事鬥茶歌〉詩：「年年春自東南來，建溪先暖冰微開。溪邊奇茗冠天下，武夷仙人從古栽……」（節錄）

戲作小詩君莫笑，從來佳茗似佳人。

隨興地寫下這首小詩，請你不要見笑，一直以來，好茶就宛如天生麗質的美人一樣。

【解析】蘇軾收到友人曹輔寄來在當時堪稱茶界之絕品的壑源（位在今福建境內）新茶。蘇軾觀看了茶色、啜飲了茶湯之後，詩興大發，稱美壑源茶鮮嫩清新，氣味清香甘醇，堪與冰雪高雅的美人相比。可用來稱讚茶葉新鮮柔嫩，香氣宜人，像美女一樣令人喜愛。

【出處】北宋．蘇軾〈次韻曹輔寄壑源試焙新芽〉詩：「仙山靈雨濕行雲，洗遍香肌粉末勻。明月來投玉川子，清風吹破武林春。要知冰雪心腸好，不是膏油首面新。戲作小詩君勿笑，從來佳茗似佳人。」

一日不自澆，肝肺如欲枯。

一天不用酒灌醉自己，身體中的肝和肺就像是要枯涸般。

【解析】生活在金末元初的元好問，面對動盪不安的時局，即使不滿現實，也只能通過終日無節制的縱酒，好讓自己暫時擺脫苦悶，來加深他對生命的依戀，體味醉鄉之極境，以獲得精神的酣適。可用來形容借酒消解憂苦愁悶。

【出處】金·元好問〈後飲酒〉詩五首之一：「少日不能觴，少許便有餘。比得酒中趣，日與杯杓俱。一日不自澆，肝肺如欲枯。當其得意時，萬物寄一壺。作病知奈何，妾婦良區區。但愧生理廢，饑寒到妻孥。吾貧蓋有命，此酒不可無。」

山中何事？松花釀酒，春水煎茶。

住在山裡都在做什麼事呢？摘取松樹的花來釀酒，也會收集春天的水來煮茶。

【解析】元朝曲家張可久寫其體認到歷來盛衰皆如幻夢，早已厭倦風塵的他，選擇隱居山野，住家的茅舍雖然簡陋，但屋內的藏書多達萬卷，閑來啜飲著用山中的松花釀成的酒，細心品味著以春天汛漲的水煎成的茶。對勘破世情的作者而言，生活中有豐富的書香，以及取之不盡的山水花草做成的茶酒伴其終老，人生也就沒有什麼不稱心之處了。可用來形容住在山村僻野，享受著用大自然的資源製成的酒與茶，遣興消閑。

【出處】元·張可久〈人月圓·興亡千古繁華夢〉曲：「興亡千古繁華夢，詩眼倦天涯。孔林喬木，吳宮蔓草，楚廟寒鴉。數間茅舍，藏書萬卷，投老村家。山中何事？松花釀酒，春水煎茶。」

山僧過嶺看茶老，村女當壚煮酒香。

在山裡修行的僧人翻過了山頭，前去探望村落種茶的長者，村子裡的女孩在酒壚前煮酒現賣，周遭滿溢著酒的香氣。

【解析】明代書畫家祝允明寫其於初夏時節，行走於山間鄉路，沿途除了望見田家喜慶豐收的農忙景象，也看到有僧人翻越山嶺，專程來和當地種茶的老人家敘話家常，此時不遠處飄來了酒的清香，原來是村女當壚賣起酒來，在滿山茶樹和撲鼻酒香的圍繞下，讓詩人的心情舒坦快活。可用來形容樂與山村茶農為友，歡飲村民現煮現賣的酒。

【出處】明．祝允明〈首夏山中行吟〉詩：「梅子青，梅子黃，菜肥麥熟養蠶忙。山僧過嶺看茶老，村女當壚煮酒香。」

娛樂

我有嘉賓，鼓瑟吹笙。

我宴請了尊貴的客人，用彈瑟吹笙的方式，隆重迎接他們的到來。

【解析】這是一首描寫貴族宴饗嘉賓的詩歌，主人為了歡迎佳客，不但擺出了盛大的酒席，還請了樂隊來到現場演奏，氣氛熱鬧愉快，場面典雅堂皇，展現出主客之間相聚融洽、親睦。可用來形容盛情款待客人，賓主盡歡。

【出處】先秦．《詩經．小雅．鹿鳴》：「呦呦鹿鳴，食野之苹。我有嘉賓，鼓瑟吹笙。吹笙鼓簧，承筐是將。人之好我，示我周行……」（節錄）

鬥雞東郊道，走馬長楸[1]間。

（京都洛陽的少年們）每天在城東郊外玩兩雞相鬥的遊戲，以及在種滿楸樹的長長林蔭大道上，比賽誰騎馬的速度比較快。

【注釋】1.長楸：古人常在道路兩旁種楸樹，綿延很長，故稱之。楸，一種枝幹高聳的落葉喬木。

【解析】此詩為曹植描寫京城的貴族子弟，手握價值千金的寶劍，身穿色彩豔麗的華服，整日沉溺於鬥雞、走馬、飲宴、射獵、蹋球、擊壤等各種嬉戲玩樂的活動，暗諷其空有一身技能本領，卻無憂國之心，反映出的正是作者少年時期風流放誕、熱中遊騁的生活模式。可用來形容以鬥雞、賽馬作為消遣取樂。

【出處】三國魏．曹植〈名都篇〉詩：「名都多妖女，京洛出少年。寶劍值千金，被服麗且鮮。鬥雞東郊道，走馬長楸間。馳騁未能半，雙兔過我前。攬弓捷鳴鏑，長驅上南山。左挽因右發，一縱兩禽連。餘巧未及展，仰手接飛鳶。觀者咸稱善，眾工歸我妍……」（節錄）

元戎[1]小隊出郊坰[2]，問柳尋花到野亭。

你率領了一小隊的士兵來到野外，在涼亭賞玩春天的景色。

【注釋】 1.元戎：主將、主帥。2.坰：音ㄐㄩㄥ，郊野。

【解析】 本詩詩題〈嚴中丞枉駕見過〉。中丞，職官名，即御史中丞，為御史臺的長官，掌理監察百官的事務。杜甫詩中描述成都府尹兼御史中丞嚴武，於春季百花綻開，柳枝垂綠之時，在隨從人員的陪伴下屈駕前來拜訪自己，而此時也正是出外遊山玩水、飽覽柳綠花紅的最佳時機。可用來形容官員帶隊出巡，同時玩賞繁花似錦、綠柳成蔭的明媚春光。其中「問柳尋花」一詞後來引申為狎妓之意。

【出處】 唐．杜甫〈嚴中丞枉駕見過〉詩：「元戎小隊出郊坰，問柳尋花到野亭。川合東西瞻使節，地分南北任流萍。扁舟不獨如張翰，白帽還應似管寧。寂寞江天雲霧裡，何人道有少微星。」

若待上林花似錦，出門俱是看花人。

若是等到上林苑錦簇花開之際，那時一出門全都是要去賞花的人。

【解析】 楊巨源本是要提醒人們早春才是賞花的最佳時機，此時柳葉初生，細長柔嫩，顏色參差不齊，別有一番清新風情。他認為等到花季到來時，一路上人山人海，縱然長安城內的上林苑繁花錦簇，也會因人潮擁擠而失去了賞花的興致。可用來形容花季時節，人們爭先恐後前往賞花，盛況空前。另可用來比喻作者須感覺敏銳，努力開創新的境界，而不可人云亦云，不斷重複那些缺乏新意的論調。

【出處】 唐．楊巨源〈城東早春〉詩：「詩家清景在新春，綠柳才黃半未勻。若待上林花似錦，出門俱是看花人。」

唯有牡丹真國色，花開時節動京城。

只有牡丹堪稱是全國最美麗的花，在花開的季節驚動了整個京城。

【解析】花的種類無數，但在劉禹錫的眼中，芍藥過於妖嬈，荷花過於素雅，唯有牡丹才符合傾國傾城的豔美姿色，足以在花開時吸引眾人前來欣賞，語氣中含有對牡丹豔冠群芳、氣質高雅的傾慕。可用來形容春天牡丹盛開時，人們爭相觀賞，造成轟動喧騰。另可用來歌詠牡丹雍容華貴，氣質高雅，花品絕倫。

【出處】唐．劉禹錫〈賞牡丹〉詩：「庭前芍藥妖無格，池上芙蕖淨少情。唯有牡丹真國色，花開時節動京城。」

好山好水看不足，馬蹄催趁月明歸。

美好的山水景色還沒有看夠，便在馬蹄聲的催促下，踏著月光歸去了。

【解析】此為岳飛寫其登臨池州翠微亭覽勝後的欣喜感受，而這座亭子的建造人正是曾任池州刺史的唐代詩人杜牧。由於長期的軍旅生活，岳飛將其所有的心力全都投入於抗金活動，平時根本提不起出遊的興致。詩中雖未細述翠微亭的周遭風光如何優美，但從他深感意猶未盡，卻又因夜深而不得不歸來看，一代名將顯然對他這次騎馬出來踏青尋芳的經驗是相當珍惜的。可用來形容陶醉於山水美景之中，樂而忘返。

【出處】北宋末、南宋初．岳飛〈池州翠微亭〉詩：「經年塵土滿征衣，特特尋芳上翠微。好山好水看不足，馬蹄催趁月明歸。」

書冊埋頭無了日，不如拋卻去尋春。

長時間埋首在書堆裡，彷彿永遠沒有完結的時候，不如先把書本拋下，出外去尋訪春天的蹤跡。

【解析】終日沉浸在學術研究的朱熹，經年累月，把全部的心思都放在治學和著述上，少有休閒活動。某年的春日，朱熹突然心血來潮，告訴自己學海浩瀚，根本探究不盡，趁著可人的春光尚未溜走，趕緊出門踏青遊樂，稍微轉換一下心情。可用來說明人在讀書或工作之餘，不妨抽空到野外走走，享受親近自然的樂趣。

【出處】南宋・朱熹〈出山道中口占〉詩：「川原紅綠一時新，暮雨朝晴更可人。書冊埋頭無了日，不如拋卻去尋春。」

堤上遊人逐畫船，拍堤春水四垂天。綠楊樓外出秋千。

堤上遊人追逐水中這艘畫船，水花拍打著堤岸，春水與四方天幕連成一色。看見綠色楊柳下人家的鞦韆盪出牆外。

【解析】歐陽脩描寫其在潁州西湖的船上，看著堤上成群賞春的遊人隨船行走，場面熱鬧，沿途春水連天，遠望河岸人家，從柳樹下的樓外盪出鞦韆的身影，宛如一幅歡樂的春日嬉遊圖呈現讀者的眼前。南宋人吳曾《能改齋漫錄》引北宋蘇門四學士之一晁補之的評語：「只一『出』字，自是後人道不到處。」認為詞中「出」一字，已達後人無法企及之境。可用來形容春日郊野遊客如織，人們出門踏青、泛舟和嬉戲等。

【出處】北宋・歐陽脩〈浣溪沙・堤上遊人逐畫船〉詞：「堤上遊人逐畫船，拍堤春水四垂天。綠楊樓外出秋千。白髮戴花君莫笑，〈六么〉催拍盞頻傳。人生何處似尊前？」

舞低楊柳樓心月，歌盡桃花扇底風。

舞不停地跳著，跳到樓臺上的明月低沉在楊柳梢頭，歌一遍遍地唱著，唱到手上繪有桃花的扇子已無力再搖動搧風了。

【解析】晏幾道回憶過往的一場歌筵，陪客的歌女一邊揮扇起舞、一邊隨曲歌唱，只是這場宴飲的時間實在太長，歌女早已精疲力盡，漸漸地連舉扇的力氣都沒了。這闋詞最令人稱道的是，詞人以月被「舞低」和風被「歌盡」兩語，傳神表達出當時富貴人家通宵達旦飲酒作樂，歌女隨侍在旁酣歌恆舞的情景。可用來形容女子徹夜歌舞。

【出處】北宋．晏幾道〈鷓鴣天．彩袖殷勤捧玉鍾〉詞：「彩袖殷勤捧玉鍾。當年拚卻醉顏紅。舞低楊柳樓心月，歌盡桃花扇底風。從別後，憶相逢，幾回魂夢與君同。今宵賸把銀釭照，猶恐相逢是夢中。」

錯雜賢愚品，偏頗造化權。

在選官圖遊戲中，賢能和平庸的文武百官交錯夾雜，輸贏全都掌控在個人的運氣好壞。

【解析】這首詩的詩題為〈選官圖口號〉，選官圖，為始創於唐代的一種賭博遊戲，又名陞官圖、彩選等，玩法是在紙上列出大小文武百官的名銜，玩家不限人數，依序輪流擲骰子，計點數和比色，配合紙上的官職進退升降，其中也有籌碼投注，至終局而定勝負。作者孔平仲詩中描寫了人們在玩選官圖遊戲時，官吏階級上下交錯，隨著擲骰點數的不同，局中官位也是須臾變化，一下子有人升了官，馬上飛黃騰達，一下子有人降了職，立即貶至蠻荒，誰也無法預料結果，然而所有的名位，全憑個人擲骰運氣的好壞，一切不過是紙上榮辱，終將隨著散局而消逝無蹤，玩家實在不必為了一時的趣味而患得患失。可用來說明選官圖遊戲是古代人們日常的消遣娛樂之一，其形制是在紙上開列大小官位，擲骰比色，以決定升官或降職，從遊戲中除了可以學習科舉官制，也可體會官場的浮沉進退、勝負無常。

【出處】北宋．孔平仲〈選官圖口號〉詩：「環合官圖展，觀呼象子圓。飛騰隨八赤，摧折在雙玄。已貴翻投裔，將蕘卻上天。須臾文換武，俄頃後馳先。錯雜賢愚品，偏頗造化權。望移情欲脫，患失膽俱懸。慍色觀三已，豪心待九遷。寧知即罷局，榮辱兩茫然。」

兒童散學歸來早，忙趁東風放紙鳶。

孩子們放學回家，見天色還早，連忙趁著春風吹起時，結伴一起放風箏。

【解析】此詩詩題〈村居〉，是清代詩人高鼎晚年閑居農村時所寫的一首詩，描述春天日麗風和，鄉間的兒童才一下課，也被明媚的春光給吸引住，一路追逐著輕柔春風，開心地玩起了放風箏的遊戲，詩意充滿活潑又爛漫的童趣。可用來形容一群孩童在春天放飛風箏的嬉鬧景象。

【出處】清・高鼎〈村居〉詩：「草長鶯飛二月天，拂堤楊柳醉春煙。兒童散學歸來早，忙趁東風放紙鳶。」

》三、論藝文教育

論勤學

如切如磋，如琢如磨。

（做學問）就好像是在切割、磨平骨角，又好像是在雕刻、磨光玉石。

【解析】在古代動物的骨骼和玉石，都可經過各式精細加工而製成器物或有價值的美玉，詩中讚美文雅君子，其求知問學的態度，便如同把骨角切了還要再磋，或把玉石琢了還要再磨一樣，使學問道德臻於精美完善。可用來比喻力求文章或學業進步，不斷相互研討、自我砥礪，精益求精。

【出處】先秦・《詩經・衛風・淇奧》：「瞻彼淇奧，綠竹猗猗。有匪君子，如切如磋，如琢如磨。瑟兮僩兮，赫兮咺兮。有匪君子，終不可諼兮……」（節錄）

及時當勉勵，歲月不待人。

人要勸勉自己把握當下，鼓勵自己多加努力，畢竟生命有限，時間是不會等待任何人的。

【解析】陶淵明體認到歲月從不因人而稍作停留，若不趁著年富力強時積極進取，只知玩歲愒日，虛擲光陰，等到老之將至，空有再多的懊悔，仍舊於事無補。可用來說明學習或做任何事情都必須奮發蹈厲，不可蹉跎時光。

【出處】東晉・陶淵明〈雜詩〉詩十二首之一：「……得歡當作樂，斗酒聚比鄰。盛年不重來，一日難再晨。及時當勉勵，歲月不待人。」（節錄）

俯仰終宇宙，不樂復何如？

（瀏覽《穆天子傳》和《山海經》的圖像）讓我的心思頃刻間就遊遍了廣闊的天地，怎麼還能感到不快樂呢？

【解析】東晉詩人陶淵明寫其忙完農耕，利用空暇翻閱《穆天子傳》和《山海經》這兩部神話傳說，心靈因而獲得了極大的滿足。《穆天子傳》是記載西周穆王駕馬西遊四海的神怪小說，《山海經》則是古代地理神話的筆記書，兩書的共同特點，就是內容充塞著許多神怪荒誕的奇聞異事，難怪讓詩人讀來趣味橫生。可用來說明通過閱讀，可以使人神思馳遠，欣然自樂。

【出處】東晉．陶淵明〈讀山海經〉詩十三首之一：「孟夏草木長，繞屋樹扶疏。眾鳥欣有託，吾亦愛吾廬。既耕亦已種，時還讀我書。窮巷隔深轍，頗迴故人車。歡言酌春酒，摘我園中蔬。微雨從東來，好風與之俱。汎覽《周王傳》，流觀《山海圖》。俯仰終宇宙，不樂復何如？」

三更燈火五更[1]雞，正是男兒讀書時。

每天的三更半夜，以及五更雞將啼的時候，正是男子讀書的最佳時間。

【注釋】1.五更：古代以漏刻計時，把晚上到隔日清晨分成五個時段，五更指凌晨三時到清晨五時。

【解析】書法家顏真卿認為勤奮的人，到三更時燈火還亮著在不眠苦讀，熄燈休息不久，至五更雞鳴時又起身開始讀書。可用來比喻晚睡早起，勤學不休的精神。

【出處】唐．顏真卿〈勸學〉詩：「三更燈火五更雞，正是男兒讀書時。黑髮不知勤學早，白首方悔讀書遲。」

少年辛苦終身事，莫向光陰惰寸功。

年輕時辛勤努力，鍛鍊自己，為將來畢生的志業打下深厚的基礎，千萬不可在絲毫的怠惰中虛度那段寶貴時光。

【解析】此為杜荀鶴為姪子的書房所題寫的詩，意在勸勉正值青春年華的姪子，不要畏懼辛勞困難而荒廢了學習，否則等到年紀老大時仍一事無成，內心縱使有再多的悔恨也喚不回光陰了。可用來說明年少勤勞學習且堅持不懈，是獲得人生成就的重要條件。

【出處】唐．杜荀鶴〈題弟姪書堂〉詩：「何事居窮道不窮，亂時還與靜時同。家山雖在干戈地，弟姪常修禮樂風。窗竹影搖書案上，野泉聲入硯池中。少年辛苦終身事，莫向光陰惰寸功。」

好事盡從難處得，少年無向易中輕。

好的事情都是從困難中得到的，年輕人不要只想著從容易做的地方求得輕鬆。

【解析】本詩詩題為〈送譚孝廉赴舉〉。孝廉，漢代稱被推舉出來做官的孝悌清廉人士，到科舉時代成了對舉人的稱呼。李咸用送一位姓譚的年輕人前赴科舉考試，他作此詩勸勉對方，若想要成就任何正面的、良善的事情，都必須經過一番努力奮鬥才會成功，期許這位年輕人不要貪圖安逸，害怕困難便逃避退縮，以為選擇輕鬆容易的方式才是便捷途徑，最後終是會後悔不已的。可用來勸勉人想要完成大事，必先克服艱難阻礙。

【出處】唐．李咸用〈送譚孝廉赴舉〉詩：「鼓鼙聲裡尋詩禮，戈戟林間入鎬京。好事盡從難處得，少年無向易中輕。也知貴賤皆前定，未見疏慵遂有成。吾道近來稀後進，善開金口答公卿。」

飛黃騰踏去，不能顧蟾蜍。

兩個從小一起成長的孩子，一個好學不倦，另一個剛好相反，長大後好學的孩子仕途得意，如同神馬飛馳而去，再也看不到那個庸碌不學有如蟾蜍的兒時玩伴。

【解析】此詩乃韓愈為勉勵其子韓符勤勉好學而作，他舉兒時一同玩耍的兩個孩子為例，小時候人們還看不出來他們之間的差別，之後一個孩子勤學，另一個

不好學，等到長大成人，勤學的孩子事業一帆風順，不好學的則是庸俗平凡，謀生辛苦不易。可用來形容治學勤奮的人仕途稱心如意，成就顯赫非凡。

【出處】唐·韓愈〈符讀書城南〉詩：「……兩家各生子，提孩巧相如。少長聚嬉戲，不殊同隊魚。年至十二三，頭角稍相疏。二十漸乖張，清溝映汙渠。三十骨骼成，乃一龍一豬。飛黃騰踏去，不能顧蟾蜍。一為馬前卒，鞭背生蟲蛆。一為公與相，潭潭府中居。問之何因爾，學與不學歟。金璧雖重寶，費用難貯儲。學問藏之身，身在則有餘……」（節錄）

富貴必從勤苦得，男兒須讀五車書。

錢財和地位必須從勤勞和辛苦中獲取，有志男兒應當博覽群書多用功。

【解析】本詩詩題為〈題柏學士茅屋〉。學士，職官名，唐時負責起草詔書、撰集著錄文章等事務。先前在朝廷任官的柏學士因避亂事而來到鄉野的茅屋居住，但仍然力學不倦。詩中「五車書」一詞，語本《莊子·天下》之「惠施多方，其書五車」，形容人書讀很多，學問淵博。杜甫認為男兒理應立定志向，博覽群書，未來方能有一番成就，也唯有經過刻苦勤學而獲得的利祿才可算是受之無愧的。可用來說明富貴功名必來自於勤奮學習。

【出處】唐·杜甫〈題柏學士茅屋〉詩：「碧山學士焚銀魚，白馬卻走身巖居。古人已用三冬足，年少今開萬卷餘。晴雲滿戶團傾蓋，秋水浮階溜決渠。富貴必從勤苦得，男兒須讀五車書。」

尋章摘句老雕蟲，曉月當簾挂玉弓。

一直把時間投入在尋覓典籍中章句這樣的雕蟲小技上，不知不覺年華已老。經常是天剛破曉，簾外的殘月狀似玉做成的彎弓時，我還在案前埋首苦讀。

【解析】李賀詩中描述自己畢生刻苦讀書，夙夜不懈，只是遇到國家連年戰亂，縱使自詡才學滿腹，也毫無施展抱負的機會。可用來形容從年輕到老，日夜伏案苦讀。

【出處】唐．李賀〈南園〉詩十三首之六：「尋章摘句老雕蟲，曉月當簾挂玉弓。不見年年遼海上，文章何處哭秋風？」

童心便有愛書癖，手指今餘把筆痕。

從小就有喜愛讀書的僻好，長大後也不曾間斷，到了現在，手指上都還留有握筆的痕跡。

【解析】永州舉人周魯儒在參加科舉考試前來拜訪劉禹錫，兩人交談之後，劉禹錫發現周魯儒自孩童時期便立志向學，勤勉不倦，手上握筆的印痕清晰可見，他相信如此認真上進的人，必然會名登金榜。果不其然，周魯儒在文宗時考取進士，劉禹錫也可說是慧眼獨具。可用來形容一直保持愛好讀書、寫字或寫作的習慣，長年樂此不疲。

【出處】唐．劉禹錫〈送周魯儒赴舉詩〉詩：「宋日營陽內史孫，因家占得九疑村。童心便有愛書癖，手指今餘把筆痕。自握蛇珠辭白屋，欲憑雞卜謁金門。若逢廣坐問羊酪，從此知名在一言。」

讀書破萬卷，下筆如有神。

讀過的書超過了萬卷，下筆寫文章時得心應手，如同受到神明的助力。

【解析】詩中杜甫自道他在少年時期的讀書寫作經驗，其以「破萬卷」的誇飾筆法來形容自己力學不倦的精神，以「如有神」來比喻融會貫通所學之後，寫起文章來就能暢達傳神，援筆立成。可用來形容知識淵博，寫作時便能文思泉湧。

【出處】唐．杜甫〈奉贈韋左丞丈二十二韻〉詩：「甫昔少年日，早充觀國賓。讀書破萬卷，下筆如有神……」（節錄）

少年易老學難成，一寸光陰不可輕。

年輕歲月很快就會變老，到那時再來學習就相對困難許多，所以每一點的時間都要珍惜，不可輕易浪費。

【解析】作者朱熹發現不少年輕人自恃來日方長，而蹉跎了學習力正旺盛的青春年華，他認為時間是非常寶貴的，一轉眼少年郎就變成了白頭翁，就好像一個人剛剛還沉浸在池邊青綠春草的美夢裡，轉瞬之間，已傳來臺階前梧桐葉被秋風掃落的聲音，可見時間消逝之快速。可用來說明人應抓緊分分秒秒，努力向學。

【出處】南宋．朱熹〈偶成〉詩：「少年易老學難成，一寸光陰不可輕。未覺池塘春草夢，階前梧葉已秋聲。」

古人學問無遺力，少壯工夫老始成。

古時候的人做學問總是全力以赴，從年少力壯時就開始努力，到了老年才有所成就。

【解析】此為陸游在寒夜讀書時，寫來告誡兒子陸子聿勤學的重要性，他認為學子應從小養成良好的讀書習慣，持之以恆，根基一旦紮實，學問自然精博。可用來說明做學問或學習其他事情，終其一生都要竭力探索，堅持不懈。

【出處】南宋．陸游〈冬夜讀書示子聿〉詩八首之三：「古人學問無遺力，少壯工夫老始成。紙上得來終覺淺，絕知此事要躬行。」

安居不用架高堂，書中自有黃金屋。娶妻莫恨無良媒，書中有女顏如玉。

想要住得安逸不用蓋宏偉的房子，書中自會有如黃金般的華屋。想要娶妻不要遺憾沒有好的媒人，書中就有貌美如玉的女子。

【解析】北宋真宗趙恆為了勉勵人們勤奮好學，採取功利的角度來闡述讀書的好處，認為士子只要透過科舉出仕，日後便有金屋可住，美人可娶，榮華富貴享受不盡。但事實上，歷來不少文人即使考上進士，生活中也未必有黃金屋或顏如玉出現，甚至還遭貶謫遠地，窮困落魄一生，只能說這不過是宋真宗希望士子勤勉向學的善意利誘。可用來鼓勵人們認真上進，就會達成自己的夢想。

【出處】北宋．宋真宗趙恆〈勵學篇〉詩：「富家不用買良田，書中自有千鍾粟。安居不用架高堂，書中自有黃金屋。娶妻莫恨無良媒，書中有女顏如玉。出門莫愁無人隨，書中車馬多如簇。男兒欲遂平生志，五經勤向窗前讀。」

孤村到曉猶燈火，知有人家夜讀書。

天都快亮了，偏僻的村莊裡，依然還有點著燈火的人家，知道有人為了讀書而徹夜不眠。

【解析】晁沖之寫其騎著瘦馬夜行，途中偶然經過一處荒野小村，他發現直到拂曉，小村猶有人家燈火通明，便知屋內必有學子正在發憤苦讀，力拚日後的科舉考試。由於宋朝崇文的風氣，人們普遍認為唯有通過科舉，方能立下一番功名事業。可用來形容好學不倦，挑燈夜讀。

【出處】北宋末、南宋初·晁沖之〈夜行〉詩：「老去功名意轉疏，獨騎瘦馬取長途。孤村到曉猶燈火，知有人家夜讀書。」

書當快意讀易盡。

讀到一本好書，心中暢意快活，很容易就把書給讀完了。

【解析】身為「蘇門四學士」之一，並以好學不倦著稱的陳師道，詩中陳述其讀書過程的體驗，每當碰到讓他對味的書籍，總是讀不捨手，只是讀到接近書的結末時，便會感到一股不甚過癮的失落。可用來說明閱讀好書，是人生當中一件令人愜意歡喜的事。

【出處】北宋·陳師道〈絕句〉詩四首之四：「書當快意讀易盡，客有可人期不來。世事相違每如此，好懷百歲幾回開？」

紙上得來終覺淺，絕知此事要躬行。

從書本上所獲得的知識終歸是淺薄的，想要深刻理解事物的道理，一定要通過親身實踐才行。

【解析】陸游意在強調人不可讀死書，光只會紙上談兵學到的終究是書中的皮毛而已，無法認識到事物或事理的真諦，唯有身體力行，才能把書中文字轉化成自己的實際本事和內在涵養。可用來說明要真正掌握知識，除了學問上的追求之外，還得靠自己的實行踐履。

【出處】南宋．陸游〈冬夜讀書示子聿〉詩八首之三：「古人學問無遺力，少壯工夫老始成。紙上得來終覺淺，絕知此事要躬行」

退筆如山未足珍，讀書萬卷始通神。

即使寫到筆尖都禿了的筆堆積成山，也不值得珍惜，只有讀書萬卷，才能達到通暢靈活的境界。

【解析】蘇軾的兩位外甥向蘇軾求索筆墨真跡，蘇軾在詩中告訴他們，即使把筆寫到不能再使用了，也未必能寫出好的作品，唯有多讀書才能在創作上得心應手，如有神助。換言之，欲練一手好字，不能只重視技巧，也要充實自身的知識。可用來說明作詩著文的基本功就是孜孜不倦。

【出處】北宋．蘇軾〈柳氏二外甥求筆跡〉詩二首之一：「退筆如山未足珍，讀書萬卷始通神。君家自有元和腳，莫厭家雞更問人。」

問渠[1]那得清如許？為有源頭活水來。

問它（方塘之水）怎麼會如此清澈？因為有源頭的水流，不斷為它注入活水進來。

【注釋】1.渠：此作它，指第三人稱。

【解析】這首詩的詩題為〈觀書有感〉，是朱熹抒發其治學經驗的心得，詩中他用借物喻理的筆法，以池塘的水長保明澈如鏡，是緣於有源頭活水之故，來比喻一個人也必須隨時從書本中補充新知，充實自己，有如源頭活水灌注不止，心靈澄明不染，事理才能看得透澈。可用來比喻求學的過程中，要不停攝取新的知識，保持思想的先進和活力。

【出處】南宋．朱熹〈觀書有感〉詩二首之一：「半畝方塘一鑑開，天光雲影共徘徊。問渠那得清如許？為有源頭活水來。」

須知三絕韋編[1]者，不是尋行數墨[2]人。

要知道可以把連接竹簡的牛皮繩讀到脫斷了三次，絕對不是只會鑽研一行一句卻不明白義理的人。

【注釋】1.三絕韋編：本指編綴竹書的牛皮繩斷了三次，後引申為用功苦讀。韋，熟皮。2.尋行數墨：計算書本上的字句。比喻讀書只會拘泥文句上所用的字眼，而不推究義理。

【解析】西漢史家司馬遷在《史記・孔子世家》描述孔子晚年喜讀《易》，這是一本借自然現象變化以證人事得失吉凶的哲理典籍，經過孔子反覆研讀，不斷翻閱之後，造成竹簡上的皮繩脫落了好幾次，司馬遷便以「韋編三絕」來形容孔子勤於學問的程度。此詩作者朱熹，堪稱是宋代集理學之大成者，其所註解的《四書集註》，不但被學子奉為明、清科舉考試的圭臬，至今仍是研究儒家學說的代表作，他在詩中援引前人對孔子篤志好學的美譽，同時批評有些人只知道讀死書，執著於書本上的隻字片語，不曉得融會貫通，自然無法學以致用。可用來激勵人勤勉讀書，且要懂得靈活運用知識。

【出處】南宋・朱熹〈易〉詩二首之一：「立卦生爻事有因，兩儀四象已前陳。須知三絕韋編者，不是尋行數墨人。」

舊書不厭百回讀，熟讀深思子自知。

已經讀過的書，反覆再讀也不會感到厭煩，仔細閱讀，深入思考，你自然就會明白書中的真義。

【解析】這首詩原是蘇軾寫來勸勉落第的人，只要不厭其煩把書讀過一遍又一遍，久而久之，自會領悟其中的道理，日後再接再厲，宦途還是大有可為，若是因有所遲疑而怠惰，功名便永不可追。拋開古人讀書和科舉的密切關聯，試想著一本典籍能夠經得起時間的考驗而流傳千古，肯定是有其學習的價值。可用來說明好書值得一讀再讀，溫故而知新。

【出處】北宋・蘇軾〈送安惇秀才失解西歸〉詩：「舊書不厭百回讀，熟讀深思子自知。他年名宦恐不免，今日棲遲那可追……」（節錄）

舊學商量加邃密，

新知培養轉深沉。

對已有的知識，相互討論，使其更加精密，對於新的知識，繼續鑽研，使其更加深刻。

【解析】這首詩的詩題為〈鵝湖寺和陸子壽〉。陸子壽，即陸九齡（字子壽），其弟陸九淵，學者合稱「二陸」，皆儒家心學一派的代表人物，強調尊德性，以明本心，與朱熹主張道問學，格物致知的理念不同。南宋孝宗在位期間，朱熹和陸氏兄弟在信州鵝湖寺進行一場辯論會議，會議一開始，陸九齡和陸九淵便各賦一詩，表達自己的學術主張，之後展開辯論，朱、陸雙方各持己見，最後不歡而散，史稱「鵝湖之會」。隔了數年，朱熹與陸九齡再度在鵝湖寺相會，朱熹特作此詩追和陸九齡當時在會上的那首賦詩，他認為傳統知識經過一再商榷，相互切磋，必然更加細密周詳，然而對於新發現的知識，也要秉持深入探索的精神，如此一來，既可博古又能知今，視野為之開闊。可用來說明從事學術研究，無論舊學新知，都不可偏廢，使自己的理解更加周密完備，知識領域更加寬廣博大。

【出處】南宋．朱熹〈鵝湖寺和陸子壽〉詩：「德義風流夙所欽，別離三載更關心。偶扶藜杖出寒谷，又枉籃輿度遠岑。舊學商量加邃密，新知培養轉深沉。卻愁說到無言處，不信人間有古今。」

藏書萬卷可教子，遺金滿籯[1]常作災。

家中收藏上萬卷的書可以用來教育子女，遺留堆滿整個竹籠的金子卻時常招來災禍。

【注釋】1.籯：音ㄧㄥˊ，竹籠。

【解析】此為黃庭堅題寫在一位胡姓人家書齋的詩，稱美其詩書傳家的風範。詩中以「藏書萬卷」對比「遺金滿籯」，直指培養後代接近書籍、喜愛讀書的家風，遠遠勝過留給子孫萬貫家財，書本不僅可以陶冶性靈，也可使人學問淵博，但過多的金錢如果沒有掌握好開銷用度，往往容易使人理智昏亂，養成怠惰的習性，可謂後患無窮。可用來說明培育後人重視學識涵養，而非只是滿足物質欲望所需。

【出處】北宋．黃庭堅〈題胡逸老致虛庵〉詩：「藏書萬卷可教子，遺金滿籯常作災。能與貧人共年穀，必有明月生蚌胎。山隨宴坐圖畫出，水作夜窗風雨來。觀水觀山皆得妙，更將何物汙靈臺？」

藜羹[1]麥飯[2]冷不嘗，要足平生五車讀。

簡單的菜粥粗飯冷了也沒空吃，只想著實現這一生要讀完很多的書的目標。

【注釋】 1.藜羹：以藜菜作成羹湯。比喻粗食。藜，野菜的一種。2.麥飯：磨碎的麥煮成的飯。

【解析】 陸游寫其為了拚命讀完更多書，吸收更多的知識而廢寢忘食的情況，由詩中「藜羹麥飯」可以看出詩人在飲食上的簡樸清淡，「冷不嘗」所表達的是，讀書和吃飯相比，他寧可先把時間拿來讀書，等到肚子真的很餓時才去用飯。可用來形容一個人勤奮上進，專注用心。

【出處】 南宋．陸游〈讀書〉詩：「放翁白首歸剡曲，寂寞衡門書滿屋。藜羹麥飯冷不嘗，要足平生五車讀……」（節錄）

十年窗下無人問，一舉成名天下知。

長時間在窗下閉門苦讀，無人聞問，一旦科舉中第，立刻天下盡知。

【解析】 這兩句熟語本是指科舉時代，讀書人為了準備考試，長期在家裡刻苦讀書，從來沒有人會前來關心，等到一舉及第，聲名瞬間遍傳了全國，人盡皆知。其中「十年」並非實數，而是表示很長的時間。可用來勉勵人們用功上進，堅持理想，終能獲得成功，名聲顯揚。

【出處】 元．關漢卿《蝴蝶夢．楔子》之詩：「十年窗下無人問，一舉成名天下知。」

好鳥枝頭亦朋友，落花水面皆文章。

樹枝上的鳥兒，可以說是陪伴我讀書時的朋友，飄落在水面的花兒，都是啟發我寫出作品的靈感泉源。

【解析】此詩詩題〈四時讀書樂〉，是元初作家翁森以四季為主題所寫的四首詩之一，這首詩主在描寫春天讀書的趣味。作者認為認為多貼近大自然的花鳥山水，對於讀書或寫文章有莫大的助益，畢竟天地造化出四時不同的景物，並且無私地提供給人們欣賞，而經過了大自然洗滌的心靈，思緒清朗平和，更能體味到讀書之樂。可用來勉勵人們細心觀察周遭景物，有益於閱讀與創作。

【出處】元．翁森〈四時讀書樂〉詩四首之一：「山光照檻水繞廊，舞雩歸詠春風香。好鳥枝頭亦朋友，落花水面皆文章。蹉跎莫遣韶光老，人生唯有讀書好。讀書之樂樂何如？綠滿窗前草不除。」

坐對韋編[1]燈動壁，高歌夜半雪壓廬。

坐在案頭，面對書冊，投映在牆壁上的燈火不停晃動著，放聲朗讀，直到深夜，大雪已經覆蓋了整間房子。

【注釋】1.韋編：古代用皮繩將竹簡串聯成冊。後用來代稱書籍。

【解析】此乃翁森〈四時讀書樂〉中以冬季為主題的一首詩，描寫冬夜雪花紛飛，其在四面都擺滿書籍的房間內，生火煮茶，高聲吟誦著和自己心領神會的美文佳句，咀嚼文句的涵義，此時屋外天寒地凍，正好和他滿室的書香暖意成對比。可用來形容寒天雪夜，愛書人仍沉浸在書本中，欲罷不能。

【出處】元．翁森〈四時讀書樂〉詩四首之四：「木落水盡千崖枯，迥然吾亦見真吾。坐對韋編燈動壁，高歌夜半雪壓廬。地爐茶鼎烹活火，四壁圖書中有我。讀書之樂何處尋？數點梅花天地心。」

一語不能踐，萬卷徒空虛。

如果連書上的一句話都不能付諸實踐，縱使讀了上萬卷的書也是徒然、無用的。

【解析】明初被列為「閩中十才子」之首的林鴻，寫詩諷刺當時致力研究儒家學說的子弟，批評這些人一開口都是古書上的道理，看似經綸滿腹，但為人行事卻與所學萬別千差，不禁感嘆讀書若不懂得學以致用，就算知識再淵博又有什麼意義呢？可用來說明讀書貴在實際運用。

【出處】明．林鴻〈飲酒〉詩：「儒生好奇古，出口談唐虞。倘生羲皇前，所談乃何如？古人既已死，古道存遺書。一語不能踐，萬卷徒空虛。我願但飲酒，不復知其餘。君看醉鄉人，乃在天地初。」

明日復明日，明日何其多。我生待明日，萬事成蹉跎。

明天又接著一個明天到來，明天實在是太多了！如果我一生中的每件事都要等待明天再去做，那麼只是在空度時日，到頭來所有的事情也做不成。

【解析】這首廣為後人傳誦的詩，作者一說是明孝宗在位期間的狀元錢福，另一說是明代才子文徵明之子文嘉，其有〈今日歌〉傳世。詩人意在告誡世人，不要習於把眼前應該做的事拖到日後，以為往後的日子還很漫長，殊不知時間從來不等人，驀然回首，才發現白首無成，一生早已虛度。可用來說明把握當下，及時努力，不要替懶惰找藉口。

【出處】明．錢福〈明日歌〉詩：「明日復明日，明日何其多。我生待明日，萬事成蹉跎。世人苦被明日累，春去秋來老將至。朝看水東流，暮看日西墜。百年明日能幾何？請君聽我〈明日歌〉。」（此詩一說作者為文嘉）

書卷多情似故人，晨昏憂樂每相親。

書與我的感情很深，就像是老朋友一樣，無論時間是早還是晚，心情是憂愁還是快樂，它總是一直陪伴著我。

【解析】明代大臣于謙曾親自統領軍隊，打敗瓦剌，兼備文經武略，其嗜書好學的程度，也很值得後輩學習。他在詩中把書比喻成自己的「故人」，不管何時何地，情緒如何變化，隨身都會攜帶著書，對他而言，讀書除了可以不斷充實新知之外，還能讓自己產生源源不絕的體悟。可用來形容人酷嗜閱讀，手不釋卷。

【出處】明·于謙〈觀書〉詩：「書卷多情似故人，晨昏憂樂每相親。眼前直下三千字，胸次全無一點塵。活水源流隨處滿，東風花柳逐時新。金鞍玉勒尋芳客，未信我廬別有春。」

一日不讀書，胸臆無佳想。一月不讀書，耳目失精爽。

一天沒有看書，心中就沒有什麼好的想法。一個月沒有看書，耳朵和眼睛就不再清明爽朗了！

【解析】此詩詩題〈讀書有所見作〉，清人蕭掄謂提出其對讀書的見解，他認為閱讀可以改變一個人的思辨能力，使人對事物的理解更加清晰，詩中刻意用反語提醒不愛讀書者，若不努力充實自我，胸無點墨，容易成為見識淺短、言語無味之人。可用來說明讀書須持之以恆，以提升自己的才智和精神內涵。

【出處】清·蕭掄謂〈讀書有所見作〉詩：「人心如良苗，得養乃滋長。苗以泉水灌，心以理義養。一日不讀書，胸臆無佳想。一月不讀書，耳目失精爽。」

留得累人身外物，半肩行李半肩書。

（搬家時）才發現最後留在身邊，讓人覺得扛得勞累的物品，就是一邊肩上是日常用品的袋子，一邊肩上則是書。

【解析】此詩為清人張問陶寫其搬家整理東西的去留時，讓他最割捨不下的就是分量沉重的書籍，所以他寧可選擇行囊簡單，該捨就捨，只保留生活必需品，唯有書是一定要隨行身旁。可用來形容愛書人對書的執著熱愛，除了書之外，其他都看得很淡泊。也可用來形容讀書人視書為其人生重要的財富。

【出處】清·張問陶〈庚戌九月三日移居松筠〉詩：「旃（ㄓㄢ）檀香淨好移居，家具何曾滿一車？留得累人身外物，半肩行李半肩書。」

雖然大器晚年成，卓犖全憑弱冠爭。

固然能擔當大事的人，多要等到年老時才有所成就，不過其卓越超群的功績，都是靠年輕時努力爭取得來的。

【解析】清人龔自珍意在鼓勵後輩，不要只看見成功人士多是年紀較長者，便仗恃著自己年少青春，還有很多時間可以任意使氣，為所欲為。事實上，任何人的成功絕非一蹴可幾的，而是從成年開始，歷經各種困難、磨練，長期累積許多寶貴的經驗，方才造就出日後的成果。可用來說明青年時期就要力圖上進，為自己的未來人生奠定良好的基礎。

【出處】清．龔自珍〈己亥雜詩〉詩三百一十五首之三百零二：「雖然大器晚年成，卓犖全憑弱冠爭。多識前言畜其德，莫拋心力貿才名。」

論詩文

奇文共欣賞，疑義相與析。

有奇特絕妙的詩文，就拿出來大家一同欣賞，

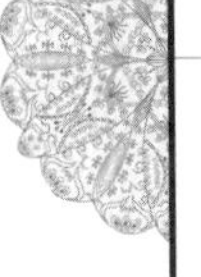

若是發現疑惑難懂的地方，就相互研究分析。

【解析】陶淵明詩中寫其與鄰居友人往來，彼此坦誠相待，暢所欲言，讀到優美出眾的作品，也不吝於和對方分享如獲珍寶的喜悅，遇到詩文中不太明白或可疑之處，大家便開始理性辨析，深入探究一番，這樣的互動過程，讓詩人覺得既充實又有趣。可用來形容以文會友，互相切磋、評析。

【出處】東晉．陶淵明〈移居〉詩二首之一：「昔欲居南村，非為卜其宅。聞多素心人，樂與數晨夕。懷此頗有年，今日從茲役。敝廬何必廣，取足蔽床席。鄰曲時時來，抗言談在昔。奇文共欣賞，疑義相與析。」

二句三年得，一吟雙淚流。

兩句詩不停思索了三年才寫成，每次吟詠時都忍不住流下淚來。

【解析】賈島重視錘字鍊句，有「苦吟詩人」之稱，詩中道出他在作品完成前所投注的嘔心苦思，也正因

好句得來不易，對個中甘苦的體會更為深刻。可用以形容寫作時反覆斟酌字句的嚴謹認真。也可用來形容創作過程的艱辛。

【出處】唐·賈島〈題詩後〉詩：「二句三年得，一吟雙淚流。知音如不賞，歸臥故山秋。」

大海從魚躍，長空任鳥飛。

寬闊的大海讓魚兒可以騰躍，遼遠的天空讓鳥兒可以任意飛翔。

【解析】此為禪僧玄覽題於竹子上的一首詩，表達其自由自在的寬闊胸襟，就像大海中的魚、天上的飛鳥般優游於廣大天地間，這正是他所奉行的順應自然、不違背事物情理的道。可用來形容寫文章時思路順暢通達。另可用來比喻人的心胸開闊，灑脫自如。

【出處】唐·玄覽〈題竹〉詩：「欲知吾道廓，不與物情違。大海從魚躍，長空任鳥飛。」

大雅久不作，吾衰竟誰陳？

像《詩經·大雅》那樣純正的詩風已很久不興盛了，我現在年邁體衰，有誰還能夠發揚那樣的詩篇呢？

【解析】《詩經》是中國最早的詩歌總集，採集西周初期到東周春秋中葉五百年間的歌謠和宗廟樂章，內容分為國風、大雅、小雅和頌，其中大雅多為王室貴族雅正的樂歌。李白對當時的詩歌發展充滿擔憂，他雖有振興大雅之聲的抱負，卻也因年紀老大而力不勝任了。可用來表達文學雅正風氣衰微而又後繼無人。

【出處】唐·李白〈古風〉詩五十九首之一：「大雅久不作，吾衰竟誰陳？王風委蔓草，戰國多荊榛。龍虎相啖食，兵戈逮狂秦。正聲何微茫，哀怨起騷人……」（節錄）

不薄今人愛古人，清詞麗句必為鄰。

我不會輕薄今人而只鍾愛古人，不論是今人還是古人，只要他們的作品是清新的文詞、美好的詩句，我都一定會和他們親近。

【解析】杜甫認為優秀的作家或作品並無今古之分，不要因與其他文人生在同一時代，便覺得對方的作品比不上古人。可用來說明學術研究應當兼容並蓄，不該厚此薄彼或重古輕今，而是要學習古今作家各自的優點，以博采眾長。

【出處】唐・杜甫〈戲為六絕句〉詩六首之五：「不薄今人愛古人，清詞麗句必為鄰。竊攀屈宋宜方駕，恐與齊梁作後塵。」

文章千古事，得失寸心知。

寫文章是千古不朽的大事，作品的好壞只有作者的心裡最明白。

【解析】此為杜甫對詩文創作過程提出其深刻的見解，畢竟優秀的作品可以流傳千古，對後代世人產生極為深遠的影響。可用來說明好的文章足以永存不朽，因而好的作家會把創作視為是一件非常嚴謹的事情來看待。

【出處】唐・杜甫〈偶題〉詩：「文章千古事，得失寸心知。作者皆殊列，名聲豈浪垂……」（節錄）

文章憎命達。

詩詞文章最憎惡命運顯達的人。

【解析】此為杜甫懷想遭流放中的李白而作，表達其對文才超俗拔群的李白，命運卻一路失意坎坷的憤懣不平，語意中隱約含有命途乖蹇之人，更能寫出不朽的傳世佳作。可用來說明以文章著稱的人，身世命運大多困頓不順。

【出處】唐・杜甫〈天末懷李白〉詩：「涼風起天末，君子意如何？鴻雁幾時到？江湖秋水多。文章憎命達，魑魅喜人過。應共冤魂語，投詩贈汨羅。」

方流涵玉潤，圓折動珠光。

水流如玉石般溫潤光滑，水花如珍珠般渾圓閃亮。

【解析】張文琮在詩中藉由歌詠水具有溫潤如玉、渾圓如珠的特質，暗喻人也該向水學習如玉石般溫和柔順的言行，如珍珠般華貴優美的儀態。可用來比喻文詞豐美圓熟或歌聲圓滑清潤。另可用來形容人的品格美好耀眼。

【出處】唐．張文琮〈詠水〉詩：「標名資上善，流派表靈長。地圖羅四瀆，天文載五潢。方流涵玉潤，圓折動珠光。獨有蒙園吏，棲偃玩濠梁。」

以文長會友，唯德自成鄰。

時常透過詩文來與人相會，只有品行作風相近才會相互成為芳鄰好友。

【解析】祖詠在清明節與司勳（即六部之一吏部所屬的司勳司）劉郎中宴飲聚會，彼此賦詩論文，談笑風生，這也讓他深深體會到，唯有與同樣熱愛文藝以及德行美好的人一起討論文藝，話題投機，自然就會交往密切，進而成為好友。可用來形容結交同樣愛好詩文的朋友，由於志同道合，理念相近，便會經常聚首。

【出處】唐．祖詠〈清明宴司勳劉郎中別業〉詩：「田家復近臣，行樂不違親。霽日園林好，清明煙火新。以文長會友，唯德自成鄰。池照窗陰晚，杯香藥味春。簷前花覆地，竹外鳥窺人。何必桃源裡，深居作隱淪。」

別裁偽體親風雅，轉益多師是汝師。

要懂得區別、裁剪那些形式內容都不好的詩，親近《詩經》中國風、大小雅那種反映現實生活的文學傳統，隨時向他人請益，因為他們都是你值得效法的對象。

【解析】杜甫認為詩歌創作當如《詩經》風雅的素樸寫實風格，反對六朝以來僅重視形式而內容空泛的頹靡詩風，並要經常以他人為師，博取眾家之長，自然就能寫出好的詩文。可用來說明主張學習《詩經》優秀的文學傳統，多方師法各家前賢，不拘泥一派一家之說。

【出處】唐・杜甫〈戲為六絕句〉詩六首之六：「未及前賢更勿疑，遞相祖述復先誰？別裁偽體親風雅，轉益多師是汝師。」

吟安一個字，撚[1]斷數莖鬚。

寫詩時反覆吟誦，為了選擇適合的一個字，不斷用手指揉捏鬍鬚，不知不覺間，鬍鬚已經捏斷了好幾根。

【注釋】1.撚：音ㄋㄧㄢˇ，用手指揉搓。

【解析】盧延讓描述其為了完成一首佳作，選字煉句的過程中絞盡腦汁的情態，由此也可看出詩人在構思作品時辛苦思索、反覆推敲的認真態度。可用來說明寫作時，一次又一次詳慎斟酌用字遣詞，殫心竭慮。也可用來形容人的文思不順暢，搜索枯腸也寫不出來。

【出處】唐・盧延讓〈苦吟〉詩：「莫話詩中事，詩中難更無。吟安一個字，撚斷數莖鬚。險覓天應悶，狂搜海亦枯。不同文賦易，為著者之乎。」

李杜文章在，光燄萬丈長。

李白、杜甫的詩文至今依然廣為流傳，他們的成就有如萬丈光芒般耀眼不凡。

【解析】韓愈的活動年代稍晚於李白、杜甫。韓愈認為即使過了數十年後，李、杜兩人的作品仍深受眾多後輩所推崇，是因為他們的詩文具有一股與眾不同的雄奇氣勢。可用來讚美李白、杜甫兩大詩人的作品歷久不衰，成就非凡。

【出處】唐・韓愈〈調張籍〉詩：「李杜文章在，光燄萬丈長。不知群兒愚，那用故謗傷？蚍蜉撼大樹，可笑不自量……」（節錄）

為人性僻耽佳句，語不驚人死不休。

我的個性古怪，沉溺在寫出好的詩句來，若是語句平凡無奇，不能引人驚奇的話，我至死也不會罷手。

【解析】這是杜甫的創作經驗談，道出他為了寫出令人驚歎的絕妙好句，在文字提煉上所下的苦心鑽研工夫。可用來形容寫作過程中字句斟酌，力求完美的認真、嚴格態度。

【出處】唐．杜甫〈江上值水如海勢聊短述〉詩：「為人性僻耽佳句，語不驚人死不休。老去詩篇渾漫興，春來花鳥莫深愁。新添水檻供垂釣，故著浮槎替入舟。焉得思如陶謝手，令渠述作與同遊。」

若待上林花似錦，出門俱是看花人。

若是等到上林苑錦簇花開之時，一出門全都是要去賞花的人。

【解析】楊巨源本是要提醒人們早春才是賞花的最佳時機，此時柳葉初生，細長柔嫩，顏色參差不齊，別有一番清新風情。他認為等到花季到來時，一路上人山人海，縱然長安城內的上林苑繁花錦簇，也會因人潮擁擠而失去了賞花的興致。可用來比喻作者須感覺敏銳，努力開創新的境界，而不可人云亦云，不斷重複那些缺乏新意的論調。另可用來形容花季時節，人們爭先恐後前往賞花，盛況空前。

【出處】唐．楊巨源〈城東早春〉詩：「詩家清景在新春，綠柳才黃半未勻。若待上林花似錦，出門俱是看花人。」

風清月冷水邊宿，詩好官高能幾人？

在微風清涼、月光冰冷的夜晚露宿於水畔，感嘆這世上把詩寫得好、官位又高的能有幾個人呢？

【解析】詩人白居易〈夜題玉泉〉中寫有「玉泉潭畔松間宿，要且經年無一人」句，指出自己住在玉泉寺旁的松林間，長久下來卻也不曾見人經過，表達了人只要置身名利場上，便會少與大自然互動。徐凝則作此詩酬答白居易，他認為正因住在風清月冷的水邊，所以才能寫出優秀的作品，畢竟放眼古今，位高權重又有佳作傳世者實在是寥寥無幾。可用來說明官高祿厚的人長期在宦海中爭逐，或生活富貴安逸，故大多無心創作出好的作品。

【出處】唐．徐凝〈和夜題玉泉寺〉詩：「歲歲雲山玉泉寺，年年車馬洛陽塵。風清月冷水邊宿，詩好官高能幾人？」

借問別來太瘦生？總為從前作詩苦。

請問自從和你分別之後，你為何如此消瘦呢？總是因為以往一直在為了寫詩而煎熬受苦啊！

【解析】李白與杜甫別後重逢，李白調侃杜甫為了想出好的詩句，竟把自己弄得瘦骨嶙峋，但也由此可見，杜甫的每一首作品都是抱持著嚴謹和勤奮的精神而完成的。可用來形容為了寫出好的作品而絞盡腦汁，甚至廢寢忘食，身形為之消瘦。

【出處】唐．李白〈戲贈杜甫〉詩：「飯顆山頭逢杜甫，頂戴笠子日卓午。借問別來太瘦生？總為從前作詩苦。」

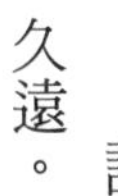

庾信平生最蕭瑟，暮年詩賦動江關。

南朝梁人庾信的一生極為蕭條淒涼，但是他晚年的詩賦卻足以轟動整座江關。

【解析】庾信乃南朝梁的駢賦大家，晚年被迫羈留在北朝，無法返回南方，其作品一改早期的綺靡華麗，轉為沉鬱蒼勁的文風。杜甫一方面替庾信的遭遇感到悲傷，一方面也藉此砥礪和庾信同樣歷經家國動盪、長年漂泊在外的自己，能夠寫出更撼動人心的詩作。可用來說明生命歷經艱辛坎坷之後，筆下的作品更能深刻感人。

【出處】唐．杜甫〈詠懷古跡〉詩五首之一：「支離東北風塵際，漂泊西南天地間。三峽樓臺淹日月，五溪衣服共雲山。羯胡事主終無賴，詞客哀時且未還。庾信平生最蕭瑟，暮年詩賦動江關。」

清詩句句盡堪傳。

詩風清麗新穎，每一首詩中的詩句都可以流傳久遠。

【解析】孟浩然去世之後，杜甫回顧起孟浩然平生的創作，認為孟浩然的詩風清新優美，句句都堪稱傳世佳作，可說是給予了極高的評價。可用來讚美寫出一手好詩的人。

【出處】唐・杜甫〈解悶〉詩十二首之六：「復憶襄陽孟浩然，清詩句句盡堪傳。即今耆舊無新語，漫釣槎（ㄔㄚˊ）頭縮頸鯿（ㄅㄧㄢ）。」

童子解吟〈長恨〉曲，胡兒能唱〈琵琶〉篇。文章已滿行人耳，一度思卿一愴然。

兒童都能理解和吟誦你寫的〈長恨歌〉，連邊疆地區的胡人小孩都會歌唱你寫的〈琵琶行〉。走在路上，隨時都能聽到有人在吟唱著你的作品，每一次想起你就又一次地感到悲傷。

【解析】此為唐宣宗李忱為悼念白居易而作，詩中除讚美白居易的作品平易近人、廣為人知之外，也對白居易的去世表達其心中的悲愴與惋惜之情。可用來稱美白居易的作品通俗易懂，老少皆能朗朗上口，對百姓的影響極為深遠。

【出處】唐・唐宣宗李忱〈弔白居易〉詩：「綴玉聯珠六十年，誰教冥路作詩仙。浮雲不繫名居易，造化無為字樂天。童子解吟〈長恨〉曲，胡兒能唱〈琵琶〉篇。文章已滿行人耳，一度思卿一愴然。」

筆落驚風雨，詩成泣鬼神。

筆一落下，便驚起了疾風驟雨，詩一寫成，令鬼神都感動到哭泣。

【解析】杜甫在詩中運用誇飾的筆法讚美其友人李白的才思敏捷特出，一下筆便驚天動地，富有極大的震撼力和感染力。可用來形容文藝作品氣勢強大，語妙絕倫。

【出處】唐・杜甫〈寄李十二白二十韻〉詩：「昔年有狂客，號爾謫仙人。筆落驚風雨，詩成泣鬼神。聲名從此大，汨沒一朝伸。文彩承殊渥，流傳必絕倫……」（節錄）

詞源倒傾三峽水，

筆陣獨掃千人軍。

文詞如水源般層出不窮，可使長江三峽的水為之倒流，筆勢威猛雄健，就像一個人在戰場上打敗了千軍萬馬。

【解析】詩題之下注有「別從姪勤落第歸」，可知此乃杜甫為安慰參加科舉落第的堂姪杜勤而作。詩中稱譽年少的杜勤才氣縱橫，文思有如泉湧，筆鋒犀利，氣勢盛大磅礴，語氣中隱含對他應試落第的不平與惋惜。可用來形容人的文思敏捷，筆力萬鈞。

【出處】唐．杜甫〈醉歌行〉詩：「陸機二十作文賦，汝更小年能綴文。總角草書又神速，世上兒子徒紛紛。驊騮作駒已汗血，鷙鳥舉翮連青雲。詞源倒傾三峽水，筆陣獨掃千人軍……」（節錄）

新詩改罷自長吟。

把新寫好的詩仔細斟酌修改完之後，自得其樂的長聲吟誦。

【解析】杜甫認為陶冶人的性情和心靈的良方，就是朗誦著自己用認真踏實的態度所完成的力作。可用來形容誦讀、玩味自己細心推敲的得意之作。

【出處】唐．杜甫〈解悶〉詩十二首之七：「陶冶性靈存底物，新詩改罷自長吟。孰知二謝將能事，頗學陰何苦用心。」

爾曹身與名俱滅，不廢江河萬古流。

你們這些人的身軀和名聲都已不存於世，但無礙於王勃、楊炯、盧照鄰和駱賓王的作品像江河般流傳下去。

【解析】王勃、楊炯、盧照鄰、駱賓王以文詞齊名，人稱「初唐四傑」，他們的詩文清麗新穎，一掃南朝齊、梁以來的浮豔風氣。杜甫對四傑充滿尊崇敬意，不滿當時有人對四傑的譏笑，便在詩中直指那些嘲弄四傑的人，不久就被淹沒在歷史的洪流裡，豈能與在文壇名垂不朽的四傑相比呢？可用來說明優秀的作品絕對經得起時間的考驗。

【出處】唐．杜甫〈戲為六絕句〉詩六首之二：「王

楊盧駱當時體，輕薄為文哂（ㄕㄣˇ）未休。爾曹身與名俱滅，不廢江河萬古流。」

蓬萊[1]文章建安[2]骨，中間小謝[3]又清發。

你在猶如蓬萊仙山的祕書省擔任校書郎，所寫的文章有東漢建安時期的剛健風骨，而我的才思也像南朝齊的謝朓一般清新俊發。

【注釋】1.蓬萊：東漢時稱政府藏書機構的東觀為道家蓬萊山，意謂藏書非常豐富。唐代多用蓬山、蓬閣代指掌理圖書典籍的祕書省。2.建安：指東漢末年建安時期，曹操父子以及建安七子等人的作品所展現出來的文字生命力。3.小謝：此指南朝齊時山水詩人謝朓，其與南朝宋人謝靈運並稱大小謝。另有謝靈運與其族弟謝惠連並稱大小謝一說。

【解析】李白在宣州謝朓樓為官拜祕書省校書郎的族叔李雲設宴送別，謝朓樓為南朝齊人謝朓任宣州太守時所建，巧合的是，李白向來對謝朓推崇備至。詩中他以「蓬萊文章建安骨」來稱美李雲的文章，又以「中間小謝又清發」來自喻自己的詩其實也不遑多讓，顯示十足的自信，也表達了他和李雲之間的相惜之情。可用來形容人的才思恣肆敏捷，文章風骨不凡。

【出處】唐．李白〈宣州謝朓樓餞別校書叔雲〉詩：「……蓬萊文章建安骨，中間小謝又清發。俱懷逸興壯思飛，欲上青天攬明月……」（節錄）

天機雲錦用在我，剪裁妙處非刀尺。

寫文章時，就好像天女織出來的錦繡，任我隨意取用，至於刪除繁冗，留下精華，也不是借用剪刀和量尺這類的工具就可以做到的。

【解析】陸游詩中抒發其對創作的體會心得，他認為優秀作品的產生，主要在於寫者對於現實生活的真切感受，腦海中的構思高妙，材料多元，隨手拈來，自可鋪陳出渾然天成的美文。可用來說明在文藝創作上，利用豐富的素材，純熟精妙的技藝善加剪裁，寫出具有個人獨特思想的作品。

【出處】南宋．陸游〈九月一日夜讀詩稿有感走筆作歌〉詩：「……詩家三昧忽見前，屈賈在眼元歷歷。天機雲錦用在我，剪裁妙處非刀尺。世間才傑固不乏，秋毫未合天地隔。放翁老死何足論？廣陵散絕還堪惜。」（節錄）

文章功用不經世，何異絲窠綴露珠？

辭章若沒有治國的作用，那和蜘蛛網上點綴著晶瑩閃閃的露水珠兒，又有什麼差別呢？

【解析】一向對詩文創作自視甚高的黃庭堅，仕途卻十分坎坷，詩中抒發自己的文章不為世人所賞識，同時也批判許多內容空洞的詩文，就像蜘蛛網上的閃亮露珠，外表看似華美卻不堅實，根本經不起時間的考驗，很快就會消失不見。可用來說明文章應具備治理世事、安定人心的實用功能，否則便形同空文。

【出處】北宋．黃庭堅〈戲呈孔毅父〉詩：「管城子無肉食相，孔方兄有絕交書。文章功用不經世，何異絲窠綴露珠？校書著作頻詔除，猶能上車問何如？忽憶僧床同野飯，夢隨秋雁到東湖。」

文章本天成，妙手偶得之。

好的文章本來就是天然而成的，寫作的高手偶然間得到了它。

【解析】陸游詩中所要表達的是，優秀的作品絕不會是矯揉造作而來的，所謂「本天成」並不是指天生不必學習，就可以寫出好的文章，而是指具備了深厚的文學基底，當靈感一來時，下筆便能揮灑出既有文采又有內涵的佳作。可用來說明文藝創作貴在不刻意追求，造詣精深的人善於捕捉瞬間的靈感，一揮筆自然得心應手。

【出處】南宋．陸游〈文章〉詩：「文章本天成，妙手偶得之。粹然無疵瑕，豈復須人為……」（節錄）

〈出師〉一表真名世，千載誰堪伯仲間？

三國蜀相諸葛亮寫的〈出師表〉聞名於世，上千年來，有誰能與諸葛亮相提並論呢？

【解析】〈出師表〉是三國蜀相諸葛亮在出兵伐魏之前，上呈給後主劉禪的一篇奏章，內容懇切感人，青史名留。陸游詩中除了表達他對諸葛亮盡瘁事國精神的尊崇，也流露其渴盼效法諸葛亮，貢獻一己的才能，力挽危弱的國勢。可用來稱美諸葛亮為歷史上難得一見的絕世奇才，流芳千古。

【出處】南宋．陸游〈書憤〉詩：「早歲那知世事艱？中原北望氣如山。樓船夜雪瓜洲渡，鐵馬秋風大散關。塞上長城空自許，鏡中衰鬢已先斑。〈出師〉一表真名世，千載誰堪伯仲間？」

本與樂天為後進，敢期子美是前身。

向來師法白居易的寫詩風格，敢於期望杜甫是自己的前世。

【解析】王禹偁寫了兩首〈春居雜興〉詩，其中兩句「何事春風容不得？和鶯吹折數枝花」被兒子說和杜甫〈絕句漫興〉組詩中「恰似春風相欺得，夜來吹折數枝花」用詞相似，因而建議王禹偁改寫。王禹偁從來不避諱自己創作的學習對象，是主張詩歌應為反映生活現實而作的白居易，他在聽了兒子的說法後，發現自己竟然能與杜甫的詩風暗合，反倒覺得沾沾自喜，執意不作更動。這一首詩除了記錄兒子對〈春居雜興〉詩提出的意見之外，也表達了他不更改詩句的理由。可用來說明對唐代詩人杜甫、白居易文學成就的嚮往，並期勉自己成為他們的後繼者。

【出處】北宋．王禹偁〈前賦春居雜興詩二首，間半歲，不復省視，因長男嘉祐讀杜工部集，見語意頗有相類者，咨於予，且意予竊之也，予喜而作詩聊以自賀〉詩：「……本與樂天為後進，敢期子美是前身。從今莫厭閑官職，主管風騷勝要津。」（節錄）

自古功名亦苦辛，行藏[1]終欲付何人？

自古以來，人們為了求取功名而付出勞苦心血，然而他們一生的行止，最後交給誰去評論呢？

【注釋】1.行藏：本指出仕和退隱，後多引指人一生的經歷。

【解析】王安石詩中抒發其讀史籍的心得，感嘆歷來多少先人為了成就功業名聲，夙夜匪懈，耗費畢生心力，但等到人生一謝幕，在世的人評述其言行功過時，卻沒有掌握確切事實，僅憑一己主觀認知便下筆，這樣對先人是相當不公允的，更造成了後世的人難以探究當時的真相。可用來說明一個人的生平事蹟，能夠被後人客觀真實的記錄下來，是一件很不容易的事。

【出處】北宋．王安石〈讀史〉詩：「自古功名亦苦辛，行藏終欲付何人？當時黮（ㄊㄢˇ）闇猶承誤，末俗紛紜更亂真。糟粕所傳非粹美，丹青難寫是精神。區區豈盡高賢意，獨守千秋紙上塵。」

行筆因調性，成詩為寫心。

作文章是為了展現自己的風格和本性，作詩是為了寫出自己的思想和感情。

【解析】一生堅持不涉足官場的邵雍，對生命向來抱持一種直率自然的情懷，他不喜刻意雕琢或苦吟出來的文字，認為創作詩文主在抒發自己內在的真實心意，而不是為了求得爵位或博取文壇美名。可用來說明行文下筆，純粹是為了抒寫自得的理趣，沒有其他的目的。

【出處】北宋．邵雍〈無苦吟〉詩：「平生無苦吟，書翰不求深。行筆因調性，成詩為寫心。詩揚心造化，筆發性園林。所樂樂吾樂，樂而安有淫。」

作詩火急追亡逋，清景一失後難摹。

我趕緊寫下這首詩，就像追捕逃亡的人一樣火急，擔心清麗的景色從腦海消失後，就難以再摹寫出來了。

【解析】蘇軾遊杭州孤山後一回到家，就片刻不得閑記錄他的遊山感受，擔心腦中的景象和浮現的靈感稍縱即逝，日後要再追憶也已無處尋覓。可用來說明創作者應及時記下所感悟的情思，描摹當下的景物，一旦錯失，時不再來。

【出處】北宋．蘇軾〈臘日遊孤山訪惠勤、惠思二僧〉詩：「……天寒路遠愁僕夫，整駕催歸及未晡。出山迴望雲木合，但見野鶻盤浮圖。茲遊淡薄歡有

餘，到家恍如夢蘧蘧。作詩火急追亡逋，清景一失後難摹。」（節錄）

初如食橄欖，真味久愈在。

一開始讀時，好像吃生澀的橄欖一樣，但熟讀了之後，便能體會出其中深刻綿長的真實意味。

【解析】歐陽脩是梅堯臣的好友，他認為梅堯臣的詩風從先前的清新切實，轉為硬澀艱深，使得一般人不易理解，但這也代表梅堯臣的工力日益精進老到，好比橄欖入口時味道苦澀，經過耐心咀嚼後，才能吃出其甘甜的滋味。可用來比喻一個人的詩文風格艱澀，涵義深遠，必須細細品味才能真正領悟。

【出處】北宋．歐陽脩〈水谷夜行寄子美、聖俞〉詩：「……梅翁事清切，石齒漱寒瀨。作詩三十年，視我猶後輩。文詞愈清新，心意雖老大。譬如妖韶女，老自有餘態。近詩尤古硬，咀嚼苦難嘬。初如食橄欖，真味久愈在……」（節錄）

命屈由來道日新，詩家權柄敵陶鈞[1]。

命運坎坷，向來是在政治上主張革新的人，然而詩人的權力，絕對敵得過聖明君主治理天下。

【注釋】1.陶鈞：本指製造陶器所用的旋盤，後多用來比喻聖王統治天下。

【解析】王禹偁堪稱是北宋詩文革新運動的先驅，生平致力學習唐人杜甫、白居易樸實平易的詩風，內容多反映社會現實或民間疾苦。從政期間，他因提出諫言而不見容於當政者，屢遭貶斥，仍不改其剛直敢言本色，堅持詩家之筆，是足以讓君王戒慎恐懼的。可用來說明文學作品具有撼動上位者的強大力量。

【出處】北宋．王禹偁〈前賦春居雜興詩二首，間半歲，不復省視，因長男嘉祐讀杜工部集，見語意頗有相類者，咨於予，且意予竊之也，予喜而作詩聊以自賀〉詩：「命屈由來道日新，詩家權柄敵陶鈞。任無功業調金鼎，且有篇章到古人……」（節錄）

忽有好詩生眼底，

安排句法已難尋。

（看見春日美景）忽然眼前浮現美好的詩句，正想著如何鋪排時，詩句已經消失不見了。

【解析】陳與義寫其一早起來，聽見來自庭院樹上的鳥鳴聲，接著看著鳥兒從紅花綠葉的院子飛往遠方的樹林，腦海頓時閃過了絕妙詩意，但還在構思文句時，詩意早已不翼而飛，之後任憑他再絞盡腦汁也想不起來了。可用來說明從事寫作和其他創作時，靈感忽而即來，但又稍縱即逝，極難捕捉。

【出處】北宋末、南宋初．陳與義〈春日〉詩二首之一：「朝來庭樹有鳴禽，紅綠扶春上遠林。忽有好詩生眼底，安排句法已難尋。」

非人磨墨墨磨人。

不是人在磨墨，而是墨在磨鍊人。

【解析】擅長書法的蘇軾藏有不少好墨，友人舒煥在參觀了蘇軾豐富的收藏後，寫詩表達其驚羨情意。蘇軾則是回給對方這一首詩，抒發文人長年磨墨寫字，殫精竭慮，表面上看似是人在硯臺上研墨成汁，事實上可以說是墨在磨鍊人的耐性與心志，人在磨墨的同時，其實也在絞盡腦汁，構思作品的布局。可用來說明人在書寫過程中消磨時光，修鍊心性。

【出處】北宋．蘇軾〈次韻答舒教授觀余所藏墨〉詩：「……非人磨墨墨磨人，瓶應未罄罍先恥。逝將振衣歸故國，數畝荒園自鋤理。作書寄君君莫笑，但覓來禽與青李。一螺點漆便有餘，萬灶燒松何處使……」（節錄）

看似尋常最奇崛，成如容易卻艱辛。

看起來似乎平凡尋常，其實是非常奇特突出，寫成好像很容易的樣子，實際上過程卻是歷經艱難辛苦。

【解析】此為王安石寫其對中唐詩人張籍的品評，他認為張籍的作品多用口語描寫百姓生活，乍看樸實平淡，然細讀內容，多在揭發社會黑暗，關懷民間疾苦，使人產生極大的共鳴，故予以相當高的評價。可用來說明某些作品看似平常，卻有獨到之處，取得的成就，也是作者付出勞心苦慮所換來的。

【出處】北宋．王安石〈題張司業詩〉詩：「蘇州司業詩名老，樂府皆言妙入神。看似尋常最奇崛，成如容易卻艱辛。」

個個詩家各築壇，一家橫割一江山。

現在每個詩人各自成立門派，每一門派各占據著一片江山。

【解析】楊萬里根據自己的學習經驗，發現當時的詩壇有不少人熱中結黨立派，他對這種風氣很不以為然，主張詩歌是為了抒發個人的切身情感，以及對事物的理解與觀察，不應拘囿於門戶之見，放棄了探索新知的精神，失去了自己的獨特風格，這樣寫出來的作品也不會引起共鳴的。可用來形容藝文界的門派眾多，各自壁壘分明，相互對立。

【出處】南宋．楊萬里〈和段季承、左藏會四絕句〉詩四首之一：「個個詩家各築壇，一家橫割一江山。只知輕薄唐將晚，更解攀翻晉以還？」

書生事業真堪笑，忍凍孤吟筆退尖。

讀書人平時所做的事情真的很可笑，忍受天寒地凍，一個人喃喃吟誦著、寫著，把筆尖都給磨平了。

【解析】蘇軾詩中以一種自我解嘲的口吻，抒發文士從事創作過程所歷經的孤獨與辛苦，實不足為外人道之，也唯有意志堅定、忍受得了寂寞苦悶的人，方能理解個中滋味。可用來說明創作歷程，備嘗艱辛。

【出處】北宋．蘇軾〈謝人見和前篇二首〉詩二首之一：「已分酒杯欺淺懦，敢將詩律鬥深嚴。漁蓑句好應須畫，柳絮才高不道鹽。敗履尚存東郭足，飛花又舞謫仙簷。書生事業真堪笑，忍凍孤吟筆退尖。」

高論無窮如鋸屑，小詩有味似連珠。

長篇大論有如鋸木材時落下的木屑，連續不斷，短小的詩有如一連串的珍珠，雋永有味。

【解析】蘇軾認為篇幅長的作品，可以深入議論高遠見解，但簡短的小詩也別有韻味，讀來字字皆是珠璣，可謂各有所長。其中「鋸屑」常用來比喻說話滔滔不絕或文章宏論滔滔，而「連珠」可用來比喻行文簡潔清麗，不直指事情，而是藉連串事例傳達意旨，使人容易明白。可用來讚美人的詩文長篇立論高妙，短篇清新動人。

【出處】北宋·蘇軾〈生日，王郎以詩見慶，次其韻，並寄茶二十一片〉詩：「……高論無窮如鋸屑，小詩有味似連珠。感君生日遙稱壽，祝我餘年老不枯。未辨報君青玉案，建溪新餅截雲腴。」（節錄）

琢雕自是文章病，奇險尤傷氣骨多。

在形式上過分修飾雕砌字句，本來就是文章的弊病，刻意追求奇特險怪，尤其損傷文章的思想和內容。

【解析】陸游詩中強調詩文應以內涵氣骨取勝，平淡中而見真味，若只想著如何標新立異或苦思冷僻難字，這也會失去了文章的自然本色。可用來說明在文字上追求奇巧怪異是寫作的大忌。

【出處】南宋·陸游〈讀近人詩〉詩：「琢雕自是文章病，奇險尤傷氣骨多。君看大羹玄酒味，蟹螯蛤柱豈同科？」

鍊辭得奇句，鍊意得餘味。

修鍊文字，可以得到奇美的文句，修鍊文意，可以得到耐人體會的無窮興味。

【解析】邵雍認為寫詩是為了抒發自己的心志、情感，固然埋首鑽研在文詞的錘鍊上，會使得詩句更為優美，但他還是比較重視詩本身的立意，也就是詩中所要表達的思想和主題，他深信一首好詩絕不是因經過推敲苦思後就會得來，而是作者將其對生命、物情的深刻領悟寫入了詩，才會讓人在讀了之後，意味無盡。可用來說明行文時不可只在乎形式的美感，更要注重內容的本質。

【出處】北宋．邵雍〈論詩吟〉詩：「何故謂之詩？詩者言其志。既用言成章，遂道心中事。不止鍊其辭，抑亦鍊其意。鍊辭得奇句，鍊意得餘味。」

韓生畫馬真是馬，蘇子作詩如見畫。

唐代畫家韓幹畫的馬就像是真的馬，我寫的詩猶如讓人看見韓幹的畫。

【解析】詩中「韓生」指的是唐代畫家韓幹，以畫馬著稱。韓幹的這幅畫馬圖已佚失，此詩為蘇軾題寫在好友李公麟臨摹韓幹的畫馬圖上。蘇軾先是描繪韓幹所畫中的馬或馳、或立、或嘶、或飲等各種逼真形態與動勢，之後不忘自詡其題在畫上的詩，等同讓人欣賞到韓幹的畫作一樣。可用來形容作詩題在畫上，生動再現畫中意境，詩意如畫。

【出處】北宋．蘇軾〈韓幹馬十四匹〉詩：「二馬並驅攢八蹄，二馬宛頸鬃尾齊。一馬任前雙舉後，一馬卻避長鳴嘶。老髯奚官騎且顧，前身作馬通馬語。後有八匹飲且行，微流赴吻若有聲。前者既濟出林鶴，後者欲涉鶴俯啄。最後一匹馬中龍，不嘶不動尾搖風。韓生畫馬真是馬，蘇子作詩如見畫。世無伯樂亦無韓，此詩此畫誰當看？」

辭嚴意正質非俚，古味雖淡醇不薄。

文辭嚴謹，義理端正，質樸而不流於俚俗，古樸的風格讀來雖似平淡，但文字精純，底蘊深厚。

【解析】石介是北宋初的理學家，其向歐陽脩大力推薦自己同鄉兗州（位在今山東境內）子弟張續、李常兩人的文章，歐陽脩讀了之後，便寫了這首詩給石介，詩中讚美張續、李常的文章用詞謹慎，義理正當，富有古樸的韻味。可用來形容一個人的詩文風格樸實，義理嚴正。

【出處】北宋．歐陽脩〈讀張、李二生文贈石先生〉詩：「先生二十年東魯，能使魯人皆好學。其間張續與李常，剖琢珉石得天璞。大圭雖不假雕琢，但未磨礱出圭角。二生固是天下寶，豈與先生私褚橐（ㄊㄨㄛˊ）。先生示我何矜誇，手攜文編謂新作。得之數日未暇讀，意欲百事先屏卻。夜歸獨坐南窗下，寒燭青熒如熠爚。病眸昏澀乍開緘，燦若月星明錯

落。辭嚴意正質非俚，古味雖淡醇不薄……」（節錄）

一語天然萬古新，豪華落盡見真淳。

（陶淵明的作品）語言平易自然，即使年代隔了很久，讀來還是頗有清新的意味，揚棄了所有浮華雕琢的辭藻，更顯其真實淳樸的本質。

【解析】金人元好問對文學創作的主張，一向力倡漢魏古風，反對綺靡浮豔之風，詩中他高度評價了前人陶淵明的詩作素樸清純，渾然天成，萬古常新，完全無須華辭浮語來加以粉飾，充分展現其坦直真率的特色。可用來說明好的作品應該是讓人感到樸實真誠，耳目一新，而不是雕章鏤句，刻意賣弄。

【出處】金．元好問〈論詩〉詩三十首之四：「一語天然萬古新，豪華落盡見真淳。南窗白日羲皇上，未害淵明是晉人。」

心畫[1]心聲[2]總失真，文章寧復見為人？

把心裡所想的轉換成文字、言語，其實還是會和自己真正的想法有所出入，難道可以從一個人寫出來的作品，就能看見他是如何做人處事的嗎？

【注釋】1.心畫：發自內心寫成的文字。2.心聲：發自內心所說出的話。

【解析】古人向有「文如其人」之說，意即文章的風格，可以反映出作者的思想、為人，強調文風與品行的一致性。元好問詩中對此提出反思，其援引西晉文人潘岳為例，認為潘岳雖然寫出了〈閑居賦〉這樣情致高遠、淡泊名利的傳世佳作，但在現實生活中，潘岳曾經望見當朝權貴賈謐的座車揚起灰塵，便在路邊叩拜起來，如此趨炎附勢的作風，實在和〈閑居賦〉的風格不相符合。可用來說明作品的格調，與作者的人品優劣沒有必然的關係。

【出處】金．元好問〈論詩〉詩三十首之六：「心畫心聲總失真，文章寧復見為人？高情千古〈閑居賦〉，爭信安仁拜路塵。」

詩家總愛西崑[1]好，獨恨無人作鄭箋[2]。

許多詩人都喜愛李商隱的詩，只可惜沒有人能像鄭玄箋注《毛詩》一樣，嘗試替李商隱的作品作注解。

【注釋】1.西崑：此代指李商隱的詩作。西崑，本指古代皇帝藏書的地方。北宋初年，楊億等人奉命於內廷藏書閣編纂《冊府元龜》，編書之餘，與錢惟演、劉筠等文人相互唱和，結集成《西崑酬唱集》，書一面世，學子爭相仿效，蔚成一股風尚，「西崑體」的名號由此而來，其特色是追求辭藻富麗、對仗工整，愛好模擬唐人李商隱的詩風。2.鄭箋：此代指箋注。東漢經學家鄭玄曾為《毛詩》作注。《毛詩》指的是西漢人毛亨為《詩經》作傳，也是至今流傳的版本。

【解析】晚唐詩人李商隱的詩以情調優美、意境朦朧聞名，歷來廣受詩家們好評，遺憾的是，也因其用典冷僻，詩意隱晦，經常造成各家各自解讀，眾說紛紜。元好問詩中舉李商隱〈錦瑟〉詩為例，人人對詩句皆能朗朗上口，但到底作者是為誰而寫，至今無人知道真正的答案，有寫給情人、亡妻的說法，也有詠樂器瑟之說，還有自傷身世等等，後人恨不得有像鄭玄這樣為經典作箋的專家出現，好為自己解開疑惑。可用來形容李商隱的詩或某些人的作品晦澀難懂。

【出處】金．元好問〈論詩〉詩三十首之十二：「望帝春心託杜鵑，佳人錦瑟怨華年。詩家總愛西崑好，獨恨無人作鄭箋。」

縱橫正有凌雲筆，俯仰隨人亦可憐。

寫詩應該氣勢豪邁奔放，筆力遒勁雄健，如果一舉一動都要任由他人支配，那也就太可憐了。

【解析】古代文人之間，常有以詩詞相互酬答的風氣，有不少唱和詩更是依照對方來詩中所用的韻字次第來回應的，稱之「次韻」或「步韻」。元好問認為寫詩就應該是抒發真實性情，靈活揮灑自己的想法，不可為了配合原詩，刻意揀詞選字，這樣全然受制於他人所寫出來的作品，早已失去了個人獨特的風貌了。可用來說明寫作詩文貴在獨創脫俗，簡潔有力，最忌諱一味模仿或沿襲別人。

【出處】金．元好問〈論詩〉詩三十首之二十一：「窘步相仍死不前，唱酬無復見前賢。縱橫正有凌雲筆，俯仰隨人亦可憐。」

鴛鴦繡了從教看，莫把金針度與人。

繡出來的鴛鴦可以任意隨人觀賞，可是繡鴛鴦的針法卻是不可（或難以）傳授給他人的。

【解析】元好問詩中借「金針」典故來喻比創作之道。相傳唐人鄭侃的女兒采娘，她因在七夕這天向天上織女乞求讓自己的雙手靈巧，織女便送給采娘一根金針，從此采娘刺繡的技藝果然比以往更為奇巧，遠近馳名。作者認為掌握寫詩的訣竅，就如同人的手上持有「金針」這個利器一樣，但如何達到運用自如的境界，則是無法與他人言說的，而是要靠個人自身去用心體悟。可用來說明創作的祕訣不可輕易傳與他人。也可用來比喻寫作或做事的方法，都是要經過反覆思索，才能從中領悟，很難一語道破。

【出處】金．元好問〈論詩〉詩三首之三：「暈碧裁紅點綴勻，一回拈出一回新。鴛鴦繡了從教看，莫把金針度與人。」

不依古法但橫行，自有雲雷繞膝生。

不因循古人的法則，只憑自己的心意，勇往直前，自然會有風雲雷電圍繞身邊，緊緊跟隨。

【解析】清人袁枚先是歌詠南宋名將岳飛用兵如神，從不拘執前人兵書上所言，而是視實際情況靈活應變，在沙場上縱橫馳騁，因而贏得了晚輩的欽服。作者接著便提出寫文章其實和兵家指揮作戰的道理是一樣的，都是要懂得改進變通，大膽創新，絕不可沿襲舊說、裹足不前，方能創作出讓後人敬慕的作品。可用來說明從事寫作或其他工作，應勇於求新求變，不可墨守成規。

【出處】清．袁枚〈謁岳王墓〉詩十五首之十一：「不依古法但橫行，自有雲雷繞膝生。我論文章公論戰，千秋一樣鬥心兵。」

天籟自鳴天趣足，

好詩不過近人情。

大自然發出的聲響，充滿渾然天成的雅趣，一首好詩的標準也是如此，就是貼近人的情感。

【解析】清人張問陶主張寫詩乃是為了反映作者內心的真實性情，就像「天籟」是自然而然產生是一樣的，任何違背常情，或是經過刻意修飾、無病呻吟的文字，就算辭藻鋪陳得再巧麗華美，都不能算是好的詩歌。可用來說明文藝作品應該書寫自己心靈的聲音，真情流露，反對為文而造情。

【出處】清．張問陶〈論詩十二絕句〉詩十二首之十二：「名心退盡道心生，如夢如仙句偶成。天籟自鳴天趣足，好詩不過近人情。」

字字看來皆是血，十年辛苦不尋常。

（曹雪芹寫《紅樓夢》這本書）每一個字看來皆是血淚之筆，十年的辛苦可真是不同於平常。

【解析】這首詩的作者至今仍有爭議，一說是《紅樓夢》的作者曹雪芹，另一說是脂硯齋，傳說此人是曹雪芹的好友，不知其真實姓名，脂硯齋為其別號，其針對《紅樓夢》前八十回寫的《脂硯齋重評石頭記》，歷來備受紅學研究者重視，認為是最貼近曹雪芹創作意圖與精神思想的評論。詩中說明了曹雪芹長達十年的時間，耗盡他生命的所有心血，只為了《紅樓夢》一書。可惜的是，曹雪芹至死都未能把書寫完，後四十回乃高鶚所續寫，也是目前廣為流傳的一百二十回版本。可用來形容從事寫作或完成其他事業，嘔心瀝血，歷時長久。

【出處】清．曹雪芹《紅樓夢．凡例》之詩：「浮生著甚苦奔忙？盛席華筵終散場。悲喜千般同幻渺，古今一夢盡荒唐。謾言紅袖啼痕重，更有情痴抱恨長。字字看來皆是血，十年辛苦不尋常。」（此詩一說作者為脂硯齋）

自嫌詩少幽燕[1]氣，故作冰天躍馬行。

不滿意自己所寫的詩，總覺得缺少一股北方特有的剛勁之氣，所以才決定策馬奔馳，向寒冷的北方前進。

【注釋】1.幽燕：地名，唐代以前屬幽州，戰國時期屬燕國，故而得名。泛指今河北北部、北京市、天津市，以及遼寧一帶。此代指北方。

【解析】清人黃景仁的家鄉常州，位在素有水鄉澤國之稱的江南，他自認受限於南方的生活體驗，無法切身理解北方的人文風情，所以難以寫出慷慨激昂、粗獷豪放的詩風，因而不畏北方的氣候嚴寒，決心離家赴京，開闊眼界，汲取更豐沛的創作能量，期許自己更上層樓。可用來說明文學作品的風格，與作者個人生長的地理環境、人生歷練有很大的關係。

【出處】清．黃景仁〈將之京師雜別〉詩六首之一：「翩與歸鴻共北征，登山臨水黯愁生。江南草長鶯飛日，遊子離邦去里情。五夜壯心悲伏櫪，百年左計負躬耕。自嫌詩少幽燕氣，故作冰天躍馬行。」

但肯尋詩便有詩，靈犀一點是吾師。

只要肯用心去尋訪詩意，就能寫出一首好詩，當靈感乍現時，就像是得到老師的指點一樣。

【解析】清人袁枚向來主張「性靈」之說，強調書寫是為了呈現個人生活的實際感受，詩中他認為人只要願意從身邊的事物去累積經驗，專心投入，並且懂得靈活運用這些看似尋常的素材，寫出好的作品其實一點也不困難。可用來說明文學、藝術作品的創造，必須用心思考，以及通過日常生活去觸發靈感。

【出處】清．袁枚〈遣興〉詩二十四首之七：「但肯尋詩便有詩，靈犀一點是吾師。夕陽芳草尋常物，解用都為絕妙詞。」

我手寫我口，古豈能拘牽？

我的手只寫我口中想說的話，古人的思考或寫作模式怎麼能夠束縛得住我？

【解析】清人黃遵憲是近代詩歌改良運動「詩界革命」的先驅者，他因受到西學傳入的影響，不滿文壇當時充斥一股模擬、抄襲古詩文的風氣，故提出「我手寫我口」，這句詩後來也成了民國成立之初，胡適

在「白話文運動」中的口號。可說明寫作以直抒己見為主，思想與方法必須與時俱進，不可泥古非今。

【出處】清．黃遵憲〈雜感〉詩五首之二：「……我手寫我口，古豈能拘牽？即今流俗語，我若登簡編。五千年後人，驚為古爛斑。」（節錄）

李杜詩篇萬口傳，至今已覺不新鮮。

唐人李白、杜甫的詩歌曾被無數的人傳誦，但到了現在，讀起來已感覺不到新奇的意味了。

【解析】清人趙翼主張詩歌隨著不同時代不斷發展，都該開創不同的新局，而非厚古薄今，詩中他援引唐詩大家李白、杜甫為例，認為兩人的作品可以名傳不朽，著實不愧「詩仙」、「詩聖」之美稱，但後代文人也不可因前人的成就非凡，便效顰學步，失去了自我創新的企圖，畢竟唐代創造了詩的盛世，後人也要在想法和內容上推陳出新，不可將視野侷限在那段詩的輝煌歷史，而忽略了自己的稟性以及每個時代的特性。可用來說明文藝作品最重要的是獨創新意，不可一味吹捧舊時代的創作。

【出處】清．趙翼〈論詩〉詩五首之二：「李杜詩篇萬口傳，至今已覺不新鮮。江山代有才人出，各領風騷數百年。」

到老始知非力取，三分人事七分天。

到了年老，才知道寫好詩文不是努力就能辦到的，三分得靠人自己的努力，七分則是來自天賦或命運。

【解析】清人趙翼詩中提及自己從年少開始，總以為文筆不好是緣於工夫下得不夠深所致，等到年紀大時，方才領悟到不管自己多麼用功，也是沒有辦法寫出驚為天人的絕妙好文。亦即出眾的文采，除了後天的學習、經驗的累積之外，還是和個人才分、機運有很大的關聯。可用來說明文藝創作或從事其他事情，天生稟賦和時運也是很重要的。

【出處】清．趙翼〈論詩〉詩五首之四：「少時學語苦難圓，只道工夫半未全。到老始知非力取，三分人事七分天。」

國家不幸詩家幸，賦到滄桑句便工。

國家慘遭動亂災禍，固然令人悲傷，卻也因而成就了當時的詩人，畢竟人書寫自己親身經歷過的事故變化，詩句自然就會工整、深刻。

【解析】詩題〈題《元遺山集》〉，遺山，是金末元初詩人元好問的自號。此詩為清代詩人趙翼針對元好問的詩集所作的評論，他認為元好問曾目睹金朝由衰弱到亡國的過程，又切身承受了成為前朝遺民的巨大痛苦，使其不用刻意琢磨，便能寫出撼動人心的作品。反之，一生都在太平安逸中度過的文人，其筆下很難孕育出沁人心脾的佳篇。可用來說明身處紛亂時局的人生經驗，更能激發出作家的潛能，寫出不朽之作。

【出處】清．趙翼〈題《元遺山集》〉詩：「身閱興亡浩劫空，兩朝文獻一衰翁。無官未害餐周粟，有史深愁失楚弓。行殿幽蘭悲夜火，故都喬木泣秋風。國家不幸詩家幸，賦到滄桑句便工。」

愛好由來落筆難，一詩千改始心安。

想要寫出優美的詩句，下筆向來都是困難的，一首詩的完成，可是經過了上千次的修改，才會覺得心裡安穩。

【解析】活動於清朝乾隆、嘉慶年間的袁枚，當時早已享譽文壇，但他並未因此而沾沾自足，只要作品還沒有達到自己滿意的標準，草稿絕不拿出來給人過目，期間甚至不厭其煩的一再修潤，反映其寫作態度之嚴謹。可用來形容好的文藝創作多是作者反覆錘鍊、字斟句酌的成果。

【出處】清．袁枚〈遣興〉詩二十四首之五：「愛好由來落筆難，一詩千改始心安。阿婆還似初笄（ㄐㄧ）女，頭未梳成不許看。」

滿紙荒唐言，一把辛酸淚。

滿張紙寫的內容看似荒誕不經，其實蘊含著寫

書人的辛酸血淚。

【解析】《紅樓夢》又名《石頭記》，顧名思義為石頭所記之事，作者曹雪芹在開篇以神話故事的形式介紹此書的由來，描述女媧氏煉石補天後剩餘一塊無用的通靈石頭，將其棄在大荒山無稽崖的青埂峰下，偶然路過的茫茫大士和渺渺真人坐在石頭邊，暢談仙界與凡間的故事，石頭聽了動了凡心，央求他們帶其下凡，兩人便念咒施法將石頭變成刻有「通靈寶玉」的晶瑩美玉。自此不知又過了幾世幾劫之久，有一空空道人經過青埂峰下，看見石頭上寫有其下凡的親身經歷，遂詳實抄錄石上所記，帶回人間流傳。後來，空空道人的抄寫本傳到了曹雪芹手中，經其十年披閱，增刪五次，並題寫此詩，說明《石頭記》書名的緣起，同時也道盡其為了這部著作備嘗辛苦，內心悲酸實難以向外人道之。可用來形容一部作品的完成，過程中有許多不為人知的付出與苦衷。其中「滿紙荒唐言」一語也可用來自謙作品的平凡。

【出處】清．曹雪芹《紅樓夢．第一回》之詩：「滿紙荒唐言，一把辛酸淚。都云作者痴，誰解其中味？」

滿眼生機轉化鈞，天工人巧日爭新。

所見到的一切事物都充滿蓬勃生機，猶如製造陶器時轉動不停的旋盤，無論是大自然的鬼斧神工，還是人為的精妙巧思，每天都在爭相創造新局。

【解析】趙翼一向重視詩家力圖進取，別創新格，其認為天地造化，萬物生生不息，時代也是同樣日新月異，新的事物和思想不斷層出疊見，即使出現了天縱奇才，能和時間預支五百年的新穎創意，然過了一千年後再來看，還是覺得了無新意，不合時宜。可用來說明社會不斷發展變化，文學創作也要與時俱進，破舊立新。

【出處】清．趙翼〈論詩〉詩五首之一：「滿眼生機轉化鈞，天工人巧日爭新。預支五百年新意，到了千年又覺陳。」

論藝術

【音樂】

清商[1]隨風發，中曲正徘徊。

清商聲調清切悲傷，樂音隨風飄送，彈奏到曲子的中段部分，樂曲的旋律不斷回環往復，久久縈繞不去。

【注釋】1.清商：樂曲名，曲調清越悠揚，宜於表現悲愁哀怨的情調。

【解析】作者詩中描寫一名女子住在氣派宏偉，裝潢典麗的高樓，從樓上傳來其奏出哀淒的清商樂音，其間琴音反覆，伴隨著女子的聲聲嘆息，彷彿其心中壓抑著甚多無處可伸的激越悲情，令聽者感到哀傷無盡。可用來形容琴韻悲怨悱惻，節奏複沓迴旋。

【出處】東漢．佚名〈古詩十九首〉詩十九首之五：「……上有絃歌聲，音響一何悲。誰能為此曲？無乃杞梁妻。清商隨風發，中曲正徘徊。一彈再三歎，慷慨有餘哀……」（節錄）

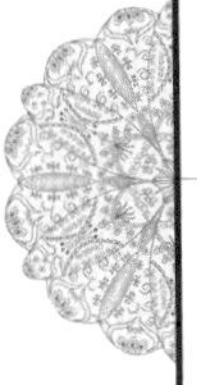

彈箏奮逸響，新聲妙入神。

這彈奏箏的樂音多麼不同凡俗，是當今最流行的曲調，琴音已達精妙神奇的境界。

【解析】詩人敘述其在一場賓主盡歡的盛宴上，聽到古箏演奏者彈著時髦的曲子，絃音清新悠揚，美妙動聽，在場有賢德之人開始發表心得高論，表現其對曲中真意的體會，堪稱是一個真正識曲的知音人。可用來形容琴聲飄逸輕快，曲風獨特新穎，技藝高超神妙。

【出處】東漢．佚名〈古詩十九首〉詩十九首之四：「今日良宴會，歡樂難具陳。彈箏奮逸響，新聲妙入神。令德唱高言，識曲聽其真。齊心同所願，含意俱未申……」（節錄）

流鄭激楚，度宮中商[1]。感心動耳，綺麗難忘。

（聆聽女子的琴聲）無論是流行的鄭國樂曲，還是激昂的楚國音樂，樂韻和諧順暢，動人悅耳，好聽到讓人難以忘記。

【注釋】1.度宮中商：形容合於音律。其中「宮」、「商」，本指古樂五音「宮、商、角、徵、羽」中的兩種音階調式，後多用來引申音律、音樂。

【解析】三國魏人曹丕詩中描寫一名清麗女子優異的音樂才能，不但通曉樂律，擅長各式曲調，一雙巧手撥弄出來的哀婉絃音精微神妙，令人如痴似醉，彷彿空氣中瀰漫著一股清新芬芳，久久不能忘懷。可用來形容演奏技巧高超絕妙，無懈可擊。

【出處】三國魏．魏文帝曹丕〈善哉行〉詩二首之二：「有美一人，婉如清揚。妍姿巧笑，和媚心腸。知音識曲，善為樂方。哀絃微妙，清氣含芳。流鄭激楚，度宮中商。感心動耳，綺麗難忘……」（節錄）

一唱萬夫歎，再唱梁塵飛。

一人高歌，立刻引來萬人齊聲唱和，再唱下去，能使梁上的塵埃振動飛起。

【解析】西晉文人陸機寫其來到京城洛陽，落拓失意的他，見靜夜裡有一女子在撥弄琴絃，樂音清越悲涼，隨著急促的節奏，女子放聲歌唱，其哀怨的歌聲與高亢的琴音相互應和著，竟然可以讓所有不寐的人跟著吟詠，甚至連原本附著在梁柱上的灰塵，也被女子的微妙美聲給深深觸動而振盪飛散，可見其歌藝之出神入化，任誰都無法招架。可用來比喻歌聲嘹亮動人。

【出處】西晉．陸機〈擬東城一何高〉詩：「……京洛多妖麗，玉顏侔瓊蕤。閑夜撫鳴琴，惠音清且悲。長歌赴促節，哀響逐高徽。一唱萬夫歎，再唱梁塵飛。思為河曲鳥，雙遊豐水湄。」（節錄）

女媧鍊石補天處，石破天驚逗秋雨。

（樂聲傳到了天上）把女媧用來補天的五色石震破，讓上天為之驚動，秋雨傾瀉而下。

【解析】本詩詩題為〈李憑箜篌引〉。李憑，是中唐時期以彈奏箜篌聞名的宮廷樂師。箜篌，為一種撥弦的樂器。李賀在聽了李憑的彈奏後，想像著李憑巧奪天工的琴音飛上了天，使女媧所補的石也為之驚破，足見樂音的震撼力有多麼強烈。可用來形容樂聲高亢激昂，驚天動地。另可用來比喻事物或言論出人意表，新奇驚人。

【出處】唐．李賀〈李憑箜篌引〉詩：「……女媧鍊石補天處，石破天驚逗秋雨。夢入神山教神嫗，老魚跳波瘦蛟舞。吳質不眠倚桂樹，露腳斜飛濕寒兔。」（節錄）

天然一曲非凡響，萬顆明珠落玉盤。

（瀑布由高處奔瀉而下的聲音）是天然而不平凡的樂音，宛若萬顆晶瑩的珍珠落在玉盤一樣的響亮。

【解析】道士程太虛描寫瀑布在蒼翠山谷間直瀉而下，清脆的流水聲傳入耳裡，就像是珍珠落玉盤般，他認為此乃大自然發出的美妙天籟，絕非凡間的曲調可與比擬。可用來比喻不平凡的音樂，也可用來比喻藝術或文學作品的出色。另可用來比喻人的才能傑出。

【出處】唐．程太虛〈漱玉泉〉詩：「瀑布橫飛翠壑間，泉聲入耳送清寒。天然一曲非凡響，萬顆明珠落玉盤。」

古人唱歌兼唱情，今人唱歌唯唱聲。

以前的人唱歌能唱出歌曲的內在情感，聲情並茂，現在的人唱歌只能唱出聲音來。

【解析】本詩詩題〈問楊瓊〉。楊瓊，指的是中唐時期一位善於歌唱的酒妓，與元稹、白居易皆有往來。白居易回想起早年如楊瓊這般出類拔萃的歌者，不僅歌唱技巧高超，聲音美妙，也能在歌聲中寄寓歌曲的內容情感。可惜的是，楊瓊之後的歌者，歌聲雖依舊美妙，聽來卻是毫無情感可言，與前人相比，高下立判。可用來說明音樂、詩歌等藝文表演要聲情並茂才能打動人心。

【出處】唐．白居易〈問楊瓊〉詩：「古人唱歌兼唱情，今人唱歌唯唱聲。欲說向君君不會，試將此語問楊瓊？」

曲終人不見，江上數峰青。

樂曲演奏完畢，聽者才剛回過神來，卻發現演奏的人已不知去向，只看見江水環繞著幾座青山。

【解析】本詩詩題〈湘靈鼓瑟〉。湘靈，傳說中是堯的女兒娥皇、女英，兩人同嫁與舜，後因哀痛舜的崩殂，自溺於湘江，化為湘水之神，故稱之。錢起借《楚辭．遠遊》中「湘靈鼓瑟」的神話作為題材，寫他在湘江岸邊，聆聽湘靈神妙精湛的演奏，曲罷耳邊還縈繞著優美樂音時，湘靈早已飄然無蹤，只留下悵然迷惘的他和原本就聳立在江邊的綿延青山。清人宋宗元《網師園唐詩箋》評曰：「曲與人與地膠粘入妙。末二句遠韻悠然。」可用來形容動人樂曲戛然而止，令聽者餘味不盡。

【出處】唐．錢起〈湘靈鼓瑟〉詩：「善鼓雲和瑟，常聞帝子靈。馮夷空自舞，楚客不堪聽。苦調淒金石，清音入杳冥。蒼梧來怨慕，白芷動芳馨。流水傳湘浦，悲風過洞庭。曲終人不見，江上數峰青。」

曲罷不知人在否？餘音嘹亮尚飄空。

一首樂曲吹完，不知道吹笛的人還在嗎？彷彿響亮的笛聲還在空中迴繞不去。

【解析】趙嘏描寫月夜下畫樓高處的笛聲響徹雲霄，待一曲終了，他雖不知吹笛人是否還停駐原地，但悠揚的樂音彷彿仍在夜空中飄蕩不止，令人陶醉嚮往。可用來形容演奏者的樂音悠揚動聽，音樂造詣不凡。

【出處】唐．趙嘏〈聞笛〉詩：「誰家吹笛畫樓中？斷續聲隨斷續風。響遏行雲橫碧落，清和冷月到簾櫳。興來三弄有桓子，賦就一篇懷馬融。曲罷不知人在否？餘音嘹亮尚飄空。」

此曲只應天上有，人間能得幾回聞？

這樣悅耳的曲子應該只能在天上才能聽到，人世間哪有幾次機會得以聽聞呢？

【解析】杜甫先是敘說成都城內日夜歌舞昇平，又描述宴會上的樂曲無比動聽，宛如人間難得聽聞之天籟。表面上看似在讚譽樂曲優美，實是在暗諷成都將領花驚定（一名花敬定）目無法紀，僭用天子禮樂一事，意即皇宮才能使用的樂曲，根本不該在花驚定府中的宴會上聽到的！可用來讚美音樂或歌聲美妙動人。另可用來比喻罕人聽聞的事件或論調。

【出處】唐．杜甫〈贈花卿〉詩：「錦城絲管日紛紛，半入江風半入雲。此曲只應天上有，人間能得幾回聞？」

江城吹角水茫茫，曲引邊聲怨思長。

臨靠在江邊的城市，聽到號角聲在茫茫水上迴盪著，號角吹奏著邊塞歌曲，聽到的人無不感到哀怨淒涼。

【解析】羈旅在潤州（位在今江蘇境內）的李涉，黃昏時分佇立在江岸，望著茫茫江水，耳邊突然傳來邊地特有的號角樂音，曲音慷慨悲涼，彷彿是在替邊塞將士抒發思念親人的愁恨幽怨。可用來形容號角吹奏邊塞樂曲，樂音悠揚悲切，引發懷人情思。

【出處】唐．李涉〈潤州聽暮角〉詩：「江城吹角水茫茫，曲引邊聲怨思長。驚起暮天沙上雁，海門斜去兩三行。」

別有幽愁暗恨生，此時無聲勝有聲。

樂聲停止，一股潛藏的愁恨滋生，這時雖然悄然無聲，竟比樂曲彈奏時更加美妙。

【解析】白居易描述琵琶女彈奏時的節奏韻律，時而急促、時而低切、時而婉轉、時而嗚咽，技藝可謂出神入化，等到樂音停止下來，眾人皆屏息無語，心神仍沉浸在樂曲的旋律之中。可用來形容音樂或言語中的留白予人一種意在言外、餘韻無窮的感受。

【出處】唐．白居易〈琵琶行〉詩：「……間關鶯語花底滑，幽咽泉流水下灘。水泉冷澀弦疑絕，疑絕不

通聲暫歇。別有幽愁暗恨生，此時無聲勝有聲……」（節錄）

客心洗流水，餘響入霜鐘。不覺碧山暮，秋雲暗幾重？

琴聲好像流水般洗滌我這個旅客的心靈，那悠揚的餘音，傳入滿是秋霜的寺院鐘聲裡。不知時間過了多久，青山已罩上一層暮色，秋天的雲在天空又堆疊了多少層？

【解析】李白描寫在傾聽了來自故鄉蜀地僧人濬的清妙琴聲後，心靈清澈明淨，鄉愁也一掃而空，更沒有察覺到山暮雲深，整個人完全沉浸在琴音之中。可用來形容琴聲深沉高妙，令聽者心曠神怡，回味無窮而忘卻了時間。

【出處】唐·李白〈聽蜀僧濬彈琴〉詩：「蜀僧抱綠綺，西下峨眉峰。為我一揮手，如聽萬壑松。客心洗流水，餘響入霜鐘。不覺碧山暮，秋雲暗幾重？」

嘈嘈切切錯雜彈，大珠小珠落玉盤。

琵琶所彈奏出來的音樂，嘈雜的大弦和細切的小弦的聲音交錯夾雜在一起，聽起來就好像是大小不一的珠子落在玉盤上一樣的響聲。

【解析】白居易在此描寫琵琶女高超的演奏技巧，見其低眉信手彈撥著大弦小弦，便可發出高低輕重、抑揚起伏的節奏，樂音宛如大小珠子落在玉盤裡那樣清脆悅耳。可用來形容樂音鏗鏘動聽。

【出處】唐·白居易〈琵琶行〉詩：「……大弦嘈嘈如急雨，小弦切切如私語。嘈嘈切切錯雜彈，大珠小珠落玉盤……」（節錄）

誰家玉笛暗飛聲？散入春風滿洛城。

是哪戶人家的笛聲在暗中飛揚呢？隨著春風傳遍了整個洛陽城。

【解析】李白漫遊洛陽時，靜夜裡突然從遠處傳來哀怨動人的笛聲，那位不知名的吹笛人自吹自聽，完全不知洛陽全城的人都被他悠揚迴盪的笛聲所感動。可用來形容樂音悅耳美妙，遠播四方。

【出處】唐·李白〈春夜洛城聞笛〉詩：「誰家玉笛暗飛聲？散入春風滿洛城。此夜曲中聞〈折柳〉，何人不起故園情？」

躋攀分寸不可上，失勢一落千丈強。

琴聲的高音越彈越高，當高到不能再高時，突然從高音處直降到比千丈深還要更低。

【解析】韓愈在聆聽了一位古琴名家穎師的精湛琴藝後，想像琴音的起落變化就宛如鳳凰昂揚激越的鳴聲瞬間轉成悄聲低吟，把聽覺感受變得具體形象化。可用來形容音調由極高驟然降到很低。另可用來暗喻擁有權勢地位的人，行事要更加小心謹慎，否則很容易便會跌入深淵谷底。

【出處】唐·韓愈〈聽穎師彈琴〉詩：「昵昵兒女語，恩怨相爾汝。劃然變軒昂，勇士赴敵場。浮雲柳絮無根蒂，天地闊遠隨飛揚。喧啾百鳥群，忽見孤鳳凰。躋攀分寸不可上，失勢一落千丈強……」（節錄）

自作新詞韻最嬌，小紅低唱我吹簫。

自己創作的新調和填寫的新詞，音韻是最美妙的，歌妓小紅低聲輕唱著，我在一旁吹簫伴奏。

【解析】精通音律的姜夔，前去蘇州拜訪范成大時，譜寫了〈暗香〉和〈疏影〉兩首新曲與新詞，當他準備離開時，范成大將家裡一名喚作小紅的歌妓送給了姜夔。這首詩寫其返家路上，經過蘇州吳淞江上的名勝垂虹橋，掩飾不了喜獲佳人的欣喜，開懷地吹奏他自製的兩曲新調，色藝雙全的小紅則是嬌柔地唱著新詞，樂音和諧柔美，歌聲清婉動人。可用來形容音樂造詣深湛的人，除了填詞作曲，還負責伴奏，與演唱者的默契絕佳。

【出處】南宋·姜夔〈過垂虹〉詩：「自作新詞韻最嬌，小紅低唱我吹簫。曲終過盡松陵路，回首煙波十四橋。」

指尖歷歷泉鳴澗，
腹上鏘鏘玉振金。

從手指尖彈撥出清楚分明有如山泉淙淙的流水聲，從腹肚上方傳來鏗鏗鏘鏘如玉石金屬的撞擊聲。

【解析】這闋詞的詞題為〈詠阮〉。阮，是弦樂器的一種，音色圓潤醇厚，不似琵琶高亢，相傳是因魏晉竹林七賢之一的阮咸善彈此樂器而得名。作者張鎡在詞中敘述他和幾位友人在林泉月下彈阮相娛的情景，表達其對前人隱逸竹林，展現清雅風度的心馳神往。可用來說明弦樂器所彈奏出的音韻和諧優美，聲調蒼勁嘹亮。

【出處】南宋．張鎡〈鷓鴣天．不似琵琶不似琴〉詞：「不似琵琶不似琴，四弦陶寫晉人心。指尖歷歷泉鳴澗，腹上鏘鏘玉振金。天外曲，月邊音。為君轉軸擬秋砧。又成雅集相依坐，清致高標記竹林。」

偶學念奴[1]聲調，
有時高遏行雲。

偶然間，學會了唐代歌女念奴的唱腔，聲調有時高亢到能遏住正在行走的雲。

【注釋】1.念奴：指唐朝天寶年間著名歌女，以歌聲激越清亮而聞名。後多用來泛指歌女。

【解析】晏殊詞中描寫一名歌女，自詡年輕時精通一切歌舞技藝，花樣不時翻新，無人敢與之競爭，甚至連天上的雲朵，都為了聆聽她的歌聲而靜止不動，足見其歌唱技巧高妙絕倫，聲音響徹雲際。可用來形容歌喉嘹亮動聽。

【出處】北宋．晏殊〈山亭柳．家住西秦〉詞：「家住西秦，賭博藝隨身。花柳上，鬥尖新。偶學念奴聲調，有時高遏行雲。蜀錦纏頭無數，不負辛勤。數年來往咸京道，殘杯冷炙謾消魂。衷腸事，託何人？若有知音見採，不辭遍唱〈陽春〉。一曲當筵落淚，重掩羅巾。」

■書畫■

左盤右蹙如驚電，
狀同楚漢相攻戰。

字體的筆勢左盤旋右收縮，像是令人震撼的閃電，形狀猶如楚漢相互爭奪天下時的激烈戰鬥。

【解析】相傳李白晚年獲赦歸來後遊零陵（位在今湖南永州市境內）時，年少僧人懷素慕名前來求詩，李白亦相當賞識懷素的才情，因而寫了這首詩相贈。懷素，為盛唐時期的書法家，精擅草書，與張旭齊名，時稱「張顛素狂」或「顛張醉素」。李白詩中稱讚懷素的草書筆勢如驚風掣電般的狂奔肆意，字形又如楚漢鏖戰般的錯綜複雜，變化萬千。可用來形容揮毫時運筆疾速自如，氣韻飛動不凡。

【出處】唐．李白〈草書歌行〉詩：「……起來向壁不停手，一行數字大如斗。怳怳如聞神鬼驚，時時只見龍蛇走。左盤右蹙如驚電，狀同楚漢相攻戰。湖南七郡凡幾家，家家屏障書題遍……」（節錄）

凌煙功臣[1]少顏色，將軍下筆開生面。

在凌煙閣的功臣肖像因顏色褪去，曹霸將軍奉命重新摹繪，結果賦予畫像嶄新的面貌。

【注釋】1.凌煙功臣：唐太宗為表彰二十四位功臣，在凌煙閣內懸掛閻立本所畫的功臣畫像。

【解析】杜甫描述畫家曹霸在開元年間，受到玄宗的賞識，重新描繪凌煙閣內的功臣畫像，曹霸一下筆便使原本褪色的面貌變得氣韻生動。可用來形容畫作本已褪色，後經人重畫更顯得生氣。其中「下筆開生面」後演變成「別開生面」一詞，另可用來比喻開創新的格局或形式。

【出處】唐．杜甫〈丹青引贈曹將軍霸〉詩：「……開元之中嘗引見，承恩數上南熏殿。凌煙功臣少顏色，將軍下筆開生面。良相頭上進賢冠，猛將腰間大羽箭。褒公鄂公毛髮動，英姿颯爽來酣戰。先帝天馬玉花驄，畫工如山貌不同……」（節錄）

十年不見老仙翁，壁上龍蛇飛動。

近十年沒有見到歐陽脩這位已仙逝的老人家了，但他留在平山堂的墨跡，還像龍蛇般在牆壁上飛舞竄動。

【解析】這是蘇軾第三次經過揚州平山堂所寫的一闋詞。平山堂為歐陽脩出任揚州知州時所建，蘇軾曾於歐陽脩逝世前的一年路過揚州，第一次來到平山堂，並繞道到潁州去拜訪歐陽脩，不料那次竟成了他們師生間最後一次的會面。而今蘇軾三過平山堂，見壁上歐陽脩題寫的〈朝中措．平山闌檻倚晴空〉詞猶存，筆跡遒健有力，龍飛蛇舞，心中緬懷無限。可用來說明人的生命有限，但生前的書畫或詩文手跡卻可以流傳下來，供人瞻仰。

【出處】北宋．蘇軾〈西江月．三過平山堂下〉詞：「三過平山堂下，半生彈指聲中。十年不見老仙翁，壁上龍蛇飛動。欲弔文章太守，仍歌楊柳春風。休言萬事轉頭空，未轉頭時皆夢。」

丹青難下筆，造化獨留功。

書畫家也難以下筆描繪如此美景，因為這是大自然獨門留下的鬼斧神工。

【解析】北宋徽宗趙佶的書法字體修長，筆鋒勁瘦挺拔，自號「瘦金書」，他雖在治國方面毫無建樹，卻是歷史上少見頗具藝術涵養的帝王。徽宗詩中寫其見滿園燦爛盛開的花穠豔絕美，清晨沾了露珠，就像是喝醉了的美人，傍晚霞光映照，以為花就快要融化似的，不禁驚嘆大自然化育萬物的神奇巧妙，實非人為的力量所及。可用來比喻無論技藝多麼高超的書畫家，也無法再現自然天成的景致。

【出處】北宋．宋徽宗趙佶〈詩帖〉詩：「穠芳依翠萼，煥爛一庭中。零露霑如醉，殘霞照似融。丹青難下筆，造化獨留功。舞蝶迷香徑，翩翩逐晚風。」

早知不入時人眼，多買胭脂畫牡丹。

若能提早知道山水畫不受時下人們的喜愛，當初應該多買一些胭脂顏料來畫牡丹花。

【解析】著名山水畫家李唐，曾靠賣畫為生，但人們當時對他的畫並不賞識，於是他通過對一幅描繪雲煙繚繞、灘水湍急的畫題寫詩句，表述完成一幅作品看似容易，其實創作過程十分困難，只是人們不了解也不在乎，因為他們偏愛的是色彩濃豔且含有富貴寓意的牡丹圖畫。這首詩的表面意思是說，自己忍不住都想要迎合時尚，改變本來的繪畫風格，實是藉此諷刺社會風氣崇尚浮華富麗，以致他的畫在市場上銷路不佳。可用來說明意境清高的畫無人欣賞，豔麗多彩的畫廣受歡迎。

【出處】北宋末、南宋初．李唐〈題畫〉詩：「雲裡煙村霧裡灘，看之容易作之難。早知不入時人眼，多買胭脂畫牡丹。」

君家自有元和腳[1]，莫厭家雞[2]更問人。

你們柳姓本家自己就有柳公權的書法，千萬不可輕視自家的，而只看重他人的書法。

【注釋】1.元和腳：指唐人柳公權的書法。腳，本指筆形的捺，俗稱捺腳。在此代指書法。典出唐代詩人劉禹錫〈酬柳柳州家雞之贈〉詩中「柳家新樣元和腳」句，意指柳公權的書法翻新樣式，在唐憲宗元和年間聞名遐邇。2.家雞：此指家傳的書法技藝。

【解析】蘇軾有一堂妹嫁給好友柳瑾之子柳仲遠，堂妹的兩個兒子十分仰慕堂舅蘇軾的書法，希望蘇軾贈字作為他們平日臨摹練字之用，蘇軾寫此詩相贈，一方面是留下墨跡提供晚輩學習，一方面是借詩提醒這兩個堂外甥，柳家就出過書法大家柳公權，更何況自己的祖父柳瑾也是書法名家，實在不必貴遠厭近，妄自菲薄，只要能表現出個人獨有的特色風格便可。可用來說明每個人的書法都有自己的個性和風骨，不要認為自己寫得不夠好就盲目模仿別人。

【出處】北宋．蘇軾〈柳氏二外甥求筆跡〉詩二首之一：「退筆如山未足珍，讀書萬卷始通神。君家自有元和腳，莫厭家雞更問人。」

我書意造本無法，點畫[1]信手煩推求。

我的書法是憑著想像和創作力寫成的，本來就不受傳統法度的約束，隨意落筆，不喜歡每一筆畫都要深入研究。

【注釋】1.點畫：指文字的點、橫、豎、撇、捺、鉤等筆畫。

【解析】宋代四大書法家為蘇軾、黃庭堅、米芾與蔡

裏。不僅寫得一手好詩文，也擅長書法的蘇軾，詩中提出自己寫字講求的不是依循規矩的筆法，而是表現出意態、情致、趣味以及個人的獨特風貌。其中「點畫信手」一語也絕不可視為是蘇軾倡導隨性任意的塗鴉，這可是書法造詣已達純熟精鍊的他，更在乎寫字要自出新意，不襲前人。同樣是書法大家的黃庭堅在〈跋東坡墨跡〉評論蘇軾的書法：「至於筆圓而韻勝，挾以文章妙天下，忠義貫日月之氣，本朝善書，自當推為第一。」也可以說，蘇軾除了高度掌握書寫工力和技巧之外，他的學問文章、精神內涵以及人生態度，也全都融入了筆墨之間，故後人評價他的書法恣肆橫逸，洋溢一股浩蕩快意之氣，真可謂字如其人。可用來說明寫書法時崇尚意趣而不拘泥於形式或規範。

【出處】北宋．蘇軾〈石蒼舒醉墨堂〉詩：「……我書意造本無法，點畫信手煩推求。胡為議論獨見假，隻字片紙皆藏收。不減鍾、張君自足，下方羅、趙我亦優。不須臨池更苦學，完取絹素充衾裯。」（節錄）

前生或草聖，習氣餘驚蛇。

我前輩子應該是唐代書法家張旭轉世，所以寫字還留有像受驚的蛇竄入草叢般的靈活習性。

【解析】蘇軾先說自己三輩子都轉世為人，只因從前一個念頭的差錯，未能得道，猜想前世或許是人稱草聖的張旭，以致他的書法至今仍保有一股飄逸奔放的氣韻。可用來形容所寫的草書，如人稱草聖的唐人張旭一樣靈動縱逸，自然流暢。

【出處】北宋．蘇軾〈次韻致政張朝奉仍招晚飲〉詩：「……我本三生人，疇昔一念差。前生或草聖，習氣餘驚蛇……」（節錄）

胸中元自有丘壑，故作老木蟠風霜。

因為畫家的心中本來就懷有如高山深谷般的境界，所以能畫出老樹盤曲，飽經風霜的樣貌。

【解析】此為黃庭堅題寫在蘇軾畫作上的詩，其借畫中主題枯木的形象，稱讚蘇軾具備高度的藝術涵養，胸懷遠大，故筆勢蒼勁有力，畫出來的老樹根枝纏繞糾結，一看就知道歷經過歲月滄桑的痕跡。可用來形容書畫家學養豐富，表現在作品上，自然筆力雄厚，人如其畫，畫如其人。

【出處】北宋．黃庭堅〈題子瞻枯木〉詩：「折衝儒墨陣堂堂，書入顏楊鴻雁行。胸中元自有丘壑，故作老木蟠風霜。」

意足我自足，放筆一戲空。

只要能將胸中意趣抒發筆端就感到滿足，率性而為，把寫字當成是一種遊戲，不受任何拘束。

【解析】米芾是北宋書法名家，個性倜儻不羈，舉止顛狂，他的書法也如其人一樣恣意飄灑，自成一家。他在詩中主張書寫的目的，是為了傳達內心自然流露的情意，無須模仿他人，也不必去計較筆法工巧或是樸拙，擺脫了傳統法度的束縛，放鬆隨興去寫就可以了。可用來說明寫字是為了抒發感情，表現意趣。

【出處】北宋．米芾〈答紹彭書來論晉帖誤字〉詩：「何必識難字？辛苦笑揚雄。自古寫字人，用字或不通。要之皆一戲，不當問拙工。意足我自足，放筆一戲空。」

端莊雜流麗，剛健含婀娜。

書法的結構在端正莊嚴中揉雜流暢華美，筆勢在剛強遒勁中蘊含輕盈柔美。

【解析】這是蘇軾回給弟弟蘇轍的一首詩，詩中提出其對書法的審美見解，認為好的書法並非一定得要求完美，即使有一點小瑕疵也不必過於在意，重點是在對於書法風格的掌握，就是把端莊剛健的陽剛之美和流麗婀娜的陰柔之美相互調合，呈現出來的便可謂重美兼具。可用來形容剛柔相濟的書法風格。

【出處】北宋．蘇軾〈次韻子由論書〉詩：「吾雖不善書，曉書莫如我。苟能通其意，常謂不學可。貌妍容有顰，璧美何妨橢。端莊雜流麗，剛健含婀娜……」（節錄）

糟粕所傳非粹美，丹青難寫是精神。

史書流傳下來的內容，也有很多是粗糙不實的，並非全都是精粹準確的，正如繪畫一樣，最難描摹的就是神情氣韻。

【解析】王安石寫此詩的用意，本是為了批判當時文人，只會把史書上如糟粕一樣粗劣的記載，當作精粹純美的史料來閱讀，從不認真去追究事件的來龍去脈，如此又怎會看清事實的真相呢？就好比一般畫家要描摹出對象的外貌表徵並不困難，但要畫出其栩栩如生的神韻，便必須具備更卓越的才藝。可用來說明繪畫或其他文藝創作，要精準地表現出人或事物的本質或特性是最難的。

【出處】北宋．王安石〈讀史〉詩：「自古功名亦苦辛，行藏終欲付何人？當時黮闇猶承誤，末俗紛紜更亂真。糟粕所傳非粹美，丹青難寫是精神。區區豈盡高賢意，獨守千秋紙上塵。」

不要人誇好顏色，只留清氣滿乾坤。

（這幅畫梅花的水墨畫）不需要別人來誇獎它的顏色妍麗，只想要留下清淡明淨的氣息，充盈在這個天地之間。

【解析】此詩詩題〈墨梅〉，是一首題畫詩，乃元末畫家王冕為自己所畫〈墨梅圖〉而題詠的詩作。詩中說明了他使用淡墨的技法，在畫紙上點染出一朵朵梅花的清逸神韻，雖然看似少了引人注目的繽紛色彩，但清潤的墨色卻也讓整幅畫更顯得素淡孤潔，與作者不願媚俗、幽獨不群的傲岸形象正好相符。可用來形容繪畫或文藝作品的風格潔淨高雅，逸群絕俗。

【出處】元．王冕〈墨梅〉詩：「我家洗硯池邊樹，個個花開淡墨痕。不要人誇好顏色，只留清氣滿乾坤。」

立錐[1]莫笑無餘地，萬里江山筆下生。

請不要嘲笑我連一點容身的地方都沒有，廣大的江河、山岳，很快就會從我的筆下出現。

【注釋】1.立錐：本指插立錐尖。多用來比喻極微小的地方。

【解析】曾是明朝舊都應天府（位在今江蘇南京市）鄉試第一的唐寅，中舉後依然偃蹇困窮，經常三餐不繼，但性情疏狂的他，即使住屋簡陋，衣帶散亂，也從不以為苦，相信憑恃著自己的丹青妙手，頃刻便能將壯麗的山河揮灑入畫，表現其樂觀開朗的態度，以及引以自豪的繪畫工力。可用來形容畫家或其他藝術工作者雖然窮困潦倒，卻依舊豪情萬丈，對自己特出的才華滿懷信心。

【出處】明．唐寅〈風雨浹旬，廚煙不繼，滌硯吮筆，蕭條若僧，因題絕句八首奉寄孫思和〉詩八首之八：「領解皇都第一名，猖披歸臥舊茅衡。立錐莫笑無餘地，萬里江山筆下生。」

冗繁削盡留清瘦，畫到生時是熟時。

（四十年來畫竹的領悟）把多餘繁雜的全部刪除，只留下清秀瘦勁的部分，當畫到覺得生疏的時候，就是技藝到達純熟之時。

【解析】清人鄭燮以畫竹聞名，此詩為其晚年之作，主在抒發他四十年來畫竹的心得，從早期仔細描摹竹子的枝葉、竹節，力求形態生動逼真，到後來只著重在突顯竹子的氣質、精神，這也讓他感悟到人生猶如學習作畫的過程，除了勤勉努力，也要懂得適時調整，去蕪存菁，才能不落窠臼，以達到新的領域或境界。可用來說明繪畫或鑽研其他技能，都要不斷思索，反覆練習，使自己的技巧更加圓融成熟。

【出處】清．鄭燮〈題畫竹〉詩：「四十年來畫竹枝，日間揮寫夜間思。冗繁削盡留清瘦，畫到生時是熟時。」

品畫先神韻，論詩重性情。

品評畫作，首先要觀察畫中所流露出的精神、韻味，討論詩作，則是要重視詩中所蘊含的思想、感情。

【解析】此詩詩題〈品畫〉，為袁枚針對書畫作品提出其審美觀點。自古以來，文人畫家多會對自己的畫作抒發創作經歷、畫學主張，或是對他人的書畫給予

優劣評價，作者詩中強調其衡量的準則是畫的神韻和詩的性情，如果缺少了這兩樣特質，就好比是毫無生氣的蛟龍，連到處橫行的鼠輩都不如。可用來說明欣賞文藝創作，應關注在作品展現出來的神態、風韻以及內在情思。

【出處】清．袁枚〈品畫〉詩：「品畫先神韻，論詩重性情。蛟龍生氣盡，不若鼠橫行。」

橫塗豎抹千千幅，墨點無多淚點多。

（我看屈大均、石濤、石溪和八大山人的水墨畫）一揮筆縱橫，就畫出了許多幅的畫作，相信沾到他們畫上的淚水，應該比作畫的顏料還要更多。

【解析】此詩詩題〈題屈翁山詩札，石濤、石溪、八大山人山水〉，是鄭燮為明末清初四位以賣畫為生，且都當過和尚的畫家所作的題詩，他們分別是屈大均（字翁山）、朱若極（字石濤）、石溪（俗姓劉，真實名字不詳）和朱耷（ㄉㄚ，號八大山人），其中朱若極、朱耷兩人還是明朝宗室的後裔。鄭燮認為四人的繪畫藝術特色都是以寫意為勝，不求形似，橫豎幾筆，便能揮灑出一幅畫作，並借書畫寄託無法與人道出的家國淪亡之情，讓人分不清畫上的點點墨跡，是否也蘊含著畫家的漣漣淚珠？其中「墨點無多淚點多」一句，並非鄭燮原創，而是援用了朱耷〈自題山水冊〉中的詩句，意即下筆時所流的淚水，早已超過了使用的墨汁，可見苦痛至深。可用來說明藝文作品飽含著作家無法言喻的悲愴。

【出處】清．鄭燮〈題屈翁山詩札，石濤、石溪、八大山人山水〉詩：「國破家亡鬢總皤，一囊詩畫作頭陀。橫塗豎抹千千幅，墨點無多淚點多。」

舞蹈

子仲之子，婆娑其下。

陳國子仲氏家的女孩，在大樹下盤旋舞蹈。

【解析】詩中描寫春秋時期陳國的年輕女子，在當時某一特定的良辰吉日，可以盡情翩躚起舞，甚至在這天她們會先擱下手上績麻的工作，和自己喜歡的人出遊，相互表白愛意。南宋理學家朱熹《詩集傳》評論此詩：「此男女聚會歌舞，而賦其事以相樂也。」可用來形容舞姿柔美，嬌嬈動人。

【出處】先秦．《詩經．陳風．東門之枌》：「東門之枌，宛丘之栩。子仲之子，婆娑其下。穀旦于差，南方之原。不績其麻，市也婆娑……」（節錄）

鸞迴鏡欲滿，鶴顧市應傾。

（女子隨著音樂跳舞時）像鸞鳥一樣迴旋轉身，從鏡子裡望過去，體態更顯得豐腴，又像鶴鳥一樣左右顧盼，足以讓整個城市的居民都為之傾倒。

【解析】這首詩是庾信早期在南朝梁任官時，為應和梁簡文帝蕭綱〈詠舞〉詩而作，其描寫君臣於宴會上歌舞作樂的情景，席間舞者有時隨著緩慢的音樂節拍而頓足踏地，有時因跳著節奏急促的〈上聲曲〉而低下頭，挽在頭上的髮髻也跟著垂了下來，一回過身，只見其衣衫飄搖，姿態婀娜，動作好似鸞、鶴那般輕靈俊逸，顧盼神飛，令人傾心迷戀。可用來形容舞態飄逸優美。

【出處】南朝梁．庾信〈和詠舞〉詩：「洞房花燭明，燕餘雙舞輕。頓履隨疏節，低鬟逐〈上聲〉。步轉行初進，衫飄曲未成。鸞迴鏡欲滿，鶴顧市應傾。已曾天上學，詎是世中生？」

回裾[1]轉袖若飛雪，左鋋[2]右鋋生旋風。

回旋衣襟，轉動衣袖，好像雪花在飛舞般，左旋右轉，舞者的身影彷彿生出一股旋風般。

【注釋】1.裾：音ㄐㄩ，衣服的後襟。2.鋋：音ㄔㄢˊ，本為刺殺之意，此指舞劍的姿勢。

【解析】本詩詩題〈田使君美人舞如蓮花北鋋歌〉。北鋋，為一種胡人舞蹈。岑參描寫其參加了一場歌舞宴會，欣賞了美麗舞者如蓮花般的美豔舞姿，對於舞者的旋轉動作感到驚為天人。可用來形容女子舞蹈的姿態優美，旋轉翩飛。

【出處】唐．岑參〈田使君美人舞如蓮花北鋋歌〉

詩：「美人舞如蓮花旋，世人有眼應未見。高堂滿地紅氍（ㄑㄩˊ）毹（ㄩˊ），試舞一曲天下無。此曲胡人傳入漢，諸客見之驚且歎。慢臉嬌娥纖復穠，輕羅金縷花蔥蘢。回裾轉袖若飛雪，左鋋右鋋生旋風……」（節錄）

弦鼓一聲雙袖舉，迴雪飄搖轉蓬舞。

在弦樂聲和鼓聲同時響起時，舞者雙袖舉起，舞姿像空中雪花般的飄搖迴旋，又像蓬草般的迎風旋轉。

【解析】此詩詩題〈胡旋女〉。胡旋女，指的是舞蹈胡旋舞的女子。胡旋舞，為一種古代西北民族的舞蹈，在唐代傳入中原後即刻傾倒朝野，深獲大眾的喜愛。白居易詩中描寫胡旋女揚袖起舞的姿態，動作輕如雪花、蓬草般迴旋飄舞，左旋右轉也不感到疲倦，千圈萬轉也不知道休止，令觀眾嘆為觀止。可用來形容舞姿輕盈美妙，旋轉疾速如風。

【出處】唐．白居易〈胡旋女〉詩：「胡旋女，胡旋女。心應弦，手應鼓。弦鼓一聲雙袖舉，迴雪飄搖轉蓬舞。左旋右轉不知疲，千匝萬周無已時。人間物類無可比，奔車輪緩旋風遲……」（節錄）

昔有佳人公孫氏，一舞劍器動四方。

過去有一位姓公孫的美麗女子，她揮舞劍器舞蹈的神韻足以震動四方。

【解析】杜甫年幼時曾在郾城（位在今河南漯河市境內）見過劍舞名家公孫大娘的表演，公孫大娘的舞技高超，容貌姣麗，令杜甫印象深刻；五十年後，他在夔州有幸看到公孫大娘弟子李十二娘舞劍器，舞技和公孫大娘一脈相承，但看起來也不年輕了，撫今追昔，心中感慨無限。可用來稱許舞者的舞蹈技藝拔類超群。

【出處】唐．杜甫〈觀公孫大娘弟子舞劍器行〉詩：「昔有佳人公孫氏，一舞劍氣動四方。觀者如山色沮喪，天地為之久低昂。㸌如羿射九日落，矯如群帝驂龍翔。來如雷霆收震怒，罷如江海凝清光……」（節錄）

玲瓏繡扇花藏語，宛轉香茵雲襯步。

舞者手上拿著一把小巧的繡花扇子，朱脣藏在扇子的背後，悅耳的歌聲，像是扇子後面的花朵在說話一樣，翻來轉去的飄忽舞姿，如似雲彩襯托在華貴的地毯上。

【解析】此為柳永寫給一名擅長舞蹈的歌女心娘之作，詞中描寫心娘揮舞著刺有精美圖案的團扇，靈動曼妙的體態，更勝過能在掌中輕舞的西漢成帝皇后趙飛燕，以及唐代天寶年間以善舞而聞名的歌妓念奴。王孫公子即使花上了千金，也只能換得在畫樓東畔的客房目睹心娘一面而已，連一親芳澤的機會都沒有，足見心娘當時的非凡身價。可用來形容女子輕盈起舞，舞藝嫻熟精湛。

【出處】北宋．柳永〈木蘭花．心娘自小能歌舞〉詞：「心娘自小能歌舞，舉意動容皆濟楚。解教天上念奴羞，不怕掌中飛燕妒。玲瓏繡扇花藏語，宛轉香茵雲襯步。王孫若擬贈千金，只在畫樓東畔住。」

紅錦地衣隨步皺，佳人舞點金釵溜。

用紅錦織成的地毯，隨著女子快速旋轉的舞步而弄皺了，女子髮髻上的金釵已經滑落下來，她還是不停地跳著舞。

【解析】李煜描寫南唐未亡國之前，夜以繼日在宮廷歌舞飲宴的情景，舞者們經過徹夜的曼舞，天明時腳步踉蹌不穩，腳下踩的地毯早已打皺，甚至連頭上的金釵也已掉落，還是得陪伴著意猶未盡的王公貴族繼續宴飲作樂。可用來形容舞者輕盈曼妙的舞姿。

【出處】五代．李煜〈浣溪沙．紅日已高三丈透〉詞：「紅日已高三丈透，金爐次第添香獸。紅錦地衣隨步皺，佳人舞點金釵溜。酒惡時拈花蕊嗅，別殿遙聞簫鼓奏。」

■棋藝■

得勢侵吞遠，乘危打劫贏。

投子侵入到對方的勢力範圍，並占據多數的空點，便能取得棋局的優勢。雙方對殺時，反覆爭奪一個可互相牽制的棋眼，趁對方危亂時就進行攻掠，贏得勝利。

【解析】杜荀鶴詩中描寫其在一旁觀賞棋手弈棋的心得，傳神地摹繪棋盤上一場機關算盡、你爭我奪的激戰。可用來形容下圍棋時，棋手運用布局發動激烈攻勢，以獲得贏棋。

【出處】唐．杜荀鶴〈觀棋〉詩：「對面不相見，用心同用兵。算人常欲殺，顧己自貪生。得勢侵吞遠，乘危打劫贏。有時逢敵手，當局到深更。」

雁行布陣眾未曉，虎穴得子人皆驚。

對弈時，看著棋盤上的棋子排列如群雁飛行，井然有序，所有人都不知道棋手接下來會怎麼下，突然見他提去了對方的棋子，眾人全都驚歎不已。

【解析】一位與劉禹錫有往來的圍棋僧友儇（ㄒㄩㄢ）師，專程帶著新的棋譜從長沙到連州探望被遠放的劉禹錫。由於儇師走遍各地都遇不到對手，又不甘天分遭到埋沒，因而準備赴京賭取聲名，臨行前劉禹錫特作此詩相贈。詩中極力讚揚儇師的棋藝高明，當眾人都還在捉摸儇師弈棋的思路對策時，見他已圍住並吃下對方的棋子，致使滿座皆驚。可用來形容棋藝精湛，令人歎為觀止。

【出處】唐．劉禹錫〈觀棋歌送儇師西遊〉詩：「……初疑磊落曙天星，次見搏擊三秋兵。雁行布陣眾未曉，虎穴得子人皆驚。行盡三湘不逢敵，終日饒人損機格。自言臺閣有知音，悠然遠起西遊心。商山夏木陰寂寂，好處徘徊駐飛錫。忽思爭道畫平沙，獨笑無言心有適。藹藹京城在九天，貴遊豪士足華筵。此時一行出人意，賭取聲名不要錢。」（節錄）

心似蛛絲遊碧落，身如蜩[1]甲化枯枝。

下棋的時候，棋者細微的心思，就像是在空中遊蕩的蜘蛛絲，一動也不動的身軀，如似蛻化的蟬殼，掛在枯朽的樹枝上。

【注釋】1.蜩：音ㄊㄧㄠˊ，指蟬。

【解析】黃庭堅描寫棋手對弈的當下，因為意志集中，專注於棋盤上的攻防布局，心思細膩如蛛絲，以致身體長時間處於靜止不動的狀態，猶如蛻化的蟬殼，儼然達到一種忘我之境。可用來形容下棋或做其他事情時殫心竭慮、全神貫注的樣子。

【出處】北宋．黃庭堅〈弈棋二首呈任公漸〉詩二首之二：「偶無公事客休時，席上談兵校兩棋。心似蛛絲遊碧落，身如蜩甲化枯枝。湘東一目誠甘死，天下中分尚可持。誰謂吾徒猶愛日，參橫月落不曾知。」

坐隱不知巖穴樂，手談勝與俗人言。

下棋的時候，就不會感受道隱居於洞穴中修行的樂趣，下棋的時候，勝過於和庸俗的人交談。

【解析】古人常以「坐隱」和「手談」兩語作為下棋的雅稱，「坐隱」意即下棋時兩人對坐，專心致志，如同避世的隱者般；「手談」則是指兩位棋者交談的媒介是手上的黑子或白子，完全無須言語來溝通。黃庭堅詩中寫其和友人下棋時所獲得的快樂，不僅超越了身隱於巖穴的出世高人，更勝過與塵俗中的人清談。可用來形容棋手下棋時聚精會神的態度。

【出處】北宋．黃庭堅〈弈棋二首呈任公漸〉詩二首之一：「偶無公事負朝暄，三百枯棋共一樽。坐隱不知巖穴樂，手談勝與俗人言。簿書堆積塵生案，車馬淹留客在門。戰勝將驕疑必敗，果然終取敵兵翻。」

局合龍蛇成陣鬥，劫殘鴻雁破行飛。

雙方棋藝勢均力敵時，一方如飛躍的龍，一方如擺動的蛇，你爭我鬥，當一方突破了對方排列整齊如雁陣的防線，另一方立刻敗下陣來，彷彿雁陣被強風吹散般，鴻雁隨即各自紛飛。

【解析】邵雍詩中寫其觀棋的心得，他看兩位棋手在棋盤上各懷心思布局，運用戰術，相互鬥智，原本一路攻防下來，看似平分秋色的棋局，旁人根本難辨輸贏，卻在轉瞬間風雲變色，有一人技高一籌，打亂了對方的布陣，使其兵敗如山倒，觀棋的人到此才知誰

勝誰負。可用來形容對弈過程中，兩方苦思致勝謀略，彼此勾心鬥角，直到一方贏棋為止。

【出處】北宋．邵雍〈觀棋長吟〉詩：「院靜春深晝掩扉，竹間閑看客爭棋。搜羅神鬼聚胸臆，措致山河入範圍。局合龍蛇成陣鬥，劫殘鴻雁破行飛。殺多項羽坑秦卒，敗劇符堅畏晉師。座上戈鋋嘗擊搏，面前冰炭旋更移。死生共抵兩家事，勝負都由一著時……」（節錄）

獨翻舊局辨錯著，冷笑古人心許誰？

獨自一人反覆推演著棋局，發現了以前棋譜中許多錯誤的著法，心裡不禁冷笑著，前人當中，有誰的棋藝能夠讓他推許的呢？

【解析】這首詩的作者文同，是蘇軾的從表兄，兩人感情十分友好，善畫墨竹。他在詩中描寫一位棋藝不凡的僧人惟照，不但精通數學，對於流傳下來的棋譜也經常不分晝夜、寒暑苦心推敲，其意在強調，惟照的棋藝之所以如此精進，除了數理基礎深厚，最重要的是平時用功的程度。可用來說明棋藝獨步天下的祕訣，是來自日常勤奮練習的扎實工夫。

【出處】北宋．文同〈送棋僧惟照〉詩：「學成九章開方訣，誦得一行乘除詩。自然天性曉絕藝，可敵國手應吾師。窗前橫榻擁爐處，門外大雪壓屋時。獨翻舊局辨錯著，冷笑古人心許誰？」

兩軍對敵立雙營，坐運神機決死生。

兩人棋戰時便對立為敵，雙方陣營界線分明，各自坐著籌畫神妙機謀，決定這一盤棋最後是誰輸或誰贏。

【解析】此詩作者曾棨，人稱「江西才子」，是明成祖朱棣登基後錄取的第一位狀元，在殿試時，成祖曾詢問其古籍中艱深的語詞和冷僻的典故，曾棨都能對答如流，思如泉湧，深得成祖的喜愛。詩中生動描寫對弈象棋時，兩名棋手面對棋盤，表面上看似不動聲色，實則無不殫智竭力，步步為營，思考著如何變化格局招數，使出讓對手敗棋的一著，贏得棋賽的勝利。可用來形容下棋時雙方運用謀略，展開攻防布局，以求出奇制勝。

【出處】明．曾棨〈觀弈〉詩：「兩軍對敵立雙營，坐運神機決死生。千里封疆馳鐵馬，一川波浪動金兵。虞姬歌舞悲垓下，反將旌旗逼楚城。興盡計窮征戰罷，松蔭花影滿棋枰。」

觀棋不語真君子。

在一旁觀看別人下棋，能夠安靜不說話的人，可說是有修養、風度的君子。

【解析】這句諺語主在提醒人們不要好管閑事，自己並非正在下棋的局內人，卻自認為「當局者迷，旁觀者清」，試圖想要提出個人意見或加以指點，而多話的下場，除了會干擾到下棋者的思緒，也很容易引起不必要的糾紛，實在是損人又不利己。可用來說明欣賞棋賽或其他比賽，切勿多言。

【出處】明．馮夢龍《醒世恆言．卷九．陳多壽生死夫妻》之詩：「觀棋不語真君子，把酒多言是小人。」

局中局外兩沉吟，猶是人間勝負心。

（這幅〈八仙對弈圖〉中的仙人），無論是正在下棋的，還是在一旁看棋的，各自心中都在沉思盤算著，他們其實與世間的凡人一樣，還是把勝敗得失看得很重。

【解析】此為紀昀題寫〈八仙對弈圖〉的一首詩作，圖畫裡的何仙姑與韓湘子正在下棋，除了喝醉的李鐵拐在呼呼大睡之外，其餘五人皆在圍觀，紀昀便依畫作詩，描述畫中人物即使已經當了神仙，仍對一盤純作消遣的棋局之輸贏耿耿於懷，表達出如果連天上仙人都免不了有好勝心，更遑論是凡夫俗子了。自號「觀弈道人」的紀昀，雖說在宦場沉浮多年，早已深諳勝敗乃兵家常事的道理，但事實上，他也明白，任誰都很難真正企及超然物外的境界。可用來形容不管是對弈或參加其他賽局，每個人都存有爭強鬥勝的心態，誰也不願服輸。

【出處】清．紀昀〈題八仙對弈圖〉詩二首之二：「局中局外兩沉吟，猶是人間勝負心。那似頑仙痴不省，春風蝴蝶睡鄉深。」

四、論國家社會

政治國事

不忮[1]不求，何用不臧[2]？

不心存嫉妒，不貪圖好處，還有什麼事情會辦不好呢？

【注釋】1.忮：音ㄓˋ，嫉妒。2.臧：音ㄗㄤ，善。

【解析】古來多認為這首詩是妻子寫給在外做官的丈夫之忠告，其因擔憂丈夫見他人富貴顯赫、名利雙收便心懷忌恨，以致為了想要獲得更多的利益而鑄成大錯，所以特地寫信告誡丈夫，唯有「不忮不求」，方能保全自身，平安返家。南宋朱熹《詩集傳》評曰：「憂其遠行之犯患，冀其善處而得全也。」可用來說明在官場或工作上，都要隨時提醒自己不可去做非分之事、圖取非分之財。

【出處】先秦．《詩經．邶風．雄雉》：「……百爾君子，不知德行？不忮不求，何用不臧？」（節錄）

天生烝民[1]，有物有則。民之秉彝[2]，好是懿德。

上天生下眾生萬民，每件事物都有其一定的法則。人心所秉持的常道，都是喜歡美好的德性。

【注釋】1.烝民：眾民，庶民。2.彝：音ㄧˊ，常道，常法。

【解析】這首詩主在頌揚西周宣王的大臣仲山甫才德位望，治事傑出，其盡心輔佐君王，政績斐然，就好比是懷著上天的旨意降臨人間，讓宣王得以任賢使能，使周王朝再次興盛，造福黎民蒼生。可用來說明天下人莫不喜好上位者施行德政。

【出處】先秦．《詩經．大雅．烝民》：「天生烝民，有物有則。民之秉彝，好是懿德。天監有周，昭假于下。保茲天子，生仲山甫……」（節錄）

夙夜匪解[1]，

以事一人。

從早到晚都不休息，忠心侍奉天子一人。

【注釋】1.解：此音ㄒㄧㄝˋ，懈怠。

【解析】詩中大力宣揚西周宣王之重臣仲山甫的修養與能力，言其明達事理，才智雙全，嚴肅看待君王交辦的任務，致力推動各項政令，夜以繼日，孜孜不倦，可說是全國文武百官的楷模，而這也是成語「夙夜匪懈」的典故由來，其中「懈」成了後出通行的寫法，本義的字形「解」反而少人使用。可用來形容人臣對國君忠誠不二，日夜勤政盡職，不敢稍有鬆懈。

【出處】先秦．《詩經．大雅．烝民》：「……肅肅王命，仲山甫將之。邦國若否，仲山甫明之。既明且哲，以保其身。夙夜匪解，以事一人……」（節錄）

周雖舊邦，其命維新。

周國雖然是歷史悠久的邦國，但最近承受新的天命，主宰天下。

【解析】相傳此詩為周天子朝會時所奏的樂歌，歌頌文王姬昌接受上天的旨意，代替殷商，建立周王朝，德行就像天一樣光明，意在提醒後代繼位的君王，莫忘殷商的興起和亡國也都是由天命所決定，故應效法文王，積善行仁，革易舊弊，力圖富強，永遠只做符合天意的事情，以保周朝國祚傳承延續，不要讓得之不易的天命斷送在自己的身上。可用來說明民族或國家雖有其固有的傳統文化，但也要懂得承前啟後，改更弊政，才能得到天下的信服，國運昌隆不衰。

【出處】先秦．《詩經．大雅．文王》：「文王在上，於昭于天。周雖舊邦，其命維新。有周不顯，帝命不時。文王陟降，在帝左右……」（節錄）

殷鑒不遠，在夏后[1]之世。

殷商子孫可作為借鏡的例證並不遙遠，就在夏桀亡國的那個時代。

【注釋】1.夏后：即夏后氏，也就是指夏朝或是指夏朝開國君主夏禹。此指夏朝最末君王夏桀。

【解析】這首詩是西周末年臣子假託周文王當初斥責紂王暴虐無道一事，用來規勸厲王不可荒廢國事，要以殷商滅夏這段近在眼前的歷史作為警惕，回想過去曾經施行暴政的夏桀終為商湯所滅，其後周武王又滅了商紂，而身為文王、武王後人的厲王，也要記取前朝亡國的教訓，及時醒悟，切勿重蹈覆轍。可用來行說明觀察某一王朝或國家的滅亡，可以讓後人鑑古推今，引以為戒。

【出處】先秦・《詩經・大雅・蕩》：「……文王曰咨，咨女殷商。人亦有言，顛沛之揭，枝葉未有害，本實先撥。殷鑒不遠，在夏后之世。」（節錄）

溥天之下，莫非王土。率土之濱[1]，莫非王臣。

整個天下，哪一塊地方不是君王的土地。四海之內，哪一個人不是君王的臣民。

【注釋】1.率土之濱：沿著海濱所到之處，即四海之內，古代認為國土的四方邊界都是環海。率，依循。濱，水邊。

【解析】歷來學者多認為此詩乃周朝官吏埋怨執事大夫分配工作勞逸不均而作。從字面上看，很容易就解讀成詩人是在頌揚普天之下的土地和臣民，皆為天子所有，然而從其後「大夫不均，我從事獨賢」句，可以發現其所要表達的是，正因全天下的土地和臣民都歸天子掌管，故天子必須對生活在自己土地上的臣民負責，不可放任朝中有人整天遊手好閑，尸位素餐，有人卻是終日奔波勞碌，勤於政事，他希望周天子可以正視這個問題，不要讓官場上各種不合理的現象繼續存在著。可用來說明國家領導者握有統治權力，是要對居住在國土內的全體國民承擔責任的。也可用來形容封建時代的君主帝王，擁有至高無上的權力，可以掌控一切的人事。

【出處】先秦・《詩經・小雅・北山》：「……溥天之下，莫非王土。率土之濱，莫非王臣。大夫不均，我從事獨賢……」（節錄）

路曼曼其脩遠兮，吾將上下而求索。

（尋求真理或理想的）道路是這樣的漫長且遙

遠啊！我將上天下地，窮追不捨地探索。

【解析】懷有美政理想的屈原，雖為楚國小人所讒而遭楚王疏遠，但他仍在流放期間，四處宣揚自己的治國理念，希望藉此尋覓到有志一同的賢能之士，相信有朝一日，楚王必能明白他的耿耿忠心，不再聽信佞言，楚國的國力也得以振興。可用來形容為實踐抱負或達到某一目標而不遺餘力，堅持探求到底。

【出處】戰國楚．屈原〈離騷〉詩：「……朝發軔於蒼梧兮，夕余至乎縣圃。欲少留此靈瑣兮，日忽忽其將暮。吾令羲和弭節兮，望崦嵫而勿迫。路曼曼其脩遠兮，吾將上下而求索……」（節錄）

舉賢而授能兮，循繩墨[1]而不頗。

推舉賢人並把政事授與有能力的人，遵循一定的規矩而不偏頗。

【注釋】1.繩墨：木匠用來畫直線的工具。後多用來比喻法度、規矩。

【解析】戰國楚人屈原作長篇詩歌〈離騷〉，內容除了敘述其遭到放逐後的苦悶憂思外，也不忘對楚王提出他的政治建言。曾擔任過楚國左徒（負責諷諫君王）的屈原，主張任人沒有貴賤之分，唯才是用，法度嚴明，反對世卿世祿（世襲爵位和俸祿）這樣不公平的制度，但也因此得罪了楚國權貴，他們不惜對屈原發動鬥爭，成功將其趕出朝廷，避免自己的既得利益受到波及。可用來形容選拔賢良能士來治理國家，不拘身分高低，法度清明，不偏向有權勢的人。

【出處】戰國楚．屈原〈離騷〉詩：「……舉賢而授能兮，循繩墨而不頗。皇天無私阿兮，覽民德焉錯輔。夫維聖哲以茂行兮，苟得用此下土……」（節錄）

周公[1]吐哺[2]，天下歸心。

周公吃飯時遇到有人來訪，立刻吐出了口中的食物，趕忙去見對方，這樣的舉動讓天下人都來歸順他了。

【注釋】1.周公：姓姬名旦，是西周初期的政治家，周武王之弟，武王崩，輔佐年幼的姪子成王治理國家，得到天下人的擁戴。2.吐哺：吐出正在咀嚼的食物。據《史記．魯周公世家》：「一沐三握髮，一飯三吐哺，起以待士，猶恐失天下之賢人。」意即周公洗一次頭，吃一頓飯，經常中斷數次，便急著出來接待賓客。此以周公自比，表示也要像周公那樣禮遇群士，為國家招攬更多的優秀人才。

【解析】此詩的作者曹操，是東漢獻帝的丞相，詩中他借前人周公禮賢下士的典實，表達其求賢若渴的心思，希望大量才士都來為自己所用，以完成平定天下的大業。可用來形容當政者慕求賢才的心非常殷切。

【出處】東漢．曹操〈短歌行〉詩：「……山不厭高，海不厭深。周公吐哺，天下歸心。」（節錄）

時危見臣節，世亂識忠良。

當時局危險的時候，才能看見臣子的氣節，當天下大亂的時候，才可以識別出人的忠誠賢良。

【解析】南朝宋人鮑照描寫北方邊境傳來敵人入侵的消息，朝廷緊急徵調軍隊前往救援，全國進入備戰狀態。他認為在這個局勢危急的關頭，隨時都有可能犧牲性命的狀況下，很容易就能看出一個人的報國忠心是否真正堅定不移，反觀太平時世，人的操守品格，其實是很難從其表面言行區分出來的。可用來說明在國家發生危難的時刻，才能顯現出忠臣良士的節操與品行。

【出處】南朝宋．鮑照〈出自薊北門行〉詩：「……時危見臣節，世亂識忠良。投軀報明主，身死為國殤。」（節錄）

一封朝奏九重天，夕貶潮陽路八千。

早晨才呈上朝廷一份奏章，晚上便被貶到八千里外的潮州。

【解析】唐憲宗派遣使者迎回佛骨，韓愈因反對迷信佛骨的行為而上奏了〈論佛骨表〉，皇帝看完後大怒，立即將他遠貶至潮州（位在今廣東境內）。在前往潮州的路上，途經藍關（即藍田關，位在今陝西西安市境內），姪孫韓湘前來送行，韓愈見到親人，悲憤更甚，他自認提出的是替朝廷除弊的諫言卻無端獲罪，詩中抒發其內心的沉痛以及對自身前途未卜的感傷。可用來形容官場上稍有不慎，便遭嚴譴。

【出處】唐．韓愈〈左遷至藍關示姪孫湘〉詩：「一封朝奏九重天，夕貶潮陽路八千。欲為聖朝除弊事，肯將衰朽惜殘年。雲橫秦嶺家何在？雪擁藍關馬不前。知汝遠來應有意，好收吾骨瘴江邊。」

字人無異術，至論不如清。

撫治百姓沒有什麼特別的方法，最高明的論述還比不上清正廉明的施行政務。

【解析】杜荀鶴的友人準備到吳縣（位在今江蘇境內）擔任縣令，詩人作此詩相贈並予以勉勵，提出為官之道沒有訣竅，面對百姓，只要多加安撫體恤便足矣，與其耗費心神在高談闊論上，不如切實執行廉潔政風，畢竟市井小民只在乎官員有無施行德政，不想聽巧言辭令。可用來說明當官的要愛護百姓，清廉施政。

【出處】唐．杜荀鶴〈送人宰吳縣〉詩：「海漲兵荒後，為官合動情。字人無異術，至論不如清。草履隨船賣，綾梭隔水鳴。唯持古人意，千里贈君行。」

家國興亡自有時，吳人何苦怨西施。

一個國家的興盛或衰亡自然有它的原由，春秋吳國的人民何必埋怨越國西施致使吳國亡國呢！

【解析】歷來人們多將春秋吳國亡國的責任，歸咎在吳王夫差所寵愛的越國美女西施身上，但羅隱認為一個國家的興衰自有其背後深層而複雜的因素，若西施的美人計能使吳國滅亡，那麼後來越國的君主並沒有耽溺女色，不也終究亡國了嗎？可用來說明國家興亡並非美色，而有更深沉的原因。

【出處】唐．羅隱〈西施〉詩：「家國興亡自有時，吳人何苦怨西施。西施若解傾吳國，越國亡來又是誰？」

疾風知勁草，

板蕩識誠臣。

經過猛烈的風，才知道哪些是剛勁有力的草，歷經動盪不安，才能分辨誰是忠誠的臣子。

【解析】此詩為唐太宗李世民賜贈其臣子蕭瑀之作，其以「疾風知勁草」之喻，除了感激蕭瑀曾協助自己挺過一場宮廷皇位的血腥鬥爭，更藉此稱揚這位賢臣對朝廷君上的忠貞如一。可用來說明唯有經歷危急艱難的考驗，才能看出一個人的品格高下及其對國家的忠奸之心。

【出處】唐．唐太宗李世民〈賜蕭瑀〉詩：「疾風知勁草，板蕩識誠臣。勇夫安識義？智者必懷仁。」

理國無難似理兵，兵家法令貴遵行。

治理國家並不困難，就像治理軍隊一樣，關鍵在於嚴格執行軍法律令。

【解析】周曇認為治國之道是全國不分地位高下都必須遵守法令，如同將領治軍一樣，軍令如山，將士因而不敢有所違抗。換言之，如果權勢、人情或金錢足以影響違法者的裁決，那麼縱有再完備的法律條文，也只適用於無權無勢的人，如此一來，必然造成人心不平，社會秩序失衡，國家也將走向衰敗一途。可用來說明法度嚴明是治理國家的重要關鍵。

【出處】唐．周曇〈孫武〉詩：「理國無難似理兵，兵家法令貴遵行。行刑不避君王寵，一笑隨刀八陣成。」

聖代[1]無隱者，英靈盡來歸。

聖明的時代沒有隱居的人，全天下的英才都來為朝廷貢獻一己之力。

【注釋】1.聖代：古人對自己所處時代的美稱。

【解析】綦毋潛落第後準備還鄉，好友王維作詩勸慰對方，希望他不要因為一時失意便放棄科舉，選擇隱居江湖。他認為當時政治開明，社會安定，賢能俊秀都該竭盡所能來為朝廷獻力。綦毋潛得了王維的這番鼓勵，之後果然再接再厲考取進士。可用來說明政治太平之時，才能出眾的人都願意出來為國效力。

【出處】唐．王維〈送綦毋潛落第還鄉〉詩：「聖代無隱者，英靈盡來歸。遂令東山客，不得顧采薇……」（節錄）

歷覽前賢國與家，成由勤儉破由奢。

綜觀歷代的聖賢治理國家，成功是由於勤勞節儉，衰敗是由於奢華浪費。

【解析】李商隱藉由回顧前朝聖賢治國治家的經驗教訓，以古鑑今，歸納出勤儉能使家國昌盛，而奢靡必使家國走向滅亡。可用來形容勤儉或奢侈乃是國家興衰或政權成敗的重要關鍵。

【出處】唐．李商隱〈詠史〉詩：「歷覽前賢國與家，成由勤儉破由奢。何須琥珀方為枕，豈得真珠始是車。運去不逢青海馬，力窮難拔蜀山蛇。幾人曾預南薰曲，終古蒼梧哭翠華。」

興廢由人事，山川空地形。

國家的興盛或衰廢取決於人的作為，人的作為若是不對，縱使山川形勢優越也是徒然的。

【解析】金陵（即今南京）北臨長江，周遭群山環抱，地勢雄偉險要，向來有「龍蟠虎踞」之稱，歷來許多朝代的君王定都於此。劉禹錫認為金陵雖有山河作為屏障，城防堅固無虞，但改朝換代的事件仍接連發生，這不也證明了地形的優勢並不足以成為國家長治久安的憑恃，唯有上位者的施政好壞才是社稷存亡的關鍵。可用來說明國家的成敗興衰決定在施行政務的表現上，而不是地勢險阻就能獲得保障。

【出處】唐．劉禹錫〈金陵懷古〉詩：「潮滿冶城渚，日斜征虜亭。蔡洲新草綠，幕府舊煙青。興廢由人事，山川空地形。〈後庭花〉一曲，幽怨不堪聽。」

一錢亦分明，誰能肆讒毀？

即便是一文錢，也都與人分得清清楚楚，這樣還有誰能任意用讒言來誹謗你？

【解析】這首詩的詩題〈送子龍赴吉州掾〉，子龍，指的是陸游的次子陸子龍。掾，為古代官署屬員的通稱。陸游的兒子陸子龍即將赴吉州（位在今江西境內）做官，他寫詩告誡兒子除了吉州的水可以盡情喝之外，就算面對的是極小數目的一文錢，也要是來路清楚分明的，絕對不能以為是小錢便等閑視之，才不會因此惹禍上身。可用來說明為官者要廉潔自守，即使是小惠或小利也不可貪圖。

【出處】南宋．陸游〈送子龍赴吉州掾〉詩：「……汝為吉州吏，但飲吉州水。一錢亦分明，誰能肆讒毀……」（節錄）

召到廟堂無一事，遭彈。昨日公卿今日閑。

被召來朝廷卻無事可做，接著遭到彈劾。昨天仍是一名有爵位的官員，今日就成了沒有官職的閑人。

【解析】趙葵是南宋後期的名將，從小跟隨父兄駐守邊疆，戰功無數，之後他來到朝廷任官，爵位雖高卻無實職，又因主張抗敵的立場與當權主和派不同而受到彈劾，成為名副其實的無事閑人。在這闋詞中，作者以一種平和冷靜的語氣，揭示了南宋吏治敗壞、奸佞當道的情況，也反映了他自知無力挽救政局即將走入末世的王朝。可用來說明國政任由掌權者把持操弄，充滿腐朽黑暗。

【出處】南宋．趙葵〈南鄉子．束髮領西藩〉詞：「束髮領西藩，百萬雄兵掌握間。召到廟堂無一事，遭彈。昨日公卿今日閑。拂曉出長安，莫待西風割面寒。羞見錢塘江上柳，何顏？瘦僕牽驢過遠山。」

自古驅民在信誠，一言為重百金輕。

自古以來，上位者統治百姓要講求信實誠懇，一句諾言的分量，比百斤黃金還要來得重。

【解析】受到北宋神宗重用的王安石，一心想要革新政治，執行變法，詩中意在稱譽戰國時為秦國進行變法成功的商鞅，因其言出必行，令出如山，賞罰分明，全國百姓自然對新的政令信服，且願意按新法行事。可用來說明當政者務必要對人民恪守承諾，才能取信於民。

【出處】北宋．王安石〈商鞅〉詩：「自古驅民在信誠，一言為重百金輕。今人未可非商鞅，商鞅能令政必行。」

空嗟覆鼎[1]誤前朝，骨朽人間罵未銷。

徒然嗟嘆握那些有大權的人敗壞國政，使前面的朝代滅亡，即使他們的屍骨都已經腐爛，但世人的咒罵聲仍然持續不斷。

【注釋】1.覆鼎：比喻大臣失職誤國。

【解析】此詩的作者劉子翬（ㄏㄨㄟ）是南宋初著名的理學家，朱熹為其門生。宋室南渡之後，詩人回顧北宋朝廷被金人攻陷的緣由，歸咎於徽宗身邊的奸臣蔡京、王黼等人，對上讒言獻媚，粉飾太平，對下攬權斂財，禍害人民，導致社稷淪喪，王室被迫南遷。儘管蔡京、王黼已死，但人們還是無法忘記他們生前掌握國家權柄，卻擅作威福的滔天罪行，恨意久久難消。可用來說明統治者昏庸無能，放任奸臣弄權，禍國殃民，死後留下千古罵名。

【出處】北宋末、南宋初．劉子翬〈汴京紀事〉二十首之七：「空嗟覆鼎誤前朝，骨朽人間罵未銷。夜月池臺王傅宅，春風楊柳太師橋。」

虎踞龍蟠何處是？只有興亡滿目。

傳說中像猛虎蹲踞、像巨龍盤繞的建康城如今在哪裡呢？我眼前只有看見興替衰亡的歷史陳跡而已。

【解析】辛棄疾任建康通判期間，與友人一起登亭俯瞰建康城的景色，不由得想起這座城市古來便有虎踞和龍蟠的稱號，以地勢險要而聞名，也因此成為三國吳、東晉和南朝宋、齊、梁、陳等六個朝代的國都。只不過六朝從興起到滅亡的時間都相當短暫，正好證明了即使所處的地理位置條件優越，終究還是不敵主政者的治國無方，以致山河盡失。可用來說明上位者若依恃地勢雄偉險要而貪圖安逸，荒廢政事，國家必然走向衰亡一途。

【出處】南宋．辛棄疾〈念奴嬌．我來弔古〉詞：「我來弔古，上危樓、贏得閑愁千斛。虎踞龍蟠何處是？只有興亡滿目。柳外斜陽，水邊歸鳥，隴上吹喬木。片帆西去，一聲誰噴霜竹……」（節錄）

國事如今誰倚仗？衣帶一江而已。

保衛國家的這等大事如今依靠的是誰呢？靠的只是一條細窄如衣帶的長江而已。

【解析】作者文及翁詞中抒發其對朝廷南渡百年以來，沉醉於歌舞享樂，不思恢復，縱使國內賢能才俊眾多，也不會受到當權者起用，總以為倚賴著一條長江天險便可防禦敵人的侵襲，從來沒有想到狹窄江河根本不足以成為國防的屏障，可見南宋當時國政腐化，危機四伏。可用來形容上位者不積極蓄養國力，以保障國家安全，只圖苟安一隅。

【出處】南宋．文及翁〈賀新郎．一勺西湖水〉詞：「……余生自負澄清志。更有誰、磻溪未遇，傅岩未起？國事如今誰倚仗？衣帶一江而已。便都道、江神堪恃。借問孤山林處士，但掉頭、笑指梅花蕊。天下事，可知矣。」（節錄）

莫道而今官小，吾儒正要仁民。

不要說今日的官職十分卑微，我們身為儒者，所要做的就是對百姓懷有仁心。

【解析】此為作者韓淲寫給潘友文的一闋祝壽詞。潘友文，是朱熹門下的弟子，他無論被派到何處任官，始終奉行朱熹「臨民以寬」的思想，不但竭盡降低當地百姓的勞役稅賦，還平反了許多的冤案，深受人民的愛戴，有「潘佛子」的稱號。韓淲詞中表達其對潘友文為政寬惠，力推儒家仁愛精神的感佩。可用來形容不計較官位的高低，只在乎施行仁德之政，嘉惠百姓。

【出處】南宋．韓淲〈清平樂．常思高致〉詞：「常思高致，又見涼風起。歡喜年時為壽意，快寫山歌重寄。願公好德康寧，青雲收取功名。莫道而今官小，吾儒正要仁民。」

廟堂無策可平戎，坐使甘泉[1]照夕烽。

朝廷毫無對策可以平定金兵的侵略，致使晚間的烽火照亮了皇宮。

【注釋】 1.甘泉：一座秦代時所建造的離宮，位在今陝西咸陽市境內，後來成為漢代皇帝的避暑行宮。此代指南宋皇宮。

【解析】 陳與義詩中描寫南宋高宗即位初期，金兵從邊境一路長驅直入，宋軍節節敗退，滿朝文武竟然都拿不出應敵對策，堂堂皇帝只能拚命奔逃，最後甚至被追趕到了海上，在船上漂流數月之久才狼狽返回陸地，作者對於朝廷的退卻懦弱，毫無能力抵抗外敵的可悲行徑，表達痛楚感傷。可用來形容國事危急，主政當局卻苦思不出良策，一味逃避退縮。

【出處】 北宋末．南宋初．陳與義〈傷春〉詩：「廟堂無策可平戎，坐使甘泉照夕烽。初怪上都聞戰馬，豈知窮海看飛龍。孤臣霜髮三千丈，每歲煙花一萬重。稍喜長沙向延閣，疲兵敢犯犬羊鋒。」

能吏尋常見，公廉第一難。

有才能的官吏常常可以看見，但是要做到公正廉明就真的很困難了。

【解析】 詩題〈薛明府去思口號〉，其中「薛明府」指的是金朝曾在登封（位在今河南鄭州市境內）擔任縣令期間，布德施惠，廣受人民愛戴的薛居中。「去思」是指人們對離職官員的懷念。「口號」又稱口占，即不打草稿，隨口吟出的詩文。此詩的作者元好問，深知他所處的那個時代，貪贓枉法的官員到處可見，真心替百姓設想的清官卻十分罕見，所以才會對薛居中的離職感到特別惋惜。可用來說明在官場上，能夠謹守法紀又廉潔無私是相當難能可貴的。

【出處】 金．元好問〈薛明府去思口號〉詩七首之一：「能吏尋常見，公廉第一難。只從明府到，人信有清官。」

千軍易得，一將難求。

上千名的軍隊很容易組成，但一個優秀的將領卻很難找到。

【解析】這兩句諺語是從北宋俗語「黃金易得，李墨難求」逐漸衍化而出的，李墨，指的是南唐製墨名家李廷珪，宋人稱其所製作的墨乃「天下第一品」，據傳當時值一萬錢的高價。元代雜劇家馬致遠在《漢宮秋》中，敘寫西漢元帝因不願將王昭君獻給匈奴王，引來群臣一致反對，唯恐此舉惹怒匈奴而與漢廷結怨，元帝不禁感嘆自己貴為一國之君，竟然必須以心愛的女子去換取社稷的安寧，空有滿朝文武，卻無人可以分憂解勞，遍尋不到一名領軍的良將。可用來說明領導人才的覓得是很困難的，藉此提醒上位者對人才的重視。

【出處】元．馬致遠《漢宮秋．第二折》之〈鬥蝦蟆〉曲：「我呵，空掌著文武三千隊，中原四百州，只待要割鴻溝。陡恁的千軍易得，一將難求。」

成則為王，敗則為虜。

（歷來史上的政權爭奪戰），成功的就可稱帝或稱王，失敗的就成了對方的俘虜。

【解析】此為古來流傳的俗語，自古以來，歷經了多次的改朝換代，每一次都會有人贏得勝利，成為歷史上被大眾公認的正統，而失敗的那一方，便會被冠上俘虜、寇賊等惡名。可用來說明兩方或多方爭相奪取國家統治權，最後多以結果的成敗來論定人物的高下，完全不考慮中間過程的是非得失。

【出處】元．紀君祥《趙氏孤兒．第五折》之詩：「成則為王，敗則為虜。」

養軍千日，用軍一時。

長時間培訓軍隊，一旦需要用兵時，便可以立即上陣作戰。

【解析】這兩句諺語主在強調國家為了鞏固國防，在軍事設施和軍人作戰技能的培育上，耗費了很長的時間以及大筆的財力，倘若有朝一日，不幸遭受外患的攻擊，這批平時經過嚴格訓練的軍隊正好可以派上用場，捍衛國家和人民的安全。可用來比喻長期培養人才，到了關鍵時刻就能發揮作用。也可用來說明上位者必須懂得居安思危，提早做好各種防範措施，以保國安民為己任。

【出處】元．馬致遠《漢宮秋．第二折》之詩：「養軍千日，用軍一時。」

一朝天子一朝臣。

當新的帝王一登基，朝中的大臣就會更換一批。

【解析】這句詩本是指封建時代的帝王在即位之初，會將朝廷內舊有的臣僚換成自己的親信，或改由其他人取代；後來便泛指當權者一旦發生變動，其下屬也勢必跟著被替換掉。可用來比喻新官上任時，多會任用與自己關係密切的人。也可用來比喻官場升沉無定，時勢變化無常。

【出處】元．金仁傑《追韓信．第三折》之詩：「一朝天子一朝臣。」

我勸天公重抖擻，不拘一格降人才。

我奉勸上天重新振作起來，不要拘泥於一定的規格或方式，讓更多的人才降臨人間。

【解析】清人龔自珍對於清廷國力積弱不振的局面感到憂心，詩中他採取擬人化的寫法，表面上看似是自己與天公對話，實是抒發其渴望統治者能夠重振精神，打破陳規舊矩，為國家注入優秀新血，任用賢德能臣，以匡救危急傾覆中的國勢。可用來說明國家任人不可墨守成規，方能汲引更多傑出才士，為國貢獻所長。

【出處】清．龔自珍〈己亥雜詩〉詩三百一十五首之一百二十五：「九州生氣恃風雷，萬馬齊瘖究可哀。我勸天公重抖擻，不拘一格降人才。」

諷諭針砭

相鼠有皮，人而無儀。人而無儀，不死何為？

看看老鼠尚且有皮，而人竟然沒有禮儀。人要是沒有禮儀，不死的話，留在世上還有什麼用呢？

【解析】這首詩主在揭露春秋衛國統治者的醜惡行徑，諷刺其不注重容儀威嚴，行為傷化敗俗，簡直比鼠輩都還要不如，因為連長得那麼猥瑣的老鼠都還知道用張皮來遮醜，而人卻可以完全不顧禮法，橫行無忌，根本枉稱為人啊！可用來形容人們對於舉止無禮又寡廉鮮恥的人的憎惡之情。

【出處】先秦．《詩經．鄘風．相鼠》：「相鼠有皮，人而無儀。人而無儀，不死何為……」（節錄）

寒素清白濁如泥，高第良將怯如雞。

被說是出身寒門、品行清正的人，實際上的行為卻像是骯髒的泥巴般，被上級考核名列前茅的將軍，真正上了戰場，竟然害怕得像隻雞一樣。

【解析】這兩句詩是出自東漢末年桓帝、靈帝時期的一首流行歌謠，主在抨擊當時選拔人才的察舉制度，諷刺那些由地方官吏推薦出不識字的秀才，錄用根本沒有扶養父母的孝廉（指因孝順父母而聞名的廉潔之士），所謂的才德兼備，不過都是用沽名釣譽的手段換得的，完全與事實不符，由此可以想見時局之腐敗、黑暗。可用來說明標榜為人清廉又富有才幹，實際人品才能卻是與名聲不一致。

【出處】東漢．佚名〈桓靈時童謠〉詩：「舉秀才，不知書。舉孝廉，父別居。寒素清白濁如泥，高第良將怯如雞。」

楚王好細腰，宮中多餓死。

楚靈王偏好細腰的人，於是宮廷裡人人爭相節食，許多人因而餓死。

【解析】這首被收錄在《後漢書》中的古代歌謠，內容主在闡述下屬總是會去迎合上位者的喜好，即使最後導致自己的身體受到傷害，也還是一味盲從。其中「楚王好細腰」一事早在《墨子．兼愛》就出現過，書中記載春秋時的楚靈王因喜歡纖細腰身的人，官員們為了得到楚靈王的寵信，每天只吃一餐，上朝前還會先屏住呼吸，然後把身上的腰帶束得很緊，這樣持續了一年，每個人的臉上都呈現了不健康的黧黑色。可用來形容當權者所愛好的事物，容易引起下面的人群起效尤，甚至有過之而無不及。

【出處】南朝宋．范曄《後漢書．馬援列傳》引古代民謠：「吳王好劍客，百姓多創瘢。楚王好細腰，宮中多餓死。」

一種風流一種死，朝歌[1]爭[2]得似揚州？

在朝歌的宮殿中酒池肉林的商紂，最後落得自焚而死的下場，但商紂怎麼和長期逗留在揚州縱情享樂，最後遭人弒殺的隋煬帝相比呢？

【注釋】1.朝歌：地名，商朝後期的都城，位在今河南鶴壁市淇縣東北，商紂即在附近的牧野為周武王所滅。2.爭：同「怎」字，如何。

【解析】作者羅隱全詩都沒有提到人名，但從他點出「朝歌」、「揚州」兩地，可知其譏諷的對象乃歷史上公認的末代暴君商紂和隋煬帝。「朝歌」是商朝後期的政治中心，「揚州」為隋煬帝生前鍾愛的城市，曾多次到此居住，也各是兩人臨死之所在。詩中以「風流」來諷刺他們的「死」實是荒淫無道所致，同時也讓國家推向滅亡。可用來提醒上位者若耽於淫逸，誤國殃民，終會留下像商紂和隋煬帝一樣的千古惡名。

【出處】唐．羅隱〈江北〉詩：「廢宮荒苑莫閑愁，成敗終須要徹頭。一種風流一種死，朝歌爭得似揚州？」

一雙笑靨才回面，十萬精兵盡倒戈。

生有一對酒窩的西施才剛回眸一笑，吳王的十萬精兵便已放下武器投降敵人了。

【解析】春秋越王句踐採范蠡之計，將本為浣紗女的西施獻給吳王夫差以亂其政，夫差果然為西施所惑而疏於朝政，後遭越國消滅。魚玄機在詩中援引西施與吳越相爭的這段歷史，意在強調統治者若沉溺於女色，國家終會走向衰敗甚至亡國一途。可用來形容上位者沉湎淫逸，導致兵敗國亡。

【出處】唐．魚玄機〈浣紗廟〉詩：「吳越相謀計策多，浣紗神女已相和。一雙笑靨才回面，十萬精兵盡倒戈。范蠡功成身隱遁，伍胥諫死國消磨。只今諸暨長江畔，空有青山號苧蘿。」

一騎紅塵妃子笑，無人知是荔枝來。

差使騎著驛馬疾馳，身後揚起一片紅色沙塵，長安宮廷裡的妃子見到差使奔來，開心地笑了，沿途沒有人知道送來的是遠在南方的荔枝。

【解析】杜牧路過唐玄宗與楊貴妃昔時遊樂之地華清宮，有感於玄宗荒淫誤國而作此詩。玄宗為了討貴妃的歡心，不惜派人專程到南方送來貴妃愛吃的新鮮荔枝，人們見到一路飛奔的驛馬，還以為差使正在奔波公務，孰知竟是皇帝為了博取妃子嫣然一笑的荒謬行徑。可用來諷刺上位者不惜勞民傷財來滿足一己私欲，終將把國家帶往衰頹之路。

【出處】唐．杜牧〈過華清宮〉詩：「長安回望繡成堆，山頂千門次第開。一騎紅塵妃子笑，無人知是荔枝來。」

日暮漢宮[1]傳蠟燭，輕煙散入五侯[2]家。

在寒食節這天的傍晚，漢宮裡傳送著賞賜給王侯的蠟燭，淡淡上升的燭煙散入王侯們的家中。

【注釋】1.漢宮：此代指唐朝宮廷。2.五侯：一說指西漢成帝母舅王譚、王根、王立、王商、王逢時等五人同日封侯。另一說指東漢桓帝藉宦官單超、徐璜、具瑗、左悺、唐衡等五人剷除外戚梁冀及其親黨，五人同日受封為侯。此代指中唐時期宦官專權之勢力。

【解析】寒食，本應是全國禁火的節日，韓翃詩中借寫漢宮內升起冉冉煙霧，乃皇帝賞賜與近親寵臣蠟燭所點燃的燭煙，暗諷其所處的唐朝宮中，亦充斥著權貴之家可以不遵守常禮的跋扈行徑，朝政日趨腐敗。可用來諷刺有權勢的人可以超越俗禮規範，享有特殊的權利，而一般人就必須受到嚴格的限制。

【出處】唐・韓翃〈寒食〉詩：「春城無處不飛花，寒食東風御柳斜。日暮漢宮傳蠟燭，輕煙散入五侯家。」

世無洗耳翁[1]，誰知堯與跖[2]？

世間現在沒有像許由那樣品德高尚的人，誰能分辨出堯的賢德和跖的殘暴呢？

【注釋】1.洗耳翁：指上古高士許由。據傳堯帝要將天下讓給許由，許由聽到這些話後覺得耳朵受到汙染，便去水邊清洗耳朵。2.堯與跖：堯，相傳是古代明君。跖，相傳是古代的大盜。

【解析】李白借古人古事暗喻當時朝政的腐敗，因皇上不辨忠奸，使小人囂張跋扈，有才德的人也難以出頭。可用來諷刺統治者是非不分，小人得志。

【出處】唐・李白〈古風〉詩五十九首之二十四：「大車揚飛塵，亭午暗阡陌。中貴多黃金，連雲開甲宅。路逢鬥雞者，冠蓋何輝赫。鼻息干虹蜺，行人皆怵惕。世無洗耳翁，誰知堯與跖？」

可憐夜半虛前席，不問蒼生問鬼神。

西漢文帝在半夜接見賈誼，身體不由自主的向賈誼靠近，可惜文帝向賈誼請教的不是國家民生大事，而是與鬼神有關的事情。

【解析】李商隱意在借古諷今，詩中敘述西漢文帝深夜召見政論家賈誼，但文帝並不是為了天下蒼生的福祉來向賈誼請益，而是想要聆聽賈誼對鬼神由來的議論。晚唐皇帝多耽溺於佛道而荒廢政事，造成國祚逐漸衰弱，李商隱一方面為賈誼的懷才不遇感到不平，一方面也為自己處於和賈誼同樣有志難伸之境感慨萬千。可用來諷刺上位者不關心百姓生計，而迷信於鬼神之事。

【出處】唐・李商隱〈賈生〉詩：「宣室求賢訪逐

臣，賈生才調更無倫。可憐夜半虛前席，不問蒼生問鬼神。」

冷眼靜看真好笑，傾懷與說卻為冤。

用冷靜的眼光在旁觀察，就會發現阿諛小人的言行十分可笑，也看見有人敢直言勸諫，但卻受到冤枉和遭到罷黜的下場。

【解析】徐夤描述其長期在官場冷眼旁觀形色人物的感觸，藉此勸誡人們唯有三緘其口才能在政治舞臺上明哲保身。可用來形容政治名利場上多虛偽，直言之人難以生存。另可用以形容在現實生活中，冷靜旁觀周遭的人或事物，以免惹禍上身。

【出處】唐．徐夤〈上盧三拾遺以言見黜〉詩：「骨鯁如君道尚存，近來人事不須論。疾危必厭神明藥，心惑多嫌正直言。冷眼靜看真好笑，傾懷與說卻為冤。因思周廟當時誡，金口三緘示後昆。」

官倉老鼠大如斗，見人開倉亦不走。

官府糧倉裡的老鼠，每隻肥大得像量米的斗一樣，即使看見有人來開糧倉也不逃跑。

【解析】曹鄴描述官倉裡的老鼠因糧食豐富而體型碩大無比，甚至見了人也不害怕的誇張行止，意在揭發官吏大力搜刮民脂民膏，其肆無忌憚的行徑就像詩人筆下的官倉碩鼠一樣，絲毫不懼被舉發或受到制裁，足見當時官場政治之黑暗。可用來諷刺貪官汙吏中飽私囊，上下沆瀣一氣的惡行惡狀。

【出處】唐．曹鄴〈官倉鼠〉詩：「官倉老鼠大如斗，見人開倉亦不走。健兒無糧百姓飢，誰遣朝朝入君口？」

炙手可熱勢絕倫，慎莫近前丞相嗔。

丞相楊國忠的氣焰盛大，權勢大到當今朝中無人可比，奉勸大家謹慎小心，千萬不要走到他的面前，丞相可是會發怒的。

【解析】杜甫詩中描寫楊貴妃的族兄楊國忠仗恃著貴妃的得寵而權傾朝野，盛氣凌人。可用來說明居高位者氣焰灼人，令人感到懼怕，也隱含有玩弄權勢的下場，便是加速國家朝政的敗壞。

【出處】唐．杜甫〈麗人行〉詩：「……後來鞍馬何逡巡，當軒下馬入錦茵。楊花雪落覆白蘋，青鳥飛去銜紅巾。炙手可熱勢絕倫，慎莫近前丞相嗔。」（節錄）

春宵苦短日高起，從此君王不早朝。

埋怨春夜過於短暫，直到太陽高升才起身離床，自此君王早上便不到朝廷處理政事了。

【解析】白居易描寫唐玄宗迷戀楊貴妃的美色，兩人不僅在夜晚共度春宵，到了白日仍一同宴飲遊樂，形影難分。玄宗荒廢國政的結果，就是社會日益動亂，國家一步步走向衰敗。可用來形容統治者耽溺女色而荒於國事或重要事務。另詩中「春宵苦短」可用來比喻歡樂時光總是過得很快。

【出處】唐．白居易〈長恨歌〉詩：「……春寒賜浴華清池，溫泉水滑洗凝脂。侍兒扶起嬌無力，始是新承恩澤時。雲鬢花顏金步搖，芙蓉帳暖度春宵。春宵苦短日高起，從此君王不早朝……」（節錄）

狡吏不畏刑，貪官不避贓。

狡詐的奸吏不怕犯下刑罰，貪婪的官員不避諱獲得贓物。

【解析】皮日休藉由描寫拾橡老婦的悲慘境遇，揭發官吏貪贓枉法的惡行。當時不肖官員利用耕種期間以官糧向農民發放私債，等到農耕結束，官員賺飽了厚利，再把本錢歸回官倉，等同農民辛苦收成的結果全部白費，只好去撿拾本不該是糧食的橡實來充飢。可用來形容官吏肆無忌憚地剝削百姓，完全無懼遭到刑罰的懲處。

【出處】唐．皮日休〈橡媼嘆〉詩：「……持之納於官，私室無倉箱。如何一石餘，只作五斗量。狡吏不

畏刑，貪官不避贓。農時作私債，農畢歸官倉。自冬及於春，橡實誑飢腸。吾聞田成子，詐仁猶自王。吁嗟逢橡媼（ㄠˇ），不覺淚沾裳。」（節錄）

相逢盡道休官好，林下何曾見一人。

做官的人相遇都說要辭退官職才是上策，但清幽山林之下未曾見過一個辭官人的蹤影。

【解析】此為僧人靈澈在廬山東林寺時回覆給韋丹刺史的一首詩。韋丹在寄給靈澈的詩中表達自己動了歸隱山林的想法，靈澈回信中先是說明了修行生涯的恬淡寡欲，物質生活寒微簡陋，之後不忘揶揄韋丹以及所有仍在宦海沉浮的人們，明明戀棧官位卻又口是心非的說要拂袖歸去，「休官」兩字不過是留在嘴邊卻永不會兌現的空話罷了。可用來形容當官的人貪戀祿位，對外卻又想要博取隱士清高的美譽。

【出處】唐．靈澈〈東林寺酬韋丹刺史〉詩：「年老心閑無外事，麻衣草座亦容身。相逢盡道休官好，林下何曾見一人。」

美人首飾侯王印，盡是沙中浪底來。

美女穿戴的金飾和王侯使用的金印，都是淘金女從浪底的一粒粒沙子中淘洗出來的。

【解析】劉禹錫詩中描寫淘金女的工作辛勞，表面上看似在讚頌她們為社會所創造的不凡價值，實是暗諷王公貴族生活豪奢以及對底層百姓的剝削，同時也對淘金女的遭遇寄予無限的同情。可用來說明權貴富豪的奢華生活是建築在平民的辛苦勞累之上。

【出處】唐．劉禹錫〈浪淘沙〉詩九首之六：「日照澄洲江霧開，淘金女伴滿江隈。美人首飾侯王印，盡是沙中浪底來。」

珠玉買歌笑，糟糠養賢才。

用珠寶和美玉買歌者的笑顏，卻用酒滓和穀皮培養才德能士。

【解析】李白意在揭露當權者生活揮霍奢靡，寧可拿著珍寶去賞賜為其歌舞作樂的人，也不願重視為朝政竭智盡力的賢才。可用來表達權貴貪圖享樂，懷才之士有志難伸。

【出處】唐．李白〈古風〉詩五十九首之十五：「燕昭延郭隗，遂築黃金臺。劇辛方趙至，鄒衍復齊來。奈何青雲士，棄我如塵埃。珠玉買歌笑，糟糠養賢才。方知黃鶴舉，千里獨徘徊。」

商女不知亡國恨，隔江猶唱〈後庭花〉[1]。

歌女不懂得亡國的痛苦，隔著河畔還在唱〈玉樹後庭花〉的靡靡之音。

【注釋】1.後庭花：指的是南朝陳後主作的〈玉樹後庭花〉樂曲。陳後主因沉湎於聲色，終導致國家為隋所滅，後人多以〈後庭花〉代稱靡靡之音或亡國之音。

【解析】南京秦淮河沿岸一帶，乃六朝金粉薈萃之地，出入多是當時的顯貴人家。杜牧夜泊於此，見歌女們正唱著過去的亡國之君留下的綺靡曲調，便在詩中借陳後主荒淫誤國的史事，諷刺晚唐的當權者仍然醉生夢死，無視於朝政的日漸衰敗。可用來諷刺國家危難之際，有人只圖眼前的享樂，全然不關心國事。

【出處】唐．杜牧〈泊秦淮〉詩：「煙籠寒水月籠沙，夜泊秦淮近酒家。商女不知亡國恨，隔江猶唱〈後庭花〉。」

漁陽[1]鼙鼓[2]動地來，驚破〈霓裳羽衣曲〉[3]。

安祿山在漁陽一帶起兵叛變，戰鼓聲震天動地，驚亂了宮廷裡正沉醉在〈霓裳羽衣曲〉的人們。

【注釋】1.漁陽：唐代郡名，位在今天津市薊縣。本為平盧、范陽、河東三鎮節度使安祿山的管轄，後安祿山自此興兵反唐。2.鼙鼓：古代軍中使用的戰鼓。鼙，音ㄆㄧˊ。3.霓裳羽衣曲：樂曲名，原為西域樂舞，唐玄宗開元年間傳進中原，後經玄宗加以改編而成。

【解析】白居易在〈長恨歌〉中描述唐玄宗和楊貴妃

沉浸在歌舞樂音中，不料卻傳來安祿山自漁陽造反的消息，叛軍迅速攻陷洛陽、長安。玄宗和楊貴妃隨軍隊往西南避難，但西行到百里外的馬嵬坡時，軍隊不願再前進，要求皇帝必須賜死貴妃，玄宗只能無奈接受。可用來形容戰亂發生或敵人入侵，方才驚醒了耽溺於安逸享樂的人們。

【出處】唐．白居易〈長恨歌〉詩：「……驪宮高處入青雲，仙樂風飄處處聞。緩歌慢舞凝絲竹，盡日君王看不足。漁陽鼙鼓動地來，驚破〈霓裳羽衣曲〉。九重城闕煙塵生，千乘萬騎西南行。翠華搖搖行復止，西出都門百餘里。六軍不發無奈何？宛轉蛾眉馬前死……」（節錄）

總為浮雲能蔽日，長安不見使人愁。

太陽總是容易被天上浮雲所遮蔽，舉目不見長安使人心裡發愁啊！

【解析】李白登臨高臺，本欲遠望他日夜思念的京城長安，然長安卻被浮雲遮住，這讓他有感於「浮雲」好比是朝廷中的小人當道，「蔽日」就像是皇帝被小人所包圍一樣，致使自己無法為國盡忠。可用來比喻上位者為邪佞小人所蒙蔽，有志之士難以一展抱負。

【出處】唐．李白〈登金陵鳳凰臺〉詩：「……三山半落青天外，二水中分白鷺洲。總為浮雲能蔽日，長安不見使人愁。」（節錄）

難將一人手，掩得天下目。

憑恃一人之手就想遮住天下人的眼睛，這是很困難的事啊！

【解析】曹鄴在讀了西漢史家司馬遷《史記．李斯列傳》後抒發心得。他認為秦相李斯玩弄權術，欺上瞞下，本以為憑著自己的能耐，便能遮蔽所有人的耳目，最後的下場是遭宦官趙高所陷害，被腰斬於市。可用來比喻倚仗權勢、欺瞞矇騙的行徑，終是難取信於天下人。

【出處】唐．曹鄴〈讀李斯傳〉詩：「一車致三轂，本圖行地速。不知駕馭難，舉足成顛覆。欺暗尚不然，欺明當自戮。難將一人手，掩得天下目。不見三尺墳，雲陽草空綠。」

十四萬人齊解甲，更無一個是男兒。

十四萬名將士同時脫下鎧甲，當中竟然沒有一個人是願意為國挺身作戰的志士。

【解析】這首詩的作者花蕊夫人，為五代後蜀主孟昶妃子的別號，一說姓費，另一說姓徐。她在詩中嘲諷了號稱擁有十四萬大軍的後蜀，面對宋軍數萬人壓境時，孟昶決定豎旗投降，所有人立刻放下武器，寧可當敵國的俘虜也不願浴血奮戰，可見後蜀朝政之腐敗，君臣上下無不貪戀享樂卻又害怕死亡，最後走向亡國的下場也是想當然耳。清人薛雪《一瓢詩話》評論這兩句詩：「何等氣魄，何等忠憤，當令普天下鬚眉一時俯首。」可用來表達對國家不戰而降的痛切屈辱。

【出處】五代．花蕊夫人〈述國亡詩〉詩：「君王城上豎降旗，妾在深宮那得知？十四萬人齊解甲，更無一個是男兒。」

不論天有眼，但管地無皮。

（這些官吏）哪裡在乎老天有沒有眼，他們只管四處去搜刮地皮。

【解析】這首詩的詩題為〈狐鼠〉，是作者洪咨夔暗批當時的官吏猶似狐鼠一窟，到處橫徵暴斂、魚肉鄉民的醜態。詩中以「不論天有眼」反襯官吏的膽大妄為，不怕天理昭昭，以「但管地無皮」揭露官吏貪得無厭的無恥行徑，恨不得榨乾百姓的所有財物。可用來諷刺惡吏肆無忌憚地剝削人民，無法無天。

【出處】南宋．洪咨夔〈狐鼠〉詩：「狐鼠擅一窟，虎蛇行九逵。不論天有眼，但管地無皮。吏鶩肥如瓠，民魚爛欲糜。交征誰敢問？空想素絲詩。」

巵[1]酒向人時，和氣先傾倒。最要然然可可，萬事稱好。

人應該學盛酒的巵器一樣，倒入酒時總是先傾著身子，一副和和氣氣的樣子。最要緊的是態度唯唯諾諾，每一件事情都說好！

【注釋】1.卮：音ㄓ，古時一種盛酒的容器，裝滿則傾，空則仰。

【解析】辛棄疾詞中借寫卮器裝滿酒時就傾倒一方，以及空無一物時就朝向上方的特性，諷刺朝廷中有許多人正與隨物而變的卮器一樣，缺乏自己的主見，只會應聲附和當朝權貴，說著討人喜歡的話。可用來嘲弄那些善於逢迎拍馬、循聲附會的小人。

【出處】南宋．辛棄疾〈千年調．卮酒向人時〉詞：「卮酒向人時，和氣先傾倒。最要然然可可，萬事稱好。滑稽坐上，更對鴟夷笑。寒與熱，總隨人，甘國老。少年使酒，出口人嫌拗。此個和合道理，近日方曉。學人言語，未會十分巧。看他們，得人憐，秦吉了。」

朱門沉沉按歌舞，廄馬肥死弓斷弦。

富貴人家的深長大院裡，正依照樂曲節奏歌唱起舞，馬棚裡的馬養得太肥而死，弓箭上的弦已經腐朽到斷開來。

【解析】陸游詩中諷刺滿朝文武高官只圖眼前安逸享樂，寧可與金人和議，也不願作戰殺敵，導致軍隊裡養的戰馬因養得太肥而死了，弓箭也都放到朽壞而不能使用。可用來形容統治者或權貴沉溺於尋歡作樂，荒廢國政與軍事。

【出處】南宋．陸游〈關山月〉詩：「和戎詔下十五年，將軍不戰空臨邊。朱門沉沉按歌舞，廄馬肥死弓斷弦。戍樓刁鬥催落月，三十從軍今白髮。笛裡誰知壯士心，沙頭空照征人骨。中原干戈古亦聞，豈有逆胡傳子孫？遺民忍死望恢復，幾處今宵垂淚痕？」

耳目所及尚如此，萬里安能制夷狄？

連在自己身邊的事情尚且都會受到蒙蔽，哪裡能夠制服萬里之外的邊疆外族呢？

【解析】歐陽脩詩中借寫西漢美女王昭君因未賄賂畫工而不得元帝的召見，最後自請出嫁匈奴一事，諷刺元帝連自家後宮女子的美醜都分辨不了，更遑論征服遠方邊境未開化的蠻夷之邦這等大事，必定無法清楚區別是非忠奸，做出正確的判斷。可用來比喻從處理近處微小的事情，就可以看出上位者治國能力的高下。

【出處】北宋．歐陽脩〈再和明妃曲〉詩：「漢宮有佳人，天子初未識。一朝隨漢使，遠嫁單于國。絕色天下無，一失難再得。雖能殺畫工，於事竟何益。耳目所及尚如此，萬里安能制夷狄？漢計誠已拙，女色難自誇。明妃去時淚，灑向枝上花。狂風日暮起，飄泊落誰家？紅顏勝人多薄命，莫怨春風當自嗟。」

剛被太陽收拾去，卻教明月送將來。

太陽落下，花影就消失了，但月亮一升起，花影又隨著月光出現了。

【解析】這首詩的詩題為〈花影〉，影子本是靜態不動的，是日落和月升的光造成花影的去和來。北宋神宗崩逝，年幼的哲宗即位，向來反對新法的高太皇太后（神宗之母）垂簾聽政，貶謫一幫小人，等到高太皇太后去世，哲宗親政，小人又重新被起用。蘇軾詩中借物抒懷，以掃不開的重疊花影，比喻朝廷中位居高位的小人，「剛被太陽收拾去」意味著小人不過是暫時銷聲匿跡，「卻教明月送將來」暗諷小人隨即又出現在政治舞臺上。可用來諷刺上位者身邊的奸佞小人永遠清除不盡。

【出處】北宋．蘇軾〈花影〉詩：「重重疊疊上瑤臺，幾度呼童掃不開。剛被太陽收拾去，卻教明月送將來。」

暖風薰得遊人醉，直把杭州作汴州。

溫煦的和風吹得遊客昏沉欲醉，簡直快把自己所處的杭州，當成是昔日國都汴京了。

【解析】詩題〈題臨安邸〉，為作者林升題寫在南宋京城臨安（即杭州）某店家壁上的一首詩。自宋朝遷都杭州後，林升目睹朝野上下一味貪圖安逸，社會上無不充斥著紙醉金迷、笙歌鼎沸的享樂情景，似乎全都忘了金人侵略北方江山，並擄走徽宗、欽宗兩帝的奇恥大辱「靖康之難」，讓他不禁產生一種錯覺，以為自己還置身在尚未發生靖康事件前的國都汴京呢？

表達其對當政者拋卻國仇家恨，不思抗金復國態度的憤慨不滿。可用來比喻國家有難，多數人卻仍沉迷於尋歡作樂，不思振作。

【出處】南宋·林升〈題臨安邸〉詩：「山外青山樓外樓，西湖歌舞幾時休？暖風薰得遊人醉，直把杭州作汴州。」

當時亦笑張麗華，不知門外韓擒虎。

想當年隋煬帝也曾嘲笑過南朝陳後主之妃張麗華，只知在宮內縱情享樂，渾然不知隋將韓擒虎已領兵在宮門之外。

【解析】蘇軾詩中借史事諷刺國君若沉湎淫逸，終將誤國。南朝陳為隋所滅，陳後主是歷史上以荒淫無度而惡名昭彰的君王，隋朝開國名將韓擒虎已攻打道門外，陳後主與其寵妃張麗華竟然還在歌舞行樂，當時尚未稱帝的隋煬帝曾為此譏笑過陳後主和張麗華的荒唐行徑，哪知日後自己也和陳後主一樣成為亡國之君，重蹈前人的覆轍。可用來說明上位者荒廢國事，貪愛聲色，國家必將走向衰亡。

【出處】北宋·蘇軾〈虢國夫人夜遊圖〉詩：「佳人自鞚玉花驄，翩如驚燕踏飛龍。金鞭爭道寶釵落，何人先入明光宮。宮中羯鼓催花柳，玉奴絃索花奴手。坐中八姨真貴人，走馬來看不動塵。明眸皓齒誰復見？只有丹青餘淚痕。人間俯仰成今古，吳公臺下雷塘路。當時亦笑張麗華，不知門外韓擒虎。」

解把飛花蒙日月，不知天地有清霜。

柳樹只曉得用柳絮把日月給矇蔽，竟不知道天地之間還有嚴霜的存在。

【解析】此詩詩題雖為〈詠柳〉，內容卻是借柳絮仗勢春風顛狂亂舞的特性，諷刺那些在朝中依恃權勢、欺上瞞下的小人，一反歷來詩人多以正面的角度來歌詠柳絮飛舞的優美意態。作者最後還語帶警示意味地提醒柳樹，休想永久遮天蔽日，等到正氣的秋霜降臨，就是柳葉凋零之時，猖狂的日子是不會持續太久的。可用來比喻小人得勢便胡作妄為，但邪不勝正，終究不會有好的下場。

【出處】北宋·曾鞏〈詠柳〉詩：「亂條猶未變初黃，倚得東風勢便狂。解把飛花蒙日月，不知天地有清霜。」

如何十二金人外，猶有民間鐵未銷？

（天下的兵器都被拿去鑄成十二個金屬人了）為什麼除了那十二個金屬人之外，百姓的身邊還存有未被鎔化的鐵呢？

【解析】詩題〈博浪沙〉，指的是秦末張良聘雇大力士用鐵錐狙擊秦始皇車駕的地名，位在今河南新鄉市境內，這次的行動，雖只擊中隨行的車輛，未真正傷及秦始皇，但也撼動了秦帝國的基業。此詩作者為元代學者陳孚，詩中譏刺秦始皇本是擔心人民造反，方下令沒收了全國兵器，並將其運到咸陽鎔鑄成十二個金屬人，不料路上竟還能出現突襲自己的大鐵椎，可見民怨之深。詩人一方面讚美張良抗秦的膽識與勇氣，另一方面則是傳達人民若是長期生活在高壓統治下，遲早都會想盡辦法起而反抗，上位者縱使做再嚴密的防備也是沒有用的。可用來說明欲以苛政控制人民，只會逼迫人民奮起抵抗。

【出處】元·陳孚〈博浪沙〉詩：「一擊車中膽氣豪，祖龍社稷已驚搖。如何十二金人外，猶有民間鐵未銷？」

常將冷眼看螃蟹，看你橫行得幾時？

常在一旁冷冷地看著螃蟹走路的樣子，看看你到底還能橫著走多久？

【解析】這兩句諺語借寫天生習性橫爬的螃蟹，比擬行為蠻橫、霸道之徒，並大膽預言這些整日胡作非為的人，在不久的將來就會遭到天理報應，眼前囂張的氣焰也不過是一時罷了，語氣充滿鄙視的意味。可用來形容作惡多端的人遲早會自食惡果，絕不會有好的下場。

【出處】元·楊顯之《瀟湘雨·第四折》之詩：「常將冷眼看螃蟹，看你橫行得幾時？」

奪泥燕口，削鐵針頭，刮金佛面細搜求，無中覓有。

從燕子的嘴裡奪取其築巢時啣的泥巴，在針尖上削出極細微的鐵屑，到貼著薄薄一層金子的佛像臉上仔細刮取金粉，就是要從沒有的東西當中，努力找出東西來。

【解析】這首曲子採用誇張的筆法，將人貪得無厭的嘴臉表露無遺，其中「燕口」、「針頭」、「佛面」這些物體本來就很小或只是局面，根本就覓求不了多少物品，但對於貪婪的人來說，還是想從中再極力刮取、壓榨，哪怕是所得微乎其微，也不肯輕易放過。可用來比喻剝削者或貪官汙吏搜刮無度的猙獰面目。

【出處】元・佚名〈醉太平・奪泥燕口〉曲：「奪泥燕口，削鐵針頭，刮金佛面細搜求，無中覓有。鵪鶉膆裡尋豌豆，鷺鷥腿上劈精肉。蚊子腹內刳（ㄎㄨ）脂油，虧老先生下手。」

因嫌紗帽[1]小，致使鎖枷[2]扛。

因嫌官職卑微而拚命鑽營，最後反而弄到鎖枷上身，成為牢房裡的罪犯。

【注釋】1.紗帽：本指古代官吏所戴的帽子。後作為官職的代稱。2.鎖枷：古時限制犯人行動的刑具。

【解析】這是《紅樓夢》小說人物甄士隱針對跛足道人〈好了歌〉所作的注解詩，被稱為〈好了歌注〉。鄉宦甄士隱早年生活平穩安逸，到了中年卻接連遭逢多起重大變故，讓他心灰意冷，偶然在街上聽見跛足道人念著〈好了歌〉，頓時領悟世事本就難以預期，時盛時衰，實不必對虛浮名位或身外之物過於執著。可惜的是，這道理或許人人聽過也都懂得，但仍竭力追求富貴功名而無法自拔，等到繁華落盡，才驚覺費盡心力換來的不過是一場空。詩中以「紗帽」和「鎖枷」作對比，直指人們為了貪圖更高的官位，不惜做出違法的事而鋃鐺入獄，自食惡果，也藉此揭露當時官場的汙濁黑暗。可用來嘲諷人為了權勢利欲，投機取巧，不走正途，結果落得身敗名裂，得不償失。

【出處】清・曹雪芹《紅樓夢・第一回》之〈好了歌注〉詩：「……因嫌紗帽小，致使鎖枷扛。昨憐破襖寒，今嫌紫蟒長。亂烘烘你方唱罷我登場，反認他鄉

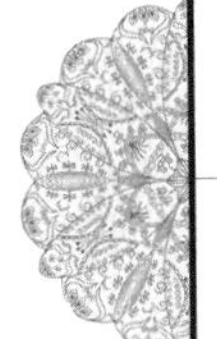

是故鄉。甚荒唐，到頭來都是為他人作嫁衣裳。」（節錄）

宰相有權能割地，孤臣無力可回天。

權力等同宰相一樣的李鴻章，可以決定把國家的土地割讓給別人，而像我這樣不受重用的臣子，根本沒有力量去挽救難以改變的情勢。

【解析】這是清人丘逢甲在李鴻章代表清廷和日本簽訂〈馬關條約〉後，準備離開臺灣時所寫的一首詩。由於清朝未設宰相一職，當時由擔任直隸總督兼北洋大臣的李鴻章，赴日談和，權傾一時，反觀詩人自己卻是孤立無援，即使曾經率領義軍與登臺的日軍奮戰，最終仍然宣告失敗，只能眼睜睜地看著國土任人侵凌，黯然搭船返回廣東。可用來說明握有權勢的人，悍然不顧領土居民的安危，而無權無勢的人，空有保國安民之心，卻無力扭轉局勢。

【出處】清．丘逢甲〈離臺詩〉詩六首之一：「宰相有權能割地，孤臣無力可回天。扁舟去作鴟夷子，回首河山意黯然。」

慟哭六軍俱縞素，衝冠一怒為紅顏。

軍中所有人無不傷心大哭，全都穿上白衣喪服，哀悼自縊煤山的崇禎皇帝，但將領吳三桂卻是怒氣衝天，只為了寵妾陳圓圓被人給擄掠而去。

【解析】此詩詩題〈圓圓曲〉。清初文人吳偉業寫詩諷刺明朝崇禎末年，當時負責鎮守山海關的吳三桂引清兵入關的理由，竟是聽聞其愛妾陳圓圓被李自成的部將給掠走後大怒所下的號令。作者認為一個被國家賦予重任的人，怎麼可以為了私人的情怨，便背棄忠信道義，甘願讓自己在青史上留下一記汙名呢？語氣滿是憤惋之情。可用來形容人為了一己的恩怨情仇，不惜做出損害國家利益的事。

【出處】清．吳偉業〈圓圓曲〉詩：「鼎湖當日棄人間，破敵收京下玉關。慟哭六軍俱縞素，衝冠一怒為紅顏……」（節錄）

福王[1]少小風流慣，不愛江山愛美人。

福王朱由崧從年輕時便好色成性，後來即位為帝，卻整天不思國事，只知道貪戀美色。

【注釋】 1.福王：指南明政權的第一任皇帝朱由崧，原為福王，崇禎末年，明思宗自縊，朱由崧在南京即位，年號弘光，史稱弘光帝。朱由崧沉湎酒色，政治腐敗，不到一年便兵敗被俘，後被清廷處死。

【解析】 此詩為清人陳于王抒寫其讀了孔尚任名作《桃花扇》傳奇後的感慨，其對福王朱由崧於思宗殉國後繼位，不以光復大明為己任，反而是派人四處獵豔，縱情聲色，表示悲憤難耐。其中「不愛江山愛美人」句，後來多被用來形容男子可以為自己心愛的女子拋下所有，只求兩人相守一起，但在陳于王的筆下，這句詩實是充滿諷刺意味。可用來形容上位者耽於逸樂，荒淫誤國。

【出處】 清．陳于王〈題《桃花扇》傳奇〉詩：「玉樹歌殘跡已陳，南朝宮殿柳條新。福王少小風流慣，不愛江山愛美人。」

戰事風雲

謀略

和雪翻營一夜行，神旗凍定馬無聲。

全營上下冒著大雪，連夜行軍，軍旗已經結了冰，戰馬無聲的往敵軍陣營前進著。

【解析】 本詩詩題為〈贈李愬僕射〉。僕射，職官名，即尚書僕射，分左、右僕射，唐初相當於宰相的職權，後權力逐漸削減，到了唐玄宗時，多為用來加授有功戰將的虛銜。李愬，中唐名將，憲宗元和年間助朝廷平定淮西亂事的一大功臣，後被加封檢校尚書左僕射。王建詩中描寫李愬領兵在雪夜中行軍，人馬無聲，軍紀嚴整，以迅雷不及掩耳的速度夜襲敵軍，一夜便攻下了蔡州（位在今河南境內），生擒還在睡夢中的叛將吳元濟，史稱「雪夜下蔡州」。王建寫這首詩表達其對李愬的指揮才能與深諳兵機的崇高敬意。可用來說明作戰時採用攻其不備、出其不意的戰術而獲勝。

【出處】唐·王建〈贈李愬僕射〉詩二首之一：「和雪翻營一夜行，神旗凍定馬無聲。遙看火號連營赤，知是先鋒已上城。」

射人先射馬，擒賊先擒王。

要射倒一個人，就要先射中他騎的馬，要捉拿一群賊寇，就要先抓到帶領他們的首腦。

【解析】杜甫提出對戰事活動的致勝謀略，直指唯有攻擊敵人的重點要害，才能達到事半功倍的成效，也不會導致更多戰士的無辜傷亡。可用來說明打擊敵人必須先鏟除他們的領頭者。另可用來比喻做事要能把握關鍵環節。

【出處】唐·杜甫〈前出塞〉詩九首之六：「挽弓當挽強，用箭當用長。射人先射馬，擒賊先擒王。殺人亦有限，列國自有疆。苟能制侵陵，豈在多殺傷？」

英雄多失守，制勝在人和。

即使是才能出眾的人物，也難免使堅固的防地失陷，想要制服對方而取勝，重點在於人事和諧。

【解析】這首詩的作者王十朋，是南宋高宗在殿試上親自擢拔的進士榜首，也就是所謂的狀元。孝宗時期，王十朋因力主北伐而與主和派不合，一度罷官返鄉；隔了一年，他開始到各州擔任地方官，由於為人清廉又愛民如子，所到之處，無不受到當地百姓的歡迎。此詩吟詠的對象為夔州名樓「制勝樓」，王十朋借樓名「制勝」兩字加以發揮，認為敵我兩方交戰時，一方若自恃所處的地理條件優越，城池固若金湯，更有勇武能士駐守，預料此役必勝，孰知最後還是被對手給攻占下來，細究原因，便是出在內部爭鬥失和所致。可用來說明欲戰勝敵人，首要是贏得人心，不可引發內鬨。

【出處】南宋·王十朋〈州宅雜詠·制勝樓〉詩：「形勝據天險，金湯無以過。英雄多失守，制勝在人和。」

想烏衣年少[1]，芝蘭秀髮，戈戟雲橫[2]。

遙想當年的淝水之戰，謝家子弟意氣風發，年輕有為，統率大軍迎戰敵人。

【注釋】1.烏衣年少：指世家大族的子弟。因東晉王導、謝安兩大名門家族的人出入喜著黑衣，人們便以「烏衣巷」代稱王、謝兩家的居住地（位在今南京市秦淮河附近）。此指謝安家族的後輩。2.戈戟雲橫：本指戈、戟等武器像雲一樣橫列展開，可引申軍威壯盛或比喻將領的韜略滿腹。

【解析】活動於北、南宋之交的葉夢得，回憶東晉名相謝安於淝水之戰時，在後方運籌帷幄，此時與前秦苻堅軍隊拚鬥奮戰的正是謝安的弟弟謝石，以及姪子謝玄、兒子謝琰等人，最後大破前秦，立下戰功，也保全了東晉在南方的江山。詞中以「芝蘭秀髮」稱美在淝水戰役擔任前鋒都督的謝玄，英偉俊秀，才略過人。以「戈戟雲橫」誇讚謝玄善於治軍，指揮調度得宜，方能以寡擊眾，打敗前秦的百萬大軍。可用來形容年紀雖輕，但具備傑出的軍事才能和兵略，足智多謀。

【出處】北宋末、南宋初．葉夢得〈八聲甘州．故都迷岸草〉詞：「故都迷岸草，望長淮、依然繞孤城。想烏衣年少，芝蘭秀髮，戈戟雲橫。坐看驕兵南渡，沸浪駭奔鯨。轉盼東流水，一顧功成。千載八公山下，尚斷崖草木，遙擁崢嶸。漫雲濤吞吐，無處問豪英。信勞生、空成今古，笑我來、何事愴遺情？東山老，可堪歲晚，獨聽桓箏。」

明修棧道[1]，暗渡陳倉[2]。

表面上是派人在險峻的崖壁上鑿孔架木，修築道路，暗地裡卻是由陳倉出兵。

【注釋】1.棧道：指沿著懸崖峭壁修建的一種道路。2.陳倉：地名，位在今陝西寶雞市境內，是漢代的攻守要地。

【解析】這兩句歷來人們耳熟能詳的諺語，事蹟雖可見《史記》之〈高祖本紀〉和〈淮陰侯列傳〉，但這八個字則是源自元代戲曲家的手中，除尚仲賢這齣《氣英布》之外，另一無名作家《賺蒯通》雜劇也有出現過。內容描述先攻下咸陽的劉邦，被項羽封為漢王，其在前往封地漢中時，為取得項羽的信任，表明自己日後無意回到關中，而把經過的棧道給燒毀了。

後來，劉邦聽從韓信的建議，命人去修復棧道，故意讓人以為自己會從此路進攻，而實際上卻是率軍偷渡到陳倉發兵，進而平定三秦（指被項羽封在關中的三位秦朝降將章邯、司馬欣、董翳），成功占領關中。可用來比喻以明顯或不相干的行動迷惑敵人，藉以掩飾暗中進行的活動。

【出處】元・尚仲賢《氣英布・第一折》之詩：「明修棧道，暗渡陳倉。」

明槍好躲，暗箭難防。

面對明處射來的槍容易躲開，從暗處射來的箭令人難以防範。

【解析】這兩句古來流傳的熟語，也有「明槍易躲，暗箭難逃」的相似說法，意指雙方爭戰時，敵人公開的各式進擊戰術，相對比較容易應付；反之，對方若是躲在暗地謀劃種種手段，讓人猝不及防，才是最棘手的狀況。可用來說明凡事必須隨時提高警覺，預防敵人或對手突然發動攻擊。

【出處】元・佚名《獨角牛・第二折》之詩：「明槍好躲，暗箭難防。」

自古驕兵多致敗，從來輕敵少成功。

自古以來，傲慢的軍隊多會導致失敗，從古至今，輕視敵人便很少有成功的。

【解析】這兩句詩出自《三國演義》，小說中寫到曹軍將領張郃對於曹洪提醒其駐守在巴西郡（位在今四川和重慶市境內）的張飛「非比等閑，不可輕敵」的話很不以為然，張郃還立下軍令狀，信誓旦旦自己此行前去，必能擒拿張飛立功。作者羅貫中便在章回之末寫下此詩，意味著張郃犯了「驕兵」和「輕敵」等兵家大忌，預告其註定吞下敗仗。可用來比喻小看敵人的軍隊，最後往往錯估情勢，而被對手打到潰不成軍。

【出處】明・羅貫中《三國演義・第六十九回》之詩：「自古驕兵多致敗，從來輕敵少成功。」

博望[1]相持用火攻，指揮如意笑談中。

諸葛亮在博望坡與曹操大軍相持時，他下達發動火勢攻擊的命令，當時的他，神情自若，就和平常談話說笑的樣子一樣。

【注釋】1.博望：地名，即博望坡，位在今河南南陽市境內，相傳劉備於東漢獻帝建安七年，在此地打敗曹操將領夏侯惇的軍隊。然在明初小說家羅貫中《三國演義》裡，則是將此役的戰功歸於初出茅廬的諸葛亮。但根據史實，諸葛亮是到了建安十二年才開始輔助劉備，也就是說，博望坡一役發生時，諸葛亮仍在南陽隱居，根本不可能參與。

【解析】此詩出現在羅貫中《三國演義》，小說中描寫原本躬耕南陽的諸葛亮，被漢宗室後裔劉備三顧茅廬後答應出仕。當時劉備的其他部屬，對諸葛亮是否具備真才實學多是抱持存疑的態度，孰料在博望坡與曹軍交戰時，諸葛亮利用當地地形窄小的特性，以及料定曹將夏侯惇輕敵的心理，先派趙雲當前鋒，然後佯裝敗走，目的就是要引誘曹軍追擊，等曹軍進入了道路狹窄的博望坡再用火攻，造成曹軍死傷慘重，從此劉備陣營無不對諸葛亮的用智鋪謀，心服口服。可用來形容兩方作戰時，一方的統領或軍師神機妙算，談笑用兵。

【出處】明．羅貫中《三國演義．第三十九回》之詩：「博望相持用火攻，指揮如意笑談中。直須驚破曹公膽，初出茅廬第一功。」

邊防

一夫當關，萬夫莫開。

只要一個人守住要塞關口，即使有一萬人攻上來也都別想衝破。

【解析】李白藉描寫山川的險峻來突顯蜀道（從陝西入四川的道路）之難行，而如此崎嶇高危的地形，正好形成一座天然堅固的防禦關塞。清代詩評家沈德潛《唐詩別裁集》評曰：「筆陣縱橫，如虯飛蠖動，起雷霆於指顧之間。」可用來比喻地勢險要，易守難攻。另可用來比喻一個人的本事極大，眾人都無法與之匹敵。

【出處】唐．李白〈蜀道難〉詩：「……劍閣崢嶸而崔嵬，一夫當關，萬夫莫開。所守或匪親，化為狼與豺。朝避猛虎，夕避長蛇。磨牙吮（ㄕㄨㄣˇ）血，殺人如麻。錦城雖云樂，不如早還家。蜀道之難難於上青天，側身西望長咨嗟。」（節錄）

但使龍城[1]飛將[2]在，不教胡馬度陰山[3]。

要是漢朝戍守龍城的飛將軍李廣還在的話，就不會讓匈奴的兵馬越過陰山了。

【注釋】1.龍城：一說指的是匈奴祭祀祖先的地方，位在今漠北蒙古一帶。另一說指的是盧龍城，古要塞名，也就是漢朝的右北平郡，位在今河北喜峰口附近一帶。2.飛將：一說指西漢名將李廣，曾任右北平太守，匈奴稱其「漢之飛將軍」。另一說認為不是單指李廣一人，而是泛指漢代抗擊匈奴的將領。3.陰山：位在今內蒙古北部一帶。自漢武帝討伐匈奴奪得此山後，便成為歷朝北方的屏蔽。

【解析】王昌齡借寫漢朝時匈奴對「龍城飛將」李廣的畏懼而不敢犯境，反映了當時人們期盼唐軍也能出現像李廣一樣驍勇善戰的將領，方能平息終年不止的戰事。可用來感嘆上位者任命防守邊塞的人不得其所，造成國家戰爭頻繁，同時也表達了人民迫切渴望良將出現以安定邊防的心理。

【出處】唐．王昌齡〈出塞〉詩二首之一：「秦時明月漢時關，萬里長征人未還。但使龍城飛將在，不教胡馬度陰山。」

落日照大旗，馬鳴風蕭蕭。

夕陽照映在軍中的大旗上，戰馬在蕭蕭風聲中嘶鳴。

【解析】杜甫詩中描寫黃昏時分的塞外，落日餘暉下戰旗飛揚，蕭颯風聲交織著戎馬的嘶鳴，展現了部隊在關塞行進時的雄渾蒼勁風光。可用來形容邊塞將士在暮野行軍時的壯闊莊嚴景象。

【出處】唐．杜甫〈後出塞〉詩五首之二：「朝進東門營，暮上河陽橋。落日照大旗，馬鳴風蕭蕭。平沙列萬幕，部伍各見招。中天懸明月，令嚴夜寂寥。悲笳數聲動，壯士慘不驕。借問大將誰？恐是霍嫖姚。」

八百里[1]分麾下炙，五十絃[2]翻塞外聲。

軍營正在烤著牛肉，分賞給辛勞的戰士，樂器演奏著邊塞雄壯的樂曲，鼓舞軍心。

【注釋】1.八百里：此指牛。相傳西晉富人王愷飼養一頭珍貴的名牛「八百里駮」，擅長射箭的王濟和王愷比射，以這頭牛作為賭注，王愷落敗，王濟立刻殺牛烤成肉來吃。2.五十絃：本指瑟，此泛指樂器。

【解析】被朝廷閑置不用的辛棄疾，回想昔日駐守邊地時，他與部下一同分食烤熟的牛肉，聽著振奮人心的軍歌，上下齊心，陣容浩大威武，藉此表達其渴望得到再度為國效命的機會。可用來形容軍隊出征前鬥志高昂，戰歌喧天，場面壯觀。

【出處】南宋．辛棄疾〈破陣子．醉裡挑燈看劍〉詞：「醉裡挑燈看劍，夢回吹角連營。八百里分麾下炙，五十絃翻塞外聲，沙場秋點兵。馬作的盧飛快，弓如霹靂弦驚。了卻君王天下事，贏得生前身後名，可憐白髮生。」

千嶂裡，長煙落日孤城閉。

在層疊起伏的山巒中，一縷長煙直上雲霄，落日斜暉，映照著一座大門深閉的孤城。

【解析】來到西北邊境鎮守邊地的范仲淹，詞中描寫秋日黃昏時，周遭層巒疊嶂，山勢巍峨，有如一道堅固的天然屏障，孤煙斜陽下，一座城門緊閉的堡壘靜靜地聳立其中，足見全體將士已做好嚴謹的防禦工作，隨時處在備戰的狀態。可用來形容邊塞的地理環境險峻荒蕪。

【出處】北宋．范仲淹〈漁家傲．塞下秋來風景異〉詞：「塞下秋來風景異，衡陽雁去無留意。四面邊聲連角起。千嶂裡，長煙落日孤城閉。濁酒一杯家萬里，燕然未勒歸無計。羌管悠悠霜滿地。人不寐，將軍白髮征夫淚。」

塞上秋風鼓角，城頭落日旌旗。

軍隊在邊境敲起戰鼓、吹起號角，雄壯的樂聲伴著秋風響起，城牆上的戰旗在夕陽的照耀下飄動著。

【解析】金人元好問寫此詞時，金朝的國力早已積弱不振，在蒙古軍的節節進攻下，金宣宗逃離中都大興府（即今北京市），遷都至汴京開封府，但還是無法力挽頹勢。作者為避兵禍，不得不舉家遷移，但他始終對朝廷收復失土抱持希望，詞中描寫風光壯美的邊塞地區，傳來嘹亮的軍號聲，從軍少年在戰地策馬馳騁，活力奔放，讓詞人相信再過不久，這些戰士便可以凱旋歸來，而他們在家鄉的愛人就不必一直哭泣了。可用來形容軍營駐守在邊關的雄闊氣象。

【出處】金．元好問〈江月晃重山．塞上秋風鼓角〉詞：「塞上秋風鼓角，城頭落日旌旗。少年鞍馬適相宜。從軍樂，莫問所從誰？侯騎才通薊北，先聲已動遼西。歸期猶及柳依依。春閨月，紅袖不須啼。」

城頭一片西山[1]月，多少征人馬上看。

從邊城的牆頭上看去，月亮高掛在西山旁，有多少騎在戰馬上的將士，仰首與天上的明月相對望著。

【注釋】1. 西山：此指位在明朝都城北京西郊的群山。

【解析】詩題〈塞上曲送元美〉，是李攀龍為即將出塞的友人王世貞而作。王世貞（字元美），與李攀龍結詩社，兩人同為活躍於明世宗嘉靖年間的文壇領袖。李攀龍詩中先是提及前方軍情告急，邊防報警的烽煙信號不斷，戰報接連傳回朝廷，其好友王世貞此時冒著冰寒霜氣，在冷月下揚鞭縱馬離開京城，前往異族頻頻侵擾的邊境，竭力完成朝廷託付的重大任務。可用來形容戰士不辭勞苦，離家遠征，禦敵保國。

【出處】明．李攀龍〈塞上曲送元美〉詩四首之四：「白羽如霜出塞寒，胡烽不斷接長安。城頭一片西山月，多少征人馬上看。」

黃塵古渡迷飛挽[1]，白月橫空冷戰場。

通往渡口的路上塵土遮天，黃沙迷眼，眾人忙於將作戰需要的糧草急速載運過來，皎潔的月色瀰漫整個天空，冷冷映照在兩軍即將交戰的場地。

【注釋】 1.飛挽：形容迅速運送兵糧。

【解析】 詩題一作〈秋望〉。此詩為李夢陽於明孝宗弘治年間出使雲中（位在今山西境內）時所作，由於北方邊患嚴重，先後有瓦剌、韃靼入寇，詩中描寫處於備戰中的士卒正在黃河渡口忙著運輸軍糧，戰地周邊，凝聚著一股戰爭爆發前的肅殺氛圍。可用來形容戰雲密布下的前線緊張情勢。

【出處】 明．李夢陽〈出使雲中〉詩：「黃河水繞漢宮牆，河上秋風雁幾行。客子過壕追野馬，將軍弢（去ㄠ）箭射天狼。黃塵古渡迷飛挽，白月橫空冷戰場。聞道朔方多勇略，只今誰是郭汾陽？」

英勇善戰

身既死兮神以靈，子魂魄兮為鬼雄。

為國捐軀的壯士們雖然已經死去啊！但精神永遠不死，您們的靈魂啊！成了群鬼中的雄傑。

【解析】 這是一首追悼戰死勇士的祭歌，名為〈國殤〉，是〈九歌〉十一篇之一，為戰國楚人屈原根據楚地祭祀樂歌改編而成，歌中對於那些勇敢奔赴戰場，與敵人進行殊死拚鬥，最後不幸戰歿的將士，表達內心崇高的敬意，深信其英靈永不泯沒。可用來形容戰士捐生殉國，英偉壯烈。

【出處】 戰國楚．屈原〈九歌．國殤〉詩：「……誠既勇兮又以武，終剛強兮不可凌。身既死兮神以靈，子魂魄兮為鬼雄。」（節錄）

萬里赴戎機[1]，關山度若飛。

趕赴萬里之外的戰場，像鳥一樣飛快地越過了重重的關隘和山嶺。

【注釋】1.戎機：機密性的軍事行動。此指戰爭。

【解析】〈木蘭詩〉是一首長篇敘事詩，作品約成於北魏時期，詩中描寫代父從軍的女子木蘭，不畏迢遙萬里，行路困難，動作輕盈如飛，急奔遠方戰地，展現其剛毅勇敢、巾幗鬚眉的勃勃英氣。可用來形容軍人為能在極短時間內到達目的地而快速行軍，沿途行動敏捷，氣魄豪邁。

【出處】北朝．佚名〈木蘭詩〉詩：「……萬里赴戎機，關山度若飛。朔氣傳金柝，寒光照鐵衣。將軍百戰死，壯士十年歸……」（節錄）

一身能擘兩雕弧，虜騎千重只似無。

一個人便可以拉開雕著圖紋的弓，縱使被敵人騎兵層層包圍，也好像眼前根本沒有人一樣的神情自若。

【解析】王維詩中描寫年輕戰士除了擁有不凡的射箭技藝，更具有大敵當前臨危不亂的英勇氣概，為了保衛國家，他們可以義無反顧地挺身而出，殺敵致果。可用來形容戰士的本領高強，面對強敵環伺也毫無畏懼。

【出處】唐．王維〈少年行〉詩四首之三：「一身能擘兩雕弧，虜騎千重只似無。偏坐金鞍調白羽，紛紛射殺五單于。」

一身轉戰三千里，一劍曾當百萬師。

光憑一人便能馳騁戰場三千里，光持一柄劍便能擋下百萬大軍。

【解析】王維描寫沙場老將年輕時那段氣吞山河、驍勇無敵的英雄過往。即使現已老邁，仍渴望請纓報國，再立不朽戰功。可用來形容戰將雄奇威武，勇猛善戰，無人能與之對抗。

【出處】唐．王維〈老將行〉詩：「……一身轉戰三千里，一劍曾當百萬師。漢兵奮迅如霹靂，虜騎崩騰

畏蒺藜。衛青不敗由天幸，李廣無功緣數奇……」（節錄）

少年十五二十時，步行奪得胡馬騎。

在年少十五、二十歲的時候，即使徒步也能奪下胡軍的馬來騎乘。

【解析】王維描述老將在其年少時奮勇破敵，功勛卓著，但晚年卻過得落寞淒涼，乏人聞問，然而老將的心中仍滿懷著愛國熱忱，隨時準備再赴戰場殺敵建功。可用來形容年輕戰士身手矯健敏捷，豪氣干雲。

【出處】唐．王維〈老將行〉詩：「少年十五二十時，步行奪得胡馬騎。射殺中山白額虎，肯數鄴下黃鬚兒……」（節錄）

功名只向馬上取，真是英雄一丈夫。

功業名聲唯有在英勇作戰中取得，這樣才算得上是一名真正的英雄好漢。

【解析】本詩詩題為〈送李副使赴磧西官軍〉。副使，職官名，在唐代指節度副使。這首詩是岑參為送別友人遠赴磧西（為唐時對西域的稱呼）之作，詩中完全不言離別感傷或不捨友人日後邊塞生活之艱難，而是鼓舞對方馳騁沙場，立下汗馬功勞。可用來形容戰士不畏生死，奮力作戰，留下一世英名。

【出處】唐．岑參〈送李副使赴磧西官軍〉詩：「火山六月應更熱，赤亭道口行人絕。知君慣度祁連城，豈能愁見輪臺月。脫鞍暫入酒家壚，送君萬里西擊胡。功名只向馬上取，真是英雄一丈夫。」

孰知不向邊庭苦，縱死猶聞俠骨香。

明明知道不應該去邊境受苦，卻情願奔赴前往，縱然戰死也還能聞得到俠義風骨的芳香。

【解析】王維詩中描寫少年戰士出征前已抱持視死如歸的決心，即便奮勇殺敵後為國捐軀也是在所不辭。可用來形容從軍士兵壯志豪雲、不畏戰死的英勇情操。

【出處】唐・王維〈少年行〉四首之二：「出身仕漢羽林郎，初隨驃騎戰漁陽。孰知不向邊庭苦，縱死猶聞俠骨香。」

黃沙百戰穿金甲，不破樓蘭[1]終不還。

在黃沙瀰漫的沙場上，歷經百戰的將士們身上的堅硬鐵甲都已經磨穿了，沒有徹底消滅敵人前誓不還鄉。

【注釋】1.樓蘭：古國名，位在今新疆境內，漢時為通往西域的要衝。此泛指進犯唐代西北邊境的外敵。

【解析】王昌齡詩中描述戍守邊疆的戰士們，長期處在黃沙風暴的惡劣環境下和敵軍浴血奮戰，縱使內心思念家人，但為了保衛國家也只能先拋開個人情感，全力破敵。清人沈德潛《唐詩別裁集》評曰：「作豪語看亦可，然作歸期無日看，倍有意味。」可用來形容將士奮勇殺敵的大無畏精神和抱持必勝的決心。

【出處】唐・王昌齡〈從軍行〉詩七首之四：「青海長雲暗雪山，孤城遙望玉門關。黃沙百戰穿金甲，不破樓蘭終不還。」

曈曈白日當南山，不立功名終不還。

清晨時分，終南山的天空剛剛由暗轉亮，這次出征若沒有立下功績絕不回來。

【解析】唐憲宗元和年間，宰相裴度親赴前線討伐叛亂藩鎮，王建於此詩中即是描述了這次出征戰士誓言拚死也要贏得勝利，建立功勳的決心。可用來形容從軍將士對建功立業的熱烈想望。

【出處】唐・王建〈東征行〉詩：「……男兒生殺在手裡，營門老將皆憂死。曈曈白日當南山，不立功名終不還。」（節錄）

壯歲旌旗擁萬夫，錦襜[1]突騎渡江初[2]。

早在我少壯時期，就已經高舉著旌旗，率領上萬名的士兵，曾有一支穿著錦衣戰袍的騎兵隊，跟隨著我向金人發動突擊，那是在渡江之前的事了。

【注釋】1.襜：音ㄔㄢ，繫在衣服前面的圍裙，即蔽膝。2.初：此作以前之意。

【解析】辛棄疾出生時，他的家鄉歷城（位在今山東境內）已淪陷金人之手，二十二歲那年，他集聚了數千名義軍抵抗金人，隨後加入另一支由耿京領導的抗金義軍，規模約二十五萬人，準備一同歸附南宋朝廷。就在耿京指派辛棄疾奉表歸宋，受到高宗接見褒獎後的北歸途中，竟接獲了耿京遭到叛將張安國殺害，以及部分義軍被脅持投降金人的消息，他即率五十餘名快馬騎兵，連夜奔襲有五萬兵馬駐守的濟州（位在今山東境內）金營，生擒張安國，並帶回上萬名不甘降金的義軍歸來，張安國被南宋斬於市。當時辛棄疾敢以少擊眾、突襲敵營的壯舉，震驚朝野，也成了詞中他回顧自己人生最勇武驕傲的一場戰果。可用來形容統帥年輕有為，聚眾率兵，勇悍果敢。

【出處】南宋·辛棄疾〈鷓鴣天·壯歲旌旗擁萬夫〉詞：「壯歲旌旗擁萬夫，錦襜突騎渡江初。燕兵夜娖銀胡䩮，漢箭朝飛金僕姑。追往事，嘆今吾，春風不染白髭鬚。卻將萬字平戎策，換得東家種樹書。」

佩刀一刺山為開，壯士大呼城為摧。

將軍拔出繫在腰間的刀刺去，高山為之裂開，戰士們大聲歡呼，敵人的城池將被摧毀。

【解析】陸游詩中運用誇張筆法，描寫氣概豪壯的戰將，揮刀一刺，山岳迅速崩裂倒塌，而正準備攻城的兵士受到這一幕的鼓舞，士氣大振，深信此戰必能大勝敵軍，奏凱歸來。可用來形容作戰將士的聲勢浩大，英明武勇。

【出處】南宋·陸游〈出塞曲〉詩：「佩刀一刺山為開，壯士大呼城為摧。三軍甲馬不知數，但見動地銀山來。長戈逐虎祁連北，馬前曳來血丹臆。卻回射雁鴨綠江，箭飛雁起連雲黑。清泉茂草下程時，野帳牛酒爭淋漓。不學京都貴公子，唾壺麈尾事兒嬉。」

醉裡挑燈看劍，

夢回吹角連營。

在醉意中，挑亮燈火，仔細端詳著手裡的寶劍，夢醒時，聽到一個接著一個兵營的號角聲響起。

【解析】罷官後閑居鄉野的辛棄疾，詞中回憶起當年他在沙場上領兵對抗金人的那段風光過往，即使夜深酣醉，他也不忘挑亮燈火，望著手中陪伴自己一路斬殺敵人的寶劍，展現其對君上的忠心不二。天亮醒來，軍營傳來嘹亮的號角聲，足見其所領導的部隊，軍容井然有序，士兵氣概昂揚。可用來形容將士保衛家國，長期馳騁戰場，以軍旅為家。

【出處】南宋・辛棄疾〈破陣子・醉裡挑燈看劍〉詞：「醉裡挑燈看劍，夢回吹角連營。八百里分麾下炙，五十絃翻塞外聲，沙場秋點兵。馬作的盧飛快，弓如霹靂弦驚。了卻君王天下事，贏得生前身後名，可憐白髮生。」

一年三百六十日，多是橫戈馬上行。

一年約有三百六十天，我大多都是在手持兵器、策馬奔躍中度過的。

【解析】作者戚繼光是明朝抗倭名將、軍事家，戎馬生涯長達四十年，其以治軍嚴謹和愛護百姓聞名，深受軍民敬重。詩中寫其一生金戈鐵馬，為執行軍事任務而南征北討，終年無休，隨時都處於準備奮戰殺敵的緊張狀態。可用來形容將士畢生縱橫馳騁，氣概威武。

【出處】明・戚繼光〈馬上作〉詩：「南北驅馳報主情，江花邊月笑平生。一年三百六十日，多是橫戈馬上行。」

馬騎赤兔[1]行千里，刀偃青龍[2]出五關[3]。

關羽騎著赤兔馬一天行走上千里，手持青龍偃月刀闖過五處關隘。

【注釋】1.赤兔：本為呂布的駿馬，後曹操將其贈與關羽。相傳此馬可以日行千里，渡水登山，如履平地。2.刀掩青龍：指關羽的兵器「青龍偃月刀」，後世又稱之「關刀」。3.五關：指關羽「過五關，斬六將」一事，出自《三國演義》之虛構情節。

【解析】《三國演義》中描寫東漢獻帝建安年間，劉備軍被曹操打敗，與結拜兄弟關羽、張飛失散，其中關羽為曹操所俘。曹操派人前去勸降，關羽為了保護劉備兩位夫人的安全，答應暫時留在曹營，並表明自己是「降漢不降曹」，只要得知劉備的消息便要離去。曹操對關羽的賞識有加，還贈其日行千里的赤兔馬，希望關羽有朝一日能夠回心轉意。可惜曹操付出的心血終是白費，「身在曹營心在漢」的關羽，一打聽到劉備的消息隨即「千里走單騎」，但因為沒有曹操的通行令，一路上遭到五處關隘的將領給攔截，關羽騎著赤兔馬，手持青龍偃月刀，憑一己之力，連續斬了曹操底下的六員大將，終將兩位兄嫂護送至劉備的身邊，展現其勇武雙全、義薄雲天的形象。可用來形容勇猛無比，膽識過人，無畏重重險阻。

【出處】明．羅貫中《三國演義．第二十七回》之詩：「挂印封金辭漢相，尋兄遙望遠途還。馬騎赤兔行千里，刀偃青龍出五關。忠義慨然沖宇宙，英雄從此震江山。獨行斬將應無敵，今古留題翰墨間。」

■征戰苦楚■

十五從軍征，八十始得歸。

十五歲開始到軍隊裡當兵，到了八十歲才回到故里。

【解析】這首漢代樂府詩，描寫一生投入軍職的一名老兵，於晚年返家途中遇見同一鄉里的人，由於長年與家人斷了聯繫，老兵急著向對方詢問家裡的情形，同鄉不忍直言其家人都已不在人世，只好委婉道出老兵的家園目前長滿松柏樹木，以及眾多的墳墓。詩中以「十五」和「八十」兩個數目，作為老兵入伍和退伍歲數的對照，揭露當時兵役之繁重，最後士卒即使倖存歸來，還得承受至親離散或死亡的悲慘景況。可用來形容征戰時間極為長久。

【出處】漢．佚名〈十五從軍征〉詩：「十五從軍征，八十始得歸。道逢鄉里人，家中有阿誰？遙看是君家，松柏冢累累……」（節錄）

梟騎戰鬥死，駑馬徘徊鳴。

驍勇善戰的馬已在戰鬥中死去，疲憊不堪或受到重傷的馬還逗留著不肯離去，發出聲聲嘶鳴。

【解析】此詩描寫漢代戰爭頻仍，屍橫遍野，詩人以戰死的「梟騎」和無力再戰的「駑馬」來比喻戰事的殘酷，畢竟在戰場上，馬的生死命運其實與駕馭牠們的主人相去不遠。清人沈德潛《古詩源》評論這兩句詩：「讀『梟騎』十字，何等簡勁。」可用來形容戰士陣亡、戰馬哀鳴的悽慘景象。

【出處】漢．佚名〈戰城南〉詩：「戰城南，死郭北，野死不葬烏可食。為我謂烏：『且為客豪。野死諒不葬，腐肉安能去子逃？』水深激激，蒲葦冥冥。梟騎戰鬥死，駑馬徘徊鳴……」（節錄）

白骨露於野，千里無雞鳴。

死人的骸骨暴露於野外，千里之內都聽不到雞的啼叫聲。

【解析】詩題〈蒿里行〉，為古代送葬時所唱的輓歌。蒿里，本指死人所處之地，後成了墓地的通稱。作者曹操借以抒寫時事，當時連年戰禍，他親眼目睹屍橫遍野、無人掩埋的慘狀，行軍千里，所見盡是一片荒蕪，藉此揭露戰爭對社會造成嚴重的破壞，以及百姓的大量死亡。清人方東樹《昭昧詹言》評曰：「極寫亂傷之慘，而詩則真樸雄闊遠大。」可用來說明戰爭或災難帶給社會和人民極大的傷害。

【出處】東漢．曹操〈蒿里行〉詩：「……鎧甲生蟣蝨，萬姓以死亡。白骨露於野，千里無雞鳴。生民百遺一，念之斷人腸。」（節錄）

將軍百戰死，壯士十年歸。

經歷了上百場的戰役，將軍和壯士有的戰死在沙場上，有的前後征戰了十年的時間，終於勝利歸來。

【解析】作者敘述主人翁木蘭代父從軍多年身經百

戰，不少長官和同袍不幸殉國，木蘭不僅能夠倖存，還能為國立下汗馬勛勞，藉此塑造其智勇雙全的巾幗英雄形象。這兩句詩採用了修辭中的「互文」手法，也就是兩段文字的意義可以互通、互補。另詩中提到了木蘭與其他士兵同行十二年之久，此處則是以整數「十」代之。可用來形容戰事連年，死傷慘重。

【出處】北朝．佚名〈木蘭詩〉詩：「……萬里赴戎機，關山度若飛。朔氣傳金柝，寒光照鐵衣。將軍百戰死，壯士十年歸……」（節錄）

馬毛縮如蝟，角弓[1]不可張。

戰馬因為天氣嚴寒，身上的毛都凍到像是團縮的刺蝟一樣，戰士手中的弓，早已僵硬到拉不開來。

【注釋】1.角弓：用獸角裝飾把柄的硬弓。

【解析】南朝宋人鮑照敘述駐守在北方邊塞的將士，每天面對著疾風狂沙漫天飛揚，除了必須克服惡劣環境所帶來的身體不適，還得在寒地中接受嚴格的戰鬥訓練，隨時提防敵人發動侵略。詩中借寫馬匹瑟縮，戰弓凍結的景況，烘托出邊區生活條件之艱辛。清人方東樹《昭昧詹言》評曰：「寫邊塞戰爭情景，激壯蒼涼悲慨，使人神魂飛越。」可用來說明戰地的氣候苦寒，軍旅生活疾苦。

【出處】南朝宋．鮑照〈出自薊北門行〉詩：「……嚴秋筋竿勁，虜陣精且強。天子按劍怒，使者遙相望。雁行緣石徑，魚貫度飛梁。簫鼓流漢思，旌甲被胡霜。疾風衝塞起，沙礫自飄揚。馬毛縮如蝟，角弓不可張……」（節錄）

大漠風塵日色昏，紅旗半捲出轅門。

廣大的沙漠上風沙瀰漫，天色顯得格外昏暗，戰士們半捲著紅旗打開軍營的門，準備出發作戰。

【解析】王昌齡詩中描述位在邊塞的唐軍，於風沙遮天蔽日之時出兵攻打敵人，為了減少風的阻力，唐軍將旗幟半捲，以便行軍速度加快，而這場在風沙滾滾中進行的軍事行動，最終獲得了勝利。可用來形容軍隊在沙漠地區或風沙漫天中辛苦出征的情景。

【出處】唐・王昌齡〈從軍行〉詩七首之五：「大漠風塵日色昏，紅旗半捲出轅門。前軍夜戰洮河北，已報生擒吐谷渾。」

可憐無定河[1]邊骨，猶是春閨夢裡人。

可憐那些在無定河邊的枯骨，都是家中妻子夢裡想念的人啊！

【注釋】1.無定河：為黃河支流，位在今陝西北部，因流急沙多，深淺不定而得名。

【解析】陳陶詩作中主要反映戰爭的殘酷無情，尤其是描寫後方夢寐期待將士返家團圓的妻子們，完全不知丈夫早已化成河邊白骨的事實，其以閨中夢境的痴心渴望對比真實世界的悲慘絕望，更激發人們內心強烈的迴響。可用來形容赴沙場征戰的將士死去，其家人仍在日夜等待他們平安歸來。也可用來形容戰事造成百姓生活的巨大苦難。

【出處】唐・陳陶〈隴西行〉詩四首之二：「誓掃匈奴不顧身，五千貂錦喪胡塵。可憐無定河邊骨，猶是春閨夢裡人。」

生女猶得嫁比鄰，生男埋沒隨百草。

生女兒還可以嫁給附近的鄰居，生兒子卻只能像被埋沒的野草一樣死在戰場上。

【解析】封建社會中重男輕女的觀念向來根深蒂固，杜甫在此詩中卻言生女比生男好，反映的是當時被徵調前線的男子，大多躲不過戰死的厄運，造成無數的家庭妻離子散、家破人亡。可用來說明國家連年出兵，大量的男丁命喪沙場，人們因而渴望生女勝過生男，以免骨肉日後難逃死於戰場的劫難。

【出處】唐・杜甫〈兵車行〉詩：「……長者雖有問，役夫敢申恨？且如今年冬，未休關西卒。縣官急索租，租稅從何出？信知生男惡，反是生女好。生女猶得嫁比鄰，生男埋沒隨百草。君不見青海頭，古來白骨無人收。新鬼煩冤舊鬼哭，天陰雨濕聲啾啾。」（節錄）

田園寥落干戈後，骨肉流離道路中。

戰爭過後，家鄉的田園早已荒廢，血親骨肉流落離散在各地的道路上。

【解析】白居易詩中傾訴其歷經戰亂的切身之痛，不僅家園因饑荒而成了一片荒蕪，兄弟姊妹也為此各自流亡到異鄉。可用來形容戰火造成家園殘破，家人被迫分離的悲慘境遇。

【出處】唐．白居易〈自河南經亂，關內阻饑，兄弟離散，各在一處。因望月有感，聊書所懷，寄上浮梁大兄、於潛七兄、烏江十五兄，兼示符離及下邽弟妹〉詩：「時難年饑世業空，弟兄羈旅各西東。田園寥落干戈後，骨肉流離道路中……」（節錄）

年年戰骨埋荒外，空見蒲桃入漢家。

每年有多少戰死的士兵埋骨於荒郊野外，只換得區區西域的葡萄進貢到漢廷來。

【解析】李頎在詩中借寫漢朝皇帝為開通西域，窮兵黷武，不體恤將士性命之事，表達對當時玄宗用兵政策的憤恨不滿。清人沈德潛《唐詩別裁集》中有言：「以人命換塞外之物，失策甚矣，為開邊者垂戒，故作此詩。」可用來諷刺統治者為了滿足個人喜好而發動戰爭，導致將士無謂的犧牲。

【出處】唐．李頎〈古從軍行〉詩：「白日登山望烽火，黃昏飲馬傍交河。行人刁斗風砂暗，公主琵琶幽怨多。野雲萬里無城郭，雨雪紛紛連大漠。胡雁哀鳴夜夜飛，胡兒眼淚雙雙落。聞道玉門猶被遮，應將性命逐輕車。年年戰骨埋荒外，空見蒲桃入漢家。」

車轔轔，馬蕭蕭，行人弓箭各在腰。

兵車行走聲音轔轔，戰馬嘶鳴的聲音蕭蕭，出征的士兵們都把弓箭佩掛在他們的腰間。

【解析】杜甫在詩中描寫新兵隊伍即將開拔前的情形，但這些士兵實是官方四處抓兵而來的，也正是源於戰事的節節失利，朝廷才會急於補充兵源，逼使更多無辜百姓不得不和至親分離。可用來形容軍隊武裝行進時的景象，也隱含有頻年征戰，造成親人離散的痛楚。

【出處】唐・杜甫〈兵車行〉詩：「車轔轔，馬蕭蕭，行人弓箭各在腰。爺孃妻子走相送，塵埃不見咸陽橋。牽衣頓足攔道哭，哭聲直上干雲霄……」（節錄）

羌笛何須怨〈楊柳〉，春風不度玉門關。

胡地的笛音何必吹奏出淒涼的〈折楊柳〉曲子，春天和煦的風從來吹不到玉門關外來。

【解析】這首詩主在表現戍守邊地將士所處環境之荒寒艱苦。古來有折柳贈別的習俗，樂府中有音調甚為哀怨的〈折楊柳〉曲，詩中「楊柳」一詞雙關柳樹與〈折楊柳〉曲，藉由羌笛的吹奏聲中，勾引出將士的離愁別怨。「春風不度玉門關」表面上是說玉門關地處偏僻，連春風都吹不進來，實是暗喻君主對遠方將士的漠視。明人楊慎《升庵詩話》云：「此詩言恩澤不及於邊塞，所謂君門遠於萬里也。」可用來形容統治者不關心邊防戰士的疾苦，使其有被遺棄的感受。

【出處】唐・王之渙〈涼州詞〉詩二首之一：「黃河遠上白雲間，一片孤城萬仞山。羌笛何須怨〈楊柳〉，春風不度玉門關。」

秦時明月漢時關，萬里長征人未還。

秦漢時的月亮和關塞至今仍舊存在，但是過去那些萬里征戰的將士們，卻是一去就不再歸返。

【解析】王昌齡詩中表達了自秦漢以來，邊塞便一直征戰不歇，而在萬里之外的後方百姓，則世世代代飽嘗家人戍守邊境未歸的痛苦。可用來說明連年戰事不止，人民生活不得安寧，更被迫與至親生離死別。

【出處】唐・王昌齡〈出塞〉詩二首之一：「秦時明月漢時關，萬里長征人未還。但使龍城飛將在，不教胡馬度陰山。」

欲將輕騎逐，大雪滿弓刀。

正要率領輕騎去追趕敵人，沿途大雪紛飛，將士的弓刀上已沾滿了雪花。

【解析】盧綸在詩中描寫邊塞將士雪夜中輕裝策馬、奮勇追擊敵人的矯健英姿，同時也反映出邊地軍旅生活的艱苦。可用來形容戰士無畏嚴寒大雪，出兵襲敵的情景。

【出處】唐．盧綸〈塞下曲〉詩六首之三：「月黑雁飛高，單于夜遁逃。欲將輕騎逐，大雪滿弓刀。」

牽衣頓足攔道哭，哭聲直上干雲霄。

親友們扯著征夫的衣服，擋在道路上跺腳痛哭，那嚎啕的哭聲直沖上了天際。

【解析】杜甫詩中描寫兵車隊伍即將帶走征夫遠赴邊疆，父母妻子在送別時哭聲震野，宛如是一場生離死別。可用來說明統治者窮兵黷武，戰士死傷無數，面對親人從軍，家屬捶胸頓足、哭天喊地的悲慘情狀。

【出處】唐．杜甫〈兵車行〉詩：「車轔轔，馬蕭蕭，行人弓箭各在腰。爺孃妻子走相送，塵埃不見咸陽橋。牽衣頓足攔道哭，哭聲直上干雲霄……」（節錄）

醉臥沙場君莫笑，古來征戰幾人回？

縱使醉倒在戰場上，請你也不要笑我啊！自古出征打戰的人，有幾人是能平安回來的呢？

【解析】王翰詩中真實刻畫邊塞戰士的生活和情感，看似在軍旅宴飲場合盡情酣醉的可笑舉動，實是點出戰爭背後殘酷的死亡本質。可用來形容軍人在赴戰場前的灑脫豪飲，視死如歸的曠達氣概。

【出處】唐．王翰〈涼州詞〉詩二首之一：「葡萄美酒夜光杯，欲飲琵琶馬上催。醉臥沙場君莫笑，古來征戰幾人回？」

憑君莫話封侯事，一將功成萬骨枯。

請求你不要再談論封官進爵的事了，一個將軍的功成名就，可是由上萬士兵戰死沙場以及眾多無辜百姓的性命所換來的啊！

【解析】曹松在詩中描述將軍只在意其個人封賞的浮名虛榮，全然漠視戰事造成了多少士兵和百姓的傷亡，藉以揭露戰爭的殘酷無情。可用來說明一名戰將的成就，是用無以算計的性命所換來的。另可用來比喻某人成功的背後，是源於眾人的奉獻犧牲而完成的。

【出處】唐·曹松〈己亥歲〉詩二首之一：「澤國江山入戰圖，生民何計樂樵蘇。憑君莫話封侯事，一將功成萬骨枯。」

戰士軍前半死生，美人帳下猶歌舞。

士兵們奮勇在前線作戰，大半都已經陣亡，統帥卻還在營帳裡和美人一同歌舞。

【解析】高適於詩中透過前方戰士保家衛國，不顧個人生死的英勇精神，對比高層將領只顧尋歡作樂而怠忽職守的荒唐行為，意在揭露朝廷的用人不當，造成士兵的大量傷亡。可用來說明戰士在前線拚命殺敵，領軍的將帥卻耽溺享樂，腐敗無能。

【出處】唐·高適〈燕歌行〉詩：「……山川蕭條極邊土，胡騎憑陵雜風雨。戰士軍前半死生，美人帳下猶歌舞。大漠窮秋塞草腓，孤城落日鬥兵稀。身當恩遇恆輕敵，力盡關山未解圍……」（節錄）

人不寐，將軍白髮征夫淚。

夜裡大家無法入睡，將軍的頭髮已經發白，士兵們都在流淚。

【解析】正在西北疆域戍守邊陲，以防止西夏進犯的范仲淹，描寫將士們在深夜聽聞羌笛聲，情緒無不受到淒切樂音的感染而難以入睡。出征多年，將領增添了不少白髮，士兵則是在殺敵報國與思鄉懷人的情結中矛盾交戰著，忍不住潸潸淚下。可用來形容遠征戰士生活的艱苦。

【出處】北宋·范仲淹〈漁家傲·塞下秋來風景異〉

詞：「塞下秋來風景異，衡陽雁去無留意。四面邊聲連角起。千嶂裡，長煙落日孤城閉。濁酒一杯家萬里，燕然未勒歸無計。羌管悠悠霜滿地。人不寐，將軍白髮征夫淚。」

三十功名塵與土，八千里路雲和月。

三十多歲的人了，為了抗金復國的功業，終日在塵土瀰漫的戰場上拚殺，走過了八千里的征戰路途，晝夜奔波，眼中看到的只有天上的白雲和明月。

【解析】岳飛詞中回憶自己的青壯歲月，幾乎都是在南征北戰的沙場上度過，已數不清有多少個日夜，他和兵士們披星戴月，一同長途跋涉，隨時可見揚起的滾滾黃塵，抬頭望去，雲和月永遠在空中不離相伴。可用來形容戎馬生涯的艱苦奔勞。

【出處】北宋末、南宋初．岳飛〈滿江紅．怒髮衝冠〉詞：「怒髮衝冠，憑闌處、瀟瀟雨歇。抬望眼、仰天長嘯，壯懷激烈。三十功名塵與土，八千里路雲和月。莫等閑、白了少年頭，空悲切……」（節錄）

兵安在？膏[1]鋒鍔。民安在？填溝壑。

我軍的士兵現在人在哪裡？他們的鮮血滋潤了敵人了刀鋒劍刃。我國的百姓現在人在哪裡？他們的屍體已填入了溝谷之中。

【注釋】1.膏：滋潤，此作動詞。

【解析】岳飛詞中以自問自答的寫法，來強調當時宋金大戰時，宋軍戰士為了收復失土而浴血奮戰，最後在刀劍之下喪生，老百姓因兵戈擾攘而無辜喪命，隨處可見屍橫遍野的慘烈景況。可來形容戰爭造成將士血染沙場，百姓生活塗炭。

【出處】北宋末、南宋初．岳飛〈滿江紅．遙望中原〉詞：「……兵安在？膏鋒鍔。民安在？填溝壑。嘆江山如故，千村寥落。何日請纓提銳旅？一鞭直渡清河洛。卻歸來、再續漢陽遊，騎黃鶴。」（節錄）

風雨梨花寒食過，幾家墳上子孫來？

梨花在風雨中被吹落了，寒食節也過去了，到了清明，有幾戶人家的墳上會有後人來掃墓呢？

【解析】明朝開國之前，經歷一段長時間的兵連禍結，以致民不聊生，高啟詩中便是描寫其於戰後陪友人回其故鄉祭祖時所見的荒敗景象。由於寒食過後幾天，就是有掃墓習俗的清明節，但作者的眼前卻是一片蕭條沉寂，前來墳地的後輩寥寥可數，原因就是大多數人不是死於戰亂，就是為避禍而逃往他處，又如何前來祭掃故去親人的墳地呢？可用來形容百姓因戰事連年而流離失所或死去。

【出處】明．高啟〈送陳秀才還沙上省墓〉詩：「滿衣血淚與塵埃，亂後還鄉亦可哀。風雨梨花寒食過，幾家墳上子孫來？」

憂國憂民

無衣無褐，何以卒歲？

沒有足以保暖的衣物，也沒有粗劣獸毛製成的短襖，要如何度過這個年終呢？

【解析】詩人先是描寫農曆七月的時候，暑氣漸退，到了農曆九月，農家才剛剛忙完莊稼活兒，便要開始張羅冬衣，擔心氣候轉涼，寒氣逼人，屆時若沒有把厚衣或粗毛短褐縫製好，全家大小根本無法撐過凜冽嚴冬，語氣中透露出務農人家處境之艱難辛苦。可用來形容生活困苦，缺少禦寒的衣物過冬。

【出處】先秦．《詩經．豳風．七月》：「七月流火，九月授衣。一之日觱（ㄅㄧˋ）發，二之日栗烈。無衣無褐，何以卒歲？三之日于耜，四之日舉趾。同我婦子，饁（ㄧㄝˋ）彼南畝，田畯至喜……」（節錄）

碩鼠碩鼠，
無食我黍。

大老鼠啊大老鼠，別再一直吃我種的黍米了！

【解析】詩人表面上是在責備老鼠貪得無厭，把農人耕種的穀物全都吃進牠肥碩的肚子裡，實際上則是借「碩鼠」諷刺當時的統治者重斂苛政，完全不體恤人民早已生活在極度的痛苦當中，故寫詩抒發滿心的怒火。南宋人朱熹《詩集傳》評曰：「民困於貪殘之政，故託言大鼠害己而去之也。」可用來比喻老百姓的財物遭到有權勢的人掠奪，內心苦不堪言。

【出處】先秦．《詩經．魏風．碩鼠》：「碩鼠碩鼠，無食我黍。三歲貫女，莫我肯顧。逝將去女，適彼樂土。樂土樂土，爰得我所……」（節錄）

大風起兮雲飛揚，威加海內兮歸故鄉。
安得猛士兮守四方？

大風吹起啊！白雲飄揚，聲威遍四海啊！我回到家鄉。如何能得英雄豪傑啊！幫助我守衛天下？

【解析】此為漢朝開國之君高祖劉邦親征英布，平亂後歸途經過家鄉沛縣（位在今江蘇徐州市境內），召請父老子弟宴飲時，擊筑而唱的一首歌。歷經多年楚漢戰爭，最後奪得政權的劉邦，此行榮歸故里，雖讓他意氣飛揚，但又生怕戰事接連，若不能及時廣招俊傑，捍衛疆土，一手打下的江山又怎能長治久安呢？唱罷不禁潸然淚下，顯見一代雄主的內心滿是惶然不安。可用來形容上位者衣錦還鄉的同時，對於國家缺乏勇兵強將，或人才不能為自己所用，感到恐憂。

【出處】西漢．漢高祖劉邦〈大風歌〉詩：「大風起兮雲飛揚，威加海內兮歸故鄉。安得猛士兮守四方？」

出門無所見，
白骨蔽平原。

走出長安城後，什麼都看不到，只見成堆的白骨遮蔽了平坦的原野。

【解析】王粲乃「建安七子」之一，從他年僅十六就能寫下〈七哀詩〉這首名篇，便可看出其被譽為「七子之冠冕」著實當之無愧。東漢末年，董卓部將在長安大肆屠殺擄掠，王粲寫其於逃往荊州避亂的途中，看見長安四周杳無人煙、白骨遍地的悲慘情景，令人目不忍睹。清人吳淇《六朝選詩定論》評曰：「兵亂之後，其可哀之事，寫不勝寫，但用『無所見』三字括之，則城郭人民之蕭條，卻已寫盡。」可用來說明戰爭造成無辜百姓的大量死亡。

【出處】三國魏・王粲〈七哀詩〉詩三首之一：「西京亂無象，豺虎方遘患。復棄中國去，遠身適荊蠻。親戚對我悲，朋友相追攀。出門無所見，白骨蔽平原。路有飢婦人，抱子棄草間。顧聞號泣聲，揮涕獨不還……」（節錄）

烈士多悲心，小人媮[1]自閑。

忠義的人多懷抱憂國的悲壯心思，一般人則是得過且過，只圖個人生活的安逸。

【注釋】1.媮：音ㄊㄡ，通「偷」字，苟且、馬虎。

【解析】東漢獻帝建安年間，曹植在其父親曹操東征孫吳時，留守於鄴城，他寫詩抒發其對戰事憂心如焚，渴望親赴前線，殲滅敵人，縱使必須捐軀疆場也在所不惜，絕不願自己成為臨難苟免的平庸之人。可用來形容有志之士對國家大事操心不已。

【出處】三國魏・曹植〈雜詩〉詩七首之六：「……烈士多悲心，小人媮自閑。國讎亮不塞，甘心思喪元。拊劍西南望，思欲赴太山。絃急悲聲發，聆我慷慨言。」（節錄）

今來縣宰加朱紱[1]，便是生靈血染成。

今年再來胡城縣時，縣令已經升官了，繫著官印的紅絲繩，是用百姓的鮮血染成的。

【注釋】1.朱紱：用以繫印環用的紅絲繩。紱，音ㄈㄨˊ。

【解析】杜荀鶴於此詩中描述去年到胡城縣（位在今安徽阜陽市境內）時，百姓早已怨聲載道，生活苦不堪言，今年他再經過此地，縣令卻得以受到獎勵而升官，可見他對百姓的壓榨變本加厲，於是便把縣令身上繫著官印的紅絲繩和百姓的鮮血作對比，暗喻惡政殺人。可用來說明貪官汙吏的加官晉爵是靠著殘害百姓的生命所換來的。

【出處】唐．杜荀鶴〈再經胡城縣〉詩：「去歲曾經此縣城，縣民無口不冤聲。今來縣宰加朱紱，便是生靈血染成。」

可憐身上衣正單，心憂炭賤願天寒。

可憐（賣炭翁）身上衣服如此單薄，心裡卻還在擔心著天氣若不夠冷，炭價會跌得更低，因此寧願天氣更加寒冷。

【解析】白居易透過描寫在寒天裡賣炭老人衣著單薄，卻希望天氣更冷才能把炭賣出的矛盾心理，刻畫當時生活在社會底層人家的困苦遭遇。可用來表達貧困百姓在艱辛處境下奮力掙扎、以求生存的辛酸。

【出處】唐．白居易〈賣炭翁〉詩：「賣炭翁，伐薪燒炭南山中。滿面塵灰煙火色，兩鬢蒼蒼十指黑。賣炭得錢何所營？身上衣裳口中食。可憐身上衣正單，心憂炭賤願天寒……」（節錄）

白水暮東流，青山猶哭聲。

河水在暮色中東流而去，青山下還能聽得到出征士兵親人的哭泣聲。

【解析】杜甫途經新安（位在今河南洛陽市境內），親眼目睹官吏為了應急，到處抓丁的場景。眼見天色昏暗，征人早已走遠，但沿途送行的親人卻還遲遲不忍離去，嗚咽聲不絕於耳，彷彿知道被抓走的孩子將一去不復返。可用來表達戰爭帶給百姓巨大的創傷和苦痛。

【出處】唐．杜甫〈新安吏〉詩：「……肥男有母送，瘦男獨伶俜。白水暮東流，青山猶哭聲。莫自使眼枯，收汝淚縱橫。眼枯即見骨，天地終無情……」（節錄）

任是深山更深處，也應無計避征徭。

任憑躲到深山裡頭更偏僻的地方，也恐怕沒有辦法避開賦稅與徭役。

【解析】杜荀鶴詩中描寫山中寡婦孤貧苦難的際遇，她因丈夫戰死而被迫搬到深山中的茅屋，終日蓬頭垢面，衣衫襤褸，但讓她更痛苦的是，由於兵連禍結，田園早已荒蕪，三餐多靠野菜果腹，還要被官府徵收繁重的賦稅與勞役，不禁感嘆即使逃到天涯地角，也逃離不了苛政的天羅地網。可用來形容黎民百姓面對統治者的搜括掠奪，無所遁逃的絕望。

【出處】唐．杜荀鶴〈山中寡婦〉詩：「夫因兵死守蓬茅，麻苧衣衫鬢髮焦。桑柘廢來猶納稅，田園荒盡尚徵苗。時挑野菜和根煮，旋斫（ㄓㄨㄛˊ）生柴帶葉燒。任是深山更深處，也應無計避征徭。」

安得廣廈千萬間，大庇天下寒士俱歡顏？風雨不動安如山。

怎樣才能得到千萬間寬敞的房子，庇護普天下貧苦的人，好讓他們都能展露歡顏，即使風雨來襲，房子仍穩固如山。

【解析】杜甫晚年在成都浣花溪畔蓋了一間茅屋，日子雖然窮苦，但比先前到處逃難時安定。不料卻遇上一場暴風雨吹破茅屋，他在飢寒凍餒的當下，想到若是犧牲了自己的房子，而能為天下窮人換得遮風避雨的住所也就無所怨尤，表現其敦厚的情懷以及崇遠的胸襟。可用來形容關心百姓疾苦，渴盼天下人得到衣食溫飽、居住安穩的博大胸懷。

【出處】唐．杜甫〈茅屋為秋風所破歌〉詩：「……安得廣廈千萬間，大庇天下寒士俱歡顏，風雨不動安如山。嗚呼！何時眼前突兀見此屋，吾廬獨破受凍死亦足。」（節錄）

拜迎長官心欲碎，鞭撻[1]黎庶令人悲。

面對那些下拜迎接長官的事，讓我心力交瘁，奉命驅策百姓更讓人感到悲哀。

【注釋】1.鞭撻：本指用鞭子抽打之意，此指驅遣。

【解析】此詩為高適擔任封丘（位在今河南境內）縣尉時所作，抒發其在官場上除了要面對繁文縟節之外，對上還要奉迎長官，對下竟得驅策黎民，使其內心充滿無奈與矛盾，也可看出當時政治的黑暗。可用來說明官僚政治中，職位低的官多要趨奉上司，對平民百姓下達不合理的命令，不願同流合汙者便會對為官感到失望，並同情人民所承受的苦楚。

【出處】唐．高適〈封丘作〉詩：「我本漁樵孟諸野，一生自是悠悠者。乍可狂歌草澤中，寧堪作吏風塵下。只言小邑無所為，公門百事皆有期。拜迎官長心欲碎，鞭撻黎庶令人悲……」（節錄）

苗疏稅多不得食，輸入官倉化為土。

由於山地貧瘠，禾苗長得稀疏，收成自然減少，但國家的徵稅卻相當繁重，家人沒有食物可吃，糧食都被收入官府的糧倉內，一直放到腐爛後變成泥土。

【解析】詩題一作〈山農詞〉。張籍詩中描述山中老農辛苦耕作的結果，卻是全家衣食無著，足見當時的賦稅制度對農人甚為不公，更諷刺的是，已是一貧如洗的農人，繳納到官倉裡的穀物，最後竟被擺放到腐敗成土。眼見自己的心血遭到踐踏，農夫的椎心苦痛可想而知。可用來形容賦稅沉重，農民受盡剝削，但官倉內的糧食卻多到腐壞的地步。

【出處】唐．張籍〈野老歌〉詩：「老農家貧在山住，耕種山田三四畝。苗疏稅多不得食，輸入官倉化為土。歲暮鋤犁傍空室，呼兒登山收橡實。西江賈客珠百斛，船中養犬長食肉。」

虐人害物即豺狼，何必鉤爪鋸牙食人肉？

虐待百姓，傷害萬物，就是像豺狼般的狠毒惡人，為什麼一定要長著如鉤鋸一樣的爪子牙齒，才是能吃人肉的豺狼呢？

【解析】唐憲宗元和四年，江南發生大規模的旱災，此時擔任左拾遺的白居易上書請求皇帝減免農民租稅。憲宗名義上雖然頒布了免稅令，底下的貪官汙吏卻仍然陽奉陰違，趕在詔令下達地方前急著對農民徵斂，沒有收成的農民只好典桑賣地，等到皇帝豁免租稅的詔令在鄉里公告時，農民早被催稅的官員逼迫到繳完了稅，完全沒有獲得免稅的實惠。詩中便是透過描寫住在杜陵的老農夫慘遭無情剝削，痛斥地方官員如豺狼一樣貪狠殘暴的行為，這也應驗了人禍實比天災更為可怕。可用來形容人民受到上位者的壓迫虐待、巧取豪奪，生活被逼迫到無以為繼。

【出處】唐・白居易〈杜陵叟，傷農夫之困也〉詩：「杜陵叟，杜陵居，歲種薄田一頃餘。三月無雨旱風起，麥苗不秀多黃死。九月降霜秋早寒，禾穗未熟皆青乾。長吏明知不申破，急斂暴徵求考課。典桑賣地納官租，明年衣食將何如？剝我身上帛，奪我口中粟。虐人害物即豺狼，何必鉤爪鋸牙食人肉……」（節錄）

路傍老人憶舊事，相與感激皆涕零。

路邊的老人回憶起戰爭時的往事，都對這位拯救百姓免受戰亂之苦的英雄李愬感動到涕淚縱橫。

【解析】唐憲宗元和九年，淮西節度使（中唐時轄區主要位在今河南一帶）吳少陽之子吳元濟發動叛變，憲宗派兵討伐。歷經多年的紛亂，唐將李愬於元和十二年攻破蔡州，結束了這場內亂。劉禹錫詩中描寫唐軍在戰勝之後，城裡響起了和平的樂音，年長的人們回想起戰爭時不安的過往，都對李愬讓百姓得以重拾平和的日子感動不已。可用來表達人們在飽嘗戰爭之苦後，對於能夠平息戰亂的將領表達由衷感謝之意。

【出處】唐・劉禹錫〈平蔡州〉詩三首之二：「汝南晨雞喔喔鳴，城頭鼓角音和平。路傍老人憶舊事，相與感激皆涕零。老人收泣前致辭：『官軍入城人不知。忽驚元和十二載，重見天寶承平時。』」

聞道長安似弈棋，百年世事不勝悲。

聽說長安的局勢就如似下棋一樣，彼此爭奪，變動不定，百年下來所發生的紛爭世事，令人不勝唏噓。

【解析】杜甫感嘆京城長安數十年來動亂不安，紛擾的情況就宛如棋局般的詭譎多變，不僅時時得被人步步進逼，輸贏也沒有定數，著實讓人憂心不已。可用來表達對國家多災多難的憂憤之情。

【出處】唐．杜甫〈秋興〉詩八首之四：「聞道長安似弈棋，百年世事不勝悲。王侯第宅皆新主，文武衣冠異昔時。直北關山金鼓振，征西車馬羽書遲。魚龍寂寞秋江冷，故國平居有所思。」

而今風物那堪畫，縣吏催租夜打門。

現今朱陳村的風貌已經不堪入畫了，縣吏為了催收租稅，黑夜敲打村民的家門。

【解析】蘇軾在好友陳慥家裡看到一幅〈朱陳村嫁娶圖〉，畫中描繪了朱陳村舉辦婚宴時的歡樂場面。相傳位在徐州深山裡的朱陳村只有朱、陳兩姓，世世代代互為婚姻，百姓耕織自足，由於地處偏僻，少受官府煩擾，以民風淳樸聞名，唐人白居易作有〈朱陳村〉一詩，大力讚美朱陳村如似世外桃源。蘇軾回想起過去自己在徐州擔任地方長官時，曾為了勸導農政措施下鄉各地，對朱陳村的淳美風景印象深刻，不料新法才實施幾年，連少與外界往來的朱陳村都遭到官府催租，日夜不得安寧，足見新法之擾民。可用來形容原本遠離塵囂且民淳俗厚的村莊部落都逃不過苛政的殘害，今昔相比，面目全非。

【出處】北宋．蘇軾〈陳季常所蓄朱陳村嫁娶圖〉詩二首之二：「我是朱陳舊使君，勸農曾入杏花村。而今風物那堪畫，縣吏催租夜打門。」

但得官清吏不橫，即是村中歌舞時。

只要官吏為人清廉，不要行事蠻橫霸道，就是村裡的百姓能夠安心歌舞的時候。

【解析】退隱村野的陸游，詩中描寫農村人家的性情純樸，對物質和娛樂的要求不高，只要家裡瓦罐裡有米可以煮飯，閑暇時看著兒童騎著竹馬、放放風箏，便足以讓他們開懷到載歌載舞，然而，令村民唯一恐懼的事情就是，地方官吏的橫徵暴斂，魚肉鄉民，才是造成他們生活苦不堪言的源頭。可用來說明政治清明，百姓才能實現安居樂業的想望。

【出處】南宋・陸游〈春日雜興〉詩十二首之三：「小甑（ㄅㄢ）有米可續炊，紙鳶竹馬看兒嬉。但得官清吏不橫，即是村中歌舞時。」

我來屬[1]龍語，為雨濟民憂。

讓我來跟龍叮囑幾句話，請趕快降雨吧！這樣才能解除百姓的憂慮。

【注釋】1.屬：音ㄓㄨˇ，通「囑」字，託付。

【解析】岳飛屯兵洪州（位在今江西境內）期間遇到久旱不雨的天氣，遍地乾荒，民不聊生，他經過巍石山前的龍居寺，借寺名「龍居」題寫了這首詩，希望飛龍若真的住在此地並聽見了他的心聲，就趕緊展現其呼風喚雨的能力，盡速拯救蒼生脫離苦旱。可用來形容不忍百姓因缺雨的旱象而受苦，向上天祈求早下甘霖。

【出處】北宋末、南宋初・岳飛〈題鄱陽龍居寺〉詩：「巍石山前寺，林泉勝復幽。紫金諸佛相，白雪老僧頭。潭水寒生月，松風夜帶秋。我來屬龍語，為雨濟民憂。」

我願天公憐赤子，莫生尤物為瘡痏[1]。

我祈求上天可憐平民百姓，不要生出像荔枝這樣的珍奇美物，成為人民的禍害。

【注釋】1.瘡痏：本指瘡傷，此用來比喻民生疾苦。

【解析】此詩為蘇軾遠貶惠州時所作，荔枝為當地的名產，由於難保新鮮，摘採後必須儘快食用。詩中借寫歷代向帝王進獻荔枝一事，運送過程急如兵火，造成死傷無數，生靈塗炭，因而寧願上天不要化育出像荔枝這樣的奇珍異物來危害百姓，只要風調雨順，糧食豐收，黎民得以溫飽便是最好的吉兆。可用來形容虐政帶給百姓無比的災禍。

【出處】北宋・蘇軾〈荔枝歎〉詩：「……我願天公憐赤子，莫生尤物為瘡痏。雨順風調百穀登，民不飢寒為上瑞……」（節錄）

身為野老已無責，
路有流民終動心。

我現在已是一個田野老人，也無法承擔什麼責任了，但看見路上有流離失所的百姓，還是會動了惻隱之心。

【解析】高齡八十多歲的陸游，早已退休在家，但他看見路上有許多從外地逃難而來的飢民，把能吃上一頓飯，當成是比擁有千金還要珍貴的景象，他此時沒有官位也沒有實權，雖然心生悲憫，但無法有所作為。可用來形容國力衰竭，造成百姓流離失所，飢寒交迫，引人痛心。

【出處】南宋・陸游〈春日雜興〉詩十二首之四：「夜夜燃薪暖絮衾，禺中一飯值千金。身為野老已無責，路有流民終動心。」

欲駕巾車歸去，
有豺狼當轍。

想要駕著有車布遮蓋的車子歸隱，可是又被豺狼擋去了去路。

【解析】作者胡銓為高宗時期主戰派的激烈代表人物，他曾因反對秦檜與金人議和，上書要求高宗殺秦檜，以振國人，秦檜因而對其懷恨在心，以「狂妄凶悖，鼓眾劫持」的罪名流放到南方。胡銓就是在如此惡劣的環境下寫了這闋詞，敘說自己雖然嚮往隱者閑適的生活，但朝廷內有如豺狼的奸人當道，又怎能安心歸隱江湖呢？表達其對國事的憂慮，無法置百姓安危於不顧的焦急心情。可用來形容只要把持朝政的奸佞不除，舉國人民都無法安心度日。

【出處】南宋・胡銓〈好事近・富貴本無心〉詞：「富貴本無心，何事故鄉輕別？空使猿驚鶴怨，誤薜蘿風月。囊錐剛要出頭來，不道甚時節。欲駕巾車歸去，有豺狼當轍。」

誰道田家樂？
春稅秋未足。

是誰說農家的生活是快樂的？春季的賦稅到秋季都還沒有辦法繳足呢！

【解析】梅堯臣詩中模擬農家的口吻，否定了一般人以為農家生活是快樂無憂、與世無爭的想法，若不幸遇上天災蟲害，不僅田園毀壞，糧食無收，官府還是照樣徵收春、秋兩季的賦稅，這些窮到連春稅都尚未繳清的農人，已毫無餘力負擔即將到來的秋稅，面對地方官員日夜上門不停催稅，他們也只能在飽受煎迫下悲慘度日。可用來形容農民賦稅沉重，生活苦不堪言。

【出處】北宋．梅堯臣〈田家語〉詩：「誰道田家樂？春稅秋未足。里胥叩我門，日夕苦煎促。盛夏流潦多，白水高於屋。水既害我菽，蝗又食我粟……」（節錄）

賣衣得錢都納卻，病骨雖寒聊免縛。

把賣衣服的錢全都拿去繳租稅，多病的身軀雖然寒冷，但可以免去被官府綁縛的痛苦。

【解析】范成大詩中主在揭露地方官吏向農民催繳租賦的殘暴行止。農村不幸遇上災年，即使皇帝下令免徵災區租賦的詔書已到達了地方，官吏仍然繼續催租，完全不顧百姓的死活，逼迫著一身病軀的老農，只好典當家裡的禦寒衣物，寧可挨餓受凍，也不願承受被官府抓走後的種種暴力對待。可用來形容人民在苛政統治下的悲慘生活。也可用來形容官吏剝削貧弱百姓的惡行醜態。

【出處】南宋．范成大〈後催租行〉詩：「老父田荒秋雨裡，舊時高岸今江水。傭耕猶自抱長飢，的知無力輸租米。自從鄉官新上來，黃紙放盡白紙催。賣衣得錢都納卻，病骨雖寒聊免縛。去年衣盡到家口，大女臨歧兩分首。今年次女已行媒，亦復驅將換升斗。室中更有第三女，明年不怕催租苦。」

原野猶應厭[1]膏血，風雲長遣動心魂。

廣闊平坦的曠野，應該已經吸飽了將士們的鮮血，當時壯烈如長風亂雲的戰事，至今還是叫人動魄心驚。

【注釋】1.厭：通「饜」字。飽足、滿足。

【解析】金人元好問回想起過去楚、漢相爭的那段歷史，有如龍和虎展開激烈的搏鬥般，彼此誓不兩立，然而最可憐的莫過於在這場戰役中死去的戰士，從他們身上所流出的血，竟然多到足以浸染整個大地，慘絕人寰的程度，讓人實在無法想像。可用來形容戰火轟烈，血流千里，傷亡極為慘重。

【出處】金．元好問〈楚漢戰處〉詩：「虎擲龍拏不兩存，當年曾此賭乾坤。一時豪傑多行陣，萬古山河自壁門。原野猶應厭膏血，風雲長遺動心魂。成名豎子知誰謂？擬喚狂生與細論。」

傷心秦漢，生民塗炭，讀書人一聲長嘆。

那段令人心懷悲痛的秦、漢兩朝，烽火連綿，老百姓如同生活在汙泥、炭火之中，知識分子只能發出一聲長長的嘆息。

【解析】元曲作家張可久援引了三件發生在秦、漢之際的史事，首先是秦末項羽被漢軍圍困於垓下時，其愛妃虞姬自刎於烏江岸；其次是東漢末年，孫吳、蜀漢聯軍對抗曹魏，在赤壁火燒曹魏戰船，形成了三國鼎立的局面；最後是東漢名將班超駐守西域三十多年，直到晚年才得以歸返。以上人物皆堪稱是歷史上的豪俊之士，但為了爭奪天下或成就個人的功業，無論成敗與否，所興起的干戈都讓蒼生陷入極端的困苦境地。可用來說明戰爭帶給無辜百姓的創鉅痛深。

【出處】元．張可久〈賣花聲．美人自刎烏江岸〉曲：「美人自刎烏江岸，戰火曾燒赤壁山，將軍空老玉門關。傷心秦漢，生民塗炭，讀書人一聲長嘆。」

興，百姓苦。亡，百姓苦。

國家興盛，人民生活痛苦。國家滅亡，人民生活還是痛苦。

【解析】元代曲家張養浩奉命前往關中救治旱災時，途中經過潼關（位在今陝西渭南市境內），此處不僅形勢險要，亦是歷來兵家必爭之地，作者懷古傷今，感嘆無論朝代如何興替，政權如何轉移，底層百姓永遠都在承受苦難。好比天下安定時，上位者多好大喜功，經常修築城池宮殿，人民所要擔負的勞役也就相對繁重；至於天下大亂時，民不堪命，所受到的衝擊更是自不待言了。可用來形容統治者為了爭奪江山，相繼發動干戈，大興土木，勞民傷財，無視民間疾苦。

【出處】元．張養浩〈山坡羊．峰巒如聚〉曲：「峰巒如聚，波濤如怒。山河表裡潼關路。望西都，意躊躇。傷心秦漢經行處，宮闕萬間都做了土。興，百姓苦。亡，百姓苦。」

心懷家國恨，眉鎖廟堂憂。

心中懷抱著國家不幸被奸賊荼毒的憤恨，眉頭深鎖是因為不忍朝政日益崩壞而感到煩憂。

【解析】這兩句詩出自《三國演義》作者羅貫中對小說人物王允的正面評價。王允最為後人所孰知的是其設下「連環計」，將義女貂蟬先許婚給呂布，之後再獻與董卓，故意使兩人心生猜忌，然此一橋段乃小說家神來之筆，並非史實。不過，正史中的王允，確實替東漢獻帝誅除淫亂凶暴的董卓，但最後也因董卓的餘黨以為董卓報仇的名義舉兵進城，要求殺了王允才願意退兵。王允唯恐獻帝被弒，他為保全社稷而犧牲性命，其宗族老幼也全數遭到殺害，百姓得知消息，無不哀傷哭泣。可用來形容對國家的前途充滿憂懼。

【出處】明．羅貫中《三國演義．第九回》之詩：「王允運機籌，奸臣董卓休。心懷家國恨，眉鎖廟堂憂。英氣連霄漢，忠誠貫斗牛。至今魂與魄，猶繞鳳凰樓。」

參、敘事寫物篇

》一、敘說事理

不敢暴虎，不敢馮河。人知其一，莫知其他。

事理寓意

沒有膽量空手與猛虎搏鬥，也沒有勇氣徒步涉水渡河。人們只知道這類事情的危險，卻不知道還有其他危險的事。

【解析】詩中提到的「暴虎」和「馮河」本來就是古代流行的語詞，出現的時間比這首詩還要更早，用來比喻有勇而無謀的冒險行動。詩人故意援引當時人們耳熟能詳的寓言，表達顯而易見的魯莽行為，大家都懂得事先避開，殊不知隱而無形的禍害，比「暴虎」和「馮河」來得更加可怕，暗喻小人讒言惑主，造成國家日益衰敗，才是當前更嚴重的危機。清人姚際恆《詩經通論》評曰：「末章別作寓言感歎，真有呻吟不盡之意。」可用來比喻人人皆知規避看得見的災害，卻輕忽其看不見的風險。

【出處】先秦．《詩經．小雅．小旻》：「……不敢暴虎，不敢馮河。人知其一，莫知其他。戰戰兢兢，如臨深淵，如履薄冰。」（節錄）

它山之石，可以為錯[1]。

別座山上的石頭，可以把它用來磨礪玉石。

【注釋】1.錯：磨刀石。

【解析】詩人借用「它山之石」來比喻他國的才士或是隱居的賢者，表達其希望自己的國君大力網羅其他國家的優秀人才，或徵召尚未出仕的隱士高人，一同參與國政，如此不但可以成就君王的德業，同時也是國家之福。後來這兩句詩也有「他山之石，可以攻錯」或「他山攻錯」的說法。可用來比喻借助外力，改正自己的缺失。

【出處】先秦．《詩經．小雅．鶴鳴》：「鶴鳴于九皋，聲聞于野。魚潛在淵，或在于渚。樂彼之園，爰有樹檀，其下維蘀（ㄊㄨㄛˋ）。它山之石，可以為錯……」（節錄）

出自幽谷，遷於喬木[1]。

小鳥飛出了幽暗的山谷，遷徙到高大的樹木上面。

【注釋】1.喬木：指有明顯高大直立樹幹的木本植物，如松樹、柏樹、楊樹等。

【解析】詩人藉由鳥兒從低幽的深谷，往上飛到高大的樹木為喻，表達出人其實也和鳥類一樣，都存有高遠的心志，不管是起居生活或學習工作，無不希望自己的住所更寬廣明亮，見識更博遠宏大，抑或得以追隨更優秀頂尖的人一同共事，不斷奮發向上，求取進步。後來「遷於喬木」也演變成了祝賀人喬遷新居或工作升遷的一句賀辭。可用於比喻人搬遷到比原本更好的地方或是升官。

【出處】先秦．《詩經．小雅．伐木》：「伐木丁丁，鳥鳴嚶嚶。出自幽谷，遷於喬木。嚶其鳴矣，求其友聲。相彼鳥矣，猶求友聲。矧伊人矣，不求友生？神之聽之，終和且平……」（節錄）

迨天之未陰雨，徹彼桑土，綢繆牖戶。

趁著天還沒有下雨之前，趕緊剝取桑根，把巢穴的門戶纏紮牢固。

【解析】詩中透過一隻母鳥的口吻，痛斥鴟鴞這種惡鳥破壞了牠的鳥巢，還攫食了幼鳥，母鳥即使傷心欲絕，還是不忘提醒自己，必須趁著風雨尚未到來，儘快把巢窩修補得比以往的更加堅固才行，以免讓鴟鴞再有可乘之隙，這也是成語「未雨綢繆」的典故由來。可用來比喻在禍患還沒有發生之前，就要懂得事先加以防備。

【出處】先秦．《詩經．豳風．鴟鴞》：「鴟鴞鴟鴞，既取我子，無毀我室。恩斯勤斯，鬻子之閔斯。迨天之未陰雨，徹彼桑土，綢繆牖戶。今女下民，或敢侮予……」（節錄）

風雨如晦，雞鳴不已。

風吹雨打，早晨的天色昏暗如同夜晚，聽到雞不停地啼叫著。

【解析】此詩原是抒寫思婦在風雨飄搖的寒夜，憂思不寐，直至清晨，外面的天色仍猶如黑夜般，聽聞雞鳴不止，好似自己幽怨淒涼的心聲。此時，那個讓她朝思暮想的良人忽然在眼前出現，原本的陰霾瞬間一掃而空，整個人從寂寥煩悶一下子轉變成喜出望外。由於「雞鳴」象徵守時，「風雨如晦」寓含局勢混亂之意，所以人們也把這兩句詩用來比喻成君子即使遭遇橫逆，也能夠忠於職守，竭力把分內的事做好。可用來比喻人處在惡劣的環境或暴政的統治下，心志也不會有所動搖。另可用來形容颳風下雨，天昏地暗，公雞報曉的景象。

【出處】先秦．《詩經．鄭風．風雨》：「……風雨如晦，雞鳴不已。既見君子，云胡不喜？」（節錄）

匪面命之，言提其耳。

我不但要當面告誡你，而且還要附在你的耳朵旁一再叮嚀。

【解析】這兩句詩即是成語「耳提面命」的典故由來，詩中生動描繪出一位長者，憂心年輕後輩因不懂得分辨善惡得失而誤入歧途，不僅對其諄諄教誨，甚至提耳訓告，千叮萬囑，可說是苦口婆心，恩威並濟，目的就是希望聽者不可忘記自己的吩咐。可用來形容對人耐心指導，懇切叮囑。

【出處】先秦．《詩經．大雅．抑》：「……於呼小子，未知臧否。匪手攜之，言示之事。匪面命之，言提其耳。借曰未知，亦既抱子。民之靡盈，誰夙知而莫成……」（節錄）

維[1]鵲有巢，維鳩居之。

鵲鳥築的巢，後來成了鳩鳥來居住。

【注釋】1.維：發語詞，無義。

【解析】這首詩原是描寫貴族嫁女，詩中以「鵲」比喻男方，「鳩」比喻女方，意謂著女方即將入住男方所建造的家室，並且提到男方前來迎娶的車隊多達上百輛，陣容十分壯觀。但也有人認為此詩是在暗諷國君廢了元配，另娶新婦，意即新婦強占了原本屬於元配的地位，也就是現在人們常用「鳩佔鵲巢」的解釋。可用來比喻強行占據別人的住屋或坐享他人的成果。

【出處】先秦．《詩經．召南．鵲巢》：「維鵲有巢，維鳩居之。之子于歸，百兩御之……」（節錄）

鳶飛戾天，魚躍于淵。

老鷹一振翅便飛上了高空，魚兒一騰躍便潛入深水之中。

【解析】這是一首歌詠周朝君王的詩，作者以「鳶飛」和「魚躍」乃動物自然本能的道理，讚美周王上下明察，懂得如何辨識人才，並依據人才的不同專長而加以任用，稱得上是知人善任的有德君子。清人牛運震《詩志》評曰：「鳶飛魚躍，如此活潑鼓舞，正形容作人之妙。」作人，意思就是培育人才。可用來比喻每個人或每件事物都能得到適當的安排。也可用來形容萬物任其天性而動，各得其所。

【出處】先秦．《詩經．大雅．旱麓》：「……鳶飛戾天，魚躍于淵。豈弟君子，遐不作人……」（節錄）

滄浪之水清兮，可以濯吾纓。滄浪之水濁兮，可以濯吾足。

滄浪的水是清澈的，可以洗我頭上繫帽的帶子。滄浪的水是混濁的，可以洗我的雙腳。

【解析】被收錄在《楚辭》中的這篇〈漁父〉，透過屈原與一名漁父的對話，表現出兩人截然不同的人生態度。遭楚王流放的屈原始終堅持崇高理想，寧死於魚腹之中，也不願讓身上沾到一絲俗塵；而看來像是一位避世高人的漁父，則是不拘泥於外在事物，即使世俗潮流隨時都在變化，也能順應時勢而作改變，一切安然處之。此詩便是漁父駕船離去前，對疾世憤俗的屈原所唱的一首歌，在《孟子．離婁》中也有出現過，歌詞所要傳達的就是安時處順、通達權變的思想。可用來比喻隨遇而安、知所變通的人生觀。

【出處】戰國楚．屈原〈漁父〉詩：「……滄浪之水清兮，可以濯吾纓。滄浪之水濁兮，可以濯吾

足……」（節錄）

瞻前而顧後兮，相觀民之計極[1]。

看看古來歷朝的興亡經驗，再想想往後應該怎麼做才是對的，認真觀察人們行事的準則。

【注釋】1.計極：最根本的規律。

【解析】戰國楚國政治家屈原，詩中援引歷代君主的興衰史實，像是夏桀違背正道、商紂把人剁成肉醬等惡行，所以在他們統治下的政權都無法久長；反觀夏禹、商湯做事莊嚴恭敬，周朝的文王、武王講求道義，選賢授能，公正無私，皆是眾人公認的聖明之君。屈原藉由以上例子，推斷出古往今來為政成敗的標準，就是上位者若施以暴政，終會走向滅亡，而德政廣布，才可享有天下，從來沒有國君做了不義不善的事情，還能夠在這個世上行得通、走得下去。可用來比喻處事周密，兼顧前後，看清問題的根本和癥結所在。也可用來比喻顧慮重重，仔細評估利弊得失而難下決定。

【出處】戰國楚．屈原〈離騷〉詩：「……夏桀之常違兮，乃遂焉而逢殃。后辛之菹醢兮，殷宗用而不長。湯禹儼而祗（ㄓ）敬兮，周論道而莫差。舉賢而授能兮，循繩墨而不頗。皇天無私阿兮，覽民德焉錯輔。夫維聖哲以茂行兮，苟得用此下土。瞻前而顧後兮，相觀民之計極。夫孰非義而可用兮？孰非善而可服……」（節錄）

豈甘井中泥？上出作埃塵。

井中的泥怎麼甘願永遠沉在井底呢？卻沒有想過從井裡出來，經過日光晒乾了以後，風一吹便成了四處飛揚的塵埃。

【解析】這首古歌謠以「井中泥」為譬喻，寫井中的泥因不甘心一直過著暗無天日的生活，所以努力讓自己露出井上，以為從此擺脫底層，爬上高處，誰知等到日晒泥乾，泥轉化成了飄散在空中的浮塵，很快就消失無蹤。詩人要講的是，人還是安於貧困才是保身之道，若為了追求名利而強要出頭露面，換來的終究只是一場徒勞。可用來比喻固窮安陋才能保護自身免於禍敗。

【出處】漢．佚名〈箜篌謠〉詩：「結交在相知，骨肉何必親？甘言無忠實，世薄多蘇秦。從風暫靡草，富貴上升天。不見山巔樹，摧杌下為薪。豈甘井中泥？上出作埃塵。」

客從遠方來，遺我雙鯉魚。

有客人從遠方過來，為我捎來了丈夫的信件。

【解析】這首詩描寫一位在家苦等丈夫戍役歸來的妻子，接到丈夫請人轉交給她的親筆信函，信的內容除了提及希望她多加餐飯、保重身體之外，也不忘訴說其對妻子的想念，讓妻子原本煩慮不安的心獲得些許撫慰。詩中「雙鯉魚」為信函的代稱，因古來有烹魚得信之說，人們便用兩塊刻成鯉魚形狀的木板，製作成裝書信的盒子。可用來比喻收到書信。

【出處】東漢．佚名〈飲馬長城窟行〉詩：「……客從遠方來，遺我雙鯉魚。呼兒烹鯉魚，中有尺素書。長跪讀素書，書中竟何如？上言加餐飯，下言長相憶。」（節錄）（此詩一說作者為蔡邕）

精衛[1]銜微木，將以填滄海。

精衛嘴裡含著細小的木枝，要用它來填塞大海。

【注釋】1.精衛：古代神話中的鳥名，據《山海經．北山經》記載，精衛的前身是炎帝的女兒，名字叫作女娃，遊東海時不幸失足溺水，死後化為鳥，因心有不甘，經常到西山銜木石，以填東海，立志報仇。

【解析】此為陶淵明寫其讀神話傳說《山海經》中奇聞異事的心得，書中提到一隻名為精衛的小鳥，據說是炎帝女兒溺死於東海後的化身，其身軀雖然小巧，嘴巴也只能銜著小樹枝和碎石子，但還是不斷進出山林大海，一次又一次將所銜木石投入深廣無垠的海裡，矢志要達成填平東海這項幾乎不可能的任務。可用來比喻意志堅定，無畏過程艱辛也要完成目標。

【出處】東晉．陶淵明〈讀山海經〉詩十三首之十：「精衛銜微木，將以填滄海。刑天舞干戚，猛志故常在。同物既無慮，化去不復悔。徒設在昔心，良晨詎可待？」

九曲黃河萬里沙，浪淘風簸自天涯。

曲折的黃河奔流而來，一路夾帶著隨巨浪滔滔和狂風顛簸萬里的泥沙，從遙遠的天涯一直來到這裡。

【解析】劉禹錫主在描寫曲折多致的黃河，隨浪潮捲來大量泥沙的雄偉氣勢。可用來暗喻人生道路的波折坎坷。另可用來形容黃河水流的蜿蜒彎曲，泥沙滾滾。

【出處】唐．劉禹錫〈浪淘沙〉詩九首之一：「九曲黃河萬里沙，浪淘風簸自天涯。如今直上銀河去，同到牽牛織女家。」

人憐巧語情雖重，鳥憶高飛意不同。

鸚鵡的主人深愛著會學人說話的鸚鵡，但鸚鵡卻是一心想著要離開鳥籠，高飛遠走，鸚鵡的心思和主人的想法是完全不同的啊！

【解析】此詩詩題〈鸚鵡〉。鸚鵡，善於模仿人說話，又稱為「能言鳥」，古代官宦權貴之家多有飼養。白居易詩中描寫長期被關在籠裡的鸚鵡，渴望高飛遠方，和那些自以為愛憐鸚鵡，卻又唯恐鸚鵡飛走而殘忍剪短鸚鵡翅膀的主人，兩者想法完全迥異，藉此表達他對鸚鵡的同情以及對鸚鵡主人虛情假意的不以為然。可用來暗喻掌握權勢者剝削弱者。

【出處】唐．白居易〈鸚鵡〉詩：「隴西鸚鵡到江東，養得經年嘴漸紅。常恐思歸先剪翅，每因餵食暫開籠。人憐巧語情雖重，鳥憶高飛意不同。應似朱門歌舞妓，深藏牢閉後房中。」

丈夫蓋棺事始定，君今幸未成老翁。

有理想的男兒一生功過是非，要等到死後才可評斷論定，慶幸的是，你還沒有年老力衰，只要有心肯定會有一番作為。

【解析】這是杜甫勉勵隱居的友人應該出來為社會做事，他認為傑出的人才不該埋沒在山林裡，更直指人要到死了之後，世人方可對其一生作出公正評價，所以該趁著還有機會發揮所長時，盡心貢獻一己之力。可用來表明人一生的是非功過，到死才得定論，應珍惜青春，加緊努力。

【出處】唐．杜甫〈君不見簡蘇徯〉詩：「君不見道邊廢棄池，君不見前者摧折桐。百年死樹中琴瑟，一斛舊水藏蛟龍。丈夫蓋棺事始定，君今幸未成老翁。何恨憔悴在山中，深山窮谷不可處，霹靂魍魎兼狂風。」

千呼萬喚始出來，猶抱琵琶半遮面。

經過很多次的邀請才肯走出來，還抱著琵琶遮住了半邊的臉。

【解析】白居易描寫在船上為友人餞行時，耳邊傳來技藝精湛的琵琶樂音，他邀請琵琶女移船相見，然女子似乎有所矜持或難以言喻的苦衷，經再三催請才勉強上船來，道出了自己飽經風霜的人生遭遇。可用來比喻人或事物渴盼很久後才出現，但出現後也是不願完全坦然真實以對。另可用來形容女子不好意思輕易露臉的羞澀模樣。

【出處】唐．白居易〈琵琶行〉詩：「……忽聞水上琵琶聲，主人忘歸客不發。尋聲暗問彈者誰？琵琶聲停欲語遲。移船相近邀相見，添酒回燈重開宴。千呼萬喚始出來，猶抱琵琶半遮面……」（節錄）

夕陽無限好，只是近黃昏。

夕陽的景色雖然美不勝收，可惜已臨近黃昏，很快便會消失。

【解析】傍晚時分，人在京城長安的李商隱，本欲藉登上高原緩解心中不快，然見落日餘暉雖美而黃昏將至，夜幕隨即籠罩大地，有感好景無法常駐，進而對生命的美好時光平添無限感懷。可用來比喻人或事物由極盛轉衰。另可用來表達對人生晚景的留戀，只是來日不多，故要更加珍惜光陰。

【出處】唐．李商隱〈登樂遊原〉詩：「向晚意不適，驅車登古原。夕陽無限好，只是近黃昏。」

大都好物不堅牢，彩雲易散琉璃脆。

大概天底下美好的事物都不長久，就像天上的彩雲容易消散，漂亮的琉璃容易破碎。

【解析】此詩乃白居易為哀悼一位名喚蘇簡簡的女孩而作，不捨其在十三歲的璀璨年華便香消玉殞。詩中他寬慰蘇簡簡的父母莫要悲傷，深信這位早慧的女孩必定是天上仙女下凡，也正因如此完美脫俗，所以才難以在人間久留。可用來比喻美好的人或事物總是不易掌握或停留短暫。

【出處】唐．白居易〈簡簡吟〉詩：「蘇家小女名簡簡，芙蓉花腮柳葉眼。十一把鏡學點妝，十二抽鍼能繡裳。十三行坐事調品，不肯迷頭白地藏。玲瓏雲髻生花樣，飄颻風袖薔薇香。殊姿異態不可狀，忽忽轉動如有光。二月繁霜殺桃李，明年欲嫁今年死。丈人阿母勿悲啼，此女不是凡夫妻。恐是天仙謫人世，只合人間十三歲。大都好物不堅牢，彩雲易散琉璃脆。」

女媧鍊石補天處，石破天驚逗秋雨。

（樂聲傳到天上）把女媧用來補天的五色石震破，讓上天為之驚動，秋雨傾瀉而下。

【解析】李賀在聽了宮廷樂師李憑的彈奏後，想像著李憑巧奪天工的琴音飛上了天，使女媧所補的石也為之驚破，足見樂音的震撼力有多麼強烈。可用來比喻事物或言論出人意表，新奇驚人。另可用來形容樂聲高亢激昂，驚天動地。

【出處】唐．李賀〈李憑箜篌引〉詩：「……女媧鍊石補天處，石破天驚逗秋雨。夢入神山教神嫗，老魚跳波瘦蛟舞。吳質不眠倚桂樹，露腳斜飛濕寒兔。」（節錄）

山光物態弄春暉，莫為輕陰便擬歸。

春天的陽光照耀山林，萬物爭相展現自己的獨特光彩，請你千萬不要因為天色微陰就有了回去的打算啊！

【解析】張旭透過對春日山中景致生機勃勃的描繪，勸說友人別因天色微暗欲雨便失去春遊雅興，以免錯過了欣賞春景的最佳時機。可用來比喻切莫對環境有輕微不適應或遇到一點挫折，便喪失信心而放棄。另可用來表達對春天山中風景的熱愛。

【出處】唐・張旭〈山行留客〉詩：「山光物態弄春暉，莫為輕陰便擬歸。縱使晴明無雨色，入雲深處亦沾衣。」

手中十指有長短，截之痛惜皆相似。

手上的十根手指頭長短不一，截斷哪一根的痛楚都是一樣的。

【解析】東漢才女蔡琰身陷胡地十二年，其後曹操雖用金璧將其贖歸，但返回中原的蔡琰仍日夜思念在胡地的子女，作有〈胡笳十八拍〉、〈悲憤詩〉等。劉商在詩中仿蔡琰的口吻，抒發其迫於現實而與子女分隔兩地的無奈。可用來比喻事物有所差別本是一種必然的現象。另可用來形容同出的子女性情雖各有不同，但父母對他們的疼愛都是一樣的，根本無法取捨。

【出處】唐・劉商〈胡笳十八拍〉詩十八首之十四：「莫以胡兒可羞恥，恩情亦各言其子。手中十指有長短，截之痛惜皆相似。還鄉豈不見親族，念此飄零隔生死。南風萬里吹我心，心亦隨風渡遼水。」

只在此山中，雲深不知處。

他雖身在這座山林中，但因雲霧重重，所以不知他到底在山中的何處。

【解析】詩人賈島到山中尋訪隱者卻正巧不遇，透過童子的回答，一方面寫出隱者遠離塵囂的閑逸生活，一方面也表達其對隱者高潔如白雲以及德行如高山的景仰之情。可用來比喻所要找的人或事物，只知大概範圍，卻不知確切之所在。另可用來形容山林深密、雲霧繚繞的樣子，不知人或事物在哪裡。

【出處】唐．賈島〈尋隱者不遇〉詩：「松下問童子，言師採藥去。只在此山中，雲深不知處。」（此詩一說作者為孫革，詩題則作〈訪羊尊師〉）

可憐日暮嫣香落，嫁與春風不用媒。

可惜原本嬌豔的春花，到了黃昏時隨風飄落，就好像是嫁給了春風一樣，根本不需要找媒人。

【解析】李賀見原本百花齊放、嬌豔芬芳的南園，於日暮時分花兒凋零，隨風紛飛，便興起了春花猶似待嫁女孩般，等到時間或機緣成熟時，就會順理成章地嫁與某人了。可用來比喻女子在某種因緣巧合或青春盛年已過時便會自然而然成婚。另可用來形容殘花滿地，隨風飛舞的情景。

【出處】唐．李賀〈南園〉詩十三首之一：「花枝草蔓眼中開，小白長紅越女腮。可憐日暮嫣香落，嫁與春風不用媒。」

向使當初身便死，一生真偽復誰知？

假使在事情的真相未清楚之前，周公和王莽便先死去，那麼他們一生人品的真誠或虛假又有誰知道呢？

【解析】白居易在詩中舉周公和王莽生平為例，回顧周公攝政期間，流言四起，眾人指其將要篡位，周公為此也感到恐懼；王莽在輔佐漢平帝時，是大家公認禮賢下士的謙恭君子，但歷史證明，王莽後來成了篡漢之人。由兩人的事例可見，對人或事都要經過長期觀察才能看清真相。可用來表達分辨人心真偽，是需要時間的考驗，否則便會被一時所見給蒙蔽而冤枉好人或誤信小人。

【出處】唐．白居易〈放言〉詩五首之三：「贈君一法決狐疑，不用鑽龜與祝蓍。試玉要燒三日滿，辨材須待七年期。周公恐懼流言日，王莽謙恭未篡時。向使當初身便死，一生真偽復誰知？」

此曲只應天上有，人間能得幾回聞？

這樣悅耳的曲子應該只在天上才能聽到，人世間哪有幾次機會得以聽聞呢？

【解析】杜甫先是敘說成都城內日夜歌舞昇平，又描述宴會上的樂曲無比動聽，宛如人間難得聽聞之天籟。表面上看似在讚譽樂曲優美，實是在暗諷成都將領花驚定（一作花敬定）目無法紀，僭用天子禮樂一事，意即皇宮才能使用的樂曲，根本不該在花驚定府中的宴會上聽到的！可用來比喻罕人聽聞的事件或論調。另可用來讚美音樂或歌聲美妙動人。

【出處】唐．杜甫〈贈花卿〉詩：「錦城絲管日紛紛，半入江風半入雲。此曲只應天上有，人間能得幾回聞？」

何必奔沖山下去，更添波浪向人間。

山上的清泉為何要奔沖到山下去，給原本多事的人間增添波瀾。

【解析】白居易見蘇州天平山上的白雲泉，是何等的逍遙自在，卻執意要往山下飛瀉奔流，反而翻弄出更多的波瀾呢？便有感而發寫下此詩，寄寓他知足知止的思想。可用來比喻保持心境如山泉般的從容悠閑，遠離令人困擾的世俗紛爭。

【出處】唐．白居易〈白雲泉〉詩：「天平山上白雲泉，雲自無心水自閑。何必奔沖山下去，更添波浪向人間。」

忽聞海上有仙山，山在虛無飄緲間。

聽聞在海上有一座仙山，山就隱約坐落在雲霧飄緲之間。

【解析】白居易在〈長恨歌〉詩中描寫楊貴妃死後，一名有招魂法術的道士受玄宗請託，費盡千辛萬苦的尋尋覓覓後，終於在海上一座雲霧飄緲的仙山中，發現山裡樓閣住有不少風姿綽約的仙子，仔細詢問之下，確認其中一位就是楊貴妃的芳魂，並帶回了兩人當初的定情信物與誓言，以解玄宗的相思之苦。可用來比喻與現實世界相去甚遠的幻想或夢境。另可用來形容遠山或遠方島嶼瀰漫在雲霧中的景象。

【出處】唐．白居易〈長恨歌〉詩：「……忽聞海上有仙山，山在虛無縹緲間。樓閣玲瓏五雲起，其中綽約多仙子。中有一人字太真，雪膚花貌參差是……」（節錄）

抽刀斷水水更流，舉杯銷愁愁更愁。

想要抽出刀子來切斷水流，水卻更加奔流不止，想要飲酒來消除愁緒，煩惱卻是愈益增多。

【解析】李白詩中表達其急欲擺脫一切煩惱苦悶，但結果卻是憂憤的情緒更加劇烈。可用來比喻想要阻止某種事物的發展，或運用某種方法來消除某種現象，結果卻是適得其反。另可用來形容滿腹的愁苦，無以排解。

【出處】唐．李白〈宣州謝朓樓餞別校書叔雲〉詩：「……抽刀斷水水更流，舉杯銷愁愁更愁。人生在世不稱意，明朝散髮弄扁舟。」（節錄）

東風[1]不與周郎便，銅雀[2]春深鎖二喬[3]。

倘若當時東風不給孫吳大將周瑜提供方便的話，恐怕孫吳的兩大美人大喬、小喬都會被曹操擄去，並將她們鎖在春色幽深的銅雀臺中。

【注釋】1.東風：春風。此指赤壁戰時，孫吳與蜀漢聯軍，蜀相諸葛亮借東風，燒毀曹魏的戰船，大敗曹魏於赤壁一事。2.銅雀：為曹操築於魏都鄴城之高臺，故址位在今河北邯鄲市境內。3.二喬：指大喬、小喬姊妹，兩人皆貌美。孫策納大喬、周瑜納小喬。

【解析】此為杜牧回顧赤壁之戰這段史實，興起對事情成敗之慨嘆，他認為當時吳、蜀兩國若不得東風之便，風又助火勢烈焰，或許後來孫吳的兩大美人便成了銅雀臺裡曹操的戰利品，這也意味著孫吳將為曹魏所滅。可用來說明某一條件，對於事情的成敗有非常關鍵的作用。另可用來說明赤壁之戰的勝利，並非全靠吳、蜀兩國的英雄人物便可以達成，若非外在條件的影響，歷史極有可能改寫。

【出處】唐．杜牧〈赤壁〉詩：「折戟沉沙鐵未銷，自將磨洗認前朝。東風不與周郎便，銅雀春深鎖二喬。」

為愛好多心轉惑，遍將宜稱問傍人？

因為愛好太多，內心反而更加困惑，只好到處請教旁人，詢問自己的妝扮是否合宜？

【解析】韓偓在詩中描寫一名待嫁女子的婚期將近，她一心希望自己的穿著打扮在婚禮上表現完美，可是又擔心喜愛的過多，反而不知哪種妝扮才真正適合自己，於是緊張得四處詢問人們的意見。其中「為愛好多心轉惑」一句，可用來比喻一個人心意不專，興趣廣泛龐雜，結果便是無一專精，一事無成。另可用來形容女子在婚禮前興奮不安的情緒。

【出處】唐．韓偓〈新上頭〉詩：「學梳蟬鬢試新裙，消息佳期在此春。為愛好多心轉惑，遍將宜稱問傍人？」

紅顏未老恩先斷。

容貌還沒有衰老，恩情便先斷絕。

【解析】白居易詩中描述一名後宮女子深夜不寐，苦盼君王親臨而未能如願，女子不禁想著，如果是自己的容顏衰老也就罷了，偏偏姿色未衰就先失去了君王的恩寵，不禁傷心欲絕，詩意中也隱約流露出作者在政治上被皇帝疏離的失望之情。可用來比喻人還沒有老或事物尚未過時就被疏遠或棄用。另可用來形容女子的美色仍在，卻慘遭心上人厭棄。

【出處】唐．白居易〈後宮詞〉詩：「淚濕羅巾夢不成，夜深前殿按歌聲。紅顏未老恩先斷，斜倚薰籠坐到明。」

凌煙功臣少顏色，將軍下筆開生面。

在凌煙閣的功臣肖像因顏色褪去，曹霸將軍奉命重新摹繪，賦予畫像嶄新的面貌。

【解析】杜甫描述畫家曹霸在開元年間，受到玄宗的賞識，重新描繪凌煙閣內的功臣畫像，曹霸一下筆便使原本褪色的圖畫變得氣韻生動。其中「下筆開生面」後演變成「別開生面」一語，可用來比喻開創新的格局或形式。另可用來形容畫作本已褪色，經人重畫後更顯生氣。

【出處】唐．杜甫〈丹青引贈曹將軍霸〉詩：「……開元之中嘗引見，承恩數上南熏殿。凌煙功臣少顏色，將軍下筆開生面。良相頭上進賢冠，猛將腰間大羽箭。褒公鄂公毛髮動，英姿颯爽來酣戰。先帝天馬玉花驄，畫工如山貌不同……」（節錄）

射人先射馬，擒賊先擒王。

要射倒一個人，要先射中他騎的馬，要捉拿一群賊寇，得先抓到帶領他們的首腦。

【解析】杜甫提出其對戰事活動的致勝謀略，直指唯有攻擊敵人的重點要害，才能達到事半功倍的成效，也不會導致更多戰士的無辜傷亡。可用來比喻做事要能把握關鍵。另可用來說明攻擊敵人必須先鏟除他們的領頭者。

【出處】唐．杜甫〈前出塞〉詩九首之六：「挽弓當挽強，用箭當用長。射人先射馬，擒賊先擒王。殺人亦有限，列國自有疆。苟能制侵陵，豈在多殺傷？」

時來天地皆同力，運去英雄不自由。

時運來了，天地都會與你同心協力，時運去了，縱使是英雄也有身不由己的慨嘆。

【解析】本詩詩題為〈籌筆驛〉。籌筆驛，古地名，位在今四川廣元市北部，相傳蜀相諸葛亮出兵攻打曹魏時，便是在此地籌劃軍事。羅隱詩中援引諸葛亮善於掌握天時（如靠東風火攻，燒毀曹魏戰船）、地利（如靠長江之險，因曹魏軍隊不習水戰）而贏得了赤壁之戰，否則以當時蜀漢、孫吳兩家的兵力，聯合起來還是不敵曹魏。換言之，若是機遇來時，不懂得及時把握，就算是英雄豪傑也會遭受挫敗而抱憾終生的。可用來說明時機、運氣的重要，足以導致人事的成敗。

【出處】唐．羅隱〈籌筆驛〉詩：「拋擲南陽為主憂，北征東討盡良籌。時來天地皆同力，運去英雄不自由。千里山河輕孺子，兩朝冠劍恨譙周。唯餘巖下多情水，猶解年年傍驛流。」

海日[1]生殘夜，江春入舊年。

黑夜還沒有消盡，太陽已從海上升起，舊的一年還沒有過完，江上已呈現春天的氣息。

【注釋】1.海日：海上的太陽。此指長江水面。

【解析】歲末泛舟夜行於長江之上的王灣，借寫朝日東昇和春意初動驅走了黑夜與舊歲，表達了時序更迭而年華也匆匆不再的心境。可用來比喻新生的事物即將取代舊有的事物。另可用來抒發時光流逝，歲不我與的喟嘆。還可用來形容歲暮早春前，天將破曉時的江海風光。

【出處】唐・王灣〈次北固山下〉詩：「……海日生殘夜，江春入舊年。鄉書何處達？歸雁洛陽邊。」（節錄）

涇溪石險人兢慎，終歲不聞傾覆人。卻是平流無石處，時時聞說有沉淪。

溪流中很多暗礁險灘，人們經過時都會小心翼翼，整年沒聽說翻船的消息。倒是水流平穩沒有礁石的地方，常常聽到有人溺水的消息。

【解析】作者藉由描寫人們經過險途時都會戰戰兢兢，但經過坦途時卻往往會掉以輕心的不同態度，意在告誡人處在安定中，更要保有憂患意識，以免突然發生危急時措手不及。可用來比喻一件事情如果人人都知道有風險，就會謹慎留心而成功；反之，一件事情如果人人都覺得很容易，便會因疏忽懈怠而失敗。

【出處】唐・杜荀鶴〈涇溪〉詩：「涇溪石險人兢慎，終歲不聞傾覆人。卻是平流無石處，時時聞說有沉淪。」（此詩一說作者為羅隱）

草木有本心，何求美人折？

芳草樹木自有美好的本質，何曾希望被美麗的女子攀折欣賞呢？

【解析】此詩為張九齡貶謫外地時所作，詩中他以「草木有本心」隱喻有志節的人同清雅高潔的芳草、溫潤茂盛的樹木一樣，自有不為外力所移的根性，不

管身處高下都會保持潔身自好，又以「美人折」代指來自外界的美譽或受到君王的舉用。明人程元初編《唐詩緒箋》評曰：「此詩氣高而不怒。」可用來說明事物的狀況或人的行止是由其本性所致，並非想藉此來博取他人的稱譽或提拔。

【出處】唐．張九齡〈感遇〉詩十二首之一：「蘭葉春葳蕤，桂華秋皎潔。欣欣此生意，自爾為佳節。誰知林棲者，聞風坐相悅。草木有本心，何求美人折？」

蚍蜉撼大樹，可笑不自量。

大螞蟻竟然想要撼動大樹，真是可笑又不自量力。

【解析】韓愈在詩中對李白、杜甫兩人的文學成就予以極高的評價，並對當時有人批評李、杜的詩文感到不以為然，故諷喻那些人就好比渺小的蚍蜉一樣，居然妄想撼動如雄偉大樹般的李、杜之才。可用來譏諷才能或勢力微小的人，想要超越才能或勢力比其強大的人或事物。

【出處】唐．韓愈〈調張籍〉詩：「李杜文章在，光燄萬丈長。不知群兒愚，那用故謗傷？蚍蜉撼大樹，可笑不自量……」（節錄）

欲窮千里目，更上一層樓。

想要看到更遠的景物，就要再爬上更高的一層樓。

【解析】此詩題〈登鸛雀樓〉。鸛雀樓，故址位在今山西永濟市境內，因時有鸛雀棲其上，故名之，後為河流所沖毀。王之渙藉由登樓極目遠眺壯麗山川景致，從中領悟到要站得更高才能看得更遠的道理。可用來比喻要將事物看得更清楚，就要站到更高的位置。也可用來鼓舞人積極進取，不斷向上提升自己。

【出處】唐．王之渙〈登鸛雀樓〉詩：「白日依山盡，黃河入海流。欲窮千里目，更上一層樓。」

欲覺聞晨鐘，令人發深省。

清早睡醒時，聽到了寺院的鐘聲，頓時令人引發深刻的思考而有所醒悟。

【解析】佛寺中朝課之前都有會報時的鐘聲。杜甫夜宿洛陽龍門山的奉先寺，當清晨的鐘聲響起時，他感覺到內心也受到了晨鐘的激盪，頃刻間有了深切的省悟。可用來比喻使人警惕或覺悟的力量。

【出處】唐．杜甫〈遊龍門奉先寺〉詩：「已從招提遊，更宿招提境。陰壑生虛籟，月林散清影。天闕象緯逼，雲臥衣裳冷。欲覺聞晨鐘，令人發深省。」

野火燒不盡，春風吹又生。

小草任由野火焚燒是燒不盡的，只要春風吹起，小草又會蓬勃生長。

【解析】白居易借古原上的小草為喻，意指不管所處的環境如何惡劣，富有生命力的東西都絕不會被毀滅。可用來比喻人的毅力堅強無比，難以被外力擊垮。也可用來比喻惡勢力難以連根拔除，只要一有機會，便會死灰復燃，繼續作惡。另可用來形容草木頑強旺盛的生命力。

【出處】唐．白居易〈賦得古原草送別〉詩：「離離原上草，一歲一枯榮。野火燒不盡，春風吹又生。遠芳侵古道，晴翠接荒城。又送王孫去，萋萋滿別情。」

曾經滄海難為水，除卻巫山不是雲。

曾經見過大海的壯闊，就覺得其他地方的水都不能稱作是水，看過了巫山的雲後，就覺得別處的雲也不能算是雲了。

【解析】此詩為元稹為亡妻韋叢而作，詩中表達其對已逝妻子的無限追懷，即便眾多美貌的女子出現眼前也不為所動，因為在他的心目中，韋叢永遠是獨一無二，也是其他女子所無可取代的。可用來比喻人的見識愈廣，眼界就愈開闊，追求的目標自然也就更高。另可用來形容對愛情的專一。

【出處】唐．元稹〈離思〉詩五首之四：「曾經滄海難為水，除卻巫山不是雲。取次花叢懶回顧，半緣修

道半緣君。」

無邊落木蕭蕭下，不盡長江滾滾來。

一眼望去，無邊無際的落葉蕭蕭飄落，無窮無盡的長江水滾滾奔來。

【解析】杜甫晚年客居他鄉，生活窘迫潦倒，此時他拖著老病的身軀登高瞭望遠方，見枯葉被秋風蕭蕭吹落的聲勢，以及長江滾滾壯闊的氣勢，引發出青春不再的慨嘆。明人胡應麟在《詩藪》評論此詩：「當為古今七言律第一。」給予極高的評價。可用來比喻舊的人或事物逐漸衰亡，轉而被新生的人或事物所取代。另可用來形容樹葉紛紛落下與江水奔騰的景象。

【出處】唐．杜甫〈登高〉詩：「風急天高猿嘯哀，渚清沙白鳥飛迴。無邊落木蕭蕭下，不盡長江滾滾來……」（節錄）

睫在眼前長不見，道非身外更何求？

眼睫毛就長在眼睛的前方，人卻長期看不見，真理從來不在身體之外，人還要到何處去尋求呢？

【解析】杜牧在池州擔任刺史期間，仕途不順的友人張祜前來探訪，兩人同遊當地名勝九峰樓。杜牧在詩中一方面肯定張祜的才能，諷刺當時握有權位者識人不明，竟對如此優秀人才視而不見，但一方面也勸慰張祜，既有無形的品格操守在身上，又何必去追求有形的官宦名利呢？可用來比喻人只見遠而不能見近。另可用來說明真理本來就存在每個人的心中，離開人的本心，真理便不存在。

【出處】唐．杜牧〈登池州九峰樓寄張祜〉詩：「百感衷來不自由，角聲孤起夕陽樓。碧山終日思無盡，芳草何年恨即休。睫在眼前長不見，道非身外更何求？誰人得似張公子，千首詩輕萬戶侯。」

蛺蝶紛紛過牆去，卻疑春色在鄰家。

蝴蝶一隻隻飛過牆去，讓人疑心春天的景色是不是只在隔壁鄰居的家裡。

【解析】王駕雨後漫步庭園時，發現雨前所見的花朵多已殘敗零落，又見蝴蝶翩翩飛過牆壁，不由得興起美好的春光已被鄰人悄悄偷去的念頭，語氣中流露出對滿園殘春景象的嘆息不捨。其中「卻疑春色在鄰家」一句，可用來比喻懷疑自己失去的心愛事物已為他人所擁有。另可用來形容蝴蝶飛舞追逐春色，使人心生尋春、惜春之情。

【出處】唐・王駕〈雨晴〉詩：「雨前初見花間蕊，雨後兼無葉裡花。蛺蝶紛紛過牆去，卻疑春色在鄰家。」

過盡千帆皆不是。

眼前駛過了無數的船隻，全都不是你所坐的船。

【解析】溫庭筠詞中描寫一女子倚樓眺望歸船，從船隻來來去去看到船盡江空，仍然不見思念之人的失落心情。可用來比喻殷切期待某人或某事物的出現，最後卻事與願違，希望完全落空。另可用來形容女子渴盼情人或丈夫返家，卻久等不至的失望哀傷。

【出處】唐・溫庭筠〈夢江南・梳洗罷〉詞：「梳洗罷，獨倚望江樓。過盡千帆皆不是，斜暉脈脈水悠悠，腸斷白蘋洲。」

嫦娥應悔偷靈藥，碧海青天夜夜心。

想必嫦娥應該後悔當初偷吃了靈藥，如今在月宮中對著碧海般的天空，孤獨度過每一個夜晚。

【解析】嫦娥是神話傳說中后羿之妻，因偷吃了西王母送給后羿的靈藥而飛上月宮。李商隱借寫嫦娥奔月後，日夜飽嘗孤寂，暗喻自己對已經無法挽回的感情或事物的追悔。可用來比喻對於自己過去已成定局的決定感到悔不當初。另可用來形容生活與世隔絕，後悔不已。

【出處】唐・李商隱〈嫦娥〉詩：「雲母屏風燭影深，長河漸落曉星沉。嫦娥應悔偷靈藥，碧海青天夜夜心。」

鳴聲相呼和，無理只取鬧。

蝦蟆的鳴聲相互應和，其實並沒有什麼道理，就只是無緣無故的喧鬧而已。

【解析】此詩為韓愈回覆好友柳宗元而作，詩中他描述了蝦蟆的特性，認為牠們不斷地發出鳴叫聲相和，不過是沒來由的為了喧鬨吵嚷。可用來比喻無端鬧事或蠻橫無理的行為。

【出處】唐．韓愈〈答柳柳州食蝦蟆〉詩：「蝦蟆雖水居，水特變形貌。強號為蛙蛤，於實無所校。雖然兩股長，其奈脊皴皰。跳躑雖云高，意不離濘淖。鳴聲相呼和，無理只取鬧……」（節錄）

憑君莫話封侯事，一將功成萬骨枯。

請求你不要再談論封官進爵的事了，一個將軍的功成名就，可是由上萬士兵戰死沙場以及眾多無辜百姓的性命所換來的啊！

【解析】曹松在詩中描述將軍只在意其個人封賞的浮名虛榮，漠視戰事造成了多少士兵和百姓的傷亡，藉以揭露戰爭的殘酷無情。可用來比喻某人成功的背後，是源於眾人的奉獻犧牲而完成的。另可用來說明一名戰將的成就，是用無以算計的性命所換來的。

【出處】唐．曹松〈己亥歲〉詩二首之一：「澤國江山入戰圖，生民何計樂樵蘇。憑君莫話封侯事，一將功成萬骨枯。」

醜女來效顰，還家驚四鄰。

容貌醜陋的女子模仿西施皺著眉頭的模樣，返家時把周遭的鄰居全都嚇著了！

【解析】春秋越國美女西施因患有心病而經常蹙額捧心，人們看了覺得別具風姿，更增美態。李白詩中描寫相貌醜陋的人也想要學西施的動作，結果鄰人見狀後反而受到驚嚇。可用來比喻不衡量自身條件，只是盲目模仿他人，往往得到的是反效果。另可用來形容女子容貌難看，卻喜歡效法古代美人西施蹙眉，讓人感到怪異而驚恐。

【出處】唐．李白〈古風〉詩五十九首之三十五：「醜女來效顰，還家驚四鄰。壽陵失本步，笑殺邯鄲人……」（節錄）

馨香歲欲晚，感嘆情何極。

花期就要結束，芳草的香氣也快要消失，心中感慨無窮無盡。

【解析】張九齡貶謫外地時，看著時序即將邁入秋天，不忍空谷幽蘭轉眼就要被露水摧殘而逐漸凋零，芳香也跟著花謝而消逝，因而興起憐花悲秋的喟嘆。可用來比喻人或事物雖然美好，但仍躲不過歲月催促而衰老或消歇的遺憾。另可用來形容芳草逢秋，花季已晚，無限的悲嘆湧上心頭。

【出處】唐．張九齡〈感遇〉詩十二首之十：「漢上有遊女，求思安可得。袖中一札書，欲寄雙飛翼。冥冥愁不見，耿耿徒緘憶。紫蘭秀空蹊，皓露奪幽色。馨香歲欲晚，感嘆情何極。白雲在南山，日暮長太息。」

一年好景君須記，最是橙黃橘綠時。

請你一定要記住，一年之中最好的景致，就是在這段橙子已黃、橘子剛綠的時候。

【解析】這首詩的詩題為〈贈劉景文〉，指的是蘇軾的好友劉季孫（字景文），比蘇軾年長三歲。五十五歲的蘇軾，在杭州擔任知州，時任兩浙兵馬都監（掌管本城軍隊屯駐、訓練、軍器和差役等事務）的劉季孫當時也駐守杭州，兩人經常詩歌唱酬往來。蘇軾詩中借寫初冬橙橘，在冷寒的氣候下依然結果豐碩，色彩黃綠鮮麗，意在讚美劉季孫雖已高齡五十八，但擁有豐沛的人生經驗和堅韌頑強的意志，正如橙橘在冬寒中展現其明豔光彩，撼動人心。可用來比喻晚年堪稱是人生的黃金階段，更要懂得分外珍惜。另可用來形容初冬橙子金黃、橘子青綠的亮麗景色。

【出處】北宋．蘇軾〈贈劉景文〉詩：「荷盡已無擎雨蓋，菊殘猶有傲霜枝。一年好景君須記，最是橙黃橘綠時。」

一派青山景色幽，前人田地後人收。後人收得休歡喜，還有收人在後頭。

一片青翠的山色，風景優美，前人留下的田地由後人來接收。後人接收了也不必太高興，因為還有接收的人正在後頭等著呢！

【解析】范仲淹援引歷來田產代代相傳承繼一事，表達了世上的財富，其實都是身外之物，從來不真正屬於某一個人所有，一代人走了，下一代人開心繼承時，卻沒看見他的後代子孫，也在等著繼承財產這天的來臨，故奉勸人們不要為了追逐更多的財產而苦苦執著。可用來說明世間的財物，皆生不帶來，死不帶去，切莫汲汲營營而迷失自我。

【出處】北宋．范仲淹〈書扇示門人〉詩：「一派青山景色幽，前人田地後人收。後人收得休歡喜，還有收人在後頭。」

一登一陟一回顧，我腳高時他更高。

每登上山嶺一步，便回頭張望一下自己爬了多高，但當我越爬越高，發現山還是比自己更高。

【解析】這是一首借物喻理的詩，人在山下的楊萬里，看遠山像是起伏的浪濤一樣，並不覺得山勢高聳，等到他親自攀登山嶺，才知道山永遠比自己站的地方還要更高，可仰望而不可及。詩人所要表達的是，人若沒有登高望遠的經驗，便永遠不會知曉過去在平地的自己眼界有多麼狹隘，閱歷有多麼淺薄。可用來比喻只有經過對照比較，才能更看清楚事物的真相。也可用來比喻治學或是做事都要不斷學習，由下而上，由淺而深，自然日益精進。

【出處】南宋．楊萬里〈過上湖嶺望招賢江南北山〉詩四首之二：「嶺下看山似伏濤，見人上嶺旋爭豪。一登一陟一回顧，我腳高時他更高。」

子規夜半猶啼血，不信東風喚不回。

杜鵑鳥到了半夜還在帶血鳴叫，牠不相信春風真的喚不回來。

【解析】詩題一作〈送春〉。王令詩中將暮春時的杜鵑鳥擬人化，寫其從白日鳴叫到夜半，早已聲嘶力竭，卻還是拚命要喚回春天，藉此抒發自己對春光的痴情眷戀。可用來比喻以堅定信念去做某事，並深信自己竭盡全力必能把事情完成。另可用來形容杜鵑鳥從日到夜不住地鳴啼。

【出處】北宋．王令〈春晚〉詩二首之二：「三月殘花落更開，小簷日日燕飛來。子規夜半猶啼血，不信東風喚不回。」

山重水複疑無路，柳暗花明又一村。

一眼望去，一重重的山又一道道的水擋在面前，正在疑惑應已無路可走的時候，忽然看見柳色深綠，花色明豔，出現在我眼前的是一座村莊。

【解析】趁著大好春光乘船出遊的陸游，在山水縈繞的複雜地形中差一點就要因迷路而折返，卻意外發現一處被濃綠的柳蔭和繁盛的野花給遮蔽的小村，詩人的心境頓時從茫然迷惘中轉折成豁然開朗的喜悅。可用來比喻歷經艱辛後絕處逢生。另可用來形容群山重疊，流水迴繞，四周柳綠花紅的景致。

【出處】南宋．陸游〈遊山西村〉詩：「莫笑農家臘酒渾，豐年留客足雞豚。山重水複疑無路，柳暗花明又一村。簫鼓追隨春社近，衣冠簡樸古風存。從今若許閑乘月，拄杖無時夜叩門。」

不如憐取眼前人。

還不如好好憐惜正在你眼前的人。

【解析】晏殊遙望遠方山河，感傷落花風雨，人身生命有限，體認到與其苦苦追憶那些遙不可及的人或如煙過往的舊情，最後仍是徒勞心神，於事無補，不如多加珍惜在身旁陪伴的人，避免日後又空留遺憾。可用來比喻人要認清現實，把握當下。

【出處】北宋．晏殊〈浣溪沙．一向年光有限身〉詞：「一向年光有限身，等閑離別易銷魂。酒筵歌席莫辭頻。滿目山河空念遠，落花風雨更傷春。不如憐取眼前人。」

不畏浮雲遮望眼，自緣身在最高層。

不必擔心飄浮的雲會遮住我遠望的視線，只因我站在山峰的頂處。

【解析】此為王安石抒發自己登臨杭州飛來峰時的感受，從中領悟出人只有立足高遠，才能夠看清事情的本來面目，詩中以「浮雲」暗喻虛偽表象或是奸邪小人。可用來說明立場客觀，才不會被眼前的現象或不實的假象所迷惑。另可用來形容人立志遠大，不畏困阻。

【出處】北宋．王安石〈登飛來峰〉詩：「飛來山上千尋塔，聞說鷄鳴見日昇。不畏浮雲遮望眼，自緣身在最高層。」

不識廬山真面目，只緣身在此山中。

之所以認不清廬山的真實面貌，只是因為自己置身在廬山裡頭。

【解析】蘇軾離開貶地黃州，準備赴另一貶地汝州，途中經過九江，登覽廬山而作此詩。當他站在不同的地點，發現廬山氣象萬千的不同景貌，體悟到自己身在山中，視野受到所處角度的局限，只能看見山的局部，反而看不清山的全貌，寓意人的立場不同，看法就會不同，以及當局則迷。可用來比喻觀察人或事物，應擺脫我執，客觀思考，才能認清其本來面目。

【出處】北宋．蘇軾〈題西林壁〉詩：「橫看成嶺側成峰，遠近高低各不同。不識廬山真面目，只緣身在此山中。」

天涯何處無芳草。

天涯無邊，到處都長滿了美麗的青草。

【解析】蘇軾於暮春時節，見四周殘紅褪盡，柳絮稀疏，心中雖不捨春光逝去，仍提醒自己不過是今年的花季已過罷了，明年春天一樣會再百花綻開，不妨將視線放在眼前和花一樣賞心悅目的漫漫芳草。此詞後來也被引申為無須太過在乎某一事物或某一人，而錯過了早已出現在身邊的那些值得珍惜的美好事物或人。可用來比喻不要過分眷戀某一人或特別注重某些事物。也可用來勸戒執著於追求自己的理想而不知變通的人。

【出處】北宋・蘇軾〈蝶戀花・花褪殘紅青杏小〉詞：「花褪殘紅青杏小。燕子飛時，綠水人家繞。枝上柳綿吹又少，天涯何處無芳草。牆裡秋千牆外道。牆外行人，牆裡佳人笑。笑漸不聞聲漸悄，多情卻被無情惱。」

月子彎彎照幾州？幾家歡樂幾家愁？

彎彎的弦月照亮了幾個州呢？月光下有多少人家的日子是開心的？又有多少人家的日子是哀愁的？

【解析】楊萬里詩中描寫一彎新月照耀人間，但在同樣月色下的不同人家，有人歡喜美滿，有人生活卻是苦不堪言，他認為人世間的快樂還是悲傷，其實和月亮毫不相干，一切都是人自己的問題。可用來比喻每個人的苦樂際遇各不相同。

【出處】南宋・楊萬里〈竹枝詞〉詩七首之六：「月子彎彎照幾州？幾家歡樂幾家愁？愁殺人來關月事，得休休處且休休。」

牛驥同一皁[1]，雞棲鳳凰食。

牛和駿馬關在一起，共用一個食槽。鳳凰被關在雞窩裡，和雞一同飲食。

【注釋】1.皁：音ㄗㄠˋ，餵食牛馬的食槽。

【解析】被關入元朝大都牢獄已兩年的文天祥，詩中以駿馬和鳳凰自喻，以牛、雞比喻一般囚犯，寄託自己俯仰無愧卻遭逢厄運，與一般囚犯同處在幽暗牢房裡，就如同駿馬與牛同槽共食，鳳凰與雞一同吃住。可用來比喻能人志士或高風亮節者陷入險困處境。也可用來比喻賢愚不分。

【出處】南宋・文天祥〈正氣歌〉詩：「……嗟予遘陽九，隸也實不力。楚囚纓其冠，傳車送窮北。鼎鑊甘如飴，求之不可得。陰房闃鬼火，春院閟天黑。牛驥同一皁，雞棲鳳凰食。一朝蒙霧露，分作溝中瘠。如此再寒暑，百沴自辟易。嗟哉沮洳場，為我安樂

國……」（節錄）

他時在平地，無忽險中人。

人從驚滔駭浪中脫險後，他日到了平地時，千萬不要忽視那些處在危險中的人。

【解析】范仲淹準備到桐廬郡（位在今浙江境內）赴任途中，經過淮水，他看著小船在狂風大浪中載浮載沉，連一旁的人看了都覺得膽戰心驚，更何況是正在船上的人呢？進而從中體悟到，一個人若曾遭遇凶險而平安度過，一定要謹記自己的親身經驗，日後看到他人逢險時，也要設身處地為他人著想。可用來說明將心比心的重要。

【出處】北宋．范仲淹〈赴桐廬郡淮上遇風〉詩三首之三：「一棹危於葉，傍觀亦損神。他時在平地，無忽險中人。」

名能使人矜，勢能使人倚。

名聲可以讓人感到驕傲，權勢可以讓人得以倚仗。

【解析】邵雍認為一個堂堂男子漢，必須捨棄人生的四大禍患，除了錢財和女色之外，就是名聲和權勢，一個熱中於響亮名聲與迷戀於權勢力量的人，絕對抗拒不了外在的各種誘惑，也會為此而迷失了本性，做出危害他人也傷害自己的事。可用來說明人不應為了獲得名望和權力而失去了自我，沉溺其中而無可自拔。

【出處】北宋．邵雍〈男子吟〉詩：「欲作一男子，須了四般事。財能使人貪，色能使人嗜。名能使人矜，勢能使人倚。四患既都去，豈在塵埃裡？」

向來枉費推移力，此日中流自在行。

回想當初江水低淺時推船，卻怎麼也推不動，實在是在白費力氣，如今江水上漲，根本不用推船，船已在江流中自由自在航行。

【解析】朱熹詩中借物喻理，以春水泛舟為例，水位低時舟擱淺，水深時則暢行無阻，來說明人生處事或讀書之道，意即當事情的時機尚未成熟或學習的基礎不夠扎實，此時絕對不可急於想把事情順利推動或想要學有所成，一切終將徒勞無功；反之，當事情的時機成熟，條件完備，或是累積了豐厚的知識，所學又能融會貫通，曉達事理，一切自然水到渠成。可用來比喻讀書或做事都是一開始困滯難行，但只要工夫積累日久，便能通達無礙。

【出處】南宋．朱熹〈觀書有感〉詩二首之二：「昨夜江邊春水生，蒙衝巨艦一毛輕。向來枉費推移力，此日中流自在行。」

衣帶漸寬終不悔，為伊消得人憔悴。

看著我衣服的腰帶逐漸寬鬆，但始終沒有後悔，為了思念我所愛的人而消瘦憔悴也是值得的。

【解析】柳永這闋詞本是抒發其對遠方情人的刻骨痴戀，即使為情而形容枯槁、身形瘦損，他也心甘情願，反映其對這份情感的堅定專一。近人王國維《人間詞話》認為柳永的這兩句詞可以代表「古今之成大事業、大學問者」必會經歷的一種境界，即確定自己的目標後，不管過程中遭遇多大的困難，或要付出多大的代價，都不會改變心志。可用來比喻對事業或理想的艱苦追尋，勇往無悔的探索。另可用來形容對愛情的痴心執著。

【出處】北宋．柳永〈蝶戀花．佇倚危樓風細細〉詞：「佇倚危樓風細細，望極春愁，黯黯生天際。草色煙光殘照裡，無言誰會憑闌意？擬把疏狂圖一醉，對酒當歌，強樂還無味。衣帶漸寬終不悔，為伊消得人憔悴。」

何事春風容不得？和鶯吹折數枝花。

家門前的桃樹、杏樹是做了什麼事情讓春風容不下呢？還驚動了原本棲息在上頭的黃鶯鳥，又吹折了好幾根花的枝幹。

【解析】北宋太宗在位期間，王禹偁因事從京城被貶至商州（位在今陝西境內）擔任團練副使，這一職務在宋代是專門用來安置貶謫官員，也毫無實質權力的。王禹偁身處偏僻的商州，每天欣賞著門外綻開的桃花、杏花，成了生活中極大的樂趣，因而當他看見花被春風吹落時，便氣惱風何以要如此咄咄逼人，把唯一可以點綴他簡陋住家的秀麗花朵都給奪走。詩中借寫鶯鳥和桃杏不為春風所容，暗喻自己的政治路遭到有心人士無情地打壓。可用來比喻替受到排擠的人或團體打抱不平。另可用來形容春花的枝幹被風吹斷，殘花灑滿一地。

【出處】北宋．王禹偁〈春居雜興〉詩二首之一：「兩株桃杏映籬斜，妝點商山副使家。何事春風容不得？和鶯吹折數枝花。」

始知鎖向金籠聽，不及林間自在啼。

這時才明白，把畫眉鳥鎖在精美鳥籠裡聽到的聲音，遠遠比不上畫眉鳥在林中時悠閑輕快的啼唱。

【解析】歐陽脩借任意飛翔的林間鳥和失去自由的籠中鳥之啼聲作對比，發現籠中鳥的鳴啼實在無法和不受束縛的林間鳥相提並論，這也讓他體悟到，無論是人或動物，若是受到外在的侷限或壓抑，便無法發揮或展現真正的自我。詩中除了寄寓作者對林野自在生活的嚮往，也抒發其對官場生涯的倦怠。可用來比喻遭受外在環境的箝制，渴望掙脫羈絆，追求自由。

【出處】北宋．歐陽脩〈畫眉鳥〉詩：「百囀千聲隨意移，山花紅紫樹高低。始知鎖向金籠聽，不及林間自在啼。」

況怨無大小，生於所愛。物無美惡，過則為災。

況且怨恨不分大小，經常是因貪愛而生。事物不分好的或壞的，超過了限度就會成為災難。

【解析】這闋詞是辛棄疾寫其想要戒酒，卻又對酒戀戀不捨的矛盾心理，由於長期嗜酒，導致身體不適，他也知道問題並不是出在酒上，而是緣於自己無法控制對酒的耽湎依賴，從而領悟到世上許多的事情都是因愛而生怨，人一旦對某事物或人投注的情感愈多，往往日後產生的怨懟也就愈深，引發的禍患也會日益嚴重。可用來說明事物發展到極端的地步，後果將不堪設想。

【出處】南宋．辛棄疾〈沁園春．杯汝來前〉詞：「……更憑歌舞為媒。算合作、平居鴆（ㄓㄣˋ）毒猜。況怨無大小，生於所愛。物無美惡，過則為災。與汝成言，勿留亟退，吾力猶能肆汝杯。杯再拜，道麾之即去，招則須來。」（節錄）

泥上偶然留指爪，鴻飛那復計東西？

飛雁在雪泥上偶然留下了爪印，立刻又飛走了，哪裡會再去算得清楚到過的是東邊還是西邊？

【解析】此為蘇軾回給弟弟蘇轍的一首詩，首聯兩句「人生到處知何似？應似飛鴻踏雪泥」，給人一種人生充滿飄忽不定，為了理想和生計不得不到處奔波的感傷意味。但之後蘇軾話鋒一轉，認為既然四處漂泊的人生痕跡，正如那飛鴻匆匆留在雪上的爪痕，等到雪一融化便了無影蹤，那又何苦去計較過去的往來轉徙呢？也可以說，人生在世的偶然無定，艱辛勞苦，其實也是生命的一種必然歷程，以此寬慰蘇轍不須因懷想舊事而黯然神傷，詩的情境也立刻從前兩句的傷感氛圍中拉出，轉化成正面以對的達觀態度。可用來比喻人生變化無常，轉瞬不留影跡，故不必拘泥過去悲喜得失的記憶，坦然面對一切。

【出處】北宋．蘇軾〈和子由澠池懷舊〉詩：「人生到處知何似？應似飛鴻踏雪泥。泥上偶然留指爪，鴻飛那復計東西？老僧已死成新塔，壞壁無由見舊題。往日崎嶇還記否？路長人困蹇驢嘶。」

青山繚繞疑無路，忽見千帆隱映來。

船隻航行江上，四周青綠的山巒圍繞，使人懷疑前面應該沒有路可走了，忽然之間，卻看見成千的船帆從山林的掩映處駛了過來。

【解析】秋日乘坐船隻於江上的王安石，藉由描寫山巒重疊，江水迴繞，前方彷彿已無路可行，之後頓見山盡江開的景象變化，寄寓人生的路迴旋環繞，正如眼前的山重水複一樣，讓人感到前程一片茫然，但歷經一番艱辛後，必然會絕處逢生，眼界開闊明朗。可用來比喻在困境中忽然出現希望。另可用來形容江河曲折蜿蜒，環繞於重疊群山之間。

【出處】北宋・王安石〈江上〉詩：「江北秋陰一半開，晚雲含雨卻低回。青山繚繞疑無路，忽見千帆隱映來。」

春色滿園關不住，一枝紅杏出牆來。

滿園的春光終究是關不住，只見一枝鮮紅的杏花已經探出牆外來了。

【解析】這首詩的詩題為〈遊園不值〉，意即遊園卻不遇園主人。作者葉紹翁寫其原本興致勃勃準備出門遊園，不巧未遇園主人開門而大失所望，就在這時，發現園內一枝紅杏爬出牆來，宣告整個大地都被明媚的春色給占領了，任誰也禁錮不住春天的到來。可用來比喻美好的事物蓬勃發展或難以阻擋新生的事物脫穎而出。另可用來形容春花滿園，多到花枝伸出牆外的景致。

【出處】南宋・葉紹翁〈遊園不值〉詩：「應嫌屐齒印蒼苔，小扣柴扉久不開。春色滿園關不住，一枝紅杏出牆來。」

春雨斷橋人不渡，小舟撐出柳蔭來。

連綿的春雨，造成河水上漲，把橋面給淹沒了，人也走不過去，就在這時，忽見一艘小船撐著船篙，從柳蔭深處駛來。

【解析】作者徐俯是江西詩派開創人黃庭堅的外甥，這首詩表面上看似在寫春遊所見的湖光美景，然細讀不難品味出詩意蘊含著一層理趣。原本詩人專程出門賞春，遊興正濃，不巧碰上橋被雨後高漲的湖水給淹沒，興致瞬間敗滅，此時一葉小舟忽然從柳蔭中悠悠出現，轉眼陰霾一掃而空。這次的春遊，作者如果中途沒有發生「春雨斷橋」的意外，便無法感受到「小舟撐出」所帶來的喜悅，進而體悟出即使遭逢困境，仍藏有無限希望的可能。可用來比喻絕境中又逢生路。另可用來形容春雨過後，水面漲滿小橋，船隻擺渡的優美景色。

【出處】北宋末、南宋初・徐俯〈春日遊湖上〉詩：

「雙飛燕子幾時回？夾岸桃花蘸水開。春雨斷橋人不渡，小舟撐出柳蔭來。」

春風又綠江南岸，明月何時照我還？

和暖的春風，又一次地吹綠了長江的南岸，天空的明月，何時才能照著我返回家中？

【解析】此詩為王安石離開家鄉江寧，準備赴京任職，途經瓜洲時所作。詩中描寫他在船上，看著瓜洲對岸那片離家鄉不遠的江南草綠，直到月亮升起，興起一股思歸的心念。一個人才剛離鄉就馬上對家鄉念念不捨，背後極可能含有另一層意涵，歷來多認為王安石是希望此去京城，可以獲得重用，致力推行新法，等到功成後便身退還鄉，不再眷戀地位名聲。可用來比喻對未來時局充滿信心與希望，待抱負實現後退隱。另可用來形容遊子見春風明月而興起思鄉之情。

【出處】北宋．王安石〈泊船瓜洲〉詩：「京口瓜洲一水間，鍾山只隔數重山。春風又綠江南岸，明月何時照我還？」

昨夜西風凋碧樹，獨上高樓，望盡天涯路。

昨天夜裡，西風吹落了樹上的綠葉，我獨自登上高樓，遠眺那條通往天邊的道路。

【解析】晏殊詞中原是描寫其憑高望遠，見風吹葉凋，景象蒼茫遼闊，更加深內心的傷離情緒。近人王國維《人間詞話》中把晏殊這三句詞視為「古今之成大事業、大學問者」必經的第一種境界，也就是矢志向學後，開始邁入一段艱辛孤寂之路，等到境界漸進，便能真正體會治學之道。可用來比喻學習過程中，立志向上的階段，必然歷經的孤獨感受。另可用來形容在蕭索秋色下，懷想遠人。

【出處】北宋．晏殊〈蝶戀花．檻菊愁煙蘭泣露〉詞：「檻菊愁煙蘭泣露，羅幕輕寒，燕子雙飛去。明月不諳離恨苦，斜光到曉穿朱戶。昨夜西風凋碧樹，獨上高樓，望盡天涯路。欲寄彩箋兼尺素，山長水闊知何處？」

美酒飲教微醉後，好花看到半開時。

喝酒喝到帶一點醉意時即要停止，看花看到花微微半開時就已足夠。

【解析】這首詩的詩題為〈安樂窩中吟〉。邵雍把自己位於洛陽的住所命名「安樂窩」，取其「安閑樂道」之意，詩中寫其從日常生活體驗到的理趣，如飲酒至微醺即可，切莫喝成酩酊爛醉，花朵半合半開，才是賞花的最佳時機，慎勿等到花兒離枝，不然就等同白白地糟蹋了美酒，也錯過了好花的風姿韻味。可用來比喻凡事宜求適中，不可超過，否則將會物極必反。

【出處】北宋．邵雍〈安樂窩中吟〉詩十三首之七：「安樂窩中三月期，老來才會惜芳菲。自知一賞有分付，誰讓萬金無孑遺？美酒飲教微醉後，好花看到半開時。這般意思難名狀，只恐人間都未知。」

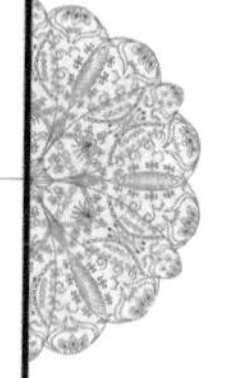

若言琴上有琴聲，放在匣中何不鳴？若言聲在指頭上，何不於君指上聽？

若說琴聲是從琴上發出來的，為何琴放置在琴盒裡不會自己發出聲音呢？若說琴聲是在彈琴的指頭上，為何不在你的手指上去聽呢？

【解析】蘇軾以反詰的語氣思考琴聲的來源，究竟是人的手指還是琴本身？光有琴而無人彈撥，自是不會奏出動人的樂音，同樣的，單靠手指而沒有琴，也是無法產生美妙的琴聲，兩者相互依存，缺一不可。更進一層來說，縱使有手指來彈琴，琴音也未必悅耳，因為琴師個人的思想感情和技藝，亦是樂曲是否撼動人心的必要條件。蘇軾詩中寫的正是其對《楞嚴經》所言「雖有妙音，若無妙指，終不能發」義理的領悟，借演奏者的琴藝和琴、指之間相互影響的關係，揭示萬物皆因緣相生，有無相成，而人想要參透佛理，除了自性清淨之外，也須有師家點撥，彼此和合無間才有開悟的可能。可用來說明文學、藝術以及任何事物的產生，都是有關方面交互作用的結果，不可偏廢。

【出處】北宋．蘇軾〈琴詩〉詩：「若言琴上有琴聲，放在匣中何不鳴？若言聲在指頭上，何不於君指上聽？」

若對此君仍大嚼，世間那有揚州鶴？

如果面對雅竹仍然大口嚼肉，世間哪有像志怪小說中揚州鶴那樣的情節，什麼好處都可以同時擁有。

【解析】據《晉書．王徽之傳》記載，東晉書法家王徽之酷愛竹子，即使外宿也命人前來種竹，還說「何可一日無此君」，蘇軾詩中的「君」便是借前人之語，代指竹子。另一詩句中的「揚州鶴」則是出自南朝梁人殷芸《殷芸小說》一段故事，描寫幾個人各自暢談心願，一個說想當揚州刺史，一個說想要多得錢財，一個說想騎鶴升天，輪到最後一人時，說要「腰纏十萬貫，騎鶴上揚州」，等同前三人的願望全都想得到，後人便以此比喻欲望很多的人或如意順心的事。蘇軾意在諷刺，若有人想要博取風雅高節的名聲，又想要獲得飽啖肉食的樂趣，根本是異想天開，這也意味著，有清高美名的人不可能擁有厚祿，營求厚祿的人也難有清高美名。可用來比喻一個人的高雅與庸俗非此則彼，無法兼容。

【出處】北宋．蘇軾〈於潛僧綠筠軒〉詩：「可使食無肉，不可使居無竹。無肉令人瘦，無竹令人俗。人瘦尚可肥，俗士不可醫。旁人笑此言，似高還似痴？若對此君仍大嚼，世間那有揚州鶴？」

高處不勝寒。

高處地方的寒冷使人忍受不了。

【解析】蘇軾詞中抒發其雖嚮往乘風登上月宮的瓊樓玉宇，擺脫塵世的煩擾，但又恐懼自己耐不住高寒，仔細思索後，發覺人間縱有許多的猶疑矛盾仍然未解，但還是有不少美好的事物值得留戀。可用來比喻想要實現某一願望，卻又擔心高不可登，難以克服，或達成目標後又將面臨新的阻礙。也可用來比喻位高權重的人，心境是寂寞孤寒的。

【出處】北宋．蘇軾〈水調歌頭．明月幾時有〉詞：「明月幾時有？把酒問青天。不知天上宮闕，今夕是何年？我欲乘風歸去，又恐瓊樓玉宇，高處不勝寒。起舞弄清影，何似在人間……」（節錄）

瓶花力盡無風墮，

爐火灰深到曉溫。

花瓶裡的花，生命力已經耗盡，即使無風也會掉落下來，爐子裡的火，灰燼還很深厚，就算到了天亮還是溫熱的。

【解析】陸游詩中借用「瓶花」和「爐火」兩物來寄寓事情的道理。當瓶中的花朵枯萎時，即使沒有風的推助，花也會自然而然的謝落，以此說明起落生滅乃自然界的不變定律；當火爐內燃燒過後的剩屑累積得很厚實時，即使沒有火了，餘溫也會保持一段時間，以此比喻人若底蘊夠深，他人的詆毀根本不足以構成威脅。可用來說明生命隨自然消長雖是不可改變的事實，但在尚未走到生命盡頭前，具有潛力者，歷經摧殘仍存有生機與希望。

【出處】南宋．陸游〈曉坐〉詩：「低枕孤衾夜氣存，披衣起坐默忘言。瓶花力盡無風墮，爐火灰深到曉溫。空橐時時聞鼠齧，小窗一一送鴉翻。悠然忽記幽居日，下榻先開水際門。」

眾裡尋他千百度，驀然回首，那人卻在，燈火闌珊處。

在眾多人群之中尋找了千百遍，都找不著對方的身影，突然回頭一看，那人就在燈火零落的一處。

【解析】歷來人們對於辛棄疾的這幾句詞有甚多的討論，認為作者通過記敘元宵夜在熙攘人群中苦心尋覓一名女子，最後卻是在燈火幽暗的僻靜處，看見女子忽然出現在自己的眼前，藉此塑造出女子甘於寂寞、不同凡俗的形象，同時也寄寓自己孤高傲物的心境。近人王國維在《人間詞話》引用了辛棄疾的這段詞，稱其是「古今之成大事業、大學問者，必經過三種之境界」的第三境，意即唯有歷經執著不悔的千百次探求，一旦成功時，便能體會當下的那份欣喜情緒。可用來比喻想要成就任何事情，都必須經過熱切追尋，而在不經意的時候，事情便成功了。另用來形容苦尋意中人而不可得，之後卻是在無意間找到對方。

【出處】南宋．辛棄疾〈青玉案．東風夜放花千樹〉詞：「東風夜放花千樹，更吹落、星如雨。寶馬雕車香滿路。鳳簫聲動，玉壺光轉，一夜魚龍舞。蛾兒雪柳黃金縷，笑語盈盈暗香去。眾裡尋他千百度，驀然回首，那人卻在，燈火闌珊處。」

野鳧眠岸有閑意，老樹著花無醜枝。

野鴨睡在河岸邊，看起來一派悠閑的樣子，老樹上開了花，便讓人感覺沒有醜陋的樹枝。

【解析】這首詩的詩題為〈東溪〉，指的是梅堯臣家鄉宣城的宛溪。詩人沉浸在大自然的水岸風光裡，此時出現在他眼前的花樹禽鳥，無不充滿著一股閑情逸趣。其中「老樹著花無醜枝」一句，寓意著人縱使年齡老大或始終一事無成，仍要奮力活出最精彩的自己，絕不輕言放棄。這兩句詩的後一句，可用來比喻老年人若仍有所作為，都是值得稱許的。也可用來比喻人一旦有所成就，世人便會對他的缺點視而不見。另可用來形容水岸邊禽鳥棲息、老樹開花的景象。

【出處】北宋．梅堯臣〈東溪〉詩：「行到東溪看水時，坐臨孤嶼發船遲。野鳧眠岸有閑意，老樹著花無醜枝。短短蒲茸齊似剪，平平沙石淨於篩。情雖不厭住不得，薄暮歸來車馬疲。」

堪笑牡丹如斗大[1]，不成一事又空枝。

可笑的是牡丹花長得像斗一樣大，卻一件事也做不成就凋謝了，最後只留下沒有花的枝幹。

【注釋】1.斗大：似斗一樣大的物體。一說對小的物體，形容其極大。另一說對大的物體，形容其極小。

【解析】牡丹花，因花朵嬌豔、香味濃郁，向來被人們視為是國色天香、花中之王，並予以富貴吉祥的寓意。王溥這首詩雖題為〈詠牡丹〉，內容卻是在諷刺牡丹除了花大色豔之外，便找不到任何的價值，只能博取人們一時的寵愛，完全比不上小巧卻實用的棗花和桑葉。可用來比喻人或事物的外表，中看卻不中用。

【出處】北宋．王溥〈詠牡丹〉詩：「棗花雖小能結實，桑葉雖柔解作絲。堪笑牡丹如斗大，不成一事又空枝。」（此詩一說作者為王曙）

殘雪壓枝猶有橘，凍雷驚筍欲抽芽。

殘餘的積雪，壓著橘樹上的樹枝，枝上還掛著去年冬天的橘子，寒天裡的雷聲驚動了筍子，紛紛想要破土冒出新芽。

【解析】本詩詩題為〈戲答元珍〉。因事被貶到夷陵擔任縣令的歐陽脩，結識了當時的峽州判官（地方長官的輔吏）丁寶臣（字元珍），兩人交情友好，此詩即為其酬答丁寶臣之作。歐陽脩表面上是說地處偏僻的夷陵，春天來得比較晚，所以到了二月，橘樹上還留有去年殘冬的積雪，但鮮美的橘子仍完好地掛在橘枝上，又言寒雷發出震天聲響，地下的春筍正在準備奮力出土抽芽。實際上，詩人想要表達的是，不論環境如何惡劣，生命為了生存總是會找到契機。可用來比喻在艱難處境之下，仍不畏困阻，展現強韌、旺盛的生命力。另可用來形容初春白雪猶存，寒雷隆隆，大地開始有回春的跡象。

【出處】北宋．歐陽脩〈戲答元珍〉詩：「春風疑不到天涯，二月山城未見花。殘雪壓枝猶有橘，凍雷驚筍欲抽芽。夜聞歸雁生鄉思，病入新年感物華。曾是洛陽花下客，野芳雖晚不須嗟。」

萬山不許一溪奔，攔得溪聲日夜喧。到得前頭山腳盡，堂堂溪水出前村。

萬重的山嶺不允許一條小溪奔流，利用山勢加以阻攔，水聲在山間日夜喧嘩。等水流來到前面山下的盡頭時，匯合成盛大的溪水，從前方的村莊流出。

【解析】此為一首借助景物以寄寓道理的詩，作者楊萬里表面上看似在寫高山溪水一路向下流瀉，即使中間過程遇到崎嶇阻礙，最後仍從山腳奔騰而出的景貌，實際上是在暗喻「水往低處流」乃大自然不變的法則，任誰也無法阻擋，也提醒著人們，面對逆境來襲，先調整心境，培養自我實力，然後等待適當時機，設法繞開困境，終會找到解決問題的出口。可用來比喻想要力阻某一事件的發生，卻始終抵擋不住。另可用來形容山林裡的溪流曲折蜿蜒。

【出處】南宋．楊萬里〈桂源鋪〉詩：「萬山不許一溪奔，攔得溪聲日夜喧。到得前頭山腳盡，堂堂溪水出前村。」

解名盡處是孫山，賢郎更在孫山外。

考取舉人的榜單上，最後一名寫的就是我的姓名孫山，而您兒子的姓名更在孫山的後面。

【解析】據南宋人范公偁《過庭錄》記載，吳地有個名叫孫山的讀書人，幽默又有才氣，某年離開家鄉參加鄉試，由於鄉人的兒子也要赴考，兩人便一同作伴前往，等到放榜名單公布，孫山被列為最後一名，但與孫山同行的鄉人兒子並未考取。之後孫山先行返鄉，鄉人急著向孫山問起自己的兒子是否中舉，孫山不忍直接告知，遂以此詩婉轉表達其子落第的消息，這也成了「名落孫山」一語的典故由來。可用來比喻考試落榜或參加競賽落選。

【出處】南宋・孫山〈句〉詩：「解名盡處是孫山，賢郎更在孫山外。」

踏破鐵鞋無覓處，得來全不費工夫。

先前把一雙鐵鞋都踩破了也尋覓不到，沒想到後來竟然不費一點工夫就得到了。

【解析】夏元鼎詩中描述其一路尋道問學的艱辛過程，即使跋山涉水，甚至把堅固的鐵鞋都磨穿了，仍然一無所獲，最後卻是在一種意想不到的機緣下輕易獲得。這兩句詩除了點出了機運的重要，也提醒人不要苦心執著於人生非要擁有什麼才行，若能放下執念，心界更寬更廣，反而更容易看清事情的本質，那些曾一心想得到的東西自然也就出現了。可用來比喻人刻意去追尋某事物時苦尋不著，卻在偶然無意的情況下找到。

【出處】南宋・夏元鼎〈絕句〉詩：「崆峒訪道至湘湖，萬卷詩書看轉愚。踏破鐵鞋無覓處，得來全不費工夫。」

橫看成嶺側成峰，遠近高低各不同。

廬山橫著看像是綿延層疊的山嶺，側著看像是高聳挺拔的山峰，從遠處、近處、高處還是低處各個位置去看，出現的山貌都各不相同。

【解析】蘇軾詩中寫其經過九江，遊覽名勝廬山的觀感，不管他立足在哪個位置來看，山形和山勢隨著所處位置的不同，風貌也呈現各種奇姿意態的變化，也就是說，不管他從哪個位置看山，都只能看到山的局部，難以窺見山的真正全貌，而認識事物的道理亦然，若僅知道片面，就以為是真相，不但容易落入主觀偏見，甚至還會做出錯誤的判斷。可用來比喻從不同的角度觀看人或事物，所得到的印象也會有所不同。另可用來形容從不同的角度看山，山的形態總不相同。

【出處】北宋．蘇軾〈題西林壁〉詩：「橫看成嶺側成峰，遠近高低各不同。不識廬山真面目，只緣身在此山中。」

濃綠萬枝紅一點，動人春色不須多。

在濃密的綠葉和樹枝中，露出一朵紅花，能讓人心動的春景實在不用過多。

【解析】王安石寫其遊園時，偶見一朵紅石榴花在整片蒼翠枝葉中綻開著，更襯托出這朵石榴花的火紅嬌媚，瞬間讓人感到春意盎然。詩人從中也體悟到，世上能夠打動人心的事物，並不在於數量的多少，而是要突顯出自己的特色。可用來比喻掌握了事物的關鍵，就能用最少的力氣，發揮到最大的效果。另可用來形容紅花有了茂盛綠葉的陪襯，更顯花的妍麗光采。

【出處】北宋．王安石〈詠石榴花〉詩：「濃綠萬枝紅一點，動人春色不須多。」

爆竹聲中一歲除，春風送暖入屠蘇[1]。

在陣陣的鞭炮聲中，宣告舊的一年已經過去，春天送來的暖意也融入了屠蘇酒中。

【注釋】1.屠蘇：酒名，以屠蘇、山椒、白朮等多種藥草調製而成，古來有農曆正月初一全家飲用屠蘇酒的風俗，相傳可以避邪和除瘟疫。

【解析】歷來民間在春節大年初一這天會燃放爆竹，象徵送舊迎新，一家老小也會同飲傳說中可以驅邪的屠蘇酒。王安石藉由人們洋溢在過年歡樂氣氛的描寫，寄寓自己在政治上力圖革除舊法，以執行新法的強烈決心。可用來比喻新生的事物即將取代過時的事物。另可用來形容家家戶戶放鞭炮、喝美酒，迎接新年的到來。

【出處】北宋．王安石〈元日〉詩：「爆竹聲中一歲除，春風送暖入屠蘇。千門萬戶曈曈日，總把新桃換舊符。」

各家自掃門前雪，莫管他家屋上霜。

在下雪的日子，家家戶戶把自家門前的雪掃好，不要去管別人家屋頂上的霜是否清除。

【解析】這兩句是古來流傳已久的諺語，詩中以「各家門前雪」和「他家屋上霜」為對比，代表的是自己家裡的大事和別人家的小事，仔細想想，家門前若積了厚雪，自然寸步難行，而屋頂上結霜的影響則相對較小。作者意在提醒人們，切莫放著家裡重要的事情不處理，卻總是喜歡插手別人家的事務，這樣可謂本末倒置，也容易招來是非。可用來比喻各自做好自己分內的事情，少管閑事。也可用來勸人自保其身，避免惹事生非。

【出處】元．高文秀《襄陽會．第一折》之詩：「各家自掃門前雪，莫管他家屋上霜。」

大風吹倒梧桐樹，自有旁人說短長。

強大的風將梧桐樹給吹倒了之後，自然有旁人會趕去討論那樹幹長度的短或長。

【解析】這兩句詩為古來相傳的俗諺，藉由梧桐樹被風吹倒後，就會出現湊熱鬧的人來談論樹幹短長一事，來比喻世人多喜歡閑聊與自己不相關的人或事物，也可引申為一件事情的是非對錯自有公論來評斷，提醒人們應當謹言慎行，行為處事不要落人口實，成了他人茶餘飯後的話柄。可用來比喻發生了不尋常或不公正的事情，總會有人將其傳播和討論，說長論短。

【出處】元末明初．高明《琵琶記．第三十一齣》之詩：「大風吹倒梧桐樹，自有旁人說短長。」

周郎妙計高天下，賠了夫人又折兵。

都說周瑜的巧妙計策聲名遠播，結果卻是賠上了孫權的妹妹嫁與劉備，又折損了東吳不少兵將。

【解析】這兩句詩出自羅貫中《三國演義》，描述東吳都督周瑜為從劉備手中奪取荊州而設下美人局，假意要將孫權之妹嫁給劉備，誘其渡江招親，然後留作人質，目的就是要逼其交出荊州。孰料此計早被諸葛亮識破，最後不但讓劉備將計就計娶得美人歸，而且在劉備逃脫的途中，東吳的追兵又遭蜀軍伏擊，損失慘重。其中「妙計高天下」意在諷刺周瑜向孫權的獻計，卻造成東吳的雙重損失。可用來比喻想要投機使詐，占人便宜，反而吃上大虧。也可用來比喻弄巧成拙。

【出處】明．羅貫中《三國演義．第五十五回》之詩：「周郎妙計高天下，賠了夫人又折兵。」

種田不熟不如荒，養兒不肖不如無。

辛苦耕田，如果農作物沒有長成，倒不如當初就讓田地荒蕪，養育孩子，如果長大品行不良，倒不如一開始就不要生養孩子。

【解析】這兩句諺語是依據「種田不熟不如荒」的想法，引發出「養兒不肖不如無」的體悟。古代傳統農業社會，早有「養兒防老，積穀防饑」之說，認為撫養兒女，是為了擔心年老時無人奉養，積存穀物，是為了防備饑荒時沒有食物可吃。但這兩句諺語卻是提供了另一種思考，畢竟種田有可能會不熟，所以無法如願積穀；同樣的，養兒也有可能會生養出不肖子女，自然就無法讓人安心防老。既然如此，還不如自己先作其他盤算，以免到頭來白忙一場。可用來勸人做事要有始有終，才會有所收穫，也要盡心教育子女，使其品德良好。後一句「養兒不肖不如無」可用來感嘆子女不肖。

【出處】明．馮夢龍《醒世恆言．卷十七．張孝基陳留認舅》之詩：「種田不熟不如荒，養兒不肖不如無。」

樹大招風風撼樹，

人為名高名喪人。

樹長得高大，容易被風給搖撼，人的名聲太大，容易招來毀謗。

【解析】這兩句諺語是借「樹大招風」的事例，來印證「名高」帶給人的負面影響。許多人為了成名而汲汲營營，費盡心力，卻沒有料到擁有名聲之後，因為目標太過明顯，反而成了眾矢之的，替自己招惹更多的是非和攻擊。可用來比喻人因出名而引起麻煩。也可用來勸人不要貪名圖利，讓自己暴露在不利的環境下。

【出處】明．吳承恩《西遊記．第三十三回》之詩：「樹大招風風撼樹，人為名高名喪人。」

心病終須心藥治，解鈴還是繫鈴人[1]。

心理的疾病終須由造成心病的人或事物才能醫治，想要解下老虎脖子的金鈴，還須讓繫上金鈴的人來解下來。

【注釋】1.解鈴還是繫鈴人：典出明人瞿汝稷《指月錄》記載北宋清涼泰欽禪師在寺院修持時，性情豪逸，無所事事，大家認為他能力並不怎麼樣，卻深受法眼禪師所器重。某日，法眼禪師問眾人說：「虎項金鈴，是誰解得？」在場所有人都回答不出來，剛巧清涼泰欽禪師出現，法眼禪師問他一樣的問題。清涼泰欽禪師答道：「繫者解得。」這句話用來比喻由誰製造的事端，就必須由誰去了結。

【解析】《紅樓夢》這段章節描寫小說人物林黛玉無意間聽到心上人賈寶玉與知府的女兒訂親的消息，身體本就孱弱的她便一心尋死，絕粒不食，使得病勢日益沉重；後來才知道訂親一事，不過是門客們為討賈寶玉父親賈政歡喜而說的話，原是議而未成的，加上從旁得知，賈府的大家長賈母主意賈寶玉的親事是「親上作親，又是園裡住著的」，想著不是自己還會有誰呢？她心中的疑團一破除，精神頓時清爽不少，病情也逐漸減退，不似先前那樣死意堅決了。作者書中以這兩句諺語，道出了林黛玉的病灶正是其對賈寶玉的執著情意，當她發現賈寶玉並非與他人訂親，且認為她的外婆賈母所合意的對象必然是自己（其實是賈寶玉母親王夫人之妹薛姨媽的女兒薛寶釵），心病自然消除，意即能解開她煩惱痛苦的唯有賈寶玉一人

而已。可用來比喻所有的問題，都必須找到引發問題的根源，或由當事者自己出面解決。

【出處】清．曹雪芹《紅樓夢．第九十回》之詩：「心病終須心藥治，解鈴還是繫鈴人。」

忽喇喇似大廈傾，昏慘慘似燈將盡。

（家道衰敗時）發出忽喇喇的聲響，像是高樓要倒塌似的，那昏暗不明的景象，就像油燈即將燃盡一樣。

【解析】此出自《紅樓夢》中〈紅樓夢十二支曲〉取名〈聰明累〉的唱詞，是小說主要人物賈寶玉遊太虛幻境時，警幻仙姑請來十二個舞女演唱，並向賈寶玉說明這十二支曲是為了詠嘆或感懷《紅樓夢》裡的「金陵十二釵」而譜成的詞曲，暗喻她們的為人和結局，其中這支〈聰明累〉描寫的人物是王熙鳳，意即聰明的王熙鳳反被自己的聰明所連累。王熙鳳是賈府大家長史太君的孫媳婦，丈夫是賈寶玉的堂哥賈璉，姑姑是賈寶玉的母親王夫人，她機靈敏銳，做事能幹，善於經營算計，管理賈府財務期間，使盡權謀，最後弄得賈府一敗塗地，也害得自己心力交瘁，重病不起。作者借王熙鳳一生遭遇的總結，表達其總管的賈府從表面光鮮走向傾圮崩塌，乃勢所必然。可用來比喻家族或政治勢力露出衰敗的跡象，處於窮途末路，任誰也無力回天。

【出處】清．曹雪芹《紅樓夢．第五回》之〈紅樓夢十二支曲．聰明累〉曲：「……家富人寧，終有個家亡人散各奔騰，枉費了，意懸懸半世心，好一似，蕩悠悠三更夢。忽喇喇似大廈傾，昏慘慘似燈將盡。呀！一場歡喜忽悲辛，嘆人世，終難定。」（節錄）

機關算盡太聰明，反算了卿卿[1]性命。

費盡所有的心思算計，可說是非常聰明了，只是到頭來反倒把自己的性命都算進去了。

【注釋】1.卿卿：古代夫妻、朋友間相互親暱的稱呼。此指《紅樓夢》小說人物王熙鳳，語含譏諷的意味。

【解析】此為對《紅樓夢》中主要人物王熙鳳人生命運結局的提示。小說裡的王熙鳳，個性潑辣刁鑽，故有「鳳辣子」的外號，她出身名門，是賈寶玉母親王夫人的姪女，深得賈母史太君的信賴，命其掌管賈府內外大小事務。王熙鳳果然具有治事長才，她嚴格執行賞罰制度，奴僕們從此不敢偷閑，兢兢業業，以求保全。但另一方面，她利用管理公款之便，在外放高利貸，經常剋扣、挪用各房的月錢，也曾設局間接害死族親賈瑞，逼死丈夫賈璉的妾尤二姐，可知其人貪婪苛薄，為了達到目的，不惜使用任何智巧陰毒的手段。賈府被抄家之際，錦衣軍從王熙鳳的屋內翻出了一大箱貪贓枉法的證物，更加速了家族的敗落，她也因此一病不起。作者在這首曲子所要表達的是，像王熙鳳如此工於心計、謀算權術的人，結果還是適得其反，正好應驗了她聰明反被聰明誤的人生。可用來形容人凡事處心積慮，聰明過了頭，最後卻反而害到自己。

【出處】清．曹雪芹《紅樓夢．第五回》之〈紅樓夢十二支曲．聰明累〉曲：「機關算盡太聰明，反算了卿卿性命。生前心已碎，死後性空靈……」（節錄）

人事變化

一丸五色成虛語，石爛松薪更莫疑。

五種顏色的長生不老藥丸終是一句空虛的話語，石頭經風化粉碎，松木最後變成柴薪，更是不用懷疑的道理。

【解析】此詩為杜牧重遊舊地時所作，看著去年見到的風光景物，今昔對比，興起對生命有限以及世事無常的感嘆。可用來比喻人或事物歷久必有變化。

【出處】唐．杜牧〈題桐葉〉詩：「去年桐落故溪上，把筆偶題歸燕詩。江樓今日送歸燕，正是去年題葉時。葉落燕歸真可惜，東流玄髮且無期。笑筵歌席反惆悵，明月清風愴別離。莊叟彭殤同在夢，陶潛身世兩相遺。一丸五色成虛語，石爛松薪更莫疑……」（節錄）

人世幾回傷往事，山形依舊枕寒流

人世間歷經多少個朝代興亡的傷心往事，如今高山依然和過往一樣，枕靠著潺潺寒冷的江流。

【解析】西塞山（位在今湖北黃石市境內）為長江中游的天險，被六朝視作是重要的軍事堡壘。劉禹錫藉六朝改朝換代之頻繁，暗喻國家興廢的關鍵在於上位者的治理能力，而不是僅靠地形屏障便足以禦敵的。可用來表達人事轉移改變迅速，唯山川景貌恆久不變，兩相對比，更引人感慨。

【出處】唐．劉禹錫〈西塞山懷古〉詩：「西晉樓船下益州，金陵王氣黯然收。千尋鐵鎖沉江底，一片降幡出石頭。人世幾回傷往事，山形依舊枕寒流。今逢四海為家日，故壘蕭蕭蘆荻秋。」

人事有代謝，往來成古今

世事在興衰中新舊交替，往者已去，來者復至，接連成古今有別的歷史。

【解析】孟浩然登高抒懷，詩中感嘆世事總是有盛有衰，相互消長，而時間也是匆匆流逝，誰也逃脫不了有生有死的命運。可用來說明古往今來的世事或政局不斷更替變化，由此構成了歷史。

【出處】唐．孟浩然〈與諸子登峴山〉詩：「人事有代謝，往來成古今。江山留勝跡，我輩復登臨。水落魚梁淺，天寒夢澤深。羊公碑尚在，讀罷淚沾襟。」

山圍故國周遭在，潮打空城寂寞回。淮水東邊舊時月，夜深還過女牆來。

環繞舊時都城的群山依然存在，潮水拍打著空蕩的城都，又寂寞地退去。當年從秦淮河東邊升起的明月，夜深時分還是會偷偷地爬過城牆來。

【解析】石頭城，指金陵（南京的舊稱），也就是人稱金粉六朝的國都所在，而秦淮河曾是六朝王公貴族醉生夢死的遊樂之地，故六朝的國祚都極為短暫，很快便遭到亡滅。劉禹錫借寫過去金迷紙醉的金陵，如今只留下城外群山聳立，城內一片荒涼空寂，抒發人事興替盛衰之感，也含有以古事為今人借鏡之意。清人李鍈《詩法易簡錄》評曰：「傷前朝所以垂後鑒也。」可用來表達江河明月依舊而人事全非的感傷。

【出處】唐・劉禹錫〈石頭城〉詩：「山圍故國周遭在，潮打空城寂寞回。淮水東邊舊時月，夜深還過女牆來。」

天上浮雲如白衣，斯須改變如蒼狗。

天上飄浮的雲，原本好像是一件白衣裳，轉瞬間卻又變成了灰狗的模樣。

【解析】杜甫的友人王季友本以賣鞋為生，但仍終日好學不倦，甘貧守分，但妻子無法忍受窮苦的生活選擇與其仳離，孰知王季友之後時來運轉，得到李勉的賞識而做了官，命運和先前相比簡直天差地別，這也讓杜甫感嘆世上任何出乎意料的事情，其實都是有可能發生的。可用來比喻世事多變無常。

【出處】唐・杜甫〈可嘆〉詩：「天上浮雲如白衣，斯須改變如蒼狗。古往今來共一時，人生萬事無不有……」（節錄）

天翻地覆誰可知，如今正南看北斗[1]。

誰知道真有天地翻轉過來的一天，自己會面對著南方觀看北斗七星。

【注釋】1.北斗：星座名。共有七星，因在北方，聚成斗形，故稱之。

【解析】劉商在詩中敘述東漢才女蔡琰遭胡騎擄至北方十二年，看到了和故鄉全然迥異的風土人情，不禁感嘆自己的人生際遇就像是天地翻覆一樣，任誰也都料想不到。可用來形容發生巨大的變化。

【出處】唐・劉商〈胡笳十八拍〉詩十八首之六：「怪得春光不來久，胡中風土無花柳。天翻地覆誰得知，如今正南看北斗。姓名音信兩不通，終日經年常閉口。是非取與在指撝，言語傳情不如手。」

玄都觀裡桃千樹，盡是劉郎去後栽。

長安城內玄都觀裡有上千棵的桃樹，全都是我離開長安後才栽種的。

【解析】劉禹錫參與革新運動失敗而遭到貶謫朗州（位在今湖南境內）司馬，十年後被召回長安，他藉由到玄都觀裡賞花來暗諷朝中權貴就像成千棵的桃樹一樣，全都是靠打壓他人才得勢的小人。此詩一出，當朝小人又開始大作文章，誣陷劉禹錫對朝廷飽含怨憤，結果又被遠放外地十四年才返回長安，歷經了前後共二十多年的謫宦生涯。可用來形容舊地重遊時景物已變，人事也與以往大不相同。

【出處】唐．劉禹錫〈元和十年，自朗州召至京，戲贈看花諸君子〉詩：「紫陌紅塵拂面來，無人不道看花回。玄都觀裡桃千樹，盡是劉郎去後栽。」

別來滄海事，語罷暮天鐘。

與你分別以來，世事如同滄海桑田般的變化無常，我們暢談不止，直到遠處傳來了寺院的鐘聲。

【解析】李益詩中描寫其與表弟從小因戰亂而分開，長大後意外相遇時還得問起對方的姓名才知道彼此是久別重逢的親人，兩人雖有很多話欲傾吐，卻又急於各自趕路，只能匆匆話別。可用來形容親友闊別多年後相見敘舊，感慨彼此已發生種種變化。

【出處】唐．李益〈喜見外弟又言別〉詩：「……別來滄海事，語罷暮天鐘。明日巴陵道，秋山又幾重？」（節錄）

來如春夢[1]幾多時，去似朝雲無覓處。

來的時候就像春天的夢一樣短促，走的時候好似早晨的雲那般飄散無蹤。

【注釋】1.春夢：春天作的夢。因春天易睡也易醒，故常用來比喻短暫易逝的事。

【解析】白居易有感於生活中出現過的美好的人或事物都難以恆常擁有，故借「春夢」、「朝雲」為喻，表達對逝去之人或事物的深深追念。可用來比喻人或事物來去匆匆，讓人捉摸不定，也無處尋覓。

【出處】唐．白居易〈花非花〉詩：「花非花，霧非霧，夜半來，天明去。來如春夢幾多時，去似朝雲無覓處。」

明年此會知誰健？醉把茱萸仔細看。

明年九月九日大家再度相聚時，不知還有誰能平安健在？趁著現在先喝得爛醉，把佩帶身上的茱萸仔細地看清楚。

【解析】古人有九月九日重陽登高、飲酒的習俗，人們在這天會把一種名叫茱萸的植物插在頭或手臂上以作避邪之用。杜甫於九月九日登高時，在藍田崔氏莊與友人暢飲歡聚，但早已飽經歲月風霜的他，一想到來年此時大家不知能否健朗再見，不免流露出滿懷的憂傷。可用來感慨人生壽命有限，世事變化無常。

【出處】唐．杜甫〈九日藍田崔氏莊〉詩：「……藍水遠從千澗落，玉山高並兩峰寒。明年此會知誰健？醉把茱萸仔細看。」（節錄）

昔人已乘黃鶴去，此地空餘黃鶴樓。

從前的仙人已乘黃鶴飛去，這裡只留下一座空蕩蕩的黃鶴樓了。

【解析】崔顥藉仙人駕鶴而去的神話傳說，點出眼前的黃鶴樓早已人去樓空。元人辛文房《唐才子傳》記述李白遊歷黃鶴樓時，看了崔顥的題詩後，曾云：「眼前有景道不得，崔顥題詩在上頭。」足見對此詩的推崇。可用來表示人或事物早已消逝改變，僅空留遺跡。

【出處】唐．崔顥〈黃鶴樓〉詩：「昔人已乘黃鶴去，此地空餘黃鶴樓。黃鶴一去不復返，白雲千載空悠悠……」（節錄）

宮女如花滿春殿，只今惟有鷓鴣飛。

當初豔美如花的越國宮女，讓整座宮殿籠罩在明媚的春光裡，如今卻只有鷓鴣在此飛來飛去。

【解析】越中，為唐代越州的別名，位在今浙江境內。此詩為李白遊覽越州時有感而發之作，詩中描述春秋越國滅了吳國後，戰士凱旋歸來，在宮中舉行慶祝宴會的熱鬧場景，如今昔時的繁華早已不在，只剩下鷓鴣在此地飛翔，今昔對比，興起世事盛衰無常的慨嘆。可用來表達昔盛今衰，人非物換的感慨。另可用來形容宮殿古蹟的頹敗荒涼。

【出處】唐．李白〈越中覽古〉詩：「越王句踐破吳歸，義士還鄉盡錦衣。宮女如花滿春殿，只今惟有鷓鴣飛。」

庭樹不知人去盡，春來還發舊時花。

庭園中的樹木不知人早已離散，春天來時仍然開著像從前一樣的花。

【解析】岑參遊梁園時見庭園蕭條荒敗，然庭樹上的花依然盛開，不禁心生人事盛衰無常，而自然永恆無盡之感慨。可用來抒發人去樓空，而景色依舊的感傷。

【出處】唐．岑參〈山房春事〉詩二首之二：「梁園日暮亂飛鴉，極目蕭條三兩家。庭樹不知人去盡，春來還發舊時花。」

鳥去鳥來山色裡，人歌人哭水聲中。

鳥在青翠山色的掩映中來去飛翔，人在潺潺水聲中夾著歌聲和哭聲逐漸老去。

【解析】此為杜牧在宣州任官期間遊開元寺、登臨水閣時有感而發之題作，他望著鳥圍繞山間飛來又飛去，想著宛溪兩岸的人家世代定居此地，不論歡喜歌唱或悲傷痛哭，從生到死都離不開宛溪水聲的陪伴，古今以來，變易的是人鳥，不變的是山色水聲，生命的起落便在鳥的往返、人的歌哭聲中代代更迭而過。清人楊逢春《唐詩繹》評曰：「此詩言人事有變易，而清景則古今不變易。」可用來表達自然山水常存，而生命有限且世事無常。

【出處】唐．杜牧〈題宣州開元寺水閣，閣下宛溪，夾溪居人〉詩：「六朝文物草連空，天淡雲閑今古同。鳥去鳥來山色裡，人歌人哭水聲中。深秋簾幕千家雨，落日樓臺一笛風。惆悵無因見范蠡，參差煙樹五湖東。」

閑雲潭影日悠悠，物換星移幾度秋。

白雲的影子投映在滕王閣前的潭中，日復一日，任時光冉冉流逝，不知過了多少個年頭。

【解析】本詩詩題〈滕王閣詩〉。滕王閣，位在今江西南昌市境內。王勃看著這座過去由唐高祖幼子滕王李元嬰一手打造的華麗樓閣，經過了時序推移，如今已不復昔往大宴賓客的熱鬧景象，心中有感而發。可用在對世事更替、景物改變的表述上。

【出處】唐．王勃〈滕王閣詩〉詩：「……閑雲潭影日悠悠，物換星移幾度秋。閣中帝子今何在？檻外長江空自流。」（節錄）

詩侶酒徒消散盡，一場春夢越王城[1]。

昔日結伴作詩飲酒的好友一個個離散逝去，回想以往歡聚的情景，就彷彿是做了一個短促易逝遊越王古城的幻夢。

【注釋】1.越王城：指春秋越國的國都會稽，位在今浙江紹興市。越王句踐消滅吳國後，國力強盛，城都也曾熱鬧繁華一時。

【解析】盧延讓在詩中回憶和好友李郢生前相聚的歡樂時光，他一想到周遭友人逐漸凋零老死，不禁感嘆世事無常就如同一場很快便會醒來的春夢，夢醒時一切也已消散無蹤。可用來比喻世事無常，轉瞬即逝。

【出處】唐．盧延讓〈哭李郢端公〉詩：「軍門半掩槐花宅，每過猶聞哭臨聲。北固暴亡兼在路，東都權葬未歸塋。漸窮老僕慵看馬，著慘佳人暗理箏。詩侶酒徒消散盡，一場春夢越王城。」

種桃道士歸何處？前度劉郎今又來。

種植桃花的道士如今去了哪裡？以前來過這裡的我今天又重遊舊地。

【解析】劉禹錫在貶謫期間曾一度被召回長安，他遊玄都觀時寫了一首詩，其中「玄都觀裡桃千樹，盡是劉郎去後栽」詩句惹惱了朝中權貴，結果又慘遭外放。十四年後，劉禹錫再回到當年因詩獲罪的玄都觀，而過去那些陷害他的權貴早已不知去向，他有感而發寫下此詩，以「種桃道士」來比喻以前那些弄權者，而自己這個「劉郎」仍是無所畏懼的又來同一地點寫詩。足見「詩豪」的美譽，劉禹錫果然當之無愧。可用來形容重回舊地，人事已非。

【出處】唐．劉禹錫〈再遊玄都觀〉詩：「百畝庭中半是苔，桃花淨盡菜花開。種桃道士歸何處？前度劉郎今又來。」

鳳凰臺[1]上鳳凰遊，鳳去臺空江自流。

鳳凰臺上曾經有鳳凰聚集遨遊，如今鳳凰離去，留下這座空臺，唯獨江水仍不斷地流著。

【注釋】1.鳳凰臺：故址位在今江蘇南京市之南。相傳南朝宋時，有鳳凰集結於此，因而得名。

【解析】鳳凰臺所在位置金陵，曾是六朝的國都，歷經一段悠久的浮靡綺麗風華。李白在此借鳳去臺空之喻，象徵昔往這座古城的昌盛榮景也已一去不復返，唯大自然得以永恆長存。可用來形容撫今思昔，興起景物依舊而人事已非之慨。

【出處】唐．李白〈登金陵鳳凰臺〉詩：「鳳凰臺上鳳凰遊，鳳去臺空江自流。吳宮花草埋幽徑，晉代衣冠成古丘……」（節錄）

繁華事散逐香塵，流水無情草自春。

過去的繁盛榮華都已隨著當時的芳香塵灰而消散，潺潺的水無情地流著，草木自然生長。

【解析】本詩詩題〈金谷園〉。金谷園，為西晉富豪石崇所建造的一座園林別館，故址位在今河南洛陽市境內。杜牧來到早已荒廢的金谷園，感慨此地昔日富麗堂皇，賓客如雲，如今那些揮金霍玉、追逐享樂的往事猶如塵灰般的過眼無蹤，不論世間歷經多少人非物換，園林中的流水和草木依舊，不受任何的影響。可用來形容過往的繁榮顯赫已隨人事變遷而消逝，風景如昔。

【出處】唐．杜牧〈金谷園〉詩：「繁華事散逐香塵，流水無情草自春。日暮東風怨啼鳥，落花猶似墜樓人。」

舊時王謝堂前燕，飛入尋常百姓家。

從前在王導、謝安兩大望族廳堂前築巢的燕子，如今仍在同地築巢，只是屋裡住的是普通百姓。

【解析】烏衣巷，指的是東晉時期，王導、謝安兩大名門聚居在金陵城內的一條街巷，因其子弟喜穿烏衣而得名。劉禹錫意在表達烏衣巷昔日不可一世的榮景早已褪去，王、謝家族也隨著幾番朝代的更迭而走入了歷史，徒留堂前燕子見證今昔的興衰變化。可用來形容過去的繁華之地或顯赫人家，已不復以往的風光。

【出處】唐．劉禹錫〈烏衣巷〉詩：「朱雀橋邊野草花，烏衣巷口夕陽斜。舊時王謝堂前燕，飛入尋常百姓家。」

離別家鄉歲月多，近來人事半消磨。

離開家鄉很多年了，如今回來，發現家鄉的人和事物大半都已經改變了。

【解析】賀知章描述其離鄉背井數十年，返家後會訪親友，得知原來的親人舊朋大多已經不在了，不禁發出時過境遷、物是人非的嘆息。可用來形容離家日久而人事已非的感傷。

【出處】唐．賀知章〈回鄉偶書〉詩二首之二：「離別家鄉歲月多，近來人事半消磨。惟有門前鏡湖水，春風不改舊時波。」

人似秋鴻來有信，事如春夢了無痕。

人就像秋天的大雁一樣，依時南飛，音信準時，但往事卻有如春天的夢一樣，一覺醒來，連一點痕跡都沒有留下。

【解析】謫居黃州的蘇軾，與友人騎馬一同尋訪去年同日春遊舊地，詩中抒發人宛如候鳥應時往返，從來不曾改變行蹤，有情又有信，然往事卻像是春夢一場，時過境遷便無跡可尋。可用來說明人因重情而不易變心，但世事卻是變幻無常，故不必為了往事而自尋煩惱。

【出處】北宋．蘇軾〈正月二十日與潘、郭二生出郊尋春，忽記去年是日同至女王城作詩，乃和前韻〉詩：「東風未肯入東門，走馬還尋去歲村。人似秋鴻來有信，事如春夢了無痕。江城白酒三杯釅，野老蒼顏一笑溫。已約年年為此會，故人不用賦〈招魂〉。」

千古興亡多少事？悠悠。不盡長江滾滾流。

自古以來，這裡發生了多少興盛衰亡的事情呢？往事漫長而久遠。一切都已隨著無窮無盡的長江奔騰流去。

【解析】辛棄疾晚年鎮守京口期間，登臨緊鄰長江的名勝北固樓，遙望北方失陷的山河，感嘆歷史上在此曾經出現過多少英雄人物，然而所有的成敗榮辱都如他眼下的滾滾江水一樣，逝者如斯，一去不復返。可用來說明歷史源源流長，不斷歷經朝代更替，人事盛衰興廢的變遷。

【出處】南宋．辛棄疾〈南鄉子．何處望神州〉詞：「何處望神州？滿眼風光北固樓。千古興亡多少事？悠悠。不盡長江滾滾流。年少萬兜鍪（ㄇㄡˊ），坐斷東南戰未休。天下英雄誰敵手？曹劉。生子當如孫仲謀。」

今年花勝去年紅，可惜明年花更好，知與誰同？

今年的花開得比去年還要豔紅，料想明年的花應該開得更美，可惜不知到時誰會與我一同欣賞呢？

【解析】歐陽脩與好友梅堯臣曾於去年春天共賞洛陽百花，之後梅堯臣雖調離了洛陽，但當年又回來和歐陽脩舊地春遊。與好友難得別後再見，眼前又是繁花錦簇，歐陽脩的心頭卻湧上一股強烈的失落情懷，想著明年此時此地的花肯定開得比以往更妍媚動人，屆時有誰相伴一道賞花？詞中借「去年」、「今年」、「明年」三年的春花作比較，逐層深化，預期花一年比一年盛美，以反襯出人一年比一年蒼老，暗喻塵世的變幻無常，聚散難料。可用來形容年年花開，周遭人事卻是年年不同。

【出處】北宋．歐陽脩〈浪淘沙令．把酒祝東風〉詞：「把酒祝東風，且共從容。垂楊紫陌洛城東，總是當時攜手處，遊遍芳叢。聚散苦匆匆，此恨無窮。今年花勝去年紅，可惜明年花更好，知與誰同？」

六朝舊事隨流水，但寒煙衰草凝綠。

六朝的過往已如流水般消逝，如今只見冷寒的煙霧和衰萎的亂草還聚集著一片綠意。

【解析】王安石於晚秋登臨金陵高處遠望，感嘆這座城市曾是三國東吳、東晉，以及南朝宋、齊、梁、陳等六個朝代的國都，相繼走過一段極盡靡麗享樂的浮華歲月，而今所有的榮辱興亡都已不復存在，映入眼簾的唯有含煙籠霧、野草蔓生的淒寒景象。可用來說明世事浮沉盛衰皆如水流而逝。

【出處】北宋．王安石〈桂枝香．登臨送目〉詞：「……念往昔、繁華競逐，嘆門外樓頭，悲恨相續。千古憑高對此，漫嗟榮辱。六朝舊事隨流水，但寒煙衰草凝綠。至今商女，時時猶唱，〈後庭〉遺曲。」（節錄）

年光似鳥翩翩過，世事如棋局局新。

時光像鳥翩翩飛去，世上的事如棋局一樣，每一局都有新的變化。

【解析】詩僧志文登臨杭州西湖孤山一座名為「西閣」的高樓，遠眺杭州西湖群山美景，見飛鳥輕快而過，好似疾速消逝的時間，感嘆世上所有的事情皆如棋局般變幻莫測，誰也無法預料下一步會出現什麼新的局面。可用來比喻世事複雜多變，隨時都在改易更新。

【出處】北宋末、南宋初．志文〈西閣〉詩：「楊柳蒹葭覆水濱，徘徊南望倚闌頻。年光似鳥翩翩過，世

事如棋局局新。嵐積遠山秋氣象，月升高閣夜精神。驚飛一陣鳧鷺起，蓮葉舟中把釣人。」

空有姑蘇臺[1]上月，如西子鏡，照江城[2]。

空有姑蘇臺上的月亮，猶如春秋越國美女西施用的鏡子一樣淨明，照耀著金陵這座古城。

【注釋】 1.姑蘇臺：位在今江蘇蘇州境內。始建於春秋吳王闔閭，夫差繼位後擴大興建，供其宴飲享樂之用。2.江城：此指金陵，位在今江蘇南京市。

【解析】 三國孫吳、東晉、南朝宋、齊、梁、陳相繼建都於金陵，史稱「六朝」。來到金陵的歐陽炯，看著月光由東面的姑蘇逐漸移到了金陵的上空，讓他想起了春秋吳王夫差曾在姑蘇臺上作樂尋歡，迷戀著越女西施的絕美容貌，以及六朝定都在金陵時崇尚奢靡華麗的過往，而今除了如西施妝鏡的明月依舊之外，所有在姑蘇和金陵兩地上發生過的風華絢爛都早已消逝無蹤。近人李冰若《栩莊漫記》評曰：「此詞妙處在『如西子鏡』一句，橫空牽入，遂爾推陳出新。」可用來感慨世事無常，盛衰有時。

【出處】 五代．歐陽炯〈江城子．晚日金陵岸草平〉詞：「晚日金陵岸草平，落霞明，水無情。六代繁華，暗逐逝波聲。空有姑蘇臺上月，如西子鏡，照江城。」

長江後浪推前浪，浮世新人換舊人。

長江後面的波浪不停地推動著前頭的波浪，世上新生的人取代了老一輩的人。

【解析】 此詩出自北宋劉斧所編《青瑣高議》中的一篇傳奇小說〈孫氏記〉，詩中藉由江河中的後浪推擠著前浪，不斷向前奔流的景象，示意著世間人事的更迭代謝也一如前後相繼的波浪，後人很快追趕上了前人，而陳舊的事物也終會被嶄新的事物所替換。可用來比喻新人新事接替或超越舊人舊事。也可用來比喻老一代的人逐漸衰朽，而新秀輩出。

【出處】 北宋．劉斧《青瑣高議》引〈孫氏記〉之詩：「長江後浪推前浪，浮世新人換舊人。」

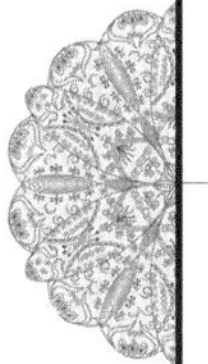

紛紛爭奪醉夢裡，豈信荊棘埋銅駝？

紛紛擾擾，爭奪不休，猶如在醉夢當中，哪裡相信世事變化如此快速。

【解析】詩中「荊棘埋銅駝」為蘇軾援引《晉書．索靖傳》的典故，西晉人索靖預感天下即將大亂，指著洛陽宮門外象徵富貴的銅製駱駝，感嘆其將要被埋沒在荊棘之中；果不其然，八王之亂後不久，建都洛陽的西晉遂亡國，人們便以此比喻世事變化快速或是國土淪喪後的殘破景象。蘇軾由舟行在奔流洪水中，體悟到生命的消逝，意念的轉移以及世局的巨變，實比洪流快得多，但人們完全沒有察覺，還在你爭我奪，相互算計，為世俗事物所束縛著。可用來比喻世事滄桑，翻覆無常，人不應拘泥外物而讓自己的心神不得自由。

【出處】北宋．蘇軾〈百步洪〉詩二首之一：「……我生乘化日夜逝，坐覺一念逾新羅。紛紛爭奪醉夢裡，豈信荊棘埋銅駝？覺來俯仰失千劫，回視此水殊委蛇。君看岸邊蒼石上，古來篙眼如蜂窠。但應此心無所住，造物雖駛如吾何？回船上馬各歸去，多言譊譊師所呵。」（節錄）

草頭秋露流珠滑，三五盈盈還二八。

秋天草上的露珠，晶瑩圓潤，滑溜消逝卻是在瞬息之間，十五日的月亮圓滿，十六日便轉為缺損了。

【解析】蘇軾詞中描寫草頭秋露，像滾珠般一晃眼就從草上滑落不見，以及每月十五日盈滿的圓月，不過一天的光景就變得虧損不圓，表達世上的有或無、圓或缺都會在剎那間產生變化，沒有什麼是長久不變的。可用來比喻世事無常，變幻莫測。

【出處】北宋．蘇軾〈木蘭花．霜餘已失長淮闊〉詞：「霜餘已失長淮闊，空聽潺潺清潁咽。佳人猶唱醉翁詞，四十三年如電抹。草頭秋露流珠滑，三五盈盈還二八。與余同是識翁人，惟有西湖波底月。」

梅英疏淡，冰澌溶洩，東風暗換年華。

淡雅的梅花開得疏疏落落，結冰的河川剛要融化流動，春風即將把歲月暗中更換。

【解析】秦觀詞中描寫梅花日益稀疏，冰河逐漸消融，而專屬春天的東風在不知不覺間就快要來到，藉由花草風景在冬盡春來的變遷過程，暗示人事時局其實也和季節時序一樣正在悄悄更替。可用來說明自然景物隨著時節更番輪替，世事也同時在變化當中。

【出處】北宋．秦觀〈望海潮．梅英疏淡〉詞：「梅英疏淡，冰澌溶洩，東風暗換年華。金谷俊游，銅駝巷陌，新晴細履平沙。長記誤隨車，正絮翻蝶舞，芳思交加。柳下桃蹊，亂分春色到人家……」（節錄）

新筍已成堂下竹，落花都上燕巢泥。

初生的嫩筍已長成了廳堂前修長的竹子，沾滿泥土的落花都被燕子銜上屋梁或樹上築成了巢穴。

【解析】周邦彥通過新筍長成了屋前綠意盎然的長竹，以及花謝落地後化入土中成了燕子銜去築巢的泥，表現出春、夏季節更迭景物的演替與消長。可用來形容隨著時序推移，生命有的旺盛成長，有的衰頹後為他物所取代。

【出處】北宋．周邦彥〈浣溪沙．樓上晴天碧四垂〉詞：「樓上晴天碧四垂，樓前芳草接天涯。勸君莫上最高梯。新筍已成堂下竹，落花都上燕巢泥。忍聽林表杜鵑啼。」

暗中偷負去，夜半真有力。

（海棠花謝）就像半夜被有力氣的人偷偷地背走。

【解析】蘇軾寫其來到貶地黃州已進入第三年，春雨連續下了兩個月，天氣蕭瑟如秋，理應在春天盛開的海棠，慘遭風雨吹打，滿地殘紅，讓詩人不禁想著，難道是在半夜出現一名大力士偷走了海棠的芬芳，使其轉瞬凋零。詩中「有力」指的就是造物者，蘇軾借海棠經風雨摧殘而敗落，暗喻在無形造化的力量下，萬物皆在無聲無息中變化著，無論是海棠還是自身命運，全都由不得自己作主。可用來比喻人和事物轉瞬衰亡，任誰也莫可奈何。

來黃州，已過三寒食。年年欲惜春，春去不容惜。今年又苦雨，兩月秋蕭瑟。臥聞海棠花，泥汙燕脂雪。暗中偷負去，夜半真有力。何殊病少年？病起頭已白。」

當時明月在，曾照彩雲歸。

當時的明月如今還在，它曾照著如彩雲似的佳人歸去。

【解析】晏幾道追憶昔日其與心愛的歌女小蘋道別時，月光曾照著小蘋的倩影一路回家，而今當時的明月依舊，小蘋的芳蹤卻已杳然，故寫詞抒發他對這段舊情的刻骨以及物是人非的痛苦。清人陳廷焯《白雨齋詞話》評曰：「既閑婉，又沉著，當時更無敵手。」可用來形容日月長存而人事無常。

【出處】北宋．晏幾道〈臨江仙．夢後樓臺高鎖〉詞：「夢後樓臺高鎖，酒醒簾幕低垂。去年春恨卻來時。落花人獨立，微雨燕雙飛。記得小蘋初見，兩重心字羅衣。琵琶絃上說相思。當時明月在，曾照彩雲歸。」

燕子樓空，佳人何在？空鎖樓中燕。

燕子樓如今已經空空蕩蕩的，當初住在這裡的佳人又在哪裡呢？徒然只是鎖住樓中的燕子罷了。

【解析】燕子樓為徐州名樓之一，相傳中唐張建封尚書鎮守徐州時，納能歌擅舞的名妓關盼盼為妾，並為其築建燕子樓。張建封去世後，關盼盼獨居燕子樓上十餘年，念舊愛而不嫁。蘇軾任徐州知州時來到燕子樓過夜，竟見關盼盼來入夢，醒後迷離茫然，身醒而心仍不願醒覺，四處遍尋佳人蹤跡，終不可得，頓時悵惘若失。可用來形容人去樓空、景物全非的喟嘆。

【出處】北宋．蘇軾〈永遇樂．明月如霜〉詞：「……天涯倦客，山中歸路，望斷故園心眼。燕子樓空，佳人何在？空鎖樓中燕。古今如夢，何曾夢覺，但有舊歡新怨。異時對、黃樓夜景，為余浩歎。」（節錄）

雕闌玉砌應猶在，只是朱顏改。

雕花的闌干、玉石砌起的臺階應該都還在，只是人的青春樣貌已隨著年華而變得衰老。

【解析】被囚居在汴京的李煜，回首南唐故都金陵宮廷內的華美器物，料想著它們至今大概還留存著，確定留不住的是那些隨著時間推移而褪去紅潤容顏的故國宮女，如今應已白髮蒼顏。詞人借昔往舊宮富麗的景物與飽經歲月滄桑的女子互作對比，表達這世上可以恆久不變的是無情之物，瞬息多變的是有情之人。可用來形容物是人非的感嘆。

【出處】五代．李煜〈虞美人．春花秋月何時了〉詞：「春花秋月何時了？往事知多少？小樓昨夜又東風，故國不堪回首月明中。雕闌玉砌應猶在，只是朱顏改。問君能有幾多愁？恰似一江春水向東流。」

長城萬里今猶在，不見當年秦始皇。

（秦始皇統一天下後，將原本各國在北方的長城修整連貫成一體）萬里長城至今依然存在，卻已不見當時叱吒風雲的一代霸主秦始皇。

【解析】此詩詩題〈誡子弟〉，作者是明朝官員林瀚，為人剛正清廉，對於子孫的品德與教育也相當重視，林家三代共出了五名尚書，在當時蔚為美談。詩中以長城猶在而秦始皇早已不見為喻，提醒家族的後生晚輩，凡事無須太過計較，退一步便是海闊天空。可用來形容景物依舊，而人和事物全都改變。

【出處】明．林瀚〈誡子弟〉詩：「何事紛爭一角牆，讓他幾尺也無妨。長城萬里今猶在，不見當年秦始皇。」

威赫赫爵祿高登，昏慘慘黃泉路近。

（李紈年輕時就守寡，好不容易熬到兒子賈蘭做官）聲威顯赫，爵位俸祿高貴豐厚，但一轉眼人生卻已昏暗慘淡，離埋入墳墓的那條黃泉路很近了。

【解析】這首曲子是《紅樓夢》中〈紅樓夢十二支

曲〉裡對小說人物李紈遭遇和命運的暗示。李紈是故事主要人物賈寶玉早逝兄長賈珠的妻子，生有一子賈蘭，出身官宦世家，自幼誦讀《列女傳》那類宣揚婦女封建道德的書籍，她青春喪偶，長期忍受寂寞，專心教子，等到兒子賈蘭封官後隨即死去，辛苦一世，終究沒有福氣享受。作者取名為〈晚韶華〉，意即李紈晚年雖因子而顯貴，博得了「封誥夫人」和「節婦」的美名，但自己也到了快要撒手人寰的時刻，此時擁有這些虛浮稱號又有什麼意義呢？透過李紈一生際遇的前後對比，表達其對傳統禮教戕害女性的諷刺不滿。可用來形容經過不斷努力終於得到顯爵利祿，無奈死期將近。也可用來比喻握有權勢的人，即將面臨垮臺或敗亡。

【出處】清．曹雪芹《紅樓夢．第五回》之〈紅樓夢十二支曲．晚韶華〉曲：「……雖說是，人生莫受老來貧，也須要陰騭積兒孫。氣昂昂頭戴簪纓，氣昂昂頭戴簪纓，光燦燦胸懸金印。威赫赫爵祿高登，威赫赫爵祿高登，昏慘慘黃泉路近。問古來將相可還存？也只是虛名兒與後人欽敬。」（節錄）

眼看他起朱樓，眼看他宴賓客，眼看他樓塌了。

親眼看著他蓋起朱紅色的閣樓，也親眼看著他在樓閣裡面大宴賓客，更親眼看著他所建造的這座高樓倒塌。

【解析】此三句唱詞出自清代戲曲家孔尚任《桃花扇》傳奇結尾的最末一曲，這部戲曲作品藉由描寫秦淮名妓李香君和明末文人侯方域的愛情故事，反映出南明王朝覆亡的歷史。最後通過民間藝人蘇崑生與友人飲酒閑談時，唱出其目睹富貴人家的屋宇從大興土木到夜夜笙歌，最終傾圮成一堆斷垣殘瓦的過程，抒發世事興衰不定的感慨。可用來形容現在和過去的變化很大，面目已非。也可用來比喻世間的靡麗繁華有如過眼雲煙，興盛之後不久即見其衰廢景象。

【出處】清．孔尚任《桃花扇．續四十齣》之〈離亭宴帶歇指煞〉曲：「俺曾見金陵玉殿鶯啼曉，秦淮水榭花開早，誰知道容易冰消。眼看他起朱樓，眼看他宴賓客，眼看他樓塌了。這青苔碧瓦堆，俺曾睡風流覺，將五十年興亡看飽……」（節錄）

舊巢共是銜泥燕，飛上枝頭變鳳凰。

以前住在舊居時，大家就像是一起銜著泥巴築窩的燕子般，但如今的她已不復以往，宛如飛上了枝頭的鳳凰。

【解析】這兩句詩是清人吳偉業借以前與同伴一起辛苦銜泥的「燕」，和已經飛上高枝的亮麗「鳳凰」，對比陳圓圓成名前後形象和地位的懸殊差別。曾是蘇州歌妓的陳圓圓，早年還籍籍無名時，她和妓院裡的眾多女子跟著樂師一同學習技藝，當時周遭所有的人，誰也沒有料到陳圓圓在短短十年間，會成為清朝開國大將平西王吳三桂的愛妾。更令人們震撼的是，當初鎮守山海關的吳三桂，可以為了被掠走的陳圓圓，怒髮一衝便出關迎降，一個數百年為漢民族統治的王朝也因此一事件而江山易主，對後世的影響甚鉅。可用來比喻原本生活平凡的人，後來卻時來運轉、攀上高位的曲折過程。

【出處】清．吳偉業〈圓圓曲〉詩：「……傳來消息滿江鄉，烏桕紅經十度霜。教曲妓師憐尚在，浣紗女伴憶同行。舊巢共是銜泥燕，飛上枝頭變鳳凰。長向尊前悲老大，有人夫婿擅侯王……」（節錄）

事物狀態

人亦有言，進退維谷[1]。

人們曾經說過，無論前進或後退都會陷入困境。

【注釋】1.谷：此為困窘、窮困之意。

【解析】相傳這首詩是西周厲王的臣子芮伯所作，詩中除了譴責國君親近小人，昏庸荒淫之外，也諷刺了朝中大臣爾虞我詐，彼此虛偽相待，毫無誠信可言，比樹林間和諧相處的鹿群還不如，自己也因而陷入前後都無路可走的艱危處境。可用來形容無論怎麼做都會遇到危險的狀況，進退兩難。

【出處】先秦．《詩經．大雅．桑柔》：「……瞻彼中林，甡甡（ㄕㄣ）其鹿。朋友已譖（ㄗㄣˋ），不胥以穀。人亦有言，進退維谷……」（節錄）

予室翹翹，風雨所漂搖。

我在樹上所辛苦築起的鳥巢還是充滿著危險，在風雨中飄搖晃蕩著。

【解析】詩中描寫一隻母鳥自訴鴟鴞弄壞了牠的巢穴，又抓走了牠的幼鳥後，牠開始日夜不眠不休，辛勤修補巢窩，不僅身上的羽毛大量銳減，連尾巴也受傷了，但無奈的是，等到風雨來時，位在高樹上的鳥巢還是搖搖欲墜，令勞瘁的母鳥驚恐不安，嚇得不斷哀鳴。可用來形容時局極不穩定的狀態。

【出處】先秦．《詩經．豳風．鴟鴞》：「……予羽譙譙，予尾翛翛，予室翹翹，風雨所漂搖，予維音嘵嘵（ㄒㄧㄠ）。」（節錄）

多將熇熇[1]，不可救藥。

壞事做多了，就好像火勢愈來愈熾盛，已經沒有藥物可以挽救了。

【注釋】1.熇熇：音ㄏㄜˋ，火勢猛烈的樣子。

【解析】這首詩是西周老臣寫來諷諫同僚以及統治者，說明上天正在暴怒反常，人民生活陷入苦勞多病的境況，故規勸當政者不應再沉迷聲色享樂，把自己的一番忠言當成是玩笑話看待，總是擺出一副趾高氣揚的模樣，若繼續多行不義，事情將嚴重到不可收拾的地步，就好像是垂危之人，根本無藥可醫。可用來比喻人或事態已到了無法補救的程度。

【出處】先秦．《詩經．大雅．板》：「……天之方虐，無然謔謔。老夫灌灌，小子蹻蹻（ㄐㄧㄠˇ）。匪我言耄，爾用憂謔。多將熇熇，不可救藥……」（節錄）

我視謀猶[1]，伊于胡底[2]？

我看著那些計謀，究竟會有怎樣的結果？

【注釋】1.猶：通「猷」字，謀略。2.底：一說音ㄓˋ，通「至」字，到達。另一說音ㄉㄧˇ，通「底」字，底定、平定。

【解析】作者在詩中直抒周天子的身邊充斥著許多佞臣，他們有時朋比為奸，有時相互詆毀，為了個人私利，不惜用卑劣的手段打擊異己。可悲的是，君王竟對佞臣所提出的邪僻主意言聽計從，對賢哲的良善懇言則完全不予採納。無力改變事實現狀的詩人，只能眼睜睜地看著奸邪小人專斷橫行，心中也已料到未來的局勢將更為惡化，最終難以收場。清人牛運震《詩志》評曰：「借『謀猶』為感刺，而歸於憂讒懼禍。古勁蒼深，自是奇作。」可用來形容情勢日趨惡劣，預料後果將不堪設想。

【出處】先秦．《詩經．小雅．小旻》：「……潝潝（ㄒㄧˋ）訿訿（ㄗˇ），亦孔之哀。謀之其臧，則具是違。謀之不臧，則具是依。我視謀猶，伊于胡底……」（節錄）

漢兵已略地，四面楚歌聲。

漢王劉邦的軍隊已經攻占了楚地，四方傳來的都是楚國地方的歌曲。

【解析】經常隨著西楚霸王項羽出征的美人虞姬（真實姓名不詳，一說虞是姓，另一說虞是名），在聽了項羽吟唱慷慨悲壯的〈垓下歌〉後，遂拔劍起舞，作此詩應和。關於楚漢爭奪天下的這場戰事，虞姬詩中已清楚道出項羽所領導的楚軍是呈現敗象的一方，同時也表達其誓與愛人同生死的決心。其中「四面楚歌聲」指的是楚軍當時被漢軍重重包圍於垓下，處境孤立無援，劉邦的謀士張良便獻計，命令漢軍夜裡在楚軍的四周唱起楚國歌謠，讓楚軍誤認楚地多遭漢軍攻陷，軍營裡才有那麼多降漢的楚人，以達到擾亂軍心的目的。可用來比喻所處環境十分危急困頓。

【出處】秦．虞姬〈和項羽垓下歌〉詩：「漢兵已略地，四面楚歌聲。大王意氣盡，賤妾何聊生？」

雄兔腳撲朔，雌兔眼迷離。兩兔傍地走，安能辨我是雄雌？

雄兔和雌兔的腳步一樣跳躍，目光一樣模糊（另一說法：雄兔喜歡四腳搔爬，雌兔經常瞇著雙眼）。當兩隻兔子貼著地面奔跑時，怎麼辨別出哪隻是雄兔或雌兔呢？

【解析】這是北朝樂府民歌〈木蘭詩〉的最末四句，作者借寫兔子相併奔跑時，不易分辨其雄雌性別，暗示在軍中女扮男裝的木蘭，與男性同袍朝夕生活了十二年，竟無人發現木蘭其實是女兒身，更彰顯出木蘭的智慧與勇氣完全不亞於堂堂男子漢。其中「雄兔腳撲朔，雌兔眼迷離」的解釋歷來不一，有人主張這兩句的意思是上下相通相容的，也就是雄兔和雌兔皆具備「腳撲朔」和「眼迷離」的特徵，所以讓人難以分別；另有人主張「腳撲朔」是專指雄兔活潑好動，「眼迷離」是專指雌兔偏愛安靜，特徵明顯不同，但兩兔一起跑時，才讓人很難辨別雌雄。可用來比喻情況複雜，無法一時弄清真相。

【出處】北朝．佚名〈木蘭詩〉詩：「……雄兔腳撲朔，雌兔眼迷離。兩兔傍地走，安能辨我是雄雌？」（節錄）

上窮碧落下黃泉，兩處茫茫皆不見。

道士上了青天、入了黃泉，到處都找遍了，就是看不到貴妃的魂魄。

【解析】〈長恨歌〉詩中後段描寫唐玄宗極度想念死去貴妃的消息傳遍了民間，有一位自稱能和亡靈相通的道士得知皇帝的心事，便派方士們上天入地四處探尋，卻仍然找不到貴妃魂魄的影蹤。可用來形容欲尋找某人或某種事物，卻始終遍尋不著。也可用來比喻純屬虛構的事物或脫離現實的生活，不可能出現在真實人生中。

【出處】唐．白居易〈長恨歌〉詩：「……臨邛道士鴻都客，能以精誠致魂魄。為感君王展轉思，遂教方士殷勤覓。排空馭氣奔如電，升天入地求之遍。上窮碧落下黃泉，兩處茫茫皆不見……」（節錄）

川上風雨來，須臾滿城闕。

河川上風雨驟至，才一瞬間，整座城樓全都籠罩在風雨之中。

【解析】本詩為韋應物在洛陽同德寺目睹大雨景色後，寄寫給一位李博士之作。博士，職官名，指從事教學的官職，唐時有國子、太學、算學博士等。韋應物在詩中描寫城市很快就被飄風急雨給覆蓋住，可見這場風雨來勢洶洶，後來「滿城風雨」一詞便是從這兩句詩脫化而出。可用來比喻事情一經傳開後便流言四起。另可用來形容風雨交加的景象。

【出處】唐．韋應物〈同德寺雨後寄元侍御、李博士〉詩：「川上風雨來，須臾滿城闕。岧嶢青蓮界，蕭條孤興發。前山遽已淨，陰靄夜來歇。喬木生夏涼，流雲吐華月。嚴城自有限，一水非難越。相望曙河遠，高齋坐超忽。」

日暮酒醒人已遠，滿天風雨下西樓。

黃昏酒醒時，人已經遠離，整個天空都籠罩著風雨，我獨自走下了西樓。

【解析】作者許渾在謝亭送別友人乘舟離去，自己因不勝酒力而睡去，酒醒後早已不見行舟的蹤影，在暮色蒼茫、風雨淒迷中，黯然孤寂地步下樓來。詩中不直抒滿懷離愁，而是借淒涼迷濛的景色來襯托離情。其中「滿天風雨下西樓」一句，可用來形容重要人士在紛亂擾攘的局勢中辭職下臺。另可用來形容與友人餞別後情緒低落，又遇到淒風苦雨的天氣，更使人發愁。

【出處】唐．許渾〈謝亭送別〉詩：「勞歌一曲解行舟，紅葉青山水急流。日暮酒醒人已遠，滿天風雨下西樓。」

他生未卜此生休。

來生將會如何是無法預知的事，但今生的緣分已經休止。

【解析】本詩詩題〈馬嵬〉。馬嵬，即馬嵬坡，位在今陝西興平市境內。安史之亂時，唐玄宗奔蜀途中，六軍不發，玄宗不得已命人在此地縊死楊貴妃。在李商隱生活的年代，陳鴻的〈長恨歌傳〉早為人們口耳相傳，故事描寫唐玄宗因對死去的楊貴妃思念不已，令道士上天入地遍尋芳蹤，後在海外仙山找到了貴妃，貴妃又託道士轉達玄宗莫忘來世的定情誓言。李商隱認為玄宗、貴妃的悲劇今生已然結束，如果貴為天子都保不住自己心愛的人，那麼相約來生不過只是一場空話罷了。可用來形容今生的某件事情已經終了或毫無任何扭轉情勢的希望。

【出處】唐・李商隱〈馬嵬〉詩二首之二：「海外徒聞更九州，他生未卜此生休。空聞虎旅傳宵柝，無復雞人報曉籌。此日六軍同駐馬，當時七夕笑牽牛。如何四紀為天子，不及盧家有莫愁。」

司空[1]見慣渾閑事，斷盡江南刺史[2]腸。

這麼盛大的宴席場面，對曾任司空的李紳看來應是極為平常的事，但對於在江南當過刺史的我卻是開了眼界，兩相對比，真令人柔腸寸斷啊！

【注釋】1.司空：職官名，為太尉、司徒、司空三公之一，但隋、唐時司空多僅是一種崇高的虛銜。此指李紳。2.刺史：職官名，古時掌管地方糾察的官，後沿稱地方長官。此為劉禹錫的自稱。

【解析】據唐代詩話孟棨《本事詩・情感》記載，劉禹錫因仕途乖舛，外調多年後回到朝廷。曾官拜司空的李紳仰慕其名，邀到家中設宴招待，席間安排歌妓表演，劉禹錫對宴會的隆重盛大感到十分驚奇，卻見李紳面不改色、習以為常的樣子，不免心生感傷，當場吟賦此詩，李紳聽後便把歌妓贈與劉禹錫。可用來比喻普遍常見、不足為奇的事情。

【出處】唐・劉禹錫〈贈李司空妓〉詩：「髻鬌（ㄨㄛˇ ㄉㄨㄛˇ）梳頭宮樣妝，春風一曲〈杜韋娘〉。司空見慣渾閑事，斷盡江南刺史腸。」

春潮帶雨晚來急，野渡無人舟自橫。

春天的傍晚，一場驟雨使潮水急劇升高，水勢湍急，郊野的渡口，毫無人煙，只有一艘小船橫在水面上，隨意漂浮著。

【解析】此為韋應物擔任滁州刺史期間所作，寫其春遊城西郊外的一條溪澗，突然暮雨奔騰，潮水上漲，而此時整個村野渡口只見一葉孤舟在雨中飄移晃盪，在如此惡劣天氣的當下，表現出一種任舟漂泛遨遊的恬適情懷。其中「春潮帶雨晚來急」一句，可用來比喻事情的狀況急速變化到難以掌控的趨勢，或一股來勢洶洶到無法抵擋的社會潮流。另可用來形容人在風雨危急時仍能保持閑適淡泊的心境。還可用來形容春日晚潮，大雨淅瀝，小船任流水自在搖晃的景象。

【出處】唐・韋應物〈滁州西澗〉詩：「獨憐幽草澗邊生，上有黃鸝深樹鳴。春潮帶雨晚來急，野渡無人舟自橫。」

軒然大波起，宇宙隘而妨。

洞庭湖湧起了巨大的波濤，連天地看起來都顯得狹隘而有所妨礙似的。

【解析】本詩詩題為〈岳陽樓別竇司直〉。司直，職官名，為唐代掌理司法的大理院之屬官。韓愈在岳陽樓與官拜大理司直的岳州刺史竇庠在岳陽樓餞別，詩中以誇飾的筆法描寫洞庭湖的雄偉壯闊，直指洞庭湖所揚起的高聳波濤和宇宙相比也毫不遜色。可用來比喻重大的糾紛或事件。另可用來形容洶湧盛大的波浪。

【出處】唐・韓愈〈岳陽樓別竇司直〉詩：「洞庭九州間，厥大誰與讓。南匯群崖水，北注何奔放。瀦為七百里，吞納各殊狀。自古澄不清，環混無歸向。炎風日搜攪，幽怪多冗長。軒然大波起，宇宙隘而妨……」（節錄）

除卻天邊月，沒人知。

（我的一片深情）除了天邊的明月，又有誰知道呢？

【解析】韋莊詞中描寫一女子與情人相別正好屆滿周年，期間女子飽嘗相思苦楚，承受的煎熬無人可講，難以排遣的情思只好對著天上的明月傾訴。可用來比喻事情極為隱密，不敢讓人知道。另可用來形容對某人用情至深，但對方卻遠在天邊或毫不知情。

【出處】唐・韋莊〈女冠子・四月十七〉詞：「四月十七，正是去年今日。別君時。忍淚佯低面，含羞半斂眉。不知魂已斷，空有夢相隨。除卻天邊月，沒人知。」

無情最是臺城柳，依舊煙籠十里堤。

最無情的就是臺城的楊柳，（無論世事如何滄桑變化）它們依舊像輕煙般籠罩在十里長堤上。

【解析】詩題一作〈臺城〉。此為韋莊憑弔六朝古都臺城之作，表面上雖言臺城的柳樹最為無情，實是借楊柳堆煙，茂盛如昔之美景，昭示臺城的以往榮景早已不復，僅存一城破敗遺址，以反襯心中對朝代興衰、人世滄桑的沉重傷痛。其中「依舊煙籠十里堤」一句，可用來比喻某些事物長久以來興盛不衰。另可用來抒發不論世事歷經多少更迭變遷，河堤上的煙柳依然如故的慨想。

【出處】唐．韋莊〈金陵圖〉詩：「江雨霏霏江草齊，六朝如夢鳥空啼。無情最是臺城柳，依舊煙籠十里堤。」

溪雲初起日沉閣，山雨欲來風滿樓。

溪流上方的雲層漸漸升起，夕陽從樓閣邊慢慢落下，驟起的風滿布西邊的城樓，一場山雨即將要降臨。

【解析】許渾登樓遠眺，看著暮雲升起，太陽西落，此時忽有陣陣強風迎面襲來，讓他感受到一種驟雨將至的肅殺氣息。作者身處國祚已日暮西山的唐王朝，詩句表面看似在描繪山雨欲來的景況，實際上則含有對國家危機迫在眉睫的警示。可用來比喻重大事件發生前的徵兆或緊張氣氛。另可用來描寫雲升日落，大風吹起，雨也將隨後而到的情景。

【出處】唐．許渾〈咸陽城東樓〉詩：「一上高城萬里愁，蒹葭楊柳似汀洲。溪雲初起日沉閣，山雨欲來風滿樓。鳥下綠蕪秦苑夕，蟬鳴黃葉漢宮秋。行人莫問當年事，故國東來渭水流。」

蜀道之難難於上青天。

通往巴蜀的山路非常難走，甚至比上青天還要困難。

【解析】此詩為李白初抵長安時所作，詩中主在描寫蜀道的奇絕凶險，崎嶇難行，藉此透露出他對未來前途的關切與憂慮。可用來比喻事情難以達成或人生道路坎坷多險。另可用來形容四川或其他地方的道路險阻，極難行走。

【出處】唐・李白〈蜀道難〉詩：「……蜀道之難難於上青天，使人聽此凋朱顏。連峰去天不盈尺，枯松倒挂倚絕壁……」（節錄）

樂往必悲生，泰來猶否極。

快樂來到時，便表示悲傷的事情即將發生了，厄運走到了盡頭，就表示平順即將到來。

【解析】白居易詩中援引《易》的卦名「否」、「泰」示意情況壞到極點後逐漸好轉，也正是「否極泰來」的意思。同樣的道理，極盡的享樂背後，往往就有不幸的事情正準備發生，也就是所謂的「樂極生悲」。詩人一方面提醒人們處於安樂時，就要提早想到可能出現的危險，另一方面也安慰處於困厄的人，只要一遇到機會便會重獲生機，人生由逆轉順。可用來說明凡事到了極點，必然會有反向的發展。

【出處】唐・白居易〈遣懷〉詩：「樂往必悲生，泰來猶否極。誰言此數然？吾道何終塞。嘗求詹尹卜，拂龜竟默默。亦曾仰問天，天但蒼蒼色。自茲唯委命，名利心雙息。近日轉安閑，鄉園亦休憶。回看世間苦，苦在求不得。我今無所求，庶離憂悲域。」

近水樓臺先得月，向陽花木易為春。

靠近水邊的樓臺，可以先得到月光的照射，向著陽光的花木，容易感受到春天的氣息。

【解析】此為作者蘇麟生平唯一存留下來的兩句詩，向來被後人所津津樂道。相傳范仲淹鎮守杭州期間，手下的軍官們大都因他的推薦而升官，唯獨漏掉了經常在外出差的巡檢（宋代主要負責州縣內掌兵捕盜的工作）蘇麟。滿腹委屈的蘇麟某日因事來見范仲淹，順便獻上此詩，暗喻能在范仲淹身邊的部屬比較容易得到上司的照顧，反之就會遭到忽視。范仲淹看了會意，趕緊幫蘇麟寫了推薦信，使其獲取理想的官職。可用來比喻由於接近某些人或某件事物，因而獲得優先的機會或占盡優勢的條件。

【出處】北宋・蘇麟〈斷句〉詩：「近水樓臺先得月，向陽花木易為春。」

春江水暖鴨先知。

鴨子在開始變暖的水中戲遊，最早察覺到春天的氣息。

【解析】這首詩是蘇軾題在畫僧惠崇〈春江晚景〉圖上，歌詠畫中春意盎然的風光景物而作。詩中寫鴨群從水溫上升便知道春天已到，事實上，鴨子長年生活在水中，感受水的冷暖是牠們的天生本能，蘇軾的詩是依照畫的意境，表達其對冬去春來的喜悅，同時借江鴨戲水的景象，寓意江水回暖，大地生機無限。可用來比喻長期處於某一環境中，更易敏銳感知環境改變的徵兆。另可用來形容春日江上，群鴨浮水的景致。

【出處】北宋．蘇軾〈惠崇春江晚景〉詩二首之一：「竹外桃花三兩枝，春江水暖鴨先知。蔞蒿滿地蘆芽短，正是河豚欲上時。」

風乍起，吹皺一池春水。

忽然起風，一池的春水泛起了粼粼波紋。

【解析】馮延巳描寫一女子見春風攪動了一塘池水，興起的層層漣漪彷彿正是她紛亂心緒的投映。據《南唐書》記載，南唐中主李璟曾開玩笑的對馮延巳說：「吹皺一池春水，干卿何事？」這也使得「吹皺一池春水」一語，後來衍生出事不關己或多管閒事的意思。可用來說明某一事物擾亂了人的心境或引起生活上的變化。另可用來形容春風吹拂水面，人的情思也隨著水波震動起伏。

【出處】五代．馮延巳〈謁金門．風乍起〉詞：「風乍起，吹皺一池春水。閑引鴛鴦芳徑裡，手挼紅杏蕊。鬥鴨闌干獨倚，碧玉搔頭斜墜。終日望君君不至，舉頭聞鵲喜。」

海壓竹枝低復舉，風吹山角晦還明。

暴雨的氣勢有如翻江倒海，壓得竹枝有時低伏，有時高舉，狂風吹襲山的一角，山色有時晦暗，有時明亮。

【解析】陳與義詩中描寫急驟又猛烈的風雨以及烏雲

密布的天候，造成天地萬物為之變色，然而面對威力如此強盛的傾瀉大雨和風起雲湧，草木即使已被壓到搖搖欲墜，依然時俯時仰，山角即使被厚重的陰霾所籠罩，依然時暗時明，展現其絕不輕易服輸的頑強意志。可用來比喻在不利的情勢下，仍堅持抵抗，只要有一線生機便永不放棄。另可用來形容風雨猛烈，草木起起伏伏，山色明暗不定。

【出處】北宋末、南宋初．陳與義〈觀雨〉詩：「山客龍鍾不解耕，開軒危坐看陰晴。前江後嶺通雲氣，萬壑千林送雨聲。海壓竹枝低復舉，風吹山角晦還明。不嫌屋漏無乾處，正要群龍洗甲兵。」

荒林春足雨，新筍迸龍雛[1]。

荒涼的山林裡春雨充裕，新發芽的竹筍生長茂盛。

【注釋】1.龍雛：此指剛發芽的筍子。古來有以「龍孫」稱筍。

【解析】張耒描寫春日的雨量充沛，山林泥土裡一下子冒出了許多的筍子，也因而成為詩人每天餐桌上的美味佳餚，後來衍生出「雨後春筍」這句成語，多被用來比喻事物的生機勃勃，紛紛出現。可用來比喻事物在某一時期大量湧現，發展快速。另可用來形容春雨過後，春筍怒發，味道嫩脆鮮美。

【出處】北宋．張耒〈食筍〉詩：「荒林春足雨，新筍迸龍雛。鄰叟勤致饋，老人欣付廚。朝餐甘飽美，放箸為嗟吁。惜取葛陂杖，猶堪代我駒。」

記得綠羅裙，處處憐芳草。

請記得我今天穿的絲綢綠裙，日後不管身在何地，都要憐惜你所見到的芳草。

【解析】牛希濟描寫一名身著綠羅裙的女子與愛人離情依依，淚眼婆娑的她，盼望對方在外目睹青碧芳草時，務必想起自己今日的模樣，愛憐芳草就等同於珍惜她的一片痴情。詞中借芳草與羅裙同一顏色的聯想，表現出女子對愛人的深情眷戀，也希望對方如是相待。可用來比喻愛一個人，也連帶著喜歡與其有關的人或事物。另可用來叮囑即將遠行的人切莫相忘。

【出處】五代．牛希濟〈生查子．春山煙欲收〉詞：「春山煙欲收，天淡星稀小。殘月臉邊明，別淚臨清曉。語已多，情未了，回首猶重道。記得綠羅裙，處處憐芳草。」

從來好事多磨難。

一直以來，好的事情往往都要經過許多波折。

【解析】晁端禮詞中描述一對戀人遇到重重阻礙而不得相守，男子便寫信給女子「從來好事多磨難」，強調彼此的愛情絕對是一件真摯美好的事，才會遭受如此巨大的磨練與考驗，提醒對方千萬別因距離疏遠而變了心，相信兩人的佳期終有實現的一天。可用來比喻事情進行的過程中，遇到諸多曲折不順。

【出處】北宋．晁端禮〈安公子．漸漸東風暖〉詞：「漸漸東風暖，杏梢梅萼紅深淺。正好花前攜素手，卻雲飛雨散。是即是、從來好事多磨難。就中我與你才相見，便世間煩惱，受了千千萬萬……」（節錄）

欲把西湖比西子，淡妝濃抹總相宜。

想把杭州西湖比作美人西施，無論是淡素的或是濃豔的妝扮，都能恰到好處。

【解析】這是蘇軾在杭州擔任通判時遊西湖之作，此詩一出，西湖遂有「西子湖」之別稱，影響力可見一斑。詩中蘇軾把不同地貌和氣候下的西湖，比喻成淡妝或是濃抹時的美女西施，意在突顯出西湖美景妍麗天成，無論何時都有其不同的意態風姿。可用來比喻本質美好的人或事物，在不同情況下也可以表現其不同神韻的美。另用來形容杭州西湖的迷人景致。

【出處】北宋．蘇軾〈飲湖上初晴後雨〉詩二首之二：「水光瀲灩晴方好，山色空濛雨亦奇。欲把西湖比西子，淡妝濃抹總相宜。」

尋常一樣窗前月，才有梅花便不同。

窗前的月色和平常一樣，可是有了梅花的映襯，景致便與往日大不相同。

【解析】杜耒描寫寒夜裡因為有了梅花的姿影與幽香，更襯托出月色的清雅皎潔，與平時夜間的風景迥殊，作者實是藉此稱美前來探望自己的佳客，意即脫俗的梅花可是為了迎接他那與眾不同的好友而特地開放的。可用來比喻因某事物或某人存在的緣故，所以轉變了整個情況。另可用來形容月光下梅花綻開，使得月色非比尋常。

【出處】南宋．杜耒〈寒夜〉詩：「寒夜客來茶當酒，竹爐湯沸火初紅。尋常一樣窗前月，才有梅花便不同。」

無可奈何花落去，似曾相識燕歸來。

在莫可如何之下，只能任憑花朵凋落而去，那些去年似曾見過的燕子，今年又飛回來了。

【解析】晏殊於暮春時分重遊舊地，回想去年在此聽歌飲酒，如今整座園林冷清靜寂，讓他一方面惋惜春花凋謝，傷嘆時光飛逝，而人力完全無可抗拒，一方面又驚喜燕子翩翩歸來，感受萬物來去有時，藉此抒發惜春與懷舊交錯的悲欣之情。可用來比喻某些事物或人已不可挽回地衰殘或消逝，而某些似曾看過的事物或人又重現在眼前。另可用來說明從季節變化、景物更替中，察覺到時間正在無情地流失。

【出處】北宋．晏殊〈浣溪沙．一曲新詞酒一杯〉詞：「一曲新詞酒一杯，去年天氣舊亭臺。夕陽西下幾時回？無可奈何花落去，似曾相識燕歸來。小園香徑獨徘徊。」

等閑識得東風面，萬紫千紅總是春。

任誰都可以輕易地認出春風的面貌，看那色彩鮮豔的花朵，都象徵著春天的到來。

【解析】此詩的詩題為〈春日〉，表面上看是朱熹寫其外出尋春賞花的情景，但若從首句「勝日尋芳泗水濱」來加以解讀的話，泗水（位在今山東境內）所在的土地當時已為金人所統治，活動於南宋時期的朱熹必然不可能出現在泗水旁春遊。然細究之，孔子生前曾於洙水、泗水講學授徒，死後葬於泗水邊，也因此這首詩便被認為是朱熹借寫春日泗水尋芳，來表達自己探究聖人之道的領會收穫，從中感受到孔子的教化恩澤，心境豁然開悟，如沐春風。可用來比喻繁榮昌盛的局面，前景一片大好。另可用來形容春日大地奼紫嫣紅，景色絢爛奪目。

【出處】南宋．朱熹〈春日〉詩：「勝日尋芳泗水濱，無邊光景一時新。等閑識得東風面，萬紫千紅總是春。」

開到荼蘼花事了。

當荼蘼盛開的時候，代表這一年的花季已經終結。

【解析】這首詩的詩題為〈暮春遊小園〉，原是作者王淇抒發其在晚春到花園遊賞的心得，從看著初春的粉梅逐漸凋謝，到春暖花開時，海棠的紅豔風姿，而如今已是殘春，花園中的荼蘼綻放，這也宣告時序就要進入夏季了。由於荼蘼是一種約在晚春初夏開的花，當人們看見荼蘼花開，便知百花芬芳的春天將要結束，也因此荼蘼隱含有繽紛美好的事物或情感即將走到盡頭的意思。可用來比喻事物從絢麗光彩到歸於平淡或結束的前奏。另可用來形容等到荼蘼開花，也就是送春迎夏的時刻來臨。

【出處】南宋．王淇〈暮春遊小園〉詩：「一從梅粉褪殘粧，塗抹新紅上海棠。開到荼蘼花事了，絲絲天棘出莓牆。」

滿川風雨看潮生。

一眼望去，整條河面上風雨交加，看著潮水不斷高漲。

【解析】蘇舜欽因支持范仲淹的改革新政，慘遭政敵陷害而被罷官，這首詩便是作於其由京城舟行至蘇州閑居的途中，夜泊淮河岸邊，靜望舟外風雨潮水。詩中的「風雨」除了可以指自然界的颳風下雨，也可以指政治上的風雨不定。「看潮生」表現出作者面對風起潮湧的動盪局面，心境從容安閑，超然物外。可用來比喻即使外在環境混亂不已，但人心始終保持鎮定平和。另可用來形容風雨淒迷，浪潮起伏。

【出處】北宋．蘇舜欽〈淮中晚泊犢頭〉詩：「春陰垂野草青青，時有幽花一樹明。晚泊孤舟古祠下，滿川風雨看潮生。」

霧失樓臺，月迷津渡。

濃密的雲霧遮蔽了樓臺，迷濛的月色把渡口照得白茫茫一片，反使什麼都看不見了。

【解析】這闋詞作於秦觀貶徙郴州之時。北宋哲宗親政，新黨人士重新攬權，開始肅清異己，秦觀因與蘇軾關係友好而受到株連，被歸為「元祐黨人」，指的就是哲宗年幼即位，由支持舊黨的祖母高太皇太后垂簾聽政時期的官員，當時年號「元祐」，故稱之。失落徬徨的秦觀，寫其在一個漫天濃霧、月色迷茫的夜晚，極目遠望，只見眼前模糊一片，什麼都看不清楚，正如他當下無助茫然的心境。其中「失」、「迷」兩字互文見義，也就是前後的詞語相互隱含，可以互相補足，結合起來就是完整的意思。可用來比喻迷失人生方向。另可用來形容迷霧朦朧的月夜景色。

【出處】北宋．秦觀〈踏莎行．霧失樓臺〉詞：「霧失樓臺，月迷津渡，桃源望斷無尋處。可堪孤館閉春寒，杜鵑聲裡斜陽暮。驛寄梅花，魚傳尺素，砌成此恨無重數。郴江幸自繞郴山，為誰流下瀟湘去？」

屋漏更遭連夜雨，船遲又遇打頭風。

房屋本來就會漏水，卻又遭逢連續好幾天的下雨，船隻已經晚開了，偏偏又遇到了逆風，航行更慢。

【解析】這兩句熟語所講述的狀況，就是原本事情已經很不好了，恰巧又遇上更大的打擊，無異是雪上加霜，意思同於「禍不單行」、「火上澆油」。其中「屋漏更遭連夜雨」一般常說成「屋漏偏逢連夜雨」。可用來比喻倒楣的事接二連三到來。也可用來比喻人的境遇多舛，不幸的事情一再發生。

【出處】明．馮夢龍《醒世恆言．卷一．兩縣令競義婚孤女》之詩：「屋漏更遭連夜雨，船遲又遇打頭風。」

痴漢偏騎駿馬走，巧妻常伴拙夫眠。

拙鈍的男子偏偏能夠騎著好馬行走，靈巧的妻子往往陪伴著愚拙的丈夫同眠。

【解析】明人謝肇淛（ㄓㄜˋ）將俗諺寫入詩作之中，抒發其對人世間充斥太多不平之事的無奈，有些人即便才能拙劣，也能得到很好的對象或職務，人生際遇一帆風順，反觀那些天性聰明又有真才實學的人，卻少有稱心遂意之時。可用來比喻平庸或笨拙的人機遇頗佳，有才智的人卻總是事與願違。後一句「巧妻常伴拙夫眠」可用來比喻夫妻不相配或女子遇人不淑。

【出處】明．謝肇淛〈佚題〉詩：「痴漢偏騎駿馬走，巧妻常伴拙夫眠。世間多少不平事，不會作天莫作天。」

假作真時真亦假，無為有處有還無。

把假的當成是真的，真的就像是假的一樣，把虛無的當成是存有的，存有的事物反而如似虛無般。

【解析】這兩句詩是《紅樓夢》書中一處寫有「太虛幻境」四字的大石牌坊兩邊的一副對聯，在甄（真）士隱和賈（假）寶玉的兩個人物的夢境都出現過，巧合的是，甄士隱和賈寶玉在經歷家道變故，了悟世間的悲歡聚散轉眼成空後，同樣選擇遁入空門。作者刻意營造現實人生與虛幻夢境之間的撲朔迷離，令人真假難辨，表達出世人認為的真，並不一定是真正的真，假也不一定是真正的假，故不要迷失其中，將假當真。此外，小說裡又穿插一樣生在富貴人家，相貌酷似的甄（真）寶玉和賈（假）寶玉，他們兩人不但名字都叫寶玉，從小也只喜歡和女孩兒玩耍，但不同的是，甄寶玉長大後選擇順應世俗的仕進之路，而賈寶玉則是勘透紅塵而選擇出家一途。作者透過甄、賈姓氏人物的描寫，表達人心在追求內在真我，以及人身在面對外在世情的兩難，意在揭示所謂的真假、有無、正反，其實都是一體兩面，彼此相依共存。清人王希廉在〈《紅樓夢》總評〉一文寫道：「《石頭記》一書，全部最要關鍵是『真假』兩字。讀者須知，真即是假，假即是真；真中有假，假中有真；真不是真，假不是假。明此數意，則甄寶玉、賈寶玉是一是二，便心目了然，不為作者冷齒，亦知作者匠心。」可用來說明事物之間相對的道理，若以假為真，真的也會被模糊，以致真假不分，是非不明。也可用來比喻如真亦假、似有若無的情形。

【出處】清・曹雪芹《紅樓夢・第一回》之詩：「假作真時真亦假，無為有處有還無。」

≫二、描寫人物

形貌儀態

【貌美】

巧笑倩兮，美目盼兮。

笑起來雙頰出現微微的酒窩，眼睛黑白分明，清亮動人。

【解析】春秋時期，衛國莊公一行人陣容浩大，前往齊地迎娶齊侯之女莊姜。詩人先是細筆描摹莊姜的體貌之美，像是玉手柔軟、肌膚細嫩、脖子修長、牙齒潔白整齊、額頭方正，以及眉毛彎曲纖長，接著再傳神勾勒出莊姜喜笑顏開、眼波流轉的靈動神韻，宛如一幅美人圖畫浮現眼前般。清人姚際恆《詩經通論》評曰：「千古頌美人者無出其右，是為絕唱。」可用來形容女子笑靨美好，明眸悅人。

【出處】先秦・《詩經・衛風・碩人》：「……手如柔荑，膚如凝脂。領如蝤蠐，齒如瓠犀，螓首蛾眉。巧笑倩兮，美目盼兮……」（節錄）

一顧傾人城，再顧傾人國。

女子回頭一望，全城的人無不對她一見傾心，再度回眸，舉國上下都為之傾倒。

【解析】此乃西漢宮廷音樂家李延年向漢武帝進獻其妹李夫人時所唱之歌，其以「傾人城」和「傾人國」來形容李夫人天姿國色，美貌無雙，能讓所有的人都對其愛慕痴迷，神魂顛倒。漢武帝聽完李延年的歌唱，也好奇世上真有如此的絕世佳人嗎？便急著召見李夫人，果然目光就被她給深深吸引，從此對其寵愛有加。不過，傾城傾國雖可形容女子的容貌豔麗，但也可用來影射上位者耽迷女色而不覺禍之將至的意思。可用來形容女子顧盼生姿，令眾人迷戀不已。

【出處】西漢・李延年〈北方有佳人〉詩：「北方有

佳人，絕世而獨立。一顧傾人城，再顧傾人國。寧不知傾城與傾國？佳人難再得。」

南國有佳人，容華若桃李。

南方有位美人，她的面容如似桃花、李花一樣光彩明豔。

【解析】有「八斗之才」稱譽的曹植，描寫一名江南女子的容顏有如春天盛開的桃李般濃麗鮮豔，可惜不為世人所愛，藉此暗喻自己才高識廣，也懷抱理想，卻在政治上屢遭排擠，被迫四處遷徙的感傷，處境正與詩中的南國佳人一致。可用來比喻女子姿色美豔如花。

【出處】三國魏．曹植〈雜詩〉詩六首之四：「南國有佳人，容華若桃李。朝遊江北岸，夕宿瀟湘沚。時俗薄朱顏，誰為發皓齒？俛仰歲將暮，榮耀難久恃。」

一枝紅豔露凝香。

一枝紅豔的花朵沾濕了露水，彷彿香氣還凝結在露水上面一樣。

【解析】李白詩中意在褒揚楊貴妃的美豔尊貴，有如帶露凝香的牡丹花一樣，自是深獲唐玄宗的寵愛。可用來形容女子天姿國色。

【出處】唐．李白〈清平調〉詩三首之二：「一枝紅豔露凝香，雲雨巫山枉斷腸。借問漢宮誰得似？可憐飛燕倚新妝。」

人面不知何處去？桃花依舊笑春風。

如今可與桃花爭豔的女子已不知在哪裡？只留下桃花依然在春風裡含笑盛開著。

【解析】崔護相隔一年重遊長安城南，但去年同日又在同一地點偶遇的那位心儀女子，今年卻已不見芳蹤，失望的他，只好在深鎖的門扉上題詩，抒發這段重訪未遇的落寞心情。詩中兩句合成「人面桃花」一語，可用來形容女子容貌美麗，可與桃花爭豔。另可用來形容景物一如往昔，但曾在此地見過的人已離去

或死去的感傷。

【出處】唐．崔護〈題都城南莊〉詩：「去年今日此門中，人面桃花相映紅。人面不知何處去？桃花依舊笑春風。」

天生麗質難自棄，一朝選在君王側。回眸一笑百媚生，六宮粉黛[1]無顏色。

她天生的美麗本質，連自己都無法掩飾的美貌，終於有天被選入朝中侍奉君主。她輕輕轉動眼珠，微微一笑，顯得無比的嬌媚，後宮所有美女全都相形失色了。

【注釋】1.粉黛：本指婦女的脂粉和畫眉顏料，後多代指美女。

【解析】白居易描寫楊貴妃因國色天香而被選入皇宮，她驚為天人的美貌，即使置身在美女如雲的後宮中，都很難不被發現，很快就獲得玄宗的寵愛。可用來形容女子的姿色出眾，千嬌百媚，使其他人相形見絀。其中「天生麗質難自棄」一句，可用來形容天生美麗的人或天然美好的事物，即使自甘寂寞，終究會被發現的。

【出處】唐．白居易〈長恨歌〉詩：「……天生麗質難自棄，一朝選在君王側。回眸一笑百媚生，六宮粉黛無顏色……」（節錄）

玉容寂寞淚闌干[1]，梨花一枝春帶雨。

秀麗的臉上滿是落寞神情，淚水撲簌簌地流下，就好像一枝沾著春天雨珠的梨花般。

【注釋】1.淚闌干：淚水縱橫貌。

【解析】白居易在詩中描述楊貴妃死後，玄宗朝暮思念，命令道士上天入地尋覓芳蹤，終於在海上一座仙山招到貴妃的魂魄；當貴妃聽聞玄宗仍不忘昔往繾綣恩愛，不禁感動得淚流滿面。可用來形容美女流淚時，惹人憐愛的嬌弱模樣。

【出處】唐．白居易〈長恨歌〉詩：「……風吹仙袂飄飄舉，猶似〈霓裳羽衣舞〉。玉容寂寞淚闌干，梨花一枝春帶雨。含情凝睇謝君王，一別音容兩渺茫。昭陽殿裡恩愛絕，蓬萊宮中日月長。回頭下望人寰

處，不見長安見塵霧……」（節錄）

名花傾國兩相歡，常得君王帶笑看。

名貴的牡丹花伴著絕色美人多麼令人心歡，因此得到君王滿臉帶笑的注視。

【解析】李白詩中將名花和美人聯繫一起，藉以描寫楊貴妃的傾國美色，也難怪能因而贏得君王的注視目光以及對她的愛憐情意。可用來形容女子的美貌和讓人憐惜疼愛的樣子。

【出處】唐．李白〈清平調〉詩三首之三：「名花傾國兩相歡，常得君王帶笑看。解釋春風無限恨，沉香亭北倚闌干。」

秀色掩今古，荷花羞玉顏。

秀麗的姿容，讓古往今來的佳人全都相形失色，就連荷花都自嘆不如而感到羞愧不已。

【解析】李白詩中借出水荷花都自覺不如西施之美為喻，意在歌頌春秋越國美人西施空前絕後的出色容貌。可用來形容女子姿色姣好動人，冠絕古今。

【出處】唐．李白〈西施〉詩：「西施越溪女，出自苧蘿山。秀色掩今古，荷花羞玉顏。浣紗弄碧水，自與清波閑。皓齒信難開，沉吟碧雲間。句踐徵絕豔，揚蛾入吳關。提攜館娃宮，杳渺詎可攀？一破夫差國，千秋竟不還。」

宗之瀟灑美少年，舉觴白眼望青天，皎如玉樹臨風前。

崔宗之是一位風度翩翩的俊秀年輕人，他抬頭高舉酒杯，用睥睨一切的眼神仰望天空，醉酒時的神情好似玉般的美樹在風中搖曳。

【解析】杜甫詩中描寫友人崔宗之年少俊美，鄙視世間一切庸俗人事，故以白眼望天，表現其桀驁不馴的性格，及其醉酒時的神態宛如玉樹般隨風擺動，風姿瀟灑。可用來形容人的才貌出眾，性情高傲，翩然俊雅。

【出處】唐．杜甫〈飲中八仙歌〉詩：「知章騎馬似乘船，眼花落井水底眠。汝陽三斗始朝天，道逢麴車口流涎，恨不移封向酒泉。左相日興費萬錢，飲如長鯨吸百川，銜杯樂聖稱避賢。宗之瀟灑美少年，舉觴白眼望青天，皎如玉樹臨風前……」（節錄）

芙蓉如面柳如眉。

見到芙蓉，就想起她的面容，看見楊柳，就想起她的眉毛。

【解析】白居易描寫唐玄宗因思念已逝的楊貴妃，一見到嬌豔的芙蓉與細長的楊柳便追憶起心上人的美貌與秀眉。可用來形容女子的容貌豔美如花，眉毛細如柳葉。

【出處】唐．白居易〈長恨歌〉詩：「……君臣相顧盡沾衣，東望都門信馬歸。歸來池苑皆依舊，太液芙蓉未央柳。芙蓉如面柳如眉，對此如何不淚垂……」（節錄）

春風十里揚州[1]路，卷上珠簾總不如。

在春風中走過了十里長的揚州路，把沿路上一家家的珠簾捲上來，總覺得裡頭沒有一個女子比妳美麗動人。

【注釋】1.揚州：位在今江蘇境內，是唐朝商業往來的運輸中心以及海內外交通的重要港口，繁盛熱鬧。

【解析】早已心有所屬的杜牧走在繁鬧的揚州路上，看著捲上珠簾裡那些打扮得花枝招展的美女，全都不如自己心儀的那名女子來得標緻可人。可用來形容女子的面貌姣好出眾。另可用來形容對自己意中人的痴心戀慕。

【出處】唐．杜牧〈贈別〉詩二首之一：「娉娉嫋嫋十三餘，豆蔻梢頭二月初。春風十里揚州路，卷上珠簾總不如。」

借問漢宮誰得似？可憐飛燕倚新妝。

請問漢朝宮廷中有那個美人和她相像呢？只有那可愛的西漢成帝皇后趙飛燕，憑恃著剛化好的妝，方可以和她媲比吧！

【解析】李白詩中描寫堪稱絕代美人的西漢成帝皇后趙飛燕，都要靠新妝才能擄獲皇帝的心，藉此襯托出不施脂粉的楊貴妃之國色天香。可用來形容女子出眾脫俗的美貌。

【出處】唐．李白〈清平調〉詩三首之二：「一枝紅豔露凝香，雲雨巫山枉斷腸。借問漢宮誰得似？可憐飛燕倚新妝。」

雲鬢欲度香腮雪。

像雲般的鬢髮覆蓋在她那雪白的臉頰上。

【解析】溫庭筠詞中描寫一女子初醒後，慵懶地臥在床上還不想起身，散亂著一頭秀髮的嬌柔姿態。可用來形容女子鬢絲撩亂的嬌美睡態。

【出處】唐．溫庭筠〈菩薩蠻．小山重疊金明滅〉詞：「小山重疊金明滅，鬢雲欲度香腮雪。懶起畫蛾眉，弄妝梳洗遲。照花前後鏡，花面交相映。新帖繡羅襦，雙雙金鷓鴣。」

誰憐越女顏如玉？貧賤江頭自浣紗。

有誰憐惜像越國西施那樣美貌如玉的女子呢？因為出身貧賤，只能在溪邊浣紗。

【解析】王維詩中借寫春秋越國美女西施貧賤時無人憐惜，獨自在溪邊浣紗一事，與洛陽女子嫁入豪門夫家後，過著極盡奢華的生活作對比，以諷諭當時社會貧富懸殊的現象。可用來形容女子貌美卻出身貧寒，故無人憐愛。另可用來暗諷社會重視家世背景，有才寒士難以得到伸展抱負的機遇。

【出處】唐．王維〈洛陽女兒行〉詩：「……狂夫富貴在青春，意氣驕奢劇季倫。自憐碧玉親教舞，不惜珊瑚持與人。春窗曙滅九微火，九微片片飛花璅。戲罷曾無理曲時，妝成祇是薰香坐。城中相識盡繁華，日夜經過趙李家。誰憐越女顏如玉？貧賤江頭自浣紗。」（節錄）

一顆櫻桃樊素口。

嘴脣有如樊素的櫻桃小口般。

【解析】據唐人孟棨《本事詩》記載，白居易身邊有侍姬樊素和小蠻，樊素擅長歌唱，紅脣嬌豔如櫻桃，小蠻工於舞蹈，細腰如纖柔柳條，故白居易曾云：「櫻桃樊素口，楊柳小蠻腰。」蘇軾詞中描寫女子的嘴脣紅豔欲滴，玲瓏小巧，堪與白居易寵愛的佳人樊素相媲美。可用來形容美人的紅潤小嘴。

【出處】北宋．蘇軾〈蝶戀花．一顆櫻桃樊素口〉詞：「一顆櫻桃樊素口。不愛黃金，只愛人長久。學畫鴉兒猶未就，眉尖已作傷春皺。撲蝶西園隨伴走。花落花開，漸解相思瘦。破鏡重圓人在否？章臺折盡青青柳。」

冰肌玉骨，自清涼無汗。

全身像冰雪一樣的肌膚，像美玉一樣的骨骼，體質本就清寒涼爽，不見一顆汗珠。

【解析】蘇軾詞中描述五代後蜀主孟昶與其妃花蕊夫人因天熱出外納涼，花蕊夫人遍體肌骨如冰玉般的潔白晶瑩，全身上下散發出一股冰清玉潔的麗質天姿。可用來形容美人的體膚如冰如玉，潔淨瑩潤。

【出處】北宋．蘇軾〈洞仙歌．冰肌玉骨〉詞：「冰肌玉骨，自清涼無汗。水殿風來暗香滿。繡簾開、一點明月窺人，人未寢，攲枕釵橫鬢亂……」（節錄）

朱脣得酒暈生臉，翠袖卷紗紅映肉。

紅色的嘴脣沾了酒，臉頰泛起紅暈，捲起翠綠薄紗的衣袖，露出紅潤的肌膚。

【解析】蘇軾詩中主要是歌詠海棠花朵猶如醉酒美人的紅脣，碧綠的葉子如似美人的翠袖，映照著海棠花紅。南宋人楊萬里《誠齋詩話》評論這兩句詩：「此以美婦人比花也。」可用來比喻美人微醺的姿色情態。另可用來形容海棠花色澤嬌豔，葉綠花紅，足以和天姿國色相媲美。

【出處】北宋．蘇軾〈寓居定惠院之東，雜花滿山，有海棠一株，土人不知貴也〉詩：「……朱脣得酒暈生臉，翠袖卷紗紅映肉。林深霧暗曉光遲，日暖風輕春睡足。雨中有淚亦淒愴，月下無人更清淑……」（節錄）

淚濕闌干花著露，愁到眉峰碧聚。

淚眼縱橫，有如一朵沾著露珠的花，憂傷攢聚在眉梢上，彷彿青碧色的山峰聚攏在一起。

【解析】毛滂回憶昔日與戀人惜別時，對方淚眼愁眉的悲傷情狀，掛滿淚珠的臉龐宛如鮮花帶露，緊蹙的黛眉像是兩座並立的碧山，讓他別後仍難以忘情。可用來形容女子潸潸淚流，雙眉緊鎖的模樣。

【出處】北宋．毛滂〈惜分飛．淚濕闌干花著露〉詞：「淚濕闌干花著露，愁到眉峰碧聚。此恨平分取，更無言語空相覷。斷雨殘雲無意緒，寂寞朝朝暮暮。今夜山深處，斷魂分付潮回去。」

喚起兩眸清炯炯，淚花落枕紅棉冷。

喚醒她的時候，她的一雙明亮眼眸因淚珠而閃閃發光，落在紅色枕頭上的淚水已經變冷，還浸濕了枕頭裡的棉花。

【解析】周邦彥描寫其與心愛女子於黎明來臨前離別的情景，其中「兩眼清炯炯」一語暗喻了女子的眼神明淨發亮，一「冷」字則是交代了女子哭泣時間之久，導致流出的溫熱淚水不止濕透了紅枕，連同枕裡的棉花也已冷涼。明人王世貞《藝苑巵言》評論這兩句詞：「其形容睡起之妙，真能動人。」可用來形容女子因傷心而徹夜未眠，淚眼汪汪，惹人憐惜。

【出處】北宋．周邦彥〈蝶戀花．月皎驚烏棲不定〉詞：「月皎驚烏棲不定，更漏將殘，轣轆牽金井。喚起兩眸清炯炯，淚花落枕紅棉冷。執手霜風吹鬢影，去意徊徨，別語愁難聽。樓上闌干橫斗柄。露寒人遠雞相應。」

意態由來畫不成，當時枉殺毛延壽。

人的神情姿態本來就是畫不出來的，西漢元帝當時可說是冤枉且錯殺了畫工毛延壽。

【解析】相傳西漢元帝命畫工毛延壽畫宮女的人像，再從中找出樣貌妍麗的女子召幸，麗質天生的宮女王昭君，因不肯賄賂毛延壽而被畫醜，結果自是見不到元帝。之後匈奴單于請求與漢朝和親，元帝便從宮女中選出王昭君遠嫁匈奴，臨行在即，王昭君終於得以面聖朝見，元帝對眼前這名女子的容貌驚豔不已，情感完全不能自持，但此時已無法更換其他宮女前往，為此怒殺毛延壽。王安石對於西漢元帝處死毛延壽之舉相當不以為然，他認為一個人的絕美神韻，哪裡是畫家窮盡筆墨便能夠依樣描摹而出的呢？可用來形容人或事物美到極致，是很難用筆描繪或敘述出來的。

【出處】北宋．王安石〈明妃曲〉詩二首之一：「明妃初出漢宮時，淚濕春風鬢腳垂。低徊顧影無顏色，尚得君王不自持。歸來卻怪丹青手，入眼平生幾曾有？意態由來畫不成，當時枉殺毛延壽……」（節錄）

臉慢[1]笑盈盈，相看無限情。

她嬌美的臉上，洋溢著盈盈笑意，含著無限情意與我相視對看。

【注釋】1.臉慢：光潤柔嫩的容顏。慢，同「曼」字，柔美的樣子。

【解析】李煜描寫其偷偷地來到一女子的臥室，沒料到珠瑣的響聲，驚動了正在屏風後面晝寢的女子，被吵醒的女子不但沒有驚嚇，反而用她嬌美的臉龐，柔情的眼神，含情脈脈地望著李煜，足見彼此情意深厚。可用來形容女子的嬌柔美貌，充滿笑意的眼神中含著無限深情。

【出處】五代．李煜〈菩薩蠻．蓬萊院閉天台女〉詞：「蓬萊院閉天台女，畫堂晝寢無人語。拋枕翠雲光，繡衣聞異香。潛來珠鎖動，驚覺鴛鴦夢。臉慢笑盈盈，相看無限情。」

黛蛾[1]長斂，任是春風吹不展。

女子的長眉總是緊鎖著，任憑春風怎麼吹也難以使它舒展。

【注釋】1.黛蛾：比喻美人。古代女子以黛來畫眉，眉形細長彎曲如蠶蛾的觸鬚，故「黛眉」、「蛾眉」、「黛蛾」等詞都可用來比喻美人或美人的眉毛。

【解析】秦觀詞中描寫女子的雙眉緊皺，儘管外頭春景悅目、暖風和煦，都無法打動她的心房，讓她一展歡顏，示意女子內心的憂愁既深且重。可用來形容女子顰眉的神色愁態。

【出處】北宋·秦觀〈減字木蘭花·天涯舊恨〉詞：「天涯舊恨，獨自淒涼人不問。欲見回腸，斷盡金鑪小篆香。黛蛾長斂，任是春風吹不展。困倚危樓，過盡飛鴻字字愁。」

一點櫻桃啟絳脣，兩行碎玉噴〈陽春〉。

歌唱時，開啟她像櫻桃般紅潤而小巧的嘴唇，露出兩排潔白如玉般的牙齒，發出和〈陽春白雪〉一樣的美妙歌聲。

【解析】這首出自《三國演義》的詩描寫小說人物貂蟬，自被王允收為義女後，成了王允用來離間董卓與其養子呂布的關鍵角色，其在董卓面前啟朱脣，發皓齒，高歌一曲時，荒淫好色的董卓立刻就被她的絕頂色藝給迷惑住。可用來形容女子唱歌時的嬌柔媚態。

【出處】明·羅貫中《三國演義·第八回》之詩：「一點櫻桃啟絳脣，兩行碎玉噴〈陽春〉。丁香舌吐衠（ㄓㄨㄣ）鋼劍，要斬奸邪亂國臣。」

陳平般冠玉精神，何晏般風流面皮，潘安般俊俏容儀。

西漢開國功臣陳平容貌俊美，如鑲飾在帽上的玉，三國時期魏國的思想家何晏臉色白淨，風度翩翩，西晉文人潘岳樣貌秀美，姿態瀟灑。

【解析】元代曲家鍾嗣成的外貌奇醜無比，自號「醜齋」，這首套曲就是他的自嘲之作，描述自己縱有本事也因長相而受到歧視，相對於歷史上三位著名的美男子，待遇簡直判若天淵。像是《史記·陳丞相世

家》中被司馬遷說成是面如冠玉的美丈夫陳平；還有《世說新語．容止》提及皮膚白皙到讓魏明帝誤以為其臉上抹了脂粉的何晏，故有「傅粉何郎」之稱；以及《晉書．潘岳傳》中容儀俊爽，每次走在路上，婦女皆連手縈繞的潘岳。鍾嗣成不忘在曲中自我調侃，說他自知比美絕對贏不過以上三人，但若哪天出現比誰醜陋的賽事，相信自己肯定可以奪魁的。可用來形容男子丰神俊逸，神采奕奕。

【出處】元．鍾嗣成〈一枝花．生居天地間套．梁州〉曲：「……那裡取、陳平般冠玉精神，何晏般風流面皮，那裡取、潘安般俊俏容儀。自知就裡，清晨倦把青鸞對，恨煞爺娘不爭氣。有一日黃榜招收醜陋的，準擬奪魁。」（節錄）

■青春■

女兒年幾十五六，窈窕無雙顏如玉。

這個女孩的年紀將要十五六歲，體態美好，無人可以相比，容顏潔白如玉般。

【解析】這首詩從男子的角度描寫其對鄰家少女的愛慕之情，每天看著少女喜笑顏開，白皙的臉上顯露出如陽光般的燦爛光芒，把整個里巷都給照亮了，走起路來，步態婀娜美妙，所到之處，立刻成為眾人目光的焦點。可用來形容年輕女子的儀態輕盈，容貌嬌美，無與倫比。

【出處】南朝梁．梁武帝蕭衍〈東飛伯勞歌〉詩：「東飛伯勞西飛燕，黃姑織女時相見。誰家女兒對門居？開顏發豔照里閭。南窗北牖掛明光，羅帷綺箔脂粉香。女兒年幾十五六，窈窕無雙顏如玉。三春已暮花從風，空留可憐與誰同？」

嫩竹猶含粉，初荷未聚塵。

幼嫩的竹子表面還敷著一層粉，剛長出來的荷葉潔淨清明，還沒有聚集灰塵。

【解析】此詩詩題〈侍宴〉，是活動於南朝梁、陳之間的作家徐陵，陪侍皇帝宴會群臣時所作之詩。當時正值初夏，作者見新生的竹子和荷葉，一個鮮嫩碧綠，一個純潔素雅，便即興賦詩，在皇帝和賓客面前展現其自信滿滿的文才，寫的雖是夏季節物，卻也像是在比喻人稚氣清純。可用來形容人年輕稚嫩，尚未沾染世俗習氣。另可用來形容夏天竹子和荷花初生時的清新景象。

【出處】南朝陳．徐陵〈侍宴〉詩：「園林才有熱，夏淺更勝春。嫩竹猶含粉。初荷未聚塵。承恩豫下席。應阮獨何人？」

娉娉嫋嫋十三餘，豆蔻[1]梢頭二月初。

十三餘歲的少女身材輕盈嫋娜，就好像早春二月在枝頭含苞待放的豆蔻花一樣。

【注釋】1.豆蔻：植物名，夏天初期開花，花未開時已顯得非常豐滿，俗有「含胎花」之稱，後常被當作是少女的象徵。

【解析】杜牧在詩中以初春快要露出新芽的豆蔻為喻，藉以描寫十三歲少女柔嫩清新、美姿嬌態的惹人憐愛模樣。可用來形容年輕少女姿態婀娜多姿，青春洋溢。

【出處】唐．杜牧〈贈別〉詩二首之一：「娉娉嫋嫋十三餘，豆蔻梢頭二月初。春風十里揚州路，卷上珠簾總不如。」

楊家有女初長成，養在深閨人未識。

楊家有個女孩子剛剛長大，養在閨房裡還沒有人知道。

【解析】白居易詩中描寫楊貴妃尚未被選入宮前，天生絕色的美貌不為外界所知的情形。可用來形容女孩子初長成人，正值芳華，還未與外界接觸。

【出處】唐．白居易〈長恨歌〉詩：「漢皇重色思傾國，御宇多年求不得。楊家有女初長成，養在深閨人未識……」（節錄）

隔戶楊柳弱嫋嫋，恰似十五女兒腰。

隔著門牆外面的楊柳樹，那纖細柔弱的柳枝

條，就好像十五歲少女的細腰一樣。

【解析】杜甫藉著柳條柔弱細長的特色，來喻比十五歲少女的腰如柳條般纖細柔軟。可用來形容青春少女輕盈美好、婀娜多姿的動人體態。

【出處】唐．杜甫〈絕句漫興〉詩九首之九：「隔戶楊柳弱嫋嫋，恰似十五女兒腰。誰謂朝來不作意？狂風挽斷最長條。」

穠麗最宜新著雨，嬌嬈全在欲開時。

被雨淋過的海棠看起來格外豔麗，含苞待放的海棠則最為嬌媚。

【解析】鄭谷詩中讚美春風微雨後的海棠色澤妍麗，姿態嬌美，花瓣上的晶瑩水珠，使花朵更顯得豔光四射，含苞將要開放的花，神采耀眼奪目。可用來比喻少女俏麗動人的豔容和嬌姿。另可用來形容細雨後的海棠亮麗嫵媚，令人傾慕不已。

【出處】唐．鄭谷〈海棠〉詩：「春風用意勻顏色，銷得攜觴與賦詩。穠麗最宜新著雨，嬌嬈全在欲開時。莫愁粉黛臨窗懶，梁廣丹青點筆遲。朝醉暮吟看不足，羡他蝴蝶宿深枝。」

十指嫩抽春筍，纖纖玉軟紅柔。

女子的十根手指猶如春天初生的嫩筍，纖細修長，柔軟紅潤。

【解析】相傳此詞為惠洪贈寫給心儀的年輕女道士，詞中描寫女子手裡雖然捧著道教典籍《黃庭經》，但見春花朵朵盛開，止不住平常少女的凡心，便放下書本，伸出一雙纖纖玉手撫花嗅聞，也許是刻意、也許是不小心，露出她那光滑柔嫩又細長的十指。可用來形容少女的玉手纖指嬌嫩柔美。

【出處】北宋．惠洪〈西江月．十指嫩抽春筍〉詞：「十指嫩抽春筍，纖纖玉軟紅柔。人前欲展強嬌羞，微露雲衣霓袖。最好洞天春晚，《黃庭》卷罷清幽。凡心無計奈閑愁，試撚花枝頻嗅。」

眼波才動被人猜。

如水波的目光才微微一轉動，馬上就引人猜度著她的情思。

【解析】李清照描寫一名情竇初開的少女，雙眸流盼如瑩，但她擔心別人一眼就看穿自己的悸動芳心，特別提醒自己，千萬不要讓那會說話的眼睛洩漏了她的脈脈多情。可用來形容年輕女子眼如流波，明亮動人。

【出處】北宋末、南宋初．李清照〈浣溪沙．繡幕芙蓉一笑開〉詞：「繡面芙蓉一笑開，斜偎寶鴨襯香腮，眼波才動被人猜。一面風情深有韻，半箋嬌恨寄幽懷，月移花影約重來。」

■含羞■

千呼萬喚始出來，猶抱琵琶半遮面。

經過很多次的邀請才肯走出來，還抱著琵琶遮住了半邊的臉。

【解析】白居易描寫其在船上為友人餞行時，耳邊傳來技藝精湛的琵琶樂音，他便邀請琵琶女到船上相見，然女子似乎有所矜持或難以言喻的苦衷，經白居易再三催請才勉強上船來，並道出了自己飽經風霜的人生遭遇。可用來形容女子不好意思輕易露臉的羞澀模樣。另可用來比喻人或事物渴盼很久後才出現，但出現後也是不願完全坦然真實以對。

【出處】唐．白居易〈琵琶行〉詩：「……忽聞水上琵琶聲，主人忘歸客不發。尋聲暗問彈者誰？琵琶聲停欲語遲。移船相近邀相見，添酒回燈重開宴。千呼萬喚始出來，猶抱琵琶半遮面……」（節錄）

妝罷低聲問夫婿，畫眉深淺入時無？

梳妝打扮後輕聲問夫婿，畫成這樣深淺濃度的眉毛是否迎合現在的時尚？

【解析】朱慶餘詩中自比為新嫁婦，把時任水部員外郎的張籍和主考官比成新郎和公婆，藉此向張籍探詢自己的寫作方式能否投主考官的喜好，也道出了他心中的不安忐忑和新嫁婦拜見公婆的緊張心情是一樣的。可用來形容女人在丈夫面前刻意裝扮後的嬌羞情態。另用來比喻做完某事後徵求他人的意見或期待結果是他人所滿意的。

【出處】唐．朱慶餘〈近試上張籍水部〉詩：「洞房昨夜停紅燭，待曉堂前拜舅姑。妝罷低聲問夫婿，畫眉深淺入時無？」

見羞容斂翠，嫩臉勻紅，素腰裊娜。

　女子的面容羞澀，翠眉緊鎖，細嫩的臉龐泛起了紅暈，好像塗了胭脂一樣，腰肢纖細柔美。

【解析】歐陽脩詞中寫一少女與情郎在紅色芍藥花的園子旁幽會，兩人卿卿我我，少女柔嫩的臉上浮現泛紅，足見她對眼前的男子是有情意的，雖然感到靦腆卻又渴望得到對方的愛。可用來形容皮膚細白、身材苗條的女子因害羞而滿臉飛紅。

【出處】北宋．歐陽脩〈醉蓬萊．見羞容斂翠〉詞：「見羞容斂翠，嫩臉勻紅，素腰裊娜。紅藥闌邊，惱不教伊過。半掩嬌羞，語聲低顫，問道有人知麼？強整羅裙，偷回波眼，佯行佯坐……」（節錄）

和羞走，倚門回首，卻把青梅嗅。

　（看見有人進來）害羞地跑開，靠在門邊不斷回頭張望，順手把門旁的青梅拿來聞一聞。

【解析】李清照描寫一名本在庭院盪鞦韆的少女，發現有客人走進院子裡，她因忙著迴避，慌亂中來不及穿上鞋便用襪子踩地，朝屋子的方向疾走，連頭上的金釵都不小心滑落下來。等跑到了門邊，少女卻停下腳步，若無其事般的嗅著青梅的香氣，轉頭想要偷窺來客的長相，詞中通過對一名深閨少女的動作描繪，傳神刻畫其既矜持又天真的嬌羞神態。可用來形容年輕女子羞怯嬌美的模樣。

【出處】北宋末、南宋初．李清照〈點絳脣．蹴罷秋千〉詞：「蹴罷秋千，起來慵整纖纖手。露濃花瘦，薄汗輕衣透。見客入來，襪剗金釵溜。和羞走，倚門回首，卻把青梅嗅。」

低頭羞見人，雙手結裙帶。

低下頭來，不好意思和他人目光相對，兩隻手忙著繫綁裙帶上的結。

【解析】明人毛鉉詩中摹寫其年幼的女兒，下床穿著新衣，調皮地模仿起新娘拜堂時的動作，之後自己也覺得有些靦腆，怕被看見的人取笑，便低頭開始玩弄著自己裙帶的結，想要藉此掩飾心中的難為情，卻更顯得自然可愛。可用來形容少女怕羞害臊的情態。

【出處】明．毛鉉〈幼女詞〉詩：「下床著新衣，初學小姑拜。低頭羞見人，雙手結裙帶。」

小暈紅潮，斜溜鬟心只鳳翹[1]。

臉上泛起了微微的紅暈，插在髮髻上的鳳形首飾斜著滑了下來。

【注釋】1.鳳翹：古代女子置於頭上的鳳形飾物。

【解析】納蘭性德描寫其與心愛的女子好不容易見上一面，兩人卻只能含情對看，默默無語，女子難掩羞赧情緒，其如秋雨荷花般的美麗臉龐忽然一陣潮紅，慌亂中頭上的飾物一不小心就滑落下來，模樣嬌羞可人。可用來形容女子表情嬌怯害羞的樣子。

【出處】清．納蘭性德〈減字木蘭花．相逢不語〉詞：「相逢不語，一朵芙蓉著秋雨。小暈紅潮，斜溜鬟心只鳳翹。待將低喚，直為凝情恐人見。欲訴幽懷，轉過回闌叩玉釵。」

妝扮

娥娥紅粉妝，纖纖出素手。

女子臉上的妝容明亮豔麗，伸出她那一雙柔細白嫩的手。

【解析】詩中的女主人公本是一名以歌舞表演為業的妓女，從良後原以為可以從此過著夫唱婦隨的幸福日子，無奈天不從人願，丈夫時常遠遊不歸，獨守空房的她，每天傅粉施朱，把自己打扮得鮮妍耀眼，倚窗凝望，露出纖長潔白的玉手，看起來素雅動人，希望丈夫返家時，入眼所見的就是自己最美的樣子。可用來形容女子妝飾美豔奪目，雙手纖柔白淨。

【出處】東漢・佚名〈古詩十九首〉詩十九首之二：「青青河畔草，鬱鬱園中柳。盈盈樓上女，皎皎當窗牖。娥娥紅粉妝，纖纖出素手。昔為倡家女，今為蕩子婦。蕩子行不歸，空床難獨守。」

濃朱衍丹脣，黃吻[1]瀾漫[2]赤。

口紅都塗到了嘴脣外面來了，把自己小小的嘴上抹成一片濃豔鮮紅。

【注釋】1.黃吻：即黃口，因雛鳥的嘴為黃色，故稱之，後被用來比喻幼小的孩童。此指小孩的嘴脣。2.爛漫：此指色彩濃厚鮮明。

【解析】西晉左思寫其幼女一早起床便跑去梳妝臺前模仿大人對鏡化妝，先是抓起眉膏在眉毛塗鴉，看起來就像是掃把掃過一樣，還拿起胭脂滿嘴亂塗一通，表現出兒童愛美又頑皮活潑的模樣。可用來形容幼童在臉上隨意塗抹，嬌憨可掬。

【出處】西晉・左思〈嬌女詩〉詩：「吾家有嬌女，皎皎頗白皙。小字為紈素，口齒自清歷。鬢髮覆廣額，雙耳似連璧。明朝弄梳臺，黛眉類掃跡。濃朱衍丹脣，黃吻瀾漫赤……」（節錄）

當窗理雲鬢，對鏡帖[1]花黃[2]。

當著窗子梳理像雲一樣柔美的鬢髮，對著鏡子在額頭貼上花黃的妝飾。

【注釋】1.帖：同「貼」字。2.花黃：魏晉南北朝時女子流行的黃額妝，即是把黃色的紙剪成星、月、花、鳥等形狀貼在額上，或是在額頭上點以黃色。

【解析】詩中寫代父從軍的女英雄木蘭立功歸來後，她走進自己的臥房，坐在床邊，脫下她在外穿著十二年的戰袍，換上了以前在家穿的舊衣裳，認真梳理鬢髮和妝飾，準備出去給還不知道自己是女兒身的同伴一個意外的驚喜。可用來形容女子梳妝打扮的樣子。

【出處】北朝・佚名〈木蘭詩〉詩：「……開我東閣門，坐我西閣床。脫我戰時袍，著我舊時裳。當窗理雲鬢，對鏡帖花黃。出門看火伴，火伴皆驚惶：『同行十二年，不知木蘭是女郎。』……」（節錄）

雲想衣裳花想容。

看到了天上的雲彩，就想到了她的衣裳，看到了花，就想起了她的容顏。

【解析】相傳唐玄宗和楊貴妃正在宮中觀賞牡丹時，特地把當時擔任翰林學士的李白召來作詩助興，詩中李白借雲和花來比擬楊貴妃的服飾絢麗與容貌姣好的美人形象。可用來形容女子愛美以及善於裝扮。

【出處】唐・李白〈清平調〉詩三首之一：「雲想衣裳花想容，春風拂檻露華濃。若非群玉山頭見，會向瑤臺月下逢。」

照花前後鏡，花面交相映。

戴上花朵，用前後兩面鏡子照著看，花和人的面容在鏡子裡互相輝映。

【解析】溫庭筠於詞中描寫一女子對著鏡子整飾妝容的情景，藉由一前一後的鏡子裡出現自己的面孔和頭後的簪花，仔細端詳妝容是否打理妥當。可用來形容女子對鏡妝扮的嬌美神態。也可用來形容女子顧影自賞的樣子。

【出處】唐・溫庭筠〈菩薩蠻・小山重疊金明滅〉詞：「小山重疊金明滅，鬢雲欲度香腮雪。懶起畫蛾眉，弄妝梳洗遲。照花前後鏡，花面交相映。新帖繡羅襦，雙雙金鷓鴣。」

學梳蟬鬢試新裙，消息佳期在此春。

一面學著把鬢髮梳理成像蟬翼般細薄動人，一面又忙著試穿新的裙子，因為大好佳期就在今年春天啊！

【解析】本詩詩題為〈新上頭〉。上頭，指的是古代女子出嫁，將頭髮挽起結成髮髻的儀式。韓偓詩中描寫一名正準備新婚的女子對鏡學著梳理已婚婦女的髮式和試穿新裙的行止，表現十分在意自己的妝容，以及對即將到來的婚禮充滿期待的喜悅心情。可用來形容待嫁女兒用心梳妝打扮的樣子。

【出處】唐．韓偓〈新上頭〉詩：「學梳蟬鬢試新裙，消息佳期在此春。為愛好多心轉惑，遍將宜稱問傍人。」

懶起畫蛾眉，弄妝梳洗遲。

醒來後，懶洋洋地起身描畫自己細長而彎曲的眉毛，慢吞吞地梳頭整理自己的妝容。

【解析】溫庭筠描寫一女子早晨醒來，意興闌珊地梳理妝容的情態，抒發其不知要為誰而裝扮的寂寞感傷。清人陳廷焯《白雨齋詞話》評曰：「飛卿詞『懶起畫蛾眉，弄妝梳洗遲』，無限傷心，溢於言表。」可用來形容女子梳妝時嬌慵柔美的神態。另可用來形容女子睡醒後心情低落，意態懶散。

【出處】唐．溫庭筠〈菩薩蠻．小山重疊金明滅〉詞：「小山重疊金明滅，鬢雲欲度香腮雪。懶起畫蛾眉，弄妝梳洗遲。照花前後鏡，花面交相映。新帖繡羅襦，雙雙金鷓鴣。」

空見說、鬢怯瓊梳，容銷金鏡，漸懶趁時勻染[1]。

聽人家說，她因鬢髮稀疏而害怕梳頭，因容貌消瘦而不願照鏡，漸漸也就懶得勤於打扮自己了。

【注釋】1.勻染：指用脂粉和黛墨妝飾面容。

【解析】周邦彥寫其從他人的口中，得知遠方的心上人原本濃密的秀髮逐漸變少，亮麗的容顏日益消瘦，使她愈來愈害怕握著華麗的玉梳，更不想再面對精美的金鏡，像過去一樣傅粉施朱，用心妝點打扮。詞中不直接道出女子是緣於作者不在身邊，為此飽受情思的折磨，而是設想女子別後懶怠梳妝的境況，示意著兩人的情感仍靈犀互通，牽念未已。可用來形容女子面容憔悴，無心梳理妝容。

【出處】北宋．周邦彥〈過秦樓．水浴清蟾〉詞：「……空見說、鬢怯瓊梳，容銷金鏡，漸懶趁時勻

染。梅風地溽，虹雨苔滋，一架舞紅都變。誰信無聊，為伊才減江淹，情傷荀倩。但明河影下，還看稀星數點。」（節錄）

都緣自有離恨，故畫作遠山長。

都因為內心有太多離別的恨意，所以把眉毛畫成像遠山那麼長。

【解析】歐陽脩描寫一名歌女清晨起床後，開始梳理妝容，由於她一直牽掛著久別不見的某人，心中充滿幽幽的愁恨，因而將自己的雙眉畫成又細又長的遠山形狀，暗示離恨深長如黛眉。可用來形容女子心懷離人，故在臉上畫出修長的遠山眉。

【出處】北宋．歐陽脩〈訴衷情．清晨簾幕卷輕霜〉詞：「清晨簾幕卷輕霜，呵手試梅妝。都緣自有離恨，故畫作遠山長。思往事，惜流芳，易成傷。擬歌先斂，欲笑還顰，最斷人腸。」

嗔人問，背燈偷搵，拭盡殘妝粉。

氣惱別人發問，背對著燈光偷偷地擦拭淚水，連同臉上殘褪的脂粉也抹盡了。

【解析】蘇軾描寫歌女在人前強顏歡笑，心中實暗藏著不為人知的酸楚，即使黯然淚流，也不願被人發現，只能暗地拭淚。由詞中「殘妝」兩字可知，這場歌舞宴會歷時了許久，使得歌女原本盛麗的妝容，早已褪去了大半，藉此暗喻歌女的身心儘管疲累不堪，但還是得繼續陪伴王公貴族笙歌作樂的無奈心境。可用來形容女子悄悄揩淚，臉上的粉妝也隨之殘脫卸去。

【出處】北宋．蘇軾〈點絳脣．月轉烏啼〉詞：「月轉烏啼，畫堂宮徵生離恨。美人愁悶，不管羅衣褪。清淚斑斑，揮斷柔腸寸。嗔人問，背燈偷搵，拭盡殘妝粉。」

愁勻紅粉淚，眉剪春山翠。

對著鏡子在臉上勻上脂粉，愁惱著哭過的淚珠該如何抹去，黛青色的雙眉，修剪成像春色點染的山容一樣美麗。

【解析】牛嶠詞中描寫女子的丈夫或情人遠行在外，遲遲未歸，女子見門外春色無邊，而她卻只能在空閨思念伊人，不禁悲從中來，淚流之後還是得強忍住悲傷，對鏡整飾容妝，把雙眉修成春山的形狀，極力維護自己妍麗的外貌。可用來形容剛流過淚的女子梳妝打扮的樣子。

【出處】五代．牛嶠〈菩薩蠻．舞裙香暖金泥鳳〉詞：「舞裙香暖金泥鳳，畫梁語燕驚殘夢。門外柳花飛，玉郎猶未歸。愁勻紅粉淚，眉剪春山翠。何處是遼陽？錦屏春晝長。」

【高雅】

君子至止，錦衣狐裘。
顏如渥丹，其君也哉。

君子來到這裡，身穿錦繡衣服，披著狐皮大衣。臉色紅潤有如塗上朱砂般，儀表堂堂有如一位君王啊！

【解析】相傳這是一首歌頌春秋秦國國君（一說秦襄公）的詩，詩中稱美一位舉止莊重的君子，身上的服飾精緻華美，容顏豐潤，紅光滿面，舉手投足，莫不散發出一股雍容文雅、貴不可言的氣息。可用來形容人的儀容優雅，具有大家風範。

【出處】先秦．《詩經．秦風．終南》：「終南何有？有條有梅。君子至止，錦衣狐裘。顏如渥丹，其君也哉……」（節錄）

顧盼[1]遺光彩，
長嘯氣若蘭。

女子回頭一看，留下眼中迷人的光彩，她長聲呼出的氣息，像是蘭花的香氣。

【注釋】1.盼：音ㄒㄧˋ，看、注目。

【解析】詩中「顧盼」一說作「顧盼」。曹植詩中描寫一名出身顯貴的女子，體態柔美嫻雅，全身上下的佩飾金光閃閃，豔光四射，吹氣若蘭，人們只要看了她一眼，便會念念不忘。可用來形容女子韻致風雅，芬芳襲人。

【出處】三國魏．曹植〈美女篇〉詩：「美女妖且閑，採桑歧路間。柔條紛冉冉，葉落何翩翩。攘袖見素手，皓腕約金環。頭上金爵釵，腰佩翠琅玕。明珠交玉體，珊瑚間木難。羅衣何飄飄，輕裾隨風還。顧眄遺光彩，長嘯氣若蘭……」（節錄）

天寒翠袖薄，日暮倚修竹。

天氣寒冷，但她的身上只穿著翠色的薄衣，在黃昏時分，倚立在長竹的旁邊。

【解析】杜甫詩中的「天寒」除點明天候外，其實也暗喻佳人當時處境之艱難，以「翠袖薄」描寫佳人衣衫單薄，身形纖弱，以「倚修竹」比擬佳人的清高志節正如耐寒又挺拔的竹柏，堅忍不屈。可用來形容女子風姿輕盈，人品高潔。

【出處】唐．杜甫〈佳人〉詩：「……在山泉水清，出山泉水濁。侍婢賣珠回，牽蘿補茅屋。摘花不插鬢，采柏動盈掬。天寒翠袖薄，日暮倚修竹。」（節錄）

絕代有佳人，幽居在空谷。

她是這一代絕無僅有的美麗佳人，居住在深隱僻靜的山谷之中。

【解析】杜甫在舉家遷移的途中，偶遇一位出身良家的絕世佳人，她因兄弟死於戰亂，丈夫見其娘家敗落而將她拋棄，後來女子來到荒山野谷，展開其與草木為鄰的幽居歲月。杜甫意在讚美這位居住在深谷中的絕世佳人其高潔、幽雅的人品。可用來形容女子貌美與品格高尚。

【出處】唐．杜甫〈佳人〉詩：「絕代有佳人，幽居在空谷。自云良家子，零落依草木。關中昔喪敗，兄弟遭殺戮。官高何足論？不得收骨肉……」（節錄）

羽扇綸巾，談笑間、檣櫓灰飛煙滅。

周瑜手裡揮著鳥羽扇，頭上戴著青絲巾，在閑談說笑間，就把曹魏的戰船燒成灰燼了。

【解析】蘇軾詞中描寫赤壁之戰時，孫吳將領周瑜一身儒雅的文士裝扮，面對大敵當前，神態淡定不驚，一副成竹在胸的模樣，完全不把曹魏大軍放在眼裡，表現其瀟灑閑適、舉重若輕的氣度。可用來形容軍事將領身著輕衣便服，指揮若定，風度俊雅迷人。

【出處】北宋．蘇軾〈念奴嬌．大江東去〉詞：「……遙想公瑾當年，小喬初嫁了，雄姿英發。羽扇綸巾，談笑間、檣櫓灰飛煙滅。故國神遊，多情應笑我，早生華髮。人間如夢，一樽還酹江月。」（節錄）

其奈風流、端正外，更別有、繫人心處。

怎奈他除了風度翩翩、品貌端正之外，還是有讓人為他繫念不忘的地方。

【解析】柳永描寫一名女子與其丈夫別離或分手後，經常回憶起對方風雅的舉止，端莊的相貌，與一般庸俗之輩迥然不同，可惜的是，任憑她朝思暮想，這份情感已無法回頭，對方的迷人風采也只能存於心中。可用來形容人的風姿秀雅，神情莊重。

【出處】北宋．柳永〈晝夜樂．洞房記得初相遇〉詞：「……一場寂寞憑誰訴。算前言、總輕負。早知恁地難拚，悔不當時留住。其奈風流、端正外，更別有、繫人心處。一日不思量，也攢眉千度。」（節錄）

雲一緺[1]，玉一梭，澹澹衫兒薄薄羅，輕顰雙黛螺[2]。

一束如雲般的秀髮上，插著一根梭形的玉簪，身上穿著淺色的絲羅薄衫，臉上輕輕皺起雙眉。

【注釋】1.緺：音ㄍㄨㄚ，計算髮髻的單位。2.黛螺：古代女子用來畫眉的青綠色顏料。此代指女子的眉毛。

【解析】李煜詞中描摹一名年輕女子的頭飾是高貴的玉簪，服飾為素雅的絲羅衣衫，外表裝飾看似簡單，但「玉」和「羅」皆非當時平常人家會使用的飾品和衣物，藉此襯托出女子的脫俗風韻以及出身不凡。可用來形容女子的氣質高雅。

【出處】五代．李煜〈長相思．雲一緺〉詞：「雲一緺，玉一梭，澹澹衫兒薄薄羅，輕顰雙黛螺。秋風多，雨相和，簾外芭蕉三兩窠，夜長人奈何？」

事事風風韻韻，嬌嬌嫩嫩，停停當當[1]人人[2]。

女子的一舉一動都富有風度，意態美好，嬌媚柔情，一切都恰到好處，惹人憐愛。

【注釋】1.停停當當：指完美妥貼。2.人人：對親近的人的暱稱。

【解析】元代曲家喬吉歌詠花塢春曉下的娉婷佳人，每一個動作都充滿嫵媚風情，嬌柔清麗，在有心人的眼中簡直就是完美無瑕，神魂為之蕩漾。特別的是，這首曲子通首使用疊字，讓人讀來別有一番韻味。可用來形容女子姿態秀雅，氣質出眾。

【出處】元．喬吉〈天淨沙．鶯鶯燕燕春春〉曲：「鶯鶯燕燕春春，花花柳柳真真。事事風風韻韻，嬌嬌嫩嫩，停停當當人人。」

矯捷

仰手接飛猱[1]，俯身散馬蹄[2]。

（拉開弓弦）迎面擊落輕捷如飛的猿猴，彎腰又射裂被稱為「馬蹄」的箭靶。

【注釋】1.猱：音ㄋㄠˊ，猿猴的一種，體型矮小，善於攀緣騰躍。2.馬蹄：此指箭靶。

【解析】三國魏人曹植詩中描寫一位武藝高超的游俠兒，年少便離開了家鄉，經常手執良弓，身懷利箭，騎著白色的駿馬在西北邊境不停飛跑，他一出箭，再困難的目標也能射中，善騎射的聲名便在沙漠地區傳揚。作者在短短的兩句詩裡，就用了「仰」、「俯」、「接」、「散」四個動詞來狀寫游俠兒動作轉換靈巧敏捷，突顯其射擊技巧之精湛。可用來形容射箭手的身手矯健靈活，箭不虛發。

【出處】三國魏．曹植〈白馬篇〉詩：「白馬飾金羈，連翩西北馳。借問誰家子？幽并游俠兒。少小去鄉邑，揚聲沙漠垂。宿昔秉良弓，楛（ㄏㄨˋ）矢何參差。控弦破左的，右發摧月支。仰手接飛猱，俯身散馬蹄。狡捷過猴猿，勇剽若豹螭……」（節錄）

連翩擊鞠壤，巧捷惟萬端。

連續不停地忙著踢毛球和擊中木板，身手奇巧敏捷，花樣變化多端。

【解析】曹植在詩中描寫京都的貴遊子弟，清晨一早起來便忙於鬥雞跑馬、攬弓射鳶，接著趕去參加奢華飲宴，等到吃飽喝足，又興致勃勃玩起了蹴鞠和擊壤的遊戲，即使連續做出飛踢、拋擲的動作也都難不倒他們，不但個個手腳靈活迅捷，樣式也別出心裁，讓人看了嘆為觀止。可用來形容長時間連跑帶跳，行動依然輕捷靈敏。

【出處】三國魏．曹植〈名都篇〉詩：「……連翩擊鞠壤，巧捷惟萬端。白日西南馳，光景不可攀。雲散還城邑，清晨復來還。」（節錄）

身輕一鳥過，槍急萬人呼。

身影輕捷，就像是一隻鳥兒在眼前飛過般，槍法迅疾，使得上萬人全都驚呼不已。

【解析】此詩是杜甫為當時名將哥舒翰的部屬蔡希曾都尉送行時所作，詩中稱譽蔡都尉勇決善戰，在前線奮力殺敵，俐落的身手就跟飛鳥一樣快捷靈活，嫻熟的槍法更贏得了全軍上下的喝采，眾人無不心悅誠服。可用來形容動作敏捷，武藝高強。

【出處】唐．杜甫〈送蔡希曾都尉還隴右，因寄高三十五書記〉詩：「蔡子勇成癖，彎弓西射胡。健兒寧鬥死，壯士恥為儒。官是先鋒得，材緣挑戰須。身輕一鳥過，槍急萬人呼……」（節錄）

草枯鷹眼疾，雪盡馬蹄輕。

野草枯萎，獵鷹的目光特別銳利而使獵物更無遺漏，積雪消融，獵人的馬飛奔的速度格外輕快無阻，很快便追到獵物。

【解析】王維詩中藉著寫鷹、馬助獵人捕獲獵物之得心應手，來展現獵人馳騁追逐時身手輕敏迅捷。可用來形容獵人在寒冬將盡時出獵的矯健身姿與不凡氣勢。

【出處】唐．王維〈觀獵〉詩：「風勁角弓鳴，將軍獵渭城。草枯鷹眼疾，雪盡馬蹄輕。忽過新豐市，還歸細柳營。迴看射鵰處，千里暮雲平。」

弄潮兒向濤頭立，手把紅旗旗不濕。

在潮中戲水的人對著浪濤挺直身子，手裡握的那面紅旗不曾被濺起的浪花打濕。

【解析】北宋隱士潘閬回憶其過往觀看杭州錢塘潮的盛況，當時潮水翻騰澎湃，許多深諳水性的青年執旗泅水，在洶湧風浪中奮力拚搏，但手中的紅旗卻能夠不沾到水，足見這些青年不止本領高超，身手不凡，而且膽量過人。可用來形容游泳高手在水中與狂風巨浪相搏的矯健英姿。

【出處】北宋．潘閬〈酒泉子．長憶觀潮〉詞：「長憶觀潮，滿郭人爭江上望。來疑滄海盡成空，萬面鼓聲中。弄潮兒向濤頭立，手把紅旗旗不濕。別來幾向夢中看，夢覺尚心寒。」

佳人自鞚[1]玉花驄[2]，翩如驚燕蹋飛龍。

美麗的虢國夫人自己駕馭著玄宗皇帝的駿馬，身段輕盈猶如驚飛的燕子，在宮道上馳騁宛若飛翔的龍。

【注釋】1.鞚：音ㄎㄨㄥ，用以控制馬的皮帶或繩索。2.玉花驄：青白色的花馬。傳唐玄宗有一匹馬名叫玉花驄，虢國夫人常乘著牠進出宮中。

【解析】此乃蘇軾為唐代名畫〈虢國夫人夜遊圖〉所寫的題畫詩，意即詩的內容是配合圖畫而作。蘇軾詩中再現唐玄宗寵妃楊貴妃三姊虢國夫人騎著名駒，在宮中大道奔馳自若，動作靈敏，如出入無人之境，暗諷楊家恃寵而驕的囂張氣焰。可用來形容女子騎馬時，輕快飄忽的靈動模樣。

【出處】北宋・蘇軾〈虢國夫人夜遊圖〉詩：「佳人自鞚玉花驄，翩如驚燕蹋飛龍。金鞭爭道寶釵落，何人先入明光宮。宮中羯鼓催花柳，玉奴絃索花奴手。坐中八姨真貴人，走馬來看不動塵。明眸皓齒誰復見？只有丹青餘淚痕。人間俯仰成今古，吳公臺下雷塘路。當時亦笑張麗華，不知門外韓擒虎。」

碧眼胡兒三百騎，盡提金勒[1]向雲看。

三百多名碧眼的胡人騎士，全部都拉緊轡繩、勒住坐騎，仰頭向雲端看去。

【注釋】1.金勒：金屬製作的籠頭，用來套在牲口的頭上，以便控制其行動。

【解析】作者柳開描寫邊塞數百名胡人騎兵馳騁草原時，聽到一聲響箭直上雲霄，聲音乾脆清亮，全員立刻勒緊轡繩，昂首遠望，屏氣凝神等待緊接而來的指揮號令，表現出騎兵整齊劃一、訓練有素的機敏形象。可用來形容年輕騎兵勇武敏捷的樣子。

【出處】北宋・柳開〈塞上〉詩：「鳴骹（ㄑㄧㄠ）直上一千尺，天靜無風聲更乾。碧眼胡兒三百騎，盡提金勒向雲看。」

草偃雲低漸合圍，雕弓聲急馬如飛。

風吹草倒，雲層很低，獵物已逐漸被少年們給團團圍住，他們拉弓射箭的聲音又急又快，策馬奔馳的速度有如飛的一樣。

【解析】近人王國維詞中描寫一群擅長騎射的豪氣少年，在獵場合圍而獵的過程，獵物在他們的四面環圍下，根本無所遁逃，最後每個人滿載而歸，臉上無不得意洋洋。可用來形容縱馬射獵的技術純熟，速度快捷。

【出處】清末民初・王國維〈浣溪沙・草偃雲低漸合圍〉詞：「草偃雲低漸合圍，雕弓聲急馬如飛。笑呼從騎載禽歸。萬事不如身手好，一生須惜少年時。那能白首下書帷？」

【衰醜】

多病多愁心自知，行年未老髮先衰。

心中明白自己的病痛不少又多愁善感，年紀雖然還沒有到老，但頭髮早已先掉而顯得面容衰老。

【解析】白居易詩中主在感嘆自己雖尚未年老，但緣於病痛纏身，以致外貌和心態早已出現各種老化的跡象。可用來形容人還不到老年，外表樣貌和身心狀態已邁入衰頹。

【出處】唐．白居易〈嘆髮落〉詩：「多病多愁心自知，行年未老髮先衰。隨梳落去何須惜？不落終須變作絲。」

醜女來效顰，還家驚四鄰。

容貌醜陋的女子模仿西施皺著眉頭的模樣，返家時把周遭的鄰居全都嚇著了！

【解析】春秋越國美女西施因患有心病而經常蹙額捧心，人們看了覺得別具風姿，更增美態。李白詩中描寫相貌醜陋的人也想要學西施的動作，結果鄰人見狀後反而受到驚嚇。可用來形容女子容貌難看，卻喜歡效法美人蹙眉，讓人感到怪異而驚恐。另可用來比喻不衡量自身的條件，只是盲目模仿他人，往往得到的是反效果。

【出處】唐．李白〈古風〉詩五十九首之三十五：「醜女來效顰，還家驚四鄰。壽陵失本步，笑殺邯鄲人……」（節錄）

小兒誤喜朱顏在，一笑那知是酒紅。

小孩子看我臉色泛紅，歡喜地誇獎我還很年輕，我笑起來，才知道那是我酒後出現的臉紅。

【解析】蘇軾來到海外儋州時已是個年邁力微、鬚髮如霜的老人，詩中寫其醉酒後滿面紅光，卻被小兒輩誤認為是紅顏尚在一事，表現其在孤苦的環境下，仍然能以幽默的態度來自嘲衰老這個令人感傷的事實。可用來形容老人家飲酒後臉色紅潤，乍看以為還未年老。

【出處】北宋・蘇軾〈縱筆〉詩三首之一：「寂寂東坡一病翁，白髮蕭散滿霜風。小兒誤喜朱顏在，一笑那知是酒紅。」

不知筋力衰多少？但覺新來懶上樓。

不知道我現在的體力到底衰弱了多少？只覺得最近連爬上樓都有點懶洋洋的。

【解析】此為年過五十的辛棄疾，寫於罷官謫居期間的一場大病初癒之後，表面上看似在感慨自己的盛年不再，筋力衰退，終日倦怠不振，實則寓含其對恢復中原的這項人生志業，逐漸感到此生應該無望達成的哀嘆。可用來形容人老體衰，雙腳無力。

【出處】南宋・辛棄疾〈鷓鴣天・枕簟溪堂冷欲秋〉詞：「枕簟溪堂冷欲秋，斷雲依水晚來收。紅蓮相倚渾如醉，白鳥無言定自愁。書咄咄，且休休。一丘一壑也風流。不知筋力衰多少？但覺新來懶上樓。」

如今憔悴，風鬟霜鬢，怕見夜間出去。

現在我的容貌枯瘦，頭髮蓬鬆散亂，雙鬢霜白，不敢在夜晚出門。

【解析】李清照回憶昔日在北方過元宵節時，她總會穿戴應時的裝飾，慎重妝扮自己，但南渡之後，飽經風霜的她早已無心過節，任憑一頭蓬亂又斑白的髮絲飛散，形容枯槁，因而害怕出去拋頭露面。可用來形容人蓬頭亂髮的蒼老模樣。

【出處】北宋末、南宋初・李清照〈永遇樂・落日熔金〉詞：「……中州盛日，閨門多暇，記得偏重三五。鋪翠冠兒，撚金雪柳，簇帶爭濟楚。如今憔悴，風鬟霜鬢，怕見夜間出去。不如向、簾兒底下，聽人笑語。」（節錄）

老病逢春只思睡，獨求僧榻寄須臾。

時序雖是春天，但對於年老多病的我而言只想著睡覺，僅求有一張僧床，好讓我能休息一會兒。

【解析】蘇軾描寫某年寒食節的清晨，眾多官員在冷寒的湖邊等候知州到來的情景，而他因年紀老大又剛好生病，對官場上這種應酬排場感到相當厭倦，只渴望著眼前可以出現一床僧榻讓他小睡一下。可用來形容老人因疾病在身而體力不支。

【出處】北宋．蘇軾〈瑞鷓鴣．城頭月落尚啼烏〉詞：「城頭月落尚啼烏，朱艦紅船早滿湖。鼓吹未容迎五馬，水雲先已漾雙鳧。映山黃帽螭頭舫，夾岸青煙鵲尾鑪。老病逢春只思睡，獨求僧榻寄須臾。」

身似漏船難補貼，齒如敗屐久凋零。

身體好像是一艘破船，很難再東補西貼，牙齒有如木鞋底下的屐齒斷落，很久之前就已經敗壞。

【解析】方岳寫自己進入老年之後，體能衰退，百病叢生，牙齒掉落，造成他日常行動和飲食都相當不便，詩中他借生活中的具體事物來勾勒老人樣貌日益衰朽的形態。可用來形容人老邁龍鍾，牙口不好。

【出處】南宋．方岳〈春日雜興〉詩十四首之八：「春來多病感頹齡，草藥泥瓶不暫停。身似漏船難補貼，齒如敗屐久凋零。炎黃豈解留年壽，莊老聊堪悅性靈。長劍拄頤兒戲耳，底須麟閣更圖形。」

捉衿見肘貧無敵，聳膊成山瘦可知。

抓住衣襟，想遮住露出的前胸，卻又露出了手肘來，世上應該沒有人比我更窘困了，脖子都縮到了比兩肩還低，聳起的肩膀，看上去成了一個「山」字，瘦削的程度可想而知

【解析】陸游詩中用「捉襟見肘」和「聳膊成山」兩語，來形容自己的貧困與衰貌。從年少便懷抱著報國的熱血，卻一路跌跌撞撞，潦倒到老，身上的衣服破舊不堪，聳肩縮頸的怪異樣貌，可見詩人當時處境之難堪，窘態畢露。可用來形容人的衣著殘破，身形消瘦衰頹。

【出處】南宋．陸游〈衰疾〉詩：「衰疾支離負聖時，猶能采菊傍東籬。捉衿見肘貧無敵，聳膊成山瘦

可知。百歲光陰半歸酒，一生事業略存詩。不妨舉世無同志，會有方來可與期。」

縱使相逢應不識，塵滿面，鬢如霜。

即使相見應該也認不出我來了，現在的我滿臉風塵，雙鬢霜白。

【解析】蘇軾與妻子王弗結髮十一載，蘇軾三十歲那年，二十七歲的王弗因病去逝，十年之後，蘇軾寫此詞悼念亡妻，假設此時若能和王弗重逢的話，對方必定也認不得自己了，畢竟十年前兩人都還算年輕，如今的他早面容憔悴，衰老不堪。可用來形容人飽經風霜，兩鬢斑白，樣貌出現老態。

【出處】北宋．蘇軾〈江城子．十年生死兩茫茫〉詞：「十年生死兩茫茫，不思量，自難忘。千里孤墳，無處話淒涼。縱使相逢應不識，塵滿面，鬢如霜。夜來幽夢忽還鄉，小軒窗，正梳妝。相顧無言，惟有淚千行。料得年年斷腸處，明月夜，短松岡。」

縷金檀板今無色，一曲當年動帝王。

以金絲製成的華服和用檀木製成的拍板，如今看來已黯淡失色，但從前的她，歌唱一曲竟能驚動天下至尊的皇帝。

【解析】劉子翬詩中敘述靖康之變後宋室南渡，當年轟動整座北宋京城，甚至連徽宗皇帝都為之傾倒的一代名妓李師師，相傳也來到了南方重操舊業，只不過此時的她已翠消紅減，垂垂老矣，姿色和技藝皆不復以往，今昔對比，令人嗟嘆。可用來形容曾經傾國傾城的女子，而今人老色衰。

【出處】北宋末、南宋初．劉子翬〈汴京紀事〉詩二十首之二十：「輦轂繁華事可傷，師師垂老過湖湘。縷金檀板今無色，一曲當年動帝王。」

生前難入畫，死後不留題。

（生得這樣的醜貌）活著的時候，難以被繪入畫中，死了之後，也不會有人題詠紀念。

【解析】鍾嗣成曲中為了要表達自己的容貌有多麼難看，故意反用了比喻美女的「沉魚落雁」一詞，他自知長相醜而懶得去邊塞或池邊走走，擔心到了池邊會讓魚兒嚇得鑽進水底，到了邊塞會讓鴻雁驚慌飛逃，即使走進一般園林，鳥兒也會立刻躲開，若連動物都如此對待他，更不用說世上多數都是以貌取人的人了，無論生前或是死後，任誰也不願和他有所牽連。可用來形容一個人的外貌極醜，不堪言狀。

【出處】元・鍾嗣成〈一枝花・生居天地間套・賀新郎〉曲：「世間能走的不能飛，饒你千件千宜，百伶百俐。閑中解盡其中意，暗地裡自恁解釋。倦閑遊出塞臨池，臨池魚恐墜，出塞雁驚飛，入園林宿鳥應迴避。生前難入畫，死後不留題。」

美人自古如名將，不許人間見白頭。

美麗的女子自古以來，就如同有名的戰將一樣，不容許世人看見他們的白髮蒼顏。

【解析】此詩詩題〈悼金夫人〉，是清代名士佟鋐之妾趙豔雪為悼念丈夫的至交好友查為仁之妻金至雲而作。詩中除了對金至雲的病故感到惋惜之外，也提出了世人對於美貌女子和一代名將的要求都相當苛刻，無法容忍他們的臉上出現老態，因為那代表著紅顏已逝，以及英雄無力再戰的殘酷現實。可用來形容美女或是曾經風光一時的名人，都不願讓人看見自己老醜或落魄的模樣，或是人們無法接受他們的風華不再。

【出處】清・趙豔雪〈悼金夫人〉詩：「逝水韶華去莫留，漫傷林下失風流。美人自古如名將，不許人間見白頭。」

黃金華髮兩飄蕭，六九[1]童心尚未消。

黃金花完，滿頭白髮，即使金錢和青春兩者都飄散離去，但我如孩童純真的本心都還沒有消失。

【注釋】1.六九：一說指孩童的歲數六歲、九歲。另一說指陰陽造化，在《易》中，六代表陰爻，九代表陽爻，此指造化循環的劫數，比喻清朝的國運將要走入衰微。

【解析】龔自珍詩中一方面感嘆自己身無分文，家裡四壁蕭條，再加上年紀老大，體力每況愈下，但一方面又慶幸自己仍保有天真無邪的童心，期待還能替國家貢獻一份微薄的心力。可用來形容一個人雖年老體衰又事業無成，心性一如兒童般純潔無染。

【出處】清・龔自珍〈夢中作四截句〉詩四首之二：「黃金華髮兩飄蕭，六九童心尚未消。叱起海紅簾底月，四廂花影怒於潮。」

言語行為

【言談】

人之多言，亦可畏也。

人們的愛說閑話，也是令人害怕的啊！

【解析】此乃成語「人言可畏」的典故由來，詩中描寫春秋時期鄭國的一名女子，雖對向她求愛的男子也有情意，但她又害怕家人和輿論的責難，精神承受相當大的壓力，故只能婉轉拒絕男子的追求，表現其想愛又不敢愛的矛盾心理。可用來形容流言蜚語，令人心生畏懼。

【出處】先秦・《詩經・鄭風・將仲子》：「……將仲子兮，無踰我園，無折我樹檀。豈敢愛之？畏人之多言。仲可懷也，人之多言，亦可畏也。」（節錄）

巧言如簧[1]，顏之厚矣。

說話巧妙動聽，就像是用簧片吹奏音樂一樣，臉皮實在是很厚啊！

【注釋】1.簧：指簧片，為樂器裡用金屬或其他材料製成的發聲薄片。

【解析】詩人認為造成國家混亂的緣由，就是統治者喜歡聽信佞人的花言巧語，疏遠賢良仁人，可見讒言容易蠱惑人心，如似仙樂讓人聽了神魂飄飄，難以分辨真偽是非。可以用來形容人的言辭花俏，善於取悅他人，內在卻是奸巧虛偽。

【出處】先秦·《詩經·小雅·巧言》：「……荏染柔木，君子樹之。往來行言，心焉數之。蛇蛇碩言，出自口矣。巧言如簧，顏之厚矣……」（節錄）

其容不改，出言有章。

儀容不改常態，從容有度，從口中說出來的話，具有文采和條理。

【解析】歷來學者多認為此詩的作者是東周春秋初期的文人，因經過亂離而遷都雒邑之後，開始懷念西周都城鎬京的人文薈萃，讚美當時的人士儀表堂堂，言之有物，章法分明，感嘆如今已不復見昔日鼎盛榮景，希望還能夠回到過去的時光。可用來形容談吐有致，出口成章。

【出處】先秦·《詩經·小雅·都人士》：「彼都人士，狐裘黃黃。其容不改，出言有章。行歸于周，萬民所望……」（節錄）

心非木石豈無感？吞聲躑躅不敢言。

人心又不是樹木、石頭，怎麼會沒有感情呢？只能忍住想要說出的話，猶豫不決到底該說還是不說，但最後還是決定什麼都不敢說了。

【解析】出身寒微的鮑照，不滿當時社會重視門第，以致自己的求仕之路到處碰壁，一生沉淪下僚，他雖很想大聲說出心中的積鬱不平，但幾經思量，還是把話給吞了回去，選擇緘默不語。可用來形容強忍怨怒之氣，不敢向人言說。

【出處】南朝宋·鮑照〈擬行路難〉詩十八首之四：「瀉水置平地，各自東西南北流。人生亦有命，安能行嘆復坐愁？酌酒以自寬，舉杯斷絕歌路難。心非木石豈無感？吞聲躑躅不敢言。」

平生不解藏人善，到處逢人說項斯。

我一生不懂得把人的優點藏起來不說，所以看到人都會說項斯的好。

【解析】楊敬之詩中表達其看了項斯的文章後，便很喜愛項斯的文章，後來知道項斯的人品也好，故逢人就會稱揚他。可用來形容喜歡到處誇獎別人的優點。也可用來比喻替他人遊說說情。

【出處】唐・楊敬之〈贈項斯〉詩：「幾度見詩詩總好，及觀標格過於詩。平生不解藏人善，到處逢人說項斯。」

含情欲說宮中事，鸚鵡前頭不敢言。

滿懷幽怨想要訴說宮裡的事情，看到鸚鵡在面前便不敢說出來了。

【解析】朱慶餘描寫兩名宮女本欲互訴衷腸，但一見到會學人話的鸚鵡便有所畏忌而不敢多言了，以此暗示在宮中說話必須提防隔牆有耳，以免遭到有心人的詆毀，反而為自己招來不測，由此也可看出宮中生活的幽閉與黑暗。可用來形容想說的話當著某人的面前不敢說出口。也可用來形容因有第三者在旁，自己的想法或心事不願被其聽見或擔心其中傷，故忍著不說出來。

【出處】唐・朱慶餘〈宮詞〉詩：「寂寂花時閉院門，美人相並立瓊軒。含情欲說宮中事，鸚鵡前頭不敢言。」

不如意事常八九，可與語人無二三。

生活中不稱心的事情，十件之中經常占了八九件，可以說話的人，十人之中找不到二三人。

【解析】方岳因得罪朝廷權貴而遭到罷官，仕途不順遂的他，感嘆人活在世上，不如意的事總是接連不斷，而周遭能讓自己敞開心扉，願意傾吐心事的人卻是寥寥無幾，故在詩中宣洩知音稀少的苦悶情緒。可用來說明人生充滿各種磨難，加深了人與人之間的不信任，不太敢對人說出真心話。

【出處】南宋・方岳〈別子才司令〉詩：「不如意事常八九，可與語人無二三。自識荊門子才甫，夢馳鐵馬戰城南。」

六宇五胡[1]生口面，

三言兩語費顏情。

面對那些陌生外族的是非口舌，即使只是兩三句話，也會讓人感到費力勞心。

【注釋】 1.六宇五胡：泛指非漢族的所有外族。六宇，指上下和四方。五胡，指自北方移居中原的匈奴、羯、鮮卑、氐、羌五種族人。

【解析】 吳潛是南宋中晚期的名臣，曾任理宗的宰相，罷相後數年，元兵入侵鄂州，朝廷命吳潛復職，他集調各路軍隊擊退元兵，立下奇功。可惜當時佞臣當道，容不下吳潛對國事的頻頻諫言，最後反遭彈劾而被流放到遠地。作者認為人與人之間的溝通，並沒有想像中的那般容易，尤其是與言語不通的異族，就算只是簡短的三言兩語，也難免身心俱疲，仍難以揣測對方所要表達的真正意思。可用來形容言語交流的過程，想要完全理解彼此所說的話，其實是相當困難的。

【出處】 南宋．吳潛〈望江南．家山好〉詞：「家山好，不是撰虛名。世上盛衰常倚伏，天家日月也虧盈。退步是前程。且恁地，捲索了收繩。六宇五胡生口面，三言兩語費顏情。贏得鬢星星。」

忠言如藥苦非甘。

忠直誠懇的言語勸誡，就像是藥一樣味苦而不甘甜。

【解析】 王安石寫詩送別即將赴京城的友人，提醒對方為官除了要操守堅定如松柏之耐寒，更要適時提出懇切諫言，雖說忠告如同苦藥，往往拂逆人心，卻是對人有所助益的，換言之，千萬不要為了怕得罪人而只敢說動聽甜美的言語，此舉乃正直的人所不為的。可用來形容忠懇的言論多不中聽，卻能使人改正缺失。

【出處】 北宋．王安石〈送江寧彭給事赴闕〉詩：「……分臺拜職榮先入，抗疏辭恩恥橫覃。勁操比松寒不撓，忠言如藥苦非甘。龍鱗直為當官觸，虎穴寧關射利探。朱轂獸頭終協夢，粉闈雞舌更須含……」（節錄）

談笑裡、風霆驚座，雲煙生筆。

談天說笑中，聲如雷霆，讓所有在座的人都感到震驚，寫字的筆勢像雲煙般瀟灑自如。

【解析】劉克莊寫詞讚美好友王邁的為人剛直正義，所任職的官位雖然不高，但一直都在替百姓的權益發聲，堪稱是當時的一號傑出人物，詞中他特別提到王邁能言善道，聲音宏亮，風趣橫生，經常引來眾人驚豔的目光。可用來形容人的談吐有致，口齒伶俐，滿座風生。

【出處】南宋．劉克莊〈滿江紅．天壤王郎〉詞：「天壤王郎，數人物、方今第一。談笑裡、風霆驚座，雲煙生筆。落落元龍湖海氣，琅琅董相天人策。問如何、十載尚青衫，諸侯客……」（節錄）

來說是非者，便是是非人。

喜歡評論人家的想法、言行是對或錯的人，自己就是製造口舌紛爭的人。

【解析】這兩句是古來流傳的俗諺，上下句雖然都有「是非」兩字，但意思卻是有所不同，前者意指事理的對與錯，後者則是指藉機引發事端，明顯含有貶義。作者意在提醒人們，不要認為道人閑言長語，不過是在談論事情或是評斷對錯而已，其實自己此時也成了惹事生非之人。可用來勸人不要傳人閑話，引起不必要的糾紛。

【出處】明．吳承恩《西遊記．第二十九回》之詩：「來說是非者，便是是非人。」

姑妄言之姑聽之。

姑且隨便說說，也就姑且隨便聽聽。

【解析】此詩詩題為〈題《聊齋誌異》〉，作者王士禎對於蒲松齡《聊齋誌異》一書相當推崇，認為書中內容雖多描寫神妖鬼狐之事，看似迂怪不經，但讀來也覺得新奇有趣，他希望讀者不妨抱持著輕鬆的態度來看待，不用太過於計較是否真有其人其事。可用來形容對於不合情理或沒有根據的言詞，無須全盤相信。

【出處】清．王士禎〈題《聊齋誌異》〉詩：「姑妄言之姑聽之，豆棚瓜架雨如絲。料應厭作人間語，愛聽秋墳鬼唱時。」

【純真】

郎騎竹馬來，遶床弄青梅。同居長干里，兩小無嫌猜。

回憶兒時你騎著竹馬過來，我們圍繞著井欄投擲著青梅玩耍。我們同住在長干里，從小一起長大，用不著避嫌疑或猜忌。

【解析】李白借一女子的口吻，自述其從童年到步入婚姻，以至於後來丈夫離家未歸的過程。其中「騎竹馬」、「弄青梅」都是在敘述兩人稚齡時的玩耍遊戲，可見她和丈夫是從小相識的玩伴，也累積了相當深厚的感情基礎。清人黃周星《唐詩快》云：「雖是兒女子喁喁，卻原帶英雄之氣，自與他人閨怨不同。」可用來形容男女幼童純真無邪的嬉戲情景。

【出處】唐．李白〈長干行〉詩二首之一：「妾髮初覆額，折花門前劇。郎騎竹馬來，遶床弄青梅。同居長干里，兩小無嫌猜。十四為君婦，羞顏未嘗開。低頭向暗壁，千喚不一回。十五始展眉，願同塵與灰。常存抱柱信，豈上望夫臺。十六君遠行，瞿塘灩澦堆。五月不可觸，猿聲天上哀……」（節錄）

遙憐小兒女，未解憶長安。

可憐我那遠方的幼小兒女們，還不懂得他們的母親為何會如此思念長安。

【解析】離開鄜州的妻小，隻身在長安的杜甫，對著皎皎明月，想像著他年幼的兒女陪著妻子看著月亮的情景，由於兒女年紀尚小，自是不能理解母親望月思念父親的心情，藉此抒發自己對家人的想念。可用來形容孩童天真無邪，未諳人情世事。

【出處】唐．杜甫〈月夜〉詩：「今夜鄜州月，閨中只獨看。遙憐小兒女，未解憶長安。香霧雲鬟濕，清輝玉臂寒。何時倚虛幌？雙照淚痕乾。」

多少長安[1]名利客，機關用盡不如君。

那些到京城求名謀利的人，用盡心機也不如牧

童你啊！

【注釋】1.長安：本為唐代京城，此借指北宋京城開封。

【解析】相傳這首詩為黃庭堅童年之作，其借寫牧童騎在牛背上吹笛安然悠哉的神態，嘹亮的笛音響徹了田野，對比那些在京城裡為了謀取名利而費盡心力、工於算計的人們，突顯出牧童天真無邪的形象。可用來形容人的性情舉止如孩童一樣單純、率真。

【出處】北宋．黃庭堅〈牧童〉詩：「騎牛遠遠過前村，吹笛風斜隔隴聞。多少長安名利客，機關用盡不如君。」

我觀人間世，無如醉中真。

我觀察人世間的事情，發覺人只有在喝醉酒時是最真誠的。

【解析】歷來文人大多對酒愛不釋手，不管是對酒當歌、還是借酒澆愁，甚至是窮到去典當衣物也要買酒來喝。作者認為酒讓人痴迷的原因，是因為人世間的憂愁實在太多也太深了，平時言行拘謹的人，只要酒一入口，才勇於展現自己的真實性情，放下原有的身段與矜持，把內心所有的壓抑和束縛全暫時拋諸腦後，沉浸在醉酒的滋味。可用來形容人的率性真情，只有在醉醺醺的狀態下才會顯露出來。

【出處】北宋．蘇軾〈飲酒〉詩四首之一：「我觀人間世，無如醉中真。虛空為消隕，況乃百憂身。惜哉知此晚，坐令華髮新。聖人難驟得，日且致賢人。」（此詩一說作者為秦觀）

牧童歸去橫牛背，短笛無腔信口吹。

黃昏時分，牧牛的兒童橫騎在牛的背上，準備回家，他手裡持著短笛，一路隨興吹奏著不成曲調的樂音。

【解析】作者雷震描寫農村裡的牧童，結束了他一天的放牧工作，神情愉悅的橫坐在牛背上，一路吹笛返家的情景，刻畫出村野生活的平和恬靜氛圍，也生動塑造出牧童頑皮又可愛的純樸神態。可用來形容牧童天真無邪的調皮舉止。另可用來形容寧靜鄉村，牧童晚歸的風情景致。

【出處】南宋．雷震〈村晚〉詩：「草滿寒塘水滿陂，山銜落日浸寒漪。牧童歸去橫牛背，短笛無腔信口吹。」

最喜小兒無賴，溪頭臥剝蓮蓬。

最討人喜愛的小兒子一副調皮的樣子，正臥在溪邊剝食著剛剛採下的蓮蓬。

【解析】辛棄疾詞中描繪農村一戶五口之家的純樸生活畫面，一對老夫妻在飲酒談心，他們的大兒子在田間鋤草，第二個兒子在家編織雞籠，最小的兒子由於年紀尚幼，無事可做，便隨意摘下一個蓮蓬，無憂無慮地躺在水邊，剝著蓮蓬裡的蓮子，自顧自地吃著，模樣逗趣可愛。可用來形容農村兒童玩耍或吃東西時淘氣天真的神態。

【出處】南宋．辛棄疾〈清平樂．茅簷低小〉詞：「茅簷低小，溪上青青草。醉裡吳音相媚好，白髮誰家翁媼。大兒鋤豆溪東，中兒正織雞籠。最喜小兒無賴，溪頭臥剝蓮蓬。」

童孫未解供耕織，也傍桑陰學種瓜。

幼小的孫子還不懂得如何耕田織布，靠在桑樹的樹蔭下，模仿著大人種瓜的樣子。

【解析】范成大詩中描繪農村人家勤勞樸實的天性，不分男女老小，無論是去田間除草還是在家裡把麻搓成線，人人各司其職，扛起家庭生計的責任，唯獨小孩子還不解事，只能在一旁效法大人們種瓜時的動作，模樣天真可愛，充滿純樸的童趣。可用來形容農村幼童也想要模仿大人從事農活的稚氣情態。

【出處】南宋．范成大〈四時田園雜興．夏日〉詩十二首之七：「晝出耘田夜績麻，村莊兒女各當家。童孫未解供耕織，也傍桑陰學種瓜。」

少年哀樂過於人，

歌泣無端字字真。

我年少的時候，不管是哀傷還是快樂的情感都比別人來得強烈，無論是歌唱還是哭泣都毫無緣由，所寫的每一個字都是真情流露。

【解析】龔自珍在其三十八歲這年，寫了〈己亥雜詩〉三百多首，其中這首回想少不經事時的自己，雖然缺乏人生歷練，也不懂得掩飾內心的喜怒哀樂，想唱歌時就高聲歌唱，想流淚時就漣漣如雨，下筆為文也是隨心所欲。而今到了壯年，每天周旋在各種複雜的心思間，時而糊塗，時而狡黠，已然失去了從前的單純本性。可用來形容人在年輕時的情感率真自然，毫不做作。

【出處】清．龔自珍〈己亥雜詩〉詩三百一十五首之一百七十：「少年哀樂過於人，歌泣無端字字真。既壯周旋雜痴黠，童心來復夢中身。」

兒童不解春何在？只向遊人多處行。

小孩子不瞭解春天到底在哪裡？只知道要往遊人多的地方走去就可以了。

【解析】清人汪楫描寫一群農婦在田園耕種的春忙景象，一旁綠樹上的鶯聲悅耳，春意濃厚，孩童尚且年幼，還不明白該往何處去尋覓大人口中的春天，就是看遊客多往哪個方向走，便往那裡玩耍去。可用來形容兒童充滿好奇和喜歡熱鬧的天性。

【出處】清．汪楫〈田間〉詩：「小婦扶犁大婦耕，隴頭一樹有啼鶯。兒童不解春何在？只向遊人多處行。」

狂放

我本楚狂人，鳳歌笑孔丘。

我原本就像春秋楚國的狂人接輿一樣，高唱「鳳兮鳳兮！何德之衰」的歌來嘲笑孔丘。

【解析】詩中的「楚狂人」，指的是春秋楚國隱士陸通，字接輿。《論語．微子》中記載接輿曾唱出「鳳兮鳳兮！何德之衰」的歌來諷刺到楚國遊說楚王的孔子，意在規勸孔子於亂世中不要戀眷仕途，以免惹禍上身。李白在此借用前人典故，自比楚狂人接輿的縱情恣意，任性而為，對政治前景不抱希望。可用來形容人言行狂放不羈，不受世俗束縛。

【出處】唐．李白〈廬山謠寄盧侍御虛舟〉詩：「我本楚狂人，鳳歌笑孔丘。手持綠玉杖，朝別黃鶴樓……」（節錄）

李白一斗詩百篇，長安市上酒家眠。

李白只要喝下一斗酒，立刻詩興大發作出上百篇的詩來，他經常到長安街上去喝酒，喝醉了就在酒店酣眠。

【解析】杜甫以幽默詼諧的筆調描摹文壇上八位友人喝酒後的神態，包括有賀知章、李璡、李適之、崔宗之、蘇晉、李白、張旭和焦遂，杜甫稱他們為「八仙」。詩中也道出了李白只要黃湯一下肚便詩興大發，文采飛揚，喝到爛醉後還直接倒臥酒家酣睡，完全不在乎他人的異樣眼光。可用來形容李白不僅嗜酒，還能借酒助詩興，以及不拘小節的豪放形象。

【出處】唐．杜甫〈飲中八仙歌〉詩：「……蘇晉長齋繡佛前，醉中往往愛逃禪。李白一斗詩百篇，長安市上酒家眠。天子呼來不上船，自稱臣是酒中仙。張旭三杯草聖傳，脫帽露頂王公前，揮毫落紙如雲煙。焦遂五斗方卓然，高談雄辯驚四筵。」（節錄）

花須連夜發，莫待曉風吹。

百花須得連夜齊放，不可等到天亮風吹時才綻開。

【解析】詩題一作〈臘日宣詔幸上苑〉。武則天武曌（ㄓㄠˋ）於農曆臘月初八欲至上苑（即上林苑，秦漢時期的皇家園林）賞花，由於時序正值寒冬，還未到花開時節，武則天便作詩傳詔給管理百花的春神，令其催促上苑裡的花連夜盛開。相傳第二天武則天連同文武百官遊上苑時，原本含苞待放的花果然全都開放。植物開花原本就得按時間、季節的先後順序，武則天卻為了提前賞花而下詔書給春神，乍聽之下像是無稽之談，但這也正是此詩要傳達的意圖，就是武則天自詡為負有天命的皇帝，暗示有心叛變的臣子不可違逆上天的旨意，否則將會招致天譴。可用來形容一代女皇武則天號令天下、主宰一切的狂傲氣概。

【出處】唐．武則天武曌〈催花〉詩：「明朝遊上苑，火急報春知。花須連夜發，莫待曉風吹。」

科頭[1]箕踞[2]長松下，白眼看他世上人。

不戴帽子，兩腿分開坐在大松樹下，眼睛朝上，冷冷地看著世俗中人。

【注釋】1.科頭：泛指不戴帽子。2.箕踞：兩腿舒展而坐，形如畚箕，是一種隨意不拘或倨傲無禮的表現。

【解析】王維與友人盧象一同去拜訪表弟崔興宗，他見崔興宗幽居山林，生活逍遙自在，舉止不拘禮節，眼裡看不起那些在俗世中追逐名利的人，王維便作此詩稱許崔興宗不同於流俗的孤傲性格。可用來形容人自命清高，性情狂傲，故對世俗名利之徒表現出鄙薄厭惡的行止。

【出處】唐．王維〈與盧員外象，過崔處士興宗林亭〉詩：「綠樹重陰蓋四鄰，青苔日厚自無塵。科頭箕踞長松下，白眼看他世上人。」

氣岸遙凌豪士前，風流肯落他人後？

氣概高傲，遠遠超過那些豪放人士，放蕩不羈，又豈肯落於他人的後面？

【解析】李白晚年遭流放夜郎，詩中他回顧年輕時期，曾在京城長安和權貴們開懷暢飲，當時傲岸不羈的氣概，令豪傑志士都為之佩服，以及他那放誕不受拘束的態度，從來不肯落後於人，只是昔日豪情萬千對比他今日的窮途落魄，內心自是抑鬱難平。可用來形容人意氣風發、狂放不羈的樣子。

【出處】唐．李白〈流夜郎贈辛判官〉詩：「昔在長安醉花柳，五侯七貴同杯酒。氣岸遙凌豪士前，風流肯落他人後？夫子紅顏我少年，章臺走馬著金鞭。文章獻納麒麟殿，歌舞淹留玳瑁筵。與君自謂長如此，寧知草動風塵起。函谷忽驚胡馬來，秦宮桃李向明開。我愁遠謫夜郎去，何日金雞放赦回？」

痛飲狂歌空度日，飛揚跋扈為誰雄？

你成天痛快飲酒，縱情高歌消磨日子，如此意氣飛揚，是為了在誰的面前稱雄呢？

【解析】杜甫在詩中描寫李白因得罪權貴而不得不離開翰林供奉一職後每天狂飲度日，行止放肆不羈，縱使仕途失意，壯志難伸，如飄蓬般雲遊四海的李白依然意態狂傲，瀟灑自若，絕不與現實妥協。可用來形容人終日飲酒，恣情放縱，任性而為。

【出處】唐．杜甫〈贈李白〉詩：「秋來相顧尚飄蓬，未就丹砂愧葛洪。痛飲狂歌空度日，飛揚跋扈為誰雄？」

新豐[1]美酒斗十千，咸陽游俠多少年。

新豐縣的美酒一斗值十千錢，咸陽城裡的游俠多是少年郎。

【注釋】1.新豐：地名，位在今陝西西安市境內，以產美酒聞名。

【解析】詩中「咸陽」本是秦朝國都，王維在此代指唐都長安。詩中描寫長安城裡聚集了不少年輕俠士，他們皆是喜好交遊、看輕生死且重情重義之人，彼此一見如故，便開懷縱飲起聞名遐邇的新豐美酒。可用來形容少年游俠豪邁不羈、意氣風發的形象。

【出處】唐．王維〈少年行〉四首之一：「新豐美酒斗十千，咸陽游俠多少年。相逢意氣為君飲，繫馬高樓垂柳邊。」

不恨古人吾不見，恨古人、不見吾狂耳。

我不會遺憾自己不曾見過古人，只遺憾古人不曾見過我的狂態。

【解析】據《南史．張融傳》記載，活動於南朝宋、齊的文人張融曾發出「不恨我不見古人，所恨古人不見我」之語，表現其張揚狂誕、自視甚高的態度。此詞作於辛棄疾閑居期間，他轉化了張融的狂人狂語，抒發自己其實也同前人一樣，狂放恣肆，傲骨嶙峋，絕不會因遭遇挫折而改變心志。可用來形容疏狂放浪的高傲姿態。

【出處】南宋．辛棄疾〈賀新郎．甚矣我衰矣〉詞：「……一尊搔首東窗裡，想淵明、〈停雲〉詩就，此時風味。江左沉酣求名者，豈識濁醪妙理？回首叫、雲飛風起。不恨古人吾不見，恨古人、不見吾狂耳。知我者，二三子。」（節錄）

文章太守，揮毫萬字，一飲千鍾。

這位喜愛寫文章的太守，一下筆就是一萬字，一喝酒就是一千杯。

【解析】歐陽脩詞中回憶自己當年知揚州期間，以文章名冠天下，揮筆落紙如飛，文思捷速暢達，在酒宴上痛快酣飲，儼然如一名千杯不醉的風流文士般。可用來形容人的文采橫溢，酒量不凡，意氣豪邁。

【出處】北宋．歐陽脩〈朝中措．平山闌檻倚晴空〉詞：「平山闌檻倚晴空，山色有無中。手種堂前垂柳，別來幾度春風？文章太守，揮毫萬字，一飲千鍾。行樂直須年少，尊前看取衰翁。」

只疑松動要來扶，以手推松曰去。

醉意之中，懷疑一旁搖晃的松樹要過來扶我，就用手推開松樹說：去！

【解析】辛棄疾寫其酒後醉倒在松樹旁，酣睡了一夜，隔日醒來時，明明是自己的酒意尚未清醒，頭昏眼暈，詞中卻說成是松樹要來扶自己起身，甚至還用力推開了松樹，命令松樹走開，淋漓描摹了一個性格倔強的人，即使醉酒也不掩其舉止狂傲不倚。可用來形容人醉酒後的清狂姿態。

【出處】南宋．辛棄疾〈西江月．醉裡且貪歡笑〉詞：「醉裡且貪歡笑，要愁那得工夫？近來始覺古人書，信著全無是處。昨夜松邊醉倒，問松我醉何如？只疑松動要來扶，以手推松曰去。」

老夫聊發少年狂，左牽黃，右擎蒼。

我姑且學著年輕人的疏狂不羈，左手牽著黃色獵狗，右臂上舉著蒼鷹。

【解析】蘇軾在密州和同僚一同出外打獵，突然興致高昂，左牽黃犬，右擎蒼鷹，和上千名年輕將士縱馬奔馳，所經過的地方都捲起滾滾風沙，場面壯闊。可用來形容中老年人舉止豪邁，神態激昂，絲毫不輸威武少年。

【出處】北宋．蘇軾〈江城子．老夫聊發少年狂〉詞：「老夫聊發少年狂，左牽黃，右擎蒼。錦帽貂裘，千騎卷平岡。為報傾城隨太守，親射虎，看孫郎。酒酣胸膽尚開張，鬢微霜，又何妨。持節雲中，何日遣馮唐？會挽雕弓如滿月，西北望，射天狼。」

我是清都[1]山水郎[2]，天教分付與疏狂。

我是天上負責管理山水的侍從，是上天讓我可以如此放任不羈的。

【注釋】1.清都：神話傳說中天帝居住的宮闕。2.山水郎：指為天帝管理山水的郎官。

【解析】朱敦儒早年隱居家鄉洛陽，終日寄情於山水，雖為一介平民，卻在朝野間頗有名望，欽宗曾召其入京做官，但朱敦儒堅辭不受，詞中他以「清都山水郎」自居，表現其天生熱愛自然風光，不慕爵祿，喜歡過著閑散逍遙的生活。可用來形容人鄙視塵俗名利，鍾情山水，為人豪邁奔放。

【出處】北宋末、南宋初．朱敦儒〈鷓鴣天．我是清都山水郎〉詞：「我是清都山水郎，天教分付與疏狂。曾批給雨支風券，累上留雲借月章……」（節錄）

詩萬首，酒千觴，幾曾著眼看侯王？

寫下萬首詩，喝上千杯酒，什麼時候正眼瞧過那些諸侯王公們？

【解析】本是當時讀書人一心追求的科舉功名和官位利祿，卻是朱敦儒所不屑的無用之物，他寧可沉浸在詩境和酒鄉之中，也不願對著高官顯爵低頭屈膝，詩句展現了他的高傲氣骨和疏狂性情，完全不把地位顯赫的王侯將相看在眼裡。可用來形容一個人常以詩酒

自娛，對權貴顯要充滿鄙視的態度。

【出處】北宋末、南宋初・朱敦儒〈鷓鴣天・我是清都山水郎〉詞：「……詩萬首，酒千觴，幾曾著眼看侯王？玉樓金闕慵歸去，且插梅花醉洛陽。」（節錄）

我是個蒸不爛、煮不熟、搥不匾、炒不爆、響璫璫一粒銅豌豆[1]。

我是一粒用熱氣蒸也不會爛、滾水煮也不會熟、怎麼敲也不會扁、大火快炒也不會爆、聲音響亮的銅碗豆。

【注釋】1.銅碗豆：銅製的豌豆粒。比喻飽經風霜、歷經各種磨練的硬骨頭。也可用來比喻風月場上的老手。

【解析】一向關心底層百姓生活的關漢卿，在這首套曲中，寫其經過無數打擊、磨難，看盡社會黑暗，即使如今年紀已大，初心依然不曾改變，絕不屈服於惡勢力，展現其超乎常人的頑強韌性。其中以五組連續的三字短句，來形容不怕各種壓迫的「銅碗豆」，更強化了作者為世不容、孤傲不群的性格。可用來形容個性堅毅不撓，狂傲固執。

【出處】元・關漢卿〈一枝花・攀出牆朵朵花套・尾〉曲：「我是個蒸不爛、煮不熟、搥不匾、炒不爆、響璫璫一粒銅豌豆……」（節錄）

不惜千金買寶刀，貂裘換酒也堪豪。

不吝惜花許多錢來買一把珍貴的刀，就算是拿貂皮大衣來換酒喝，也覺得是一件很豪爽的事。

【解析】自號「鑑湖女俠」的秋瑾，個性果然如豪俠一樣輕財仗義，無論是千金買寶刀，還是貂裘換酒，都不會對失去的財物有所惋惜，堪稱女中丈夫。可用來形容人俠氣干雲、灑脫豪放。

【出處】清・秋瑾〈對酒〉詩：「不惜千金買寶刀，貂裘換酒也堪豪。一腔熱血勤珍重，灑去猶能化碧濤。」

行為偏僻性乖張，那管世人誹謗？

（賈寶玉）舉止動作古怪，性情執拗，哪裡會去理會人們對他的毀謗？

【解析】這闋詞是《紅樓夢》作者借代表傳統價值觀的「後人」之作，從世俗的眼光對小說人物賈寶玉所下的批語，表面上字句看似是在嘲諷賈寶玉的行止頑劣，性格乖僻，實際上則是在褒美其不流於俗，藉此也讓讀者見識到這位賈府貴族公子的人生觀是追求心靈自由，厭惡仕途經濟，天生不喜被世俗禮教制約的叛逆性格。可用來形容人的言行出格，不通世務，因而受到眾人的抨擊。

【出處】清．曹雪芹《紅樓夢．第三回》之〈西江月．無故尋愁覓恨〉詞：「無故尋愁覓恨，有時似傻如狂。縱然生得好皮囊，腹內原來草莽。潦倒不通世務，愚頑怕讀文章。行為偏僻性乖張，那管世人誹謗？」

揮霍

一擲千金渾是膽，家無四壁不知貧。

在外揮霍大筆的錢財時膽量很大，無所畏忌，家裡空無一物還不知道自己的貧窮。

【解析】吳象之詩中描述一名陪皇帝打獵的少年，把皇帝賜與的大量金錢全都花在結交富貴朋友上，即便家中屋內窮到一無所有也毫不在乎。可用來形容一個人恣意浪費錢財、毫不節制的行為。

【出處】唐．吳象之〈少年行〉詩：「承恩借獵小平津，使氣常遊中貴人。一擲千金渾是膽，家無四壁不知貧。」

六博[1]爭雄好彩[2]來，金盤一擲萬人開。

為了贏得彩頭而在博弈時與眾人競爭輸贏，豪邁的往棋盤上擲下所有的賭注，在場的人全都高聲喊叫起來。

【注釋】1.六博：古代賭博遊戲的一種，由棋子、棋盤和箸三種器具組成。兩人相博，每人六枚棋子，按照各自擲箸上的數目，以決定在棋盤上走棋的步數，行棋時相互攻逼致對方死棋為止。六博中的箸，即相當於後來的骰子。2.好彩：此指賭博中獲勝者的豐厚獎金或獎品。彩，即彩頭，指參加競賽或賭博時贏得的錢物。

【解析】本詩詩題為〈送外甥鄭灌從軍〉，乃李白送給即將參軍入伍的外甥鄭灌之作。詩中借寫在賭博場上為爭贏而孤注一擲，眾人見狀驚呼連連的情景，來比喻鄭灌得到了報效國家，建立汗馬功勞的機會，就如同博弈時獲得好彩頭是一樣幸運，鼓勵其在戰場上殺敵立功，凱旋歸來。可用來形容不惜金錢的豪賭行為。

【出處】唐．李白〈送外甥鄭灌從軍〉詩三首之一：「六博爭雄好彩來，金盤一擲萬人開。丈夫賭命報天子，當斬胡頭衣錦回。」

黃金買歌笑，用錢不復數。

用貴重的黃金來買歌者的笑顏，耗費的錢財多到數都數不清。

【解析】王維借寫戰國時趙國女子及其丈夫擅長用歌舞表演、鬥雞技能來取悅齊王，暗諷當時的君王沉溺於聲色享樂以及浪擲金錢的行徑。可用來形容用錢如水，揮霍無度。

【出處】唐．王維〈偶然作〉詩六首之五：「趙女彈箜篌，復能邯鄲舞。夫婿輕薄兒，鬥雞事齊主。黃金買歌笑，用錢不復數……」（節錄）

青錢[1]換酒日無何，紅燭呼盧[2]宵不寐。

拿錢買酒，每日無所事事，到了晚上，點起紅燭，擲骰子賭博，整夜都沒有睡覺。

【注釋】1.青錢：古錢以銅、鉛、錫合製而成，因成色不同，故有青錢、黃錢之分。後泛指金錢。2.呼盧：古代賭博的一種，猶今之擲骰子，以五木為子，一子兩面，一面塗黑，一面塗白，五子皆黑為全勝，稱之「盧」。故賭者擲子時為了求勝會連聲呼喊「盧」，「呼盧」便成了賭博的代稱。

【解析】劉克莊寫此詞規勸其在都城臨安擔任推官（輔佐長官處理司法案件的官員）的林姓同鄉友人，他看不慣友人長年過著白天買酒狂飲、晚上通宵賭博的荒唐行徑，認為男兒理應放眼四方，立志報國，不該把心力和金錢全都耗在縱情遊樂上。可用來形容人為了酗酒和好賭，散盡錢財而不能自拔。

【出處】南宋．劉克莊〈木蘭花．年年躍馬長安市〉詞：「年年躍馬長安市，客舍似家家似寄。青錢換酒日無何，紅燭呼盧宵不寐。易挑錦婦機中字，難得玉人心下事。男兒西北有神州，莫滴水西橋畔淚。」

揮金買笑紅塵市，老死不曉寒與饑。

（那些有錢人家的公子）在繁華鬧市撒下大筆的金錢，只為了博取他人的笑容，直到年老死亡，都還不曉得寒冷和飢餓是什麼感覺。

【解析】此為王邁替友人郭五星的坎坷際遇抒發不平而作，他見過許多豪門貴胄，一出生就不愁吃穿，長大後更是揮金如土，從來不知人間疾苦，到了老死都一直過著富貴無憂的日子。反觀友人郭五星年少時豪氣干雲，卻始終得不到老天的賞識，偃蹇困窮一生，兩相對比，詩人不禁為之氣憤填膺。可用來形容膏粱子弟生活浮華奢侈，花錢恣意無度。

【出處】南宋．王邁〈贈郭五星〉詩：「五陵豪家輕薄兒，驕傲成癖不可醫。揮金買笑紅塵市，老死不曉寒與饑。囊螢案雪單貧士，杯水生涯北窗裡。途窮山鬼恣揶揄，命壓人頭提不起。郭君昔從先人遊，萬丈壯氣橫高秋。天無老眼不見錄，匆匆白了少年頭……」（節錄）

黃金散盡博大官，騎馬歸來傲鄉故。

為了獲得官職，不惜把家產用完，好讓自己乘馬回家時，可以在鄉親面前更顯得驕傲自大。

【解析】生活在元朝蒙古人統治下的王冕，詩中通過一戶以船為家者的長期觀察，描述長江沿岸的富商子弟，年紀輕輕便懂得學習蒙古語，目的就是為了拉攏蒙古族的地方官員，縱使散盡萬貫家財，也要謀得一官半職，以傲視鄉里，可以想見當時官商勾結和權貴驕奢的嚴重程度。可用來形容坑家敗業也要做上高官。

【出處】元．王冕〈船上歌〉詩：「……君不見江西年少習商賈，能道國朝蒙古語。黃金散盡博大官，騎馬歸來傲鄉故，今日消磨等塵霧。又不見江南富翁多田園，堆積米穀如丘山。粉白黛綠列間屋，競習奢侈俱凋殘，今日子女悲饑寒……」（節錄）

輕裘肥馬錦雕鞍，重裀[1]列鼎珍羞饌。

身上穿著輕暖的皮衣，駕著肥碩的馬匹，馬鞍的雕飾華麗精緻，坐臥時身體下方都鋪有雙層的墊子，餐桌上擺滿各式的珍美佳餚。

【注釋】1.裀：音ㄧㄣ，墊褥。

【解析】南戲《荊釵記》故事裡的主人翁錢玉蓮因鄙視豪紳孫汝權的求婚，寧可嫁給以荊釵為聘的窮困文人王十朋，兩人幾經波折，最後終得圓滿結局。其中這首曲子主在描繪愛慕錢玉蓮的孫汝權家境富裕，穿戴貴重服飾，出門則是以豪華馬車代步，無論是日常用的還是吃的，都是一般人家平常看不到的奇珍異物。可用來形容生活豪華奢侈。

【出處】明．朱權《荊釵記．第八齣》之〈前腔〉曲：「四遠名傳，那個不識孫汝權？他貌如潘岳，富比石崇，德並顏淵，輕裘肥馬錦雕鞍，重裀列鼎珍羞饌。」

嗟彼豪華子，素餐厭膏粱[1]。

可嘆那些有錢人家的子弟，從來沒有付出任何勞力，卻可以每天飽食精美的食物。

【注釋】1.膏粱：原指肥肉和精米，可泛指美味的飯菜、精美的飲食。也可引申富貴生活。

【解析】清人黃燮清詩中先是描寫秋日稻子成熟時的豐收景象，慶幸農家的辛勞終於獲得回報。之後筆鋒一轉，他一想到如此得來不易的糧食，在那些生長在富有家庭的孩子們眼中，卻是極為稀鬆平常，因為他們什麼事情都不用做，每天都可以吃得飽飽的，一切吃穿用度，都有人幫忙打理，全然不知稼穡艱難，跟手足廢掉幾乎沒什麼兩樣，與農家生活正好成鮮明的對比。可用來形容富貴人家不理世務，飲食奢靡。

【出處】清．黃燮清〈秋日田家雜詠〉詩：「西風八九月，積地秋雲黃。力田已告成，計日宜收藏。刈獲須及時，慮為雨雪傷。農家終歲勞，至此願稍償。勤苦守恆業，始有數月糧。嗟彼豪華子，素餐厭膏粱。安坐廢手足，嗜慾毒其腸。豈知民力艱？顆米皆琳琅。園居知風月，野居知星霜。君看獲稻時，粒粒脂膏香。」

■隨便■

士也罔極，二三其德。

男人的心思沒有準則，總是三心二意。

【解析】此為一名女子寫其與男子青梅竹馬，兩人從沉溺熱戀到婚後受盡虐待的慘痛經驗。嫁入夫家三年，女子日夜打理繁重的家務，不辭勞怨，誰料到婚前總是甜言蜜語的丈夫，婚後見她姿色衰殘，不但另結新歡，甚至還對她暴力相向，讓女子只能自嘆識人不明，多年來付出的真情終成一場空。可用來形容人的言行前後不一，朝三暮四。

【出處】先秦．《詩經．衛風．氓》：「……桑之落矣，其黃而隕。自我徂爾，三歲食貧。淇水湯湯，漸車帷裳。女也不爽，士貳其行。士也罔極，二三其德……」（節錄）

靡不有初，鮮克有終。

每一件事情無不有個開始，但卻很少有人能堅持到最後的。

【解析】西周厲王強暴無道，造成當時禮壞樂崩，法度綱紀蕩然無存，臣子憂心周室衰微，於是借寫周文王責備商紂專橫，早晚會步上夏朝覆亡的後塵，奉勸厲王記取前車之鑑，畢竟每一個朝代興起之時，國運莫不隆盛，但其後就逐漸敗壞，終至亡國一途。這兩句詩後來也多被用來諷刺做事有頭無尾、持志不終的人。可用來比喻人們做事往往一開始時興致勃勃，之後便不了了之，無法貫徹到底。

【出處】先秦．《詩經．大雅．蕩》：「蕩蕩上帝，下民之辟。疾威上帝，其命多辟。天生烝民，其命匪諶。靡不有初，鮮克有終……」（節錄）

翻手作雲覆手雨，紛紛輕薄何須數？

掌心向上時是雲，掌心向下時又變成了雨，如此翻覆無常、輕薄無行的人比比皆是，哪裡用得著細數呢？

【解析】飽受貧困所苦的杜甫，觀察到人在富貴得勢時，交遊熱絡頻繁，反之，在失意潦倒時，所有人便隨即散去，兩者之間的變化，就好比翻手覆手一樣快速容易。清人浦起龍《讀杜心解》評曰：「只起一語，盡千古世態。」可用來形容人的行止輕浮，喜好玩弄手段，興風作浪。另可用來形容與人交往勢利多變，情誼無常。

【出處】唐．杜甫〈貧交行〉詩：「翻手作雲覆手雨，紛紛輕薄何須數？君不見管鮑貧時交，此道今人棄如土。」

顛狂柳絮隨風舞，輕薄桃花逐水流。

瘋狂的柳絮隨風飛舞，輕佻的桃花逐水而流。

【解析】此詩表面上是在描寫柳絮漫天飄飛、桃花隨水漂流的暮春美景，實際上是杜甫刻意借「顛狂」、「輕薄」之語來諷刺人的言行放蕩輕浮，正與柳絮、桃花一樣，沒有確定的立場也不堅守原則，終究會喪失自我，隨波逐流。可用來形容人的言行舉止輕浪浮薄。另可用來形容花絮滿天飛揚、順著水流而行的景象。

【出處】唐．杜甫〈絕句漫興〉詩九首之五：「腸斷春江欲盡頭，杖藜徐步立芳洲。顛狂柳絮隨風舞，輕薄桃花逐水流。」

春風不解禁楊花，濛濛亂撲行人面。

春天的和風，不懂得去約束柳絮，任由它們隨風紛飛，撲打到行人的臉上。

【解析】晏殊於暮春出遊，見柳絮隨風飄飛，還吹打在路過人們的臉龐，便以擬人筆法抱怨春風柳絮的不解人情，肆意飛舞，撩撥行人的心緒。清人黃蘇《蓼園詞選》評論這兩句詞：「言小人如楊花輕薄，易動搖君心。」意即晏殊藉此暗指有浮滑輕佻的小人正處於皇帝的身邊，以讒言佞語，迷惑君主。可用來比喻人的舉止如春風柳絮一樣輕浮不莊重。另可用來形容柳絮或其他花絮迎風曼舞的春日景色。

【出處】北宋．晏殊〈踏莎行．小徑紅稀〉詞：「小徑紅稀，芳郊綠遍，高臺樹色陰陰見。春風不解禁楊花，濛濛亂撲行人面。翠葉藏鶯，朱簾隔燕，爐香靜逐游絲轉。一場愁夢酒醒時，斜陽卻照深深院。」

錦衣鮮華手擎鶻[1]，閑行氣貌多輕忽。

身著鮮豔華服，手上擎著鶻鳥，散漫地走在路上，一臉放縱蕩逸的模樣。

【注釋】1.鶻：音ㄏㄨˊ，一種動作快速敏捷的禽鳥，常被馴養來捕捉鳥、兔等獵物。

【解析】詩僧貫休入蜀地後，前蜀皇帝王建召他前來，命其吟誦新作，貫休見滿室的皇親貴戚，個個趾高氣昂，就當場吟了這一首詩，藉此譏諷他們外表雖然錦繡華麗，內在卻空空如也，只會打獵玩樂這類活動，仗勢著家族的權勢，在外招搖過市。可用來形容富家子弟的行止放蕩輕浮。

【出處】五代．貫休〈公子行〉詩三首之一：「錦衣鮮華手擎鶻，閑行氣貌多輕忽。稼穡艱難總不知，五帝三皇是何物？」

■虛偽■

白鷺之白非純真，外潔其色心匪仁。

白鷺的羽毛雖然潔白，但並不單純真誠，牠只是外表的顏色看似潔淨，內心卻是不仁慈的。

【解析】這是一首舞曲的歌詞，李白先是歌頌白鳩性情溫馴良善，知足平和，接著描寫白鷺表面看似純白乾淨，實是喜好不勞而獲，個性貪婪殘忍，正與真誠高尚的白鳩互成對比，意在批判當時朝中的權貴口蜜腹劍，假仁假義。可用來比喻人表裡不一，虛偽作假。

【出處】唐．李白〈白鳩辭〉詩：「鏗鳴鐘，考朗鼓。歌白鳩，引拂舞。白鳩之白誰與憐，霜衣雪襟誠可珍。含哺七子能平均，食不噎，性安馴，首農政，鳴陽春。天子刻玉杖，鏤形賜耆人。白鷺之白非純真，外潔其色心匪仁。闕五德，無司晨，胡為啄我葭下之紫鱗。鷹鸇鵰鶚，貪而好殺。鳳凰雖大聖，不願以為臣。」

晚將末契[1]託年少，當面輸心背面笑。

晚年將情誼託付給年輕人，但他們當著你的面表現出親熱交心的樣子，背後卻是在譏笑你。

【注釋】1.末契：長者對晚輩的交誼。

【解析】杜甫視天下友人如膠漆，縱使與年輕晚輩往來也是真誠相待，不過當他發現這些人心口不一時，自是難掩心中的失望，故在詩中奉勸世人別熱中心思在爭鬥和相互猜疑上。可用來形容真心與人交往，但對方卻是人前一套，人後一套。

【出處】唐．杜甫〈莫相疑行〉詩：「男兒生無所成頭皓白，牙齒欲落真可惜。憶獻三賦蓬萊宮，自怪一日聲烜赫。集賢學士如堵牆，觀我落筆中書堂。往時文采動人主，此日飢寒趨路旁。晚將末契託年少，當面輸心背面笑。寄謝悠悠世上兒，不爭好惡莫相疑。」

巧偷豪奪古來有，一笑誰似癡虎頭[1]。

自古以來，有人就喜歡用巧詐的方式偷取和倚仗權勢硬行搶占他人所有，臉上帶著笑容，誰知道是痴心於東晉顧愷之畫作的人。

【注釋】1.虎頭：指東晉著名畫家顧愷之，小字虎頭。

【解析】蘇軾借東晉桓玄對顧愷之的畫愛不釋手，後以欺詐的方式騙得顧愷之的畫作，諷刺當時同樣喜歡收藏古代名貴書畫的米芾（初名米黻），也是用欺騙的手段得到名畫。據南宋人周煇《清波雜志》記載，米芾經常向人借古畫來欣賞並臨摹，之後再把真跡和自己臨摹的畫一起送回給真跡的主人，讓其自行挑選，由於米芾本人也工於書畫，真跡的主人分辨不出真假，取回的往往是米芾臨摹的畫，米芾就這樣騙得不少真品。可用來形容表面上舉止有禮，實際上是在進行欺哄的行為，甚至為達目的而不擇手段也在所不惜。

【出處】北宋．蘇軾〈次韻米黻二王書跋尾〉詩二首之一：「三館曝書防蠹毀，得見《來禽》與《青李》。秋蛇春蚓久相雜，野鶩家雞定誰美？玉函金籥天上來，紫衣敕使親臨啟。紛綸過眼未易識，磊落挂壁空雲委。歸來妙意獨追求，坐想蓬山二十秋。怪君何處得此本？上有桓玄寒具油。巧偷豪奪古來有，一笑誰似痴虎頭。君不見長安永寧里，王家破垣誰復修？」

佞倖惟苟且，巧言頗包藏。

以諂媚而獲得寵愛的人，只會為了眼前的利益，不惜做出違背良心的事，而嘴上花言巧語的人，實際則心懷叵測。

【解析】王禹偁為人嫉惡如仇、剛毅直言，詩中他痛斥兩種惡人，一種是在政治清明時，言語說得很動聽，面容偽裝得很和善，別有居心；另一種是在政治紛亂時，善於阿諛奉承而受到上位者重用，兩者作惡雖不同，卻都是造成國家因而覆亡的禍害。可用來形容善於逢迎或巧舌如簧的奸佞，包藏禍心。

【出處】北宋．王禹偁〈為惡〉詩：「明時巧言士，亂世佞倖郎。佞倖惟苟且，巧言頗包藏。為惡雖不同，同歸於覆亡。」

豈知他有兩面三刀，向夫主廝[1]搬調。

不知道這個人善要兩面手法，心腸狠毒，對著我的丈夫搬弄調唆。

【注釋】1.廝：此作相互，表示一方對另一方有所動作。

【解析】《灰闌記》是一齣描寫包公用智慧斷獄的雜劇，故事中的主人翁張海棠是富人馬均卿的妾，生有一子，其遭馬均卿正妻與其情夫聯手設計誣告毒死丈夫，正妻更強稱張海棠之子乃自己親生。包公於是命人用石灰畫出一個圓圈，將孩子置於其中，向兩女宣稱誰能將孩子拉出圈外的就是生母，張海棠害怕兒子受傷而不忍用力，正妻則是奮力把小孩拽扯而出。包公詳推案情後，不但審出了正妻與情夫的殺人罪，也藉由母親愛護小孩的本能，判定張海棠方為生母，還與她清白。這首曲子是張海棠的唱詞，敘說馬均卿的正妻為了陷害自己，故意在自己的面前用一套說詞，使自己掉入陷阱後，再到丈夫面前搬演另一套說法，讓丈夫誤會自己，離間手法高明又心狠手辣。可用來比喻擅長用奸險巧詐的手段，在兩邊挑撥是非。

【出處】元．李潛夫《灰闌記．第二折》之〈金菊香〉曲：「我與他生男長女受劬勞。（中間為說白）俺哥哥因為少吃無穿來投托，曾被我趕離門恰和他兩個廝撞著。（中間為說白）豈知他有兩面三刀，向夫主廝搬調。」

教那廝[1]越粧模越作勢[2]，盡場兒調刺[3]。

竟然讓那個人越來越故作姿態，盡情地歪曲事實，混淆是非。

【注釋】1.廝：此作那個人，含有輕侮的意思。2.粧模作勢：與現之常用「裝模作樣」、「裝腔作勢」為近義詞，形容故意做作、虛情假意的模樣。粧，為「妝」之俗字。3.調刺：造言生事。

【解析】此為雜劇《殺狗勸夫》中男主人翁孫華的唱詞，故事描述孫華的兄長孫榮與兩名無賴交往，孫華規勸其兄，卻反遭孫榮逐出家門。孫榮的妻子知道丈夫結交損友，她設計殺死一狗，剝皮去尾，穿上人衣，放在家門前，待孫榮回家時大驚，連忙找這兩名無賴幫忙掩埋，兩人自以為抓住孫榮的把柄，藉機勒索不成便去報官。孫華為救其兄而自認殺人，此時孫榮之妻出現公堂說明原委，孫榮方知妻子用心良苦，兄弟從此盡釋前嫌。曲中為孫華勸告兄長孫榮不要因為害怕官司，就答應了無賴的敲詐，並斥責無賴的囂張氣焰不過是裝模作樣，根本不足為懼。可用來形容假模假樣，虛張聲勢，以恫嚇他人。

【出處】元．蕭德祥《殺狗勸夫．第四折》之〈粉蝶兒〉曲：「沒半盞茶時，求和到兩回三次，你枉做個頂天立地的男兒，教那廝越粧模越作勢，盡場兒調刺。他道你怕見官司，拏著個天來大殺人公事。」

笑藏著劍與槍，假慈悲論短說長。

　　臉上雖然笑著，內裡卻藏有傷人的劍和槍，假裝一副慈祥悲憫的模樣，隨意評斷別人的是非好壞。

【解析】明代曲家薛論道長年投身軍旅，身經百戰，當他看到官場上許多人為了貪圖名利，四處興風作浪，明爭暗鬥，逢人笑裡藏刀，說話惺惺作態，做的都是懸羊頭、賣狗肉的事，忍不住抒發其對人情翻覆、世道險惡的不滿。可用來形容人的外貌和善，內心卻陰險狠毒。

【出處】明．薛論道〈水仙子．翻雲覆雨太炎涼〉曲：「翻雲覆雨太炎涼，博利逐名惡戰場，是非海邊波千丈。笑藏著劍與槍，假慈悲論短說長。一個個蛇吞象，一個個兔趕獐，一個個賣狗懸羊。」

才能學識

優秀

被褐懷珠玉，顏閔相與期。

　　身上雖然穿著麻布衣服，但是內在具備如珠玉般的學識才德，期許自己成為和顏回、閔子騫一樣的人物。

【解析】三國魏人阮籍詩中回憶自己的年少時期，雖出身貧寒，但好學深思，崇尚儒家經典，自知才學廣博，把孔子的得意門生顏回、閔子騫當作學習的榜樣。不過，隨著年齡逐漸增長，他發現理想和現實終是有所差距，後來看破世情，轉而投向道家思想的懷抱。可用來形容賢才能士甘貧守志。

【出處】三國魏．阮籍〈詠懷詩〉詩八十二首之十五：「昔年十四五，志尚好《詩》《書》。被褐懷珠玉，顏閔相與期。開軒臨四野，登高望所思。丘墓蔽山岡，萬代同一時。千秋萬歲後，榮名安所之？乃悟

羨門子，噭噭今自嗤。」

翩翩我公子，機巧忽若神。

我家那文采風流、舉止瀟灑的公子，天性聰敏靈巧，懂得隨機應變，才思可謂神妙啊！

【解析】此詩詩題〈侍太子坐〉，是作者曹植在其兄長曹丕被父親曹操立為魏太子後不久，參加了一場盛大的宴會，寫下其陪侍太子曹丕時的所見所聞，並在詩中歌頌了曹丕翩然俊雅，文才高超，詞華典贍，滿是溢美之言。可用來形容富貴人家的子弟氣度雍容，才情敏捷，智慧過人。

【出處】三國魏．曹植〈侍太子坐〉詩：「白日曜青春，時雨靜飛塵。寒冰辟炎景，涼風飄我身。清醴盈金觴，餚饌縱橫陳。齊人進奇樂，歌者出西秦。翩翩我公子，機巧忽若神。」

一夫當關，萬夫莫開。

只要一個人守住關口要塞，即使有一萬人攻上來也都別想衝破。

【解析】李白藉描寫山川的險峻來突顯蜀道之難行，而如此崎嶇高危的地形，正好形成一座天然堅固的防禦關塞。清代詩評家沈德潛《唐詩別裁集》評曰：「筆陣縱橫，如虬飛蠖動，起雷霆於指顧之間。」可用來比喻一個人的本事極大，眾人都無法與之匹敵。另可用來比喻地勢險要，易守難攻。

【出處】唐．李白〈蜀道難〉詩：「……劍閣崢嶸而崔嵬，一夫當關，萬夫莫開。所守或匪親，化為狼與豺。朝避猛虎，夕避長蛇。磨牙吮血，殺人如麻。錦城雖云樂，不如早還家。蜀道之難難於上青天，側身西望長咨嗟。」（節錄）

三分割據紆籌策，萬古雲霄一羽毛。

諸葛亮為三國鼎立的局面，費心籌謀策劃，千秋萬代以來，他的才能就像是翱翔在高空中的一隻大鳥。

【解析】杜甫在詩中表揚三國蜀相諸葛亮的卓越才智與傑出膽識，對於他為蜀漢所立下的奇功偉業予以極高的評價。可用來讚美諸葛亮拔萃出群的才幹。

【出處】唐．杜甫〈詠懷古跡〉詩五首之五：「諸葛大名垂宇宙，宗臣遺像肅清高。三分割據紆籌策，萬古雲霄一羽毛。伯仲之間見伊呂，指揮若定失蕭曹。福移漢祚難恢復，志決身殲軍務勞。」

天恐文章中道絕，再生賈島在人間。

上天唯恐孟郊的文章會隨其去世而中斷，所以又生了賈島來到人間。

【解析】韓愈對孟郊的詩文十分推崇，孟郊去世後，與其詩歌風格相近的賈島，在韓愈的心目中便承繼了孟郊的文學命脈，地位顯著，世稱齊名的兩人「郊寒島瘦」。可用來讚美以清奇幽峭詩風著稱的賈島在歷史上的文學成就。

【出處】唐．韓愈〈贈賈島〉詩：「孟郊死葬北邙山，日月星辰頓覺閑。天恐文章中道絕，再生賈島在人間。」

天然一曲非凡響，萬顆明珠落玉盤。

（瀑布由高處奔瀉而下的）聲音是天然而不平凡的樂音，宛若萬顆晶瑩的珍珠落在玉盤一樣的響亮。

【解析】道士程太虛描寫瀑布在蒼翠山谷間直瀉而下，清脆的流水聲傳入耳裡，就像是珍珠落玉盤般，他認為此乃大自然發出的美妙天籟，絕非凡間的曲調可與比擬。可用來比喻人的才能傑出。另可用來比喻不平凡的音樂，也可用來比喻藝術或文學作品的出色。

【出處】唐．程太虛〈漱玉泉〉詩：「瀑布橫飛翠壑間，泉聲入耳送清寒。天然一曲非凡響，萬顆明珠落玉盤。」

世人皆欲殺，吾意獨憐才。

世上的人大都認為李白該殺，我的心裡卻是獨獨愛惜他的才氣。

【解析】李白因永王李璘叛亂而受到牽連，當時很多人要求將李白處以極刑，後被判流放夜郎，直到遇到朝廷大赦才得返。已十多年沒見到李白的杜甫，不忍好友遭到當朝權貴的排擠非議，甚至還想要殺了他，語氣中流露出對李白懷才不遇的哀憐悲痛。可用來表達對具有才華卻犯眾怒之人的寬容與支持。

【出處】唐·杜甫〈不見〉詩：「不見李生久，佯狂真可哀。世人皆欲殺，吾意獨憐才……」（節錄）

功蓋三分國，名成八陣圖。

三國鼎立時，諸葛亮的功業蓋世，他所創制的八陣圖，天下聞名。

【解析】此詩詩題〈八陣圖〉。八陣圖是三國蜀相諸葛亮以石所布的陣式，由天、地、風、雲、龍、虎、鳥、蛇八種陣勢所構成，於兩軍對壘時作困敵之用。杜甫認為諸葛亮的功業超過三國時代的任何人，詩中並借諸葛亮所排布的八陣圖來突顯其卓越的軍事才幹。可用來頌揚三國蜀相諸葛亮的偉大功績及其在軍事上的卓絕成就。

【出處】唐·杜甫〈八陣圖〉詩：「功蓋三分國，名成八陣圖。江流石不轉，遺恨失吞吳。」

白也詩無敵，飄然思不群。

李白的詩文天下無敵，才思更是灑脫不羈，高超不凡。

【解析】杜甫詩中主在抒發其對李白的讚譽與思慕之情，更直指李白創作詩歌的才氣情思卓異超群，冠絕當代。可用來形容李白的才學思想超凡脫俗，出群拔萃。

【出處】唐·杜甫〈春日憶李白〉詩：「白也詩無敵，飄然思不群。清新庾開府，俊逸鮑參軍……」（節錄）

兵法五十家，爾腹為篋笥[1]。

熟讀歷來各家的兵書，腹中的知識豐富到就像是大箱子裡裝滿了東西一樣。

【注釋】1.篋笥：竹編的箱子。

【解析】這是杜甫為送別堂弟杜亞將要赴河西（指河西節度使的治所涼州）就任判官而作，詩中大力稱讚杜亞不僅飽讀兵書、學問淵博，而且與人應對圓融通達，必然會是朝廷不可多得的人才。可用來比喻人精通兵法，辯才無礙。

【出處】唐．杜甫〈送從弟亞赴河西判官〉詩：「……兵法五十家，爾腹為篋笥。應對如轉丸，疏通略文字……」（節錄）

宣父猶能畏後生，丈夫未可輕年少。

連孔子都說過後生可畏的話了，堂堂大丈夫又豈能如此輕視年輕人啊！

【解析】李白年輕時意氣風發，他對當時的名士李邕在晚輩面前展現那種自恃甚高、輕慢無禮的態度頗不以為然，故借孔子在《論語．子罕》中說過的「後生可畏」來反譏李邕，難道認為自己比孔子還要了不起嗎？怎麼可以這樣小看年輕人的本事呢！可用於說明年輕人的才學成就將來極有可能超越前輩，不可看輕。也可用來勉勵年長者，如果只會倚老賣老而不多加努力，很快便會被新世代追趕超越。

【出處】唐．李白〈上李邕〉詩：「大鵬一日同風起，摶搖直上九萬里。假令風歇時下來，猶能簸卻滄溟水。世人見我恆殊調，聞余大言皆冷笑。宣父猶能畏後生，丈夫未可輕年少。」

桐花萬里丹山路，雛鳳[1]清於老鳳聲。

傳說中的鳳凰產於丹山路上，途中一片的桐花盛開，從梧桐樹上傳來幼小鳳鳥的鳴聲，這聲音要比老鳳鳥的叫聲更加清脆圓潤。

【注釋】1.雛鳳：鳳的幼鳥，後多比喻出色的子弟或年輕人。

【解析】晚唐詩人韓偓（小名冬郎）的父親韓瞻與李商隱同年，兩人也是連襟關係，即韓偓要稱李商隱為姨丈。年少時的韓偓，曾在一場為李商隱餞行的筵席上賦詩送別，吟畢滿座皆驚；其後李商隱寫詩寄贈韓瞻父子，便在詩中以雛鳳的初試啼聲更勝老鳳為喻，意在稱許韓偓的詩才敏捷更勝父親韓瞻。可用來比喻青年才俊或有才幹的後生晚輩嶄露頭角。

【出處】唐．李商隱〈韓冬郎即席為詩相送，一座盡驚。他日余方追吟：「連宵侍坐徘徊久」之句有老成之風，因成二絕寄酬，兼呈畏之員外〉詩二首之一：「十歲裁詩走馬成，冷灰殘燭動離情。桐花萬里丹山路，雛鳳清於老鳳聲。」

將略兵機命世雄，蒼黃[1]鐘室[2]嘆良弓[3]。

韓信擁有將帥善於用兵的謀略與機智，是聞名於世的英雄人物，可惜世事變化太快，最後在漢宮鐘室被殺，不禁讓人發出人才來不及避禍的感嘆。

【注釋】1.蒼黃：本指青色和黃色，此比喻事情倉促忙亂，變化很快。2.鐘室：此指韓信被處死的長樂宮懸鐘之室。3.良弓：本指好弓，此只有功勞的人。韓信曾言「高鳥盡，良弓藏」，原意是獵人用強弓射殺獵物後就把它擱置一邊，後多引申功臣輔助上位者滅敵後，就要盡快隱遁，否則功高震主必遭來災禍。

【解析】劉禹錫途經祭祀韓信的廟宇時，慨嘆這位深通韜略、善曉兵機的將才，曾為西漢建國立下豐偉功業，下場卻是慘遭高祖的皇后呂后誅殺，他認為韓信若當時能把握時機，急流勇退，或許就可以避開被殺戮的厄運。其中「將略兵機命世雄」一句，可用來形容人的軍事才能高超，用兵如神，機謀遠慮，堪稱一代豪傑。另可用來抒發功勞蓋世或忠君愛國的臣子，遭到上位者猜疑忌妒而棄用或殺害的怨憤不平。

【出處】唐．劉禹錫〈韓信廟〉詩：「將略兵機命世雄，蒼黃鐘室嘆良弓。遂令後代登壇者，每一尋思怕立功。」

敏捷詩千首，飄零酒一杯。

李白的文思敏捷，作有詩歌上千餘首，只是時運不濟，四處漂泊，唯有借酒來消解心中愁悶。

【解析】杜甫許久未見好友李白，輾轉聽聞李白流放夜郎後又遇赦的消息，不禁對這位懷有絕世才情的友人竟蒙受政治上的不白之冤，自此過著飄零縱酒的日子深表不捨。可用來形容才華洋溢卻落拓失意的才子。

【出處】唐．杜甫〈不見〉詩：「……敏捷詩千首，飄零酒一杯。匡山讀書處，頭白好歸來。」（節錄）

莫言馬上得天下，自古英雄盡解詩。

不要說劉邦只是坐在馬背上就得到了天下，自古以來，許多英勇豪傑都是懂詩的人。

【解析】本詩詩題為〈歌風臺〉。歌風臺，位在今江蘇徐州市沛縣境內，相傳漢高祖劉邦平定淮南王英布亂事時經過沛縣，曾在此地置酒擊筑、吟唱〈大風歌〉，當地百姓為紀念其衣錦還鄉而建造。林寬認為歷來不少人品評劉邦時，多直指劉邦不過是憑藉武力獲得天下，毫無文才學養，其對此說法相當不以為然，他相信能寫出「大風起兮雲飛揚，威加海內兮歸故鄉，安得猛士兮守四方」這樣詩句的人，絕不可以等閑人物視之，意即頌揚劉邦實是一位允文允武的蓋世雄才。可用來說明草莽英雄、勇將武夫當中，也有許多滿腹經綸，文采出眾的人。

【出處】唐．林寬〈歌風臺〉詩：「蒿棘空存百尺基，酒酣曾唱〈大風詞〉。莫言馬上得天下，自古英雄盡解詩。」

莫愁前路無知己，天下誰人不識君？

請不必擔憂日後找不到知心好友，天底下有哪個人不認識您呢？

【解析】此為高適為董庭蘭送別之作，詩中安慰好友不要為離別而感到憂傷，他相信憑藉著董庭蘭的卓越才情和美好名聲，不管到哪裡都會受到大家的喜愛。明末清初人徐增《而庵說唐詩》評曰：「此詩妙在粗豪。」可用來讚美某人的才氣和聲譽天下皆知。另可用來勸勉即將遠行的友人勇敢出去冒險，未來必定前程似錦。

【出處】唐．高適〈別董大〉詩二首之一：「千里黃雲白日曛，北風吹雁雪紛紛。莫愁前路無知己，天下誰人不識君？」

鳥啼花落人何在？竹死桐枯鳳不來。

鳥兒啼鳴，花兒凋謝，你的人如今到了哪裡？竹子已死，梧桐已枯，鳳凰鳥不會再飛回來。

【解析】崔玨（ㄐㄩㄝˊ）為李商隱的好友，他得知李商隱的死訊後，悲痛不已，不捨好友還來不及展現凌雲萬丈的才識與抱負便撒手人寰。因自古有鳳凰非梧桐不棲，非竹實不食的說法，常被用來比喻賢人俊士，故詩中以「竹死桐枯鳳不來」來悲悼李商隱懷才卻飲恨而終的潦倒一生，也可看出崔玨對李商隱的坎坷仕途憤恚難平。可用來形容才智賢明的人不幸去世。

【出處】唐．崔玨〈哭李商隱〉詩二首之二：「虛負凌雲萬丈才，一生襟抱未曾開。鳥啼花落人何在？竹死桐枯鳳不來。良馬足因無主踠，舊交心為絕弦哀。九泉莫嘆三光隔，又送文星入夜臺。」

搖落深知宋玉悲，風流儒雅亦吾師。

看到草木凋零的景況，就深深理解到戰國楚人宋玉當時的悲痛，像他這樣文藻出眾和風度高雅的人，真的可以做我的老師了。

【解析】杜甫親臨戰國楚人宋玉的故宅，看到草木搖落、萬物蕭條的景象，不禁觸景生情，對宋玉生前懷才不遇的悲傷深有同感，詩中更推崇宋玉深厚的學養以及雍容的氣度。可用來讚美戰國楚人宋玉的才華與風度，堪稱人們的典範。

【出處】唐．杜甫〈詠懷古跡〉詩五首之二：「搖落深知宋玉悲，風流儒雅亦吾師。悵望千秋一灑淚，蕭條異代不同時。江山故宅空文藻，雲雨荒臺豈夢思？最是楚宮俱泯滅，舟人指點到今疑。」

腹中貯書一萬卷，

不肯低頭在草莽。

你的腹中就好像藏有一萬卷書籍那樣才學豐富，當然不願低聲下氣的在民間過一輩子。

【解析】李頎詩中稱讚好友陳章甫的學問淵博，具有處理政事的能力，而如此優秀的人才，自然是想要出仕成就一番功績事業，不甘湮沒無聞、無所作為地度過一生。可用來形容一個人學問豐富，不願只當個平凡百姓，而希望有機會出來做官，立功立事。

【出處】唐．李頎〈送陳章甫〉詩：「……陳侯立身何坦蕩？虬鬚虎眉仍大顙。腹中貯書一萬卷，不肯低頭在草莽……」（節錄）

上馬擊狂胡，下馬草軍書。

騎上馬立即前去奮擊猖狂的胡人，從馬上下來又忙著草擬軍中的文書。

【解析】這首詩的詩題為〈觀大散關圖有感〉。大散關，位在今陝西寶雞市境內，為南宋和金朝兩國對峙的戰事要塞。陸游寫其在觀看了大散關地圖後，想像著自己若有親上戰場的機會，在外縱橫馳騁，對內運籌帷幄，竭盡自己的文武長才。可惜的是，這原是他早在二十歲時便立下的壯志，不料到了五十歲，他還是一個瘦弱又窮老的書生，欲以書劍報國的心願終是無法實現。可用來形容一個人允文能武，善於作戰又下筆成章。

【出處】南宋．陸游〈觀大散關圖有感〉詩：「上馬擊狂胡，下馬草軍書。二十抱此志，五十猶癯儒。大散陳倉間，山川鬱盤紆。勁氣鍾義士，可與共壯圖……」（節錄）

天下英雄誰敵手？曹劉。生子當如孫仲謀。

細數天下的英雄誰是孫權的對手呢？只有曹操和劉備而已。難怪曹操曾說：生兒子就應當要像孫權那樣的啊！

【解析】三國時期吳國的孫權（字仲謀），年輕有為，繼承父兄志業，雄踞江東一方，曾聯合蜀漢抗禦曹魏大軍，形成三國鼎立的局面，甚至連當時的對手曹操，看見孫權統帥軍隊所展現出的威壯氣勢，都忍不住說出「生子當如孫仲謀」一語。作者詞中明褒敢與天下高手爭勝抗衡的孫權，實是藉此暗諷南宋統治者不圖振作的消極態度，正好和智勇雙全的孫權形成強烈的對比。可用來形容英氣風發、威名蓋世的青年才俊。

【出處】南宋．辛棄疾〈南鄉子．何處望神州〉詞：「何處望神州？滿眼風光北固樓。千古興亡多少事？悠悠。不盡長江滾滾流。年少萬兜鍪，坐斷東南戰未休。天下英雄誰敵手？曹劉。生子當如孫仲謀。」

好把袖間經濟手，如今去補天西北[1]。

正好善用你那經世濟民的本事，去收復國家西北方的失地。

【注釋】1.天西北：此指宋朝被金人侵略的西北方領土。

【解析】此為楊炎正寫給好友辛棄疾的祝壽詞，他非常了解辛棄疾的不凡抱負和愛國情懷，故詞中讚美辛棄疾的才高志大，足以擔任輔佐聖主的良臣，承當重責大任，更期待好友有朝一日，獲得大顯身手的機會，前赴西北殺敵，把喪失的疆土給收回來。可用來形容具有濟世安邦的才識能力。

【出處】南宋．楊炎正〈滿江紅．壽酒如澠〉詞：「……君不是，長庚白。又不是，嚴陵客。只應是，明主夢中良弼。好把袖間經濟手，如今去補天西北。等瑤池、侍宴夜歸時，騎箕翼。」（節錄）

治病不蘄[1]三折肱。

給人治療疾病，不須歷經三次折斷胳臂的慘痛經驗，就已是一位良醫。

【注釋】1.蘄：音ㄑㄧˊ，祈求。

【解析】古來有「三折肱知為良醫」的說法，意即折斷過三次胳臂的人，必然累積了不少有效的治療方法，經驗豐富，進而成為這方面的專家或醫生，和諺語「久病成良醫」的意思相近。黃庭堅在此反用其意，稱許當時在廣州（位在今廣東境內）四會擔任縣令的好友黃介，因善於治理政事，諳熟世故，自然不用像一般人得經過「三折肱」的磨難，便能獲得很好的政績。可用來比喻具備治國救民的才智，處事幹練。

【出處】北宋．黃庭堅〈寄黃幾復〉詩：「我居北海君南海，寄雁傳書謝不能。桃李春風一杯酒，江湖夜雨十年燈。持家但有四立壁，治病不蘄三折肱。想見讀書頭已白，隔溪猿哭瘴溪藤。」

粗繒大布裹生涯，腹有詩書氣自華。

雖然生活中總是穿著粗劣布料做成的衣物，但卻因滿腹詩書學問，使得全身上下自然散發出一種耀人光彩。

【解析】蘇軾寫這首詩鼓勵其窮苦潦倒又正在準備科舉的友人董傳，詩中稱許董傳即使生活貧困，終日衣著簡樸，但因為飽讀詩書，所以風神秀雅，氣度不凡。近人高步瀛《唐宋詩舉要》評論這兩句詩：「飄然而來，有昂頭天外之概。」意即蘇軾筆下勤學不倦的董傳，風度高遠，氣宇軒昂。可用來形容人窮卻因學識豐富，精神飽滿，才氣自然橫溢。

【出處】北宋．蘇軾〈和董傳留別〉詩：「粗繒大布裹生涯，腹有詩書氣自華。厭伴老儒烹瓠葉，強隨舉子踏槐花。囊空不辦尋春馬，眼亂行看擇婿車。得意猶堪誇世俗，詔黃新濕字如鴉。」

讀遍牙籤三萬軸[1]，卻來小邑試牛刀[2]。

讀完了三萬卷書，卻來到小地方施展才能。

【注釋】1.牙籤三萬軸：形容人的學識豐富。牙籤，原指古時藏書者繫於竹簡或書函上的標誌，以便翻檢的牙製籤牌，此代指書籍。2.牛刀：本指殺牛用的刀，後多被用來比喻極大的本領、才幹。

【解析】北宋文壇領袖歐陽脩的孫子歐陽憲即將去韋城（位在今河南滑縣境內）擔任主簿（主管文書簿籍及印鑑）一職，蘇軾雖為歐陽憲才學俱佳卻屈就於地方小官有所不平，但還是寫詩安慰對方不妨先在小地方、小事情上略微顯露一下本事。可用來比喻學識淵

博、才能卓越的人，在小事上施展長才。

【出處】北宋．蘇軾〈送歐陽主簿赴官韋城〉詩四首之一：「鳳雛驥子日相高，白髮蒼顏笑我曹。讀遍牙籤三萬軸，卻來小邑試牛刀。」

觀書到老眼如鏡，論事驚人膽滿軀。

一直都在看書的眼睛到老仍像鏡子一樣明亮，談論事情經常語出驚人，渾身是膽。

【解析】原本任職湖南安撫使（地方的軍事長官）的辛棄疾，因遭人誣陷彈劾而被罷職，退居於信州帶湖的「稼軒」新居，從此自號「稼軒」。在信州閑居的日子裡，過去在湖南的部屬前來拜訪，臨走前辛棄疾寫詩相送，表明自己一向有知人之明，而且膽氣過人，即使仕途受挫，久困江湖之中，也絕不屈服強權而改變自己仗義直言的作風。可用來形容目光如鏡，膽識俱優。

【出處】南宋．辛棄疾〈送別湖南部曲〉詩：「青衫匹馬萬人呼，幕府當年急急符。愧我明珠成薏苡，負君赤手縛於菟。觀書到老眼如鏡，論事驚人膽滿軀。萬里雲霄送君去，不妨風雨破吾廬。」

筆下龍蛇走，胸中錦繡成。

寫字的筆勢好像龍在飛躍、蛇在擺動般，自然生動，肚子裡的學問好比錦彩，華美燦爛。

【解析】此乃羅貫中在《三國演義》借後人之口寫其對楊脩的評價。楊脩（字德祖）為人恃才放曠，聰慧好學，與曹操之子曹植交好，經常替曹植擬定如何應對曹操的答問，自曹操決定立曹丕為太子之後，唯恐楊脩留在曹植的身邊，將成為曹丕執政的隱患，故於出兵與蜀交戰期間，藉故將楊脩殺之。楊脩當時不過是聽聞曹操吃飯時隨口說出「雞肋」兩字，他便得知曹操說這話是在暗指漢中就如雞肋一樣「食之無肉，棄之有味」，立即返回營房收拾行裝，準備班師。縱使機智的楊脩能猜得曹操的心意，但此舉也剛好讓曹操給他安了擾亂軍心的罪名，當場就被推出去斬首示眾。在小說家羅貫中的眼中，楊脩的死實在與他看出曹操欲退兵無關，而是因「才」所誤啊！可用來形容文章優美，才識豐富。

【出處】明．羅貫中《三國演義．第七十二回》之詩：「聰明楊德祖，世代繼簪纓。筆下龍蛇走，胸中錦繡成。開談驚四座，捷對冠群英。身死因才誤，非關欲退兵。」

不是逢人苦譽君，亦狂亦俠亦溫文。

並非是我一看到人就特別喜歡讚揚你，實在是你那狂放又有俠義的才情，同時還具備了溫和文雅的書生氣質。

【解析】龔自珍與友人道別時寫此詩留為紀念，詩中提及自己逢人就愛誇獎友人的俠骨風流，文武兼濟，其實龔自珍口中說出的這些美好特質，反映的正是他理想中的傳統知識分子典型。可用來稱讚一個人不但疏狂重義，而且文質彬彬，智勇雙全。

【出處】清．龔自珍〈己亥雜詩〉詩三百一十五首之二十八：「不是逢人苦譽君，亦狂亦俠亦溫文。照人膽似秦時月，送我情如嶺上雲。」

江山代有才人出，各領風騷[1]數百年。

每個時代都有傑出的作家出現，他們所留下的作品，足以影響文壇數百年之久。

【注釋】1.風騷：本為《詩經》之〈國風〉和《楚辭》之〈離騷〉的合稱，後用來泛指文學。此指文學上有成就的人或具有影響力的人。

【解析】清人趙翼認為各個朝代的時局情勢都有其發展變化，又有一代一代的文壇新秀接力湧入，其作品必須具有獨創性和屬於那個時期階段的特點，方能開拓出新的文學風氣，成為新的經典傳奇，繼續打動著後來一代一代的人們。可用來說明每個時期都有人才輩出，開創出新的觀點與格局。

【出處】清．趙翼〈論詩〉詩五首之二：「李杜詩篇萬口傳，至今已覺不新鮮。江山代有才人出，各領風騷數百年。」

【低劣】

生來不讀半行書，只把黃金買身貴。

出生以來便不喜讀書，只想拿黃金來提高自己的身分地位。

【解析】此詩詩題〈啁少年〉。其中的「啁」字，音ㄔㄠˊ，通「嘲」字。李賀意在諷刺那些成天不學無術、沉迷享樂的富家子弟，認為他們只知道用家裡的財富來炫耀自己的身分尊貴，完全不肯用心在研求學問上。可用來形容人毫無真才實學，只會用金錢或不正當的手段來博取虛名，高抬身價。

【出處】唐．李賀〈啁少年〉詩：「……自說生來未為客，一身美妾過三百。豈知斸（ㄓㄨˊ）地種苗家，官稅頻催勿人織。長得積玉誇豪毅，每揖閑人多意氣。生來不讀半行書，只把黃金買身貴。少年安得長少年，海波尚變為桑田。榮枯遞傳急如箭，天公不肯於公偏。莫道韶華鎮長在，髮白面皺專相待。」（節錄）

聲色狗馬外，其餘一無知。

除了嗜好歌聲、美色、養狗、騎馬之外，其他的事情全部一無所知。

【解析】白居易在此諷喻王公貴族子弟，年紀輕輕便能繼承爵位，卻終日不學無術，縱情於聲色犬馬，其餘的事情一概不瞭解也不願意學習。可用來比喻人愚昧無知，沉迷於荒淫享樂之中。

【出處】唐．白居易〈悲哉行〉詩：「……沉沉朱門宅，中有乳臭兒。狀貌如婦人，光明膏粱肌。手不把春卷，身不擐（ㄏㄨㄢˋ）戎衣。二十襲封爵，門承勳戚資。春來日日出，服御何輕肥。朝從博徒飲，暮有倡樓期。平封還酒債，堆金選蛾眉。聲色狗馬外，其餘一無知……」（節錄）

鬥雞走狗輕薄兒，衣裾相鮮氣相許。

看那些沉迷於使雞與雞相搏鬥、使狗與狗相競走的輕浮子弟，身上衣服的顏色是那樣光鮮，習氣是那樣相投。

【解析】此為黃庭堅於神宗元豐年間任北京大名府（為北宋的陪都，約位在今河北、河南境內）國子監教授（為國家教育管理機構的學官）期間所作，描寫其受邀出城宴飲前的途中所見。詩人發現，遊走在大街上的多是穿著光彩色麗的青少年，他們的行止輕浮浪薄，熱中於鬥雞驅狗的賭博遊戲，氣味十分相合。作者沒有明白道出的是，這些人雖然外表看起來衣冠濟濟，但成天不學無術，終日在街頭群聚遊蕩，內在其實空空如也。可用來形容人只注重打扮華麗，但見識淺薄，耽溺於嬉遊尋樂之事。

【出處】北宋．黃庭堅〈飲城南舊事〉詩：「陰陰花柳一百五，吹空白綿亂紅雨。已看燕子飛入簾，未有黃鶯學人語。鬥雞走狗輕薄兒，衣裾相鮮氣相許。半是播閑醉飽人，還家驕色羞婦女……」（節錄）

稼穡[1]艱難總不知，五帝三皇[2]是何物？

不僅對農事的艱辛困苦全盤不知，也分不清楚五帝三皇究竟是誰？

【注釋】1.稼穡：播種與收穀，亦可作為農事的總稱。2.五帝三皇：古代傳說中的帝王。歷來說法不盡相同，一般認為五帝是指黃帝、顓頊、帝嚳、堯、舜。三皇是指伏羲、神農、女媧。

【解析】詩僧貫休作此詩意在諷刺前蜀皇帝王建宮中的那些貴胄公子，終日只知貪圖享樂，不解農民耕作的辛苦，連書本上的基本知識也全然不知。可用來形容紈褲子弟成日不學無術，不知百姓生活疾苦。

【出處】五代．貫休〈公子行〉詩三首之一：「錦衣鮮華手擎鶻，閑行氣貌多輕忽。稼穡艱難總不知，五帝三皇是何物？」

矮人看戲何曾見？都是隨人說短長。

個子矮的人擠在人群裡看戲，哪裡可以看見戲臺上在演什麼？都是跟著別人說的來議論戲的發展情形。

【解析】清人趙翼借「矮人看戲」這個生動的比喻來論詩，他認為一個人若還沒有看清作品，便不要為了迎合他人而隨聲附和，主張評論詩歌要有個人的獨到眼光或見解。其中「矮人」本來就是指比一般人身材短小的人，也意謂著本身的才學低下或不足，自然對學問事理無法深入理解，心中毫無定見。可用來形容人的才智淺薄，只能人云亦云。

【出處】清．趙翼〈論詩〉詩五首之三：「隻眼須憑自主張，紛紛藝苑漫雌黃。矮人看戲何曾見？都是隨人說短長。」

縱然生得好皮囊[1]，腹內原來草莽[2]。

（賈寶玉）雖然外表的長相生得很好，但其實肚子裡什麼學問也沒有。

【注釋】1.皮囊：指人的軀殼。佛家稱人的軀體為臭皮囊。2.草莽：本指叢生的雜草。此比喻不學無術。

【解析】這闋詞是《紅樓夢》作者故意用封建禮教體制下的衛道者口吻來評斷小說人物賈寶玉，藉以突顯賈寶玉離經叛道、為世俗所不容的性格。事實上，賈寶玉的才學並非真如詞中所言的那樣鄙俗無知，而是他所喜歡讀的書多是崇尚自然無為思想，講究真實性情的詩文，並不是四書五經等那類世人眼中的儒家聖賢書，以及當時學子用來應付科舉、得意於仕途的八股文章。可用來形容人虛有其表，卻無實際的內涵。

【出處】清．曹雪芹《紅樓夢．第三回》之〈西江月．無故尋愁覓恨〉詞：「無故尋愁覓恨，有時似傻如狂。縱然生得好皮囊，腹內原來草莽。潦倒不通世務，愚頑怕讀文章。行為偏僻性乖張，那管世人誹謗？」

思想風範

高山仰止，景行行止。

抬頭仰望著高山，走在寬闊的大路上。

【解析】這兩句詩出自《詩經．小雅．車舝》。其中

「舝」，音ㄒㄧㄚˊ，指貫穿車軸頭的金屬鍵，用來防止輪子脫落，同「轄」字。詩中描寫新郎親自駕車去迎娶新娘，沿途看見巍然屹立的高山，光明平坦的大道，便讓他聯想到新娘的德性一如「高山景行」一樣美好，不由得心生嚮往。可用來形容對品德高尚者的崇敬、仰慕。

【出處】先秦．《詩經．小雅．車舝》：「……高山仰止，景行行止。四牡騑騑，六轡如琴。覯爾新昏，以慰我心……」（節錄）

澤如凱風，惠如時雨。

德澤有如南風一樣溫煦，恩惠有如及時下的甘雨。

【解析】曹植〈矯志詩〉是一首勵志之作。詩題中的「矯」，即矯厲，含有勉力磨練的意思。作者寫此詩主要是為了勉勵自己，在品德修養方面要更為精進不懈，同時在言行方面也有更加謹慎細密，立志要成為一個能讓人們沐受和風、得沾化雨的有德之人。可用來形容恩澤深厚美好，使人感到溫暖滋潤。

【出處】三國魏．曹植〈矯志詩〉詩：「……道遠知驥，世偽知賢。覆之幬之，順天之矩。澤如凱風，惠如時雨。口為禁闥，舌為發機。門機之闓，楛矢不追。」（節錄）

功成不受爵，長揖歸田廬。

等建立了功業，完成報國的心願後，我不會接受爵位，而是拱手作揖，歸隱田園。

【解析】西晉文人左思詩中抒寫自己富有文才武略，以及一腔報國的熱血，迫切希望得到朝廷的重用，待日後為國立下了功勞，他也絕不會領受封賞賜爵，即刻告辭歸鄉，展現其不貪戀名爵利祿的高尚品德。可用來形容功成身退，不戀棧名利的精神。

【出處】西晉．左思〈詠史〉詩八首之一：「弱冠弄柔翰，卓犖觀群書。著論準〈過秦〉，作賦擬〈子虛〉。邊城苦鳴鏑，羽檄飛京都。雖非甲冑士，疇昔覽穰苴。長嘯激清風，志若無東吳。鉛刀貴一割，夢想騁良圖。左眄澄江湘，右盼定羌胡。功成不受爵，長揖歸田廬。」

其人雖已沒，千載有餘情。

（荊軻）這個人雖然已經死了，但即使過了千年，後人懷念起他的英勇事蹟，內心還是會感到澎湃激動。

【解析】東晉詩人陶淵明寫詩歌詠戰國末年的俠客荊軻，對於其敢在獻給秦王的地圖裡暗藏匕首，伺機做出行刺的舉動，深感佩服。面對生死，沒有人不是心懷恐懼的，但荊軻卻可以為了回報燕國太子丹的知遇恩情，不顧個人的生命安危，前去秦國進行刺殺計畫，結果雖事敗被殺，義行卻永世流傳。可用來形容死去的人，其生前的思想、精神深深影響了後人，歷久不衰。

【出處】東晉．陶淵明〈詠荊軻〉詩：「……登車何時顧，飛蓋入秦庭。凌厲越萬里，逶迤過千城。圖窮事自至，豪主正怔營。惜哉劍術疏，奇功遂不成。其人雖已沒，千載有餘情。」（節錄）

丹青[1]不知老將至，富貴於我如浮雲。

（曹霸）一心專攻繪畫技藝，根本不知道老年已經到來，看待榮華富貴就像是天上浮雲般的淡薄。

【注釋】1.丹青：繪畫時所用的顏料。此代指繪畫。

【解析】這首詩是杜甫寫來送給當時著名的畫家曹霸，讚美曹霸一生都致力於繪畫領域的精進，畫工精湛絕倫，名聲顯赫，卻從來不追求富貴。可用來形容追求藝術或實踐理想而沒有察覺年歲漸老，心境安然淡泊，不慕名利。

【出處】唐．杜甫〈丹青引贈曹將軍霸〉詩：「將軍魏武之子孫，於今為庶為清門。英雄割據雖已矣，文采風流猶尚存。學書初學衛夫人，但恨無過王右軍。丹青不知老將至，富貴於我如浮雲……」（節錄）

天地英雄氣，千秋尚凜然。

三國蜀國君主劉備的英雄氣概充滿天地，歷經千年依然令人肅穆起敬。

【解析】人在夔州的劉禹錫，前來瞻仰三國蜀漢開國君主劉備的廟堂，其回顧劉備生前氣蓋山河、叱吒風雲的英勇事蹟，認為即使時間已過了千餘年，劉備所立下的功業仍足以為後世的楷模。可用來讚美某位才德超群的豪傑氣魄非凡，精神久留人間。

【出處】唐．劉禹錫〈蜀先主廟〉詩：「天地英雄氣，千秋尚凜然。勢分三足鼎，業復五銖錢。得相能開國，生兒不象賢。淒涼蜀故妓，來舞魏宮前。」

古人日以遠，青史字不泯。

古代前賢先哲雖已離我們遠去，但是史冊上記載他們的事蹟卻是永遠抹滅不掉的。

【解析】杜甫詩中意在表達人的生命縱使有其限度，但在世的不凡作為和偉大功蹟，都會被記錄在史書上，並且世代相傳下去。可用來說明聖賢文人沒而不朽，精神功業永存於世間。

【出處】唐．杜甫〈贈鄭十八賁〉詩：「……羈離交屈宋，牢落值顏閔。水路迷畏途，藥餌駐修軫。古人日以遠，青史字不泯……」（節錄）

吾愛孟夫子，風流天下聞。紅顏棄軒冕[1]，白首臥松雲。

我敬愛孟先生，他那高尚的人品和超逸的才情是天下人都知曉的。他在年輕時放棄功名爵祿的追求，在年老時隱居於幽靜山林。

【注釋】1.軒冕：古代卿大夫的座車禮帽。後多借代官位或顯貴的人。

【解析】李白詩中描寫好友孟浩然的風度翩翩、才華卓絕以及品格清高，因而贏得了世人對他的尊敬。可用來表達對某位前輩高人不慕榮華的高風亮節之欽敬仰慕。

【出處】唐．李白〈贈孟浩然〉詩：「吾愛孟夫子，風流天下聞。紅顏棄軒冕，白首臥松雲。醉月頻中聖，迷花不事君。高山安可仰？徒此揖清芬。」

我身雖歿心長在，暗施慈悲與後人。

我的身體雖然終會離開人世，但我的心意仍然可以長存，暗中施惠後人安樂以及解決他們的痛苦。

【解析】位在洛陽龍門山下的八節石灘，是白居易活動時期的著名險灘，經過的船隻不時在此地翻覆，造成傷亡無數。高齡七十三歲的白居易，早已賦閑在家，沒有官職在身，他雖知自己來日無多，仍自掏腰包，捐獻家財，主持經營開鑿，誓言要讓這段險灘變成通暢安全的津渡，之後在眾人一心的努力下，這項艱鉅的工程終於完成，而白居易如此人溺己溺、悲天憫人的胸懷，也永存世人的心中。可用來表達人在世時，盡自己能力所及，關懷人間疾苦，即使有朝一日去世，生前行誼、事蹟仍然會繼續嘉惠後人。

【出處】唐・白居易〈開龍門八節石灘〉詩二首之二：「七十三翁旦暮身，誓開險路作通津。夜舟過此無傾覆，朝脛從今免苦辛。十里叱灘變河漢，八寒陰獄化陽春。我身雖殁心長在，暗施慈悲與後人。」

到門不敢題凡鳥[1]，看竹[2]何須問主人？

登門拜訪時即使沒有遇見你，但參觀你幽雅的居住環境又何必詢問你呢？

【注釋】1.凡鳥：為「鳳」字的分寫，平凡的鳥，喻指才能平庸。據《世說新語・簡傲》記載，三國魏人嵇康和呂安交好，某日呂安到嵇康家，正好嵇康不在，嵇康的兄長嵇喜出門迎接，呂安在門上寫了「鳳」字便離去，意在嘲諷嵇喜是凡鳥，不屑與其往來。2.看竹：欣賞雅竹，喻指種竹的人是隱逸高士。據《晉書・王羲之傳》記載，王羲之的兒子王徽之聽說吳中有戶人家種了好竹，即驅車前往觀賞竹子而沒有去造訪主人。此指即使沒有見到屋主，只見到其種的竹子，也能得知屋主肯定是一位幽人雅士。

【解析】王維和好友裴迪一同到長安城內的新昌里去探訪一位姓呂的隱士，兩人雖未能見到對方一面，王維仍難掩其對這位高人逸士的景仰，詩中援引了前人典故來表達他內心的欽慕之情。可用來稱讚人閉門隱居，人品清雅絕塵。

【出處】唐．王維〈春日與裴迪過新昌里，訪呂逸人不遇〉詩：「桃源一向絕風塵，柳市南頭訪隱淪。到門不敢題凡鳥，看竹何須問主人？城上青山如屋裡，東家流水入西鄰。閉戶著書多歲月，種松皆老作龍鱗。」

春蠶到死絲方盡，蠟炬成灰淚始乾。

春天的蠶到臨死前還在吐絲，蠟燭燒成灰時蠟淚才會流乾。

【解析】李商隱詩中借春蠶的「絲」諧音雙關相思的「思」，借蠟燭燃燒時滴落的蠟淚暗喻相思的「淚」，表現出對愛情的執著無悔，至死方休。可用來形容品格高尚的人為了追求某種理想而奉獻終生，死而後止。另可用來形容忠誠堅貞的愛情。

【出處】唐．李商隱〈無題〉詩：「相見時難別亦難，東風無力百花殘。春蠶到死絲方盡，蠟炬成灰淚始乾。曉鏡但愁雲鬢改，夜吟應覺月光寒。蓬山此去無多路，青鳥殷勤為探看。」

遙想吾師行道處，天香桂子落紛紛。

我在遙遠的地方想念老師您所實踐的修行，就好像芳香的桂花如雨般的從空中翩然飄落。

【解析】韜光禪師為杭州天竺寺的僧人，是白居易在杭州擔任刺史時所結識的好友，後來白居易轉任蘇州刺史，思念友人而作此詩寄贈。詩中他推崇韜光禪師開山立寺、修行講道的功德，有如滿天飄香花雨，落英繽紛。可用來頌讚修行者的高尚德行。也可用來稱揚師長的風采器識令後輩景仰。

【出處】唐．白居易〈寄韜光禪師〉詩：「一山門作兩山門，兩寺原從一寺分。東澗水流西澗水，南山雲起北山雲。前臺花發後臺見，上界鐘聲下界聞。遙想吾師行道處，天香桂子落紛紛。」

諸葛大名垂宇宙。

諸葛亮的大名將永遠流傳在天地間，不會被磨滅。

【解析】杜甫在詩中歌詠三國蜀相諸葛亮肅穆清高的風範，其為蜀漢所成就的不凡功業和最終鞠躬盡瘁的偉大情操，必然為後人所宗仰。可用來頌揚三國蜀相諸葛亮畢生為國盡忠，死而後已，美好名聲永世長存。

【出處】唐．杜甫〈詠懷古跡〉詩五首之五：「諸葛大名垂宇宙，宗臣遺像肅清高。三分割據紆籌策，萬古雲霄一羽毛。伯仲之間見伊呂，指揮若定失蕭曹。福移漢祚難恢復，志決身殲軍務勞。」

人生自古誰無死，留取丹心照汗青。

人生自古以來，沒有人可以免於一死，要留下赤忱的心，照耀在史冊上。

【解析】這首詩是文天祥戰敗被元軍生擒後，元將張弘範逼迫其寫信招降在厓山（位在今廣東境內）的守將張世傑，文天祥提筆便寫下此詩，表明自己對國家的赤誠忠心，至死不移。可用來形容英雄志士寧可捨身取義，也不背叛國家的崇高氣節，終將青史傳名。

【出處】南宋．文天祥〈過零丁洋〉詩：「辛苦遭逢起一經，干戈寥落四周星。山河破碎風飄絮，身世浮沉雨打萍。惶恐灘頭說惶恐，零丁洋裡歎零丁。人生自古誰無死，留取丹心照汗青。」

人生芳穢有千載，世上榮枯無百年。

一個人的聲譽，不論是芳名還是臭名，都會流傳久遠，但一個人活在世上，不管生平是榮耀還是困頓，都不會超過一百年。

【解析】此為謝枋得回給朋友的一首唱和詩，表達其對個人名譽、氣節的重視，絕對不允許自己做出愧對良心以致遺臭萬年的事，他認為人生一世的得失榮枯，最長不過百年，毫無輕重可言，但留在青史上的好壞名聲，卻是永遠不會被抹滅的。可用來形容人間的發達或窮困都是短暫的，只有名聲的美好或鄙惡是永存不朽的。

【出處】南宋．謝枋得〈和曹東谷韻〉詩：「萬古綱常擔上肩，脊梁鐵硬對皇天。人生芳穢有千載，世上榮枯無百年。此日識公知有道，何時與我詠遊仙？不為蘇武即龔勝，萬一因行拜杜鵑。」

佳人猶唱醉翁詞，四十三年如電抹。

潁州西湖的歌女還在唱著歐陽脩寫的詞，四十三年的光陰如似閃電飛馳而去。

【解析】蘇軾這闋詞主要是在懷念對自己有知遇之恩的歐陽脩。歐陽脩早年曾出任潁州知州，退休後選擇在潁州居住，晚號「醉翁」。歐陽脩去世後的第二十年，蘇軾來到西湖，聽到歌女還在唱著歐陽脩的詞，感嘆時間快得如電光石火，推算著歐陽脩治理潁州已是四十三年前的事了，不僅西湖歌女至今仍愛唱著歐陽脩的詞作，當地百姓甚至立祠祭祀歐陽脩，感念其對潁州的貢獻與付出。可用來形容即使時光如電般的一閃即逝，但人的文采風流，卻可以永恆流傳。

【出處】北宋．蘇軾〈木蘭花．霜餘已失長淮闊〉詞：「霜餘已失長淮闊，空聽潺潺清潁咽。佳人猶唱醉翁詞，四十三年如電抹。草頭秋露流珠滑，三五盈盈還二八。與余同是識翁人，惟有西湖波底月。」

風簷展書讀，古道照顏色。

在透風的簷廊下打開書本閱讀，前人的風範和光輝，躍然於紙上，照耀在我的臉上。

【解析】置身囹圄的文天祥，寧願被處死也不願向元朝投降，元世祖忽必烈因惜才而遲遲不忍殺他，幾年下來，一再勸降，但文天祥知道唯有一死，他才能不愧對家國和自己的良心。詩中寫其回想在風簷下展讀聖賢哲人的典籍，即使時代已經相當久遠，但他們的精神和典範卻永存後人的心中。可用來說明對古代聖賢或忠義之士的模範事蹟和思想情操，充滿尊敬與仰慕。

【出處】南宋．文天祥〈正氣歌〉詩：「……哲人日已遠，典刑在夙昔。風簷展書讀，古道照顏色。」（節錄）

時窮節乃見，一一垂丹青。

當國家遇到危難的時候，一個人的氣節就顯現出來了，每一筆都會被記錄在史籍上。

【解析】文天祥被囚羈在元朝大都的獄中，元人對其施展軟硬並濟的手段，一方面提出顯赫的爵位作為利誘的條件，另一方面又把他關在狹隘又充滿穢氣的惡劣環境，逼迫他若不投降便得處死，但文天祥始終臨危不懼，視死如歸，展現其對南宋朝廷的忠貞不渝。可用來形容一個人面對艱危時局，若還能夠堅貞守節，將永遠在史冊上留名。

【出處】南宋．文天祥〈正氣歌〉詩：「天地有正氣，雜然賦流形。下則為河嶽，上則為日星。於人曰浩然，沛乎塞蒼冥。皇路當清夷，含和吐明庭。時窮節乃見，一一垂丹青……」（節錄）

欲弔文章太守，仍歌楊柳春風。

正想要在揚州平山堂憑弔歐陽脩這位擅寫文章的前任揚州太守，忽然聽到歌女還在唱著歐陽脩生前寫有楊柳春風的詞句。

【解析】歐陽脩離開人世八年多後，蘇軾來到歐陽脩早年擔任揚州知州時所建造的平山堂，目睹歐陽脩親手種植的楊柳，聽著歌女詠唱歐陽脩的詞作，堂內壁上仍留有歐陽脩〈朝中措．平山闌檻倚晴空〉詞的墨跡，其中五句為「手種堂前垂柳，別來幾度春風。文章太守，揮毫萬字，一飲千鍾」，蘇軾詞中除了「欲弔」和「仍歌」之外，皆本於歐陽脩的詞句，意在重現前人的遺風餘澤。可用來說明一個擁有美好德行的人，死後不用人們刻意憑弔，自然精神永存，流芳後世。

【出處】北宋．蘇軾〈西江月．三過平山堂下〉詞：「三過平山堂下，半生彈指聲中。十年不見老仙翁，壁上龍蛇飛動。欲弔文章太守，仍歌楊柳春風。休言萬事轉頭空，未轉頭時皆夢。」

義高便覺生堪捨，禮重方知死甚輕。

一個人若是看重道義，便會自覺生命是可以捨棄的，若是重視禮法，就會知道死亡相對而言，其實是一件極為輕微的事情。

【解析】這首詩的作者謝枋得與文天祥同年考取進士，南宋滅亡後，謝枋得寓居閩中，元朝屢屢召其出來做官，他都不予回應，後來被強押至大都，仍堅決不降，最終絕食而死。詩中展現其視忠誠節義乃做人的基本準則，寧可犧牲性命，也不容許自己做出悖禮棄義的行止。可用來形容仁人志士為了守節，寧死不屈的高尚品格。

【出處】南宋．謝枋得〈初到建寧賦詩一首〉詩：「雪中松柏愈青青，扶植綱常在此行。天下久無龔勝潔，人間何獨伯夷清？義高便覺生堪捨，禮重方知死甚輕。南八男兒終不屈，皇天上帝眼分明。」

鐵可折，玉可碎，海可枯。不論窮達生死，直節貫殊途。

鐵器可以折斷，美玉可以碎裂，深海可以枯涸。而人無論是處於窮困或是顯達，是生還是死，在不同的遭遇中始終保持正直的節操。

【解析】汪莘詞中借用「鐵可折，玉可碎，海可枯」三種比喻，表達世上事物都可能發生曲折變化，正如人的一生無論遭逢失意或得志，都要懂得貫徹忠貞的氣節，堅持品格操守，寧死不屈。可用來形容一個人不管處在任何的情況下，永遠保持勁直的風操。

【出處】南宋．汪莘〈水調歌頭．志可洞金石〉詞：「……鐵可折，玉可碎，海可枯。不論窮達生死，直節貫殊途。立處孤峰萬仞，袖裡青蛇三尺，用舍付河圖。晞汝陽阿上，濯汝洞庭湖。」（節錄）

鐵肩擔道義，生為人傑。巨筆著文章，死亦鬼雄。

像鐵一樣的肩膀擔起道德和正義的責任，活著要成為人中的豪傑。像握有一枝大筆一樣撰述寫作，死了也要當鬼中的英雄。

【解析】這是明畫家唐寅寫的一幅對聯，其中兩句源自前人李清照〈絕句〉詩之「生當作人傑，死亦為鬼雄」。作者以「鐵肩」和「巨筆」兩語來強調文人雖無武士雄健有力，但捍衛道義的心志卻有如鋼鐵般堅硬，手上的筆永遠直言不諱，就算是生命受到威脅，也要寫出自認該寫的文字，流傳於後世。可用來稱許文人勇於擔當弘揚真理公義的重任，秉持良心撰著，作品堪稱典範。

【出處】明・唐寅〈無題〉詩：「鐵肩擔道義，生為人傑。巨筆著文章，死亦鬼雄。」

一事平生無齮齕[1]，但開風氣不為師。

有一件事情，是這一生人家無法拿來當作攻擊我的藉口，那就是我只用言論和文章來開啟一代風尚，從來不收門生而成為別人的老師。

【注釋】1.齮齕：音ㄧˇ ㄏㄜˊ，本意牙齒相咬，引申為毀壞、傷害。

【解析】活動於清宣宗道光年間的龔自珍，當時正值鴉片氾濫，其見清王朝的統治已進入衰世，便以「開風氣」當作自身的責任，希望藉由著述立說來改革政治和社會的腐朽現狀，振興世風，方能抵禦外強的侵略，故其平生不蓄門下弟子，避免被人貼上結黨徇私的標籤，而忽略了他匡時濟世的主張。可用來形容一心以開創新的風潮和形成新的力量為考量，不曾懷有自命為師的謙虛美德。

【出處】清・龔自珍〈己亥雜詩〉詩三百一十五首之一百零四：「河汾房杜有人疑，名位千秋處士卑。一事平生無齮齕，但開風氣不為師。」

我自橫刀向天笑，去留肝膽兩崑崙[1]。

我手持佩刀轉身仰天大笑，關於我的生死去留和一片赤誠忠心，只有那兩位德行像崑崙山一樣高的人士最為明瞭。

【注釋】1.兩崑崙：譚嗣同此借崑崙山之高大比喻兩位友人的才德卓越。歷來對這兩位友人的姓名說法紛紜，一說是指梁啟超和康有為。另一說是指江湖俠士王正誼（人稱王五）和胡致廷（人稱胡七）。

【解析】清德宗光緒年間，力主改革的譚嗣同在戊戌變法失敗後，拒絕逃亡而遭到逮捕，臨刑前留下這首慷慨激昂的詩篇，除了表達其對清廷守舊勢力的蔑視之外，也展現其赴死如歸的壯烈氣概，浩氣凜然。可用來形容為了正義而犧牲生命也無畏無懼。

【出處】清・譚嗣同〈獄中題壁〉詩：「望門投止思張儉，忍死須臾待杜根。我自橫刀向天笑，去留肝膽兩崑崙。」

人性心態

【光明】

亦余心之所善兮，雖九死其猶未悔。

只要我心中認為是美善的，縱然讓我為其死去多次，也絕不後悔。

【解析】戰國楚人屈原本是楚國大臣，因對政事直言不諱而被楚王身邊的親信所排擠，流放到江南一帶，他雖為此怨抑滿腔，不時長嘆哭泣，但仍堅持自己的信念是良善且崇高的，寧死也要執守他那清白芳潔的心志，永不妥協。可用來形容對美好德操、理想堅貞不移，至死不屈。

【出處】戰國楚・屈原〈離騷〉詩：「……長太息以掩涕兮，哀民生之多艱。余雖好修姱以鞿羈兮，謇朝誶而夕替。既替余以蕙纕兮，又申之以攬茝（ㄔㄞ）。亦余心之所善兮，雖九死其猶未悔……」（節錄）

舉世皆濁我獨清，眾人皆醉我獨醒。

整個世界都混濁昏亂，唯獨我清淨無染，所有的人都醉倒了，只有我一個人是清醒的。

【解析】〈漁父〉描寫屈原遭楚王放逐後，獨自一人走在江岸邊，面容憔悴，一名漁父認出了屈原而上前詢問因由。憂憤滿腹的屈原，於是向漁父抱怨楚國上下掌握權力的人只顧一己私利，而不思慮對國家前途有益的舉措，楚王甚至聽信譖言而將其流放，讓自視品格高潔的他，深感舉世汙濁昏昧，無人可以理解自己的悲哀。可用來形容潔身自愛，絕不與汙世同流的剛正風骨。

【出處】戰國楚・屈原〈漁父〉詩：「……舉世皆濁我獨清，眾人皆醉我獨醒。是以見放……」（節錄）

直如朱絲繩[1]，清如玉壺冰[2]。

像琴瑟上的紅色絲絃那樣筆直，像玉壺中的冰一樣清明透澈。

【注釋】1.朱絲繩：指樂器上的紅色絲絃。2.玉壺冰：盛冰的玉壺。

【解析】此詩詩題〈代白頭吟〉，在樂府詩中的〈白頭吟〉通常都是在表現婦女見棄之哀怨，南朝宋人鮑照以「朱絲繩」和「玉壺冰」來比喻女子為人正直、高潔，卻不幸遭人拋棄，藉此抒發自己品德清正、廉潔，卻同女子一樣不容於世，難以施展抱負的悲憤心情。之後唐人王昌齡〈芙蓉樓送辛漸〉詩中「一片冰心在玉壺」名句，便是由此脫化而出。可用來形容人的心性剛直，品行清廉。

【出處】南朝宋．鮑照〈代白頭吟〉詩：「直如朱絲繩，清如玉壺冰。何慚宿昔意？猜恨坐相仍……」（節錄）

東門酤酒飲我曹，心輕萬事如鴻毛。

平日你在東門買酒請我們喝，對於世上所有的事情都看得和鴻毛一樣輕微。

【解析】李頎的好友陳章甫仕途不順，經常與同事暢飲，之後決定罷官返鄉，李頎對陳章甫的際遇雖有不捨，卻也理解好友的品德操守是絕不甘於屈就在成日爭逐權勢的官場上，故也不多作挽留。他寫此詩贈別好友，稱許其心懷磊落，率性灑脫，才能將世態炎涼置之度外。可用來形容一個人的心地坦蕩，面對事情時態度自若豁達。

【出處】唐．李頎〈送陳章甫〉詩：「……東門酤酒飲我曹，心輕萬事如鴻毛。醉臥不知白日暮，有時空望孤雲高……」（節錄）

洛陽親友如相問，一片冰心在玉壺。

你到了洛陽後，那邊的親友如果向你問起我，就說我的心像玉壺中的冰一樣晶瑩潔淨。

【解析】王昌齡在潤州芙蓉樓送別友人辛漸返回洛陽，他託辛漸帶口信給親友，傳達自己縱使遭到毀謗而被貶官，但仍堅持操守的心情。故詩中其以玉壺之冰自比，表明自己行事光明磊落，內心純潔無愧。可用來形容心地坦蕩，人品清明高潔。

【出處】唐．王昌齡〈芙蓉樓送辛漸〉詩二首之一：「寒雨連天夜入吳，平明送客楚山孤。洛陽親友如相問，一片冰心在玉壺。」

一代錦腸繡肺，想英魂皎皎，健口霏霏。

你是一個時代中擁有美好心胸抱負的人，回想你的過往，心靈潔白無瑕，談吐芳香。

【解析】王質寫此詞憑弔英年早逝的好友張孝祥。在王質的眼中，一生矢志收復北方失土的張孝祥，生前無論是在朝廷或是在地方任職期間，致力掃除朝野各項積弊，但也正因張孝祥的為人剛正不阿，處理政務，法紀嚴明，雖廣受百姓的愛戴，卻也屢遭朝廷主和派與政敵的毀謗打壓，最後不得已而離職，抱憾以終。可用來形容人的品德清白廉潔，口吐珠璣。

【出處】南宋．王質〈八聲甘州．海茫茫〉詞：「……一代錦腸繡肺，想英魂皎皎，健口霏霏。望寒空明月，無路寄相思。嘆千古，興亡成敗，滿乾坤，遺恨有誰知？今何在？一川煙慘，萬壑風悲。」（節錄）

一生肝膽如星斗，嗟爾頑銅豈見明？

我這輩子赤誠的心有如天上的星星一樣，可嘆這面生鏽的銅鏡怎能照出我的光明內在？

【解析】北宋仁宗慶曆年間，蘇舜欽因支持范仲淹的政治改革，遭守舊派借事構陷而受到革職處分，之後流寓蘇州，築滄浪亭，耕讀以終。詩中寫其攬鏡自照時，感嘆銅鏡只能照見人的外貌，無法透視人心內在，外人自是無法理解他的心地坦蕩，就好比空中明亮的星斗般。可用來形容人的襟懷坦白無私，磊落至誠。

【出處】北宋．蘇舜欽〈覽照〉詩：「鐵面蒼髯目有稜，世間兒女見須驚。心曾許國終平虜，命未逢時合退耕。不稱好文親翰墨，自嗟多病足風情。一生肝膽

如星斗，嗟爾頑銅豈見明？」

孤光自照，肝膽皆冰雪。

孤獨的月光，映照著自己，透視出身上的肝膽都是一片晶瑩純潔。

【解析】張孝祥因遭讒言毀謗而被罷官，離開任所後乘船北歸，於中秋前夕經過洞庭湖時，一想到自己一生剛直不阿，為國赤膽忠心，卻蒙受不白之冤，又得不到機會昭雪，內心感觸良深。他在船上望著空中皎潔無塵的月亮，就好像是看到自己透明如冰、潔白似雪的襟懷般，即使這世上無人可以理解，他也相信一輪素月可以洞察他的心跡，俯仰無愧。可用來形容人的品格清高潔亮，坦蕩磊落。

【出處】南宋．張孝祥〈念奴嬌．洞庭青草〉詞：「……應念嶺表經年，孤光自照，肝膽皆冰雪。短髮蕭騷襟袖冷，穩泛滄溟空闊。盡吸西江，細斟北斗，萬象為賓客。扣舷獨嘯，不知今夕何夕？」（節錄）

為鼠常留飯，憐蛾不點燈。

怕家中的老鼠沒有食物吃會挨餓，所以經常為老鼠留下一些剩飯，不忍飛蛾撲向燭火而被火燒傷，所以夜裡不點燈燭。

【解析】老鼠和飛蛾都是不討人喜愛的動物，蘇軾卻能為了這些一同生存在天地間的小小生命，發出悲憫胸懷，並用平等的心態來看待牠們生存的權利與機會，這境界實在不是一般人能夠做得到的。可用來形容慈悲為懷，對動物同樣充滿憐憫之心。

【出處】北宋．蘇軾〈次韻定慧欽長老見寄〉詩八首之一：「左角看破楚，南柯聞長滕。鉤簾歸乳燕，穴紙出痴蠅。為鼠常留飯，憐蛾不點燈。崎嶇真可笑，我是小乘僧。」

清心為治本，直道是身謀。

心境澄淨，是做事的根本，正直無私，是立身的良策。

【解析】北宋名臣包拯，一生清正廉潔，執法嚴正，不畏權貴，贏得百姓的感念與愛戴，稱其「包青天」，也是歷史上著名的清官。這首詩是包拯寫在書房牆壁上的座右銘，提醒自己為官做人要恪守正道，清白處事，絕不可做出阿諛奉承或循情枉法的事。可用來說明居心清白端正，為人剛直公允。

【出處】北宋．包拯〈書端州郡齋壁〉詩：「清心為治本，直道是身謀。秀幹終成棟，精鋼不作鉤。倉充鼠雀喜，草盡兔狐愁。史冊有遺訓，毋貽來者羞。」

莫嫌犖确[1]坡頭路，自愛鏗然曳杖聲。

不要嫌棄坡頭石路坎坷不平，我就是喜歡聽這種拄杖碰擊石頭的鏗然聲音。

【注釋】1.犖确：音ㄌㄨㄛˋ ㄑㄩㄝˋ，險峻不平的樣子。

【解析】此詩詩題〈東坡〉，本指位於黃州城東的一塊坡地，蘇軾被貶為黃州團練副使期間，即是在東坡這塊荒地開墾種地，自耕自足，從此自號「東坡居士」。詩中寫其於雨後月下，拄著拐杖，行走在東坡高低不平的石頭路上，路雖難行，蘇軾卻是履險如夷，連手杖碰撞地上石子時發出的鏗鏘聲響，在他聽來竟成了悅耳妙聲，表現其面對困難險阻，依然處之泰然，心志堅忍不拔，保持欣然自樂的情懷。清人王文誥《蘇文忠公詩編註集成》評曰：「此類句出自天成，人不可學。」可用來形容人的心性高潔，甘貧守志，不因處境艱難而懷憂喪志或低頭屈服。

【出處】北宋．蘇軾〈東坡〉詩：「雨洗東坡月色清，市人行盡野人行。莫嫌犖确坡頭路，自愛鏗然曳杖聲。」

雲散月明誰點綴？天容海色本澄清。

烏雲散了，月亮明朗，誰能給它加上任何的點綴呢？天的面貌，海的顏色，本來就是澄淨清澈的。

【解析】蘇軾詩中寫其從儋州渡海北歸時，眼前天水接連，上下澄瑩的景色。其中「雲散月明誰點綴」出自前人的一則故事。據《晉書．謝重傳》記載，東晉時謝重為會稽王司馬道子的驃騎長史，某夜，司馬道子讚美月色明淨，謝重隨口回說：「意謂乃不如微雲點綴。」亦即天空有雲比無雲時更好看。司馬道子便笑謝重居心不淨，居然存有汙穢天宮的企圖，由此可知，「微雲點綴」含有汙垢的暗示。蘇軾寄託前人典故，抒發自己雖遭人誣陷而流放海外，但內心始終清白磊落，一如澄明月色，絲毫不畏懼烏雲遮蔽，因為總會等到「雲散月明」的來臨。可用來比喻心地光明無瑕，任誰也無法抹黑。另可用來形容陰霾散去，月光明亮。

【出處】北宋．蘇軾〈六月二十日夜渡海〉詩：「參橫斗轉欲三更，苦雨終風也解晴。雲散月明誰點綴？天容海色本澄清。空餘魯叟乘桴意，粗識軒轅奏樂聲。九死南荒吾不恨，茲遊奇絕冠平生。」

閑來寫就青山賣，不使人間造孽錢。

空閑時就畫了幾幅山水畫來賣，也不願使用那些在人世間增添罪業的錢。

【解析】明代畫家唐寅在這首〈言志〉詩中，寫其從不嚮往成仙成佛之路，也無心捲入名利場上的各種亂象紛擾，他只想要賣畫度日，生活雖然清貧，但心懷坦蕩，神情舒泰，表現其視富貴如浮雲，以及對金錢淡然的態度。可用來形容人品清高，淡泊無求。

【出處】明．唐寅〈言志〉詩：「不鍊金丹不坐禪，不為商賈不耕田。閑來寫就青山賣，不使人間造孽錢。」

質本潔來還潔去，強於汙淖陷渠溝。

（花）來到世上原本質地就是純潔的，如今離開也讓它是潔淨的，這樣遠比陷入滿是汙穢爛泥的水溝來得強。

【解析】這是《紅樓夢》小說人物林黛玉在葬花過程所吟誦的詩句，她明知道別人看她用乾淨的土掩埋落花的舉止，像是得了痴病似的，但她仍然堅持去做自認是對的事。因為在林黛玉的心目中，花儼然就是她自己的化身，既然是乾淨潔白的來到世上，便一定要以本來的樣子離去，不容許沾染任何的汙濁。即使現實生活中，林黛玉是一個人孤伶伶的寄居在榮國府，身世更比不上府裡的眾姊妹，但她也不願因此而向流俗汙世屈服，詩意展現其孤高兀傲的心志。可用來形容潔身自好，志意絕俗。也可用來比喻寧死也要保持純淨本心，絕不與世浮沉，同流合汙。

【出處】清．曹雪芹《紅樓夢．第二十七回》之〈葬花吟〉詩：「……未若錦囊收豔骨，一抔淨土掩風流。質本潔來還潔去，強於汙淖陷渠溝……」（節錄）

【難測】

天可度，地可量，唯有人心不可防。

天的高度可以測算，地的廣度可以丈量，只有人的心思難以猜測和防範。

【解析】此詩為白居易描寫官場上的奸惡小人如何巧言令色、笑裡藏刀，以及為達目的而不擇手段的觀察感觸。可用來說明人心叵測。

【出處】唐．白居易〈天可度〉詩：「天可度，地可量，唯有人心不可防。但見丹誠赤如血，誰知偽言巧似簧……」（節錄）

長恨人心不如水，等閑平地起波瀾。

經常感嘆人心還不如水，總會無緣無故從平地起波瀾。

【解析】劉禹錫面對艱險重重的瞿塘峽，領悟出江河波濤雖然險急，卻還是顯見而可提早預防的，然而人心的叵測凶險，喜好無事生非，就像無端從平地掀起巨大波瀾般，實在令人防不勝防。可用來說明人心起伏變化，難以預料。也可用來比喻人心善於引發事端，興風作浪。

【出處】唐．劉禹錫〈竹枝詞〉詩九首之七：「瞿塘嘈嘈十二灘，此中道路古來難。長恨人心不如水，等

閑平地起波瀾。」

海枯終見底，人死不知心。

海水乾枯時，終會有看見海底的那一天，但是人卻是等到死去時，都還是很難了解他們的心思。

【解析】杜荀鶴詩中以海水枯涸便能看見海底為喻，對比人的心思縱使走到生命的盡頭，仍然不容易揣度其內心真正的想法，亦即人心比深海還要詭譎莫測。可用來說明人心莫測，難以猜透。

【出處】唐・杜荀鶴〈感寓〉詩：「大海波濤淺，小人方寸深。海枯終見底，人死不知心。」

楚客莫言山勢險，世人心更險於山。

來楚地的客人不要說這裡的山勢有多麼險阻，世上的人心比這裡的山勢來得更為凶險。

【解析】雍陶由家鄉成都出發，舟行經過楚地峽谷時，見到兩岸懸崖陡峭，興起了山勢縱然危峻，但人心實比山更為險惡的感觸。詩中先以否定句否定山險，再道出比山更可怕的乃是人心，傳神表達出人心之險遠遠勝過聳峙高山。可用來說明世道人心的奸險凶惡，陰沉難測。

【出處】唐・雍陶〈峽中行〉詩：「兩崖開盡水回環，一葉才通石罅（ㄒㄧㄚˋ）間。楚客莫言山勢險，世人心更險於山。」

世上無如人欲險，幾人到此誤平生？

這世上都沒有比人心欲念來得凶險，不知有多少人因克制不了欲念，從此一生就毀了？

【解析】這是朱熹看了胡銓寫在湘潭胡氏客館壁上的題詩後，為警惕自己而作的一首詩。胡銓乃南宋初期力主抗金的名臣，因觸怒秦檜而被貶謫嶺南十餘年，北歸時，他於客館飲酒後，在牆上寫了「君恩許歸此一醉，旁有梨頰生微渦」兩句詩，意即皇帝終於允許自己回到朝廷，一旁陪伴的是臉頰有可愛酒渦的侍妓黎倩。此詩一出，也讓以忠義剛直見稱的胡銓，被說成不護細行，人生留下了一記汙點。朱熹有感於胡銓先前無論遭逢多大的困厄，都不曾磨滅心志，卻在結束流放生涯的北歸途中，因迷戀一名侍妓而受到時人的攻擊羞辱，有鑑於此，也讓朱熹體認到世路縱然艱險，但都比不上人心欲念的可怕程度。可用來說明人的貪婪私欲是最難自制的，容易使人走向墮落。

【出處】南宋．朱熹〈宿梅溪胡氏客館觀壁間題詩自警二絕〉詩二首之二：「十年浮海一身輕，歸對梨渦卻有情。世上無如人欲險，幾人到此誤平生？」

誰道無心便容與[1]，亦同翻覆小人心。

誰說天上的雲沒有心就能安然自得，其實也和小人反覆無常的心是相同的。

【注釋】1.容與：安閑自在的樣子。

【解析】王禹偁觀察春天的雲彩，一下是獸類的造型，一下又化為禽鳥的模樣，在日照風吹下，色澤深淺不定，從中體會出人心不也和春雲一樣，表面看似安恬自若，實是變幻莫測。可用來形容小人的心思反覆不一，變動不定。

【出處】北宋．王禹偁〈春居雜興〉詩二首之二：「春雲如獸復如禽，日照風吹淺又深。誰道無心便容與，亦同翻覆小人心。」

鑒面只知西子姣，照心難見比干[1]真。

照鏡只能知道春秋越國美女西施的姣好容貌，卻難以照到商朝忠臣比干的真心。

【注釋】1.比干：商朝紂王的叔父，因犯顏苦諫紂王而遭到剖心死去。

【解析】王令寫其春耕時從荒墳中獲得一面古鏡，鏡面光亮如新，就像是被神鬼之手日夜摩擦過一樣，他拿著古鏡照自己的面容，領悟到鏡子雖可以照見人的外表，卻無法穿透肉身，看見內心的真偽。可用來說明人心的善惡，很難從人的表面行為來判斷。

【出處】北宋．王令〈古鑒〉詩：「一片靈光合有神，不知鎔鑄更何人？春耕破冢衣冠盡，鬼手摩天日月新。鑒面只知西子姣，照心難見比干真。主人深有收藏意，當待清明不受塵。」

人無害虎心，
虎有傷人意。

人雖然沒有傷害老虎的念頭，但老虎卻存有吃人的獸性。

【解析】此為古來流傳的俗諺，以人和老虎之間的關係作為比較，一般人在赤手空拳時，力氣不敵老虎，自是不敢興起害老虎的心；但對老虎而言，肉食是牠的天生本性，為了生存，牠必然會出現攻擊人的行為。作者意在奉勸人們務必留心身邊如虎一樣野心勃勃的人，不要天真地以為對人家好或彼此從無嫌隙，對方便不可能加害自己。可用來說明人要有防人之心。

【出處】元．李潛夫《灰闌記．第一折》之詩：「人無害虎心，虎有傷人意。」

畫虎畫皮難畫骨，
知人知面不知心。

描繪老虎表面的皮毛相對容易，困難的是描繪出老虎皮毛下的骨骼、精神，看清一個人表面的模樣也是相對容易的，困難的是看穿一個人內心的真正想法。

【解析】這兩句諺語，藉由畫虎一事，進而推論出瞭解一個人與畫虎是一樣的道理，不可只透過其外貌言行，便自認為對其相當瞭解，凡事都應提高警覺，才能避免受到傷害。可用來提醒人們應對人多方觀察，不要被其外表所蒙蔽。也可用來比喻人心複雜，不易讓人輕易理解。

【出處】元．孟漢卿《魔合羅．第一折》之詩：「畫虎畫皮難畫骨，知人知面不知心。」

子系[1]中山狼[2]，
得志便猖狂。

你（孫紹祖）就是那忘恩負義的中山狼，一旦得勢便狂妄胡為。

【注釋】1.子系：此隱指《紅樓夢》小說人物賈迎春的丈夫孫紹祖。子，是古代對男子的尊稱。系，是。

表面的意思「你是」，然從「子」與「系」並在一起，剛好成了「孫」字，即是孫紹祖的姓。2.中山狼：相傳戰國時期趙簡子於中山打獵時，射傷一狼，東郭先生將狼救活，狼不但不知感恩，還想要吃掉東郭先生，幸虧遇見老農，設計將狼處死，後來人們便用「中山狼」比喻背義忘恩的人。

【解析】這是《紅樓夢》中〈金陵十二釵正冊〉上對賈迎春的判詞。賈迎春是故事主人公賈寶玉的堂姊，性格良善怯弱，膽小怕事，後來賈府落敗，她的父親賈赦因積欠孫家龐大的債務，於是將庶出的賈迎春嫁與孫家抵債，偏偏賈迎春的丈夫孫紹祖是一個喜歡酗酒、鬧事的惡棍，賈迎春進門不過一年，便受盡各種凌辱折磨而亡。可用來比喻惡人一旦得到權勢，即露出凶狠本性，辜恩負義。

【出處】清．曹雪芹《紅樓夢．第五回》之〈金陵十二釵正冊判詞〉詩十一首之六：「子系中山狼，得志便猖狂。金閨花柳質，一載赴黃粱。」

三、繪寫景物

自然景觀

【山水】

百川沸騰，山冢崒[1]崩。

每一條江河湖澤都波濤洶湧，山頂從高處崩塌下來。

【注釋】1.崒：音ㄗㄨˊ，山勢高聳險峻。

【解析】古人向來認為天然災變乃是上天對天子發出警告，提醒其懸崖勒馬，實施善政。西周末年幽王統治時期，發生了一場大地震，當時百川翻滾，山崩地裂，高山下陷而成了深谷，深谷隆起變成了山陵，景狀直是怕人。但讓詩人感到悲哀的是，上天即使降下災異凶險來譴告幽王，幽王還是不知自警，毫無忌憚之心。可用來形容因地震造成山川巨變的景象。

【出處】先秦．《詩經．小雅．十月之交》：「……爗爗（ㄧㄝˋ）震電，不寧不令。百川沸騰，山冢崒崩。高岸為谷，深谷為陵。哀今之人，胡憯莫懲……」（節錄）

非必絲與竹[1]，山水有清音。

並不是一定要有絲和竹這類的樂器，青山綠水自己就能演奏出悠揚清美的樂音。

【注釋】1.絲竹：泛指樂器。絲，指絃樂器，如琴、瑟。竹，指管樂器，如笛、蕭。

【解析】西晉人左思寫其入山尋訪隱士，沿途風景清幽秀麗，山崗的北邊有皚皚白雪，山南的樹林有豔豔紅花，泉水在山石間奔流激盪，小魚在清泉裡優游浮沉，讓他興起了對山林生活的嚮往，體認到根本無須世俗人為的絲竹之音，在此就能擁有大自然發出的天然妙音。可用來形容沉浸在水色山光的環境中聆聽天籟。

【出處】西晉．左思〈招隱詩〉詩二首之一：「……白雪停陰岡，丹葩曜陽林。石泉漱瓊瑤，纖鱗亦浮沉。非必絲與竹，山水有清音。何事待嘯歌，灌木自悲吟……」（節錄）

白雲抱幽石，綠篠[1]媚清漣。

天邊的朵朵白雲，像是被深山幽峭的巖石給擁抱著般，山林裡的翠綠細竹，看起來就是在對著清徹的水波獻媚一樣。

【注釋】1.篠：音ㄒㄧㄠˇ，細竹條。

【解析】此詩詩題〈過始寧墅〉。始寧，位在今浙江紹興市境內，是南朝宋人謝靈運寫其於赴任途中，特地跋山涉水，繞道過來看看祖父謝玄生前建在始寧的別墅，而這裡也正是謝靈運的出生地，只是他自幼便被寄養於外，故小名「客兒」，世稱其「謝客」。詩中以「抱」和「媚」兩字，表現出自然山水其實也和人一樣富有情感和靈秀之氣。可用來形容白雲環山，綠竹傍水的優美景色。

【出處】南朝宋．謝靈運〈過始寧墅〉詩：「……剖竹守滄海，枉帆過舊山。山行窮登頓，水涉盡洄沿。巖峭嶺稠疊，洲縈渚連綿。白雲抱幽石，綠篠媚清漣。葺宇臨回江，築觀基曾巔……」（節錄）

餘霞散成綺，澄江靜如練。

晚霞布滿天空，就像是鋪展開來的一匹錦緞，澄淨的江水靜靜地流著，宛如一條白綢。

【解析】南朝齊人謝朓於春日黃昏登高臨江遠望京城建康，當他看著澄澈而寧靜的長江與天邊雲霞相互輝映的景色，一邊明淨有如一條綿長的白練，一邊則是絢麗如似一匹散開的彩緞，兩者在視覺效果上，色調剛好形成鮮明的對比，給人一種賞心悅目的感受。也難怪唐人李白在〈金陵城西樓月下吟〉寫有「解道澄江淨如練，令人長憶謝玄暉」詩句，極力推崇能道出「澄江靜（李白詩從『淨』）如練」如此清新秀逸風格的謝朓（字玄暉），方能令其長憶不已。可用來形容日暮西沉時，水天相連的燦爛美景。

【出處】南朝齊．謝朓〈晚登三山還望京邑〉詩：「灞涘望長安，河陽視京縣。白日麗飛甍（ㄇㄥˊ），參差皆可見。餘霞散成綺，澄江靜如練。喧鳥覆春洲，雜英滿芳甸……」（節錄）

九曲黃河萬里沙，浪淘風簸自天涯。

曲折的黃河奔流而來，一路夾帶著隨巨浪滔滔和狂風顛簸萬里的泥沙，從遙遠的天涯一直來到這裡。

【解析】劉禹錫主在描寫曲折多致的黃河，隨浪潮捲來大量泥沙的雄偉氣勢。可用來形容黃河水流的蜿蜒彎曲，泥沙滾滾。另可用來暗喻人生道路的波折坎坷。

【出處】唐．劉禹錫〈浪淘沙〉詩九首之一：「九曲黃河萬里沙，浪淘風簸自天涯。如今直上銀河去，同到牽牛織女家。」

山隨平野盡，江入大荒流。

山巒隨著低平的原野展開而漸漸消失，江水向著遼闊的荒野滾滾奔流。

【解析】李白從家鄉蜀地出發，乘舟出三峽，渡過荊門山時，看到長江兩岸的山巒平野廣袤無邊，江水滔滔的雄壯景象而寫下此詩。可用來形容山野一望無際，水流壯闊奔騰。

【出處】唐．李白〈渡荊門送別〉詩：「渡遠荊門外，來從楚國遊。山隨平野盡，江入大荒流。月下飛天鏡，雲生結海樓。仍連故鄉水，萬里送行舟。」

古木無人徑，深山何處鐘？

走在滿是高樹叢林的小路上，完全看不到人的蹤跡，荒僻深遠的山裡，不知哪裡傳來敲鐘的聲響？

【解析】王維描寫其第一次走訪長安附近山林的香積寺，沿途古木參天，杳無人煙，而此時山裡忽然傳來悠揚的鐘聲，更襯托出林密深山的幽邃靜寂，同時也指引了詩人前往香積寺的確切方向。可用來形容山中古樹叢密，荒僻幽靜，人跡罕至。

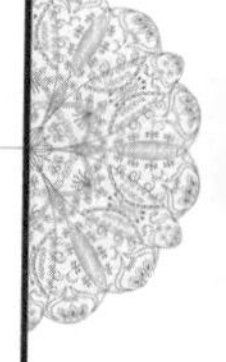

【出處】唐．王維〈過香積寺〉詩：「不知香積寺，數里入雲峰。古木無人徑，深山何處鐘……」（節錄）

只在此山中，雲深不知處。

他就在這座山中，但因雲霧重重，所以不知他到底在山中何處。

【解析】詩人到山中尋訪隱者卻正巧不遇，透過童子的回答，一方面寫出隱者遠離塵囂的閑逸生活，一方面也表達其對隱者高潔如白雲以及德行如高山的景仰之情。可用來形容山林深密、雲霧繚繞的樣子，不知人或事物在哪裡找尋。另可用來比喻所要找的人或事物，只知大概範圍，卻不知確切之所在。

【出處】唐．賈島〈尋隱者不遇〉詩：「松下問童子，言師採藥去。只在此山中，雲深不知處。」（此詩一說作者為孫革，詩題則作〈訪羊尊師〉）

白日依山盡，黃河入海流。

太陽貼近山的盡頭漸漸西沉，黃河向著大海滾滾奔流。

【解析】王之渙描寫其登高臨遠，把落日依山而盡，黃河奔騰入海的壯闊景致盡收眼底，展現一股雄渾不凡的氣勢。可用來形容落日山河的壯觀景色。

【出處】唐．王之渙〈登鸛雀樓〉詩：「白日依山盡，黃河入海流。欲窮千里目，更上一層樓。」

江流天地外，山色有無中。

江水奔流浩蕩，好像流到那遙遠的天地盡頭，遠山在雲霧圍繞中時隱時現，似有若無。

【解析】王維描寫其行舟入漢江時，望見江水浩瀚，源源流長，山色隱約朦朧，虛無縹緲的山水景色。可用來形容江水滾滾不絕，山色蒼茫迷濛的景致。

【出處】唐．王維〈漢江臨泛〉詩：「楚塞三湘接，荊門九派通。江流天地外，山色有無中。郡邑浮前浦，波瀾動遠空。襄陽好風日，留醉與山翁。」

吳楚[1]東南坼，乾坤日夜浮。

位於東南的吳地和楚地像是被洞庭湖劃分開來似的，天與地像是日夜漂浮在洞庭湖面上一樣。

【注釋】1.吳楚：本指春秋時期的吳國和楚國，此指江蘇、浙江、湖南、湖北一帶。

【解析】杜甫來到岳州，登上他心目中嚮往已久的名勝岳陽樓，他望著洞庭湖浩瀚壯闊、水勢動盪的景象而寫下這首詩。可用來形容洞庭湖水浩渺無邊的宏偉氣勢。

【出處】唐．杜甫〈登岳陽樓〉詩：「昔聞洞庭水，今上岳陽樓。吳楚東南坼，乾坤日夜浮……」（節錄）

忽聞海上有仙山，山在虛無飄緲間。

聽聞在海上有一座仙山，山就隱約坐落在雲霧飄緲之間。

【解析】〈長恨歌〉的後段描寫道士費盡千辛萬苦的尋尋覓覓後，終於在海上一座雲霧飄緲的仙山中，發現山裡樓閣住有不少風姿綽約的仙子，仔細詢問之下，確認其中一位美貌仙子就是楊貴妃的芳魂。可用來形容遠山或遠方島嶼彌漫在雲霧中的景象。另可用來比喻與現實世界相去甚遠的幻想或夢境。

【出處】唐．白居易〈長恨歌〉詩：「……忽聞海上有仙山，山在虛無縹緲間。樓閣玲瓏五雲起，其中綽約多仙子。中有一人字太真，雪膚花貌參差是……」（節錄）

空山不見人，但聞人語響。

空寂的山林中看不見一個人影，卻聽得到有人說話的聲音。

【解析】王維詩中用「以動寫靜」的筆法，藉由人聲來描寫靜景，更能襯托出山林的幽靜，所以才會連不見人蹤的說話聲音都能聽見。清人李鍈《詩法易簡錄》評曰：「寫空山不從無聲無色處寫，偏從有聲有色處寫，而愈見其空。」可用來形容山林幽深寂靜的景象。

【出處】唐．王維〈鹿柴〉詩：「空山不見人，但聞人語響。返景入深林，復照青苔上。」

春潮帶雨晚來急，野渡無人舟自橫。

春天的傍晚，一場驟雨使潮水急劇升高，水勢湍急，郊野的渡口，毫無人煙，只有一艘小船橫在水面上，隨意漂浮著。

【解析】此為韋應物擔任滁州刺史期間所作，寫其春遊城西郊外的一條溪澗，突然暮雨奔騰，潮水上漲，而此時整個村野渡口只見一葉孤舟在雨中飄移晃盪，在如此惡劣天氣的當下，表現出一種任舟漂泛遨遊的恬適情懷。可用來形容春日晚潮，大雨淅瀝，小船任流水自在搖晃的景象。另可用來形容人在風雨危急時仍能保持閑適淡泊的心境。其中「春潮帶雨晚來急」一句，還可用來比喻事情的狀況急速變化到難以掌控的趨勢，或一股來勢洶洶到無法抵擋的社會潮流。

【出處】唐．韋應物〈滁州西澗〉詩：「獨憐幽草澗邊生，上有黃鸝深樹鳴。春潮帶雨晚來急，野渡無人舟自橫。」

泉聲咽危石，日色冷青松。

泉水在高聳的石頭流過，發出嗚咽低微響聲，日光照在蒼青的松林上，發出淒清冷寒的光芒。

【解析】王維描寫其於傍晚穿過古木森叢的山林，在前往香積寺的途中，耳聞泉聲嗚咽，目睹夕日晚翠，表達了寺院之外清靜幽冷的景狀。清人趙殿成《王摩詰全集箋注》評曰：「『泉聲』兩句，深山恆境，每每如此，下一『咽』字，則幽靜之狀恍然，著一『冷』字，則深僻之景若見，昔人所謂詩眼是矣。」可用來形容山中的清泉流過石間，日光映照林木的景色。

【出處】唐．王維〈過香積寺〉詩：「……泉聲咽危石，日色冷青松。薄暮空潭曲，安禪制毒龍。」（節錄）

流波將月去，潮水帶星來。

江上的流水隨著月影而去，潮水帶著星星而來。

【解析】隋煬帝楊廣於春日黃昏遠眺浩淼江水，直到夜色降臨，他看著月光照耀著水面，月影隨著波光泛動，起落潮水映照著星辰，不禁被眼前的景象給深深吸引而寫下此詩。可用來形容月夜星空下江河遼闊、水波蕩漾的景致。

【出處】隋．隋煬帝楊廣〈春江花月夜〉詩二首之一：「暮江平不動，春花滿正開。流波將月去，潮水帶星來。」

飛流直下三千尺，疑是銀河落九天[1]。

飛瀉的瀑布向下奔流三千尺，讓人懷疑是天上的銀河從那九重天上墜落下來。

【注釋】1.九天：天的最高處。古人認為天有九層。

【解析】位於九江的廬山瀑布向來以雄偉奔放聞名，李白詩中以「三千尺」、「落九天」的誇飾手法，來描寫其遙望廬山瀑布臨空落下的強勁氣勢，以「直下」表明山勢陡峭，也造就了瀑流直瀉而下的奇景。清人宋宗元《網師園唐詩箋》評曰：「非身歷其境者不能道。」可用來形容瀑布從高山往下飛騰直落的壯觀景致。

【出處】唐・李白〈望廬山瀑布水〉詩二首之二：「日照香爐生紫煙，遙看瀑布掛前川。飛流直下三千尺，疑是銀河落九天。」

桃花流水窅然[1]去，別有天地非人間。

桃花落下來的花瓣隨著流水緩緩流向遠方，而那裡是一個世外天地，不是凡俗人間可以比擬的。

【注釋】1.窅然：深遠的樣子。

【解析】此詩為李白隱居山中時所作，詩中描繪了桃花隨流水飄逝遠去的景色，更言桃花最終流向之所在乃是與世俗隔絕的一方天地，充分顯露作者的神往之情。可用來形容大自然幽靜的山水景象，猶如世外桃源般的境地。

【出處】唐・李白〈山中問答〉詩：「問余何意棲碧山，笑而不答心自閑。桃花流水窅然去，別有天地非人間。」

桃花盡日隨流水，洞在清谿[1]何處邊？

一片片的桃花瓣成天隨著溪水不停地流著，不知桃花源的洞口是在清澈溪水的哪一邊呢？

【注釋】1.清谿：清澈乾淨的溪水。

【解析】張旭借東晉陶潛〈桃花源記〉的意境寫成

〈桃花谿〉詩。詩中描寫桃源山下的桃花谿沿岸桃林遍布，風景秀麗，並通過對漁夫探詢入桃花源的洞口，抒發其對桃花源這處人間樂土的嚮往之情。清人蘅塘退士編《唐詩三百首》評曰：「四句抵得一篇〈桃花源記〉。」可用來形容清溪落英繽紛，宛如是通往世外桃源的祕境。

【出處】唐．張旭〈桃花谿〉詩：「隱隱飛橋隔野煙，石磯西畔問漁船。桃花盡日隨流水，洞在清谿何處邊？」

氣蒸雲夢澤[1]，波撼岳陽城。

雲夢澤上水氣瀰漫蒸騰，湖面波浪洶湧，彷彿足以撼動整座岳陽城。

【注釋】1.雲夢澤：古沼澤名，橫跨今湖北境內長江南北兩側，古稱江北為雲澤，江南為夢澤。後來大部分的面積已變成了陸地，只剩下洞庭湖。

【解析】孟浩然描寫洞庭湖浩瀚壯麗的景象與雄偉磅礡的氣勢，意在歌頌大唐王朝聖主英明，以致國運昌盛的太平氣象。可用來形容洞庭湖波瀾壯闊、水勢浩大的景象。

【出處】唐．孟浩然〈望洞庭湖贈張丞相〉詩：「八月湖水平，涵虛混太清。氣蒸雲夢澤，波撼岳陽城……」（節錄）

海日[1]生殘夜，江春入舊年。

黑夜還沒有消盡，太陽已從海上升起，舊的一年還沒有過完，江上已呈現春天的氣息。

【注釋】1.海日：海上的太陽。此指長江水面。

【解析】歲末泛舟夜行於長江之上的王灣，借寫朝日東昇和春意初動驅走了黑夜與舊歲，表達了時序更迭而年華也匆匆不再的心境。可用來形容歲暮早春前，天將破曉時的江海風光。另可用來抒發時光流逝，歲不我與的喟嘆。還可用來比喻新生的事物即將取代舊有的事物。

【出處】唐．王灣〈次北固山下〉詩：「……海日生殘夜，江春入舊年。鄉書何處達？歸雁洛陽邊。」

（節錄）

海風吹不斷，江月照還空。

海風吹不斷瀑布，在江上月光的映照下，就好像一片空無似的。

【解析】李白描寫廬山瀑布從山頂直落而下，連強勁的海風都無法吹斷綿長的瀑布，江月照在瀑布上，呈現一片瑩白澄澈的景象。可用來形容瀑布水流連綿不絕，空靈雄偉。

【出處】唐．李白〈望廬山瀑布水〉詩二首之一：「西登香爐峰，南見瀑布水。掛流三百丈，噴壑數十里。欻如飛電來，隱若白虹起。初驚河漢落，半灑雲天裡。仰觀勢轉雄，壯哉造化功。海風吹不斷，江月照還空……」（節錄）

軒然大波起，宇宙隘而妨。

洞庭湖湧起了巨大的波濤，連天地看起來都顯得狹隘而有所妨礙似的。

【解析】韓愈在岳陽樓與官拜大理司直的岳州刺史竇庠餞別，詩中以誇飾的筆法描寫洞庭湖的雄偉壯闊，直指洞庭湖所揚起的高聳波濤和宇宙相比也毫不遜色。可用來形容洶湧盛大的波浪。另可用來比喻重大的糾紛或事件。

【出處】唐．韓愈〈岳陽樓別竇司直〉詩：「洞庭九州間，厥大誰與讓。南滙群崖水，北注何奔放。瀦為七百里，吞納各殊狀。自古澄不清，環混無歸向。炎風日搜攪，幽怪多冗長。軒然大波起，宇宙隘而妨……」（節錄）

造化鍾神秀，陰陽割昏曉。

大自然將神奇秀美的靈氣都集中在這座泰山上，由於山勢高聳，把山的南北兩邊分割成一邊昏暗、一邊明亮。

【解析】杜甫詩中主在描寫泰山的巍峨高大，由於山的背面為日光所不到，正與山的前面猶如刀割一樣分成一暗一明。可用來形容高山雄奇險峻、陰陽分明的奇麗景色。

【出處】唐．杜甫〈望嶽〉詩：「岱宗夫如何？齊魯青未了。造化鍾神秀，陰陽割昏曉……」（節錄）

黃河遠上白雲間，一片孤城萬仞[1]山。

黃河的水好像是從白雲處奔流而下似的，一座孤立的城池聳立在萬丈高峰之下。

【注釋】1.萬仞：形容山勢很高。仞，量詞，古代計算長度的單位，一說以八尺為一仞。另一說以七尺為一仞。

【解析】王之渙描寫邊塞戰士駐守的一座孤城，坐落在高山大河的環抱之中，藉以展現出邊塞環境之險惡，氣氛之荒寒。可用來形容黃河的源遠流長，邊塞的廣漠無垠，以及群山簇擁孤城的雄闊蒼涼。

【出處】唐．王之渙〈涼州詞〉詩二首之一：「黃河遠上白雲間，一片孤城萬仞山。羌笛何須怨楊柳，春風不度玉門關。」

煙銷日出不見人，欸乃[1]一聲山水綠。

煙霧消散，太陽出來，仍不見人的行蹤，只聽見船槳欸乃一聲，小舟已從划過了一片碧綠山水。

【注釋】1.欸乃：一說指行船時搖櫓的聲音。另一說指行船時所唱的歌。

【解析】柳宗元於詩中描寫一名獨來獨往的漁翁夜宿西山河邊，天亮曉霧散去後太陽升起，放眼望去，不見一人的身影，卻清楚聽到山水之間傳來漁翁準備離去的搖櫓聲或放歌聲，劃破了原本靜寂無聲的早晨，等到欸乃聲漸行漸遠，只見山光水色相交融合，景色翠綠秀美。可用來形容清早小舟獨行於江上，沿途山青水綠，景色秀麗的情景。

【出處】唐．柳宗元〈漁翁〉詩：「漁翁夜傍西巖宿，曉汲清湘燃楚竹。煙銷日出不見人，欸乃一聲山水綠。迴看天際下中流，巖上無心雲相逐。」

遠上寒山石徑斜，白雲生處有人家。

一條彎彎斜斜的石頭小路，遠遠地通往寒冷的山中，在那白雲生成的深山裡住有人家。

【解析】此為杜牧山中行旅之作，他先是描繪了秋日山路綿長蜿蜒的景色，再言順著山路遠望，山頂除了白雲繚繞之外還有裊裊炊煙，足見山勢雖高，山裡還是住有居民，並非一片死寂。可用來形容山道曲折，以及山路的盡頭雲霧升騰而有人煙生氣。

【出處】唐．杜牧〈山行〉詩：「遠上寒山石徑斜，白雲生處有人家。停車坐愛楓林晚，霜葉紅於二月花。」

潮平兩岸闊，風正一帆懸。

潮水上漲，兩岸顯得視野更加開闊，小船順風行進，揚起的孤帆直直正正地高掛著。

【解析】王灣乘舟順流而下，客途中經過北固山下，見江面與江岸幾乎相平，連成一線，詩人通過行舟這一小景，映襯出江河遼闊無邊的大景。明末清初學者王夫之《薑齋詩話》評曰：「以小景傳大景之神。」可用來形容江平岸闊，帆船在江上順風航行的情景。

【出處】唐．王灣〈次北固山下〉詩：「客路青山外，行舟綠水前。潮平兩岸闊，風正一帆懸……」（節錄）

山抹微雲，天黏衰草。

山頂抹上一層薄薄的雲，遠天黏著一片枯黃的草。

【解析】這闋詞中向來被人最津津樂道的就是「抹」、「黏」兩字，作者秦觀想像著雲是他筆下的繪圖顏料，可以拿來抹山，而草是具有黏性的，可以用來貼住天空，一幅雲遮山頭、秋草連天的圖畫就在秦觀的巧思下浮現而出。可用來形容山高天遠的蕭瑟景色。

【出處】北宋．秦觀〈滿庭芳．山抹微雲〉詞：「山抹微雲，天黏衰草，畫角聲斷譙門。暫停征棹，聊共引離尊。多少蓬萊舊事，空回首、煙靄紛紛。斜陽外，寒鴉萬點，流水繞孤村……」（節錄）

山重水複疑無路，柳暗花明又一村。

一眼望去，有一層層的山又一道道的水擋在面前，正在疑惑應已無路可走的時候，忽然看見柳色深綠，花色明豔，出現在我眼前的是一座村莊。

【解析】此詩為陸游記錄他坐船遊賞山西村的所見景色和感想，但多被後人用來寄寓事理，表現在逆境中出現轉機。當作者置身在山水曲折圍繞的環境中，本來以為前方已無路可行，正準備讓船隻轉向回頭時，卻在柳樹繁花的掩映處發現了一個小村，成為詩人這趟春遊的意外驚喜。可用來形容群山重疊，流水迴繞，四周柳綠花紅的景致。另可用來比喻歷經艱辛後絕處逢生。

【出處】南宋・陸游〈遊山西村〉詩：「莫笑農家臘酒渾，豐年留客足雞豚。山重水複疑無路，柳暗花明又一村。簫鼓追隨春社近，衣冠簡樸古風存。從今若許閑乘月，拄杖無時夜叩門。」

水光瀲灩晴方好，山色空濛雨亦奇。

西湖在晴光下波光閃動，看起來美極了，周遭山色在煙雨中若隱若現，也是很奇妙的。

【解析】蘇軾詩中讚美杭州西湖的水光山色，在麗日的照耀下，波光燦爛，在雨幕的籠罩中，朦朧奇幻，不同的天氣有其不同的美感呈現。清人王文誥《蘇文忠公詩編註集成》評曰：「公凡西湖詩，皆加意出色，變盡方法。」可用來形容杭州西湖或其他地方的山水景色，無論晴雨皆秀麗迷人。

【出處】北宋・蘇軾〈飲湖上初晴後雨〉詩二首之二：「水光瀲灩晴方好，山色空濛雨亦奇。欲把西湖比西子，淡妝濃抹總相宜。」

水是眼波橫，山是眉峰聚。

水，像是流盼的眼神，山，像是緊蹙的雙眉。

【解析】王觀的友人鮑浩然準備返回江南與家人團聚，王觀作這闋詞送別友人，其以女子的盈盈眉眼比喻江南秀麗的山水，表面上是說江南風光清麗明媚，宛如女子閃動的眼神和緊鎖的愁眉，實是暗喻江南有人正殷殷企盼鮑浩然回來，藉此表達對友人與其愛人早日團圓的祝福。南宋人王灼《碧雞漫志》評曰：「新麗處與輕狂處皆足驚人。」可用來形容水波橫流、雙峰並立的秀美景色。

【出處】北宋．王觀〈卜算子．水是眼波橫〉詞：「水是眼波橫，山是眉峰聚。欲問行人去那邊？眉眼盈盈處。才始送春歸，又送君歸去。若到江東趕上春，千萬和春住。」

水清石出魚可數，林深無人鳥相呼。

水流清澈，水下的石頭清晰可見，水中的游魚歷歷可數，樹林幽深，寂靜無人，只聽見鳥兒互相呼叫的聲音。

【解析】蘇軾來到杭州任通判一職，於寒冬臘月探訪西湖邊孤山的兩位僧人，詩中寫其入山時，天空正要下雪，湖上雲氣瀰漫，山色若隱若現，一進入山林，發現水澄淨到可以看見水底的石頭，林中靜到可以聽到鳥聲呼來應去，彼唱此和，更突顯出孤山僧人所在環境之清靜幽遠，少有人煙。可用來形容山中河水清澈見底，樹林茂密幽深，人跡罕至。

【出處】北宋．蘇軾〈臘日遊孤山訪惠勤、惠思二僧〉詩：「天欲雪，雲滿湖，樓臺明滅山有無。水清石出魚可數，林深無人鳥相呼……」（節錄）

好是滿江涵[1]返照，水仙齊著淡紅衫。

最好的景色是遍滿的江水，容納夕陽映照的流光，就像是水中仙子們全都穿上了淡紅的衣衫。

【注釋】1.涵：容受。

【解析】李覯回憶其昔日遊杭州錢塘江時的落日美景，當時已醉酒的他，在船上望著日暮餘暉倒映在江面上，波光瀲灩，在他眼裡，彷彿全成了穿著淡紅衣衫的水中仙子，不停地搖曳擺舞著。可用來形容夕照下的燦紅水色。

【出處】北宋．李覯〈憶錢塘江〉詩：「昔年乘醉舉歸帆，隱隱前山日半銜。好是滿江涵返照，水仙齊著淡紅衫。」

好峰隨處改，幽徑獨行迷。

隨著腳步的行進，山峰奇景也不斷變化，獨自走在幽深的小徑，不知不覺間就迷了路。

【解析】愛好山野風光的梅堯臣，獨自走進山間蜿蜒曲折的小路，詩人看山的視角不停更換，山出現在他眼前的形狀也一直改變，由於太過專心在欣賞沿途風景，一不小心便在山林深處迷失了路途，而這也正是其山行所得到的幽遠意趣。元人方回《瀛奎律髓》評論這兩句詩：「尤幽而有味。」可用來形容山中景色隨著人的腳步移動，呈現出豐富多變的樣貌。

【出處】北宋．梅堯臣〈魯山山行〉詩：「適與野情愜，千山高復低。好峰隨處改，幽徑獨行迷。霜落熊升樹，林空鹿飲溪。人家在何許？雲外一聲雞。」

青山繚繞疑無路，忽見千帆隱映來。

船隻航行江上，四周青綠的山巒圍繞，使人懷疑前面應該沒有路可走了，忽然之間，卻看見成千的船帆從山林的掩映處駛了過來。

【解析】王安石寫其秋日乘船於江河之上，周圍青山盤繞，眼看著行進中的船與山的距離逐漸拉近，卻不見有可行的路徑，正納悶著船隻接下來該駛向何方，便見到無數的帆影隱隱約約地映現面前，這一幕也讓他領悟到，人生的路不也和逶迤回轉的江水一樣，總會適時浮現轉機的。可用來形容江河曲折蜿蜒，環繞於重疊群山之間。另可用來比喻在困境中忽然出現希望。

【出處】北宋．王安石〈江上〉詩：「江北秋陰一半開，晚雲含雨卻低回。青山繚繞疑無路，忽見千帆隱映來。」

要看銀山拍天浪，開窗放入大江來。

想要看如銀山般的排空巨浪，只要推開窗戶，彷彿就有滾滾江水迎面撲來。

【解析】作者曾公亮寫其夜宿鎮江北固山上的甘露寺僧舍，躺在床上聽著窗外長江的波濤聲而無法成眠，於是起身開窗，只見銀白波浪翻滾，不盡江流直奔眼前。這首詩中最特別的就是「放入」兩字，作者不直言他開窗目睹了長江驚滔駭浪的奇觀，而是以誇張的筆法，說開窗是為了放奔騰的江水撲進窗來，巧思獨出。可用來形容江水浪濤洶湧，氣勢壯大。

【出處】北宋．曾公亮〈宿甘露寺僧舍〉詩：「枕中雲氣千峰近，床底松聲萬壑哀。要看銀山拍天浪，開窗放入大江來。」

重湖[1]疊巘[2]清嘉，有三秋桂子，十里荷花。

西湖分成裡湖、外湖，四周山巒重重疊疊，風光清美秀麗，秋天的桂花飄散幽香，夏日有綿延十里的荷花。

【注釋】1.重湖：此指西湖中的白堤將湖面分成裡湖和外湖，故稱之。2.巘：音ㄧㄢˇ，山峰。

【解析】柳永詞中描繪杭州西湖周遭峰巒層疊起伏，湖面廣闊無際，秋日山上的桂花發散香氣，夏日湖中的荷花盛開，景色美不勝收。據南宋人羅大經《鶴林玉露》記載，相傳金主完顏亮聽了柳永「三秋桂子，十里荷花」的歌詞，便對南宋國都杭州心生嚮往，遂起了「投鞭渡江之志」，於南宋高宗在位末期舉兵過江，最後雖兵敗而為部下所殺，但由此也見識到柳永的詞作流播之廣。可用來形容湖光山色，荷豔桂香，風景清麗。

【出處】北宋．柳永〈望海潮．東南形勝〉詞：「……重湖疊巘清嘉，有三秋桂子，十里荷花。羌管弄晴，菱歌泛夜，嬉嬉釣叟蓮娃。千騎擁高牙，乘醉聽簫鼓，吟賞煙霞。異日圖將好景，歸去鳳池誇。」（節錄）

欲把西湖比西子，淡妝濃抹總相宜。

想把杭州西湖比作美人西施，無論是淡素的或是濃豔的妝扮，都能恰到好處。

【解析】西施是春秋時期越國的美女，蘇軾詩中把杭州西湖晴日和雨天的山水景致，比喻成無論是淡妝還是濃抹的打扮都不掩其天生麗質的西施，意謂西湖的自然景色，不管晴雨欣賞都是令人百看不厭的。近人陳衍《評點宋詩精華錄》評論這一首詩：「後二句遂成為西湖定評。」可用來形容杭州西湖的迷人景致。另可用來比喻本質美好的人或事物，在不同情況下也可以表現其不同神韻的美。

【出處】北宋．蘇軾〈飲湖上初晴後雨〉詩二首之二：「水光瀲灎晴方好，山色空濛雨亦奇。欲把西湖比西子，淡妝濃抹總相宜。」

晴天搖動清江底，晚日浮沉急浪中。

晴天的倒影，在清澈的江底顛簸擺盪，映入水中的夕陽，隨著湍急的波浪載浮載沉。

【解析】位在杭州的錢塘江口，於每年農曆八月十七、十八日江水掀起了巨大的潮湧，向來被視為天下奇觀。陳師道詩中不直言江水湧動的威力，而是以「晴天」和「晚日」的倒景起伏震盪，烘托出江潮波濤洶湧的壯觀聲勢。可用來形容水天相接，日影隨澎湃潮水翻滾的景色。

【出處】北宋．陳師道〈十七日觀潮〉詩三首之三：「漫漫平沙走白虹，瑤臺失手玉杯空。晴天搖動清江底，晚日浮沉急浪中。」

亂石崩雲，驚濤裂岸，捲起千堆雪。

陡峭的石壁直插雲霄，洶湧的浪濤拍擊著岸邊，水面上捲起千堆如雪般的浪花。

【解析】蘇軾詞中描寫黃州赤鼻磯的山壁高峭入雲，水岸駭浪咆嘯，層層浪花飛濺，彷彿眼前出現一幅雄偉壯麗的山水圖畫。可用來形容山崖聳立，風浪猛烈的奇險景色。

【出處】北宋・蘇軾〈念奴嬌・大江東去〉詞：「大江東去，浪淘盡、千古風流人物。故壘西邊，人道是、三國周郎赤壁。亂石崩雲，驚濤裂岸，捲起千堆雪。江山如畫，一時多少豪傑……」（節錄）

溪聲夜漲寒通枕，山色朝晴翠染衣。

雨夜裡聽見溪水上漲的聲音，伴隨而來的陣陣寒氣，撲向躺在枕上的我，等到天亮，天氣晴朗，青山翠豔得像是要把人身上的衣服給染綠似的。

【解析】張耒寫其住在人煙稀少的山村，夜晚在屋內床上聽著窗外傳來的淅瀝雨聲和湍急溪流所發出的瀧瀧聲響，感受一股逐漸增強的冷寒向其逼近，以致轉側難眠，直到天亮時，卻見晴空萬里，映入眼中的是朝陽照射下的豔綠山色，表達出山村日夜溫差和風光的變化。可用來形容山溪夜雨，寒氣襲人，破曉放晴，山色明朗翠綠。

【出處】北宋・張耒〈屋東〉詩：「蒼鳩呼雨屋東啼，麥穗初長燕子飛。竹裡人家雞犬靜，水邊官舍吏民稀。溪聲夜漲寒通枕，山色朝晴翠染衣。賴有西鄰好詩句，賡酬終日自忘機。」

萬山不許一溪奔，攔得溪聲日夜喧。到得前頭山腳盡，堂堂溪水出前村。

萬重的山嶺不允許一條小溪奔流，利用山勢加以阻攔，水聲在山間日夜喧嘩。等水流來到前面山下的盡頭時，匯合成盛大的溪水，從前方的村莊流出。

【解析】楊萬里詩中描繪層層山嶺裡的一條潺潺溪水，雖然被崎嶇的群山給擋住了去路，但水流仍然不斷左鑽又竄，努力往前繞出一條通路，直到了山腳盡頭處，眼前出現一片平坦原野，終於掙脫了山的羈絆，浩浩蕩蕩地流了出來。可用來形容山林裡的溪流曲折蜿蜒。另可用來比喻想要力阻某一事件的發生，卻始終抵擋不住。

【出處】南宋・楊萬里〈桂源鋪〉詩：「萬山不許一溪奔，攔得溪聲日夜喧。到得前頭山腳盡，堂堂溪水出前村。」

萬壑有聲含晚籟，數峰無語立斜陽。

眾多山谷在傍晚因大自然的各種聲響而發出美妙的天籟，數座山峰靜默地屹立在夕陽之中。

【解析】王禹偁詩中以擬人筆法，書寫秋日鄉野山林的薄暮景致，原本無聲也不能語的「萬壑」、「數峰」，經過詩人的點化彷彿有了生命力，在斜陽晚照下與自己作伴。可用來形容佇立夕陽下，耳聞山谷天籟，眼望山群聳立的情景。

【出處】北宋．王禹偁〈村行〉詩：「馬穿山徑菊初黃，信馬悠悠野興長。萬壑有聲含晚籟，數峰無語立斜陽。棠梨葉落胭脂色，蕎麥花開白雪香。何事吟餘忽惆悵？村橋原樹似吾鄉。」

橫看成嶺側成峰，遠近高低各不同。

廬山橫著看像是綿延層疊的山嶺，側著看像是高聳挺拔的山峰，從遠處、近處、高處還是低處各個位置去看，出現的山貌都各不相同。

【解析】此為蘇軾從黃州往汝州，路過九江遊覽廬山時，在西林寺壁上的題詩，主在描寫廬山隨著看山者視角的轉換，呈現山勢奇秀幻化的多樣風貌。可用來形容從不同的角度看山，山的形態總不相同。另可用來比喻從不同的角度觀看人或事物，所得到的印象也會有所不同。

【出處】北宋．蘇軾〈題西林壁〉詩：「橫看成嶺側成峰，遠近高低各不同。不識廬山真面目，只緣身在此山中。」

嶺上晴雲披絮帽，樹頭初日掛銅鉦。

晴天山嶺上的雲朵圍繞，像是披戴著一頂棉絮帽子，太陽剛升上樹梢，像是掛在樹上的一面圓亮銅鑼。

【解析】在杭州擔任通判的蘇軾，於春日外出巡察所屬各縣，當他離開了富陽，清晨一早繼續前往新城的途中，看見下了多日的春雨終於停歇，晴雲吹絮，有如一頂輕軟潔白的棉帽戴在山的頭頂上，初升旭日，有如一面閃耀著金亮光芒的銅鑼掛在樹頭上，讓人的心情也跟著晴天美景而愉悅起來。可用來形容山林浮雲繚繞、陽光普照的景象。

【出處】北宋．蘇軾〈新城道中〉詩二首之一：「東風知我欲山行，吹斷簷間積雨聲。嶺上晴雲披絮帽，樹頭初日掛銅鉦。野桃含笑竹籬短，溪柳自搖沙水清。西崦人家應最樂，煮芹燒筍餉春耕。」

山重疊，懸崖一線天疑裂。

山與山層層相疊，抬頭望去，陡直的山崖間僅露出了一條如線般的狹窄寬度可看見天空，讓人懷疑天好像裂成兩半似的。

【解析】清詞家納蘭性德擔任侍衛期間，曾多次隨清聖祖出巡，此詞寫其東巡時，途中經過壁立於松花江東岸的龍潭山口（位在今吉林吉林市境內），見附近群山環繞，處處都是巉崖陡壁，上方也因而出現了一線天的景觀。可用來形容疊嶺層巒，峭壁筆直高峻。

【出處】清．納蘭性德〈憶秦娥．山重疊〉詞：「山重疊，懸崖一線天疑裂。天疑裂，斷碑題字，古苔橫齧。風聲雷動鳴金鐵，陰森潭底蛟龍窟。蛟龍窟，興亡滿眼，舊時明月。」

四面荷花三面柳，一城山色半城湖。

大明湖的四個面向都有荷花圍繞，其中三面還有垂柳依依，濟南全城的人隨時都可以欣賞到千佛山的景色，其中有一半住在靠近湖這邊的人，每天都籠罩在波光瀲灩的湖景中。

【解析】此為清末小說家劉鶚在《老殘遊記》中寫其遊濟南名勝大明湖時所見楹柱上的一副對聯。相傳這副對聯是乾隆時期考中探花的劉鳳誥所作，其用短短十四個字便將大明湖上荷花滿塘，湖岸柳樹濃蔭，以及周遭湖光山色的美景寫盡。可用來形容山水風光明媚耀眼。

【出處】清．劉鶚《老殘遊記．第二回》之詩：「四面荷花三面柳，一城山色半城湖。」

【田園】

狗吠深巷中，
雞鳴桑樹顛。

深長的巷子裡傳來狗的吠叫聲，桑樹梢頭上有雞正在啼鳴。

【解析】陶淵明描寫他棄官歸隱後的田家生活，每天看著遠村茅舍的炊煙裊裊飄升，鄰里間的雞狗叫聲相互應和著，表現出農家平和無爭的純樸氣息。可用來形容雞鳴狗吠的鄉村景致。

【出處】東晉．陶淵明〈歸園田居〉詩五首之一：「……開荒南野際，守拙歸園田。方宅十餘畝，草屋八九間。榆柳蔭後簷，桃李羅堂前。曖曖遠人村，依依墟里煙。狗吠深巷中，雞鳴桑樹顛……」（節錄）

渡頭餘落日，
墟里上孤煙。

夕陽在河邊渡口快要落下了，村落裡已經升起一縷炊煙。

【解析】王維詩中借寫渡頭暮色餘暉，村里炊煙初升，勾勒出黃昏時分的素樸鄉野風情。可用來形容夕日映照河岸，炊煙在村野人家中裊裊升起的景色。

【出處】唐．王維〈輞川閑居贈裴秀才迪〉詩：「……渡頭餘落日，墟里上孤煙。復值接輿醉，狂歌五柳前。」（節錄）

綠波春浪滿前陂[1]，
極目連雲穲稏[2]肥。

在春風的吹拂下，層層的綠色波浪在前方的水田裡翻滾著，窮極目力遠眺，稻子長得豐壯無比，就像是直接天際與白雲相連般。

【注釋】1.陂：音ㄆㄧˊ，本指池塘或山坡，此指山坡上的梯田。2.穲稏：音ㄅㄚˋ ㄧㄚˋ，水稻的別名，也作稻搖動的樣子。

【解析】韋莊詩中描寫春天稻禾長成豐碩，清風吹來，滿坡的綠色稻浪翻騰滾動，景色綠意盎然，清新宜人。可用來形容水田中的稻禾肥壯，風吹如綠波盪漾，連雲無際。

【出處】唐．韋莊〈稻田〉詩：「綠波春浪滿前陂，極目連雲䆉稏肥。更被鷺鷥千點雪，破煙來入畫屏飛。」

綠樹村邊合，青山郭外斜。

綠樹圍繞在村子的四周，青山在城外橫斜地伸展著。

【解析】孟浩然在詩中描寫他進入農村後所見的景致，彷彿一整片青翠的山嶺以及蔥蘢的樹林就近在眼前般，給人一種視野開闊的清新感受。可用來形容綠樹環抱、青山相伴的田園景致。

【出處】唐．孟浩然〈過故人莊〉詩：「故人具雞黍，邀我至田家。綠樹村邊合，青山郭外斜。開軒面場圃，把酒話桑麻。待到重陽日，還來就菊花。」

一水護田將綠繞，兩山排闥[1]送青來。

門外的一彎溪水，像是在守護綠苗般地圍繞著田地，對面的兩座青山，像是推開大門似的把山色送進屋子裡來。

【注釋】1.排闥：推開門，把門擠開。闥，音ㄊㄚˋ，門。

【解析】此為王安石題寫在鄰舍友人楊德逢家中壁上的一首詩。楊德逢（號湖陰先生）是一位躬耕田園的高士，王安石在詩中將山水擬人化，意在表達楊德逢的志趣高雅，連清澈溪流、蒼翠山林都爭相前來與其親近。可用來形容河水環繞農田，家園開門見山。

【出處】北宋．王安石〈書湖陰先生壁〉詩二首之一：「茅簷長掃靜無苔，花木成畦手自栽。一水護田將綠繞，兩山排闥送青來。」

日暖桑麻光似潑，風來蒿艾氣如薰。

溫暖的陽光照在桑麻上，閃閃光芒像是從天上潑灑下來一樣，陣陣輕風吹來，蒿艾散發出的氣息如薰草般芬芳。

【解析】蘇軾寫其在徐州擔任地方首長時，騎馬於鄉間小路漫行，雨後的陽光灑照著農田，一片油綠光亮閃耀眼前，天然的草香隨風撲鼻，無論在視覺或嗅覺上，都讓人感受到農村生機勃勃的景象。可用來形容暖陽照耀綠油油的田野，和風傳來植物的襲人清香。

【出處】北宋．蘇軾〈浣溪沙．軟草平莎過雨新〉詞：「軟草平莎過雨新，輕沙走馬路無塵。何時收拾耦耕身？日暖桑麻光似潑，風來蒿艾氣如薰。使君元是此中人。」

池塘水滿蛙成市，門巷春深燕作家。

池塘裡的水漲滿了，蛙聲齊鳴，宛如喧囂鬧市，時序已是晚春，燕子正忙著在門巷築巢為家。

【解析】方岳詩中描寫農村的花草清香，桑麻茂密，由於春雨充沛，池塘的水滿溢，水邊傳來蛙鳴相呼和的喧鬧聲，而飛來飛去的燕子，已把孵雛的窩巢築在農家的門前里巷，準備在此久住，讓看似平凡清淨的鄉居生活，洋溢一股有自然景物作伴的熱鬧趣味。可用來形容農村田野的清新風光。

【出處】南宋．方岳〈農謠〉詩五首之五：「漠漠餘香著草花，森森柔綠長桑麻。池塘水滿蛙成市，門巷春深燕作家。」

牧童歸去橫牛背，短笛無腔信口吹。

黃昏時分，牧牛的兒童橫騎在牛的背上，準備回家，他手裡持著短笛，一路隨興吹奏著不成曲調的樂音。

【解析】此詩的詩題為〈村晚〉。作者雷震詩中描寫夕陽西下，農村裡替人看牛吃草的孩子結束了一天的工作，無憂無慮的橫坐在牛背上，悠哉悠哉吹著笛子，藉以表現鄉野生活的閑適與恬靜。可用來形容寧靜鄉村，牧童晚歸的風情景致。另可用來形容牧童天真無邪的調皮舉止。

【出處】南宋．雷震〈村晚〉詩：「草滿寒塘水滿陂，山銜落日浸寒漪。牧童歸去橫牛背，短笛無腔信口吹。」

深葭繞澗牛散臥，積麥滿場鷄亂飛。

深青色的蘆葦圍繞著溪澗，牛群閑散地臥在一旁，打麥場上積滿了收割後晒乾的麥子，雞群在這裡到處亂飛。

【解析】是詩人也是著名畫家文同，描寫其於傍晚時分來到一處農家村落，目光所及，溪流潺潺，蒹葭蒼蒼，金黃麥海，以及牛臥雞飛等動靜交錯的景色，彷彿從詩中看見了一幅田家風景圖像。可用來形容鄉村田野的素樸風光。

【出處】北宋．文同〈晚至村家〉詩：「高原磽確石徑微，籬巷明滅餘殘暉。舊裾飄風採桑去，白袷卷水秧稻歸。深葭繞澗牛散臥，積麥滿場鷄亂飛。前溪後谷暝煙起，稚子各出關柴扉。」

稻花香裡說豐年，聽取蛙聲一片。

走在飄來陣陣稻花香氣的田間道上，青蛙的叫聲響成一片，彷彿訴說今年必定是豐收的一年。

【解析】辛棄疾寫其於夏夜行進在鄉間的小路上，沿途稻花飄香，蛙鳴聲不絕於耳，詞人故意不明白說自己將預見收成富足的年景，而是移情於物，把青蛙擬人化，藉由蛙聲滿耳，傳達出農夫即將迎接豐年的喜悅。可用來形容農田稻花盛開，稻香撲鼻，群蛙齊聲相和的景象。

【出處】南宋．辛棄疾〈西江月．明月別枝驚鵲〉詞：「明月別枝驚鵲，清風半夜鳴蟬。稻花香裡說豐年，聽取蛙聲一片。七八個星天外，兩三點雨山前。舊時茅店社林邊，路轉溪橋忽見。」

村北村南布穀[1]忙，村前村後稻花香。

整個村莊的北邊和南邊都可以聽到布穀鳥的叫

聲，整個村莊的前面和後面，都可以聞到稻子開花的香氣。

【注釋】1.布穀：鳥名，以鳴聲似「布穀」而得名，又多鳴於播種時，故被傳說是勸耕之鳥。

【解析】明代文人方向於明孝宗弘治年間出任瓊州（即今海南）知府，詩中寫其來到儋耳（位在今海南儋州市）一帶，發現這裡的風情純樸，居民在農忙時期勤勞耕作，布穀鳥在一旁聲聲啼鳴，像是在催促著農人不可怠忽農活，等待田間一株株稻穗結實纍纍、稻花飄香時，便代表稻子豐產，付出的勞力心血都沒有白費。可用來形容農村人家忙於農事後，樂見豐收的景象。

【出處】明・方向〈詠儋耳〉二首之二：「村北村南布穀忙，村前村後稻花香。憑誰識得真消息？只把南方作北方。」

春韭滿園隨意剪，臘醅半甕邀人酌。

春天菜園裡長滿了韭菜，隨興剪取一些來煮，冬天釀製的酒還剩下半甕，正好邀請朋友來家裡共飲。

【解析】清代畫家鄭燮在詞中描繪春暖花開的田家風光，家家戶戶都是蔬菜滿園，醅酒自釀，日常飲食自給自足，趁著農閑時，還會與鄰里親友相約小酌一番，詞意洋溢一片欣悅溫情。可用來形容農家生活的閑逸情趣。

【出處】清・鄭燮〈滿江紅・細雨輕雷〉詞：「……疏籬外，桃花灼。池塘上，楊絲弱。漸茅簷日暖，小姑衣薄。春韭滿園隨意剪，臘醅半甕邀人酌。喜白頭人醉白頭扶，田家樂。」（節錄）

四季風景

【春】

陽春布德澤，萬物生光輝。

溫和的春天遍灑雨露和陽光，對大地廣布恩惠，萬物在陽光的照耀下，散發出燦爛的光芒。

【解析】這首樂府古詩通過過植物春盛而秋衰的描寫，表現對生命短暫的嘆息。詩中將春天的陽光溫暖大地，以及充沛的雨露，滋潤萬物新生成長，歸功於是大自然的恩賜，處處充滿著活力與生機。可用來形容春氣和煦宜人，光彩煥發。

【出處】漢．佚名〈長歌行〉詩：「青青園中葵，朝露待日晞。陽春布德澤，萬物生光輝。常恐秋節至，焜黃華葉衰。百川東到海，何時復西歸？少壯不努力，老大徒傷悲。」

池塘生春草，園柳變鳴禽。

春天來時，水池的堤岸上長出鮮嫩的新草，庭園柳樹上的鳥啼，聲音也換成是不同種類的鳥了。

【解析】南朝宋人謝靈運詩中寫其大病初癒，起身登樓遠眺，他見春草滿園，耳邊傳來園林裡禽鳥的叫聲，也與其在寒冬時聽到的完全不同，這才發現自己臥床實在太久，全然不知道季節的變換。明人謝榛在《四溟詩話》評論「池塘生春草」句：「造語天然，清景可畫，有聲有色。」可用來形容大地回春，草木新生、禽鳥鳴春的景象。

【出處】南朝宋．謝靈運〈登池上樓〉詩：「……衾枕昧節候，褰開暫窺臨。傾耳聆波瀾，舉目眺嶇嶔。初景革緒風，新陽改故陰。池塘生春草，園柳變鳴禽……」（節錄）

千里鶯啼綠映紅，水村山郭酒旗風。

江南的春天，千里內都聽得到黃鶯的啼鳴，綠樹紅花交互輝映，傍水的村莊和依山的城牆，到處都能看見酒店的旗子在迎風飄揚。

【解析】杜牧詩中主在描寫江南春天的明麗自然風光，以及城鄉人口稠密，百姓富饒豐足的景象。可用來形容春天鶯啼燕語、花紅柳綠以及城鄉富庶的情景。

【出處】唐．杜牧〈江南春絕句〉詩：「千里鶯啼綠映紅，水村山郭酒旗風。南朝四百八十寺，多少樓臺煙雨中。」

山光物態弄春暉，莫為輕陰便擬歸。

春天的陽光照耀山林，萬物爭相展現自己的獨特光彩，請你千萬不要因為天色微陰就有了回去的打算啊！

【解析】張旭通過對春日山中景致生機勃勃的描繪，勸說友人別因天色微暗欲雨便失去春遊雅興，以免錯過了欣賞春景的最佳時機。可用來表達對春天山中風景的熱愛。另可用來比喻切莫對環境有輕微的不適應或遇到一點挫折，便喪失信心而放棄。

【出處】唐．張旭〈山行留客〉詩：「山光物態弄春暉，莫為輕陰便擬歸。縱使晴明無雨色，入雲深處亦沾衣。」

天街小雨潤如酥，草色遙看近卻無。

京城長安的街道上小雨紛紛，像是酥油般細密滑膩，遠遠望去，春草連成碧綠一片，走近一看，卻發現綠意稀疏，若有似無。

【解析】此為韓愈寫給當時任職水部員外郎的張籍之作，詩中把初春被細雨潤澤的草芽與暮春滿城的煙柳作對比，意在突顯草色柔嫩淡碧，大地一片生機盎然的早春風景，絕對比柳綠成蔭的晚春景致更加秀雅討喜。可用來形容早春細雨潤澤，小草新綠的景色。

【出處】唐．韓愈〈早春呈水部張十八員外〉詩二首之一：「天街小雨潤如酥，草色遙看近卻無。最是一年春好處，絕勝煙柳滿皇都。」

日出江花紅勝火，春來江水綠如藍。

太陽出來時，江邊的花朵比火還要豔紅，春天來了，江裡的水碧綠得就像是藍色一樣。

【解析】白居易在其青壯時期，曾停駐江南一帶頗長的時間，到了晚年，他雖已離開江南許久，卻依然對江南的美景念念不忘，故詞中追憶起江南春天的明媚陽光、紅花綠水時，語氣中流露出的仍是無限的眷戀。可用來形容江南春天的風景明豔動人。

【出處】唐．白居易〈憶江南．江南好〉詞：「江南好，風景舊曾諳。日出江花紅勝火，春來江水綠如藍。能不憶江南？」

夜來風雨聲，花落知多少？

昨晚一整夜的風雨聲，不知花朵被吹落了多少？

【解析】孟浩然描寫其在聽了一夜的春風春雨後，不忍見到外頭一地殘敗的落花，意含有對春花的憐惜以及對春日將盡的不捨之情。可用來表達風雨過後，花瓣飄落滿地的景象。

【出處】唐．孟浩然〈春曉〉詩：「春眠不覺曉，處處聞啼鳥。夜來風雨聲，花落知多少？」

春城無處不飛花，寒食東風御柳斜。

春天的京城裡，沒有一處不飄著落花，寒食節這天，宮廷花園裡的楊柳樹隨春風吹拂斜舞。

【解析】韓翃詩中描述了寒食節時長安城內花柳隨風飛舞的迷人春光，而「柳」也是寒食節的象徵之物，人們會在寒食節折柳插門，以懷念介之推不慕名利的行止。可用來形容正值暮春的寒食節日，一片花木繁盛，柳絮飛舞的繽紛景象。另可用來說明寒食節時正逢柳樹盛開，同時也是紀念隱士介之推的日子。

【出處】唐．韓翃〈寒食〉詩：「春城無處不飛花，寒食東風御柳斜。日暮漢宮傳蠟燭，輕煙散入五侯家。」

春眠不覺曉，處處聞啼鳥。

春日容易酣睡，醒來時都不知早已天亮，耳際隨處傳來鳥的啼聲。

【解析】孟浩然詩中抒寫其經過了春夜好眠一覺，心情格外舒暢，醒來時耳邊又伴隨著鳥雀婉轉的啼鳴聲，更增添他對春日明媚晨光的美好感受。可用來形容春意盎然，處處展現生機蓬勃的喜悅。

【出處】唐．孟浩然〈春曉〉詩：「春眠不覺曉，處處聞啼鳥。夜來風雨聲，花落知多少？」

惻惻[1]輕寒翦翦[2]風，小梅飄雪杏花紅。

輕薄的晚風拂面吹過，帶來刺人的寒意，小小的梅花如白雪般飄落，紅色的杏花正盛開著。

【注釋】1.惻惻：形容寒意刺人。2.翦翦：形容風吹的樣子。

【解析】韓偓在詩中描寫正值暮春時節的寒食夜晚，此時的涼風吹來還是帶有輕微的寒意，氣候乍暖還寒，冷熱不定，已經開過的梅花隨風飄落，更迭上陣的是杏花的紅豔嬌姿。可用來形容輕風吹拂，梅花飄落而杏花綻放的晚春風情。

【出處】唐．韓偓〈寒食夜〉詩：「惻惻輕寒翦翦風，小梅飄雪杏花紅。夜深斜搭鞦韆索，樓閣朦朧煙雨中。」

亂花漸欲迷人眼，淺草才能沒馬蹄。

野花綻放，讓人漸漸地感到眼花撩亂，草剛初生，正好能遮沒馬蹄了。

【解析】此為白居易擔任杭州刺史期間遊西湖之作，描寫其於初春騎馬郊行時見到花草繁盛、春意盎然的情景。可用來形容早春百花盛開，嫩草如茵，人們騎馬遊春的景象。

【出處】唐．白居易〈錢塘湖春行〉詩：「孤山寺北賈亭西，水面初平雲腳低。幾處早鶯爭暖樹，誰家新燕啄春泥？亂花漸欲迷人眼，淺草才能沒馬蹄。最愛湖東行不足，綠楊陰裡白沙堤。」

簇錦攢花鬥勝遊，萬人行處最風流。

花朵錦繡地聚集在一起互別苗頭，如此美麗動

人的景象吸引了洶湧的人潮出來遊賞。

【解析】施肩吾於詩中描寫少婦春日出遊的情景，而此時正值花朵妍麗盛開之際，也是人們出外踏青郊遊的最佳時機。可用來形容春天繁花茂盛，顏色繽紛亮麗，人群爭相出來賞花遊樂。

【出處】唐．施肩吾〈少婦遊春詞〉詩：「簇錦攢花鬥勝遊，萬人行處最風流。無端自向春園裡，笑摘青梅叫阿侯。」

小樓一夜聽春雨，深巷明朝賣杏花。

住在小樓上的房間內，聽了整夜的春雨聲，相信明早天亮，深幽的長巷就會傳來賣杏花的叫聲。

【解析】陸游寫其於春天夜宿在京城臨安的旅店，雨聲徹夜淅瀝不歇，他想像此時綻開的杏花，有了春雨的滋潤，必定會開得又多又美，等到一早天氣放晴，便可聽見有人出來叫賣杏花的聲音。可用來形容經過春日雨後的清晨，花朵驟然開放，充滿濃厚的春意。

【出處】南宋．陸游〈臨安春雨初霽〉詩：「世味年來薄似紗，誰令騎馬客京華？小樓一夜聽春雨，深巷明朝賣杏花。矮紙斜行閑作草，晴窗細乳戲分茶。素衣莫起風塵嘆，猶及清明可到家。」

含風鴨綠粼粼起，弄日鵝黃裊裊垂。

輕風吹拂一江綠水，水面漣漪微盪，岸邊新生的嫩黃柳絲低垂，在陽光下更顯得搖曳生姿。

【解析】晚年寓居江寧的王安石，於春日水岸旁目睹江綠柳黃的美景，忍不住詩性大發而寫下這首詩。詩中以「鴨綠」借代江水，以「鵝黃」借代細柳，表現出春風撩撥瀲灩綠波和輕盈垂柳的傳神動態。可用來形容江水的宜人春色。

【出處】北宋．王安石〈南浦〉詩：「南浦東岡二月時，物華撩我有新詩。含風鴨綠粼粼起，弄日鵝黃裊裊垂。」

沾衣欲濕杏花雨，吹面不寒楊柳風。

杏花時節的春雨絲絲飄飛，像是要把身上的衣服打濕似的，楊柳新綠，春風吹拂人面，卻感受不到風的冷寒。

【解析】僧人志南寫其於和風細雨的春日乘船出遊，途中一時興起，他把小船繫在溪邊樹上，便拄著拐杖，沿著溪路而行，微雨落在他的衣服上，感覺似濕非濕，輕風吹在他的臉上，絲毫沒有任何寒意。對詩人而言，縱使春遊的過程出現細微的風雨，都不足以影響他賞春的興致，反而意外增添了幾許趣味。可用來形容杏花綠柳盛開，風雨細柔的春日景色。

【出處】南宋．志南〈絕句〉詩：「古木陰中繫短篷，杖藜扶我過橋東。沾衣欲濕杏花雨，吹面不寒楊柳風。」

城上風光鶯語亂，城下煙波春拍岸。

城牆的上頭春光明媚，黃鶯的啼聲喧鬧，城牆的下方碧波蕩漾，春水拍打著堤岸。

【解析】錢惟演詞中描寫春日時節，城上群鶯亂啼，城下煙波拍岸，藉此突顯滿城熱鬧的綺麗景色。可用來形容春景爛漫動人。

【出處】北宋．錢惟演〈木蘭花．城上風光鶯語亂〉詞：「城上風光鶯語亂，城下煙波春拍岸。綠楊芳草幾時休？淚眼愁腸先已斷。情懷漸覺成衰晚，鸞鏡朱顏驚暗換。昔年多病厭芳尊，今日芳尊惟恐淺。」

春江水暖鴨先知。

鴨子在開始變暖的水中戲遊，最早察覺到春天的氣息。

【解析】此為蘇軾在畫僧惠崇〈春江晚景〉圖上的題畫詩，原畫雖已佚失，當初為切合畫上風物而寫的詩卻萬口流傳，歷來為後人稱道。從詩意中判斷，惠崇的畫裡應該有鴨子在江水中嬉戲，江邊有綠竹、紅桃，以及青翠的蔞蒿、細嫩的蘆芽等春生植物。可用來形容春日江上，群鴨浮水的景致。另可用來比喻長

期處於某一環境中，更易敏銳感知環境改變的徵兆。

【出處】北宋．蘇軾〈惠崇春江晚景〉詩二首之一：「竹外桃花三兩枝，春江水暖鴨先知。蔞蒿滿地蘆芽短，正是河豚欲上時。」

春色三分，二分塵土，一分流水。

若把春景中的楊花分三等分，其中兩分落在路旁，化作塵土，剩下的一分墜入水中，隨波流去。

【解析】蘇軾詞中以楊花代表春天的景色，並巧妙地運用數字傳達楊花凋落時，三分之二被路上人車輾為塵土，三分之一漂浮於水上，被匆匆流水帶走，借楊花最終的歸宿，表現出春日將盡的殘敗景象。可用來形容暮春花絮飄落的景色。

【出處】北宋．蘇軾〈水龍吟．似花還似非花〉詞：「……不恨此花飛盡，恨西園、落紅難綴。曉來雨過，遺蹤何在？一池萍碎。春色三分，二分塵土，一分流水。細看來，不是楊花。點點是、離人淚。」（節錄）

春色滿園關不住，一枝紅杏出牆來。

滿園的春光終究是關不住，只見一枝鮮紅的杏花已經探出牆外來了。

【解析】作者葉紹翁寫其於春日出門準備遊某戶人家的花園，怎知到時卻見園門深鎖，他從敲門許久不見主人開門的失落，到驚喜發現園內一枝耐不住寂寞的豔麗紅杏，竟翻過牆外，急著向路人展現其嬌媚姿態，中間心情的起伏轉承，出人意表，更添詩意的曲折趣味。可用來形容春花滿園，多到花枝伸出牆外的景致。另可用來比喻美好的事物蓬勃發展或難以阻擋新生的事物脫穎而出。

【出處】南宋．葉紹翁〈遊園不值〉詩：「應嫌屐齒印蒼苔，小扣柴扉久不開。春色滿園關不住，一枝紅杏出牆來。」

春到人間草木知。

春天一到人間，草與樹木立刻感知到春的氣息。

【解析】此詩為張栻於立春這天，寫其來到水邊舉行修禊祭祀儀式時的心得。立春，為二十四節氣之一，也象徵著春季的開始，此時冰霜逐漸消融，大地回暖，大自然的草木植物最早感受到季節的變化，瞬間顯得生機勃勃，翠綠可人。可用來形容草木復甦的早春時節。

【出處】南宋・張栻〈立春日禊亭偶成〉詩：「律回歲晚冰霜少，春到人間草木知。便覺眼前生意滿，東風吹水綠差差。」

春雨斷橋人不渡，小舟撐出柳蔭來。

連綿的春雨，造成河水上漲，把橋面給淹沒了，人也走不過去，就在這時，忽見一條小船撐著船篙從柳蔭深處駛來。

【解析】徐俯寫其於春天遊湖，眼前盡是桃柳盛開，雙燕飛舞的無邊春色，但他想要走上橋時，才發現多日來的雨水使湖水漫過了橋梁，人根本不能通行，正感到有些掃興失落，卻見湖邊柳林下撐出一葉小舟來，立刻心念一轉，想著即使無法過橋，至少還有水路可繼續遊賞湖景，更添春遊的一番情趣。可用來形容春雨過後，水面漲滿小橋，船隻擺渡的優美景色。另可用來比喻絕境中又逢生路。

【出處】北宋末、南宋初・徐俯〈春日遊湖上〉詩：「雙飛燕子幾時回？夾岸桃花蘸水開。春雨斷橋人不渡，小舟撐出柳蔭來。」

春風不解禁楊花，濛濛亂撲行人面。

春天的和風，不懂得去約束柳絮，任由它們隨風紛飛，撲打在行人的臉上。

【解析】晏殊以擬人手法寫晚春楊柳花開，柳絮無拘無束漫天飛舞，路過的人們遭柳絮拂面的情景。可用來形容柳絮或其他花絮迎風曼舞的春日景色。另可用來比喻人的舉止如春風柳絮一樣輕浮不莊重。

【出處】北宋・晏殊〈踏莎行・小徑紅稀〉詞：「小徑紅稀，芳郊綠遍，高臺樹色陰陰見。春風不解禁楊花，濛濛亂撲行人面。翠葉藏鶯，朱簾隔燕，爐香靜

逐游絲轉。一場愁夢酒醒時，斜陽卻照深深院。」

浪花有意千重雪，桃李無言一隊春。

浪花故意上下翻滾，像是捲起千萬重的白雪，岸上妍麗的桃花和李花默默無語，像是列隊迎接春天的到來。

【解析】江上湧起如白雪般一望無際的浪花，以及岸邊爭相競開的桃李，原是漁父垂釣時所見的春色景致，李煜詞中刻意用「有意」、「無言」兩語，把浪花和桃李擬人化，藉此表現漁父與大自然之間和諧相親的關係。可用來形容春江白浪翻湧，春花爭妍嫵媚。

【出處】五代・李煜〈漁父・浪花有意千重雪〉詞：「浪花有意千重雪，桃李無言一隊春。一壺酒，一竿綸，世上如儂有幾人？」

章臺路，還見褪粉梅梢，試花桃樹。

在這條歌妓聚集的繁華街上，我又看見粉色梅花從枝頭脫落，以及正在醞釀著開花的桃樹。

【解析】周邦彥寫其於早春重遊京城歌妓聚居之地，街道上的梅花已逐漸凋零，而桃花即將大力綻放，正好與他當年來訪時所見的景色相同，這原本只是每年冬盡春來的尋常風景，詞人卻以「褪粉」和「試花」兩個新穎出奇的語詞，來對比花的一落一開，除了讓人更能感受到季節更替的意象之外，用字精緻翻新，也是這闋詞的一大特色。可用來形容初春時節，梅花衰敗殘落，桃花含苞待放。

【出處】北宋・周邦彥〈瑞龍吟・章臺路〉詞：「章臺路，還見褪粉梅梢，試花桃樹。愔愔坊陌人家，定巢燕子，歸來舊處……」（節錄）

殘雪壓枝猶有橘，凍雷驚筍欲抽芽。

殘餘的積雪，壓著橘樹上的樹枝，枝上還掛著去年冬天的橘子，寒天裡的雷聲驚動了筍子，紛紛想要破土冒出新芽。

【解析】歐陽脩寫其謫居夷陵期間，到了仲春二月還沐浴不到春日暖風，天氣依然寒涼，倒是在去年殘雪的覆蓋下，橘樹上還結有冬天的橘子，以及聽到寒雷聲響，發現竹筍正打算從土裡抽出嫩芽。這也意味著，不管是冬橘或春筍，都懂得適時積蓄自己的生命能量，並在重要時機派上用場。可用來形容初春白雪猶存，寒雷隆隆，大地開始有回春的跡象。另可用來比喻在艱難處境之下，仍不畏困阻，展現強韌、旺盛的生命力。

【出處】北宋．歐陽脩〈戲答元珍〉詩：「春風疑不到天涯，二月山城未見花。殘雪壓枝猶有橘，凍雷驚筍欲抽芽。夜聞歸雁生鄉思，病入新年感物華。曾是洛陽花下客，野芳雖晚不須嗟。」

等閒識得東風面，萬紫千紅總是春。

任誰都可以輕易地認出春風的面貌，看那色彩鮮豔的花朵，都象徵著春天的到來。

【解析】朱熹詩中寫其於春晴出遊、河畔賞花的見聞心情，和風在他的耳邊輕拂，百花在他的眼前齊放，這個時候，即使是個反應再遲鈍的人，也都能立刻察覺春到人間的訊息。可用來形容春日大地奼紫嫣紅，景色絢爛奪目。另可用來比喻繁榮昌盛的局面，前景一片大好。

【出處】南宋．朱熹〈春日〉詩：「勝日尋芳泗水濱，無邊光景一時新。等閒識得東風面，萬紫千紅總是春。」

開到荼蘼花事了。

當荼蘼盛開的時候，代表這一年的花季已經終結。

【解析】王淇在詩中所提的「荼蘼」，又稱「酴醾」，是一種約在晚春初夏時期開的花。由於春天才是百花齊放的季節，之後會開花的植物相對變少，於是人們便把荼蘼花開的這段時間，視為一年當中的最後一場花事。正因如此，荼蘼除了花名的本義之外，同時也被賦予了絢爛繁華的時間即將過去的寓意。可用來形容等到荼蘼開花，也就是送春迎夏的時刻來臨。另可用來比喻事物從絢麗光彩到歸於平淡或結束的前奏。

【出處】南宋・王淇〈暮春遊小園〉詩：「一從梅粉褪殘粧，塗抹新紅上海棠。開到荼蘼花事了，絲絲天棘出莓牆。」

落盡梨花春又了。滿地殘陽，翠色和煙老。

當梨花落盡的時候，代表春天又要過去了。夕陽餘暉照映大地，青翠的春草將隨著沉沉暮靄變得更為蒼老。

【解析】梅堯臣描寫晚春時節的萋萋芳草，伴隨著黃昏天色逐漸變暗而由翠綠轉蒼綠的景象，其中以「盡」、「了」、「殘」、「老」等帶有蒼涼意味的字眼，抒發詞人不忍綺麗春色匆匆消逝的感傷。可用來形容殘春日暮、草木蒼蒼的景色。

【出處】北宋・梅堯臣〈蘇幕遮・露堤平〉詞：「露堤平，煙墅杳。亂碧萋萋，雨後江天曉。獨有庾郎年最少。窣地春袍，嫩色宜相照。接長亭，迷遠道。堪怨王孫，不記歸期早。落盡梨花春又了。滿地殘陽，翠色和煙老。」

遊人不管春將老，來往亭前踏落花。

遊客才不管春天快要過去了，在豐樂亭前往來徘徊，踏著遍地的落花。

【解析】來到滁州擔任知州的歐陽脩，在豐山附近建造了一座涼亭，並命名為「豐樂亭」，詩中描寫暮春時節，依山傍水的豐樂亭，因景色秀麗，吸引眾多人群來此欣賞青山紅樹，無垠碧草，落花紛飛，盡情享受即將消逝的大好春光。可用來形容晚春落花滿地，遊人如織的景象。

【出處】北宋・歐陽脩〈豐樂亭遊春〉詩三首之三：「紅樹青山日欲斜，長郊草色綠無涯。遊人不管春將老，來往亭前踏落花。」

綠楊煙外曉寒輕，紅杏枝頭春意鬧。

綠色的楊柳籠罩在清晨微寒的煙霧中，紅色的杏花熱鬧地開滿枝頭。

【解析】宋祁寫其於春日的大清早遊湖時，見湖畔楊柳新綠，寒煙漫漫，杏花綻放如火，到處洋溢著繽紛絢麗又生機勃勃的春之信息，尤其是詞中一「鬧」字，彷彿賦予本應無聲的紅杏盡情盛放的喧鬧聲音，花滿枝頭的景象更為顯著。近人王國維《人間詞話》評曰：「著一『鬧』字，而境界全出。」可用來形容花紅柳綠，春意盎然。

【出處】北宋．宋祁〈玉樓春．東城漸覺風光好〉詞：「東城漸覺風光好，縠皺波紋迎客棹。綠楊煙外曉寒輕，紅杏枝頭春意鬧……」（節錄）

鴨頭春水濃如染，水面桃花弄春臉。

春天的江水深綠如鴨頭似的，顏色濃到像是染過一樣，水畔的桃花映在水面上，把春天的容貌妝扮得十分動人。

【解析】蘇軾於春日在江邊送別友人，原本該是離情依依的場面，卻被眼前的盎然春色轉移了傷感心情，嫣紅的桃花倒映在濃綠的江水上，色彩亮麗搶眼，使大地遍滿一股勃勃生氣。可用來形容花紅水綠的爛漫春景。

【出處】北宋．蘇軾〈送別〉詩：「鴨頭春水濃如染，水面桃花弄春臉。衰翁送客水邊行，沙襯馬蹄烏帽點。昂頭問客幾時歸？客道秋風黃葉飛。繫馬綠楊開口笑，傍山依約見斜暉。」

簾外雨潺潺，春意闌珊。

門簾外面雨聲潺潺不斷，今年的春色即將殆盡。

【解析】成為北宋俘虜的南唐亡國之君李煜，描寫他在天快要亮時，從夢中醒來，聽到簾外淅淅瀝瀝的雨聲，而這其實也是人在簾內的他，從春日以來一直傾聽的聲音，直到如今時序已是殘春。可用來形容春雨綿綿，春意衰歇。

【出處】五代．李煜〈浪淘沙．簾外雨潺潺〉詞：「簾外雨潺潺，春意闌珊。羅衾不耐五更寒。夢裡不知身是客，一晌貪歡。獨自莫憑闌，無限江山，別時

容易見時難。流水落花春去也，天上人間。」

燕子不來花又落，一庭風雨自黃昏。

應該在春天出現的燕子至今還不飛來，花朵又紛紛被吹落，庭園裡的風雨不斷，不知不覺已經到了黃昏時分。

【解析】元初書畫家趙孟頫詩中描寫冬盡春來，天氣卻還是相當冷寒，完全沒有回暖的跡象，本該是在春天往北而飛的燕子也遲遲未歸，一整天的風雨，無情地摧殘園子裡的春花，氣氛淒迷寥落。可用來形容春寒料峭，燕子未歸、落花飄零的淒冷情景。

【出處】元．趙孟頫〈絕句〉詩：「春寒惻惻掩重門，金鴨香殘火尚溫。燕子不來花又落，一庭風雨自黃昏。」

草長鶯飛二月天，拂堤楊柳醉春煙。

此時的氣候正值青草茂盛、黃鶯飛舞的二月，河堤上的楊柳隨風輕拂，就像是沉醉在春日朦朧的煙靄中。

【解析】清代詩人高鼎寫其住在鄉村所見的春天風景，其中「草長鶯飛」化用了南朝梁人丘遲〈與陳伯之書〉文中名句「暮春三月，江南草長，雜花生樹，群鶯亂飛」，不同的是，後出的高鼎用來形容仲春，也就是春天的第二個月，而丘遲則是用來形容晚春景色。令人玩味的是，作者詩中以「拂」、「醉」兩字，便將長堤搖曳的纖細柳條擬人化，彷彿賦予了春天一股嬌媚迷人的風韻。可用來形容春光融融的景象。

【出處】清．高鼎〈村居〉詩：「草長鶯飛二月天，拂堤楊柳醉春煙。兒童散學歸來早，忙趁東風放紙鳶。」

夏

嫩竹猶含粉，初荷未聚塵。

幼嫩的竹子表面還敷著一層粉，剛長出來的荷葉潔淨清明，還沒有聚集灰塵。

【解析】擅長宮體詩的徐陵，他在詩中描寫竹和荷這兩種夏季植物新生時的形態，其筆下的幼竹粉嫩鮮碧，初荷不染纖塵，彷彿是在形容荳蔻年華的少女純潔清雅的模樣。可用來形容夏天竹子和荷花初生時的清新景象。另可用來形容人年輕稚嫩，尚未沾染世俗習氣。

【出處】南朝陳．徐陵〈侍宴〉詩：「園林才有熱，夏淺更勝春。嫩竹猶含粉。初荷未聚塵。承恩豫下席。應阮獨何人？」

南州溽暑醉如酒，隱几熟眠開北牖。

江南潮濕炎熱的天氣讓人睏到像是喝醉了一樣，於是打開北邊的窗戶，靠著桌子酣然沉睡。

【解析】習居北方的柳宗元遠謫到永州這塊江南之地，由於溽暑難耐，雖是白晝已讓人昏沉欲睡，意興闌珊。明人周敬、周珽編《唐詩選脈會通評林》曰：「好一幅山居夏景圖。」可用來形容夏日氣候酷熱，人們靠窗熟眠的閑逸情景。

【出處】唐．柳宗元〈夏晝偶作〉詩：「南州溽暑醉如酒，隱几熟眠開北牖。日午獨覺無餘聲，山童隔竹敲茶臼。」

荷風送香氣，竹露滴清響。

荷塘上的微風送來荷花的香氣，竹葉上的露珠滴落，發出清脆的響聲。

【解析】孟浩然敘寫夏天其在亭園納涼時的情景，鼻子撲來風吹荷花的清新芳香，耳邊傳來竹露滴落的悅耳聲響，將夏日閑適、寧靜的風情刻畫入微。清人宋宗元《網師園唐詩箋》評曰：「『荷風』、『竹露』亦凡寫夏景者所當有，妙在『送』字、『滴』字耳。」可用來形容夏日風送荷花、翠竹滴露的清美景色。

【出處】唐．孟浩然〈夏日南亭懷辛大〉詩：「山光忽西落，池月漸東上。散髮乘夕涼，開軒臥閑敞。荷

風送香氣，竹露滴清響。欲取鳴琴彈，恨無知音賞。感此懷故人，中宵勞夢想。」

更無柳絮因風起，惟有葵花向日傾。

此時再也沒有柳絮隨風飄舞了，只有看見葵花向著太陽生長。

【解析】司馬光詩中描寫暮春時節剛過，早已看不到柳絮紛飛的景象，時序逐漸轉入初夏，只見葵花迎日綻開，而自己的心志也正如葵花一樣，一心朝著太陽，坦蕩光明，絕不和輕薄的柳絮一樣。可用來形容初夏時節，葵花向日傾長。另可用來形容心志忠誠如一，如葵花向陽。

【出處】北宋．司馬光〈客中初夏〉詩：「四月清和雨乍晴，南山當戶轉分明。更無柳絮因風起，惟有葵花向日傾。」

炙翻四海波，天地入烹煮。

大海上炙熱翻滾的波濤像是被燒到沸騰般，偌大的天地也像是被放進大海裡烹煮。

【解析】韓琦詩中採用誇飾的筆法來描寫酷暑燠熱，想像大海和天地難逃被火炙烤燒煮的命運，正在承受高溫滾燙的痛楚滋味，藉此表現出盛暑的極熱天氣。可用來形容炎夏令人熾熱難耐的氣候。

【出處】北宋．韓琦〈苦熱〉詩：「……赫日燒扶桑，焰焰指亭午。陽烏自焦鑠，垂翅不西舉。炙翻四海波，天地入烹煮……」（節錄）

芳菲歇去何須恨？夏木陰陰正可人。

春天芳香的花草謝去又有什麼怨恨的呢？夏天的樹木枝葉濃密，也一樣合人心意。

【解析】秦觀在暮春三月的最後一日寫下此詩，對於人們遺憾春天逝去的想法深感不以為然，他認為春景固然妙麗爛漫，但夏日濃蔭蔽空，涼爽宜人，也有討人喜愛的地方，各有千秋。可用來形容初夏百花褪色凋殘，樹木蔥綠繁茂，令人舒適歡心。

【出處】北宋・秦觀〈三月晦日偶題〉詩：「節物相催各自新，痴心兒女挽留春。芳菲歇去何須恨？夏木陰陰正可人。」

風老鶯雛，雨肥梅子，午陰嘉樹清圓。

幼鶯在暖風中逐漸成長，梅子在充裕的雨水中成熟，正午炎日的大樹下，陰涼又圓大的樹影籠罩整個地面。

【解析】周邦彥描繪春天剛過，時序進入夏季時，鶯雛在日日暖風的吹拂下，羽翼漸豐，梅樹接受豐沛雨水的滋潤，樹上結的梅子日增肥大，中午豔陽高照，大樹枝葉濃密，人在樹蔭下乘涼，也能感受到炎炎夏日裡的一絲涼爽快意。值得一提的是，詞人在此僅以「風老」和「雨肥」兩語，便交代出鶯雛和梅子可是經過了好幾個月春風春雨的吹打，直到邁入夏季才長成的，期間親鳥孵化和育雛的辛勞，梅子從未成熟轉為果肉肥實，作者雖未明言，卻已在這四字中道盡。可用來形容黃鶯剛剛長大，梅子正好熟成，綠樹蔥蘢的初夏美景。

【出處】北宋・周邦彥〈滿庭芳・風老鶯雛〉詞：「風老鶯雛，雨肥梅子，午陰嘉樹清圓。地卑山近，衣潤費爐煙。人靜烏鳶自樂，小橋外、新綠濺濺。憑闌久，黃蘆苦竹，疑泛九江船……」（節錄）

惟有南風舊相識，偷開門戶又翻書。

只有南風像是認識很久的老朋友一樣，偷偷地打開門窗又任意翻動了我的書。

【解析】史學家劉攽（ㄅㄧㄣ）寫其於夏日午睡的夢境中醒來，看見久雨的天氣終於放晴，薰風吹開了房門，又將案頭上的書本一頁一頁掀翻。作者在此運用擬人筆法，把專屬夏季的南風視為舊識好友，彼此熟絡到連個招呼都不必打，便直接進門翻閱自己的愛書，詩意充滿詼諧的人情趣味。可用來形容夏天的風由南向北吹來，物品因風而掀動。

【出處】北宋・劉攽〈新晴〉詩：「青苔滿地初晴後，綠樹無人晝夢餘。惟有南風舊相識，偷開門戶又翻書。」

梅子留酸軟齒牙，芭蕉分綠與窗紗。

梅子的酸味還殘留在嘴裡，感覺牙齒都被滲透到軟了，看著窗外芭蕉的綠蔭映襯到窗紗上，與窗紗分享著盎然的綠意。

【解析】閑居在家的楊萬里，寫其於初夏午睡醒來的景況，由於詩人睡前才吃過梅子，醒後齒牙還留有梅子的餘酸，可見梅子的酸味不但強烈而且持久，窗外的芭蕉綠葉和窗紗相互掩映，看上去就好像芭蕉把自己的綠色分給了窗紗一樣，詩中借「梅子」和「芭蕉」的物象特徵，來表現時令已經進入夏季。可用來形容夏日梅子初熟，味道酸澀，芭蕉樹上的綠葉迎風搖曳。

【出處】南宋．楊萬里〈閑居初夏午睡起〉詩二首之一：「梅子留酸軟齒牙，芭蕉分綠與窗紗。日長睡起無情思，閑看兒童捉柳花。」

黃梅時節家家雨，青草池塘處處蛙。

在梅子成熟的季節裡，家家戶戶都被雨水給籠罩著，長滿青草的池塘裡到處都是青蛙的鳴叫聲。

【解析】趙師秀詩中描寫春末夏初時的江南雨季，此時正值梅子由青轉黃之際，一整天下來都是陰雨綿綿的天氣，故有「黃梅天」或「梅雨季」之稱。作者在屋內等候友人的到訪，他靜心聆聽室外的動靜，除了淅瀝的雨聲之外，耳邊也傳來池塘草叢間群蛙的相和聲。可用來形容梅子黃熟、蛙鳴處處的初夏雨景。

【出處】南宋．趙師秀〈約客〉詩：「黃梅時節家家雨，青草池塘處處蛙。有約不來過夜半，閑敲棋子落燈花。」

清風破暑連三日，好雨依時抵萬金。

清爽的風連續吹了三天，把夏天的暑氣都給驅散了，一場及時的雨適時而下，可以抵得上萬兩黃金。

【解析】元初文人王惲寫其於盛夏酷暑，忍受著燠熱的天氣，準備赴山東任官的途中，突然連吹起三日的清風，又下起一陣好雨來，讓作者不禁搖鞭放馬，心情頓時舒暢開懷，此時他沿途所見的山野流雲、桑柘濃蔭、風搖麥浪等景色，全都變得如此美不勝收。可用來形容炎夏的涼風細雨彌足珍貴，舒適宜人。

【出處】元・王惲〈過沙溝店〉詩：「高柳長塗送客吟，暗驚時序變鳴禽。清風破暑連三日，好雨依時抵萬金。遠嶺抱枝圍野色，行雲隨馬弄輕陰。搖鞭喜入肥城界，桑柘陰濃麥浪深。」

■秋■

悲哉，秋之為氣也。蕭瑟兮，草木搖落而變衰。

可悲啊！那秋天的氣息。蕭蕭瑟瑟的風聲啊！使得草木零落而變得枯萎。

【解析】這是戰國楚人在〈九辯〉的開頭兩句，其以薄寒秋氣和草枯葉落的秋色為襯托，塑造出一股悲冷肅殺的氛圍，抒發他個人遭時不遇的哀怨。歷來學者多把宋玉〈九辯〉視為文學史上悲秋主題的濫觴，可見其對秋景描繪的工力，深深打動了古今多少的失意文人。可用來形容秋日草木凋殘衰頹的景象。

【出處】戰國楚・宋玉〈九辯〉詩：「悲哉，秋之為氣也。蕭瑟兮，草木搖落而變衰。憭慄兮，若在遠行。登山臨水兮，送將歸……」（節錄）

秋風起兮白雲飛，草木黃落兮雁南歸。

秋風吹起啊！白雲在天上飄飛，草木枯黃凋零啊！飛雁正準備歸返南方。

【解析】此詩為西漢武帝巡幸至河東郡（位在今山西境內，黃河以東的地區）祭祀后土之後，與群臣在華麗的樓船中宴飲時所作，其見眼前的秋景冷清寂寥，萬物生機不復，這位雄才大略、不可一世的帝王，也不禁萌生出人生歡樂至極時，哀思更甚的傷秋情懷。可用來形容秋氣悲涼蕭條。

【出處】西漢・漢武帝劉徹〈秋風辭〉詩：「秋風起兮白雲飛，草木黃落兮雁南歸。蘭有秀兮菊有芳，攜佳人兮不能忘。泛樓舡（ㄒㄧㄤ）兮濟汾河，橫中流

兮揚素波，簫鼓鳴兮發棹歌。歡樂極兮哀情多，少壯幾時兮奈老何？」

秋風蕭瑟天氣涼，草木搖落露為霜。

樹葉被秋風吹打，發出蕭瑟的聲響，天氣轉涼，草木凋落，露水結成了白霜。

【解析】這首詩的詩題是〈燕歌行〉。燕，為古代北方邊地，連年征戍不斷，故三國魏文帝曹丕標出燕地為題，借寫風吹草木、露珠結霜的淒寒秋色，抒發女子對其從役遠行丈夫的悲憂情懷。〈燕歌行〉始創於曹丕，後來的文人作品也有以同一詩題命名，內容多敘述邊防戰事或離亂之苦，值得一提的是，曹丕〈燕歌行〉可說是詩史上現存第一首最完整的七言詩，有「七言之祖」之譽。可用來形容花葉樹木敗落，霜露清寒的秋景。

【出處】三國魏．魏文帝曹丕〈燕歌行〉詩二首之一：「秋風蕭瑟天氣涼，草木搖落露為霜，群燕辭歸雁南翔，念君客遊思斷腸。慊慊思歸戀故鄉，君何淹留寄他方……」（節錄）

八尺龍鬚方錦褥，已涼天氣未寒時。

在八尺長的龍鬚草蓆上鋪了一條方形華麗的錦繡被褥，此時天氣已經轉涼，只是還沒有到真正寒冷的時候。

【解析】韓偓先是描寫一間精緻華貴的臥房的擺設和布置，再藉由房內床上的草蓆鋪加了一層被褥，帶出時序正值夏去秋來，天氣剛剛轉涼之時。可用來形容秋意涼爽的時節。

【出處】唐．韓偓〈已涼〉詩：「碧闌干外繡簾垂，猩血屏風畫折枝。八尺龍鬚方錦褥，已涼天氣未寒時。」

山明水淨夜來霜，數樹深紅出淺黃。

秋日山光明朗、水色澄淨，夜裡降下一場輕霜，樹葉逐漸由深紅轉為淺黃色。

【解析】劉禹錫詩中勾勒秋日山水明淨，晚來飛霜，樹葉紅黃深淺相間，錯落有致的景色，表達其對清雅秋光的喜愛，勝過那撩撥人心的豔麗春色。可用來形容秋色淨明幽雅，濃淡合宜。

【出處】唐．劉禹錫〈秋詞〉詩二首之二：「山明水淨夜來霜，數樹深紅出淺黃。試上高樓清入骨，豈如春色嗾（ㄙㄡˇ）人狂。」

空山新雨後，天氣晚來秋。

空寂的山中，剛剛下過一場雨，晚間的天氣，使人感覺到陣陣涼爽的秋意。

【解析】王維詩中描寫他在山中居所的雨後秋日晚景，其中「空山」也點出了詩人幽居山林間的寧靜恬適心境。可用來形容秋天晚間山中雨後空明清冷的景色。

【出處】唐．王維〈山居秋暝〉詩：「空山新雨後，天氣晚來秋。明月松間照，清泉石上流。竹喧歸浣女，蓮動下漁舟。隨意春芳歇，王孫自可留。」

青山隱隱水迢迢，秋盡江南草未凋。

青山隱約可見，綠水源遠流長，已是深秋季節，江南的草木還沒有凋零落盡。

【解析】杜牧寄贈此詩給在揚州擔任判官的友人韓綽，詩中除問候韓綽的近況，也藉由江南山水秋色的描寫，表達其對揚州風光的美好印記。可用來形容山青水秀、草木未凋的明媚秋景。

【出處】唐．杜牧〈寄揚州韓綽判官〉詩：「青山隱隱水迢迢，秋盡江南草未凋。二十四橋明月夜，玉人何處教吹簫？」

秋色從西來，蒼然滿關中[1]。

秋天的景色從西邊瀰漫而來，青蔥的色澤充塞了整個關中一帶。

【注釋】1.關中：位在今陝西省境內。東至函谷關，南至武關，西至散關，北至蕭關，因位於四關之中，故稱之。

【解析】此詩為岑參和好友高適、薛據等人同遊長安慈恩寺，登臨塔頂時所見各方景色之作，詩中描摹了秋日高聳雄偉的慈恩寺塔頂周遭一片蒼茫迷濛的山色。可用來形容秋天滿目蒼翠幽寂的景致。

【出處】唐．岑參〈與高適、薛據登慈恩寺浮圖〉詩：「……連山若波濤，奔湊似朝東。青槐夾馳道，宮館何玲瓏？秋色從西來，蒼然滿關中。五陵北原上，萬古青濛濛……」（節錄）

朔風吹海樹，蕭條邊已秋。

北方寒風吹著海邊的樹木，蕭條的邊塞已經是秋天了。

【解析】陳子昂詩中描寫深秋冷風凜冽，海岸邊的樹木荒涼蕭瑟，萬物呈現一片了無生機的景貌。可用來形容秋風冷寒瑟瑟，草木凋零的景象。

【出處】唐．陳子昂〈感遇〉詩三十八首之三十四：「朔風吹海樹，蕭條邊已秋。亭上誰家子，哀哀明月樓……」（節錄）

停車坐[1]愛楓林晚，霜葉紅於二月花。

停下車來，只為了看那傍晚夕陽映照下的楓林，那些經過秋霜染紅的楓葉，比起二月的春花更加豔紅。

【注釋】1.坐：因為。

【解析】杜牧詩中描寫深秋山林的美景，尤其見到絢麗的晚霞映著滿山的楓紅，讓他心動到流連忘返，不忍驅車離去。可用來形容山中夕照、楓林晚景的秋色。

【出處】唐．杜牧〈山行〉詩：「遠上寒山石徑斜，白雲生處有人家。停車坐愛楓林晚，霜葉紅於二月花。」

晚色霞千片，秋聲雁一行。

傍晚時，天空雲霞千千片，成群的飛雁排成一行，鳴聲在空中迴盪著。

【解析】令狐楚描寫其在重陽節時剛好寄身他鄉，無法返家過節，此時節令已至深秋，詩人遠望霞光滿天，雁聲嚶嚶，眼前情景如似一幅秋日晚景圖，令人美不勝收。可用來形容秋天日落時分，晚霞燦爛，秋雁南飛的景象。

【出處】唐．令狐楚〈九日言懷〉詩：「二九即重陽，天清野菊黃。近來逢此日，多是在他鄉。晚色霞千片，秋聲雁一行。不能高處望，恐斷老人腸。」

樹樹皆秋色，山山唯落暉。

每一棵樹都呈現了秋天金黃的色澤，每一座山都沾染了落日的餘暉。

【解析】王績通過對眼前滿是蕭瑟秋色的層層樹林，以及撒遍夕陽晚照的重重山巒的描繪，流露他傍徨孤寂的心境，更加緬懷像伯夷、叔齊那樣在山中採野菜生活的隱士。可用來形容秋日山林夕照的遼闊景致。

【出處】唐．王績〈野望〉詩：「東皋薄暮望，徙倚欲何依。樹樹皆秋色，山山唯落暉。牧人驅犢返，獵馬帶禽歸。相顧無相識，長歌懷采薇。」

秋容老盡芙蓉院，草上霜花勻似翦。

秋色已深，庭院裡的芙蓉樹已經開始凋零，草上白霜點點，均勻得像是被修剪過一樣。

【解析】秦觀描繪嚴秋時節，院子裡的木芙蓉已呈現衰敗的景象，草上凝聚著朵朵結晶分明的霜花，好似經由修裁而成勻稱的形狀，把整個院落妝點成寒白一片。可用來形容花樹零落、草木生霜的蕭索秋景。

【出處】北宋．秦觀〈木蘭花．秋容老盡芙蓉院〉詞：「秋容老盡芙蓉院，草上霜花勻似翦。西樓促坐酒杯深，風壓繡簾香不卷。玉纖慵整銀箏雁，紅袖時籠金鴨暖。歲華一任委西風，獨有春紅留醉臉。」

楚天千里清秋，水隨天去秋無際。

楚地的天空，千里遼闊，秋意清爽，看著江中的水隨著天空奔去，秋色無邊無際。

【解析】此詞為辛棄疾駐守建康期間，登覽秦淮河畔的名勝賞心亭時所作。詞中寫其在秋日傍晚獨自登亭，遠望浩浩蕩蕩的江水向蒼茫無垠的天邊流去，江水相連成一色，氣勢磅礴。可用來形容碧天無際、江水無涯的壯麗秋色。

【出處】南宋．辛棄疾〈水龍吟．楚天千里清秋〉詞：「楚天千里清秋，水隨天去秋無際。遙岑遠目，獻愁供恨，玉簪螺髻。落日樓頭，斷鴻聲裡，江南游子。把吳鉤看了，闌干拍遍，無人會，登臨意……」（節錄）

對瀟瀟暮雨灑江天，一番洗清秋。

一陣黃昏落雨灑在廣闊無垠的江河上，看著秋色經過雨的一番洗滌，顯得清涼爽朗。

【解析】柳永寫其於傍晚登臨高樓，凝望著灑遍江天的淅瀝秋雨，懷想重重的心事。等雨停了之後，他感覺到天空看起來比先前更加清朗，空氣中也帶有薄寒的秋意，詞中以一「洗」字，予人一種大雨洗盡天地塵埃的想像。可用來形容秋日雨後的江天，澄澈清冷。

【出處】北宋．柳永〈八聲甘州．對瀟瀟暮雨灑江天〉詞：「對瀟瀟暮雨灑江天，一番洗清秋。漸霜風淒緊，關河冷落，殘照當樓。是處紅衰翠減，苒苒物華休。惟有長江水，無語東流……」（節錄）

碧雲天，黃葉地。秋色連波，波上寒煙翠。

碧藍的天空，讓人感覺浮雲也跟著天空一樣的碧藍，黃色的枯葉落滿一地，蕭瑟的秋景連接著水面上的波紋，波上的冷煙也如水波一樣的翠綠。

【解析】范仲淹詞中以「碧」、「黃」、「翠」等帶有色彩的視覺意象文字，以及觸覺上含有冷熱程度的

「寒」字，勾勒出一幅秋雲蒼茫、秋葉滿地、秋煙冷寒的風景圖。可用來形容天碧葉黃，江波含煙籠霧的秋日景色。

【出處】北宋·范仲淹〈蘇幕遮·碧雲天〉詞：「碧雲天，黃葉地。秋色連波，波上寒煙翠。山映斜陽天接水，芳草無情，更在斜陽外。黯鄉魂，追旅思，夜夜除非，好夢留人睡。明月樓高休獨倚。酒入愁腸，化作相思淚。」

十分秋色無人管，半屬蘆花半蓼花。

秋天的美好景色已達到滿滿的十分，可惜卻沒有人來欣賞，在那十分之中，一半歸屬於蘆花，另一半交付給了蓼花。

【解析】元初人黃庚詩中寫其於秋暮時分，極目眺望江畔村莊四周，只見寒煙繚繞，太陽西下，雪白的蘆花與淡紫的蓼花互相映襯，景致十分清雅，充滿質樸野趣。詩人不禁驚嘆美景當前，竟然無人願意理會，畢竟世人還是比較偏愛盛開在春夏的繽紛百花，而輕忽了這些外表毫不起眼，看起來又不像是花的蘆花和蓼花。可用來形容江邊野花野草蔓延，秋意無邊。

【出處】元·黃庚〈江村即事〉詩：「極目江天一望賒，寒煙漠漠日西斜。十分秋色無人管，半屬蘆花半蓼花。」

枯藤老樹昏鴉，小橋流水人家。古道西風瘦馬。

枯槁的蔓藤盤繞在蒼老的樹幹上，黃昏時疲憊的烏鴉在枝頭上棲息，一座小橋，一彎流水，一旁圍繞著幾戶人家。在那條古老的荒道上，一匹羸弱的馬在秋風中踽踽而行。

【解析】馬致遠在這首散曲的開頭三句共十八個字，連續使用了九種具體景物，完全沒有一個動詞，由遠而近，將其巧妙的安排組合，營造出一股冷落蕭索的氛圍。可用來形容蒼涼淒清的秋天日暮景致。

【出處】元·馬致遠〈天淨沙·枯藤老樹昏鴉〉曲：「枯藤老樹昏鴉，小橋流水人家。古道西風瘦馬。夕陽西下，斷腸人在天涯。」

【冬】

明月照積雪，朔風勁且哀。

明朗的月光映照在層層的雪堆上，強勁的北風吹過，而且還發出淒厲的哀鳴。

【解析】南朝宋人謝靈運寫其在歲末之際，長夜憂思不寐，屋外冷月皎潔，銀雪滿地，風聲颼颼，讓他原本就低落的心情，更添上一股陰寒凜慄的感受。南朝梁人鍾嶸《詩品．序》對「明月照積雪」詩句的評論是：「觀古今勝語，多非補假，皆由直尋。」認為謝靈運能寫出這樣的高妙佳句，並不是靠援引古人典故作為補綴假借而得的，乃是憑著一己直覺，不假思索地描繪出其對所見事物的真實感受。可用來形容冬夜風雪冷冽的景狀。

【出處】南朝宋．謝靈運〈歲暮〉詩：「殷憂不能寐，苦此夜難頹。明月照積雪，朔風勁且哀。運往無淹物，年逝覺已催。」

千山鳥飛絕，萬徑人蹤滅。

連綿的群山中，不見鳥兒在飛翔，眾多的小路上，不見行人的蹤跡。

【解析】柳宗元詩中藉由描寫廣大寥廓、杳無人跡的江上雪景，意在突顯一漁翁在風雪中獨釣的孤絕形象。可用來形容冬天大地一片冷清寂靜的景象。

【出處】唐．柳宗元〈江雪〉詩：「千山鳥飛絕，萬徑人蹤滅。孤舟簑笠翁，獨釣寒江雪。」

風吹雪片似花落，月照冰文如鏡破。

風吹著片片白雪就好像花瓣落下一樣，月光映照的冰紋就好像鏡子破裂似的。

【解析】呂溫描寫其在冬天的深夜裡，因心頭的愁緒難遣導致他終夜無法成眠，不寐的他，對於眼前的冰雪景物提出一番如花似鏡的靈動比喻。可用來形容冬天的飛雪猶如落花漫舞，月下的冰紋宛若破鏡裂痕。

【出處】唐・呂溫〈冬夜即事〉詩：「百憂攢心起復臥，夜長耿耿不可過。風吹雪片似花落，月照冰文如鏡破。」

一年好景君須記，最是橙黃橘綠時。

請你一定要記住，一年之中最好的景致，就是在這段橙子已黃、橘子剛綠的時候。

【解析】蘇軾認為一年佳景就是初冬橙子橘子碩果累累的時節，天氣雖蕭瑟寒冷，卻也是色彩鮮豔的黃綠橙橘豐收之際，藉此勸勉稍長自己三歲，當時已五十八歲的劉季孫（字景文），千萬不要因青壯時光不再而意志消沉，年老其實也是人生閱歷最成熟豐富的階段，更該好好把握。可用來形容初冬橙子金黃、橘子青綠的亮麗景色。另可用來比喻晚年堪稱是人生的黃金階段，更要懂得分外珍惜。

【出處】北宋・蘇軾〈贈劉景文〉詩：「荷盡已無擎雨蓋，菊殘猶有傲霜枝。一年好景君須記，最是橙黃橘綠時。」

北風吹樹急，西日照窗涼。

冬天的寒風急驟地吹著樹，落日餘暉冷冷地照著窗臺。

【解析】王安石寫其在凜冽寒冬來到唐代名將張巡、許遠的祠堂，回想兩人在安史之亂時死守睢陽（位在今河南境內）十月餘，最後雖在內缺糧食、外無援軍的情況下兵敗而亡，卻使得敵人士氣大衰，唐軍也因此獲得了反撲的契機，不久便收復洛陽一帶的失土。詩人借當時北風猛烈、冬日嚴寒等含有蒼涼寓意的景物描寫，表達其對前人為國壯烈犧牲的肅穆敬意。可用來形容嚴冬風急日寒的景象。

【出處】北宋・王安石〈雙廟〉詩：「兩公天下駿，無地與騰驤。就死得處所，至今猶耿光。中原擅兵革，昔日幾侯王？此獨身如在，誰令國不亡？北風吹樹急，西日照窗涼。志士千年淚，泠然落奠觴。」

溪凍聲全滅，燈寒焰不高。

溪流裡的水已經凍結，流水的聲音減弱，屋內的油燈也因為天氣寒冷，火苗顯得非常微小。

【解析】李建勳夜宿友人在山中的住所，寫了這首詩寄給一位姓司徒的好友，他在詩中描述了屋外的溪流已經冷到結冰，即使進到了屋子裡，寒氣依然凜冽，燈上的火焰低到幾乎快要熄滅的樣子，室內燈火顯得黯淡無光，也道出了當時的天候極為冷寒。可用來形容隆冬時節的嚴寒景象。

【出處】五代．李建勳〈宿友人山居寄司徒相公〉詩二首之二：「郢客相尋夜，荒庭雪灑篙。虛堂看向曙，吟坐共忘勞。溪凍聲全滅，燈寒焰不高。他人莫相笑，未易會吾曹。」

不知十月江寒重，陡覺三更布被輕。

時序已進入十月了，還不知道這時江邊的寒氣已逐漸濃重，直到夜半三更，才發覺蓋在身上的布被太過輕薄了。

【解析】清代詩人查慎行記述其於初冬旅途中住宿客棧的情景，由於白天的氣溫與秋日差別還不算大，但一到了入夜，溫度驟然下降，讓原本已經就寢的作者，也因身上的布被不夠保暖，不得不從睡夢中冷到醒來。其中「十月」指的是農曆十月，也就是冬季的第一個月。可用來形容入冬天氣初寒，晝夜溫差甚大。

【出處】清．查慎行〈寒夜次潘岷原韻〉詩：「一片西風作楚聲，臥聞落葉打窗鳴。不知十月江寒重，陡覺三更布被輕。霜壓啼烏驚月上，夜驕饑鼠鬭燈明。還家夢繞江湖闊，薄醉醒來句忽成。」

日夜天象

日

日華川上動，風光草際浮。

早晨太陽的光輝在江面上閃動著，微風輕拂，草上也因風吹而浮動著陽光照射而有的光彩。

【解析】南朝齊人謝朓與友人春日一早相約出遊京城建康的郊外，此時朝日剛剛升起，晨光映照川上，波光粼粼，岸邊細草隨風搖曳，草上的光影也跟著起伏搖擺，詩人遠遠望去，就好像是日光在川上飄移、在草上晃動的模樣。把這兩句詩的十個字重新組合，也可以解釋為，「日」的「光」與「華」，因「風」而在「川上」、「草際」間產生了「浮」和「動」的形象。可用來形容在江渚水岸所見的晨曦曙光。

【出處】南朝齊．謝朓〈和徐都曹出新亭渚〉詩：「宛洛佳遨遊，春色滿皇州。結軫青郊路，迴瞰蒼江流。日華川上動，風光草際浮。桃李成蹊徑，桑榆蔭道周。東都已俶載，言歸望綠疇。」

團團出天外，煜煜上層峰。

一輪紅日從天邊外升起，光芒閃耀，直達重重疊疊的山峰。

【解析】此詩詩題〈詠朝日〉，作者是南朝梁簡文帝蕭綱。詩中描繪破曉時分壯觀的日出景色，其以「團團」和「煜煜」兩個疊詞，來強調太陽的圓形形狀和光亮程度，以「出」和「上」兩字，來表現太陽運行時的動態美感。可用來形容朝陽初升時光明燦爛的景象。

【出處】南朝梁．梁簡文帝蕭綱〈詠朝日〉詩：「團團出天外，煜煜上層峰。光隨浪高下，影逐樹輕濃。」

大漠孤煙直，長河落日圓。

廣大的沙漠中，升起一縷直長的烽煙，長長的大河上，映照一輪紅圓的落日。

【解析】此詩記錄了王維奉命出使邊塞時，途中所見的漠野風光與心情感觸，大漠上孤立挺拔的濃煙和渾圓溫暖的落日，更予人對大漠的蒼茫壯麗景致加深印象。清人徐增《而庵說唐詩》評曰：「大漠、長河一聯，獨絕千古。」可用來形容沙漠、江岸等地旁夕陽西下的雄渾壯美景色。

【出處】唐．王維〈使至塞上〉詩：「單車欲問邊，屬國過居延。征蓬出漢塞，歸雁入胡天。大漠孤煙

直，長河落日圓。蕭關逢候吏，都護在燕然。」

日輪當午凝不去，萬國如在洪爐中。

中午的太陽在天空停滯不動，全天下就好像是置身在大火爐當中。

【解析】王轂詩中描繪了盛夏時節日正當中，熾熱的陽光令人感到痛苦難耐，萬物猶如被囚禁在一座洪爐裡，完全無處可逃，詩人不由得期待秋天的到來，才能早日擺脫炎夏大毒日頭的折磨。可用來形容烈日當空，陽光強烈逼人。

【出處】唐．王轂〈苦熱行〉詩：「祝融南來鞭火龍，火旗焰焰燒天紅。日輪當午凝不去，萬國如在洪爐中。五嶽翠乾雲彩滅，陽侯海底愁波竭。何當一夕金風發？為我掃卻天下熱。」

赫赫炎官張火傘。

太陽的光芒耀眼，熱氣旺盛，就像是火神炎官撐開了一把火傘。

【解析】本詩詩題〈遊青龍寺贈崔大補闕〉。補闕，職官名，負責對皇帝進行規諫和舉薦人才。此為韓愈與友人遊長安青龍寺時所作的一首贈詩，由於當時烈日當空，其以神話中的火神「炎官」來代稱太陽，以「火傘」來比喻整個大地都籠罩在強烈的太陽底下。可用來形容熾熱的陽光。

【出處】唐．韓愈〈遊青龍寺贈崔大補闕〉詩：「秋灰初吹季月管，日出卯南暉景短。友生招我佛寺行，正值萬株紅葉滿。光華閃壁見神鬼，赫赫炎官張火傘。然雲燒樹火實騈，金烏下啄赬虯卵……」（節錄）

太陽初出光赫赫，千山萬山如火發。

初升的旭日光芒耀眼，群山被它照得好像是在噴火一樣。

【解析】北宋太祖趙匡胤詩中描寫清晨太陽剛剛升起的那一剎那，金光四射，千千萬萬座山巒在陽光的映照下如著了火般，景致閃耀奪目。可用來形容太陽升起時光輝燦爛，紅光照耀群山的景象。另可用來比喻心志遠大，如熾盛顯赫的朝陽。

【出處】北宋．宋太祖趙匡胤〈詠初日〉詩：「太陽初出光赫赫，千山萬山如火發。一輪頃刻上天衢，逐退群星與殘月。」

斜陽映山落，斂餘紅、猶戀孤城闌角。

夕陽映照遠山，即將西下，緩緩收斂它的紅色餘光時，仍然依戀著寂靜城樓一角的闌干，不忍離開。

【解析】此詞為周邦彥於黃昏在郊外平原送別客人後所作，詞中他運用擬人手法，不直白說出自己捨不得夕曛晚景的消逝，而是賦予了落日與人一樣的主觀情感，明知不得不離去，卻仍頻頻貪戀人間城角的一隅，遲遲不肯放開。可用來形容夕日殘照的景色。

【出處】北宋．周邦彥〈瑞鶴仙．悄郊原帶郭〉詞：「悄郊原帶郭，行路永、客去車塵漠漠。斜陽映山落，斂餘紅、猶戀孤城闌角。凌波步弱，過短亭、何用素約？有流鶯勸我，重解繡鞍，緩引春酌……」（節錄）

清風無力屠得熱，落日著翅飛上山。

涼風無能為力驅除夏日的酷熱，連快要下山的太陽，都像是長了翅膀般的飛旋山頂，遲遲不肯落下。

【解析】王令描寫盛夏炎熱的景況，本可送涼的風，面對酷熱，卻顯得毫無作用，足見當時炎氣之甚。於是寄望黃昏日落，便可以稍減暑熱，偏偏本該西落的太陽仍高掛山頭，讓人苦不堪言。可用來形容驕陽炙人，暑氣難消。

【出處】北宋．王令〈暑旱苦熱〉詩：「清風無力屠得熱，落日著翅飛上山。人固已懼江海竭，天豈不惜河漢乾？崑崙之高有積雪，蓬萊之遠常遺寒。不能手提天下往，何忍身去遊其間？」

煙中列岫青無數，雁背夕陽紅欲暮。

數不盡的青翠山巒被煙雲所繚繞著，紅色的落日餘暉映照在雁群的背上，黃昏即將來臨。

【解析】周邦彥詞中摹寫晴朗秋日的傍晚，峰巒連綿起伏，煙靄瀰漫，成群的飛雁從天際飛過，背上反射出夕照的火紅餘光，景色絢爛壯美。可用來形容青山矗立、歸雁飛空的斜暉暮色。

【出處】北宋．周邦彥〈玉樓春．桃溪不作從容住〉詞：「桃溪不作從容住，秋藕絕來無續處。當時相候赤闌橋，今日獨尋黃葉路。煙中列岫青無數，雁背夕陽紅欲暮。人如風後入江雲，情似雨餘黏地絮。」

曉日成霞張錦綺。

清晨的太陽映著天空整片的雲霞，像是鋪展開一張色彩鮮豔的絲織品。

【解析】此為黃庭堅任吉州太和知縣期間，曾到所轄的安福縣遊歷時所作，詩中描寫旭日初升，陽光穿透雲霞，映射出瑰麗的光彩，猶如天空鋪開一張五彩繽紛的錦緞般。可用來形容朝日升起，霞光滿天。

【出處】北宋．黃庭堅〈題安福李令朝華亭〉詩：「丹楹刻桷上崢嶸，表裡江山路眼平。曉日成霞張錦綺，青林多露綴珠纓。人如旋磨觀群蟻，田似圍棋據一枰。對案昏昏迷簿領，暫來登覽見高明。」

赤日炎炎似火燒，野田禾稻半枯焦。

天上赤紅的太陽熱得像是火在燃燒一樣，田野裡的稻穀大半都已經乾枯了。

【解析】這首詩出自章回小說《水滸傳》，作者施耐庵藉由描寫火傘當空，熱氣蒸人，又因久旱不雨，造成農田裡的稻禾枯黃一片，反映出農民的焦急情緒。可用來形容驕陽熾熱，大地乾旱的苦狀。

【出處】元末明初．施耐庵《水滸傳．第十六回》之詩：「赤日炎炎似火燒，野田禾稻半枯焦。農夫心內如湯煮，公子王孫把扇搖。」

【夜】

月明星稀，烏鵲南飛。

皓月當空，星星更顯得稀疏不明，烏鴉和喜鵲往南方飛去。

【解析】東漢獻帝時的丞相曹操，在宴請群將的場合上慷慨激昂地吟唱這首〈短歌行〉，他借寫清朗的月夜下，星星黯淡，大批的烏鵲展翅向南遷徙，途中繞著大樹三圈，還是不知道該選擇何處停歇的淒清景象，寄寓當時的賢才在動亂時局中徘徊不定，一時之間無所適從，而自己這裡正是他們可以依託之所在，表達其急欲延攬天下英雄的誠意。可用來形容夜晚月光皎潔，星斗見稀，鳥兒飛翔的景色。

【出處】東漢．曹操〈短歌行〉詩：「……月明星稀，烏鵲南飛。繞樹三匝，何枝可依……」（節錄）

明月照高樓，流光正徘徊。

明淨的月亮照在高樓上，月光在夜空中緩緩移動著。

【解析】這首詩抒寫一名住在高樓裡的思婦對其遠行不歸的丈夫的想念與怨嘆，作者曹植以溶溶月色起興，正因月光清冷幽寂，流連不定，恰好觸動了思婦的隱藏在內心的孤寂愁思。可用來形容夜色冷寒，月明如水。

【出處】三國魏．曹植〈七哀詩〉詩：「明月照高樓，流光正徘徊。上有愁思婦，悲歎有餘哀。借問歎者誰？言是宕子妻。君行踰十年，孤妾常獨棲。君若清路塵，妾若濁水泥。浮沉各異勢，會合何時諧？願為西南風，長逝入君懷。君懷良不開，賤妾當何依？」

人閑桂花落，夜靜春山空。

山中寂靜無聲，桂花輕輕地飄落一地，彷彿春夜裡整座山都空無一物般。

【解析】王維描寫春天夜裡山中空曠寂靜的景象。夜晚大地靜謐無聲，人心也跟著平靜下來，屏除了一切思慮雜念，便能感受到桂花從樹上掉落的細微聲響。詩人以動寫靜，意在突顯夜的寧靜與人心的閑靜。可用來形容夜裡山中的幽靜空寂。

【出處】唐・王維〈鳥鳴澗〉詩：「人閑桂花落，夜靜春山空。月出驚山鳥，時鳴春澗中。」

小時不識月，呼作白玉盤。

小時候不認識月亮，便稱呼它作白玉盤。

【解析】李白詩中描述童年時的天真無邪，望見天上晶瑩渾圓的月亮，就稱它為白玉盤，表現出孩童對月亮的爛漫遐想，也反映出一輪圓月的皎白可愛。可用來形容月亮銀白圓滿，宛如白玉作成的盤子。

【出處】唐・李白〈古朗月行〉詩：「小時不識月，呼作白玉盤。又疑瑤臺鏡，飛在青雲端。仙人垂兩足，桂樹何團團？白兔擣藥成，問言誰與餐……」（節錄）

月光如水水如天。

月光照映江水，江水與月光融合為一。

【解析】趙嘏詩中描寫其在一個清寂的夜晚，獨自登上江邊一處高樓，望見皎潔的月色倒映在波光粼粼的水面，月光輕柔如水般的清麗動人。可用來形容月夜下水天一色的幽美景象。

【出處】唐・趙嘏〈江樓感舊〉詩：「獨上江樓思渺然，月光如水水如天。同來玩月人何在？風景依稀似去年。」

可憐九月初三夜，露似真珠月似弓。

九月三日的夜景真是令人憐愛，露水似圓潤珍珠，月亮像是一把彎弓。

【解析】白居易於江行途中，從欣賞一江暮色，直到天上彎月如弓，他看著江邊草木上的露珠在清輝照映下閃爍光亮，不禁被眼前清妙幽景深深吸引而詠寫此詩。清高宗敕編《唐宋詩醇》評曰：「寫景奇麗，是一幅著色秋江圖。」可用來形容秋露新月的靜夜美景。

【出處】唐・白居易〈暮江吟〉詩：「一道殘陽鋪水中，半江瑟瑟半江紅。可憐九月初三夜，露似真珠月似弓。」

回樂烽[1]前沙似雪，受降城[2]外月如霜。

回樂縣烽火臺前的黃沙，在月光的映照下呈現如雪般冷白，受降城外的明月皎潔，令人感覺猶如白霜般寒涼。

【注釋】1.回樂烽：指唐代回樂縣附近的烽火臺，故址位在今寧夏回族自治區靈武市境內。2.受降城：唐代在黃河以北築有東、中、西三座受降城，此處指的是西受降城，是當時防禦突厥、吐蕃的前方要地，故址位在今內蒙古自治區境內。

【解析】李益寫其在夜晚登上戰地前線受降城的所見所感，將塞外沙漠一片荒寒淒清的景象，如歷眼前。可用來形容沙漠、沙灘等地夜裡月寒沙白的景色。

【出處】唐・李益〈夜上受降城聞笛〉詩：「回樂烽前沙似雪，受降城下月如霜。不知何處吹蘆管，一夜征人盡望鄉。」

江上柳如煙，雁飛殘月天。

江面上的柳絲如煙雲般的茂密綿長，雁子在空中飛翔著，一彎殘月高掛在天邊。

【解析】溫庭筠詞中描寫一位住在臨江樓閣的女子，因徹夜思念著情人而輾轉難眠，直到月殘天將破曉之前，雁群已在天上高飛，她仍對著江水旁的垂柳遲遲不能入睡。可用來形容深夜月下，江邊一片朦朧淒迷的景色。

【出處】唐・溫庭筠〈菩薩蠻・水精簾裡頗黎枕〉詞：「水精簾裡頗黎枕，暖香惹夢鴛鴦錦。江上柳如煙，雁飛殘月天。藕絲秋色淺，人勝參差剪。雙鬢隔香紅，玉釵頭上風。」

江天一色無纖塵，
皎皎空中孤月輪。

江水和天空連成一色，沒有任何微塵，只有一輪皎潔明月孤獨地懸掛天上。

【解析】張若虛詩中描寫春夜江畔在潔白如霜的月光照映下所見到的幽美景色。可用來形容江天澄淨無瑕，皎月高掛夜空的景象。

【出處】唐．張若虛〈春江花月夜〉詩：「……江流宛轉繞芳甸，月照花林皆似霰。空裡流霜不覺飛，汀上白沙看不見。江天一色無纖塵，皎皎空中孤月輪……」（節錄）

明月出天山[1]，
蒼茫雲海間。

一輪明月從天山升起，沉浮在那片曠遠迷茫的雲海之間。

【注釋】1.天山：橫亙於今新疆中部一帶的大山。

【解析】李白詩中描寫戍守邊疆的將士遠望著廣闊雲海中浮出的雄立天山與皎潔明月的圖景，進而興起了思歸的念頭。明人胡應麟《詩藪》評曰：「渾雄之中，多少閑雅。」可用來形容山河遼闊壯麗，雲月渺茫幽遠。

【出處】唐．李白〈關山月〉詩：「明月出天山，蒼茫雲海間。長風幾萬里，吹度玉門關。漢下白登道，胡窺青海灣。由來征戰地，不見有人還。戍客望邊邑，思歸多苦顏。高樓當此夜，嘆息未應閑。」

明月松間照，
清泉石上流。

明亮的月光映照在松林間，清澈的泉水從石頭上流過。

【解析】王維詩中描寫了山中夜裡皓月朗照松林間的靜景，以及清冽泉水在石頭上潺潺流過的動景，靜中有動，而淙淙的流水聲更加襯托出山村夜色的靜謐幽遠。可用來形容松林間月影斑駁和山泉流於石上的夜景。

【出處】唐．王維〈山居秋暝〉詩：「空山新雨後，天氣晚來秋。明月松間照，清泉石上流。竹喧歸浣女，蓮動下漁舟。隨意春芳歇，王孫自可留。」

松月生夜涼，風泉滿清聽。

月照松林，更能感覺夜晚的清涼，滿耳都是風和泉水的清新響聲。

【解析】此詩詩題〈宿業師山房待丁大不至〉。丁大，即丁鳳，是作者孟浩然的好友。孟浩然原與丁鳳相約一同夜宿僧人業師的山中寺院，直到天黑，丁鳳仍然未至，詩中便是描寫他在等候友人時目見松林月色，耳聞風中流泉聲的情景，使其備感山幽夜涼。南宋人劉辰翁《王孟詩評》：「此詩愈淡愈濃，景物滿眼，而清淡之趣更浮動，非寂寞者。」可用來形容松間月下的清冷涼意，風泉聲清新悅耳。

【出處】唐．孟浩然〈宿業師山房待丁大不至〉詩：「夕陽度西嶺，群壑倏已暝。松月生夜涼，風泉滿清聽。樵人歸欲盡，煙鳥棲初定。之子期宿來，孤琴候蘿逕。」

星垂平野闊，月湧大江流。

星光照耀遼闊平坦的原野，月光倒映水面，隨著水波湧動，江水浩蕩無盡地奔流。

【解析】杜甫詩中描寫他夜泊長江岸邊，放眼遠望所見的雄渾壯闊夜景。可用來形容夜晚星月垂照廣闊平野、滾滾江流之景觀。

【出處】唐．杜甫〈旅夜書懷〉詩：「細草微風岸，危檣獨夜舟。星垂平野闊，月湧大江流……」（節錄）

春江潮水連海平，海上明月共潮生。

春天江水漲潮，彷彿與大海連成一片，明月隨著潮水徐徐升起。

【解析】張若虛詩中描寫春季江潮連海，月共潮生的壯闊夜景。可用來形容江海浩蕩，浪淘奔騰，以及映著月光的潮水起浮流動的景象。

【出處】唐．張若虛〈春江花月夜〉詩：「春江潮水連海平，海上明月共潮生。灩灩隨波千萬里，何處春江無月明……」（節錄）

鳥宿池邊樹，僧敲月下門。

鳥兒在池邊的樹上休息，僧人在月夜來訪，輕輕敲了大門。

【解析】賈島早年出家為僧，之後還俗。詩中描寫他拜訪友人李凝未遇一事，由於當時夜深人靜，萬籟俱寂，即便是輕微的叩門聲響也足以打破原本的寧靜氣氛。可用來形容幽靜的夜晚，月下有人敲門更反襯出夜的寂靜，以動形容靜，使靜的感受更加強烈。

【出處】唐．賈島〈題李凝幽居〉詩：「閑居少鄰並，草徑入荒園。鳥宿池邊樹，僧敲月下門。過橋分野色，移石動雲根。暫去還來此，幽期不負言。」

雁引愁心去，山銜好月來。

雁子帶走了憂愁的心緒，青山銜來了美好的明月。

【解析】李白於肅宗乾元年間在流放的途中遇赦，乘舟返回江陵的途中，與友人齊遊洞庭湖，同登岳陽樓，兩人痛飲大醉，迴旋亂舞。此時在詩人的眼中，天空成群的飛雁，就像是專程前來帶走他的陰霾，月升山頭，彷彿是青山特地為他銜來了一輪清輝，人間景物，無不有情重義，烘托出其歷經大難後又遇赦的開懷情緒。可用來形容秋雁高飛，山月相伴的景色。另可用來形容苦盡甘來，憂戚煩悶的心情一掃而空。

【出處】唐．李白〈與夏十二登岳陽樓〉詩：「樓觀岳陽盡，川迴洞庭開。雁引愁心去，山銜好月來。雲間連下榻，天上接行杯。醉後涼風起，吹人舞袖迴。」

月到天心處，風來水面時。

月亮走到天空的中心位置，涼風輕輕吹拂著水面。

【解析】邵雍描寫其佇立在夜空下，見皎皎明月緩緩地移動到天空的正中央，此時一陣清風劃過水面，讓他感受到一股純淨清新的意味穿過心間。可用來形容月明風清的淨美景象。

【出處】北宋・邵雍〈清夜吟〉詩：「月到天心處，風來水面時。一般清意味，料得少人知？」

可惜[1]一溪風月，莫教踏碎瓊瑤[2]。

溪水上的清風明月真是可愛，千萬不要讓馬兒踏碎那水中宛如美玉的月亮。

【注釋】1.可惜：此作可愛之意。2.瓊瑤：本指美玉，此指在月亮在水中的倒影。

【解析】蘇軾寫其於春夜下醉酒騎馬，經過溪流小橋時，因迷戀水上月色，竟興起了不忍馬蹄破壞月光倒影的痴心念頭，接著他解下馬鞍當作枕頭，率性斜臥橋上，在清朗風月的陪伴下進入夢鄉。可用來形容月照溪水，水光月影幽美迷人。

【出處】北宋・蘇軾〈西江月・照野瀰瀰淺浪〉詞：

「照野瀰瀰淺浪，橫空隱隱層霄。障泥未解玉驄驕。我欲醉眠芳草。可惜一溪明月，莫教踏碎瓊瑤。解鞍攲枕綠楊橋。杜宇一聲春曉。」

沙上並禽池上暝，雲破月來花弄影。

一雙水鳥在沙岸上並眠，暮色籠罩池面，月亮從雲裡露了出來，花枝在月光的映照下舞弄自己的影子。

【解析】張先詞中描寫從薄暮到夜晚的岸邊景致，雙雙對對的水鳥棲息在沙灘上，天上的明月破雲而出，地上的花枝搖擺舞動，作者筆下的月色景物宛如一幅迷人的圖畫。其中「雲破月來花弄影」一句，歷來為人們所喜愛，近人王國維《人間詞話》評曰：「著一『弄』字而境界全出矣。」可用來形容水岸旁鴛鴦並眠，以及雲月花影的夜色。

【出處】北宋・張先〈天仙子・水調數聲持酒聽〉詞：「〈水調〉數聲持酒聽，午醉醒來愁未醒。送春春去幾時回？臨晚鏡，傷流景，往事後期空記省。沙

上並禽池上瞑，雲破月來花弄影。重重簾幕密遮燈，風不定，人初靜，明日落紅應滿徑。」

明月如霜，好風如水，清景無限。

明亮的月光皎潔像霜一樣，美好的晚風輕柔似水般，清美的秋景令人無比動心。

【解析】蘇軾描寫其夜宿徐州名勝燕子樓時，月色潔白，秋風柔和，眼前一片清幽無限的美景，讓人疲憊的心靈瞬間就得到了莫大的撫慰。可用來形容月白風清的柔美夜景。

【出處】北宋．蘇軾〈永遇樂．明月如霜〉詞：「明月如霜，好風如水，清景無限。曲港跳魚，圓荷瀉露，寂寞無人見。紞（ㄉㄢˇ）如三鼓，鏗然一葉，黯黯夢雲驚斷。夜茫茫，重尋無處，覺來小園行遍……」（節錄）

春色惱人眠不得，月移花影上闌干。

春夜的景色美到撩人心扉，讓人無法入睡，只見月光慢慢地移動，花影已經悄悄爬上了柵欄。

【解析】此詩詩題為〈夜直〉，即值夜班的意思。王安石詩中描寫其到宮中值夜時，聞著金爐裡的薰香，聽著計時的漏壺聲響，看著隨著月光移動下的花影，伴隨著陣陣微寒的春風，直到天色快要拂曉，而擾亂他一夜清夢的禍首，正是滿園清幽的春色。可用來形容春天月夜的景致迷人。

【出處】北宋．王安石〈夜直〉詩：「金爐香燼漏聲殘，翦翦輕風陣陣寒。春色惱人眠不得，月移花影上闌干。」

桂華[1]流瓦，纖雲散、耿耿[2]素娥[3]欲下。

月光映照在屋頂的瓦片上，薄薄的雲層散盡，好像明月裡的嫦娥正要飄落下凡來。

【注釋】1.桂華：代指月光。桂，相傳月中有桂樹。華，此指光彩。2.耿耿：光明的樣子。3素娥：指嫦娥，為神話傳說中住在月宮的仙女。因月色清白，故云素娥。

【解析】周邦彥寫其欣賞元宵花燈的同時，抬頭仰望雲層逐漸散去的夜空，更顯月色清明光亮，就彷彿月裡素雅的嫦娥也已耐不住寒涼寂寞，想要翩翩而下，一覽人間燈節的喧鬧熱烈。可用來形容皓月當空，光彩照人。

【出處】北宋．周邦彥〈解語花．風銷絳蠟〉詞：「風銷絳蠟，露浥紅蓮，燈市光相射。桂華流瓦，纖雲散，耿耿素娥欲下。衣裳淡雅，看楚女、纖腰一把。簫鼓喧，人影參差，滿路飄香麝……」（節錄）

桂魄[1]飛來，光射處，冷浸一天秋碧。

皓月當空，光輝從天上飛落，它所照射之處，秋天的碧空都被清冷的月光給浸透了。

【注釋】1.桂魄：月的別稱。古來稱月體為魄，又傳說月中有桂樹，故稱之。

【解析】蘇軾寫其在黃州過中秋佳節，他登上高樓，遠眺萬里無雲長空，月亮更顯得明朗皎潔，整片天空像是沉浸在月光的冷寒中。可用來形容秋夜月色清朗且略帶涼意。

【出處】北宋．蘇軾〈念奴嬌．憑高眺遠〉詞：「憑高眺遠，見長空萬里，雲無留跡。桂魄飛來，光射處，冷浸一天秋碧。玉宇瓊樓，乘鸞來去，人在清涼國。江山如畫，望中煙樹歷歷……」（節錄）

梨花院落溶溶月，柳絮池塘淡淡風。

月光灑照在庭院裡的梨花上，微風吹拂著池塘邊的柳絮。

【解析】晏殊描寫其面對春夜月光如水，滿園梨花綻開，池畔柳絮飄舞，讓他回憶起過去和情人就是在如此月色下談情說愛的美好往事。南宋人葛立方《韻語陽秋》對這兩句詩的評論：「此自然有富貴氣。」反映出晏殊貴氣又不失清雅的風格。可用來形容花前月下，風輕花舞的景色。

【出處】北宋．晏殊〈無題〉詩：「油壁香車不再逢，峽雲無跡任西東。梨花院落溶溶月，柳絮池塘淡

淡風。幾日寂寥傷酒後，一番蕭瑟禁煙中。魚書欲寄何由達？水遠山長處處同。」

尋常一樣窗前月，才有梅花便不同。

窗前的月色和平常一樣，可是有了梅花的映襯，景致便與往日大不相同。

【解析】杜耒的友人寒夜到訪，身為主人的他盛情煮茗，與其在窗前月下品茶談天，氣候雖然寒冷，但兩人的心卻是溫暖的，此時又不時傳來梅花的陣陣幽香，對主客而言，眼前的夜色風景，別具一種情調韻味。可用來形容月光下梅花綻開，使得月色非比尋常。另可用來比喻因某事物或某人的存在，所以轉變了整個情況。

【出處】南宋．杜耒〈寒夜〉詩：「寒夜客來茶當酒，竹爐湯沸火初紅。尋常一樣窗前月，才有梅花便不同。」

皓月初圓，暮雲飄散，分明夜色如晴晝。

一輪明月剛剛升起，傍晚的雲散開之後，夜色因月光明朗的緣故，看起來像是大晴天似的。

【解析】柳永詞中描寫朗朗圓月初升，光亮皎潔，待清風吹開暮雲後，整個夜空顯得清澈明淨，讓人誤以為時間還停留在白晝，完全沒有入夜的感受。可用來形容月光潔淨，夜色清朗。

【出處】北宋．柳永〈傾杯樂．皓月初圓〉詞：「皓月初圓，暮雲飄散，分明夜色如晴晝。漸消盡，醺醺殘酒。危閣遠，涼生襟袖。追舊事，一餉憑闌久。如何媚容豔態，抵死孤歡偶。朝思暮想，自家空恁添清瘦……」（節錄）

雲散月明誰點綴？天容海色本澄清。

烏雲散了，月亮明朗，誰能給它加上任何的裝飾呢？天的面貌，海的顏色，本來就是澄淨清澈的。

【解析】蘇軾晚年獲赦，自貶地儋州離開，準備北歸時在船上作此詩，表面上看似在寫風雨過後，雲開見月，海天呈現一片澄澈明淨的夜色，實際上則是借景抒情，表達自己心如明月，縱使不時遭小人誣陷，猶如明月被烏雲汙染，也無法改變月的潔白本質。可用來形容陰霾散去，月光明亮。另可用來比喻心地光明無瑕，任誰也無法抹黑。

【出處】北宋．蘇軾〈六月二十日夜渡海〉詩：「參橫斗轉欲三更，苦雨終風也解晴。雲散月明誰點綴？天容海色本澄清。空餘魯叟乘桴意，粗識軒轅奏樂聲。九死南荒吾不恨，茲游奇絕冠平生。」

新月如佳人，出海初弄色。

從海上升起的一彎細月如同美人，故意向人們顯現其動人的姿色。

【解析】蘇軾因月而想起遠方友人，借詩和友人分享其於涼夜未寢所見的水上月景，詩中描寫天邊又細又彎的月牙，猶如一位正在搔首弄姿的俏麗佳人，光輝映照水面，波光閃爍，耀眼迷人。可用來形容眉月清新可愛。

【出處】北宋．蘇軾〈宿望湖樓再和〉詩：「新月如佳人，出海初弄色。娟娟到湖上，瀲瀲搖空碧……」（節錄）

落木千山天遠大，澄江一道月分明。

群山上滿是落葉凋零，天空更顯得遼遠廣闊，一條明淨的江流，在月光的輝映下格外清澈分明。

【解析】此詩詩題〈登快閣〉。快閣，位在今江西吉安市境內的贛江上，作者黃庭堅寫其處理完一天的公事後登臨快閣，舉目遠望，草木蕭疏，江水澄澈如練，夜空明月朗照，營造出一種天地高遠壯闊的意境。可用來形容江山廣遠，水澄月明的暮秋夜景。

【出處】北宋．黃庭堅〈登快閣〉詩：「痴兒了卻公家事，快閣東西倚晚晴。落木千山天遠大，澄江一道月分明。朱絃已為佳人絕，青眼聊因美酒橫。萬里歸船弄長笛，此心吾與白鷗盟。」

霧失樓臺，
月迷津渡。

濃密的雲霧遮蔽了樓臺，迷濛的月色把渡口照得白茫茫一片，反使什麼也看不見了。

【解析】年近半百的秦觀遭貶郴州，此詞為其客居渡船口的旅館時所作，描寫濃霧籠罩的一個夜晚，月光灑遍了岸邊的渡船碼頭，致使他的眼前呈現一片模糊淒迷。可用來形容迷霧朦朧的月夜景色。另可用來比喻迷失人生方向。

【出處】北宋．秦觀〈踏莎行．霧失樓臺〉詞：「霧失樓臺，月迷津渡，桃源望斷無尋處。可堪孤館閉春寒，杜鵑聲裡斜陽暮。驛寄梅花，魚傳尺素，砌成此恨無重數。郴江幸自繞郴山，為誰流下瀟湘去？」

【氣象】

風雨如晦，
雞鳴不已。

風吹雨打，早晨的天色昏暗如同夜晚，聽到雞不停地啼叫著。

【解析】這是一首風雨懷人的詩篇，描寫一名女子在淒風寒雨中，積思難眠，心緒消沉，沒料到一早忽然看見她所期待的人冒著風雨歸來，讓她立刻忘記所有的煩惱。詩中借大自然風緊雨急的惡劣天候，烘托出女子苦等不到人的晦暗心境。由於雞有守時而鳴的習性，風雨含有亂世的寓意，後人便把這兩句詩比喻成君子在混亂的時局中也能保持操守，不改其度。可用來形容颳風下雨，天昏地暗，公雞報曉的景象。另可用來比喻人處在惡劣的環境或暴政的統治下，心志也不會有所動搖。

【出處】先秦．《詩經．鄭風．風雨》：「……風雨如晦，雞鳴不已。既見君子，云胡不喜？」（節錄）

丹霞蔽日，
彩虹垂天。

紅色的雲霞遮住了太陽，七色的虹彩懸掛在天邊。

【解析】三國魏人曹丕通過對丹霞和彩虹的色彩錯綜、奇麗璀璨的描寫，抒發人生無常，轉眼成空的感嘆，聯想到世上無論多麼美好的事物，其實就和自然現象一樣，自古至今都是時有盛衰，榮枯難料。可用來形容天空的霞光耀眼以及雨後的彩虹瑰麗。

【出處】三國魏．魏文帝曹丕〈丹霞蔽日行〉詩：「丹霞蔽日，彩虹垂天。谷水潺潺，木落翩翩。孤禽失群，悲鳴雲間。月盈則沖，華不再繁。古來有之，嗟我何言？」

淒淒歲暮風，翳翳經日雪。

歲末寒風淒冷，天色陰暗，每天都在下著雪。

【解析】這是陶淵明寫給堂弟陶敬遠的一首詩，描寫其隱居家中、與世隔絕的生活。此時正值臘月中旬，氣候陰寒濕冷，終日颳風下雪，傾耳而聽，除了風聲之外，完全聽不見其他任何的聲音，眼前所見，盡是白茫茫的一片。可形容冷風飛雪不斷，氣候嚴寒。

【出處】東晉．陶淵明〈癸卯歲十二月中作與從弟敬遠〉詩：「寢跡衡門下，邈與世相絕。顧眄莫誰知，荊扉晝常閉。淒淒歲暮風，翳翳經日雪。傾耳無希聲，在目皓已潔……」（節錄）

林壑斂暝色，雲霞收夕霏。

（湖的四周）樹林和山谷積聚著一片昏暗，天邊的晚霞被黃昏流動的雲氣給收攏了。

【解析】詩題〈石壁精舍還湖中作〉，其中「石壁精舍」指的是作者謝靈運辭官回到家鄉始寧附近自己所建的一處書齋。謝靈運寫其乘船渡湖返家的途中，夕陽已經逐漸黯淡，船邊的林巒幽深，原本燦爛的霞光也快被迷濛的霧靄給取代了。明末人陸時雍《古詩鏡》評論這兩句詩：「其言如半壁倚天，秀色削出。」可用來形容日落時的晦暗天色，暮靄重重。

【出處】南朝宋．謝靈運〈石壁精舍還湖中作〉詩：「昏旦變氣候，山水含清暉。清暉能娛人，遊子憺忘歸。出谷日尚早，入舟陽已微。林壑斂暝色，雲霞收夕霏。芰荷迭映蔚，蒲稗相因依……」（節錄）

一葉葉，一聲聲，空階滴到明。

雨不停下著，一聲接著一聲拍打一葉又一葉的梧桐，滴落在空盪盪的石階上，一直到天明。

【解析】溫庭筠在此借景抒情，描寫一名正為離情而傷心不已的女子，整夜聽著滴答的雨聲直到天亮，可見她內心懷抱的淒苦有多麼深，才導致其徹夜難眠。清人陳廷焯在《白雨齋詞話》寫道：「飛卿〈更漏子〉三章，自是絕唱，而後人獨賞其末章梧桐樹數語。」給予這闋詞極高的評價。飛卿，是溫庭筠的字。可用來形容雨久下不停，敲打著樹葉。另可用來形容雨夜冷清寂寥，更添人心的悲愁情緒。

【出處】唐．溫庭筠〈更漏子．玉爐香〉詞：「玉爐香，紅燭淚，偏對畫堂秋思。眉翠薄，鬢雲殘，夜長衾枕寒。梧桐樹，三更雨，不道離情最苦。一葉葉，一聲聲，空階滴到明。」

大雪滿初晨，開門萬象新。

清晨下了一場飛天蓋地的大雪，打開門來就看到一切景物都顯露出嶄新的面貌。

【解析】薛能詩中描寫其在早晨的一場大雪過後，發現門外的景色全都被白雪給鋪蓋住，展露出與平時截然不同的新風貌。可用來形容歷經一場落雪紛飛的洗禮，所有的景物或景象全都變得煥然一新。

【出處】唐．薛能〈新雪八韻〉詩：「大雪滿初晨，開門萬象新。龍鍾雞未起，蕭索我何貧……」（節錄）

川上風雨來，須臾滿城闕。

河川上風雨驟至，才一瞬間，整座城樓全都籠罩在風雨之中。

【解析】韋應物於詩中描寫在洛陽同德寺目睹了城市很快就被飄風急雨給覆蓋，可見這場風雨來勢洶洶，後來「滿城風雨」一詞便是從這兩句詩脫化而出。可用來形容風雨交加的景象。另可用來比喻事情一經傳開後便流言四起，眾人議論紛紛。

【出處】唐．韋應物〈同德寺雨後寄元侍御、李博士〉詩：「川上風雨來，須臾滿城闕。岧嶢青蓮界，蕭條孤興發。前山遽已淨，陰靄夜來歇。喬木生夏涼，流雲吐華月。嚴城自有限，一水非難越。相望曙河遠，高齋坐超忽。」

白雪卻嫌春色晚，故穿庭樹作飛花。

白雪不滿意春色來得太晚，故意穿過庭院的樹木，把自己打扮成飛花的樣子。

【解析】韓愈詩中運用了擬人筆法，將白雪賦予了人的情感，以逗趣的口吻敘述本應隨著寒冬而離開的白雪，因不滿春意姍姍來遲，為了妝點春色，便把自己當成了春花，在庭院中漫天飛舞起來，給人間帶來了欣喜的春意。可用來形容春天雪花紛飛的景致。

【出處】唐．韓愈〈春雪〉詩：「新年都未有芳華，二月初驚見草芽。白雪卻嫌春色晚，故穿庭樹作飛花。」

忽如一夜春風來，千樹萬樹梨花開。

雪花飄落樹枝上，像是忽然一夜之間春風已經吹來，千萬棵梨樹上的梨花爭相盛開似的。

【解析】岑參詩中把塞外寒風凜冽、大雪紛飛的冬景，比擬為南方梨花盛開的春景，尤以梨花來比喻雪花，意境清新壯美，使人幾乎忘記野外冰寒而心生一股欣喜溫暖。可用來形容大地披上一片銀白冰雪的景象。

【出處】唐．岑參〈白雪歌送武判官歸京〉詩：「北風捲地白草折，胡天八月即飛雪。忽如一夜春風來，千樹萬樹梨花開……」（節錄）

風頭如刀面如割。

冷風像是尖銳的刀子般割在臉上。

【解析】岑參詩中描寫邊疆將士在走馬川（位在今新疆境內）一帶行軍的艱苦，其以凜冽寒風如刀為喻，藉此襯托大軍不畏艱難、冒著風雪前進的英勇精神。

可用來形容風勢淒冷銳利。

【出處】唐．岑參〈走馬川行奉送封大夫出師西征〉詩：「……半夜軍行戈相撥，風頭如刀面如割。馬毛帶雪汗氣蒸，五花連錢旋作冰。幕中草檄硯水凝，虜騎聞之應膽懾。料知短兵不敢接，車師西門佇獻捷。」（節錄）

溪雲初起日沉閣，山雨欲來風滿樓。

溪流上方的雲層漸漸升起，夕陽從樓閣邊慢慢落下，驟起的風滿布西邊的城樓，一場山雨即將要降臨。

【解析】許渾登樓遠眺，看著暮雲升起，太陽西落，此時忽有陣陣強風迎面襲來，讓他感受到一種驟雨將至的肅殺氣息。作者身處國祚已日暮西山的唐王朝，詩句表面看似在描繪山雨欲來的景況，實際上則含有對國家危機迫在眉睫的警示。可用來描寫雲升日落，大風吹起，雨也將隨後而到的情景。另可用來比喻重大事件發生前的徵兆或緊張氣氛。

【出處】唐．許渾〈咸陽城東樓〉詩：「一上高城萬里愁，蒹葭楊柳似汀洲。溪雲初起日沉閣，山雨欲來風滿樓。鳥下綠蕪秦苑夕，蟬鳴黃葉漢宮秋。行人莫問當年事，故國東來渭水流。」

隨風潛入夜，潤物細無聲。

春雨隨風在夜裡悄悄落下，無聲地滋潤著萬物。

【解析】春天萬物復甦，新生植物都需要靠雨水來促進生長，杜甫詩中描寫春夜降雨，隨風飄落，潤澤大地萬物的美好景象，令其心情欣悅無比。可用來形容春夜伴隨著微風細雨，滋養萬物。

【出處】唐．杜甫〈春夜喜雨〉詩：「好雨知時節，當春乃發生。隨風潛入夜，潤物細無聲。野徑雲俱黑，江船火獨明。曉看紅濕處，花重錦官城。」

一夕輕雷落萬絲，霽光浮瓦碧參差。

夜晚空中響起了輕輕的雷聲，隨後落下如絲般的細雨，清早雨停，朝陽灑在碧綠的琉璃瓦上，浮光閃閃不定。

【解析】秦觀描寫春日天氣由雨轉晴的景色，下雨之前，先是聽聞雷聲隱隱作響，雨停了之後，屋頂上被雨水刷洗乾淨的碧瓦，在陽光的輝映下，更顯晶瑩閃亮。可用來形容雷雨過後的春日美景。

【出處】北宋．秦觀〈春日〉詩五首之一：「一夕輕雷落萬絲，霽光浮瓦碧參差。有情芍藥含春淚，無力薔薇臥曉枝。」

小樓西角斷虹明，闌干倚處，待得月華生。

小樓西邊的一角，出現一截雨後的彩虹，倚著闌干前，等待月亮升上來。

【解析】歐陽脩描寫一名女子長時間佇立樓外闌干前，從聽著雨打池上的荷葉聲，到雨歇後看見天空一道亮麗的彩虹，她都一直待在原地，靜靜等候著月華初升。可用來形容傍晚雨後天氣放晴，一彎虹彩忽現雲際，月亮準備升起。

【出處】北宋．歐陽脩〈臨江仙．柳外輕雷池上雨〉詞：「柳外輕雷池上雨，雨聲滴碎荷聲。小樓西角斷虹明。闌干倚處，待得月華生。燕子飛來窺畫棟，玉鉤垂下簾旌。涼波不動簟紋平。水精雙枕，傍有墮釵橫。」

天外黑風吹海立，浙東[1]飛雨過江來。

遠方晦暗的天空捲起了暴風，海水被翻湧成柱狀而掀立起來，大雨從浙東方向飛過錢塘江來。

【注釋】1.浙東：浙江舊分為兩浙，稱錢塘江以東為浙東，稱錢塘江以西為浙西。蘇軾寫此詩所在地吳山有美堂位於浙西，故稱風雨從浙東過江到浙西來。

【解析】蘇軾來到杭州吳山的最高處有美堂，望見烏雲密布天空，暴風驟雨從錢塘江的東邊狂捲而來，吹得海浪為之直立，氣勢磅礴。可用來形容天昏地暗，狂風急雨由遠而近呼嘯過江，掀起滔天巨浪的壯觀景象。

【出處】北宋．蘇軾〈有美堂暴雨〉詩：「遊人腳底一聲雷，滿座頑雲撥不開。天外黑風吹海立，浙東飛雨過江來。十分瀲灩金樽凸，千杖敲鏗羯鼓催。喚起謫仙泉灑面，倒傾鮫室瀉瓊瑰。」

乍暖還寒時候，最難將息。

才剛剛感受到一點暖意，又馬上回到了寒冷的這個時候，身體是最難調理的了。

【解析】因愁緒揮之不去，精神也一直低迷不振的李清照，寫其於秋日的一早醒來，見天氣晴好，陽光和暖，只是曉風急襲，詞人便借酒暖身，同時替自己消愁解悶，但即使如此，還是抵擋不了逼人的寒氣。可用來形容氣候冷熱不定，讓人的身體難以適應或容易生病。

【出處】北宋末、南宋初．李清照〈聲聲慢．尋尋覓覓〉詞：「尋尋覓覓，冷冷清清，悽悽慘慘戚戚。乍暖還寒時候，最難將息。三盃兩盞淡酒，怎敵他、晚來風急。雁過也，正傷心，卻是舊時相識……」（節錄）

白曉慘成夜，瓦口生飛濤。

白日突然烏雲密布，天色有如黑夜一樣昏暗，雨水從屋簷上的瓦片口傾瀉而下，像是翻飛的浪濤。

【解析】李覯詩中描寫白晝時分，天氣突然由晴轉陰，原本明朗的天空，瞬間變成灰暗，接著驟雨大作，嘩啦啦的雨水沿著屋瓦狂瀉流下的景象。可用來形容白日烏雲四起，之後下起滂沱大雨，雨勢猛烈。

【出處】北宋．李覯〈雨中作〉詩：「群陰侮陰德，雨陣春嘈嘈。白曉慘成夜，瓦口生飛濤。凝雲列山鞘，冷氣攢衣刀。徑鬧有松竹，庭臥唯蓬蒿。花淫得罪隕，鶯辯知時逃。隰苗出水短，木菌隨日高。微吟雅於樂，快飲甘如膏。朱曦待未見，天蓋空牢牢。」

但覺衾裯如潑水，不知庭院已堆鹽。

只覺得蓋在身上的被子好似被水潑過一樣潮

濕，不知道屋外庭院已經堆起了如鹽般的白雪。

【解析】來到密州任官的蘇軾，描寫黃昏到入夜細雨霏霏，躺在床上，絲毫感受不到裹在身上被子的暖意，徹夜難以安眠，渾然不知夜深天寒，戶外的雨已轉為雪，聚積成堆在庭院了。詩中以「鹽」比喻白雪，典出《世說新語．言語》東晉謝安問謝家眾晚輩：「白雪紛紛何所似？」姪兒謝朗回答：「撒鹽空中差可擬。」可用來形容冬寒夜裡雪花飄落的景象。

【出處】北宋．蘇軾〈雪後書北臺壁〉詩二首之一：「黃昏猶作雨纖纖，夜靜無風勢轉嚴。但覺衾裯如潑水，不知庭院已堆鹽。五更曉色來書幌，半夜寒聲落畫簷。試掃北臺看馬耳，未隨埋沒有雙尖。」

春風如醇酒，著物物不知。

春天的和風，有如醇厚的酒，使天地萬物陶醉其中而不自知。

【解析】程俱將春日和煦的暖風，比喻成濃厚醉人的美酒，大地在不知不覺中受到了春風的化育薰陶，所有物類充滿勃勃的生命活力。詩中以「著物物不知」的擬人筆法來讚許春風的功成不居，不曾對外誇耀自己的美好品德。可用來形容春風和暖舒暢，能讓萬物沐浴其中。

【出處】北宋．程俱〈過紅梅閣〉詩：「春風如醇酒，著物物不知。能使死瓦色，化為明豔姿……」（節錄）

風不定，人初靜，明日落紅應滿徑。

風不停地吹，人聲才剛安靜下來。明早起來，應會見到被風吹落的紅花鋪滿了整條小路。

【解析】這三句詞的前面有張先的得意之句「雲破月來花弄影」，暗示著雲動月出、花影婆娑皆是緣於「風」的緣故，只是詞句裡沒有明白點出。其後作者才直指由於風勢持續不止，一夜下來，必然會讓那些入夜還在搖曳生姿的花朵，不堪風的吹襲而從花枝上掉落，明早出門時，迎接他的已非花姿嬌容，而是滿地的殘花。可用來形容晚風不斷，落花飄零。

【出處】北宋．張先〈天仙子．水調數聲持酒聽〉詞：「〈水調〉數聲持酒聽，午醉醒來愁未醒。送春春去幾時回？臨晚鏡，傷流景，往事後期空記省。沙上並禽池上暝，雲破月來花弄影。重重簾幕密遮燈，風不定，人初靜，明日落紅應滿徑。」

風急花飛晝掩門，一簾殘雨滴黃昏。

花被急驟又猛烈的風吹得四處飄飛，即使是白天也只能把門戶緊緊關閉，窗簾外的微雨好像要停止的樣子，卻又一直滴到傍晚都還停不下來。

【解析】趙令時詞中借「風急花飛」和「一簾殘雨」兩語來描寫晚春時節風雨蕭條、落花飄舞的冷清景象，使人不得不掩門以擋住屋外的疾風，在簾內聽著欲止又遲遲不止的細微雨聲。可用來形容風吹花落，暮雨蕭蕭。

【出處】北宋．趙令時〈浣溪沙．風急花飛晝掩門〉詞：「風急花飛晝掩門，一簾殘雨滴黃昏。便無離恨也銷魂。翠被任熏終不暖，玉杯慵舉幾番溫。個般情事與誰論？」

風蒲獵獵[1]弄輕柔，欲立蜻蜓不自由。

輕風吹來，蒲葉柔和來回搖擺，發出獵獵的聲響，想要在蒲葉上停留的蜻蜓，卻怎麼也站不住。

【注釋】1.獵獵：此指風吹葉子的聲音。

【解析】詩僧道潛寫其走在杭州臨平山下的路中，見水邊細長的蒲葉隨風搖曳，像是在賣弄嫵媚舞姿般，欲停立在蒲葉上的蜻蜓，因蒲葉的擺動而站立不穩，姿態顯得不太自在，突顯出一方欲風動不止，另一方欲風止不動的爭戲畫面。可用來形容風吹動草葉，草葉上的昆蟲也隨之搖晃。

【出處】北宋．道潛〈臨平道中〉詩：「風蒲獵獵弄輕柔，欲立蜻蜓不自由。五月臨平山下路，藕花無數滿汀洲。」

浮雲集，
輕雷隱隱初驚蟄。

飄浮的雲集結於空中，雷聲隱隱作響，驚醒了冬眠蟄伏的動物。

【解析】范成大詞中描寫春天的雷聲響起，氣溫回升，原本蟄居的動物，開始出來活動，此稱之「驚蟄」。驚蟄，為古代曆法二十四節氣之一，命名取自雷聲震醒了入冬以來，一直藏伏於土中不飲不食的蟄蟲，時間一般是在每年國曆三月五日或六日。可用來形容烏雲密布，春雷初響，把蟄居動物驚出。

【出處】南宋．范成大〈秦樓月．浮雲集〉詞：「浮雲集，輕雷隱隱初驚蟄。初驚蟄，鵓鳩鳴怒，綠楊風急。玉爐煙重香羅浥，拂牆濃杏燕支濕。燕支濕，花梢缺處，畫樓人立。」

海壓竹枝低復舉，
風吹山角晦還明。

暴雨的氣勢有如翻江倒海，壓得竹枝有時低伏、有時高舉，狂風吹襲山的一角，山色有時晦暗、有時明亮。

【解析】此為陳與義的晚年之作，表面上看似描寫急風驟雨猶如倒山海傾般，草木為之起伏搖擺，天空烏雲著頂，山景顯得忽滅忽明，實際上借被風雨侵襲的草木山林，表達人面對逆境也不願屈服的精神。可用來形容風雨猛烈，草木起起伏伏，山色明暗不定。另可用來比喻在不利的情勢下，仍堅持抵抗，只要有一線生機便永不放棄。

【出處】北宋末、南宋初．陳與義〈觀雨〉詩：「山客龍鍾不解耕，開軒危坐看陰晴。前江後嶺通雲氣，萬壑千林送雨聲。海壓竹枝低復舉，風吹山角晦還明。不嫌屋漏無乾處，正要群龍洗甲兵。」

清風明月無人管，
併作南樓一味涼。

大自然中的清風和明月是屬於每一個人的，現在它們一起到了南僂，傳給人們一股清涼的感受。

【解析】此詩為黃庭堅客居鄂州期間所作，寫其於炎

炎夏日，登上南樓乘涼，倚樓遠望山光水光，俯瞰出水荷花，月光的清輝融入晚風之中一併吹送而來，使人的心頭湧上一陣沁涼。可用來形容明媚月色下伴隨著清冷的微風，涼意襲人。

【出處】北宋．黃庭堅〈鄂州南樓書事〉詩四首之一：「四顧山光接水光，憑闌十里芰荷香。清風明月無人管，併作南樓一味涼。」

黑雲翻墨未遮山，白雨跳珠亂入船。

烏黑的雲濃得像是打翻的墨水，還來不及把整座山給遮住，白色的雨點便急得落進湖面，再濺跳起一顆顆的水珠，亂紛紛地灑入船中。

【解析】這首詩是蘇軾在杭州西湖寫於醉酒的當下，詩中描寫天空濃密如墨的雲層才剛至山的一方，大雨就迅疾地降落水面，白花花的水珠飛濺到船內，傳神摹繪出天氣驟然變化且來勢洶洶的情態。其中「黑雲翻墨」、「白雨跳珠」兩語不僅色彩對比鮮明，比喻更是靈活生動，歷來受到詩家好評。清人王文誥《蘇文忠公詩編註集成》評曰：「隨手拈出，皆得西湖之神，可謂天才。」可用來形容夏季陣雨來得又急又快。

【出處】北宋．蘇軾〈六月二十七日望湖樓醉書五絕〉詩五首之一：「黑雲翻墨未遮山，白雨跳珠亂入船。卷地風來忽吹散，望湖樓下水如天。」

微風萬頃靴文細，斷霞半空魚尾赤。

輕風吹拂廣闊無邊的水面，興起的波紋像靴子上的細碎皺紋，片片晚霞出現在半空中，像是赤紅色的魚尾似的。

【解析】蘇軾寫其遊鎮江金山寺所見的黃昏美景，晚風撩撥遼闊江面，波光粼粼，落日紅霞滿天，江天染成一片火紅色彩。可用來形容和風輕拂，水面泛起漣漪，夕陽霞光豔豔的景色。

【出處】北宋．蘇軾〈遊金山寺〉詩：「……羈愁畏晚尋歸楫，山僧苦留看落日。微風萬頃靴文細，斷霞半空魚尾赤……」（節錄）

雷驚天地龍蛇蟄，雨足郊原草木柔。

雷聲驚動了天地間蟄伏已久的龍蛇，雨水充沛，郊外曠野上的草木翠綠柔美。

【解析】黃庭堅描寫轟天震響的春雷，驚醒了原本蟄伏在土底或洞穴中冬眠的動物，大地獲得了豐沛春雨的潤澤，枝柔葉嫩，草木油亮，呈現出一片欣欣向榮，生機無限。可用來形容春雷和春雨使天地萬物復甦的景象。

【出處】北宋．黃庭堅〈清明〉詩：「佳節清明桃李笑，野田荒壟只生愁。雷驚天地龍蛇蟄，雨足郊原草木柔。人乞祭餘驕妾婦，士甘焚死不公侯。賢愚千載知誰是？滿眼蓬蒿共一丘。」

滿川風雨看潮生。

整條河面上風雨交加，看著潮水不斷高漲。

【解析】蘇舜欽寫其乘舟而行，夜晚把船停放在淮河岸邊，在漫天風雨中，靜靜從孤舟內凝望淮河晚潮升起的情景。可用來形容風雨淒迷，浪潮起伏。另可用來比喻外在環境即使混亂不已，但人心始終保持鎮定平和。

【出處】北宋．蘇舜欽〈淮中晚泊犢頭〉詩：「春陰垂野草青青，時有幽花一樹明。晚泊孤舟古祠下，滿川風雨看潮生。」

數峰清苦，商略[1]黃昏雨。

那一座座的山峰清寂愁苦，正在醞釀著要下一場黃昏雨。

【注釋】1.商略：醞釀。也可作商量、討論。

【解析】心情低落的姜夔，準備從湖州赴蘇州途中，經過吳淞江畔，他遙望遠山，雲霧陰沉，感覺天空將要下雨似的，詞中以擬人的筆法抒發群山全都沉浸在愁悶淒苦的情緒，彷彿已壓抑不住快要潰堤的淚水。可用來形容山峰冷落蕭瑟，天氣陰暗，暮雨將至。

【出處】南宋．姜夔〈點絳脣．燕雁無心〉詞：「燕雁無心，太湖西畔隨雲去。數峰清苦，商略黃昏雨。

第四橋邊，擬共天隨住。今何許？憑闌懷古，殘柳參差舞。」

修竹萬竿松影亂，山風吹作滿窗雲。

上萬竿的長竹伴隨著松樹的影子不斷晃動，山上的涼風吹來，從窗戶看過去，萬竹和松影就好像是飄動的浮雲般。

【解析】元人薩都剌生性喜好山水，詩中寫其路過山間寺廟時，所見夕照蒼苔、蔓徑幽深的薄暮景致，此時窗外的萬竿翠竹和茂密松樹經過山風的披拂，在詩人的眼中，映滿窗前的猶似一幅隨風飄動的雲景圖畫。可用來形容風吹而樹影隨之搖擺的景象。

【出處】元．薩都剌〈道遇贊善庵〉詩：「夕陽欲下少行人，綠遍苔茵路不分。修竹萬竿松影亂，山風吹作滿窗雲。」

人文環境

城鄉

二十四橋[1]明月夜，玉人[2]何處教吹簫？

明月映照揚州佳景二十四橋，俊秀如您今夜在何處教美人吹簫呢？

【注釋】1.二十四橋：一說指唐代揚州城內的二十四座橋。另一說為相傳古時有二十四位美人一起吹簫於橋上而得名。2.玉人：指年輕貌美女子或俊美的男子。此指杜牧的友人韓綽。

【解析】杜牧借傳說中二十四橋曾有美人吹簫的典故來調侃友人韓綽，詢問韓綽是否正與佳人在橋上吹簫作樂、共賞揚州夜景？語氣中帶有對揚州地景的無限眷戀。可用來形容揚州地橋在月夜時的美麗景貌。

【出處】唐．杜牧〈寄揚州韓綽判官〉詩：「青山隱隱水迢迢，秋盡江南草未凋。二十四橋明月夜，玉人何處教吹簫？」

人人盡說江南好，遊人只合江南老。

每個人都說江南的風景美好，來江南遊玩的人都說應該在江南住到終老。

【解析】此詞為韋莊在江南躲避戰亂時所寫的作品，描述其客居地江南的風景秀美，值得人們在此頤養天年。可用來形容江南風光明麗，景物令人依戀，適宜人們久居。

【出處】唐．韋莊〈菩薩蠻．人人盡說江南好〉詞：「人人盡說江南好，遊人只合江南老。春水碧於天，畫船聽雨眠……」（節錄）

人生只合揚州死，禪智山光[1]好墓田。

人生只適合老死在揚州，禪智山的景色正是人百年後最好的墓地。

【注釋】1.禪智山光：指揚州禪智山的景色。禪智山因有禪智寺而得名。

【解析】張祜為表達他對揚州這座城市的鍾愛，直指人不僅活著的時候要在揚州終老，縱使生命結束也得安葬在揚州。可用來稱讚揚州宜人的山水風光，是人們居住與入土為安的最佳所在。

【出處】唐．張祜〈縱遊淮南〉詩：「十里長街市井連，月明橋上看神仙。人生只合揚州死，禪智山光好墓田。」

天下三分明月夜，二分無賴[1]是揚州。

若把天下明月的光華等量分割成三等分的話，嬌媚可愛的揚州肯定就占了其中的兩等分了！

【注釋】1.無賴：此作親暱可愛之意。

【解析】徐凝這首詩明寫懷念揚州明月之美，實是要表達其所愛的女子人在揚州，兩人因分隔兩地，不得相見，揚州也成了他魂牽夢繫的牽掛之地。可用來形容揚州月夜美景，天下絕倫。

【出處】唐．徐凝〈憶揚州〉詩：「蕭娘臉薄難勝淚，桃葉眉尖易覺愁。天下三分明月夜，二分無賴是揚州。」

初因避地去人間，及至成仙遂不還。

當初是為了躲避戰亂而離開塵俗世間，來到這塊神仙境地後便不想再回去了。

【解析】此乃王維取材自東晉陶淵明〈桃花源記〉而作成的詩。詩中敘述桃源村落的人民因避亂世，卻意外來到這處宛如仙境的人間淨土，從此世代定居於此，與外在世界完全隔絕，這也正是王維勾勒其心目中嚮往的理想居住所在。可用來比喻某一處適合人們避世隱居、與世無爭的美好樂土。

【出處】唐．王維〈桃源行〉詩：「……初因避地去人間，及至成仙遂不還。峽裡誰知有人事？世中遙望空雲山……」（節錄）

姑蘇城外寒山寺[1]，夜半鐘聲到客船。

半夜時分，姑蘇城外寒山寺的敲鐘聲，傳到了我客居在外所乘坐的船上。

【注釋】1.寒山寺：位在今江蘇蘇州市境內，初建於南朝梁時，後因唐代詩僧寒山曾住於此而得名。

【解析】舟船夜泊於寒山寺附近楓橋的旅人張繼，藉由夜裡忽然傳來寺廟悠遠的鐘響，更襯托出原本夜的靜謐氣氛。清人沈德潛《唐詩別裁集》評曰：「塵市喧闐之處，只聞鐘聲，荒涼寥寂可知。」可用來形容寒山寺半夜的鐘聲，驚醒了正沉浸於愁思的旅人，也突顯了深夜的寧靜。

【出處】唐．張繼〈楓橋夜泊〉詩：「月落烏啼霜滿天，江楓漁火對愁眠。姑蘇城外寒山寺，夜半鐘聲到客船。」

洛陽城裡春光好，洛陽才子[1]他鄉老。

此時的洛陽城裡正春光明媚，而我這個洛陽才子卻流落他鄉，隨著時間逐漸衰老。

【注釋】1.洛陽才子：此為韋莊的自稱，因其成名作〈秦婦吟〉便是在洛陽寫成的，還贏得了「秦婦吟秀才」之美譽，故對洛陽有著深厚的情感。

【解析】身在江南的韋莊，縱使眼前風景秀麗如畫，他仍心繫昔往在洛陽時的春日美景，此時的他欲歸不得，只能空嘆自己滿腹才學與年華終將在異鄉虛耗老去。可用來形容洛陽春色優美，住過的人即使日後到了外地仍會對洛陽懷念不已。另可用來形容自恃才華出色的人在他鄉落拓失意，感傷歲月流逝卻一無所成。

【出處】唐・韋莊〈菩薩蠻・洛陽城裡春光好〉詞：「洛陽城裡春光好，洛陽才子他鄉老。柳暗魏王堤，此時心轉迷。桃花春水淥，水上鴛鴦浴。凝恨對殘暉，憶君君不知。」

香稻啄餘鸚鵡粒，碧梧棲老鳳凰枝。

地上到處都是鸚鵡啄食後剩餘的米粒，鳳凰經常棲息在梧桐樹的枝頭。

【解析】此為杜甫追憶其年少遊歷京城長安附近一帶時，曾經見證過那段百姓生活富裕繁華的榮景，其中「香稻」和「碧梧」正是喻指當地的食物豐盛和景物美好。可用來形容某個地方的物產富庶，風物華美。

【出處】唐・杜甫〈秋興〉詩八首之八：「昆吾御宿自逶迤，紫閣峰陰入渼陂。香稻啄餘鸚鵡粒，碧梧棲老鳳凰枝。佳人拾翠春相問，仙侶同舟晚更移。綵筆昔曾干氣象，白頭吟望苦低垂。」

國破山河在，城春草木深。

國家遭到戰火破壞，但山河依舊存在，春天的長安城內草木長得茂盛濃密。

【解析】杜甫描寫安史之亂時，京城長安遭叛軍攻陷後的破敗蕭條，其以「山河在」表明除與大自然長存的山河之外，完全不見任何富有生氣的春景，以「草木深」表明理應是人群聚集的繁華京都，此時除荒草雜生之外，滿城竟然杳無人煙。可用來形容戰亂後城市殘破、人煙稀少以及草木叢生的荒蕪景象。

【出處】唐·杜甫〈春望〉詩：「國破山河在，城春草木深。感時花濺淚，恨別鳥驚心……」（節錄）

九陌六街平，萬物充盈。

京城中的各條大路和街道平坦，物資豐盛充沛。

【解析】裴湘描寫北宋仁宗時期京都汴京物阜民豐的盛世榮景，走在平直寬廣的街道上，供應民生所需的各項物品一應俱全，讓詞人忍不住作詩讚美汴京不僅是全國政治和經濟的中心、交通的樞紐，更是舉世仰望的繁華都會。可用來形容某一城市的交通便利，萬物齊備。

【出處】北宋·裴湘〈浪淘沙·萬國仰神京〉詞：「萬國仰神京，禮樂縱橫。蔥蔥佳氣鎖龍城。日禦明堂天子聖，朝會簪纓。九陌六街平，萬物充盈。青樓絃管酒如澠。別有隋堤煙柳暮，千古含情。」

二十四橋仍在，波心蕩、冷月無聲。

揚州名勝二十四橋仍然存在，但已不復往日風光，只見水中的波光蕩漾，清冷的月光下，四周悄然無聲。

【解析】年輕時的姜夔，人生第一次踏上唐代詩人杜牧筆下「春風十里」的繁華揚州城，出現眼前的卻是被戰火蹂躪過的斷井頹垣，景色荒涼蕭條，宛如廢墟空城，唯一和以往相同的景象，只有明月靜靜映照揚州二十四橋下的搖曳水波而已。可用來形容某一城市月光水色如昔，但風華無存，景色蕭索。

【出處】南宋·姜夔〈揚州慢·淮左名都〉詞：「……杜郎俊賞，算而今、重到須驚。縱豆蔻詞工，青樓夢好，難賦深情。二十四橋仍在，波心蕩、冷月無聲。念橋邊紅藥，年年知為誰生？」（節錄）

山外青山樓外樓，西湖歌舞幾時休？

青山之外還有青山，樓閣之外還有樓閣，西湖旁的輕歌曼舞何時才會休止？

【解析】林升抒寫宋朝國都從開封移至杭州之後，那些達官顯貴們不分晝夜的在杭州名勝西湖附近歌舞作樂，詩人抓住了西湖周遭青山綠水重疊圍繞、華美樓臺鱗次櫛比的環境特徵，整座城都就像是瀰漫著一股富貴風流的太平氣象，表達其對上位者以及多數人們，儼然已忘記了失去北方國土的恥辱，整天縱情聲色，醉生夢死，只求苟且偏安的焦慮心情。可用來形容一座城市的青山高樓連接不斷，城內洋溢著歌舞昇平的熱鬧景象。

【出處】南宋．林升〈題臨安邸〉詩：「山外青山樓外樓，西湖歌舞幾時休？暖風薰得遊人醉，直把杭州作汴州。」

山河風景元無異，城郭人民半已非。

山川風光和以往相比並沒有什麼差別，但城池殘破不堪，一大半的人民向外逃亡，整個風貌和過去已大不相同。

【解析】此為文天祥於廣州兵敗後，被押赴元朝大都前，路過金陵時所寫的一首詩，內容描寫金陵城歷經戰亂後，山河依舊，但街市遭到毀壞，人煙稀少，表現出整座城市前後景象的巨大反差，也突顯了戰爭對無辜生靈的荼毒傷害。可用來形容城市經過戰事或重大災難後，荒涼衰敗，面目全非。

【出處】南宋．文天祥〈金陵驛〉詩二首之一：「草合離宮轉夕暉，孤雲飄泊復何依？山河風景元無異，城郭人民半已非。滿地蘆花和我老，舊家燕子傍誰飛？從今別卻江南日，化作啼鵑帶血歸。」

我本無家更安往，故鄉無此好湖山。

我本來就沒有家，又能到哪兒去呢？何況就算是在自己的家鄉，也不可能有像杭州西湖這樣優美的山水景色。

【解析】此詩是蘇軾在杭州擔任通判期間遊西湖時所寫。詩中「我本無家」一說，是指出仕之後，朝廷調派自己到哪裡，便得攜家前往就任，除了先前母親和父親過世曾返家奔喪之外，其餘時間均在外地，故有家也是歸不得，一如無家。然而，眼前西湖奇麗的山光湖色，讓長時間漂泊四方的蘇軾心境逆轉，想著即使是家鄉眉州也沒有如此美好的山林湖海，一方面以此聊慰自己，一方面也是對杭州西湖勝景的絕佳認證。可用來讚美杭州西湖或外地山水勝過自己的家鄉。

【出處】北宋．蘇軾〈六月二十七日望湖樓醉書五絕〉詩五首之五：「未成小隱聊中隱，可得長閑勝暫閑。我本無家更安往？故鄉無此好湖山。」

兩岸荔枝紅，萬家煙雨中。

江水兩岸的荔枝鮮紅可人，萬戶人家都籠罩在茫茫煙雨中。

【解析】曾在嶺南一帶擔任官職的李師中，寫其卸官離去時，情人在江岸為其送別的情景。嶺南，一般泛指五嶺以南的地區，大致包括今廣東、廣西壯族自治區，以及湖南、江西等部分地區。詞人登船之後，船隻在江上從容行進著，他望著兩岸綴滿枝頭的紅色荔枝，已經成熟可食，看起來嬌豔欲滴，岸上的萬戶人家，彷彿都被鎖在煙霧細雨當中。其中「荔枝」和「煙雨」皆為嶺南地區的特色景物。可用來形容嶺南一帶的水岸風光，如荔枝嫣紅、雨景濛濛。

【出處】北宋．李師中〈菩薩蠻．子規啼破城樓月〉詞：「子規啼破城樓月，畫船曉載笙歌發。兩岸荔枝紅，萬家煙雨中。佳人相對泣，淚下羅衣濕。從此信音稀，嶺南無雁飛。」

長江繞郭知魚美，好竹連山覺筍香。

看見黃州城被長江環繞，就知道這裡的魚肉肥美，滿山都是竹林，就知道這裡的筍子可口。

【解析】蘇軾詩中寫其初到貶地黃州時，一見到「長江繞郭」、「好竹連山」的山水景色，便可推知黃州的魚美筍香，想像著自己日後在此肯定口福不淺，也為貶謫生活的開始，找到了陶然自得的樂趣。可用來形容黃州或其他有山有水的地方，物產豐饒，食物美味。

【出處】北宋．蘇軾〈初到黃州〉詩：「自笑平生為口忙，老來事業轉荒唐。長江繞郭知魚美，好竹連山覺筍香。逐客不妨員外置，詩人例作水曹郎。只慚無補絲毫事，尚費官家壓酒囊。」

雨恨雲愁，江南依舊稱佳麗。

雲帶來了雨，也帶來了愁與恨，然而江南的景物，仍舊稱得上是秀麗的。

【解析】心事重重的王禹偁來到多雨的江南，對著淅瀝細雨和低厚雲層，原本苦悶的情緒更加沉重，即便如此，仍無損於江南風光在他心目中的美好印象。可用來形容江南水鄉的雨中美景。

【出處】北宋．王禹偁〈點絳脣．雨恨雲愁〉詞：「雨恨雲愁，江南依舊稱佳麗。水村漁市，一縷孤煙細。天際征鴻，遙認行如綴。平生事，此時凝睇，誰會憑闌意？」

雲裡寒溪竹裡橋，野人居處絕塵囂。

雲層深處有一條冰寒的溪流，竹林叢裡有一座小橋，村野人家就是住在這個隔絕塵世喧囂的地方。

【解析】王禹偁題寫這一首詩在張姓隱士坐落於白雲山水間的住處，表面上是說對方不喜世俗煩囂，因而選擇隱居山林溪邊，實是借四周環境清幽靜謐的描寫，襯托出張姓隱士人品的高潔脫俗。可用來形容住在雲山繚繞，人煙稀少的地方。

【出處】北宋．王禹偁〈題張處士溪居〉詩：「雲裡寒溪竹裡橋，野人居處絕塵囂。病來芳草生漁艇，睡起殘花落酒瓢。閑把道書尋晚逕，靜攜茶鼎洗春潮。長洲懶吏頻過此，為愛盤飧有藥苗。」

煙柳畫橋，風簾翠幕，參差十萬人家。

如煙的楊柳，彩繪的河橋，家家戶戶懸掛的擋風的簾子和翠綠的帷幕，房屋高低錯落，約莫住有十萬戶的人家。

【解析】柳永詞中勾畫杭州市井的風景如畫，住宅雅致，人煙聚集，突顯這座城市的經濟發達，百姓生活富足的鼎盛氣象。可用來形容杭州或某一都會的景色優美，居民富庶的風貌。

【出處】北宋．柳永〈望海潮．東南形勝〉詞：「東南形勝，三吳都會，錢塘自古繁華。煙柳畫橋，風簾翠幕，參差十萬人家。雲樹繞堤沙，怒濤卷霜雪，天塹無涯。市列珠璣，戶盈羅綺，競豪奢……」（節錄）

嘆江山如故，千村寥落。

悲嘆河山景色一如往昔，但無數村莊已經荒蕪。

【解析】此為岳飛駐軍鄂州期間，登上著名的黃鶴樓，遙望北方失地之作，詞中他感嘆大宋的壯麗山河，經過金兵入侵之後，雖然風景不殊，但舉目一片荒涼，顯然正是受到戰爭的無情波及所致。可用來形容風光依舊，但土地荒廢，人煙杳然，呈現蕭條破敗的景象。

【出處】北宋末、南宋初．岳飛〈滿江紅．遙望中原〉詞：「……兵安在？膏鋒鍔。民安在？填溝壑。嘆江山如故，千村寥落。何日請纓提銳旅？一鞭直渡清河洛。卻歸來、再續漢陽遊，騎黃鶴。」（節錄）

上有天堂，下有蘇杭。

天上有天堂，人間有蘇州和杭州。

【解析】元代曲家奧敦周卿將這兩句俗諺寫入曲作之中，內容主在歌詠杭州西湖的煙水浩渺、百花芳香的秀麗風光，以及遊船絡繹、笙歌鼎沸的繁鬧景象。事實上，歷來文人對於蘇州、杭州這兩個都會的著墨也不少，讓人無不心馳神往。可用來比喻江南蘇州、杭州兩地的風景美好，民生富足，可與傳說中的天堂相媲美。

【出處】元．奧敦周卿〈蟾宮曲．西湖煙水茫茫〉曲：「西湖煙水茫茫，百頃風潭，十里荷香。宜雨宜晴，宜西施淡抹濃妝。尾尾相銜畫舫，盡歡聲無日不笙簧。春暖花香，歲稔時康。真乃上有天堂，下有蘇杭。」

荒村雨露宜眠早，野店風霜要起遲。

偏僻的村落晚上的雨露較多，應當要早點睡覺，荒郊的客棧凌晨的風霜也不少，要記得晚點起床，以免感染風寒。

【解析】這兩句出自元代雜劇家王實甫《西廂記》中女主人公崔鶯鶯的一段唱詞，為其在長亭對即將赴京應試的心上人張生的臨別叮囑。其中「荒村」和「野店」點出了張生此行途中，將會經過人跡稀少的荒僻郊野，崔鶯鶯擔心張生晚睡早起，原本虛弱的身體根本經不起「雨露」、「風霜」的侵襲，故一再提醒張生一定要注意自己的生活作息。可用來形容地處偏遠鄉野，生活機能相當不便利。

【出處】元・王實甫《西廂記・第四本・第三折》之〈耍孩兒・五煞〉曲：「到京師服水土，趁程途節飲食，順時自保揣身體。荒村雨露宜眠早，野店風霜要起遲。鞍馬秋風裡，最難調護，最要扶持。」

■園林建築■

如跂[1]斯翼[2]，如矢斯棘[3]。如鳥斯革[4]，如翬[5]斯飛。

這間房屋的氣勢莊嚴，有如人端正恭敬站立的樣子，四個角落如似急速射出的箭一樣直而正，屋簷的形狀像是鳥張開翅膀，又像是五彩山雞展翅翻飛般。

【注釋】1.跂：音ㄑㄧˋ，踮起腳跟。2.翼：指人兩手附身，如鳥翼附體。可引申為恭敬之狀。3.棘：急速。因箭急則直，箭緩則曲，此比喻房屋四隅稜角又直又正。4.革：鳥張翼之狀。此比喻尾端翹起有如鳥翼展開的屋簷。5.翬：五彩花紋的雞。

【解析】這是一首恭賀貴族新居落成的詩，作者藉由描寫房屋的外觀挺拔雄偉、氣勢宏大，四隅稜角如箭廉正分明，以及如斑斕鳥雉展翼的瑰麗飛簷等讚美的話語，表達其對新屋主人的祝福。可用來形容房屋的規模宏偉，美輪美奐。

【出處】先秦・《詩經・小雅・斯干》：「……如跂

斯翼，如矢斯棘。如鳥斯革，如翬斯飛。君子攸躋……」（節錄）

交疏[1]結綺窗，阿閣[2]三重階。

高樓交錯的窗格上鏤刻有華麗的細花紋，四面都有簷廊的樓閣，建築在三層平臺階梯的上方。

【注釋】 1.交疏：窗上交錯雕刻的花格子。2.阿閣：四面有柱子的樓閣。

【解析】 作者在詩中描寫矗立在西北方的高樓，傳來一女子撫琴歌唱的聲音，其循著清婉悲涼的樂聲走過去，發現這座樓閣的構造玲瓏精緻，製作華美考究，想要走進這座樓閣，得沿著一層比一層高的平臺走上去，可見樓閣之宏偉壯觀。可用來形容建築物堂皇富麗，巍峨高峻。

【出處】 東漢．佚名〈古詩十九首〉詩十九首之五：「西北有高樓，上與浮雲齊。交疏結綺窗，阿閣三重階……」（節錄）

戶庭無塵雜，虛室有餘閑。

屋子的庭院沒有任何塵埃雜物，在靜寂的居室裡過得閑暇安適。

【解析】 陶淵明描寫其離開自己所深惡痛絕的官場後，瞬間煩惱盡拋，從此擺脫那些無謂的應酬交際，可以在清靜的居家環境中安閑度日，不用再受外在瑣碎事物的干擾，隨心所欲。可用來形容門庭乾淨，屋室空闊安靜。

【出處】 東晉．陶淵明〈歸園田居〉詩五首之一：「……戶庭無塵雜，虛室有餘閑。久在樊籠裡，復得返自然。」（節錄）

四戶八窗明，玲瓏[1]逼上清[2]。

屋內四面八方都有窗戶，光線明亮充足，直逼神仙居住的環境。

【注釋】 1.玲瓏：明亮的樣子。2.上清：仙境。

【解析】盧綸描寫彭祖樓的環境因四面八方都有窗戶，所以室內光線顯得相當通明透亮，宛如置身在仙境般。由於詩句提及屋子的八個面向都能透光，也稱作「八面玲瓏」，此語後來演變成形容人的手段巧妙圓滑，應付世情面面俱到。可用來形容房屋透光明亮。另可用來比喻待人處世圓融周到。

【出處】唐．盧綸〈賦得彭祖樓送楊宗德歸徐州幕〉詩：「四戶八窗明，玲瓏逼上清。外欄黃鵠下，中柱紫芝生。每帶雲霞色，時聞簫管聲。望君兼有月，幢蓋儼層城。」

南朝四百八十寺，多少樓臺煙雨中。

南朝宋、齊、梁、陳四朝在江南一帶修建了四百八十座以上的寺廟，這麼多寺廟的樓臺全都籠罩在迷濛細雨當中。

【解析】杜牧詩中除描繪江南春色的明媚多彩之外，也道出了建都在南京的南朝，當時遺留下來眾多的佛寺在煙雨中若隱若現著，此情此景，更增添朝代更迭興亡的歷史滄桑感。可用來形容江南寺廟林立，被濛濛細雨所包圍時，呈現一片朦朧不清的迷離景致。

【出處】唐．杜牧〈江南春絕句〉詩：「千里鶯啼綠映紅，水村山郭酒旗風。南朝四百八十寺，多少樓臺煙雨中。」

宮女如花滿春殿，只今惟有鷓鴣飛。

當初豔美如花的越國宮女，讓整座宮殿籠罩在明媚的春光裡，如今卻只有鷓鴣在這裡飛來飛去。

【解析】此詩為李白遊覽越州時有感而發之作，詩中描述春秋越國滅了吳國後，戰士凱旋歸來，在宮中舉行慶祝宴會的熱鬧場景，如今昔時的繁華早已不在，只剩下鷓鴣在此地飛翔，今昔對比，興起世事盛衰無常的慨嘆。可用來形容宮殿古蹟的頹敗荒涼。另可用來表達昔盛今衰，人非物換的感慨。

【出處】唐．李白〈越中覽古〉詩：「越王句踐破吳歸，義士還鄉盡錦衣。宮女如花滿春殿，只今惟有鷓鴣飛。」

畫棟朝飛南浦[1]雲，珠簾暮捲西山[2]雨。

早晨，有彩繪裝飾的梁柱飛上了南浦的雲，傍晚，有貫串了珍珠的簾子捲入了西山的雨。

【注釋】1.南浦：地名，位在今江西南昌市境內。另可意指南邊的水岸，後多泛指送別之地。2.西山：此指位在今江西南昌市境內的一座名山。

【解析】王勃詩中描述唐高祖之子滕王李元嬰，一手打造了這座雕梁畫棟、珠簾捲雲的滕王閣，然而經過物換星移，曾在此地笙歌鼎沸的帝子早已離去，華麗的畫棟珠簾再也無人欣賞，唯有南浦的雲和西山的雨為伴。可用來形容建築物的裝飾豪華精美。

【出處】唐．王勃〈滕王閣詩〉詩：「滕王高閣臨江渚，佩玉鳴鸞罷歌舞。畫棟朝飛南浦雲，珠簾暮捲西山雨……」（節錄）

月橋花院，瑣窗朱戶。

住在月下橋邊種滿百花的庭院，房屋有著精美雕花紋路的窗格和朱紅色的大門。

【解析】賀鑄書寫其對一位天仙美人心馳神往，始終無法忘情過去目送其離去的芳塵蹤影，但又不知女子如今確切之所在，為此十分懊惱，只好想像著佳人的周遭環境應該有小橋流水、妍麗花園和綺窗朱門等，這樣才襯托得出她的優雅氣質。可用來形容居室華美富麗。

【出處】北宋．賀鑄〈青玉案．凌波不過橫塘路〉詞：「凌波不過橫塘路，但目送、芳塵去。錦瑟華年誰與度？月橋花院，瑣窗朱戶，只有春知處。飛雲冉冉蘅皋暮，彩筆新題斷腸句。試問閑愁都幾許？一川煙草，滿城風絮，梅子黃時雨。」

茅簷長掃靜[1]無苔，花木成畦[2]手自栽。

茅屋的簷下經常打掃，所以潔淨到沒有長出任何青苔，園圃裡的花木都是屋主親手栽種的。

【注釋】1.靜：此指環境安靜又潔淨。2.畦，音

ㄒ一，指一塊塊劃分整齊的長方形田地。

【解析】詩題中的「湖陰先生」，指的是王安石住在江寧時的鄰友楊德逢。江南氣候潮濕多雨，楊德逢卻可以把家中庭院打掃到連青苔都無影無蹤，可見平日有多麼勤於整理，甚至栽植在花圃內的各類花木也全不假他人之手。王安石詩中意在大力讚許楊德逢的居住環境雅靜絕塵，正如其高尚脫俗的人品，勤勞樸實的性情。可用來形容房舍庭園清幽整潔，花木整齊，生長茂盛。

【出處】北宋・王安石〈書湖陰先生壁〉詩二首之一：「茅簷長掃靜無苔，花木成畦手自栽。一水護田將綠繞，兩山排闥送青來。」

庭院深深深幾許？楊柳堆煙，簾幕無重數。

庭院幽深，究竟深到怎樣的深度？眾多的楊柳瀰漫在煙霧之中，像是籠罩了層層數不清的簾幕。

【解析】歐陽脩描寫一名女子住在重重楊柳、如煙似霧的幽深庭院裡，由於等不到整日流連妓院的心上人返家，精神上的苦悶與壓抑，宛如她所居住的這座深邃又封閉的環境，濃密深沉，一層又一層牢牢囚禁她的寂寞身心。可用來形容庭園院落深長寧謐，樹木叢叢，彷彿與世隔絕。

【出處】北宋・歐陽脩〈蝶戀花・庭院深深深幾許〉詞：「庭院深深深幾許？楊柳堆煙，簾幕無重數。玉勒雕鞍遊冶處，樓高不見章臺路。雨橫風狂三月暮，門掩黃昏，無計留春住。淚眼問花花不語，亂紅飛過秋千去。」

鳳閣龍樓[1]連霄漢，玉樹瓊枝作煙蘿，幾曾識干戈？

雕刻龍鳳的華美宮殿，連接天際，宮苑名貴的樹木生長茂盛，好像煙霧藤蘿纏繞般，哪裡知道戰爭是怎麼回事呢？

【注釋】1.鳳閣龍樓：多指帝王所居的地方。

【解析】李煜描寫建國近四十年的南唐，都城內華麗的宮闕聳入雲霄，廣闊的園林花樹繁茂，暗喻南唐君臣上下長期耽溺在安逸享樂的生活，最後遭到北宋大

軍入侵而覆亡也是咎由自取，徒留悔很。可用來形容建築雄偉，庭園珍奇異木圍繞的景象。

【出處】五代．李煜〈破陣子．四十年來家國〉詞：「四十年來家國，三千里地山河。鳳閣龍樓連霄漢，玉樹瓊枝作煙蘿，幾曾識干戈？一旦歸為臣虜，沈腰潘鬢銷磨。最是倉皇辭廟日，教坊猶奏別離歌，垂淚對宮娥。」

層樓高峙，看檻曲縈紅，簷牙[1]飛翠。

樓閣層層疊疊，高直聳立，見那紅色的闌干彎曲縈繞，翠綠的簷牙在屋角翹起，如鳥張翅飛展。

【注釋】1.簷牙：屋簷邊際翹出猶如象牙狀的部分。

【解析】此詞為姜夔參加武昌黃鶴山上安遠樓落成慶典時所寫，這座新樓取名「安遠」寓有安定邊境之意，當時的武昌是南宋抵抗金人的邊塞要地，但因雙方簽訂和議，停止交戰對峙，所以詞人在慶祝安遠樓完工的宴會上，除了看見軍民載歌載舞、飲酒作樂之外，從樓閣的設計層疊高聳，雕工華麗細緻，也可看出南宋朝廷當時只圖眼前安逸，以致邊境歌舞昇平，建築富麗堂皇，呈現一片安平和樂的景況。可用來形容高樓壯麗雄偉，工藝精巧絕倫。

【出處】南宋．姜夔〈翠樓吟．月冷龍沙〉詞：「月冷龍沙，塵清虎落，今年漢酺初賜。新翻胡部曲，聽氈幕、元戎歌吹。層樓高峙，看檻曲縈紅，簷牙飛翠。人姝麗，粉香吹下，夜寒風細……」（節錄）

斷牆著雨蝸成字，老屋無僧燕作家。

春雨淋濕了破敗的牆壁上，有著蝸牛爬行後留下如屈曲文字的黏液痕跡，老舊的房屋裡沒有僧人，燕子把它築巢當成自己的家。

【解析】陳師道詩中以「斷牆」、「老屋」來表明居所的破舊敗壞，春雨過後，蝸牛恣肆無忌地隨意爬行，燕子也大方在他的住屋梁上築起巢穴。其以「老屋無僧」道出了屋子久無人居，而自己則是浪跡不定，就像是經年雲遊在外的和尚。可用來形容房屋年久陳舊，殘敗荒涼，景象蕭條。

【出處】北宋．陳師道〈春懷示鄰里〉詩：「斷牆著雨蝸成字，老屋無僧燕作家。剩欲出門追語笑，卻嫌歸鬢著塵沙。風翻蛛網開三面，雷動蜂窠趁兩衙。屢失南鄰春事約，只今容有未開花。」

【交通】

迴谿縈曲阻，峻阪路威夷[1]。

溪流回旋縈曲，阻隔重重，山路峻峭傾斜，蜿蜒綿延。

【注釋】1.威夷：通「逶迤」、「委蛇」，形容盤折迂遠的樣子。

【解析】西晉人潘岳與當時眾多名流才俊，被石崇邀請至其於洛陽郊外金谷水畔所建的「金谷園」作客，相傳這座庭園極其華麗奢靡，石崇經常在此宴請賓客，以彰顯自己富甲天下的實力。潘岳詩中寫其於傍晚抵達金谷水湄，只見這裡山明水秀，芳樹茂林，有潺緩溪水迴旋環繞，也有坡路陡斜彎曲，迂迴遼遠。飲宴尚未正式開始，就讓詩人對金谷園的四周環境留下深刻的印象。可用來形容水流迂曲旋繞，高坡盤蛇延伸，充滿崎嶇險阻。

【出處】西晉．潘岳〈金谷集作詩〉詩：「……朝發晉京陽，夕次金谷湄。迴谿縈曲阻，峻阪路威夷。綠池泛淡淡，青柳何依依。濫泉龍鱗瀾，激波連珠揮。前庭樹沙棠，後園植烏椑……」（節錄）

荒路曖交通，雞犬互鳴吠。

對外的道路早已被草木給掩蔽，只聽見村裡雞鳴狗吠的相互叫聲。

【解析】這首〈桃花源〉詩是陶淵明的晚年之作，詩中敘述一名武陵漁人沿溪捕魚時，遇到桃花林，其循著桃花林而上，意外發現了一處與外界隔絕的村落，這裡的村民淳樸，生活安樂，藉此抒發詩人心目中的理想社會。可用來形容道路阻隔，偏僻荒涼。

【出處】東晉．陶淵明〈桃花源〉詩：「……相命肆農耕，日入從所憩。桑竹垂餘蔭，菽稷隨時藝。春蠶

收長絲，秋熟靡王稅。荒路曖交通，雞犬互鳴吠。俎豆猶古法，衣裳無新製。童孺縱行歌，斑白歡游詣……」（節錄）

山從人面起，雲傍馬頭生。

山好像是貼著人的臉升起，雲好像是靠著馬的頭湧出。

【解析】友人準備入蜀，李白為其餞行，他叮囑友人蜀地道路險惡，不僅沿途山崖陡峭，棧道狹窄，山壁彷彿迎著人面壓來，且因山勢高峻，雲霧圍繞，騎馬前進時就像是騰雲駕霧般。可用來形容山路崎嶇險阻，不易通行。

【出處】唐．李白〈送友人入蜀〉詩：「見說蠶叢路，崎嶇不易行。山從人面起，雲傍馬頭生。芳樹籠秦棧，春流遶蜀城。升沉應已定，不必問君平。」

兩岸猿聲啼不住，輕舟已過萬重山。

兩岸的猿猴不停地叫著，小船已經越過了萬重青山了。

【解析】此詩詩題〈早發白帝城〉。白帝城，位在今重慶市奉節縣東部的長江北岸。詩中「啼不住」一說作「啼不盡」。此詩為李白在流放夜郎途中忽聞獲釋後所寫，描述他從白帝城搭船順流直下江陵，路程雖遙但船快如飛，聽著兩岸陣陣猿嘯聲，不知不覺間，小船已經穿過無數座的山了，而由船行疾速，也可看出李白急於返家的暢快心情。可用來形容舟船在江水中輕快疾行的情景。

【出處】唐．李白〈早發白帝城〉詩：「朝辭白帝彩雲間，千里江陵一日還。兩岸猿聲啼不住，輕舟已過萬重山。」

蜀道之難難於上青天。

通往巴蜀的山路非常難走，甚至比上青天都還要困難。

【解析】此詩為李白初抵長安時所作，詩中主在描寫蜀道的奇絕凶險，崎嶇難行，藉此透露出他對未來前途的關切與憂慮。可用來形容四川或其他地方的道路險阻，極難行走。另可用來比喻事情難以達成或人生道路坎坷多險。

【出處】唐．李白〈蜀道難〉詩：「……蜀道之難難於上青天，使人聽此凋朱顏。連峰去天不盈尺，枯松倒挂倚絕壁……」（節錄）

一闋聲長聽不盡，輕舟短楫去如飛。

一首歌曲還未終了，聲音還在耳邊回響，船夫已經打起船槳，划著小船，像飛行般的迅速離去。

【解析】歐陽脩寫其搭乘的船隻夜晚停靠岳陽時，聽見江上小舟有人正在吟唱詞曲，當他還沉浸在歌者悅耳的餘音，突見傳來歌聲的小舟疾去如飛，頓時就消失在蒼茫的江水上。可用來形容原本歌聲繚繞的小船，一轉眼便以飛快的速度疾駛而去。

【出處】北宋．歐陽脩〈晚泊岳陽〉詩：「臥聞岳陽城裡鐘，繫舟岳陽城下樹。正見空江明月來，雲水蒼茫失江路。夜深江月弄清輝，水上人歌月下歸。一闋聲長聽不盡，輕舟短楫去如飛。」

有如兔走鷹隼落，駿馬下注千丈坡。斷絃離柱箭脫手，飛電過隙珠翻荷。

（舟在百步洪中行駛）有如兔子逃竄疾走，老鷹從空中疾速落下，駿馬從千丈高坡奔馳而下。又像是琴絃猝然斷裂離開琴柱，弓弦上的箭脫手飛出，電光從空隙中閃過，荷葉上的露珠翻滾一樣。

【解析】蘇軾描寫其乘一葉輕舟遊徐州百步洪時，舟從長洪中陡然瀉落，水勢湍猛奔騰的驚險情狀，詩中連續用了兔子、鷹隼、駿馬、斷絃、飛箭、電光、水珠等七個喻體來表現舟行飛速，以及洪水傾瀉之勢，博得歷來詩家好評。清人趙翼《甌北詩話》寫道：「形容水流迅駛，連用七喻，實古所未有。」可用來形容船隻在湍急的水流中飛速落下的樣子。

【出處】北宋．蘇軾〈百步洪〉詩二首之一：「長洪斗落生跳波，輕舟南下如投梭。水師絕叫鳧雁起，亂石一線爭磋磨。有如兔走鷹隼落，駿馬下注千丈坡。斷絃離柱箭脫手，飛電過隙珠翻荷。四山眩轉風掠

耳，但見流沫生千渦。險中得樂雖一快，何異水伯誇秋河……」（節錄）

車如流水馬如龍。

車輛絡繹不絕，如同水川流不息般，駿馬馳騁如同遊龍一樣矯健。

【解析】南唐亡國後，成為北宋階下囚的李煜，描寫其在夢裡回到故國舊時宮苑，映入眼前的是當年自己率隊遊園時的空前盛況，沿途車馬駢溢，熱鬧非凡，詞人藉夢中重溫昔日的歡娛，來反襯真實人生的淒涼。可用來形容路上的車馬眾多。

【出處】五代．李煜〈望江南．多少恨〉詞：「多少恨，昨夜夢魂中。還似舊時遊上苑，車如流水馬如龍。花月正春風。」

往日崎嶇還記否？路長人困蹇驢嘶。

你還記得昔日那段一同走過的艱險道路嗎？由於路途漫長，人早已疲累不堪，我們仍然騎著那跛足又不斷嘶叫的驢子繼續前行。

【解析】蘇軾詩中回想起過去他和弟弟蘇轍一同入京赴考的途中，經過澠池西邊崎嶇險峻的崤山，原本騎的馬在路上死去，兄弟兩人只好改換羸弱的驢子代步，小心翼翼地跋履過那段迢遠險途。可用來形容山路險阻難行又遙遠。

【出處】北宋．蘇軾〈和子由澠池懷舊〉詩：「人生到處知何似？應似飛鴻踏雪泥。泥上偶然留指爪，鴻飛那復計東西？老僧已死成新塔，壞壁無由見舊題。往日崎嶇還記否？路長人困蹇驢嘶。」

飛車跨山鶻[1]橫海，風枝露葉如新採。

運送荔枝的車子飛速跨過高山，就像海船快速橫渡大海一樣，荔枝抵達京城時，枝葉上還帶著風中的露水，就像是剛從樹上摘採下來。

【注釋】1.鶻：音ㄏㄨˊ，本指一種行動敏捷的隼鳥，此指海船，船形頭低尾高，前大後小，如鶻的形狀。

【解析】蘇軾描寫東漢和帝和唐代玄宗時期，向荔枝產地取貢卻大肆擾民的情形，由於運輸路程長達數千里，為了不讓荔枝味變而力求馳遞速度快捷，途中因勞累或摔落坑谷而死的騎士不計其數，只為了讓新鮮欲滴的荔枝飛速抵達京城，以饜足宮廷的口腹之欲。可用來形容車船過山渡海，疾速如飛。

【出處】北宋・蘇軾〈荔枝歎〉詩：「十里一置飛塵灰，五里一堠兵火催。顛阬仆谷相枕藉，知是荔枝龍眼來。飛車跨山鶻橫海，風枝露葉如新採。宮中美人一破顏，驚塵濺血流千載……」（節錄）

愁一箭風快，半篙波暖，回頭迢遞便數驛，望人在天北。

最讓人憂愁的是，順風而行的船隻飛快如箭，撐船的長篙有一半沒入暖和的水中，一轉頭便已過了好幾個驛站，送行的人早已遠在天的北邊。

【解析】周邦彥描寫船隻啟程離開江岸後，遠行者不忍與岸上送行者別離，於是惱恨猛烈的風使船開得又快又急，轉眼瞬間，兩人的距離便已天各一方。可用來形容船行進的方向剛好與風的方向一樣，速度快如飛箭般。

【出處】北宋・周邦彥〈蘭陵王・柳陰直〉詞：「……閑尋舊蹤跡，又酒趁哀絃，燈照離席，梨花榆火催寒食。愁一箭風快，半篙波暖，回頭迢遞便數驛，望人在天北……」（節錄）

花木鳥獸

桃之夭夭[1]，灼灼[2]其華。

新長成的桃樹枝葉繁茂，樹上的花朵鮮紅豔麗。

【注釋】1.夭夭：盛壯貌。2.灼灼：鮮明貌。

【解析】這是一首祝賀人嫁女時所唱的歌，詩人借寫桃樹茂盛、桃花怒放的景狀，比喻正要出嫁的女子如桃花般嬌豔奪目，預祝其婚姻生活幸福美滿。可用來形容桃花嬌嫩盛麗，紅豔如火。

【出處】先秦．《詩經．周南．桃夭》：「桃之夭夭，灼灼其華。之子于歸，宜其室家……」（節錄）

關關[1]雎鳩，在河之洲。

雌雄水鳥發出關關的鳴聲，停在河中小洲上相互應和著。

【注釋】1.關關：形容鳥類雌雄相和的聲音。

【解析】詩中提到的「雎鳩」是一種習慣固定伴侶的水鳥，詩人借雎鳩在江河小洲雌雄相鳴，聲調和諧，來比擬人的情感世界，其實也和雎鳩無異，男子心儀良善美好的女子，希望能與對方結成姻緣，夫唱婦隨，形影不離。可用來形容雌雄禽鳥情意深厚，在水岸邊或水中沙洲鳴叫的景象。

【出處】先秦．《詩經．周南．關雎》：「關關雎鳩，在河之洲。窈窕淑女，君子好逑……」（節錄）

江南可採蓮，蓮葉何田田。魚戲蓮葉間。

江南又到了可以採蓮的時節，水上的蓮葉長得多麼茂盛啊！水底的魚兒在蓮葉間追逐嬉戲著。

【解析】這是一首自漢代流傳下來的民間歌謠，詩人描寫荷葉碧綠繁盛，一片接著一片緊密相連，以及魚兒在荷葉間穿梭往來、戲逐玩耍的情景，藉此反映出蓮子的豐收帶給採蓮人家的喜悅無限。清人張玉穀在《古詩賞析》評論此詩：「不說花，偏說葉，葉尚可愛，花不待言矣。」意即詩人故意寫蓮葉之美，讀者自可推論出蓮花必然比蓮葉還要更美。可用來形容荷葉團團鮮綠，游魚歡然戲水的景致。

【出處】西漢．佚名〈江南〉詩：「江南可採蓮，蓮葉何田田。魚戲蓮葉間。魚戲蓮葉東，魚戲蓮葉西。魚戲蓮葉南，魚戲蓮葉北。」

魚戲新荷動，鳥散餘花落。

魚在荷塘裡嬉戲，觸碰了荷塘中新生的荷葉，鳥從花的枝條上散去，振落了還殘留在枝條上的花朵。

【解析】詩題〈遊東田〉，是南朝齊人謝朓寫其與友人同遊南京鍾山附近名勝東田所見的美景，其中這兩句詩尤為後世所稱道。謝朓以「新荷動」和「餘花落」兩語，表現其細膩捕捉到魚兒嬉遊以及飛鳥離枝時，水面上的荷葉與樹枝上的殘花，也連帶受到魚、鳥動作的影響而跟著搖晃的瞬間美感。可用來形容魚優游而蓮葉隨之搖曳，鳥振翅而花朵為之搖落的景象。

【出處】南朝齊．謝朓〈遊東田〉詩：「戚戚苦無悰，攜手共行樂。尋雲陟累榭，隨山望菌閣。遠樹曖阡阡，生煙紛漠漠。魚戲新荷動，鳥散餘花落。不對芳春酒，還望青山郭。」

蟬噪林逾靜，鳥鳴山更幽。

蟬叫聲使樹林顯得更加寂靜，鳥鳴聲使深山比往常更加幽靜。

【解析】南朝梁人王籍生平僅存詩兩首，卻足以讓他留名千古，尤其是這首〈入若耶溪〉也成了文學史上「以動寫靜」以及「反襯」修辭法的代表作。王籍詩中寫其於泛舟途中，經過春秋越國美女西施浣紗所在的若耶溪（位在今浙江紹興市境內）時，發現安恬寧靜的山林，反而因蟬聲、鳥鳴的出現，使得原本靜謐的氛圍更加強烈。唐人姚思廉編《梁書．文學傳》提到當時文人多認為王籍〈入若耶溪〉詩「文外獨絕」，給予很高的評價。可用來形容山林間的蟲鳴鳥叫聲，更襯托出山林的僻靜。

【出處】南朝梁．王籍〈入若耶溪〉詩：「艅艎何泛泛，空水共悠悠。陰霞生遠岫，陽景逐迴流。蟬噪林逾靜，鳥鳴山更幽。此地動歸念，長年悲倦遊。」

天蒼蒼，野茫茫，風吹草低見牛羊。

天色蒼茫，原野遼闊，一陣風吹來，青草低伏，露出了在草叢間的牛隻與羊群。

【解析】這是一首描寫北方塞外風光的牧歌，本為鮮卑語，之後才被翻譯成漢字。作者在詩中運用「蒼蒼」和「茫茫」兩個疊詞，意在突顯蒼穹和草原的廣大無邊，接著又以「風吹草低見牛羊」一語，來表現草的豐茂與長度已經高過了正在吃草的牛羊。可用來形容原野碧綠無垠，牛羊成群。

【出處】北朝．佚名〈敕勒歌〉詩：「敕勒川，陰山下。天似穹廬，籠蓋四野。天蒼蒼，野茫茫，風吹草低見牛羊。」

一樹春風千萬枝，嫩於金色軟於絲。

一株柳樹在春風吹拂下，千萬條低垂的柳枝隨風飄動，柳枝新長出來的細葉嫩芽比金色還要嫩黃，比絲線還要柔軟。

【解析】白居易詩中主要描寫春日楊柳枝條的繁盛，新枝的嫩軟及其在春風中飛舞的婀娜多姿。清高宗敕編《唐宋詩醇》評曰：「風致翩翩。」可用來形容春天千絲萬縷的柳樹枝條，隨風飄拂時的婀娜嬌態。

【出處】唐．白居易〈楊柳枝詞〉詩：「一樹春風千萬枝，嫩於金色軟於絲。永豐西角荒園裡，盡日無人屬阿誰？」

不知細葉誰裁出？二月春風似剪刀。

不知這樣細長的柳葉是誰剪裁出來的呢？應該就是像剪刀一樣銳利的二月春風吧！

【解析】賀知章見早春二月隨風飄逸的絲絲垂柳，不禁讚嘆如此細緻靈巧的柳葉，定是春風的巧奪天工之作。可用來形容春天柳葉碧綠細長，隨風吹拂。

【出處】唐．賀知章〈詠柳〉詩：「碧玉妝成一樹高，萬條垂下綠絲絛。不知細葉誰裁出？二月春風似剪刀。」

可憐日暮嫣香落，嫁與春風不用媒。

可惜原本嬌豔的春花，到了黃昏時隨風飄落，就好像是嫁給了春風一樣，根本不需要找媒人。

【解析】李賀見原本百花齊放、嬌豔芬芳的南園，於日暮時分花兒凋零，隨風紛飛，便興起了春花猶似待嫁女孩般，等到時間或機緣成熟時，就會順理成章地嫁與某人了。可用來形容殘花滿地，隨風飛舞的情景。另可用來比喻女子在某種因緣巧合或青春盛年已過時便會自然而然成婚。

【出處】唐．李賀〈南園〉詩十三首之一：「花枝草蔓眼中開，小白長紅越女腮。可憐日暮嫣香落，嫁與春風不用媒。」

自去自來堂上燕，相親相近水中鷗。

廳堂上梁間的燕子自由自在的飛來飛去，江水中的鷗鳥親近相愛的游來游去。

【解析】詩中「堂上燕」一說作「梁上燕」。杜甫描寫堂上燕子來去自如以及水中鷗鳥出入相隨，絲毫不存任何機心，宛若勾畫出一幅鄉村江畔充溢恬然優雅、物我忘機的風景圖。可用來形容堂上燕子活潑飛舞，水中鷗鳥親暱不離的景象。

【出處】唐．杜甫〈江村〉詩：「清江一曲抱村流，長夏江村事事幽。自去自來堂上燕，相親相近水中鷗……」（節錄）

西塞山前白鷺飛，桃花流水鱖魚肥。

西塞山前的白鷺鷥飛翔著，桃花盛開，流水潺潺，水裡的鱖魚長得很肥美。

【解析】張志和以漁人的角度觀看山林流水、青山白鷺以及禽飛魚肥，讓人感受到大地一片的生機盎然。可用來形容花開水流、鳥飛魚游的秀麗風光。

【出處】唐．張志和〈漁歌子．西塞山前白鷺飛〉詞：「西塞山前白鷺飛，桃花流水鱖魚肥。青箬笠，綠蓑衣，斜風細雨不須歸。」

兩箇黃鸝鳴翠柳，一行白鷺上青天。

一對黃鶯在綠柳間婉轉鳴唱，一整隊白鷺鷥展翅飛上藍天。

【解析】此詩為杜甫寓居成都浣花草堂時，受到春日生機勃勃的感染而作，詩中描寫了黃鶯在綠柳枝上怡然自得的啼鳴，以及成群白鷺鷥在蔚藍天空自由的飛翔，摹繪出一幅交織「黃」、「綠」、「白」、「青」四種顏色的鮮豔動人畫面，可謂聲色俱全。可用來形容明媚春日禽鳥歡唱、翱翔的情景。

【出處】唐．杜甫〈絕句〉詩四首之三：「兩箇黃鸝鳴翠柳，一行白鷺上青天。窗含西嶺千秋雪，門泊東吳萬里船。」

洛陽城東桃李花，飛來飛去落誰家？

洛陽城東邊的桃花和李花，落花隨著風飛舞，不知會飛落到哪一戶人家？

【解析】劉希夷詩中描寫洛陽紅顏少女目睹滿城春花漫天紛飛，不知最後花落誰家，進而生出對自己未來婚配對象的期待以及婚姻安排無法自主的感傷情懷。可用來形容暮春落花隨風輕柔飄動的景象。另可用來比喻未婚女子對自己終身歸宿的憧憬與惶恐心理。

【出處】唐．劉希夷〈代悲白頭翁〉詩：「洛陽城東桃李花，飛來飛去落誰家？洛陽女兒惜顏色，坐見落花長嘆息。今年花落顏色改，明年花開復誰在……」（節錄）

穿花蛺蝶深深見，點水蜻蜓款款飛。

蝴蝶在花叢深處往來穿梭，若隱若現，蜻蜓輕輕點著水面，款款飛動。

【解析】杜甫目睹春花、蝴蝶、蜻蜓等風光景物如此明媚動人，不禁興起留住春天的念頭，期盼眼前美景別像光陰一樣一瞥眼就消失無蹤。宋人葉夢得《石林詩話》評論這兩句詩：「『深深』字若無『穿』字，『款款』字若無『點』字，皆無以見其精微如此。」由此可見杜甫別具一格的描摹工力。可用來形容蝴蝶在花間翩翩飛舞，蜻蜓在水上輕盈飛揚的景致。

【出處】唐．杜甫〈曲江〉詩二首之二：「……穿花蛺蝶深深見，點水蜻蜓款款飛。傳語風光共流轉，暫時相賞莫相違。」（節錄）

娟娟戲蝶過閑幔，片片輕鷗下急湍。

蝴蝶以輕盈的舞姿穿過舟上的布幔，鷗鳥靈活地飛過湍急的水面上。

【解析】杜甫描寫其搭乘著一葉小舟，看著彩蝶鷗鳥一路伴隨著小舟輕快飛舞的情景。可用來形容乘船時，沿途蝴蝶、鷗鳥悠然自在、往來自如的景象。

【出處】唐．杜甫〈小寒食舟中作〉詩：「……娟娟戲蝶過閑幔，片片輕鷗下急湍。雲白山青萬餘里，愁看直北是長安。」（節錄）

桂子月中落，天香雲外飄。

桂樹的種子在月夜中飄落下來，天然的香氣直飄散到雲外。

【解析】相傳月宮中有桂樹，每年秋天農曆八月，常有豆大的顆粒從月宮飄落到靈隱寺，香味奇異，人們認為那就是從月宮落下的桂子，宋之問詩中即是描摹秋天杭州靈隱寺周遭桂花香氣四溢的情景。可用來形容秋天桂花綻放，香氣怡人。

【出處】唐．宋之問〈靈隱寺〉詩：「鷲嶺鬱岧嶢，龍宮鎖寂寥。樓觀滄海日，門對浙江潮。桂子月中落，天香雲外飄……」（節錄）

桃花一簇開無主，可愛深紅愛淺紅。

一團桃花即使無人照料也能自在盛開，深紅色裡夾雜著淺紅色，看起來十分可愛。

【解析】杜甫詩中描寫其於成都浣花溪畔漫步時，看見桃花繁茂盛開、色彩絢爛的景象，不由得生起一股欣悅之情。可用來形容春天盛開的桃花多彩繽紛的樣子。

【出處】唐．杜甫〈江畔獨步尋花七絕句〉詩七首之五：「黃師塔前江水東，春光懶困倚微風。桃花一簇開無主，可愛深紅愛淺紅。」

留連戲蝶時時舞，自在嬌鶯恰恰啼。

流連不去的蝴蝶在花間嬉戲飛舞，自由自在的黃鶯在樹上嬌聲啼鳴。

【解析】杜甫記敘其沿著浣花溪畔，獨自前往近鄰黃四娘家賞花的情景，詩中將「戲蝶」、「嬌鶯」擬人化，更能表達詩人陶醉在蝶舞鶯歌中，與大自然融合為一的親切感受。可用來形容花香蝶舞、枝間鳥鳴的春日景色。

【出處】唐．杜甫〈江畔獨步尋花七絕句〉詩七首之六：「黃四娘家花滿蹊，千朵萬朵壓枝低。留連戲蝶時時舞，自在嬌鶯恰恰啼。」

野火燒不盡，春風吹又生。

小草任憑野火怎麼燒也是燒不盡的，只要春風吹起，小草又會開始蓬勃生長。

【解析】白居易借古原上的小草為喻，意指不管所處的環境如何惡劣，只要是富有生命力的東西是絕不會被毀滅的。可用來形容草木頑強旺盛的生命力。另可用來比喻人的毅力堅強無比，難以被外力擊垮。也可用來比喻惡勢力難以連根拔除，只要一有機會，便會死灰復燃，繼續作惡。

【出處】唐．白居易〈賦得古原草送別〉詩：「離離原上草，一歲一枯榮。野火燒不盡，春風吹又生。遠芳侵古道，晴翠接荒城。又送王孫去，萋萋滿別情。」

無邊落木蕭蕭下，不盡長江滾滾來。

一眼望去，無邊無際的落葉蕭蕭飄下，無窮無盡的長江水滾滾奔來。

【解析】杜甫晚年客居他鄉，生活窘迫潦倒，此時他拖著老病的身軀登高瞭望遠方，見枯葉被秋風蕭蕭吹落的聲勢，以及長江滾滾壯闊的氣勢，引發出青春不再的概嘆。明人胡應麟在《詩藪》評論此詩：「當為古今七言律第一。」給予極高的評價。可用來形容樹葉紛紛落下與江水奔騰的景象。另可用來比喻舊的人或事物逐漸衰亡，轉而被新生的人或事物所取代。

【出處】唐．杜甫〈登高〉詩：「風急天高猿嘯哀，

渚清沙白鳥飛迴。無邊落木蕭蕭下，不盡長江滾滾來……」（節錄）

漠漠水田飛白鷺，陰陰夏木轉黃鸝。

廣闊蒼茫的水田上有白鷺振翅飛起，夏日濃密的樹林裡有黃鸝在婉轉啼鳴。

【解析】這首詩是王維晚年隱居輞川別業時所作，詩中藉由廣漠水田上白鷺飛行和蔥茂夏木間黃鸝歌唱，兩處景象相互映襯，表現出夏日雨後的原野自然風光。可用來形容田野遼闊，綠樹濃蔭以及禽飛鳥鳴的情景。

【出處】唐．王維〈積雨輞川莊作〉詩：「積雨空林煙火遲，蒸藜炊黍餉東菑。漠漠水田飛白鷺，陰陰夏木囀黃鸝。山中習靜觀朝槿，松下清齋折露葵。野老與人爭席罷，海鷗何事更相疑？」

數叢沙草群鷗散，萬頃江田一鷺飛。

船隻經過沙灘邊的水草叢，一群群鷗鳥驚飛四散，萬頃水田上只看見一隻白鷺掠空飛過。

【解析】溫庭筠描寫其在利州（位在今四川境內）渡船時，群鷗原本棲息在水草間，因船過而驚飛散去，唯有一隻白鷺獨在江田萬頃上自在翱翔，詩人歷歷如繪，宛如讓人看見一幅空闊曠遠又充滿生機的風景圖。可用來形容船在渡江時驚動了江邊的鷗鳥，白鷺在一望無際的水田上飛翔的情景。

【出處】唐．溫庭筠〈利州南渡〉詩：「澹然空水對斜暉，曲島蒼茫接翠微。波上馬嘶看棹去，柳邊人歇待船歸。數叢沙草群鷗散，萬頃江田一鷺飛。誰解乘舟尋范蠡，五湖煙水獨忘機。」

澗戶寂無人，紛紛開且落。

山谷中的溪水口空寂無人，任由花朵接連開放又逐漸凋落。

【解析】王維詩中描寫辛夷花生長在無人的山谷溪澗，花萼火紅，隨著每年的花期亮麗綻開又逐漸凋謝，表面上是在寫辛夷花寂靜悠閑的自然本性，實際上也寄寓了另一層面的意涵，即人應該學習辛夷花自在從容地來與去，不必在乎紅塵紛擾與他人目光。清人劉宏煦《唐詩真趣編》評曰：「摩詰深於禪，此是心無掛礙境界。」可用來形容花在無人山澗自開自落的景象。另可用來抒發隱居山中，與世無爭，且對生死一事看得很淡泊。

【出處】唐·王維〈辛夷塢〉詩：「木末芙蓉花，山中發紅萼。澗戶寂無人，紛紛開且落。」

顛狂柳絮隨風舞，輕薄桃花逐水流。

瘋狂的柳絮隨風飛舞，輕佻的桃花逐水而流。

【解析】此詩表面上是在描寫柳絮漫天飄飛、桃花隨水漂流的暮春美景，實際上是杜甫刻意借「顛狂」、「輕薄」之語來諷刺人的言行放蕩輕浮，正與柳絮、桃花一樣，沒有確定的立場也不堅守原則，終究會喪失自我，隨波逐流。可用來形容花絮滿天飛揚、順著水流而行的景象。另可用來形容人的言行舉止輕浪浮薄。

【出處】唐·杜甫〈絕句漫興〉詩九首之五：「腸斷春江欲盡頭，杖藜徐步立芳洲。顛狂柳絮隨風舞，輕薄桃花逐水流。」

子規夜半猶啼血，不信東風喚不回。

杜鵑鳥到了半夜還在帶血鳴叫，牠不相信春風真的喚不回來。

【解析】詩題一作〈送春〉。晚春三月，王令不捨春日將盡，詩中將杜鵑鳥擬人化，想像其晝夜不停淒厲悲鳴，就是為了要留住春天，深信春天一定會被其頑強的意志所打動，藉此表現自己對春光的執著痴情。可用來形容杜鵑鳥從日到夜不住地鳴啼。另可用來比喻以堅定信念去做某事，並深信自己竭盡全力必能把事情完成。

【出處】北宋·王令〈春晚〉詩二首之二：「三月殘花落更開，小簷日日燕飛來。子規夜半猶啼血，不信東風喚不回。」

小荷才露尖尖角，早有蜻蜓立上頭。

新嫩的荷葉才剛剛浮出水面，葉子都還沒有展開，只露出尖尖的細角，卻已早有蜻蜓停在上頭。

【解析】楊萬里詩中把關注景物的焦點縮小，以兒童天真好奇的眼光，來觀察自然界的花蟲小物，描寫初夏一座小小池塘裡，一株含苞待放的荷花才露出水面，便有一隻蜻蜓特地飛來與其作伴，展現出蜻蜓對荷花的親密情意，讀來饒富趣味。可用來形容新荷出水，蜻蜓停立荷上的景色。

【出處】南宋．楊萬里〈小池〉詩：「泉眼無聲惜細流，樹陰照水愛晴柔。小荷才露尖尖角，早有蜻蜓立上頭。」

白鳥一雙臨水立，見人驚起入蘆花。

一對白色的水鳥佇立在江水邊，看見有人出現，便驚慌地飛入蘆花叢裡。

【解析】長期浪跡江湖的戴復古，寫其於秋日黃昏遠眺江畔景色，在水光夕照下，他見兩隻水鳥臨水而立，卿卿我我，一派悠閑寧靜，忽然驚覺有人在向牠們靠近時，迅即飛起，美麗的身影隱沒在蘆花之中。詩人藉由欣賞江村落日餘暉，進而捕捉到白鳥由靜態到動態的剎那變化，饒富天趣。可用來形容原本停落在水邊的鳥，見人驚飛而起。

【出處】南宋．戴復古〈江村晚眺〉詩二首之二：「江頭落日照平沙，潮退漁舠閣岸斜。白鳥一雙臨水立，見人驚起入蘆花。」

有情芍藥含春淚，無力薔薇臥曉枝。

多情的芍藥花瓣上，還沾著滴滴如淚的春雨，沒有力氣的薔薇靜臥在破曉的枝條上。

【解析】春夜一場雷雨，到了天亮才歇停，秦觀詩中以美人喻花，寫庭院裡經過雨水滋潤一夜的芍藥花深情含淚，模樣楚楚動人，薔薇花嬌弱無力，彷彿在等有心人來將之扶起，細膩傳達他對花的愛憐。可用來形容雨後花草的柔媚姿態。

【出處】北宋．秦觀〈春日〉詩五首之二：「一夕輕雷落萬絲，霽光浮瓦碧參差。有情芍藥含春淚，無力薔薇臥曉枝。」

何事春風容不得？和鶯吹折數枝花。

家門前的桃樹、杏樹是做了什麼事情讓春風容不下呢？還驚動了原本棲息在上頭的黃鶯鳥，又吹折了好幾根花的枝幹。

【解析】王禹偁因事從京城被謫到僻遠的商州，生活過得相當清苦，幸好他的住所門外種有桃、杏樹各一株，每日欣賞黃鶯婉轉、春花朵朵，成了他在異鄉最大的慰藉。因而當他看見風吹得鶯飛枝斷、花落滿地的淒慘景狀時，不由得惱恨萬分，詩中以擬人手法，表達其對春風驚走鶯鳥和折斷花枝的強烈不滿，暗示自己遭到有心人士的打壓，才會步上這條貶謫之路。可用來形容春花的枝幹被風吹斷，殘花灑滿一地。另可用來比喻替受到排擠的人或團體打抱不平。

【出處】北宋．王禹偁〈春居雜興〉詩二首之一：「兩株桃杏映籬斜，妝點商山副使家。何事春風容不得？和鶯吹折數枝花。」

花開紅樹亂鶯啼，草長平湖白鷺飛。

樹上開滿紅花，到處都是黃鶯的啼鳴聲，平靜的湖邊長滿綠草，白鷺在湖面上自在飛翔。

【解析】徐元杰是南宋理宗時的狀元，他在詩中描寫其於春日乘船遊湖時所見的風景，出現眼前的是一片花紅草綠，鶯黃鷺白，以及不絕於耳的嚶嚶鳥語，詩意充滿豐富的色彩意象，在歡躍熱鬧的啼叫聲中，同時也傳達了春來的信息。可用來形容花草明豔，禽鳥飛鳴的景色。

【出處】南宋．徐元杰〈湖上〉詩：「花開紅樹亂鶯啼，草長平湖白鷺飛。風物晴和人意好，夕陽簫鼓幾船歸？」

砌下落梅如雪亂，拂了一身還滿。

臺階下滿滿地都是從樹上飄落的梅花，猶如雪花一樣零亂，才剛撥開了滿身的落梅，馬上又撒滿了一整身。

【解析】李煜詞中描寫時序已過春半，落梅如白雪般的漫天飛舞的景象，他拂走了一身的落花，身上又立刻遍是落花，可見落花之多，而詞人久佇花下時間之長。可用來形容花落滿身，揮拂不盡。

【出處】五代．李煜〈清平樂．別來春半〉詞：「別來春半，觸目愁腸斷。砌下落梅如雪亂，拂了一身還滿。雁來音信無憑，路遙歸夢難成。離恨恰如春草，更行更遠還生。」

面旋落花風蕩漾。柳重煙深，雪絮飛來往。

面前的落花隨風飛旋徘徊。層層的楊柳籠罩在濃濃的煙霧之中，如雪般的柳絮滿天飛舞著。

【解析】歐陽脩描寫春日煙霧朦朧，面前的花瓣、柳絮在微風的輕拂下，轉舞飛揚，呈現一片虛無縹緲又令人迷亂的景象。近人王國維《人間詞話》評曰：「字字沉響，殊不可及。」意即這一闋詞的每個字讀來都蘊含沉鬱悲愴，一般人很難企及這樣的境界。可用來形容含煙籠霧中，落花、柳絮在風中迴旋貌。

【出處】北宋．歐陽脩〈蝶戀花．面旋落花風蕩漾〉詞：「面旋落花風蕩漾。柳重煙深，雪絮飛來往。雨後輕寒猶未放，春愁酒病成惆悵。枕畔屏山圍碧浪。翠被華燈，夜夜空相向。寂寞起來褰繡幌，月明正在梨花上。」

野鳧眠岸有閑意，老樹著花無醜枝。

野鴨睡在河岸邊，看起來一派悠閑的樣子，老樹上開了花，便讓人感覺沒有醜陋的樹枝。

【解析】梅堯臣描寫其家鄉宣城宛溪岸旁所見的花鳥景致，望見在岸邊沉睡的野鴨，詩人即想像著牠們日子過得多麼悠閑自在，抬頭看到開滿花朵的老樹，也讓他頓時忽略了枯老的樹枝。元人方回《瀛奎律髓》評論這兩句詩：「當世名句，眾所膾炙。」可用來形容水岸邊禽鳥棲息、老樹開花的景象。另這兩句詩的後一句，可用來比喻老年人若仍有所作為，都是值得稱許的。也可用來比喻人一旦有所成就，世人便會對他的缺點視而不見。

【出處】北宋．梅堯臣〈東溪〉詩：「行到東溪看水時，坐臨孤嶼發船遲。野鳧眠岸有閑意，老樹著花無醜枝。短短蒲茸齊似剪，平平沙石淨於篩。情雖不厭住不得，薄暮歸來車馬疲。」

黃昏風雨打園林，殘菊飄零滿地金。

傍晚時分的一場風雨，猛烈地吹打著園林，只見凋殘的菊花飄落了一地，宛如遍地都灑滿黃金似的。

【解析】王安石描寫歷經了一場狂風驟雨的花園，滿地都是被打落的殘謝菊花，呈現出一片金黃燦爛的景色。可用來形容雨後一地落花的詩意景象。

【出處】北宋．王安石〈殘菊〉詩：「黃昏風雨打園林，殘菊飄零滿地金。折得一枝猶好在，可憐公子惜花心。」

葉上初陽乾宿雨，水面清圓，一一風荷舉。

剛升起的太陽，把昨夜留在荷葉上的雨水晒乾，水面上的荷葉清淨圓潤，一枝一枝的荷花迎著晨風飄舉。

【解析】周邦彥摹寫夏日朝陽映照荷塘，原本夜裡積在荷葉上的雨露已被晨光蒸發不見，更顯其晶瑩潤澤，出水的荷花，亭亭玉立，隨著微風輕姿搖曳，宛如圖畫。近人王國維《人間詞話》評論這三句詞：「此真能得荷之神理者。」可用來形容雨後天晴，荷花迎風招展的神韻動態。

【出處】北宋．周邦彥〈蘇幕遮．燎沉香〉詞：「燎沉香，消溽暑。鳥雀呼晴，侵曉窺簷語。葉上初陽乾宿雨，水面清圓，一一風荷舉。故鄉遙，何日去？家住吳門，久作長安旅。五月漁郎相憶否？小楫輕舟，夢入芙蓉浦。」

鶯嘴啄花紅溜，燕尾點波綠皺。

黃鶯鳥用嘴啄花，紅色的花瓣從枝頭上滑脫，燕子用尾巴輕點水面，泛起了綠色的波紋。

【解析】秦觀描寫春日嬌紅的花朵因鶯嘴輕啄而滑動落下，形似剪刀的燕尾，掠過水面，綠波蕩漾。詞中運用「啄花」、「點波」來表現紅花綠水被鶯燕這類春鳥給輕輕擾亂，彷彿眼前出現一幅靈動活潑的鳥語花香圖。可用來形容鶯燕飛舞，花朵盛開的景色。

【出處】北宋．秦觀〈如夢令．鶯嘴啄花紅溜〉詞：「鶯嘴啄花紅溜，燕尾點波綠皺。指冷玉笙寒，吹徹〈小梅〉春透。依舊，依舊，人與綠楊俱瘦。」

沙邊細荇時吐吞，水底行雲遞來往。

（鱖魚）有的在沙岸水草旁時吐時吞，有的在水裡跟著雲影游來游去。

【解析】明代文人、書法家李東陽描繪春天雨多水漲，水草繁盛，此時江南的鱖魚大如手掌般，正是最為鮮美肥嫩的時候，有些鱖魚游到沙邊藻荇間聚食，魚嘴還不時做出吐吞的開合動作，有的則是在流雲倒影的相伴下自在游著，呈現出一幅春江魚肥、生機勃勃的畫面。可用來形容新雨過後，水中魚群悠哉嬉游的情景。

【出處】明．李東陽〈鱖魚圖為掌教謝先生作〉詩：「泮池雨過新水長，江南鱖魚大如掌。沙邊細荇時吐吞，水底行雲遞來往……」（節錄）

國家圖書館出版品預行編目資料

歷代詩詞信手拈來／黃淑貞 編著. -- 初版. -- 臺北市：
商周出版：家庭傳媒城邦分公司發行, 民108.11
面： 公分. --（中文可以更好；50）
ISBN 978-986-477-754-9（精裝）

831 108017802

中文可以更好 50

歷代詩詞信手拈來

編 著 者／黃淑貞
企畫選書人／林宏濤
責任編輯／陳名珉

版 權／黃淑敏、翁靜如
行銷業務／莊英傑、李衍逸、黃崇華
總 編 輯／楊如玉
總 經 理／彭之琬
事業群總經理／黃淑貞
發 行 人／何飛鵬
法律顧問／元禾法律事務所 王子文律師
出 版／商周出版
城邦文化事業股份有限公司
台北市民生東路二段 141 號 9 樓
電話：(02) 2500-7008 傳真：(02) 2500-7759
Blog：http://bwp25007008.pixnet.net/blog
E-mail：bwp.service@cite.com.tw
發 行／英屬蓋曼群島商家庭傳媒股份有限公司城邦分公司
台北市民生東路二段 141 號 2 樓
書虫客服服務專線：(02) 2500-7718、(02) 2500-7719
服務時間：週一至週五上午09:30-12:00；下午13:30-17:00
24 小時傳真專線：(02) 2500-1990、(02) 2500-1991
劃撥帳號：19863813；戶名：書虫股份有限公司
讀者服務信箱：service@readingclub.com.tw
城邦讀書花園：www.cite.com.tw
香港發行所／城邦（香港）出版集團有限公司
香港灣仔駱克道193號東超商業中心1樓
E-mail：hkcite@biznetvigator.com
電話：(852)2508-6231 傳真：(852) 2578-9337
馬新發行所／城邦（馬新）出版集團【Cité (M) Sdn. Bhd.】
41, Jalan Radin Anum, Bandar Baru Sri Petaling,
57000 Kuala Lumpur, Malaysia.
Tel: (603) 9057-8822 Fax:(603) 9057-6622
email:cite@cite.com.my

封面設計／周家瑤
拉頁繪圖／陳巧貝
排 版／新鑫電腦排版工作室
印 刷／韋懋實業有限公司
總 經 銷／聯合發行股份有限公司
電話：(02) 2917-8022 傳真：(02) 2911-0053
地址：新北市231新店區寶橋路235巷6弄6號2樓

■ 2019年（民108）11月05日初版
■ 2022年（民111）3月17日初版1.7刷

Printed in Taiwan

定價1200元

城邦讀書花園
www.cite.com.tw

 ISBN 978-986-477-754-9

廣　告　回　函
北區郵政管理登記證
台北廣字第000791號
郵資已付，免貼郵票

104台北市民生東路二段141號2樓

英屬蓋曼群島商家庭傳媒股份有限公司　城邦分公司

請沿虛線對摺，謝謝！

書號：BK6050C	**書名：**歷代詩詞信手拈來	**編碼：**

請於此處用膠水黏貼

讀者回函卡

不定期好禮相贈！
立即加入：商周出版
Facebook 粉絲團

感謝您購買我們出版的書籍！請費心填寫此回函卡，我們將不定期寄上城邦集團最新的出版訊息。

姓名：＿＿＿＿＿＿＿＿＿＿ 性別：☐男 ☐女

生日：西元＿＿＿＿年＿＿＿＿月＿＿＿＿日

地址：＿＿＿＿＿＿＿＿＿＿

聯絡電話：＿＿＿＿＿＿＿＿ 傳真：＿＿＿＿＿＿＿＿

E-mail ：

學歷：☐ 1. 小學 ☐ 2. 國中 ☐ 3. 高中 ☐ 4. 大學 ☐ 5. 研究所以上

職業：☐ 1. 學生 ☐ 2. 軍公教 ☐ 3. 服務 ☐ 4. 金融 ☐ 5. 製造 ☐ 6. 資訊
☐ 7. 傳播 ☐ 8. 自由業 ☐ 9. 農漁牧 ☐ 10. 家管 ☐ 11. 退休
☐ 12. 其他＿＿＿＿＿＿＿＿

您從何種方式得知本書消息？

☐ 1. 書店 ☐ 2. 網路 ☐ 3. 報紙 ☐ 4. 雜誌 ☐ 5. 廣播 ☐ 6. 電視
☐ 7. 親友推薦 ☐ 8. 其他＿＿＿＿＿＿＿＿

您通常以何種方式購書？

☐ 1. 書店 ☐ 2. 網路 ☐ 3. 傳真訂購 ☐ 4. 郵局劃撥 ☐ 5. 其他＿＿＿＿

您喜歡閱讀那些類別的書籍？

☐ 1. 財經商業 ☐ 2. 自然科學 ☐ 3. 歷史 ☐ 4. 法律 ☐ 5. 文學
☐ 6. 休閒旅遊 ☐ 7. 小說 ☐ 8. 人物傳記 ☐ 9. 生活、勵志 ☐ 10. 其他

對我們的建議：＿＿＿＿＿＿＿＿＿＿

＿＿＿＿＿＿＿＿＿＿

＿＿＿＿＿＿＿＿＿＿

請於此處用膠水黏貼